미하일 알렉산드로비치 숄로호프(1905~1984)

서재에 앉아 있는 숄로호프 1936.

▲아버지 알렉산드르 미하일로비치와 어머니 아나스타샤 체르니코바와 함께 1912.

◀미하일 숄로호프의 가족사진 1941.

▲노벨 문학상을 받는 미하일 숄로호프 1965년 겨울, 미하일 숄로호프는 러시아 근대역사를 바탕으로 한 그의 대하서사 작품이 지닌 문학적 예술성과 진실성을 인정받아, 노벨 문학상을 받았다.

▶세계평화상

▼세계평화상을 받는 미하일 숄로호프 세계평화평의회는 1975년 5월, 미하일 숄로호프가 러시아 국민과 인류의 친목, 평화에 문화적으로 크게 기여했음을 인정하고 그에게 세계평화상을 수여했다.

▲〈미하일 솔로호프 기념상〉 루카비시니코프 作. 러시아, 모스크바

◀〈미하일 솔로호프 흉상〉 디멘티예프 作. 러시아

▼기념 우표 2005. 러시아

세계문학전집043
Михаи́л Алекса́ндрович Шо́лохов
ТИХИЙ ДОН
고요한 돈강 I
미하일 알렉산드로비치 숄로호프/맹은빈 옮김

동서문화사

고요한 돈강 I IIIII

차례

가래로도 일구지 않았네, 그 이름도 드높은 우리의 땅은……
이름 높은 이 땅은 말발굽으로 일구어지고
이름 높은 이 땅에 뿌려진 것은 카자흐 머리
고요한 돈강을 수놓는 것이 과부라면 아버지인 돈강을 메우고 피는 건 고아들
아, 돈강 물결은 아버지 어머니의 눈물로 넘쳐나네

오, 우리들 아버지 고요한 돈강
오, 고요한 돈강 어이하여 흐린 물결 흐려서야 흐르는가?
아, 고요한 돈강 어이하여 물결 흐림 없이 흐를 수 없는 것인가!

우리 돈강 물결 밑바닥에서 차가운 맑은 물이 솟아나는데
우리 돈강 강물에 사는 은빛 물고기들이 물을 흐려 놓네.

〈카자흐 노래〉

주요인물

멜레호프 집안―전형적인 카자흐 중농 :

  판텔레이 프로코피예비치 가장. 전 근위 카자흐 하사관.

  일리니치나 그의 아내.

  페트로(표트르) 그의 장남. 하사관에서 승진하여 카자흐 장교가 되었다가 뒷
    날 백위군(白衛軍)에 가담하여 전사한다.

  다리야 페트로의 아내.

  그리고리 판텔레예비치(그리샤) 차남. 이 소설의 주인공. 카자흐 장교. 혁명 뒤
    처음엔 적위군(赤衛軍)에 가담했다가 뒤에 백위군의 유력한 지휘관이 된다.

  두냐시카 장녀. 뒤에 미시카 코셰보이의 아내가 된다.

코르슈노프 집안―부락의 부농 :

  그리샤카 할아버지.

  미론 그리고리예비치 가장. 카자흐의 부농.

  루키니치나 그의 아내.

  미치카 장남. 카자흐 병사. 그리고리의 친구.

  나탈리야(나타샤, 나타시카) 장녀. 그리고리 멜레호프의 아내가 된다.

스테판 아스타호프 멜레호프 집안의 이웃 사람. 페트로와 동년배인 카자흐. 그
  아내를 둘러싸고 그리고리와의 사이에 다툼이 일어난다.

아크시냐(아크슈트카, 크슈샤) 그의 아내. 이 소설의 여주인공. 그리고리의 정부가
  된다.

예브게니 니콜라예비치 리스트니츠키 돈 지방의 유수한 지주. 귀족. 퇴역 장군
  의 아들. 재정과 카자흐 장교.

세르게이 플라토노비치 모호프 부락에 증기 제분소를 가지고 있는 부유한
  상인.

엘리자베타(리자) 그의 딸. 타락한 부르주아 아가씨. 미치카 코르슈노프에게 능
  욕을 당한다.

요시프 다비도비치 슈토크만 철공. 볼셰비키로 부락에서 당 세포를 조직한다.

슈토크만의 제자들―부락의 볼셰비키 당 세포 :

  미시카 코셰보이 가난한 카자흐. 뒤에 그리고리의 친구가 되고 두냐시카의
    남편이 된다.

  이반 알렉세예비치 코틀랴로프 모호프 제분소 기관사.

  발레트 제분소 노동자.

  프리스토냐 가난한 카자흐.

제1부

1

멜레호프네 집은 마을에서 꽤 떨어진 변두리에 있었다. 가축 울짱의 조그만 문은 북쪽 돈강으로 나 있었다. 초록빛 이끼가 낀 상앗빛 바위 사이를 따라 15~16미터나 되는 가파른 내리막길을 가면 바로 강기슭이었다. 진주처럼 반짝이는 조개껍질들이 어울려 속삭이고, 물결에 쓸려 동그랗게 된 잿빛 자갈들의 윤곽이 넘실거리는 저쪽엔 바람을 받아 검푸른 물결이 이는 돈강의 격류가 용솟음치고 있다. 동쪽으론 타작마당 회양목 울타리 너머로 게트만스키 한길이 바라보이고, 하얀 쑥과 말발굽에 짓밟힌 강한 생명력을 지닌 갈색 들버들 수풀이 무성했으며, 갈림길에는 교회가 있었다. 그 앞에는 비단결처럼 나부끼는 연둣빛 광야가 끝없이 펼쳐졌다. 남쪽은 백악암으로 된 산들이 다가서고, 서쪽은 마을길이 광장을 지나서 강변 개간지 쪽으로 뻗어 나갔다.

지난번 터키전쟁[1] 때 카자흐인 프로코피 멜레호프가 마을로 돌아왔다. 그는 터키에서 아내를 데리고 왔다. 머리부터 숄을 뒤집어쓴 조그만 몸집의 여자로 언제나 얼굴을 가리고 있었는데, 그녀는 우수에 젖은 야성적인 눈을 좀처럼 내보이지 않았다. 비단 숄의 이국적인 신비한 향기와 무지갯빛 무늬는 여자들 부러움을 한껏 사곤 했다. 사로잡혀 온 것이나 다름없는 터키 여자는 프로코피네 육친들과 가족이 되기를 거부했다. 그래서 멜레호프 노인은 얼마 뒤에 아들을 분가시켰고, 이 모욕에 원한을 품은 그녀는 죽을 때까지 그의 집에는 발걸음도 하지 않았다.

프로코피는 이윽고 새 집을 지었다. 통나무 본채를 목수들에게 만들도록 하고 울짱 칸막이는 직접 만들어, 가을이 되자 등이 구부정한 이국인 아내를 새

---

1) 1853~56년의 크리미아 전쟁. 터키는 튀르키예의 옛 국명인데, 이 작품에서는 시대상을 반영해 별도로 바꾸지 않았다.

집으로 데려갔다. 가재도구를 실은 짐마차를 따라 둘이 마을길을 걸어가자 온 마을 사람이 모두 길가로 뛰어나왔다. 카자흐인들은 수염 속에서 은근히 웃었고 여자들은 큰 소리로 외쳐댔으며, 더러운 아이들이 줄줄이 뒤따르며 프로코피를 놀려댔다. 그러나 그는 소매 없는 외투 앞깃을 벌리고 마치 밭두렁이라도 걷듯 천천히 걸었다. 검은 손바닥에 아내의 가느다란 손목을 꼭 잡고 하얀 앞머리카락이 흘러내리는 머리를 두려운 빛이 없이 쳐들고 있었다. 그러나 광대뼈 아래의 솟아오른 근육이 조금 떨렸고, 언제나 꼼짝도 하지 않는 돌처럼 굳은 두 눈썹 사이에는 땀이 스며 있었다.

그뒤로 그들은 좀처럼 마을에 나타나지 않았고 마을 모임에도 나오지 않았다. 남들과 떨어져 마을 끝의 돈 강가에 있는 자기네 오두막에서 살았다. 마을에는 그들에 대한 이상한 소문이 나돌았다. 방목하는 송아지를 지키는 아이들은, 저녁놀이 사라질 무렵이면 언제나 프로코피가 아내를 안고 타타르의 무덤까지 데리고 가는 모습을 볼 수 있다고 얘기했다. 그곳에 다다르면, 몇 백 년이나 비바람에 씻겨 구멍투성이가 된 묘석에 아내를 기대 앉히고는 자기도 옆에 나란히 앉아 저녁놀이 완전히 사라질 때까지 벌판을 바라보다가, 다시 아내를 거친 모직 외투로 싸안고는 집으로 돌아간다는 것이었다. 마을 사람들은 그런 이상한 행동을 어떻게 해석해야 좋을지 몰라 수군거렸다. 여자들은 이야기에 열중해서 몸단장에 마음쓸 틈도 없었다. 프로코피의 아내에 대해서도 여러 가지 소문이 퍼졌다. 어떤 이들은 그녀가 지금까지 본 적이 없을 만큼 아름답다고 했고, 또 어떤 사람들은 그와 반대되는 의견을 말했다. 아낙네들 가운데서 가장 말괄량이인 군인 과부 마브라가 누룩을 얻으러 프로코피네 집에 잠시 다녀온 뒤로 이 이야기는 일단락지어졌다. 프로코피가 움막으로 누룩을 가지러 간 틈에, 마브라는 프로코피가 데려온 터키 여자가 형편없이 못생겼음을 확인했던 것이다.

잠시 뒤 플라토크[2]를 비스듬히 쓴 마브라가 시뻘개진 얼굴로, 골목길에 모여든 아낙네들에게 떠들어대고 있었다.

"글쎄, 대체 그는 뭘 보고 그녀를 데려온 걸까? 그런대로 온전한 여자나 된다

---

2) 러시아 여자들이 머리에 쓰는 두건처럼 생긴 스카프.

면 또 몰라. 꼴이 말이 아니더라고…… 보는 사람이 오히려 부끄러워질 정도야. 이 동네 여자들이 그녀보다야 훨씬 낫지. 허리는 벌처럼 잘라질 듯하고, 눈알은 또…… 새까맣고 커다란 데다가 악마 눈처럼 사람을 쏘아보는 게 정말 끔찍하더라니까. 그리고 그녀는 곧 애를 낳겠더라고. 틀림없어!"

"곧 애를 낳는다고?"

"아마 계집애는 아닐 거야. 이래 봬도 나는 벌써 아이를 셋이나 받았거든."

"얼굴은 어때?"

"얼굴? 샛노란 빛이더라고. 눈은 퀭한데…… 아마 낯선 나라에 와서 뭔가 불편한 거겠지. 그리고 그녀는 프로코피의 바지를 입고 있었어."

"뭐라고?"

아낙네들은 놀랍다는 듯 입을 모아 소리질렀다.

"내 눈으로 봤는데, 분명 바지를 입고 있었어. 옆줄은 쳐지지 않은 거였는데, 아마 남편의 평상복을 입었을 거야. 그 위에 긴 셔츠를 입었더군. 그 셔츠 밑으로 양말 속에 쑤셔 넣은 바지 자락이 보였어. 그걸 보니 오싹하던걸."

프로코피의 아내가 마법을 쓴다는 소문이 점차 온 마을에 퍼졌다. 아스타호프네 며느리는—아스타호프네는 프로코피네에서 가장 가까운 마을 변두리에 살고 있었다—엉뚱하게도 오순절[3] 이틀째 새벽에 프로코피의 아내가 플라토크도 쓰지 않은 채 맨발로 자기네 외양간에 와서 소젖을 짜고 있는 것을 보았다고 말했다. 그런데 그 뒤로 암소의 젖이 아이들 주먹만 하게 쭈그러들어 젖이 나오지 않게 되었고, 얼마 안 가 죽어 버렸다.

그해에는 가축 전염병이 어느 때보다 심하게 돌았다. 돈 강가의 가축우리에서는 날마다 암소나 송아지 시체가 강가에 버려졌다. 소의 전염병은 말에도 퍼졌다. 마을 방목장에서 떼 지어 놀던 말 무리가 사라져 갔다. 그래서 마을 오솔길이며 거리에는 온통 불길한 소문이 파다했다.

카자흐인들이 마을의 모임이 끝난 뒤 프로코피네 집으로 몰려왔다.

주인이 현관 계단에 나와서 그들을 맞이했다.

"무슨 일이시오, 여러분?"

---

3) 부활절 뒤 50일째 일요일부터 시작되는 축제일.

사람들은 막상 계단 앞까지 와서는 입들을 꾹 다물고 있었다.

드디어 술을 한잔하고 온 노인 하나가 소리쳤다.

"너의 마귀할멈을 이리 끌어내! 재판에 걸 테니까."

프로코피는 얼른 집 안으로 뛰어들어가려 했지만 현관에서 사람들에게 붙들렸다. 류시냐(수세미)라는 별명의 덩치 큰 포병이 프로코피의 머리를 벽에 찧으면서 소리쳤다.

"잠자코 있어. 아무 일도 아니니까······널 어떻게 하려는 건 아니야. 그냥 네 여편네를 땅속에 묻어 버리려는 것뿐이야. 가축이 없어져 온 마을이 망해 버리는 것보다는 네 여편네가 뒈져 버리는 편이 낫지. 그러니까 시끄럽게 떠들지 마. 떠들면 머리를 벽에 짓이겨 버릴 테다."

"계집을 마당으로 끌어내!"

현관 계단 앞에서 모두들 아우성쳤다. 프로코피와 같은 연대에 있었던 남자가 한 손으로 터키 여자의 머리채를 감아쥐고 다른 한 손으로는 소리치려는 그녀의 입을 막고, 현관에서 밖으로 끌어내어 사람들 발 앞에 내던졌다. 비단을 찢는 듯한 여자의 비명이 사람들의 웅성거림을 뚫고 높게 울려 퍼졌다. 프로코피는 여섯 명의 카자흐인을 밀어 던지고 거실로 달려가 벽에서 장검을 빼들고 덤벼들었다. 카자흐인들은 다투어 현관에서 달아나기 시작했다. 프로코피는 철컥철컥 소리내며 번쩍이는 장검을 머리 위로 쳐들고 계단을 뛰어내려갔다. 사람들은 기겁을 하며 마당으로 흩어졌다.

프로코피는, 헛간 옆에서 비틀대며 뛰어가던 포병 류시냐에게 따라붙더니 뒤에서 왼쪽 어깨에서 허리께까지 비스듬히 단칼에 베어 버렸다. 다른 카자흐인들은 울타리를 부수고 타작마당을 지나 벌판으로 뿔뿔이 달아났다.

반 시간쯤 뒤 기운을 되찾은 사람들은 다시 프로코피의 집으로 몰려왔다. 두 사람의 염탐꾼이 조심스레 현관으로 발을 들여놓았다. 부엌 문지방 위에 피투성이가 된 프로코피의 아내가 머리를 뒤로 젖힌 채 엉망이 된 모습으로 누워 있었다. 참혹하게 드러난 이 사이로 깨물어서 끊어진 혀가 튀어나와 있었다. 프로코피는, 머리를 곤두세우고 눈을 흡뜬 채 울음소리를 내는 빨갛고 끈적거리는 작은 핏덩어리를 양가죽 외투로 감싸고 있었다. 그것은 달이 차지 않은 채 태어난 갓난아기였다.

프로코피의 아내는 그날 밤 숨졌다. 달도 채우지 못하고 태어난 갓난아기는 할머니, 즉 프로코피의 어머니가 가엾이 여겨 맡아 기르기로 했다.

갓난아기는 찐 밀기울에 싸여 말젖을 먹고 자랐다. 한 달쯤 지나 터키인의 피가 섞인 이 거무스름한 아기가 건강하게 성장할 기미가 보이자 교회에 데려가 세례를 받게 했다. 할아버지를 따라서 판텔레이라는 이름을 지어 주었다. 프로코피는 12년 동안의 징역살이를 마치고 돌아왔다. 흰 머리칼이 섞인 불그스름한 수염을 깎고 러시아 옷을 입고 왔으므로 그는 카자흐인과 전혀 비슷하지 않은, 마치 다른 나라 사람처럼 보였다. 그는 아들을 데리고 따로 살았다.

거무스름한 피부의 판텔레이는 대담한 젊은이로 성장했다. 생김새와 호리호리한 몸매가 어머니를 꼭 닮았다.

프로코피는 아들에게 이웃 카자흐인의 딸을 아내로 맞아 주었다.

그리하여 터키인 피에 카자흐의 피가 섞이기 시작했다. 마을에는 매부리코에 색다른 아름다움을 지닌 멜레호프 집안의 카자흐인들이 나타났다. 마을 사람들은 그들을 터키인이라는 별명으로 불렀다.

아버지가 세상을 떠난 뒤 판텔레이는 집안일에 힘을 기울였다. 지붕을 갈고, 놀리고 있던 땅을 반 제샤찌나[4]쯤 택지로 만들어 새 헛간과 양철지붕의 창고를 지었다. 양철공은 주인이 요구하는 대로 쓰다 남은 양철 조각으로 수탉 모양을 두 마리 만들어 창고 지붕 위에 세워 놓았다. 몹시 한가로워 보이는 이 수탉의 모습은 멜레호프네의 화목한 분위기를 상징했고, 또 멜레호프 집안이 아무 모자람 없이 넉넉하게 살고 있음을 말해 주었다.

나이가 들면서 판텔레이 프로코피예비치는 몸이 더욱 튼튼해졌다. 그는 뚱뚱하고 등이 좀 굽었지만 몸집 좋은 노인이 되었다. 뼈대가 굵고 다리를 절었으며—젊을 때 어전 승마대회에서 도약을 하다가 왼쪽 다리가 부러졌다—왼쪽 귀에는 반달 모양의 귀걸이를 달고 있었다. 나이가 들어서도 새까만 수염과 머리는 세지 않았고, 화가 나면 앞뒤를 가리지 않았다. 그리고 아마 남편의 이런 나쁜 버릇 덕분인지 옛날에는 꽤나 예뻤던 그의 아내는 나이보다 더 늙어 보였다. 그녀의 얼굴은 온통 거미줄을 쳐놓은 듯 주름투성이였고 몹시 뚱뚱했다.

---

4) 제샤찌나는 옛 러시아 때 땅 넓이 단위. 1제샤찌나는 3303.3평으로 10,920㎡이다.

이미 장가를 든 장남 페트로는 어머니를 닮아 몸집이 자그마하고 들창코에 담황색 더벅머리를 하고 있었으며, 눈동자는 다갈색이었다. 동생 그리고리는 여섯 살 아래인데도 페트로보다 머리 반만큼 키가 컸으며 아버지를 닮아 매부리코에 눈꼬리가 처져 있었는데, 푸르스름한 눈은 생기가 가득했고, 붉은기 도는 갈색 살갗에 광대뼈가 나와 있었다. 그리고리도 아버지처럼 등이 구부정했고, 웃을 때면 어딘지 짐승 같은 느낌이 드는 것까지 아버지와 닮아 있었다.

아버지가 몹시 사랑하는 딸 두냐시카는 손가락이 길고 눈이 큰 소녀였다. 그리고 페트로의 아내 다리야와 갓난아기가 멜레호프네 가족 전부였다.

2

새벽녘 잿빛 하늘에 별이 깜박이고, 검은 구름 저편으로 바람이 불어오고 있었다. 돈강 위에는 안개가 솟아올라 자욱이 깔리고, 이윽고 그것은 백악의 바위 비탈을 핥으면서 머리 없는 뱀처럼 늪 속으로 기어 내려갔다. 왼쪽 강가 언저리며 모래톱이며 후미며 갈대밭이며 안개에 젖은 숲이 새벽놀에 불타고 있었다. 해는 아직 떠오르지 않고 지평선 저쪽에서 몸부림치고 있었다.

멜레호프네 집에서는 판텔레이 프로코피예비치가 맨 먼저 일어났다. 그는 십자로 누빈 루바시카[5] 깃의 단추들을 채우면서 현관 층계 위로 걸어 나갔다. 풀이 무성한 안뜰에는 은빛 이슬이 가득 내려 있었다. 가축을 오솔길로 몰았다. 다리야가 속옷 바람으로 우유를 짜러 달려갔다. 맨살의 하얀 종아리에 초유와 같은 이슬방울이 튀었다. 가축우리를 지나는 풀 위에 짓밟힌 발자국이 희미하게 남았다.

판텔레이 프로코피예비치는 다리야의 발에 짓밟혔던 풀이 다시 일어서는 모양을 가만히 바라보고 있다가 거실로 들어갔다.

열어젖힌 창틀 위에 뜰의 벚나무에서 떨어진 꽃잎이 생기 없는 장밋빛을 띤 채 흩어져 있었다. 그리고리는 엎드려 한쪽 팔을 늘어뜨린 채 자고 있었다.

"그리고리, 낚시질하러 안 갈래?"

"뭐라고요?"

---

5) 블라우스와 비슷한 러시아의 남성용 겉저고리.

그리고리는 낮은 소리로 되묻고는 침대에서 발을 늘어뜨렸다.

"가자, 아침 낚시하러."

그리고리는 가볍게 흥얼거리며 옷걸이에서 평상복 바지를 꺼내 입고 그 자락을 흰 털양말 속에 쑤셔 넣었다. 그러고는 구겨진 뒤꿈치를 바로잡으면서 천천히 단화를 신었다.

아버지를 따라 현관으로 나오며 그는 쉰 목소리로 물었다.

"어머니가 미끼를 쪄 놨어요?"

"그래, 쪄 놨다. 넌 배 있는 곳으로 가거라. 곧 따라갈 테니까."

노인은 향긋하게 쪄낸 호밀을 주머니 속에 넣고 나서 떨어진 것을 한 알 한 알 공들여 손바닥에 주워 모았다. 그리고 왼쪽 다리에 기대듯 다리를 절면서 비탈길을 내려갔다. 그러고는 시무룩한 얼굴로 배에 앉았다.

"어디로 갈까요?"

"검은 벼랑으로. 지난번에 낚았던, 그 나무 그루터기 근처로 가보자꾸나."

배는 땅에 고물자국을 남기며 물로 떠밀려져 강가를 떠났다. 격류는 기회만 있으면 뒤집어 버리려는 듯이 심하게 뒤흔들며 배를 나아가게 했다. 그리고리는 노로 방향만 잡고 있을 뿐 젓지는 않았다.

"좀 젓는 게 어떠냐?"

"그럼, 가운데로 나가 볼까요?"

배는 급류를 가로질러 왼쪽 기슭 쪽으로 나아갔다. 마을에서 때를 알리는 수탉 울음소리가 물을 건너 두 사람 귀에까지 들려왔다. 수면을 뒤덮을 듯 솟은 새까맣고 울퉁불퉁한 벼랑에 뱃전을 붙이듯 하여 후미진 곳에 배를 매어 놓았다. 강가에서 10미터쯤 떨어진 물 속에 느릅나무가 가지를 뻗고 가라앉아 있는 것이 보였다. 그 언저리에서 소용돌이가 갈색 거품덩어리를 뒤쫓고 있었다.

"낚싯대를 준비해라. 난 미끼를 던질 테니."

노인은 그리고리에게 속삭이며 김이 오르는 항아리 속에 손을 넣었다. 수면에 뿌려진 호밀은 소리를 내며 가라앉았다. 마치 누군가가 소리죽여 "쉿" 하고 말하는 것처럼. 그리고리는 부푼 호밀알을 낚시에 꿰면서 미소를 지었다.

"걸려라, 큰 놈이건 작은 놈이건."

원을 그리며 물에 잠긴 낚싯줄은 팽팽하게 당겨졌다가는 곧 다시 느슨해졌다. 추가 간신히 바닥에 닿았다. 그리고리는 낚싯대 손잡이를 발로 누르고 되도록 몸을 움직이지 않으면서 담배쌈지를 더듬어 찾았다.

"아버지, 오늘은 글렀는지도 모르겠군요…… 달이 기울어서요."

"성냥 가져왔니?"

"예."

"불 좀 다오."

노인은 담배에 불을 붙이고, 가라앉아 있는 나무 그루터기 저쪽으로 아직도 꾸물거리는 태양을 바라보았다.

"잉어란 놈은 여러 모양으로 물리지. 달이 기울 때에도 이따금 낚이는 수가 있어."

"쳇, 형편없는 게 미끼를 쪼네."

그리고리는 한숨을 쉬었다.

배 옆에서 물보라를 일으키면서 물이 철썩 튀었다. 1.5미터쯤 되는, 마치 청동 주물 같은 잉어가 커다란 꼬리를 두 겹으로 접은 채 튀어 올랐다. 큰 물줄기가 배에 쏟아졌다.

"잠깐 기다려!"

판텔레이 프로코피예비치는 젖은 턱수염을 소매로 훔쳤다.

가라앉아 있는 느릅나무의 길게 뻗은 가지 옆에서 한꺼번에 잉어 두 마리가 튀어 올랐다. 그리고 또 한 마리의 좀 작은 놈이 공중에 튀어 오르려고 끈기 있게 몇 번이나 벼랑 옆에서 튀고 있었다.

그리고리는 집에서 만든 담배의 젖은 끝을 마구 씹어대고 있었다. 둔한 해가 떡갈나무 중간까지 떠올라 있었다. 판텔레이 프로코피예비치는 미끼를 모두 써버리고는 심심한 듯 입술을 오므린 채 움직이지 않는 낚싯대 끝을 멍하니 바라보고 있었다.

그리고리는 담배꽁초를 퉤 뱉어 냈다. 그것이 화살처럼 휙 날아가는 것을 화난 듯 바라보았다. 그는 속으로 잠도 실컷 못 자게 아침 일찍부터 깨운 아버지를 원망하고 있었다. 빈 속에 담배를 피워서인지 입안에서 마치 머리칼을 태운 것처럼 역겨운 냄새가 났다. 물을 마시려고 몸을 수그린 순간 수면에서 40센티미터쯤 튀어나와 있던 낚싯대 끝이 희미하게 흔들리며 세게 휘어졌다.

"끌어올려 봐!"

노인이 한숨을 내쉬었다.

그리고리는 기쁜 마음으로 얼른 낚싯대를 당겼다. 낚싯대 끝이 자꾸만 물속으로 가라앉고, 낚싯대가 나무통의 테처럼 휘어졌다. 튼튼한 버드나무 낚싯대가 무서운 힘으로 아래로 끌려갔다.

"힘껏 누르고 있어!"

노인은 배가 벼랑에 부딪히지 않도록 조종하면서 소리쳤다.

그리고리는 낚싯대를 들어올리려 해 보았으나 헛일이었다. 툭! 소리와 함께 굵은 낚싯줄이 끊어지고 말았다. 그 바람에 그리고리는 균형을 잃고 비틀거렸다.

"흠, 괘씸한 놈 같으니."

낚시에 미끼를 끼우려 애쓰던 판텔레이 프로코피예비치가 투덜거렸다.

그리고리는 흥분하여 혼자 웃으면서 새 낚싯줄을 매어 다시 던졌다.

추가 바닥에 미처 닿기도 전에 다시 낚싯대 끝이 휘어졌다.

"이크, 왔구나!"

그리고리는 신바람이 나서 급류 쪽으로 달아나려는 물고기를 힘껏 끌어올리려 했다.

낚싯줄은 핑!핑! 소리를 내며 물을 갈랐다. 그에 이끌려 물은 비스듬히 엇갈리는 줄무늬를 짜나갔다. 판텔레이 프로코피예비치는 마디 굵은 손가락으로 사둘을 고쳐 쥐고 말했다.

"물 위로 끌어올려! 단단히 쥐고 있어! 늦추면 실이 끊어지니까!"

"문제 없어요!"

누르께한 빛깔의 큼직한 잉어가 수면에 떠올라 물거품을 일으키고는 다시 둥그스름하고 미끈한 머리를 휙 돌려 물 속으로 달아났다.

"어찌나 당기는지 팔이 끊어질 거 같은 지경이에요…… 아니, 도망은 못 가지!"

"단단히 쥐고 있어!"

"단단히 쥐고 있어요!"

"배 밑으로 들어가게 해선 안 돼! 조심해!"

그리고리는, 몸을 뒤집어 배를 내보이고 있는 잉어를 배 쪽으로 끌어당겼다. 노인이 사둘을 들어 몸을 내밀자 잉어는 마지막 힘을 짜내 다시 깊은 곳으로 달아났다.

"그놈의 머리를 끌어올리도록 해! 바람을 한입 삼키게 하면 얌전해질 거야."

그리고리는 낚싯대를 당겨 이제 녹초가 된 잉어를 다시 배 쪽으로 끌어들였다. 잉어는 커다란 입을 뻐끔거리면서 꺼칠한 뱃전에 콧등을 부딪쳤다. 그리고 오렌지빛 도는 금빛 지느러미를 번뜩이면서 얌전해졌다.

"뻗어 버렸군!"

판텔레이 프로코피예비치는 사둘로 잉어를 건져 올리며 만족스러운 듯 말했다.

그들은 다시 30분쯤 낚시질을 더 했다. 날뛰던 잉어도 한결 조용해졌다.

"이제 그만 돌아가자, 그리고리. 집에서는 벌써 마차에 말을 매어 놓았을 테니 더 어물거릴 틈이 없어."

고리고리는 돌아갈 채비를 서두르며 배를 벼랑 밑에서 밀어냈다. 꼭 중간쯤까지 저어서 왔다. 아버지의 표정으로 보아 무슨 이야기를 꺼내려 하고 있음을 그리고리는 알아차렸다. 하지만 노인은 입을 다문 채 산기슭에 흩어진 마을의 집들을 바라보고 있었다.

"그리고리, 너는…… 뭐랄까."

그는 발밑에 뒹구는 고기 바구니의 끈을 끌어당기면서 분명하지 않은 말투로 말을 꺼냈다.

"내 생각으론, 넌 아무래도 아크시냐 아스타호프와."

그리고리는 얼굴이 새빨개지며 고개를 돌렸다. 살집 좋은, 볕에 그을린 목에 파고든 셔츠 깃이 꽤나 희어 보였다.

"조심하거라."

노인은 이번에는 엄하고 또렷하게 덧붙였다.

"너에게 이런 말을 새삼 하고 싶지는 않다만, 스테판과 우리는 이웃이야. 그의 아내와 시시덕거리는 건 내가 용서 못해. 이런 일이 자칫하면 큰 잘못의 시작이 되니, 그렇게 되기 전에 일러두는 거다. 알겠니? 앞으로 내 눈에 띄면 그냥 두지 않을 테다!"

판텔레이 프로코피예비치는 마디 굵은 주먹을 거머쥐고 튀어나온 눈을 반쯤 감으면서, 아들의 얼굴에서 핏기가 가시는 모습을 바라보았다.

"남들이 괜히 헐뜯는 거예요."

마치 물 속에서 지껄이는 것처럼 힘없는 목소리로 그리고리가 한 마디 했다. 그리고 힘줄이 솟은 아버지의 양미간을 똑바로 쳐다보았다.

"넌 입 다물고 있어."

"사람들이 멋대로 지껄여대는 거라니까요."

"입 다물라니까, 바보 자식."

그리고리는 노로 방향을 잡고 있다가 그만두었다. 배는 거침없이 달리기 시작했다. 고물 뒤에서 물이 찰랑대며 뒤얽혀 춤추고 있었다. 나루터에 닿을 때까지 두 사람 다 잠자코 있었다. 강가에 닿자 아버지는 다시 주의를 주었다.

"알겠니? 잊어선 안 돼. 만일 말을 듣지 않으면…… 오늘부터 다시는 놀러 다니지 못하게 할 테니까. 한 발짝도 집 밖으로 내보내지 않을 거다, 알겠니?"

그리고리는 잠자코 있다가 배를 매어 놓으면서 물었다.

"고기는 집으로 가지고 갈까요?"

"장사꾼에게 가져가 팔아 와."

아버지는 부드러운 목소리로 말했다.

"담배값이라도 해야지."

입술을 깨물면서 그리고리는 아버지 뒤를 따라갔다.

'괜히 애쓰지 말라고, 이 영감쟁이야. 내 발을 묶어 놓더라도 오늘 밤에는 도망쳐 놀러갈 테니.'

그는 이렇게 생각하면서 아버지의 깎아낸 듯한 뒷머리를 노려보았다.

집으로 돌아오자 그리고리는 잉어비늘에 달라붙은 모래를 깨끗이 씻어내고, 아가미에 마른 나뭇가지를 꿰었다.

문 앞에서 동갑내기이며 어려서부터 친구인 미치카 코르슈노프를 만났다. 미치카는 장식이 붙은 허리띠 끝을 만지작거리면서 걸어가고 있었다. 가느다란 눈 속에 부리부리한 눈알이 누렇게 기름져 보였다. 눈동자는 고양이처럼 위로 치켜 올라가 있었다. 미치카의 눈길은 그렇듯 언제나 애매모호하여 좀처럼 그 속셈을 가늠하기가 어려웠다.

"물고기를 들고 어디 가는 거야?"

"오늘 아침에 낚았어. 장사꾼한테 가져가는 길이야."

"모호프한테?"

"그래."

미치카는 눈어림으로 잉어의 무게를 달아 보았다.

"15푼트[6]쯤 될까?"

"15푼트 반이야. 저울에 달아 봤어."

"함께 가자. 내가 흥정해 주지."

"그럼, 부탁해."

"구전 좀 떼 줄래?"

"그야 주고말고, 염려 말라고."

아침 예배가 끝나 사람들이 하나둘 흩어져 가고 있었다.

샤밀리네 삼형제가 나란히 걸어가고 있었다.

맏형인 팔이 없는 알렉세이가 한가운데 서서 걸어갔다. 깃을 세운 옷을 꼭 맞게 입고, 힘줄이 솟은 목을 꼿꼿이 세우고 있었다. 곱슬곱슬하여 쐐기모양으로 난 듬성한 턱수염이 까다로운 성품을 말해 주듯 비틀어지고, 왼쪽 눈은 신경질적으로 깜박이고 있었다. 오래전, 사격장에서 알렉세이가 들고 있던 소총이 파열하여 노리쇠의 파편으로 볼에 흉터가 생긴 것이다. 그 뒤로 한쪽 눈은 가만히 있는데도 언제나 깜박이게 되었고, 볼을 가로지른 검푸른 흉터가 머리칼 속에까지 뻗쳐 버렸다. 왼손은 팔꿈치 언저리까지 잘려 나가 없었다. 그러나 알렉세이는 한 손만으로도 전혀 실수 없이 능숙하게 담배를 말았다. 담배쌈지를 불룩한 가슴 언저리 위에 눌러 놓고 필요한 만큼 종이를 이로 물어서 찢어내어 깔때기 모양으로 만든 다음 담배를 채우고 다섯 손가락을 재빠르게 움직여 둘둘 마는 것이었다. 알렉세이는 눈을 깜박거리면서 순식간에 담배를 말아 물고는 불을 빌려 달라고 했다.

그는 외팔이지만 마을에서 으뜸가는 권투 선수였다. 그렇다고 주먹이 남달리 큰 것도 아니었다. 표주박 정도의 크기였다. 한번은 논을 갈다가 황소가 화를

---

6) 1푼트는 407.7g.

돋우는데 회초리가 보이지 않자 대뜸 주먹으로 한 대 갈겼다. 황소는 양쪽 귀에서 피를 흘리며 논두렁에 한참 쓰러져 있다가 가까스로 일어났다. 나머지 두 형제 마르친과 프로호르도 모든 면에서 알렉세이와 마찬가지였다. 둘 다 알렉세이와 마찬가지로 땅딸막하고 떡갈나무처럼 탄탄했다. 다만 두 사람 모두 양손이 말짱하다는 점만 알렉세이와 다를 뿐이었다.

그리고리는 샤밀리 형제에게 인사를 했다. 그러나 미치카는 목뼈에서 소리가 날 만큼 머리를 뒤로 젖히고 지나갔다. 사육제 권투대회 때 알료시카 샤밀리는 아직 어린 미치카의 나이를 생각하지 않고 힘껏 두들겨 주었으므로, 미치카는 징박은 구두 뒤꿈치에 마구 뭉개진 얼음 위로 어금니를 두 개나 뱉어냈다.

두 사람이 따라붙자 알렉세이는 계속해서 대여섯 번 눈을 깜박였다.

"어이, 팔 거냐?"

"사 줄래요?"

"얼마지?"

"황소 두 마리에 마누라를 붙여 줘요."

알렉세이는 눈을 깜박거리면서 통나무 같은 손을 내저었다.

"바보 자식, 뭐라고 지껄이는 거야! 아하하하! 마누라라고…… 송아지면 어떠냐?"

"송아지는 새끼를 치는 데 필요하니 소중히 간직해 둬. 그렇게 안 하면 샤밀리의 핏줄이 끊어져 버릴걸."

그리고리가 놀려댔다.

교회 옆 광장에는 사람들로 가득 차 있었다. 군중에 둘러싸인 교회의 장로가 거위를 머리 위로 쳐들고 고함치고 있었다.

"오십 코페이카. 이제 팔렸어, 누구 좀 더 낼 사람은 없습니까?"

거위는 목을 비틀며 터키석 같은 눈을 깜박였다.

그 옆에서 가슴에 십자훈장과 휘장을 단 백발노인이 마구 손을 휘젓고 있었다.

"그리샤카 할아버지가 러시아·터키 전쟁 때 이야기를 하고 있군."

미치카가 잡아끌었다.

"어때, 가서 들어 보지 않겠니?"

"그런 이야기를 듣고 있다가는 잉어가 썩어서 부풀어 버릴 거야."

"부풀면 돈 버는 거지. 무게가 늘 테니까."

가로대가 부서진 소방용 물통 몇 개가 말라비틀어진 채 버려져 있는 광장의 오두막 저편으로 모호프네 집의 녹색 지붕이 보였다. 오두막 옆을 지나면서 그리고리는 침을 뱉고 코를 막았다. 물통 뒤에서 한 노인이 혁대를 입에 물고 바지 단추를 채우며 기어 나왔다.

"그렇게 참을 수가 없었소?"

미치카가 빈정댔다.

노인은 단추를 모두 채우고 입에 문 혁대를 내렸다.

"쓸데없는 참견 마!"

"뭐라고? 코가 납작해지도록 맛 좀 보여줄까! 수염도 뽑아 버릴 테요! 할멈이 일주일쯤 병구완해도 낫지 않게 말이야."

"이 자식, 그렇게 말하는 네 콧등을 찌그러뜨려 줄 테다!"

노인은 화를 버럭 내며 말했다.

미치카는 고양이 같은 눈을 가늘게 뜨고 멈추어 섰다.

"쳇, 잘난 체하고 있네."

"뭐? 이 자식, 얼른 꺼져! 어쨌다고 시비를 거는 거냐? 그만두지 않으면 혁대로 때려 줄 테다!"

그리고리는 웃으면서 모호프네 집 현관 층계 쪽으로 걸어갔다. 난간에 포도덩굴이 온통 휘감겨 있었다. 층계에는 음울한 그림자가 얼룩처럼 드리워져 있었다.

"야, 굉장하구나, 미트리."

"손잡이까지 금을 입혔어."

미치카는 테라스로 통하는 문을 열면서 코를 킁킁거렸다.

"이 집에 그 할아범을 데리고 왔더라면 좋았을걸."

"누구세요?"

테라스에서 묻는 소리가 들려왔다.

좀 멈칫거리면서 그리고리가 앞장서서 들어갔다. 니스칠을 한 마룻바닥 위에 잉어꼬리가 질질 끌렸다.

"무슨 일이지요?"

등나무 흔들의자에 아가씨가 앉아 있었다. 손에는 딸기를 담은 접시가 들려 있었다. 그리고리는 딸기를 문 도톰하고 귀여운 장밋빛 입술을 가만히 바라보았다. 아가씨도 고개를 갸웃한 채 두 사람의 모습을 쳐다보았다.

미치카는 그리고리를 돕고 나섰다. 그는 가볍게 헛기침을 하고 물었다.

"저, 물고기를 사지 않겠습니까?"

"물고기요? 물어보고 올게요."

그녀는 의자를 한번 흔들고는 일어나서 맨발에 신은 수놓은 슬리퍼를 소리 내어 끌면서 걸어갔다. 햇빛이 하얀 옷을 비쳐 보이게 했다. 미치카는 포동포동한 다리의 희미한 윤곽과 속옷의 폭넓은 물결 모양 레이스를 보고 있었다. 그는 드러난 종아리가 비단처럼 하얀 것을 보고 놀랐다. 다만 둥그스름한 뒤꿈치만은 피부가 젖빛으로 누르께했다.

미치카는 그리고리를 쿡 찌르며 말했다.

"그리시카, 속옷까지 보이는데……마치 유리처럼 모두 비쳐 보이잖아."

아가씨는 복도 쪽 입구에서 나와 다시 의자에 털썩 앉았다.

"부엌으로 가 봐요."

그리고리는 발끝으로 걸어서 집 안으로 들어갔다. 미치카는 한쪽 발을 조금 뒤로 당기고 눈을 가늘게 뜬 채 그녀의 머리칼을 두 개의 반달 모양으로 가르고 있는 가르마를 넋을 잃고 바라보았다. 아가씨도 장난기 섞인 침착하지 못한 그를 눈치챘다.

"당신, 이 고장 사람이에요?"

"이 마을에 삽니다."

"어느 집?"

"코르슈노프네 가족이지요."

"이름은?"

"미트리라고 합니다."

그녀는 장밋빛 손톱을 가만히 바라보다가 재빨리 발을 끌어당겨 감췄다.

"물고기를 잡아 온 사람은 누구지요?"

"그리고리라고, 내 친구지요."

"그럼, 당신도 잡으러 가나요?"

"마음 내키면 가지요."

"낚시로 잡아요?"

"깃털 낚시로 잡기도 하지만, 이 언저리에서는 대개 대낚시지요."

"나도 낚시질을 한번 해보고 싶어요."

"어떻습니까, 괜찮다면 함께 갈까요?"

"뭘 준비해야 하지요? 진심으로 하는 소리예요?"

"그러려면 아침에 아주 일찍 일어나야 합니다."

"그야 물론 일어나지요. 하지만 누가 깨워 주지 않으면 안 돼요."

"깨워 드리지요…… 하지만 아버지께서 허락하실까요?"

"아버지는 상관없어요."

미치카는 웃음을 터뜨렸다.

"혹시 도둑으로 잘못 알고……개라도 풀어 놓으면 큰일이지요."

"바보 같으니! 난 저 모퉁이 방에서 혼자 자요. 봐요, 저 창문 있는 데예요."

그녀는 손가락으로 창문을 가리켜 보였다.

"나를 데리러 오면 저 창문을 두드려요. 그럼, 바로 일어날게요."

부엌 쪽에서 이야기하는 소리가 분명하게 두 가지로 나뉘어져 들려왔다. 더 듬거리는 것은 그리고리의 목소리고, 굵고 탁한 목소리는 요리사였다.

미치카는 말없이 카자흐 허리띠의 은장식을 만지작거리고 서 있었다.

"당신, 부인 있어요?"

아가씨가 웃으며 물었다.

"왜 그런 걸 묻습니까?"

"별다른 뜻은 아니고, 그냥 좀 궁금해서요."

"없습니다, 혼자지요."

미치카는 저도 모르게 얼굴을 붉혔다. 아가씨는 미소를 지으며 바닥에 흩어진 온실 딸기 줄기를 발로 끌어모으며 물었다.

"어때요, 미챠, 처녀들이 당신을 좋아하나요?"

"좋아하는 사람도 있고, 그렇지 않은 사람도 있지요."

"그런데…… 당신 눈은 어째서 그렇게 고양이 같지요?"

"네? 고양이 같다고요?"

미치카조차 이 물음에는 두 손 들고 말았다.

"그래요. 고양이 눈과 똑같아요."

"그거야 어머니 탓이겠지요. 내 탓이 아닙니다."

"그럼, 미챠, 어째서 당신은 장가를 못 갔지요?"

미치카는 잠시 얼떨했지만, 그녀의 말에 놀리는 투가 역력했으므로 자세를 고쳐 서서 노란 눈을 날카롭게 빛냈다.

"그게 작아서 곤란하기 때문이죠."

아가씨는 깜짝 놀라 눈썹을 치켜세우고 얼굴이 새빨갛게 달아 일어섰다.

거리에서 현관의 층계를 올라가는 발소리가 들려왔다.

그녀가 흘끗 던진 뜻있는 미소는 미치카의 마음을 흔들었다. 이 집의 집주인인 세르게이 플라토노비치 모호프가 뚱뚱한 몸으로 헐렁한 새끼양가죽 편상화를 부드럽게 끌면서 미치카의 옆을 지나갔다.

"나를 찾아왔나?"

그는 앞을 지나가며 돌아보지도 않고 물었다.

"아빠, 물고기를 가져왔어요."

그리고리는 빈손으로 나왔다.

3

그리고리는 첫닭 우는 소리가 난 뒤에야 밤놀이에서 돌아왔다. 집 현관에 들어서자 발효한 홉 열매 냄새와 말린 사향초의 향긋한 냄새가 코를 찔렀다.

발끝으로 살며시 걸어 거실을 지나 옆줄이 쳐진 외출복 바지를 살짝 걸어 놓고는 성호를 긋고 누웠다. 마룻바닥에는 금빛 달빛이 창틀 그림자에 십자로 잘려서 졸고 있었다. 방구석에는 수놓인 천 위에 은제 성상이 어슴푸레 빛나고, 침대 위의 늘어뜨려진 장식대 위에선 인기척으로 잠을 깬 파리들이 시끄럽게 윙윙대고 있었다.

막 잠이 들려는데 부엌에서 조카가 울기 시작했다.

요람이 기름 떨어진 수레처럼 삐걱거렸다. 다리야가 졸린 목소리로 중얼거렸다.

"정말 애먹이는 아이구나! 자지도 않고, 그렇다고 가만히 있지도 않고."

그러더니 조용히 노래 부르기 시작했다.

자장 자장 자아장
아가는 어디 갔어요?
말을 지키러 갔지요.
어떤 말을 지키러?
금으로 장식한 안장을 얹은
말을 지키러 갔어요⋯⋯.

간간이 들려오는 요람의 삐걱대는 소리를 들으며 그리고리는 잠결에 생각했다.

'내일은 페트로가 야영을 떠나는 날이지. 다시카와 아이만 남고⋯⋯ 풀베기는 형이 없는 동안에 하게 되겠군.'

뜨거워진 베개에 머리를 묻었다. 노랫소리는 계속 들려왔다.

아가, 말은 어디에 갔지요?
대문 밖에 서 있어요.
그럼, 대문은 어디에 있나요?
물에 떠내려갔어요.

시끄러운 말 울음소리에 그리고리는 잠에서 깨어났다. 울음소리로 페트로의 군마임을 알아차렸다.

자다가 깨어 힘없는 손가락으로 머뭇머뭇 셔츠의 단추를 채우다가 물결처럼 잔잔한 노랫소리에 끌려 다시 졸기 시작했다.

그럼, 거위는 어디로 갔나요?
갈대숲 속으로 도망쳐 갔지요.
그럼, 갈대는 어디로 갔어요?

아가씨가 베어서 가져갔지요.
그러면 아가씨는 어디로 갔나요?
아가씨는 시집을 갔어요.
그럼, 카자흐인은 어디로 갔나요?
싸움터에 나갔어요…….

그리고리는 잠이 덜 깬 눈으로 가까스로 마구간에 가서 오솔길로 말을 끌어냈다. 거미줄이 얼굴에 부딪혀 간지러웠다. 그러자 잠이 확 달아났다.

돈강 물줄기와 인적이 전혀 없는 비스듬한 큰길이 달빛을 받아 파도처럼 물결치고 있었다. 돈강 위에는 안개가 끼어 있고, 그 위에 별들이 총총한 하늘이 있었다. 뒤에서 말이 조심스럽게 발을 번갈아 내디디며 따라오고 있었다. 물가로 내려가는 비탈 길이 험했다. 건너편에서 들오리가 울고 있었다. 얕은 곳에서는 작은 물고기를 잡아먹는 메기가 진흙 바닥에 떠올랐다가 다시 뛰어올라 수면을 찰싹 때렸다.

그리고리는 오랫동안 물가에 서 있었다. 강변은 눅눅하고 퀴퀴한 냄새가 엷게 깔려 있었다. 말의 입에서 작은 물방울이 떨어지고 있었다. 그리고리는 아무 거리낌 없는 좋은 기분이 들었다. 돌아오면서 동쪽 하늘을 보니 어느새 새벽의 검푸른 어둠은 사라져 가고 있었다.

마구간 앞에서 어머니와 마주쳤다.

"그리시카냐?"

"네, 당연하잖아요."

"말에게 물을 먹이고 왔니?"

"그래요."

그리고리는 건성으로 대답했다.

어머니는 몸을 뒤로 젖힌 듯한 자세로, 앞치마에 불쏘시개로 쓸 말린 말똥을 담아 가지고 갔다. 쭈글쭈글한 맨발을 질질 끌면서.

"아스타호프네 집에 가서 깨워 주고 오너라. 스테판도 우리 페트로와 함께 떠나야 할 테니까."

한껏 팽팽하게 당겨져서 떨고 있는 용수철처럼 한기가 그리고리의 몸 속에 퍼졌다. 온몸에 소름이 돋았다. 아스타호프네 집 현관 층계를 세 단씩 소리 나게 뛰어 단숨에 올라갔다. 문은 잠겨 있지 않았다. 스테판은 부엌 바닥에 무릎 덮개를 깔고 잠들어 있고, 아내는 그의 겨드랑이에 머리를 틀어박은 채로 있었다.

희미하게 밝아오기 시작한 어둠 속에서, 그리고리는 아크시냐의 속옷이 무릎 위까지 말려 올라가 자작나무 줄기처럼 새하얀 다리가—부끄러운 줄도 모르고—드러나 있는 것을 보았다. 그는 잠시 그것을 지켜보았다. 입 안이 바싹 마르고 머리가 저려오는 듯이 느껴졌다.

훔쳐보듯 주위를 살피며 마치 다른 사람인 것처럼 쉰 목소리로 소리쳤다.

"어이, 뭘 하고 있나? 일어나!"

아크시냐는 몹시 졸린 듯 맥 빠진 목소리로 물었다.

"아, 누구지? 누구야?"

그녀의 손이 당황한 듯 더듬어 속옷을 끌어내려 두 다리를 가렸다. 베개는 자면서 흘린 침으로 얼룩져 있었다. 여자는 새벽녘에 깊이 잠드는 법이다.

"나요. 어머니가 가서 깨우고 오라고 해서."

"곧 일어날 텐데…… 들어오면 안 돼요…… 벼룩이 있어서 마룻바닥에서 자고 있는 거예요. 스테판, 빨리 일어나요. 어서!"

그리고리는 말투로 보아 그녀가 쑥스러워하고 있음을 깨닫고 재빨리 뛰어나왔다.

마을에서는 5월의 야영으로 30명쯤의 카자흐인들이 떠나게 되었다. 모이는 장소는 광장이었다. 7시쯤 되자 방수천으로 포장을 씌운 짐마차와 즈크 셔츠를 입고 무장한 카자흐인들이 걷거나 또는 말을 타고 잇따라 모여들었다.

현관 층계 위에서 페트로는 끊어지려는 말 재갈의 밧줄을 서둘러 고치고 있었다. 판텔레이 프로코피예비치는 페트로의 말 주위를 돌아다니면서 여물통에 귀리를 넣어 주고 가끔 크게 소리쳤다.

"두냐시카, 건빵은 넣었니? 페트(쇠기름)에는 소금을 듬뿍 쳤고?"

두냐시카는 얼굴이 빨개져서 부엌에서 안채와 마당을 제비처럼 뛰어다니다가 아버지가 소리를 지를 때마다 웃으며 손을 흔들었다.

"아버지는 아버지 일만 하시면 돼요. 오빠 일은 내가 모두 알아서 할 테니까요. 체르카스크까지 가더라도 끄떡없도록 잘 해둘 거예요.”

“다 먹었어요?”

페트로는 밀랍 먹인 실에 침을 바르면서 말을 턱으로 가리키며 물었다.

“먹고 있어.”

아버지는 꺼칠한 손바닥으로 안장깔개를 살피면서 진지하게 대답했다.

“잘 알겠지만, 돌멩이나 나뭇가지가 안장깔개에 붙어 있다가는 단번에 말 잔등이 피투성이가 되도록 긁혀 버린다.”

“이 녀석이 다 먹고 나면 물 좀 먹여 주세요, 아버지.”

“그리시카가 돈강으로 끌고 갈 거다. 그리고리, 말을 끌고 가거라!”

키가 늘씬하고 이마에 하얀 별이 있는 돈산(産) 말은 장난치면서 걸어왔다. 그리고리는 그 말을 샛문 밖으로 끌어내어 훌쩍 올라타고는 달리기 시작했다. 비탈 위에서 멈추려 했지만, 말이 발을 잘못 디뎌 더욱 속력이 붙으면서 단숨에 비탈을 달려 내려갔다. 말등에 누워 버릴 정도로 몸이 젖혀지는 순간, 그리고리의 눈에 물통을 메고 비탈을 내려가는 여자의 모습이 보였다. 말은 오솔길을 벗어나 자욱한 먼지를 일으키며 물로 뛰어들었다.

아크시냐가 몸을 흔들며 비탈을 내려왔다. 그리고 멀리서부터 큰 목소리로 떠들었다.

“미친 녀석! 하마터면 말한테 차일 뻔했잖아! 두고 봐요, 당신이 말을 어떻게 탔는지 당신 아버지에게 일러바칠 테니까.”

“아니, 너무 그렇게 화내지 말아요, 이웃집 마나님. 남편을 야영에 보내고 나면 나에게 무슨 도움을 청하게 될지도 모르니까.”

“쓸데없는 걱정은 접어 둬요. 당신 따위에게 부탁하지는 않을 테니까!”

“이제 풀베기가 시작돼 봐요. 부탁하러 오게 될 텐데.”

그리고리가 웃어댔다.

아크시냐는 물가에서 물지게에 물통을 매단 채로 능숙하게 물을 퍼 올렸다. 그리고 바람에 날리는 스커트를 무릎 사이로 누르며 그리고리를 바라보았다.

“어때요, 그 댁 스테판은 이제 준비가 끝났어요?”

그리고리가 물었다.

“그런 건 왜 물어요?”

"왜요? 물어 보면 안 되나요?"

"준비는 끝났어요. 그게 어쨌다는 거죠?"

"그럼, 혼자 남아서 결국 생과부가 되는 셈이군요."

"그야 그럴 테지요."

말은 수면에서 입을 떼고 흘러내리는 물을 꿀꺽꿀꺽 마셨다. 그리고 돈강 저쪽 기슭을 바라보며 앞발로 물을 찼다. 아크시냐는 다른 한쪽의 물통에도 물을 퍼 올려 물지게를 어깨에 메고는, 가볍게 장단을 맞추면서 비탈을 올라가기 시작했다. 그리고리는 그 뒤를 쫓아 말을 몰았다. 바람이 불면서 아크시냐의 스커트가 위로 올라갔다. 거무스름한 목덜미에는 부드럽고 풍성한 귀밑머리가 감겨 붙었다. 단단히 묶은 머리 위에서 꽃무늬 비단으로 테를 두른 플라토크는 여러 가지 색깔로 어우러져 화려했고, 옷자락을 스커트에 쑤셔 넣은 속옷은 잔주름 하나 없이 팽팽한 등과 통통한 어깨를 감싸고 있었다. 비탈길로 들어서자 그녀의 몸이 앞으로 좀 굽어졌으므로 등에 세로로 한줄기 홈이 생겨 그것이 속옷 위로도 뚜렷하게 보였다. 그리고리는 속옷 겨드랑에 땀이 배어 나와 갈색 고리 모양이 생기는 것을 보았다. 그는 그녀의 어떤 동작도 놓치지 않았다. 그는 다시 그녀와 이야기를 나누고 싶어졌다.

"틀림없이 남편 생각이 나서 외로워지겠지요? 안 그래요?"

아크시냐는 그리고리를 돌아보며 미소 지었다.

"그야 당연하지. 당신도 색시를 얻어 봐요."

한숨을 내쉬고 그녀는 다시 더듬더듬 말했다.

"색시를 얻으면 알게 돼요, 외로운지 어떤지."

말을 몰아서 그녀와 나란히 서게 되었을 때 그리고리는 그녀의 눈을 들여다보았다.

"하지만 개중에는 남편이 떠나고 나면 좋아할 여자들도 있지 않을까요? 우리 다리야는 페트로가 없으면 살이 마구 찌는걸."

아크시냐는 콧구멍을 벌렁대면서 가쁘게 숨쉬고 있었다. 머리를 매만지면서 그녀가 말했다.

"남편이란 거머리는 아니지만 피를 빨아먹게 마련이에요. 당신도 얼마 안 있으면 장가를 들겠죠?"

"아버지가 어떻게 생각하고 있는지 모르지만, 아마 군대에 갔다 온 다음이 될 걸요."

"아직 어리니까 색시 따위는 얻지 않는 게 좋을 거예요."

"왜요?"

"따분할 뿐이니까."

그녀는 치켜뜬 눈으로 쳐다보면서 입을 다문 채 희미하게 웃었다. 그때 그리고리는 그녀의 입술이 부끄러움도 없이 탐욕스럽게 부풀어 있음을 비로소 알아차렸다.

그는 말갈기를 가르면서 말했다.

"나도 색시 같은 거 얻고 싶진 않아요. 누군가 좋아해 줄 여자가 생기면 몰라도."

"점찍어 둔 여자는 있어요?"

"점찍어 두긴요…… 당신도 스테판이 떠나고 나면."

"혹시라도 나에게 이상한 생각 갖지 말아요!"

"물어뜯을 건가요?"

"스테판에게 이를 테니까."

"나는 스테판 따위는."

"그렇게 큰소리치다가 나중에 큰코다칠걸요."

"겁주지 말아요, 아크시냐!"

"겁주는 게 아니에요. 당신 같은 치는 계집애들하고나 노는 게 좋아요. 수놓은 손수건이나 얻으면서. 우리 같은 사람한테 눈독 들이는 건 좋지 않아요."

"심술이 나서라도 쫓아다닐 거예요."

"그럼, 쫓아다녀 보라죠."

아크시냐는 부드럽게 미소 짓고 말을 먼저 보내려고 비켜섰다. 그리고리는 말을 옆으로 세워 길을 막았다.

"비켜요, 그리시카!"

"못 비켜요."

"바보 같은 짓 그만둬요. 난 우리 집 양반이 떠날 준비를 해 줘야 돼요."

그리고리는 웃으며 말을 몰았다. 말은 제자리걸음을 하면서 아크시냐를 슬슬 절벽으로 몰아갔다.

"그만두라니까, 바보. 사람이 오잖아요! 누가 보면 어떻게 생각하겠어요!"

그녀는 놀란 것처럼 눈이 휘둥그레져서 주위를 둘러보고는 얼굴을 찌푸린 채 돌아보지도 않고 가버렸다.

현관 층계에서 페트로는 가족들과 작별 인사를 하고 있었다. 그리고리는 말에 안장을 얹었다. 페트로는 긴 칼을 손에 쥐고 허둥지둥 층계를 뛰어내려와 그리고리에게서 고삐를 받아 쥐었다.

말은 출발을 예감하고 불안한 듯 제자리걸음을 하고, 재갈을 씹으면서 입에 거품을 물고 있었다. 페트로는 한 발을 등자에 얹고 안장을 잡은 채 아버지에게 말했다.

"얼룩소는 너무 혹사하지 마세요, 아버지! 가을에 팔 거니까. 그리고리에게도 말을 한 마리 사 줘야 될 테니까요. 그리고 벌판의 풀은 절대 팔아 버리면 안 돼요. 알겠죠? 올해 풀밭 사정은 알고 있겠죠? 어떨지 대강 짐작은 갈 테니까요."

"그래. 그럼, 조심해서 가거라. 아무 탈 없이 다녀와라."

노인은 성호를 그으며 말했다.

페트로는 능숙한 솜씨로 훌쩍 안장에 올라타고는, 뒤로 손을 돌려 혁대로 꽉 죄어진 셔츠의 주름을 폈다. 말이 문 쪽으로 나아갔다. 긴 칼의 손잡이가 그 보조에 따라 흔들리며 햇빛을 받아 희미하게 빛났다.

다리야가 아기를 안고 뒤따라갔다. 어머니는 눈시울을 소매로 닦고, 빨개진 코끝을 앞치마 끝으로 훔치면서 마당 가운데 서 있었다.

"오빠, 피로그(만두)! 피로그를 잊어버렸어요! 감자를 넣은 피로그!"

두냐시카는 문 쪽으로 달려나갔다.

"뭘 그렇게 떠들어, 바보야!"

그리고리가 화난 듯이 동생에게 소리쳤다.

"피로그를 놔두고 가버렸어!"

두냐시카는 샛문에 기대어 신음하듯 말했다. 얼룩진 뜨거운 뺨에, 또 뺨에서 윗옷 위로 눈물이 흘러내렸다.

다리야는 손을 눈 위에 얹고, 먼지로 흐려진 남편의 하얀 셔츠를 바라보고 있었다. 판텔레이 프로코피예비치는 썩어 가는 문기둥을 흔들면서 그리고리를 힐끗 돌아보고 말했다.

"문을 고치거라. 구석에 받침대를 박아 두면 될 거다."

그리고 잠시 생각하다가 새삼스럽게 덧붙였다.

"페트로는 가버렸구나."

그리고리는 울타리 너머로 스테판이 준비하는 모습을 보고 있었다. 녹색 모직 스커트를 입고 잔뜩 멋을 낸 아크시냐가 말을 끌고 왔다. 스테판은 웃으면서 그녀에게 무언가 이야기하고 있었다. 그는 남편답게 천천히 아내에게 키스하고, 오래도록 그녀의 어깨에서 손을 떼지 않았다. 노동과 햇볕으로 그을린 손이 아크시냐의 새하얀 저고리에 얹히자 숯처럼 새까맣게 보였다. 스테판은 그리고리에게 등을 돌리고 서 있었다. 울타리 너머로 그의 실팍한 목덜미와 널찍하고 좀 처진 듯한 어깨가 보였다. 아내 쪽으로 몸을 구부리자 뾰족하게 치켜 올라간 연한 황갈색 수염 끝이 보였다.

아크시냐는 웃으면서 무언가 거부하듯이 머리를 저었다. 키 큰 검은 말은 주인이 등자에 오르자 좀 비틀거렸다. 스테판은 빠르게 말을 문 밖으로 몰고 나갔다. 그리고 마치 구멍에라도 박힌 것처럼 듬직하게 안장에 앉아 있었다. 아크시냐는 등자를 잡고 함께 걸어서 갔다. 그리고 마치 강아지처럼 애정이 담긴 눈길로 자꾸만 그의 얼굴을 올려다보았다.

두 사람은 옆집을 지나 길모퉁이로 사라졌다. 그리고리는 눈도 깜박이지 않고 한동안 두 사람을 바라보고 있었다.

4

저녁때가 되자 소나기가 쏟아질 것 같았다. 검붉은 비구름이 하늘을 온통 뒤덮었다. 돈강은 바람에 시달려 용솟음치는 물결을 잇달아 강가에 거칠게 부딪쳤다. 잡목림 저편에서는 번개가 하늘을 불태우고, 때때로 천둥 소리가 땅을 울렸다. 검은 구름 밑에서 소리개가 날개를 펴서 원을 그리고 있었다. 큰 까마귀 떼가 울어대며 뒤쫓고 있었다. 비구름이 차가운 바람을 몰아치면서 서쪽에서 돈강을 따라 몰려오고 있었다. 강가의 목초지 저쪽 하늘이 무섭도록 어두워지고, 벌판은 숨을 죽인 채 조용해졌다. 마을의 집들은 모두 덧문을 닫고, 노파들은 성호를 그으며 저녁 일터에서 서둘러 집으로 돌아가고 있었다. 광장에서는 잿빛 모래 기둥이 솟아오르고, 봄의 열기로 달아오른 대지에 커다란 빗방울이 후두둑 떨어지기 시작했다.

두냐시카는 늘어뜨린 머리칼을 휘날리면서 마당을 뛰어다니며 닭장 문을 닫고, 마당 한가운데에 우뚝 서서 마치 장애물 앞에 선 말처럼 코를 벌름거렸다. 길에서는 아이들이 뛰어다니고 있었다. 8살 된 이웃집 아이 미시카는 한쪽 발로 맴을 돌고 있었다—거의 눈까지 내리덮은 아버지의 커다란 둥근 모자가 그의 머리 위에서 빙글빙글 돌았다—그리고 가늘지만 밝은 소리로 노래를 부르고 있었다.

비야, 비야, 쏟아져라.
덤불 속으로 가서
하느님께 부탁드리자.
예수님께 부탁드리자.

두냐시카는 아무것도 신지 않은 미시카의 맨발이 땅바닥을 힘차게 밟아대는 모습을 부러운 듯 바라보고 있었다. 자기도 빗속을 뛰어다니며 머리를 흠뻑 적셔 보고 싶었다. 그렇게 하면 머리가 곱슬거려 숱이 많아진다고 하니까. 그러고는 미시카와 어울려 길가의 먼지를 뒤집어쓴 채 물구나무를 서기도 하고, 위험을 무릅쓰고 가시덤불 속으로 뛰어들어 보고 싶어 안달이 났다. 하지만 어머니가 화난 듯 입을 우물거리면서 창문에서 이쪽을 바라보고 있었기에 그럴 수가 없었다. 두냐시카는 한숨을 쉬고는 집 안으로 뛰어들어갔다. 비는 세차게 내리쳤다. 지붕 바로 위에서 천둥이 울리고, 그 여운이 돈강 저쪽까지 울려 퍼졌다.

현관에서는 아버지와 땀투성이가 된 그리시카가, 뭉쳐 놓은 후릿그물을 벽장에서 꺼내고 있었다.

"어이, 빨리 굵은 실과 바늘을 갖고 와!"

그리고리가 두냐시카에게 소리쳤다.

부엌에 불이 켜졌다. 다리야는 앉아서 후릿그물을 고치기 시작했다. 노파는 아기를 어르면서 투덜거렸다.

"당신은 늙어서도 늘 쓸데없는 일만 생각하는구려. 잠이나 자는 게 좋을 텐데. 기름 값은 오르기만 하는데 등불을 켜 놓으라니. 이런 날씨에 고기가 잡힐 리 있겠어요? 정말 무슨 짓인지 알 수가 없어. 글쎄, 한 발짝만 나가 봐요. 밖에서 무섭게 폭풍우가 몰아치고 있어요. 저 봐요, 저 무시무시한 번갯불을! 예수 그리스도님, 하늘에 계신 하느님."

한순간 부엌이 눈부실 만큼 푸른 빛에 휩싸였다가 다시 조용해졌다. 덧문을 때리는 빗소리가 들리더니 이어서 굉장한 천둥 소리가 울려 퍼졌다. 두냐시카는 꽥! 하고 비명을 지르며 후릿그물 속으로 파고들 듯이 엎드렸다. 다리야는 창문과 방문에 방패막이로 작은 십자가를 그었다.

노파는 발부리에 달라붙는 고양이를 무서운 눈초리로 노려보았다.

"두니카! 이놈을 쫓아다오…… 오, 하느님. 내 죄를 용서하여 주십시오. 두니카, 고양이를 밖으로 끌어내 다오. 이녀석, 빨리 나가! 이 망할 놈."

그리고리는 후릿그물의 끝을 놓고는 소리 없이 웃었다.

"너희들 무엇 때문에 떠들어대는 거야? 시끄러워!"

판텔레이 프로코피예비치가 고함을 질렀다.

"여자들은 빨리 그물이나 꿰매! 내가 전에 얘기했었잖아, 그물을 손질하라고."

"하지만 이런 날씨에 고기가 잡힐 리 있나."

노파는 다시 말을 꺼내려고 했다.

"알지도 못하는 주제에…… 잠자코 있어! 모래톱 있는 데서 철갑상어를 잡아 보일 테니. 고기란 폭풍우가 몰아치면 무서워서 물가로 나오는 법이야. 이제 물이 흐려지기 시작했을까. 얘, 두냐시카. 얼른 뛰어가서 시냇물 소리가 크게 나는지 보고 오너라."

두냐시카는 내키지 않는 듯 살며시 옆을 지나 문 쪽으로 걸어갔다.

"그물질에는 대체 누가 따라가는 거지요? 다리야는 가지 못해요. 젖이 식을 테니까."

노파도 지지 않았다.

"하나는 나하고 그리시카가 당기지. 또 하나의 그물은…… 그래, 아크시냐를 부르고 누구건 여자를 하나 더 데리고 가지."

두냐시카가 숨을 헐떡거리며 뛰어들어왔다. 속눈썹에 빗방울이 매달려 있었다. 그녀의 몸에서 눅눅한 흙냄새가 풍겼다.

"무서울 만큼 물소리가 요란해요!"

"어떠냐, 따라가겠니?"

"또 누가 가지요?"

"여자들을 불러 보겠다."

"그럼, 가겠어요!"

"됐어. 덧옷을 뒤집어쓰고 아크시냐에게 뛰어갔다 오너라. 그리고 가겠다고 하면 말라시카 프로로바도 불러 오라고 해."

"그 여자라면 추워하지 않을 거야."

그리고리가 의미심장하게 웃었다.

"마치 거세한 살찐 돼지처럼 기름이 올라 있으니까."

"그리시카, 넌 마른풀을 갖고 가려무나."

어머니가 충고했다.

"그걸 명치에 대면 좋아. 그렇게 안 하면 배가 차가워질 거야."

"그래, 그리고리, 마른풀을 가져오너라. 할멈 말이 맞으니까."

잠시 뒤 두냐시카가 여자들을 데리고 왔다. 아크시냐는 해진 윗옷에 새끼줄로 허리를 매고 푸른 스커트를 입어서 좀 여위고 키가 작아 보였다. 그녀는 다리야와 서로 웃음을 주고받으면서 플라토크를 벗어 머리를 단단히 묶더니, 고개를 뒤로 젖혀 플라토크를 고쳐 매고는 그리고리를 쌀쌀맞게 바라보았다. 좀 뚱뚱한 말라시카는 문지방 옆에서 양말끈을 매면서 감기라도 걸린 듯한 목소리로 말했다.

"모두들 자루를 가지고 있나? 정말이지 오늘은 고기를 실컷 잡아야지."

밖으로 나갔다. 진흙탕이 된 땅바닥에 비가 쫙쫙 쏟아지고, 웅덩이는 넘쳐나 시내를 이루어 돈강으로 흘러들고 있었다.

그리고리가 앞장섰다. 그는 어쩐지 기분이 들떠 있었다.

"조심해요, 아버지. 도랑이 있어요."

"몹시 어둡구나!"

"아크슈트카, 나를 단단히 잡아. 너하고라면 어디까지라도 가겠어."

말라시카가 쉰 목소리로 웃어댔다.

"어이, 그리고리, 이 근처가 마이단니코프네 선착장이지 않니?"

"그래요."

"이 언저리에서……시작하자."

사납게 불어대는 바람을 안고 판텔레이 프로코피예비치가 소리쳤다.

"전혀 들리지 않아요, 아저씨!"

말라시카가 쉰 목소리로 쥐어짰다.

"이젠 슬슬 가 봐…… 난 여기 깊은 쪽에서 하겠다. 깊은 쪽이라고 했잖아…… 말라시카, 이 귀머거리 같으니. 어디로 끌고 가는 거지? 나는 여기 깊은 쪽에서 한다고 했는데! 그리고리, 그리시카! 아크시냐는 강가에서 끌도록 해."

돈강은 미친듯 날뛰고 있었다. 바람은 비스듬히 불면서, 쏟아지는 빗발을 갈가리 찢어 버렸다.

그리고리가 발로 강바닥을 더듬어 나가자 허리까지 물에 잠겼다. 축축한 한기가 가슴까지 스며 올라와 심장을 테처럼 꽉 옥죄었다. 얼굴에, 굳게 감은 눈에 물결이 회초리처럼 덮쳐 왔다. 후릿그물은 둥글게 부풀어서 깊은 곳으로 끌려갔다. 털양말을 신은 그리고리의 발은 강바닥의 모래 속으로 미끄러졌다. 후릿그물이 손에서 빠져나갔다…… 점점 깊어졌다. 움푹한 곳이 있었다. 발을 헛디뎠다. 순식간에 강 가운데로 밀려가 빨려들어갔다. 그리고리는 오른손으로 열심히 물을 저어 물가로 나오려 했다. 물결이 일고 있는 시커먼 늪이 그의 간담을 서늘케 했다. 진흙탕 깊숙한 강바닥에 발이 닿자 그는 겨우 한숨을 돌렸다. 무릎 언저리에 웬 물고기가 와 부딪쳤다.

"깊은 쪽으로 돌아가!"

끈끈한 어둠 속에서 아버지의 목소리가 들려왔다.

후릿그물이 홱 기울면서 다시 깊은 곳으로 끌려들어갔다. 그러자 다시 물살에 발이 걸려 떠내려갈 것 같았다. 그리고리는 고개를 한껏 쳐들고 헤엄치면서 입에서 물을 뱉어 냈다.

"아크시냐, 괜찮아요?"

"아직은 괜찮아요."

"비는 그친 것 같지요?"

"좀 덜 오긴 하지만 다시 한바탕할 모양이에요."

"큰 소리 내지 마요. 아버지가 들으면…… 야단맞아."

"그래도 아버지는 무서운 모양이군요."

잠시 말없이 그물을 잡아당겼다. 물은 마치 밀가루 반죽같이 몸을 움직일 때마다 죄어들었다.

"그리샤, 저기 물가에 나무 그루터기가 가라앉아 있는 것 같아. 그쪽으로 돌아가자."

그때 갑자기 그리고리는 무서운 힘으로 멀리 내던져졌다. 마치 커다란 바윗덩어리가 절벽에서 떨어진 듯 굉장한 소리를 내며 물이 튀었다.

"아, 아, 앗!"

어딘가 강가 쪽에서 아크시냐가 비명을 질렀다.

그리고리는 몹시 놀랐지만, 곧 떠올라서 비명이 난 쪽으로 헤엄쳐 갔다.

"아크시냐!"

바람 소리와 용솟음치며 흐르는 물소리.

"아크시냐!"

공포로 오싹한 한기를 느끼며 그리고리가 소리쳤다.

"얘야, 그리고리!"

멀리서 아버지의 희미한 목소리가 들려왔다.

그리고리는 손을 세차게 움직여 헤엄쳐 나아갔다. 무엇인가 다리에 감기는 것이 느껴졌다. 손을 넣어 더듬어 보니 후릿그물이었다.

"그리샤, 어디 있어?"

아크시냐가 우는 소리를 냈다.

"내가 불렀는데 어째서 대답하지 않았지?"

그리고리는 엉금엉금 기어서 땅으로 올라가며 화가 나서 소리쳤다.

두 사람은 웅크리고 앉아 덜덜 떨며 마구 뒤엉킨 그물을 풀기 시작했다. 산산이 찢어진 구름 틈새로 달이 얼굴을 내밀었다. 목초지 저편에서 한풀 꺾인 천둥 소리가 울렸다. 땅바닥에서는 미처 배어들지 못한 물이 반짝반짝 빛나고 있었다. 비에 씻긴 하늘은 티끌 하나 없이 맑아져 있었다.

그리고리는 그물을 풀면서 아크시냐의 얼굴을 들여다보았다. 그 얼굴은 완전히 핏기를 잃어 마치 석고 같았다. 그러나 좀 말려 올라간 듯한 붉은 입술이 이제는 웃고 있었다.

"강가에 내동댕이쳐졌을 때 나는……."

잠시 숨을 돌린 뒤 그녀는 말을 이었다.

"정신이 없었어요. 죽는 줄만 알았지요! 게다가 당신은 빠져 죽은 줄 알았고."

두 사람의 손과 손이 닿았다. 아크시냐는 자기 손을 그의 셔츠 소매 속으로 넣어 보았다.

"어머나, 소매 속이 따뜻하군요."

그녀는 호소하는 듯한 목소리로 말했다.

"난 완전히 얼어서 온몸이 얼얼해요."

"빌어먹을 메기 녀석, 여길 이렇게 만들어 버렸군!"

그리고리는 그물 가운데 1미터쯤 찢어진 곳을 펼쳐 보였다.

강가 쪽에서 누군가가 뛰어왔다. 그리고리는 곧 두냐시카임을 알았다. 그래서 멀리서 말을 건넸다.

"실 갖고 있니?"

"갖고 있어요."

두냐시카는 헐떡이며 뛰어왔다.

"어째서 여기에 앉아 있는 거예요. 아버지가 빨리 저쪽 강가로 오라고 부르고 있어요. 우리는 거기서 철갑상어를 한 마리 잡았어요!"

두냐시카의 목소리에는 자랑스러움이 역력히 담겨 있었다.

아크시냐는 몸이 떨려 이를 덜덜 부딪치면서 구멍난 그물을 꿰맸다. 그리고 몸이 더워지도록 두냐시카가 말한 강가 쪽으로 달려갔다.

판텔레이 프로코피예비치는 물에 빠져 죽은 사람처럼 잔뜩 부어오른 손가락으로 담배를 말고는, 손짓 발짓을 해 가며 자랑했다.

"처음엔 한꺼번에 여덟 마리나 잡혔어. 그다음에는……."

그는 잠깐 한숨을 돌려 담배를 빨고는 말없이 발로 자루를 가리켰다.

아크시냐는 신기한 듯이 들여다보았다. 자루 속에서 펄떡펄떡 뛰는 소리가 났다─기운 좋은 철갑상어 한 마리가 날뛰고 있었다.

"너희들, 왜 떨어져 버렸지?"

"메기가 그물을 찢어 버렸어요."

"꿰매 놨니?"

"그럭저럭 그물코만은 이어 됐어요."

"그러냐? 그럼, 저기 모퉁이까지 한번만 더 갔다가 거기서 그만두자. 이제 그물을 던져라. 그리시카, 너 무슨 생각을 하는 거냐?"

그리고리는 절굿공이처럼 감각이 없어진 발을 옮겨 놓았다. 아크시냐는 덜덜 떨고 있었다. 그 떨림은 그물을 통해 그리고리에게도 뚜렷하게 전해질 정도였다.

"너무 떨지 마요!"

"도와줘요. 숨도 못 쉴 지경이에요."

"자, 갑니다…… 빌어먹을, 그물 속으로 들어가 주면 좋을 텐데 속 썩이는 고기군!"

큰 잉어가 그물을 넘어서 뛰었다. 그리고리는 앞으로 나아가면서 그물을 뒤집어 당겼다. 아크시냐는 등을 굽히고 땅으로 뛰어올라갔다. 사르르 소리를 내면서 모래 위로 물이 빠져나갔다. 물고기가 펄떡펄떡 뛰었다.

"목초지를 지나서 갈 거요?"

"숲속으로 가는 편이 가까워요. 이봐요, 뭘 하는 거예요? 빨리 좀 와요."

"먼저 가요, 곧 쫓아갈 테니. 그물을 씻고 갈게요."

아크시냐는 얼굴을 찌푸리며 스커트의 물기를 짰다. 그녀는 고기가 들어 있는 자루를 어깨에 메고 빠른 걸음으로 모래톱을 걷기 시작했다. 그리고리는 그물을 메고 갔다. 200미터쯤 가다가 아크시냐가 비명을 질렀다.

"난 더 못 가겠어요! 다리가 마비되어 버렸어요."

"저기 지난해 마른풀 더미가 있어요. 몸을 좀 녹이고 가는 게 어때요."

"그래요. 이래서야 집에 닿기도 전에 얼어 죽을 것만 같아요."

그리고리는 풀 더미의 덮개를 벗기고 구멍을 팠다. 오랫동안 쌓여 있던 마른풀에서 따뜻한 훈기가 일었다.

"안으로 들어가 봐요. 꼭 페치카 위에 있는 것 같아요."

아크시냐는 물고기자루를 내려놓고 마른풀 속에 들어가 얼굴만 내밀었다.

"아, 기분 좋은데!"

추위에 떨면서 그리고리는 나란히 누웠다. 아크시냐의 젖은 머리칼에서 가습 두근거리게 하는 기분 좋은 냄새가 풍겨 왔다. 그녀는 고개를 뒤로 젖히고, 입을 반쯤 벌려 규칙적으로 숨을 토하며 누워 있었다.

"당신 머리에서는 흰독말풀 같은 냄새가 나는군요. 알고 있어요? 그 하얀 꽃이 피는."

그는 몸을 내밀며 속삭였다.

그녀는 입을 다물고 있었다. 희미한 빛을 뿜으며 내리비치는 반달 쪽으로 향한 그녀의 눈은 멍하니 먼 곳을 바라보고 있었다. 그리고리는 주머니에서 손을 빼 갑자기 그녀의 머리를 끌어당겨 안았다. 그녀는 그 손에서 빠져나가려고 몸을 일으켰다.

"놓아 줘요!"

"가만히 좀 있어요!"

"놓아 달라니까. 소리 지를 테야!"

"잠깐만, 아크시냐."

"판텔레이 아저씨!"

"무슨 일이야, 길을 잃었니?"

바로 가까이 있는 아가위나무 덤불 속에서 판텔레이 프로코피예비치가 대답했다.

그리고리는 이를 꽉 물고 서둘러 풀 더미에서 나왔다.

"웬 소란이냐? 길을 잘못 들었느냐?"

노인이 곁으로 다가와 다시 물었다.

아크시냐는 풀 더미 옆에 서서 뒤로 흘러내린 플라토크를 고쳐 매고 있었다. 몸에서 김이 오르고 있었다.

"길을 잃은 게 아니에요. 얼어 죽을 것 같아서."

"난 또 무슨 일이라고. 그럼, 저기 풀 더미에서 몸을 좀 녹이고 가려무나."

아크시냐는 허리를 굽혀 자루를 집어 들고는 방긋 웃었다.

5

야영지인 세트라코프 마을까지는 60킬로미터 거리였다. 페트로 멜레호프와 스테판 아스타호프는 같은 마차를 타고 갔다. 같은 마을의 카자흐인 세 사람이 그들과 동승했다. 페도트 보드프스코프라는 칼미크인처럼 생긴 얼굴이 얽은 젊은이, 프리스토냐라는 별명이 붙은 아타만 근위 연대 예비병 프리샹프 토킨, 페르샤노프카로 가는 포병 이반 토밀린이었다. 처음으로 말에게 여물을 먹이고 난 뒤 프리스토냐의 조랑말과 아스타호프의 검은 말을 마차에 매어 끌도록 했다. 나머지 말 세 마리는 안장을 얹은 채 뒤에서 따라왔다. 아타만 병사에서 흔히 볼 수 있는 몸매가 단단하고 좀 바보스러워 보이는 프리스토냐가 고삐를 잡았다. 그는 수레바퀴처럼 등을 둥글게 구부리고 마부 자리에 앉아 포장 속으로 들어오는 햇빛을 가리고 있었다. 이따금 낮은 목소리로 말에게 호통을 쳤다. 즈크로 만든 새 포장 속에서 페트로 멜레호프와 스테판과 포병 토밀린이 담배를 피우며 누워 있었다. 페도트 보드프스코프는 뒤에서 따라 걸어왔다. 아마 그는 칼미크인 특유의 휜 다리로 먼지가 풀풀 날리는 길을 걷는 것이 그리 힘들지 않은 듯했다.

프리스토냐의 마차가 맨 앞에 있었다. 뒤에는 줄지어 7, 8대가 뒤따르고 있었다. 혹은 안장을 얹었거나 혹은 안장이 없는 말을 끌고.

웃음소리와 고함 소리, 느릿느릿한 노랫소리와 말을 모는 소리, 빈 등자가 부딪히는 소리가 길 위를 소용돌이치며 떠돌았다.

페트로의 머리맡에는 건빵꾸러미가 놓여 있었다. 그는 누워서 노란 콧수염을 비틀고 있었다.

"스테판!"

"왜?"

"어때, 군가라도 부를까?"

"더워서 못 견디겠어. 온몸이 바싹 말라붙어 버렸다니까."

"이 언저리 마을에는 선술집 같은 것도 없어. 참아!"

"그럼, 네가 먼저 시작해. 그렇게 빼기지만 말고. 그건 그렇고 네 동생 그리시카는 목소리가 참 좋더라! 마치 팽팽한 줄을 힘껏 당긴 것 같아서 사람 목소리 같지 않아. 언젠가 술집에서 그 녀석과 둘이서 신나게 노래를 불렀었지."

스테판은 고개를 뒤로 젖히고 헛기침을 한 다음 낮고 맑은 소리로 노래 부르기 시작했다.

보아라, 아침놀은 어느덧
동녘 하늘을 물들이누나…….

토밀린이 여자처럼 뺨에 손바닥을 대고는 가늘고 쥐어짜는 듯한 목소리로
뒤를 이었다. 듬직한 포병이 관자놀이에 힘줄을 세우고 열심히 노래 부르는 모
습을 페트로는 수염을 입에 문 채 싱글싱글 웃으며 바라보았다.

때마침 한 처녀가
혼자 늦게 물을 길러…….

프리스토냐 쪽으로 얼굴을 돌리고 누워 있던 스테판이 한쪽 팔꿈치를 짚고
돌아누웠다. 늠름하고 아름다운 목덜미가 조금 붉어졌다.
"프리스토냐, 다음을 부탁해!"

그것을 보자 젊은이는
자기 말에 안장을 얹어…….

스테판은 튀어나온 눈에 미소를 담고 페트로를 보았다. 그러자 페트로도 물
었던 콧수염을 내뱉고는 소리를 맞췄다.
프리스토냐는 뻣뻣한 털이 가득 난 큰 입을 벌려 즈크[7]포장의 지붕을 흔들
듯 탁한 소리를 내질렀다.

구렁말[8]에 안장을 얹어
아가씨 뒤를 쫓아가누나…….

프리스토냐는 70센티미터는 될 듯한 다리를 마차 난간에 버티고 스테판이
뒤를 잇기를 기다리고 있었다. 스테판은 눈을 감고, 땀에 젖은 얼굴을 그늘로

---

7) 삼실이나 무명실 따위로 두껍게 짠 직물.
8) 털 빛깔이 밤색인 말.

돌리고는 달래는 듯한 가락으로 노래를 불렀다. 때로는 속삭이듯 소리를 낮추고, 또 때로는 쩡쩡 울릴 정도로 목청을 높여서.

용서해 주오, 아가씨여.
강에서 말에 물 먹이는 것을⋯⋯.

그러자 다시 프리스토냐가 깨어진 종 같은 소리를 한껏 질러서 모두의 목소리를 눌러버렸다. 이쪽의 노래에 다음 마차의 노랫소리가 합쳐졌다. 쇠로 된 수레바퀴가 덜커덩거리고, 먼지에 숨이 막힌 말이 콧소리를 냈다. 한가롭고 힘찬 노랫소리가 봄의 홍수처럼 길가에 넘쳐흘렀다. 바싹 마른 벌판의 풀숲에서, 그을린 듯한 다갈색 풀덤불에서 날개가 하얀 도요새가 날아올랐다. 도요새는 날카로운 소리를 내며 분지 쪽으로 날아가다가 휙 돌아서서 에메랄드빛 눈으로 하얀 천에 싸인 마차 행렬을, 발굽으로 구름 같은 먼지를 일으키며 가는 말들을, 먼지를 뒤집어 쓴 흰 루바시카를 입고 걸어가는 사람들을 내려다보았다. 그리고 도요새는 움푹 팬 땅에 내려 짐승들에게 짓밟힌 마른풀을 검은 가슴으로 헤치고 들어가 다시는 길에서 일어나는 일 따위는 보려고도 하지 않았다. 길에서는 마차 소리가 요란스럽게 울려 퍼지고, 안장 밑에는 땀이 밴 말들이 여전히 맥 풀린 걸음을 옮기고 있었다. 다만 잿빛 루바시카를 입은 카자흐인들만이 바쁜 듯 자기네 마차에서 앞의 마차로 뛰어가거나 그 주위를 둘러싸고 웃으며 떠들어댔다.

스테판은 마차 위로 벌떡 몸을 일으켜 한손으로 즈크 포장 지붕을 잡고 다른 한쪽 손으로 짧게 장단을 맞추면서 여울이 흘러가듯 빠른 가락으로 노래를 불렀다.

다가오지 말아요, 내 곁으로.
다가오지 말아요, 내 곁으로.
나를 사모해서 왔다고
세상 사람들에게
알리지 말아요.

나를 사모해서 왔다는 말 하지 말아요.
아, 나는
가련한 그늘의 꽃이라오…….

몇십 명의 거친 목소리가 입을 모아 내는 노랫소리가 길의 먼지 속으로 퍼져
갔다.

사실 나는
세상의 여느 처녀가 아니라오.
도둑이 애지중지하는 딸이어서
세상에 숨어 사는 몸이라오.
하지만 젊은이여,
나는 귀하신 어른을 사모한다오…….

페도트 보드프스코프가 휘파람을 불었다. 말들은 무릎을 구부려 주저앉으
려 하거나 몸을 흔들어 고삐를 떼어 내려고 했다. 페트로가 포장에서 몸을 내
밀고 웃으며 모자를 흔들었다. 스테판은 눈부신 웃음을 얼굴에 가득 담고서 힘
차게 어깨를 들썩였다. 길에 먼지가 가득 피어올랐다. 프리스토냐는 허리띠를
풀고 길게 늘어진 루바시카 차림에 머리칼을 늘어뜨리고 땀투성이가 되어 엉거
주춤한 자세로 바퀴처럼 빙글빙글 돌고, 얼굴을 찌푸린 채 숨을 몰아쉬면서 카
자흐 춤을 추었다. 그러자 회색 비단 같은 먼지 위로 엄청나게 큰 그의 맨발 자
국이 찍혔다.

6

누르께한 모래밭이 깔린 짱구머리 같은 무덤 옆을 야영지로 정했다.
서쪽에서 비구름이 몰려와 시커먼 날개에서 비를 후두둑 떨어뜨리기 시작했
다. 말들을 늪으로 데려가 물을 먹였다. 둑 위의 음산한 버드나무숲이 바람에
휘청거리고 있었다. 초록빛 비늘 같은 희미한 잔물결에 덮여 움직이지 않는 늪
의 수면에 그림자를 드리우며 번개가 번쩍였다. 바람은 대지의 검은 손바닥 위

에 빗방울을 감질나게 조금씩 흩뿌렸다.

　말은 다리를 묶어 세 사람이 망을 보며 풀을 뜯게 했다. 나머지 사람들은 불을 지피거나 마차의 앞채에 냄비를 걸었다. 프리스토냐는 취사를 맡았다. 그는 숟가락으로 냄비 안을 저으면서, 빙 둘러앉은 카자흐인들에게 이야기를 했다.

　"무덤은, 그렇지! 이 무덤만한 것이었을까? 거기서 나는 돌아가신 아버지에게 말했었지. '저, 허가도 얻지 않고 무덤을 파헤쳐서 아타만(두목)이 화내지 않을까요?' 하고."

　"어이, 뭘 지껄이고 있는 거야?"

　말을 돌보고 온 스테판이 물었다.

　"내가 돌아가신 아버지와 함께 보물을 찾으러 갔던 해의 이야기를 하고 있는 거야."

　"어디로 갔었는데?"

　"폐치소바야 골짜기 저쪽까지 갔었지. 이봐, 너도 알고 있겠지? 메르크로프의 무덤 말이야."

　"응, 그래서 어떻게 됐어?"

　스테판은 웅크리고 앉아 손바닥에 불똥을 얹었다. 입술을 빽빽 빨아대다가 한참만에야 담배에 불을 붙였다. 숯불이 손바닥 위를 데구루루 굴렀다.

　"아버지는 이렇게 말하더군. '프리스탄, 메르크로프의 무덤을 파볼까?' 아버지는 그곳에 보물이 묻혀 있다는 이야기를 할아버지에게서 들은 적이 있다더라고. 더욱이 그 보물은 누구나 손에 넣을 수 있는 그런 게 아니었어. 아버지는 하느님께 기도를 올렸지. 보물을 찾으면 교회를 지어서 바치기로 말이야. 그래서 드디어 마음을 단단히 먹고 그곳으로 갔지. 그곳 땅은 마을 소유여서 야단칠 사람은 아타만 정도밖엔 없었거든. 저녁 무렵에 도착했어. 잠시 어두워지기를 기다렸다가 말의 다리를 묶어 놓고, 우리 두 사람은 삽을 메고 꼭대기로 올라갔지. 그리고 대뜸 꼭대기부터 파 들어가기 시작한 거야. 1미터 반쯤 파 보니 너무 오래 되어 흙이 마치 돌처럼 단단했어. 우리는 땀에 흠뻑 젖어 버렸지. 아버지는 끊임없이 입 속으로 중얼중얼 기도를 하고 있었어. 그런데 나는 배가 고파서 견딜 수 있어야지…… 여름이었으니 먹는 것이라곤 뻔하잖아. 산유(酸乳)

와 크바스[9]지…… 배가 죄어들고, 그러다가 눈앞이 어지러워지더군. '도저히 못 견디겠어!' 그러자 내 말에 대꾸하시는 아버지 말씀이 지독하지. '이놈아, 프리스탄, 너는 천벌을 받을 놈이야. 내가 기도를 하고 있는데 너는 그렇게도 참을성이 없단 말이냐. 숨도 못 쉴 만큼 처먹고서. 얼른 무덤으로 내려가! 우물쭈물하면 삽으로 대가리를 때려줄 테다! 네가 벌 받을 짓을 해서 보물이 땅속으로 숨어 버리겠다.' 이러시는 거야. 나는 무덤 옆에 누워 있었는데, 배가 좀처럼 낫지 않았어. 마치 송곳으로 찌르는 것처럼 아팠지. 아버지는 혼자서 열심히 파 들어갔어. 그리고 드디어 넓적한 돌이 덮인 곳까지 파 들어가서는 큰 소리로 나를 부르셨어. 내가 곧 지렛대를 넣어 그 돌판자를 들어올려 봤더니…… 글쎄, 그때는 밤이었는데 돌 밑에 반짝반짝 빛나는 것이 있었어."

"어이, 프리스토, 너 또 허풍치는구나!"

콧수염을 만지작거리고 있던 페트로가 듣다 못해 웃으면서 소리쳤다.

"뭐가 허풍이야! 잠자코 있어!"

프리스토냐는 헐렁한 바지를 치켜올리면서 모두를 둘러보았다.

"정말이야. 허풍이 아니라고. 진짜로 조금도 거짓 없는 이야기야!"

"이야기나 빨리 끝내!"

"응. 그것이 반짝반짝 빛나고 있더군. 그런데 자세히 보니 석탄조각이잖아. 그게 작은 나무통으로 40개는 되었을 거야. 아버지가 말했지. '프리스탄, 네가 기어들어가서 저걸 긁어내.' 나는 기어들어가서 열심히 긁어냈지. 그러자 날이 새더군. 아침이 되자 역시 그놈이 왔어."

"누구?"

승마복 위에 누워 있던 토밀린이 저도 모르게 이야기에 끌려들어 물었다.

"뻔하잖아, 아타만이지. 마차를 타고 와서, '누구 허가를 받고 이런 짓을 하는 거냐?'는 거야. 아버지도 나도 입을 꾹 다물고 있었지. 그러자 우리를 묶어서 마을로 끌고 갔어. 재작년에 카멘스카야로 소환됐는데, 아버지는 전부터 그렇게 될 걸 미리 알고 있었는지 그 전에 돌아가 버리셨지. 그래서 아버지는 이제 이세상에 없다고 신고했어."

---

9) 엿기름, 보리, 호밀 따위로 만든 러시아의 맥주.

프리스토냐는 김이 무럭무럭 오르는 죽이 든 냄비를 내려놓고, 모두의 숟가락을 가지러 짐마차로 갔다.

"그래서 아버지는 어떻게 했지? 교회를 짓겠다고 맹세했다면서? 그럼, 짓지 않은 거냐?"

프리스토냐가 숟가락을 가지고 오기를 기다리고 있다가 스테판이 물었다.

"너는 바보구나, 스쵸파. 석탄 따위가 나왔으니 결국 아무것도 짓지 못할 게 아니냐?"

"하지만 맹세한 이상 지켜야 되잖아?"

"석탄이 나왔을 때의 약속 같은 건 안했거든. 보물이 나왔을 때의 이야기지."

모두들 웃음을 터뜨렸으므로 그 입김에 불꽃이 흔들렸다. 프리스토냐는 얼빠진 얼굴을 냄비에서 쳐들고 갑자기 큰 소리로 웃어대어 모두의 웃음소리를 제압했다.

7

아크시냐는 17살 되던 해에 스테판에게 시집왔다. 돈강 건너편 모래땅에 있는 두브로프카 마을에서 온 것이었다.

시집오기 전해 가을 어느 날, 그녀는 마을에서 8킬로미터쯤 떨어진 벌판에 나가 농사일을 하고 있었다. 그날 밤, 쉰이 넘은 늙은 아버지가 끈으로 그녀의 손을 묶어 놓고 그녀를 겁탈했다.

"이 일을 입 밖에 내면 죽여 버릴 테다. 잠자코 있어야 해. 모직스커트와 각반[10]과 실내화를 사줄 테니 명심해야 한다. 한 마디라도 했다 하면 죽여 버릴 테니까."

아버지는 그녀를 윽박질렀다.

밤중에 마구 찢겨진 속옷 바람으로 아크시냐는 마을로 도망쳐 돌아왔다. 어머니의 발밑에 몸을 내던지고 흐느껴 울면서 모두 털어놓았다…… 제대하고 돌아와 있던 아타만 병사인 오빠는 곧 마차에 아크시냐와 어머니를 태워서 아버지에게로 달려갔다. 오빠는 8킬로미터의 길을 숨 돌릴 틈도 없이 말을 몰았다.

---

10) 걸을 때 발목 부분을 가뜬하게 하기 위해 발목에서부터 무릎 아래까지 돌려 감거나 싸는 띠.

그리고 벌판의 숙소에서 아버지를 찾아냈다. 그는 몹시 취한 채 지푼(덧옷)을 깔고 누워 있었다. 빈 보드카 병이 옆에 뒹굴고 있었다. 아크시냐가 보는 앞에서 오빠는 마차 가로대를 뽑아든 뒤 자고 있는 아버지를 발로 차서 깨웠다. 그리고 무언가 두세 마디 묻고는 쇠를 입힌 가로대로 노인의 콧등을 내리쳤다. 그리고 어머니와 둘이서 한 시간 반쯤 계속 두들겨 팼다. 평소에는 온순한, 이제 완전히 늙어버린 어머니는 미치광이처럼 되어 남편의 머리칼을 감아쥐고 질질 끌고 다녔고, 오빠는 발로 마구 걷어찼다. 아크시냐는 마차 밑에 엎드려 옷을 뒤집어쓴 채 말없이 떨고 있었다…… 그들은 새벽녘에 노인을 집으로 데리고 돌아왔다. 그는 처량한 신음 소리를 내면서 방안을 둘러보며 아크시냐를 찾았다. 그의 찢어진 귀에서 피와 고름이 흘러내렸다. 그날 밤 그는 죽었다. 이웃 사람들에게는 술에 취해 마차에서 떨어져 죽었다고 말했다.

그로부터 1년 뒤 예쁘게 꾸민 포장마차를 타고 중매인들이 아크시냐를 데리러 왔다. 키가 크고 목이 굵고 잘생긴 스테판은 신부의 마음에 들었다. 그들은 가을의 육식기[11]에 결혼식을 올리기로 했다. 서리가 내리고 얼음이 깨지는 겨울이 가까울 무렵에 젊은 두 사람은 결혼식을 올렸다. 그날부터 아크시냐는 젊은 주부로서 아스타호프네 집에 살게 되었다. 키는 크지만 몹쓸 부인병으로 허리가 완전히 꼬부라진 시어머니는 결혼식 이튿날부터 아크시냐를 아침 일찍 깨워서는 부엌으로 데려가 공연히 부지깽이를 들썩이며 잔소리를 했다.

"얘, 아가. 우리는 시시덕거리거나 늦잠이나 자게 하려고 너를 데리고 온 게 아니다. 자, 가서 우유를 짜 오너라. 그게 끝나면 페치카에 아침 식사를 얹어야 한다. 난 이제 늙어서 아무것도 못하겠구나. 이제부터는 네가 모든 일을 처리해 줘야겠어. 그게 네 역할이야."

그날 스테판은 또 스테판대로 어떤 꿍꿍이속이 있어서, 어린 아내를 헛간으로 끌고 가 심하게 때렸다. 때릴 때 배와 가슴과 등을 때려, 상처가 남의 눈에 띄지 않게 했다. 그러고는 그날부터 이웃 처녀를 건드리거나 바람난 과부를 꾀어내느라 거의 밤마다 집을 비웠다.

1년 반쯤 지나 아이가 태어날 때까지 그녀는 그런 참혹한 학대를 받았다. 아

---

11) 추수 뒤의 고기 먹는 시기.

이가 태어나자 스테판도 다소 기가 꺾였으나, 부부 사이는 냉담해져서 그는 집에서 밤을 지내는 일이 여전히 드물었다.

가축이 많은 큰 집 살림은 아크시냐를 늘 일에 치이게 만들었다. 스테판은 빈둥거리며 제대로 일하지 않았다. 머리를 깨끗이 빗고는 친구들을 찾아가 담배를 피우거나 노름을 하거나 마을 사람들 이야기를 지껄여댔다. 그래서 가축은 아크시냐가 돌봐야 했고 집안일도 그녀가 도맡아서 해야 했다. 시어머니는 아무 도움이 되지 않았다. 조금만 힘에 부치게 일을 했다 싶으면 어김없이 드러누워서 핏기 잃은 입술을 한일자로 굳게 다물고는, 고통 때문에 험해진 눈으로 천장을 노려보며 공처럼 몸을 웅크렸다. 그럴 때에는 커다란 검은 점이 있는 그녀의 얼굴에서 땀이 폭포처럼 흐르고, 눈에 눈물이 가득 괴어서 끊임없이 흘러내렸다. 아크시냐는 일하다 말고 한구석에 몸을 숨긴 채, 공포와 연민이 뒤섞인 눈길로 시어머니의 얼굴을 바라보곤 했다.

그러다 시어머니는 아이가 태어나기 직전에 세상을 떠났다. 어느 날 아침 아크시냐는 갑자기 진통을 시작했는데, 그날 점심 무렵 아이가 태어나기 한 시간쯤 전에 시어머니는 전에 마구간으로 쓰던 곳의 문 앞에 쓰러져 숨을 거둔 것이었다. 산파가 술에 취한 스테판을 산모 곁에 오지 못하게 하려고 안채에서 뛰어나가다가 아크시냐의 시어머니가 쓰러져 있는 것을 발견했다. 아크시냐는 아이가 태어나자 더욱더 남편에게 얽매이는 듯이 느껴졌다. 그러나 그녀는 남편에 대해 별다른 감정은 느끼지 않았다. 다만 이제까지의 타성과 여자로서의 씁쓸레한 연민의 정만이 있을 뿐이었다. 아기는 1년도 되지 않아 죽었다. 그리고 그리시카 멜레호프가 장난스럽게 그녀 앞을 막아서기 시작했을 때, 그녀는 자기가 이 가무잡잡하고 귀여운 젊은이에게 점점 이끌리고 있음을 깨닫고 겁이 덜컥 났다. 그는 마치 황소처럼 고집스럽게 그녀를 치근치근 쫓아다녔다. 그 고집스러움이 그녀는 두려웠다. 그녀는 그가 스테판을 조금도 무서워하지 않는 것을 보고, 아무래도 그가 스스로 물러서지는 않을 거라고 짐작했다. 그리고 이성(理性)으로는 그것에 온힘을 다해 저항하면서도, 어느 틈엔지 스스로를 속이고 쉬는 날이나 일하는 날이나 전보다 더 모양을 내면서 어떻게든 그의 눈에 띄려고 애쓰는 자신을 발견하는 것이었다. 그리시카의 검은 눈이 황홀하게 그녀를 지켜보고 있을 때에는, 그녀 쪽에서도 몸이 뜨거워지면서 마음이 설레었다. 새벽녘에 우유를 짜기 위해 눈을 뜨면 그녀는 방긋 웃으며 왠지 모르게 이런 생각을 떠올리는 것이었다.

'오늘은 무언가 기쁜 일이 있을 거야. 뭘까? 그리고리……그리샤……' 그녀의 온몸에 넘쳐흐르는 이 새로운 감정은 그녀 자신을 놀라게 했다. 그녀는 3월 무렵 돈강의 구멍투성이 빙판 위를 걸어가는 사람처럼 조심스럽게 자신의 몸을 손으로 더듬며 자신의 마음속으로 빠져들어 가는 것이었다.

스테판을 야영지로 보내고 나자 이제는 되도록 그리시카와 얼굴을 마주치지 않도록 하자고 마음먹었다. 이 결심은 후릿그물질을 한 뒤로 더욱 굳어졌다.

8

오순절 이틀 전에 마을에서는 풀 벨 자리를 나누었다. 그 분배에는 판텔레이 프로코피예비치가 참석했다. 그는 그곳에서 점심때쯤 돌아오자 한숨을 내쉬면서 신발을 벗쳐던지고, 오래 걸어서 지친 다리를 시원한 듯 긁으며 말했다.

"우리 자리는 붉은 절벽 옆으로 정해졌어. 그곳 풀은 아주 좋다고는 할 수 없지. 위쪽은 저 숲 있는 데까지인데, 여기저기에 벌거숭이 땅이 있고 게다가 웃자란 풀이 꽤 나 있지."

"언제 베지요?"

그리고리가 물었다.

"축제일 무렵부터야."

"다리야를 데리고 가실 거예요?"

노파가 못마땅한 얼굴로 물었다. 판텔레이 프로코피예비치는 귀찮은 듯이 손을 저었다.

"일손이 필요하면 데리고 가야지. 그보다도 밥이나 얼른 줘. 뭘 꾸물거리고 서 있는 거야!"

노파는 난로 뚜껑을 덜걱거리며 페치카 속에서 데운 스튜를 꺼냈다. 판텔레이 프로코피예비치는 분배할 때의 광경이며 사기꾼인 아타만에게 집회에 온 사람들이 모두 속을 뻔했다는 이야기를 길게 늘어놓았다.

"그 사람이 올해에도 속였어요?"

다리야가 물었다.

"풀 벨 자리를 나눌 때면 언제나 말라시카 프로로바에게 좋은 자리를 차지하게끔 가르쳐 주던걸요."

"그 여자도 늙은 여우니까."

판텔레이 프로코피예비치가 입을 우물거리며 말했다.

"아버지, 풀을 긁어모아 묶는 일은 누가 하지요?"

두냐시카가 조심스럽게 물었다.

"넌 대체 뭘 할 작정이냐? 네가 하면 되는 거지."

"하지만 아버지, 혼자선 도저히 못해요."

"아스타호프네 아크슈트카를 데려가면 돼. 지난번에 스테판이 자기네 것도 베어 달라고 했으니 그것도 신경써 줘야 되겠지."

이튿날 아침, 안장을 얹은 암말을 타고 미치카 코르슈노프가 멜레호프네 집을 찾아왔다. 비가 부슬부슬 내리고 비구름이 마을 위에 낮게 드리워져 있었다. 미치카는 안장 위에서 몸을 구부려 샛문을 열고 마당으로 들어왔다. 현관 층계 위에서 노파가 고함쳤다.

"왜 그렇게 염치 없이 굴지? 무슨 일로 왔어?"

그녀는 매우 불만스러운 얼굴로 물었다. 노파는 이 분별 없고 난폭한 미치카를 몹시 싫어했다.

"왜 그러시요, 일리니치나?"

미치카는 현관 층계 난간에 말을 매며 어리둥절한 듯이 물었다.

"나는 그리시카를 만나러 왔어요. 어디 있지요?"

"헛간에서 자고 있어. 넌 무슨 중풍이라도 걸렸니? 제 발로는 걷지 못하게 된 거냐?"

"아주머니, 왜 번번이 그렇게 막말을 하시는 거예요!"

미치카는 발끈했다. 어깨를 흔들고 말채찍을 휘두르며 에나멜을 칠한 가죽 장화를 두드리면서 헛간 쪽으로 걸어갔다. 그리고리는 앞바퀴를 떼어낸 짐마차 속에서 자고 있었다. 미치카는 겨냥이라도 하듯 왼쪽 눈을 반쯤 감고 채찍으로 그리고리를 찰싹 때렸다.

"일어나, 이 촌놈아!"

'촌놈'이라는 말은 미치카의 가장 심한 욕설이었다. 그리고리는 용수철처럼 튀듯이 일어났다.

"왜 그래?"

"일어나서 밭에라도 나가봐!"

"까불지 마, 미트리. 화낼 테야."

"일어나라니까. 할 이야기가 있어."

"뭔데?"

미치카는 짐마차 가로대에 걸터앉아 장화에 달라붙은 진흙을 채찍으로 두드려 떼어내며 말했다.

"난 화가 나서 견딜 수 없어, 그리시카."

"뭐가?"

"글쎄, 임마."

미치카는 길게 욕을 늘어놓기 시작했다.

"이건 사람을 우습게 보는 거야. 기병 중위니 뭐니 몹시 뻐기면서 말이야."

그는 화가 잔뜩 나서 이를 악문 채 빠른 말로 떠들어댔다. 다리가 부들부들 떨리고 있었다. 그리고리가 일어났다.

"기병 중위라니, 어디 녀석인데?"

미치카는 그의 루바시카 소매를 잡고 나직한 소리로 말했다.

"빨리 말을 타고 목장으로 가서 그 녀석을 혼내주자! 난 그 녀석에게 말해 줬지. '좋소, 해봅시다'라고 말이야. 그러자 '자네 친구들을 모두 데리고 와. 죄다 맛을 보여 줄 테니. 어쨌든 내 말의 어미는 페테르부르크 장교 경마에서 몇 번이나 우승했단 말이야' 이렇게 지껄여대는 거야. 하지만 내가 보기에 녀석의 말과 그 어미가 한꺼번에 덤빈다 해도 우리 말이 질 리 없어!"

그리고리는 서둘러 옷을 입었다. 미치카는 그 언저리를 서성거리며 화가 나서 더듬더듬 이야기를 계속했다.

"그 중위 녀석, 장사꾼 모호프네 집에 손님으로 와 있어. 가만 있자, 이름이 뭐라더라? 아마 리스트니츠키라고 했지. 뚱뚱하고 꽤나 점잖은 체하는 얼굴이야. 안경도 썼지. 안경이야 쓰건 말건 상관없지만! 아무리 안경 따위를 썼다 해도 내 말을 따라잡을 수야 없지!"

그리고리는 싱글싱글 웃으면서 종마(種馬)로 정해 둔 나이 많은 수말에 안장을 얹어—아버지에게 들키지 않도록—타작마당 문을 지나 벌판으로 나갔다.
두 사람은 산기슭의 목장 쪽으로 달려갔다. 말발굽이 진흙탕에 찰싹찰싹 파고
들었다. 그들은 목초지의 말라죽은 포플러 옆에서 두 사람을 기다리고 있었다.
날씬하고 아름다운 암말에 올라탄 리스트니츠키 중위와 마을 친구들 6, 7명이
말을 타고 와 있었다.

"어디서부터 달리지?"

중위는 미치카를 돌아보며 코안경을 치켜 올리고, 미치카가 타고 있는 수말
의 탄탄한 가슴 근육을 넋을 잃고 보면서 물었다.

"저 포플러에서 츠아리못까지."

"츠아리못이 어디지?"

중위는 근시인 듯 눈살을 좁혔다.

"저기, 저 숲 옆이지요."

말을 나란히 세웠다. 중위가 채찍을 머리 위로 치켜들었다. 견장(肩章)이 그의
어깨 위에서 작은 산처럼 솟구쳤다.

"'셋'하면 달리기 시작하는 거야! 알았나? 하나, 둘, 셋!"

중위는 안장에 윗몸을 굽히고 한 손으로 모자를 누르며 맨 먼저 달려 나갔
다. 순식간에 그는 모두를 앞질렀다. 미치카는 얼굴이 새파래져서 필사적으로
등자를 꽉 밟고 달렸다. 채찍을 머리 위로 번쩍 쳐들어 수말의 엉덩이를 마구
내려치고 있는 것처럼 그리고리에게는 생각되었다.

포플러에서 츠아리못까지는 3킬로미터였다. 중간쯤에서 미치카의 수말이 화
살처럼 달리더니 중위의 암말을 따라잡았다. 그리고리는 건성으로 달리고 있었
다. 처음부터 뒤처졌던 그는 중간 속도로 달리며, 점점 멀어져가는 기수들의 점
점이 흩어진 행렬을 재미있는 듯이 바라보았다.

츠아리못 옆에 봄의 홍수로 생긴 모래언덕이 있었다. 낙타의 노란 혹처럼 생
긴 그 꼭대기에 잎이 뾰족한 잡초가 나 있었다. 그리고리는 중위와 미치카가 단
숨에 언덕을 달려 올라갔다가 저쪽으로 내려가고, 두 사람의 뒤를 이어 다른 이
들이 한 사람씩 구르듯 달려내려가는 것을 보았다. 그가 못가에 이르렀을 때에
는 땀에 흠뻑 젖은 말들이 이미 한 덩어리가 되어 있고, 먼저 달려온 젊은이들
은 중위를 둘러싸고 있었다. 미치카의 얼굴에는 기쁜 기색이 역력했다. 승리의

기쁨이 그의 행동 하나하나에 나타나고 있었다. 그러나 예측과는 달리 중위에게서는 진 기색을 찾아볼 수 없었다. 그는 나무에 기대어 담배를 피우면서, 목욕이라도 한 것처럼 땀투성이가 된 자기 암말을 손가락으로 가리키며 말했다.

"나는 저걸 타고 150킬로미터나 달려왔어. 어제 겨우 여기 닿았지. 저게 지쳐 있지만 않았다면, 코르슈노프, 자네에게 결코 지지 않았을걸세."

"그야 그럴 테지요."

미치카는 과장되게 굽실거리며 말했다.

"이 언저리에서는 아마 미치카의 말을 이길 녀석이 없을 거야."

꼴찌를 한 주근깨투성이 젊은이가 부러운 듯 말했다.

"좋아, 아주 잘했어."

미치카는 흥분하여 떨리는 손으로 자기 수말의 목을 가볍게 두드려 주고는 굳어진 미소를 띠고 그리고리를 바라보았다.

두 사람은 모두와 헤어져, 거리 쪽으로 가지 않고 산기슭을 지나 돌아왔다. 중위는 두 사람에게 쌀쌀맞게 작별 인사를 하면서 손가락 두 개를 모자 차양 밑에 쑤셔 넣어 가볍게 고개를 끄덕이고는 획 돌아서서 가 버렸다.

오솔길을 지나서 집 가까이 왔을 때 아크시냐가 오는 것이 보였다. 그녀는 마른 나뭇가지를 꺾으면서 오고 있었는데, 그리고리의 모습을 보자 고개를 숙였다.

"저 여자는 왜 부끄러워하는 거지? 우리가 벌거벗고 다니는 것도 아닌데."

미치카가 소리치며 눈짓했다.

"여, 불쌍한 우리 카리누시카여!"[12]

그리고리가 정면을 바라보며 그녀 옆을 거의 지나려 할 때 이제까지 얌전히 걸어가던 암말에게 갑자기 채찍질을 했다. 그러자 말이 두발로 벌떡 서는 바람에 순식간에 아크시냐에게 진흙이 튀었다.

"어머, 무슨 짓을 하는 거예요?"

돌아서서 날뛰는 말을 아크시냐 앞으로 바짝 몰고 가면서 그리고리가 물었다.

"어째서 인사를 안 하는 거요?"

---

12) 러시아 옛 민요의 한 구절.

"당신 따위에겐 인사할 필요도 없어요."

"그래서 진흙을 덮어씌운 거요. 잘난 체 좀 하지 마요!"

"비켜요!"

아크시냐는 손을 저으면서 소리쳤다.

"어째서 당신은 수말로 남의 길을 막는 거예요?"

"이건 암놈이오. 불행히도 수놈이 아니라구!"

"어쨌건 상관없어요. 비켜 줘요!"

"왜 화를 내는 거지요? 지난번 일 때문에요? 목초지에서?"

그리고리는 그녀의 눈을 들여다보았다. 아크시냐는 무언가 말하려는 듯 입술을 떨었다. 그 새까만 눈가에 눈물이 스며 나오고 있었다. 그녀는 목이 메인 듯이 눈물을 삼키며 속삭였다.

"비켜 달라니까, 그리고리…… 난 화를 내는 게 아니에요…… 난."

그러고는 그녀는 그대로 가 버렸다.

망연해진 그리고리는 다시 미치카를 쫓아가 문 앞에서 따라붙었다.

"오늘 밤 놀러 나올 수 있어?"

미치카가 물었다.

"아니."

그리고리는 고개를 저었다.

"어째서? 자러 오라는 말이라도 들은 거야?"

그리고리는 손으로 땀을 닦으며 그 물음에는 대답하지 않았다.

9

오순절이 끝나자 마을의 집집에는 마룻바닥에 흩어진 사향초와, 나뭇잎 부스러기와, 문과 현관 층계 둘레에 꺾꽂이한 떡갈나무와 물푸레나무 가지의 빛바랜 잎만이 썰렁하게 남았다.

오순절 무렵부터 풀베기가 시작되었다. 아침 일찍부터 여자들의 나들이용 스커트와 화려하게 수놓은 앞치마 그리고 색색의 플라토크가 풀밭을 물들이기 시작했다. 온 마을이 한꺼번에 풀베기에 나서는 것이었다. 베는 사람도 묶는 사람도 마치 1년에 한 번뿐인 축제처럼 차려입고 있었다. 그것이 예로부터 이어진 관습이었다. 돈 강가에서부터 저 멀리 오리나무 숲까지 이르는 초원은 사람들의 발길에 짓밟히고, 큰 낫에 잘려 쓰러져 한숨 쉬고 있었다.

멜레호프네 사람들은 좀 늦게 나타났다. 마을의 거의 절반쯤이 이미 풀밭에 갔을 무렵에야 겨우 집에서 출발했던 것이다.

"몹시 늑장을 부렸군, 판텔레이 프로코피예비치."

이미 한바탕 땀을 흘린 일꾼들이 떠들어댔다.

"내 탓이 아니오. 여자들 때문이지."

노인은 히죽 웃으며 생나무 회초리를 휘둘러 소를 몰아댔다.

"여, 여러분, 안녕하시오! 늦었구려. 이웃집 양반, 늦으셨구려."

밀짚모자를 쓴, 키 큰 카자흐인이 길가에 앉아서 이 빠진 낫을 수선하면서 고개를 끄덕였다.

"풀이 시들었을 것 같소?"

"달려가 보시오, 괜찮을 거요. 더 늦어지면 시들어 버리겠지요. 당신네 자리는 어디요?"

"붉은 절벽 옆이오."

"그렇다면 그 얼룩소를 좀더 빨리 몰아야겠소. 그렇지 않으면 오늘 안으로 닿지 못할 거요."

마차 맨 뒤에 아크시냐가 플라토크로 얼굴을 완전히 싸서 햇빛을 가리고 앉아 있었다. 눈언저리의 조금 트인 사이로 그녀는 마주앉아 있는 그리고리를 차가운 눈길로 바라보고 있었다. 다리야도 플라토크로 얼굴을 가리고 예쁘게 차려입었으며, 마차 가로대 사이로 다리를 늘어뜨린 채 품 속에서 아기에게 힘줄이 솟은 커다란 유방을 물리고 있었다. 두냐시카는 마차 난간에서 꼼지락대면서 행복해 보이는 눈을 빛내며, 초원과 도중에 만나는 사람들을 바라보았다. 볕에 그을리고 콧등에 주근깨가 난 얼굴은 이렇게 이야기하는 것 같았다.

"나는 몹시 즐겁고 기분이 좋아요. 하늘이 구름 한 조각 없이 새파랗게 개어 있고 마음속도 맑게 개어서 평온한걸요. 나는 무척 즐거워서 이 이상 아무것도 원하지 않아요."

판텔레이 프로코피예비치는 올이 굵은 무명 셔츠 소매를 손바닥까지 끌어내려, 모자 차양 밑에서 흘러내리는 땀을 닦고 있었다. 그의 굽은 등에 찰싹 달라붙은 셔츠에 땀이 얼룩져 있었다. 해는 양털처럼 소용돌이치고 있는 잿빛 비구름을 뚫고, 저 멀리 돈강 연안의 은빛 산등성이들과 벌판과 목초지와 마을 위에 불그스름하니 몽롱하게 굴절된 광선을 부채꼴로 내리쏟고 있었다.

지글지글 타오르는 듯한 더운 날이었다. 바람에 날려 찢어진 구름조각은 길에 줄지어 가는 판텔레이 프로코피예비치네 소들을 앞지르려고도 하지 않고 느릿느릿 하늘을 떠가고 있었다. 판텔레이 자신도 귀찮다는 듯 채찍을 치켜들었다가는, 이것을 엉덩이에 내리쳐야 할지 어디에 쳐야 할지 결심이 서지 않는 듯이 그저 가볍게 휘두르고 있을 따름이었다. 소들도 그것을 잘 아는지 걸음을 빨리 하지 않고 여전히 느릿느릿 한 발 한 발 옮기면서 꼬리를 흔들고 있었다. 오렌지빛으로 빛나는 먼지 속에 황금빛 등에가 소들 위를 날아다니고 있었다.

마을의 마른풀 저장소 언저리는 이미 풀이 베어져 시커멓고 푸르스름한 녹색으로 빛나고 있었다. 아직 베지 않은 곳에선 검게 빛나는 비단 같은 마른풀들이 바람에 흔들리며 바스락대고 있었다.

"자, 여기가 우리 자리다."

판텔레이 프로코피예비치는 채찍을 한 번 휘둘렀다.

"숲 쪽에서부터 시작하나요?"

그리고리가 물었다.

"이쪽 끝에서 시작해도 돼. 저쪽에 내가 표시를 해 놓았으니까."

그리고리는 지친 소들을 풀어 주었다. 노인은 귀걸이를 번쩍이면서 땅을 파서 표시해 둔 자리를 찾았다.

"자, 풀을 베기 시작하는 거야."

잠시 뒤 그는 손을 흔들며 소리쳤다.

그리고리는 풀을 밟으면서 걸어갔다. 마차에서 풀밭으로 그가 걸어가는 자국이 흔들리며 이어졌다. 판텔레이 프로코피예비치는 멀리 보이는 종루의 하얀 뾰족탑을 향해 성호를 긋고는 자루가 긴 낫을 집어 들었다. 그의 매부리코는 갓 칠한 니스처럼 번들거리고, 검은 뺨의 움푹한 곳에는 땀이 괴어 있었다. 그는 시꺼먼 수염 속에서 희고 빠짐없이 쪽 고른 이를 드러내면서 미소 지었다. 그리고 주름진 목을 오른쪽으로 돌리고는 낫을 휘둘렀다. 베어진 풀들이 지름 8미터쯤 되는 반원을 그리며 그의 발밑에 쓰러졌다.

그리고리는 그 뒤를 따라가면서 눈을 반쯤 감고 낫으로 풀을 베어 넘겼다. 앞쪽에는 무지개를 뿌려 놓은 것처럼 여자들의 앞치마가 색색으로 어른거렸다. 그러나 그의 눈은 오직 하나, 녹색으로 수놓은 하얀 앞치마를 찾고 있을 뿐이었다. 드디어 아크시냐를 찾아내자 그는 다시 아버지의 보조에 맞추어 낫을 휘둘렀다.

그의 머릿속에서는 아크시냐가 떠나지 않았다. 눈을 반쯤 감은 채 머릿속으로 그녀에게 입 맞추고, 갑자기 혀끝에 달라붙는 열렬한 사랑의 말을 속삭였다. 그러다가는 그런 망상을 털어버리고 하나, 둘, 셋 장단을 맞추어서 나아가지만, 어느 틈엔가 단편적인 추억들이 머리에 다시 떠올랐다.

'눅눅한 풀 더미 뒤에 둘이서 앉아 있었지…… 뒤쪽에서는 작은 새가 울고 있었어…… 달이 목초지 위에 걸려 있고…… 떨기나무에서 작은 웅덩이로 물방울이 똑똑 떨어지고 있었다…… 마치 하나, 둘, 셋 하는 가락으로…… 아, 좋구나. 좋아, 못 견디겠어!'

마차 옆에서 웃음소리가 일었다. 그리고리가 돌아보니 아크시냐가 몸을 구부리고 짐마차 옆에 누운 다리야와 이야기를 주고받고 있었다. 다리야가 손을 내저었다. 두 사람은 다시 웃음을 터뜨렸다. 두냐시카는 마차 채에 걸터앉아 나직한 소리로 노래를 부르고 있었다.

'저 떨기나무 있는 데까지 가면 낫의 날을 고쳐야지.'

그리고리는 이렇게 생각했다. 그때 낫이 무언가 끈적거리는 것을 벤 듯한 감각이 손에 전해졌다. 몸을 굽히고 보니 발밑의 풀 속에서 조그마한 들오리 새끼가 빽빽 울면서 비틀비틀 걸어나왔다. 둥지가 있던 작은 구멍 옆에는 또 한 마리가 낫에 두동강 나 있었다. 다른 새끼들은 빽빽 울면서 풀 속으로 흩어져 달아났다. 그리고리는 잘려진 들오리새끼를 손바닥에 올려놓았다. 알에서 깨어난 지 얼마 되지 않은 황갈색의 들오리새끼는 부드러운 털 속에 아직도 온기를 지니고 있었다. 짝 벌린 납작한 부리 위에 분홍빛 핏자국이 묻어 있고, 유리구슬 같은 눈은 잔뜩 찌푸려져 있으며, 아직 따뜻한 다리는 가늘게 떨리고 있었다.

그리고리는 문득 측은한 마음이 들어 손바닥에 쭉 뻗어 있는 작은 시체를 물끄러미 쳐다보았다.

"뭘 발견했어요, 그리시카?"

베어 넘긴 풀 위를 깡충 뛰어넘으며 두냐시카가 달려왔다. 가늘게 땋아 내린 머리가 그녀의 가슴 위에서 흔들렸다. 그리고리는 얼굴을 찌푸린 채 들오리새 끼를 내던지고는, 화난 표정을 띤 채 낫을 휘둘렀다.

점심을 먹고 나자 여자들은 벤 풀을 긁어모으기 시작했다. 베어진 풀은 시들어서 머리가 아플 정도로 답답한 냄새를 풍겼다. 점심은 간단히 끝냈다. 집에서 가죽 자루에 넣어가지고 온 비계와 카자흐의 주식인 엉긴 우유, 점심은 그뿐이었다.

"집으로 돌아가지 않아도 돼."

판텔레이 프로코피예비치는 식사를 하면서 말했다.

"소들은 숲에 풀어 두면 돼. 그러면 내일은 이슬이 마르기 전에 베어 버릴 수 있지."

풀베기를 그만둔 것은 사방이 이미 어두워진 뒤였다. 아크시냐는 남은 풀을 긁어모으고 나서, 야영장으로 죽을 끓이러 갔다. 하루 종일 그녀는 그리고리에게 심술궂은 웃음을 지어보이며, 마치 잊을 수 없는 큰 모욕에 보복이라도 하는 듯한 미움이 담긴 눈길로 그를 바라보았다. 그리고리는 어둡고 창백해진 표정으로, 물을 먹이러 돈강으로 소들을 몰고 갔다. 아버지는 그와 아크시냐에게서 한시도 눈을 떼지 않다가 언짢은 기색으로 그리고리에게 말했다.

"저녁을 먹고 나면 소를 지키거라. 알겠니? 풀 속에 들어가게 해선 안 돼. 내 덧옷을 가져가거라."

다리야는 아기를 짐수레에 재워 두고 두냐시카와 함께 마른 나뭇가지를 주우러 숲으로 갔다.

목초지 위의 시꺼멓고 높은 하늘에 이지러진 달이 비스듬히 걸려 있었다. 모닥불 위를 나방이 눈보라처럼 날아다녔다. 모닥불 옆에 무릎덮개를 깔고 거기에서 저녁을 먹으려고 모두 모였다. 야영할 때 쓰는 그을린 냄비 속에서 죽이 끓고 있었다. 다리야는 속옷 자락으로 숟가락을 닦으며 그리고리를 불렀다.

"저녁 먹어요."

그리고리는 덧옷을 어깨에 걸치고 어둠 속에서 나와 모닥불 옆으로 다가왔다.

"오늘 왜 그렇게 기분이 좋지 않지요?"

다리야가 웃으며 물었다.

"틀림없이 비가 올 겁니다. 허리가 아픈 걸 보니."

그리고리는 농담으로 얼버무리려 했다.

"소를 지키기가 싫은 모양이지요."

두냐시카가 생글거리면서 오빠 옆에 앉아 말을 걸었지만, 어쩐지 이야기는 흥겨워지지 않았다.

판텔레이 프로코피예비치는 게걸스럽게 죽을 먹고, 반쯤 익힌 보리를 쩝쩝 씹었다. 아크시냐는 고개를 숙이고 먹으면서, 다리야의 농담을 듣고도 흥겹지 않은 듯 미소만 띨 뿐이었다. 흔들리는 시뻘건 불빛이 볼을 홀쭉해 보이게 하면서 그녀의 온몸을 붉게 물들이고 있었다.

그리고리는 맨 먼저 일어나서 소들에게로 가버렸다.

"조심해라. 소가 다른 집 풀을 짓밟지 않도록 잘 지켜봐라."

아버지가 등 뒤에 대고 소리쳤다. 그 바람에 죽이 목까지 차올라 한참 동안 헛기침을 했다.

두냐시카는 웃음을 참느라고 볼이 불룩해졌다. 타다 남은 마른 나뭇가지는 꿀처럼 달콤한 냄새로 언저리에 앉아 있는 사람들을 휘감았다.

밤중에 그리고리는 야영장으로 살금살금 다가가 열 걸음쯤 앞에서 주위를 살폈다. 판텔레이 프로코피예비치는 짐마차 위에서 코를 골고 있었다. 코고는 소리는 높아졌는가 하면 낮아지고, 낮아졌는가 하면 다시 높아졌다. 초저녁에 물을 끼얹지 않고 둔 모닥불 찌꺼기가 잿속에서 황금빛 공작의 눈처럼 반짝였다.

몸을 완전히 감싼 잿빛 사람 그림자가 마차에서 떨어져 지그재그로 천천히 그리고리 쪽으로 다가왔다. 그러다가 두세 걸음 앞에 멈춰 섰다. 아크시냐였다. 그리고리의 가슴은 마구 두근거리기 시작했다. 허리를 낮추어 한 걸음 앞으로 나아가 외투 자락을 벌리고는, 얌전하게 있지만 불덩이 같은 숨을 내뱉으며 헐떡거리는 아크시냐를 힘껏 끌어안았다. 그녀의 무릎이 힘없이 꺾이면서 온몸이 벌벌 떨고, 이가 덜덜 마주치고 있었다. 그리고리는 그녀를 거칠게 안아들었다—마치 이리가 물어 죽인 양을 자기 등에 올려놓듯이—그리고 헐떡이면서 벌려진 외투 자락에 발이 감겨 걸어가기 시작했다.

"아, 그리시카…… 그리샤! 아저씨!"

"쉿, 가만있어요!"

아크시냐는 역겨운 냄새가 나는 양털 외투 속에서 몸부림치며 숨을 헐떡였다. 괴로운 뉘우침에 사로잡힌 그녀가 신음하는 것 같은 목소리로 거의 소리치듯 말했다.

"놔 줘요, 이젠 어쩔 도리가 없어요…… 내가 걸어갈 테니까."

10

나이 든 여인의 사랑은 붉은 튤립이 아니라 까마중처럼, 그 끈덕진 냄새를 풍기는 길가 들풀의 꽃으로서 피어났다.

풀베기를 시작한 날부터 아크시냐는 다시 태어난 사람 같았다. 그녀의 얼굴에 어떤 표시를 하거나 낙인을 찍은 것 같았다. 아낙네들은 그녀를 만나면 적의가 담긴 표정을 짓고, 그 뒷모습을 보며 머리를 저었다. 처녀들은 샘을 냈다. 하지만 그녀는 자신의 행복에 겨운, 부끄러운 줄 모르는 얼굴을 오만하게 치켜들고 다녔다.

그리시카와의 관계는 이윽고 모두의 입에 오르내리게 되었다. 처음 얼마 동안은—반신반의로—은밀히 소문이 나돌았다. 그러나 마을 목장지기인 크지카 크루노스이가 어느 날 새벽, 풍차 옆의 호밀밭에서 두 사람이 기울어진 달빛을 받으며 자고 있는 것을 발견한 뒤로 소문은 해변에 밀려오는 거친 파도 같은 기세로 퍼져 나갔다.

소문은 판텔레이 프로코피예비치의 귀에까지 들어갔다. 어느 일요일 그는 모호프네 가게를 찾아갔다. 손님들이 가게에 넘칠 만큼 붐비고 있다가, 그가 들어가자 길을 비켜 주었다. 그의 눈에는 모두들 킬킬대며 웃어대는 것 같았다. 물건을 팔고 있는 판매대 쪽으로 밀려가자 주인인 세르게이 플라토노비치가 물건을 직접 꺼내서 보여 주었다.

"오랜만이오, 프로코피예비치."

"몹시 바빴다오. 아무래도 일이 빨리 되지 않아서."

"어째서요? 그런 훌륭한 아들들이 있는데 일이 진척되지 않다니."

"아들들이라야 페트로는 훈련에 나갔고, 그리시카와 둘이서 그럭저럭 해나가는 셈이오."

세르게이 플라토노비치는 짙은 밤빛 수염을 둘로 나누어 쓰다듬으며, 모여 있는 카자흐들에게 뜻있는 곁눈질을 했다.

"그건 그렇고, 당신은 왜 숨기고 있는 거요?"

"뭘?"

"뭐라니? 아들에게 색시를 얻어 줄 모양이던데, 한마디도 없으니 말이오."

"아들이라니, 누구 말이오?"

"누구라니, 그리고리 말이지. 그 애는 아직 총각이잖소."

"그 애에게는 아직 당분간 색시를 얻어 줄 생각이 없소."

"그랬었군. 난 또 며느리를 본다는 이야기를 들어서……스테판 아스타호프네 아크시냐 말이오."

"내가 며느리를 본다고? 게다가 남편이 멀쩡하게 살아 있는 그 아이를?…… 플라토노비치, 당신은 어째서 또 나를 놀리려는 거요, 응?"

"아니, 놀리는 게 아니오. 그런 소문이 들려서 해 본 말이오."

판텔레이 프로코피예비치는 판매대 위에 펼쳐진 옷감을 쓱 문질러 보고는 홱 돌아서서 다리를 절룩거리면서 문을 나섰다. 그는 황소처럼 목을 늘어뜨리고 힘줄이 선 다섯 개의 손가락을 힘껏 쥐고 집을 향해 걸어갔는데, 여느 때보다 두드러지게 다리를 절고 있었다. 아스타호프네 집 옆을 지나갈 때 울타리 너머로 힐끗 들여다보니 예쁘게 차려입어 전보다 젊어 보이는 아크시냐가 허리를 흔들면서 빈 물통을 들고 집 안으로 들어가고 있었다.

"잠깐 기다려라!"

판텔레이 프로코피예비치는 거칠게 샛문을 지나 안으로 들어갔다. 아크시냐는 걸음을 멈추고 기다리고 있었다. 두 사람은 집 안으로 들어갔다. 깨끗이 청소한 봉당(封堂)에 불그스름한 모래흙이 있고, 한쪽 구석의 걸상에는 페치카에서 꺼낸 피로그가 놓여 있었다. 거실에서는 오랫동안 내버려둔 옷가지 냄새와 또 어찌된 까닭인지 사과 냄새가 풍겨 왔다.

판텔레이 프로코피예비치의 발치에서 머리가 큰 얼룩고양이가 얼굴을 문질러대려고 했다. 고양이는 등을 둥그렇게 하고 정답게 장화에 몸을 기댔다. 판텔레이 프로코피예비치는 그것을 의자 쪽으로 차 던지고 아크시냐의 얼굴을 똑바로 노려보면서 소리쳤다.

"대체 무슨 짓이야, 응? 남편의 발자국이 아직 지워지기도 전에 다른 사내를 끌어들이다니! 그리시카는 내가 혼내 주겠다. 그리고 네 남편 스테판에게 편지를 써 보내 모조리 알려줄 테다! 이 화냥년, 아직 매를 덜 맞아서 그런 모양이군…… 오늘부터 너 같은 년은 우리 집에 한 발짝도 들여놓지 못하게 할 테다! 젊은 녀석과 놀아나다니…… 그래, 스테판이 돌아오면 뭐라고."

아크시냐는 눈을 가늘게 뜨고 듣고 있었다. 그리고 느닷없이 치맛자락을 걷어올려 여자 옷 냄새를 판텔레이 프로코피예비치에게 확 풍겨 준 뒤 얼굴을 일그러뜨리고 이를 드러낸 채 가슴을 내밀며 그에게 대들었다.

"당신이 대체 뭔데요? 시아버지라도 돼요? 응? 웬 잔소리예요? 얼른 집에 가서 당신의 뚱뚱보 마누라에게나 잔소리해요! 자기 집안일이나 똑똑히 하란 말예요! 당신 같은 절름발이 따윈 꼴도 보기 싫어요! 얼른 가 버려요, 게거품이나 물고 있지 말고. 하나도 겁 안 나니까!"

"잠깐 기다려, 이 멍청한 계집아!"

"기다리긴 뭘 기다려요, 당신 자식을 낳을 것도 아닌데! 자, 여기서 당장 나가요. 빨리 가란 말이에요! 이 자리에서 말해 두는데 난 그리시카를 놓치지 않겠어요! 뼈까지 핥아 줄 테예요. 무슨 말을 들어도 상관없어요! 알겠어요? 어떤 몹쓸 짓을 당하더라도! 난 그리시카에게 반했어요. 그러니 어쩌겠다는 거예요? 그리시카를 혼내 주겠다고요? 내 남편에게 편지를 보내겠다고요? 아타만 대리에게건 누구에게건 마음대로 해요. 하지만 그리시카는 내 거예요. 내 것이고말고요! 지금도, 앞으로도 내 것이에요!"

아크시냐는 겁먹은 판텔레이 프로코피예비치를 가슴으로 밀어대고—꼭 끼는 윗옷 안에서 유방이 그물에 걸린 기러기처럼 몸부림치고 있었다—새까만 눈에서 뿜어 나오는 불꽃으로 그를 태워 버릴 듯한 기세로 숨쉴 틈도 없이 낯뜨거운 말을 퍼부어댔다. 판텔레이 프로코피예비치는 눈썹을 실룩거리면서 문쪽으로 뒷걸음질쳐서, 구석에 세워 둔 지팡이를 더듬어 찾아 쥐고는 손을 휘둘러 등 뒤의 문을 열었다. 아크시냐는 그를 현관에서 쫓아낸 뒤에도 헐떡이면서 미친 듯이 날뛰었다.

"난 괴로운 한평생을 사랑에 바치고 말 거야! 비록 맞아 죽더라도! 그리시카는 내 것이야! 내 것이고말고!"

판텔레이 프로코피예비치는 수염 속으로 뭐라고 투덜거리며 성치 못한 다리를 절룩거리며 집 쪽으로 걷기 시작했다.

그는 그리시카를 거실에서 찾아냈다. 그리고 한 마디도 하지 않고 지팡이를 쳐들어 그의 등을 때렸다. 그리고리는 몸을 굽혀서 아버지의 팔에 매달렸다.

"왜 그러세요, 아버지!"

"본때를 보여 줄 테다, 괘씸한 놈."

"왜 그러는 겁니까, 대체?"

"이웃에 폐가 되는 짓은 하면 안 돼! 아비 얼굴에 똥칠을 하는 짓은 해선 안 된다고! 여자 꽁무니나 쫓아다니는 짓은 그만둬! 수캐처럼!"

판텔레이 프로코피예비치는 잡힌 지팡이를 도로 뺏어 휘두르려고 그리고리를 온 방 안에 끌고 다니면서 목쉰 소리를 질러댔다.

"매질은 그만둬요!"

그리고리는 낮고 숨찬 목소리로 말했다. 그는 이를 악물고 지팡이를 빼앗아 무릎에 대고 뚝 꺾어 버렸다.

판텔레이 프로코피예비치는 주먹을 쥐고 아들의 목덜미를 때렸다.

"많은 사람들이 모인 자리에서 사정없이 패줄 테다! 이 못된 망나니 같으니!"

그는 한 번 더 때리려다가 다리가 꼬였다.

"얼간이 색시로 얻어 줄 테다! 불알을 까 버릴 테다! 알겠어?"

그 소란을 듣고 어머니가 달려왔다.

"프로코피예비치, 프로코피예비치! 좀 진정해요! 잠깐만 참아요!"

하지만 노인은 엄청나게 화가 나 있었다. 마누라를 밀어젖히고 재봉틀 대를 엎으며 마구 날뛰었다. 그리고리는 실랑이를 하다가 소매가 찢겨 나간 셔츠를 벗을 틈도 없이 문을 급히 열고 밖으로 뛰어나갔다. 판텔레이 프로코피예비치는 문지방 위에 소낙비구름처럼 버티고 서 있었다.

"색시를 얻어 줄 테다, 이 못된 놈!"

그는 발을 구르며 그리고리의 실팍한 등을 노려보았다.

"색시를 얻어 줄 테다! 알겠니? 얼간이 계집을."

문이 쾅! 닫혔다. 후다닥 현관 층계를 내려가는 발소리가 나더니 이윽고 조용해졌다.

11

세트라코프 마을 앞 벌판에는 즈크천 포장을 덮은 짐마차가 수없이 늘어서 있었다. 어느새 하얀 지붕이 줄지어 늘어서서 쭉 곧은 길이 몇 개나 뻗고 한가운데 작은 광장이 있는 마을이 생겨나 있었다. 광장에는 파수병이 오가고 있었다.

야영지에서는 해마다 5월이면 으레 단조로운 나날을 보내고 아침마다 들에 방목해 둔 말들을 지키던 카자흐인 한 무리가 그 말들을 야영지로 몰고 왔다. 그들은 말을 손질하고 안장을 얹고 점호를 받고 정렬했다. 야영대장인 영관(領官)이며 잔소리가 많은 군대 장교 포포프가 쩌렁쩌렁한 목소리로 구령을 외쳤다. 그러자 훈련을 맡은 하사관들이 젊은 카자흐인들을 끌고 다니면서 호통쳤다. 언덕 밑에 모여서 돌격을 하고, 가상의 적을 둘러싸고 교묘하게 포위해 갔다. 또한 표적을 겨누어 유산탄[13]을 쏘아댔다. 젊은 카자흐 패들은 기꺼이 연습에 참가하지만, 좀 나이 든 이들은 어떻게든 구실을 만들어 빠져나갔다.

더위로, 또 보드카를 너무 마신 탓으로 모두들 목소리가 쉬어 있었다. 포장을 친 긴 마차 행렬 위에는 마음을 들뜨게 하는 향기로운 바람이 지나가고 멀리서 다람쥐가 뛰어다니는 소리가 들렸다. 숙사(宿舍)에서, 또 흰 페인트를 칠한 연기가 피어오르는 카자흐의 집들에서 좀 떨어진 곳에 들판이 펼쳐져 있었다. 야영이 끝나기 일주일 전, 포병인 이반의 동생 안드레이 토밀린의 아내가 찾아왔다. 집에서 만든, 양념을 곁들인 빵과 여러 가지 음식과 함께 마을의 이야기를 선물로 가지고 왔다.

이튿날 아침, 그녀는 동이 트기 전에 돌아갔다. 카자흐인들로부터 이웃 사람들에 대한 안부와 전언(傳言)을 부탁 받고 돌아갔다. 다만 스테판 아스타호프만은 그녀에게 아무런 부탁도 하지 않았다. 그 전날 밤부터 그는 병이 나서 보드카를 마시며 치료하고 있었으므로 토밀린의 아내를 만나지 않았을 뿐만 아니라 사람들 앞에 나타나지도 않았다. 물론 훈련에도 나가지 않았다. 그의 부탁을 받고 간호병이 피를 뽑기 위해 그의 가슴에 대여섯 마리의 거머리를 붙여 놓았다. 스테판은 속셔츠 하나만 입고 자기 마차의 바퀴에 기대앉아 있었다. 하

---

13) 많은 수의 작은 탄알을 큰 탄알 속에 넣어 만든 포탄.

얀 덮개를 한 모자는 마차 기름이 묻어 새까맸다. 그는 자신의 두툼한 가슴에 붙어 있는 거머리가 검은 피를 빨아먹고 부풀어오르며 점점 커져 가는 모양을 입술을 내밀고 바라보았다.

연대의 간호병이 옆에 서서 담배를 피우고 있었다. 그의 듬성한 이 사이로 연기가 새어 나왔다.

"좀 편해졌나?"

"젖을 빨리고 있는 것 같군. 가슴이 좀 후련해졌어."

"거머리가 제일이지."

토밀린이 찾아와서 눈짓을 했다.

"스테판, 할 이야기가 있는데."

"뭔지 이야기해 봐."

"잠깐 이쪽으로 와."

스테판은 끙끙거리며 일어나 토밀린을 따라갔다.

"자, 어서 이야기해."

"우리 마누라가 왔다가……조금 전에 돌아갔어."

"그래?"

"네 아내 일로 마을에 갖가지 소문이 돌고 있다는군."

"무슨 일로?"

"좋지 않은 소문이야."

"그래?"

"그리시카 멜레호프와 놀아났다는 거야…… 공공연하게."

스테판은 얼굴빛이 확 달라지더니 가슴에서 거머리를 잡아떼어 발로 짓밟았다. 마지막 한 마리를 짓밟고 나서 셔츠 깃의 단추를 잠갔는데, 갑자기 무엇엔가 놀란 것처럼 다시 단추를 끌렀다. 분필처럼 새하얘진 입술이 안정을 잃고 부들부들 떨리면서 넋 나간 웃음을 띠더니 곧 오므라져서 푸르고 작은 덩어리같이 되었다…… 토밀린에게는 스테판이 무언가 단단해서 좀처럼 부서지지 않는 것을 씹고 있는 것처럼 보였다. 그러더니 차츰 얼굴에 다시 붉은 기운이 돌아왔다. 이를 악물고 있는 입술은 화석이라도 된 것처럼 움직이지 않았다. 스테판은 모자를 벗었다. 마차 기름으로 얼룩진 흰 덮개를 소매로 문지르며 침통한 목소리로 말했다.

"알려 줘서 정말 고맙네."

"미리 알려 주는 게 좋을 것 같아서…… 용서해 주게나…… 뭐, 집에 돌아가면 다시."

토밀린은 동정하듯 손으로 자기 바지를 툭툭 두드리고는 안장이 얹혀 있는 말이 있는 곳으로 돌아갔다. 야영지는 소란스러웠다. 카자흐인들이 훈련에서 돌아온 것이었다. 스테판은 모자의 새까만 얼룩을 험한 눈길로 노려보면서 잠시 서 있었다. 반쯤 짓밟혀 죽어가던 거머리가 그의 구두 위로 기어 올라오고 있었다.

12

카자흐인들이 야영에서 돌아올 때까지는 앞으로 열흘 정도밖에 남지 않았다.

아크시냐는 늦게 핀 덧없는 사랑에 넋을 잃고 있었다. 그리고리는 아버지에게 혼쭐이 나고도 밤이 되면 그녀에게로 몰래 숨어들어 갔다가 새벽녘에야 돌아왔다.

2주일 동안에 그리고리는 마치 먼 길을 무리하게 달려온 말처럼 지칠 대로 지쳐 버렸다. 며칠 밤이나 계속 잠을 자지 못했으므로 광대뼈가 튀어나온 황갈색 얼굴은 해쓱해지고, 움푹해진 눈두덩 속에는 생기 없는 검은 눈이 힘없이 박혀 있었다.

아크시냐는 플라토크로 얼굴도 감싸지 않은 채 돌아다녔다. 눈언저리가 움푹해지고 검은 기미가 생겼다. 도톰하게 말려 올라가 탐욕스러움이 느껴지는 입술은 도전하는 것처럼 웃고 있었다.

두 사람의 미친 듯한 관계는 자못 엉뚱하고 공공연했다. 두 사람은 이제 완전히 이성을 잃고 철면피한 사랑의 불꽃에 몸을 불태웠다. 남에게 들켜도 조금도 부끄러워하거나 숨으려 하지 않고, 모두에게 드러나도록 눈가에 기미가 생겨나고 훌쭉하게 여위어 가는 것이었다. 그래서 이제는 그들과 마주치면 마을 사람들이 오히려 얼굴을 돌려 버렸다.

처음에는 아크시냐와의 관계를 놀려대던 그리고리의 친구들도 이제는 아무 말도 하지 않게 되었고, 모임에서도 그리고리가 있으면 모두 어색하고 꺼림칙한 기분을 느꼈다. 여자들은 마음속으로는 질투하면서 겉으로는 아크시냐를 헐뜯고, 스테판이 돌아올 날을 은근히 기다렸다. 모두 야수 같은 호기심에 휩싸여 살이 내리는 느낌이었다. 끝이 어떻게 될 것인가 모두들 이런저런 예상을 하고 있었다.

비록 그리고리가 생과부 아크시냐를 찾아다닌다 해도 남의 눈을 피해 다녔다면, 또는 생과부 아크시냐가 그리고리를 끌어들인다 해도 되도록 비밀스럽게 하며 동시에 다른 남자를 거부하지 않았더라면 남의 입에 오를 일은 많지 않았을 것이다. 마을에서는 소문이 조금 돌다가 곧 아무 말도 나지 않게 되었을 것이다. 그런데 두 사람의 언동은 거의 공개적이었다. 도저히 일시적인 불장난이라고 생각되지 않는 뭔가 커다란 것이 두 사람을 맺어 놓고 있었다. 마을 사람들은 죄이며 도리에 어긋나는 짓이라고 단정해 버렸다. 그리고 스테판이 돌아오면 모든 일이 해결될 것이라고 막연히 기대하며 가슴을 죄고 있었다.

아스타호프가(家)의 거실 침대 위에는 새끼줄이 하나 쳐져 있었다. 그 새끼줄에는 실이 감기지 않은 바둑무늬의 실패가 달려 있었다. 장식으로 달아 놓은 것이었다. 거기에는 밤이 되면 파리가 와서 쉬고, 그것으로부터 천장에 걸쳐 거미가 집을 지었다. 그리고리는 아크시냐의 팔을 베고 누워서 천장의 실패들을 바라보았고, 아크시냐는 다른 한 손으로—일에 거칠어진 손가락으로—그리고리의 말총처럼 뻣뻣한 고수머리를 쓰다듬고 있었다. 아크시냐의 손에서는 금방 짜낸 우유 냄새가 났다. 그리고리가 고개를 돌려서 아크시냐의 겨드랑이에 코를 들이밀면 아직 발효하지 않은 홉 열매처럼 달고 싱그러운 여자의 땀 냄새가 풍겼다.

그 거실에는 조각한 잣송이가 네 귀퉁이에 붙어 있는 옻칠한 나무침대 이외에 아크시냐의 혼수와 나들이옷이 든, 쇠로 테를 두른 커다란 궤가 문 옆에 놓여 있었다. 앞쪽 구석에는 테이블 하나, 스코벨레프 장군이 자기에게 바쳐진 깃발을 향해 말달리는 모양을 그린 초를 먹인 천 한 장, 그리고 걸상이 두 개 있었다. 그 위에는 초라한 종이에 그려진, 후광에 싸인 성화가 있었다. 옆의 벽에는 파리똥이 묻은 사진이 붙어 있었다. 앞머리를 드리운 사람, 가슴에 시곗줄을 늘어뜨리고 있는 사람, 칼을 뽑아들고 있는 사람—스테판이 현역이었을 때 동료들과 함께 찍은 것이었다. 옷걸이에는 미처 간수하지 못한 스테판의 군복이 걸려 있었다. 달이 창문 사이로 들여다보면서, 군복 견장의 하사관임을 나타내는 두 개의 하얀 줄을 비추고 있었다.

아크시냐는 한숨을 쉬면서 그리고리의 콧대 위 눈썹 사이에 입을 맞추었다.

"그리시카, 저."

"왜 그래요?"

"이제 9일밖에 남지 않았어요."

"아직 시간이 있는데 뭘."

"난 어떻게 하면 좋지요."

"그걸 내가 어떻게 알겠소."

아크시냐는 한숨을 내쉬고 그리시카의 헝클어진 앞머리를 쓰다듬다가 빗어 내리다가 했다.

"나는 스테판에게 맞아 죽겠지."

그녀는 묻는 것도 아니고 단언하는 것도 아니게 말했다.

그리고리는 입을 다물고 있었다. 졸린 것이었다. 그는 천근만근 무거워지는 눈꺼풀을 가까스로 떴다. 아크시냐의 푸르게 빛나는 눈동자가 바로 위에서 내려다보고 있었다.

"그가 돌아오면 당신은 틀림없이 나를 버리겠지요? 당신은 그 사람이 무섭지 않아요?"

"나는 그 사람을 무서워할 게 없소. 당신은 아내니까 무섭겠지만."

"이렇게 당신하고 둘이 있으면 무서울 게 하나도 없지만, 낮만 되면 이런저런 생각이 나서 소름이 끼쳐요."

그리고리는 하품을 하고 돌아누우며 말했다.

"스테판이 돌아와도 별일 없을 거요. 그런데 우리 아버지가 나를 장가들이겠다고 야단이니 걱정이오."

그리고리는 웃으면서 뭔가 말해 주려고 했다. 그런데 머리 밑에 있는 아크시냐의 팔에서 갑자기 힘이 쑥 빠지면서 베개에 떨어져 꿈틀하고 떨다가, 곧 다시 힘이 주어져 본래의 상태로 돌아가는 것이 느껴졌다.

"누구로 정했지요?"

낮은 소리로 아크시냐가 물었다.

"이제부터 이야기를 꺼내 보려는 걸 테죠. 어머니 말로는 코르슈노프네 나탈리야인 모양이오."

"나탈리야…… 나탈리야라면 좋은 아이예요…… 아주 예쁘고…… 어때요, 맞아들이는 게…… 지난번에도 교회에서 만났는데…… 아름답게 단장하고 있었지요."

아크시냐는 빠르게 말했다. 그 말은 중간에 끊어져 버렸다. 그래서 생기 없는 무미건조한 말이 되어 그리고리는 잘 알아들을 수 없었다.

"예쁘건 말건 나한테는 소용없소. 당신하고라면 함께 살고 싶지만."

아크시냐는 쌀쌀하게 그리고리의 머리 밑에서 팔을 빼더니 공허한 눈으로 창밖을 바라보았다. 밖에는 밤기운이 짙게 떠돌고 있었다. 헛간이 육중한 그림자를 드리우고 있었다. 어디선가 귀뚜라미가 울었다. 돈강 쪽에서는 부엉이가 둔한 소리로 울어댔다. 그 음울하고 굵은 울림이 창문을 통해 침실로 기어들어왔다.

"그리샤!"

"무슨 생각을 했소?"

아크시냐는 무뚝뚝하고 냉담한 그리시카의 손을 잡아 자기 가슴에, 그리고 시체처럼 차가운 뺨에 대면서 신음하는 듯한 소리로 말했다.

"어쩔 수가 없어요. 어째서 당신은 나 같은 여자에게 반했지요? 나는 어떻게 해야 하지요? 이봐요, 그리시카…… 당신은 내 마음을 점점 사로잡고 있어요! 난 이제 엉망진창이에요…… 스테판이 돌아오면 뭐라고 변명해야 하지요? 내 편을 들어 줄 사람은 아무도 없어요."

그리고리는 잠자코 있었다. 아크시냐는 간절한 눈길로 그의 아름답고 날이 선 코를, 어두운 그늘에 덮인 눈을, 말없는 입술을 바라보았다. 그러자 갑자기 지금까지 억누르고 있던 감정이 둑이 터지듯 왈칵 무너져 아크시냐는 미친 듯이 그의 얼굴에, 목에, 손에, 검고 곱슬곱슬하고 억센 가슴털에 입맞춤했다. 그 사이 사이에 숨을 헐떡이면서 속삭이는 그녀의 전율이 그리고리의 몸에도 전해져 왔다.

"그리샤…… 이봐요! 함께 달아나요. 그리샤! 모든 걸 버리고 달아나 버려요. 남편이고 뭐고 모두 버릴 거예요. 당신만 좋다면…… 탄광으로 달아나요. 멀리 있는 탄광으로, 난 당신을 사랑하고 소중히 여길 거예요…… 파라몬의 광산으로 가면 친척 아저씨가 감시인으로 있으니 틀림없이 도와줄 거예요…… 내 말 듣고 있어요? 그리샤? 뭐라고 말 좀 해 줘요."

그리고리는 왼쪽 눈썹을 치켜올리며 생각에 잠겼다. 그리고 갑자기 그 러시아인다운 불타는 듯한 눈을 번쩍 떴다. 그의 눈은 웃고 있었다. 비웃는 빛이 역력했다.

"바보 같군, 아크시냐! 무슨 그런 쓸데없는 말을 지껄이는 거요. 내가 집을 버리고 어디로 가겠소. 게다가 난 올해 군대에도 가야 하오. 그런 짓을 해봤자 아무 소용 없소…… 어떤 일이 있어도 난 이 땅을 떠나지 않을 거요. 여기에는 광야가 펼쳐져 있어 느긋하니 숨을 쉴 수 있는데, 그곳은 어떻소? 지난겨울에 나는 아버지와 도시에 갔었는데 길을 잃을 뻔 했소. 기관차가 꽥꽥 소리를 질러대고, 석탄 연기로 숨이 막힐 것 같았지. 그런 곳에서 도대체 어떻게 살고 있는지…… 나는 도무지 모르겠소. 틀림없이 도시 사람들은 더러운 공기에 익숙해져 있을 거요."

그리고리는 침을 삼키고 다시 한번 말했다.

"나는 고향을 버리고 어디에도 가지 않을 거요."

창밖이 어두워졌다. 달이 구름에 가려진 것이었다. 마당에 자욱이 깔린 밤기운이 엷어지고, 뚜렷이 나 있던 그림자는 사라져 버렸다. 그리고 울타리 너머의 검은 물체도 지난해에 베어낸 나뭇가지인지, 아니면 울타리에 기대어 쌓아 놓은 키 큰 풀인지 뚜렷이 가려낼 수 없었다.

방안도 어둠이 짙어져 창문 옆에 걸려 있는 스테판의 군복에 달린 하사 견장이 흐릿해졌다. 가라앉은 잿빛 어둠에 싸여 버렸으므로 그리고리의 눈에는 아크시냐의 어깨가 가늘게 떨리고 두 손으로 감싼 머리가 베개 위에서 소리도 없이 꿈틀꿈틀 움직이고 있는 것이 보이지 않았다.

13

토밀린의 아내가 찾아왔던 날부터 스테판의 얼굴은 험악해졌다. 눈썹이 눈 위로 늘어지고, 이마에는 깊고 심각한 주름이 비스듬히 새겨졌다. 그는 동료들과 거의 말도 하지 않고, 하찮은 일에 화를 내며 싸움을 걸거나 까닭도 없이 상사인 프레샤코프에게 덤벼들곤 했다. 그리고 페트로 멜레호프 쪽은 거의 돌아보지도 않았다. 이제까지 둘 사이에 이어져 있던 우정의 끈이 완전히 끊어져 버린 것이었다. 부글부글 끓어오르는 증오에 싸여서 스테판은 돌진하는 말처럼 거칠게 산기슭을 걸어다녔다. 집으로 돌아오는 길에 두 사람은 원수가 되었다.

두 사람 사이에 빚어진 막연한 적대감이 단숨에 폭발점까지 몰려갈 만한 사건이 터지고 말았다. 올 때와 마찬가지로 다섯 사람이 함께 야영지를 떠났다. 마차에는 페트로의 말과 스테판의 말을 맸다. 프리스토냐는 자기 말을 타고 갔다. 토밀린은 학질에 걸려 포장 속에서 외투를 뒤집어쓰고 누워 있었다. 페도트 보드프스코프가 게으름을 부려 고삐를 잡지 않자 페트로가 마부석에 앉았다. 스테판은 채찍을 휘둘러 길가 엉겅퀴의 새빨간 꽃을 때려 떨어뜨리며 마차 옆에서 걸어가고 있었다. 비가 내리기 시작했다. 진득진득한 검은 흙이 송진처럼 바퀴에 달라붙어 회전했다. 하늘은 짙은 구름에 싸여 가을과 같은 어두운 잿빛을 띠었다. 밤의 장막이 내렸다. 아무리 사방을 둘러보아도 마을의 불빛은 눈에 들어오지 않았다. 페트로는 줄곧 채찍을 휘둘러 말을 때렸다. 그런데 갑자기 어둠 속에서 스테판이 소리를 질렀다.

"뭐야, 너는……자기 말은 아끼고 내 말만 때리는 거지?"

"똑똑히 봐. 끌지 않는 놈을 채찍질하는 거야."

"네놈이 마차를 끌게 해 줄까? 터키인은 뚝심이 세니까 말이야."

그 말에 페트로가 고삐를 내던졌다.

"뭐라고, 이 자식?"

"앉아 있어. 일어서지 마."

"입 닥쳐."

"넌 어째서 저 녀석한테 시비를 거는 거야?"

프리스토냐가 스테판 옆으로 말을 몰고 와서 으르렁거리듯 말했다.

스테판은 입을 다물고 있었다. 어둠 속이었으므로 얼굴은 보이지 않았다. 30분쯤 모두 말없이 나아갔다. 수레바퀴 밑에서 흙탕물이 철벅철벅 소리를 내고 있었다. 즈크로 된 포장 지붕 위에는 마치 체로 거른 듯한 가는 빗줄기가 떨어지고 있었다. 페트로는 고삐를 내던지고 담배에 불을 붙였다. 다시 충돌하면 스테판에게 퍼부어 줄 욕설을 계속 머릿속에서 고르고 있었다. 증오의 물결이 그에게 밀려왔다가는 물러가곤 했다. 스테판 녀석을 호되게 매도하고 비웃어 주고 싶었다.

"저리 좀 비켜, 나도 마차에 올라앉게 해 줘."

스테판이 가볍게 페트로를 찌르고 발판에 뛰어올랐다.

갑자기 마차가 심하게 흔들리면서 멈춰 버렸다. 말들이 진창에 발이 미끄러져 제자리걸음을 하기 시작했다. 말발굽 밑에서 불꽃이 튀었다. 당겨진 마차 가로대에서 툭 소리가 났다.

"워, 워!"

페트로가 소리치며 마차에서 뛰어내렸다.

"무슨 일이지?"

스테판은 놀랐다. 프리스토냐가 달려왔다.

"부러졌구나, 제기랄."

"불을 켜."

"누구 성냥 가지고 있나?"

"스테판, 성냥 좀 이리 줘."

앞에서 한쪽 말이 거친 숨소리를 내며 몸부림치고 있었다. 누군가가 성냥을 켰다. 오렌지빛 테가 떠올랐다가 금방 다시 캄캄해졌다. 페트로는 떨리는 손으로 쓰러진 말의 등을 더듬어 멍에를 잡고 힘껏 당겼다.

"이랴······!"

말은 숨을 크게 내쉬며 옆으로 쓰러졌다. 마차의 끌채가 툭 부러졌다. 다가온 스테판은 성냥개비 한 움큼을 한꺼번에 그었다. 그의 말이 머리를 처박고 쓰러져 있었다. 다리 하나가 땅다람쥐 굴에 무릎까지 박혀 있었다.

프리스토냐는 어쩔 줄 몰라 안절부절못하면서 마차를 끄는 밧줄을 벗겼다.

"다리를 끌어내줘!"

"페트로의 말을 풀어 줘. 얼른!"

"가만히 있어. 워, 워!"

"빌어먹을, 발길질을 하잖아! 얼른 해!"

간신히 스테판의 말을 일으켜 세웠다. 페트로는 진흙투성이가 되어 멍에를 잡고 있었다. 프리스토냐는 진창 속에 웅크리고 앉아 덜렁거리는 말의 다리를 문질렀다.

"부러진 모양이야."

그는 굵은 목소리로 말했다.

페도트 보드프스코프가 떨고 있는 말 등을 손바닥으로 가볍게 두드렸다.

"이봐, 어디 끌어당겨 봐. 걸을 수 있을지도 몰라."

페트로가 고삐를 앞으로 당겼다. 말은 다리를 디디지 못해서 껑충 뛰면서 소리 높여 울었다. 토밀린은 외투에 소매를 꿰면서 불안하게 그 주변을 왔다 갔다 했다.

"당치도 않은 짓을 해 버렸군! 말을 못 쓰게 만들었어. 이거 큰일 났는데!"

그때까지 아무 말이 없던 스테판은 마치 그 한마디를 기다리고 있었던 것처럼 갑자기 프리스토냐를 밀어제치고 페트로에게 덤벼들었다. 머리를 겨냥했으나 빗나가 어깨를 쳤다. 두 사람은 서로 맞붙었다. 둘 다 진흙탕 속에 나뒹굴었다. 누군가의 셔츠가 찢어졌다. 스테판은 페트로를 때려 눕히고 무릎으로 머리를 누르면서 소낙비처럼 주먹을 퍼부었다.

프리스토냐가 욕설을 해대며 두 사람을 떼어 놓았다.

"내가 뭘 어쨌다는 거야?"

페트로는 피를 뱉어 내며 외쳤다.

"본래대로 해 놔! 함부로 말을 몰았기 때문이야!"

페트로는 프리스토냐의 팔을 뿌리치려고 했다.

"글쎄, 참아! 나에게 맡겨 둬!"

프리스토냐는 한 손으로 페트로를 마차 쪽으로 밀어 내며 굵은 소리로 말했다.

이번에는 키는 작지만 힘이 센 페도트 보드프스코프의 말을 페트로의 말과 함께 마차에 맸다.

"내 말을 타고 가!"

프리스토냐가 스테판에게 명령조로 말했다. 그리고 자신은 포장 속으로 들어가 페트로 옆에 앉았다.

그니로프스코이 마을에 닿았을 때는 이미 한밤중이었다. 맨 앞쪽 집 앞에 마차를 세웠다. 프리스토냐는 잠자리를 부탁하러 나섰다. 그는 외투 자락에 달려드는 개를 거들떠보지도 않고, 창가에서 덧문을 열고는 손톱으로 유리창을 긁었다.

"주인 양반!"

비가 부슬부슬 내리는 소리에 짖어대는 개 소리가 섞였다.

"주인 양반! 부탁합니다! 하룻밤만 재워 주십시오. 야영훈련을 갔다가 돌아오는 사람들입니다. 뭐라고요? 모두 다섯입니다…… 아, 그래요? 재워 주신다니, 이거 정말 고맙습니다."

"어이, 빨리 와!"

그는 문 쪽을 향해 소리쳤다.

페도트는 말들을 마당으로 끌어들였다. 마당 한가운데 놓여 있던 돼지 구유에 발이 걸려 넘어질 뻔했다. 이를 덜덜 떨면서 움막으로 들어갔다. 마차에는 페트로와 프리스토냐가 남았다.

날이 새자 떠날 준비를 했다. 스테판이 움막에서 나오자 허리가 굽고 쭈글쭈글한 노파가 뒤뚱뒤뚱 뒤따라왔다. 마차에 말을 매고 있던 프리스토냐가 그녀에게 말을 건넸다.

"할머니, 허리가 몹시 굽었군요. 교회에 가서 예배할 때 편리하겠군요. 조금만 구부려도 바닥에 닿을 테니."

"그렇다네, 군인 양반. 나는 절하기 편리하지만, 자네는 개를 매달기에 꼭 알맞겠어…… 저마다 자기 장기가 있게 마련이니까."

노파는 메마른 미소를 지어 보였는데, 자잘한 이가 하나도 빠지지 않고 가지런히 나 있는 것을 보고 프리스토냐는 놀랐다.

"호, 할머니, 이가 몹시 좋군요. 마치 꼬치고기 같네요. 나한테 10개만 빌려 주지 않겠소? 나는 젊은데도 음식을 전혀 씹지 못하거든요."

"그럼, 그 뒤에 나는 어떻게 하지?"

"그렇군요. 말의 이라도 심어 드리지요. 어차피 앞날이 멀지 않을 테고, 저승에 가면 이를 검사하는 일은 없겠지요. 염라대왕이 말 거간꾼 출신은 아닐 테니까."

"대강 해 둬, 이 바보야."

토밀린이 웃으며 마차 안으로 들어갔다.

노파는 스테판과 함께 헛간 처마 밑으로 들어갔다.

"어느 쪽 말이지?"

"검은 녀석이오."

스테판이 한숨을 지었다.

노파는 지팡이를 땅에 놓고 남자처럼 재빠른 동작으로 말의 다친 다리를 들어올렸다. 갈고리처럼 굽은 손가락으로 말의 관절을 한참 동안 문질렀다. 말은 귀를 오그리고 갈색 잇몸을 드러낸 채 너무 아파서 엉덩방아를 찧었다.

"부러지지는 않았어, 젊은이. 여기 두고 가요. 치료해 볼 테니까."

"나을 수 있을까요, 할머니?"

"낫겠느냐고? 그건 알 수 없지. …… 하지만 대개 낫지."

스테판은 손을 내젓고 마차 쪽으로 걸어갔다.

"두고 가라니까."

노파는 그의 뒷모습을 눈을 깜박이면서 좇고 있었다.

"두고 가는 게 어때?"

"저 할멈이 어떤 치료를 할지 두렵군. 성한 다리 세 개 있는 걸 두고 갔다가 다리가 하나도 남지 않으면 어쩌려고 그래? 저렇게 허리가 굽은 수의사 선생을 용케도 찾아냈군."

프리스토냐가 크게 웃으며 말했다.

14

"나는 아무래도 그 사람을 단념할 수 없어요, 할머니. 수척해 가는 걸 나 자신도 잘 알고 있어요. 스커트를 아무리 줄여도 이튿날에는 헐거워지는걸요…… 그 사람이 우리 집 앞을 지나가기만 해도 난 가슴이 두근거려서…… 땅바닥에 엎드려 그이 발자국에 입을 맞추고 싶어져요…… 그 사람의 어디가 내 마음을 사로잡는 걸까요? 네, 할머니, 도와주세요! 그 집에서는 그이를 장가들이겠다고 야단이에요…… 도와주세요, 할머니. 바라시는 건 무엇이든지 드리겠어요. 입고 있는 옷을 모두 벗어 달라면 드릴게요. 제발 부탁이에요, 도와주세요!"

드로즈디하 할머니는 주름살에 싸인 눈으로 아크시냐를 바라보고, 그 가엾은 이야기를 들으면서 머리를 끄덕였다.

"누구네 아들이지?"

"판텔레이 멜레호프네예요."

"그 터키인 말인가?"

"네."

노파는 이가 빠져 합죽한 입을 우물거리면서 천천히 말했다.

"그럼, 내일 아침에 일찍 와요. 동이 트는 대로 돈 강가로 가서 번뇌를 씻어 내야지. 올 때에는 집에서 소금을 한 움큼 가지고 와요, 알겠지?"

아크시냐는 노란 숄로 얼굴을 가리고, 등을 구부려 문 밖으로 나갔다.

그녀의 검은 그림자가 밤의 어둠으로 빨려들어갔다. 구두 소리가 따각따각 났다. 이윽고 그 발소리도 사라졌다. 어딘가 마을 밖에서 싸우는 소리와 노랫소리가 들려왔다.

뜬눈으로 밤을 새운 아크시냐는 날이 새자마자 드로즈디하네 집 창문 아래로 갔다.

"할머니!"

"누구요?"

"나예요, 할머니, 일어나세요!"

"잠깐만, 옷을 입고 나가야지."

오솔길로 해서 돈 강가에 내려갔다. 나루터 디딤돌 옆에 버려진 짐마차 마부석이 물에 잠겨 있었다. 물가의 모래가 얼어붙은 것처럼 차가웠다. 돈강 수면에 축축하고 차가운 안개가 흘렀다.

드로즈디하는 뼈가 앙상한 아크시냐의 팔을 잡고 물가로 끌고 갔다.

"소금을 가져왔나? 여기 내놓고 동쪽 하늘을 향해 성호를 그어요."

아크시냐는 성호를 그었다. 동쪽의 평화스러운 장밋빛 하늘을 밉살스러운 듯 노려보았다.

"손으로 물을 가득 떠서 마셔요."

드로즈디하가 지시했다.

아크시냐는 윗옷 소매를 적시면서 물을 실컷 마셨다. 노파는 찰싹 밀려오는 물결 위에 거미처럼 다리를 벌려서 무릎을 꿇고 중얼중얼 빌었다.

"깊은 곳에서 솟아나는 샘은 차갑다…… 정욕은 불꽃처럼 타오른다…… 마음속에 짐승이 깃들고……번뇌가 몸을 불태운다……성스러운 십자가로서……성스럽고 맑은 성모님이여……하느님의 종 그리고리를."

그 소리가 아크시냐의 귀에 들려왔다.

드로즈디하는 발밑의 축축한 모래와 물속으로 소금을 던지고 나머지를 아크시냐의 품에 넣어 주었다.

"어깨부터 물을 끼얹어요. 자, 빨리!"

아크시냐는 시키는 대로 했다. 그리고 드로즈디하의 갈색 뺨을 슬픔과 미움이 담긴 눈길로 지켜보았다.

"이제 끝났어요?"

"자, 돌아가서 일 봐요. 이제 괜찮아."

아크시냐는 훌쩍이며 집으로 돌아갔다. 마당에서 소들이 울고 있었다. 멜레호프네 다리야가 방금 잠에서 깬 듯한 발그레한 얼굴에 아름다운 눈썹을 찌푸린 채 자기네 소들을 몰면서 가고 있었다. 그녀는 미소를 띠고, 옆으로 달려 지나가는 아크시냐를 돌아보았다.

"일찍 일어났군요."

"잘 잤어요?"

"아침부터 어디를 다녀오는 길이에요?"

"좀 볼일이 있어서요."

아침 예배를 알리는 종이 울리기 시작했다. 청동 종소리는 약하고 덧없이 사라져 갔다. 오솔길에서 목동이 휘두르는 긴 채찍 소리가 났다.

아크시냐는 서둘러 소를 몰고난 뒤 문간채로 우유를 거르러 갔다. 양소매를 팔꿈치까지 걷어올리고 앞치마에 손을 닦았다. 무언가 딴생각을 하면서 우유를 거품 나는 여과기에 부었다.

거리에서 덜거덕거리는 마차 소리가 났다. 말 울음소리가 들렸다. 아크시냐는 양동이를 놓고 창가로 가서 내다보았다.

긴 칼을 든 스테판이 샛문 쪽으로 걸어오고 있었다. 다른 카자흐인들은 말을 탄 채 앞서거니 뒤서거니 하면서 광장 쪽으로 달려갔다. 아크시냐는 앞치마를 꽉 움켜쥐고 의자에 앉았다. 현관 층계를 올라오는 발소리…… 현관까지 왔다……이제 바로 문 저쪽에 있다…….

해쓱하게 여위어 마치 다른 사람처럼 된 스테판이 문 앞에 섰다.

"이봐."

아크시냐는 둥글고 살찐 엉덩이를 천천히 일으켰다.

"자, 때려 줘요!"

그녀는 천천히 말하고 어깨를 내밀었다.

"이봐, 아크시냐."

"숨기지 않겠어요. 모두 내가 나빴어요. 자, 때려 줘요, 스테판!"

그녀는 고개를 움츠려 몸을 작게 웅크리고 다만 두 손으로 배 쪽을 가리듯이 한 채 그에게 얼굴을 들이대며 서 있었다. 공포로 일그러지고 넋 나간 표정으로, 검은 기미가 생긴 얼굴을 눈 한번 깜박이지도 않고 빤히 뜨고 있었다. 스테판은 몸을 흔들면서 그 옆으로 빠져나갔다. 남자의 땀 냄새와 빨지 않은 셔츠에서 나는 길가의 향쑥 같은 냄새가 코를 찔렀다. 그는 모자도 벗지 않고 침대에 몸을 던졌다. 잠시 그대로 있다가 이윽고 가죽멜빵을 끄르려고 어깨를 쳐들었다. 언제나 팽팽하게 끝이 올라가 있는 연한 갈색 콧수염이 축 처져 있었다. 아크시냐는 곁눈질로 그를 노려보면서 이따금 몸을 떨었다. 스테판은 침대 등받이에 발을 올려놓았다. 장화에서 딱딱하게 굳어 버린 진흙이 툭 떨어졌다. 그는 천장을 바라보며 긴 칼의 가죽끈을 손가락으로 만지작거리고 있었다.

"아침식사는 아직 안 됐나?"

"네, 아직."

"뭔가 먹을 것을 좀 줘."

콧수염까지 들이마실듯이 찻잔에 담긴 우유를 꿀꺽꿀꺽 마셨다. 그리고 얼마 동안 빵을 우물우물 씹었다. 뺨에 복숭앗빛 피부로 싸인 혹이 생겨 꿈틀꿈틀 움직였다. 아크시냐는 페치카 옆에 서 있었다. 공포로 마음을 죄면서 남편의 부드러워 보이는 작은 귀를 바라보았다. 빵을 씹을 때마다 그 귀가 오르락내리락했다.

스테판은 식탁에서 일어서며 성호를 그었다.

"이봐, 이야기를 해 봐."

그는 그제야 생각난 듯 다시 재촉했다.

아크시냐는 머리를 숙이고 식탁을 치우며 잠자코 있었다.

"남편이 집에 없는 동안 무슨 짓을 했는지 말해 봐. 설마 남편 얼굴에 똥칠하는 짓은 안 했겠지? 어때?"

머리에 내리쳐진 무서운 일격으로 그녀는 문지방에 나뒹굴었다. 그녀는 등을 문지방에 부딪치면서 둔한 신음 소리를 냈다.

가냘프고 힘없는 여자는 말할 것도 없고 나무 그루터기처럼 건장한 아타만 병사라도 스테판은 머리에 일격을 가해 쓰러뜨릴 수 있었다. 그러나 공포가 아크시냐를 일어서게 했는지, 아니면 여자의 강인한 근성이 그녀를 일으켜 세운 것인지, 어쨌든 그녀는 잠시 그곳에 쓰러져 있다가는 한숨을 돌리며 기어이 일어섰다.

스테판은 방 한가운데에서 담배를 피우고 있었다. 그래서 그녀가 일어난 것을 알아채지 못했다. 담배쌈지를 테이블 위에 내던졌을 때에는 아크시냐가 벌써 문을 쾅! 하고 닫았다. 그는 곧 그녀를 뒤쫓아갔다.

아크시냐는 피투성이가 된 채로 그들의 집과 멜레호프네 집의 경계인 울타리 쪽으로 비틀비틀 몸을 옮겼다. 스테판이 울타리 가까이에서 그녀를 따라잡았다. 그의 손이 독수리처럼 그녀의 머리를 덮쳤다. 단단히 움켜쥔 손가락 사이로 머리칼이 흐트러졌다. 앞으로 힘껏 당겨 땅바닥에, 아크시냐가 페치카에서 긁어내 날마다 이 울타리 옆에 버린 잿속에 쓰러뜨렸다.

남편이 손을 등 뒤로 돌려 깍지끼고 자기 아내를 장화로 짓밟고 차다니, 대체 있을 수 있는 일인가…… 한 팔이 없는 알렉세이 샤밀리가 그 근처를 지나다가 힐끗 쳐다보고는 덤불 같은 콧수염 사이로 빙긋이 웃었다. 스테판이 자기 아내를 응징하는 것은 당연하다는 듯이. 샤밀리는 스테판이 과연 아크시냐를 때려죽일지 어떨지 지켜보고 싶었다. 물론 누구든지 궁금할 것이었다. 그러나 양심이 용납하지 않았다. 아무리 그래도 여자가 아닌가.

멀리서 스테판을 보고 있으려니 마치 카자흐 춤을 추는 것 같았다. 그리고리도 거실 창문으로 스테판이 껑충껑충 뛰는 것을 보고 처음에는 그렇게 생각했다. 그러나 그 광경을 확인하고는 벌떡 일어나 집에서 달려나왔다. 저릴 만큼 단단히 움켜쥔 주먹을 가슴에 꽉 누르면서 날듯이 울타리 쪽으로 달려갔다. 그 뒤를 무거운 장화를 끌면서 페트로가 달려나왔다.

그리고리는 높은 울타리를 새처럼 뛰어넘었다. 달려가자마자 사정없이 아내를 때리고 있는 스테판을 뒤에서 내리쳤다. 스테판은 비틀거렸지만 곧바로 서서 곰처럼 그리시카에게 다가왔다.

멜레호프 형제는 죽을힘을 다해 싸웠다. 독수리가 시체를 쪼듯이 스테판을 닥치는 대로 갈겼다. 그리고리는 스테판의 납덩이같은 주먹에 맞아 땅바닥을 두세 차례 나뒹굴었다. 상대가 싸움에 평판 나 있는 스테판이므로 아무래도 형세가 불리했다. 그러나 키가 작고 재빠른 페트로는 바람에 날리는 갈대처럼 스테판의 주먹을 피하며 버티고 있었다.

스테판은 한 눈을 번뜩거리면서—다른 한 눈은 덜 익은 매실 같은 빛깔로 부어올라 있었다—현관 층계 쪽으로 물러섰다.

페트로에게 멍에를 빌리러 온 프리스토냐가 그들을 떼어 놓았다.

"그만둬!"

그는 게의 집게발처럼 손을 휘둘렀다.

"그만두라니까! 그만두지 않으면 아타만에게 끌고 갈 테다!"

페트로는 손바닥 위에 절반이 부러진 이를 피와 함께 뱉어 냈다. 그리고 쉰 목소리로 말했다.

"돌아가자, 그리시카. 나중에 다시 놈을 혼내 줄 테니까."

"아직도 혼이 덜 난 모양이군!"

여기저기 멍투성이가 된 스테판이 현관 층계 위에서 고함쳤다.

"좋아, 그 말 잊지 마!"

"조심해, 배에 바람구멍을 내줄 테니까!"

"그게 제정신으로 하는 말이냐?"

스테판은 현관 층계에서 훌쩍 뛰어내렸다. 그리고리가 그를 향해 뚜벅뚜벅 다가갔다. 프리스토냐가 그리고리를 샛문 쪽으로 밀어 내며 나무랐다.

"또 싸우면 강아지처럼 차 버릴 테다."

그날 뒤로 멜레호프 형제와 스테판 아스타호프 사이에는 단단한 원한의 응어리가 생겨났다.

그리고리 멜레호프는 이 응어리를 2년 뒤 프러시아의 스톨리핀시 교외에서 풀게 되었다.

15

"페트로에게 일러라. 암말하고 형의 말을 매두라고."

그리고리는 마당으로 나갔다. 페트로는 헛간에서 마차를 끌어내고 있었다.

"아버지가 암말이랑 형의 수말을 마차에 매두라고 했어."

"말하지 않아도 알고 있어. 괜한 간섭하지 마!"

마차 채를 흔들면서 페트로가 대답했다.

판텔레이 프로코피예비치는 예배할 때의 교회 장로처럼 정장 차림으로 뜨거운 스튜를 마시며 땀을 줄줄 흘리고 있었다.

두냐시카는 그리고리를 재빨리 바라보더니, 구부러진 속눈썹의 차가운 그늘 속으로 소녀다운 미소를 감추었다. 연노랑 외출용 숄을 걸치고 늙어빠진 몸매에 한껏 모양을 내고 있는 일리니치나는 입가에 불안한 빛을 숨긴 채 그리고리를 바라보다가 노인을 향해 말했다.

"프로코피예비치, 잘도 잡수시는군요. 꼭 아귀처럼 씹어대면서."

"먹지 못하게 할 궁리만 하고 있군. 좀 잠자코 있어!"

페트로가 문 앞에서 밀짚같이 노란 긴 콧수염을 들이밀었다.

"자, 가실까요? 타실 마차는 다 준비됐습니다."

두냐시카가 웃음을 터뜨리며 소매로 얼굴을 가렸다.

다리야가 부엌에서 나와 가늘게 반원을 그린 눈썹을 꿈틀거리며 신랑을 바라보았다.

일리니치나의 사촌동생으로, 말솜씨 좋은 과부 바실리사 아주머니가 중매인으로 따라갈 참이었다. 그녀는 자갈처럼 동그란 머리를 곤두세우고, 입술 사이로 들쭉날쭉 제멋대로 난 시꺼먼 이를 드러내어 웃으면서 맨 먼저 마차에 올랐다.

"어이, 바센카. 그 집에 가면 이가 드러나지 않도록 조심해요."

판텔레이 프로코피예비치가 미리 주의를 주었다.

"당신 입 때문에 모든 게 헛일이 될지도 모르니까. 당신 이는 술 취한 녀석을 입속에 심어 놓은 것 같아. 하나는 저쪽으로 구부러져 있고, 다음 것은 정반대 방향으로 고꾸라져 있으니."

"뭐 어때요, 내가 선을 보는 것도 아닌데. 신랑은 내가 아니잖아요."

"그야 그렇지만 어쨌든 웃지는 말아 줘요…… 아무래도 그 이로는 너무…… 누런 그 이는 보기만 해도 역겨워."

바실리사는 토라졌다. 때마침 페트로가 그때 문을 열었다. 그리고리는 가죽 고삐를 골라 쥐고 마부석에 뛰어올랐다. 판텔레이 프로코피예비치는 일리니치나와 함께 마차 뒷자리에 나란히 앉았다. 마치 신랑 신부 같은 모습이었다.

"채찍질을 해!"

페트로가 고삐를 놓고 소리쳤다.

"이랴!"

그리고리가 입술을 꾹 다물고, 귀를 곧추세우고 있는 수말에 채찍질을 했다. 말들은 가죽끈을 팽팽하게 당기며 기세 좋게 달리기 시작했다.

"조심해요! 치일 뻔했네!"

다리야가 큰 소리로 외쳤다. 하지만 마차는 급히 회전하여 길가의 흙덩어리를 뛰어넘으면서 땅을 박차고 달려갔다.

그리고리는 몸을 옆으로 기울여 걸음을 늦추는 페트로의 군마를 철썩 때렸다. 판텔레이 프로코피예비치는 손으로 수염을 잡고 있었다. 마치 바람이 수염을 날려 버리나 않을까 걱정이 되는 양.

"암말을 한번 때려 줘."

그는 양쪽을 살피면서 그리고리의 등에 기대듯이 앉아서 쉰 목소리로 말했다.

일리니치나는 바람에 맞아서 나온 눈물을 윗옷 소매로 훔치고 눈을 깜박이며, 그리고리의 등에서 푸른 비단 셔츠가 바람에 둥글게 부풀어 오르는 것을 바라보았다. 저쪽에서 오던 카자흐인들이 길가에 비켜서서 잠시 바라보고 있었다. 여기저기 집에서 개들이 뛰어나오더니 말 밑에 따라붙으며 달렸다. 개 짖는 소리는 새로 갈아 끼운 수레바퀴의 쇠테두리 소리에 눌려 들리지 않았다.

그리고리는 말의 속력이 조금이라도 느려지지 않도록 채찍질을 아끼지 않았다. 10분쯤 지나자 마을은 어느새 훨씬 뒤로 멀어져 있었다. 마을 끄트머리의 과수원이 길 양쪽으로 푸르게 펼쳐지기 시작했다. 코르슈노프네의 널따란 집과 판자 울타리가 보였다. 그리고리는 고삐를 힘껏 당겼다. 그러자 마차는 쇠바퀴 소리를 중간에서 뚝 끊으며 정밀한 조각이 된 문 앞에 멎었다.

그리고리는 말 옆에 남고, 판텔레이 프로코피예비치가 다리를 절룩이며 현관 층계 쪽으로 걸어갔다. 양귀비처럼 새빨간 얼굴을 한 일리니치나와 심술이 나서 입을 굳게 다문 바실리사가 스커트를 살랑거리며 그 뒤를 따라갔다. 노인은 오면서 다짐해 둔 용기를 잃어서는 큰일이라는 듯 걸음을 재촉했다. 그는 높다란 문지방에 불편한 한쪽 다리가 걸리자 아픔에 얼굴을 찌푸리면서, 깨끗이 닦인 층계를 발소리를 내며 올라갔다.

그는 일리니치나와 나란히 집 안으로 들어섰다. 그는 아내와 나란히 서는 것을 거북스러워했다. 아내의 키가 그보다 15센티미터는 더 컸기 때문이었다. 그는 문지방에서 한 걸음 앞으로 나아가 수탉처럼 한 다리에 힘을 주고 서서, 모자를 벗고 새까맣게 되어 윤곽이 흐릿한 성상(聖像)을 향해 성호를 그었다.

"그간 별고 없으셨습니까?"

"덕분에 별일 없습니다."

주인이 의자에서 일어나며 대답했다. 키가 작고 주근깨투성이인 몹시 늙은 카자흐인이었다.

"갑자기 찾아와 폐를 끼치게 되었습니다…… 미론 그리고리예비치."

"잘 오셨습니다. 마리아, 손님에게 의자를 갖다 드려요."

가슴이 납작한 중년이 지난 안주인이 거만하게 걸상의 먼지를 털고 나서 손님에게 앉기를 권했다. 판텔레이 프로코피예비치는 걸상 끝에 앉아 땀이 흐르는 거무스름한 이마를 손수건으로 닦았다.

"실은 말씀드릴 일이 좀 있어서."

그는 곧바로 말을 꺼냈다.

그때 일리니치나와 바실리사도 스커트를 조금 치켜들고 의자에 앉았다.

"어떤 이야기인지 들어봅시다."

주인은 빙그레 웃었다.

그리고리가 들어와 사람들을 한번 둘러보았다.

"안녕하십니까."

"어서 와요."

안주인이 느릿하게 대답했다.

"자, 이리로."

주인도 인사에 대답하며 예의를 차렸다. 그의 얼굴 가득히 나 있는 주근깨 사이로 다갈색을 띤 붉은 기운이 살짝 감돌았다. 그는 그제야 손님들이 무슨 일로 왔는지 짐작한 것이다.

"손님의 말을 마당으로 들여오게 해 주시게. 그리고 마른풀도 좀 주고."

그는 아내에게 일렀다.

이에 안주인은 마당으로 나갔다.

"좀 부탁드릴 일이 있어서."

판텔레이 프로코피예비치가 입을 열었다. 그는 곱실거리는 새까만 턱수염을 쓰다듬으며 흥분해서 귀걸이를 잡아당겼다.

"댁에 혼기가 찬 따님이 계시지요? 마침 우리 집에는 장가들 나이가 된 자식 놈이 있습니다…… 그래서 어떻게 혼사가 이루어지지 않을까 해서요. 댁에선 따님을 곧 출가시킬 것인지 어떤지, 그걸 알고 싶습니다. 만일 출가시킬 생각이라면 우리와 인연을 맺어 주셨으면 합니다. 어떻습니까?"

"글쎄요, 그 아이에 대해서는 아직."

주인은 곤란한 표정을 지으며 좀 벗겨진 머리를 긁적였다.

"솔직히 말해서 올 사육제에 그 애를 시집 보낼 생각은 아직 해 보지 않았습니다. 워낙 우리는 할 일이 산더미처럼 쌓였고, 그 애 나이도 그리 많지 않으니까요. 겨우 열여덟 살이 됐을 뿐이라서요. 그렇지, 마리아?"

"예, 그래요."

"꽃이라면 지금이 바로 봉오리인 셈인데, 뭐 그렇게 미룰 것도 없지 않습니까. 게다가 때를 놓쳐 나이가 들어 버리는 사람도 얼마든지 있으니까요."

바실리사가 걸상 위에서 꿈지럭거리며 끼어들었다. 현관에서 빗자루를 슬쩍 해 윗옷 속에 넣어 둔 것이 몸을 콕콕 찔렀던 것이다. 예로부터 신부 집에 가서 빗자루를 훔친 중매인은 결코 거절당하는 일이 없다고 전해 오기 때문이었다.

"우리에게는 벌써 지난해 봄부터 중매가 들어오고 있지요. 우리 애는 노처녀가 되는 일은 없을 겁니다. 우리 애는 품행이 좋지 못한 데가 한 구석도 없으니까요. 게다가 들일이건 집안일이건 다 잘하거든요."

"좋은 신랑감이 있으면 시집 보내시겠지요?"

판텔레이 프로코피예비치는 간드러진 목소리로 이야기하고 있는 여자들의 대화에 끼어들었다.

"시집 보내는 건 문제없습니다. 보내려 생각하면 언제든지 보낼 수 있으니까요."

주인이 머리를 긁적이며 말했다.

판텔레이 프로코피예비치는 거절당하는 것으로 여기고 순간적으로 흥분해 버렸다.

"그야 물론 당신 마음이겠지요…… 며느릿감을 찾아다니는 것은 거지가 구걸하는 거나 다름없어서 어디에든지 부탁해 보는 거지요. 만일 당신이 장사꾼 사위나, 우리 처지에 전혀 맞지 않는 엉뚱한 신분의 사람을 바라고 있다면 우리는 그만 물러가겠습니다."

이야기는 틀어지는 것 같았다. 판텔레이 프로코피예비치는 숨을 헐떡이면서 얼굴빛이 차츰 근대즙처럼 되어 갔다. 신부의 어머니가 솔개의 습격을 받은 암탉 같은 소리를 냈다. 이 막다른 순간에 바실리사가 냉큼 나섰다. 그녀는 불에 덴 자리에 소금이라도 뿌리는 것처럼 몹시 빠르게 지껄여 결렬을 막고 나섰다.

"이게 무슨 일이에요, 여러분! 이야기가 이렇게 되어선 안 돼요. 이치를 잘 따져서 자식들에게 좋도록 일을 정해야 하지요…… 나탈리야 같은 좋은 처녀는 세상에 그리 흔한 게 아니에요! 부지런하지, 영리하지, 게다가 살림 솜씨까지 야무지니 말예요! 그런 것은 이미 잘 알고 계실 테지요."

그러면서 그녀는 판텔레이 프로코피예비치와 일리니치나를 통통한 손으로 제지했다.

"그리고 이 아이만 해도, 어디에 내놓아도 부끄럽지 않을 사윗감이에요. 나는 이 아이를 보면 참을 수 없이 마음이 아파져요. 죽은 내 아들 도뉴시카를 꼭 닮아서…… 그리고 이 집 사람들은 모두 훌륭한 일꾼들이지요. 프로코피예비치라면 이 근처에선 누구 하나 모르는 사람이 없을 정도로 인심이 좋아요…… 터놓고 하는 말인데, 모두들 서로 자기 자식들에게 나쁘게 해 주려고는 생각하지 않겠지요!"

판텔레이 프로코피예비치의 귓속으로 졸졸 흐르는 듯한 중매인의 말소리가 흘러들어갔다. 그는 엄지손가락과 집게손가락으로 한 번도 햇볕을 본 적 없는 거친 코털을 콧구멍에서 뽑아 내면서 그 이야기를 듣고 있었다. 그리고 감탄하며 생각했다.

'혀가 정말 잘 돌아가는군. 그럴듯하게 말을 잘하는 여자야! 마치 양말이라도 짜는 것처럼 지껄여대는군. 그물코를 만들어 두고, 일이 좋게 잘 되도록 상대를 납득시키는구먼. 여자들 가운데에는 온갖 이야기를 해서 남자를 꼼짝 못하게 만드는 사람이 있는 모양이야. 작달막한 여자가 정말 감탄할 만한걸!'

그는 신부와 신부 집안을 5대조까지 거슬러 올라가 거침없이 칭찬하고 있는 중매인을 흐뭇한 눈초리로 바라보고 있었다.

"그야 말할 것도 없지요. 우리는 아이들이 잘못되기를 조금도 바라지 않습니다. 하지만 아직은 시집을 보낸다느니 하는 이야기가 아무래도 좀 이른 듯한 생각이 들어서요."

주인은 미소를 띠고 부드럽게 말했다.

"조금도 이르다고 할 수는 없지요! 분명히 조금도 이르지 않습니다!"

판텔레이 프로코피예비치는 고집스럽게 말했다.

"언젠가 헤어져야 하긴 하지만."

절반은 거짓으로 절반은 진심으로 안주인은 훌쩍거렸다.

"따님을 좀 불러 주십시오, 미론 그리고리예비치. 한번 만나보고 가고 싶으니까요."

"나탈리야."

문 앞에 신붓감이 조심스럽게 나타났다. 그녀는 가무잡잡한 손가락으로 치맛자락을 부지런히 만지작거리고 있었다.

"들어오너라, 얼른 들어와! 뭘 부끄러워하는 거냐."

어머니가 딸의 기운을 북돋우며 말했다. 그리고 눈물을 글썽이며 미소를 떠올렸다.

빛바랜 푸른 옷궤 옆에 앉아 있던 그리고리가 그녀를 흘끗 보았다. 레이스로 짠 플라토크의 검은 잔무늬 속에서 겁 없는 잿빛 눈이 반짝이고 있었다. 좀 당황했는지 미소를 억누르고 있어서 탄력 있는 뺨에 장밋빛 보조개가 생겨 가늘게 떨리고 있었다. 그리고리는 눈길을 손으로 옮겼다. 일에 시달린 커다란 손이었다. 통통한 몸을 꼭 감싼 녹색 저고리 밑으로 처녀다운 조그맣고 단단한 유방 두 개가 솟아올라 있고, 뾰족한 젖꼭지는 단추처럼 튀어나와 있었다.

그리고리의 눈길은 순식간에 그녀의 온몸을, 머리에서부터 날씬하고 예쁜 발 끝까지 훑어갔다. 마치 말 거간꾼이 종마를 사기 전에 꼼꼼하게 살펴보듯 그녀를 훑어보고는 정말 근사하다고 생각했다. 그때 그에게 향하던 그녀의 눈길과 마주쳤다. 악의 없이 좀 당황해 있는 순진한 그녀의 눈길은 마치 이렇게 말하고 있는 것 같았다.

'나는 보시는 바와 같은 사람이에요. 어디 한번 마음껏 평가해 봐요.'

'아주 훌륭해.'

그리고리는 미소를 띤 채 눈으로 대답했다.

"그만 물러가거라."

주인이 손을 흔들었다.

나탈리야는 문을 닫으면서 그리고리를 흘끗 보았다. 그 얼굴에 미소와 호기심이 뚜렷이 드러나 있었다.

"그럼, 판텔레이 프로코피예비치. 당신네들도 의논을 잘 해 보시지요. 우리도 집안에서 의논을 잘 해 보겠습니다. 그런 다음에 이 이야기를 진행시킬 것인지 아닌지 결정하기로 합시다."

아내와 눈길을 주고받으면서 주인이 말했다.

현관 층계를 내려가면서 판텔레이 프로코피예비치는 약속했다.

"그럼, 이 다음다음 일요일 안으로 다시 한번 찾아오겠습니다."

주인은 대문까지 전송하러 나왔지만, 알아듣지 못한 것처럼 잠자코 있었다.

16

토밀린에게서 아크시냐에 관한 이야기를 전해들은 뒤로 스테판의 마음은 우수와 증오에 싸여 있었다. 그러나 그 일이 있은 뒤에야 비로소 그는 그녀와 아무런 즐거움 없는 나날을 보냈으면서도, 또 이제까지 그녀를 학대해 왔으면서도, 역시 자신은 미움이 섞였을망정 그녀를 사랑하고 있었음을 깨달았다.

밤마다 외투를 덮고 팔베개를 하고 마차에 누워, 이제 집에 돌아가면 아내가 어떻게 자기를 맞아줄까를 생각했다. 그러면 가슴속에서는 심장 대신 털투성이의 독거미가 꿈틀거리고 있는 듯이 느껴졌다. 핏기 가신 눈꺼풀을 억지로 감고 드러누운 채 머릿속으로 이런저런 제재 방법을 세밀한 데까지 생각해 보았다. 그러고 있으면 입속에 모래알이 가득 차 버적거리는 듯한 기분이 들었다. 페트로와의 싸움은 그 돌파구였다. 야영에서 돌아왔을 때 그는 몹시 지쳐 있었던 탓에 아크시냐는 그의 손에서 쉽게 벗어날 수 있었다.

그날 이후로 아스타호프네 집에는 눈에 보이지 않는 송장이 살고 있는 것과 다름없었다. 아크시냐는 발끝으로 걷고, 속삭이는 듯한 목소리로 말했다. 그러나 눈에는 그리시카에 의해 불붙은 타다 남은 정열의 불꽃이 공포의 재를 뒤집어쓴 채 여전히 희미하게 일렁이고 있었다.

스테판은 눈으로 보기도 전에 그런 느낌을 강하게 받으며 괴로워했다. 밤마다 부엌의 페치카 위 언저리에서 파리 떼가 날개를 접고 쉴 무렵이 되면 아크시냐는 입술을 벌벌 떨면서 자리를 폈다. 그러면 스테판은 그녀를 붙잡고 검고 꺼끌꺼끌한 손바닥으로 그 입을 막고 때리기 시작했다. 그리고 그리시카와의 관계에 대해 입에 담을 수 없는 내용까지 꼬치꼬치 따져 물었다. 아크시냐는 양가죽 냄새가 나는 딱딱한 침대 위를 뒹굴며 괴로운 듯 가쁘게 숨을 내뱉었다. 스테판은 밀가루 반죽처럼 부드러운 그녀의 몸을 자기가 지쳐 버릴 때까지 때리고, 손을 뻗어 그녀의 얼굴을 더듬어 눈물을 찾았다. 하지만 아크시냐의 얼굴은 바싹 마르고 불덩이처럼 달아오른 채 그의 손가락 밑에서 턱만 움직여 흐느낄 뿐이었다.

"말해!"

"싫어요!"

"죽일 테다!"

"죽여 줘요! 제발 죽여 줘요! 난 이제 괴로워서⋯⋯더 살고 싶지도 않으니까."

스테판은 이를 악물고 땀으로 차가워진 아내 가슴의 얇은 살갗을 꼬집었다. 아크시냐는 몸을 떨면서 신음했다.

"어때? 아프지?"

스테판이 잔인한 미소를 흘리며 물었다.

"아파요."

"나는 아프지 않다고 생각해?"

그는 쉽게 잠들지 못했다. 잠이 들어서도 마디진 검은 손가락을 움켜쥐었다 폈다 했다. 아크시냐는 팔꿈치를 세우고 윗몸을 일으켜, 순한 얼굴로 바뀐 남편의 잠든 모습을 하염없이 바라보고 있었다. 그러다가 베개에 머리를 묻고 혼잣말을 중얼거렸다.

그녀는 그리고리와 거의 만나지 못했다. 언젠가 한 번 돈 강가에서 그와 마주친 적이 있었다. 그리고리는 소에게 물을 먹이러 갔다가 돌아오는 길이었는데, 마른 나뭇가지를 흔들고 발밑을 보면서 비탈을 올라오고 있었다. 아크시냐는 그 비탈을 내려가는 참이었다. 그의 모습을 보자 팔에 걸치고 있는 물지게가 갑자기 차가워지고 관자놀이에 피가 모여드는 것처럼 느껴졌다.

나중에 이 만남을 다시 생각해 보아도, 그것이 정말로 있었던 일이라고 스스로 믿게 되기까지는 꽤 힘이 들었다. 그녀가 그리고리와 엇갈리게 되었을 때에야 그도 그녀를 알아보았다. 일부러 물통을 철거덕거리는 소리에 얼굴을 들고 눈썹을 꿈틀거리며 얼빠진 미소를 지었다. 아크시냐는 그의 머리 너머로 녹색으로 물결치고 있는 돈강, 그리고 그 저편 모래톱의 능선을 보며 걸어가고 있었다.

그녀의 볼은 빨갛게 달아오르고 눈에서 눈물이 흘렀다.

"아크시냐!"

아크시냐는 두세 걸음 지나쳐 가더니 매라도 맞은 것처럼 머리를 떨어뜨리고 멈춰 섰다. 그리고리는 뒤떨어진 암갈색 소를 화난 듯 힘껏 때리고 이쪽은 보지도 않으면서 말했다.

"스테판은 언제 호밀을 베러 가지?"

"지금 떠나려는 참이에요…… 마차를 준비하고 있어요."

"떠나고 나면 우리 집 해바라기 밭으로 나와 있어요. 개간지 말이야. 나도 곧 갈 테니까."

물지게를 삐걱거리면서 아크시냐는 돈강 쪽으로 내려갔다. 강가에서는 녹색 옷자락을 화려하게 장식하는 노란 레이스처럼 거품이 일고 있었다. 물고기를 찾는 하얀 갈매기가 끼룩거리면서 강물 위를 날아다녔다.

작은 물고기가 은빛 빗줄기처럼 수면 위로 뛰어올랐다. 강 건너의 흰 모래톱 저편에는 포플러가 바람에 휘어지는 잿빛 머리를 높이 쳐들고 오만하게 버티고 서 있었다. 아크시냐는 물을 뜨려고 물통을 내려놓았다. 왼손으로 스커트를 걷어올리고 무릎 언저리가 잠기는 곳까지 들어갔다. 물이 양말대님 자국이 남은 종아리를 간질였다. 아크시냐는 스테판이 돌아온 뒤 처음으로 남몰래 미소를 떠올렸다.

그리고리 쪽을 돌아보니 그는 여전히 말파리라도 쫓는 것처럼 나뭇가지를 휘두르면서 천천히 비탈을 올라가고 있었다.

아크시냐는 눈물이 괸 흐려진 눈으로, 단단히 대지를 밟고 가는 그의 힘찬 다리를 애무했다. 하얀 털양말 속으로 옷자락을 쑤셔 넣은 그리고리의 헐렁한 바지에는 붉은 옆줄이 쳐져 있었다. 그의 엉덩이 위에 최근에 찢어진 셔츠 자락이 펄럭거렸고, 그 아래에서 가무잡잡한 몸이 세모꼴로 희미하게 드러나 보였다. 아크시냐는 한때 자기의 것이었던 그리운 육체의 이 아주 조그마한 조각을 눈으로 입맞춤했다. 미소 짓고 있는 햇쑥한 입술 위로 눈물이 떨어졌다.

그녀는 물통을 모래 위에 나란히 놓았다. 그리고 물통 끈을 물지게의 고리에 걸려는 순간, 모래 위에서 그리고리의 끝이 뾰족한 구둣자국을 발견했다. 그녀는 훔쳐보듯 주위를 살펴보았다―저 멀리 나루터 언저리에서 아이들이 멱을 감고 있을 뿐 아무도 없었다. 그녀는 손바닥으로 그 발자국을 살며시 감쌌다. 그러고는 물지게를 어깨에 메고 웃으며 집으로 돌아왔다.

모슬린 같은 엷은 아지랑이에 싸인 해는 마을 바로 위에 걸려 있었다. 고수머리 같은 흰 구름덩어리 바로 아래 시원스러워 보이는 짙은 초록빛 목장이 빛나고 있었지만, 마을의 붉은 양철지붕이며 사람 흔적 하나 없는 먼지 많은 거리며, 누렇게 된 마른풀이 놓인 마당 위에는 죽음 같은 더위만이 감돌고 있었다.

아크시냐는 말라서 갈라진 땅바닥에 물통의 물을 흘리며 현관 층계 쪽으로 비틀비틀 걸어갔다. 스테판은 챙 넓은 모자를 쓰고, 보리 베는 기계에 말을 매고 있었다. 멍에를 얹은 채 졸고 있는 암말의 엉덩이 띠를 고쳐 매면서 아크시냐를 바라보았다.

"수통에 물을 넣어 줘."

아크시냐는 물을 수통에 넣었다. 대못으로 고정시킨 쇠테에 손이 닿자 타는 듯이 뜨거웠다.

"얼음이 있어야겠어요. 물이 미지근해질 테니까요."

땀에 흠뻑 젖은 남편의 등을 보며 말했다.

"멜레호프네 집에 가서 얻어 와…… 아니, 잠깐, 가지 마!"

스테판은 문득 생각이 나서 소리쳤다.

아크시냐는 열려 있는 샛문을 닫으러 갔다. 스테판은 눈을 치켜뜨며 채찍을 잡았다.

"어디 가지?"

"샛문을 닫으려고요."

"그만둬…… 가지 말라고 했잖아!"

그녀는 당황하여 현관 층계로 돌아와 물지게를 메려고 했으나 손이 떨려 말을 듣지 않았다. 물지게는 층계로 굴러 떨어졌다.

스테판은 즈크 망토를 마부석에 던져 놓고 자신도 거기에 올라앉아서 고삐를 당겼다.

"대문 열어."

문을 열어 놓고 아크시냐는 용기를 내어 물었다.

"언제쯤 돌아오지요?"

"저녁때쯤. 아니쿠시카와 함께 베기로 했어. 그 녀석에게도 도시락을 갖다 줘. 대장간에서 돌아오면 바로 밭으로 온다고 했으니까."

보리 베는 기계의 작은 바퀴가 잿빛 먼지에 파고 들어 끼익끼익 소리를 내며 문밖으로 나갔다. 아크시냐는 집 안으로 뛰어들어가 가슴에 손을 대고 잠시 서 있었다. 그리고는 플라토크를 쓰고 돈강 쪽으로 달려갔다.

'하지만 남편이 돌아온다면? 그때에는 대체 어떻게 될까?' 하는 생각이 스쳐 갔다. 마치 발밑에 있는 깊은 절벽을 보았을 때와 같은 느낌으로 멈춰 서서 뒤를 흘끗 돌아보고는 날아가는 듯이 돈강 위쪽의 개간지로 달려갔다.

울타리, 채소밭, 조용히 해를 바라보고 있는 해바라기의 노란 꽃잎, 청백색 꽃이 핀 풀빛 감자, 그리고 샤밀리네 집 여자들이 늦게 심은 감자밭에서 김을 매고 있는 모습이 보였다. 장밋빛 셔츠를 입은 등을 굽히고 괭이를 가볍게 들어올려 잿빛 밭이랑을 파헤쳐 갔다. 아크시냐는 단숨에 멜레호프네 밭까지 달려갔다. 주위를 둘러본 뒤에 살그머니 빗장을 벗기고 나무문을 열었다. 밟혀서 굳어진 오솔길을 지나 해바라기가 푸른 울타리처럼 늘어선 곳까지 갔다. 몸을 구부려 가장 무성한 곳으로 기어들어갔다. 얼굴에 황금빛 꽃가루가 잔뜩 묻었

다. 치맛자락을 걷어올리고 댕댕이덩굴이 가득 돋아나 있는 땅바닥에 주저앉
았다.

귀를 기울이자 희미한 소리마저 들려올 만큼 주위는 조용했다. 어딘가 머리
위에서 호박벌이 단조로운 날갯소리를 내고 있었다.

긴 털이 잔뜩 돋은 해바라기의 굵은 줄기는 말없이 대지에서 양분을 빨아올
리고 있었다.

올까, 오지 않을까 하는 의혹에 시달리면서 30분쯤 앉아 있었다. 이제 돌아
가려고 일어나 플라토크 속의 머리를 매만지고 있는데, 바로 그때 나무문이 살
며시 열리며 발소리가 들려왔다.

"아크슈트카!"

"여기예요."

"아, 와 있었군."

그리고리는 잎을 버스럭거리며 다가와 옆에 앉았다. 그는 잠시 잠자코 있다가
입을 열었다.

"당신 뺨, 어떻게 된 거지요?"

아크시냐는 좋은 냄새가 나는 노란 꽃가루를 소매로 문질러 닦아 냈다.

"해바라기 꽃가루가 묻은 모양이에요."

"눈 옆에도 있소."

눈 옆도 닦아내다가 눈길이 마주쳤다. 그러자 여자는 갑자기 울음을 터뜨
렸다.

"도저히 견딜 수 없어요…… 나는 이제 끝장이에요, 그리샤."

"놈이 무슨 짓을 한 거요?"

아크시냐는 윗옷섶을 거칠게 풀어헤쳤다. 처녀 같은 탄탄한 장밋빛 유방에
불그스름하고 푸른 매 자국이 여러 줄 나 있었다.

"어떤 짓을 하는지 알았겠지요? 날마다 때려요! 피를 빨아먹는 거예요! 하지
만 당신은 별 느낌도 없겠지요…… 수캐처럼 잠깐 뭘 하고는 모른 체하고 지낼
수 있으니까…… 사내란 모두 그런 거겠지요."

아크시냐는 떨리는 손으로 단추를 채웠다. 그러더니 얼굴을 돌리고 있는 그
리고리 쪽을 놀라서 바라보았다―화가 난 것은 아닐까 하고.

"그게 모두 누구 탓이냐고 묻는 거요?"

그는 풀줄기를 씹으면서 느릿하게 말했다.

그의 가라앉은 목소리가 아크시냐에게는 오히려 뜨거운 물이라도 뒤집어씌우는 것만 같았다.

"그럼, 당신은 알 바 아니라는 건가요?"

아크시냐가 발끈해서 외쳤다.

"암캐가 싫다고 하면 수캐도 덤벼들지 않아."

그 말에 아크시냐는 두 손으로 얼굴을 가렸다. 각오는 하고 있었지만 이런 모욕은 역시 큰 충격이었다.

그리고리는 얼굴을 찌푸린 채 옆에서 그녀를 바라보았다. 그녀의 집게손가락과 가운뎃손가락 사이로 눈물이 흘러내리고 있었다.

해바라기 잎 사이로 흘러들어오는 굴절된 햇빛이 투명한 눈물을 비추고, 피부에 남아 있는 눈물 자국을 말렸다.

그리고리는 여자의 눈물을 볼 수 없었다. 그는 잠시도 가만히 있지 못하고 끊임없이 엉덩이를 움직거리며, 바지에 기어오르는 개미를 거칠게 떨어내기도 하고 아크시냐를 힐끗 쳐다보기도 했다. 이제는 한 줄기가 아닌 세 줄기의 눈물이 앞을 다투어 손등에 뚝뚝 떨어지고 있었다.

"왜 우는 거지? 기분이 상했어? 크슈샤! 자, 이젠 그만 울어요…… 할 이야기가 있어."

아크시냐는 눈물에 젖은 얼굴에서 손을 떼었다.

"나는 의논하고 싶어서 왔는데…… 그런데 당신은 정말 너무하는군요! 그렇게 심한 말을 하다니…… 당신은 마치."

그리고리는 '목을 맨 사람의 다리를 당기는 것 같은 짓이라도 한 건가' 하는 생각이 들어 얼굴을 붉혔다.

"저, 크슈샤, 그런 하찮은 일로 너무 화내지 말아요."

"나는 당신에게 치근치근하게 달라붙으려고 온 것은 아니에요. 걱정하지 않아도 돼요!"

그렇게 말한 순간 그녀는 스스로도 정말로 그리고리에게 치근치근히 매달리려고 온 것은 아니라고 믿었다. 하지만 돈강 언덕 위 목초지 쪽으로 달려올 때에는 자기 머릿속에 분명한 생각이 있었던 것은 아니고 그저 '단념하게 해야지! 아내를 얻게 해서는 안 돼. 그런데 나는 대체 누구와 평생을 살아가야 할까?' 이런 생각을 하고 있었다. 그때 스테판의 일이 문득 머리에 떠올랐다. 그녀는 이런 때 갑자기 떠오른 그 생각을 털어 버리려는 듯이 마구 머리를 저었다.

"결국 우리 사이는 이제 끝났다는 이야기인가?"

그리고리가 물었다. 그러면서 씹고 있던 장밋빛 댕댕이덩굴 꽃잎을 뱉어내고는 팔꿈치를 세워 배를 깔고 엎드렸다.

"끝났다고요?"

아크시냐는 놀란 얼굴이 되었다.

"왜 그런 말을?"

그녀는 애써 그의 눈을 들여다보려고 하면서 되물었다.

그리고리는 푸르스름한 흰 빛이 반짝하는 눈을 굴리더니 눈길을 돌렸다.

바람에 부대끼어 바삭바삭하게 마른 흙이 썩은 냄새와 햇빛 냄새를 내뿜었다. 바람은 바스락거리는 소리를 날리면서 푸른 해바라기 잎을 뒤흔들었다. 해가 구름 속에 숨어 하늘이 잠시 흐려졌다. 그러자 벌판 위에, 마을 위에, 아크시냐의 숙인 목덜미 위에, 보풀이 인 댕댕이덩굴 꽃의 연분홍 꽃받침 위에 흐려진 그림자가 소용돌이치며 어른거렸다.

그리고리는 한숨을 내쉬었다. 말의 콧김처럼 소리 내어 헐떡였다. 그리고 어깨뼈로 뜨거운 땅바닥을 짓눌러 대듯 하면서 반듯하게 누웠다.

"아크시냐, 솔직히 말해서."

그는 말을 한 마디 한 마디 끊으면서 천천히 이야기하기 시작했다.

"몹시 우울해. 무언가 답답한 것이 가슴 속에 쌓여 있는 것 같이 느껴져. 그래서 난 생각했는데."

밭 위쪽 길을 짐마차가 삐걱삐걱 소리 내며 지나갔다.

"이런 빌어먹을 말이! 이랴"

그 외침 소리가 아크시냐의 귀에 몹시 크게 들렸으므로 그녀는 저도 모르게 땅바닥에 몸을 눕혔다. 그리고리가 머리를 쳐들고 속삭였다.

"플라토크를 벗어요, 흰색이어서 눈에 띌지도 몰라."

아크시냐는 플라토크를 벗었다. 해바라기 사이로 흘러오는 더운 바람이 그녀 목덜미의 금빛 솜털을 살며시 간질였다. 삐걱거리는 짐마차 소리가 차츰 멀어져 갔다.

"나는 이렇게 생각했는데."

그리고리는 다시 입을 열었다. 그리고 갑자기 기운을 냈다.

"지난 일은 이미 돌이킬 수 없소. 새삼스레 누가 나쁘니 따져 봐야 별 수 없잖아? 그보다 앞으로 어떻게든 살아갈 일을 생각해야지."

아크시냐는 커다란 기대감에 차서 귀 기울여 듣고 있었다. 개미가 날라온 마른 풀줄기를 집어서 꺾었다. 그리고리의 얼굴로 눈길을 돌리니 그의 두 눈이 번쩍이며 불안한 빛을 띠고 있음을 알아차렸다.

"나는 생각했지. 당신하고 의논한 다음 처리하려고."

아크시냐는 머리가 아찔해졌다. 손가락을 갈고리처럼 구부려 뻣뻣한 댕댕이 덩굴을 잡았다. 코를 벌름거리며 다음 말을 기다렸다. 공포와 초조의 불꽃이 그녀의 얼굴을 마구 핥아 입 속의 침이 완전히 말라 버렸다.

"……스테판을 말이야."

그리고리가 그렇게 말할 거라고 그녀는 생각했다. 그러나 그는 바싹 말라버린 입술을 어색하게 핥고는—입술이 생각대로 움직여 주지 않지만—이렇게 말했을 뿐이었다.

"그러니까, 이 골치 아픈 일은 이쯤에서 접자고. 어때?"

아크시냐는 자리에서 일어섰다. 그리고 천천히 흔들리고 있는 노란 해바라기 꽃을 가슴으로 밀어젖히며 나무문 쪽으로 걸어갔다.

"아크시냐!"

그리고리는 목이 졸리는 듯한 소리로 외쳤다. 거기에 대답하듯 나무문이 삐걱 하고 음산한 소리를 냈다.

17

호밀 베기가 끝나고 그것을 곡식 창고에 미처 들여놓기도 전에 벌써 밀을 벨 시기가 다가왔다. 습지대나 언덕에서는 밀잎이 누렇게 물들면서 대롱처럼 말려 들고, 수명이 끝난 줄기는 바싹 말라 갔다.

올해는 풍작이라며 모두들 크게 기뻐했다.

판텔레이 프로코피예비치는 일리니치나와 의논하여, 만일 코르슈노프네와 혼인을 맺게 되더라도 마지막 스파스(8월 16일)까지 혼례를 미루기로 했다.

아직 회답을 들으러 가지는 않았다. 우선은 보리 베기가 다가오고 있었고, 그걸 마친 뒤 다음 축제일까지 기다릴 참이었다.

보리 베기는 일요일에 하기로 했다. 보리 베는 기계에 말을 세 마리 맸다. 판텔레이 프로코피예비치는 짐마차의 일부를 뜯어 내어 보리를 싣고 오기 편하도록 준비를 갖추었다. 페트로와 그리고리가 보리를 베러 갔다.

그리고리는 형이 앉은 마부석에 매달리다시피 붙어 서서 얼굴을 찌푸린 채 걸어갔다. 아래턱에서 비스듬히 광대뼈 언저리까지 부어올라 그것이 꿈틀꿈틀 떨면서 올라갔다 내려갔다 했다. 이것은 그리고리가 몹시 화나 있어서 이제 어떤 무모한 짓이라도 저지를지 모를 기분임을 나타내는 뚜렷한 증거임을 페트로는 잘 알고 있었다. 그런데도 그는 그 황갈색 콧수염 언저리에 웃음을 띤 채 동생을 쉴 새 없이 놀려 댔다.

"정말이야. 그 여자가 분명히 그렇게 말했어!"

"흥, 멋대로 지껄이라지."

그리고리는 엷게 자라기 시작한 콧수염을 쓸며 신음하듯 말했다.

"채소밭에서 돌아오는 길에 멜레호프네 해바라기 밭에서 아무래도 사람 소리가 나는 것 같아서······'라고 말이야."

"페트로, 이제 그만둬!"

"내 말을 좀 더 들어봐······글쎄, 말소리가 나더라는 거야. '그래서 내가 울타리 너머로 좀 들여다봤더니' 하더군."

그리고리는 자꾸 눈을 깜박거렸다.

"그만두라니까! 그만두지 못해?"

"이상한 녀석이군. 끝까지 들어보란 말이야!"

"대강 해 둬, 페트로. 이젠 용서하지 않을 테야."

그리고리는 두세 걸음 물러서서 위협하는 듯한 몸짓을 했다.

페트로는 눈썹을 씰룩거렸다. 그리고 말 쪽으로 등을 돌려 그리고리와 마주 보았다.

"그 여자는 이렇게 말했어. '울타리 너머로 들여다보니 두 사람이 사이좋게 껴안고 뒹굴고 있었지'—'누가?' 하고 내가 물었더니, 그 여자는—'아스타호프네 아크슈트카와 당신 동생이지' 하더군. 그래서 내가 이렇게 말했지."

그 순간 그리고리는 보리 베는 기계 뒤에 실어 놓은 짧은 갈퀴의 자루를 움켜쥐고 페트로에게 덤벼들었다. 페트로는 고삐를 내던지고 좌석에서 뛰어내려 말 앞쪽으로 몸을 피했다.

"아니, 이놈이! 미쳤니? 이 녀석! 임마! 그런 걸 들고."

그리고리는 승냥이처럼 이를 드러내고 갈퀴를 내던졌다. 페트로가 땅바닥에 엎드렸으므로 갈퀴는 그 위를 지나 자갈 섞인 단단한 땅에 한 치 넘게 푹 꽂혔다.

이 소동에 놀란 말들의 멍에를 힘껏 누르며 페트로는 눈썹을 찌푸리고 소리쳤다.

"죽기라도 하면 어떻게 할 거야, 바보 같은 녀석!"

"뒈져 버려!"

"넌 정말 바보구나! 미친 자식이야! 아버지 성질을 닮아 진짜 체르케스[14]인 같구나!"

그리고리는 갈퀴를 뽑아들고 다시 움직이기 시작한 보리 베는 기계 뒤를 따라갔다.

페트로가 그를 손짓해 불렀다.

"이리 와, 갈퀴를 이리 줘."

그는 고삐를 왼손으로 옮겨 쥐고 하얗게 반짝이는 갈퀴를 들었다. 그리고 전혀 예기치 못하고 있던 그리고리의 등을 자루로 확 긁었다.

"좀더 호되게 칠 걸 그랬나?"

그리고리가 재빨리 옆으로 비켜선 것을 보고 애석해했다.

두 사람은 곧 담배를 물고 마주 보며 소리 내어 웃었다.

짐마차를 타고 다른 길을 지나가고 있던 프리스토냐의 아내가 얼핏 그리고리가 갈퀴를 쳐들고 형에게 덤벼드는 것을 보았다. 그녀는 짐마차 위에서 벌떡 일어섰다. 그러나 보리 베는 기계와 말이 눈길을 가려서 멜레호프 형제 사이에 벌

---

14) 러시아에 있는 민족 중 하나.

어진 그 뒤의 경위를 확인하지는 못했다. 오솔길로 접어들자 그녀는 재빨리 이웃집 아낙네를 붙들고 떠들어 댔다.

"클리모브나! 얼른 달려가서 터키인 판텔레이에게 좀 말해 줘요. 그 집 아들들이 타타르의 무덤 옆에서 갈퀴를 휘두르면서 옥신각신하고 있다고. 싸움이 벌어진 거예요. 그리고리는…… 어째서 그렇듯 분별이 없을까! 대뜸 페트로의 옆구리를 갈퀴로 푹 찔렀어요. 그러니까 이쪽도 지고 있지는 않아서 피투성이가 되어…… 무섭게 싸우고 있어요!"

페트로는 잘 나오지 않는 말을 지껄이느라 목소리가 쉬었지만, 그래도 계속 쥐어짜는 듯한 소리로 호령하고 있었다. 그리고리는 먼지에 새까매진 다리로 가로대를 밟고 서서, 양쪽에서 보리 베는 기계로 잘려 쌓이는 보리의 물결을 밀어내고 있었다. 말파리에 쏘여 여기저기 피가 나고 있는 말들은 꼬리를 흔들며 저마다 제멋대로 가죽끈을 끌어당겼다.

푸른 지평선의 끄트머리 들판을 꽉 메우며 사람들이 흩어져 움직이고 있었다. 보리 베는 기계의 가위가 찰칵찰칵 소리를 내고, 들판에는 베어 넘긴 보리 무더기가 여기저기 쌓여 있었다. 보리 베기를 하는 사람들을 애태우려는 듯 땅다람쥐가 무덤 위를 뛰어다녔다.

"이제 두 이랑만 더 베고 한 대 피우자!"

양쪽의 버석거리는 소리와 철컥거리는 가위 소리 사이로 페트로가 뒤돌아보고 소리쳤다.

그리고리는 고개만 끄덕였다. 바람을 맞아 갈라진 입술을 벌리기조차 귀찮았다. 그는 무거운 보리 무더기를 좀더 쉽게 밀어 낼 수 있도록 갈퀴를 짧게 고쳐 쥐고 가쁜 숨을 내쉬었다. 땀에 흠뻑 젖은 가슴이 근질근질했다. 모자 밑으로 찝찔한 땀이 뚝뚝 떨어져 눈으로 들어가서 비눗물처럼 따가웠다. 말을 세운 뒤 물을 마시고, 담배에 불을 붙였다.

"큰길에 누군가 말을 달려오는데."

페트로가 손을 이마에 얹고 바라보면서 말했다.

그리고리는 그쪽을 물끄러미 바라보다가 깜짝 놀라며 눈을 치켜떴다.

"아버지 같은데."

"바보 같은 소리 말아! 아버지가 왜 달려오시겠어? 말은 모두 여기 와 있는데."

"아버지야."

"네가 잘못 본 거야, 그리고리!"

"아니, 분명히 아버지야!"

잠시 뒤, 허리를 쭉 펴고 굉장한 속도로 달려오는 말과 그 위에 탄 사람의 모습이 뚜렷이 떠올랐다.

"아버지구나."

페트로는 아직도 의아해하면서 제자리걸음을 하기 시작했다.

"틀림없이 집에 무슨 일이 생긴 모양이야."

서로가 순간적으로 느낀 것을 그리고리가 입 밖에 냈다.

판텔레이 프로코피예비치는 200미터쯤 저쪽에서 고삐를 당겨 보통 속도로 달렸다.

"이놈들, 채찍으로 때려 줄 테다!"

그는 멀리서부터 큰 소리로 외치며 가죽채찍을 머리 위로 휘둘렀다.

"대체 무슨 일이지?"

페트로는 다갈색 콧수염을 입안으로 반쯤 빨아들이며 몹시 놀라 소리쳤다.

"마차 뒤로 숨어. 정말 때릴지도 몰라."

"숨어서 살펴봐야지. 아버지는 느닷없이 덤벼들어 마구 때릴 테니까."

그리고리가 웃으며 말했다. 그리고 만일의 경우에 대비해서 보리 베는 기계 뒤로 피했다.

말은 입에 거품을 물고 보리를 베어 낸 자리를 비틀걸음으로 걸어왔다. 판텔레이 프로코피예비치는 다리를 건들거리면서—안장을 얹지 않은 말을 타고 왔던 것이다—채찍을 휘둘렀다.

"이놈들, 여기서 무슨 짓을 하고 있는 거야. 이 천벌을 받을 놈들!"

"보리를 베고 있었습니다."

페트로는 두 손을 펼쳐 보이며 조심스레 긴 채찍을 보았다.

"누가 갈퀴로 찔렀지? 왜 싸운 거냐?"

아버지 쪽으로 등을 돌린 그리고리는 바람에 날려 흩어지는 구름조각을 속으로 세고 있었다.

"무슨 말입니까? 갈퀴라니요? 누가 싸웠다고요?"

페트로는 눈을 껌벅거리며 발을 고쳐 디뎠다.

"아니, 웬 수다쟁이 여편네가 달려와 떠들어 대더구나. '댁의 아들들이 갈퀴를 들고 싸우고 있어요'라고. 음, 이게 다 무슨 소리지?"

판텔레이 프로코피예비치는 머리를 저으며 고삐를 내던지고 말에서 뛰어내렸다.

"난 세미시카 페디카네 말을 빌려 타고 달려왔는데…… 이게 어찌된 일이냐, 응?"

"대체 누가 그런 말을 했습니까?"

"웬 여자라니까!"

"되는 대로 지껄여 댄 거로군요, 아버지. 짐마차에서 잠이 들어 꿈이라도 꾼 거겠지요."

"빌어먹을 년!"

판텔레이 프로코피예비치는 턱수염에 침을 흘리며 날카로운 소리로 고함쳤다.

"망할 놈의 클리모브나 년, 정말 정신 나간 여편네야! 음! 불똥이 번쩍일 만큼 때려 줄 테다!"

그는 부자유스러운 다리를 누르며 발을 동동 굴렀다.

그리고리는 어깨를 떨며 슬그머니 웃다가 발밑을 내려다보았다. 페트로는 아버지에게서 눈을 떼지 않은 채 땀에 흠뻑 젖은 머리를 쓸어 넘겼다.

판텔레이 프로코피예비치는 실컷 발을 구르고 나서야 조용해졌다.

보리 베는 기계에 올라 직접 두 이랑을 벤 뒤 투덜거리며 다시 말에 올라탔다. 그리고 큰길로 나가 보리를 싣고 가는 짐마차를 두 대 앞질러 먼지를 일으키며 마을로 돌아갔다. 페트로는 아버지가 밭두렁에 두고 간, 장식 술이 달린 가늘게 엮은 긴 채찍을 집어 들어 만지작거리며 머리를 내둘렀다. 그리고 그리고리에게 말했다.

"어이, 둘 다 죽을 뻔했군. 이봐, 이걸 채찍이라고 할 수 있겠어? 이건 사람을 해치는 도구라구. 이걸로 맞았다가는 목이 날아가 버릴 거야."

18

코르슈노프네는 타타르스키 마을에서도 으뜸가는 부자로 소문이 나 있었다. 황소 14쌍,[15] 암소 15마리, 프로발리예 사육장에서 자란 수말과 암말 한 무리에다 다른 가축은 헤아릴 수도 없을 정도였고, 양 떼도 몇백 마리는 되었다. 집 또한 모호프네 집에 뒤지지 않아 방이 6개 있고, 지붕은 두터운 함석으로 덮여 있었다. 하인들 방이 있는 행랑채는 새로운 장식 벽돌로 덮여 있었다. 정원은 1제샤찌나 반이나 되고, 목장이 딸려 있다. 한 사람에게 이 이상 더 무엇이 필요할 것인가?

그래서 판텔레이 프로코피예비치는 처음에는 청혼을 하러 가기가 거북해서 마음이 내키지 않았다. 코르슈노프네에서는 자기네 딸에게 그리고리와는 비교도 안 될 신랑감도 구해 줄 수 있었던 것이다. 판텔레이 프로코피예비치는 그것을 잘 알고 있어서 거절당할까 싶어 두려웠다. 게다가 그 거만한 코르슈노프에게 머리를 숙이는 것도 싫었다. 그런데 일리니치나가 마치 녹이 쇠를 부식시키듯 그의 마음에 파고들어 마침내 완고한 노인의 고집을 꺾었다. 판텔레이 프로코피예비치는 마지못해 승낙하고 찾아갔던 것이다. 속으로는 그리고리도 일리니치나도, 또 세상도 저주하면서……

이번에는 대답을 들으러 한 번 더 가야 했다. 다음 일요일을 기다렸다. 바로 그 무렵, 코르슈노프네의 녹슨 지붕 밑에서는 내내 불화가 들끓고 있었다. 청혼하러 온 이들이 돌아간 뒤 신붓감은 어머니의 물음에 솔직하게 대답했다.

"나는 그리고리가 좋아졌어요. 이제 다른 곳으로는 누구에게도 시집가고 싶지 않아요."

"참도 훌륭한 신랑감을 찾아냈구나, 이 바보 같은 계집애. 그 녀석 볼 것이라고는 집시처럼 새까만 피부밖에 없잖느냐. 귀여운 너에게 내가 그런 신랑감을 얻어 줄 것 같으냐?"

아버지는 타이르듯 말했다.

"하지만 아버지, 난 이제 다른 사람은 필요 없어요."

나탈리야는 얼굴이 새빨개져서 눈물을 흘렸다.

---

15) 남러시아 지방에서는 황소를 2마리 단위로 세었다.

"난 아무 데도 안 갈 테니까 시집 따위는 보내지 말아 주세요. 그럴 바엔 차라리 우스티 메드베디차 수도원으로 보내 주시던가요."

"그 녀석은 건달에 바람둥이여서 생과부의 꽁무니를 쫓아다니고 있어. 온 마을에 소문이 자자해."

아버지는 마지막 카드를 꺼냈다.

"그런 건 상관없어요!"

"네가 상관없다면 내가 이러쿵저러쿵할 것 없지! 그러니 나는 손을 떼겠다."

나탈리야는 장녀로 아버지가 꽤나 마음에 들어 했었다. 그래서 그녀가 좋아하고 싫어하는 것에 대해 아버지는 그다지 간섭하지 않았다. 벌써 지난해 사육제 무렵부터 중매쟁이들이 찾아오고 있었다. 주로 멀리 투츠칸강 저쪽에서 온 큰 부자이며 구교도인 카자흐인들이었다. 또 호표르며 치르 지방에서도 청혼하러 왔다. 그 신랑감들은 모두 나탈리야의 마음에 들지 않았다. 그래서 혼담이 모두 깨져 버렸다.

미론 그리고리예비치는 그리고리가 참으로 카자흐인다운 대담성을 지녔으며 매우 부지런한 일꾼이므로 속으로는 꽤 마음에 들어 했다. 그는 언젠가 경마 때 그리고리가 곡예 승마에서 일등상을 탄 뒤로 그를 마을 젊은이들과 구분하여 특별히 지켜보고 있었던 터였다. 그렇지만 그렇듯 가난하고 좋지 않은 소문이 돌고 있는 녀석에게 자기 딸을 주는 것은 어쩐지 손해를 보는 것 같이 느껴졌다.

"일도 잘하고 얼굴도 잘생기고."

밤마다 아내는 그의 주근깨투성이인 당근빛 털이 난 팔을 문지르며 그에게 속삭였다.

"그리고 나탈리야는 살이 빠질 만큼 벌써 그에게 반해 버렸어요, 그리고리예비치. ……아주 홀딱 반해 버린 모양이에요."

미론 그리고리예비치는 아내의 뼈가 앙상한 차가운 가슴에 등을 돌린 채 화난 듯 중얼거렸다.

"그만 닥쳐, 시끄러워! 바보인 파샤에게라도 줘 버리지 그래. 내가 알 바 아니야! 바보 같은 소리만 지껄이고 있으니! '얼굴도 잘생기고'는 또 무슨 소리."

거기에서 그는 더듬거렸다.

"아, 그, 그녀석의 상판대기가 어, 어떻다는 거야? 얼굴이 잘생겼으면 보리 농사라도 잘된다는 건가?"

"하지만 여보, 농사는 농사고."

"알고 있어, 그 녀석의 사람 됨됨이 따위는 아무래도 괜찮다는 거겠지? 그 녀석이 착실한 사람이라면 얼마나 좋겠나. 나는 솔직히 말해서, 그런 터키인에게 내 딸을 주는 게 체면이 깎이는 것 같은 기분이 들어. 사람은 그저 평범하고 인간다워야."

미론 그리고리예비치는 침대 위에 벌떡 일어나 앉았다.

"그 집 사람들은 하나같이 일에 열심이고 살림도 넉넉하다니까."

아내는 속삭이며 남편의 실팍한 등에 몸을 붙이고는 위로하듯 그의 손을 쓰다듬었다.

"이 못난 여편네야, 저리 가지 못해? 꼭 앉을 자리가 없는 것처럼 다가오고 있구먼. 새끼 밴 소도 아닌데 어째서 자꾸만 주무르는 거야? 나탈리야의 일은 마음대로 해. 머저리에게건 다른 어떤 놈에게건 줘 버려!"

"자기 자식 일이에요. 조금은 생각해 줘야지요. 정말 어쩔 수 없는 사람이군요."

루키니치나는 털이 잔뜩 나 있는 미론 그리고리예비치의 귀에 대고 쉰 목소리로 소곤거렸다.

그는 두 다리를 꼬고 벽 쪽에 바싹 붙어 잠든 체하면서 코를 골았다.

뜻하지 않은 시기에 신랑 쪽 사람들이 다시 찾아왔다. 예배가 끝나자 그 길로 마차를 타고 달려온 것이었다. 일리니치나가 발판을 딛고 내려서자 마차는 당장에라도 쓰러질 듯 기울어졌다. 판텔레이 프로코피예비치는 젊은 수탉처럼 좌석에서 뛰어내리다 발을 조금 다쳤지만, 그런 기색을 보이지 않고 집 쪽으로 기운차게 절뚝거리며 걸어갔다.

"그들이 찾아왔군! 엉뚱한 때 오셨구먼!"

미론 그리고리예비치는 창밖을 보고 한숨을 내쉬었다.

"어머나, 어떻게 하면 좋지? 나는 부엌일을 하느라 아직도 평상복 스커트를 입고 있는데!"

아내가 투덜거렸다.

"그대로 있어! 당신을 얻으러 오는 건 아니니까. 당신 같은 쪼글쪼글한 할멈을 누가 데려가겠나!"

"당신도 날 때부터 못생긴 데다가 늙어서 더욱 형편없어졌으면서 뭘 그래요?"

"내 이야기는 하지 마!"

"글쎄, 셔츠라도 좀 깨끗한 것으로 입어요. 등허리뼈가 그대로 드러나 보이는데 부끄럽지 않아요? 정말 한심한 사람이야!"

손님들이 마당을 건너오고 있는 동안 아내는 미론 그리고리예비치의 모습을 보며 나무랐다.

"뭘 그래, 이래도 자세히 보면 셔츠라는 것은 누구나 알 수 있어. 거적을 입고 있더라도 상대방으로부터 불평 들을 일은 없어."

"안녕하십니까?"

판텔레이 프로코피예비치는 문지방에 발이 걸려 마치 수탉이 우는 것 같은 소리를 냈다. 너무 큰 소리였으므로 무안해져서 성상을 향해 다시 한번 성호를 그었을 정도였다.

"여, 안녕하시오."

주인은 상대방을 무례하게 훑어보며 인사했다.

"날씨가 좋습니다."

"덕분에 일이 잘 되어가겠지요."

"그러니 모두 다행입니다그려."

"그야 그렇겠지요."

"그렇고말고."

"음."

"그런데 오늘 또 찾아온 것은, 미론 그리고리예비치 당신네 쪽 생각은 어떠신지 알고 싶어서입니다. 인연을 맺어 주시겠는지, 아니면 안 되겠는지."

"자, 어서 들어오세요. 이리로 앉으시지요."

아내는 긴 주름이 있는 스커트 자락을 깨끗이 닦아 낸 벽돌 바닥에 끌며 인사하고 두 사람에게 의자를 권했다.

일리니치나는 포플린 옷을 바스락거리며 의자에 앉았다. 미론 그리고리예비치는 새로 풀을 먹인 천을 씌운 테이블에 팔꿈치를 짚은 채 입을 다물고 있었다. 그 천에서는 눅눅한 고무 냄새와 그 밖에 뭔지 모를 고약한 냄새가 났다. 거기에는 죽은 황제와 황후들 모습이 네구석에 테두리처럼 그려져, 엄숙하게 이쪽을 바라보고 있었다. 또 가운데에는 하얀 모자를 쓴 황녀들과 니콜라이 2세[16]가 점잖은 모습으로 있었으며, 황제의 초상이 있는 곳에 파리가 잔뜩 붙어 있었다.

미론 그리고리예비치가 침묵을 깨뜨렸다.

"물론…… 우리는 딸을 댁에 드리기로 했습니다. 이야기가 대충 마무리되면 친척들을 초청합시다."

그 말을 듣자 일리니치나는 소매에 주름이 있는 명주저고리 속 어디에선가―어쩌면 등 언저리였던 것 같았는데―커다란 흰 빵을 꺼내 탁자 위에 놓았다.

판텔레이 프로코피예비치는 아마 성호를 그으려고 한 듯 게의 집게발처럼 구부러진 손가락을 중간쯤까지 들어올렸으나, 갑자기 그 모양이 달라져 버렸다. 새까만 손톱이 길게 자란 엄지손가락이 어쩌다가 집게손가락과 가운뎃손가락 사이로 미끄러져 들어가 버렸던 것이다. 그는 이 무례하기 짝이 없는 모양 그대로 푸른 외투의 자락 밑을 슬그머니 더듬어 붉은 쇠마개가 달린 술병 하나를 꺼냈다.

"자, 그럼, 두 분과 하느님께 감사를 한 뒤 한잔하고 나서 아이들 일과 약혼 예물에 대해 의논합시다."

판텔레이 프로코피예비치는 기분이 몹시 좋아져서 신부 아버지의 주근깨 가득한 얼굴을 바라보고, 말발굽처럼 커다란 손바닥으로 병바닥을 가볍게 두드렸다.

그로부터 한 시간 뒤에 두 집안의 노인들은 서로 몸을 바싹 붙이고 앉아 있었다. 멜레호프의 새까만 턱수염과 코르슈노프의 꼿꼿하고 붉은 턱수염이 서로 닿을 만큼 가까이 있었다. 판텔레이 프로코피예비치는 소금에 절인 오이의 맛좋은 향기를 풍기면서 상대를 설득했다.

"이봐요, 사돈."

---

16) 러시아의 마지막 황제. 1868~1918.

판텔레이 프로코피예비치는 낮게 신음하는 듯한 소리로 속삭였다.

그러다가 갑자기 소리를 높였다.

"사돈! 이봐요, 사돈."

그는 끝이 뭉툭해진 앞니를 드러내며 외쳐 댔다.

"당신이 말하는 예물은 너무 벅차서 우리 힘으로 도저히 어쩔 수 없습니다. 글쎄, 생각 좀 해 보십시오. 당신은 나에게 창피를 주려는 속셈인가요? 우선 첫째로 각반, 둘째로 털가죽 외투, 셋째로 모직 의상 두 벌, 그리고 비단 플라토크. 그런 것을 장만하다가는 우리는 거덜나 버리고 말 겁니다."

판텔레이 프로코피예비치는 두 손을 너무 크게 벌리다가 그의 카자흐 근위병 군복의 어깨솔기를 치는 바람에 먼지가 풀썩 났다. 미론 그리고리예비치는 고개를 숙이고 보드카와 절인 오이의 소금물이 떨어진 풀 먹인 천을 바라보고 있었다. 위쪽에 '러시아 황제 초상'이라는 표제가 장식글씨체로 꼼꼼하게 씌어 있는 것이 보였다. 조금 밑으로 눈길을 내리니 '니콜라이 황제 폐하……'라고 씌어져 있었다. 그 끝에는 감자 껍질이 놓여 있었다. 그는 그 그림을 가만히 지켜보았다. 황제의 얼굴은 보이지 않았다. 미론 그리고리예비치는 정중하게 눈을 껌벅이고는 흰 혁대를 맨 훌륭한 군복 차림의 모습을 살펴보려고 했다. 하지만 군복이 있는 곳에 미끌미끌한 오이씨가 가득 뱉어져 있었다. 그리 잘생기지 못한 같은 차림의 황녀들에게 둘러싸여, 챙 넓은 모자를 쓴 황후가 만족스러운 듯 이쪽을 바라보고 있었다. 미론 그리고리예비치는 눈물이 솟구칠 만큼 화가 났다. 그리고 문득 생각했다.

'지금은 새장에서 나온 거위처럼 건방지게 굴고 있지만, 언젠가 자기 딸을 시집보내게 되면……그때는 어떤 꼴을 당하는지 지켜봐야지…… 쩔쩔매지나 않도록 해!'

그의 귀에 판텔레이 프로코피예비치의 목소리가 커다란 호박벌이 윙윙거리는 소리처럼 들렸다.

코르슈노프는 멍하게 흐려진 눈을 들어 상대를 바라보며 귀를 기울였다.

"당신 따님에게 그런 예물을 주려면…… 이제는 우리 딸이라고 해야겠군요. 아무튼 내 딸과 당신 딸에게 그렇게 해 주려면…… 어디, 다시 한번 세어 볼까요? 각반, 털가죽 외투…… 그렇게 하다가는 우리는 가축을 모두 마구간에서 끌어내다 팔아야 합니다."

"그게 아깝나요?"

미론 그리고리예비치는 주먹으로 테이블을 쾅! 내리쳤다.

"아깝다느니 어쩌니 할 문제가 아닙니다만."

"아까우냐니까요!"

"글쎄, 그렇게 화만 내지 마십시오, 사돈!"

"아깝다면 마음대로 하시구려!"

미론 그리고리예비치가 땀에 흠뻑 젖은 손으로 테이블 위를 휘젓는 바람에 컵이 바닥으로 떨어졌다.

"당신 딸이 열심히 일해서 스스로 장만하게 해야 합니다!"

"그럼 열심히 일을 시키구려! 하지만 예물은 예물대로 받아야지, 그렇지 않다면 아비 체면이 서지 않아요."

"가축을 모조리 마구간에서 끌어내고."

판텔레이 프로코피예비치는 고개를 흔들었다. 귀걸이가 흔들려 눈부신 빛을 냈다.

"어떻든 예물은 받아야 합니다! 그 아이는 자기 옷을 몇 궤나 가지고 있고, 그 아이가 당신들 마음에 들었다면 나에게 그만한 대가를 치러 주셔야지요! 그게 우리들 카자흐인의 풍습이니까요. 옛날부터 모두 그렇게 해 왔지요. 옛날 방식에 따르지 않고는."

"알았습니다."

"그렇게 해 주십시오."

"알았습니다그려!"

"그야 물론 젊은이들은 열심히 일하게 해야지요. 우리도 자신들이 직접 일해서 이렇게 남 못지않게 살고 있으니 말입니다. 그렇고말고요, 젊은이들에게는 부지런히 일하게 하는 게 제일이지요!"

아버지들은 저마다 빛깔이 다른 턱수염을 서로 비벼댈 것처럼 가까이 앉아서 열변을 토했다. 판텔레이 프로코피예비치는 오래되어 흐물흐물한 오이를 입가심으로 먹다가 온갖 감정이 한데 어울려 울컥 치밀어오르는 바람에 울음을 터뜨리고 말았다.

어머니들은 서로 껴안은 채 옷궤에 앉아 질세라 큰 소리로 지껄여 댔다. 일리니치나는 뺨이 연분홍빛으로 물들었고, 신부의 어머니는 보드카를 너무 마셔서 숲속에서 겨울을 난 오이처럼 얼굴이 푸르스름해져 있었다.

"……사실 말이지요, 그런 아이는 요즘 보기 드물어요! 당신 말이라면 무엇이든 고분고분 잘 들을 거예요. 그리고 결코 대들거나 하는 짓은 하지 않을 거예요. 이봐요, 사돈, 그 아이는 말대답하는 일이 결코 없답니다."

"그럴 테지요, 사돈."

일리니치나는 왼손을 뺨에 대고 오른손으로 그 왼손을 받치듯 하고는 상대방의 말에 끼어들었다.

"나는 그 변변치 못한 녀석에게 몇 번이나 타일렀어요! 지난 일요일에도 밤이 되자 어딘가 나갈 모양인지 담배쌈지에 담배를 담고 있잖아요. 그래서 내가 야단을 쳤지요. '너는 정말 한심하구나. 언제 그 여자와 손을 끊을 거냐? 이 늙은 이 얼굴에 언제까지 똥칠을 할 작정이란 말이냐? 넌 언젠가 스테판에게 혼이 날 거야!' 하고 말이에요."

부엌에서 미치카가 문 위의 틈새로 객실을 들여다보고 있었다. 그 발밑에서 나탈리야의 두 여동생이 무엇인가 소곤거리고 있었다.

나탈리야는 좀 떨어져 있는 방에서 침대 위에 앉아 꼭 끼는 옷소매로 눈물을 닦고 있었다. 눈앞에 다가온 새로운 생활이 그녀를 겁먹게 하고, 미지의 세계가 그녀를 설레게 한 것이었다.

객실에서는 벌써 세 병째 보드카[17]가 비어가고 있었다. 신랑과 신부가 만나는 날은 첫 번째 스파스(8월 1일)로 정했다.

19

코르슈노프네 집에서는 혼례를 앞두고 몹시 분주했다. 서둘러 신부의 속옷이며 그 밖의 것들을 만들고 있었다. 나탈리야는 밤마다 늦게까지 신랑에게 줄 목도리와 털장갑을 회색 산양털로 짰다.

어머니 루키니치나는 어두워질 때까지 재봉틀에 매달려 읍에서 불러 온 재

---

17) 러시아의 대표적인 술. 보리, 밀, 호밀, 옥수수에 맥아를 넣어 만든다..

봉사를 거들었다.

미치카는 아버지와 일꾼들과 함께 들에서 돌아오면, 얼굴도 씻지 않고 못이 박힌 발에서 신발도 벗지 않은 채 성큼성큼 나탈리야의 방으로 들어와 앉았다. 동생을 놀려 주는 것이 그의 큰 즐거움이었다.

"뜨개질하고 있구나?"

그는 불쑥 묻고는 솜털로 덮인 목도리의 술을 눈짓으로 가리켜 보였다.

"그래요. 그게 어떻다는 거지요?"

"열심히 짜는구나. 하지만 그 녀석은 고마워하기는커녕 네 따귀나 때릴걸."

"어째서요?"

"부지런히 일하는 보답으로지. 나는 그리고리를 잘 알고 있어. 그 녀석은 내 친구니까. 정말 개 같은 녀석이야. 까닭도 말하지 않고 대뜸 덤벼들곤 하지."

"거짓말 말아요! 내가 그 사람을 모른다고 생각해요?"

"그렇지만 내가 훨씬 더 잘 알고 있지. 학교도 함께 다녔으니까."

미치카는 갈퀴에 긁힌 손바닥을 바라보며 일부러 크게 한숨을 내쉬었다. 그리고 키가 큰 몸을 나지막이 구부렸다.

"그런 녀석에게 시집 갔다가는 끝장이야, 나타시카! 그러려면 차라리 언제까지나 처녀로 있는 편이 낫지. 그 녀석의 어디가 좋은 거지, 응? 아주 지독한 녀석이어서 너 따위는 도저히 감당하지 못할걸. 게다가 좀 모자라는 데도 있지…… 글쎄, 자세히 살펴보렴. 어쩔 수 없는 녀석이라니까!"

나탈리야는 뾰로통해져서 눈물을 삼키며 얼굴을 목도리에 묻었다.

"아무튼 가장 중요한 사실은 그 녀석이 무정하다는 거야."

미치카는 계속해서 헐뜯었다.

"어째서 우니? 나타시카, 너는 바보로구나 까짓것, 거절해! 내가 당장 말을 타고 달려가서 전해 줄게. 앞으로는 너무 성가시게 굴지 말라고."

그때 그리샤카 할아버지가 나탈리야를 도우러 나타났다. 그는 옹이가 많은 지팡이로 바닥을 소리 내어 짚으며 삼부스러기처럼 헝클어진 턱수염을 쓰다듬으면서 들어왔다. 그리고 미치카에게 지팡이를 들이대며 소리쳤다.

"이 녀석, 너는 왜 와 있는 거냐, 응?"

"잠깐 어떻게 되어 가나 보러 왔어요, 할아버지."

미치카는 변명했다.

"어떻게 되어 가나 보러 왔다고? 음, 이제 됐으니까 얼른 꺼져 버려, 이 망할 녀석! 어서 이리 나와!"

할아버지는 지팡이를 쳐들고, 늙어서 쭈글쭈글한 발을 뒤뚱뒤뚱 옮겨 디디면서 미치카에게로 다가갔다.

그리샤카 할아버지는 이 세상에 태어나 어느새 69년을 살아왔다. 1877년 러시아·터키전쟁에 참가하여 그루코 장군의 전속 전령이 되었으나, 곧 쫓겨나 연대로 되돌아갔다. 플레브나와 로시치 부근의 전투에서 전공을 세워 게오르그 십자훈장 두 개와 게오르그 휘장 한 개를 받았다. 프로코피 멜레호프와 좋은 짝이었고, 아들 집에서 여생을 보내면서 나이가 많아도 조금도 노망기가 없으며, 정직하고 손님 접대를 잘하는 성품으로 온 마을 사람들의 존경을 받았다. 지금은 남은 생애를 오로지 추억에 잠겨 살고 있었다.

여름이 되면 해가 떠서 질 때까지 땅 위에 앉아 바닥에 선을 그어 놓고, 환상의 안개 속으로부터 희미한 기억의 반사를 받아서 떠오르는 희미한 단편적인 추억을 이것저것 돌이켜 생각하곤 했다.

빛바랜 카자흐 모자의 금이 간 차양 아래 감겨진 눈에는 그늘이 드리워져 있었다. 그 그늘 때문에 볼의 주름이 더 깊어 보이고, 하얀 턱수염은 짙은 갈색으로 물들었다. 지팡이 위에 깍지 낀 손가락과 두 손목의 불거진 정맥에 골짜기의 흙 같은 거무죽죽한 피가 흐르고 있었다.

그러나 해가 지날 때마다 피가 식어 가고 있었다. 그리샤카 할아버지는 귀여운 손녀 나탈리야를 붙들고 종종 불평을 늘어놓았다.

"털양말을 신고 있는데도 내 발은 도무지 따뜻해지지 않는구나. 얘야, 코바늘로 양말을 하나 떠 주지 않겠니?"

"무슨 말씀이세요, 할아버지. 이제 곧 여름인데요!"

나탈리야는 웃었다. 그리고 땅 위에 나란히 앉아 할아버지의 주름투성이 노란 귀를 바라보았다.

"얘야, 여름이 되어도 내 피는 마치 땅속의 흙처럼 차갑단다."

나탈리야는 할아버지 손등의 그물코처럼 된 정맥을 바라보며 언젠가 마당의 우물을 팠을 때 일을 떠올렸다. 그즈음 아직 어린 소녀였던 그녀는 끈적끈적한 진흙을 물통으로 퍼 올려 인형이며 코뿔소 같은 것을 만들곤 했다. 그녀는 10미터나 파 내려간 땅속에서 퍼올린, 얼음처럼 차가운 흙에 손이 닿았을 때의 감촉이 지금 선명히 떠올랐다. 그리고 겁먹은 듯한 눈길로 기미가 가득한 갈색 손을 바라보았다. 할아버지 손에 흐르고 있는 것은 싱싱한 붉은 피가 아니라 검붉은 점토질 흙처럼 그녀에게는 생각되었다.

"죽는 게 두려워요, 할아버지?"

나탈리야가 물었다.

그리샤카 할아버지는 주름과 힘줄투성이인 가느다란 목을 마치 낡아빠진 군복 깃에서 뽑아내듯이 돌리면서 푸른기가 도는 하얀 수염을 파르르 떨었다.

"소중한 손님을 기다리듯 저승사자를 기다리고 있단다. 이제는 데리러 올 때도 됐는데…… 오래 살았고, 황제님도 섬겨 봤으니까…… 한창때는 보드카도 실컷 마셨지."

눈가의 주름이 떨리고 하얀 이가 드러난 입으로 미소 지으며 그는 덧붙였다.

나탈리야는 할아버지의 손을 쓰다듬어 주고는 그 자리를 떠나곤 했다. 그러나 그는 여기저기 꿰맨 잿빛 군복을 입고서, 언제까지나 그대로 등을 구부린 채 손잡이가 닳아 버린 지팡이로 땅바닥을 긁으며 땅 위에 앉아 있었다. 그와 대조적으로 딱딱한 깃에 붙은 붉은 휘장은 싱싱하고 힘차게 반짝였다.

나탈리야가 시집 간다는 이야기를 들었을 때, 그는 겉으로는 태연한 체했으나 마음속으로는 슬픔에 잠겨 노여움마저 치밀어올랐다. 나탈리야는 식사 때면 그에게 빵의 가장 좋은 부분을 잘라 주었다. 나탈리야는 그의 속옷을 빨아 주고 해진 데를 꿰매 주고, 양말을 짜 주고 바지나 셔츠를 기워 주곤 했다. 그리샤카 할아버지는 그 이야기를 듣고 2, 3일 동안 그녀를 나무라는 듯한 매서운 눈길로 노려보았다.

"멜레호프네 집안은 아주 훌륭한 카자흐지. 죽은 프로코피와 같은 연대에서 근무했었는데, 씩씩한 카자흐인이었단다. 하지만 그 손자들은 어떠냐, 응?"

"손자들은 그저 그렇고 그렇지요."

미론 그리고리예비치는 애매하게 대답했다.

"그리고리라는 녀석은 아무래도 좀 건방지잖느냐. 지난번에도 교회에서 돌아오다가 마주쳤는데, 인사도 제대로 하지 않더구나. 아무래도 요즘은 늙은이를 그리 공경하지 않는 것 같아."

"그는 예의바른 젊은이예요."

루키니치나가 나서서 장래의 사위를 편들었다.

"음, 예의바르다고? 흥, 그런 건 아무래도 괜찮다. 나타시카의 마음에 들기만 한다면."

이 혼담에 그리샤카 할아버지는 전혀 관여하지 않았었다. 그때 그는 잠시 자기 방에서 나와 식탁에 앉더니 좁아진 목구멍에 보드카를 한잔 겨우 흘려 넣고는 몸이 훈훈해지자 취기를 느껴 물러가고 말았기 때문이었다.

몹시도 행복한 듯 기쁨에 넘쳐 있는 나탈리야를 이틀쯤 아무 말 없이 흘끔흘끔 살펴보면서 입을 우물거리거나 초록빛 도는 백발을 쓸어넘기다가는 이윽고 마음이 풀어진 모양이었다.

"나타시카!"

슬며시 부르자 나탈리야가 옆으로 다가갔다.

"어떠냐, 기쁘니? 응?"

"잘 모르겠어요, 할아버지."

나탈리야는 정직하게 털어놓았다.

"흠, 그럴 테지…… 그렇고말고…… 하지만 예수님이 옆에서 살펴 주실 게다. 잘될 거야."

그러고는 못마땅한 투로 나무랐다.

"매정한 녀석이구나. 내가 죽을 때까지 기다리지 못하다니. 내가 죽은 다음에 시집 가면 좋을 텐데…… 네가 가 버리면 나는 앞으로 쓸쓸할 게야."

미치카가 부엌에서 이 이야기를 듣고 말했다.

"할아버지, 그런 말씀 하시면 안 돼요. 백 살까지 사실지도 모르는데, 그때까지 기다릴 수 있겠어요? 그런 태평스러운 말씀 마세요."

그러자 그리샤카 할아버지는 거무죽죽해 보일 만큼, 또 숨이 막힐 만큼 얼굴이 빨개졌다. 그는 지팡이로 방바닥을 치며 발을 굴렀다.

"이 비, 빌어먹을 녀석! 칠칠치 못한 자식 같으니라구! 얼른 꺼져 버려! 나가 버려! 똥개 같은 놈! 남의 말을 엿듣다니!"

미치카는 웃으며 마당으로 내뺐다. 그리샤카 할아버지는 한참 동안이나 화를 내며 욕을 퍼부었다. 짧은 털양말을 신은 두 다리의 무릎이 부들부들 떨리고 있었다.

나탈리야의 두 여동생—열두 살 난 마리시카와 여덟 살 난 응석꾸러기 그리프카는 결혼하는 날을 눈이 빠지도록 기다리고 있었다.

코르슈노프네 일꾼들도 기쁨을 감추지 못하고 얼굴에 드러냈다. 그들은 주인의 성대한 잔치를 기다리며 혼례 때 며칠이나 일을 쉴 수 있는 것을 즐거움으로 삼고 있었던 것이다. 일꾼 가운데 한 사람—장대만큼이나 키가 큰 사람이 있었다. 게치 바바라는 묘한 이름을 가진 보그챠르의 소러시아인이었다. 그는 반 년에 한 번씩 밑 빠진 독처럼 술을 퍼마시곤 했다. 그럴 때면, 번 돈은 물론 몸에 걸친 옷까지 모조리 털어서 마셔 버렸다. 이미 오래전부터 목이 근질근질해 오고 있었는데, 혼례잔치 때 실컷 마시기로 마음먹고 꾹 참고 있었다.

또 한 사람, 미그린스카야 마을에서 온 미헤이라는 가냘프고 살갗이 가무잡잡한 카자흐인이 얼마 전 코르슈노프네에 들어와 있었다. 불이 나서 집이 모조리 타 버려 머슴살이를 하러 들어왔는데, 게치코—게치 바바를 줄여 모두들 그렇게 부르고 있었다—와 친해져 이따금 술을 마셨다. 그는 말을 무척 좋아했다. 취하면 울어서 눈썹이 안 보이는 얼굴을 눈물로 흠뻑 적신 채 미론 그리고리예비치에게 끈질기게 졸라 댔다.

"나리! 따님을 시집 보낼 때는 이 미헤이에게 꼭 마부를 시켜 주십시오. 저는 마차 다루는 데 자신이 있으니까요! 불 속을 달려가는 말의 털끝 하나도 태우지 않을 겁니다. 저도 말을 가졌던 때가 있었지요…… 아, 그것도 모두."

늘 음울한 얼굴로 남들과 잘 사귀지 않는 게치코가 왠지 미헤이와는 마음이 썩 잘 맞아 그에게 늘 똑같은 농담을 하며 놀려 댔다.

"이봐, 미헤이! 넌 어느 마을에서 온 녀석이냐?"

그는 무릎까지 닿을 만큼 긴 손을 비비며 물어 놓고는, 이번에는 목소리를 달리하여 스스로 대답하는 것이었다.

"미그레프스키 마을에서 왔습지요.' 그럼, 너는 대체 어째서 그렇게 쪼글쪼글 늙어 버렸지? '우리 마을에선 모두가 이렇습지요.'"

그는 늘 이런 농담을 해 놓고는 쉰 목소리로 웃으면서 자기 장화를 손바닥으로 탁탁 두드렸다. 한편 미헤이는 게치코의 깨끗이 면도한 얼굴과 목 언저리에서 떨리고 있는 결후(結喉)를 밉살스레 바라보며 "올빼미 같은 놈, 아니 옴쟁이 녀석" 하고 욕을 퍼부었다.

혼례는 첫 번째 사육제에 치르기로 정했다. 앞으로 3주밖에 남지 않았다. 성모승천절[18]에 그리고리가 신부 집으로 인사를 하러 왔다. 신부와 친한 아가씨들과 함께 작은 방의 둥근 테이블에 둘러앉아 해바라기씨와 호두 껍데기 등을 까다가 돌아갔다. 나탈리야가 그를 배웅하러 나왔다. 장식 달린 새 안장을 얹은 그리고리의 말이 구유 옆에서 먹이를 먹고 있는 헛간 처마 밑까지 와서 품속에 손을 넣은 채 우물쭈물했다. 그러더니 이윽고 얼굴을 붉히며 그윽한 눈길로 그리고리를 쳐다보면서 그의 손에 가슴의 따뜻함이 간직된 작은 비단 꾸러미를 쥐어 주었다. 그 선물을 받을 때 그리고리는 새하얀 이로 그녀를 매혹하면서 물었다.

"이게 뭐요?"

"집에 가서 뜯어 봐요…… 담배쌈지를 만들었어요."

그리고리는 머뭇거리며 그녀를 끌어당겨 입맞춤하려고 했다. 그녀는 두 손으로 그의 가슴을 힘껏 밀어 내고 부드럽게 몸을 젖혀 겁먹은 눈길로 창문 쪽을 보았다.

"누가 봐요!"

"상관없잖소!"

"하지만 부끄러운걸요."

"처음에는 그렇지."

그리고리는 타이르듯 말했다.

그녀는 그리고리가 말에 오를 때 고삐를 잡고 있었다. 그리고리는 눈을 깜박거리면서 꺼칠꺼칠한 등자에 발을 얹었다. 그는 안장에 편안히 앉아 마당을 나섰다. 나탈리야는 대문을 열고 손을 이마 위에 얹어 그 뒷모습을 지켜보았다. 그리고리는 몸을 왼쪽으로 조금 기울인 채 시원스럽게 채찍을 휘두르며 달려갔다.

'이제 열하루밖에 남지 않았어.'

---

18) 옛 러시아력 8월 15일.

나탈리야는 속으로 헤아려 보며 한숨을 내쉬고 방긋 웃었다.

20

밀은 뾰족한 초록빛 싹이 돋고 쑥쑥 자라 한 달 반쯤 지나면 떼까마귀가 몸을 숨겨도 전혀 보이지 않을 만큼 된다. 대지에서 물을 빨아올려 이삭이 달리고 알맹이가 굵어져 향기롭고 달콤한 즙이 가득 채워진다. 그리고 꽃이 피기 시작하여 황금빛 꽃가루가 이삭을 둘러싼다. 들에 나와 바라보는 주인에게는 감출 길 없는 기쁨이 넘쳐난다. 그러면 어디에선가 가축 무리가 밀밭에 들어와 행패를 부리면서 무거운 이삭을 흙 속에 짓밟아 버린다. 짓밟힌 밀이 둥글게 흔적을 남기며 쓰러져 있는 곳은 보기에도 안타깝다.

아크시냐의 경우가 바로 그러했다. 황금빛으로 막 피어난 감정의 꽃을 그리고리가 억세게 짓밟아 버렸다. 갈가리 찢고 짓밟고—그러고 나서는 헤어지기로 결심했다.

멜레호프네 해바라기 밭에서 나온 뒤로 아크시냐의 마음속은 마치 추수가 끝난 타작마당처럼 텅 비고 거칠어져 있었다.

플라토크 끝을 짓씹으면서 걸어오는데 오열이 목까지 치밀어올랐다. 현관까지 들어오자 마룻바닥에 몸을 내던지고, 머릿속에 갑자기 시커먼 동공(洞空)이 생긴 것같이 느껴져 애절한 마음으로 흐느껴 울었다…… 하지만 모든 것은 지나가 버렸다. 어딘가 마음속에 바늘 끝으로 쿡쿡 찌르는 듯한 아픔이 희미하게 남아 있었다.

가축에 짓밟힌 밀은 다시 일어난다. 짓밟혀 땅바닥에 쓰러졌던 줄기는 이슬을 맞고 햇볕을 받아 다시 일어난다. 처음에는 힘겨운 짐을 진 사람처럼 구부정하지만, 이윽고 똑바로 서서 머리를 치켜든다. 태양은 다시 전처럼 그것을 비추고, 바람 또한 옛날처럼 흔들어 준다…… 밤마다 정신없이 남편을 애무하면서 아크시냐는 전혀 다른 생각을 하고 있었다. 그녀의 마음속에서는 증오가 커다란 사랑과 서로 뒤얽혀 있었다. 그녀는 그 파렴치한 짓을 한 번 더 해 주리라, 전의 그 부정한 짓을 다시 해 주리라고 생각했다. 사랑의 기쁨도 슬픔도 모르는 천진한 나탈리야 코르슈노프의 손에서 그리고리를 도로 빼앗아 오리라고 결심했다. 밤마다 이런저런 생각을 하면서 어둠 속을 향해 물기도 없는 눈을 껌벅였다. 오른쪽 팔에 깊이 잠든 스테판의 머리가 무겁게 얹혀 있었다. 곱슬곱슬한 긴 앞머리를 한쪽으로 드리운 아름다운 머리였다. 그는 입을 반쯤 벌려 숨을 쉬고 있었다. 아내 가슴 위에 놓인 그의 거무죽죽한 손은 노동으로 갈라진 무쇠 같은 손가락을 움찔움찔 떨고 있었다. 아크시냐는 곰곰이 생각을 곱씹었다. 그러나 한 가지 생각만은 굳게 다져지고 있었다―그것은 그리고리를 모두들의 손으로부터 빼앗아 자신의 사랑을 쏟아서 전과 같이 자기 것으로 만들겠다는 것이었다. 그녀의 마음속을 벌침처럼 뾰족한 것이 파고들어 쿡쿡 쑤셔 대고 있었다.

하지만 그것은 밤의 일이고, 낮에는 일에 쫓겨 그런 생각에 골몰할 틈이 없었다. 그리고리와 부딪치면 그녀는 얼른 얼굴빛이 달라져, 그를 애타게 그리워하는 자기의 아름다운 육체를 그에게 바싹 들이대고 유혹하듯 그의 검은 눈동자를 들여다보았다.

그리고리는 그녀를 만나고 나면 어쩐지 분노가 뒤섞인 우울함에 사로잡혔다. 그래서 까닭 없이 화내며 두냐시카와 어머니에게 덤벼들고, 걸핏하면 칼을 뽑아 들고 뒤뜰로 나가 볼을 실룩거리면서 굵은 나뭇가지를 땅에 박아 놓고는 땀범벅이 될 때까지 그것을 베어 쓰러뜨렸다. 일주일만 지나면 장작더미가 산처럼 쌓일 정도였다. 판텔레이 프로코피예비치는 귀걸이를 번쩍이고 노란 눈을 빛내며 욕을 퍼부었다.

"많이도 잘랐구나, 이 못난 놈. 이걸로 울타리를 두 개는 만들 수 있겠다. 바보 같은 짓이나 하다니, 형편없는 녀석! 그렇게 자르고 싶으면 마른 나뭇가지나 베러 가…… 알겠느냐, 너도 이제 곧 군대에 갈 테니, 그렇게 되면 지겹도록 자를 수 있어! 군대에 가면 너 같은 녀석은 실컷 혼이 날 게다."

21

신부를 맞으러 가는 행렬에는 두 필의 말이 끄는 마차 네 대가 준비되었다. 나들이옷을 입은 사람들이 멜레호프네 집 마당의 마차 둘레에 떼 지어 모여들었다.

들러리인 페트로는 검은 프록코트에 옆줄이 쳐진 바지를 입고, 왼쪽 소매에 하얀 손수건을 두 장 매달고, 황갈색 콧수염 밑에 굳어진 미소를 머금고 있었다. 그는 신랑 옆에 붙어 있었다.

"그리고리, 떨지 마! 수탉처럼 떡 버티고 있으면 되는 거야. 어때, 각오는 되어 있니?"

마차 언저리에서는 떠들썩한 소란이 일고 있었다.

"들러리는 어디 갔어? 이제 마차가 떠날 시간이야."

"교부님은?"

"뭐라고?"

"교부님, 당신은 두 번째 마차에 타 주세요. 아셨지요?"

"마차 안에 해먹을 매달아 뒀나?"

"아니, 해먹이 없어도 굴러 떨어지지 않을 거예요. 좌석이 푹신하니까."

진홍색 모직 스커트를 입고 버드나무 가지처럼 부드럽고 날씬한 모습의 다리야가 초승달 모양으로 그린 눈썹을 꿈틀거리며 페트로의 옆구리를 찔렀다.

"이젠 떠나야 해요. 아버지에게 그렇게 말씀드려요. 지금쯤 저쪽에서 몹시 기다릴 텐데."

다리를 절룩거리면서 어디에선지 나타난 아버지와 몇 마디 속삭인 다음 페트로는 지시를 내렸다.

"자, 모두 타요! 내 마차에는 신랑까지 다섯 사람이야. 이봐, 아니케이, 너는 마차를 몰아 줘."

각자 자리에 앉았다. 얼굴이 달아오른 일리니치나가 점잔을 빼며 대문을 열었다. 네 대의 마차는 앞서거니 뒤서거니 하며 거리를 달려갔다.

페트로는 그리고리와 나란히 앉았다. 두 사람 맞은편에 다리야가 앉아 레이스 손수건을 흔들었다. 길이 움푹 패였거나 울퉁불퉁한 곳에서는 노랫소리가 끊어졌다. 카자흐 모자의 붉은 테두리 장식, 푸르고 검은 군복과 프록코트, 흰 장식끈이 달린 소매, 무지개를 뿌려 놓은 듯한 여자들의 숄, 색무늬 스커트, 모슬린 치맛자락을 끌고 모래먼지를 일으키며 가는 하나하나의 브리치카…… 이것이 신부를 맞으러 가는 행렬이었다.

멜레호프 집 언저리에 살며 그리고리와 육촌이 되는 아니케이가 마차를 몰았다. 마부석에서 당장에라도 굴러떨어질 듯이 몸을 앞으로 내밀고 채찍을 휘두르며 큰 소리를 질러 댔다. 땀에 흠뻑 젖은 말들은 활시위처럼 몸을 팽팽히

퍼서 마차를 끌고 있었다.

"때려! 힘껏 갈기라고!"

페트로가 외쳤다.

수염이 없어서 남자 같지 않은 아니케이는 여자처럼 맨송맨송한 얼굴에 주름을 지으며 희미한 미소를 떠올리고, 그리고리에게 눈짓하며 크게 소리쳐 말에 채찍질을 했다.

"옆으로 비켜!"

신랑의 친척 아저씨 일리야 오죠긴이 그들을 앞지르려고 고함쳤다. 그 뒤에서 그리고리는 까무잡잡한 볼이 흔들리고 있는 두냐시카의 행복해 하는 얼굴을 바라보았다.

"기다려요, 기다려!"

아니케이가 일어서서 외치고는 휘파람을 불었다.

말은 미친 듯 사납게 달리기 시작했다.

"떨어지겠어!"

다리야가 에나멜을 칠한 아니케이의 장화에 매달려 이리저리 흔들리면서 쉿소리를 질렀다.

"똑바로 몰아!"

옆에서 일리야 아저씨가 소리쳤다. 그러나 그의 목소리는 시끄러운 바퀴 소리에 묻혀 버렸다.

나머지 두 대의 마차는 곱게 차려입고 저마다 떠들어대는 사람들을 잔뜩 태운 채 거리를 나란히 달렸다. 선홍색, 청색, 연분홍 등 색색의 옷을 입고 갈기와 앞머리를 조화와 리본으로 꾸며 달랑달랑 방울 소리를 내는 말들은 땀을 줄줄 흘리며 울퉁불퉁한 길을 달려갔다. 땀으로 젖은 등 위에서 말옷이 바람에 날려 펄럭거렸다.

코르슈노프네 집 대문 옆에서 아이들이 시끄럽게 떠들며 이 행렬을 기다리고 있었다. 그들은 길에서 피어오르는 모래먼지를 보고는 앞다투어 마당으로 뛰어 들어갔다.

"왔어요!"

"달려오고 있어요!"

"보이기 시작했어요."

아이들은 마침 그곳에 나온 게치코를 둘러쌌다.

"너희들, 왜 그렇게 가까이 오니? 저리 가, 귀찮은 개구쟁이들. 하도 떠들어 귀가 먹겠다."

"이봐, 소러시아인 멍텅구리! 싸워 볼까? 이봐, 소러시아인! 소러시아인! 여, 검둥이!"

아이들은 자루처럼 헐렁한 바지를 입은 게치코의 주변을 깡충깡충 뛰어다니며 시끄럽게 외쳐 댔다.

게치코는 마치 우물 속이라도 들여다보듯 목을 구부려 마구 떠들어 대는 아이들을 둘러보더니 길고 탄탄한 배를 벅벅 긁으면서 히죽히죽 웃었다.

마차 행렬은 요란한 소리를 내면서 마당으로 들어갔다. 페트로가 그리고리를 현관 층계 쪽으로 데려갔다. 함께 온 사람들이 그 뒤를 따랐다.

현관에서 부엌으로 통하는 문은 닫혀 있었다. 페트로가 그 문을 노크했다.

"주 예수여, 우리를 보살펴 주소서."

"아멘."

문 저쪽에서 대답했다.

페트로는 다시 노크하고 같은 말을 세 번 되풀이했다. 문 저쪽에서도 분명하지 않은 목소리로 그때마다 대답했다.

"들어가도 됩니까?"

"자, 어서 들어오십시오."

문이 열렸다. 신부의 들러리는 나탈리야의 대모인 아름다운 과부였다. 그녀는 페트로를 맞아 얼굴을 좀 붉힌 채 미소 지으며 인사했다.

"그럼, 들러리로 오신 분부터 축하주를 한잔 받아 주세요."

그녀는 아직 충분히 발효되지 않은 탁한 크바스 컵을 페트로에게 내밀었다. 페트로는 콧수염을 누르고 마신 다음, 모두들 소리 없이 웃고 있는 가운데 목젖을 꿀꺽 울렸다.

"잘 먹었습니다…… 그럼, 이번에는 우리 차례입니다만, 우리 것은 좀 색달라서 조금 울어 주셔야 할 것 같습니다."

"그런 대접은 질색인데요."

신부의 들러리는 페트로에게 교활해 보이는 미소를 살짝 던지면서 대답했다.

신랑측 들러리와 신부측 들러리가 사이좋게 대화를 주고받는 동안 의논된 대로 신랑측 친척들 앞에 보드카가 세 잔씩 나왔다.

나탈리야는 혼례의상에 긴 베일을 쓰고 사람들에게 둘러싸여 식탁에 앉아 있었다. 마리시카는 한 손을 내밀어 밀방망이를 쥐고 있었다. 그리프카도 질세라 부지런히 체질을 하고 있었다.

보드카에 취해 땀이 난 페트로는 컵 속에 50코페이카 은화를 한 개씩 넣어 절하고는 그것을 두 사람 앞으로 내밀었다. 들러리인 과부가 마리시카에게 눈짓했다. 마리시카는 밀방망이로 테이블을 탕! 내리쳤다.

"많이 모자라요. 그렇게 해서는 신부를 넘겨줄 수 없어요."

페트로는 이번에는 은화를 한 움큼 컵에 넣어 내밀었다.

"이 정도로도 넘겨줄 수 없어요."

두 여동생은 머리를 숙이고 있는 나탈리야의 옆구리를 팔꿈치로 찌르며 퉁명스럽게 말했다.

"어째서입니까? 충분히 드렸는데요."

"자, 이제 봐주려무나, 얘들아."

미론 그리고리예비치가 명령했다. 그리고 싱글벙글하면서 테이블 쪽으로 갔다. 쇠기름을 녹여 바른 그의 붉은 머리칼에서 땀 냄새와 퇴비 냄새가 났다.

식탁에 앉아 있던 신부 친척과 친지들이 일어나 자리를 내주었다.

페트로는 손수건 끝을 그리고리의 손에 쥐어 주고, 자기는 의자 위에 올라서서 식탁을 따라 그리고리를 성상 아래에 앉은 신부에게로 끌고 갔다. 손수건의 다른 한끝을 나탈리야가 어쩔 줄 몰라 하며 땀에 흠뻑 젖은 손으로 잡았다.

모두들 식탁에 앉아 삶은 닭고기를 손으로 뜯어 먹어 대고, 그 손을 머리칼에 닦았다. 아니케이는 수탉의 갈비를 뜯고 있었다. 누런 국물이 수염 없는 턱을 타고 내려 옷깃에 뚝뚝 떨어졌다.

그리고리는 지겨운 기분으로 자기 숟가락과 나탈리야의 숟가락이 손수건으로 매어져 있는 것과, 사발에 담긴 국수에서 김이 오르는 것을 바라보았다. 그는 배가 고팠다. 뱃속에서 식욕을 재촉하는 소리가 났다.

다리야는 일리야 아저씨와 나란히 앉아서 먹고 있었다. 아저씨는 튼튼한 송곳니로 염소 갈비에 붙은 고기를 뜯어 먹으며 다리야에게 무언가 무례한 이야기를 속삭이고 있는 듯했다. 다리야가 눈을 가늘게 뜨고 눈썹을 찌푸린 채 얼굴을 붉히며 웃고 있는 것으로 보아 틀림없었다.

모두들 오래도록 실컷 먹었다. 남자들의 송진 같은 땀 냄새와, 코를 찌르는 여자들의 강한 땀 냄새가 뒤섞였다. 옷궤 깊숙이 넣어 두었던 스커트와 프록코트와 숄에서는 나프탈린 냄새와 뭔가 달콤하고 답답한 냄새가 났다(할머니들의 오래된 나들이옷에서는 흔히 그런 냄새가 나는 법이다).

그리고리는 곁눈질로 나탈리야를 보고 있었다. 그녀의 윗입술이 조금 튀어나와 마치 모자챙처럼 아랫입술 위에 늘어져 있는 것을 비로소 알아차렸다. 그리고 오른쪽 광대뼈 바로 밑에 갈색 점이 있고, 그 점 위에 황금빛 털이 두 개 나 있었다. 그것을 보니 어쩐지 마음이 산란해졌다. 그는 아크시냐의 잘생긴 목덜미에 곱슬곱슬한 머리칼이 탐스럽게 덮여 있는 것이 생각났다. 그러자 어쩐지 셔츠의 깃에서 땀에 젖은 등으로 따가운 건초 부스러기라도 들어간 듯이 느껴졌다. 짓눌린 듯한 우울에 잠긴 채 그는 몸을 움츠리고 저마다 제멋대로 소리 내며 이것저것 먹어대는 사람들을 돌아보았다.

모두들 식탁을 떠나자 누군가가—국물 냄새 나는 숨을 내쉬고 빵 냄새 나는 트림을 하면서—그의 위로 몸을 굽혀 장화 속에 한 움큼의 수수알을 던져 넣었다. 이것은 신랑이 시샘을 받아 그 몸에 나쁜 일이 일어나지 않도록 하는 것이었다. 돌아오는 동안 내내 수수알이 발을 콕콕 찌르고, 딱딱한 셔츠 깃이 목을 죄었다. 그리고리는 혼례식이 몹시 지루한 나머지 차갑고 절망적인 증오감에 싸여 마음속으로 줄곧 투덜거렸다.

22

말들은 코르슈노프네 집에서 한숨 돌렸으나 멜레호프네 집에 닿자 녹초가 되었다. 엉덩이의 가죽띠 위에서 땀이 마구 흘러내렸다. 술 취한 마부들이 사정없이 몰았던 것이다.

노인 부부가 그들을 맞았다. 판텔레이 프로코피예비치는 은빛 털이 섞인 검은 턱수염을 번쩍이며 성상을 들고 일리니치나와 나란히 서 있었다. 일리니치나의 얇은 입술은 돌처럼 단단하게 얼어붙어 있었다.

그리고리는 나탈리야와 함께 홉 열매와 밀알을 뒤집어쓰며 축복을 받았다. 판텔레이 프로코피예비치는 축복을 보내며 눈물을 글썽였다. 그러고는 당황하여 얼굴을 찌푸렸다. 그런 마음 약한 면을 사람들에게 보인 것이 부끄러웠던 것이다.

축복을 받은 두 사람은 집 안으로 들어갔다. 보드카를 마신 데다가 마차에 흔들리고 햇볕에 얼굴이 새빨개진 다리야는 현관 층계를 뛰어올라가, 부엌에서 달려나온 두냐시카에게 물었다.

"페트로는 어디 있지?"

"글쎄요, 보지 못했는데."

"신부님에게 가야 되는데, 곤란한 사람이군. 대체 어디로 숨어 버렸을까?"

페트로는 보드카를 지나치게 많이 마셨기 때문에 앞바퀴를 떼어 낸 짐수레에 신음하며 누워 있었다. 다리야는 솔개처럼 그에게 덤벼들었다.

"한심한 사람이군, 취해 자빠져 있다니! 신부님에게 가야 하는데! 일어나요!"

"저리 가! 난 그런 거 몰라! 뭣 때문에 이래라저래라 하는 거야?"

그는 손으로 땅바닥을 휘저어 닭똥과 짚을 뒤적거리며 딴전을 부렸다.

다리야는 그의 입속에 손가락을 두 개 쑤셔 넣어, 알아듣지도 못할 말을 지껄이는 혀를 누르고 토하게 했다. 그리고 갑자기 그런 짓을 당해 얼이 빠져 버린 페트로의 머리에 우물물을 한 양동이 퍼붓고는 옆에 있던 말옷으로 닦아 준 다음 신부에게로 보냈다.

한 시간 뒤 그리고리는 촛불 빛에 어른거려 아주 예뻐 보이는 나탈리야와 나란히 교회 안에 서 있었다. 손에 촛불을 들고 웅성거리는 하객들의 모습을 멍한 눈으로 바라보면서, '이제는 놀러 다닐 수 없다…… 이제는 놀러 다닐 수 없다' 이런 생각만 하고 있었다. 등 뒤에서는 얼굴이 부어오른 페트로가 심하게 기침을 해대고 있었다. 사람 울타리 속에서 분명 두냐시카의 눈이 번쩍 빛난 듯한 기분이 들었다. 알듯 모를 듯한 얼굴이 여럿 있었다. 어울리지 않는 합창과 보좌신부의 느릿한 기도 소리가 들려왔다. 주변의 차가운 공기가 그리고리의 마음을 굳어지게 했다. 그는 콧소리를 내는 비사리온 신부의 낡은 장화 뒤축을 멸시하듯 바라보면서 설교대 둘레를 한 바퀴 돌았다. 그리고 페트로가 프록코트 자락을 살짝 당기자 멈춰 서서 흔들리는 촛불을 바라보며 졸음과 싸웠다.

"자, 반지를 주고받으시오."

비사리온 신부가 다정하게 그리고리의 눈을 들여다보며 말했다. 두 사람은 반지를 주고받았다.

"이제 곧 끝나려나?"

그리고리는 곁눈질로 페트로의 눈길을 잡고 물었다. 페트로는 웃고 있던 얼굴빛을 바꾸고 입술을 꿈틀 움직였다. '이제 다 됐어' 하는 신호였다. 그런 다음 그리고리는 축축하게 젖은, 아무 매력도 느껴지지 않는 신부의 입술에 세 번 입맞춤했다. 교회 안은 꺼진 촛불의 연기와 냄새로 가득 찼다. 현관으로 몰려온 사람들은 출구 쪽으로 나가기 시작했다.

그리고리는 자기 손안에 나탈리야의 꺼칠하고 커다란 손을 쥐고는 현관으로 나갔다. 누군가가 그의 머리에 모자를 씌워 주었다. 남쪽에서 불어오는 따뜻한 미풍이 향쑥 냄새를 실어 왔다. 초원에서는 밤의 냉기가 흘러왔다. 돈강 저쪽 산기슭에서는 번개가 파랗게 번쩍이고, 빗방울이 떨어지기 시작했다. 하얀 교회 담 밖에서는 제자리걸음을 하는 말들의 방울 소리가 사람들의 웅성거림과 뒤섞여 사람 마음을 꾀어내는 듯 부드럽게 울리고 있었다.

23

코르슈노프네 사람들이 도착한 것은 신랑 신부가 함께 교회로 떠난 뒤였다. 판텔레이 프로코피예비치는 그때까지 문밖에 나가 거리를 바라보고 있었지만, 가시 돋은 쐐기풀이 양쪽으로 무성하게 나 있는 잿빛 도로는 마치 말끔히 핥아 놓은 양 인기척이 없었다. 그는 돈강 저쪽 기슭으로 눈길을 돌렸다. 그곳에는 숲이 눈에 띄게 누래지고, 갈대가 건너편 늪의 풀숲 위로 고개를 떨어뜨리고 있었다.

초가을의 푸르고 맑은 하늘이 황혼에 녹아들어 마을과 돈강, 멀리 이어진 백악의 바위와 연보랏빛 안개 속에 흐려진 건너편의 숲과 들판을 감싸고 있었다. 길모퉁이의 십자로 근처에 성당의 뾰족탑이 그림같이 뚜렷하게 떠올라 있었다.

판텔레이 프로코피예비치는 멀리서 달려오는 수레바퀴 소리와 개 짖는 소리를 들었다. 광장을 지나 큰길로 달려오는 두 대의 마차 가운데 한 대에는 흔들리며 미론 그리고리예비치가 루키니치나와 나란히 앉고, 두 사람 맞은편에 그리샤카 할아버지가 새 군복에 게오르그 훈장과 휘장을 달고 앉아 있었다. 미치카가 단정치 못한 자세로 마부석에 앉아 채찍을 좌석 밑에 쑤셔 넣은 채, 미친 듯이 달리는 검은 말들에게 뭔가 지시도 하지 않고 고삐만 잡고 있었다. 뒤쪽 마차에는 미헤이가 몸을 잔뜩 뒤로 젖히고 고삐를 당겨 달리는 말들의 발걸음을 빠르게 바꾸려 애쓰고 있었다. 미헤이의 눈썹 없는 뾰족한 얼굴이 보랏빛으로 충혈되고, 둘로 갈라진 모자챙 밑에서는 땀이 줄줄 흘러내렸다.

판텔레이 프로코피예비치가 문을 열자 두 대의 마차는 마당으로 들어왔다.

일리니치나가 문지방에 얹혀 있는 먼지를 옷자락으로 쓸면서 현관 층계를 뛰어내려갔다.

"잘 오셨습니다, 여러분! 자, 누추한 곳이지만 어서 들어오세요."

그녀는 허리를 굽혔다.

판텔레이 프로코피예비치는 고개를 숙이고 두 팔을 넓게 벌렸다.

"잘 오셨습니다, 여러분! 자, 들어가시지요."

그는 큰 소리로 말을 풀어놓도록 이르고는 신부 아버지에게로 갔다.

미론 그리고리예비치는 손으로 바지의 먼지를 털었다. 그리고 인사를 마치고는 현관 층계 쪽으로 걸어갔다. 그리샤카 할아버지는 오는 도중 몹시 흔들렸는지 좀 뒤처졌다.

"자, 어서 들어가시지요!"

일리니치나가 자꾸 권했다.

"고맙소. 이제 됐소…… 곧 들어가겠소."

"많이 기다렸지요. 자, 어서 들어가세요. 곧 솔을 가져올게요. 할아버지 옷의 먼지를 떨어내 드리지요. 오늘은 너무 먼지가 나서 숨도 못 쉴 지경이군요."

"정말 그렇소. 계속 가물어서…… 먼지가 심하군요…… 이제 됐소. 사돈, 나는 그만 저."

그리샤카 할아버지는 눈치가 없는 손자사위의 어머니에게 인사하고는 헛간 쪽으로 뒷걸음질하면서 풍구[19] 옆으로 사라졌다.

"늙은이에게 귀찮게 구는 거 아냐, 바보!"

---

[19] 곡식에 섞인 쭉정이, 먼지, 겨를 날려서 없애는 농기구.

판텔레이 프로코피예비치가 입구 층계 옆에서 일리니치나를 기다리고 있다
가 나무랐다.

"노인이어서 소변이 급했던 거야. 그런데 당신은…… 이 바보!"

"하지만 그런 걸 어떻게 알아차리겠어요?"

일리니치나는 당황해서 대답했다.

"눈치껏 알아채야지. 아무튼 됐고, 얼른 가서 안사돈이나 안내해 드려."

준비된 식탁을 둘러싸고 이미 거나하게 취한 손님들이 혀도 잘 돌아가지 않
는 목소리로 떠들어 대고 있었다. 신부 쪽 사람들은 객실로 안내되었다. 얼마
뒤 젊은 패들이 교회에서 돌아왔다. 판텔레이 프로코피예비치는 두 홉들이 보
드카를 따르고 다니면서 눈물을 주르르 흘렸다.

"자, 여러분, 우리 아이들을 위해 마셔 주십시오. 우리가 사이좋게 지내 온 것
처럼 모든 일이 잘 되도록…… 그리고 저들이 건강하고 행복하게 평생을 살아
가도록."

그리샤카 할아버지는 가운데가 불룩한 컵을 들고 있었는데, 푸른기 도는 흰
수염이 덮인 입안으로 술은 반만 들어가고 나머지는 옷깃 속으로 흘러버렸다.
모두들 술잔을 부딪치며 열심히 마셨다. 장터같이 시끌벅적했다. 코르슈노프네
먼 친척 되는 늙은 아타만 병사 니키포르 콜로베이딘이 여윈 팔을 쳐들고 떠들
어 댔다.

"쓰군!"

"쓰구나!"

식탁에 앉아 있던 사람들이 뒤를 이었다.

"오, 써!"

넘칠 듯 사람이 가득 차 있는 부엌에서도 거기에 응답했다.

그리고리는 얼굴을 찌푸리고, 신부의 맛도 멋도 없는 입술에 입맞춤했다. 그
리고 쓸쓸한 눈길로 주위를 둘러보았다.

시뻘건 얼굴, 취해서 멍하니 흐려진 음란한 눈길과 미소, 수놓은 식탁보에
술 냄새 풍기는 침을 흘리며 맛있게 먹어 대는 입, 요컨대 무례함투성이였다.

니키포르 콜로베이딘이 이가 들쑥날쑥 난 입을 크게 벌리고 손을 들었다.

"쓰다!"

그의 푸른색 아타만 병사 군복 소매에 붙은 세 개의 금줄에 주름이 졌다. 그것은 재복무를 했다는 표시였다.

"쓰구나!"

그리고리는 이가 들쑥날쑥 난 콜로베이딘의 입을 밉살스럽다는 듯이 보았다. "쓰다"고 할 때마다 그의 이와 이 사이의 어두운 공간에서 붉은 혀가 대롱처럼 되어 내다보였다.

"둘이서 키스해."

페트로가 보드카에 흠뻑 젖어 축 늘어진 콧수염을 떨며 쉰 목소리로 말했다.

부엌에서 다리야가 기분 좋게 취한 얼굴로 노래를 부르기 시작했다. 모두들 따라 불렀다. 객실에 있는 이들도 그 노래에 끌려들어갔다.

강에는 다리가 걸려 있네.
강을 건너려면 배가 있어야 하지…….

목소리가 뒤섞였다. 그때 모두의 목소리를 누르고 프리스토냐가 유리창이 떨리도록 굵고 탁한 소리를 내질렀다.

누구의 잔이건 불평은 없어.
마시게만 해 주면 그만이지.

그러자 이번에는 침실에서 여자들의 높은 노랫소리가 들려왔다.

나는야 목이 막혀 버렸어.

이번에는 그것을 따라 나무통의 쇠테가 덜덜 울리는 웬 늙은 남자의 목소리가 들렸다.

막혀 버렸어, 막혀 버렸어.
나는 목이 막혀 버렸어.

남의 마당에 날아 내려와
쓴 딸기를 쪼아 먹은 벌로.

"자, 계속 불러요, 여러분!"

"양고기를 한 점 먹어 봐요."

"놓아 줘…… 저 봐, 우리 남편이 보고 있잖아."

"쓰구나!"

"신랑 들러리는 싹싹한 사람이군요. 저것 봐요, 아주 능숙하게 신부 어머니를
상대하고 있어요."

"아, 싫어, 양고기는 이제 못 먹겠어요…… 글쎄, 철갑상어라면 먹을 수도 있겠
지만…… 먹어 보지요. 그런데 그놈은 기름져서 말예요."

"프로시카 아저씨, 우리 건배합시다."

"목에 불이 난 것 같아."

"세묜 고르데비치!"

"응?"

"세묜 고르데비치!"

"뭐야?"

"자, 너 한번 해 봐!"

부엌에서는 바닥이 흔들거리고, 발꿈치로 울리는 소리가 나고, 컵이 굴러떨
어졌다. 하지만 그 소리는 사람들이 떠드는 소리에 지워졌다. 그리고리는 식탁
에 앉아 있는 사람들 너머로 부엌을 보았다. 여자들이 쇳소리를 지르며 둥그렇
게 원을 지어 발로 박자를 맞추고 있었다. 살찐 엉덩이들이 흔들리고 있었다.
마른 여자는 하나도 없었다. 모두 다섯 벌 내지 일곱 벌의 스커트가 보였다. 그
녀들은 레이스 손수건을 흔들며 팔꿈치를 움직여 춤추었다.

삼부 합창이 사람들의 귀를 찔렀다. 손풍금장이가 베이스로 조바꿈을 하여
카자흐 춤곡을 켜기 시작했다.

"자, 원을 그려요! 원을."

"계속해요, 여러분."

춤을 추느라 땀이 밴 여자들의 배를 찌르며 페트로가 부탁했다.

그리고리는 되살아난 듯한 기분이 되어 나탈리야에게 눈짓했다.

"이번에는 페트로가 카자흐 춤을 출 차례야. 잘 봐."

"누구와 추지요?"

"모르나? 당신 어머니하고지."

루키니치나는 손을 허리에 대고 왼손에 손수건을 들었다.

"자, 이리 와요. 아니면 내가 갈까?"

페트로는 잔걸음으로 그녀에게로 나아갔다가 멋진 자태로 다시 본래 자리로 돌아왔다. 이번에는 루키니치나가 마치 웅덩이를 뛰어넘는 듯한 모습으로 치맛자락을 들어올려 발끝으로 빠르게 마룻바닥을 치고, 모두의 성원 속에서 남자처럼 힘차게 다리를 차올리면서 앞으로 나아갔다.

손풍금장이는 가락을 낮추어 가늘게 떨리는 소리(트레몰로)를 냈다. 그 트레몰로에 이어 페트로가 다시 그 자리에서 워엇! 하고 외마디 소리를 지르고는 콧수염 끝을 입에 물고 장화를 손바닥으로 두드리며 웅크리고 앉아 춤추었다. 그의 두 다리는 번개같이 빠른 동작으로 떨며 움직이고, 땀에 젖은 앞머리는 다리의 움직임을 쫓아가지 못해 이마에서 흔들렸다.

그리고리는 문에 기대선 사람들 때문에 눈길이 가려졌다. 징 박은 구두 뒤꿈치로 바닥을 치는, 마치 소나무 장작이 탈 때와 같은 소리와 술 취한 손님들의 감탄하는 고함 소리가 들려올 뿐이었다.

끝으로 미론 그리고리예비치가 일리니치나를 상대로 춤을 추었는데, 그는 여전히 진지한 얼굴로 얌전하게 추었다.

판텔레이 프로코피예비치는 의자에 올라서서 짧은 한쪽 다리를 건들거리며 혀를 차고 있었다. 그는 다리 대신 귀걸이와, 잠시도 가만히 있지 않는 입술로 춤추고 있는 것이었다.

춤에 자신 있는 사람들도, 다리를 제대로 굽히지 못하는 서투른 이들도 모두 함께 어울려 미친 듯이 카자흐 춤을 추었다.

모두들 저마다 고함을 질러 댔다.

"흥을 깨지 마!"

"좀 더 빠르게 발을 밟아 봐! 뭐야, 너는! "

"발은 가벼운데 엉덩이가 방해가 되어서."

"좀더 힘내, 그래!"

"난 이제 그만하려는 참이야."

"술잔 이리 줘, 안 그러면 내가."

"뻗어 버렸군, 이 자식. 자, 춤춰, 추지 않으면 벌로!"

취기가 오른 그리샤카 할아버지는 같은 의자에 나란히 앉아 있는 남자의 널찍한 등을 껴안고 모기가 우는 듯한 소리로 속삭였다.

"몇 년에 입대했소?"

나란히 앉아 있던 오래된 떡갈나무처럼 울퉁불퉁한 몸매의 노인은 손을 저으며 낮고 더듬거리는 소리로 말했다.

"39년이었소."

"응? 몇 년이라고?"

그리샤카 할아버지는 자신의 주름투성이 귓불을 잡아당겼다.

"39년이라고 했잖소."

"누구 부대였소? 어느 분을 상관으로 모셨냐는 말이오."

"바클라노프 연대의 상사 막심 보가티료프요. 태어난 곳은……저, 크라스누이 야르마을이고."

"멜레호프의 친척이오?"

"뭐라고요?"

"친척이냐고 물었소."

"아, 할아버지뻘이 되지요."

"바클라노프 연대라고 했소?"

상대방 노인은 힘없는 눈길로 그리샤카 할아버지를 바라보고, 이가 빠져 버린 잇몸으로 씹혀지지 않는 음식덩어리를 우물거리며 고개를 끄덕였다.

"그럼, 카프카즈 정벌에 참가했겠군!"

"돌아가신 바클라노프 각하를 따라서…… 카프카즈 정벌을 했지요. ……우리 연대의 카자흐인은 모두 고르고 고른 이들이었소. 어쨌든 근위병으로 뽑혀 온 사람들이어서 키는 크지만, 모두 고양이처럼 등이 굽어 있었지요…… 팔이 길고, 어깨 너비도 요즘 카자흐인들은 누워도 따라가지 못할 정도였소…… 모두 그런 훌륭한 사람뿐이었지요…… 한번은 체렌지스키 마을에 갔을 때였는데, 돌아가신 장군 각하가 나에게 볼기를 치는 형벌을 내렸소."

"나는 말이오, 러시아·터키 전쟁에 참가했었소…… 아! 참전했었다니까요."

그리샤카 할아버지는 여윈 가슴을 쭉 내밀어 게오르그 훈장을 흔들어 보였다.

"우리는 그 마을을 새벽녘에 점령했는데, 그날 점심때쯤 비상소집 나팔이 울렸소."

"황제 폐하께 충성을 다할 때가 온 셈이었소. 로시치 언저리에서 전투가 벌어져 우리 돈 카자흐 12연대는 적의 근위병과 한바탕 싸웠소."

"이 비상소집 나팔이 울리자."

바클라노프 병사는 그리샤카 할아버지의 얘기는 듣지도 않고 말을 이었다.

"적의 근위병이라면, 대체로 우리의 아타만 병사와 비슷하지요. 그렇지, 그렇소."

그리샤카 할아버지는 짜증스러운 듯 열심히 손을 내저었다.

"자기네 황제 옆에 붙어 근무하는 것들이지요. 머리에는 하얀 자루를 쓰고 있더군요."

"나는 전우에게 이렇게 말했소. 어이, 티모페이, 퇴각이야. 빨리 벽의 담요를 내려서 그것을 안장으로."

"나는 용감하게 싸운 공으로 게오르그 훈장을 두 개 받았소. 나는 터키의 소령을 사로잡았지요."

그리샤카 할아버지는 눈물을 흘리면서, 바클라노프 노병의 곰 같은 등을 쭈그러진 주먹으로 한 번 두들겼다. 그런데 상대방은 닭고기 한 점을 거자 대신 버찌 젤리에 찍어 우물우물 먹으면서 국수가 흘려진 식탁을 멍하니 바라보고 있었다.

"정말 아무래도 귀신에게 홀렸던 모양이오."

노인의 눈은 식탁보의 하얀 주름을 눈도 깜짝하지 않고 바라보고 있었다. 마치 그가 지금 바라보는 것은 보드카와 국수가 쏟아진 식탁보가 아니라 눈에 덮인 눈부신 카프카즈 산맥의 산줄기라도 되는 것처럼.

"태어나서 그때까지 단 한 번도 남의 물건에 손댄 일이 없었는데…… 체르케스 마을을 점령했을 때에도 집 안에는 재산이 고스란히 있었고, 그리 탐나지 않았는데…… 남의 물건은 결국 악마의 것이오…… 그런데 그때는 글쎄…… 담요가 얼핏 눈에 띄지 않았겠소…… 술이 달린 것이…… 이거 괜찮다고 생각했지요. 말옷이 되겠다고 말이오."

"우리는 온갖 것을 봐 왔소. 바다 건너 나라까지 갔다 왔으니까."

그리샤카 할아버지는 상대방의 눈을 들여다보려고 했다. 그렇지만 늙은 바클라노프 병사의 움푹한 눈은 잡초로 뒤덮인 골짜기처럼 눈썹과 잿빛 구레나룻 숲에 싸여 그리샤카 할아버지로서는 도저히 그 눈까지 이를 수가 없었다. 그 언저리는 모두 지나가기 어려운 억센 털의 덤불인 것이다.

그는 궁리 끝에 자기 이야기의 중요한 장면을 끄집어내어 상대방의 주의를 끌려고 애썼다. 이야기의 순서를 뛰어넘어 대뜸 중간에서 시작했다.

"그래서 테르신체프 대위가 호령하는 거요. '소대, 종대로 뛰어가!'"

늙은 바클라노프 병사는 싸움터로 나간 말이 나팔 소리를 들었을 때처럼 머리를 홱 쳐들더니 주먹으로 식탁을 쾅 두드리고는 중얼거렸다.

"창을 들어, 칼을 뽑아, 바클라노프 연대!"

거기에서 갑자기 그의 목소리가 높아지고, 멍하던 두 눈이 빛나며, 늙은 탓에 당장에라도 꺼질 것 같던 옛날의 정열이 불길처럼 타올랐다.

"바클라노프 연대의 젊은이들이여!"

그는 입을 크게 벌려 이가 빠진 누런 잇몸을 드러내고 떠들어 댔다.

"돌격…… 나아가라, 나아가!"

그리고 젊어진 듯한 또렷한 시선으로 그리샤카 할아버지를 지켜보면서, 구레나룻을 타고 흘러내리는 눈물을 낡은 외투 소매로 닦으려 하지도 않았다.

그리샤카 할아버지도 다시 기운이 났다.

"대위가 그렇게 호령하고는 칼을 휘둘렀소. 우리는 달려가기 시작했지. 그런데 적은 이런 식으로 진형을 잡고 있는 거요."

그는 식탁 위에 떨리는 손가락으로 찌그러진 사각형을 그렸다.

"그리고 우리에게 일제사격을 퍼부었소. 우리는 두 번 공격했지만 격퇴당하고 또 격퇴당했소. 그럭저럭하는 동안 숲 끄트머리 어느 쪽에선가 한 무리의 적 기병이 나타났소. 우리 중대장은 바로 명령을 내렸소. 우리는 우익으로 펼쳐져 진형을 바로잡고 적 기병 쪽으로 나아갔소. 돌격해 가서 쫓아버렸지. 카자흐에게 맞설 기병이 어디 있겠소? 뻔하잖소. 놈들은 숲속으로 달아나 허둥댔소. 얼핏 보니 적의 장교가 밤색 말을 타고 내 앞을 달려가는데, 나를 자꾸 돌아보며 주머니에서 권총을 꺼내려고 하더군. 주머니는 안장에 매달려 있었지…… 한 방 쏘았지만 맞지 않았소. 그래서 이번에는 내가 말을 빨리 몰아 그놈을 쫓아갔지. 한 칼에 베어 버리려 생각했는데, 문득 생각을 고쳐먹었소. 상대도 인간이잖소…… 그래서 나는 오른손을 뻗어 놈을 옆으로 껴안았소. 그랬더니 그놈이 대뜸 안장에서 뛰어내리는 거요. 그러고는 내 팔을 물어뜯더란 말이오. 그렇지만 끝내 나는 놈을 생포했지."

그리샤카 할아버지는 의기양양해져서 상대방을 바라보았다. 그런데 늙은 바클라노프 병사는 커다랗고 네모진 머리를 가슴에 처박고 이 소란 속에서 태평하게 코를 골며 자고 있었다.

제2부

1

세르게이 플라토노비치 모호프는 아주 오래된 집안 출신이었다.

표트르 1세 때의 어느 해에 국가 소유의 작은 바지선이 건빵과 사격용 화약을 싣고 아조프해를 향해 돈강을 내려갔다. 돈강 상류, 호표르강 하구에서 그리 멀지 않은 곳에 있는 반군 마을 치고나키의 카자흐인들이 야음을 틈타 그 배를 습격해, 잠에서 덜 깬 파수꾼들을 베어 죽이고 건빵과 화약을 빼앗은 뒤에 배를 가라앉혀 버렸다.

황제의 칙명으로 보로네시에서 군대가 출동해 그 반군 마을 치고나키를 불태워 버리고, 배를 습격한 카자흐인들과 싸워 이들도 가차 없이 베어 죽였다. 그리고 사로잡은 부사령관 야키루카를 비롯한 40명쯤 되는 카자흐인들을 물 위에 띄운 교수대에서 처형하고, 하류에서 불온한 태도를 보이고 있던 마을들을 위협하기 위해 그 교수대를 돈강 하류로 떠내려 보냈다.

10년 뒤, 치고나키 마을의 집들이 연기를 내뿜던 그 자리에 다른 데에서 온 카자흐인들과 살육에서 살아남은 사람들이 자리를 잡았다. 다시 마을이 생기고, 마을 언저리는 보루(堡壘)로 둘러싸였다.

이즈음 차르[1]의 밀정인 감시자가 보로네시의 행정구역에서 이 마을로 왔다. 그가 바로 농노인 니키시카 모호프였다. 그는 카자흐의 일용품인 여러 가지 잡동사니—주머니칼 칼집, 담배, 부싯돌 등을 팔러 다니거나 또는 훔친 물건을 사들였다. 그리고 일 년에 두 번 보로네시에 갔는데, 상품을 구입하러 가는 것처럼 꾸몄지만 사실은 '마을은 지금 평온하다, 카자흐인들은 달리 새로운 음모를 꾸미지 않고 있다'는 내용의 밀고를 하러 가는 것이었다.

---

1) 제정 러시아 때 황제의 칭호.

장사꾼 모호프 집안은 니키시카 이 모호프로부터 비롯되었다. 그의 후손들은 카자흐 땅에 완전히 정착했다. 마치 잔디처럼 뿌리를 내려 마을로 퍼져 간 것이다. 그들은 증조부가 반군 마을에 파견되어 올 때 보로네시의 군사령관에게서 받은 너덜너덜해진 증명서를 소중하게 간직하고 있었다.

그것은 아마 오늘날까지도 간직되어 왔을 테지만, 세르게이 플라토노비치의 할아버지 때 화재가 나서 성상 뒤에 모셔 둔 돈 상자와 함께 타 버렸다. 그 할아버지는 노름에 미쳐서 재산을 모두 날려 버렸고, 다시 한번 일어서려 했을 때에는 불이 모든 것을 앗아가 버렸다. 그래서 세르게이 플라토노비치는 모든 것을 새로 시작해야 했다. 중풍으로 세상을 떠난 아버지의 장례를 마친 뒤 그는 거의 빈털터리로 일을 시작했다. 여기저기 마을을 돌아다니며 짐승 가죽과 깃털을 사들였다. 4, 5년 동안은 너무 가난해서 가까운 마을의 카자흐인들을 속이기도 하고 1코페이카가 없어 몹시 쪼들리기도 했다. 하지만 나중에는 행상 세료시카에서 일약 세르게이 플라토노비치로 출세해 마을에 잡화점을 차리고, 반미치광이인 신부의 딸을 아내로 맞으면서 지참금을 듬뿍 얻어 내어 포목점을 차렸다. 그가 포목점을 시작한 것은 마침 시기가 좋았다. 카자흐군 사령관 명령으로, 돈강 왼쪽 기슭인 자갈 섞인 척박한 점토질 모래땅 마을에 살던 카자흐인들이 모두 돈강 오른쪽 기슭으로 옮겨왔던 것이다. 새로이 크라스노쿠츠카야 마을이 생기고 집들이 늘어섰다. 예전 지주들 땅과의 경계인 치르강, 쵸르나야강, 프로로프카강 옆의 벌판 산골짜기 위 언저리에 소러시아인들 마을과 경계를 마주하여 새로이 마을이 여럿 생겨났다. 이제까지는 물건을 사려면 50킬로미터나 넘게 가야 했는데, 거기에 갑자기 새로운 송판(松板) 선반 냄새가 확 풍길 듯한 포목이 가득 쌓여 있는 가게가 생긴 것이었다. 세르게이 플라토노비치는 마치 건반이 삼중으로 된 손풍금처럼 널리 일을 벌려, 포목류 말고도 마을의 일상생활에 필요한 가죽 제품, 소금, 석유, 잡화류까지 무엇이든지 팔았다. 요즘은 농기구도 공급하고 있었다. 아크사이스크 공장에서 나온 보리 베는 기계와 파종기, 쟁기, 풍구, 선별기 등이 두 짝의 푸른 문이 달린, 여름에도 시원한 가게 옆에 길게 진열되어 있었다. 남의 주머니 사정이란 좀처럼 짐작하기 어려운 법이지만, 빈틈없는 세르게이 플라토노비치는 아마도 이 장사로 많은 이익을 올리고 있는 듯했다. 3년 뒤 그는 곡식 창고를 열었고, 그 이듬해에 전처가 죽자 증기제분소 설립에 손을 댔다.

윤기 있는 검은 털로 뒤덮인 거무스름한 주먹 안에 그는 타타르스키 마을을 비롯한 그 주변 마을을 완전히 거머쥐었다. 어느 집에서나 세르게이 플라토노비치에게 차용증을 썼다. 오렌지색 끈이 달린 푸른 종잇조각인데, 그것을 주고 보리 베는 기계를 사고 시집 보낼 준비를 했다(딸을 시집 보낼 시기가 다가온다. 그런데 파라몬의 곡물 창고에서는 밀 값을 마구 깎는다. 그래서 "플라토노비치, 돈을 꾸어 주시오" 하게 되는 것이다). 이리하여 여러 가지 것이 다 빚이 되었다. 제분소에는 아홉 명의 노동자가 일했고, 가게에는 고용인 일곱 명에 심부름꾼 네 명이 있었다. 이 스무 명이 그의 장사 덕분에 살아가고 있는 것이었다. 전처는 두 아이를 남기고 갔다. 리자라는 여자아이와 그보다 두 살 아래인 허약하고 연주창[2]이 있는 블라디미르라는 남자아이였다. 두 번째 아내 안나 이바노브나는 여위고 코가 작은 여자인데 아이를 낳지 못했다. 늦게까지 배출구를 찾지 못한 모성애와 울적해 있던 히스테리는—그녀가 세르게이 플라토노비치에게 시집온 것은 서른네 살의 만혼이었다—전처가 남기고 간 아이들에게 퍼부어졌다. 계모의 신경질적인 성격은 아이들 교육에 좋지 못한 영향을 주었다. 더욱이 아버지 또한 마구간지기 니키타나 요리사에게 기울이는 것만큼의 관심도 아이들에게 주지 않았다. 모스크바, 니즈니 노브고로드, 우류핀스크 등지에서 열리는 정기 시장에 가야 하는 등의 일과 여행으로 잠시도 틈이 없었던 것이다. 아이들은 누구의 감시도 받지 않고 자랐다. 둔감한 안나 이바노브나는 아이들 마음의 비밀에까지 파고들지 않았다. 큰살림을 꾸려 가야 하므로 그럴 여유도 없었다. 그러므로 그들은 마치 남남처럼 성격이 다른 인간으로 자라 버려 어느 면으로 보나 남매로 여겨지지 않았다. 블라디미르는 내성적이고 허약한 아이로 자라나 언제나 눈을 치켜뜨며 사람을 바라보고, 전혀 아이답지 않게 점잖아 보였다. 리자는, 음탕하고 닳고 닳은 하녀와 요리사들 속에서 자랐으므로 일찍이 인생의 뒷면을 들여다보았다. 여자들은 그녀의 마음에 불건전한 호기심을 일깨워 주어 그녀는 아직 살도 오르지 않고 수줍어할 어릴 때부터 숲속의 들풀처럼 제멋대로 자라났다.

---

2) 갑상선종이 헐어서 터진 부스럼.

세월이 흐르면서 부모들은 늙어 가고, 아이들은 쑥쑥 자라났다.

어느 날 오후, 차를 마실 때 세르게이 플라토노비치는 딸을 보고 몹시 놀랐다―엘리자베타는 그때 이미 여학교를 졸업하고, 남의 눈을 끄는 예쁜 처녀가 되어 있었다.

호박색 차가 담긴 찻잔을 든 그의 손이 떨리기 시작했다.

'죽은 어머니와 꼭 같아. 정말 몹시 닮았구나!'

"리스카, 이쪽을 좀 보려무나!"

딸이 아주 어릴 때부터 놀라울 만큼 어머니를 쏙 빼닮았다는 것을 그는 여태까지 미처 깨닫지 못했던 것이다.

중학교 5학년으로, 환자 같은 누런 얼굴빛의 블라디미르는 제분소 뜰을 걷고 있었다. 여름방학이라 그는 누나와 함께 며칠 전에 돌아왔다. 그리고 전과 마찬가지로 돌아오자마자 바로 제분소를 구경하러 간 것이었다. 밀가루를 뒤집어쓴 사람들과 섞여 제분기며 톱니의 단조로운 소리와 롤러가 울리는 소리를 듣기 위해서였다. 짐을 나르는 일꾼인 카자흐인들은 간사한 목소리로 그에게 아첨했다.

"도련님."

블라디미르는 뜰 여기저기에 흩어져 있는 쇠똥과 짐수레를 조심스레 피하면서 샛문 쪽으로 갔다. 그러다가 문득 기관실을 보고 싶은 생각이 나서 돌아섰다.

기관실 문 옆에 놓인 붉은 석유탱크 언저리에서 제분기 담당 티모페이와 '발레트'[3]라는 별명을 가진 계량기 담당과 제분기 담당의 조수로 이가 새하얀 젊은이인 다비드카가 바지를 무릎까지 걷어올린 채 커다란 진흙덩어리를 반죽하고 있었다.

"아, 도련님!"

발레트가 그에게 놀리는 듯한 인사를 했다.

"안녕."

"안녕, 블라디미르 세르게예비치!"

---

3) 트럼프 카드에서 병사가 그려진 '잭'을 가리키는 러시아어 단어로, '악당'이라는 함의도 있다.

"아저씨들은 뭘 하는 거예요?"

"보는 바와 같이 진흙을 이기고 있지."

거름 냄새 나는 뻑뻑한 진흙 속에서 겨우 발을 빼내며 다비드카가 가시 돋친 미소를 던졌다.

"네 아버지는 1루블이 아까워서 우리에게 이런 힘든 일을 시키고 있어. 네 아버지는 구두쇠야!"

그는 진흙을 마구 밟아대면서 덧붙였다.

블라디미르의 얼굴이 빨개졌다. 그는 언제나 미소 짓는 다비드카에 대해, 그 거친 말씨에 대해, 그리고 늘 침에 젖어 있는 새하얀 그 이에 대해 견딜 수 없는 혐오를 느껴 왔다.

"구두쇠라고요?"

"그래, 지독한 구두쇠야. 손톱에 불을 켠다는 말 그대로지."

다비드카는 솔직하게 설명하고 미소 지었다.

발레트와 티모페이는 맞장구치듯 웃었다. 블라디미르는 모욕감으로 어쩔 줄 몰라 했다. 그는 차가운 눈으로 다비드카를 돌아보았다.

"그렇다면 아저씨는 불평을 하고 있는 건가요?"

"여기 들어와서 이 짓을 해보면 알아. 어떤 바보가 이따위 일을 하라는데 만족하겠나? 네 아버지를 여기 데려오면 그 뚱뚱한 배를 떨리게 해줄 텐데!"

다비드카는 몸을 흔들며 원 모양으로 돌다가 다리를 높이 쳐들었다. 이제는 악의 없는 미소를 짓고 있었다. 블라디미르는 곰곰이 궁리하다가 겨우 적당한 대답을 찾아 냈다.

"좋아요."

잠깐 사이를 두고 그는 말했다.

"아저씨가 일을 싫어한다고 아버지에게 전해 주지요."

그는 곁눈으로 다비드카의 얼굴을 보았다. 그리고 그 말이 불러일으킨 효과에 몹시 놀랐다. 다비드카의 입가에 억지웃음이 떠오르고, 나머지 두 사람의 얼굴이 금방 어두워졌다. 잠시 세 사람은 말없이 질퍽한 진흙을 이기고 있었다. 다비드카가 진흙투성이인 자기 발에서 눈을 떼고 아첨하는 듯 말했다.

"농담이었어, 볼로쟈…… 정말 농담으로 한 거야."

"아저씨가 한 말을 아버지에게 이야기할 거예요."

자신에 대한, 아버지에 대한, 그리고 다비드카의 미소에 대한 분노의 눈물이 눈에 어리는 것을 느끼며 블라디미르는 석유탱크 옆을 걸어갔다.

"볼로쟈! 블라디미르 세르게예비치!"

다비드카가 놀란 표정으로 불렀다. 그리고 진흙 속에서 나오더니 무릎까지 온통 진흙이 묻은 다리에 걷어올렸던 바지를 그냥 끌어내렸다.

블라디미르는 그 자리에 멈춰 섰다. 다비드카는 힘겹게 숨을 헐떡거리면서 그에게로 달려왔다.

"아버지한테 이야기하지 말아 줘. 무심히 한 농담이었는데…… 그런 바보 같은 소리를 한 것을 용서해 줘…… 정말 무슨 나쁜 마음이 있어서 그런 건 아니야! 농담이었어."

"괜찮아요. 이르지 않아요!"

블라디미르는 일그러진 얼굴로 고함치듯 말하고는 샛문 쪽으로 걸어갔다.

다비드카에 대한 연민의 정이 솟아오른 것이었다. 그는 개운한 기분이 되어 하얗게 칠한 대나무 울타리 옆쪽으로 갔다. 제분소 마당 한쪽에 자리 잡은 대장간에서 힘찬 망치 소리가 들려왔다. 무쇠를 때리는 둔하고 부드러운 소리가 한 번, 쨍쨍 울리는 모루[4]에 맞아 튀어오르는 소리가 두 번—그것이 온통 뒤섞여서.

"지금 누굴 놀리는 거야?"

블라디미르의 귀에 발레트의 나직한 목소리가 들려왔다.

"건드리지 마. 아무 소용 없으니까."

'제기랄!'

블라디미르는 화가 나서 생각했다.

'지독한 소리를 하는군…… 아버지에게 일러바쳐야 하나, 그만둬야 하나?'

돌아보니 하얀 이를 드러낸 다비드카의 엷은 웃음이 눈에 띄었다. 그러자 확고한 결심이 섰다.

'이야기하자!'

---

[4] 대장간에서 쇠를 불릴 때 받침으로 쓰는 쇳덩어리.

가게 옆 광장에 짐수레를 끄는 말 한 마리가 기둥에 매여 있었다. 소방 창고 지붕에서 지저귀는 참새 떼를 아이들이 쫓고 있었다. 테라스에서는 학생 보야르이시킨의 잘 울리는 바리톤과 또 한 사람의 떨리는 쉰 목소리가 들려왔다.

블라디미르는 현관 층계 위로 올라갔다. 머리 위에서 개머루잎이 흔들렸다. 이 개머루덩굴은 현관 층계에서 테라스로 제멋대로 기어올라가 조각이 있는 하늘빛 차양에서 녹색 술이 달린 모자처럼 늘어져 있었다. 보야르이시킨은 깔끔하게 파르라니 깎은 머리를 쳐들고 자기 옆에 앉은 수염투성이인 젊은 초등학교 교사 발란다를 보며 지껄이고 있었다.

"지금 그것을 읽고 있습니다. 나는 가난한 카자흐 농부의 아들이어서 특권계급에 대해 태어날 때부터 증오심을 갖고 있다고 할 수 있으니까요. 그런데도 이 망해 가는 계급이 몹시 가련해서 못 견딜 지경입니다! 나 자신이 흡사 귀족이나 지주가 된 것처럼 그들의 이상적인 여성에게 정신 없이 눈을 팔거나 그들의 이익을 위해 마음을 쓰는 겁니다. 까닭은 전혀 모르겠습니다! 보십시오, 천재란 그런 거겠지요! 신앙조차도 바꿀 수 있습니다."

발란다는 비단띠의 술을 만지작거리며 비꼬는 듯한 미소를 띤 채 자기 루바시카 자락에 수놓인 무늬를 바라보고 있었다. 리자는 팔걸이의자에 엎드려 있었다. 아마 그런 이야기는 그녀에게 조금도 흥미가 없는 듯했다. 그녀는 언제나 그렇듯 무언가 잃어버리고 그것을 찾는 듯한 눈길로 보야르이시킨의 긁힌 자국투성이인 파르란 머리를 지루한 듯이 바라보고 있었다.

블라디미르는 잠깐 인사하고 그곳을 지나쳐 아버지 서재의 문을 두드렸다. 세르게이 플라토노비치는 널찍한 소파에 누워 〈루스코예 보가츠토보〉(《러시아의 富》─인민주의적 경향의 월간 잡지. 1890년 창간되어 미하일 로프스키가 편집을 맡았고, 그가 죽은 뒤 1904년부터는 콜로렌코가 편집했다) 6월호를 뒤적이고 있었다. 누렇게 된 뼈로 만든 종이칼이 방바닥에 떨어져 있었다.

"무슨 일이냐?"

블라디미르는 목을 어깨에 묻는 듯한 모습으로 선 채 신경질적으로 자기 루바시카를 매만졌다.

"지금 제분소에 다녀오는 길이에요."

그는 머뭇거리며 입을 열었다. 그러나 눈앞이 어질어질해질 것 같은 다비드카의 냉소가 생각나, 비단 조끼를 입은 아버지의 불룩한 배를 바라보며 간신히 말을 이었다.

"······다비드카가 이렇게 말하는 것을 들었어요."

세르게이 플라토노비치는 블라디미르의 말을 주의 깊게 듣고 나서 말했다.

"내보내야겠구나. 좋아, 이제 가 봐."

그러고는 끙끙거리며 몸을 굽혀 종이칼을 집어 들었다.

밤마다 세르게이 플라토노비치의 집에는 마을의 인텔리들이 모여들었다. 모스크바 공업학교 학생 보야르이시킨, 터무니없이 자부심이 높은 결핵을 앓고 있는 바싹 여윈 초등학교 선생 발란다, 그와 함께 사는 여교사 마르파 게라시모브나—그녀는 아직 할머니라고 할 정도는 아닌데 살이 피둥피둥 쪘고, 늘 주책 없이 스커트가 벌어져 있었다. 그리고 우체국장—그는 괴짜로, 언제나 밀랍과 싸구려 향수 냄새를 풍기는 독신자였다. 또 지주이자 귀족인 아버지에게로 돌아와 있던 젊은 기병 중위 예브게니 리스트니츠키도 가끔 자기네 영지에서 말을 타고 찾아왔다. 그들은 밤마다 테라스에서 차를 마시며 쓸데없는 이야기를 길게 늘어놓았다. 그 시시한 이야깃거리마저 떨어지면 누군가 손님 가운데 한 사람이 주인이 아끼는 값비싼 상감장식 축음기를 틀었다.

축제일 같은 때 가끔 세르게이 플라토노비치는 모두를 기쁘게 해주었다. 손님들을 불러모아 값비싼 술이며, 바타이스크에서 일부러 가져온 철갑상어알젓이며, 고급 자쿠스카[5] 등을 대접했다. 그 밖의 다른 때에는 검소하게 살고 있었다. 다만 한 가지, 스스로도 그만두지 못하는 것은 독서였다. 세르게이 플라토노비치는 책을 읽음으로써 천성적인 지적 호기심을 충족시켰다.

그의 공동경영자인 금빛 머리칼에 턱수염이 뾰족하고 실처럼 눈이 가느다란 예멜리얀 콘스탄티노비치 아테핀은 아주 이따금씩 찾아왔다. 그는 본래 우스티메드베디차 수도원 수녀였던 여자와 결혼하여 15년간 함께 살면서 여덟 자녀를 두었다. 그는 거의 집에서 시간을 보냈다. 예멜리얀 콘스탄티노비치는 연대의 서기였다가 출세한 남자로, 그는 그곳에서의 곰팡내 나는 아첨의 흔적을 가정에까지 몰고 왔다. 아이들은 그가 집에 있을 때면 발끝으로 걷고, 목소리를 죽

---

5) 러시아 전채요리.

여서 이야기해야 했다. 아침마다 세수를 하고 나면 식당에 있는 커다란 벽시계 밑에 한 줄로 늘어서고 어머니가 그 뒤에 섰다. 그리고 침실에서 아버지의 메마른 기침 소리가 들리자마자 저마다 지어낸 목소리로 먼저 "주여, 이 종을 구하소서"라는 기도를 하고 "우리 아버지여"를 합창했다.

예멜리얀 콘스탄티노비치는 바로 그 기도가 끝날 무렵 옷을 갈아입고 양배추처럼 주름진 눈꼬리를 깜박거리며 나와서 털이 나지 않은 두툼한 손을 내뻗었다. 아이들은 차례로 그 손에 다가가 키스했다. 예멜리얀 콘스탄티노비치는 아내의 뺨에 키스하고, 'ᄎ'음을 뚜렷하게 발음하지 않으면서 말했다.

"플리츠카, 차는 끓었소?"

"끓고 있어요, 예멜리얀 콘스탄티노비치."

"진하게 한 잔 주겠소?"

그는 상점의 장부 일을 맡고 있었다. 굵은 글씨로 '차변(借邊)' 또는 '대변(貸邊)'이라고 씌어 있는 밑에 그야말로 연대 서기답게 덩굴을 말아 놓은 듯한 글씨로 꼼꼼하게 써 넣었다. 필요도 없는 금테 코안경을 주먹코에 걸고는 〈주식통보〉를 읽었다. 그리고 고용인들에게는 공손히 대했다.

"이반 페트로비치, 손님에게 타블리츠안 사라사 천을 꺼내 드려요."

아내는 그를 '예멜리얀 콘스탄티노비치'라고 부르고, 아이들은 '아버지'라고 부르며, 점원들은 '차차 씨'라고 부르고 있었다.

비사리온 신부와 감독 신부 판크라치—이 두 사람은 세르게이 플라토노비치와 사이가 그다지 좋지 않았다. 서로 오래전부터 응어리진 감정이 있었다. 그리고 두 신부끼리도 사이가 나빴다. 남의 이야기에 반대하고 트집잡는 판크라치 신부는 이웃의 흉을 잘 보았다. 한편 독신으로 소러시아인 가정부와 함께 살고 있는 비사리온 신부는 매독으로 코가 내려앉아 버렸으나, 천성이 친절하여 감독 신부가 쓸데없는 구실로 억지 부리는 것이 못마땅해 늘 그를 피하려 애썼다.

초등학교 교사 발란다 말고는 모두 마을에 자기 집을 가지고 있었다. 판자로 지붕을 덮고 푸른색으로 칠한 커다란 모호프네 집은 광장 앞에 우뚝 서 있었다. 그와 마주하여 광장의 중심부에는 가게가 있는데 문살문[6]위의 산뜻하게 색

---

6) 문살을 가로세로가 일정한 간격으로 직각이 되게 짠 문.

칠된 간판에 다음과 같이 씌어 있었다.

'S.P. 모호프와 Y.K. 아테핀 상회'

가게에 이어 지하실이 딸린 낮고 긴 창고가 있었다. 그 창고에서 40미터 가면 교회를 둘러싼 벽돌담이 있고, 그 안에 푸르게 잘 자란 양파처럼 생긴 둥근 지붕의 교회가 있었다. 교회 건너편에는 관청처럼 무게 있게 하얀 칠을 한 초등학교 벽과 세련되어 보이는 집이 두 채 있었다. 그 두 채에는 양쪽 다 비슷한 과수원이 딸렸는데, 푸르게 칠한 한쪽은 판크라치 신부의 집으로 조각을 한 담과 넓은 테라스가 있었다. 비슷해 보이지 않도록 하기 위해 갈색으로 칠한 쪽은 비사리온 신부의 집이었다. 2층으로 되었고 몹시 좁은 아테핀의 집, 그 앞에 우체국, 그리고 짚이나 양철로 인 카자흐인의 집들, 꼭대기에 붉게 녹슨 양철 수탉을 꽂아 놓은 제분소의 비탈진 지붕들이 이어져 있었다.

바깥쪽 판자문도 안쪽 판자문도 모두 닫고 빗장을 질러, 푸르른 바깥세계와 완전히 교섭을 끊고 모두 집 안에 틀어박혀 있었다. 손님이 오지 않으면 저녁 무렵부터 벌써 빗장을 지르고 개의 사슬을 풀어 두었다. 몹시 조용한 마을 안을 야경꾼의 딱따기 소리만이 딱딱 울리며 지나갈 뿐이었다.

2

8월 끝 무렵에 미치카 코르슈노프는 돈 강가에서 우연히 세르게이 플라토노비치의 딸 엘리자베타를 만났다. 그는 돈강 건너편에서 배를 타고 막 도착하여 말뚝에 배를 대려는 참이었는데, 경쾌하게 물살을 가르는 채색된 보트가 눈에 띄었다. 보트는 산그늘에서 나와 선착장 쪽으로 가고 있었는데, 노를 잡은 사람은 보야르이시킨이었다. 모자를 쓰지 않은 그의 머리는 땀으로 번들거리고, 이마와 관자놀이에는 혈관이 튀어나와 있었다.

미치카는 처음에 엘리자베타를 알아보지 못했다. 밀짚모자를 쓰고 있어서 그녀의 눈 위는 검은 남빛으로 그늘져 있었다. 그녀는 볕에 그을린 손으로 노란 수련 다발을 안고 있었다.

"코르슈노프!"

그녀는 미치카를 알아보고 외쳤다.

"나에게 거짓말했지요?"

"거짓말이라니, 무슨 말입니까?"

"기억하고 있을 텐데요. 함께 낚시하러 가겠다고 약속하지 않았어요?"

보야르이시킨은 노를 놓고 등을 쭉 폈다. 보트는 강가의 흰 모래를 소리 내어 가르며 육지로 뱃머리를 올려놓았다.

"기억하고 있겠지요?"

리자가 보트에서 뛰어내리며 웃었다.

"틈이 없었습니다. 바빠서요."

미치카는 변명했다. 그리고 자기 쪽으로 가만히 다가오는 소녀의 얼굴을 지켜보았다.

"안 돼요! 말도 안 돼요! 엘리자베타 세르게예브나, 나는 이제 그만두겠소. 재갈이나 목사리를 채운 것도 아니고, 나는 이제 당신이 시키는 대로만 하지 못해요. 좀 생각해 봐요. 이 빌어먹을 강을 몇 번이나 오르락내리락했는지! 노를 젓느라 나는 손에 온통 물집이 잡혔소. 육지에서 노는 것과는 전혀 달라요!"

보야르이시킨은 다리를 크게 벌려 따끔따끔한 모래 위에 맨발로 딛고 서서 쪼글쪼글해진 학생모로 이마의 땀을 닦았다. 리자는 그에게는 대답도 하지 않은 채 미치카에게로 다가왔다. 미치카는 자기에게 내밀어진 손을 어색하게 잡았다.

"언제 낚시질하는 데 데려가 주겠어요?"

리자가 머리를 젖히고 눈을 깜박거리며 물었다.

"내일이라도 좋습니다. 왕겨 털기가 끝났으니 언제라도 되지요."

"또 속이는 건 아니지요?"

"속이지 않습니다."

"일찍 와 주겠어요?"

"동트기 전에 가지요."

"기다리겠어요."

"갑니다. 틀림없이 가겠습니다."

"어느 창문을 두드려야 하는지 기억하고 있어요?"

"그럼요."

미치카는 빙그레 웃었다.

"난 틀림없이 곧 떠나게 될 거예요. 그래서 꼭 낚시를 해보고 싶어요."

미치카는 말없이 녹슨 나룻배 열쇠를 손안에서 빙글빙글 돌리며 그녀의 입술을 바라보았다.

"아직 멀었어요?"

보야르이시킨이 무늬 있는 조가비를 손바닥에 놓고 바라보면서 물었다.

"곧 가요."

그녀는 잠시 말없이 있더니, 갑자기 까닭 없이 미소를 띠며 물었다.

"당신 집에서 혼례 같은 거 치르지 않았어요?"

"여동생을 시집 보냈습니다."

"어머나, 누구에게요?"

그러고는 상대의 대답도 기다리지 않고 야릇한 미소를 살짝 던졌다.

"그럼, 꼭 와요."

모호프네 테라스에서 처음으로 만났을 때와 마찬가지로 그녀의 미소는 또다시 미치카를 가시로 찌르는 듯했다.

그는 리자가 보트에 탈 때까지 지켜보고 있었다. 보야르이시킨은 가랑이를 벌린 채 다리에 힘을 주면서 보트를 밀고 갔다. 리자는 생글생글 웃으며, 그의 머리 너머로 열쇠를 만지작거리고 있는 미치카를 바라보면서 고개를 끄덕였다.

10미터쯤 저어 나갔을 때, 보야르이시킨이 가만히 물었다.

"저 젊은이는 누구입니까?"

"아는 사람이에요."

"마음에 둔 사람인가요?"

미치카에게도 두 사람의 대화가 들렸는데, 노가 삐걱거리는 소리 때문에 대답은 알아들을 수 없었다. 그는 보야르이시킨이 노를 내려놓고 몸을 뒤로 젖히면서 웃는 것을 보았다. 그러나 그녀의 얼굴은 보이지 않았다. 그녀는 이쪽으로 등을 돌리고 앉아 있었기 때문이었다. 연보랏빛 리본이 모자에서 어깨 위로 흘러내려 바람에 나부끼다가 이윽고 움직이지 않게 되었다. 왠지 그것이 미치카의 흐려진 눈길을 초조하게 했다.

미치카는 좀처럼 낚시를 하러 가지 않는데, 그날 저녁에는 전에 없이 열심히 낚시 준비를 했다. 그는 마른 말똥을 쪼개고 밭에 나가서 보리죽을 쑤었다. 그리고 썩어서 끊어질 것 같은 낚싯줄을 서둘러 이어 놓았다.

그가 준비하는 것을 보고 미헤이가 부탁했다.

"나도 데려가 줘, 미트리. 혼자 가면 안 돼."

"아니, 혼자서도 충분해."

미헤이는 한숨을 쉬었다.

"나는 벌써 오랫동안 따라간 적이 없었잖아. 요즘 같으면 반 푸드[7]쯤 되는 잉어를 낚을 수 있을 텐데."

미치카는 죽이 든 냄비에서 뜨거운 기둥이 되어 솟아오르는 김 때문에 얼굴을 찡그리고 잠자코 있었다. 이윽고 준비가 끝나자 거실로 들어갔다.

그리샤카 할아버지가 창가에 앉아 있었다. 그는 둥근 구리테 안경을 끼고 성경을 읽고 있었다.

"할아버지!"

미치카가 문설주에 기댄 채 불렀다. 그리샤카 할아버지가 안경 너머로 노려보았다.

"왜 그러느냐?"

"첫닭이 울면 깨워 주세요."

"그렇게 일찍 어딜 가려고?"

"낚시하러요."

물고기를 좋아하는 할아버지는 짐짓 반대하는 척했다.

"아버지가 그러더구나. 내일은 삼을 두드려야겠다고. 물고기나 잡으면서 빈둥거릴 틈이 어디 있겠니?"

미치카는 문설주에서 몸을 떼고 노인을 속이려 했다.

"나는 아무래도 괜찮아요. 할아버지께 물고기를 잡숫게 해 드리려 했는데 삼을 두드린다면 할 수 없지요."

"얘야, 잠깐 기다려, 어디 가니?"

그리샤카 할아버지는 놀라서 안경을 벗으며 말했다.

"내가 미론에게 이야기해 줄 테니 갔다 오너라. 물고기를 소금에 절인 것도

---

7) 1푸드는 16.38킬로그램.

나쁘지는 않으니까. 게다가 내일은 마침 수요일이구나. 깨워 줄 테니 다녀오너라. 뭘 그렇게 서서 웃고 있나?"

한밤중에 그리샤카 할아버지는 한 손으로 줄무늬 무명바지를 걷어올리고, 다른 한 손에는 지팡이를 짚고 길을 더듬어 현관 층계를 내려갔다. 흔들거리는 흰 그림자가 되어 안뜰을 지나 창고에 이르러, 담요에 누워 코를 골고 있는 미치카를 지팡이로 쿡쿡 찔렀다. 창고 안에는 금방 탈곡한 곡물과 쥐똥 냄새, 그리고 사람이 살지 않는 장소에 늘어진 거미줄 냄새가 배어 있었다.

미치카는 곡물 상자 옆에 무릎덮개를 깔아 놓고 자고 있었다. 그는 좀처럼 깨어나지 않았다. 그리샤카 할아버지는 처음에는 지팡이로 살짝 그를 찌르면서 속삭였다.

"미츄시카! 미치카! 얘야, 할 수 없군. 미치카!"

미치카는 다리를 오그린 채 코를 골고 있었다. 마침내 할아버지는 이윽고 화가 나서 뭉뚝해진 지팡이 끝을 그의 배에 대고 송곳으로 찌르듯 비벼 댔다. 미치카는 "아앗" 소리와 함께 지팡이를 잡아채며 눈을 떴다.

"바보같이 그렇게 자고 있느냐! 그렇게 잠이 많으면 득 될 게 없어!"

할아버지가 꾸짖었다.

"쉿, 조용히 하세요."

미치카는 바닥을 더듬어 신발을 찾으며 잠이 덜 깬 목소리로 속삭였다.

그는 광장에 이르렀다. 마을 여기저기에서 두 번째 닭이 울기 시작했다. 비사리온 신부 집 앞을 지날 때 닭장에서 수탉이 홰를 치면서 보좌신부 같은 낮은 목소리로 때를 알리고 암탉들이 놀라서 꼬꼬거리는 소리가 들렸다.

상점의 층계 입구에서 야경꾼이 따뜻한 양털 가죽깃에 코를 파묻은 채 졸고 있었다. 미치카는 모호프네 집 울타리로 다가가 낚싯대와 미끼가 든 바구니를 놓고, 개가 짖지 않도록 발소리를 죽여 현관 층계를 올라갔다. 문의 손잡이를 당겨 보았더니 닫혀 있었다. 난간을 넘어 창문으로 다가갔다. 창문이 반쯤 열려 있었다. 캄캄한 문 틈으로 잠든 처녀의 따뜻한 몸내음과 이제까지 맡아 본 적이 없는 기분 좋은 향수 냄새가 달콤하게 풍겨 왔다.

"리자베타 세르게예브나!"

미치카에게는 자신이 몹시 큰 소리를 낸 듯이 여겨졌다. 잠시 기다렸지만 조용했다.

'창문을 잘못 알았나? 아버지가 자고 있는 방이라면 어쩌지? 큰 소동이 나겠지! 총으로 쏘아죽일지도 몰라!'

미치카는 창문 손잡이를 거머쥐면서 생각했다.

"리자베타 세르게예브나, 일어나요. 낚시하러 가요."

'창문을 잘못 알았다면 낚시가 문제가 아니야.'

"일어나요!"

미치카는 초조하게 말하며 방 안으로 머리를 들이밀었다.

"응? 누구세요?"

어둠 속에서 놀란 듯한 목소리가 대답했다.

"낚시하러 가지 않겠어요? 납니다, 코르슈노프예요."

"아, 그래요. 곧 갈게요."

방 안에서 부스럭거리는 소리가 났다. 그녀의 졸린 듯한 따사로움이 담긴 목소리에서 박하 냄새가 나는 듯했다. 미치카는 무언가 하얀 것이 부스럭거리는 소리를 내며 방 안에서 움직이는 것을 보았다.

'아, 여기에서 함께 잔다면 기분 좋겠지…… 그런데 낚시를 가야 하다니…… 거기 가 봐, 추워서 얼어붙어 버릴걸.'

그는 침대 냄새를 맡으면서 어렴풋이 그런 생각을 떠올렸다. 그녀가 하얀 목도리를 두르고 웃으면서 얼굴을 창밖으로 내밀었다.

"나, 창문으로 나가겠어요. 손 좀 잡아 줘요."

"자, 내려와요."

미치카는 손을 잡아 주었다. 그의 팔에 기댄 그녀는 아주 가까이에서 그의 눈을 들여다보았다.

"늦지 않았나요?"

"괜찮아요, 늦지 않았습니다."

돈강 쪽으로 갔다. 그녀는 좀 부은 눈을 장밋빛 손바닥으로 문지르며 말했다.

"나, 기분 좋게 자고 있었어요. 좀더 자야 되는 건데. 꽤 일찍 나가는군요."

"지금이 꼭 알맞은 시간입니다."

광장에서 첫 번째 오솔길을 따라 돈강으로 내려갔다. 밤사이에 어디에선지 물이 밀려와, 어제 물가의 그루터기에 매어 놓은 배가 물에 떠서 흔들리고 있었다.

"신을 벗어야겠네요."

리자는 배까지의 거리를 눈으로 재면서 한숨을 내쉬었다.

"안아다 줄까요?"

미치카가 말했다.

"거북해요. 신을 벗는 게 좋겠어요."

"아니, 그러지 않아도 괜찮습니다."

"안 돼요. 벗어야 해요."

그녀는 입속으로 우물거렸다. 미치카는 왼손으로 그녀의 넓적다리 언저리를 받치고 가볍게 들어올려 물을 첨벙거리며 배 쪽으로 나아갔다. 그녀는 하는 수 없이 그의 거무스름하고 단단한 기둥 같은 목에 매달려 쿡쿡 소리를 내며 살그머니 웃었다.

마을 여자들이 빨래하러 와서 속옷 등을 얹어 놓고 방망이로 두드리는 돌에 미치카의 발이 걸리지 않았더라면 뜻하지 않은 짧은 키스를 주고받게 되지는 않았으리라. 그녀는 앗! 소리를 지르면서 미치카의 갈라진 입술을 자기 입술로 눌렀다. 미치카는 회색 뱃전까지 두 걸음쯤 앞에서 멈춰 섰다. 그의 농부화에 물이 들어왔다.

배를 매어 둔 밧줄을 풀자 그는 힘껏 배를 밀어 내어 얼른 올라탔다. 그리고 선 채로 노를 움직이며 저어 갔다. 고물 뒤쪽에서 물이 철썩거리는 소리를 냈다. 배는 뱃머리를 바짝 쳐들고 미끄러지듯 흐름을 가르면서 저쪽 기슭 쪽으로 나아갔다. 낚싯대가 튀어오르며 소리를 냈다.

"어디로 가지요?"

그녀가 뒤돌아보며 물었다.

"건너편 물가로요."

절벽 아래 모래밭에 배를 댔다. 미치카는 막무가내로 그녀를 안아 올려 강가의 아가위나무 숲속으로 데려갔다. 그녀는 그의 얼굴을 물고 할퀴며 반항했다. 두세 번 목이 죄는 듯한 소리를 질렀지만, 이윽고 힘이 빠져가는 것을 느끼고

분한 듯 울기 시작했다. 눈물도 나오지 않았다.

돌아온 것은 9시쯤 되어서였다. 불긋한 안개가 하늘을 휩싸고 있었다. 돈강의 수면에는 바람이 불면서 파도가 일었다. 배는 파도를 넘으며 춤을 추었다. 강바닥에서 올라오는 차가운 물보라가 핼쑥해진 리자의 얼굴에 튀어서 흘러내리고, 속눈썹과 삼각 플라토크 밑으로 나와 있는 머리칼에도 튀었다.

그녀는 축 늘어진 채 멍한 눈을 깜박이며, 배에 들고 온 풀줄기를 손가락으로 비벼 뭉개고 있었다. 미치카는 그녀 쪽으로 눈도 돌리지 않고 노를 저었다. 그의 발밑에는 작은 잉어와 황어가, 괴로워하며 헐떡이던 입이 굳어 있었고 오렌지빛 테두리로 둘러싸인 눈을 부릅뜬 채 누워 있었다. 미치카의 얼굴에 자신을 나무라는 빛이 역력했으나, 동시에 거기에는 만족과 불안의 빛도 뒤섞여 있었다.

"세묜네 선착장에 댈까? 거기에서는 집이 가까울 테니까."

그는 물결에 따라 배를 돌리면서 말했다.

"네, 좋아요."

그녀는 낮은 소리로 동의했다. 강가에는 사람 그림자가 보이지 않았다. 흰 먼지를 뒤집어써서 가볍게 화장한 돈강 절벽 위 밭의 산울타리가 열풍에 시달려 축 처진 채 타는 듯한 마른 가지 냄새를 풍기고 있었다. 참새가 군데군데 씨앗을 쪼아 먹은 묵직한 해바라기가 고개를 푹 늘어뜨리고 솜털이 달린 씨를 흘렸다. 목초지는 새로이 어린 풀이 돋아 나와 에메랄드빛으로 빛났다. 멀리에서 망아지 떼가 뛰어다니고, 그 목에 달린 낭랑한 방울 소리를 무더운 남풍이 돈강 쪽으로 날라왔다.

미치카는 물고기를 집어 들어, 배에서 내린 리자에게 내밀었다.

"잡은 물고기를 갖고 가요, 이거."

그녀는 놀란 듯 속눈썹을 쳐들고 그것을 받아들었다.

"그럼, 나 돌아가겠어요."

"그래."

아까까지의 자신감과 쾌활함을 아가위나무 숲속에서 잃어버린 그녀는 지금 가련한 모습으로 버드나무 가지에 꿴 물고기를 축 늘어뜨리고 걸어가기 시작했다.

"리자베타!"

그녀는 찌푸린 눈썹 언저리에 노여움과 의심을 담고 돌아보았다.

"잠깐 이리 와 봐요"

그리고 그녀가 다가오자 머뭇거리며 말했다.

"둘 다 알아차리지 못했었군. ……그 스커트 뒤쪽을 좀 봐. 얼룩이…… 조금이지만"

그녀의 얼굴이 붉어졌다. 몸 전체가 빨갛게 되는 느낌이었다.

미치카는 잠시 침묵하다가 말했다.

"뒷길로 돌아서 가는 게 좋겠어"

"마찬가지예요. 어차피 광장을 가로질러서 가야 하니까. 나는 검은 스커트를 입고 오려고 생각했었는데"

그녀는 미치카의 얼굴을 바라보며 괴로움과 갑자기 솟아난 미움을 담아 속삭이듯 말했다.

"풀잎으로 퍼렇게 해 줄까?"

미치카는 별다른 생각 없이 권했다가, 그녀 눈에 괸 눈물을 보고 깜짝 놀랐다.

"미치카 코르슈노프가 세르게이 플라토노비치의 딸을 농락했다!"

그녀에 대한 좋지 못한 소문은 미풍에 살랑살랑 흔들리는 나뭇잎의 속삭임처럼 온 마을을 흘러 다녔다. 아낙네들은 동쪽 하늘이 밝아올 무렵 소 떼를 몰고 목장으로 가는 길에, 또 우물의 두레박이 잿빛 모래먼지 속에 희미한 그림자를 던지고 있는 아래에서 물통에 물을 부으며, 그리고 돈 강가의 평평한 자연석 위에서 빨래를 두드리며 쑥덕거렸다.

"친어머니가 없으니 어쩔 수 없군"

"아버지는 일이 바빠서 시간이 없고, 계모는 알면서도 모른 체하니 말이야"

"엊그제에도 야경꾼 다비드카 페스파루이가 말했는데, '밤중에 순찰을 도는데 그 끄트머리 창문으로 숨어드는 녀석이 있었어. 분명 플라토노비치네 집에 도둑이 든 거라고 여겨 얼른 달려가, 누구냐! 이 녀석, 경찰을 불러 올 테다! 하고 소리쳤는데, 글쎄 보니 틀림없는 미치카더란 말이야' 이러더라고"

"요즘 처녀들은 마음놓을 수 없다니까"

"미치카 녀석이 우리 니키시카에게도 말했다더군. 엘리자베타랑 결혼할 거라고."

"코흘리개 애송이 주제에!"

"어쨌든 그 처녀를 막무가내로 덮쳤다는 이야기인데."

"거참, 놀라운 일이네요, 아주머니."

갖가지 소문이 큰길과 골목을 누비며 흘러 다녔다. 마치 새 문에 타르를 더덕더덕 칠하듯 지난날의 순결한 처녀의 이름은 더럽혀져 갔다.

세르게이 플라토노비치의 벗겨진 머리 정수리에도 그 소문은 떨어져 그를 땅바닥에 짓눌러 놓았다. 그는 이틀 밤낮을 가게에도 제분소에도 나가지 않았다. 아래층에 사는 하인들에게는 식사 전에 잠깐 얼굴을 내밀 뿐이었다.

사흘째에 세르게이 플라토노비치는 경주용 마차에 회색 얼룩말을 매도록 시켰다. 그리고 도중에 만나는 카자흐들에게 몸을 뒤로 젖혀 거만하게 고개를 끄덕이면서 거리를 달려갔다. 그 뒤를 따라 옻칠을 하여 번쩍거리는 비엔나제 포장마차가 저택을 떠났다. 마부 예멜리얀은 마치 희끗희끗한 턱수염에 아예 눌어붙은 듯한 구부러진 파이프에 침을 묻히며 푸른 비단 고삐를 다루었다. 두 마리의 검은 말이 거리에 발굽 소리를 울리기 시작했다. 예멜리얀의 곧게 뻗은 등 뒤로 리자의 핼쑥한 얼굴이 보였다. 그녀는 작은 트렁크를 안고는 시들한 미소를 띤 채, 문 옆에 선 블라디미르와 계모에게 장갑을 흔들고 있었다. 다리를 절룩거리며 가게에서 나온 판텔레이 프로코피예비치는 저도 모르게 흥미를 느껴 하인 니키타에게 물었다.

"아가씨는 어디로 가는 거지?"

그러자 상대는 인간이 지닌 나약함을 드러내 보이며 대답했다.

"모스크바로 공부하러 가십니다. 학교에 들어가는 겁니다."

이튿날 한 사건이 일어났다―그 이야기는 돈 강가에서, 우물의 두레박 옆에서, 목장으로 가는 길에서 오래도록 화제가 되었다. 어둡기 전―이미 벌판에서 가축 떼가 먼지를 일으키면서 돌아온 뒤였다―미치카가 세르게이 플라토노비치를 찾아왔다. 남들 눈에 띄지 않도록 일부러 늦게 찾아온 것이었다. 딸 리자에게 결혼을 청하기 위해서였다.

그때까지 그는 적어도 그녀와 네 번은 밀회를 했다. 마지막으로 만났을 때 두 사람은 이런 이야기를 주고받았다.

"나에게 시집 와요, 리자. 어때?"

"바보 같은 소리!"

"귀여워하고 소중히 해 줄게…… 우리집에는 일할 사람이 많아. 그러니까 너는 창가에 앉아 책이나 읽으면 될 거야."

"당신은 바보군요."

미치카는 뿌루퉁하여 입을 다물어 버렸다. 그날 밤은 일찍 집으로 돌아갔다. 그리고 이튿날 아침에 갑작스러운 이야기를 꺼내 미론 그리고리예비치를 놀라게 했다.

"아버지, 결혼시켜 주세요."

"무슨 뚱딴지 같은 소리냐?"

"정말이에요. 농담이 아닙니다."

"도저히 못 참겠니?"

"그런 건 아니지만."

"어떤 여자에게 반했느냐? 저 바보천치 마르푸시카는 아니겠지?"

"세르게이 플라토노비치에게 매파를 보내 주세요."

미론 그리고리예비치는 의자 위에 구두 수선 도구를 나란히 늘어놓았다―그는 말의 엉덩이띠를 고치고 있었던 것이다―그리고 어이없다는 듯 웃었다.

"오늘 너 어떻게 됐구나."

그러나 미치카는 계속 황소처럼 고집을 부렸으므로 아버지는 화가 나버렸다.

"이 녀석! 세르게이 플라토노비치는 재산이 몇십만이나 되는 큰 상인이야. 그런데 너는 뭐냐? 이젠 됐다. 저리 가. 그런 바보 같은 생각은 아예 마라. 그만두지 않으면 이 엉덩이띠로 때려 줄 테니!"

"우리집은 황소가 열두 쌍이나 있어요. 땅도 꽤 있고요. 그리고 무엇보다도 저쪽은 농노 출신이지만 우리는 카자흐예요!"

"저리 가!"

말이 많은 것을 싫어하는 미론 그리고리예비치는 잘라 말했다. 미치카 편을 든 사람은 그리샤카 할아버지뿐이었다. 그는 지팡이를 마루에 콕콕 짚으며 아들에게로 비틀비틀 다가갔다.

"미론!"

"뭡니까?"

"넌 어째서 반대하느냐? 저 애도 이젠 나이가 찼는데."

"아버지는 정말이지 어린애 같군요! 미트리 녀석은 철이 없어 저런다지만, 아버지까지 그런 말씀을 하시다니."

"얘야!"

그리샤카 할아버지는 지팡이로 바닥을 쳤다.

"우리가 그 집과 어울리지 않는다고? 아니, 그 녀석은 카자흐인의 아들이 자기 딸에게 청혼한다면 명예로운 일로 여길 게 틀림없어. 얼른 승낙할 거다. 우리는 이래 봬도 이 근방에서는 이름난 카자흐인이니까. 가난하지도 않고, 훌륭한 집안이지! 그렇고말고! 한번 청혼하러 가 보렴, 미로시카, 상관없잖느냐. 지참금으로 제분소라도 가져오라고 하지. 가서 부탁해 보려무나!"

미론 그리고리예비치는 씨근덕거리며 마당으로 나가 버렸다. 미치카는 저녁때가 되기를 기다려 직접 찾아가기로 마음먹었다. 그는 아버지가 몹시 완고하며, 그 완고함이 뼛속까지 배어들어 있으므로 구부리면 굽히기는 하지만 막상 꺾으려 하면 꺾어지지 않는다는 것을 잘 알고 있었다.

미치카는 휘파람을 불면서 바깥문까지 왔지만, 그곳에서 용기가 꺾이고 말았다. 잠시 머뭇거리다가 이윽고 안마당을 가로질러 갔다. 현관 층계 앞에서 버석거리는 소리가 날 정도로 빳빳하게 풀 먹인 앞치마를 두른 하녀에게 물었다.

"나리 계시느냐?"

"차를 마시고 계세요. 잠깐 기다려 보세요."

그는 앉아서 기다렸다. 담배를 한 대 피우고, 손가락에 침을 묻혀 불을 꺼서는 그 꽁초를 바닥에 비벼 문질렀다. 세르게이 플라토노비치가 조끼에 묻은 건빵 부스러기를 털면서 나오더니 그를 보고 눈살을 찌푸렸다.

"들어오게."

미치카는 책과 담배 냄새가 가득 찬 시원한 서재로 앞서서 들어갔는데, 집에서부터 다져 온 용기는 그 서재의 문지방을 넘을 때까지밖에 유지되지 않음을 느꼈다.

세르게이 플라토노비치는 테이블 옆으로 끼익끼익 우는 듯한 소리가 나는 발소리를 내며 들어갔다.

"무슨 일인가?"

그는 손을 뒤로 돌려 테이블 바닥을 손톱으로 긁었다.

"제가 여쭙고자 하는 것은."

미치카는 도려낼 듯 날카로운 상대의 눈 속을 들여다보고는 오싹해져서 어깨를 움찔했다.

"실은 리자베타를 아내로 맞고 싶다는 말씀을 드리려고 왔는데, 어떠십니까?"

절망과 분노와 두려움이 미치카의 흐트러진 얼굴에 마치 가뭄 때의 이슬 같은 땀을 솟아나게 했다.

세르게이 플라토노비치의 왼쪽 어깨가 가늘게 떨렸으며, 윗입술이 말려 올라가면서 검붉은 잇몸이 드러났다. 그는 목을 빼며 온몸을 내밀었다.

"뭐라고? 뭐라고? 빌어먹을 녀석! 얼른 사라져! 아타만에게 끌고 갈 테다! 네 놈은 개자식이야! 망할 녀석!"

미치카는 세르게이 플라토노비치의 뺨에 거무죽죽하게 핏기가 오르는 것을 뚫어지게 바라보았다.

"그렇게 화만 내지 마십시오…… 나는 내가 한 일에 매듭을 지으려고 온 겁니다."

세르게이 플라토노비치는 충혈되고 눈물이 나와 부어오른 듯한 눈을 홉뜨고 미치카의 발밑에 커다란 주물 재떨이를 내던졌다. 그것이 튀어올라서 미치카의 왼쪽 무릎에 부딪혔다. 그러나 그는 아픔을 꾹 참고 얼른 뛰어가 문을 열고, 분노와 아픔으로 담이 커져서 이를 드러내며 떠들어 댔다.

"세르게이 플라토노비치, 당신 마음대로 하십시오. 하지만 나는 진심으로 말하는 겁니다. ……그런 여자를 대체 누가 데려가겠습니까? 나는 사람들에게 손가락질당하지 않게 하려고…… 내가 데려가지 않으면 그런 흠 있는 사람을 누가 데려갑니까? 개도 물어뜯다 버린 뼈다귀는 먹지 않는 법인걸요."

세르게이 플라토노비치는 손수건을 입에 대고 미치카 뒤를 쫓아갔다. 그가 현관으로 나가는 길을 막아섰으므로 미치카는 안뜰로 뛰어내렸다. 세르게이 플라토노비치는 마침 그때 안뜰에 있던 마부 예멜리얀에게 눈짓했다. 미치카가 샛문의 단단한 빗장을 벗기려 버둥거리는 동안 헛간에서 사슬이 풀린 개 네 마리가 뛰어나와 낯선 남자의 모습을 보고 깨끗이 쓸어 놓은 마당을 가로질러 돌진했다.

1910년에 세르게이 플라토노비치는 니즈니 노브고로드의 시장에서 털이 곱슬곱슬한 검은 강아지 한 쌍을 사왔었다. 새까맣고 털이 곱슬곱슬하고 입이 커다란 놈들이었다. 일 년이 지나자 어느새 한 살짜리 송아지만 한 크기가 되었다. 처음에는 모호프네 저택 앞마당을 지나가는 여자들의 스커트를 물어 찢는 정도였지만, 이윽고 여자들을 땅바닥에 쓰러뜨려 그 엉덩이를 무는 것을 익혔고, 결국 판크라치 신부의 송아지와 아테핀네 돼지 새끼 한 쌍을 물어 죽일 지경에까지 이르러서야 세르게이 플라토노비치는 개들을 사슬로 묶어 두도록 명령했다. 개들을 풀어두는 것은 밤중과, 그리고 일 년에 한 번 봄에 교미시킬 때뿐이었다.

미치카는 돌아볼 틈도 없었다. 맨 먼저 달려온 바얀이라는 이름의 개가 대뜸 그의 솜 넣은 옷을 물어뜯었다. 개들은 물어뜯고 당기며 시커먼 덩어리가 되어 날뛰었다. 미치카는 넘어지지 않도록 애를 쓰면서 두 손을 내저어 쫓았다. 그는 예멜리얀이 파이프의 불꽃을 흩날리면서 황급히 뛰어가 채색된 부엌문을 거칠게 닫는 것을 흘끗 보았다.

현관 층계 구석에서는 세르게이 플라토노비치가 배수관에 기대서서 억센 털이 가득 난 하얀 주먹을 단단히 쥐고 있었다. 미치카는 비틀거리면서 빗장을 잡아 뽑았다. 그러자 피투성이가 된 다리에 달라붙으며 개들이 마구 짖어 대고, 개 특유의 냄새를 풍기면서 한 덩어리가 되어 계속 쫓아왔다. 그는 비얀의 목을 잡아 힘껏 죄었다. 다른 개들은 지나가던 카자흐인들이 가까스로 쫓아 주었다.

3

나탈리야는 멜레호프 집안에 안성맞춤인 며느리였다. 그리고리예비치는 아이들 교육에 엄격하여 재산도 꽤 많이 모았고 머슴이 몇 사람 있는데도 아이들에게 일을 배우도록 시켰다. 일 잘하는 나탈리야는 시부모 마음에 꼭 들었다. 멋쟁이 큰며느리 다리야를 속으로 그리 좋게 여기지 않던 일리니치나는 처음부터 나탈리야에게 호의를 보였다.

"더 자거라, 얘야. 좀더 자라. 뭣하러 벌써 일어나는 거냐?"

그녀는 뚱뚱한 다리로 부엌 안을 부지런히 돌아다니며 다정하게 타일렀다.

"자, 가서 한숨 더 자거라. 네가 없어도 다 할 수 있단다."

나탈리야는 식사 준비를 거들려고 날이 새자마자 일어나서 나오다가, 그런 말을 들으면 한숨 더 자기 위해 침실로 들어갔다.

집안일에 까다로운 판텔레이 프로코피예비치까지도 가끔 아내에게 말했다.

"여보, 나탈리야는 깨우지 말고 두구려. 그 애는 낮에 일을 너무 많이 하니까. 지금도 그리고리와 둘이서 밭을 갈러 갈 준비를 하고 있소. 다리야 말인데, 그 애한테나 일을 좀 많이 시켜요. 어쩔 수 없는 게으름뱅이야…… 입술연지나 바르고, 눈썹이나 그리고 말이지. 어처구니없는 계집이라니까."

"처음 일 년 동안이라도 마음대로 하도록 둡시다."

일리니치나는 일 때문에 허리가 굽은 자신의 일생을 돌이켜보며 탄식했다.

그리고리는 신혼생활에 익숙해져 갔다. 지금까지의 말썽도 완전히 끝난 것으로 여겨졌다. 그런데 3주일쯤 지나고 보니 역시 아크시냐와의 사이가 완전히 정리되지는 않았다. 마치 썩은 이가 빠진 다음 뿌리가 남듯 마음 한구석에 무언가 남아 있음을 두려운 듯, 분한 듯한 기분으로 깨달았다. 새신랑의 독선적인 마음에서 지난날의 그렇고 그런 일이었다고 가볍게 여긴 것이 실은 마음속에 단단히 뿌리를 내리고 있었던 것이었다. 생각할 때마다 피가 끓어올랐다. 혼례전에 타작마당으로 곡식을 털러 갔을 때, 어떤 이야기 끝에 페트로가 물은 적이 있었다.

"그리고리, 아크시냐는 대체 어떻게 할 거냐?"

"어떻게 하다니?"

"버리기는 아까울 테지?"

"아니, 나는 버릴 테야. 누가 또 주워가겠지."

그렇게 말하며 그리고리는 웃었었다.

"음, 그렇게 될까."

페트로는 씹고 있던 콧수염을 계속 씹었다.

"하지만 그러지 않고는 색시를 얻을 수 없을 테고."

"테에로(육체)는 망가지기 쉽고, 데에로(사건)는 잊혀지기 쉽지."

그리고리는 실없는 소리를 했다. 그런데 뜻대로 되지 않았다. 밤마다 의무적으로 아내를 애무해 주고 자신의 젊은 정열로 아내를 데워 주려 해도, 그녀 쪽에서는 언제나 당황해서 시키는 대로만 하는 덤덤한 태도를 보였다. 나탈리야는 남편의 위안을 기뻐하지 않아서, 마치 그녀의 어머니가 그녀를 낳을 때 일부러 차갑고 순환이 제대로 안 되는 피를 넣어 준 게 아닐까 여겨질 정도였다. 그리고리는 사랑에 몸도 마음도 녹아내리던 아크시냐를 생각하고는 한숨을 내쉬었다.

"나탈리야, 당신 아버지는 틀림없이 얼음 위에서 당신을 만들었을 거요……당신은 얼음같이 차가운 여자야."

그러나 아크시냐는 만날 때마다 당황한 듯한 미소를 떠올리고 눈물을 글썽이며 묘하게 휘감겨 왔다.

"안녕, 그리고리! 젊은 신부와 잘 지내고 있어요?"

"뭐, 그럭저럭."

그리고리는 애매한 대답으로 그 자리를 얼버무리면서 아크시냐의 애무하는 듯한 눈길을 피해 재빨리 달아나려고 허둥거렸다.

스테판은 겨우 아내와 화해한 모양이었다. 선술집에 가는 일도 드물어졌다. 그러던 어느 날 저녁 무렵 곡식 창고에서 밀을 풍구질하면서, 사이가 틀어진 뒤 처음으로 이런 말을 꺼냈다.

"어때, 크슈샤, 노래라도 불러 볼까?"

두 사람은 탈곡이 끝난 먼지 긴 밀무더기에 기대앉았다. 스테판이 군가를 부르기 시작했다. 아크시냐는 성량이 풍부한 목소리로 따라 불렀다. 신혼 때처럼 사이좋게 가락을 맞추어 불렀다. 그 무렵 스테판은 진홍빛 저녁놀 옷자락에 싸여 들에서 돌아올 때면, 짐수레 위에서 몸을 흔들며 옛날 민요를 불렀다. 그 노래는 하염없이 쓸쓸했다. 아크시냐는 반원형으로 부풀어오른 남편의 가슴에 머리를 기대며 뒤를 이어 불렀다. 말들은 삐걱거리는 짐수레를 끌며 수레 채를 흔들었다. 멀리에서 늙은이들이 그 노래에 귀를 기울이고 있었다.

"스테판에게 시집 온 색시는 목소리가 좋군."

"저봐, 노래를 부르네…… 잘 부르는걸!"

"스쵸프카도 꼭 종소리 같은 맑은 목소리인데!"

할아버지들은 집 둘레의 섬돌에서 타오르듯 지는 새빨간 해를 바라보며 큰

길 너머로 이야기를 주고받았다.

"하류지방 노래를 부르는군."

"저 노래는 그루지야 지방에서 나온 거지."

"죽은 키류시카가 저 노래를 몹시 좋아했었어!"

그리고리는 밤마다 아스타호프 부부가 부르는 노래를 들었다. 타작할 때—그의 집 탈곡장은 스테판네 탈곡장과 접해 있었다—그는 아크시냐의 모습을 보았는데, 전과 같이 안정을 되찾은 행복한 모습이었다. 적어도 그에게는 그렇게 여겨졌다.

스테판은 멜레호프네집 사람들에게는 인사도 하지 않았다. 갈퀴를 들고 탈곡장을 돌아다니면서, 흥거운 듯 좀 처진 넓은 어깨를 흔들며 일하면서, 때때로 아내에게 농담을 걸기도 했다. 그러면 아크시냐는 플라토크 밑에서 장난기 섞인 눈을 하며 웃어 보였다. 그리고리는 눈을 감으면 그녀의 녹색 스커트가 잔물결처럼 어른거렸다. 눈에 보이지 않는 힘이 그의 목을 비틀어 억지로 스테판네 탈곡장 쪽으로 얼굴을 돌리게 했다. 그는 나탈리야가 판텔레이 프로코피예비치를 도와서 밀다발을 대 위로 올려놓을 때, 스테판이 자신도 모르게 질투에 불타는 괴로운 표정으로 일일이 지켜보고 있다는 것도 알아차리지 못했다. 또 원을 돌면서 말들 꽁무니를 쫓아가고 있는 페트로가 그를 바라보고는 눈가에 엷은 웃음을 짓는 것도 그의 눈에는 들어오지 않았다.

공허한 울림—롤러에 짓이겨지는 대지의 신음 소리를 들으며 그리고리는 종잡을 수 없는 생각을 이리저리 해 보고, 의식에서 줄줄 미끄러져 내려가는 생각의 조각들을 잡아 보려고 애썼다.

멀고 가까운 탈곡장에서 곡식 터는 소리, 말 모는 소리, 채찍 울리는 소리, 북 치는 듯한 풍구 소리가 기어와서 목초지 쪽으로 사라져 갔다. 수확으로 살찐 마을은 알맞게 서늘한 9월 햇살 아래 마치 유리구슬을 꿴 줄이 길을 가로막은 것처럼 돈 강가에 기다랗게 몸을 뻗고 있었다. 울타리를 둘러친 집에도, 또 카자흐 움막의 지붕 밑에도, 이웃집으로부터 고립된 각자만의 생생하고 기쁘고 슬픈 생활이 소용돌이치고 있었다.

그리샤카 할아버지는 감기와 치통으로 고생하고 있었다. 세르게이 플라토노비치는 둘로 갈라진 턱수염을 손바닥으로 쓰다듬으면서 얼굴을 먹칠한 일로 기가 죽어 혼자 눈물을 흘리며 이를 갈고 있었다. 스테판은 그리고리에 대한 증오를 마음에 품고 밤마다 잠이 들면 무쇠 같은 손가락으로 남루한 이불을 쥐어뜯었다. 나탈리야는 헛간으로 달려가 말린 말똥 위에 쓰러져 웅크리고 몸을 떨며 배신당한 자신의 운명을 한탄했다. 프리스토냐는 시장에서 송아지 한 마리 값을 마셔 버린 일로 양심의 가책을 받고 있었다. 그리고리는 불길한 예감과 또다시 찾아온 아픔에 괴로워하면서 한숨만 쉬고 있었다. 아크시냐는 남편을 애무하면서도 남편에 대한 지울 수 없는 미움에 눈물로 베갯잇을 적셨다. 제분소에서 해고된 분쇄기 담당인 다비드카는 밤마다 발레트가 있는 제분소 인부 숙소에 버티고 앉아 있었고, 발레트는 적의에 타오르는 눈을 번뜩이며 말했다.

"그럴 리가 있나. 농담하지 마! 두고 보라고. 이제 곧 놈들은 혈관이 터질 거야! 놈들에게는 한 번의 혁명만으로는 모자란다. 1905년이 다시 한번 벌어지는 거야. 그때에는 결판을 지어 주지. 그렇고말고. 결판을 지어 줘야지!"

그는 흉터 난 손가락으로 위협하는 듯한 시늉을 하고, 흘러내린 윗옷을 끌어당겼다.

마을 위로 낮과 밤이 서로 얽혀 지나갔다. 날이 가고 달이 흐르고, 바람이 불고, 거친 날씨에는 산마저 다 울렸다. 그리고 투명한 녹색을 띤, 남빛 유리를 깔아 놓은 듯한 돈강은 아무것도 모른 채 바다로 흘러들었다.

4

10월 끝 무렵의 일요일에 페도트 보드프스코프는 읍으로 나갔다.

집오리 네 쌍을 바구니에 넣어 시장에 가져가 팔았다. 상점에서 단순한 꽃무늬가 있는 사라사[8]를 아내에게 줄 선물로 사고, 볼일을 모두 끝냈다—수레바퀴에 발을 얹고, 말 목테의 가죽끈을 죄고 있었다—바로 그때 아무래도 읍 사람 같지는 않은 웬 낯선 남자가 그에게 다가왔다.

"안녕하시오!"

그 남자는 손가락을 검은 모자 차양에 대면서 페도트에게 인사했다.

"안녕하시오!"

---

8) 다섯 가지 빛깔을 이용하여 동물, 꽃나무, 기하학적 무늬를 물들인 천.

페도트는 칼미크 사람다운 눈을 깜박이면서 상대의 다음 말을 기다리듯 말했다.

"당신은 어디 분입니까?"

"마을 사람이오, 이 읍 사람은 아니지요."

"어느 마을인가요?"

"타타르스키 마을이오만."

낯선 남자는 옆주머니에서 뚜껑에 배 장식이 붙은 은제 담배 상자를 꺼내 페도트에게 담배를 권하고 다시 질문을 계속했다.

"당신네 마을은 큽니까?"

"고맙지만, 방금 한 대 피워서…… 우리 마을 말이오? 적당히 큰 마을이지요. 집이 그럭저럭 300호쯤 될 거요."

"교회는 있습니까?"

"그야 있고말고요."

"대장간은 있나요?"

"대장간이라고요? 그렇소, 대장간도 있지요."

"그럼, 제분소에 대장간도 딸려 있겠지요?"

페도트는 날뛰는 말을 달래며 상대방 남자의 검은 모자와 크고 흰 얼굴에 진 주름이 새까맣고 짧게 기른 구레나룻 속으로 파고들어 있는 것을 불쾌한 듯 돌아보았다.

"왜 그런 걸 묻소?"

"아, 실은 당신네 마을로 이사 올까 해서요. 지금 읍의 아타만⁹⁾에게 갔다 오는 길입니다. 당신은 빈 수레로 돌아갑니까?"

"그렇소, 빈 수레로 돌아가오."

"좀 태워다 주시겠습니까? 그런데 나 혼자가 아니라 아내도 있고, 또 트렁크가 두 개—8푸드쯤 되는 게 있습니다만."

"태워다 드리지요."

2루블에 가기로 이야기 되어, 페도트는 이 남자가 그때까지 세들어 살았다

---

9) 카자흐인의 우두머리.

는 빵 굽는 할머니 프로시카네 집에 들러 머리가 희끄무레한 병약해 보이는 여자를 태우고 트렁크 두 개를 마차 뒤쪽에 실었다.

드디어 읍을 출발했다. 페도트는 손으로 꼰 고삐를 흔들어 키는 작지만 튼튼한 자기 말을 몰면서, 뒤통수가 납작하고 울퉁불퉁한 머리를 가끔 돌려 뒤돌아보았다. 호기심으로 좀이 쑤셨던 것이다. 손님들은 뒤에 얌전하게 앉아 있었다. 페도트는 우선 담배부터 한 대 달라고 한 다음 물었다.

"당신들은 어디에서 오는 거요?"

"로스토프에서입니다."

"그럼, 그곳 출신이오?"

"네? 뭐라고요?"

"그곳 태생이냐고 물었소."

"아, 네, 그곳 사람입니다. 로스토프 출신이지요."

페도트는 구릿빛 얼굴을 들어 저 멀리 벌판의 우거진 잡초를 바라보았다. 게트만스키 가도(街道)는 완만한 언덕을 넘어 뻗어 있었다. 그 꼭대기의 갈색이 된 마른 잡풀 덤불까지 이쪽 길에서 반 킬로미터나 되는데도, 페도트는 칼미크인 특유의 숙련되고 날카로운 눈으로 그 덤불 속에서 움직이고 있는 것이 들기러기임을 알아보았다.

"총을 가져오지 않은 게 안타깝군. 가져왔으면 저 기러기를 잡을 텐데. 저봐, 녀석들이 걸어오고 있네!"

그는 그쪽을 가리키며 한숨을 내쉬었다.

"내게는 보이지 않는데요."

손님은 잘 보이지 않는다는 듯이 눈을 깜박이며 솔직하게 말했다.

페도트는 골짜기로 내려가는 들기러기 떼를 눈으로 좇다가 손님 쪽을 돌아보았다. 남자는 몹시 여윈 중키의 사나이였는데, 두툼한 콧날에 바짝 다가붙은 두 눈이 빈틈없이 보일 정도로 번쩍였다. 그는 이야기를 하면서, 불룩한 윗입술을 모자챙처럼 내밀어 가끔 미소를 지었다. 그의 아내는 털실로 짠 플라토크를 쓴 채 졸고 있었다. 그래서 페도트는 그 얼굴을 잘 알아볼 수 없었다.

"당신들은 왜 우리 마을에 와서 살려는 거요?"

"나는 자물쇠를 만드는 사람인데, 작업장을 차릴까 해서요."

페도트는 수상한 듯이 상대의 큰 손을 바라보았다. 남자는 그 눈길을 알아차리고 덧붙였다.

"나는 '싱거'상회 외판원 일도 하고 있지요. 재봉틀을 좀 팔아 보려고 합니다."

"당신 이름은 뭐요?"

페도트는 흥미로운 듯 물었다.

"슈토크만이라고 합니다."

"그럼, 러시아인이 아니군요?"

"아니, 러시아인입니다. 할아버지가 독일인이었습니다만."

짧은 시간 동안 페도트는 이 자물쇠공 요시프 다비도비치 슈토크만이 전에는 아크사이스크의 공장에 있었고, 그 뒤 쿠반 어딘가에서, 그다음에는 남동부 쪽 철도공장에서 일했었음을 알게 되었다. 그 밖에도 페도트는 호기심에 이끌려 상대방 생활에 대해서 여러 가지로 꼬치꼬치 캐물었다.

국유림에 닿을 무렵에는 이야깃거리가 바닥나 버렸다. 페도트는 길가의 맑은 물을 땀에 흠뻑 젖은 말에게 먹이고, 다시 마차에 흔들리며 나른해져서 졸기 시작했다. 마을까지 이제 5킬로미터밖에 남지 않았다.

페도트는 고삐를 손에 감아쥐고 다리를 늘어뜨려 잠자기 편한 자세로 누웠다. 하지만 한숨 자는 데 성공하지는 못했다.

"당신네 마을은 사는 형편이 어떻습니까?"

슈토크만이 자기 자리에서 몸을 흔들며 물었다.

"그런대로 지내고 있지요."

"그럼, 카자흐 사람들은 대체로 지금 생활에 만족하고 있나 보군요."

"만족하는 사람도 있고 못하는 사람도 있지요. 모두들 다 만족할 수는 없으니까요."

"그렇군요."

자물쇠공은 고개를 끄덕였다. 그리고 잠시 잠자코 있다가, 다시 무언가 뜻이 담긴 질문을 계속했다.

"모두 살기는 편하단 말이지요?"

"뭐, 모두들 그런대로 살아가고 있소."

"그러나 군대에 가는 게 틀림없이 큰 짐이 되겠지요? 그렇잖습니까?"

"군대? 우린 익숙해져 있으니까요. 언제나 현역과 같은 생활을 하고 있어서."

"카자흐인은 무엇이든지 스스로 마련해야 하니 난처하겠군요."

"그렇고말고요. 그건 난처한 일이오."

페도트는 갑자기 활기를 띠었다. 그리고 옆을 향한 여자의 얼굴을 조심스레 바라보았다.

"지금 높은 사람들이 하는 짓이란 지독하오. ……나도 군대에 갈 때 황소를 팔아서 말을 한 마리 샀소. 그런데 그놈은 끌려갔다가 검사에서 퇴짜 맞고 말았소."

"퇴짜 맞다니요?"

자물쇠공은 일부러 심하게 놀라는 표정을 지어 보였다.

"한마디로 다리가 시원찮다는 거요. 나는 여러 가지로 말해 봤소. '자세히 봐 주십시오. 이 녀석 다리는 경마용 말의 다리와 꼭 같습니다. 다만 닭이 뛰듯 하지요. ……결국 걷는 방법이 닭과 비슷하다는 것뿐입니다만' 이렇게 말이오. 그래도 헛일이었소. 그래서 나는 파산하는 수밖에 없었소."

이야기가 활기를 띠었다. 페도트는 이야기에 열중하다가 짐수레에서 뛰어내려 마을 사람들 이야기를 하기 시작했다. 마을의 아타만이 풀 벨 자리 할당에서 부정을 저질렀다며 욕하고, 자기가 현역으로 있던 시절 자기네 연대가 주둔한 적 있는 폴란드의 제복을 칭찬하기도 했다. 자물쇠공은 눈을 가늘게 뜨고 날카로운 눈길로, 짐수레와 나란히 걸어가는 페도트를 바라보고 금테 두른 골재 파이프로 담배를 피우며 끊임없이 웃음을 떠올리고 있었다. 그러나 그 하얗고 반듯한 이마에 비스듬히 새겨진 주름은 무언가 머릿속에 숨겨진 은밀한 사상에 따라 움직이듯 무게 있게 천천히 움직이고 있었다.

해가 지기 전에 마을에 닿았다.

슈토크만은 페도트의 권유에 따라 과부 루케시카 포포와의 집으로 가서 방 두 개를 살림집으로 빌렸다.

"너 대체 읍에서 어떤 녀석을 데려온 거야?"

이웃 사람들이 문 앞에서 기다리고 있다가 페도트에게 물었다.

"외판원이야."

"외판이 뭐지?"

"이런 바보 자식! 외판원이라니까. 재봉틀을 판대. 미인에게는 공짜로 주지만, 마리야 아주머니, 아주머니처럼 못생긴 여자에게는 돈을 내야 준다는 거야."

이 말에 마리야가 발끈했다.

"뭐라고? 망할 자식! 너야말로 칼미크의 괴물 꼴을 한 주제에! 말도 너 같은 녀석은 물어뜯지 않아. 얼굴만 봐도 놀라 자빠져서."

"들판에 나가면 칼미크인과 타타르인을 당할 자 있나. 농담하지 마시오, 아주머니!"

페도트는 물러가면서 퍼부었다.

자물쇠공 슈토크만이 사팔뜨기에 혀가 긴 루케시카네 집에 주거를 정하고 채 하룻밤도 지나기 전에, 여자들은 벌써 그 일을 온 마을에 퍼뜨렸다.

"너, 이야기 들었어?"

"뭘?"

"칼미크인 페도트가 읍내 사람을 데려왔대."

"어머나, 그래?"

"그런데 아주 굉장해! 모자를 쓰고, 이름이 슈토포르라든가 슈토카르라든가."

"경찰 아닐까?"

"세무서 사람일지도 몰라."

"무슨 소리야, 모두 제멋대로들 지껄이는군. 그 사람은 수입 담당이래. 판크라치 신부의 아들하고 같은 일을 하는 사람이라더군."

"파시카, 얼른 루케시카에게 달려가 살짝 물어 보고 와. '아주머니네 집에 온 사람이 어떤 사람이지요?' 하고."

"착하지, 얼른 갔다 오렴."

이튿날 새로 온 사람은 마을의 아타만을 찾아갔다.

재작년부터 아타만의 맡은 권한을 행사하고 있는 표드로 마니츠코프는 검은 밀랍천 여권을 한참 동안 들여다보았다. 그리고 이번에는 서기인 예고르 쟈르코프가 그것을 다시 뒤적이면서 자세히 살펴보았다. 두 사람은 얼굴을 마주보며 아타만이 예전에 상사였던 시절의 습관에 따라 위엄 있게 손을 들었다.

"좋아. 이사를 허가하지."

새로 온 사람은 인사를 하고 떠났다. 그로부터 일주일 동안 마치 굴에 들어간 다람쥐처럼 집 안에 꼼짝 않고 틀어박혀 전혀 얼굴을 보이지 않았다. 그동안 여름에 부엌으로 쓰는 움막에 작업장을 만들었다. 그에 대한 여자들의 굉장했던 호기심은 차차 식었다. 아이들만이 날마다 싫증내지 않고 울타리를 기어올라가 짐승을 보듯 무례한 호기심으로 이 이방인의 모습을 들여다볼 뿐이었다.

5

성모절[10] 사흘 전에 그리고리는 아내와 함께 밭을 갈러 나갔다. 판텔레이 프로코피예비치는 몸이 좀 불편했다. 허리를 다쳐 아픔에 신음하면서도 지팡이를 짚고 서서, 밭에 나가는 두 사람을 배웅했다.

"저쪽 밭을 두 뙈기만 갈아, 그리고리. 붉은 골짜기 방목장 저쪽 밭 말이다."

"네, 알고 있어요. 그리고 버드나무 언덕 밑 밭은 어떻게 하지요?"

고기를 잡으러 갔다가 감기에 걸려서 목에 천을 감고 있는 그리고리가 낮은 목소리로 물었다.

"성모절 뒤에 하지. 이번에는 거기만 하면 돼. 붉은 골짜기만도 2헥타르나 돼. 욕심부리지 마라."

"페트로는 도우러 오지 않나요?"

"그 애는 다시카와 둘이서 제분소에 갈 거다. 오늘 안으로 찧어야 하니까. 나중에 하려면 복잡해."

일리니치나는 나탈리야의 저고리 속에 부드러운 빵을 넣어 주면서 속삭였다.

"어떠냐, 소를 모는 데 두냐시카를 데려가는 것이?"

"둘이서 할 수 있어요."

"그럼 조심해서 다녀오너라. 실수하는 일 없도록 하고."

두냐시카는 축축한 옷가지를 산더미처럼 안고, 그 무게로 가냘픈 몸이 활처럼 휘어진 채 앞뜰을 가로질러 돈강으로 헹구러 갔다.

"나타시카, 붉은 골짜기에는 수영[11]이 잔뜩 있을 거예요. 좀 뽑아다 줘요."

"아, 그래요, 뽑아다 줄게요."

<hr />

10) 러시아력 10월 1일.
11) 여뀟과의 여러해살이 풀.

"수다 좀 그만 떨어!"

판텔레이 프로코피예비치가 지팡이를 휘둘렀다.

세 쌍의 황소가 길 위에서 뒤집혀진 쟁기를 끌고 있었다—가을의 가뭄으로 단단해진 땅바닥에 줄을 그으면서, 그리고리는 목을 죄는 손수건을 몇 번이나 고쳐 매고 기침을 하면서 길 한쪽을 걸어갔다. 나탈리야는 그와 나란히 걸어갔다. 그녀의 등에서 도시락 주머니가 흔들렸다.

마을을 벗어나 벌판으로 나가자 사방이 투명한 정적에 싸여 있었다. 방목장과 언덕 밑은 땅이 갈아엎어졌고, 어디선지 소 모는 소리가 들려왔다. 또 저편 가도 위쪽 언저리에 키 작은 무성한 푸른 향쑥과 양들에게 뜯어 먹힌 길가의 싸리와, 순례자가 예배하는 것처럼 목을 낮게 드리운 수심초 등이 나 있었다. 그 위에는 반짝반짝 빛나는 거미줄에 가로세로로 잘려진 푸른 하늘이 유리의 감촉을 생각나게 하는 차가움을 띤 채 쨍 소리가 날 듯이 맑게 개어 있었다.

페트로와 다리야는 밭갈이 패들이 떠나자 곧 제분소에 갈 준비를 했다. 페트로는 곡식 창고에 큰 체를 매달고 밀을 체질했다. 다리야는 그것을 자루에 담아 마차까지 날랐다.

판텔레이 프로코피예비치는 마차에 말을 매고 꼼꼼히 마구를 살폈다.

"아직 멀었느냐?"

"곧 갑니다."

페트로가 곡식 창고에서 대답했다.

제분소는 붐볐다. 마당에 짐수레가 가득 늘어서고, 계량기 둘레에 사람들이 빽빽이 들어서 있었다. 페트로는 다리야에게 고삐를 넘겨주고 마차에서 뛰어내렸다.

"내 차례는 언제지?"

계량기 저쪽에 서 있는 발레트에게 물었다.

"좀 있어야 돼."

"지금 몇 번을 찧고 있는데?"

"38번이야."

페트로는 자루를 날라 오려고 나갔다. 그때 계량기실에서 싸움이 벌어졌다. 누군가가 쉰 목소리로 물어뜯을 듯이 고함쳤다.

"네놈은 어디 자빠져 있다가 이제야 어정어정 기어 나오는 거야? 저리 꺼져, 소러시아 녀석! 우물쭈물하면 패 줄 테니!"

페트로는 그 목소리로 야코프 포드코바임을 알아차리고 귀를 기울였다. 계량기실에서 떠드는 소리는 문밖으로 새어서 크게 들렸다.

주먹다짐하는 소리가 똑똑히 들려왔다. 문에서 둥근 모자를 뒤꼭지에 걸친 털북숭이인 중년 타브르인이 굴러 나왔다.

"무슨 짓이야?"

그는 뺨을 누르며 소리쳤다.

"배때기에 구멍을 내줄 테다!"

"그만둬, 참으라니까!"

"미키포르, 이 녀석, 나와!"

야코프 포드코바는 군대에 있을 때 말에 편자를 박으려는데 말이 발굽으로 얼굴을 차서 코가 찌부러지고 입술이 터지고 얼굴에 편자 자국이 생겼다. 달걀 모양의 상처가 나은 뒤에도 그것이 퍼렇게 남아 있었다. 뾰족한 편자의 못 자국이 드문드문 검은 점이 되었다. 그래서 포드코바(편자)라는 별명이 붙은 것이었다. 이 기운 좋고 탄탄하게 단련된 포병이 소매를 걷어올리며 문에서 뛰어나왔다. 장밋빛 셔츠를 입은 키가 큰 타브르인이 느닷없이 등 뒤에서 힘껏 그를 때렸다. 포드코바는 좀 비틀거렸지만, 곧바로 몸을 일으켰다.

"어이, 카자흐가 맞고 있다!"

제분소 문에서 짐수레가 가득 늘어선 마당으로 카자흐인들과 마을에서 와 있던 타브르인들이 쏟아지듯 잇따라 뛰어나왔다.

바깥문 옆에서 난투극이 벌어졌다. 쏟아져 나온 사람들 몸에 눌려 문짝이 삐걱거렸다. 페트로는 자루를 내던지고 "좋아" 하고 소리치며 제분소 쪽으로 달려갔다. 다리야는 짐수레 위에 올라서서 페트로가 동료들을 헤치며 안으로 파고드는 것을 보고 있었는데, 페트로가 주먹 소나기를 맞고 벽으로 밀려가 쓰러지고 짓밟힐 때 고함을 질러 댔다. 기관실 뒤에서 미치카 코르슈노프가 쇠빗장을 휘두르며 곧장 달려나왔다.

포드코바를 뒤에서 때린 그 타브르인이 군중 속에서 뛰어나왔다. 갈가리 찢어진 장밋빛 소매 하나가 그의 등에서 작은 새의 날개처럼 펄럭였다. 몸을 낮게 굽혀 두 손으로 땅바닥에 무엇인가 쓰는 듯한 모습으로 그는 가장 가까운 짐수레로 달려가 그 수레 채를 쉽게 뽑아들었다. 제분소 마당에는 목쉰 아우성 소리가 넘쳐흘렀다.

"얏, 야, 얏."

"크윽, 크."

"와, 와앗."

깨지는 소리. 때리는 소리. 신음 소리. 아우성 소리……

샤밀리 삼형제가 집에서 달려나왔다. 외팔이 알렉세이는 샛문 가까이에 누군가가 내던져둔 고삐에 발이 걸려 넘어졌는데, 곧 일어나 따로 노는 빈 왼소매를 바지에 쑤셔 넣으며 늘어선 수레 채들을 뛰어넘어왔다. 그의 동생 마르친은 흰 양말 속으로 쑤셔 넣은 바짓가랑이가 밖으로 나오자 몸을 구부려 도로 넣으려 했다. 그때 제분소 쪽에서 함성이 일었다. 누군가의 고함 소리가 마치 바람에 찢어진 거미줄처럼 비탈진 제분소 지붕 위로 높이 날아올랐다. 마르친은 몸을 일으켜 알렉세이를 따라 달려갔다.

다리야는 짐수레 위에서 숨을 죽인 채 주먹을 꼭 쥐고 바라보고 있었다. 여자들은 빙 둘러서서 비명을 지르거나 울부짖고, 말은 불안한 듯이 떨고, 소들은 수레에 몸을 붙인 채 음메음메 울부짖었다. 얼굴이 새파래진 세르게이 플라토노비치가 입술을 뻐끔거리면서 옆으로 빠져나갔다. 조끼 밑에서 달걀처럼 둥근 배가 흔들렸다. 다리야가 보고 있으려니 갈가리 찢어진 장밋빛 셔츠를 입은 타브르인이 미치카 코르슈노프의 다리를 수레 채로 후려치고, 자기도 또한 부러진 수레 채를 내던지며 뒤로 벌렁 넘어졌다. 외팔이 알렉세이가 그 위에 덤벼들어 무쇠 주먹으로 타브르인의 뒤통수를 내리쳤다. 다리야의 눈에는 몇몇 난투 장면이 마치 색색의 넝마조각처럼 어른거렸다. 그녀는 미치카 코르슈노프가 무릎을 꿇은 채, 옆으로 빠져나가려는 세르게이 플라토노비치를 쇠빗장으로 때리는 것을 보고도 놀라지 않았다. 세르게이 플라토노비치는 얼른 두 손을 쳐들고 게처럼 계량기실로 기어들어갔다. 모두가 그를 짓밟아 벌렁 자빠지게 했다. 다리야는 날카롭게 소리 내며 웃고 있었는데, 그때마다 활모양으로 그린 검은 눈썹이 흐트러졌다. 그녀는 페트로 쪽을 바라보며 미치광이처럼 웃어댔다. 페트로는 비틀거리며 아우성치는 군중 속에서 빠져나와 수레 밑에 쓰러져 피를 뱉어 냈다. 다리야는 비명을 지르며 그에게로 달려갔다. 마을에서 카자흐들이 몽둥이를 들고 달려왔다. 한 사람은 쇠지렛대를 휘두르고 있었다. 싸움은 예상 외로 커졌다. 술집에서 술에 취해 벌인 싸움이나 사육제 때의 주먹다짐과는 성질이 달랐다. 계량기실 문 옆에 머리가 깨진 타브르인이 쓰러져 있었다. 두 다리를 힘없이 벌린 채 검고 끈적끈적한 피로 머리가 뒤덮여 있었다. 피에 젖은 머리칼이 고드름처럼 얼굴 위에 드리워져 있었다. 아마도 그는 이 푸르고 즐거운 지상에서의 자기 삶을 끝내가고 있는 듯했다.

양 떼처럼 한덩어리가 된 타브르인들은 운반 인부들 방 쪽으로 밀려갔다. 만일 나이 든 한 타브르인이 조처를 취하지 않았더라면 실로 엄청난 일이 벌어졌을 것이다. 그 노인은 인부 방으로 뛰어들어가 페치카에서 활활 타오르는 장작을 집어 들고 밖으로 달려나왔다. 그는 1천 푸드 남짓한, 탈곡한 곡식이 쌓여 있는 창고로 달려갔다. 그의 어깨 위로 연기가 모슬린 천처럼 피어오르고, 한낮의 빛 속에서 희미한 불꽃이 춤을 추었다.

"불을 지를 테다!"

활활 타오르는 장작불을 갈대 지붕에 들이대며 그는 거칠게 외쳤다.

카자흐들은 놀라서 멈춰 섰다. 메마른 바람이 동쪽에서 쌩쌩 불어 와 인부 방에 한데 모여 있는 타브르인들 쪽으로 연기를 옮겨 갔다. 이 메마른 갈대지붕에 불똥이 하나만 떨어져도 마을은 순식간에 불길에 휩싸여 버릴 것이다…….

희미한 짧은 웅성거림이 카자흐인들 속에서 일었다. 두세 명이 제분소 쪽에서 물러났지만, 그 타브르인은 장작불을 휘둘러 검푸른 연기 속에 서서 불똥을 튀기며 고함을 질렀다.

"불을 지를 테다! 불을 지를 거야! 마당에서 나가!"

흉터 난 얼굴이 군데군데 푸르스름해진 야코프 포드코바가—본래 이 싸움을 일으킨 사람이었다—맨 먼저 제분소 마당에서 뛰어나갔다. 그러자 뒤따라 모두 앞을 다투어 쏟아져 나갔다.

타브르인들은 밀자루를 버려둔 채 마차에 말을 매고 가죽고삐를 휘둘러 말에 마구 채찍질하면서, 마당을 나가 마을 저쪽으로 달아났다.

외팔이 알렉세이는 마당 한가운데에 우뚝 서 있었다. 끝을 묶은 빈 셔츠 소매가 납작한 배에 닿아 흔들리고, 여느 때의 버릇대로 눈과 뺨을 꿈틀꿈틀 떨고 있었다.

"모두 말에 타!"

"쫓아라!"

"아직 언덕 위까지 가지는 못했어!"

미치카 코르슈노프가 마당에서 뛰어나가려 했다. 그러자 제분소 앞에 모여 있던 카자흐인들 사이에서 눈에 띄는 웅성거림이 잔물결처럼 일었다. 그때 이 제껏 누구의 눈에도 띄지 않던 검은 모자를 쓴 낯선 남자가 기관실 옆에서 빠른 걸음으로 다가왔다. 그는 칼날처럼 날카로운 눈으로 군중을 위압하며 한 손을 들었다.

"기다려!"

"대체 누구냐?"

포드코바가 꿈틀거리는 눈썹을 찌푸렸다.

"어디서 온 녀석이야?"

"붙잡아!"

"와."

"쳇!"

"참으시오, 주민 여러분!"

"이 자식, 누군데 주민 여러분이래?"

"똥돼지놈!"

"미친 녀석!"

"때려 주자. 얏!"

"눈깔을 쥐어박아! 눈깔을!"

그 남자는 당혹한 미소를 떠올렸지만, 두려워하는 기색 없이 모자를 벗고 이마의 땀을 닦으며 싱글벙글 웃음으로써 모두를 진정시켰다.

"대체 어떻게 된 일입니까?"

그는 둘로 접은 모자로 계량기실 문 옆의 땅바닥에 괸 거무죽죽한 피를 가리켰다.

"소러시아 놈들을 혼내 준 거요."

외팔이 알렉세이가 점잖게 대답하고는 뺨과 눈을 찌푸렸다.

"어째서 혼내 준 거지요?"

"차례 때문이지. 남의 앞에 끼어들지 말라고."

포드코바가 앞으로 나가서 코피를 닦아 내며 설명했다.

"놈들에게 버릇을 가르쳐 준 거요!"

"어이, 뒤쫓아가지 않으면 벌판에다 불을 지를지도 몰라!"

"모두 놀라긴 했지만, 설마 불을 지르지는 않겠지?"

"그놈들, 화가 났으니 틀림없이 불을 지를 거야."

"소러시아 녀석들은 성미가 몹시 급하니까."

아포니카 오제로프가 콧방귀를 뀌었다.

낯선 남자는 그쪽으로 모자를 흔들었다.

"그럼, 당신은 누구입니까?"

아포니카는 사람을 완전히 무시하는 태도로, 들쭉날쭉한 이 사이로 침을 탁 뱉어 그 침이 날아가는 쪽을 쳐다보다가 한 걸음 뒤로 물러섰다.

"나는 카자흐요. 그런데 당신은 집시요?"

"나도 당신과 마찬가지로 러시아인이오."

"바보 같은 소리!"

아포니카는 또렷하게 말했다.

"카자흐는 러시아인에서 나왔습니다. 그건 알고 있겠지요?"

"그럼, 내가 당신에게 한 가지 가르쳐 주지. 카자흐는 카자흐에서 나온 거야."

"아니, 옛날에 농노들이 지주로부터 달아나 돈강 언저리에 정착한 겁니다. 그들이 카자흐로 불리게 되었지요."

"이봐, 당신은 남의 일에 끼어들지 않는 게 좋아."

통통 부어오른 손가락을 그러쥐고 외팔이 알렉세이가 노여움을 억누르며 충고했다. 그는 한층 심하게 눈을 깜박거렸다.

"별 녀석이 다 뛰어들어서 야단이군! 개자식, 우리를 무지한 농꾼 취급하다니!"

"저놈은 대체 누구야? 응, 아파나시?"

"며칠 전에 온 놈이야. 사팔뜨기 루케시카네 집에 세 든 녀석이지."

이미 타브르인들을 뒤쫓아가기에는 너무 늦었다. 카자흐들은 오늘의 싸움에 대해 이야기꽃을 피우며 이리저리 흩어져 갔다.

밤에 마을에서 8킬로미터 정도 떨어진 들판에서 두꺼운 농부 외투를 뒤집어 쓴 그리고리는 우울한 얼굴로 나탈리야에게 얘기했다.

"당신은 어쩐지 맨송맨송해…… 꼭 요즘 날씨처럼, 덥지도 않고 차갑지도 않아. 나는 당신을 사랑하는 것 같지 않아. 이봐, 나타시카, 화를 내서는 안 돼. 이런 얘기는 하고 싶지 않지만, 아무래도 이대로는 살아갈 수 없을 것 같아…… 당신에게는 미안하지만. 요즘에 와서는…… 꽤 익숙해졌지만, 그래도 역시 마음속에는 아무것도 없어…… 텅 빈 거지. 마치 지금처럼 들판 한복판에 있는 듯한 기분이야."

나탈리야는 저 멀리 밤하늘을, 그리고 머리 위에 떠도는 구름이 환영처럼 드리워진 것을 쳐다보며 말없이 있었다. 검푸른 하늘 높은 곳에서 때늦은 학이 은방울 같은 소리를 내며 날아갔다.

마른풀이 죽음의 냄새를 풍기고 있었다. 어딘가의 언덕 위에서 경작자들이 피우고 있는 모닥불이 능직물의 붉은 반점처럼 명멸하고 있었다…….

그리고리는 새벽녘에 잠에서 깨어났다. 외투 위에 5센티미터쯤 눈이 쌓여 있었다. 희미하게 비치는 첫눈의 때묻지 않은 엷은 푸르름에 싸여 들녘은 번민하고 있었다. 야영장 옆에 첫눈을 밟고 뛰어다닌 토끼 발자국이 푸르고 또렷하게 나 있었다.

6

오랜 예부터의 습관으로, 밀레로보로 가는 길을 혼자서 마차를 몰고 가다가 도중에 소러시아인들을 만나도 카자흐인은 결코 길을 양보하지 않았다. 니즈네 야블로노프스키 마을 끝에서 밀레로보 앞까지 75킬로미터쯤 되는 사이에 소러시아인 마을이 죽 이어져 있었다. 비록 소러시아인들이 몰려들어 그를 죽이더라도 그러했다. 그러므로 대여섯 대 줄지어 함께 읍으로 갈 때에는 벌판 가운데에서 소러시아인들을 만나면 싸움을 거는 것도 두려워하지 않았다.

"야, 소러시아 놈들! 길을 비켜! 카자흐 땅에 살면서도 길을 양보하기 싫다는 거냐, 망할 자식들!"

그러므로 돈 강가의 파라몬 창고로 밀을 운반하는 것이 소러시아인들에게는 목숨을 건 작업이었다. 달리 아무 까닭도 없이 그저 '소러시아인이다, 소러시아인은 때려 줘야 한다'고 해서 싸움이 벌어지는 것이었다.

1세기도 더 전에 앞일을 걱정한 정부에 의해 카자흐 땅에 갖가지 민족의 씨가 뿌려졌다. 정부는 그것을 소중하게 키웠다. 씨는 많은 싹을 틔웠다. 그래서 끊임없이 싸움을 벌여 돈 강가의 카자흐와 보로네시로 온 이주민들—러시아인과 우크라이나인들—의 피가 땅을 적셨던 것이다.

제분공장에서의 싸움이 있은 지 2주일이 지나 군 경찰서 서장과 예심판사가 마을에 찾아왔다.

슈토크만이 맨 먼저 불려가 심문을 받았다. 예심판사는 카자흐 귀족 출신의 젊은 관리였는데, 서류가방을 뒤지면서 물었다.

"자네는 여기 오기 전에 어디 있었나?"

"로스토프입니다."

"1907년에 감옥에 간 것은 무슨 까닭인가?"

슈토크만은 족제비 같은 눈초리를 가방 쪽으로 흘끗 던지고는 고개를 숙이고 있는 예심판사의 비듬 덮인 머리의 비스듬히 타진 가르마를 바라보았다.

"소요죄입니다."

"흠…… 그 무렵 자네는 어디서 일하고 있었나?"

"철도공장입니다."

"직업은?"

"자물쇠공입니다."

"자네는 유대인 아닌가? 즉 개종자가 아니냔 말이네."

"아닙니다. 제 생각으로는."

"자네 생각을 듣고 싶지는 않네. 유배형을 받은 일이 있는가?"

"네, 있습니다."

예심판사는 가방에서 얼굴을 들고 종기 자국 있는 입술을 깨물었다.

"자네에게 충고하겠는데, 이곳을 떠나는 게 어떤가."

그리고 뒷말은 혼잣말처럼 중얼거렸다.

"그렇게 한다면 나도 여러 가지로 돌봐 줄 텐데."

"어째서입니까, 판사님?"

그 질문에 대해서는 다른 질문으로 대답했다.

"제분공장에서 싸움이 있던 날 자네는 이곳 카자흐들에게 어떤 이야기를 했었나?"

"별다른 이야기는."

"그럼 됐네. 돌아가도 좋아."

슈토크만은 모호프네 집 테라스로 나왔다—관리는 모두 여관에 머물지 않고 언제나 세르게이 플라토노비치네 집에 묵었다—그리고 어깨를 으쓱하며 페인트칠한 문살문을 돌아보았다.

7

겨울은 단번에 찾아오지 않았다. 성모절이 지나서 쌓였던 눈이 녹자 가축들은 다시 목장으로 내몰렸다. 남풍이 일주일이나 계속 불더니 제법 따뜻해지면서 땅이 녹아, 들판이 철 아닌 푸른 풀로 물들었다.

봄같이 따스한 날씨가 미하일의 날[12]까지 계속되었다. 그리고 심한 추위가 단번에 찾아들어 눈이 내렸다. 날마다 추위가 심해지고 눈은 어느새 한 자나 쌓였다. 내버려져 있는 돈 강가 채소밭 꼭대기까지 눈 덮인 산울타리를 가로질러 단춧구멍 같은 토끼 발자국이 마치 처녀들 옷에 수놓은 무늬처럼 이어져 있었다. 거리에는 인기척이 뚝 끊겼다.

말린 쇠똥을 때는 연기가 마을 위로 퍼져 올랐다. 길가에 버려진 재무더기 옆에서 인가를 찾아 날아든 떼까마귀가 까악까악 울어 대고 있었다. 썰매가 다녀서 편평해진 겨울의 길이 빛바랜 푸른 리본처럼 마을 안에 꾸불꾸불 나 있었다.

어느 날 광장에서 집회가 열렸다. 죽은 나무를 할당하여 벌채할 때가 다가온 것이었다. 관청 현관 층계 옆에 투르프(긴외투)며 슈바(모피 외투)를 입은 사람들이 모여 눈신을 삐걱거렸다. 추위는 결국 그들을 관청 안으로 몰아넣었다. 아타만과 서기 양쪽으로 은백색 수염을 늘어뜨린 장로들과, 좀 젊은 카자흐들—갖가지 색깔의 턱수염을 늘어뜨린 사람과 수염이 없는 사람들이 자리에 앉아 있었다. 모두들 외투를 입고 몸을 움츠린 채 따뜻한 털가죽 속에서 소곤거리고

---

12) 러시아력 11월 8일.

있었다. 서기가 종이에 작은 글씨로 무언가 잔뜩 써 넣고 있고, 아타만이 어깨 너머로 그것을 바라보고 있었다. 써늘한 관청의 방 안은 귀가 멍할 정도로 떠들썩했다.

"올해 마른풀은."

"그래서…… 풀밭 것은 사료가 되지만, 벌판의 싸리는 모두 가늘어."

"옛날에는 크리스마스까지 방목했었지."

"칼미크인들은 편해."

"에헴."

"아타만의 돼지목 말이야, 턱이 돌아가지도 않는군."

"먹고 살만 쪄서 꼭 돼지 같아. 개새끼!"

"여, 너는 그걸로 겨울을 날 거냐? 대단한 가죽 외투인데."

"지난번에 집시에게서 샀지."

"그 집시가 십이일 절에 들에서 노숙했을 때야. 아무것도 덮을 것이 없어서 그물을 뒤집어쓰고 자는데, 추위가 뼛속까지 스며들어 잠이 깼다더군. 그래서 그물코로 손가락을 내놓고는 마누라에게 말했다는 거야. '할멈, 밖은 굉장히 추운데……'"

"정말이야. 얼음이 얼기 시작했어."

"아무래도 말에 편자를 박아 줘야겠군."

"나는 요전에 악마 연못 옆에서 흰버드나무를 한 그루 베어 왔는데, 좋은 나무였지."

"자하르, 바지 단추나 채워…… 얼어 버릴라. 얼어 버리면 마누라에게 쫓겨날 걸."

"아브데이치, 넌 뭐야. 여럿이 어울려서 씨받이 소를 산다고?"

"아니, 거절했어. 파라니카 무르이히나가 대신 맡아 줘서 말이야. 자기는 과부니까 무엇이든지 기꺼이 떠맡겠다더군. 그래서 내가 말했지. 그럼 기다려 봐, 얼마 있지 않아 아이가 생길지도 모르니까 하고."

"앗하하하!"

"잇히히히!"

"장로님, 땔나무 문제는 어떻게 됐습니까? 어이, 조용히 해!"

"아이가 태어나면, 하고 내가 말했지. 그때는 내가 대부가 되어 주겠다고."

"조용히 해! 제발 좀!"

회의가 시작되었다. 아타만이 땀에 밴 표를 만지작거리며, 나누어 받을 사람들 이름을 큰 소리로 읽어 내려갔다. 머리에서 김이 올랐다. 그는 수염에 달린 고드름을 새끼손가락으로 떼냈다. 뒤쪽에서 쾅쾅 여닫히는 문 옆에서는 사람들의 북적거림과 코를 푸는 소리가 뒤섞여 들렸다.

"목요일에 벌채하다니, 안 돼요."

이반 토밀린이 아타만에게 지지 않는 소리로 외쳐 댔다. 그는 푸른 포병 모자를 쓴 머리를 기울여 새빨간 귀를 문지르고 있었다.

"어째서지?"

"귀가 떨어지겠어, 포병!"

"괜찮아. 떨어지면 소귀를 붙이지."

"목요일에는 마을 사람 절반이 마른풀을 운반하러 가요. 모두 그렇게 정했어요."

"일요일에 가면 돼."

"장로님!"

"뭐야!"

"부탁해요!"

"구우우우."

"고오오오."

"가아아아."

마트베이 카슐린 노인이 다리가 흔들거리는 테이블에서 몸을 내밀며 화난 소리를 지르고는 매끈매끈한 오리나무 가지를 토밀린에게 쑥쑥 뻗치며 말했다.

"마른풀 운반을 뒤로 미뤄! 그러면 될 게 아닌가? 모두들 하는 대로 따라 하면…… 네놈은 언제든지 반대만 하는군. 머리에 피도 안 마른 녀석이…… 응, 그렇잖나? 어이…… 어때!"

"당신이야말로 나잇살이나 먹었으면서 남의 흉내나 내고 있잖소."

외팔이 알렉세이가 뒷줄에서 머리를 내밀고 끼어들었다. 그는 여느 때보다 심하게 눈을 깜박거리며 잔뜩 얽은 뺨을 꿈틀꿈틀 떨고 있었다.

그는 5, 6년 전부터 겨우 한 클라초크[13]의 경작지 때문에 카슐린 노인과 사이가 나빠졌다. 해마다 봄이 되면 반드시 노인을 두들겨 팼다. 그런데 마트베이 카슐린이 빼앗았다는 것은 꼭 참새 눈곱만 한 땅으로, 눈을 반쯤 감고 침을 뱉으면 그것이 저쪽으로 넘어갈 정도였다.

"잠자코 있어, 머저리 녀석!"

"멀어서 분하구나. 가깝다면 그 콧대에 한 방 먹여 코피를 터뜨려 줄 텐데!"

"뭐야, 이 망할 자식! 외팔이 눈깜박이 녀석!"

"조용히 해! 싸움은 왜 또 벌이고 야단이야!"

"밖에 나가서 해. 밖에 나가서 떠들라고!"

"그만둬, 알렉세이. 저것 봐, 영감이 겁이 나서 모자를 덜덜 떨고 있잖나."

"하지만 저녀석이 대체."

"내일 저놈 귀를 물어뜯든지 어쩌든지 마음대로 해. 하지만 지금은 잠자코 있어."

"난폭한 짓을 하는 녀석은 모두 경찰에 넘길 테다!"

아타만이 삐걱거리는 테이블을 쾅! 내리쳤다.

"경찰을 불러 올 테다! 조용히 해!"

소란이 차츰 가라앉아 뒷줄에까지 이르렀을 때에는 아주 조용해졌다.

"목요일 새벽녘에 벌채를 하기로 한다."

"어떻소, 노인네들?"

"좋습니다!"

"아주 좋아요!"

"요즘은 모두들 늙은이의 말 따윈 듣지 않게 되었다니까."

"아니, 이제 다시 듣게 될 거야. 아니면 정의에 호소하는 일을 하지 않게 되었다고나 할까? 우리 알렉사시카 말인데, 그놈을 분가시키려 하자 녀석이 대뜸 싸움을 걸어 와서는 내 멱살을 잡는 거야. 그래서 나는 녀석에게 대뜸 윽박질렀지. '지금 당장 아타만과 장로들에게 가서 호소해서 네놈을 혼내줄 테다'라고. 그랬더니 녀석이 얌전해져서 꼭 홍수 때의 풀잎처럼 납작하게 엎드리더군."

---

13) 논밭 넓이 단위. 세금을 계산할 때 사용했으며, 시대에 따라 넓이가 다르다. 사전적 의미로는 '작은 조각', '작은 덩어리'인데, 여기에서는 '얼마 되지 않는 좁은 논밭'을 뜻한다.

"그리고 여러분, 읍의 아타만에게서 명령이 내려와 있소."

아타만이 목소리를 바꾸어 머리를 쳐들고 말했다. 세운 군복 깃이 턱을 긁고는 목에 파고들었다.

"이번 토요일 읍에서 장정들 선서를 하니 저녁때까지 읍사무소로 출두하라고 말이오."

문에서 멀리 떨어진 창가에 판텔레이 프로코피예비치가 학처럼 저는 다리를 뻗고는 며느리의 아버지와 나란히 서 있었다. 미론 그리고리예비치는 긴 외투의 앞자락을 벌리고 창틀에 앉아 눈을 껌벅거리며 밤색 구레나룻 속에 미소를 품고 있었다. 그의 짧고 하얀 속눈썹 위에는 서리꽃이 붙어 있고, 커다란 갈색점이 추위에 충혈되어 잿빛으로 변해 있었다. 그들 둘레에는 좀 젊은 카자흐들이 모여서 서로 눈짓하거나 미소 짓고 있었다. 그들 가운데에서 아브데이치가 꼭대기가 파랗고 은 십자가가 달린 아타만 병사 모자를 벗겨져 가는 납작한 뒤통수에 비스듬히 쓰고 발끝으로 서서 몸을 흔들고 있었다. 그는 판텔레이 프로코피예비치와 동갑이지만 그리 늙어 보이지 않고, 언제나 사과처럼 볼이 빨개서 '브레프(거짓말쟁이)'라는 별명이 붙어 있었다.

아브데이치는 옛날에 아타만 근위 연대에서 복무했었다. 입대할 때는 이름이 시닐린이었는데, 돌아올 때는 브레프로 바뀌어 있었다.

마을에서 아타만 연대에 들어간 것은 그가 처음이었다. 그런데 이 카자흐인의 신상에 이상한 일이 일어났던 것이다. 그는 본래 어릴 때부터 좀 모자라는 구석이 있기는 했지만, 당당한 젊은이로 자라기까지는 여느 사람과 같았다. 그런데 군대에 갔다 오더니 돌연 이상해졌다. 돌아온 날부터 자기가 차르의 궁전에서 근무한 일이며 페테르부르크에서 겪은 터무니없는 사건 등 이상야릇한 일들을 이야기하기 시작했다. 듣는 사람은 속아 넘어가 처음에는 정말인 줄 알고 입을 멍하니 벌리고 놀랐으나, 이내 그가 거짓말쟁이며 마을이 생긴 이래로 처음 보는 터무니없는 녀석임이 밝혀져 모두들 공공연히 그를 비웃게 되었다. 그러나 그는 자기가 생각해 낸 거짓말을 지적당해도 천연덕스럽게 얼굴조차 붉히지 않았다. 아니, 붉혔는지도 모르지만 늘 뺨이 새빨갛기 때문에 구별이 되지 않았다. 그리고 여전히 거짓말을 그치지 않았다. 나이가 들자 완전히 정상에서 벗어나 버렸다. 이야기를 못하게 하면 화를 내며 싸우려 덤비지만, 잠자코 들어 주는 체하면 있지도 않은 일을 정신없이 지껄여 대며 웃음거리가 되고 있다는 것조차 알아차리지 못했다.

일에 있어서는 아주 든든한 카자흐 일꾼이어서, 무엇을 하든 꼼꼼하게 생각해서 하는 철저함도 있었다. 하지만 아타만 연대 이야기만 나오면 누구나 금방 배를 떼굴떼굴 구르며 웃게 만드는 것이었다.

그 아브데이치가 한가운데 우뚝 서서 낡아 끝이 뭉툭해진 눈구두를 신은 몸을 곤두세우고, 모여든 카자흐인들을 둘러보며 무거운 목소리로 지껄여 댔다.

"요즘 카자흐들은 아주 형편없어. 작고 나약해서 아무 쓸모도 없지. 모두 코흘리개 애송이로, 어느 녀석이든 들어서 뚝 꺾어 버릴 정도야. 한마디로 말해서 대개가 그래."

그리고 멸시하는 듯한 웃음을 띠더니 뱉어 낸 침을 눈구두로 짓밟았다.

"나는 요전에 뵤센스카야읍에서 죽은 녀석의 뼈를 봤는데, 그자야말로 진짜 카자흐인이었어."

"그건 어디서 파냈지, 아브데이치?"

뺨이 밋밋한 아니쿠시카가 옆 사람을 팔꿈치로 찌르며 물었다.

"축제일도 다가오는데, 너무 허풍떨지 마."

판텔레이 프로코피예비치는 매부리코에 주름을 지으며 귀에 매달린 귀걸이를 만지작거리며 말했다. 그는 이런 쓸데없는 이야기가 싫었던 것이다.

"나는 태어난 뒤로 아직 한 번도 거짓말한 기억이 없어."

아브데이치가 짓누르듯 말했다. 그리고 아니쿠시카가 학질이라도 걸린 듯 부들부들 떠는 것을 눈이 휘둥그레져서 바라보았다.

"내 처남이 집을 지을 때 나는 그 뼈를 보았어. 터를 다지려고 했는데, 무덤을 파 버리고 만 거야. 아마 옛날에는 돈강이 그 언저리로 흘러가고, 그 옆에 교회와 묘지가 있었던 걸 거야."

"그 뼈가 도대체 어쨌다는 건가?"

판텔레이 프로코피예비치는 이미 돌아갈 준비를 마치고 불쾌한 듯 물었다.

"손이 이 정도는 됐을걸."

아브데이치는 갈퀴 같은 손을 펼쳤다.

"머리는, 정말이야, 폴란드의 가마솥만큼이나 컸어."

"어이, 아브데이치, 젊은 애들에게는 그보다 상트페테르부르크에서 도둑을 잡은 이야기라도 해 주는 편이 나을 거야."

미론 그리고리예비치가 권했다. 그는 창틀에서 일어나 긴 외투 앞자락을 여몄다.

"그런 이야기는 해 봐야 별 게 아니어서."

아브데이치가 겸손하게 말했다.

"이야기해요!"

"부탁해요!"

"해 줘요, 아브데이치!"

"사건의 시작은."

아브데이치는 헛기침을 하고 바지에서 담배쌈지를 꺼냈다. 갈고리모양으로 구부린 손바닥에 한 줌의 담배를 꺼내 놓고, 함께 굴러 나온 두 개의 동전을 도로 담배쌈지에 집어넣고는 즐거운 표정으로 청중을 둘러보았다.

"요새에 가두어 둔 범인이 달아나 버린 거야. 아무리 찾아봐도 없었지. 높은 사람들도 큰일이 났지. 간 곳을 전혀 알 수 없으니…… 큰일이지! 그래서 밤중에 주번사관이 나를 부르러 왔어. 가 보니…… 그래…… 이렇게 말하더군. '황제 폐하의 침실로 가라. 폐하께서 직접 너에게 볼일이 있으신 모양이다.' 나는 물론 벌벌 떨면서 들어가 차렷 자세를 했어. 그러자 폐하께서 내 어깨를 툭 치며 말씀하셨어. '이반 아브데이치, 우리 나라에서 가장 흉악한 범인이 달아났다. 땅속을 파고 들어가서라도 잡아 와. 그렇지 않으면 다시는 알현을 허락하지 않겠다.' —'넷, 분부대로 하겠습니다, 폐하'라고 나는 말했지. 그래…… 이렇게 되면 이제 꼼짝할 수 없어…… 나는 곧 폐하의 마구간에서 가장 좋은 말을 세 마리 끌어내어 달리고 또 달렸지!"

아브데이치는 담뱃불을 붙이고, 고개를 떨어뜨린 채 듣고 있는 사람들을 둘러보았다. 그리고 갑자기 기운이 나는지 얼굴을 싸고 있는 구름 같은 담배 연기 속에서 떠들어 댔다.

"밤낮으로 달렸지. 그리고 사흘 낮 사흘 밤을 달려 모스크바 언저리에서 겨우 따라잡았어. 놈을 마차에 싣고 그길로 돌아왔지. 한밤중에 도착했는데, 나는 진흙투성이 그대로 바로 황제 폐하를 뵈러 갔어. 그런데 여러 공작이며 백작 녀석들이 나를 통과시키지 않는 거야. 하지만 나는 상관하지 않고 마구 밀고 들어갔지. 그리고…… 문을 두드렸어. '폐하, 들어가도 괜찮습니까?'—'누구냐?' 물으시더군. 나는 대답했지. '접니다. 이반 아브데이치 시닐린입니다.' 그러자 방 안이 갑자기 소란해졌어. 그리고 폐하께서 직접 말씀하시는 게 들리는 거야. '마리아 표트로브나, 마리아 표트로브나! 빨리 일어나 차를 끓여요. 이반 아브데이치가 돌아왔구먼!'"

뒤쪽에서 천둥 같은 웃음소리가 터졌다. 행방불명된 가축에 대한 고시(告示)를 읽고 있던 서기는 '왼발에 복사뼈까지 오는 양말을 신고……'라는 구절에서 막혀 버렸다. 아타만은 거위처럼 목을 늘어뜨리고 깔깔대는 사람들을 둘러보았다.

아브데이치는 모자를 움켜쥐고 얼굴을 찌푸린 채 난처한 듯 사람들 얼굴을 차례로 훑어보며 말했다.

"좀 기다려 줘!"

"앗하하하!"

"핫하하, 못 참겠어!"

"잇히히히히."

"아브데이치, 이 대머리 녀석! 후후."

"차를 끓여요. 아브데이치가 돌아왔구먼!' 이라고? 흠, 과연."

모임은 뿔뿔이 흩어지기 시작했다. 현관의 얼어붙은 판자층계가 끊임없이 짓눌린 신음 소리를 냈다. 관청 앞의 눈 위에서 스테판 아스타호프와 네덜란드 풍차 주인인 키 크고 다리 긴 카자흐인이 맞붙어서 씨름을 하고 있었다.

"밀가루장이에게 업어치기를 먹여 줘!"

주위를 둘러싼 카자흐인들이 응원했다.

"놈의 몸에서 밀기울을 떨어내 줘, 스쵸프카!"

"어이, 너무 무리하지 마! 음, 좋아, 잘한다 잘해!"

참새처럼 깡충깡충 뛰어오르며 카슐린 노인이 신이 나서 말했다. 너무 열중하여 검푸른 코끝에서 콧물이 당장 떨어질 듯이 매달려서 반짝이는 것도 알지 못했다.

8

판텔레이 프로코피예비치는 모임에서 돌아오자 곧바로 작은방으로 들어갔다. 그 방은 아내와 그가 사용하는 거실이었다. 일리니치나는 요즘 늘 몸이 좋지 않았다. 그녀의 부은 얼굴에 피로와 고통의 빛이 드러나 있었다. 그녀는 잘 두드려서 푹신푹신하게 만든 깃털 이불 위에 앉아 베개를 세워 등을 기대고 있었다. 귀에 익은 발소리를 듣자 얼굴을 돌리고, 벌써 오래전부터 얼굴에 새겨져 있는 험한 표정으로 남편 얼굴을 흘끗 보았다. 그리고 프로코피예비치의 입을 뒤덮은 턱수염이 입김에 젖어 여러 가닥으로 갈라진 것과 그 턱수염에 섞여 부풀어오른 콧수염이 젖어 있는 것을 보고는 코를 킁킁거렸다. 하지만 노인의 몸에서는 서리 냄새와 시큼한 양털가죽 냄새가 날 뿐이었다. '오늘은 술을 마시지 않았군.'

그녀는 만족한 얼굴로, 양말의 뒤꿈치를 덜 짠 채 바늘이 꽂혀 있는 실뭉치를 불룩한 배 위에 얹었다.

"벌채는 어떻게 되었어요?"

"목요일로 정했어."

프로코피예비치는 콧수염을 쓰다듬었다.

"목요일 아침부터 시작하기로 했지."

그는 침대와 나란히 놓인 옷궤에 걸터앉아 되풀이해 말했다.

"몸은 좀 어때? 역시 편안해지지 않소?"

일리니치나의 얼굴에 쓸쓸한 그림자가 어렸다.

"마찬가지예요. 마디마디가 쿡쿡 쑤시며 쪼개지는 것 같아요."

"가을의 찬물에는 들어가지 말랬잖아, 바보 같으니라구! 이렇게 되리라는 걸 알면서 쓸데없는 일에 손대니 나빠지지!"

프로코피예비치는 방바닥에 지팡이로 커다란 원을 그리며 고함쳤다.

"설마 여자 일손이 모자랐던 것도 아닐 텐데. 자기 손으로 삼을 물에 담그고 했으니. 그래서…… 봐, 벌을 받아서 그런 거야…… 아!"

"삼도 내버려 둘 수 없었고, 여자 일손도 모자랐어요. 그리고리는 며느리와 밭을 갈러 갔고, 페트로는 다리야와 둘이 어디론가 나가 버렸으니까요."

노인은 깍지 낀 손바닥에 숨을 불면서 침대 위로 몸을 굽혔다.

"나타시카는 좀 어때?"

일리니치나는 갑자기 다른 사람 눈에도 뚜렷이 보일 만큼 흥분해서 이야기했다.

"어떻게 해야 좋을지 모르겠어요…… 요전에도 또 울고 있더라고요. 내가 마당에 나가 보니 광문이 열려 있는 거예요. 닫으려고 가까이 가니까 기장상자 옆에 그 애가 서 있었어요. 그 애에게 물었지요. '뭘 하고 있니, 응? 뭘 하고 있는 거냐, 응?' 그랬더니 그 애가 '두통이 좀 나서요, 어머니' 하더라고요. 아무래도 알 수 없는 일이에요."

"몸이 아픈 건지도 모르잖소?"

"아니에요, 그런 건 아니에요. 물어 보았지만…… 틀림없이 누구에게 무슨 이상한 소리를 들었든가, 그리고리와 말다툼이라도 했든가."

"그럼, 그 녀석이 그 계집을…… 행여 또 쫓아다니는 게 아닐까?"

"설마, 영감! 그런 어리석은 짓을!"

일리니치나가 놀라서 손바닥을 탁 쳤다.

"스테판도 그런 바보는 아니에요! 그리고 무엇보다도 내 눈에 그런 눈치는 조금도 보이지 않았어요."

노인은 잠시 앉아 있다가 방에서 나갔다. 그리고리는 자기 방에 틀어박혀 실에 붙은 낚싯바늘을 하나하나 줄로 갈고 있었다. 나탈리야가 옆에서 녹인 돼지기름을 거기에 발라 하나하나 다른 천으로 싸서 늘어놓았다. 판텔레이 프로코피예비치가 다리를 절면서 그 옆을 지나며 나탈리야를 찬찬히 살펴보았다. 그녀의 누레진 뺨에 마치 가을 낙엽처럼 그을린 붉은 기가 희미하게 어려 있었다. 그녀는 이 한 달 새 눈에 띄게 여위고, 그 눈은 무언가 슬픈 빛을 담고 있었다. 노인은 문 앞에 멈춰 섰다. '아, 몹시 여위었구나' 생각하면서, 고개를 숙이고 의자에 앉아 있는 나탈리야의 깨끗이 빗어 올려붙인 머리칼을 쳐다보았다.

그리고리는 창틀에 걸터앉아 줄질을 하고 있었다. 흐트러진 앞머리가 이마에서 흔들리고 있었다.

"그런 쓸데없는 짓은 그만둬!"

노인은 미칠 듯한 노여움으로 얼굴이 벌게져서 소리쳤다. 그리고 지팡이를 쥔 손을 쑥 내밀었다. 그리고리는 깜짝 놀라 아버지를 보았다.

"두 개만 더 갈면 돼요, 아버지."

"그만둬! 그보다는 땔나무 벌채에 갈 준비나 해 두거라!"

"네, 곧 갈게요."

"썰매며 죄다 엉망인데 그따위 낚싯바늘이나 만지고 있다니."

아까보다 부드러워진 말투로 노인이 말했다. 그리고 문 앞에서 잠시 머뭇거리다가—분명히 무엇인가 더 이야기하고 싶은 것이 있었지만—가 버렸다. 남은 분풀이는 페트로에게 했다.

그리고리는 반외투를 입으며 아버지가 마당에서 또다시 고함치는 소리를 들었다.

"아직 가축에게 물도 먹이지 않다니, 대체 네 녀석은 뭘 하는 거냐, 이 형편없는 녀석! 저것 봐, 저 울타리 옆에 쌓아 둔 마른풀은 누가 무너뜨렸지? 맨 끄트머리 쪽 풀 더미에는 손대지 말라고 일렀는데! 가장 좋은 저 풀을 못 쓰게 만들면, 봄갈이할 때 소에게 대체 뭘 먹일 거냐."

목요일, 날이 새기 두 시간 전에 일리니치나가 다리야를 깨웠다.

"일어나거라. 이젠 불을 피워야겠다."

다리야는 속옷 바람으로 페치카 쪽으로 뛰어갔다. 좁은 부엌에서 성냥을 더듬어 찾아 불을 피웠다.

"식사 준비를 빨리 해 줘."

푸석푸석해진 머리를 흐트러뜨린 페트로가 담배를 붙여 물고 기침을 하면서 아내를 재촉했다.

"나타시카는 모두들 오냐오냐하고 깨우지 않아서 편하게 쿨쿨 자는데, 어째서 나 혼자 두 사람 몫의 일을 해야 하는 거지?"

일찍 일어나게 되어 화가 난 다리야가 잠이 덜 깬 목소리로 투덜거렸다.

"그럼, 가서 깨워."

페트로가 말했다. 나탈리야는 스스로 일어났다. 짧은 윗옷을 걸치고 말린 쇠똥을 가지러 광으로 갔다.

"불쏘시개를 갖다 줘!"

다리야가 명령했다.

"물은 두냐시카를 시켜 길러 오라고 보냈다. 됐니, 다시카?"

일리니치나가 힘든 듯이 부엌 안을 돌아다니며 쉰 목소리로 말했다.

부엌에 새로 꺼낸 홉 냄새와 가죽 마구 냄새가 나고, 사람 훈김이 들어찼다. 다리야는 눈신을 삐걱거리며 돌아다니고 냄비를 철거덕거렸다. 팔꿈치까지 소매를 걷어올린 복숭앗빛 셔츠 속에서 작은 유방이 떨고 있었다. 그녀는 결혼한 뒤에도 여위거나 얼굴빛이 조금도 나빠지지 않았다. 버드나무가지처럼 날씬하고 부드러운 몸매는 숫처녀 같아 보였다. 어깨를 흔들고 몸을 꼬듯이 걷다가, 남편이 부르면 생긋 웃었다. 웃으면 얇은 입술 사이에 예쁘게 나 있는 가느다란 이가 반짝 빛났다.

"어제 저녁에 쇠똥을 넣어 뒀어야 하는데, 그러면 페치카 속에서 말랐잖니."

일리니치나가 자신도 모르게 불평했다.

"잊어버렸어요, 어머니. 우리가 잘못했어요."

다리야가 모두를 대신해서 사과했다.

식사를 하는 동안에 날이 밝았다. 판텔레이 프로코피예비치는 뜨거운 죽에 입술을 데면서 서둘러 먹었다. 그리고리는 딱딱한 얼굴로 광대뼈 옆의 작은 혹을 꿈틀대며 천천히 먹었다. 페트로는 아버지 눈을 슬쩍슬쩍 피해 이가 아파 뺨에 붕대를 감은 두냐시카를 놀려 대며 재미있어했다.

온 마을에서 썰매 미끄럼판이 삐걱대는 소리가 났다. 여러 대의 작은 썰매가 잿빛 새벽의 엷은 어둠 속에서 돈강 쪽으로 내려갔다. 그리고리는 페트로와 둘이서 썰매에 소를 매러 나갔다. 포근한 목도리─신부가 신랑에게 준 선물이었다─를 두른 그리고리는 차갑고 메마른 공기를 들이마셨다. 까마귀가 굵고 거친 울음소리를 내며 집 위로 날아갔다. 천천히 펄럭이는 날갯소리가 얼어붙은 정적 속에서 뚜렷이 들려왔다. 페트로가 그 날아가는 뒷모습을 지켜보며 말했다.

"따뜻한 곳으로 날아가는구나, 남쪽으로."

장밋빛 구름 조각 사이로 가느다란 달이 떠 있었다. 굴뚝에서 연기가 기둥처럼 곧게 솟아오르고, 그것은 손을 뻗어도 미치지 못할 만큼 멀리 있는 새파랗게 간 칼날 같은 황금빛 달을 붙잡으려는 것 같았다.

멜레호프네 집 뒤쪽의 돈강은 아직 얼지 않았다. 물가에는 날려와 쌓인 눈속에 푸른 얼음이 단단히 깔려 있어, 그 언저리에 흐름에서 차단된 물이 괴어

남실거리며 거품을 품고 있었다. 그러나 중류부터 앞쪽으로 왼편 강가의 검은 늪에서 맑은 물이 솟아나는 곳까지는 아직 얼지 않은 곳이 하얀 눈으로 가장 자리가 덮인 채 사람을 삼켜버릴 듯 검은 입을 벌리고 있었다. 그곳에는 겨울을 보내는 들오리들이 검은 점처럼 점점이 떠 있었다.

강을 건너는 썰맷길은 광장에서부터 나 있었다.

판텔레이 프로코피예비치는 자식들을 기다리지 않고 자기 먼저 늙은 황소들이 끄는 썰매를 몰고 출발했다. 페트로와 그리고리는 좀 늦게 떠났다. 비탈에서 아나쿠시카를 따라잡았다. 녹색 허리띠를 맨 아니쿠시카는 자루와 새로 끼운 도끼를 메고 소들과 나란히 걸어가고 있었다. 조그맣고 병약해 보이는 그의 아내가 소고삐를 끌고 있었다. 페트로는 멀리서 외쳤다.

"어이, 이웃집 대장, 어째서 마누라도 함께 데려가는 거지?"

익살스러운 아니쿠시카는 껑충껑충 뛰어서 이쪽 썰매로 다가왔다.

"아, 데려가야지. 화로 대신으로."

"저래서야 따뜻할 것 같지도 않은데. 너무 말라서."

"음, 귀리를 먹이고 있는데도 영 잘되지 않는구먼."

"우리하고 같은 곳에서 베나?"

그리고리가 썰매에서 뛰어내리며 물었다.

"같은 곳이라고 해 두지. 대신 담배나 한 대 주게."

"아니케이. 넌 언제나 담배를 얻어 피우는군."

"훔친 것과 얻은 게 가장 맛좋으니까."

아니쿠시카는 여자처럼 수염이 없는 반질반질한 얼굴을 미소로 주름지으며 함께 썰매를 몰고 갔다. 레이스 같은 서리에 덮인 숲속은 장엄하리만큼 새하얬다. 아니쿠시카가 맨 앞에서 길 위로 튀어나온 나뭇가지를 채찍으로 철썩철썩 치면서 갔다. 바늘처럼 뾰족하고 부드러운 눈이 가루가 되어 떨어져, 외투를 둘러싼 아니쿠시카의 아내 위로 흩뿌려졌다.

"바보 같은 짓 그만해요!"

그녀는 눈을 떨어내며 소리쳤다.

"아주머니를 눈 속에 처박아 줄까."

페트로는 한마디 소리치고 소들을 급히 몰기 위해 배에 채찍질할 틈을 엿보

왔다.

포구 쪽으로 구부러지는 모퉁이에서 스테판 아스타호프와 마주쳤다. 그는 멍에만 얹은 황소들을 마을 쪽으로 몰아 가고 있었다. 바닥에 가죽을 댄 눈신을 삐걱거리며 성큼성큼 걸어갔다. 그의 곱슬곱슬한 앞머리가 서리로 덮여 옆으로 비스듬히 쓴 카자흐 모자 밑으로 하얀 포도송이처럼 늘어져 있었다.

"어이, 스쵸파, 길을 잘못 들었나?"

아니쿠시카가 지나치며 소리쳤다.

"응, 잘못 들었어. 빌어먹을! 언덕길 중간에서 나무 그루터기에 썰매를 부딪치고 말았지. 미끄럼판이 두 쪽 났어. 그래서 되돌아가는 거야."

스테판은 욕지거리를 몇 마디 더 내뱉은 뒤 기다란 속눈썹 속에서 번쩍이는 치켜뜬 눈을 잔뜩 찌푸리고 페트로 옆을 지나쳐 갔다.

"썰매는 두고 왔나?"

아니쿠시카가 뒤돌아보고 다시 소리쳤다.

스테판은 손을 흔들고 채찍을 후려쳐, 길을 벗어나려는 소들을 다시 끌어들였다. 그리고 썰매 뒤로 걸어가는 그리고리를 한참 지켜보았다. 첫 번째 후미 가까이에서 그리고리는 길 한가운데에 버려진 썰매를 발견했다. 썰매 옆에 아크시냐가 서 있었다. 그녀는 왼손으로 털가죽 외투 앞자락을 누른 채 길 한가운데에 서서, 다가오는 짐썰매 무리를 바라보았다.

"비켜, 그렇지 않으면 밟아 버리겠어. 당신은 내 마누라도 아니니까."

아니쿠시카가 큰 소리로 외쳤다. 아크시냐는 웃으며, 가로대가 부러져서 옆으로 쓰러져 있는 썰매에 걸터앉았다.

"어머나, 아내와 함께 가면서."

"이 사람은 돼지꼬리에 붙은 우엉씨처럼 나에게 단단히 달라붙어 있거든. 그렇지 않으면 당신을 태워 줄 텐데."

"굉장히 고맙군요."

페트로는 그녀 앞을 지날 때, 맨 뒤에서 오는 그리고리를 흘끗 돌아보았다. 그리고리는 불안한 웃음을 띠고 걸어왔다. 불안과 기대가 그의 동작 하나하나에 묻어 있었다.

"안녕하시오, 아주머니."

페트로는 장갑 낀 손을 모자에 대고 인사했다.

"덕분에."

"부서졌나요?"

"네, 부서져 버렸어요."

아크시냐는 페트로를 쳐다보지도 않고 대답했다. 그리고 일어서더니 가까이 온 그리고리 쪽으로 돌아섰다.

"그리고리 판텔레예비치, 당신에게 하고 싶은 이야기가 있는데."

그리고리는 그녀 쪽으로 가면서, 성큼성큼 앞서 걸어가는 페트로에게 소리 질렀다.

"내 소도 돌봐 줘."

"응, 알았어."

페트로는 담배 연기 때문에 쓴맛이 나는 수염을 입에 물고 쓸쓸한 웃음을 띠었다. 두 사람은 말없이 마주 보고 서 있었다. 아크시냐는 불안한 듯 주위를 둘러보고는 축축한 검은 눈을 그리고리에게로 돌렸다. 부끄러움과 기쁨으로 그녀의 뺨이 붉어지고 입술이 바싹 말랐다. 그녀는 짧은 숨을 가쁘게 내쉬었다.

아니쿠시카와 페트로의 썰매가 어린 떡갈나무숲 뒤로 사라졌다. 그리고리는 아크시냐의 눈을 한참 바라보았다. 그 두 눈에 애원의 불길이 타오르는 것을 알 수 있었다.

"이봐요, 그리고리, 나는 당신 없이 살 수 없어요. 도저히 안 돼요."

그녀는 딱 잘라 말하고는 입술을 깨물며 상대의 대답을 기다렸다. 그리고리는 잠자코 있었다. 정적이 숲을 옥죄어들었다. 유리 상자 같은 공허에 휩싸여 귓속이 멍해졌다. 썰매에 깨끗이 닦여진 길의 광택, 잿빛 누더기에 싸인 듯한 하늘. 아무 말 없이 죽은 것처럼 잠들어 있는 숲…… 갑자기 귓전에서 까마귀가 시끄럽게 울어 대자 그리고리는 짧은 잠에서 깨어난 듯한 기분이 들었다. 그는 고개를 들어 하늘을 보았다. 날개가 검푸른 까마귀는 다리를 오그리고 작별 인사를 하듯 날개를 펄럭이면서 날아갔다. 그리고리는 저도 모르게 중얼거렸다.

"따뜻한 곳으로 날아가는 거야."

그리고 몸을 한번 흔들고는 쉰 목소리로 웃었다.

"자."

그는 취한 듯한 눈을 내리깔더니 더듬듯 언저리를 둘러보고는 갑자기 아크시냐의 몸을 낚아채듯 끌어안았다.

9

저녁이 되면 사팔뜨기 루케시카네 집의 슈토크만의 방에 여러 사람이 모여들었다. 프리스토냐가 왔고, 제분소에서 발레트가 기름 묻은 윗옷을 걸친 채로 찾아왔다. 석 달쯤 빈둥거리고 있던 장난꾸러기 다비드카, 기관사 이반 알렉세예비치 코틀랴로프도 찾아왔다. 구두장이 필리카도 이따금 얼굴을 내밀었으며, 군대에도 가지 않은 어린 카자흐인 미시카 코셰보이는 하룻밤도 거르지 않았다.

처음에는 트럼프로 '투·텐·잭' 등을 열심히 했는데, 그러다가 어떤 계기로 슈토크만이 네크라소프[14]의 조그만 책을 꺼내 보였다. 모두 함께 소리 내어 읽기 시작했다. 모두들 그 책의 내용을 몹시 마음에 들어했다. 다음에는 니키친[15]으로 옮겨 갔다. 그리고 크리스마스가 가까워 오자 슈토크만은 표지가 떨어져 나간 몹시 낡은 소책자를 읽어 보라고 했다. 어느 교회 부속학교를 졸업해서 낭독을 배운 적이 있는 코셰보이가 그 때묻은 소책자를 시시하다는 듯이 바라보았다.

"이걸 잘게 썰면 국수가 되겠어. 기름이 잔뜩 묻었으니까."

프리스토냐가 금이 간 종 같은 소리를 내며 웃었다. 다비드카는 눈부신 미소를 던졌다. 슈토크만은 사람들의 웃음이 가라앉기를 기다렸다가 말했다.

"읽어 봐, 미샤. 이건 카자흐에 대해 쓴 거야. 아주 재미있어."

코셰보이는 황금빛 앞머리가 테이블 위에 닿을 정도로 고개를 숙인 채 한 마디 한 마디 끊듯이 읽어 나갔다.

"돈 카자흐 약사(略史)."

그리고 사람들을 둘러보며 뭔가 기다리듯이 눈을 깜박거렸다.

"빨리 읽어."

이반 알렉세예비치가 명령조로 말했다.

---

14) 니콜라이 네크라소프(1821~1878), 러시아 시인.
15) 이반 니키친(1824~1861), 러시아 시인.

더듬거리면서 사흘 저녁을 걸려서 읽었다. 푸가쵸프에 대해, 자유로운 생활에 대해, 스텐카 라진과 콘드라티 불라빈에 대해 씌어 있었다.

이윽고 최근 시대로 접어들었다. 누구인지 모르지만, 이 필자는 알기 쉬운 말로 카자흐의 가난한 생활을 신랄하게 비웃고, 카자흐의 조직과 행정제도, 차르의 힘, 그리고 차르의 근위병으로 고용된 카자흐에 대해 매도하고 있었다. 모두 흥분해서 토론을 벌였다. 프리스토냐는 천장의 들보에 머리를 기댄 채 떠들어댔다. 슈토크만은 문 옆에 앉아 고리가 박힌 뼈로 된 파이프로 담배를 피우며 눈으로 웃고 있었다.

"틀림없어! 정말 그대로야!"

프리스토냐가 거침없이 떠들었다.

"하지만 카자흐가 이렇게 창피스러운 꼴이 된 것은 자신의 잘못이 아니야."

코셰보이가 도저히 납득되지 않는다는 표정으로 검은 눈동자의 아름다운 얼굴을 일그러뜨렸다. 그는 키가 자그마하고 어깨가 넓으며 허리도 굵어서 정사각형으로 보였다. 그는 무쇠같이 튼튼한 어깨와 벽돌처럼 불그스름한 살집 좋은 목을 가졌다. 또한 광택 없는 뺨과 작고 굳게 다문 입과 곱슬곱슬한 금발 밑에서 반작이는 검은 눈과 여자 같은 윤곽의 예쁘고 작은 얼굴이어서 좀 묘하게 보였다.

이반 알렉세예비치는 키가 크고 뼈대가 굵은 카자흐인데 적극적인 자세로 토론에 임했다. 그의 뼈마디 굵은 몸에는 세포 하나하나에까지 카자흐의 전통이 뿌리를 박고 있었다. 그는 카자흐를 편들어 둥근 눈을 빛내며 프리스토냐에게 대들었다.

"미천한 농군으로 타락해 버렸군, 프리스탄. 여러 말 할 것 없어…… 네 카자흐의 피 속에는 더러운 피가 가득 섞여 있는 거야. 네 어멈은 보로네시의 달걀 장수와 붙어서 네놈을 낳았으니까."

"너는 정말 바보구나! 어쩔 수 없는 바보 자식이야."

프리스토냐가 낮은 목소리로 말했다.

"나는 어디까지나 사실을 말하고 있는 거야."

"나는 아타만 연대에 근무하지는 않았지만."

이반 알렉세예비치가 비아냥거렸다.

"아타만 연대 녀석들은 모두 얼빠진 놈들이야."

"전투 연대에도 형편없는 놈들이 있어."

"잠자코 있어, 거지 같은 농군 녀석들!"

"그럼, 농부는 인간이 아니라는 거야?"

"그래, 나무껍질로 만들어 마른 가지로 묶어 놓았기 때문에 농부라는 거야."

"나는 페테르부르크에서 복무할 때 여러 가지 닐을 봤어. 이런 닐도 있었지."

'일'을 '닐'이라고 틀리게 발음하면서 프리스토냐가 말했다.

"우리는 궁전 경비를 맡고 있었는데, 사람들이 모두 잠들었을 때 순찰을 나갔지. 말을 타고 성벽 위를 도는 거였어. 저쪽에서 두 사람이 오고 이쪽에는 두 사람이 가는 식으로. 도중에 만나면 묻는 거지. '이상 없나?' '불온한 기척이 없나?'—'이상 없습니다.' 그리고 양쪽으로 나누어 헤어지지. 멈춰서 이야기를 나눈다는 것은 결코 용납되지 않아. 인품도 엄격하게 선발하거든. 가령 입구에서 두 사람이 보초를 선다면 누가 누구인지 모를 만큼 비슷한 사람을 골라서 세우는 거야. 머리가 검은 녀석은 머리 검은 녀석과 함께 서고, 머리가 흰 녀석은 머리 흰 녀석과 짝이 되는 식으로. 머리칼만이 아니야. 생김새까지도 비슷한 녀석을 골랐지. 그런 어처구니없는 짓 때문에 나는 이발소에 가서 수염을 물들인 일도 있었어. 나는 니키포르 메시치에랴코프와 짝이 되기도 했거든. 테피킨 마을에서 우리 중대에 온 녀석이었지. 그런데 그 녀석의 털이 시뻘건 거야. 녀석의 귀밑털은 글쎄, 뭐라고 말해야 될까, 꼭 불이 타오르는 것 같았어. 아무리 찾아봐도 결국은 중대 안에 털빛이 그런 놈은 그밖에 없는 거야. 그래서 중대장 바르킨이 나를 불러서 말했지. '이발소에 가서 빨리 구레나룻과 콧수염을 염색하고 와'라고. 나는 곧바로 가서 물을 들이고 왔어…… 그리고 거울을 힐끗 들여다봤더니 소름이 끼치더군. 불이 붙고 있는 것 같지 뭔가! 마치 불타오르는 것 같았어. 정말이야! 그 수염을 잡으면 그야말로 손가락이 뜨거울 정도였단 말일세. 굉장했지."

"어이, 예멜리얌, 되는 대로 지껄이지 마! 대체 무슨 이야기를 하고 있는 거야?"

이반 알렉세예비치가 가로막았다.

"인민 이야기야. 뻔하잖아."

"그럼 그 이야기를 해야지. 그런데 너는 네 수염 이야기나 꺼내고 있잖아. 그런 이야기가 우리에게 무슨 소용이 있지?"

"그러니까 내가 이야기하고 있잖아. 어느 날 말을 타고 순찰을 나갔지. 동료와 함께 말을 몰고 가는데, 모퉁이에서 학생이 뛰어나왔어. 그 뒤로 줄지어 마치 구름처럼 몰려오더군. 그들은 우리를 보자 '와, 와!' 하고 소리를 질렀지. 그러고는 한 번 더 '와!' 하고 고함질렀어. 그러더니 우리가 어안이 벙벙해 있는 동안에 빙 둘러싸 버리며 묻더군. '어이, 카자흐, 당신들은 왜 말을 타고 돌아다니는 거요?' 우리는 말했지. '지금 순찰 중이다. 고삐를 놓아. 놓으란 말이야!' 그리고 칼을 뽑아 들려고 했지. 그런데 학생 녀석이 이렇게 나오는 거야. '나는 수상한 사람이 아니오. 나도 카멘스카야 마을 출신이오. 지금 이곳의 대학에 공부하러 와 있소'라고. 그래서 우리는 말을 몰아 앞으로 나아갔지. 그러자 몹시 코가 큰 학생 하나가 지갑에서 10루블 지폐를 꺼내 들고 말하는 거야. '카자흐, 돌아가신 나의 아버지를 기념해서 한잔하시오.' 그는 우리에게 10루블 지폐를 주고 나서 이번에는 가방에서 초상화를 한 장 꺼냈어. '이게 돌아가신 아버지요. 기념으로 받아 두오' 하더군. 나는 그걸 받았지. 받지 않으면 안 될 것 같아서. 학생들은 다시 '와!' 하면서 저쪽으로 가 버리더군. 네프스키 거리 쪽으로 가 버린 거야. 궁전 뒷문에서 중대장이 1개 소대 기병을 거느리고 달려왔어. 가까이 와서는 '무슨 일인가?' 라고 묻기에 우리는 대답했지. '학생들이 우리를 붙들고 이야기를 걸어 왔습니다. 우리는 군율에 따라 놈들을 베어 버리려고 했지만, 놈들이 우리를 그대로 지나쳤기 때문에 우리는 이곳으로 돌아온 겁니다.' 우리는 교대하고 나자 곧 상사를 붙들고는 말했지. '루키치, 어떤가, 결국 우리는 10루블을 번 셈이야. 그러니 이 할아버지의 명복을 빌며 한잔해야겠네.' 그리고 그 사진도 보여 줬지. 밤이 되자 상사가 보드카를 갖다 주더군. 그래서 우리는 이틀 밤낮을 꼬박 마셨어. 그런데 나중에 이 짓이 드러났어. 그 코 큰 학생이 엉뚱한 녀석이어서, 자기 아버지니 뭐니 하면서 사실은 독일 반역자 두목 사진을 우리에게 줬던 거야. 나는 멋모르고 기념 삼아 침대 위에 걸어 두었어. 그 사진의 인물은 회색 수염이 텁수룩이 난 장사꾼 같은 얼굴을 한 제법 훌륭한 사나이였는데, 중대장이 그걸 보고는 묻는 거야. '이 사진 대체 어디서 가져왔나?' 이러저러하다고, 나는 경위를 설명했지. 중대장은 대뜸 내 뺨을 후려치더군. 그러고는 다시 한번 더 때리고서…… 고함을 질렀어. '이게 누군지 알고 있나? 이건 놈들의 두목인 카를라……' 어쩌고 했는데 잊어버렸어…… 뭐라고 했었는지 생각이 안 나는데."

"칼 마르크스 아닌가."

슈토크만이 몸을 움츠리고 웃으면서 속삭였다.

"그래, 그래! 그거야, 카를라 마크르스."

프리스토냐는 기뻐하며 말했다.

"영창에 가두더군, 제기랄! 가끔 우리 위병소에 황태자 알렉세이 전하가 시종들을 거느리고 찾아오곤 했었어. 만일 그럴 때 들켰더라면 어떤 일이 벌어졌을지 몰라!"

"너는 언제나 농군을 칭찬하기 때문에 그런 꼴을 당하는 거야."

이반 알렉세예비치가 놀려 댔다.

"그 대신 10루블어치나 마셨지. 털북숭이 카를라를 위해서건 뭐건 마셔 줬어. 마시고말고."

"그 사람을 위해서라면 마실 필요가 있지."

슈토크만은 미소 지으며 고리가 끼어 있는 뼈로 만든 파이프를 만지작거렸다.

"대체 그 사람은 어떤 훌륭한 일을 했지요?"

코셰보이가 물었다.

"그건 다음에 이야기하지. 오늘은 너무 늦었으니까."

슈토크만은 불이 꺼진 담뱃재를 파이프에서 떨어냈다.

사팔뜨기인 루케시카네 셋방에서는 오랫동안 고르고 고른 끝에 열 명쯤 되는 카자흐 중심인물이 조직되었다. 슈토크만은 그 중심이 되어 자기만 알고 있는 목적을 향해 줄기차게 이끌어 갔다. 벌레가 나무를 파먹어 들어가듯 소박한 사고방식이며 습관을 무너뜨리고, 현존하는 제도에 대한 반감과 증오를 불어넣었다. 처음에는 차가운 불신의 철벽에 부딪쳤으나 굽히지 않고 물고늘어졌다. 이리하여 불만의 씨가 뿌려졌다. 이 씨가 4년 뒤 낡고 약한 껍질을 깨뜨리고, 강하고 싱싱한 싹을 틔우게 되리라고 어느 누가 짐작이나 했으랴.

10

느릿하게 비탈진 모래톱 왼쪽 강변에 돈강을 굽어보며 뵤센스카야읍이 있었다. 돈강 상류에서는 가장 오래된 거리로, 표트르 1세 치하 때 몰락한 치고나키읍이 있던 곳에서 옮겨져 뵤센스카야라고 이름이 바뀐 곳이었다. 지난날에는 보로네시와 아조프해를 잇는 큰 물길의 중간 지점이 되는 거리였다.

이 거리 언저리에서 돈강은 타타르인의 활처럼 구부러지고, 오른쪽으로 꺾여 다시 바즈키 마을 가까이에서 기세 좋게 쭉 뻗어 오른쪽 강가 산들의 백악 바위 지맥의 자락을 씻으며, 오른쪽으로는 인가가 빽빽이 들어선 마을들을, 왼쪽으로는 인가가 드문 마을들을 옆에 끼고 녹색 띤 푸르고 맑은 물을 짙은 감색의 아조프해까지 흘려보냈다.

우스티 호표르스카야 마을 언저리에서 호표르강이 합쳐지고, 거기서부터 하류는 물이 불어나 인구가 많은 마을과 적은 마을들의 갖가지 색채 속을 흘러내려갔다.

뵤센스카야는 도시 전체가 노란 모래톱의 매립지로 공원 따위는 없는 밋밋하고 멋없는 거리였다. 광장에는 오랜 세월이 지나는 동안 잿빛이 되어 버린 교회가 있고, 여섯 개의 거리가 돈강의 흐름을 따라 뚫려 있었다. 돈강이 구부러져 읍에서 바즈키 마을로 가는 언저리에서 갈라졌다. 강은 포플러 숲 속으로 자루처럼 파고들어 돈강 폭만 한 너비의 얕은 호수를 이루고 있었다. 호수가 끝나는 데에서 거리는 끝나고 있었다. 황금빛 가시가 돋은 엉겅퀴가 무성한 작은 광장에 두 번째 교회가 있는데, 녹색 원탑과 지붕이 호수 저쪽 기슭에 있는 포플러 숲의 녹색빛을 받아 더욱 빛나고 있었다.

거리 북쪽에는 사프란색[16]의 모래벌판이 펼쳐지고, 가냘픈 느낌의 소나무 숲이 있으며 붉은 흙의 지반 탓으로 장밋빛을 띤 물이 찬 후미가 있었다. 그리고 저 멀리까지 굵은 모래알로 이어진 모래벌판에는 드문드문한 섬들처럼 마을과 집들을 둘러싼 나무숲이 흩어져 있고, 또 불그스름한 억센 털 같은 버드나무 가로수가 서 있었다.

12월 어느 일요일, 오래된 교회 앞 광장에 근처 마을에 사는 500명쯤 되는

---

16) 엷은 자주색.

젊은 카자흐인들이 새까맣게 모여 있었다. 교회에서는 예배가 끝나고 '찬송할지어다'의 종이 울리기 시작했다. 가장 고참인 하사관으로, 장기근무자임을 알리는 완장을 두른 나이 든 카자흐인이 '정렬!' 하고 호령했다. 시끄럽게 떠들어 대던 군중은 천천히 움직여 길고 고르지 못한 두 줄로 늘어섰다. 하사관들이 그 대열 옆으로 뛰어다니며 물결처럼 들쭉날쭉한 열을 바로잡았다.

"오른쪽으로."

고참인 하사관이 소리를 길게 끌고 분명하지 않은 손짓을 하며 호령했다.

"나란히!"

군복을 입고 새 장교 외투를 걸친 아타만이 박차[17]를 철컥거리며 교회 마당으로 들어섰다. 그 뒤를 병사 담당자가 따라갔다.

그리고리 멜레호프는 미치카 코르슈노프와 나란히 서 있었다. 두 사람은 조그만 소리로 소곤거렸다.

"구두가 발에 파고들어서 아파 못 견디겠어."

"참아. 이제 곧 아타만이 될 몸이잖아."

"이제부터 어디로 끌고 갈 건가."

이제 되었다는 듯이 고참 하사관이 뒷걸음질해서는 뒤꿈치로 빙글 돌아섰다.

"우향우!"

500켤레의 구두가 한꺼번에 소리를 냈다.

"줄줄이 우향 앞으로 갓!"

종대는 교회 마당으로 통하는 문으로 들어갔다. 벗어 놓은 카자흐 모자가 흩어지고, 교회 안은 둥근 천장 위까지 발소리로 가득 찼다.

그리고리는 신부가 읽고 있는 선서의 말을 건성으로 흘려들으며 미치카의 얼굴을 찬찬히 바라보았다. 미치카는 아픔으로 얼굴을 찌푸린 채 장화가 죄어드는 발을 자꾸만 바꾸어 딛고 있었다. 그리고리는 머리 위로 쳐들고 있는 손이 저려 왔다. 그리고 머릿속에서 두서없는 생각이 단편적으로 불쑥불쑥 솟아났다. 십자가 앞으로 다가가서 많은 사람들의 침으로 축축하게 젖은 은붙이에 입맞춤했을 때 아크시냐와 아내가 떠올랐다. 마치 번갯불이 번뜩이는 것처럼 조

---

17) 말을 탈 때 신는 구두의 뒤축에 달려 있는 물건.

각조각의 추억이 생각을 끊어 버리는 것이었다—숲, 화려한 순은제 마구를 단 것처럼 하얗고 눈부시게 치장을 한 나무들의 갈색 줄기, 불룩한 플라토크 그늘에서 내다보는 아크시냐의 촉촉하고 불타는 듯한 검은 눈동자의 반짝임…….

광장으로 나가서 다시 정렬했다. 하사관이 손으로 코를 풀더니 그 손가락을 군복 안감에 슬며시 닦은 다음 연설을 시작했다.

"여러분은 이제 어린애가 아니라 당당한 카자흐인이다. 선서를 한 이상 이제 자기가 무엇을 어떻게 해야 하는가 정도는 잘 알고 있어야 한다. 여러분은 이제 의젓한 카자흐인이 되었으니 자신의 명예를 지키고, 부모의 말에 복종해야 한다. 어릴 때에는 어리석은 짓을 하거나 길 한가운데에 통나무를 갖다 놓는 짓을 했을지도 모르지만, 이제는 머지않아 군대에 들어갈 몸임을 늘 마음에 새겨 두어야 한다. 어쨌든 1년만 지나면 여러분은 모두 현역이 되는 것이다."

거기에서 하사관은 다시 손으로 코를 풀고는 손바닥에 묻은 콧물을 닦고 손으로 짠 화려한 장갑을 끼면서 말을 끝맺었다.

"그리고 여러분의 부모들은 입대 준비를 해 주어야 한다. 먼저 튼튼한 말을 구할 것, 대강 그런 것들이지…… 그럼 오늘은 이만 돌아가도 좋다!"

그리고리와 미치카는 다리 옆에서 마을 사람들을 기다렸다가 함께 돌아갔다. 돈강 벼랑가를 지나서 바즈키 마을 언저리에 이르렀을 즈음 굴뚝의 연기도 사라지고, 종소리가 희미하게 들려왔다. 미치카는 어디에선가 뽑아 온 말뚝을 짚고 다리를 절룩거리며 맨 뒤에 따라오고 있었다.

"구두를 벗어."

한 동료가 충고했다.

"발에 동상이 걸리면 어떻게 해."

미치카는 잠시 멈춰 서서 망설였다.

"양말을 신었으니 괜찮아."

미치카는 눈 위에 주저앉아 힘들여 구두를 벗었다. 그리고 다리를 절룩거리며 걷기 시작했다. 큰길의 폭신한 눈 위에 털실로 짠 두꺼운 양말 자국이 또렷이 남았다.

"어느 쪽 길로 갈까?"

나무 그루터기처럼 튼튼하고 키가 작은 알렉세이 베시냐크가 물었다.

"돈강 벼랑가로 가자."

그리고리가 모두를 대신해서 대답했다.

그리하여 서로 길섶으로 밀어 넘어뜨리기도 하고 시끄럽게 떠들면서 걸어갔다. 모두들 의논하여, 한 사람씩 교대로 눈무더기 속에 쓰러뜨리고 나머지가 한꺼번에 그 위에 덮쳐 마구 짓눌렀다. 그러다가 바즈키 마을과 그롭코프스키 마을 사이에서 미치카가 맨 먼저 돈강을 건너가는 이리를 발견했다.

"얘들아, 이리다! 저것 봐! 야."

"야, 저기, 저거!"

"호!"

이리는 비틀거리는 걸음으로 10미터쯤 달려가더니 저쪽 기슭 바로 앞에서 쓰러졌다.

"저놈 봐!"

"와!"

"쳇, 망할 녀석!"

"미트리, 저놈은 너를 보고 놀란 거야. 네가 양말 바람으로 걷고 있어서 말이야."

"봐, 저놈이 총을 맞지 않으려고 죽은 체하잖아."

"머리를 들었는데."

"저것 봐, 다시 걷기 시작하네."

화강암을 깎은 듯한 회색 짐승이 꼬리를 막대처럼 곧게 뻗고 일어섰다. 무엇엔가 놀란 듯 얼른 옆으로 비켜서더니 물가의 버드나무 숲속으로 달아났다.

마을에 닿을 때는 벌써 저녁 무렵이었다. 그리고리는 자기 집 앞 골목까지 이어진 빙판길을 통해 집으로 들어갔다. 안뜰에 썰매가 팽개쳐져 있고, 울타리 옆에 쌓아 놓은 마른가지 무더기 속에서 참새가 짹짹거리고 있었다. 사람 사는 집다운 냄새와 페치카에서 나오는 연기 냄새가 풍겼고, 가축우리의 후끈한 기운이 느껴졌다.

현관 층계를 올라가면서 그리고리는 창문으로 안을 들여다보았다.

램프가 부엌을 희미하니 노랗게 물들이고, 그 빛을 받으면서 페트로가 창문에 등을 돌리고 서 있었다. 그리고리는 비로 구두의 눈을 떨어낸 뒤 김이 무럭

무럭 오르는 부엌으로 들어갔다.

"돌아왔습니다! 별일 없었습니까?"

"일찍 왔구나. 추웠지?"

페트로가 반색하며 말했다.

판텔레이 프로코피예비치는 무릎에 팔꿈치를 얹어 머리를 숙이고 앉아 있었다. 다리야는 물레를 발로 붕붕 돌리고 있었다. 나탈리야는 테이블 저편에 그리고리에게로 등을 돌리고 서서 돌아보려고도 하지 않았다. 그리고리는 부엌 안을 쓱 둘러보고 페트로에게서 눈길을 멈추었다. 어쩐지 안절부절못하면서 무언가 할 이야기가 있는 듯한 얼굴을 보고 무슨 일이 있었음을 눈치챘다.

"선서하고 왔니?"

"음."

그리고리는 천천히 외투를 벗었다. 그리고 그동안에 머릿속으로 이렇듯 차가운 태도로 그를 맞으면서 쥐죽은 듯 조용한 것은 무엇 때문일까 재빨리 생각하고, 이렇게 되리라고 여겨질 만한 모든 일들을 되짚어 보았다.

거실에서 일리니치나가 나왔다. 그 얼굴에도 얼마쯤 낭패의 빛이 어려 있었다.

'나탈리야 때문이군.'

그리고리는 순간적으로 생각했다. 그리고 아버지와 나란히 긴 의자에 앉았다.

"얘에게 저녁을 차려 주렴."

어머니가 그리고리를 눈으로 가리키며 다리야에게 말했다.

다리야는 실 잣는 노래를 뚝 그치고, 농촌 여자답지 않은 날씬하고 화사한 어깨와 허리를 요염하게 비틀며 페치카 쪽으로 걸어갔다. 부엌의 정적은 더욱 깊어 갔다. 페치카 옆의 우묵한 곳에 얼마 전 새끼를 낳은 염소가 새끼와 함께 매인 채 콧소리를 내고 있었다.

그리고리는 스튜를 한술 뜨면서 나탈리야를 흘끗 쳐다보았다. 하지만 그녀의 얼굴은 볼 수 없었다. 그녀는 그가 있는 쪽에서 옆으로 몸을 돌린 채 뜨개바늘 위로 고개를 깊이 숙이고 있었다. 맨 먼저 판텔레이 프로코피예비치가 이 정적을 견디지 못해 삐걱거리는 듯한 이상한 소리로 헛기침을 한 뒤 말했다.

"나탈리야가 친정으로 돌아가겠다는구나."

그리고리는 빵부스러기를 모아 둥글게 뭉치면서 잠자코 있었다.

"어째서라고 생각하니?"

아버지가 물었다. 아랫입술이 눈에 띄게 떨리고 있었다. 이제 곧 노여움이 터져 나올 징조이다.

"어째서인지 내가 어떻게 알아요."

그리고리는 그릇을 밀어놓고 성호를 그으며 일어섰다.

"나는 알고 있어!"

아버지의 목소리가 거칠어졌다.

"그렇게 큰소리 내지 말아요. 그런 큰소리는."

일리니치나가 끼어들었다.

"어째서인지 나는 잘 알고 있단 말이다!"

"그만해 둬요. 그렇게 소리 질러 봤자 별수 없잖아요?"

페트로가 창가에서 떠나 방 한가운데로 나왔다.

"이건 좋고 싫은 문제니까요. 함께 살고 싶으면 살면 되고, 싫으면 나가면 그만이지요."

"나는 며느리를 나무랄 수 없다. 이건 부끄러운 일이고 하느님에게도 송구한 일이지만, 나는 며느리를 나무랄 수 없어. 며느리가 나쁜 게 아니야. 모든 게 이 형편없는 놈 잘못이야!"

판텔레이 프로코피예비치는 페치카에 기대고 있는 그리고리를 가리켰다.

"내가 누구에게 잘못했다는 거지요?"

"이놈, 네가 그걸 모른다는 거냐? 음, 모른다고? 망할 놈의 자식."

"몰라요."

판텔레이 프로코피예비치는 박차고 일어나 의자를 쓰러뜨리고는 그리고리에게로 바싹 다가갔다. 나탈리야는 양말을 떨어뜨렸다. 뜨개바늘이 소리 내며 바닥에 떨어졌다. 그 소리에 고양이가 놀라 페치카 위에서 뛰어내리더니 머리를 갸웃거리며 앞발로 털실 뭉치를 굴리면서 옷궤 쪽으로 가지고 갔다.

"너에게 말해 두겠는데—"

아버지는 노여움을 억누르며 한마디 또렷하게 잘라 말했다.

"나타시카와 함께 살지 않을 거면 이 집에서 나가 어디든 너 좋을 대로 아무데나 가 버려라. 이건 내 명령이다! 어디든 마음 내키는 대로 가 버려."

그는 여느 때의 침착한 목소리로 돌아와 되풀이해 말했다. 그러더니 그리고리 옆을 떠나 쓰러뜨린 의자를 세우러 갔다.

두냐시카는 침대에 걸터앉아 놀란 듯 눈이 휘둥그레져서 이리저리 살펴보고 있었다.

"홧김에 하는 소리는 아닌데요, 아버지, 나도 한마디 하겠어요."

그리고리의 말소리는 몹시 떨리고 있어 제대로 알아들을 수 없었다.

"나탈리야는 내가 원해서 데려온 게 아니에요. 아버지가 나에게 떠맡긴 거지요. 그러니 나는 나탈리야를 쫓아다니지는 않겠어요. 자기 집으로 가겠다면 돌려보내면 되잖아요."

"네놈이야말로 이 집에서 썩 나가!"

"그래요, 나가지요."

"당장 어디든지 가 버려!"

"나가겠다고 말했으면 나가요. 그렇게 재촉할 것 없잖아요?"

그리고리는 침대 위에 던져 둔 외투를 움켜쥐고, 콧방울을 벌름거리며 아버지와 마찬가지로 뒤끓는 분노에 몸을 떨었다.

두 사람의 몸 속에 흐르는 피에는 똑같은 터키인의 피가 섞여 있었다. 그래서 이 순간에 두 사람은 이상할 만큼 비슷했다.

"너, 어디로 가겠다는 거냐?"

일리니치나가 그리고리의 손을 잡고 애원하듯 말했다. 그러나 그는 어머니를 힘껏 밀어 버리고 침대에 위의 카자흐 모자를 낚아챘다.

"멋대로 어디든지 가 버려, 이 바보 녀석! 천벌을 받을 놈! 자, 나가, 얼른 꺼져 버려!"

아버지는 문을 열어젖히고 고함쳤다.

그리고리는 현관으로 뛰어나갔다. 그가 마지막으로 들은 것은 나탈리야의 울음소리였다.

꽁꽁 얼어붙은 밤이 마을을 감싸고 있었다. 새까만 하늘에서는 바늘 같은 싸락눈이 내렸다. 돈강에서는 마치 대포라도 쏘는 듯한 굉장한 소리를 내며 얼음이 갈라지고 있었다. 그리고리는 숨을 삼킨 채 대문 밖으로 달려나갔다. 마을 저쪽 끝에서 개가 여기저기 짖어 대고 어둠이 노란 불빛에 비추어져 군데군데 희뿌옇게 흐려져 있었다.

그리고리는 정처 없이 거리를 걸었다. 스테판의 집 창문이 캄캄한 어둠 속에서 보석처럼 빛났다.

"그리샤!"

나탈리야의 애절한 외침이 문 쪽에서 들려왔다.

'형편없는 계집 같으니. 뒈져 버려!'

그리고리가 이를 갈면서 걸음을 빨리했다.

"그리샤…… 돌아와요!"

그리고리는 취한 듯한 걸음걸이로 첫 번째 길을 돌아갔다. 그는 마지막으로 이제는 멀어져 버려 희미하게 들리는 슬픈 외침을 들었다.

"그리샤, 여보."

그는 빠른 걸음으로 광장을 가로질러 네거리에 멈춰 서서, 오늘 하룻밤을 잠 재워 줄 만한 친구들 이름을 머릿속으로 떠올려 보았다.

미하일 코셰보이의 집 앞에서 걸음을 멈추었다. 그의 집은 마을에서 멀리 떨어진 산기슭이며, 가족이라야 어머니와 그 자신과 아직 어린 소녀인 여동생 셋뿐이었다. 마당으로 들어가 이 쓰러져 가는 집에 걸맞은 작은 창문을 똑똑 두드렸다.

"누구세요?"

"미하일 있습니까?"

"있는데……누구냐?"

"저예요, 그리고리 멜레호프예요."

잠시 뒤 깊이 잠들었다가 일어난 듯한 미하일이 문을 열었다.

"그리샤?"

"음, 그래."

"무슨 일로 이 밤중에 찾아왔어?"

"일단 좀 들어가도 될까? 들어가서 이야기할게."

그리고리는 현관에서 미하일의 팔꿈치를 붙잡고, 말이 제대로 나오지 않아 초조해하면서 속삭였다.

"오늘 밤 너희 집에서 좀 재워 줘…… 집에서 다투고 나왔어…… 너희 집은 어때, 너무 좁은가? 그렇다면 다른 데로 가 볼 테니까."

"잘 자리는 있어. 우선 올라와. 또 싸운 거야?"

"그건…… 나중에 이야기할게…… 문은 어디 있지? 잘 보이지 않는데."

그리고리는 긴 의자 위에서 자기로 했다. 그리고 딸과 한 침대에서 자는 미하일의 어머니의 속삭임이 들리지 않도록 반외투를 머리 위에 뒤집어쓰고 누웠다.

'집에서는 지금 어떻게 하고 있을까? 나탈리야는 정말 나갈지 어떨지…… 이제부터는 새로운 생활을 시작하는 거야. 그런데 대체 누구를 의지해야 할까?'

그때 문득 좋은 생각이 떠올랐다.

'내일 아크시냐를 불러내어 둘이서 쿠반으로 달아나 버리자. 여기서 멀리 떨어진…… 아주 먼 곳으로.'

그리고리가 눈을 감자 이제까지 본 적 없는 낯선 벌판과 산들과 마을들이 떠올랐다. 그리고 높고 낮은 산들 저편과 잿빛 가도 저쪽에 옛날 이야기 같은 하늘빛의 정다운 고장과, 무르익은 여자의 거친 색정에 싸인 아크시냐의 애정이 기다리고 있는 것처럼 느껴졌다.

엄습해오는 미지의 세계에 두려움을 느끼면서 잠이 들었다. 잠들기 전에 무언가 마음을 짓누르고 있으면서도 포착하기 어려운 그 뭔가를 생각해 내려고 애썼지만 헛일이었다. 잠들기 시작하면 그의 갖가지 생각은 마치 흐름을 탄 작은 배처럼 순조롭게 거침없이 나아갔지만, 그것은 문득 얕은 여울목에라도 올라선 것처럼 무엇엔가 부딪히는 것이었다. 그러면 갑자기 가슴이 답답해지고 머리가 산란해졌다. 그래서 몸을 뒤척이며 다시 이런저런 생각을 해보는 것이었다.

'무엇일까? 앞길을 가로막고 있는 것은 대체 무엇일까?'

아침에 잠이 깨었을 때 문득 생각났다.

'군대다! 내가 아크시냐와 둘이서 어디로 갈 수 있단 말인가! 봄이면…… 야영을 가야 한다. 또 가을에는…… 입대해야 한다. 그렇다. 그것이 방해하고 있는 거야.'

그는 아침을 먹고 나서 미하일을 입구의 작은방으로 불러냈다.

"저, 미하일, 아스타호프네에 좀 갔다 와 주지 않겠어? 아크시냐에게 저녁때 풍차 오두막으로 나와 달라고 말해 줘."

"하지만 스테판이!"

미하일이 우물거렸다.

"무슨 볼일이 있는 것처럼 해."

"좋아, 갔다 오지."

"부탁해. 꼭 나오라고 해 줘."

"그래, 알았어."

저녁때가 되자, 풍차 아래로 가서 앉아 담배를 피우고 있었다. 풍차 뒤쪽에서는 바람이 마른 옥수숫대에 부딪혀 버석거리는 소리가 났다. 묶어서 고정시켜 둔 풍차 날개 위에서 찢어진 천이 펄럭였다. 그리고리는 어쩐지 무섭게 큰 새가 날개를 퍼덕이며 날아가지는 못하고 그의 머리 위에서 빙빙 돌고 있는 듯한 기분이 들었다. 아크시냐는 아직 오지 않았다. 서쪽 하늘은 엷게 도금한 듯한 연보랏빛으로 물들었고, 동쪽에서 바람이 기세를 더해 몰아쳐 왔다. 저녁 어둠이 갯버들 나뭇가지에 걸려 있는 달을 앞지르며 장막을 펼쳤다. 풍차 오두막 위쪽의 하늘은 보랏빛 무늬를 그리면서 시체처럼 거무스름한 빛을 띠었다. 마을 위에는 한낮의 시끄러운 소음의 흔적이 떠돌고 있었다.

그리고리는 담배 세 대를 연거푸 피우고 마지막 꽁초를 짓밟힌 눈 속에 쑤셔 넣고는, 노여움 섞인 외로움에 싸여 주위를 둘러보았다. 풍차 오두막에서 마을로 이어진 눈 녹은 길은 타르를 깔아 놓은 것처럼 검게 물들어 있었다. 마을 쪽에서 다가오는 사람들의 모습은 보이지 않았다. 그리고리는 일어나 어깨뼈에서 우두둑 소리가 나도록 기지개를 켜고, 미하일의 오두막 창문에서 손짓이라도 하듯 깜박이는 불빛을 향해 걷기 시작했다. 가볍게 휘파람을 불면서 마당 가까이까지 왔을 때, 하마터면 아크시냐와 부딪칠 뻔했다. 그녀는 달려왔거나 아니면 급히 걸어온 듯 숨을 헐떡이고 있었다. 차갑고 상쾌한 그 입에서 바람 냄새인지 아니면 저 멀리 들녘의 마른풀 냄새인지가 희미하게 풍기고 있었다.

"오래 기다렸어. 안 오는 줄 알았지."

"가까스로 스테판을 내보내고 오는 길이에요."

"당신 덕택에 꽁꽁 얼어 버렸어. 젠장!"

"나는 불같이 뜨거우니 내가 따뜻하게 해 줄게요."

털가죽 외투의 늘어진 앞자락을 확 벌리고 마치 홉 풀이 떡갈나무에 얽히듯 그리고리의 몸을 휘감았다.

"무슨 일로 불렀지요?"

"잠깐 기다려. 팔 좀 풀어…… 누가 지나갈지도 모르잖아."

"아내와 싸운 거예요?"

"집에서 나와 버렸어. 엊저녁부터 미시카네 집에 있었지…… 꼭 들개처럼."

"그래, 앞으로 어쩔 생각이에요?"

아크시냐는 그리고리를 안고 있던 팔을 풀고, 추운 듯 외투 자락을 여몄다.

"그리샤, 울타리 쪽으로 좀 내려가요. 봐요, 너무 길 한가운데잖아요?"

두 사람은 울타리 쪽으로 내려갔다. 그리고리는 쌓인 눈을 쓸어 내고 꽁꽁 얼어붙어 바삭거리는 소리가 나는 윗가지 울타리에 등을 기대었다.

"나탈리야가 친정으로 갔는지 어쨌는지 몰라?"

"몰라요…… 하지만 틀림없이 친정으로 갈 거예요. 어떻게 그 집에서 살 수 있겠어요?"

그리고리는 얼어 가고 있는 아크시냐 손을 자기 소매 속에 넣어 주고, 그 가느다란 손목을 꽉 쥐면서 물었다.

"앞으로 어쩌지?"

"글쎄, 난 모르겠어요. 뭐든지 당신이 시키는 대로 하겠어요."

"스테판을 버리고 오겠어?"

"그런 거 문제 없어요. 지금 당장에라도!"

"어디든 가서 같이 벌면서 살까?"

"양치기라도 좋아요, 당신하고라면. 응, 그리샤…… 당신하고 함께라면."

두 사람은 서로 몸을 바싹 붙인 채 가만히 서 있었다. 그리고리는 조금도 움직이고 싶지 않았으므로 바람이 불어오는 쪽으로 얼굴을 돌린 채 콧방울을 벌름거리고, 감은 눈을 뜨려고도 하지 않고 가만히 서 있었다. 아크시냐는 그 겨드랑에 얼굴을 묻고, 머리가 어지러워지는 듯한 그리웠던 그의 땀냄새를 맡고 있었다. 애욕으로 짓무른 그녀의 입술에는 소원대로 그의 마음을 빼앗았기에 행복으로 넘쳐 나는 기쁜 미소가 나타나 있었다.

"내일 모호프에게 가보지. 거기라면 고용해 줄지도 모르니까."

그리고리는 자기 손 안에서 땀이 밴 아크시냐의 손목을 조금 위쪽으로 옮겨 잡으며 말했다. 아크시냐는 잠자코 있었다. 고개도 들지 않았다. 조금 전까지의 미소는 사라져 버리고, 크게 뜬 눈 속에 궁지에 몰린 짐승처럼 슬픔과 놀라움이 담겨 있었다. '이야기해야 할까, 하지 말아야 할까?'

그녀는 자신이 임신한 사실을 떠올리고는 생각했다. '이야기해야 해' 하고 마음먹으려 했지만, 곧 다시 놀라서 몸을 떨며 그 무서운 생각을 머리에서 털어내 버렸다. 여자의 직감으로 그녀는 지금은 그런 이야기를 할 때가 아님을 알았고, 만일 그런 이야기를 했다가는 그리고리를 영원히 잃게 될지도 모른다고 생각했다. 이 심장 밑에서 꿈틀꿈틀 움직이고 있는 아이가 과연 두 남자 가운데누구의 아이일까 의심하면서, 마음을 다잡고 아무 말도 비추지 않았다.

"떨고 있잖아? 추워?"

그리고리는 외투 자락으로 그녀를 감싸며 물었다.

"조금 추워요…… 하지만 이젠 돌아가야지요. 스테판이 돌아왔다가 내가 없으면."

"어디 갔는데?"

"아니케이에게 갔어요. 카드놀이하라고 간신히 보냈지요."

두 사람은 헤어졌다. 그리고리의 입술에는 가슴을 두근거리게 하는 그녀의입술 냄새가 남아 있었다. 그것은 겨울바람 냄새와도 같은, 또 5월의 비를 맞은벌판의 마른풀에서 풍기는 아득하고 희미한 그것과도 같은 냄새였다.

아크시냐는 오솔길로 돌아서서 몸을 굽히고 거의 달려가듯이 빠르게 걸었다. 그러다가 어느 집 우물 앞, 가을에 가축들이 진흙을 짓밟아 놓은 곳에서 단단히 얼어붙은 땅에 발이 미끄러져 하마터면 앞으로 엎어질 뻔했다. 그 순간 배를 찌르는 듯한 통증이 느껴져 급히 울타리 말뚝을 붙잡았다. 잠시 뒤 통증은가라앉았지만, 옆구리쯤에서 무엇인가 살아 있는 것이 방향을 돌려 움직이면서대여섯 번 잇따라 힘껏 발로 차는 것 같은 기분이 들었다.

11

이튿날 아침 그리고리는 모호프네 집으로 찾아갔다. 세르게이 플라토노비치는 차를 마시려고 가게에서 돌아와 있었다. 떡갈나무 색깔을 본뜬 값비싼 벽지를 바른 식당에 아테핀과 둘이 앉아서 포도주 빛깔의 진한 차를 마시고 있었다. 그리고리는 현관에 모자를 두고 식당으로 들어갔다.

"부탁이 좀 있어서 왔습니다, 세르게이 플라토노비치."

"그래, 판텔레이 멜레호프의 아들이지?"

"네, 그렇습니다."

"그래, 무슨 일인가?"

"저를 좀 고용해 주실 수 있겠는지 여쭤 보려고요."

문이 삐걱거리는 소리가 났으므로 그리고리는 그쪽으로 얼굴을 돌렸다. 거실 쪽에서 기병 중위 견장을 달고 녹색 하복을 입은 젊은 장교가 신문을 들고 들어왔다. 그리고리는 그가 지난해에 미치카 코르슈노프와 경마를 해서 진 장교임을 금방 떠올렸다.

장교에게 의자를 권하고 나서, 세르게이 플라토노비치가 물었다.

"자네 아버지가 자식을 날품팔이 시킬 만큼 집안이 기울었나?"

"나는 지금 아버지와 함께 살고 있지 않습니다."

"분가한 건가?"

"네."

"자네 집안사람들이 모두 일을 잘한다는 거야 익히 알고 있으니까 기꺼이 고용하고 싶지만, 지금은 우리도 일손이 남아돌아."

"무슨 일입니까?"

중위가 테이블로 다가와 그리고리를 보면서 물었다.

"이 사람, 일을 시켜 달라는군."

"자네 말을 보살필 줄 아나? 그리고 마차도 관리할 수 있나?"

중위는 컵 속을 휘저으며 물었다.

"할 수 있습니다. 우리 집에도 말이 여섯 필 있으니까요."

"나는 마부가 한 사람 필요하네. 그런데 자네가 바라는 것은?"

"나는 그리 대단한 것을 바라지 않습니다."

"그렇다면 내일 우리 아버지 집으로 와 보게. 알고 있겠지? 니콜라이 알렉세예비치 리스트니츠키 저택이야. 아마 여기서 12킬로미터쯤 될까?"

"네, 알고 있습니다."

"그럼 내일 아침에 찾아오게. 그때 이야기하지."

그리고리는 잠시 머뭇거리다가, 문손잡이를 잡으려고 손을 내밀면서 말했다.

"저, 한 말씀 드릴 게 있습니다만."

중위는 그리고리의 뒤를 따라 어두컴컴한 복도로 나왔다. 테라스에서 젖빛 유리를 통해 장밋빛 햇살이 희미하게 비쳐들었다.

"뭔가?"

"실은 나 혼자가 아닙니다."

그리고리는 얼굴이 빨개졌다.

"여자와 둘입니다만, 여자한테도 무슨 일거리가 있겠습니까?"

"아내인가?"

중위는 햇빛에 장밋빛으로 빛나는 눈썹을 치켜뜨고 웃으며 물었다.

"남의 아내인데."

"아, 그래? 음, 좋아. 그럼 부엌일이라도 거들게 하지. 그런데 그 여자 남편은 어디에 있나?"

"이곳에 있습니다. 이 마을 사람이지요."

"그럼 자네는 그 남자에게서 아내를 가로챈 거로군?"

"여자 쪽에서 제 발로 걸어왔습니다."

"로맨틱한 이야기로군. 좋아, 내일 오게. 그럼 돌아가도 좋네."

그리고리는 아침 8시쯤에 리스트니츠키의 영지인 야고드노예로 갔다. 넓은 골짜기에 벽돌담을 둘러친 큰 건물이 서 있었다. 기와지붕 한가운데에 '1910년'이라고 씌어진 별채, 하인들의 행랑채, 목욕탕, 마구간, 닭장, 외양간, 기다란 창고, 마차 차고 등이 딸린 곳이었다. 꽤 오래된 커다란 본채에는 안뜰 쪽에 화단이 있고, 나머지 두 면은 정원의 나무들로 둘러싸여 있었다. 본채 뒤쪽으로는 잎이 완전히 떨어져 버린 포플러와, 떼까마귀가 살던 갈색 모자 같은 둥지가 매달린 갯버들 가로수가 회색 벽처럼 버티고 서 있었다.

그리고리는 뒷마당에서 새까만 크리미아종 보르조이 개 한 무리의 마중을 받았다. 눈물 때문에 눈을 제대로 뜨지 못하는 늙은 절름발이 개가 맨 먼저 그리고리의 냄새를 맡고는 바싹 마른 머리를 숙인 채 뒤따라왔다. 행랑채에서는 여자 요리사가 주근깨투성이인 젊은 하녀와 입씨름을 하고 있었다. 입술이 두 꺼운 늙은 하인이 담배 연기에 싸인 채 문지방에 앉아 있었다. 하녀가 그리고리를 본채로 안내했다. 현관으로 들어서자, 사냥개 냄새와 아직 완전히 마르지 않은 짐승의 가죽 냄새가 코를 찔렀다. 테이블 위에는 쌍연발총 주머니와 녹색 비단술이 달린 닳아빠진 자루가 놓여 있었다.

"도련님께서 기다리십니다."

옆문에서 하녀가 얼굴을 내밀었다.

그리고리는 진흙투성이인 장화에 신경 쓰면서 조심스레 문 안으로 들어섰다.

창문 아래 놓인 침대에 중위가 누워 있었다. 이불 위에는 담배를 마는 종이와 담배 상자가 놓여 있었다. 담배를 말고 나서 중위는 흰 셔츠 깃의 고리를 채우며 말했다.

"일찍 왔군. 잠깐 기다리게. 곧 아버지가 오실 테니까."

그리고리는 문 옆에 서 있었다. 잠시 뒤 현관 바닥을 삐걱거리면서 누군가가 가까이 다가오는 발소리가 났다. 굵고 낮은 목소리가 문틈으로 들려왔다.

"일어났느냐, 예브게니?"

"들어오십시오."

검은 카자흐 외투를 입은 노인이 들어왔다. 그리고리는 옆에서 그 노인을 바라보았다. 맨 먼저 그의 눈에 들어온 것은 가늘고 구부러진 코와 담배 연기 때문에 코밑만 노랗게 된 희고 길다란 팔자수염이었다. 노인은 180미터가 넘는 키에 어깨는 넓었으나 여위어 보였다. 기다란 낙타 프록코트가 어깨에 걸쳐져 후줄근하니 늘어져 있고, 칼라는 우글쭈글해진 채 주름투성이 갈색 목에 감겨 있었다. 퀭한 눈이 양쪽에서 콧마루 쪽으로 몰려 있었다.

"아버지, 이 사람을 마부로 쓸까 합니다. 꽤 좋은 집안의 아들이에요."

"누구네 아들이냐?"

노인이 탁한 목소리로 물었다.

"멜레호프네입니다."

"어디 사는 멜레호프냐?"

"판텔레이 멜레호프의 아들입니다."

"프로코피는 알고 있지. 동료였으니까. 판텔레이도 알고 있어. 체르케스 여자가 낳은 그 절름발이지?"

"네, 그렇습니다. 다리를 절지요."

그리고리는 듣기 좋은 목소리로 천천히 대답했다.

그는 이 퇴역 장군인 리스트니츠키가 일찍이 러시아·터키 전쟁의 영웅이었다는 이야기를 아버지에게서 몇 번이나 들었던 생각이 났다.

"어째서 남의집살이를 나온 거냐?"

대뜸 꾸짖는 투로 물었다.

"지금은 아버지와 함께 살고 있지 않습니다, 각하!"

"날품팔이나 하고 있다가는 훌륭한 카자흐가 되지 못해! 뭐냐, 아버지가 너를 분가시킬 때 아무것도 나눠 주지 않았나?"

"네, 그렇습니다, 각하. 아무것도 받지 못했습니다."

"그렇다면 이야기가 다르지만. 너는 아내와 둘이서 일하겠다는 거냐?"

중위가 침대에서 끼익 소리가 날 정도로 몸을 움직였다. 그리고리가 그쪽으로 눈을 돌리니 중위가 '그렇다'고 대답하라는 것처럼 고개를 끄덕이며 눈짓을 했다.

"그렇습니다, 각하."

"일일이 각하라고 부르지 않아도 좋아. 나는 그런 걸 싫어해! 급료는 한 달에 8루블. 이건 두 사람 몫이야. 아내는 하인들과 여름 일꾼들의 취사를 맡도록 해. 그럼 됐나?"

"네."

"내일 이곳으로 오게. 먼저 마부가 살던 방을 쓰면 되니까."

"어제의 사냥은 어땠습니까?"

아들이 노인에게 물었다. 그러면서 가늘고 털이 많은 다리를 양탄자에 내려놓았다.

"그레먀치 골짜기에서 큰 여우를 몰아 숲까지 갔는데, 이놈이 몹시 꾀가 많아서 끝내 개들을 따돌리고 말았지."

"카즈베크는 아직도 다리를 접니까?"

"아무래도 다리를 삔 모양이야. 어이, 서둘러, 예브게니. 아침 식사가 다 식어 버리겠다."

노인은 그리고리 쪽을 돌아보고 바싹 말라 뼈마디가 튀어나온 손가락을 뚝뚝 소리 내어 꺾었다.

"이제 됐어! 내일 8시까지 이리 오게."

그리고리는 대문 밖으로 나왔다. 곡식 창고 뒷문 옆에서 사냥개들이 눈 녹은 땅바닥 위에 앉아 햇볕을 쬐고 있었다. 눈이 쪼글쪼글한 늙은 암캐가 조심스레 그리고리 옆으로 다가와 킁킁거리며 냄새를 맡더니, 머리를 깊숙이 숙인 채 무거워 보이는 걸음걸이로 맞은편 골짜기까지 따라왔다가는 되돌아갔다.

12

아크시냐는 일찍 식사를 끝내자 페치카의 타고 남은 재를 긁어내고 굴뚝을 덮은 다음, 설거지까지 마치고 나서 작은 들창으로 바깥을 내다보았다. 스테판은 멜레호프 집 마당과 경계가 되는 울타리에 기대어 쌓아 놓은 땔나무 옆에 서 있었다. 그의 단단한 입술에 불 꺼진 궐련이 물려 있었다. 그는 땔나무 속에서 알맞은 기둥을 고르고 있었다. 창고 왼쪽 구석이 무너졌으므로 튼튼한 기둥을 두 개 세우고, 그 위에 갈대로 지붕을 이을 참이었다.

아침부터 아크시냐는 얼굴의 광대뼈가 튀어나온 부분에 장밋빛이 살짝 돌고 눈은 형형한 빛을 내뿜고 있었다. 이 변화는 스테판의 눈에 금방 띄었다. 아침 식사를 할 때 그가 물었다.

"당신, 무슨 일이라도 있어?"

"무슨 일이 있느냐고요?"

아크시냐의 얼굴이 빨갛게 물들었다.

"꼭 삼씨기름이라도 바른 것처럼 얼굴이 빛나는데."

"페치카가 너무 더워서……달아오른 거예요."

그리고 얼굴을 돌려 살며시 창문 쪽을 살피며 혹시 미시카 코셰보이의 여동생이 오지나 않을까 싶어 눈을 굴렸다.

미시카의 여동생은 해지기 전에야 겨우 찾아왔다. 애타게 기다리고 있던 아크시냐는 그녀를 보자 몸이 부르르 떨렸다.

"나를 찾아왔니, 마슈트카?"

"좀 나와 봐요."

스테판은 하얗게 칠한 페치카 앞쪽 벽에 붙인 거울을 보며 앞머리를 매만지고, 짧은 쇠뿔 빗으로 밤색 콧수염을 빗고 있었다.

아크시냐는 조심스럽게 남편의 눈치를 살폈다.

"당신, 또 어디 나갈 거예요?"

스테판은 바로 대답하지 않았다. 빗을 바지주머니에 넣고 페치카 선반에서 카드 한 벌과 담배쌈지를 집어 들었다.

"아니쿠시카네 집에 가서 한판 하고 올 거야."

"대체 언제 집에 붙어 있을 거지요? 모두들 카드에 미쳐 버렸어. 밤마다 카드 놀이만 하니. 닭이 울 때까지 하고 있잖아요."

"이제 그만해, 알았으니까."

"또 점수 따기를 하나요?"

"시끄러워! 저 봐, 사람이 기다리고 있잖아. 가 봐."

아크시냐는 스테판 쪽을 살피며 현관으로 나갔다. 주근깨투성이 얼굴이 발갛게 상기된 마슈트카가 문 앞에서 생글생글 웃으며 그녀를 맞았다.

"그리고리가 와 있어요."

"그래, 뭐라고 했어?"

"어두워지면 우리 집으로 와 달라고 하더군요."

아크시냐는 마슈트카의 팔을 잡고 문으로 힘껏 밀어붙였다.

"쉿, 조용히 해. 그래, 그가 뭐래? 그리고 또 무슨 다른 말을 하지 않았니?"

"응, 그리고 될 수 있는 대로 아주머니 소지품을 갖고 오라고 했어요."

아크시냐는 온몸이 불에 덴 것처럼 화끈거리고, 다리가 덜덜 떨리며, 머리가 아찔해졌다. 그녀는 문 안쪽을 살피면서 두 발을 자꾸 바꾸어 디뎠다.

"어머나, 난 어떻게 하면 좋지? 응? 이렇게 빨리…… 난 어떻게 하지? 저, 조금 기다려 달라고 그에게 말해 줘. 곧 가겠다고…… 그래, 그는 어디서 나를 기다리고 있니?"

"우리 집으로 오면 돼요."

"그러면 안 돼!"

"그럼 내가 그 사람한테 말해 줄게요, 밖에 나가 있으라고."

스테판은 프록코트를 입고 램프로 몸을 뻗어 담뱃불을 붙였다.

"뭣 하러 왔지?"

한 모금 쭉 빨고 나서 물었다.

"누구 말이에요?"

"코셰보이네 마슈트카 아니야?"

"아, 볼일이 있어 왔어요…… 스커트를 하나 만들어 달라고."

스테판은 궐련 끝에 달린 검은 재를 혹 불고는 문 쪽으로 걸어갔다.

"당신 먼저 자고 있어. 기다리지 않아도 돼."

"하지만."

아크시냐는 서리가 하얗게 내린 창문에 기대어 의자 앞에 웅크리고 앉았다. 샛문을 지나 눈이 굳어진 오솔길로 걸어 나가는 스테판의 발소리가 한동안 들렸다. 담뱃불이 바람에 날려 창문 앞까지 날아왔다. 유리창의 서리가 작고 동그랗게 녹은 곳으로. 아크시냐는 순간 그의 불거진 귀를 누르고 있는 털가죽 모자의 반원과 흰 얼굴의 일부가 반짝 빛나는 담뱃불에 떠오르는 것을 보았다.

옷궤에서 스커트와 짧은 윗옷과 숄—이것은 처녀 때부터 가지고 있었던 것이다—등을 정신 없이 꺼내 커다란 보자기에 쌌다. 숨을 헐떡거리며 충혈된 눈으로 부엌을 마지막으로 둘러보고는 등불을 끄고 현관 층계로 뛰어나갔다. 멜레호프네 집에서 누군가가 가축을 보살피러 마당으로 나왔다. 아크시냐는 그 발소리가 사라질 때까지 기다리고 있다가, 문고리를 잠그고는 보퉁이를 안고 돈 강 쪽으로 달려갔다. 부드러운 플라토크 밑으로 머리칼이 비어져 나와 뺨을 간질였다. 뒷길을 따라 코셰보이의 집에 이르자 갑자기 힘이 빠져 다리가 천근만근 무거워지면서 걸음을 옮기기도 힘들어졌다. 그리고리는 문 옆에서 그녀를 기다리고 있었다. 짐을 받아들고 말없이 앞장서서 벌판 쪽으로 걸어가기 시작했다.

곡식 창고 뒤까지 오자 아크시냐는 걸음을 늦추고 그리고리의 소매를 잡았다.

"좀 기다려 줘요."

"무슨 소리야? 요즘은 달이 늦게 뜨니까 서둘러야 해."

"하지만 잠깐만 기다려 줘요, 그리샤."

아크시냐는 멈춰 서서 몸을 굽혔다.

"왜 그래, 응?"

그리고리는 그녀를 바라보았다.

"저……배가 어쩐지……무거운 것을 억지로 들었더니."

말라서 굳어진 혀를 핥고, 눈에서 불꽃이 튈 정도의 통증에 얼굴을 찌푸린 채 아크시냐는 배를 눌렀다. 몸을 잔뜩 구부린 채 신음하면서 잠시 서 있다가는 이윽고 플라토크 밑으로 흘러나온 머리칼을 올리고 다시 걷기 시작했다.

"이젠 괜찮아요. 자, 가요!"

"당신은 내가 어디로 데리고 가는지 묻지도 않는군. 저기 절벽 끝으로 데려가 갑자기 밀어 버릴지도 몰라."

그리고리는 어둠 속에서 미소 지었다.

"무슨 짓을 당하건 나에게는 마찬가지예요. 이젠 돌아갈 수도 없는걸요."

아크시냐의 목소리에는 슬픈 웃음의 여운이 어려 있었다.

스테판은 그날 밤에도 한밤중에 돌아왔다. 마구간에 들러 말이 짓밟아 놓은 마른풀을 사료통에 쓸어 넣고 말의 재갈을 풀어 준 다음 현관 층계를 올라갔다. 처음에는 문고리를 벗기면서, '아마 어디 놀러간 게로군' 하고 생각했다. 부엌으로 들어가 문을 꼭 닫고 성냥을 켰다. 오늘 밤은 이기고 왔으므로—성냥을 걸고 했던 것이다—기분 좋게 졸음이 왔다. 불을 켜고, 이해되지 않을 만큼 온 부엌이 어지럽게 흐트러져 있는 것을 둘러보았다. 그제야 그는 좀 놀라며 거실로 들어갔다. 뚜껑이 열린 옷궤가 어둠 속에 시커먼 입을 크게 벌리고 있었고, 방바닥에는 급해서 흘리고 간 아내의 헌 저고리가 나뒹굴었다. 스테판은 반외투를 집어던지고 부엌으로 등불을 가지러 갔다. 한 번 더 거실을 자세히 둘러보았다. 짐작이 갔다. 램프를 바닥에 내동댕이치고는 앞뒤 가릴 겨를도 없이 벽에 걸린 장검을 들어 손가락이 파랗게 부어오를 정도로 자루를 움켜잡았다. 그리고 아크시냐가 떨어뜨리고 간 푸른 바탕에 담황색 꽃무늬가 있는 윗옷을 칼끝에 걸어 위로 던져 올려, 떨어질 때 두 쪽으로 베어 버렸다.

얼굴에서 핏기가 사라지고 이리처럼 사나워진 그는, 갈가리 잘라진 푸른 천 조각을 천장으로 몇 번이고 던져서 떨어지는 것을 예리한 칼날로 베어 버렸다.

그는 장검을 방구석에 내던지고 부엌으로 가서 테이블 앞에 앉았다. 머리를 숙인 채 부들부들 떨리는 무쇠 같은 손가락으로 때묻은 식탁보를 마냥 문질러 댔다.

13

불행이란 줄지어 찾아오는 법이다. 게치코의 실수로 미론 그리고리예비치의 씨받이 소가 가장 좋은 어미말의 목을 뿔로 들이받았다. 게치코는 넋이 나간 듯 새파랗게 질려 본채로 달려왔다. 그는 마치 학질이라도 걸린 것처럼 부들부들 떨었다.

"큰일났습니다, 나리! 그놈의 소가, 빌어먹을 그 못된 녀석이."

"소가 어쨌다고?"

미론 그리고리예비치의 얼굴빛이 달라졌다.

"암말을 들이받았습니다…… 뿔로 찔렀다니까요…… 제 생각에는."

미론 그리고리예비치는 게치코의 말이 끝나기도 전에 윗옷도 입지 않은 채 마당으로 달려나갔다. 우물 옆에서 미치카가 말뚝을 휘둘러 붉은 털을 가진 다섯 살짜리 소를 두들겨패고 있었다. 소는 주름투성이 목의 늘어진 살이 땅바닥에 달라붙을 지경으로 몸을 엎드리고, 늘어진 살을 눈 위에 끌면서 머리를 뒤로 돌려 뒷발로 눈을 긁어 차고 있었다. 나사모양으로 둘둘 말린 꼬리 둘레에서 눈이 은빛 먼지처럼 흩어졌다. 소는 미치카에게서 달아나려고도 하지 않고 낮은 신음 소리를 내며 당장에라도 뛰어오를 듯이 뒷발로 땅을 차고 있었다.

소는 목을 불룩이 하여 뱃속에서 끓어오르는 듯한 신음 소리를 냈다. 미치카는 쉰 목소리로 듣기에도 거북스런 욕을 퍼부으며 소의 코빼기와 옆구리를 철썩철썩 때렸다. 그의 허리띠를 붙들고 뒤로 끌어내리려는 미헤이는 아랑곳하지도 않았다.

"그만둬, 미트리! 제발 좀 그만둬! 이놈이 너에게 당장에라도 덤벼들 거야! 나리, 그렇게 보고만 계시지 말고 좀 말려 보세요."

미론 그리고리예비치는 우물 쪽으로 달려갔다. 암말이 울타리 옆에 고개를 떨구고 서 있었다. 허리뼈 옆의 움푹한 곳이 땀에 젖은 채 꿈틀꿈틀 움직였다. 목에서 눈 위로, 또 혹처럼 둥글게 솟아오른 가슴 근육으로 피가 흘러내렸다. 희미한 전율이 등과 옆구리의 엷은 밤색 털을 물결치게 하고 넓적다리를 떨게 했다.

미론 그리고리예비치는 말의 머리 쪽으로 달려갔다. 둘로 갈라진 상처가 목 언저리에서 장밋빛으로 보였다. 손가락이 들어갈 만큼 깊고 큰 상처, 숨을 쉴 적마다 경련하는 울퉁불퉁한 목. 미론 그리고리예비치는 갈기를 잡고, 늘어뜨린 목을 들어올렸다. 말은 번쩍번쩍 빛나는 보랏빛 눈으로 주인 눈을 가만히 들여다보았다. 마치 '이제 어떻게 될까요?' 묻는 것 같았다. 그 말없는 물음에 대답하듯 미론 그리고리예비치는 큰 소리로 말했다.

"미치카! 떡갈나무 껍질을 벗겨 오라고 일러. 알겠니? 빨리!"

게치코는 때투성이 목의 세모진 결후를 떨면서 떡갈나무 껍질을 벗기러 달려갔다. 미치카는, 마당을 이리저리 누비며 날뛰는 황소를 끊임없이 갈겨대면서 아버지에게로 다가갔다. 녹기 시작한 하얀 눈 위에서 한층 더 붉어 보이는 소는 뱃속에서 쥐어짜는 듯한 신음 소리를 끊임없이 내며 마당을 뛰어다니고 있었다.

"갈기를 잡아!"

아버지가 미치카에게 명령했다.

"미헤이, 뛰어가서 삼끈을 갖고 와! 빨리 가져오지 않으면 때려 줄 테다!"

암말의 성기게 털이 난 비로드 같은 윗입술을 둥글게 오므려 삼끈으로 묶어 주었다. 고통을 덜어 주기 위해서였다. 그때 그리샤카 할아버지가 왔다. 그는 옻 칠한 공기에 도토리빛 국물을 담아 가지고 왔다.

"식히는 게 어떠냐? 너무 뜨거운 것 아니냐, 미론?"

"아버지는 걱정 마시고 집 안에 들어가 계세요! 날씨가 몹시 차니까요!"

"빨리 식혀 주어야 한다니까. 너는 말을 쓸모 없게 만들어 버릴 생각은 아니 겠지?"

상처를 씻었다. 미론 그리고리예비치는 얼어붙은 손가락으로 바늘귀에 삼실을 꿰어 자기 손으로 상처를 꿰매었다. 아주 멋지게 꿰맸다. 우물가에서 떠나려고 할 때 본채에서 루키니치나가 달려왔다. 바짝 여윈 볼의 늘어진 가죽이 불안하게 흔들렸다. 그녀는 남편을 불렀다.

"나탈리야가 돌아왔어요. 그리고리치! 아, 대체 무슨 일인지."

"왜지, 또."

미론 그리고리예비치는 부스럼으로 부옇게 된 얼굴이 새파래지고 머리가 어지러웠다.

"그리고리와 무슨 일이 있어…… 그리고리가 집을 나가 버렸다는 거예요!"

루키니치나는 마치 떼까마귀가 날아가려고 하기 직전처럼 두 팔을 벌려 옷자락을 퍼덕거려 털면서 날카로운 소리로 외쳤다.

"부끄러워서 어떻게 얼굴을 들고 다닐 수 있겠어요! 아, 주여, 이런 일을 겪게 되다니! 아!"

나탈리야는 플라토크를 쓰고 짧은 겨울 윗옷을 입고서 부엌 한가운데 서 있었다. 눈물방울이 두 눈시울에 맺힌 채 달라붙어 있었다. 두 볼은 벽돌 빛으로 붉게 물들어 있었다.

"넌 어째서 돌아왔느냐?"

아버지는 부엌에 들어서자마자 고함을 질렀다.

"남편에게 두들겨 맞았니? 아니면 뜻이 맞지 않더냐?"

"그 사람은 집을 나가 버렸어요."

나탈리야는 눈물도 흘리지 않고 오열로 목젖을 울리며 흐느끼고, 가늘게 몸을 떨며 아버지 앞에 엎드렸다.

"아버지, 제 인생은 이제 끝이에요…… 저를 거기에서 데리고 나와 줘요! 그리고리는 자기가 좋아하는 여자와 함께 집을 나가 버리고…… 저는 이제 외톨이예요! 아버지, 저는 마차에 치인 거나 다름없어요."

나탈리야는 몇 번이나 말을 맺지 못해 더듬거리고, 아버지 턱수염의 불그스름하게 빛바랜 곳을 애원하듯 쳐다보았다.

"좀 기다려 봐라. 좀더 사정을 알아보자, 알겠느냐!"

"그 집에서 사는 건 아무런 의미가 없어요! 제발 저를 데려와 줘요!"

나탈리야는 무릎걸음으로 옷궤 있는 데로 다가가 엎드리더니 흐느낌으로 흔들리는 머리를 손바닥에 묻었다. 플라토크가 어깨로 미끄러져 내리고 잘 빗어 넘긴 검고 곧은 머리칼이 핼쑥해진 귀 위로 드리워졌다. 애절하게 쏟아지는 눈물이 마치 5월 가뭄에 내리는 빗줄기 같았다. 어머니는 나탈리야의 머리를 끌어안고 부질없는 푸념을 두서없이 늘어놓았다. 미론 그리고리예비치는 화를 내며 현관 층계로 나갔다.

"썰매 두 대를 준비해! 썰매 채가 달린 것으로."

현관 층계 옆에서 익숙한 솜씨로 자기 짝인 암탉 등에 올라가 있던 수탉이 이 깨진 종소리 같은 목소리에 놀라 암탉 등에서 뛰어내리더니 쿡쿡거리고 분개하면서 땅광(지하실) 쪽으로 뒤뚱뒤뚱 달려갔다.

"썰매에 말을 매!"

미론 그리고리예비치는 현관 층계에 붙어 있는 난간기둥을 장화 신은 발로 걷어찼다. 그리고 게치코가 마구간에서 말을 두 마리 끌고 나와 목사리를 걸면서 뛰어왔을 때에야 비로소 그는 집 안으로 들어갔다.

미치카가 게치코를 데리고 나탈리야의 짐을 가지러 갔다. 소러시아인 게치코는 자기 생각에 잠겨 잠시 한눈을 팔다가 어물쩡거리던 새끼돼지를 썰매로 치고 말았다. 그는 '이 일로 주인나리가 암말에 대해 잊어버릴지도 모른다'고 생각하자 갑자기 기뻐져서 고삐를 늦추었다. '잠깐, 그 지독한 영감이 잊을 리 있나!' 하는 생각이 다시 떠올랐다. 그러다가 게치코는 얼굴을 찌푸리며 입술을 일그러뜨렸다.

"달려라, 이놈아! 좀더 빨리 달렷!"

그러면서 검은 말의 옆구리에 힘껏 채찍질을 했다.

14

예브게니 리스트니츠키 중위는 아타만 근위 연대에 근무하고 있었는데, 장교 경마대회에 나갔다가 넘어져 왼쪽 손목이 부러지고 말았다. 병원에서 퇴원하자 휴가를 얻어 한 달 반쯤 야고드노예의 아버지에게 와 있는 것이었다.

늙은 장군은 벌써 오래전에 홀아비가 되어 야고드노예에서 외롭게 살아가고 있었다. 그는 지난 세기의 80년대에 바르샤바 근교에서 아내를 잃었다. 폭도가 카자흐 장군을 습격하여 장군 부인과 마부가 총탄에 쓰러지고, 마차는 벌집처럼 총탄을 맞았지만 장군만은 간신히 목숨을 건졌다. 그의 팔에는 그때 막 두 살이 된 예브게니가 안겨 있었다. 그 얼마 뒤 장군은 퇴역하여 야고드노예로 옮겨 왔다—그는 사라토프현에 4천 제샤찌나의 영지를 가지고 있었다. 증조부가 1812년의 조국 전쟁[18]에 참가한 공로로 하사받은 것이었다—그곳에서 장

---

18) 러시아 원정.

군은 농부들과 같은 소박한 생활을 하고 있었다.

예브게니가 성장하자 유년학교에 넣고 자신은 농사에 힘썼다. 황실 사육장에서 발 빠른 종마를 사와서, 영국산이나 돈 지방의 프로바리예 사육장 우량종인 암말과 교배시켜 독특한 품종을 만들어 냈다. 카자흐로서 자신에게 할당된 땅과 다시 더 사들인 땅에 말을 방목하고, 한편으로는 사람을 고용해서 밀을 심었다. 가을부터 겨울까지는 사냥개를 데리고 사냥을 가거나, 때로는 새하얗게 칠한 거실에 틀어박혀 몇 주일이나 계속 술을 마셨다. 그는 심한 위장병에 시달리고 있어서 의사의 엄명으로 씹은 음식을 그대로 삼킬 수가 없었다. 씹어서는 즙만 빨아 삼키고 남은 찌꺼기는 은접시에 뱉어 냈다. 늘 옆에 서서 그 은접시를 받쳐 드는 일은 젊은 농부 출신 하인인 베냐민이 했다.

베냐민은 좀 모자라는 데다 피부가 가무잡잡하고, 그 동그란 머리에는 잔털이 모두 빠져버린 플란넬[19]을 얹어 놓은 듯 했다. 리스트니츠키 나리댁에서 일한 지 6년이 되었다. 처음 얼마 동안은 은접시를 받쳐 들고 장군 옆에 서서 장군이 흐물흐물해지도록 씹은 음식 찌꺼기를 뱉어 내는 것을 보고 있노라면 속이 메슥거려 견딜 수 없었지만, 차츰 익숙해졌다. 1년쯤 지난 어느 날, 나리가 칠면조 살코기 커틀릿을 씹어서 뱉어 내는 것을 보고 문득 생각했다.

'이걸 버리기는 아깝군! 주인은 먹지 못하지만, 나는 배가 쪼르륵거리고 있잖아. 마치 풀 더미에서 뒹굴고 있는 강아지처럼 꿈틀거리고 있단 말이야. 이걸 나리 대신 내가 한번 먹어 볼까. 설마 구역질이 나지는 않을 테지.'

그래서 큰마음 먹고 먹어 보았는데 토하지 않았다. 그 뒤로 식사가 끝나면 은접시를 뒷방으로 가져가, 주인이 내뱉은 것을 재빨리 먹곤 했다. 그 덕분인지 어떤지, 어쨌든 그는 통통하게 살찌고 얼굴에는 반지르르 기름이 돌며 목이 몇 겹으로 겹쳐지게 되었다.

이 저택에 하인은 베냐민 이외에 요리하는 하녀 루케리야와 늙은 말시중꾼 사시카, 가축을 돌보는 티혼, 그리고 새로 마부로 고용된 그리고리와 아크시냐가 있었다. 살이 찌고 곰보인데다 엉덩이가 투실투실한 루케리야는 제대로 반죽되지 않은 노란 경단 같았는데, 아크시냐가 고용되자 당장 첫날부터 그녀를

---

19) 털실, 레이온, 면을 섞어서 짠 옷감.

페치카 앞에서 밀어 내며 말했다.

"여름이 되면 나리가 머슴들을 고용할 테니, 너는 그때 부엌일을 하면 돼. 지금은 내가 혼자서 충분히 할 수 있어."

아크시냐의 일은 일주일에 세 번씩 집안 바닥을 닦고, 닭들에게 모이를 주고 닭장을 깨끗이 청소하는 것이었다. 그녀는 자기 일을 열심히 해서, 루케리야를 비롯한 모두의 마음에 들려고 애썼다. 그리고리는 하루의 대부분을 마부 사시카와 함께 판자로 지은 넓은 마구간에서 지냈다. 사시카는 이미 흰 머리칼이 서리를 이은 것처럼 늙었지만, 언제까지나 그냥 사시카였다. 아무도 그를 부칭(父稱)[20]으로 불러 존대해 주는 사람이 없었고, 성 같은 것은 사시카가 20년 넘게 섬기고 있는 리스트니츠키 노인조차 모르고 있을 것이다. 사시카는 젊을 때 마차를 몰았지만, 나이가 들면서 힘이 빠지고 눈도 흐려져 말을 돌보게 되었다. 작은 키에 머리는 온통 푸른빛이 도는 백발이 되었으며—두 팔에까지 흰 털이 나 있었다—코는 어렸을 때 몽둥이에 맞아 납작해졌지만, 붉은 주름에 싸인 순진한 눈을 굴리며 주위 사람들을 볼 때면 어린아이 같은 천진난만한 미소를 지었다. 성자 같은 그의 얼굴은 우스꽝스러운 주먹코와, 밑에 패인 상처로 볼품없는 아랫입술 때문에 꼴불견이었다. 군대에 있을 때 사시카는 보그챠르 연대 졸병 출신이었다. 그는 일반 보드카 대신 '황제 보드카'라는 강한 술을 들이켰는데 불덩어리 같은 것이 그의 아랫입술에서 턱으로 흘러내렸다. 그것이 흘러내린 자리에 장밋빛 흉터가 비스듬히 남았고, 거기에는 털도 나지 않았다. 마치 눈에 보이지 않는 짐승이 사시카의 턱을 핥아 가느다란 톱니 같은 흔적을 남겨 놓고 간 것 같았다. 사시카는 자주 보드카를 마시고는 취했다. 그럴 때면 자기가 주인이라도 된 듯이 집 안을 어슬렁거리며 돌아다니다가 나리의 침실 창문 앞에 와서 멈춰 서서는 자신의 우습게 생긴 코앞에서 일부러 손가락을 빙글빙글 돌려 보이는 것이었다.

"미콜라이 레크세예비치! 미콜라이 레크세예비치!"

그는 큰 소리로 거리낌 없이 불러 댔다.

늙은 나리가 그때 침실에 있으면 틀림없이 창가로 왔다.

---

20) 러시아에서, 이름과 성 사이에 붙이는 아버지 이름.

"또 취했군! 어쩔 수 없는 녀석이야."

그는 창문에서 호통쳤다.

사시카는 흘러내린 바지를 끌어올리고 눈을 깜박거려 악당 같은 표정을 지으며 웃었다. 미소는 그의 얼굴 전체를 비스듬히 기어다녔다. 찌푸린 왼쪽 눈에서 입 오른쪽 끝에 나 있는 장밋빛 흉터에 걸쳐 묘하게 구부러져 있으나 기분 좋은 미소였다.

"미콜라이 레크세예비치! 각하! 나는 당신을 잘 알고 있지요!"

그리고 사시카는 장단에 맞춰 춤추며 가늘고 지저분한 손가락을 꼿꼿이 세우고 위협하는 것이었다.

"이젠 가서 자게."

나리는 담뱃진으로 누렇게 되어 버린 다섯 손가락으로, 늘어진 콧수염을 쓰다듬며 창문에서 달래듯 웃음을 던졌다.

"이 사시카님은 그런 수에 넘어가지 않습니다."

사시카는 눈으로 웃으며 꽃밭 쪽으로 다가갔다.

"미콜라이 레크세예비치, 당신도 나와 똑같은 인간이 아닙니까? 나와 당신은 물고기와 물 같은 사이가 아닌가 말입니다. 물고기는 강바닥으로 기어들어가는데, 우리는…… 그렇지, 곡식 창고에라도 기어들어갈까요? 나도 당신도 부자니까요!"

사시카는 가랑이를 벌리고 서서 두 팔을 한껏 벌렸다.

"이 돈 언저리에서 우리를 모르는 사람은 없지요. 우리는."

사시카의 목소리가 갑자기 가련해지며 호소하는 듯한 투로 바뀌었다.

"나도 당신도, 각하, 둘이 다 나무랄 데 없는 인간인데 둘이 다 코가 못 쓰게 되어 있습니다!"

"그건 또 어째서인가?"

나리가 그 말에 말려들어 콧수염과 턱수염을 흔들며 얼굴빛이 달라질 만큼 웃고는 물었다.

"보드카 때문이지요!"

사시카는 장밋빛 흉터를 타고 흘러내리는 침을 혀로 핥으며 대꾸했다.

"미콜라이 레크세예비치, 당신은 술을 마시면 안 됩니다. 당신이 마신다면 우리는 끝장이지요! 우리 모두 살 만큼은 살아야지요!"

"여보게, 이젠 그만 저리 가서 한잔하게!"

나리는 창문으로 2코페이카 동전 하나를 던졌다. 사시카는 그것을 공중에서 받아 모자 속에 잘 넣었다.

"그럼 물러가겠습니다, 장군 각하."

그는 그곳을 떠나며 한숨을 쉬었다.

"말에게 물은 먹였겠지?"

나리가 웃는 얼굴로 물었다.

"뭐라고? 제기랄!"

사시카는 갑자기 얼굴이 시뻘게져서 떨리는 목소리로 고함쳤다. 그는 마치 열병에라도 걸린 것처럼 분노로 몸을 벌벌 떨었다.

"사시카가 말에게 물 먹이는 것을 잊었다고요? 비록 죽는 한이 있더라도 물한 양동이쯤은 기어가서라도 먹여 줄 테다. 제기랄, 엉뚱한 생각을 하고 있다니! 역시."

사시카는 부당한 모욕에 욕을 퍼부으면서 위협하듯 주먹을 쳐들고 물러갔다. 그는 주정을 해도, 나리를 친구처럼 상대해도, 무슨 짓을 하든지 용서되었다. 왜냐하면 사시카는 둘도 없는 말시중꾼이기 때문이었다. 겨울이나 여름이나 그는 마구간 안의 빈 방에 묵었다. 아무도 그만큼 능숙하게 말을 다룰 줄 아는 사람은 없었다. 그는 시중꾼이며 동시에 말 의사이기도 했다. 5월에 풀이 한창 자랄 때면 그는 풀을 베거나, 벌판이며 물이 마른 골짜기며 질퍽한 늪지대에 가서 약초 뿌리를 캤다. 그래서 마구간 벽 높은 곳에 여러 가지 풀잎을 묶어 매달아 말려 두었다. 야로비크풀은 천식에, 기생초는 독사에 물렸을 때, 흑엽초는 삐었을 때, 목장의 버드나무 밑뿌리 등에 나 있는 보기 드문 하얀 풀은 힘줄이 어긋난 데 효력이 있고, 그 밖의 이름도 모를 풀들은 또 여러 가지 말의 병이며 상처에 효능이 있었다.

사시카가 거처하는 마구간 안의 방에는 여름이건 겨울이건 목이 아릿해질 만큼 매캐한 냄새가 거미줄처럼 구석구석 배어 있었다. 침상 위에는 말옷으로 싸서 돌로 눌러둔 약초와 말의 땀 냄새가 가득 밴 사시카의 농부 외투가 놓여 있었다. 사시카의 살림이라고는 농부 외투와 부드러운 가죽 반외투 말고는 아무엇도 없었다.

티혼은 입술이 두껍고 몸이 튼튼한 좀 모자라는 카자흐로 루케리야와 함께 살고 있는데, 공연히 사시카를 질투하고 있었다. 그는 한 달에 한 번은 어김없이 사시카의 기름이 묻어 번질번질한 셔츠 단추를 쥐고 뒷마당으로 끌고 나갔다.

"당신, 내 마누라를 자꾸 빤히 쳐다보지 마오!"

"그야 너."

사시카는 뜻 있게 눈을 껌벅였다.

"손대지 말아 줘요, 영감!"

티혼이 부탁했다.

"나는 말이야, 자네 마누라가 좋아. 곰보 여자가 좋다고. 나는 보드카를 한 잔 얻기보다 곰보와 자는 것이 더 좋아. 지독한 곰보라야 좋지. 나를 좋아해 줄 바보 같은 여자는 없을 테니까."

"그 나이 먹고 부끄럽지도 않소, 영감? 죄를 짓는 거요…… 게다가 당신은 의사여서 말의 병을 고치고, 주문을 욀 줄도 알고."

"나야 뭐든지 고칠 수 있지."

사시카는 잘난 체했다.

"그러니 손대지 말아 줘요, 영감. 그런 짓을 하면 용서하지 않겠어!"

"이봐, 나는 루케리야를 건드려 볼 작정이야. 넌 그런 계집과 헤어져 버려. 그러면 내가 맡아 줄 테니까. 그 계집은 건포도 넣은 만두 같은 여자야. 그 건포도만 파내 버려 곰보가 된 거지. 나는 그런 여자가 좋아!"

"자, 이걸 줄 테니…… 이런 데서 우물쭈물하지 말아요. 머뭇거리다간 목숨을 잃을 테니!"

티혼은 한숨을 쉬고, 담배쌈지에서 동전을 꺼내며 말하는 것이었다.

매달 이런 식이었다.

야고드노예에서는 지루하고 단조로운 생활이 흐리멍덩하게 지나갔다. 이 쓸쓸한 영지는 가도에서 멀리 떨어져 물이 마른 산골짜기에 자리하고 있어서, 가을이 지나서는 읍이나 마을과의 교통이 끊어져 버렸다. 겨울이 되면 목장 가운데로 비죽이 내밀어진 모래언덕에 밤마다 검은 숲에서 겨울잠을 자는 이리새끼들이 찾아와 울어 대서 말들을 겁나게 했다. 티혼은 주인의 쌍연발을 빌려 이리를 잡으려고 목장으로 갔다. 그러면 루케리야는 난로뚜껑만큼이나 큰 엉덩이를 두꺼운 이불에 파묻은 채 기름기 도는 곰보 뺨에 묻힌 작은 눈으로 어둠 속을 뚫어지게 지켜보며 숨을 죽이고 총소리를 기다렸다. 그럴 때면 그녀에게는 얼간이고 대머리인 티혼이 매우 아름답고 용감한 젊은이처럼 생각되었다. 그리고 행랑채 문이 소리를 내면서 열리면 찬 공기와 함께 들어오는 티혼을 맞아들였다. 그러고는 침대에 웅크리고 누워 등으로 벽의 빈대를 짓누르며, 추위에 얼어붙은 티혼을 다정하게 껴안아 주었다.

여름이 되면 야고드노예에는 밤늦게까지 노동자들의 목소리로 떠들썩했다. 주인은 40제샤찌나쯤 되는 땅에 여러 가지 보리를 심고, 그것을 거두어들일 때 노동자들을 고용했다. 여름이면 가끔 예브게니가 영지로 돌아와 정원이며 목장을 돌아다니기도 하고 아침마다 낚싯대를 들고 못가에 앉아 시간을 보냈다. 그는 키가 작고, 툭 불거진 가슴은 널찍하며, 카자흐식으로 앞머리를 세워 오른쪽으로 빗어 넘겼다. 장교복은 터질 듯이 그의 몸을 바싹 죄고 있었다.

그리고리는 아크시냐와 둘이서 이 저택에 살게 된 처음 얼마 동안은 젊은 주인을 자주 찾아갔다. 베냐민이 하인방으로 들어와서는 동그란 머리를 갸웃거리며 웃었다.

"그리고리, 젊은 주인에게 가 봐. 불러 오라고 했어."

그리고리는 들어가다가 문지방 앞에 멈춰 섰다. 예브게니 니콜라예비치는 사이가 벌어진 이를 드러내며 의자를 가리켰다.

"앉게."

그리고리는 의자 끝에 앉았다.

"어떤가, 우리 말이 마음에 드나?"

"모두 좋은 말입니다. 특히 회색 녀석이 뛰어나더군요."

"자네 그걸 타고 실컷 돌아다니게. 하지만 너무 무리하게 달리지는 않도록 조심하게."

"사시카 영감님도 그런 말을 하더군요."

"그럼, 크레푸이시는 어떤가?"

"그 밤색 말이요? 그건 아직 저로서는 모르겠습니다. 그렇지, 그 녀석은 발굽이 갈라져서 당장 편자를 갈아 줘야 합니다."

젊은 주인은 날카로운 잿빛 눈을 깜박이면서 물었다.

"자네 5월에 야영 훈련을 가야 하지?"

"네, 그렇습니다."

"내가 아타만에게 이야기하면 가지 않아도 될 거야."

"그렇게만 된다면 정말 고맙겠습니다."

두 사람은 잠시 말없이 있었다. 중위는 군복 깃을 헤치고 여자처럼 하얀 가슴을 벅벅 긁었다.

"자네 겁먹고 있나? 아크시냐의 남편이 그녀를 찾으러 오지나 않을까 해서."

"그는 이미 그 여자를 단념했습니다. 이제 찾으러 오지 않을 겁니다."

"그런 이야기를 누구한테 들었지?"

"읍에 편자 못을 사러 갔다가 마을 사람을 만났지요. 그 사람 이야기로는 스테판은 요즘 술만 마신다고 했습니다. '아크시냐 따윈 난 조금도 아깝지 않아. 멋대로 놀아나라고 해. 나는 더 좋은 여자를 얻을 테니' 하더라는 겁니다."

"아크시냐는 좋은 여자지."

중위는 우울한 듯 그리고리의 눈 위를 바라보면서 씁쓸한 미소를 띠고 말했다.

"그야 괜찮은 여자이긴 합니다."

그리고리는 동의하며 얼굴이 흐려졌다.

예브게니의 휴가 기간은 거의 끝나 가고 있었다. 그는 이제 붕대 없이 손을 내리고 있어도 괜찮았고, 팔꿈치를 짚지 않고도 마음대로 일어날 수 있었다.

휴가가 끝날 무렵이 되자 그는 행랑채에 있는 그리고리의 방에 자주 찾아와 앉아 있곤 했다. 아크시냐는 먼지 쌓인 방 안을 깨끗이 청소하고, 창틀과 바닥을 닦고, 벽돌도 윤이 나게 문질렀다. 아늑하고 기분 좋은 이 작은 방에는 여자다운 배려가 구석구석 스며 있었다. 온돌이어서 방은 훈훈하고 따뜻했다. 중위는 반외투를 걸치고 행랑채로 찾아오곤 했다. 그리고리가 말을 돌보고 있을 때만 골라서였다. 찾아오면 먼저 부엌으로 가서 루케리야에게 농담을 걸고, 돌아서서 아크시냐의 방으로 가는 것이었다. 그리고 온돌 옆의 걸상에 앉아 등을 잔뜩 구부린 채 싱글벙글 웃으며 뻔뻔스러운 눈길로 아크시냐를 찬찬히 훑어보았다. 아크시냐는 그가 찾아오면 몹시 난처해져서 양말을 뜨고 있는 뜨개바늘이 손안에서 가늘게 떨렸다.

"아크시냐, 지내기가 어떤가?"

중위는 푸른 연기가 작은 방에 가득 찰 만큼 담배를 피우면서 물었다.

"덕분에."

아크시냐가 눈을 들면 중위의 날카로운 눈길과 부딪쳤다. 그 눈은 말없는 가운데 그의 소망을 이야기하고 있었으므로 그녀는 얼굴이 붉어졌다. 그녀는 예브게니 니콜라예비치의 밝고 노골적인 하늘빛 눈을 보는 것이 두렵고 어쩐지 기분 나빴다. 그녀는 쓸데없는 여러 가지 물음에 엉뚱한 대답을 하면서, 한시바삐 그 자리에서 달아나려고 틈을 엿보았다.

"저, 실례해야겠어요. 오리 모이를 줘야 해서."

"나중에 해도 되잖아?"

중위는 씩 웃으며 착 달라붙은 승마 바지를 입은 다리를 한두 번 흔들었다.

그는 다시 아크시냐에게 전날 있었던 일을 끈질기게 물었다. 그는 아버지와 마찬가지로 나지막한 목소리로 속삭이고, 샘물처럼 맑은 하늘빛 눈을 반짝이며 노골적으로 유혹했다.

말 손질을 끝내고 그리고리가 행랑채로 돌아왔다. 중위는 바로 조금 전까지 눈 속에 활활 타오르던 정열의 불꽃을 완전히 꺼 버리고, 그리고리에게 궐련을 권하거나 딴 이야기를 하다가 돌아갔다.

"그 사람이 여긴 뭣 하러 왔지?"

그리고리는 아크시냐 쪽은 보지도 않고 무뚝뚝하게 물었다.

"뭣 하러 왔는지 내가 알 턱이 있어요?"

아크시냐는 중위의 눈길을 떠올리며 일부러 명랑하게 웃었다.

"느닷없이 찾아와서는 거기 앉아, 이봐, 하는 식이에요."

그녀는 중위처럼 등을 구부리고 앉아 보였다.

"그러고는 마치 힘이 쭉 빠진 것처럼 무릎을 세우고 앉아 있는 거예요."

"당신이 그 녀석을 꼬인 거 아냐?"

그리고리가 심술궂게 얼굴을 찌푸렸다.

"그 사람이 나에게 소중한 사람이란 말인가요?"

"앞으로 조심해. 서툰 짓을 했다가는 내가 그 녀석을 층계에서 떠밀어 버릴 테니."

아크시냐는 생긋 웃으며 그리고리를 보았다. 하지만 그가 그런 말을 하는 것이 진심인지 농담인지는 짐작이 되지 않았다.

15

사순절 4주일째가 되자 추위가 수그러들었다. 돈강 양쪽 물가는 톱니처럼 되어 얼음이 울퉁불퉁 부풀어오르고, 표면은 녹아서 잿빛이 되었다. 밤마다 산이 공허한 울음소리를 냈다. 노인들 말대로 또다시 지독한 추위가 닥쳐왔지만, 이미 눈 녹을 날이 가까이 다가와 있었다. 아침마다 엷은 서리가 내리고 얼음이 쩽쩽 갈라지는 소리가 났으나, 낮이 되면 땅이 조금씩 녹고 3월의 냄새—얼어붙은 벚나무 껍질이며 썩은 짚 냄새가 났다.

미론 그리고리예비치는 봄갈이 준비를 시작하고 있었다. 해가 꽤 길어진 낮에는 헛간에 틀어박혀 써레 날을 갈거나, 게치코와 둘이서 짐수레의 새로운 차체를 만들었다. 그리샤카 할아버지는 4주일째의 정진[21]을 하고 있었다. 추위에 파랗게 질린 채 교회에서 돌아와서는 며느리에게 투덜거렸다.

"그 형편없는 신부 녀석 때문에 혼났어. 마치 달걀장수가 달걀수레를 끌고 가듯 느릿느릿 예배를 보는 거야. 빌어먹을 신부 녀석."

"아버님은 대림절[22]에 정진을 했으면 좋으셨을걸 그랬어요. 그때면 꽤 따뜻할 텐데."

"나탈리야를 이리 불러 다오. 그 아이에게 더 두꺼운 양말을 짜 달라고 해야지. 이렇게 뒤꿈치가 떨어진 것을 신고 있다가는 잿빛 이리라도 감기에 들고 말거야."

나탈리야는 친정집에서 마치 '품팔이 온 소러시아인처럼 움츠린 채' 세월을 보내고 있었다. 그녀는 아직도 그리고리가 틀림없이 자기에게로 돌아오리라고 여기면서, 냉정한 이성의 속삭임 따위에는 귀도 기울이지 않고 진심으로 그것을 바라고 있었다. 밤마다 몸을 불사르는 듯한 우수에 여위어 가고, 예기치 못한 부당한 모욕에 짓밟혀 괴로워했다. 거기에 또 한 가지 다른 고뇌가 더해졌다.

---

21) 고기를 삼가고 채식함.
22) 그리스도 수난 주간, 부활절 전주일.

나탈리야는 차가운 공포에 떨며 끝판을 향해 한 걸음 한 걸음 나아가고 있는 것이었다. 밤마다 그녀는 처녀 시절의 자기 방에 틀어박혀 몸부림쳤다. 마치 총을 맞은 강가 솔새[23] 덤불 속의 도요새처럼. 미치카는 처음부터 그전과는 다른 눈으로 그녀를 보았는데, 하루는 현관에서 나탈리야를 붙들고 노골적으로 물었다.

"그리고리가 그립니?"

"그게 무슨 상관이야?"

"네 고민을 풀어 줄까 해서."

나탈리야는 그의 눈을 힐끗 보고, 속으로 자기가 생각한 일을 깨닫고는 무서워했다. 미치카는 고양이 같은 푸른 눈을 이리저리 굴리며 엷은 어둠 속에서 눈동자를 번쩍였다. 나탈리야는 문을 쾅! 닫고 그리샤카 할아버지가 있는 작은 방으로 뛰어들어가 한동안 그곳에 서서 마구 뛰는 심장의 고동을 듣고 있었다. 이런 일이 있은 이튿날 그녀가 앞마당에 가자 미치카가 다시 다가왔다. 그는 가축에게 풀을 먹이고 있었다. 그의 꼿꼿한 머리칼과 스페인 가죽으로 만든 카자흐 모자 위에 푸른 풀줄기가 걸려 있었다. 나탈리야는 돼지의 여물통으로 덤벼드는 개들을 쫓아냈다.

"그렇게 너무 걱정하지 마, 나탈리야."

"아버지께 일러 줄 테야!"

나탈리야는 그를 피해 두 손으로 얼굴을 가리고 소리쳤다.

"쳇, 바보 같은 소리!"

"저리 비켜, 비키지 못해?"

"뭘 그렇게 떠들어 대는 거야?"

"저리 비키라니까, 미치카! 당장 가서 아버지께 이를 테야! 어째서 그렇게 이상한 눈으로 나를 노려보는 거지? 부끄러움도 모르고! 그러고도 용케 벌도 안 받고 살아 있다니!"

"보다시피 벌도 안 받고 멀쩡하게 있지!"

미치카는 증거라도 보여 주듯이 장화 신은 발로 땅을 구르며 옆구리에 손을

---

23) 볏과의 여러해살이풀.

댔다.

"나에게 너무 귀찮게 굴지 말아줘!"

"지금은 이쯤 해 두지. 대신 밤이 되면 쳐들어갈 테야. 틀림없이 간다!"

나탈리야는 몸을 부들부들 떨며 마당을 떠났다. 밤이 되자 옷궤 위에 잠자리를 펴고 여동생을 자기 옆에 눕혔다. 밤새도록 잠자리에서 뒤척거리며 불길 같은 눈초리로 어둠 속을 지켜보았다. 부스럭 소리라도 나면 온 집안에 들리도록 큰 소리로 떠들어 대려고 기다렸지만, 밤의 정적을 깨뜨리는 것은 벽 하나를 사이에 두고 저쪽에서 자는 그리샤카 할아버지의 코 고는 소리와 옆에서 자고 있는 여동생의 희미한 숨소리뿐이었다.

하지만 여자의 참을성도, 슬픔에 상처 입은 세월의 끈도 어느 틈엔지 가셔져 갔다.

미치카는 언젠가 청혼을 하러 갔을 때 받은 모욕이 아직도 머릿속에 남아 있어 늘 못마땅한 듯이 찌푸린 얼굴로 돌아다녔다. 밤이 되면 놀러 나갔다가 밝아진 뒤에야 돌아오는 일이 점점 많아졌다. 행실이 좋지 않은 군인의 과부와 놀아나거나 스테판의 집에서 카드놀이를 하는 것이었다. 미론 그리고리예비치는 얼마 동안은 아무 말도 하지 않고 그냥 그가 하는 대로 지켜보기만 했다.

부활절 전 어느 날이었다. 나탈리야는 모호프의 가게 옆에서 판텔레이 프로코피예비치를 만났다. 판텔레이가 먼저 말을 건넸다.

"잠깐 기다리거라."

나탈리야는 걸음을 멈추었다. 어딘가 그리고리의 모습을 떠오르게 하는 시아버지의 매부리코를 보자 가슴이 뭉클해졌다.

"너 어째서 우리에게 한 번도 오지 않느냐?"

안타까운 눈길로 그녀를 바라보며 노인이 말했다. 마치 나탈리야에게 죄를 지은 듯한 모습이었다.

"네 시어머니는 늘 너를 그리워하고 있단다…… 네가 어떻게 지내고 있는지 궁금해하며 눈물만 흘리고 있어…… 그래, 어떻게 지내고 있느냐?"

나탈리야는 몹시 당혹감을 느꼈지만 곧 마음을 가다듬었다.

"고맙습니다."

그러고는 말이 막혔다. 실은 아버님이라고 부르려 했던 것이지만. 그리고 당황해서 덧붙였다.

"판텔레이 프로코피예비치!"

"어째서 집에 오지 않니?"

"집안일로……바쁘고."

"그리고리 녀석, 정말 한심하구나."

노인은 서글픈 듯이 고개를 흔들었다.

"우리 얼굴에 먹칠하는 짓이나 하고, 망할 자식이야…… 모처럼 잘해 나갈 것 같았는데."

"어쩔 수 없지요, 아버님."

가슴을 찢는 듯한 아픈 마음으로 나탈리야가 말했다.

"이렇게 될 운명이 아니었을까요?"

판텔레이 프로코피예비치는 나탈리야의 눈에 눈물이 가득 괴어 있는 것을 보자 몹시 당황했다. 그녀의 입술이 비죽비죽 경련을 일으키고 있었다. 그 입술을 깨물면서 그녀는 눈물을 삼켰다.

"그럼, 오늘은 이만 헤어지기로 하자. ……넌 그런 못된 놈을 생각하면서 낙담하고 있어선 안 된다. 그런 자식은 네 손톱의 때만도 못해. 그놈이 다시 돌아올지도 모르지만, 나는 그런 녀석은 두 번 다시 꼴도 보기 싫다. 이번에 오면 혼내 주겠어!"

나탈리야는 풀이 죽어서 어깨를 움츠리고 가 버렸다. 판텔레이 프로코피예비치는 한동안 그 자리에서 제자리걸음을 하고 있었다―마치 지금부터 달려가려고 준비라도 하는 것처럼.

나탈리야는 길모퉁이를 돌려다가 뒤를 돌아보았다. 시아버지는 지팡이를 짚고 다리를 절면서 광장을 가로질러 가고 있었다.

16

슈토크만의 방에 모이는 일이 점점 드물어졌다. 봄이 다가오고 있기 때문이었다. 마을 사람들은 봄을 맞을 준비로 바빠서 다만 제분소의 발레트와 다비드카, 그리고 기관사인 이반 알렉세예비치만 찾아올 뿐이었다.

고난절의 목요일 해 지기 전에 그의 작업장에 모두 모였다. 슈토크만은 작업대에서 50코페이카 은화로 만든 반지를 줄로 다듬고 있었다. 창문에서 햇살이 가득 비쳐 들었다. 노란색을 띤 장밋빛 먼지 낀 광선이 마룻바닥에 정사각형을 그리고 있었다. 이반 알렉세예비치는 핀셋을 만지작거렸다.

"요전에 주인님에게 피스톤 이야기를 하고 왔지. 아무래도 밀레로보로 가져가야 되겠어서 말이야. 거기 가면 고쳐 주겠지. 우리 힘으로는 안 돼. 이렇게 금이 가 버렸으니까."

누구에게라고 할 것도 없이 이반 알렉세예비치는 새끼손가락 끝으로 금이 간 크기를 그려 보였다.

"그러고 보니 그곳에 공장이 있지?"

슈토크만은 줄질하던 손을 멈추지 않고 가느다란 은가루를 손가락 언저리로 흩뜨리면서 물었다.

"마르친 공장이지. 나도 지난해에 한번 가 봤어."

"노동자가 많이 있나?"

"잔뜩 있지. 400명쯤 될까?"

"그래, 모두들 어떻게 지내고 있나?"

슈토크만은 여전히 일을 하면서 고개를 들고 물었다. 마치 말더듬이처럼 한 마디씩 말이 튀어나왔다.

"제법 잘 지내고 있지. 그들은 프롤레타리아가 아니야. 즉, 저……거름이지."

"거름이라니, 무슨 뜻인가?"

슈토크만과 나란히 앉아 무릎 밑에서 짧고 마디 굵은 손가락을 깍지끼고 있던 발레트가 흥미를 느끼며 물었다.

늘 머리에 가루를 뒤집어써서 머리칼이 하얗게 된 분쇄기 담당인 다비드카는 작업장 안을 돌아다니고 있었다. 그는 부스럭거리는 대팻밥 무더기를 발로 툭 차서 흩뜨려 놓고는, 말라서 좋은 냄새가 날 것 같은 그 소리에 미소를 띠며 귀 기울였다. 그는 지금 새빨간 낙엽이 쌓인 산골짜기를 걷고 있었는데, 가볍게 밟는 그 낙엽 밑으로 촉촉한 골짜기 흙의 싱싱한 탄력이 느껴지는 것 같은 기분이었다.

"그건 결국 그 녀석들이 모두 유복하다는 이야기지. 모두 자기 집에 마누라가 있고, 무엇 하나 모자란 것이 없어. 게다가 녀석들 가운데 절반쯤은 침례교도

지. 공장주 녀석이 앞장서서 전도하는 바람에 모두 한통속이 되어버렸어. 그래서 서로 상대방의 흠을 들춰 내지 않는 거야."

"어이, 이반 알렉세예비치, 그 침례교도라는 게 뭐지?"

다비드카가 지금까지 들은 적이 없는 말이었으므로 끼어들었다.

"침례교도 말인가? 자기들 멋대로 하느님을 믿는 녀석들을 가리키는 거야."

"바보들이란 모두 제멋대로 노는 법이야."

발레트가 덧붙였다.

"그래서 나는 세르게이 플라토노비치를 찾아갔지."

이반 알렉세예비치가 아까의 이야기를 계속했다.

"아테핀네 차차 씨가 와 있더군. 그래서 나한테는 '현관에서 잠시 기다리게' 하는 거야. 나는 시키는 대로 앉아서 기다렸지. 그런데 방 안에서 두 사람이 하는 이야기가 문틈으로 들려왔어. 주인이 아테핀에게 하는 말이, 머지않아 독일과 전쟁을 할 게 틀림없다며 그런 이야기를 책에서 읽었다는 거야. 그런데 차차 씨가 뭐라고 대답했는지 아나? '물론 나는 전쟁 이야기에 대해서는 자네에게 찬성할 수 없네' 하는 거야."

이반 알렉세예비치가 너무나 비슷하게 아테핀 흉내를 냈으므로 다비드카는 입을 뾰족이 내밀며 웃음을 터뜨렸다. 하지만 발레트가 험한 표정으로 노려보는 것을 보고는 얼른 입을 다물었다.

"러시아를 상대로 전쟁을 일으킬 리 없지. 어쨌든 독일은 우리 곡식으로 목숨을 잇고 있으니까."

이반 알렉세예비치는 들은 이야기를 그대로 흉내 내어 말했다.

"그때 새로 한 사람이 더 끼어들었어. 목소리만 듣고는 누군지 몰랐는데, 나중에 그가 리스트니츠키 나리의 아들인 장교임을 알았지. 그 녀석은 말했어. '전쟁은 독일과 프랑스 사이에 일어날 겁니다, 포도밭 때문에. 그러니 우리와는 아무 관계도 없는 일이지요'라고."

"그런데 요시프 다비도비치, 당신은 어떻게 생각하지?"

이반 알렉세예비치가 슈토크만에게 물었다.

"나로서는 그런 예언 같은 걸 전혀 할 수 없지만."

슈토크만은 겸손하게 대답했다. 그러고는 완성된 반지를 손바닥에 놓고 열심히 바라보았다.

"놈들이 싸움을 걸어 오면 어차피 우리도 말려들겠지. 다짜고짜 머리채를 잡혀 질질 끌려다닐 게 뻔해."

발레트가 말했다.

"그건 여러분, 결국 이런 것이지."

슈토크만이 이반 알렉세예비치의 손에서 핀셋을 살짝 집어 들고 이야기하기 시작했다. 그는 충분히 납득시키려는 듯이 진지한 표정으로 말했다. 발레트는 작업대에서 미끄러져 내린 다리를 알맞게 구부렸다. 다비드카는 입을 동그랗게 벌려, 촘촘히 난 깨끗한 이를 드러내고 있었다. 슈토크만은 마치 암송하듯 명확한 말로, 더욱이 그 특유의 분명하고 소박한 말씨로, 자본주의 나라들은 시장과 식민지를 확보하기 위해 서로 다툰다는 것을 설명해 주었다. 이야기가 끝날 즈음 이반 알렉세예비치가 선뜻 나섰다.

"잠깐 기다려 봐. 그럼 우리는 대체 어떻게 된다는 거지?"

"자네나 자네 동료들은 모두 남의 일을 쓸데없이 걱정하는 거지."

슈토크만이 웃었다.

"그런 어린애 속임수 같은 이야기는 그만둬."

발레트가 발끈해서 말했다.

"옛날 속담에도 있어. '상전이 싸움을 시작하면 하인들도 가만히 있지 못한다'고."

"음."

이반 알렉세예비치는 무언가 몹시 부피가 크고 단단한 사상의 덩어리를 씹어 깨뜨리려는 것처럼 얼굴을 찌푸렸다.

"그 리스트니츠키 자식, 뭣 때문에 모호프네 집에 눌러 붙어 있는 거지? 그 딸아이라도 꾀어 내려는 건가?"

다비드카가 물었다.

"그 계집애는 벌써 코르슈노프네 아들이 덮쳐 버렸어."

발레트가 욕지거리를 했다.

"이봐, 이반 알렉세예비치, 어때? 그 장교 녀석, 거기에서 뭔가를 알아 내려고 그러는 걸까?"

이반 알렉세예비치는 정강이를 채찍으로 세게 얻어맞은 듯이 몸을 부르르 떨었다.

"뭐? 뭐라고 했지?"

"잠꼬대하지 마! 리스트니츠키 이야기야."

"읍내에 갔을 때 이야기인데, 또 한 가지 재미있는 일이 있어. 여관 밖으로 나가려는데, 그곳 현관 층계에서 누구와 마주쳤는지 알아? 그리고리 멜레호프야. 채찍을 들고 서 있더군. '이런 데서 뭘 하고 있나, 그리고리?' 하고 묻자, '리스트니츠키 나리를 모시고 밀레로보에 가는 길이야'라고 대답하지 뭐야."

"녀석은 그 집 마부로 있지."

다비드카가 설명했다.

"주인이 먹고 난 찌꺼기를 얻어먹고 있겠지."

"발레트, 자네는 꼭 사슬에 매인 개처럼 누구든 가리지도 않고 물고 늘어지는군."

이야기가 잠시 중단되었다. 이반 알렉세예비치는 일어나서 돌아가려고 했다.

"철야 예배에 가는 것도 아닐 텐데 왜 그렇게 서두르나?"

발레트가 마지막으로 또 비아냥거렸다.

"나는 밤마다 철야해."

슈토크만은 손님들을 배웅하고 난 뒤 작업장문을 잠그고 살림방으로 갔다.

부활절 전날 밤에는 하늘이 온통 시커먼 구름으로 덮이고 빗방울까지 뚝뚝 떨어졌다. 칙칙한 어둠이 마을을 짓누르고 있었다. 돈강 수면은 이미 어둠에 가라앉고, 길게 울리는 듯한 신음 소리를 내며 얼음이 깨졌다. 그 깨진 얼음덩어리에 눌려 있던 얼음 하나가 끼익거리는 소리를 내며 물 속에서 떠올랐다. 강의 얼음은 마을에서 첫 번째 길모퉁이까지 4킬로미터나 되는 범위에 걸쳐 단번에 깨졌다. 얼음이 떠내려가기 시작했다. '12복음'을 치는 교회의 율동적인 종소리에 따라 돈강 수면에서는 여러 개의 떠도는 얼음덩어리가 양쪽 기슭을 뒤흔들면서 깨지고 서로 부딪쳤다. 돈강이 곱사등이처럼 왼쪽으로 구부러진 모퉁이에선 얼음덩어리가 뒤엉켜 혼잡을 이루었다. 앞서 나가려고 서로 비벼 대는 얼음덩어리의 삐걱거리는 소리가 마을까지 들려왔다.

눈 녹은 물이 웅덩이를 이루어 여기저기에서 반짝이고 있는 교회 마당에 젊은이들이 모여 있었다. 떠들썩한 찬송 소리가 교회 안에서 열어 놓은 문을 통하여 현관으로, 그리고 현관에서 마당으로 흘러나왔다. 격자창에는 축제의 기쁨에 넘치는 등불이 반짝였다. 마당에서는 젊은이들이 어둠을 틈타 아가씨들을 붙잡아서는 비명을 올리는 입을 틀어막으며 키스하고, 난잡한 이야기를 소곤소곤 속삭이고 있었다.

교회 초소에는 멀고 가까운 마을에서 근무하러 온 카자흐인들이 붐비고 있었다. 초소 안에 가득 찬 사람들은 피로로 인하여 녹초가 된 채 벤치나 창가에 쓰러져 잠들어 있었다.

부서진 층계에 앉아 담배를 피우며 날씨와 가을보리 작황에 대한 이야기를 주고받는 사람들도 있었다.

"당신네 마을에서는 언제쯤 들에 나갑니까?"

"부활절 셋째 주일 무렵이 되겠지요."

"이젠 슬슬 거름을 줘야겠군요. 당신네 쪽은 모래땅이어서 말이죠."

"그래요, 온통 모래땅이지요. 게다가 골짜기 이쪽은 소금땅이고."

"요즘은 땅도 꽤 기름졌어요."

"지난해 우리가 농사지은 곳은 땅이 마치 연골같이 몹시 부드럽더군요."

"두니카, 어디 있지?"

초소 입구 층계 밑에서 가느다란 목소리가 들려왔다. 교회 샛문 쪽에서 누군가가 굵고 쉰 소리로 고함쳤다.

"키스할 곳이 달리 있을 텐데, 이 녀석들…… 얼른 꺼져 버려! 차마 볼 수가 없군."

"너 딱지 맞았구나. 가서 우리 집 암캐에게나 키스해."

어둠 속에서 젊고 팔팔한 목소리가 되받았다.

"암캐라고? 이 녀석, 좋아."

후닥닥 달려가는 발소리. 쉿 하는 외침 소리. 아가씨들의 스커트가 바스락거리는 소리.

지붕에서 떨어지는 빗방울은 유리 사슬 같았다. 잠시 뒤 아까의 검은 진창을 연상시키는 분명하지 않은 말씨의 느릿느릿한 목소리가 다시 말했다.

"지난번 프로호르네 가게에서 12루블이나 내고 파종기(播種機)를 샀는데, 금방 구부러져 버렸어. 그런데도 그 녀석은 한 푼도 보상해 주지 않는 거야."

돈강 수면에서는 얼음이 사각사각 떠내려가는 소리, 부서지는 소리, 갈라지는 소리가 들렸다. 그것은 마을 저편의 하류에서 예쁜 옷을 차려입은, 포플러처럼 키 큰 여인이 사람 눈에 보이지 않는 커다란 옷자락을 끌면서 걷고 있는 것 같았다. 젤리같이 끈적끈적한 어둠에 싸인 한밤중에 미치카 코르슈노프가 안장도 얹지 않은 말을 타고 교회 마당을 향해 달려왔다. 그는 말에서 내리자 고삐를 갈기에 걸어 놓고, 날뛰는 말을 가볍게 툭툭 두들겼다. 잠시 그 자리에 서서 진창을 밟아 대는 말발굽 소리를 듣고 있더니, 이윽고 허리끈을 고쳐 매고 마당 안으로 들어갔다. 현관에서 카자흐 모자를 벗고는 들쭉날쭉하게 깎은 머리를 꾸벅 숙여 인사하고, 여자들을 밀어제치고 제단 앞까지 나아갔다. 왼쪽에는 검은 말 무리처럼 남자들이 모여 있고, 오른쪽에는 색색의 나들이옷이 막 피어난 꽃처럼 보였다. 미치카는 맨 앞줄에 서 있는 아버지를 발견하고 옆으로 다가갔다. 성호를 그으려고 들어올린 미론 그리고리예비치의 팔꿈치를 잡고, 털북숭이 귀에다 속삭였다.

"아버지, 이리 좀 와 보세요."

미치카는 콧구멍을 벌름거리면서 방 안에 가득 차 있는 갖가지 냄새 사이를 뚫고 나갔다. 타고 있는 촛불에서 나오는 탄산가스 냄새와 땀을 흘린 여자들의 체취와 소중히 간직해 두었던 나들이옷—그것은 크리스마스와 부활절에만 옷궤 밑바닥에서 꺼내는 것이다—의 냄새가 발밑에 떠돌았고, 흠뻑 젖은 구두의 가죽 냄새와 나프탈린 냄새와 단식중인 사람들의 텅 빈 뱃속에서 나오는 트림 냄새 등이 뒤섞여 코를 찔렀다.

현관으로 나오자 미치카는 아버지의 어깨 쪽으로 바싹 다가와서 말했다.

"나탈리야가 죽을 것 같아요!"

17

그리고리는 예브게니를 태워다 주고 밀레로보에서 종려주일[24]에 돌아왔다. 눈은 완전히 녹고, 길은 이틀 동안에 온통 진창이 되어 있었다.

24) 부활절 전의 일요일.

역에서 25킬로미터쯤 떨어진 오리호바 골짜기에 있는 우크라이나인 마을에서 작은 강을 건너려다가 하마터면 말들이 물에 빠질 뻔했다. 그 마을에 다다른 것은 해 질 녘이었다. 전날 밤에 얼음이 깨지면서 강물이 불어나 검붉은 탁류가 되어 가도에까지 흘러넘쳤다. 역으로 가는 도중 쉬면서 말에게 먹이를 줄 여관은 건너편 기슭에 있었다. 하룻밤 동안에 다시 물이 많이 불어날지도 몰라 그리고리는 큰맘 먹고 강을 건너기로 했다.

하루 전 얼음 위를 건너왔던 곳으로 말을 몰았다. 둑을 넘은 강은 갈라진 냇바닥을 따라 탁류를 흘려보내며 가운데에서 부서진 울타리와 수레바퀴 파편을 빙글빙글 돌리고 있었다. 눈이 녹아서 드러난 모래 위에는 썰매날의 새로운 자국이 뚜렷하게 나 있었다. 그리고리는 땀이 나서 다리 가랑이에 비누 거품 같은 땀을 흘리고 있는 말들을 세우고, 썰매에서 뛰어내려 썰매날 자국을 자세히 살펴보았다. 그 자국은 가느다란 줄을 이루어 모래땅에 깊이 새겨져 있었다. 물가에서 왼쪽으로 조금 구부러져서 물 속으로 사라져갔다. 그리고리가 눈어림으로 강 너비를 재 보니 기껏해야 40미터쯤이었다. 말 있는 데로 돌아와 썰매를 맨 상태를 살폈다. 그때 마을 변두리의 한 집에서 귀마개가 달린 여우 털가죽 모자를 쓴 중년의 우크라이나인이 나와 그리고리 쪽으로 다가왔다.

"여기를 건너갈 수 있습니까?"

그리고리는 고삐를 흔들어 검붉은 탁류가 도도하게 흐르는 강을 가리키며 물었다.

"건널 수 있소. 오늘 아침에도 건넜지."

"깊은가요?"

"아니, 아마 썰매가 물에 잠길 정도일 거요."

그리고리는 고삐를 당기고 채찍을 쳐들고는 이랴! 짧게 호령하며 말을 몰았다. 말들은 코를 킁킁거리며 수면에 코끝을 바싹 붙이고 마지못해 걷기 시작했다.

"이랴!"

그리고리는 마부석에서 엉거주춤 일어나 채찍을 휘둘렀다. 엉덩이가 큰 왼쪽의 밤색 말은 될 대로 되라는 듯이 머리를 쳐들고 썰매줄을 마구 당겼다. 그리고리는 곁눈으로 발밑을 보았다. 물이 썰매의 가로대에 부딪쳐 철썩철썩 소리를 내고 있었다. 말들은 무릎까지 잠기는 높이의 물에 들어가 있었는데, 갑자기 가슴 언저리까지 잠겨 버렸다. 그리고리는 되돌아가려고 했으나 말들은 자꾸 앞으로 나아갔고, 이윽고 코를 부르르 떨면서 헤엄치기 시작했다. 썰매 끝이 떠올라 밀려갔으므로 말들은 자연히 방향이 바뀌어 물살을 얼굴에 받게 되었다. 물은 소리 내며 그의 등을 넘어 흘렀고, 썰매는 물살에 떠서 자꾸 뒤쪽으로 끌려갔다.

"어어이! 방향을 바꿔요!"

아까 그 우크라이나인이 강가를 뛰어다니며 외쳐 대고, 귀마개 달린 여우 털 가죽 모자를 벗어 마구 흔들어 댔다.

그리고리는 걷잡을 수 없는 흥분에 사로잡혀 쉬지 않고 말을 꾸짖었다. 완전히 물에 잠겨 버린 썰매 뒤쪽에는 작은 깔때기모양의 소용돌이가 여러 개 생겨났다. 수면에 튀어나온 하나의 말뚝에—그것은 떠내려 온 다리의 잔해였다—썰매가 세게 부딪쳐 순식간에 완전히 뒤집혀 버렸다. 그리고리는 피할 틈도 없이 물 속에 거꾸로 내동댕이쳐졌다. 그러나 고삐는 놓지 않았다. 그는 발이 당겨지면서 줄줄 끌려들어가, 떠돌고 있는 썰매 주위를 희롱이라도 당하는 것처럼 빙글빙글 맴돌았다. 가까스로 왼손으로 가로대를 잡자 고삐를 놓고 숨을 헐떡거리며 두 손을 뻗어 썰매줄 받침대 쪽으로 타고 가려고 했다. 조금만 더 가면 받침대의 쇠를 입힌 끝부분에 손이 닿으려는 때, 물살에 맞서 헤엄치고 있던 밤색 말이 뒷발로 그의 무릎을 힘껏 걷어찼다. 그리고리는 물을 먹으면서 손을 쭉 뻗어 썰매줄을 잡으려 안간힘을 썼다. 그러자 그는 다시 말에서 멀리 밀려나면서 곱절의 힘으로 썰매줄을 잡았다. 온몸을 칼로 베는 듯한 추위를 느끼며 그는 가까스로 밤색 말의 머리 가까이에 이르렀다. 죽음의 공포에 떨며 미치광이처럼 된 말은, 충혈된 눈으로 그리고리의 크게 뜬 눈동자를 가만히 들여다보았다.

그리고리는 끈적거리는 고삐의 가죽끈을 몇 번이나 잡았다가는 놓쳤다. 헤엄쳐 가서는 간신히 잡곤 했으나, 고삐는 곧바로 손가락 사이를 미끄러져 나갔다. 그렇게 잡고 놓치는 동안 뜻밖에 발이 강바닥에 닿았다.

"빨리 이리 와!"

몸을 지나치게 뻗어 비틀거리다 앞으로 쓰러지며 말의 가슴에 부딪쳤다가 팅

겨져 나와, 거품이 부글부글 일고 있는 모래톱에 넘어졌다. 말들은 그를 짓밟으며 굉장한 기세로 썰매를 강에서 끌어올렸다. 그러나 이미 완전히 녹초가 되어 젖은 등을 가늘게 떨면서 몇 걸음 가다가 멈춰서 버렸다. 그리고리는 아픔도 잊고 벌떡 일어났다. 마치 견딜 수 없을 만큼 뜨거운 고약을 바른 것처럼 추위가 그의 몸을 죄어 왔다. 오히려 말들보다 그가 더 떨고 있었다. 그는 지금 서 있는 자기 자신이 겨우 걸음마를 배우기 시작한 젖먹이처럼 불안하게 느껴졌다. 정신을 가다듬고 썰매를 바로 세우자 추위를 덜기 위해 말들을 빨리 달리게 했다. 마치 돌격이라도 하듯 똑바로 거리를 달려가 첫 번째 집의 대문이 열려 있는 것을 보고 그대로 속력을 유지하면서 말들을 그 문 안으로 몰아넣었다.

다행히 주인은 친절하게 맞아 주었다. 아들을 불러 말을 돌보게 하고, 자신은 그리고리를 거들어 옷을 벗겼다. 그리고 한마디 말대꾸도 못할 정도로 단호하게 아내에게 명령했다.

"페치카에 불을 더 지펴."

그리고리는 자기 옷이 완전히 마를 때까지 주인의 바지를 빌려 입고 페치카 위에 누워 있었다. 그리고 스튜로 저녁을 때우고는 잠자리에 들었다.

그는 날이 밝기 전에 출발했다. 아직도 150킬로미터나 더 가야 했다. 1분 1초도 늑장부릴 수 없었다. 봄 벌판의 눈 녹은 길이 그를 위협했다. 어느 골짜기에나 눈 녹은 물이 철철 넘쳐흘렀다.

검게 바닥이 드러난 큰길은 말들을 몹시 괴롭혔다. 아침에 아직 서리가 녹기 전 큰길에서 4킬로미터쯤 떨어진 타브르인 마을까지 달려가 길이 두 갈래로 갈라지는 데서 멈춰 섰다. 말들은 땀이 나서 김이 무럭무럭 오르고, 달려온 길에는 땅에 번들번들한 썰매날 자국을 남겨 놓았다. 그리고리는 그 마을에서 썰매를 버리고 말들의 고삐를 짧게 매어 그 중 한 마리에 타고, 또 한 마리는 고삐를 잡고 떠났다. 그리하여 종려주일 아침에 겨우 야고드노예에 닿을 수 있었다.

주인은 도중의 상세한 이야기를 듣고 나서 곧바로 말을 보러 갔다. 사시카가 마당에서, 움푹 들어간 말들의 옆구리를 속상한 듯 바라보며 끌고 다니고 있었다.

"말의 상태는 어떤가?"

주인이 가까이 가면서 물었다.

"뻔한 일 아닙니까?"

사시카가 걸음을 멈추지도 않고 푸르스름한 백발의 둥근 턱수염을 떨며 퉁명스럽게 말했다.

"못 쓰게 되지는 않았나?"

"그렇지는 않아요. 밤색 말이 목사리에 가슴이 긁힌 것뿐입니다. 그리 대단한 일은 아니에요."

"가서 쉬게!"

주인은 지시를 기다리고 있는 그리고리에게 손을 들어 보이며 말했다.

그리고리는 하인방으로 물러갔지만, 그날 하룻밤밖에 편히 쉬지 못했다. 이튿날은 아침 일찍부터 하늘빛 공단으로 지은 새 셔츠를 입은 베냐민이 언제나처럼 얼굴 가득 미소를 띠고 찾아왔다.

"그리고리, 나리께서 부르셔. 빨리 오라고!"

장군은 펠트 슬리퍼를 끌면서 홀 안을 서성거리고 있었다. 그리고리는 헛기침을 한 번 하고 홀 입구에서 머뭇거리다가, 한 번 더 헛기침을 했다. 그제야 주인이 고개를 들었다.

"뭐냐?"

"베냐민이 불러서 왔습니다."

"아, 그렇지. 가서 수말과 크레푸이시에 안장을 얹어. 그리고 루케리야에게, 개들한테는 밥을 주지 말라고 해. 사냥을 갈 테니까."

그리고리는 몸을 돌려 나가려고 했다. 그때 주인이 다시 불러 세웠다.

"알겠나, 자네도 함께 가는 거야."

아크시냐는 그리고리의 반외투 주머니에 소금기 적은 만두를 넣어 주며 중얼거렸다.

"천천히 식사할 틈도 없으니 정말 못 견디겠어요! 무슨 생각을 할 틈조차도. 그리고리, 목도리를 두르고 가는 게 어때요?"

그리고리는 안장 얹은 말을 꽃밭 앞으로 끌고 가서 휘파람을 불어 개들을 불렀다. 주인은 푸른 나사(羅紗) 옷을 입고, 쇳조각 붙은 허리띠를 매고 나왔다. 그리고 코르크로 겉을 싼 니켈 물통을 어깨에 메고 있었다. 손에 든 긴 가죽채찍이 뱀처럼 그의 등 뒤에서 흔들리고 있었다.

그리고리는 고삐를 잡고 노인을 지켜보았는데, 그가 수척하게 늙은 몸인데도 불구하고 가볍게 안장 위에 올라타는 것을 보고 놀랐다.

"따라와!"

장군은 장갑 낀 손으로 능숙하게 고삐를 다루며 짧게 명령했다.

그리고리가 탄 네 살짜리 수말은 수탉처럼 머리를 쳐들고 훌쩍 뛰어올랐다가 옆에 붙어 달리기 시작했다. 이 말은 뒷발에 편자를 박지 않았으므로 얼음 있는 곳에 가면 미끄러지지 않으려고 네 다리로 버텼다. 늙은 주인은 크레푸이시의 커다란 등에 몸을 조금 앞으로 숙이고 의젓하게 타고 있었다.

"어느 쪽으로 가십니까?"

그리고리가 말머리를 나란히 하면서 물었다.

"올샨스키 골짜기야."

주인이 굵고 낮은 목소리로 대답했다. 말들은 사이좋게 나아갔다. 수말은 고삐를 자꾸 잡아당기며 그 짧은 목을 백조처럼 비틀어 곁눈질해 보며 틈만 있으면 무릎을 물어뜯으려는 기색을 보였다. 언덕 위로 올라가자 주인은 크레푸이시를 전속력으로 몰았다. 개들은 짧은 쇠사슬처럼 서로 얽히면서 그리고리의 뒤로 달려왔다. 늙은 검둥이 암캐가 말꼬리 끝에 구부러진 코끝을 붙이듯 하고 갔다. 수말은 화가 나서 허리를 낮추고 자꾸 달라붙는 암캐를 뒷발로 차 버리려 했다. 하지만 개가 알아차렸는지 걸음을 멈추고는 늙은이 같은 가련한 눈으로, 뒤돌아보는 그리고리의 눈을 빤히 쳐다보았다.

올샨스키 골짜기에는 30분 만에 닿았다. 주인은 갈색 브리얀초가 무성히 나 있는 골짜기를 계속 달려갔다. 그리고리는 산사태로 땅에 드러난 골짜기 밑을 조심스레 살피면서 아래쪽으로 내려갔다. 그는 이따금 주인 쪽을 보았다. 듬성 듬성 난 벌거숭이 오리나무의 검푸른 가지 사이로 노인의 모습이 그림처럼 뚜렷이 보였다. 그는 안장틀에 몸을 엎드리듯 하고 등자(鐙子)에 버티고 있었다. 카자흐식 허리띠를 맨 겨울옷의 등 부위에 푸른 주름이 잡혀 있었다. 개들은 높고 낮은 언덕을 한 덩어리가 되어 달려갔다. 심한 산사태 자리를 넘어서자 그리고리는 안장에서 가볍게 뛰어내렸다.

'담배 한 대 피우고 싶구나. 잠깐 고삐를 놓고 담배쌈지를 꺼내자.'

이렇게 생각한 그는 장갑을 벗고 주머니 속에서 종이를 부스럭거렸다.

"놓치지 마라!"

골짜기 위쪽에서 주인의 외침이 총소리처럼 울려 왔다.

그리고리는 얼른 얼굴을 들었다. 뾰족한 언덕 꼭대기에서 주인이 달려왔다. 긴 채찍을 높이 쳐들고 전속력으로 크레푸이시를 몰고 내려왔다.

"놓치지 마라!"

갈대와 솔새가 무성한 질퍽거리는 골짜기를 가로질러서 넓적다리에 털이 드문드문 난, 아직 털갈이도 하지 않은 갈색의 이리 한 마리가 앞으로 엎어질 듯 쏜살같이 달려갔다. 웅덩이를 뛰어넘은 이리는 멈춰 서서 고개를 옆으로 돌리다가 자신을 쫓아오는 개들을 발견했다. 개들은 말굽모양으로 이리를 둘러싸고, 골짜기 끝에 이어져 있는 숲속으로 달아나지 못하도록 하면서 다가갔다.

이리는 용수철처럼 몸을 부르르 떨더니 이끼가 잔뜩 낀 무덤으로 뛰어올라가 거기에서 똑바로 숲 쪽으로 달려갔다. 늙은 암캐가 정신없이 돌진해 가서 이리를 바짝 따라붙었다. 그 뒤를 키 큰 수캐 야스트레브가 뒤따랐다. 이놈은 품종이 가장 우수한 개로, 사냥 때 가장 억세지는 놈이었다.

이리는 어떻게 해야 좋을지 결심이 서지 않는 듯 잠시 망설였다. 그리고리가 골짜기에서 올라와 말 머리를 돌리자 순식간에 이리의 모습이 보이지 않았다. 그러나 작은 언덕으로 올라가자 저 멀리 달려가는 이리의 모습이 조그맣게 보였다. 검은 천을 깔아놓은 듯한 벌판에 검은 개들이 흙빛과 한데 어울려 잡초 속을 뛰어다니고 있었다. 훨씬 저쪽의 한편에서 긴 채찍으로 크레푸이시를 마구 치며 주인이 험한 비탈을 내려왔다. 이리는 옆 골짜기로 옮겨 갔다. 개들은 가까스로 바짝 쫓아가 둘러싸고 있었다. 회색 수캐 야스트레브가 이리의 덥수룩한 넓적다리 털을 물고 늘어졌다. 이쪽에서 보고 있는 그리고리의 눈에는 마치 희끄무레한 걸레조각이라도 늘어져 있는 것처럼 보였다.

"잡아랏!"

주인의 고함 소리가 그리고리에게까지 들려왔다. 그는 앞쪽에서 일어난 일을 확실하게 알아보려고 수말을 전속력으로 몰고 갔다. 두 눈이 눈물로 흐려지고, 귀는 윙윙거리는 바람 소리에 막혔다. 그리고리는 완전히 사냥의 포로가 되었다. 그는 심하게 땀 냄새를 풍기는 수말의 목에 달라붙어 힘껏 달렸다. 골짜기에 이르기까지는 이리도 개도 눈에 들어오지 않았다. 순식간에 그는 주인을 따라붙었다. 주인은 크레푸이시를 세우고 소리쳤다.

"어디로 갔나?"

"틀림없이 골짜기입니다."

"왼쪽으로 돌아! 쫓아!"

주인은 뒷발로 곤두선 말의 옆구리에 박차를 가하여 오른쪽으로 달려갔다. 그리고리는 달려 내려가면서 고삐를 바싹 당기고 기합 소리와 함께 골짜기 저쪽으로 건너뛰었다. 땀에 흠뻑 젖은 수말에 채찍질을 하고 재촉해서 1킬로미터 반쯤 마구 달렸다. 질척거리는 진흙이 말발굽에 달라붙고 얼굴에까지 튀었다. 산등성이를 따라 비치는 긴 골짜기는 오른쪽으로 꺾였다가 다시 세 갈래의 골짜기로 갈라졌다. 그리고리는 그 골짜기 하나를 뛰어넘어 험한 비탈을 달려 올라갔다. 그러자 저 멀리 벌판 가운데에서 이리를 쫓아가는 개들의 검은 덩어리가 보였다. 이리는 아마 떡갈나무와 오리나무가 무성한 골짜기 중간쯤에서 쫓겨온 모양이었다. 골짜기 중간이 셋으로 갈라져 골짜기가 세 개의 푸른 소매처럼 뻗어 있는 곳으로부터 이리는 아무것도 돋아나 있지 않은 곳으로 나오고, 그 곳을 200미터쯤 단숨에 달려 산기슭을 돌아 물이 마른 골짜기로 뛰어들었다. 그 골짜기에는 브리얀과 엉겅퀴가 무성하게 나 있었다.

등자 위에 일어선 그리고리는 이리가 사라진 쪽을 지켜보고 바람 때문에 흐르는 눈물을 소매로 훔쳤다. 왼쪽을 보니 지금 자신이 있는 곳이 대략 짐작되었다. 비스듬히 큰 네모꼴을 이룬 밭이 펼쳐져 있었다. 가을에 그가 나탈리야와 둘이서 일궈 놓은 밭이었다. 그리고리는 일부러 그 밭으로 말을 몰았다. 말이 흙에 걸려 비틀거리며 밭을 가로질러 가는 동안 그리고리는 지금까지 마음 속에서 타오르던 사냥의 정열이 찬물을 끼얹은 듯 식어 가는 것을 느꼈다. 이제 그는 땀을 흠뻑 흘린 수말을 천천히 몰아가고 있었다. 그리고 주인을 쫓아가서는 그가 뒤돌아보지나 않을까 신경 쓰면서 가벼운 구보로 따라갔다.

멀리 붉은 골짜기 옆에 인기척 없는 야영장이 보였다. 방금 파헤쳐 비로드처럼 번쩍이는 옆쪽의 경작지에서는 세 쌍의 황소가 느릿느릿 쟁기를 끌고 있었다.

'마을 사람들이군. 저게 누구 땅이더라? 그렇지! 분명 아니쿠시카의 땅이었지.'

그리고리는 눈을 가늘게 뜨고 그쪽을 지켜보며, 소와 쟁기를 따라가고 있는 사람을 알아보려고 했다.

"잡아랏!"

그리고리는 두 카자흐인이 쟁기를 내던지고 달려가, 골짜기로 달아나려는 이리 앞을 가로막는 것을 보았다. 붉은 테를 두른 카자흐 모자를 쓴 키 큰 남자는 멍에에서 뽑아든 쇠막대기를 쳐들고 있었다. 그때 이리가 깊은 도랑에 뒷발이 빠져 갑자기 주저앉았다. 회색 수캐 야스트레브는 달리던 여세로 이리를 뛰어넘다가 앞발로 버티지 못해 그대로 굴러 버렸다. 늙은 암캐는 걸음을 멈추려다가 울퉁불퉁한 밭에 엉덩방아를 찧고 그 여세로 이리를 덮치며 쓰러졌다. 그러자 이리가 심하게 머리를 흔들었으므로 암캐는 옆으로 튕겨 나갔다. 크고 검은 덩어리가 되어 이리에게 덤벼들던 개들은 비틀거리며 10미터쯤 끌려가 공처럼 떼굴떼굴 굴렀다. 그리고리는 주인보다 한 걸음 먼저 달려가 말에서 뛰어내려 사냥용 칼을 잡은 손을 등 뒤로 돌리고 땅바닥에 무릎을 꿇었다.

"그렇지, 그렇게 하는 거야! 밑으로, 밑으로! 그래, 목을 찔러!"

철봉을 들고 달려온 카자흐인이 숨을 헐떡이며 귀에 익은 목소리로 외쳤다. 그는 콧소리를 내며 그리고리와 나란히 몸을 굽혀, 이리의 배를 물고 늘어진 암캐의 목을 잡아 두세 자쯤 떼어 놓고 이리의 앞발을 묶었다. 그리고리는 바늘처럼 곤두서고 꺼끌꺼끌한 억센 털을 더듬어 숨통을 찾아서는 칼을 푹 꽂았다.

"개! 개를! 쫓아!"

말에서 내려 부드러운 밭에 선 주인은 얼굴이 시퍼래져서 쉰 목소리로 더듬거리며 외쳤다. 그리고리는 가까스로 개들을 쫓아 버리고 주인을 돌아보았다. 그에게서 조금 떨어진 곳에 스테판 아스타호프가 서 있었다. 카자흐 모자를 쓰고 옻칠을 한 모자 끈을 매고 있었다. 그는 쇠막대기를 손 안에서 빙글빙글 돌리며 핼쑥한 아래턱과 눈썹을 꿈틀꿈틀 떨고 있었다.

"자네는 어느 마을 사람인가?"

주인이 스테판에게 물었다.

"타타르스키 마을입니다."

잠시 사이를 두고 스테판은 무뚝뚝하게 대답했다. 그리고 그리고리에게로 한 걸음 다가섰다.

"이름이 뭔가?"

"아스타호프라고 합니다."

"그런가? 그래, 자네는 언제 집으로 돌아가나?"

"오늘 밤에 돌아갑니다."

"이놈을 집까지 날라 주지 않겠나."

주인이 눈으로 이리를 가리켰다. 그놈은 숨이 끊어지는 고통에 가끔 이빨을 덜덜거리고, 굳어진 뒷다리를 높이 치켜들고 있었다. 그 다리의 복사뼈에 더부룩한 갈색 털이 술처럼 달려 있었다.

"품삯을 주겠네."

주인은 약속을 하고 붉은 얼굴에 밴 땀을 목도리로 닦았다. 그리고 옆으로 가서 물통을 매어 둔 가죽끈을 어깨에서 벗기려고 몸을 비틀었다.

그리고리는 수말에게로 다가가서 등자에 발을 얹고 뒤를 돌아보았다. 스테판은 온몸이 떨리는 것을 진정시키지 못하여 고개를 꼿꼿이 세우고, 억세고 큰 손을 가슴에 꽉 붙인 채 그에게로 다가오고 있었다.

18

코르슈노프집 이웃인 펠라게야네 집에서 고난절 토요일 밤에 여자들이 모여 잔치를 벌였다. 펠라게야의 남편 가브릴라 마이단니코프가 로치에게 편지를 보내, 부활절에는 휴가를 얻어 돌아온다고 알려 왔다. 펠라게야는 벽을 다시 칠하고, 월요일에는 집 안을 완전히 정리해 놓은 다음 목요일부터 기다렸다. 몇 번이나 문밖을 내다보고, 여윈 몸으로 플라토크도 쓰지 않은 채 주근깨투성이 얼굴을 드러내고 울타리 옆에 우두커니 서서는 이제나저제나 하고 이마에 손을 얹고 멀리 바라보곤 했다. 그녀는 당장에라도 해산할 것 같은 배를 하고 있었다. 하지만 뱃속의 아이에게는 조금도 꺼림칙한 점이 없었다. 지난해 여름 가브릴라는 아내에게 줄 폴란드 비단을 선물로 가지고 연대에서 돌아와 얼마 동안 집에 머물렀던 것이다. 그는 나흘 밤을 아내와 함께 잤다. 그리고 닷새째에 잔뜩 취해서 독일어와 폴란드어를 뒤섞어 욕을 해대고 엉엉 울면서, 1831년에 만들어졌다는 폴란드 이야기를 노래한 카자흐의 옛노래를 불렀다. 그의 귀대를 전송(餞送)하러 온 친구들과 형제들이 함께 식탁에 앉아 점심때까지 보드카를 마시며 노래를 불렀다.

> 폴란드는 풍요로운 나라라고 들었는데,
> 듣기와는 전혀 다른 보잘것없는 가난한 나라였구나.
> 이 폴란드에 술집이 있다.
> 폴란드의 술집은 천하제일.
> 이 술집에서 세 젊은이가 마시고 있다.
> 프러시아인, 폴란드인, 그리고 돈 지방의 카자흐.
> 프러시아인, 보드카를 마시고—금화를 두둑이 내놓고 간다.
> 폴란드인도 보드카를 마시고—역시 금화를 놓고 간다.
> 돈 지방의 카자흐는—보드카를 마셔도 아무것도 내놓지 않는다.
> 그는 박차를 철거덕거리고 뽐내며 술집 안을 돌아다니고,
> 그는 박차를 철거덕거리며 술집 안주인을 꾀어 낸다.
> 이봐요, 예쁜 안주인, 나를 따라 가지 않겠소?
> 우리 나라로 가지 않겠소—고요한 돈 강가 마을로.
> 돈 강가는 좋은 곳, 이곳 생활과는 전혀 다르지.
> 옷감도 짜지 않고, 실도 잣지 않고, 씨도 뿌리지 않고, 거두어들이지도 않지.
> 씨도 뿌리지 않고 거두지도 않고, 사시사철 어슬렁거리며 돌아다닐 뿐.

점심을 마치자 가브릴라는 가족에게 작별 인사를 하고 떠나갔다. 그 뒤로 펠라게야는 나날이 불러오는 배에 신경을 쓰게 된 것이다.

그녀는 나탈리야 코르슈노프에게 자기가 임신하게 된 연유를 이렇게 설명했다.

"가브릴라가 돌아오기 전에 꿈을 꾸었지. 내가 목초지를 걷고 있었던 것 같은데, 내 앞으로 우리 집에서 가장 늙은 암소가, 지난해 여름 축제 때 팔아 버린 녀석이 걸어가는 거야. 유방에서 젖을 길바닥에 뚝뚝 흘리며…… '어머나, 대체 내가 어떻게 젖을 짠 걸까!' 하고 생각했지. 그 뒤에 드로즈디하 할머니가 나에게 홉을 얻으러 왔을 때 내가 그 꿈 이야기를 했더니 할머니가 말하더군. '그럼, 양초를 하나 가지고 외양간에 가서 잘게 부숴서 둥글게 뭉친 다음 금방 눈 쇠

똥 속에 묻어 둬요. 그렇게 하지 않으면 재앙이 바로 저 창문으로 들여다볼 거야.' 그래서 나는 당장 양초를 찾으러 달려갔는데, 양초가 하나도 없지 뭐야. 한 개 있었지만 아이들이 집어가 버린 거지. 아마 거미를 구멍에서 끌어내는 데라도 쓴 걸 거야. 그때 가브릴라가 돌아왔어. 재앙이 닥친 셈이지. 지난 3년 동안은 매달 속옷을 더럽혔는데, 지금은 이 모양이 되었어."

펠라게야는 불룩한 배를 손가락으로 쿡쿡 찌르며 투덜거렸다. 남편이 돌아오기를 애타게 기다리는 펠라게야는 혼자 있으면 울적하고 심심해졌다. 그래서 금요일이면 이웃 여자들을 집으로 불러서 놀곤 했다. 나탈리야는 짜고 있던 털 양말을 가지고 찾아왔다(봄이 되었지만 그리샤카 할아버지는 더욱 추위를 느끼게 되었던 것이다).

그녀는 기운을 내어 사람들 농담에 큰 소리로 웃어 대기도 했다. 그녀는 자기가 남편 때문에 애태우고 있는 모습을 다른 여자들에게 보이기 싫었던 것이다. 펠라게야는 페치카에 걸터앉아 보랏빛 혈관이 드러나 보이는 맨발을 건들거리며 프로샤라는 젊고 천박한 아낙네를 놀려 댔다.

"이봐, 프로시카, 너는 대체 어떻게 남편을 두들겨 패지?"

"어떻게라니, 그것도 몰라? 등이나 머리를 닥치는 대로 두들겨 주지."

"내가 묻는 건 그게 아니야. 어떻게 하다가 싸움이 시작됐는지 묻는 거야."

"그거야 뻔한 거지."

상대방은 건성으로 대답했다.

"자기 남편이 다른 여자와 자는 것을 보면 너도 잠자코 있지 않을걸?"

장대처럼 긴 몸집을 가진, 마트베이 카슐린의 며느리가 천천히 말을 끊으며 말했다.

"이야기해 줘, 프로시냐."

"특별히 이야기할 건 없어! 이야깃거리도 안 되어서 말이야…… 그런 쓸데없는 이야기를 꺼내다니."

"그렇게 점잔뺄 것 없잖아. 모두 알고 있는데."

프로샤는 해바라기씨 껍질을 손바닥에 뱉어 내며 웃었다.

"나는 전부터 수상하다고 생각하고 있었지. 그런데 남편이 제분소에서 강 건너에 사는 군인의 과부와 어울리고 있다고 누가 일러 주더란 말이야. 난 당장에 달려갔지. 그랬더니 둘이 탈곡기 밑에서."

"왜 그래, 나탈리야, 너 남편 소식 들었니?"

카슐린의 며느리가 프로샤의 말을 가로막고 나탈리야에게 물었다.

"그 사람, 야고드노예에 있대."

나탈리야가 모기만 한 소리로 대답했다.

"평생 그 사람만 믿고 살 생각이니, 그래?"

"그야 얘는 그런 생각이겠지만, 그에게는 그런 마음이 전혀 통하지 않는 거야."

이 집 주부가 끼어들었다.

나탈리야는 얼굴이 화끈 달아오르면서 당장에라도 눈물이 쏟아질 것 같은 느낌이 들었다. 그녀는 양말에 얼굴을 묻고 여자들 눈치를 살폈다. 모두의 눈이 자기에게 쏠려 있는 것을 보자, 부끄러움으로 얼굴이 새빨개지는 것을 느끼고 일부러 털실 뭉치를 무릎에서 떨어뜨려 몸을 굽히고 써늘한 마룻바닥을 더듬어 집어 올렸다. 그 모습이 너무도 어색했으므로 모두들 금방 그것을 알아차렸다.

"그런 남자에게는 침이나 뱉어 줘. 뭐야, 목만 있으면 목걸이는 언제든지 있다잖아."

한 여자가 몹시 동정하는 투로 충고했다. 나탈리야의 허세는 바람 앞의 등불처럼 사라져 버렸다. 여자들은 다시 요즘 있었던 남의 이야기로 화제를 돌렸다. 나탈리야는 말없이 양말만 짜고 있었다. 억지로 끝까지 버티고 있다가 일어섰으나, 돌아갈 때 그녀의 마음속에 막연한 결심이 서고 있었다. 그녀는 지금 같은 어정쩡한 상태가 남들에게 부끄러워 견딜 수 없었다. 그녀는 그리고리가 영원히 떠나 버렸다고는 도저히 생각할 수 없었다. 이제는 그를 완전히 용서하는 마음으로 그가 돌아오기를 기다리고 있었던 것이다.

그런 부끄러움이 결국 그녀를 이런 행동으로 몰아붙이게 되었다. 그녀는 야고드노예에 있는 그리고리에게 은밀히 사람을 보내어 그가 이미 자기를 완전히 버린 것인지, 다시 한번 생각을 돌이킬 수는 없는지 알아보려고 마음먹었다.

그녀가 펠라게야네 집에서 돌아왔을 때는 밤이 꽤 깊었다. 그리샤카 할아버지는 자기 방에 틀어박혀 촛농이 덕지덕지 묻은 낡은 가죽표지의 복음서를 읽고 있었다. 미론 그리고리예비치는 부엌에서 후릿그물에 벼리를 달면서, 미헤이로부터 옛날에 있었던 살인 사건에 대한 이야기를 듣고 있었다. 어머니는 아이들을 재운 다음 페치카 위에 누워 새까만 발바닥을 문 쪽으로 뻗고 잠들어 있었다. 나탈리야는 외투를 벗어던지고 방 안을 왔다 갔다 했다. 큰방 한 구석에는 판자로 막아 놓은 곳에 파종용으로 남겨 둔 삼씨가 수북이 쌓여 있고, 그곳에서 쥐가 찍찍거렸다.

그녀는 할아버지 방에서 잠시 꾸물거렸다. 그리고 구석의 선반 옆에서 성상 밑에 쌓인 성서들을 우두커니 바라보았다.

"할아버지, 종이 있어요?"

"무슨 종이 말이냐?"

할아버지는 안경 위로 깊은 주름을 지었다.

"뭔가 쓸 종이요."

그리샤카 할아버지는 시편을 꼼꼼하게 뒤져 공양꿀과 유향의 퀴퀴한 냄새가 나는 쪼글쪼글한 종이 한 장을 꺼냈다.

"연필은요?"

"아버지에게 가서 얻으렴. 자, 저리 가거라. 방해하지 말아 다오."

나탈리야는 아버지에게서 토막 난 연필을 얻었다. 그녀는 테이블 앞에 앉아서 이미 오래전부터 생각해 왔던, 마음속을 쑤시는 듯한 아픔을 불러일으키는 일들을 애절한 기분으로 돌이켜보았다.

이튿날 아침에 그녀는 보드카를 사 주겠다고 약속하고 게치코에게 편지를 들려서 야고드노예로 보냈다.

그리고리 판텔레예비치!

나는 앞으로 어떻게 살아가야 할까요? 나의 인생은 이제 이것으로 완전히 끝나 버린 것일까요? 아니면, 아직 희망이 있는 것일까요? 부디 무슨 말이든 대답을 해 줘요. 당신은 집을 나가면서 나에게 아무 말도 해 주지 않았습니다. 나는 당신이 화낼 만한 일을 단 한 가지도 한 기억이 없습니다. 그리고 나는 당신이 나를 완전히 자유롭게, 이미 영원히 나에게서 떠나 버린 것이라고 말해 주리라 생각하며 기다리고 있었습니다. 그런데 당신은 마을에서 뛰쳐나간 뒤 마치 죽은 사람처럼 소식을 끊어 버렸습니다. 나는 당신이 그저 홧김에 집을 나간 거라고 생각했습니다. 그래서 당신이 돌아오기를 기다리고 있었습니다. 하지만 나는 당신네들 두 사람 사이를 갈라놓으려고 하는 것은 아닙니다. 나는 당신과 함께 있기보다 오히려 혼자 땅속으로 들어가 버리는 편을 택하겠습니다. 제발 이 마지막 소원을 듣고 대답을 주십시오. 당신의 생각을 알고 나면 그다음에는 확실히 마음을 정하겠습니다. 그렇지 않고는 도무지 갈피를 잡을 수 없어서 헤맬 뿐입니다. 두서없는 글을 용서하십시오.

나탈리야

곧 한잔 마실 수 있다는 기쁨에 들뜬 게치코는 곡식 창고 뒤로 말을 끌고 가서 미론 그리고리예비치에게 들키지 않도록 말에 올라타고는 채찍을 휘두르며 달려갔다. 게치코는 카자흐와 달리 말타기가 몹시 서툴러서 빠르게 달리면 양쪽 팔꿈치가 덜덜 떨렸다. 하지만 이럭저럭 빠르게 달려갔다. 오솔길에서 시끄럽게 떠들어 대는 카자흐 아이들의 목소리를 귓등으로 흘리면서.

그의 등 뒤에서 아이들이 떠들어 댔다.

"어이, 소러시아인! 소러시아인!"

"소러시아인의 밥통아!"

"떨어지겠어!"

"울타리에 부딪친 개 같구나!"

그가 회답을 가지고 돌아온 것은 저녁 무렵이었다. 그는 푸른 설탕 포장지 조각을 품에서 꺼내 들고는 나탈리야에게 눈짓했다.

"길이 지독히 나쁘더군요, 아가씨! 수염이 뱃속으로 파고 들어갈 만큼 엄청나게 흔들렸지요!"

나탈리야는 회답을 재빨리 읽고 나서 얼굴이 새파랗게 질렸다. 무엇인가 날카로운 칼날 같은 것이 천이라도 찢는 것처럼 그녀 심장에 콱 박혔다.

종이에 적힌 단어는 단 네 마디였다.

'혼자서 살아라. 그리고리 멜레호프.'

나탈리야는 마치 온몸의 힘이 완전히 빠져 버린 듯한 기분이 들었다. 그녀는 급히 집 안으로 달려들어가 침대에 쓰러졌다. 루키니치나는 빨리 식사 준비를 끝내고 부활절 빵을 늦지 않게 구워 내려고 밤중에 일어나 페치카에 불을 지피고 있었다.

"나탈리야, 와서 좀 도와 다오."

그녀는 딸을 불렀다.

"난 머리가 아파요, 어머니. 좀더 누워 있겠어요."

루키니치나가 플라토크를 쓰지 않은 머리를 문으로 들이밀었다.

"소금물이라도 마셔 보는 게 어떠냐? 그러면 기분이 한결 나아질 게다."

나탈리야는 바싹 마른 혀로 차가운 입술을 핥고는 잠자코 있었다.

그녀는 따뜻한 깃털이불을 머리까지 뒤집어쓰고 저녁때까지 누워 있었다. 가벼운 오한이 덮쳐 와 새우처럼 구부리고 몸을 덜덜 떨었다. 그녀가 일어나 부엌으로 나갔을 때에는 미론 그리고리예비치가 그리샤카 할아버지와 함께 교회에 가려고 하는 참이었다. 찰싹 빗어 붙인 그녀의 검은 귀밑털 언저리에 땀방울이 반짝였다. 그리고 두 눈은 병자처럼 축축해 있었다.

미론 그리고리예비치는 헐렁한 바지 앞단추를 끝에서부터 하나하나 채우며 곁눈질로 딸을 살폈다.

"이런 날에 누워만 있으니 어찌 된 일이냐? 어때, 함께 교회에 가지 않겠니?"

"먼저 가세요. 나는 나중에 갈 테니까요."

"그럼, 예배가 끝날 때쯤 올 테냐?"

"아니에요. 곧 옷을 갈아입고…… 바로 가겠어요."

남자들은 떠나고 부엌에는 루키니치나와 나탈리야만 남았다. 그녀는 힘없이 옷궤와 침대 사이를 왔다 갔다 하다가는 멍하니 흐려진 눈으로 옷궤 속에 수북이 쌓여 있는 나들이옷을 바라보고 무엇인가 떠올리면서 중얼중얼 혼잣말을 지껄였다. 루키니치나는 나탈리야가 어떤 옷을 입고 갈지 망설이는 것으로 여겨 다정한 목소리로 말했다.

"얘야, 내 푸른 스커트를 입고 가렴. 너에게는 그게 아주 잘 어울릴 것 같구나."

이번 부활절에 나탈리야는 새로운 나들이옷을 얻지 못했다. 어머니는 나탈리야가 어느 옷을 입고 갈지 망설이는 줄로만 알았으므로, 그녀가 처녀 시절에 축제일이면 어머니의 조붓한 푸른 스커트를 입고 싶어했던 일이 생각나 자기의 가장 좋은 옷을 입게 하려고 한 것이었다.

"어떠냐, 입고 가겠니? 입겠으면 갖다 주마."

"괜찮아요. 난 이걸 입겠어요."

나탈리야는 자기의 녹색 스커트를 꺼냈다. 그러자 문득 언젠가 그리고리와의 혼담이 정해져 그가 인사하러 왔을 때, 서늘한 창고 처마 밑에서 부끄러워하는 그녀를 끌어안고 황홀한 키스를 퍼부었을 때 이 스커트를 입고 있었던 기억이 떠올랐다. 그녀는 당장에라도 울음이 터질 듯한 것을 꾹 참고 온몸을 부들부들 떨며 열려 있는 옷궤 뚜껑 위에 엎드리고 말았다.

"나탈리야! 무슨 일이니?"

어머니가 놀라서 손으로 쳤다. 나탈리야는 입에서 터져 나오려는 울음을 억누르고, 억지로 삐걱거리는 듯한 웃음소리를 내며 말했다.

"어쩐지 좀 이상해요, 오늘은."

"아, 나탈리야, 나는 알겠구나."

"무슨 말씀이에요, 어머니. 뭘 알겠다는 거예요?"

나탈리야는 갑자기 노여움이 치솟아, 들고 있던 녹색 스커트를 손안에 구겨 쥐면서 소리쳤다.

"네 몸에 좋지 않은 일이 일어나지 않을까 염려가 되어서…… 아무래도 그런 기분이 드는구나…… 빨리 다시 시집을 가야."

"지긋지긋해요! 한 번 갔으면 됐지!"

나탈리야는 옷을 갈아입으러 자기 방으로 갔다. 그리고 잠시 뒤 옷을 갈아입고 다시 부엌으로 나왔다. 소녀처럼 가냘프고 핼쑥한 얼굴이었으며 우울한 표정이 담긴 볼은 푸른 기가 돌 정도로 투명했다.

"혼자 갔다 오너라. 나는 아직 할 일이 남아 있어."

어머니가 말했다. 나탈리야는 소매의 접혀진 곳에 손수건을 밀어 넣고 현관 층계로 나갔다. 바람은 돈강으로부터 흐르는 물의 웅성거림과 눈 녹은 습기의 상쾌한 냄새를 실어 왔다. 나탈리야는 왼손으로 스커트 자락을 들어올리고, 거리에 진주를 뿌려 놓은 것처럼 눈부시게 반짝이는 웅덩이를 피하면서 교회에 갔다. 가는 도중 그녀는 예전처럼 평온한 기분으로 돌아가려 애썼고, 축제며 그 밖의 여러 가지 일을 단편적으로 떠올려 보았다. 하지만 그녀의 생각은 금방 품 안에 둔 푸른 포장지 조각으로 되돌아갔다. 그러면 그리고리에 대한 생각과, 지금 자기에게 짐짓 웃음을 보이면서도 속으로는 자기를 가련히 여기고 있을 행복한 여자들의 일 따위가 잇따라 떠오르는 것이었다.

그녀가 교회 마당으로 들어갔을 때 젊은이들이 그녀 앞을 가로막았다. 그들을 피해 지나치자 나탈리야의 귀에 이런 말이 들려왔다.

"누구네 딸이지? 너, 알고 있니?"

"응, 나타시카 코르슈노프야."

"저 여자는 거기를 못 쓴대. 그래서 쫓겨났다더군."

"아니야! 저 여자는 시아버지하고 붙은 거야. 그 절름발이인 판텔레이하고."

"오, 그렇군! 그래서 그리고리가 집을 나가 버린 건가?"

"그렇지. 뻔하잖아. 저 여자는 누구하고든지 금방."

나탈리야는 울퉁불퉁한 포석(鋪石)에 발을 부딪치며 교회 현관에 닿았다. 그녀를 뒤좇아 수군거리는 더럽고 음탕한 말들이 따라왔다. 현관에 서 있는 아가씨들의 비웃음 소리를 듣자 나탈리야는 얼른 작은 문 쪽으로 빠져나갔다. 그리고 술 취한 사람처럼 비틀거리며 집으로 달려갔다. 자기 집 문 앞에서 한숨 돌리고, 그녀는 스커트 자락에 발이 걸리며 문 안으로 들어갔다. 퉁퉁 부어오른 입술을 피가 나도록 깨물면서. 마당에 떠도는 보랏빛 어둠 속에 반쯤 열린 창고 문이 검은 빛을 띠고 있었다. 나탈리야는 몸에 남아 있는 힘을 다해서 그 문까지 달려가 급히 문지방을 넘어섰다. 창고 안에는 메마른 냉기가 떠돌고, 가죽 마구 냄새와 쌓아 놓은 짚 냄새로 가득 차 있었다. 그녀는 이제 아무 생각도 없이 완전히 무감각해져서, 굴욕과 절망으로 가득 찬 마음으로 어둠 같은 우수에 싸인 채 기다시피 하며 한구석에 이르렀다. 그리고 큰 낫의 자루를 손으로 잡고 날을 뽑아 냈다. 그녀의 동작은 자신 있는 듯 아주 느릿하고 조금도 위태롭지가 않았다. 그녀는 이 방법밖에 없다는 단호한 결의를 다지며 낫의 날끝으로 목을 그었다. 순간 타는 듯한 아픔을 느끼며 앞으로 털썩 엎어졌으나, 제대로 일을 끝내지 못한 것을 희미하게 의식하며 네 발로 기어 윗몸을 일으키고는 일어나 앉았다. 막상 가슴 위로 피가 줄줄 흘러내리자 그녀는 놀랐다. 당황하여 떨리는 손으로 단추를 잡아뜯고 윗옷 앞섶을 헤쳤다. 한 손으로 탄력 있는 단단한 유방을 잡고, 다른 한 손으로 낫날끝을 거기에 댔다. 그리고 무릎을 꿇은 채 벽까지 기어가 낫날을 자루에 끼워 그 자루를 벽에 세워 놓고, 머리를 뒤로 젖혔다가 가슴을 내밀어 앞으로 털썩 엎어졌다…… 배추라도 써는 것 같은 기분 나쁜 소리를 내며 살이 사각사각 베이는 소리가 들렸다. 견딜 수 없는 심한 아픔이 불꽃처럼 가슴에서 목으로 훑어 내려가고, 귓속이 바늘에라도 찔린 것처럼 쨍 울렸다…….

몸채에서 삐걱하고 문이 열리는 소리가 났다. 루키니치나가 손으로 더듬으며 문지방을 넘어 현관 층계를 내려왔다. 종루에서는 규칙적인 종소리가 들려왔다. 돈강에서는 커다란 얼음덩어리가 끊임없이 소용돌이쳐 흘러갔다. 얼음에서 해방된 돈강은 물이 가득히 넘치면서 지금까지 자신을 속박하고 있던 얼음을 아조프해로 밀어 내고 있었다.

19

스테판은 그리고리에게로 다가가 등자를 잡고는 땀이 밴 수말 옆구리에 몸을 찰싹 붙였다.

"여, 잘 있군, 그리고리!"

"응, 덕분에."

"넌 대체 어떻게 할 작정이지, 응?"

"아무 작정도 없어."

"남의 아내를 꾀어내고는…… 그년과 재미는 좋아?"

"등자를 놓아."

"그렇게 겁낼 것 없어…… 너를 두들겨 패려는 것은 아니니까."

"뭐, 겁낸다고? 우선 이것이나 놓아!"

그리고리는 볼이 시뻘게지고 목소리가 거칠어졌다.

"난 오늘은 너와 싸우고 싶지 않아. ……그렇지만 각오하고 있어, 그리고리. 언젠가는 때려죽일 테니까."

"큰소리치지 마. 네 맘대로 되지는 않을 테니!"

"어이, 잘 기억해 둬. 네놈은 나를 골탕먹였어! 네 덕택에 내 생활은 거세된 돼지처럼 무미건조해졌다고."

스테판은 시커먼 주먹을 뻗어 두 손을 내밀었다.

"나는 지금 열심히 밭을 갈고 있어. 하지만 무엇 때문에 이런 일을 하는지 모르겠단 말이야. 나 혼자서 양식이 그만큼이나 필요하겠나? 나는 이번 겨울에 아무것도 하지 않고 빈둥거렸는데도 그럭저럭 넘길 수 있었어. 다만 따분해서 못 견딜 지경이야! 네놈은 나를 이런 꼴로 만들었어."

"나에게 그런 푸념을 늘어놓아 봤자 별 수 없어. 그런 말 해 봐야 통하지 않으니까. 배불리 먹은 놈이 굶은 놈의 기분 따위 알 턱이 없으니까."

"그건 그렇지만."

스테판은 말을 탄 그리고리의 얼굴을 쳐다보며 고개를 끄덕였다. 그리고 문득 눈가에 잔주름을 가득 지으며 어린아이 같은 앳된 미소를 띠었다.

"한 가지 분한 일이 있어······ 지금 생각해도 분해서 견딜 수가 없어. 기억하고 있겠지? 재작년 사육제때 두 패로 갈라져서 주먹다짐을 벌였을 때 말이야."

"그게 언제 이야기지?"

"구둣방 녀석을 혼내 준 적 있었잖아? 그때 총각들과 기혼자들이 두 패로 갈라져 주먹다짐을 했었지. 그때 네가 나에게 붙잡혔던 것을 기억하겠지? 너는 형편없는 겁쟁이였고 나에게 도저히 맞서지 못할 풋내기였지. 가엾어서 참아 줬는데, 그때 한 방 먹었더라면 너 따위는 뼈도 추리지 못했을 거야! 너는 마치 용수철 장난감처럼 깡충깡충 뛰면서 죽자고 달아났지. 그때 만일 옆구리를 한 대 쳤더라면 지금쯤 너는 이 세상에 살아 있지도 않을 텐데!"

"그렇게 분해 하지 마. 언젠가는 다시 맞붙을 때가 있겠지."

스테판은 무슨 생각이 났는지 한 손으로 이마를 자꾸 문질렀다.

주인이 크레푸이시의 고삐를 잡고 그리고리에게 소리 질렀다.

"자, 가자."

스테판은 여전히 왼손으로 등자를 잡은 채 수말과 나란히 걷기 시작했다. 그리고리는 그의 움직임 하나하나를 가만히 지켜보고 있었다. 그는 스테판의 축 늘어진 담황색 콧수염과, 꽤 오래전부터 면도를 하지 않아 짙은 수염이 가득 나 있는 볼을 위에서 내려다보았다. 스테판의 턱에는 에나멜이 군데군데 벗겨진 모자끈이 걸려 있었다. 먼지를 뒤집어써서 잿빛이 되고 땀이 흘러내린 자국이 얼룩져 있는 그의 얼굴은 어둡고 흐리멍덩하니 다른 사람의 얼굴 같았다. 그런 모습을 바라보고 있자니 그리고리는 마치 높은 산 위에서 저 멀리 안개가 자욱한 벌판을 바라보고 있는 것처럼 느껴졌다. 그는 작별 인사도 하지 않고 뒤에 남았다. 그리고리는 그대로 보통 걸음으로 말을 몰고 갔다.

"어이, 잠깐 기다려. 그녀는 어떻게 지내고 있나…… 아크시냐 말이야."

그리고리는 장화 밑바닥에 달라붙은 진흙 덩어리를 채찍으로 떨어내면서 대답했다.

"여전해."

그는 말을 세우고 돌아보았다. 스테판은 가랑이를 크게 벌리고 서서 이를 드러내며 풀줄기를 씹고 있었다. 그리고리는 어쩐지 그가 가엾어졌다. 하지만 곧 질투로 연민의 정을 떨쳐 버렸다. 그는 삐걱거리는 안장 담요 위에서 몸을 비틀며 큰 소리로 말했다.

"그녀는 이미 너 같은 건 완전히 잊어버렸어. 안달하지 마!"

"정말이야?"

그리고리는 수말의 목덜미에 채찍을 내리치고, 스테판의 물음에는 대답도 하지 않고 달려갔다.

20

6월이 되자 이제는 임신한 사실을 숨기고 있을 수가 없게 된 아크시냐는 그리고리에게 모든 것을 털어놓았다. 그녀는 그리고리가 그녀 뱃속에 있는 아이가 그의 아이라는 것을 믿지 않으리라 여겼고, 그것이 두려워 숨기고 있었다. 하지만 때때로 덮쳐 오는 슬픔과 두려움에 얼굴빛이 여위어 가며 무엇인가를 기다리고 있는 표정이 담겨 있었다.

처음 두세 달은 고기를 먹으면 속이 메슥거렸다. 하지만 그리고리는 알아차리지 못했다. 아니, 비록 알아차렸더라도 그 원인까지 헤아려 알지 못했으므로 그리 신경 쓰지 않았던 것이다.

이야기를 꺼낸 것은 저녁 무렵이었다. 아크시냐는 두근거리는 가슴을 안고 이야기를 했다. 그리고 가만히 그리고리의 얼굴을 바라보며 거기에 나타나는 변화를 읽어 내려 했지만, 그는 창문 쪽으로 몸을 돌리고 화난 것처럼 헛기침을 했다.

"어째서 지금까지 말하지 않았지?"

"나는 겁이 났어요, 그리샤…… 당신이 나를 버리지나 않을까 해서."

그리고리는 침대 등받이를 손가락으로 톡톡 두드리며 물었다.

"이제 곧 낳게 되는 거야?"

"구세절[25] 무렵일 것으로 생각되는데."

"스테판 아이인가?"

"당신 아기예요."

"호, 그런 일이 있을 수 있을까?"

"계산해 봐요…… 땔나무를 베러 갔을 때였던 거 같은데."

"아크시냐, 되는대로 지껄이지 마! 비록 스테판 아이라 해도 이제 와선 어쩔 수 없잖아? 나는 진심으로 묻는 거야."

아크시냐는 의자에 앉은 채 분해서 눈물을 뚝뚝 흘리며 쥐어짜는 듯한 목소리로 중얼거렸다.

"그 사람과 여러 해 동안 함께 살았지만 이런 일은 없었어요…… 봐요, 그렇잖아요? 그 무렵에도 나는 석녀는 아니었단 말예요…… 그러니까 이 아이는 틀림없이 당신 아이예요. 그런데도 당신은."

그리고리는 이 이야기를 다시는 꺼내지 않았다. 아크시냐에 대한 그의 태도에 지금까지는 보지 못했던 서먹서먹한 배려와 가벼운 비웃음이 섞인 연민의 빛이 나타났다. 아크시냐는 자신의 틀 속에 가만히 틀어박혀 버려, 이제는 그녀 쪽에서 자진하여 애무를 바라는 일이 없어졌다. 하지만 균형 잡힌 몸매는 임신하고도 그 아름다움을 조금도 잃지 않았다. 전체적으로 통통한 몸이었으므로 배가 불러와도 그리 두드러지지 않았고, 상냥하게 빛나는 두 눈은 여윈 얼굴에 전과 다른 아름다움을 더해 주었다. 그녀는 여름철 일꾼들 식사를 쉽게 해냈다. 올해는 일꾼 수가 여느 때보다 적었으므로 그만큼 일거리가 줄었던 것이다.

사시카 영감은 변덕스러운 늙은이다운 뻔뻔스러움으로 아크시냐에게 추근거렸다. 그것은 아마 그녀가 여자답게 마음을 써 주었기 때문이리라. 이를테면, 그의 속옷을 빨아 주거나 꿰매 주고, 식사 때에는 되도록 연하고 맛있는 것을 골라 주었다. 사시카 영감도 말 손질을 끝내면 부엌의 물을 들어다 주거나, 돼지 먹이로 삶은 감자를 이기거나, 그 밖의 여러 가지 일을 도와주었다. 그리고 춤추

---

25) 8월 상순에 행하는 축제 이름.

는 듯한 몸짓으로 두 팔을 벌리고는 이 빠진 잇몸을 드러내며 말했다.

"당신은 나를 잘 돌봐 주고 있지만, 나는 이제 살 날이 많지 않소. 나는 말이오, 솔직히 말해 당신을 위해서라면 어떤 일이라도 해 주겠소. 나는 지금까지 여자 없이 살아와서 사는 꼴이 형편없었어. 이에 물리기만 하고 말이지. 뭐든지 바라는 일이 있으면 사양 말고 말해요."

그리고리는 예브게니 니콜라예비치가 나서서 봄 야영 훈련을 면제해 주었으므로, 풀을 베러 가거나 때로 늙은 주인을 모시고 읍에 가거나 또는 기러기나 들오리를 사냥하러 갔다. 편하고 충족된 생활이 그를 해쳐 갔다. 그는 게을러지고 살이 쪄서 나이보다 늙어 보였다. 한 가지 걱정되는 것은 앞날에 기다리고 있는 병역이었다. 그는 말도 없고, 말을 살 돈도 없었다. 그렇다고 아버지에게 기댈 수는 없었다. 그리고리는 담배를 끊고, 자기가 받는 급료와 아크시냐의 급료를 차곡차곡 모았다. 그렇게 해서 아버지에게 머리 숙이지 않고, 언젠가 모은 돈으로 말을 사려고 생각하고 있었다. 아버지가 한 푼도 도와주지 않을 거라는 그리고리의 예상은 오래지 않아 확인되었다. 6월 끝 무렵에 페트로가 찾아왔는데, 페트로는 아버지가 여전히 그에게 화내고 있다고 이야기했다. 그리고 말은 사 주지 않을 테니 지방 부대에라도 들어가는 게 좋겠다고 했다는 말을 슬그머니 비쳤다.

"아니, 그런 걱정은 안 해 줘도 돼. 나는 입대할 때 내 말을 갖고 갈 테니."

그리고리는 '내'라는 말에 힘을 주었다.

"어떻게 구할 거냐? 설마 구걸하며 다니지는 않겠지?"

페트로가 수염을 쓸며 웃었다.

"그런 거지 노릇은 하지 않아도 부탁하면 어떻게 될 거야. 그래도 안 되면 도둑질이라도 하지."

"굉장하구나!"

"사실은 급료를 모아서 살 거야."

그리고리는 얼굴빛을 바꾸고 말했다. 페트로는 층계에 앉아서 일에 대해, 음식에 대해, 급료에 대해 묻고, 일일이 고개를 끄덕이며 헌 빗자루같이 들쭉날쭉해진 콧수염을 질겅질겅 씹고 있었다. 그리고 궁금한 것을 모두 듣고 나자 그리고리에게 작별을 고했다.

"언제든지 돌아와. 조금도 겁낼 것은 없어. 혹시 돈을 많이 모으겠다는 생각이라도 하고 있는 거냐?"

"그럴 생각은 없어."

"너는 그녀와 함께 살 작정이니?"

페트로가 화제를 바꾸었다.

"그녀라니, 누구 말이지?"

"지금 함께 사는 여자 말이야."

"지금으로서는 그럴 생각이야. 그게 어떻다는 거지?"

"그냥 물어 봤을 뿐이야."

그리고리는 형을 배웅하러 나가서 마지막으로 물어 보았다.

"집에서는 어떻게 지내고 있어?"

페트로는 현관 층계 난간에서 고삐를 끄르며 비웃는 듯한 웃음을 띠었다.

"토끼에게 궁전이 없듯이 너에게는 집이 없을 텐데. 별다른 일은 없어. 여전히 멋없게 살아가고 있지. 어머니는 늘 네 걱정만 하고 계시고, 마른풀은 올해 잘 되어서 풀 더미가 세 개나 생겼지."

그리고리는 두근거리는 마음으로 페트로가 타고 온 나이 들고 귀가 뾰족한 암말을 바라보았다.

"아직 새끼를 낳지 않았어?"

"음, 아직 낳지 않았지. 아무래도 이놈은 안 될 모양이야. 프리스토냐와 바꾼 그 밤색 말은 새끼를 낳았지."

"무얼 낳았는데?"

"수컷이야. 아주 훌륭한 말이지! 키가 크고 허리가 늘씬한 데다 가슴이 넓어. 좋은 말이 될 거야."

그리고리는 한숨을 내쉬었다.

"페트로, 나는 말이야, 마을 일을 자주 생각해. 그리고 돈강 생각도 나고. 여기는 흐르는 물이란 찾아볼 수 없으니까. 따분한 곳이지."

"가끔은 소식이라도 전하러 돌아와."

페트로가 뾰족한 말등에 매달려 발을 들어올리며 신음하듯 말했다.

"언젠가는."

"그럼, 잘 있어!"

"조심해서 가!"

페트로는 문밖으로 달려나가다가 문득 무슨 생각이 났는지 현관 층계 위에 서 있는 그리고리에게 소리쳤다.

"나탈리야가…… 깜빡 잊었는데…… 가엾게도."

솔개처럼 온 뜰 안을 맴돌고 있던 바람이 페트로의 이야기를 날려 버렸으므로 그리고리에게는 끝부분이 제대로 들리지 않았다. 비단 장막 같은 모래먼지가 페트로의 말을 휩싸 버렸으므로 그리고리는 되묻는 것을 단념하고 손을 흔들어 주고는 마구간 쪽으로 걸어갔다.

햇볕이 쨍쨍 내리쬐는 여름이었다. 비는 아주 조금밖에 내리지 않았다. 보리는 차츰 익어 갔다. 호밀 수확이 끝나자 곧 보리 차례였다. 밭은 온통 누레지고 더벅머리 같은 이삭이 고개를 숙이고 있었다. 그리고리는 네 명의 품팔이꾼과 함께 보리를 베러 나갔다.

아크시냐는 일찍 설거지를 끝내고 그리고리에게 함께 데려가 달라고 부탁했다.

"집에 있는 게 좋아. 혹시 무슨 일이 생길지도 모르잖아?"

그리고리가 말렸지만 아크시냐는 꼭 따라가겠다고 우겼다. 그리고 서둘러 플라토크를 쓰고는 일꾼들을 태운 짐수레를 쫓아 문밖으로 달려갔다.

고뇌와 더불어 억누르기 어려운 기쁨을 안고 아크시냐가 고대하던 일, 그리고 그리고리가 막연히 두려워하던 일, 그것이 한창 보리를 베는 도중에 일어났다. 아크시냐는 베어 넘긴 보리를 긁어모으고 있는데, 갑자기 어떤 징조를 느껴 갈퀴를 내던지고는 풀 더미 속으로 들어가 누웠다. 오래지 않아 진통이 시작되었다. 아크시냐는 거무스름해진 혀를 악물고 엎드려 있었다. 일꾼들은 말이 끄는 보리 베는 기계에 올라탄 채 그녀의 언저리를 돌아다니며 떠들어 댔다. 코가 문드러져 가고 있는, 나무를 깎아 만든 가면처럼 노란 얼굴에 잔뜩 주름이 진 젊은 일꾼 하나가 옆을 지나가다가 아크시냐에게 말을 건넸다.

"이봐요, 거기에 붙어 버렸나요? 일어나요, 그러지 않으면 녹아 버릴 거요!"

그리고리는 보리 베는 기계를 다른 일꾼에게 넘겨주고 그녀 곁으로 달려갔다.

"왜 그래?"

아크시냐는 뜻대로 움직여지지 않게 된 입술을 일그러뜨리며 쉰 목소리로 말했다.

"진통이 시작되었어요."

"그러니까 오지 말라고 했잖아, 바보! 그럼 어떻게 해?"

"그렇게 화만 내지 말고, 그리샤…… 아? 아! 말을 준비해 줘요! 집으로 돌아가고 싶어요. 이런 곳에서 어쩌지! 여기에는 남자들만 있고."

아크시냐는 쇠테로 죄는 듯한 아픔을 견디지 못해 신음했다.

그리고리는 골짜기에서 풀을 뜯고 있는 말을 데리고 달려갔다. 곧장 마차에 말을 매어 끌고 오자, 아크시냐는 옆으로 기어와 먼지 나는 보릿단 속에 머리를 처박고 엎드린 채 고통에 못 이겨 짓씹고 있던 이삭을 뱉어 내고 있었다. 그녀는, 퉁퉁 부어올라 딴사람처럼 된 눈으로 달려온 그리고리를 멍하니 바라보더니 이윽고 다시 신음하면서 구겨진 앞치마를 입안에 틀어넣고 이를 악물었다—자신의 듣기 거북한 동물적인 고함 소리가 일꾼들에게 들리지 않게 하려고.

그리고리는 그녀를 수레에 안아 올리고 저택 쪽으로 말을 달렸다.

"아, 너무 빨리 달리지 말아요! 아, 죽을 것 같아! 흔들려요!"

아크시냐는 마차 바닥에서 머리칼을 흐트러뜨렸다. 그리고 머리를 뒤흔들며 거친 소리로 울부짖었다.

그리고리는 말없이 말을 채찍질하고 머리 위에서 고삐를 휘둘렀다. 이를 악문 쉰 목소리가 밀려오는 거센 파도처럼 들려오는 쪽은 돌아보려고 하지 않고.

아크시냐는 두 손바닥으로 볼을 누르며 크게 뜬 광기 어린 눈을 초점도 없이 굴렸다. 수레가 좀처럼 지나다니지 않는 심하게 울퉁불퉁거리는 길을 흔들리며 달리는 마차 안에서 그녀의 몸이 춤추듯 흔들리고 있었다. 말은 마구 달렸다. 그리고리의 눈앞에서 멍에의 활모양으로 된 부분이 규칙적으로 춤추고, 그 끝은 하늘에 떠 있는 눈부시게 하얗고 수정처럼 잘 닦여진 구름을 가리곤 했다. 끊임없이 들려오던 비명에 가까운 아크시냐의 신음 소리가 잠시 멎었다. 수레바퀴 소리가 덜컹덜컹 울릴 때마다 힘이 빠진 아크시냐의 머리는 마차 뒤쪽에서 판자에 쿵쿵 부딪쳤다. 그리고리는 잠시 뒤쪽이 조용해진 것을 깨닫고 놀라 뒤돌아보았다. 아크시냐는 얼굴을 일그러뜨리고 누워서, 마차 옆 판자에 볼을 찰싹 붙인 채 땅 위에 올려놓은 물고기처럼 입을 뻐끔거리고 있었다. 이마에서 눈두덩 쪽으로 땀이 줄줄 흘러내렸다. 그리고리는 그녀의 머리를 들어올려 구겨진 자기 모자를 대주었다. 아크시냐는 그것을 곁눈질로 보면서 또렷하게 말했다.

"이봐요, 그리샤, 난 이제 죽을 것 같아요. 저……이젠 안 되겠어요!"

그리고리는 저도 모르게 땀이 밴 발끝까지 소름이 끼치는 것을 느꼈다. 그는 당황해서 여자를 위로하고 격려할 말을 해 주려 했지만, 적당한 말이 도무지 떠오르지 않았다. 심한 경련으로 굳게 닫힌 입술에서 겨우 이 말밖에 튀어나오지 않았다.

"바보 같은 소리 마! 못난이 같으니."

그는 몸을 앞으로 굽히더니 아무렇게나 내던져진 아크시냐의 발을 잡았다.

"아크슈트카, 이봐, 아크슈트카!"

잠시 멈추었던 진통이 먼저보다 열 배나 심하게 다시 시작되었다. 밑으로 처진 뱃속에서 무엇인가가 찢어지는 것 같아서 아크시냐는 활처럼 몸을 구부리고, 점점 더해 가는 무어라 형언할 수 없는 무서운 비명을 질러 그리고리를 벌벌 떨게 했다. 그리고리는 정신없이 말을 몰았다. 바퀴 소리 사이로 가늘게 이어지는 작은 목소리를 그리고리는 겨우 알아들었다.

"그, 리, 샤!"

그는 고삐를 당기고 뒤를 돌아보았다. 아크시냐는 두 팔을 벌리고 누워 있었다. 그녀의 스커트 밑 다리 사이에 붉고 흰 것이 뒤섞인 속에서 작은 생물이 울음소리를 내며 꿈틀거렸다. 그리고리는 넋이 나가 마차에서 뛰어내리더니 비틀거리며 뒤쪽으로 걸어갔다. 불같은 숨을 내뱉고 있는 아크시냐의 입가를 보고 있으려니, 입술의 움직임으로 그녀가 말하려는 것을 겨우 알아차릴 수 있었다.

"탯줄을 물어 자르고…… 실로 묶어 줘요…… 실은 셔츠에서 뽑아."

그리고리는 떨리는 손으로 자기 무명 셔츠에서 실을 한 가닥 뽑고, 눈이 아플 만큼 얼굴을 찌푸려 탯줄을 물어 자르고는, 피가 흐르고 있는 배꼽 끝을 실로 꽉 묶었다.

21

리스트니츠키의 영지 야고드노예는 넓은 산골짜기에 혹처럼 붙어 있었다. 바람은 방향을 바꾸면서 어떤 때는 북쪽에서, 또 어떤 때는 남쪽에서 불어 왔다. 희끄무레한 푸른 하늘에는 달걀노른자 같은 해가 매달려 있었다. 여름이 지나면 곧 가을이 찾아와 나뭇잎이 우수수 떨어지고 겨울이 서리와 눈을 거느리고 밀려오지만, 야고드노예는 여전히 무미건조한 권태의 밑바닥에 가라앉아 있으므로 언제나 비슷비슷한 나날이 이 영지와 이웃 세계를 갈라놓고 있는 높은 담장을 넘어 잇따라 지나간다.

눈 주위에 붉은 안경 같은 테를 두른 검은 오리들이 여전히 마당에서 돌아다니고, 색시닭(호로새)이 구슬이라도 뿌려 놓은 것처럼 여기저기 흩어져 있으며, 마구간 지붕 위에서는 공작이 털갈이를 하면서 새끼 밴 고양이처럼 시끄럽게 울어 대고 있었다. 늙은 장군은 새라면 뭐든지 좋아해서 총을 쏘아 잡은 두루미까지 기르고 있었다. 11월이 되어 하늘을 자유로이 날아가는 두루미 떼가 울음소리를 내면, 그 두루미는 슬픈 목소리로 울어 사람들의 마음을 산란하게 했다. 그 두루미는 날지 못했다. 죽지에 총을 맞은 날개가 축 늘어졌기 때문이었다. 두루미가 머리를 늘어뜨린 채 껑충껑충 뛰면서 공중으로 날아오르려고 하는 것을 장군은 창문으로 바라보며, 새하얀 콧수염에 덮인 입을 크게 벌리고 웃었다. 그 굵은 웃음소리는 담배 연기처럼 주위에 떠돌다가 텅 빈 공간으로 흩어졌다.

베냐민은 여전히 비로드를 뒤집어쓴 듯한 머리를 높이 쳐들고 차가운 다리를 덜덜 떨면서 온종일 휴게실 옷궤 위에서 머리가 띵해질 때까지 혼자 트럼프로 점을 치고 있었다. 티혼도 여전히 사시카와 일꾼들과 그리고리와 주인까지 질투하고, 끝내는 루케리야가 과부의 지나친 애정의 찌꺼기를 나눠 주었다고 해서 두루미에게까지 욕을 퍼부었다. 사시카 영감도 여전히 가끔 술이 취해 늙은 주인 방의 창문 밑에 가서 2코페이카 동전을 얻어 냈다.

그러는 동안에 이 단조롭고 지루한 생활을 뒤흔든 두 가지 사건이 일어났다. 아크시냐의 출산과 수거위의 실종이었다. 아크시냐가 낳은 여자아이와는 모두들 금방 친해졌다. 거위는 잡목림 저쪽 절벽 언저리에 깃털이 떨어져 있었으므로 '틀림없이 여우가 잡아간 것이다' 하는 짐작으로 결말이 났다.

늙은 주인은 아침마다 잠이 깨면 곧바로 베냐민을 불렀다.

"자네는 꿈을 꿨나?"

"네, 꾸고말굽쇼. 그러나 터무니없는 꿈입니다."

"이야기해 봐!"

주인은 담배를 피우며 짤막하게 명령했다.

그러면 베냐민은 이야기를 시작했다. 하지만 만일 재미없거나 무서운 꿈이면 늙은 주인은 벌컥 화를 냈다.

"이 바보 자식, 그만둬! 바보는 꿈까지 바보같이 꾸는군."

베냐민은 유쾌하고 재미있는 꿈을 생각해 내게 되었다. 그를 괴롭히는 것은 오직 한 가지, 무엇인가를 생각해 내야 한다는 것이었다. 그래서 그는 사흘이고 닷새고 옷궤에 걸터앉아 카드로 융단을 두드리며 재미있는 꿈을 골똘히 궁리했다. 멍하니 한 곳을 쳐다보며 이것저것 궁리하느라 나중에는 결국 진짜 꿈마저 꿀 수 없게 되었다. 아침에 잠이 깨어 지난밤의 꿈을 아무리 기억해 보려 해도, 모든 것이 뿌옇게 흐려져 있어 아무것도 생각나지 않았다―잘라 버린 것처럼 텅 비고 캄캄해서 사람 얼굴 따위는 하나도 떠오르지 않았다. 이래서는 도저히 꿈이라고 할 수 없었다.

이윽고 베냐민은 그 서투른 궁리의 씨가 차츰 마르게 되었다. 하지만 같은 이야기를 두 번 되풀이하면 늙은 주인은 당장 화를 내는 것이었다.

"괘씸한 녀석이군. 그 꿈 이야기는 목요일에도 했었잖아! 네놈은 형편없는 녀석이야!"

"또 꾸었습니다, 니콜라이 알렉세예비치! 정말입니다. 또 꾸었지요."

베냐민은 쩔쩔매며 거짓말을 했다.

12월이 되자 그리고리는 동사무소 직원과 함께 뵤센스카야의 읍사무소로 호출되었다. 말값으로 100루블을 주면서 크리스마스 이틀째에 만코보 마을 징병 검사소로 출두하라는 명령을 받았다.

그리고리는 맥이 빠져 읍에서 돌아왔다. 크리스마스는 바로 눈앞에 닥쳤는데, 그는 아직 아무 준비도 되어 있지 않았다. 관청에서 받은 돈에 자기가 모은 돈을 보태어 오브루이프스키 마을로 가서 140루블을 주고 말을 한 필 샀다. 사시카 영감과 함께 가서 알맞은 놈으로 골랐다. 엉덩이가 처지고 밤색인 여섯 살짜리 말이었다. 다만 한 가지 흠이라면 눈에 뜨이지 않는 곳에 흉터가 있다는 것이었다. 사시카 영감은 콧수염을 쓰다듬으며 말했다.

"아마 이보다 싼 놈은 없을 거야. 뭐, 검사관 따위가 이 흉터를 발견하지는 못하겠지. 관리란 눈이 어두운 법이니까."

그리고리는 그 자리에서 자신이 산 말을 타고 왔다. 돌아오면서 보통 걸음으로 걷다가 달리게도 해 보았다.

크리스마스 일주일 전에 판텔레이 프로코피예비치가 야고드노예로 찾아왔다. 짐썰매에 맨 암말을 마당 안까지 몰고 오지 않고 울타리 언저리에 매어 두고는 다리를 절룩거리며 행랑채 쪽으로 걸어왔다. 가죽 외투 깃 위에 검은 벽돌처럼 붙어 있는 고드름을 수염에서 떼어 내면서. 그리고리는 창문으로 아버지의 모습을 보고 기가 막혔다.

"이봐, 왔어! 아버지야!"

아크시냐는 무슨 생각이 들었는지 얼른 요람으로 달려가 아이를 숨겼다.

판텔레이 프로코피예비치는 차가운 바람과 함께 방 안으로 들어와 귀마개 달린 모자를 벗고 성상을 향해 성호를 그었다. 그러고는 천천히 주위를 둘러보았다.

"몸 성히 잘 있구나."

"아버지도 별일 없으셨어요?"

그리고리는 의자에서 일어나 인사했다. 그리고 한 걸음 나서서 방 한가운데에 버티고 섰다.

판텔레이 프로코피예비치는 곱은 손을 그리고리에게로 내밀고는 외투 자락을 여미며 의자에 앉았다. 그리고 요람 옆에 서 있는 아크시냐를 찬찬히 바라보았다.

"입대 준비는 하고 있느냐?"

"하고말고요."

판텔레이 프로코피예비치는 아무 말 없이 탐색하는 듯한 눈길로 오래도록 그리고리를 바라보았다.

"외투 벗으십시오, 아버지. 추우셨지요?"

"그리 대단치는 않았다."

"차를 끓여 드리지요."

"그래, 끓여 다오."

꽤 오래전에 묻은 듯한 외투의 진흙 자국을 손톱으로 긁어서 떨어내며 말했다.

"네가 입대할 때 필요한 것들을 가지고 왔다. 외투 두 벌과 안장과 바지란다. 모두 저기 있으니 가서 가져오너라."

그리고리는 모자도 쓰지 않은 채 뛰어나가 썰매에서 보통이 두 개를 들고 왔다.

"언제 떠나느냐?"

판텔레이 프로코피예비치가 일어서서 물었다.

"크리스마스 다음 날입니다. 아버지도 함께 가 주시겠어요?"

"그러지. 이제 돌아가 볼까."

그는 그리고리에게 작별 인사를 하고, 아크시냐에게는 여전히 눈길도 주지 않은 채 문으로 다가갔다. 문고리를 잡고서야 비로소 요람을 쳐다보며 말했다.

"어미가 안부 전하더라. 요즘은 다리가 성치 못하지."

그리고 말없이 잠시 있다가, 이윽고 무언가 무거운 물건이라도 들어올릴 때 같은 답답한 투로 말했다.

"검사 때에는 만코보까지 데려다 주마. 너도 그렇게 알고 준비해 둬라."

따뜻해 보이는 뜨개 장갑을 끼고 밖으로 나갔다. 아크시냐는 묵살당한 분함에 얼굴이 새파래진 채 잠자코 있었다. 그리고리는 그녀를 곁눈으로 보면서 삐걱거리는 바닥 판자 한 장을 일부러 밟아가며 방 안을 걸어다녔다.

크리스마스 날 그리고리는 리스트니츠키를 따라 뵤센스카야읍으로 갔다. 늙은 주인은 예배에 참석하고 자기 사촌인 지주 집에 가서 아침 식사를 하고 나자 곧 썰매를 준비하라고 지시했다. 그리고리는 돼지고기를 넣은 기름진 스튜 한 그릇을 다 먹기도 전에 일어나 마구간으로 가야 했다. 경쾌한 신식 썰매에는 언제나 발이 빠른 시바이라는 이름의 회색 얼룩무늬 말을 매도록 되어 있었다. 그리고리는 고삐를 잡고 마구간에서 끌어내어 서둘러 말을 맸다.

바람이, 약한 살결을 찌를 듯한 가랑눈을 몰고 왔다. 은빛 눈보라가 무딘 휘파람 같은 소리를 내며 주위를 온통 아름다운 서리꽃으로 꾸미고 있었다. 바람이 그 나무들의 가지를 흔들면 서리가 산산이 흩어져 떨어지고, 햇빛을 받으면 옛날 이야기에나 나올 듯한 무지갯빛 풍부한 색채가 서로 어울려 비쳤다. 몸채의 굴뚝에서 나온 연기는 비스듬히 흘러갔다. 굴뚝 옆에서는 추위에 언 까마귀가 까악까악 울고 있었다. 뻐걱거리는 사람 발소리에 놀란 까마귀들은 재빨리 날아올라 몸채 위를 빙빙 돌다가 이윽고 서쪽 교회 쪽으로 날아갔다. 보랏빛 아침 하늘에 그 모습이 푸르고 선명하게 보였다.

"준비가 되었다고 전해 줘요."

그리고리는 층계 위로 달려나온 하녀에게 소리쳤다.

늙은 주인은 너구리 털가죽 외투의 깃을 세워 수염까지 감싸고 나왔다. 그리고리는 주인의 발을 담요로 싸고, 비로드로 가장자리를 장식한 이리 털가죽 무릎덮개를 덮어 주었다.

"이 녀석을 좀 따뜻하게 해 줘라."

늙은 주인이 눈으로 말을 가리키며 명령했다. 그리고리는 마부석에서 굴러 떨어질 것 같은 자세를 취해 고삐를 잡아당기고 양쪽 비탈을 곁눈질로 노려보았다. 언젠가 처음으로 눈길에 썰매를 몰았을 때, 너무 심하게 흔들린다면서 주인이 마치 젊은이 같은 단단한 주먹으로 그의 뒤통수를 때린 일이 생각났다. 다리 쪽으로 내려가 돈강 기슭으로 나서자, 그리고리는 고삐를 늦추고 바람에 시달려 불처럼 달아오른 이마를 장갑으로 닦았다.

야고드노예까지 두 시간 남짓 달렸다. 주인은 도중에 내내 묵묵히 있었다. 다만 때때로 손가락으로 그리고리의 등을 쿡쿡 찌르며 "그만해" 하거나, 또는 바람 쪽으로 등을 돌려 담배를 말았다.

산을 내려가 영지로 들어섰을 때 불쑥 물었다.

"내일 일찍 떠나나?"

그리고리는 옆으로 고개를 돌리고 얼어붙은 입술을 가까스로 벌려 말했다.

"일찍 떠납니다."

그러나 그 발음이 엉뚱하게 나왔다. 추위로 혀가 부어올라 잇몸에 달라붙은 것처럼 되어 버려 말을 분명하게 할 수 없었던 것이다.

"돈은 모두 받았나?"

"네, 받았습니다."

"아내 일은 걱정하지 않아도 좋아. 어떻게든 해 나갈 수 있겠지. 열심히 근무하고 와. 네 할아버지는 용감한 카자흐였다. 너도."

주인의 목소리가 갑자기 잘 들리지 않았다. 그는 외투깃으로 얼굴을 싸서 바람을 피했던 것이다.

"너도 할아버지나 아버지 이름이 욕되지 않도록 잘 해야 돼. 틀림없이 그게 네 아버지였지, 1883년의 어전(御前) 사열 때 곡예 승마에서 일등상을 탄 사람 말이다."

"네, 저의 아버지입니다."

"음, 알겠나? 그런 본을 받는 거야!"

주인은 위압하는 듯한 엄숙한 투로 말을 맺고는 머리부터 완전히 외투를 뒤집어썼다.

그리고리는 말을 사시카 영감에게 넘겨주고 행랑채 쪽으로 걸어갔다.

"아버지가 와 계시네."

사시카가 말등에 말옷을 덮으며 등 뒤에서 소리쳤다.

판텔레이 프로코피예비치는 식탁에 앉아 생선조림을 먹고 있었다. '취했구나' 그리고리는 볼이 늘어진 아버지의 얼굴을 얼핏 보고는 곧 알아차렸다.

"돌아왔구나, 신병."

"온몸이 완전히 얼어버렸어요."

그리고리는 손바닥을 탁탁 치면서 대답했다. 그리고 아크시냐에게 말했다.

"두건을 벗겨 줘. 손이 말을 듣지 않아."

"혼이 났구나. 바람이 정면에서 불어오니 그럴 만도 하지."

귀와 턱수염을 움직여 우적우적 씹어먹으면서 아버지가 신음하듯 말했다.

그는 이번에는 지난번보다 훨씬 부드러워져 있었다. 아크시냐에게도 간단히 심부름을 시켰다.

"빵을 좀더 잘라 오너라. 인색해선 못쓰는 법이야."

식탁에서 일어나 담배를 피우러 문 쪽으로 갈 때, 짐짓 실수인 척하며 요람을 두 번쯤 흔들었다. 그리고 요람 장막 속으로 턱수염을 들이밀고 물었다.

"아들이냐?"

"딸이에요."

그리고리 대신 아크시냐가 대답했는데, 노인의 수염 속으로 스쳐 가는 불만의 빛을 보자 당황해서 다시 덧붙였다.

"꼭 그림으로 그린 것 같아요, 그리고리를 꼭 닮아서."

판텔레이 프로코피예비치는 여러 겹으로 겹쳐진 낡은 포대기 속에서 나와 있는 검은 머리를 얼핏 바라보고는 자랑스러운 표정으로 말했다.

"우리 핏줄을 이어받았어…… 음…… 과연!"

"아버지, 뭘 타고 오셨습니까?"

그리고리가 물었다.

"썰매에 끌채를 달고 암말과 페트로의 말을 매어서 왔다."

"한 마리만 끌고 오셨으면 좋았을걸요. 제 말을 매어서 가면 될 텐데."

"그렇게 하지 않아도 돼. 그 녀석은 빈 몸으로 가게 하자꾸나. 그런데 말이 아주 좋더구나."

"보셨어요?"

"응, 잠깐 봤지."

두 사람은 똑같이 흐뭇한 마음으로 여러 가지 자질구레한 이야기를 끝도 없이 늘어놓았다. 아크시냐는 그 이야기에 끼어들지 않고, 마치 물 속에라도 가라앉은 것처럼 조용히 침대에 앉아 있었다. 돌처럼 단단하게 불어 오른 유방이 그녀의 윗옷 앞가슴을 벌려 놓았다. 그녀는 출산한 뒤로 두드러지게 살이 찌고, 지금까지 보지 못하던 자신 있고 행복한 기색을 드러내 보였다.

밤이 꽤 깊어서야 잠자리에 들었다. 아크시냐는 그리고리에게 몸을 찰싹 붙여 짭짤한 눈물과 아이에게 먹이지 않아 젖꼭지에서 흘러내리는 젖으로 그의 셔츠를 흠뻑 적셨다.

"틀림없이 외로워서 못 살 것 같아요…… 혼자서 어떻게 살아가요?"

"그럴지도 모르지."

그리고리도 똑같이 나직한 목소리로 대답했다.

"밤은 길고…… 아이는 자지 않고…… 나는 당신만 그리워하고…… 생각해 봐요. 자그마치 4년이라니."

"옛날에는 25년이나 복무한 사람도 있다던데."

"옛날 일 같은 건 난 몰라요."

"글쎄, 어쩔 수 없잖아!"

"병역 따위 정말 돼먹지 않았어요. 생나무를 쪼개듯 사람들을 갈라놓으니."

"휴가 때 돌아올 거야!"

"휴가 때."

아크시냐는 그 말을 받아서 되풀이하며 흐느끼고 셔츠로 콧물을 닦으며 말했다.

"당신이 돌아올 때까지 돈강 물은 얼마나 많이 흘러가 버릴까."

"걱정하지 말아…… 그렇게 같은 말을 자꾸 되풀이해 봤자 어쩔 수 없잖아?"

"하지만 내 처지가 되어 봐요."

그리고리는 새벽녘에야 잠이 들었다. 아크시냐는 아이에게 젖을 주고, 그대로 팔꿈치를 괸 채 어둠 속에 희끄무레하게 보이는 그리고리의 얼굴 윤곽을 눈도 깜박이지 않고 바라보며 작별을 고했다. 그녀는 언젠가 자기 침실에서 그리고리에게 쿠반으로 가자고 조르던 밤이 생각났다. 그때와 비슷했다. 다만 그때는 달이 있어서 창밖의 마당이 온통 달빛을 받아 하얗게 반짝이고 있었다는 것만 다를 뿐.

지금의 그리고리는 그때와 같기도 하고, 또 다르기도 했다. 등 뒤에는 세월에 짓밟힌 기나긴 길이 놓여 있었다……

그리고리가 몸을 뒤척이면서 무엇인가 알 수 없는 말을 했다.

"올샨스키 마을에서."

그렇게만 말하고 다시 잠자코 있었다.

아크시냐는 잠들려고 애써 보았지만 갖가지 생각이 잠을 쫓아 버렸다—마치 바람이 풀 더미를 날려 버리듯. 그녀는 앞뒤도 없는 이 말을 새벽녘까지 생각해 보면서 어떻게든 그 뜻을 알아내려고 했다…… 판텔레이 프로코피예비치는 서리가 앉은 창문에 아침 햇살이 비칠까 말까 할 때 벌써 잠에서 깨어났다.

"그리고리, 일어나거라. 날이 샜다!"

아크시냐는 한쪽 무릎을 세워 스커트를 입고 한숨을 내쉬며 잠시 동안 성냥을 더듬어 찾았다.

아침을 먹고 설거지를 하는 동안에 날이 완전히 밝았다. 아침 햇빛이 푸른 빛을 띤 그림자를 만들어 내고 있었다. 담장은 눈 속에 새겨진 것처럼 뚜렷하게 톱니모양의 그림자를 드리웠다. 연보랏빛으로 흐려진 하늘을 가로질러 마구간 지붕이 검게 솟아 있었다.

판텔레이 프로코피예비치는 마차에 말을 매러 나갔다. 그리고리는 그에게 정신없이 키스를 퍼붓는 아크시냐를 떼어 내고 사시카 영감과 그 밖의 사람들에게 작별 인사를 했다. 아기를 옷에 싸안은 아크시냐가 그를 배웅하러 나갔다.

그리고리는 아기의 촉촉하고 작은 이마에 입술을 대고 말 쪽으로 걸어갔다.

"썰매를 타거라!"

아버지가 말에 손을 얹으며 소리쳤다.

"괜찮아요. 나는 말을 타고 가겠어요."

그리고리는 익숙한 솜씨로 말의 배띠를 매고 말에 올라타 고삐를 잡았다. 아크시냐는 손가락으로 그의 다리를 쓰다듬으며 몇 번이나 되풀이해 말했다.

"그리샤, 잠깐만 기다려요…… 난 아직 뭔가 할 말이 있는데."

그러고는 뭔가 생각해 내려고 애를 썼다. 하지만 뜻대로 되질 않는지 몸을 덜덜 떨면서 얼굴을 찌푸렸다.

"그래, 이젠 됐어! 아이를 잘 보살펴…… 이제 떠나야 해. 저봐, 아버지가 먼저 가시잖아."

"잠깐만 기다려 줘요, 여보!"

아크시냐는 왼손으로 차가운 등자를 붙들고 오른손으로 옷자락에 싼 아기를 껴안은 채 찬찬히 그의 얼굴을 바라보았다. 두 손을 다 쓰고 있어서, 깜박이지도 않고 크게 뜬 눈에서 넘쳐흐르는 눈물을 닦을 수도 없었다.

현관 층계에서 베냐민이 뛰어나왔다.

"어이, 그리고리, 나리가 부르셔."

그리고리는 거기에 소리쳐 대답하고는 채찍을 쳐들고 마당에서 달려나갔다. 아크시냐는 그 뒤를 쫓아 뛰었다. 마당 여기저기 바람에 날려 쌓인 눈 더미에 푹푹 빠지는 눈신을 신은 발을 힘겹게 빼내면서.

그리고리는 언덕 꼭대기에서 아버지를 따라붙었다. 문득 생각을 고쳐 뒤돌아보니 아크시냐가 옷자락에 싼 아기를 가슴에 안고 문 옆에 서 있는 것이 보였다. 그 어깨 위에서 붉은 플라토크 끝이 바람에 나부끼고 있었다.

그리고리는 말을 보통 걸음으로 걷게 했다.

판텔레이 프로코피예비치는 말에 등을 기대고 뒤돌아보며 물었다.

"어떠냐, 너는 이제 아내와 함께 살 생각이 없는 거냐?"

"이제 와서 그런 말씀을 하셔요…… 이미 끝난 얘기를."

"결국 그럴 생각이 없다는 거지?"

"네, 그렇습니다."

"너 그 애가 자살하려 했던 이야기를 알고 있느냐?"

"알고 있어요."

"누구에게 들었지?"

"주인을 따라 읍에 갔을 때 마을 사람을 만났어요."

"가엾지 않니?"

"그런 말 해 봐야 어쩔 수 없잖아요, 아버지…… 떨어뜨린 물건은 잃어버린 거라고 생각해야지요."

"그렇게 함부로 말하는 게 아니다! 나는 너를 위해서 그러는 거야."

판텔레이 프로코피예비치는 화난 듯 빠르게 말했다.

"이제 아이까지 생겨 버렸으니 이제 와서 뭐라고 해 봤자 어쩔 수 없어요. 이런 이야기는 이제 그만둬요."

"넌 정신을 좀 차려야 해…… 누구 아이인지 알지도 못하고 억지로 떠맡는 게 아니냐?"

그리고리는 얼굴빛이 확 달라졌다. 아버지가 아직 아물지 않은 상처를 건드린 것이었다. 아이가 태어난 뒤로 늘 그리고리는 자기 마음 속에 하나의 괴로운 의문을 품고 있었다. 아크시냐에게는 그런 빛을 조금도 보이지 않고, 자기 자신에 대해서조차 숨겨 왔다. 밤중에 아크시냐가 잠들고 나면 그는 곧잘 일어나서는 요람 곁으로 가서, 아기를 찬찬히 바라보며 붉은 기가 조금 도는 거무스름한 얼굴에서 자신의 모습을 찾아내려고 애썼다. 그러나 언제나 결국은 전과 마찬가지로 애매한 기분으로 물러나곤 했다. 스테판도 역시 머리칼은 거의 검다고 해도 될 만큼 어두운 빛이었다. 그러므로 아기의 피부 밑에 비쳐 보이는 푸른 그물 같은 혈관 속을 흐르는 피는 누구의 것인지 알 수 없었다. 가끔 그에게는 이 아기가 자기를 많이 닮은 것처럼 여겨졌지만, 또 때로는 마음이 아플 만큼 스테판을 쏙 닮은 것으로도 보였다. 이 아기에 대해 그리고리는 출산의 고통으로 몸부림치며 괴로워하던 아크시냐를 들판에서 데리고 돌아왔을 때 느낀 그 혐오의 정 이외에 아무 느낌도 일지 않았다. 언젠가 아크시냐가 부엌에서 식사 준비를 하고 있을 때였다. 그는 아기를 요람에서 내려놓고 젖은 기저귀를 갈아 주면서 날카롭게 가슴을 쥐어뜯는 듯한 초조감을 느꼈다. 그때 그는 몸을 살짝 구부려 아기의 쪽 뻗친 발가락을 이로 깨물었다.

그런데 아버지가 사정없이 아픈 곳을 들쑤신 것이다. 그리고리는 손을 안장의 앞테에 맥없이 얹은 채 멍하니 대답했다.

"누구 자식이건 나는 아이를 버리지 않겠어요."

판텔레이 프로코피예비치는 뒤돌아본 채 말에 채찍질했다.

"나탈리야는 그 뒤로 상태가 좋지 않단다. 마치 중풍이라도 걸린 것처럼 목이 돌아가 버렸지. 중요한 힘줄이 끊어졌는지 목이 굳어 버린 모양이야."

그리고리는 잠시 입을 다물고 있었다. 미끄럼판이 눈을 가르며 삐걱거리고, 그리고리의 말이 헛디뎌서 발굽을 주춤거렸다.

"그래서 어떤 상태입니까?"

그리고리는 말갈기에서 땀에 젖은 산우엉 열매를 열심히 떼어 내며 물었다.

"겨우 제정신이 돌아오긴 했지만 일곱 달이나 누워 있었지. 삼위일체 대축일[26] 무렵에는 몹시 위독해서 판크라치 신부가 와서 병자성사까지 해 줄 정도였어…… 그런데 나았단 말이야. 그 뒤로 점차 좋아져 요즘은 걸을 수 있게 되었다. 워낙 심장 가까운 곳을 낫으로 찔렀으니까. 다행히 손이 떨려서 옆으로 비꼈기에 망정이지, 잘못하면 큰일 날 뻔했어."

"자, 이쯤에서 내려갈까요?"

그리고리는 화제를 돌리려는 듯 말을 채찍질하여 아버지를 앞섰다. 그리고 말발굽으로 썰매 안에 흙탕물을 튀기며 엉덩이를 들고 빠르게 달려나갔다.

"나탈리야를 집으로 데려오기로 했다."

그 뒤를 따르며 판텔레이 프로코피예비치가 소리쳤다.

"그 애는 자기 집에 있고 싶지 않은 모양이야. 지난번에 만났을 때 집으로 오라고 했지."

---

26) 성령강림절 뒤 첫 번째 주일.

그리고리는 잠자코 있었다. 첫 번째 마을에 갈 때까지 어느 쪽도 입을 열지 않고 말을 달렸다. 판텔레이 프로코피예비치는 그 이야기를 더 이상 꺼내지 않았다.

그날 하루에 70킬로미터 남짓 달렸다. 이튿날 하루를 더 달려 집집마다 등불이 켜질 무렵 만코보 마을에 닿았다.

"뵤센스카야 사람들 숙소는 어디요?"

판텔레이 프로코피예비치가 맨 처음 만난 사람에게 물었다.

"큰길을 쭉 따라 가시오."

숙소에 닿으니 그곳에 검사를 받으러 온 다섯 사람과 그들을 따라온 아버지들이 있었다.

"어디서 왔소?"

판텔레이 프로코피예비치가 말을 헛간 처마 밑으로 끌고 가서 물었다.

"치르에서 왔소."

어둠 속에서 두세 명이 굵은 소리로 대답했다.

"어느 마을 분인가요?"

"카르긴 사람과 나포로프 사람과 리호비도프 사람이오만, 당신은 어디서 왔소?"

"쿠크이에서 왔소."

그리고리는 말에서 안장을 내리고, 안장 밑의 땀이 밴 말등을 문지르며 웃고 있었다.

이튿날 아침에 뵤센스카야의 아타만인 도우다레프가 와서, 뵤센스카야 사람들을 신체 검사장으로 데려갔다. 그리고리는 고향의 동갑내기들을 만났다. 미치카 코르슈노프는 근사한 새 안장을 얹은 연한 밤색 말을 타고 아침에 우물까지 달려갔다 왔다. 숙소 문 옆에 서 있는 그리고리의 모습을 보고 인사도 하지 않고 좀 비스듬하게 쓴 모자를 왼손으로 누르며 지나갔다.

동사무소의 추운 방에서 차례로 옷을 벗었다. 군대 서기와 징병관 부관이 그 옆을 왔다 갔다 했다. 군수의 부관이 짧은 에나멜 장화를 신고 뒤뚱뒤뚱 돌아다녔다. 검은 보석이 박힌 반지와, 검고 아름다운 눈의 다소 붉은기 도는 흰 자위가 하얀 피부와 하얀 견장과 어울려 더욱 희어 보였다. 방안에서 군의관들이 나누는 단편적인 말소리가 새어 나왔다.

"69."

"파벨 이바노비치, 연필 좀 빌려 주시오."

문 옆에서 좀 취한 듯한 목소리가 들려왔다.

"가슴둘레."

"음, 이건 틀림없이 유전이야. 분명하게 나타나 있어."

"매독이라고 똑바로 써 넣어 두게."

"어째서 자네는 손으로 가리는가? 여자는 아니겠지."

"뭐야, 이 체격은."

"이 마을은 이 병의 온상이군. 뭔가 특별한 대책을 강구해야겠어. 나는 이미 장관에게 보고해 뒀지만."

"파벨 이바노비치, 이 사람 좀 봐주게. 어떤가, 이 체격은?"

"음, 괜찮은데."

그리고리는 체카린스키 마을에서 온 키가 큰 붉은 머리의 사내와 나란히 옷을 벗었다. 문에서 서기가 나와 윗옷 등에 주름을 지은 채 또렷한 말투로 불렀다.

"세바스찬 판필로프. 그리고리 멜레호프."

"빨리 서둘러."

그리고리 옆에 있던 사내가 놀라 얼굴이 새빨개진 채 양말을 벗으며 속삭였다.

그리고리는 그 방에 들어가자 한기가 느껴져 등에 소름이 잔뜩 돋았다. 그 때문인지 거무스름한 몸이 더욱 검게 보여 말라 가는 떡갈나무 같은 빛깔이 되었다. 그는 새까만 털이 가득 난 다리를 보고 조금 부끄러웠다. 구석의 저울 위에 살집이 적은 젊은이가 벌거벗은 채 올라서 있었다. 의무병인 듯한 사람이 추를 움직이며 소리쳤다.

"4푸드 10푼트 반.[27] 내려가!"

몹시 모욕적인 검사 방법에 그리고리는 몸 안의 피가 끓어오르는 것을 느꼈

27) 1푸드는 16.38킬로, 1푼트는 407.7그램.

다. 흰 가운을 입은 백발의 의사가 그에게 청진기를 댔다. 그보다 좀 젊은 다음 의사는 눈꺼풀을 뒤집어 보고 혀를 조사했다. 뿔테 안경을 쓴 다음 의사는 소매를 팔꿈치까지 걷어올린 팔을 쓰다듬으며 뒤로 돌아갔다.

"저울에 올라가!"

그리고리는 서늘하고 꺼끌꺼끌한 받침대에 올라섰다.

"5푸드 6푼트 반."

추를 철컥거리며 체중계가 판정했다.

"정말인가? 덩치가 그리 커 보이지 않는데."

그리고리의 손을 잡고 빙글 돌리며 백발의 의사가 신음하듯 말했다.

"이거 놀라운데요."

조금 젊은 또 한 의사가 기침으로 더듬거리며 말했다.

"얼마지요?"

책상 앞에 앉은 패거리 가운데 하나가 놀라서 물었다.

"5푸드 6푼트 반."

백발의 의사가 치켜올린 눈썹을 내리려고도 하지 않고 대답했다.

"근위대로 보낼까?"

징병관이 찰싹 빗어 붙인 검은 머리를 옆에 앉은 사람 쪽으로 기울이며 물었다.

"산적 같은 낯짝이군…… 아무래도 너무 거칠어 보이는데요."

"이봐, 뒤로 돌아! 뭐야, 그 등에 나 있는 것은?"

대령 계급장을 단 장교가 초조한 듯 손가락으로 책상을 톡톡 두드리며 소리쳤다.

백발의 의사가 무엇인지 알아듣지 못할 말을 중얼거렸다. 그리고리는 책상 쪽으로 등을 향한 채 잔물결처럼 온몸으로 퍼지는 전율을 억누르며 대답했다.

"지난봄에 다 나았습니다. 종기였습니다."

신체검사가 끝나자 담당관들은 책상에서 이마를 맞대고 의논하여 결정을 내렸다.

"지방 연대로 보내지."

"멜레호프, 제12연대다. 알았나?"

그리고리는 물러나왔다. 입구 쪽으로 걸어갈 때 그는 뒤에서 속삭이는 소리를 들었다.

"안 돼. 생각해 보게. 폐하께서 저런 얼굴을 보시면 어쩌실 것 같은가? 저 녀석 눈을 보니."

"혼혈이군요. 틀림없이 동양인 피가 섞여 있어요."

"게다가 몸이 아주 더러워. 종기나 나고."

차례를 기다리던 고향 패들이 그리고리를 둘러쌌다.

"어땠나, 그리고리?"

"어디야?"

"틀림없이 아타만 연대겠지?"

"몸무게는 얼마나 나갔어?"

그리고리는 한쪽 발로 서서 다른 한쪽 발을 바지에 끼면서 무뚝뚝하게 대답했다.

"모두 비켜. 귀찮아. 어디냐고? 12연대야."

"드미트리 코르슈노프. 이반 카르긴."

서기가 얼굴을 내밀었다.

그리고리는 걸으면서 반외투의 단추를 잠그고 층계를 뛰어내려갔다.

벌써 모두 광장으로 말을 끌고 와 있었다. 타고 온 사람도 있고, 고삐를 끌고 온 사람도 있었다.

눈을 녹이는 계절의 따뜻한 바람이 불고 있었다. 거리에는 군데군데 맨땅이 드러나 김이 오르고 있었다. 비스듬히 잔물결이 이는 웅덩이에서는 거위가 첨벙거렸다. 물에 들어간 거위들의 발은 마치 서리에 익은 가을 나뭇잎처럼 붉은 오렌지빛이었다.

하루를 쉬고 말 검사가 시작되었다. 장교들이 외투 자락을 펄럭이며 광장을 왔다 갔다 했다. 수의사와 번호표를 단 위생병이 걸어갔다. 울타리를 따라 갖가지 색깔의 말이 긴 줄을 이루어 늘어섰다. 광장 복판에 내놓은 책상에 앉은 서기가 검사 결과를 기록했다. 뵤센스카야의 아타만인 도우다레프가 저울 옆에서부터 미끄러지듯 서기에게로 뛰어갔다. 징병관이 젊은 중위에게 무언가 설명하며 화난 듯 발로 땅바닥을 차고 지나갔다.

그리고리는 차례에 따라 108번째로 말을 저울 옆으로 끌고 갔다. 말 몸의 여러 부분을 치수로 재고 무게를 달았다. 말이 저울에서 내려오자 수의사는 또다시 익숙한 솜씨로 윗입술을 잡아 입 안을 살펴보고 가슴 근육을 세게 눌러 보았는데, 그 손은 말의 몸에 달라붙은 채 거미처럼 다리 쪽으로 내려갔다. 그는 말의 무릎 관절을 잡고 다리의 힘줄을 두드려 보고 복사뼈도 쥐어 보았다.

귀를 세우고 가만히 있는 말을 한참 동안 두드리거나 손으로 더듬어 본 뒤 수의사는 흰 가운자락을 펄럭이고 톡톡 쏘는 페놀 냄새를 사방에 흩뿌리며 가 버렸다.

말은 퇴짜를 맞았다. 사시카 영감의 희망은 실현되지 않았다. 노련한 의사는 사시카 영감이 말하던 그 숨은 흉터를 찾아낼 만한 '안목'을 지니고 있었던 것이다.

몹시 당황한 그리고리는 아버지와 의논하여 30분이 지난 다음 뒤쪽 차례에 끼어들어 페트로의 말을 저울 옆으로 끌고 갔다. 의사는 이번에는 거의 살피지도 않고 통과시켰다.

그리고리는 가까이에 마른 장소를 골라 말옷을 펼쳐 놓고, 그 위에 자기 소지품을 늘어놓았다. 판텔레이 프로코피예비치는 뒤쪽에서 말을 달래며, 역시 아들을 따라온 다른 노인과 이야기를 하고 있었다.

연한 쥐색 외투를 입고 은빛 양털 모자를 쓴 키 큰 백발의 장군이 그들 옆을 지나갔다. 장군은 왼발을 조금 세게 밟듯이 하면서 하얀 장갑을 낀 손을 흔들며 걸어갔다.

"관구(管區)의 사령관이다."

판텔레이 프로코피예비치가 뒤에서 그리고리를 쿡 찌르며 속삭였다.

"장군다운데요!"

"그래, 소장이지. 마케예프라는 사람으로 몹시 까다로운 사람이지!"

각 연대와 포병 대대에서 온 장교들이 사령관 뒤로 한 무리가 되어 따라갔다. 포병 옷을 입은, 어깨가 넓고 허리가 굵은 중위 한 사람이 동료인 키가 크고 예쁘장한 얼굴의 아타만 근위연대 장교에게 큰 소리로 이야기하고 있었다.

"……정말 우스운 이야기지. 에스토냐의 농촌 주민은 대부분 머리가 흰색인데, 그 아가씨는 전혀 다른 머리 색깔인 거야. 더욱이 그런 아가씨가 하나만 있는 게 아니야. 그래서 우리는 여러 가지로 생각해 본 끝에 알아 냈지. 뭐냐 하면 20분쯤 전."

장교들은 그리고리가 말옷 위에 자신의 카자흐 휴대품을 펼쳐 놓은 곳을 지나쳐 멀리 가 버렸다. 하지만 그리고리는 장교들이 터뜨리는 웃음소리 사이로 들려오는 포병 중위의 이야기를 바람 덕택에 겨우 알아들을 수 있었다.

"그 마을에 너희들 아타만 연대 중대가 주둔하고 있었다는 것을 알아낸 거야."

서기가 잉크가 묻은 덜덜 떨리는 손가락으로 프록코트 단추를 채우며 뛰어 지나갔다. 그 뒤에서 징병관 부관이 화난 소리로 외쳤다.

"세 부라고 했잖아! 영창에 처넣어 버릴 테다!"

그리고리는 장교와 관리들의 낯선 얼굴을 신기한 듯 찬찬히 바라보았다. 옆을 지나간 부관이 울적한 듯한 물기 어린 눈길을 그에게 멈추었는데, 그의 대들 듯한 눈길과 부딪치자 얼굴을 돌려 버렸다. 그 뒤를 나이 많은 중위가 누런 이로 윗입술을 깨문 채 허둥대면서 뛰듯이 지나갔다. 그리고리는 그 중위의 얼굴이 붉은 눈썹 위에서부터 눈꺼풀 언저리에 걸쳐 꿈틀꿈틀 경련하고 있는 것을 예리하게 살펴보았다.

그리고리의 발밑에는 아직 한 번도 사용한 적 없는 새 말옷이 펼쳐져 있고, 그 위에 녹색으로 칠해서 가는 쇠로 테를 두르고 앞뒤에 주머니가 달린 안장 하나, 외투 두 벌, 바지 두 벌, 군복, 장화 두 켤레, 속옷, 건빵 640그램, 통조림, 보릿가루, 그 밖에 기병의 휴대 식량이 차례대로 정돈되어 있었다. 입을 벌린 주머니 속에는 편자, 기름 묻은 헝겊으로 싼 편자못, 바늘 두 개와 실이 많이 든 사병용 반짇고리, 수건 등이 뒤섞여 있었다.

그리고리는 마지막으로 자기 짐을 한 번 더 훑어보고 앉아 짐꾸러미의 버클 끝을 소매로 닦았다. 광장 끄트머리 쪽에서부터 검사관들이, 말옷을 앞에 놓고 정렬해 있는 카자흐들의 줄을 따라 천천히 걸어왔다. 아타만과 장교들은 카자흐의 소지품을 주의 깊게 바라본 뒤, 연한 빛깔의 외투 자락을 걷어올리고 앉아 주머니 속을 뒤져 보거나, 반짇고리를 살피거나, 건빵 꾸러미를 손바닥에 얹어 무게를 재어 보았다.

"어이, 저걸 봐. 저 길쭉한 녀석 말이야."

그리고리와 나란히 있던 젊은이가 징병관을 가리키며 말했다.

"개가 쥐구멍을 파헤치는 것처럼 뒤집어 보고 있어."

"저것 봐, 저 자식! 주머니를 뒤집어 보고 있는데."

"틀림없이 정리가 잘 되지 않은 거야. 그렇지 않으면 저렇게 속속들이 볼 리 있나."

"무슨 일이지, 저놈은? 편자못을 세고 있잖아?"

"빌어먹을 자식!"

이야기 소리가 점차 조용해졌다. 드디어 검사관들이 다가왔다. 그리고리 앞으로는 이제 대여섯 명밖에 남지 않았다. 관구 사령관은 왼손에만 장갑을 끼고, 오른손은 팔꿈치를 굽히지 않고 막대기처럼 뻣뻣하게 뻗은 채 흔들면서 걸었다. 그리고리는 부동자세를 취했다. 뒤에서 아버지가 헛기침을 했다. 바람이 말 오줌 냄새와 녹아 가는 눈 냄새를 광장에 온통 흩뿌렸다. 태양은 마치 과음한 다음 날인 것처럼 언짢은 표정을 띠고 있었다.

장교들이 그리고리 옆에 선 카자흐 앞에서 잠시 술렁거리더니 이윽고 한 사람씩 그에게로 옮겨 왔다.

"성명은?"

"그리고리 멜레호프."

징병관은 외투를 집어 들어 안쪽의 냄새를 맡아 보고 재빨리 버클 수를 세었다. 기병 소위 견장을 단 또 한 장교는 바람이 그 외투 자락을 등까지 걷어 올려서 주머니 속을 뒤졌다. 징병관은 다음에 엄지손가락과 새끼손가락으로 마치 뜨거운 것이라도 만지듯 편자못을 싼 헝겊을 살짝 들고 입술을 움직이며 세었다.

"편자못이 23개밖에 없잖아? 어떻게 된 거지?"

그는 화를 내며 헝겊 끝을 꽉 잡았다.

"그럴 리 없습니다, 장교님. 24개입니다."

"뭐라고? 내 눈이 멀었다는 건가?"

그리고리는 당황해서 접혀져 있는 헝겊 끝을 폈다. 또 한 개가 그 밑에 숨어 있었다. 그의 꺼끌꺼끌하고 새까만 손가락이 징병관의 설탕처럼 하얀 손가락에 살짝 닿았다. 징병관은 마치 바늘에라도 찔린 것처럼 얼른 손을 빼내 회색 외투 옆구리에 문지르고는 불쾌한 듯 얼굴을 찌푸리며 장갑을 끼었다.

그것을 보자 그리고리는 얼른 직립 부동자세로 돌아가 심술궂은 웃음을 흘렸다. 두 사람의 눈길이 부딪쳤다. 징병관은 볼이 불그레해지면서 거칠게 소리쳤다.

"뭘 보나! 뭘 보고 있어?"

광대뼈 밑에 오래된 면도칼 자국이 있는 그의 볼이 온통 새빨개졌다.

"어째서 짐보따리의 버클을 제대로 해 두지 않나? 그리고 그건 또 뭐지? 너는 카자흐냐, 아니면 농사꾼이냐? 아버지는 어디 있지?"

판텔레이 프로코피예비치는 말고삐를 당기고 다리를 절면서 한 걸음 앞으로 나섰다.

"너는 병역에 대해 모르나?"

징병관은 아침에 카드놀이를 하다가 진 분풀이를 그에게 퍼부었다. 관구 사령관이 옆으로 다가오자 징병관은 조용해졌다. 사령관은 장화 끝으로 안장깔개를 툭 쳐 보고, 딸꾹질을 한 번 하고는 다음 차례로 옮겨 갔다. 그리고리가 들어가기로 된 연대의 배속 장교가 반짇고리에 들어있는 것까지 모조리 꺼내 꼼꼼하게 살폈다. 그리고 두세 걸음 물러서서 바람이 불어오는 쪽을 향해 담뱃불을 붙이고는 맨 나중으로 옮겨 갔다.

하루를 쉬고, 체르트코보역에서 온 열차가 카자흐와 말과 식량을 실은 군용 화물 열차를 연결해 보로네시로 향했다.

그리고리는 그 가운데 하나에 올라타, 판자로 만든 사료통에 기대서 있었다. 열어젖힌 화물 열차의 문 옆으로 처음 보는 넓은 평야가 미끄러져 지나가고, 저 멀리서 푸르고 부드러운 실타래처럼 보이는 수풀이 회전목마처럼 움직였다.

말들은 열심히 건초를 먹으며 발밑이 덜컹덜컹 움직이는 것에 신경이 쓰여 자꾸 제자리걸음을 하고 있었다.

화물 열차 속은 벌판의 향쑥 냄새와 말의 땀 냄새 그리고 봄의 눈 녹은 냄새로 메워져 있었다. 저 멀리 지평선 위에 해 질 녘 별처럼 근심스러운 빛을 띠고 있는 푸른 삼림이 어른거리고 있었다.

제3부

1

1914년 3월, 봄 날씨답게 제법 따뜻해진 어느 기분 좋은 날 나탈리야는 시댁으로 돌아왔다. 판텔레이 프로코피예비치는 잔가지가 잔뜩 돋은 검푸른 마른 나뭇가지로 씨받이 소가 망가뜨린 울타리를 고치고 있었다. 지붕에서는 눈 녹은 물방울이 떨어지고 고드름이 은빛으로 반짝이며, 처마 밑에는 물이 흐른 듯한 자국이 타르라도 바른 듯이 시꺼먼 줄무늬를 남기고 있었다.

화사하고 따뜻해진 햇살이 응석을 부리는 송아지처럼, 녹기 시작한 눈 더미에 안기고 있었다. 땅은 부풀어오르고, 돈 강가의 언덕에서 강물에 바닥을 드러내 보이며 내밀고 있는 백악암(白堊岩) 끝 부분에도 이른 봄의 풀이 공작새처럼 연둣빛으로 싹트고 있었다.

몹시 여위어 외모가 달라진 나탈리야가 시아버지 곁으로 다가가, 상처를 입고 비뚤어진 목을 갸웃하며 인사했다.

"아버님, 안녕하세요."

"나타시카? 오, 너도 잘 있었느냐! 잘 왔다, 잘 왔구나."

판텔레이 프로코피예비치는 안절부절못하며 손에 들고 있던 마른 나뭇가지를 떨어뜨렸다.

"얘야, 왜 좀더 일찍 오지 않았느냐? 아무튼 좋다, 집으로 들어가자, 시어미도 널 보면 무척 기뻐할 게다."

"아, 아버님, 저는."

나탈리야는 저도 모르게 손을 흔들며 고개를 돌렸다.

"혹시 폐가 되지 않는다면 계속 여기서 살까 해서."

"물론, 좋고말고, 좋아. 어려워할 거 하나도 없다! 네가 어디 남이냐? 그리고리 녀석에게 편지를 보냈는데…… 네 일은 좋도록 해 달라고 하더라."

두 사람은 집 안으로 들어갔다. 판텔레이 프로코피예비치는 사뭇 기쁜 듯 절룩거리며 종종걸음을 쳤다.

일리니치나는 나탈리야를 껴안고 눈물을 뚝뚝 흘리며 앞치마로 콧물을 닦으면서 중얼거렸다.

"아무래도 네겐 어린애가 있어야겠다…… 어린애가 있으면 그나마 아기에게 끌려 안정이 될 게야. 어서 앉거라. 튀긴 납작과자라도 가져다 줄까?"

"아니에요, 고맙습니다, 어머니. 저는…… 염치없이 다시 찾아왔어요."

두냐시카가 뺨이 새빨개져서 마당에서 부엌으로 뛰어들어오더니 호들갑을 떨며 나탈리야의 무릎에 매달렸다.

"언니, 너무해요! 우리를 그렇게 잊어버리다니!"

"왜 떠들어 대느냐, 응? 정신없게!"

아버지는 일부러 엄한 표정을 지어 나무랐다.

"어머, 많이 컸네."

나탈리야는 잡았던 두냐시카의 손을 놓고 얼굴을 들여다보며 말했다.

여러 사람이 한꺼번에 입을 여는 바람에 얘기가 뒤범벅이 되어 버렸다. 그러자 모두 일제히 입을 다물었다. 일리니치나는 턱을 괴고, 예전과는 숫제 딴판으로 변해 버린 나탈리야의 모습을 안쓰럽게 바라보며 탄식했다.

"이젠 여기서 우리와 함께 살 거예요?"

두냐시카가 나탈리야의 손을 꼭 잡고 물었다.

"아직 어떻게 될지 모르지만."

"어떻게 또 친정에 돌아갈 수 있겠니? 다른 데는 갈 곳이 없잖아? 앞으로 언제까지나 이 집에 있도록 해라!"

일리니치나가 이렇게 결정해 버렸다. 그리고 튀긴 납작과자를, 유약을 바르지 않고 구운 사발에 가득 담아 식탁 위에 놓으며 며느리에게 권했다.

나탈리야는 무척 오랫동안 망설이던 끝에 시집으로 되돌아올 결심을 했다. 그러나 친정아버지는 한사코 그것을 허락하지 않았다. 꾸짖고 달래고 어르면서 말렸다. 그렇지만 그녀로서는 몸이 완전히 회복되자 더 이상 친정 식구들의 얼굴을 대할 수 없었다. 더구나 지금까지는 허물이 없던 집안에서 마치 자기만이 남처럼 따돌림을 받는 것 같이 여겨졌다. 자살 소동이 그녀를 육친으로부터 멀어지게 한 것이다. 판텔레이 프로코피예비치는 그리고리가 군대에 가 버린 뒤로는 그녀를 만날 때마다 자기 집에 와 있으라고 권했다. 그는 그녀를 집에 와 있게 해 두고 언젠가는 그리고리와 화해시키려고 굳게 결심하고 있었다.

그날부터 나탈리야는 멜레호프네 집에 머물러 있게 되었다. 페트로는 친절하게 자주 위로해 주었다. 다리야가 이따금 심술궂은 눈길을 던지긴 했지만, 그것도 두냐시카의 따뜻한 애정과 노인들의 친부모 같은 포근함 속에 견딜 수 있었다.

나탈리야가 시댁으로 옮겨 온 이튿날, 판텔레이 프로코피예비치는 지체하지 않고 두냐시카에게 대필을 시켜 그리고리에게 편지를 썼다.

잘 있느냐, 내 아들 그리고리 판텔레예비치.

네 아버지와 어머니 일리니치나는 진심으로 우러나는 사랑과 축복을 보낸다. 너의 형 표트르 판텔레예비치와 형수 다리야 마트베예브나도 너에게 안부 전하며 너의 건강과 행복을 빌고 있다. 그리고 여동생 예브도키야와 집안사람 모두 너를 염려하고 있다. 2월 5일에 부친 네 편지는 잘 받았다. 진심으로 고마워하고 있다.

네가 편지에 쓴 것처럼 말이 다리를 다쳤다면 너도 잘 알고 있겠지만 돼지기름을 발라 줘라. 그리고 만일 말이 미끄러지기 쉬운 시기, 즉 살얼음이 깔리는 시기가 아니라면 뒷다리에도 편자를 박지 않는 게 좋다. 너의 처 나탈리야 미로노브나는 지금 집에 와 있는데 건강하고 행복하게 지내고 있다. 어머니가 너에게 말린 버찌를 보낸다. 그것과 함께 털양말 한 켤레와 수지(獸脂)와 그 밖의 물건 몇 가지를 보낸다. 여기서는 모두 몸 성히 잘 지내고 있다. 다만 다리야의 어린애가 세상을 떠나는 바람에 모두가 슬픔에 빠졌었다. 그리고 얼마 전에 페트로와 둘이서 헛간 지붕을 이었다. 형은 네가 말을 잘 보살펴 주기를 바라고 있다. 소가 새끼를 낳았다. 나이가 든 암말에게도 씨를 심어 두었다. 유방이 커진 것을 보니 새끼를 밴 것 같다. 거리의 사육장에서 데려온 '도네츠'라는 수말과 교미를 시켰는데 오늘로 5주일이 된다. 네가 복무를 잘하고 사관이 너를 아껴 준다기에 여기서는 모두 기뻐하고 있다. 규칙대로 성실히 복무하도록 해라. 황제 폐하에 대한 충성스런 복무를 게을리해서는 안 된다. 나탈리야는 이제부터 계속 집에 있기로 했다. 그러니 그것도 명심해 두어라. 그리고 요전에는 재난이 있었다. 사육제 때 양 세 마리가 승냥이한테 변을 당했다. 그럼, 몸조심하고 잘 지내 다오. 네 처 일을 잊어서는 안 된다. 이것은 내 부탁이다. 그 아이는 마음도 착하고, 너의 어엿한 아내다. 네 멋대로 무모한 짓을 하지 말고 아비 말을 명심하거라.

—'너의 아버지 고참 하사관 판텔레이 멜레호프'

그리고리의 연대는 오스트리아와의 국경에서 4킬로미터쯤 떨어진 작은 거리 라지빌로보에 주둔하고 있었다. 그리고리에게선 어쩌다 한 번씩 편지가 왔다. 나탈리야가 집으로 돌아와 있다는 기별에 대해서도 간단히 그녀를 잘 돌봐 주라는 답장을 보내 왔을 뿐이었다. 그의 편지 내용은 항상 조심스럽고 막연했다. 판텔레이 프로코피예비치는 두냐시카와 페트로에게 여러 번 되풀이해서 그것을 읽게 하고는, 거기에 숨어 있는 그리고리의 생각을 두루 궁리해 보았다. 부활절 전에 그는 또 편지를 띄워, 그리고리가 제대하면 아내와 같이 살 작정인지, 아니면 지금까지처럼 아크시냐와 같이 있을 작정인지를 툭 털어놓고 물어 보았다.

그리고리는 그 회답을 미루고 있었다. 삼위일체 대축일이 지나고서야 겨우 그에게서 짧은 편지가 왔다. 두냐시카가 단어의 끄트머리를 삼키기라도 하듯 빠른 어조로 읽었다. 판텔레이 프로코피예비치는 몇 번이나 고개를 갸웃거리며 다시 물어 보고서야 간신히 뜻을 파악할 수 있었다. 그 편지의 끝부분에 가서 그리고리는 나탈리야와의 문제에 대해 썼다.

……제가 나탈리야와 함께 살 생각인지 아닌지를 대답하라고 했습니다만, 아버지, 사실을 말씀드리자면 깨어진 것은 다시 붙일 수 없습니다. 아시다시피 아이까지 생긴 지금에 와서 제가 나탈리야에게 무슨 말을 할 수 있겠습니까? 아무런 약속도 할 수 없고, 또 지금 이런 얘기로 왈가왈부하는 것은 괴로운 일입니다. 지난번에 국경에서 밀수꾼인 유대인이 붙들렸습니다. 우리도 거기에 있었는데 그 사람 말에 의하면 머지않아서 오스트리아와 전쟁이 시작될 모양이라는 겁니다. 오스트리아의 황제가 국경까지 나가서 어디쯤에서 전

란을 일으키는 것이 좋을지, 어디쯤을 점령하는 것이 좋을지 하는 것 등을 시찰하고 간 것 같다는 정보입니다. 전쟁이 일어나면 아마 저는 살아서는 돌아가지 못하겠지요. 따라서 무엇 하나 미리 약속할 수 없습니다.

나탈리야는 시아버지의 집에서 일하면서 언젠가는 남편이 돌아와 줄 것이라는 한 가닥 희망을 가슴에 품고, 그 덕택에 상처 입은 마음을 얼마나마 달래면서 살아가고 있었다. 그녀는 그리고리에게 한 번도 편지를 보내지 않았다. 하지만 그녀만큼 간절한 마음으로 그의 편지를 기다리는 사람이 또 있을까.

무너뜨리기 어려운 평범한 질서 속에서 마을의 생활은 이어지고 있었다. 만기제대한 카자흐들이 돌아왔다. 일요일에는 아침부터 가족이 모두 교회에 갔다. 남자들은 군복에 외출용 바지를 입고 나서고, 여자들은 갖가지 빛깔의 스커트 자락을 살랑거려서 모래먼지를 뒤집어쓰기 일쑤였다. 주름진 소매에 주름 장식을 달고 몸에 꼭 맞는 그녀들의 청색 저고리의 겨드랑이에는, 후추처럼 코를 톡 쏘는 달콤하고 신 여자의 땀이 배어 나와서 그곳만 색이 바래 있었다.

광장 바로 앞의 정사각형 빈터에는 닳아빠진 짐수레의 끌채가 하늘을 향해서 튀어나와 있거나, 말이 소리 높여 울거나, 갖가지 사람들이 어슬렁거리고 있었다. 소방서 옆에서는 농장을 하는 불가리아인들이 기다란 천을 깔고 거기에 채소를 늘어놓고 팔았다. 그 뒤쪽에는 아이들이 모여들어서, 짐을 내려놓고는 장이 열리고 있는 광장을 거만하게 둘러보는 낙타를 신기한 듯이 바라보았다. 붉은 테를 두른 모자나 여자들의 색색의 플라토크가 뒤섞여서 혼잡을 이루었다. 언제나 물을 긷는 일에 혹사당하고 있는 낙타도 오늘만은 해방되어서, 입에 거품을 문 채 한가롭게 풀을 되새김질하고 있었다. 푸르스름한 도금을 한 것 같은 그들의 눈은 몹시도 나른한 듯이 감겨 있었다.

밤마다 거리를 오가는 사람들의 발소리가 시끄럽고, 유흥장에서는 아코디언에 따라 노래하고 춤추는 사람들의 소음이 들려왔다. 그 노랫소리는 밤이 아주 깊어서야 후덥지근한 바람에 세차게 날려가는 것처럼 마을 바깥으로 사라져 갔다.

나탈리야는 유흥장에는 가지 않고, 다만 두냐시카가 낱낱이 전해 주는 여러 가지 이야기를 듣는 것을 낙으로 삼고 있었다. 어느 틈엔지 두냐시카는 맵시 좋은 예쁜 처녀가 되어 있었다. 그녀는 일찍 익는 사과처럼 빨리 성장하여 올해에는 이미 아이들 무리에서 벗어나 혼기가 된 처녀들 틈에 끼어 있었다. 두냐시카는 아버지를 닮아서 탄탄하고 살결이 거무스름했다.

열다섯의 봄이 지났지만, 그녀의 마르고 뼈대가 드러난 몸에는 아직 살이 붙지 않았다. 그녀의 내부에서는 소녀 시절과 앞으로 꽃필 청춘 시절이 기묘하게 뒤섞여 쓸쓸한 듯한, 그러면서도 순진한 면모가 엿보였다. 윗옷 속에는 작은 주먹만 한 유방이 이미 뚜렷이 알아볼 수 있을 만큼 단단하게 부풀어 있었다. 어깨도 둥그스름해지고 있었다. 하지만 길게 찢어지고 약간 치켜올라간 눈에는 마노처럼 푸른 기를 띤 흰자위에 둘러싸인 새까만 눈동자가 아직도 겁먹은 듯한, 그러면서도 장난기 어린 빛을 띠었다. 유흥장에서 돌아오면 그녀는 나탈리야에게만 은밀히 자신의 순진한 비밀을 얘기하는 것이었다.

"봐요, 언니에게 해 주고 싶은 얘기가 있어요."

"뭔지 얘기해 봐요."

"저, 어젯밤에 말이죠, 미시카 코셰보이하고 둘이서 밤새도록 공동창고 옆에 있는 떡갈나무숲에 앉아 있었어요."

"무슨 일이죠, 얼굴이 새빨개져서?"

"어머, 그렇지 않아요!"

"거울을 봐요. 얼굴이 꼭 불덩이 같은데."

"싫어요, 언니! 그렇게 놀리면."

"아니, 그러지 않을게, 어서 얘기를 해 봐요."

두냐시카는 거무스름한 손바닥으로 달아오른 뺨을 문지르고 손가락으로 관자놀이를 누르고는 까닭 없이 갑자기 깔깔거리며 웃어 댔다.

"너는 꼭 튤립 같구나…… 하고 그 사람이 말했어요."

"그래요? 그래서요?"

나탈리야는 상대의 즐거움에 이끌려서, 짓밟히고 사라져 버린 자신의 행복 따위는 잊어버리고 기분이 좋아져서 재촉했다.

"그래서 나는 이렇게 말해 줬어요. '거짓말 말아요, 미시카.' 그랬더니 그 사람은 맹세코 거짓말이 아니라는 거예요."

두냐시카는 방울을 울리는 듯한 웃음을 온 방 안에 뿌리면서 머리를 흔들었다. 단단하게 땋아서 늘어뜨린 검은 머리가 도마뱀처럼 그녀의 어깨에서 등으로 미끄러져 내려갔다.

"그리고 그 사람이 또 뭐래요?"

"기념으로 손수건을 달라는 거예요."

"주었어요?"

"'싫어요' 하고 말해 줬죠. '주지 않을래요. 자기가 좋아하는 여자에게 가서 얻으면 되잖아요' 그랬죠. 그런데 말이죠, 그 사람은 예로페이네 색시하고 이상한 사이예요…… 그 여자는 지금 남편이 군대에 가 있어서 그 틈에 바람을 피우고 있는 거예요."

"아가씨, 그 사람하곤 너무 가까워지지 않는 게 좋겠어요."

"우린 그렇게 가깝진 않아요."

두냐시카는 떠오르는 미소를 억누르며 얘기를 계속했다.

"우리들 처녀 셋이서 유흥장에서 돌아오는데 미혜이 아저씨가 술이 잔뜩 취한 채 쫓아와서는 '이봐, 아가씨들, 키스 좀 해 줘. 2코페이카씩 줄 테니까' 이렇게 외치는 거예요. 그러면서 갑자기 덤벼들지 않겠어요? 뉴르카가 나뭇가지로 할아범의 이마를 힘껏 때려 줬죠. 그리고 나서 우리는 죽어라 하고 도망쳐 왔어요."

여름은 몹시 건조하고 찌는 듯이 더웠다. 돈강도 수량(水量)이 줄어서 여름 전까지는 격류를 이루어 도도히 흐르던 데가, 지금은 얕은 여울이 되어 소들이 등을 적시지 않고 건너편까지 건너갈 수 있었다. 밤마다 짙은 연기가 언덕 꼭대기로부터 마을로 기어 내려오고, 바람은 볕에 탄 풀의 짜릿하게 향기로운 냄새로 대기를 가득 채웠다. 목장에서는 마른풀이 타오르고, 그 냄새는 달콤한 안개처럼, 눈에 보이지 않는 장막처럼 돈 강가에 걸려 있었다. 밤마다 돈강 건너편에서 검은 구름이 끓어오르고 천둥이 메마른 소리로 야단스럽게 울어 댔지만, 폭염에 타 버린 땅에는 비가 한 방울도 내리지 않았다. 다만 마른번개가 번쩍이며 하늘을 푸른 예각으로 조각조각 찢어 버릴 뿐이었다.

날마다 밤이 깊으면 종루 위에서 올빼미가 울어 댔다. 그 시끄럽고 기분 나쁜 울음소리는 온 마을에 울려 퍼졌다. 올빼미는 종루에서 송아지들에게 짓밟힌 묘지로 날아가 갈색 풀로 덮인 무덤에 내려앉아서 신음하듯이 소리쳤다.

"불길한 징조야."

묘지에서 들려오는 올빼미의 울음소리를 듣고 노인들이 예언했다.

"전쟁이 터질지도 몰라."

"러시아·터키 전쟁 전에도 저런 식으로 울었지."

"또 콜레라가 유행할지도 몰라."

"어쨌든 좋은 징조는 아니야. 교회에서 무덤으로 날아갔는걸."

"오, 제발, 제발."

외팔이인 알렉세이의 동생 마르친 샤밀리는 이 저주스러운 새를 쏘아 버리 겠다고 이틀 밤을 묘지 담장 옆에 숨어 기다렸다. 하지만 눈에 보이지 않는 신 비로운 새는 소리도 없이 그의 머리 위를 날아가서 묘지의 저쪽 끝에 있는 십 자가에 내려앉아 조용히 잠든 마을을 향해 시끄러운 울음소리를 마구 흩뿌리 는 것이었다. 마르친은 화가 나서 욕을 퍼붓고, 하늘에 떠돌고 있는 구름의 시 커멓게 처진 배를 향해 한 방 쏘고는 그대로 돌아오고 말았다.

그는 그 묘지 바로 옆에 살고 있었다. 그의 아내는 소심하고 병약하면서도 토 끼처럼 끊임없이 매년 아이를 낳았다. 그녀는 남편이 돌아오자마자 마구 바가 지를 긁었다.

"당신은 왜 그렇게 바보짓만 하죠? 기가 막혀! 저 새란 놈이 당신에게 무슨 해를 끼치는 것도 아닌데. 그런 짓을 하면 천벌을 받을지도 몰라요! 지금 산달 인데 당신 때문에 병신 아이라도 태어나면 어떡할 거예요?"

"시끄러워, 바보야! 병신이건 뭐건 알게 뭐야! 여물도 얻어먹지 못한 말처럼 볼멘 얼굴을 해 가지고? 그 올빼미 새끼가 우는 소리를 들으면 신경질이 나서 못 견디겠어. 그 새는 뭔가 불길한 일을 부르는 거야. 전쟁이라도 터져 봐. 나는 당장 끌려간단 말이다. 그런데 너는 뭐야, 저렇게 애새끼나 퍼질러 낳아 대고."

마르친은 방구석을 가리켰다. 그쪽의 움푹한 곳에서 머리를 나란히 하고 자 는 아이들의 숨소리가 쥐의 울음소리에 뒤섞여 들려왔다.

판텔레이 프로코피예비치는 집회에서 노인들과 여러 가지 이야기를 하면서 무거운 어조로 단언했다.

"우리 그리고리의 편지를 보면 말이야, 오스트리아 황제가 국경까지 나와서 전군(全軍)을 모아 놓고, 모스크바와 페테르부르크를 공격하라는 명령을 내렸다는 거야."

노인들은 지난번 전쟁을 생각해 내면서 각기 나름대로 의견을 늘어놓았다.

"전쟁이 일어나지는 않을 거야. 작황을 보면 알 수 있어."

"작황 따위는 전쟁과 아무 관계도 없다구."

"틀림없이 또 학생들이 소동을 일으키겠지."

"그런 얘기가 우리에게까지 전해지기는 쉽지 않아."

"러일전쟁 때도 그랬었지."

"자네, 아들의 말은 준비했나?"

"아직, 벌써부터 그런."

"전쟁이라니, 이봐, 멋대로 지껄이는 게 아냐!"

"도대체 어디와 전쟁을 한다는 거야?"

"터키하고야. 바다를 서로 차지하려는 거지. 바다란 놈은 도저히 나눌 수가 없으니까."

"뭐, 그렇게 어려운 일은 없을 텐데. 우리가 풀밭을 나누어서 풀을 베는 것처럼 그런 식으로 하면 되잖아."

이야기는 나중에 농담으로 바뀌었다. 그리고 노인들은 흩어져 갔다.

풀베기가 눈앞에 다가와서 모두 들떠 있었다. 돈강 건너편에서는 벌판의 풀과는 전혀 다른, 냄새가 없는 키 큰 풀들이 벌써 꽃을 활짝 피웠다. 같은 땅에서 여러 가지 풀이 각기 다른 물기를 빨아올리고 있었다. 벌판의 언덕 저쪽 검은 땅은 마치 자갈이라도 깔아 놓은 것처럼 단단해서 말들이 그 위를 달려도 말발굽 자국조차 나지 않았다. 땅이 단단해서 그곳에 나는 풀은 자연히 튼튼하고 냄새가 강하며, 키도 말의 배에 닿을 정도까지 자랐다. 그런데 돈강 양쪽 기슭의 눅눅하고 부드러운 지반에는 생기가 없는, 쓸모없는 풀밖에 나지 않았다. 가축조차도 그런 풀은 거들떠보지 않았다.

온 마을 사람들이 낫을 갈거나 갈퀴를 손질하느라 분주했다. 여자들은 서둘러서 풀을 벨 때 마실 음료 크바스를 담았다. 바로 그 무렵에 마을이 온통 두려움에 휩싸일 만한 사건이 터졌다. 관구 경찰지서의 서장이 예심판사와, 또 아직 한 번도 본 적이 없던 이가 검고 도시적인 분위기를 풍기는 장교를 데리고 마을로 온 것이었다. 그리하여 아타만을 불러 내고 증인이 될 사람을 모아서는 곧장 사팔뜨기 루케시카의 집으로 밀어닥쳤다.

예심판사는 휘장이 달린 돛베¹⁾로 만든 모자를 들고 있었다. 모두들 거리 왼쪽의 울타리 옆으로 걸어갔다. 울타리 사이에서 햇살이 흘러들어와 길 위에 박혔다. 예심판사는 먼지투성이가 된 구둣발로 그것을 밟으면서, 닭처럼 종종걸음으로 앞서가는 아타만에게 물었다.

"이주자인 슈토크만은 집에 있나?"

"예, 있습니다, 판사님."

"무얼 하고 있나?"

"그는 기술자니까…… 직접 작업을 하고 있습니다."

"뭔가 이상한 점은 없었나?"

"없었습니다."

서장은 걸으면서 이마에 생긴 여드름을 눌러 짰다. 모직 관복을 입고 있어 땀으로 헐떡거렸다. 이가 검은 장교는 밀짚으로 이를 쑤시면서 퀭하니 붉게 흐트러진 눈을 찌푸렸다.

"그 사내 집에 드나드는 자들이 있는가?"

예심판사는 먼저 뛰어가려는 아타만을 붙잡고 다시 물었다.

"예, 여럿이 갑니다. 가끔 카드놀이를 하고 있습니다."

"누가 가나?"

"주로 제분소에서 일하는 패거리입니다."

"누구누구인가?"

"기관수와 계량계를 담당하는 사람, 그리고 롤러를 만드는 다비드카, 그 밖에 마을의 카자흐인 중에도 가는 자가 두셋 있습니다."

예심판사는 멈춰 서서 뒤처진 장교를 기다리며 모자로 콧등의 땀을 닦았다. 그는 마주 선 장교의 군복 단추를 만지작거리면서 무언가 두세 마디 하고는 아타만을 손짓해 불렀다. 아타만은 숨도 쉬지 않고 급히 뛰어갔다. 그 목에는 여기저기에서 튀어나온 혈관이 가늘게 떨리고 있었다.

"순경을 두 사람쯤 데리고 가서 그놈을 체포해 오게. 사무소에 데려다 놓도록.

---

¹⁾ 돛을 만드는 데 쓰는 튼튼한 천.

우리도 곧 갈 테니까. 알았나?"

아타만이 부동자세를 취하고 어깨를 편 채 윗몸을 꾸벅 앞으로 꺾었으므로 군복의 깃 위로 가장 굵은 혈관이 푸른 끈처럼 솟아올랐다. 그는 짤막하게 대답하고 나서 돌아갔다.

슈토크만은 셔츠 바람으로 앞가슴을 벌린 채 문 쪽에 등을 대고 앉아서, 작은 톱으로 목판 위에 덩굴무늬를 새기고 있었다.

"자, 일어서게. 자네를 체포하러 왔네."

"도대체 무슨 일입니까?"

"자네는 방 두 개를 빌려 쓰고 있지?"

"예."

"지금부터 이 집을 수색하겠다."

장교는 문지방 너머에서 박차에 융단이 걸렸지만 모르는 체하고 성상 옆으로 다가가서는 눈을 깜박거리면서 책 한 권을 집어 들었다.

"이 옷궤의 열쇠를 주게."

"거참, 왜 그러십니까, 판사님?"

"그건 곧 알게 돼. 입회인, 어서!"

옆방에서 슈토크만의 아내가 얼굴을 내밀다가는 그냥 문을 열어 둔 채 물러났다. 예심판사를 뒤따라 서기가 그쪽 방으로 들어갔다.

"이건 뭔가?"

장교가 노란 표지의 책을 슈토크만의 코앞에 내밀면서 조용히 물었다.

"책입니다."

슈토크만이 어깨를 움츠리며 말했다.

"농담은 집어치우게. 상황도 모르면서. 나는 자네에게 그런 걸 묻고 있는 게 아냐."

슈토크만은 페치카에 기대어서 일그러진 미소를 띠고 있었다. 서장은 어깨 너머로 장교의 얼굴을 바라보다가 슈토크만에게로 시선을 옮겼다.

"연구하고 있는 건가?"

"흥미를 가지고 있습니다."

슈토크만은 작은 빗으로 검은 콧수염을 복판에서 갈라 빗으며 무뚝뚝하게 대답했다.

"그래?"

장교는 책장을 훌훌 넘겨보고는 책상 위에 툭 던졌다. 그러고는 얼른 다음 책을 훑어보더니 그것도 옆으로 밀어 놓았다. 그리고 세 권째의 책 표지를 보고는 슈토크만에게로 얼굴을 돌렸다.

"자네는 이런 책을 또 어딘가에 숨겨 두고 있겠지?"

슈토크만은 마치 조준이라도 하는 것처럼 왼쪽 눈을 감았다.

"거기 있는 것뿐입니다."

"거짓말 말게."

장교는 그 책을 들고서 짧게 다그쳤다.

"이건 명령이야."

"그럼, 찾아보십시오."

서장은 패검(佩劍)을 누르며 옷궤로 다가갔다. 이 갑작스러운 사건에 놀란 곰보 얼굴의 카자흐 주재 순경이 옷궤 속의 셔츠와 옷을 마구 들쑤셨다.

"좀 조심스럽게 다루어 주십시오."

슈토크만은 눈을 가늘게 뜨고 장교의 이마를 노려보면서 말했다.

"잠자코 있게."

슈토크만 부부가 살고 있는 방에서 뒤집을 수 있는 것은 하나도 남김없이 뒤집어졌다. 작업장도 샅샅이 수색당했다. 직무에 극히 충실한 서장은 손가락으로 벽까지 툭툭 두들겨 보았다.

슈토크만은 관청으로 끌려갔다. 그는 주재 순경의 앞에 서서 거리 복판을 걸어갔다. 한쪽 손은 낡은 프록코트의 품 안에 넣고, 다른 한쪽 손은 손가락에 묻은 진흙이라도 떨어 버리려는 것처럼 힘차게 흔들면서. 다른 사람들은 길 위로 햇살이 새어드는 울타리 옆 그늘 쪽으로 갔다. 예심판사는 올 때와 마찬가지로 명아주로 파랗게 물든 구두로 햇살을 밟으면서 갔다. 단지 모자만은 손에 들지 않고 청백색 조가비 같은 귀가 가려지도록 깊숙이 쓰고 있었다.

슈토크만은 맨 끝으로 심문을 받았다. 현관에는 이미 심문을 마친 사람들, 기름 묻은 손을 씻을 틈도 없이 끌려온 이반 알렉세예비치, 나쁜 짓이라도 한 양 엷은 웃음을 띠고 있는 다비드카, 윗옷을 어깨에 걸친 발레트, 그리고 미하일 코셰보이가 순경의 감시를 받으며 있었다.

예심판사는 복숭앗빛 서류철을 뒤적이면서 책상 너머에 서 있는 슈토크만에게 물었다.

"언젠가 제분소의 살인 사건으로 자네를 심문했을 때, 어째서 자네는 러시아 사회민주노동당 당원이라는 사실을 숨겼지?"

슈토크만은 말없이 판사의 머리 너머를 바라보았다.

"그건 이미 확실히 밝혀진 일이다. 자네는 그런 식으로 자기 임무를 달성하고 있는 거야!"

상대가 잠자코 있어서 초조해진 예심판사는 뱉어 내듯이 말했다.

"심문을 시작해 주시겠습니까?"

슈토크만은 피곤한 표정으로 불쑥 말했다. 그리고 빈 의자를 힐끗 보고는, 거기에 앉게 해 달라고 부탁했다.

판사는 말없이 서류를 뒤적거리면서, 슈토크만이 조용히 의자에 앉는 것을 눈을 치켜뜨고 힐끗 노려보았다.

"자네는 언제 이곳에 왔나?"

"작년입니다."

"자네가 소속한 조직의 명령에 의해서인가?"

"아니, 명령 같은 건 전혀 받지 않았습니다."

"자네는 언제 당원이 됐나?"

"무슨 말씀입니까?"

"내가 묻는 것은."

예심판사는 '내'라는 단어에 특히 힘주어 말했다.

"자네는 언제 러시아 사회민주노동당에 들어갔는가 하는 것이네."

"그렇군요. 제 생각으로는."

"자네 생각 따위를 묻는 게 아니야. 전혀. 그저 내가 묻는 것에만 대답하면 돼. 숨겨야 소용 없어. 아니, 오히려 자네에게 해로워."

예심판사는 한 장의 서류를 뽑아 내어 책상 위에 놓고 집게손가락으로 눌렀다.

"여기 이렇게 자네가 사회민주노동당에 들어가 있다는 것을 증명하는 로스토프에서 온 조서가 있네."

슈토크만은 하얀 종이 뭉치를 빤히 바라보면서 잠시 거기에 눈길을 멈추고 있다가, 이윽고 두 손으로 무릎을 문지르면서 똑똑히 대답했다.

"1907년입니다."

"좋아. 그런데 자네는 당의 명령으로 이곳에 파견된 것이 아니라고 했지."

"그렇습니다."

"그렇다면 자네는 도대체 무슨 생각으로 이곳에 왔나?"

"이 근처에 대장장이가 필요하다고 여겼기 때문입니다."

"그럼, 어째서 자네는 하필 이 지방을 택했나?"

"역시 같은 이유에서입니다."

"자네는 이곳에 오기 전에 자네들의 조직과 연락을 취하고 있었나? 그리고 지금도 역시?"

"아닙니다."

"그러나 자네가 이곳에 와 있다는 것을 당에서는 알고 있겠지?"

"아마 알고 있겠죠."

예심판사는 입을 뾰족하게 내밀며 진주가 박힌 펜나이프로 연필을 깎았는데, 그동안 내내 슈토크만 쪽은 보려고도 하지 않았다.

"자네는 동료 중 누구와 편지를 주고받고 있나?"

"아무하고도 하지 않습니다."

"그럼, 가택수색을 했을 때 나온 편지는?"

"그건 친구의 편지입니다. 그런 종류의 혁명 단체와는 아무런 관계도 없는 사람입니다."

"자네는 로스토프에서 어떤 지령을 받았겠지?"

"아니오, 아무것도."

"그럼, 자네 집으로 제분소의 일꾼들이 모여드는 것은 무슨 이유지?"

슈토크만은 너무나 어리석은 질문에 놀랐다는 시늉을 하면서 어깨를 움츠렸다.

"겨울밤에 모여들었습니다…… 그냥 심심풀이로. 카드도 하고."

"금지된 책을 읽으면서 말인가?"

판사가 이어서 말했다.

"아닙니다. 그 사람들은 대개 읽고 쓰기를 하지 못합니다."

"그러나 제분소의 기관사도, 그리고 다른 사람들도 모두 그것을 부정하지는 않았는데."

"그건 그렇습니다."

"아무래도 자네는 초보적인 관념조차 서 있지 않은 모양이지?"

그러나 그 장면에서 슈토크만이 픽 웃었으므로 예심판사는 이야기가 중도에 끊겨서 화가 난 듯, 치미는 분노를 누르면서 다음 말을 이었다.

"즉 자네는 상식을 갖추지 못한 거야! 자네는 그런 식으로 해서 스스로를 구렁텅이로 빠뜨리는 게 아닐까. 자네가 이 카자흐들에게 사상을 심기 위해 당에서 파견되었다는 것은 분명한 사실이야. 그리고 자네는 카자흐와 정부 사이를 이간시키려고 기도하고 있어. 자네는 무엇 때문에 그것을 속이고 빠져나가려는 건가. 나로서는 도저히 이해할 수가 없군. 그따위 짓을 해 봤자 결국은 마찬가지야. 자네 죄가 가벼워지는 것도 아니라고."

"그러나 그건 당신 추측이겠죠. 저, 담배를 한 대 피워도 괜찮겠습니까? 고맙습니다. 요컨대 그건 억측에 지나지 않습니다. 더구나 아무 근거도 없는."

"그럼, 그건 그렇다치고, 자네는 놀러 온 사람들에게 이런 책을 읽어 줬겠지?"

예심판사는 작은 책 위에 손을 얹었다. 표제가 손에 가려졌다. 표지 위쪽에는 흰 바탕에 검은 글씨로 '플레하노프'[2]라고 저자 이름이 씌어져 있었다.

"우리는 시를 읽고 있었습니다."

슈토크만은 한숨을 내쉬고, 작은 테를 두른 골재(骨材) 파이프를 손가락 사이에 단단하게 쥐고는 연기를 뿜었다.

이튿날, 곧 비가 쏟아질 듯한 음산한 아침나절에 두 마리의 말을 맨 우편마차가 마을에서 나갔다. 뒤쪽에 슈토크만이 기름때 묻은 외투 깃에 턱수염을 묻고 앉아 꾸벅꾸벅 졸고 있었다. 그의 양쪽에는 칼을 찬 순경이 붙어 있었다. 고수머리에 곰보인 한 순경은 마디가 굵은 더러운 손으로 슈토크만의 팔꿈치를 단단히 잡고, 가끔 놀란 것처럼 눈이 휘둥그레져서 곁눈질로 그를 보았다. 왼손

---

2) 러시아 마르크스주의 초기의 최대 이론가.

에는 긁힌 자국이 있는 칼집을 꽉 쥐고 있었다.

마차는 먼지를 일으키면서 거리를 달려갔다. 판텔레이 멜레호프 집 뒤 탈곡장 울타리에 기댄 채 얼굴을 플라토크로 가린 몸집이 작은 여자가 그 마차를 기다리고 있었다. 그 잿빛 얼굴은 눈물에 젖어서, 마치 사람들의 손을 이리저리 거치고 다닌 동전과 같은 느낌이 들었다. 그리고 눈물을 글썽이는 공허한 눈 속에는 애절하고 슬픈 그늘이 드리워져 있었다.

마차가 옆을 지나갔다. 그러자 여자는 두 팔을 가슴에 모으고는 그 뒤를 달려갔다.

"요샤! 요시프 다비도비치! 아, 어째서?"

슈토크만은 그녀에게 손을 흔들어 주려고 했다. 그러자 곰보 순경이 놀라서 더러운 손으로 그 팔을 움켜잡고는 거칠고 쉰 목소리로 고함쳤다.

"앉아 있어! 안 그러면 베어 버릴 테다!"

그는 평범한 생애 가운데에서 그때 처음으로 차르를 배반한 인간을 본 것이었다.

2

만코보 카리트벤스카야 마을에서 라지빌로보읍까지의 긴 여정이 끈적끈적한 짙은 잿빛 어둠 속을 뚫고 지나갔다. 그리고리는 지나쳐 온 길을 생각해 보려고 했지만, 조각조각 흩어져 전혀 연결이 되지 않았다—정거장의 붉은 건물. 기차간의 흔들리는 바닥 밑에서 덜컹덜컹 소리 내는 수레바퀴. 말의 배설물과 마른풀 냄새. 기관차 밑에서 무한히 흘러나오는 두 개의 레일. 기차간의 문으로 얼핏얼핏 모습을 보였다가 사라져 가는 연기. 보로네시인지 키예프(현재의 키이우)인지, 어느 역의 플랫홈에 서 있던 헌병의 수염 난 커다란 얼굴.

내려진 임시 정거장에는 장교와, 회색 외투를 입고 깨끗하게 수염을 깎은 사람들이 무리를 지어서 알아듣지 못할 외국말로 시끄럽게 이야기들을 하고 있었다. 화물 열차에 판자를 걸쳐 놓고 말을 끌어내는 데 꽤 오랜 시간이 걸렸다. 부사령관이 당장 안장을 얹게 해서는 300여 명의 카자흐를 검역소로 데리고 갔다. 말의 검사 역시 오래 걸렸다. 그러고는 중대별로 편성되었다. 상사와 중사들이 우왕좌왕하고 있었다. 제1중대에는 연한 밤색 말을 모았다. 제2중대는 회색과 적갈색 말, 제3중대에는 진한 밤색 말이었다. 그리고리는 제4중대에 편성되었다. 여기에는 누런 것과 보통 밤색 말이 모였다. 제5중대는 연한 붉은 말이고, 제6중대는 검은 말뿐이었다. 상사들은 이번에는 카자흐를 소대별로 나누어서, 지주의 영지나 여기저기에 흩어져 있는 각 중대로 데리고 갔다.

재복무 완장을 찬 상냥해 보이는 옴팡눈의 카르긴 상사가 그리고리 곁을 지나가면서 물었다.

"어느 마을인가?"

"뵤셴스카야입니다."

"땅딸보 개인가?"(마을마다 각기 별명이 있었는데 뵤셴스카야 마을은 수캐라는 별명을 가졌다.)

그리고리는 다른 마을의 카자흐들이 킬킬대며 웃는 소리를 들었지만 모욕감을 묵묵히 속으로 삭였다.

잠시 뒤 포장도로로 나섰다. 포장된 도로를 처음 본 돈 지방의 말들은 귀를 쫑긋 세우고 코를 킁킁거리면서, 마치 얼음이 언 강을 건널 때처럼 발을 옮겼다. 하지만 곧 익숙해져서, 박은지 얼마 안 되는 새 편자를 딸그락딸그락 울리며 나아갔다. 눈앞에는 빈약한 숲의 선으로 잘게 구획된 낯선 폴란드 땅이 뻗어 있었다. 어슴푸레 흐리고 무더운 날이었다. 태양도 돈 지방과는 달라서, 어딘가 모슬린의 장막과 같은 짙은 구름 뒤에서 헤매고 있었다.

라지빌로보 영지는 임시 정거장에서 4킬로미터쯤 떨어져 있었다. 반쯤 왔을 때 뒤에서 수송 대장이 전령을 데리고 날듯이 달려와서, 카자흐들을 앞질러 갔다. 목적지까지는 30분쯤 걸렸다.

"이 마을 이름은 뭡니까?"

미챠킨스키 마을에서 온 카자흐 하나가 깨끗하게 깎아 놓은 정원의 나무들을 가리키면서 상사에게 물었다.

"마을이라고? 임마, 마을 따윈 이제 잊어버려, 미챠킨스카야의 망아지새끼야! 여긴 돈의 군관구가 아니야."

"그럼, 여기는 도대체 어딥니까, 아저씨?"

"내가 언제 네 아저씨가 됐지? 그리고 너는 언제 내 조카가 됐어? 하긴 그런 것은 아무래도 좋아. 이곳은 우루소바 공작부인의 영지다. 이곳에 우리 제4중대가 주둔하게 된다."

그리고리는 차분하게 말의 목을 쓰다듬으면서 등자에 힘을 꽉 주고, 보기 좋은 이층의 몸채와 나무 울타리와 저택 안에 흩어져 있는 각양각색의 부속 건물들을 바라보았다. 그들은 과수원 옆을 지나갔다. 잎이 떨어진 벌거숭이나무들은 바람에 날릴 때마다 저마다 시끄럽게 소리를 냈다. 이 소리만은 멀리 뒤에 남겨 두고 온 돈 지방의 것과 같았다.

지루하고 맥 빠진 듯한 생활이 흘러갔다. 일에서 떠난 젊은 카자흐들은 처음에는 지겹고 답답해서 그저 여러 가지 쓸데없는 이야기로 마음을 달랬다. 중대는 별채인 커다란 기와집에 자리를 잡았고, 밤이 되면 창틀에 판자를 얹은 급조된 침상에서 잤다. 창문에 문풍지를 붙인 종이 한쪽이 떨어져 밤마다 멀리서 목동이 피리를 부는 듯한 소리를 냈다. 그리고리는 갖가지 코 고는 소리 속에 몸을 누이고 그 소리에 귀를 기울이며, 온몸이 허전한 애수에 여위어 감을 느꼈다. 종이가 떨리는 그 가냘픈 소리는 마치 핀셋 같은 것으로 심장의 아랫부분을 꽉 집는 것처럼 느껴졌다. 그럴 때면 그는 당장 일어나 마구간으로 가서 밤색 말에 안장을 얹고 올라타서는, 단숨에 집으로 달려가고 싶어서 못 견딜 지경이 되었다.

5시에 일어나서 말을 손질하고 점호를 받았고, 말의 다리를 묶어 놓고 귀리를 먹이는 불과 그 30분 동안에만 짧은 대화가 가능했다.

"정말 지겨워 미치겠어, 어이."

"못 견디겠어."

"게다가 상사 자식이란 건, 순 개새끼! 말편자까지 씻으랄 게 뭐야."

"지금쯤 집에서는 비계튀김을 먹고들 있겠지, 그 기름진 것 말이야."

"계집애를 건드려 보고 싶어. 그렇지, 어이!"

"나는 어젯밤에 꿈을 꿨어. 아버지와 둘이 초원에 가서 풀을 베고 있었지. 명아주가 꼭 곡식 창고 뒤에 있는 카밀레[3]처럼 들에 가득 돋아 있었어."

소처럼 순한 눈을 반짝이며 온순한 프로호르 즈이코프가 얘기했다.

"내가 베어 나가니까 풀이 쑤욱쑤욱 쏟아졌어…… 마치 내 몸이 신들린 것처

---

3) 국화과의 한해살이풀 또는 두해살이풀.

럼 말이야."

"여편네는 지금쯤 이러고 있겠지. '우리 니코르시카는 무얼 하고 있을까?'라고."

"앗하하, 아니야. 내 여편네는 지금쯤 시애비하고 장난질을 하고 있을걸."

"뭐라고? 이 새끼."

"어떤 여자라도 서방이 없게 되면 군것질을 안 하고는 못 견디는 거라고."

"걱정할 것 없어. 어차피 여자란 우유 항아리와 같아서, 군대에서 돌아가면 다시 이쪽으로 돌아오게 되니까."

중대 제일의 익살꾼이어서 누구라도 질리게 만드는 뻔뻔한 예고르 쟈르코프가 눈을 찡긋하고 징그러운 웃음까지 띠면서 끼어들었다.

"어쨌든 네 아버지가 며느리를 그냥 두지 않을 것은 뻔한 일이야. 건강한 영감이니까 말이야. 그래, 언젠가 이런 얘기를 들었지."

그는 눈을 빙빙 굴리며 좌중을 둘러보았다.

"꼭 네 아버지 같은 색골 영감이 있었단 말이야. 잠시도 쉬지 않고 며느리를 쫓아다녔는데, 아무래도 서방 놈이 방해가 되었던 거야. 그래서 영감이 어떤 꾀를 냈는지 알아? 밤중에 마당에 나가서 일부러 문을 활짝 열어 놨어. 그러자 가축이 모두 밖으로 나가 버렸지. 그러고는 자식에게 이러는 거야. '이봐, 넌 문단속을 제대로 하지 않았구나. 봐라, 가축이 모두 밖으로 나가 버렸다. 빨리 가서 몰아와!' 영감은 그렇게 하면 아들이 틀림없이 나갈 것이고, 그 틈에 며느리를 꾀어 내리라고 생각한 거지. 그런데 아들도 이걸 알아차린 거야. 재빨리 마누라에게 '네가 가서 몰아와' 하고 시켰지. 그래서 마누라가 나갔어. 서방 놈이 누워서 가만히 듣고 있으려니까 아버지가 페치카에서 내려와서는 엉금엉금 기어서 이쪽 침대로 찾아오는 거야. 아들도 바보는 아니라서, 옆에 있는 의자에 놓아 두었던 몽둥이를 쥐고서 기다렸지. 그래서 드디어 아버지가 침대 옆으로 기어와서 이불에 손을 대는 순간 아들은 몽둥이로 아버지의 대머리를 내리쳤지. 그러곤 이렇게 소리쳤어. '저리 가, 이새끼! 또 이불을 물어뜯는구나.' 실은 그 집에서 밤이면 송아지를 집 안에 들여놓고 재웠는데, 그놈이 밤마다 이불을 물어뜯는 거야. 그래서 아들놈은 그 송아지로 잘못 안 시늉을 해서 아버지를 때려 주고는 이불을 뒤집어쓰고 가만히 누워 있었지. 영감은 다시 페치카로 기어 올라가서 맞은 머리를 만져 봤어. 거기에 달걀만 한 혹이 생겼단 말이야. 영감은 잠시 누웠다가 '이반, 어이, 이반!' 하고 불렀어. '왜 그러죠, 아버지?' '너, 지금 누굴 때렸지?' '송아지를 때렸어요.' 그러자 영감은 한심하다는 목소리로 말하기를, '이봐, 너처럼 그렇게 함부로 가축을 때려서는 훌륭한 농부가 되지 못해, 조심해!' 했다는 얘기야."

"너도 거짓말 좀 그만 해라."

"영창에 끌려갈 거다, 곰보자식!"

"뭘 떠드는 거야? 해산해!"

상사가 가까이 와서 고함쳤으므로 카자흐들은 깔깔거리며 농담을 주고받으면서 각각 자신의 말 쪽으로 흩어져 갔다. 차를 마시고 나서 훈련이 시작됐다.

"임마, 뭐야! 돼지 같은 배를 해 가지고, 좀더 밀어넣엇!"

"우우로옷 나란히! 앞으로잇."

"소대에 섯!"

"앞으로잇 갓!"

"임마, 그 왼쪽 놈, 왜 멍청히 서 있는 거얏, 개새끼!"

장교들은 한쪽에 서서, 넓은 뒤뜰을 뛰어다니고 있는 카자흐들의 모습을 담배를 피우며 보다가 가끔 하사관들에게 지시를 내렸다.

몸에 딱 맞춘 멋진 청회색의 군복을 입고 단정하게 수염을 깎고 그럴싸한 얼굴을 하고 있는 장교들을 보면서, 그리고리는 그들과 자신과의 사이에 눈에는 보이지 않는 뚫고 나가기 어려운 벽이 있음을 느꼈다. 그 벽 저쪽에는 카자흐의 생활과는 전혀 다른 화려한 생활이 벌어지고 있는 것이었다. 불결하지도 않고, 이가 들끓지도 않고, 걸핏하면 따귀를 때리는 상사들에 대한 공포도 없는 생활이었다.

이곳에 와서 사흘째에 일어난 사건은 그리고리와 그 밖의 젊은 카자흐들 모두의 마음에 괴로운 기억으로 새겨졌다. 승마 훈련을 하고 있을 때였다. 자기를 부르는 먼 고향 마을의 꿈을 자주 꾼다는, 소처럼 온순한 눈을 한 젊은이 프로호르 즈이코프에게는 고집이 세고 걷는 습관이 나쁜 말이 있었다. 그 말이 지나가다가 상사의 말을 차 버렸다. 그다지 심하게 찬 것은 아니었다. 왼쪽 넓적다리가 아주 조금 벗겨졌을 뿐이었다. 그런데 상사는 프로호르에게 덮치듯이 달려와서는 대뜸 채찍을 쳐들어 그의 얼굴을 힘껏 내리치면서 고함쳤다.

"임마, 어디를! 어딜 보고 있냐 말얏! 이, 이 개새끼! 사흘간 당번이다. 알았낫!"

소대장에게 무엇인가 명령을 내리고 있던 중대장은 이 장면을 보았지만, 군도(軍刀) 끈을 만지작거리며 지루하다는 듯이 늘어지게 하품을 하면서 옆으로 돌아서 버렸다. 프로호르는 줄줄 흘러내리는 피를 소매로 닦으며 입술을 바르르 떨었다.

그리고리는 고삐를 잡고 말을 몰고 가면서 장교들 쪽을 보았지만, 그들은 마치 아무 일도 없었다는 듯이 평소처럼 여유 있는 모습으로 얘기하고 있었다. 그로부터 대엿새 뒤, 그리고리는 물을 길러갔다가 두레박을 우물 속에 빠뜨렸다. 그러자 상사는 그를 향해서 매처럼 달려들어 팔을 붙잡았다.

"건드리지 마!"

그리고리는 잔물결을 일으키고 있는 우물 속의 물을 바라보며 낮은 소리로 외쳤다.

"뭐라고, 이새끼! 얼른 들어가서 집어 와! 코빼기를 때려 줄 테다!"

"집어 오고말고. 그러니까 건드리지 말라고!"

그리고리는 우물을 들여다본 채 얼굴도 들지 않고 천천히 대답했다.

만일 우물가에 카자흐들이 있었더라면 사태는 달랐을 것이다. 틀림없이 상사는 그리고리를 때렸을 것이다. 하지만 병사들은 모두 집 안에 있었으므로 그런 대화를 듣지 못했다. 상사는 그리고리에게 다가가서 병사들 쪽을 힐끔거리며 사나운 빛을 내뿜는 두 눈을 까뒤집으면서 거친 목소리로 말했다.

"넌 나를 뭐라고 생각하는 거냐? 도대체 그게 상관에 대한 말씨냣?"

"괜히 일 크게 만들지 마, 세묜 예고로프!"

"위협하는 거야, 임마? 물속에 처박을 테다."

"좋아."

그리고리는 우물에서 얼굴을 들고 말했다.

"나를 쳤다가는 어차피 살려 두지는 않을 테니까 말이야, 알겠어?"

상사는 어안이 벙벙해서 잉어처럼 입을 뻐끔 벌린 채 아무 말도 하지 못했다. 이미 벌을 줄 시기는 놓쳐 버렸다. 석고처럼 창백해진 그리고리의 얼굴에는 평온하지 않은 기색이 역력했으므로 상사는 망연해진 것이다. 그는 물을 흘려보내는 하수구의 흙탕물에 발이 빠져가면서 우물가를 떠났다. 그리고 제법 멀리

가서야 확 돌아서서 방망이 같은 주먹을 쳐들고 소리쳤다.

"중대장에게 보고하겠다!"

그러나 어찌된 셈인지 중대장에게는 얘기하지 않은 모양이었다. 그 대신 그로부터 2주일쯤은 끊임없이 그리고리를 쫓아다니면서 까닭 없이 고함을 지르거나 차례도 아닌데 보초를 세웠다. 그러면서도 그와 시선이 마주치는 것은 애써 피했다.

지겹고 단조로운 일과는 생기를 빼앗아 갔다. 해 질 무렵 나팔수가 '훈련의 끝'을 알리는 나팔을 불기까지는 도보 훈련이나 승마 훈련에 쫓기고, 그다음엔 안장을 내려 말을 손질하고, 여물통에 모인 말들에게 사료를 주고, 바보 같은 근무수칙을 외고, 그리고 10시가 되어서야 점호가 끝나고 보초 배정이 끝나면 취침 전의 기도가 시작되었다. 상사가 송아지 같은 동그란 눈으로 대열을 쓱 둘러보고는, 그 굵고 탁한 목소리를 높여서 주기도문을 선창했다.

이튿날 아침이 되면 같은 일이 되풀이되었다. 이렇게 해서 날짜는 바뀌지만, 다음 날도 그다음 날도 쌍둥이처럼 꼭 같은 나날이었다.

이 저택에는 이미 호호백발 할머니가 된 관리인의 아내 말고는 여자라고는 단 한 사람이 있을 뿐이었다. 그러므로 중대원 모두가 그 여자에게 눈독을 들였다. 물론 장교들이라고 다르지 않았다. 그 여자란 관리인의 하녀인 프라냐라는 젊고 예쁜 폴란드 아가씨였다. 그녀는 주로 늙어서 눈썹이 다 빠진 취사병이 지휘하고 있는 부엌과 몸채를 들락거렸다.

각 소대로 나뉘어서 훈련을 하는 카자흐들은 한숨을 쉬며 그녀의 회색 모직 스커트가 스치는 소리를 쫓았다. 카자흐와 장교들의 시선이 끊임없이 자기에게 쏠리고 있음을 느낀 그녀는 마치 300명의 눈에서 흘러나오는 정욕의 물결을 머리에서부터 뒤집어쓰고 있는 듯한 기분이 들었다. 그래서 더욱 도발적으로 엉덩이를 흔들며 몸채에서 부엌으로 또 부엌에서 몸채로 뛰어다니고, 각 소대에 차례로 미소를 보내고, 장교들 한 사람 한 사람에게 웃음을 던지는 것이었다. 모두가 그녀의 주의를 끌려고 애썼지만, 소문에 의하면 단 한 사람, 고수머리에 온몸이 털북숭이인 중위만 성공했을 뿐이라는 것이다.

봄도 멀지 않은 무렵에 한 사건이 일어났다. 마침 그날 그리고리는 마구간 당번이었다. 그는 마구간 끝 쪽에 가끔 가 보았다. 그곳에서는 장교들의 말이 암말과 함께 지내면서 마구 날뛰고 있었다. 점심시간에 그리고리는 대위의 말을 채찍으로 떼어 놓고는 바로 그곳을 나와서 자기의 밤색 말이 든 마방(馬房)을 들여다보았다. 말은 장애물에서 다친 뒷다리를 들고는 주인 쪽을 비스듬히 돌아보았다. 그리고리는 목에 걸린 테두리를 고쳐 주는 동안, 마구간의 어두운 구석 쪽에서 사람의 발소리와 낮게 외치는 소리를 들었다. 그는 예사롭지 않은 분위기에 놀라 마방에서 뛰어나왔다. 갑자기 출구로 나가니 어둠에 익은 눈에는 바깥의 빛이 눈부셔서 아무것도 보이지 않았다. 그때 마구간의 문이 닫히면서 누군가가 숨을 죽이며 외쳤다.

"어이, 빨리 해!"

그리고리는 소리를 향해 한 발 다가갔다.

"누구야?"

손으로 더듬어서 입구 쪽으로 나온 포포프 중사가 그와 마주쳤다.

"너, 그리고리구나?"

그는 그리고리의 어깨를 잡고 속삭였다.

"잠깐, 이런 데서 무얼 하고 있지?"

중사가 열없는 웃음을 띠고 그리고리의 소매를 잡았다.

"임마……기다리라는데 어딜 가는 거야?"

그리고리는 그 손을 뿌리치고 문을 열었다. 인기척이 없는 마당에 꼬리가 잘린 얼룩무늬 암탉이 돌아다니고 있었다. 요리사가 '내일은 이놈을 잡아서 관리인의 수프를 만들어 줘야지' 생각하는 줄도 모르고, 암탉은 쓰레기를 뒤지며 어디에 알을 낳을까 망설이면서 꼬꼬댁거렸다.

밝은 햇살이 눈을 찔렀으므로 그리고리의 눈에는 잠시 아무것도 보이지 않았다. 하지만 마구간 구석의 소동이 점점 심해지는 것을 알아듣고는 이마에 손을 얹어서 햇빛을 가리며 그쪽으로 얼굴을 돌렸다. 손으로 벽을 더듬으며 그쪽으로 걸어갔다. 입구와 마주하고 있는 마방의 바닥과 사료통 속에는 틈새로 비쳐 든 햇살이 춤추고 있었다. 그리고리는 눈동자를 콕콕 찌르는 햇빛에 눈을 찌푸리며 나아가다가 광대 같은 쟈르코프와 딱 마주쳤다. 그는 고개를 흔들면서 걸어왔다.

"무슨 일이야? 도대체 무얼 하고 있는 거지?"

"빨리 가 봐!"

쟈르코프가 속이 메슥거릴 듯한 역겨운 입 냄새를 풍기면서 속삭였다.

"저기에…… 아주 근사한 일이 벌어졌어! 여럿이서 프라냐를 저리로 끌고 가서 완전히 녹여 버렸어."

쟈르코프는 키득키득 웃다가, 금방 그리고리에게 떠밀려서 웃음이 뚝 끊어지며 마구간 판자벽에 등을 쾅! 부딪쳤다. 그리고리는 소동이 벌어진 쪽으로 달려갔다. 어둠에 익어서 크게 뜨인 그의 눈에는 공포가 극도에 이르렀다. 마구간 구석, 말옷이 쌓여 있는 곳에 카자흐들이 잔뜩 모여 있었다. 제1소대 전부인 모양이었다. 그리고리는 말없이 카자흐들을 밀어젖히고 앞으로 나아갔다. 바닥에는 프라냐가 어둠 속에서 희게 보이는 다리를 흉한 꼴로 내던진 채 꼼짝 않고 누워 있었다. 말옷으로 얼굴을 덮고, 스커트는 가슴까지 걷혀 올라가 있었다. 한 카자흐가 그녀 위에서 일어나며 바지춤을 추스르고는 여럿이 있는 쪽은 보지도 않고 비실비실 웃으면서 차례를 물려주고 벽 쪽으로 돌아갔다. 그리고리는 얼른 뒤로 물러나서는 그대로 입구를 향해 달렸다.

"상사님!"

그는 바로 문 앞에서 두세 명에게 붙들려 뒤로 쓰러지면서 입이 막혀 버렸다. 그리고리는 한 카자흐의 작업복을 깃에서 단까지 잡아 찢고 또 한 놈의 배를 걷어찼다. 하지만 순식간에 프라냐와 마찬가지로 짓밟히고, 짓이겨지고, 말옷으로 머리부터 뒤집어씌워지고, 손이 묶여지고 말았다. 모두 누구인지 알지 못하도록 말소리도 내지 않고 그를 붙들어서 빈 마방에 던져 버렸다. 털 말옷의 메스꺼운 냄새로 숨이 막힐 듯한 그리고리는 죽어라 소리를 지르고, 칸막이 판자를 발로 쾅쾅 찼다. 그는 마구간 구석에서 속삭이는 소리와 카자흐들이 출입할 때마다 삐걱거리는 문소리를 들었다. 20분쯤 지나서야 겨우 풀려났다. 입구에 상사와 또 한 사람 다른 소대의 카자흐가 서 있었다.

"너는 잠자코 있어!"

상사가 유난히 눈을 깜박거리면서 옆을 보고 말했다.

"쓸데없는 소리 지껄이지 마라. 지껄였다가는…… 귀를 잘라 버릴 테니까!"

다른 소대의 카자흐인 두보크가 씩 웃으며 덧붙였다.

그리고리는 카자흐 두 사람이 둘둘 만 프라냐를 들어올려서—그녀의 다리는 스커트 밑에서 예각으로 구부러진 채 꼼짝도 하지 않고 늘어져 있었다—사료 통 위로 올라가, 엉성하게 붙여 놓은 판자가 떨어져서 생긴 벽 틈으로 내던지는 것을 보았다. 벽 저쪽은 마당이었다. 마방에는 각각 위쪽으로 그을린 작은 창문이 나 있었다. 카자흐들은 바깥에 떨어진 프라냐가 어떻게 되었는가를 보려고 칸막이 판자 위로 기어 올라갔다. 두세 명은 급히 마구간에서 나갔다. 그리고리도 야수 같은 심한 호기심이 일었다. 그래서 칸막이 판자를 잡아당겨서 몸을 창문으로 뻗어 발을 고정시키고는 아래를 내려다보았다. 그을린 작은 창문에서 수십 개의 시선이 벽 밑에 누워 있는 여자에게 쏠렸다. 그녀는 반듯하게 쓰러진 채 마치 가위처럼 두 다리를 벌렸다 오므렸다 하면서 손톱으로 벽 근처의 녹아 가는 눈을 긁고 있었다. 그리고리에게는 그녀의 얼굴은 보이지 않았지만, 창문에 매달려 있는 카자흐들이 저도 모르게 토하는 한숨 소리와 말이 마른풀을 씹는 부드럽고 기분 좋은 소리가 뚜렷하게 들려왔다.

그녀는 오랫동안 누워 있다가 이윽고 사지를 버티고 일어났다. 그녀의 팔은 구부러진 채 부르르 떨고 있었다. 그리고리는 그것을 분명히 보았다. 비틀거리면서 간신히 발을 딛고 서자, 전혀 딴사람처럼 변해 버린 그녀는 머리카락을 엉망으로 흐트러뜨린 채 마구간 창문을 오래도록 노려보았다. 이윽고 한 손으로 인동덩굴을 잡고, 다른 한 손으로는 벽을 짚었다 떼었다 하면서 사라져 갔다.

그리고리는 칸막이 판자에서 뛰어내려와 손바닥으로 목을 문질렀다…… 당장에라도 숨이 막힐 것 같았다.

입구에서 누군가가—그것이 누구였는지는 기억하지도 못한다—그에게 쏘는 듯한 강한 어조로 잘라 말했다.

"누구에게든 얘기하면 때려죽이겠다! 알았어?"

훈련 때 소대의 장교는 그리고리의 외투 단추가 떨어진 것을 발견하고 물었다.

"누구에게 뜯겼나? 어째 그렇게 단정치 못하지?"

그리고리는 단추가 뜯겨진 자리에 남은 단춧구멍을 응시했다. 그러자 갑자기 갖가지 악몽이 되살아나서 난생처음으로 당장 울음이 왈칵 쏟아질 듯한 기분을 느꼈다.

3

들판을 뒤덮은 황금빛 태양의 불볕더위. 익기는 했지만 아직 거두어들이지 않은 보리 물결이 누런 모래먼지처럼 보였다. 태양에 달구어진 보리 베는 기계에는 손도 댈 수 없었다. 머리를 높이 쳐들 수도 없을 정도였다. 푸른 기가 도는 누런 하늘의 베일은 찌는 듯한 더위에 불타고 있었다. 밀밭이 끝나는 곳에서 작은 보랏빛 꽃이 달린 싸리 들판이 펼쳐졌다.

온 마을 사람들이 들판에 나와 있었다. 호밀을 베는 시기였다. 보리 베는 기계를 모는 소리, 아리도록 좋은 냄새가 나는 먼지, 덜컹거리는 소리, 더위로 숨이 막힐 것 같았…… 가끔 돈강 쪽에서 잔물결처럼 감돌아 흘러오는 바람이 초원 너머에서 먼지를 일으켜 눈이 따가워지는 태양을 마치 베일로 싸듯이 모래먼지의 안개로 감쌌다.

기계로 베어진 밀을 모으고 있던 페트로는 아침부터 벌써 2리터 반들이 물통을 반이나 마셨다. 미지근하고 맛없는 물이었지만 마시고도 금방 입안이 바싹 말라 버렸다. 셔츠도 속바지도 흠뻑 젖고, 얼굴에서는 땀이 줄줄 흐르고, 귓속이 찡 울리고, 우엉씨를 삼킨 것처럼 말이 목에 걸렸다. 다리야는 플라토크로 얼굴을 싸고 셔츠 앞가슴을 벌리고는 밀을 묶었다. 볕에 알맞게 그을린 두 유방 사이의 파인 곳에 땀방울이 송골송골 맺혀 있었다. 나탈리야는 보리 베는 기계에 맨 말을 몰고 있었다. 그녀의 볼은 햇볕을 받아서 홍당무처럼 새빨개지고, 눈에는 눈물이 가득 고여 있었다. 판텔레이 프로코피예비치는 마치 물에서 건져 낸 사람 같은 모습으로 밭이랑 사이를 왔다 갔다 하고 있었다. 흠뻑 젖은 셔츠는 태양열을 받아 몸을 까맣게 태웠다. 그의 얼굴에서 가슴에 걸쳐 늘어져 있는 수염도, 수염이 아니라 새까만 수레바퀴 기름이 녹아서 흘러내리고 있는 것처럼 보였다.

"멱을 감고 왔나, 프로코피치?"

프리스토냐가 옆을 지나가며 짐수레 위에서 말을 걸었다.

"흠뻑 젖었어!"

프로코피예비치는 손을 저은 뒤 배 위에 고인 땀을 셔츠자락으로 닦고는 다리를 절면서 걸어갔다.

"페트로!"

다리야가 불렀다.

"좀 쉬고 해요!"

"잠깐만, 한 이랑만 더 하지."

"더워서 더 이상 못 하겠어. 조금 쉬었다 해요. 나는 그만 할 테예요!"

나탈리야는 말을 세웠다. 말이 기계를 끌고 온 것이 아니라 그녀가 직접 끌고 오기라도 한 것처럼 숨을 헐떡였다. 다리야는 상처가 난 새까만 발로 밀 그루터기를 밟으면서 그들 쪽으로 천천히 걸어갔다.

"다리야가 페트로에게 물었다. 이 근처에 못이 있었죠?"

"응, 그렇게 멀진 않아. 3킬로미터쯤 가면 있지."

"며 좀 감고 왔으면 좋겠어요."

"하지만 여기까지 돌아오는 동안에 다시 땀이 날걸."

이 말에 나탈리야가 한숨을 내쉬었다.

"걸어서 갈 수야 있나요. 가려면 말을 풀어서 타고 가야지."

페트로는 밀다발을 쌓아올리고 있는 아버지 쪽을 조심스럽게 바라보고는 손을 흔들었다.

"자, 그럼 빨리 말을 풀어서 갔다 와."

다리야는 끌바[4]를 풀고 얼른 암말에 올라탔다. 나탈리야는 갈라진 입술에 미소를 띠며 말을 보리 베는 기계 옆까지 끌고 가서, 그 좌석을 발판으로 올라타려고 했다.

"발을 내밀어요."

페트로가 그녀를 안장에 앉혀 주었다.

세 사람은 출발했다. 다리야는 무릎을 드러내고 플라토크를 뒤로 젖힌 채 앞장서서 갔다. 그녀는 마치 남자 같은 식으로 타고 있었으므로 페트로는 참다 못해 뒤에서 소리 질렀다.

"어이, 조심해. 다칠라!"

"걱정 말아요!"

다리야가 그의 염려를 털어 버리려는 것처럼 손을 흔들었다.

---

4) 배나 큰 물건에 걸고 끄는 밧줄.

페트로는 끈적한 여름의 길을 헤치고 나아가면서 왼쪽으로 눈을 돌렸다. 멀리 마을로 통하는 잿빛 가도 위로 모래먼지의 작은 덩어리가 갖가지로 모양을 바꾸면서 굉장히 빠르게 달려왔다.

"누가 저렇게 달려오고 있는 거지?"

그는 눈을 가늘게 떴다.

"굉장히 빠른데! 봐요, 저 모래먼지를!"

나탈리야가 놀라며 소리쳤다.

"뭘까, 나타샤?"

페트로가 말을 달리면서 맨 앞에 가고 있던 아내를 향해 소리쳤다.

"잠깐만 기다려. 누가 타고 있는지 좀 보고."

그 덩어리는 골짜기로 내려갔는데, 그곳에서 올라왔을 때에는 개미만 한 크기로 보였다. 모래먼지 속에 말 탄 사람의 모습이 나타났다. 5분쯤 지나자 그 모습은 훨씬 뚜렷해졌다. 페트로는 들일을 할 때 쓰는 밀짚모자 챙에 흙투성이가 된 손을 얹은 채 꼼짝 않고 바라보았다.

"저렇게 달리다간 말이 견디지 못해. 너무 빨리 몰아서."

페트로는 얼굴을 찌푸리고 모자챙에서 손을 떼었다. 뭔가 불안한 빛이 그의 얼굴에 얼핏 떠오르더니 치켜올라간 눈썹과 눈썹 사이에 걸렸다.

말 탄 사람의 모습은 이제 뚜렷하게 보였다. 그는 전속력으로 달려왔다. 왼손으로 모자를 누르고 오른손에는 때묻은 붉은 깃발이 바쁘게 펄럭였다.

그는 길가로 비켜 선 페트로의 바로 앞을 달려 지나갔으므로 작열하는 공기를 가슴에 빨아들이는 말의 거친 숨소리가 페트로에게도 뚜렷하게 들릴 정도였다. 그 남자는 거멓게 말라붙은 입을 벌리며 소리쳤다.

"경보(警報)!"

먼지 위에 찍힌 그 남자의 말발굽 자국에 말이 흘린 비누 거품 같은 침이 고여 있었다. 페트로는 가만히 그 사람을 지켜보았다. 그의 머리에는 단 한 가지 —금방이라도 쓰러질 듯한 말의 괴로움 숨소리와, 지나치면서 얼핏 본 강철의 칼날처럼 번쩍번쩍 빛나고 있는 말의 엉덩이만이 남았다.

닥쳐온 불행을 아직 분명하게는 의식하지 못한 채, 페트로는 그저 막연히 먼지 위에서 떨리고 있는 땀의 거품과, 물결처럼 높낮이를 이루며 마을까지 이어진 들판을 돌아보았다. 곳곳에서 카자흐들이 밀을 베어 넘긴 누런 밭 가운데를 지나 마을 쪽으로 말을 달리고 있었다. 들판 전체에서, 누렇게 흐려져 잘 보이지 않은 언덕 근처까지도 곳곳에서 기수가 모래먼지 덩어리를 일으키고 있는 것이었다. 또 가도로 나가서 무리지어 달리고 있는 사람들에게서는 잿빛 모래먼지의 꼬리가 마을까지 닿아 있었다. 병역에 관계되는 카자흐들은 일을 버리고 기계에서 말을 풀어 급히 마을로 달려갔다. 페트로는 프리스토냐가 짐수레에서 자기 군마를 풀어서 냉큼 올라타고 이쪽을 돌아보면서 잽싸게 달려가는 것을 보았다.

"도대체 무슨 일일까요?"

나탈리야가 놀라서 눈을 크게 뜨고 페트로의 얼굴을 들여다보며 한숨을 내쉬었다. 그녀의 시선—마치 총부리 앞에 있는 토끼와 같은 그 시선이 페트로의 정신을 번쩍 들게 했다.

그는 곧 말을 달려 야영장으로 가서, 일할 때 벗어 놓은 바지를 입으며 아버지에게 손을 흔들고는 그대로 먼지 속을 뚫고 달려갔다. 심한 더위에 지친 들판에, 메밀꽃 무더기처럼 모인 사람들 속으로.

4

광장에는 군중이 모여들어 혼잡을 이루었다. 말과 카자흐의 휴대품과 여러 가지 번호가 붙은 견장이 달린 군복이 여러 줄로 늘어서 있었다. 마치 키 작은 닭 사이에 섞인 거위처럼 지방 연대의 카자흐들보다 목 하나는 더 큰 아타만 병사들이 푸른 모자를 쓰고 돌아다녔다.

선술집은 문을 닫았다. 군관구의 검열관은 불쾌하고 근심스러운 표정을 띠고 있었다. 거리에 접한 담장 옆에는 나들이옷을 입은 여자들이 모여 있었고, 갖가지 사람들 무리 사이를 단 한 마디가 돌아다녔다—"동원이다." 술이 취해서 새빨갛게 달아오른 몇몇의 얼굴. 불안한 기분은 말에게까지 전해져 서로 물어뜯고, 노해서 울어 댔다. 먼지구름이 낮게 덮인 광장에는 보드카 빈 병과 싸구려 과자 포장지가 어지럽게 흩어져 있었다.

페트로는 안장 얹은 말의 고삐를 끌고 왔다. 울타리 옆에서 얼굴이 새까맣고 건장한 아타만 병사가 헐렁한 푸른 바지의 단추를 채우면서 새하얀 이를 드러내며 웃고 있었다. 그리고 옆에 아내인지 정부인지 모를 키 작은 카자흐 여자가 바짝 마른 메추라기처럼 붙어 서서 재잘재잘 지껄이고 있었다.

"저 갈보년을 혼내 줄 거야!"

카자흐 여자가 화난 목소리로 말했다.

그녀는 술이 취했는데, 흐트러진 머리에는 해바라기씨 껍질이 묻어 있고, 꽃 무늬 플라토크는 끝이 풀려 있었다. 아타만 병사는 허리띠를 고쳐 매면서 옆에 앉아 빙글빙글 웃었다. 주름이 잡히고 바다처럼 풍성하게 펼쳐진 커다란 바지는 한 살짜리 송아지 정도는 쉽게 통과할 수 있을 것 같았다.

"억지 부리지 마, 마시카."

"뭐라고? 수캐! 호색가!"

"그럼 도대체 어떻게 하라는 거야?"

"뻔뻔스러운 저 눈 좀 봐!"

그 줄 저쪽에서는 얼굴 전체가 붉은 털로 덮인 상사가 포병 하나를 붙잡고 입씨름을 하고 있었다.

"별일 아니야. 하루 이틀쯤 있으면 바로 돌아올 수 있어."

"그럼 전쟁은 어떻게 되죠?"

"쳇, 어리석은 걱정을 다 하는군. 도대체 우리 러시아에 맞설 수 있는 나라가 어디 있단 말이야?"

거기에 가까운 무리에서는 밑도 끝도 없는 불평을 늘어놓고 있었다. 예쁜 얼굴의 중년 카자흐가 격분하고 있었다.

"그놈들이 하는 짓은 우리가 조금도 알 바 아니지. 전쟁이 하고 싶다면 멋대로 하라고 해. 우리는 아직 밀도 베지 않았어!"

"아, 불행하구나! 전쟁이나 터지다니. 이봐, 오늘 하루가 일 년 같군."

"애써서 벤 밀, 가축들 좋은 일이나 시키게 되겠어."

"우리는 이제 밀을 베기 시작했는데."

"결국 그, 오스트리아 황제를 죽였다는 건가?"

"황태자야."

"넌 몇 연대지?"

"어이, 자식, 너 상당히 모아 뒀다면서, 이새끼!"

"무슨 소리야. 스쵸시카, 넌 어디서 그런 얘길 들었지?"

"아타만 얘기로는 만일의 경우를 생각해서 모았다는 거야."

"모두 열심히 해라!"

"2년만 더 참아 줬으면 나는 예비역으로 빠지는데."

"어, 아저씨, 웬일이세요? 아직도 병역이 끝나지 않았어요?"

"아냐, 모두들 야단인데 나 같은 늙은이라고 가만히 있을 수 없지."

"전매청이 가게문을 닫아 버렸어요."

"뭘 꾸물거리고 있어, 이 얼간이! 마르푸트카네 집에 가 봐. 한 통이라도 살 수 있어."

위원들이 검사를 시작했다. 마침 그때 세 명의 카자흐가, 술이 취해서 피투성이가 된 카자흐를 관청 마당으로 메고 들어왔다. 그는 쓰러진 채 자기 셔츠를 쥐어뜯으면서 칼미크인 특유의 눈을 까뒤집고는 쉰 목소리로 외쳤다.

"놈들을 피투성이로 만들어 줄 테다! 돈 카자흐의 실력을 모르나!"

모두 옆으로 비켜서서 그를 멀찍이 둘러싸고 재미있다는 듯이 웃거나 동정했다.

"놈들을 해치워 버려!"

"저 녀석은 어쩌다 저렇게 당했지?"

"농부 한 놈을 때렸다지."

"농군을 때리는 건 당연한 일 아닌가."

"카자흐와 농부는 지금도 원수 사이라서 말이야."

"이봐, 나는 말이야, 1905년에는 폭동을 진압하러 갔었지. 웃을 일이 아니야."

"전쟁이 터지면 또 그걸 진압하러 끌려 나가겠지."

"난 이제 지긋지긋해. 그런 일은 놀고 있는 사람들을 고용하면 될 텐데. 그리고 경찰을 시키면 돼. 우린 마음이 쓰여서 그런 일은 못해."

모호프네 가게 앞에 사람이 구름처럼 모여들어 와글와글 떠들고 있었다. 엉망으로 취한 이반 토밀린이 가게 사람들에게 시비를 걸고 있었다. 세르게이 플라토노비치가 직접 나와 두 팔을 벌리고 그를 달랬다. 공동경영자인 예멜리얀 콘스탄티노비치 아테판은 슬그머니 문 쪽으로 내뺐다.

"흥, 도대체 어찌된 거야? 이건 정말 말도 안 돼! 어이, 너 빨리 아타만에게 가서 그렇게 얘기하고 와!"

토밀린은 땀이 밴 손바닥을 바지에 문지르고, 얼굴을 잔뜩 찌푸린 세르게이 플라토노비치에게 막무가내로 가슴을 들이밀면서 소리쳤다.

"증서만 갖고 사람을 골탕먹여? 개새끼. 지금 와서 벌벌 떨다니! 기억해 둬! 그 코빼기를 문질러 줄 테니까. 알겠나? 잊지 마! 우리들 카자흐의 체면을 깎아내렸겠다! 개새끼, 얼간이자식!"

마을의 아타만은 주위에 모여든 카자흐들을 부추겨 줄 말을 수다스럽게 지껄여 댔다.

"전쟁이라고? 군관구 검열관님 말씀이 그런 일은 없대. 그냥 시험삼아 해 볼 뿐이라는 거라더군. 그러니까 조금도 걱정할 건 없네."

"그거 다행이군! 그럼, 돌아오면 다시 밭으로 나가야지."

"뭐야, 그뿐인가?"

"도대체 높은 사람들은 어떤 생각을 하고 있지? 우리는 100정보 이상이나 씨를 뿌렸는데."

"티모시카! 우리 집사람에게 그렇게 전해 줘. 내일은 돌아간다고 말이야."

"게시가 붙어 있군! 저리로 가 보자."

광장은 늦게까지 떠들썩했다.

그로부터 5일째 되던 날 군용열차가 카자흐들을 보병 연대며 포병들과 함께 러시아·오스트리아 국경으로 실어 갔다.

"전쟁이다."

화차(貨車) 속의 사료통 옆에서는 말이 수선스럽게 콧김을 내뿜고, 말똥 냄새가 가득했다. 객차 쪽에서는 여전히 같은 얘기와 노래가 끊임없이 되풀이되었다. 가장 자주 불리는 것은 이런 노래였다.

정의를 지키는 고요한 돈에
파도는 소용돌이치고 들끓지도 않아.
한번 나라님 명이 내리면
돈은 당장에 받들어 모신다.

정거장에 도착할 때마다 사람들이 몰려와서는 카자흐의 표지인 바지의 옆줄이나, 들에서 그을린 얼굴들을 신기한 듯 감탄하는 눈길로 바라보았다.

"전쟁이다."

신문은 마구 떠들어 댔다…….

정거장에 닿을 때마다 여자들이 카자흐들을 태운 군용열차에 손수건을 흔들거나, 웃음을 던지거나, 궐련이나 과자를 던져 주었다. 보로네시 앞의 역에서 술 취한 늙은 역무원 하나가 페트로 멜레호프 등 30명의 카자흐가 탄 찻간을 들여다보고 코를 씰룩이면서 물었다.

"드디어 출동인가?"

"할아버지, 함께 가지 않겠소?"

한 사람이 나서서 대답했다.

"말도 안 되는 소릴!"

그러고는 한동안 나무라는 듯한 표정으로 머리를 흔들었다.

5

6월 하순에 연대는 훈련을 나갔다. 사단 사령부 명령으로 연대는 행군 대열로 로브노까지 나아갔다. 그 시의 교회에 보병 2개 사단과 기병의 일부가 전개(展開)[5]해 있었다. 제4중대는 블라디슬라프카 마을에서 야영하게 되었다.

2주일쯤 지나서 오랜 훈련으로 형편없이 지쳐 버린 중대가 자보로니라는 작은 읍에서 한숨 돌리고 있는데, 연대 본부로부터 중대장 폴코브니코프 대위가 말을 타고 달려왔다. 그리고리는 한 소대의 카자흐들과 함께 천막 속에 누워 있었다. 그는 대위가 땀에 흠뻑 젖은 말을 타고 좁은 길을 달려오는 것을 보았다.

마당에서는 카자흐들의 웅성거림이 일기 시작했다.

"또 진군인가?"

프로호르 즈이코프가 자기의 짐작을 말했다. 그리고 무엇인가를 기다리듯이 가만히 귀를 기울였다.

소대의 하사가 모자 속에 바늘을 꽂아 넣었다―그는 찢어진 바지를 꿰매고

---

5) 모여 있던 부대가 작전을 펼치기 위해 가로나 세로로 배치되는 것.

있었다.

"틀림없이 진군이야."

"숨도 못 쉬게 하는군, 개새끼들!"

"상사가 그러는데 여단장이 온다는군."

"따따따, 따아, 따따, 딴따라."

나팔 소리가 울려 퍼지자 주위에는 불안한 기운이 감돌았다.

카자흐들은 벌떡 일어섰다.

"담배쌈지가 어디 가 버렸지?"

프로호르가 허둥댔다.

"안장을 얹어!"

"네 담배쌈지 따위는 엿 먹어라!"

그리고리가 뛰어나가면서 소리쳤다.

상사가 마당으로 뛰어들어왔다. 한 손으로 군도를 잡고 말을 매어 놓은 곳으로 재빨리 달려갔다. 규정된 시간 안에 제대로 말안장을 얹었다. 그리고리는 천막의 말뚝을 뽑았다. 소대 하사가 그의 귓전에서 속삭였다.

"전쟁이야, 어이."

"쓸데없는 소리!"

"아냐, 상사가 그랬어!"

천막을 접었다. 중대는 거리에 정렬했다.

중대장은 말 위에 올라타고는 대열 앞에서 왔다 갔다 했다.

"소대 종대!"

그의 시원스러운 목소리가 카자흐들의 대열 위로 울려 퍼졌다.

말들이 발굽 소리를 내기 시작했다. 중대는 속보[6]로 읍에서 가도로 나섰다. 제1중대와 제5중대는 쿠스테니 마을 근처부터 이따금 보조(步調)를 바꾸면서 임시 정거장을 향해 나아갔다.

다음 날, 연대는 국경에서 35킬로미터 떨어진 베르바역에 내렸다. 정거장 구내 자작나무 가로수 저쪽의 하늘이 빨갛게 타오르고 있었다. 이 아침놀은 날씨

---

6) 분당 120걸음의 빠르기에 보폭 76cm 정도로 행진하는 걸음.

가 좋아질 조짐이었다. 선로 위에서 기관차가 기적을 울렸다. 이슬이 내린 레일이 번쩍번쩍 빛났다. 말들이 발판을 삐걱거리며 화차에서 내려왔다. 물탱크 저쪽에서 카자흐들이 떠드는 소리와 굵은 호령 소리가 들렸다.

제4중대의 카자흐들은 말고삐를 끌면서 건널목을 건넜다. 보랏빛 어둠 속에서 사람들이 끈적거리는 목소리로 떠들어 댔다. 그들의 얼굴은 어둡고 창백하며, 낯선 땅을 밟은 말들은 겁을 내고 있었다.

"몇 중대지?"

"그렇게 말하는 너는 뭐야? 이판에 이런 데서 어슬렁거려?"

"무슨 소리야, 임마! 그게 장교에 대한 말버릇인가?"

"옛! 잘못했습니다, 장교님! 알아보지 못했습니다."

"얼른 꺼져!"

"뭘 꾸물거리고 있지? 기관차가 왔어, 빨리 가!"

"상사, 너희 제3소대는 어디야?"

"중대 쉬엇!"

그런데 대열은 소리를 죽여서 속삭이고들 있었다.

"어휴, 이제 겨우 쉬나? 이틀 밤이나 자지 못했어."

"쇼므카, 한 대 줘. 어젯밤부터 한 대도 못 피웠어."

"말을 치우라니까."

"고삐를 물어 끊어 버렸어, 빌어먹을."

"내 말은 앞발의 편자가 빠졌어."

제4중대는 옆에서 갑자기 나온 다른 중대 때문에 길이 막혔다.

푸르스름한 하늘의 여명 속에 말을 탄 카자흐들의 수묵화와 같은 실루엣이 선명하게 떠올랐다. 4열종대로 나아갔다. 잎이 다 떨어진 해바라기 줄기 같은 창이 흔들거렸다. 가끔 등자가 서로 부딪쳐서 잘그락거리고, 안장이 삐걱삐걱 소리를 냈다.

"어이, 도대체 어디로 가는 거지?"

"수녀님에게 세례를 받으러 가지."

"앗핫핫."

"떠들지 마! 조용하란 말이야!"

프로호르 즈이코프는 테 두른 안장에 손을 얹고 그리고리의 얼굴을 들여다 보면서 속삭였다.

"멜레호프, 무섭지 않나?"

"뭘, 그렇게 겁날 거 있나?"

"하지만 지금부터 바로 그…… 전쟁터로 가는 거겠지?"

"상관없잖아."

"나는 무서워."

프로호르는 솔직하게 털어놓았다. 그리고 이슬에 젖어 손가락에서 미끄럽게 흘러내리는 고삐를 신경질적으로 고쳐 잡았다.

"기차에서도 밤새 못 잤어. 도저히 잠이 안 오더군."

중대의 선두가 웅성거리면서 나아가기 시작했다. 차례로 움직여서 제3소대까지 행진했다. 말이 보조를 맞춰 나아갔다. 다리에 묶어 놓은 창이 흔들리면서 앞으로 밀려갔다.

그리고리는 고삐를 놓고 꾸벅꾸벅 졸았다. 말이 그를 태우고 앞발로 장단을 맞춰 흔들면서 나아간다기보다는, 그 자신이 따뜻하고 깜깜한 길 위로 어딘가를 향해서 자기 발로 걸어가고 있는 것처럼 느껴졌다. 더구나 걸어가는 것이 몹시 편해서 춤이라도 추고 싶을 정도로 즐거웠다.

프로호르가 귓전에서 뭐라고 속삭였다. 하지만 그 소리는 안장의 삐걱거림과 말발굽 소리에 적당히 녹아들어서 그리고리의 잠을 깨우지는 못했다.

들 가운데 길로 나아갔다. 정적이 귓속에서 찡하고 울렸다. 길 양쪽에는 익은 귀리가 이슬에 젖어서 흐릿하게 보였다. 말들이 늘어진 이삭으로 목을 뻗는 바람에 카자흐들의 손에서 고삐가 흘러내렸다. 부드러운 햇빛이, 잠을 자지 못해 부어오른 그리고리의 눈꺼풀을 간질였다. 그가 얼굴을 들자 짐수레 소리와 같이 여전히 단조로운 프로호르의 목소리가 들려왔다.

갑자기 귀리밭 너머 저 멀리에서 날아온, 술통을 굴리는 듯한 낮고 굵은 굉음이 그의 잠을 깨웠다.

"쏘아 대는구나!"

프로호르가 거의 고함치듯 말했다.

공포로 그의 송아지 같은 눈이 어두워졌다. 그리고리가 얼굴을 들자 눈앞에는 소대 하사의 잿빛 외투가 말등에 장단을 맞추면서 나아가고 있고, 양쪽에는 아직 수확하지 않은 호밀밭이 어렴풋하게 펼쳐졌으며, 종달새가 전봇대 높이 정도에서 춤추듯이 날고 있었다. 중대는 갑자기 활기를 띠었다. 울리는 총 소리가 중대 속을 전류처럼 휙 지나간 것이었다. 폴코브니코프 대위는 이 총소리에 몰리듯 즉각 중대를 속보로 달리게 했다. 빈 선술집 옆, 길이 몇 개나 엇갈리는 곳까지 오자 피난민들의 마차 행렬이 하나둘 보였다. 화려한 복장을 한 용기병(龍騎兵)[7] 부대가 중대 옆을 달려 지나갔다. 붉은 말을 타고 담황색 콧수염을 한 대위가 카자흐들을 얕보는 시선으로 훑어보고는 말에 박차를 가해서 달려갔다. 야포대(野砲隊)는 질척거리는 진흙탕 속에 빠졌다. 기마병들이 말의 뺨을 때려대는 옆에서 포수들이 허둥지둥하고 있었다. 키가 큰 곰보 포수가 선술집에서 판자 조각을 한 아름 안고 왔다. 아마 울타리를 뜯어 가지고 온 모양이었다.

이윽고 중대는 보병 연대를 추월했다. 외투를 말아서 어깨에 걸친 병사들이 빠른 걸음으로 나아가고 있었다. 햇빛이 그들의 작은 철모에 반사되어, 총검의 날에서 흘러내렸다. 맨 마지막 중대에 있던, 작은 몸집의 몹시 난폭한 상등병이 그리고리에게 진흙을 한 덩어리 던졌다.

"이걸 오스트리아 병정들에게 던져 줘라!"

"바보 같은 새끼!"

그리고리는 달리면서 그 진흙덩어리를 채찍으로 쳐서 떨어뜨렸다.

"어이, 카자흐들, 놈들에게 안부 전해 줘."

"네가 해!"

선두 부대에서는 음탕한 노래를 마구 불러 대고 있었다. 허리가 굵고 여자처럼 생긴 병사 하나가 대열 옆으로 나와서 장화를 손바닥으로 탁탁 치며 뒷걸음질로 걸어갔다. 장교들은 웃으면서 쳐다보았다. 위험이 다가오고 있다는 절박한 기분이 장교들을 관대해지게 하고 병사들과 가깝게 만들고 있었다.

선술집에서 고로비시츄크 마을까지는 보병과 수송병과 포병과 병원이 마치 촌충처럼 길게 이어져 있었다. 아주 가까이 다가온 전투의 죽음의 숨결이 느껴졌다.

---

7) '용'이라는 이름의 소총을 준비하고 말을 탄 데에서 유래한 명칭. 이동할 때만 말을 타고 실제로 싸울 때에는 말에서 내려 보병전투를 했다.

페레스테치코 마을 부근에서 연대장인 칼레딘이 제4중대를 추월해 왔다. 중위가 동행했다. 그리고리는 연대장의 균형 잡힌 몸을 찬찬히 바라보면서, 중위가 흥분한 목소리로 연대장에게 하는 말을 들었다.

"이 마을은 군대 지도에도 보이지 않아요, 바실리 막시모비치. 이거 곤란한 일이 벌어질지도 모르겠군요."

그리고리는 연대장의 대답은 알아듣지 못했다. 부관이 그 뒤를 쫓아 말을 달려갔다. 그 말은 왼쪽 뒷다리를 차올리는 것처럼 하고 있었다. 그리고리는 무의식 중에 그 부관 말의 값을 따져 보았다.

멀리 들판의 완만한 비탈 아래쪽에 마을의 집들이 보였다. 연대는 보통 걸음으로 나아갔지만, 말은 몹시 땀을 흘렸다. 그리고리는 땀에 흠뻑 젖은 자기 말의 거무스름해진 목을 손바닥으로 다독거려 주고, 주위를 둘러보았다. 마을 저쪽으로 숲의 나무 끝들이 푸른 하늘을 찌를 듯이 뻗어 있었다. 그 숲의 건너편에서 포성이 들려왔다. 이제는 그 포성이 카자흐들의 청각을 뒤흔들고, 말의 귀를 곤두서게 했다. 포성에 섞여서 소총의 일제사격 소리도 이따금 울려 왔다. 숲의 훨씬 저쪽에서 오른 유산탄의 연기는 이윽고 사라지고, 소총의 일제사격은 그쳤다가 다시 격렬해졌다가 하면서 차츰 숲의 오른쪽으로 옮겨 갔다.

그리고리는 그 소리를 하나하나 예리하게 느끼면서, 신경이 곤두서고 감정은 위축되었다. 프로호르 즈이코프는 안장 위에서 초조해하며 끊임없이 중얼거렸다.

"어이, 그리고리, 쏘아 대고 있어. 꼭 아이들이 몽둥이로 울타리를 치면서 지나가는 것 같은데, 어때?"

"입 다물어. 귀찮아!"

중대는 마을에 도착했다. 어느 집이나 마당이 병사들로 들끓고, 집 안은 엉망이었다. 마을 사람들은 피난 준비를 하고 있었다. 마을 사람들의 얼굴에서 곤혹과 절망의 빛이 강하게 느껴졌다. 그리고리는 어느 집 옆을 지나가면서 이런 광경을 보았다―병사들이 창고 처마 밑에서 불을 피우고 있는데, 그 집 주인인 키가 큰 백발의 백러시아[8]인은 갑자기 닥쳐온 재난에 넋이 나가서 병사들 쪽으

---

8) '벨라루스'의 옛 이름. 러시아 서쪽, 우크라이나와 폴란드에 접한 나라.

로는 눈도 돌리지 않고 그 주변을 건들건들 돌아다녔다. 그리고리가 보고 있자니까 가족들은 붉은 베갯잇으로 싼 베개와 그 밖의 가재도구들을 짐마차에 싣고 있었다. 주인은 또 몇십 년이나 헛간에 처박아 두었을 듯한 부서진 수레바퀴 테를 끌어안고 열심히 운반하고 있었다.

그리고리는 필요하거나 귀중한 물건은 그대로 집 안에 남겨 두고 꽃병이니 성상이니 하는 것들을 마차에 싣는 여자들의 무분별에 혀를 내둘렀다. 누군가가 거리로 깃털이불을 내던져 깃털이 눈보라처럼 날아올랐다. 타는 냄새와 움막의 퀴퀴한 냄새가 코를 찔렀다. 어느 집 문 앞에서, 집 안에서 뛰어나온 유대인과 부딪쳤다. 칼에 베어서 생긴 것처럼 얇은 입술을 바르르 떨면서 그는 아우성쳤다.

"카자흐님! 카자흐님! 아, 제발 부탁입니다!"

얼굴이 둥글고 몸집이 작은 카자흐가, 애원하는 유대인은 아랑곳도 하지 않고 채찍을 휘두르면서 빠른 걸음으로 그 옆을 지나갔다.

"멈춰라!"

제2중대의 이등대위가 그 카자흐에게 소리쳤다.

카자흐는 안장에 엎드려서 골목으로 숨어 들어가 버렸다.

"멈춰라. 이자식, 몇 연대냐?"

카자흐는 머리를 말목에 찰싹 붙였다. 그는 마치 경마라도 하는 것처럼 말을 세게 몰아서 높은 울타리 앞에 오자 대뜸 말을 곧추세워 건너편으로 훌쩍 뛰어넘었다.

"제9연댑니다, 대위님, 틀림없이 그 연대 놈일 겁니다."

상사가 대위에게 보고했다.

"골치 아픈 놈이야."

대위는 얼굴을 찌푸렸다. 그리고 등자에 매달린 유대인에게 물었다.

"그놈이 너에게서 무얼 빼앗아 갔지?"

"장교님! 저, 시계였습니다, 장교님!"

유대인은, 가까이 온 다른 장교들 쪽으로 얼굴을 돌리고 눈을 연신 깜박거렸다.

대위는 발로 등자를 당겨서 말을 몰았다.

"독일군이 오면 어차피 빼앗길 거야."

그는 콧수염 언저리에 미소를 떠올리며 그렇게 말하고는 자리를 떴다. 유대인은 넋이 나간 것처럼 거리 복판에 멍청하게 서 있었다. 그 얼굴에서 꿈틀꿈틀 경련이 일고 있었다.

"이봐, 유대인, 비켜!"

중대장은 험하게 외치면서 채찍을 쳐들었다.

제4중대는 딸가닥딸가닥 발굽 소리를 내고 안장을 삐걱거리면서 그 옆을 지나갔다. 카자흐들은 멍하니 있는 유대인에게 비웃음을 보내면서 속삭였다.

"아무래도 우리 동료들은 남의 물건을 훔치지 않고는 못 배긴단 말이야."

"정말이야. 무엇이건 탐나는 것은 손에 넣고야 말지."

"어차피 훔치려면 좀더 요령껏 할 것이지."

"하지만 저놈은 꽤 재빠른데."

"그래, 마치 사냥개처럼 저 울타리를 훌쩍 뛰어넘었으니 말이야."

카르긴 상사는 중대의 대열에서 나가 싱긋 웃으면서 카자흐들을 앞서가게 한 뒤 갑자기 창을 빼 들었다.

"빨리 꺼져 버렷, 유대인 놈, 찔러 죽여 버릴 테다!"

유대인은 놀라서 입을 멍하니 벌린 채 내뺐다. 상사는 그를 쫓아가서 등에 채찍을 내리쳤다. 그리고리가 보고 있노라니까 유대인은 엎어져서 두 손으로 얼굴을 가리고 상사를 돌아보았다. 그의 손가락 사이에서 피가 뚝뚝 떨어지고 있었다.

"어째서 이런 짓을 하죠?"

그는 우는 소리로 외쳤다.

상사는 동그란 다갈색 눈에 미소를 떠올리고 그 자리를 떠나면서 대답했다.

"맨발로 걷지 마, 바보 자식!"

마을을 벗어난 곳, 노란 수련과 사초가 가득 난 움푹한 땅에서 공병(工兵)들이 다리 놓기 공사를 거의 마쳐 가고 있었다. 그 가까이에 자동차가 엔진을 덜덜거리고 차체를 흔들면서 서 있었다. 운전수는 차 근처에서 서성이고 있었다. 좌석에는 위엄 있는 턱수염에 볼이 늘어진 백발의 뚱뚱한 장교가 몸을 뒤로 젖히고 앉아 있었다. 자동차 옆에는 제12연대장인 칼레딘 대령과 공병 대대장이 모자챙에 손을 대고 서 있었다. 장군은 가방의 가죽끈을 만지작거리면서 그 공병 장교에게 화를 내며 소리쳤다.

"이 작업을 어제 안으로 끝내라고 명령했는데. 잠자코 있어! 건축 재료의 운반 따위는 너희들이 미리 맡아서 했어야 할 일 아니냐. 잠자코 있어!"

공병 장교는 말없이 그저 입술을 떨고 있는데 장군은 계속 떠들어 댔다.

"도대체 어떻게 저쪽으로 건너가지? 묻고 있잖아, 대위. 어떻게 건너야 되느냐고?"

장군의 왼쪽에 앉아 있는 검은 수염의 장군은 성냥을 그어서 담배에 불을 붙이고는 웃음을 지었다. 공병 대위는 머리를 숙이면서 다리 쪽을 가리켰다. 중대는 그 옆을 지나가 움푹한 땅으로 내려갔다. 흙탕물이 말의 무릎 위에까지 튀어올랐다. 머리 위의 다리에서 소나무 조각들이 카자흐들에게 쏟아져 내렸다.

점심 무렵에 국경을 넘었다. 말들은 얼룩덜룩하게 칠한 국경 울타리를 뛰어넘어서 갔다. 오른쪽에서 포성이 들려왔다. 멀리 저쪽에서 부농의 호화로운 저택 지붕이 붉게 번쩍였다. 머리 바로 위에서 내리쬐는 햇볕은 대지를 뜨겁게 만들었다. 아릿한 모래먼지가 주위 가득히 뿌옇게 피어올랐다. 연대장은 척후병을 내보내라는 명령을 내렸다. 제4중대에서는 제3소대가 소대장인 세묘노프 중위 인솔 아래 출발했다. 연대는 각 중대로 흩어지면서 회색 모래먼지의 안개에 싸였다. 20명 남짓한 카자흐의 무리는 호화로운 저택 옆을 지나서, 수레바퀴 자국이 굳어져 주름처럼 된 가도를 곧장 달려갔다.

중위는 3킬로미터까지에 척후병을 배치하기 위해 중간중간에 멈춰 서서 지도를 확인했다. 카자흐들은 담배를 피우기 위해 우르르 말에서 내렸다. 그리고 리는 허리띠를 느슨하게 하려고 말에서 내리려 했는데, 상사가 그에게 눈을 희번덕거렸다.

"뭐야, 이 새끼! 그대로 타고 있지 못해?"

중위는 담뱃불을 붙이고 쌍안경을 상자에서 꺼내어 한참 동안 닦았다. 그들 앞에는 한낮의 염천에 이글대는 평원이 뻗어 있었다. 오른쪽으로 숲이 들쭉날쭉한 푸른빛을 보이며 서 있었는데, 가도는 그 숲의 저쪽 끝을 마치 꿰뚫는 것처럼 파고들어가 있었다. 그들이 있는 곳에서 1킬로미터 반쯤 앞에 작은 마을이 보였다. 마을 옆에 깎아지른 붉은 절벽이 있고, 그 밑을 유리처럼 투명하고 차가운 냇물이 흐르고 있었다. 중위는 한참이나 쌍안경을 눈에 대고 인기척 하나 없는 마을의 거리를 보고 있었다. 마을은 마치 묘지처럼 텅 비어 보였다. 푸르고 맑은 냇물은 이리로 오라고 손짓하는 듯했다.

"틀림없이 코롤료프카 마을이겠지?"

중위가 마을 쪽을 가리켰다.

상사는 말없이 그의 곁으로 다가갔다. 그의 얼굴 표정은 이렇게 얘기하고 있었다.

'당신은 그것을 잘 알고 있어야 해. 그러나 우리에게는 중요한 일이 아니지.'

"저기까지 가 보자."

중위가 쌍안경을 상자에 넣고, 이가 아플 때처럼 얼굴을 찡그리면서 결심이 서지 않는 듯이 말했다.

"적과 마주치지 않을까요, 소대장님?"

프로호르 즈이코프는 그리고리에게로 몸을 기울였다. 두 사람의 말은 나란히 나아가고 있었다. 인기척이 없는 마을로 조심스럽게 들어섰다. 언제 어느 창문에서 총알이 날아올지 알 수 없었다. 열어젖힌 창고 문은 어느 것이나 너무 고요해서 등골이 오싹해졌다. 마치 자석에 끌리는 것처럼 자신도 모르게 시선이 판자담이나 고랑으로 빨려들었다. 모두들 마치 야수처럼—맑게 갠 겨울밤에 마을 가까이에 나타나는 이리들처럼 조용해 머리가 멍해질 듯한 정도였다. 한 집의 열린 창문에서 벽시계가 시각을 알리고 있었는데, 그 소리가 마치 종소리처럼 울렸다. 그리고리는, 앞장서서 말을 몰고 가는 중위가 깜짝 놀라며 권총 주머니에 경련하듯 손을 대는 모습을 보았다.

마을에는 사람 하나 없었다. 척후대는 개울의 여울을 건너갔다. 물은 말의 배에까지 닿았다. 말은 기쁜 듯 물속을 나아가다가, 기수가 몰아세우면 주춤거리면서 물을 마셨다. 그리고리는 휘저어진 냇물을 뚫어지게 바라보고 있었다. 그러자 그는 바로 가까이에 있지만 손이 닿지 않는 물에 강하게 끌려들어가는 것을 느꼈다. 만일 할 수만 있다면 그는 안장에서 뛰어내려 이 냇물 속에 옷을 입은 채 드러누워서 땀에 젖은 등과 가슴을 차가운 물에 흠뻑 적셨을 것임에 틀림없었다.

마을 뒤쪽 언덕에 올라가자 시가지가 나타났다. 사각형으로 구획된 마을들,

벽돌집들, 넓은 정원, 교회의 첨탑 등.

중위는 언덕 꼭대기의 움푹한 곳으로 말을 몰고 들어가서 쌍안경을 들여다보았다.

"야, 있다, 있어!"

그는 왼쪽 손가락을 떨면서 외쳤다.

상사와 카자흐들이 한 사람씩 뒤따라 언덕 꼭대기로 달려 올라가서 전방을 바라보았다. 여기저기 가도 위에 이곳에서는 콩알 정도의 크기로 보이는 사람이 돌아다니고, 골목마다 짐수레가 터지도록 늘어섰으며, 기병들이 우왕좌왕하고 있었다. 그리고리는 눈을 가늘게 뜨고 이마에 손을 얹고 바라보았다. 그러자 외국 병사의 회색 군복까지 알아볼 수 있었다. 시가지 주위에는 파 놓은 참호 구멍이 갈색 아가리를 벌리고 있고, 그 부근에 사람들이 모여 있었다.

"상당히 많구나."

프로호르가 놀란 어조로 느릿하게 말했다.

다른 사람들은 한 가지 감정을 주먹 안에 꽉 쥔 채 잠자코 있었다. 그리고리는 두근거리는 심장의 고동에 귀를 기울였다. 마치 작지만 무게가 있는 인간이 그의 왼쪽 가슴속에서 쾅쾅 주먹질을 하는 것처럼 느껴졌다.

외국 병사의 모습을 보는 순간 그는 훈련에서 '적'의 모습을 발견했을 때 느낀 기분과는 전혀 다른 감정을 맛보았다.

중위는 수첩에 무언가를 쓰고 있었다. 상사는 카자흐들을 언덕에서 내려보내고는 다시 중위에게로 올라갔다. 그는 그리고리를 손짓해 불렀다.

"멜레호프!"

"옛."

그리고리는 저린 다리를 끌고 언덕 위로 올라갔다. 중위는 넷으로 접은 종이 쪽지를 그에게 건네주었다.

"네 말이 가장 좋구나. 지금 곧장 전속력으로 돌아가서 이걸 연대장에게 주고 와."

그리고리는 쪽지를 가슴 호주머니에 넣고 모자의 가죽끈을 턱에 걸면서 말 쪽으로 내려갔다. 중위는 그리고리가 말에 올라탈 때까지 지켜보고 있다가 자기 손목시계를 들여다보았다. 그리고리가 쪽지를 가지고 달려갔을 때 연대는 코롤료프카 마을로 접어들고 있었다.

연대장인 칼레딘은 부관에게 명령을 내리고, 부관은 제1중대 쪽으로 먼지를 일으키면서 달려갔다.

제4중대는 코롤료프카 마을을 빠져나가서 훈련 때처럼 급히 그 언저리에 전개했다. 세묘노프 중위는 제3소대의 카자흐들을 거느리고 언덕에서 돌아왔다.

중대는 말굽형으로 전개했다. 말들은 연신 머리를 흔들어 댔다. 말파리가 귀찮게 달라붙기 때문이었다. 재갈이 철컥거렸다. 마을 변두리의 저택 앞을 지나가는 제1중대 말들의 발굽 소리가 한낮의 고요 속에 희미하게 들려왔다.

폴코브니코프 대위는 껑충거리는 잘생긴 말에 올라타고 대열의 선두에 달려나가서 고삐를 바싹 당기고는 한 손을 군도의 끈에 댔다. 그리고리는 숨을 죽인 채 명령을 기다렸다. 왼쪽 대열에서는 제1중대가 소리를 내면서 방향을 돌려 전투 준비를 갖추었다.

대위가 군도를 뽑아들었다. 칼날이 푸른빛으로 번쩍였다.

"중대앳!"

군도가 오른쪽과 왼쪽으로 기울더니 앞으로 겨누어져, 쫑긋 솟은 말의 귀 바로 위에서 딱 멈추었다.

'눈사태 전법[9] 전진!'

그리고리는 무언의 명령을 머릿속에 내렸다.

"창을 잡고 칼을 뽑고, 돌격!"

대위는 단숨에 호령하고는 대뜸 말을 달려 나갔다.

수많은 말발굽에 차여서 대지가 낮게 흔들렸다. 그리고리가 창을 들 틈도 없이—그는 첫째 줄에 있었다—왈칵 쏟아지듯 달려나가는 말 떼에 그의 말도 휩쓸려서 달리기 시작하여, 전속력으로 나아갔다. 앞쪽 들판의 회색 지면 위에 폴코브니코프 대위의 모습이 점을 콕 찍어 놓은 것처럼 보였다. 쐐기모양의 검은 경작지가 마치 공중을 달리는 것처럼 카자흐들이 새카맣게 달려왔다. 제1중대는 천지를 뒤흔들 듯한 함성을 올렸다. 말들은 다리를 오그려서 동그랗게 하여, 한 걸음에 5~6m씩 뛰어갔다. 그리고리는 귓전에 울리는 바람 소리 사이로

---

9) 기마의 산개(散開) 대형으로 적을 포위하는 카자흐 특유의 전술.

총소리를 들었다.

첫 번째 탄환은 어딘가 높이 날아갔다. 그 '웅' 하는 소리는 유리처럼 맑고 푸른 하늘을 갈라놓았다. 그리고리는 뜨거워진 창의 손잡이를 단단히 옆구리에 밀어붙였다. 손바닥에 땀이 배어서 끈끈한 액체를 바른 듯했다. 머리 위로 날아가는 탄환 소리를 들으며 자신도 모르게 땀에 흠뻑 젖은 말의 목에 얼굴을 처박았다. 말의 땀 냄새가 코를 찔렀다. 갈색 아가리를 벌린 참호와 시가지를 향해서 달려가는 회색 인간들의 모습이, 망원경의 흐릿한 렌즈로 보는 것처럼 희미하게 눈에 들어왔다. 기관총은 끊임없이 카자흐들의 머리 위에 탄환 소리를 퍼뜨렸다. 하지만 카자흐들은 마구 돌진해 갔다. 말의 발밑에서 모래먼지가 자욱하게 피어올랐다.

그리고리는 돌격 전까지는 피를 끓어오르게 하던 것이 가슴속에서 갑자기 굳어 버린 것처럼 느껴졌다. 그는 귀울림과 왼쪽 발가락의 통증 말고는 아무것도 느끼지 못했다. 공포로 굳어진 사고는 머릿속에서 뭉쳐지려고 하는 무겁고 작은 실꾸리를 뒤엉키게 만들었다.

소위인 리야호프스키가 맨 먼저 말에서 떨어졌다. 프로호르의 말이 그 뒤를 달리고 있었다. 뒤를 돌아본 그리고리는 눈에 비친 광경을 또렷하게 기억에 새겨 넣었다. 프로호르의 말은 땅바닥에 엎어진 소위 위를 뛰어넘었지만, 이빨을 드러내고 목을 구부려서 풀썩 쓰러졌다. 그 바람에 프로호르는 안장에서 내던져졌다. 이 광경은 유리에 다이아몬드로 금을 그은 것처럼 그리고리의 기억에 단단히 새겨졌다. 그리고 대리석 같은 하얀 이빨을 드러낸 프로호르 말의 장밋빛 잇몸과, 땅바닥에 내동댕이쳐져서 납작하게 엎어져 있다가 뒤에서 달려 나온 카자흐의 말발굽에 짓밟힌 프로호르의 모습이 언제까지나 머리에 달라붙어 있었다. 그리고리는 프로호르의 비명을 듣지 못했지만, 입을 일그러뜨리고 송아지처럼 눈이 튀어나온 채 땅바닥에 엎어져 있는 프로호르의 얼굴을 보자, 그가 인간의 소리라고는 여겨지지 않을 괴상한 비명을 올렸을 것이 틀림없다는 것을 알 수 있었다. 또다시 잇따라서 하나하나 쓰러져 갔다. 카자흐도 쓰러지고, 말도 쓰러졌다. 바람 때문에 배어 나온 눈물 사이로, 그리고리는 참호에서 도망쳐 가는 오스트리아 병사들의 회색 군복을 보았다.

정연한 눈사태 전법으로 마을에서 밀고 나갔던 중대는 갈라지고 흩어져 버렸다. 그리고리가 끼여 있는 선두 부대는 참호 옆까지 돌진해 갔지만, 다른 부대는 어딘가 뒤쪽에서 제자리걸음을 하고 있었다.

군모를 깊숙이 쓴 키가 크고 눈썹이 흰 오스트리아 병사가 아주 가까이에서 얼굴을 찌푸린 채 무릎쏴[10]의 자세로 그리고리를 공격해 왔다. 탄환이 그리고리의 창을 스치고 지나갔다. 그는 안간힘을 다해 고삐를 당기고 창을 질렀다. 그런데 당황하여 일어서려고 하던 오스트리아 병사를 푹 꿰뚫은 창은 자루의 중간까지 들어가 버렸다. 창으로 찌르기는 했지만, 그리고리는 그것을 뽑을 틈이 없었다. 그리고 쓰러지는 육체의 무게로 전율과 경련을 창에 느끼면서 창을 놓치고 말았다. 동시에 온몸이 뒤로 젖혀진 오스트리아 병사가—면도를 하지 않은 뾰족한 쐐기모양의 턱만이 눈에 남았다—창자루를 더듬어 잡고, 구부러진 손가락으로 그것을 쥐어뜯듯이 하는 것을 보았다. 그리고리는 손가락을 펴서 마비된 손으로 군도의 자루를 잡았다.

오스트리아 병사들은 뿔뿔이 도망쳤다. 그 회색 군복들을 향해 카자흐의 말들이 달려들었다.

창을 떨어뜨리자 그리고리는 자신도 모르게 말머리를 돌렸다. 그의 옆을 달려 지나가는 상사의 얼굴이 눈에 비쳤다. 그리고리는 군도의 옆면으로 말을 때렸다. 말은 목을 구부리고 길을 따라서 그를 실어 갔다.

공원 철책 옆으로 오스트리아 병사 하나가 총도 없이 군모만을 움켜쥔 채, 마치 넋이 나간 것처럼 비틀거리면서 뛰어가고 있었다. 그리고리는 위에서 그 오스트리아 병사의 후두부와 목옆의 젖은 옷깃을 보았다. 그는 병사를 따라잡았다. 그리고 주위의 미친 듯한 기분에 휩쓸려서 정신없이 군도를 쳐들었다. 오스트리아 병사는 여전히 철책을 따라 도망치고 있었다. 그리고리는 군도를 비스듬히 겨누어서 오스트리아 병사의 관자놀이를 향해 내리쳤다. 상대는 끽소리도 내지 못하고 손으로 상처를 누른 채 철책 쪽으로 몸이 홱 돌아갔다. 그리고리는 말을 멈추지 못해서 그 앞을 일단 지나쳤다가 다시 돌아서 빠른 걸음으로 돌아왔다. 공포심으로 오스트리아 병사의 얼굴은 주물처럼 검어졌다. 그는 두 손을 바지 재봉선에 댄 채 잿빛으로 변한 입술을 덜덜 떨었다. 그의 관자놀

---

10) 한쪽 무릎을 꿇고 다른 한쪽 무릎을 세운 자세로 사격하는 동작.

이에서는 군도에 찢겨진 피부가 축 늘어져 있었다. 마치 붉은 천이 볼에 늘어져 있는 것처럼, 피가 줄줄 흘러서 군복으로 뚝뚝 떨어지고 있었다.

그리고리의 눈과 오스트리아 병사의 눈이 부딪쳤다. 죽음의 공포를 담은 눈이 꼼짝도 하지 않고 그리고리를 응시하고 있었다. 이윽고 오스트리아 병사는 천천히 무릎을 꿇었다. 그 목 속에서 뭔가 걸리는 듯한 쇳소리가 들려왔다. 그리고리는 눈을 반쯤 감고 다시 군도를 번쩍 쳐들었다. 과감하게 쳐들어 내리친 칼은 두개골을 두 조각냈다. 오스트리아 병사는 두 팔을 벌리고 미끄러지듯이 쓰러졌다. 두개골의 반쪽이 도로의 돌에 부딪쳐서 둔탁한 소리를 냈다. 말은 공중으로 뛰어오르고 코를 흥흥거리면서 그리고리를 거리 복판으로 데려갔다. 가도 여기저기에서 아직 총소리가 들려왔다. 그리고리의 옆으로, 어느 말이 거품을 뿜으며 죽은 카자흐를 끌고 지나갔다. 그 카자흐는 등자에 발이 걸려 있었으므로, 말은 갈가리 찢긴 그 시체를 길 위로 질질 끌면서 운반해 갔다.

그리고리에게는 바지의 붉은 옆줄과 누더기가 되어 머리 위에 뭉쳐진 녹색 상의만이 눈에 들어왔다.

머릿속이 납덩이가 가득 찬 것처럼 무거워졌다. 그리고리는 말에서 뛰어내려 머리를 내저었다. 원군으로 온 제3중대의 카자흐들이 그의 옆을 스치고 지나갔다. 부상병은 그들의 외투에 싸여 운반되고, 속보로 오스트리아의 포로들을 몰고 갔다. 포로들은 마치 모여든 잿빛 가축처럼 뛰어 달아났다. 징을 박은 그들의 구두가 음산한 소리를 냈다. 그들의 얼굴은 그리고리의 눈에는 차가운 적갈색 점으로밖에 보이지 않았다. 그는 고삐를 내던지고 스스로도 이유를 모르는 채 자신이 공격한 오스트리아 병사 옆으로 다가갔다. 오스트리아 병사는 다리를 철책의 쇠사슬에 걸친 채 마치 구걸이라도 하듯이 때묻은 갈색 손을 앞으로 내밀고 쓰러져 있었다. 그리고리는 가만히 그의 얼굴을 들여다보았다. 축 늘어진 콧수염을 달고, 고통에서인지 아니면 지난날의 재미 없는 생활 탓인지 거칠어진 입을 일그러뜨리고 있었다. 어쩐지 측은한 생각이 들었다.

"야, 임마!"

거리 복판을 말로 달려온 낯선 카자흐 장교가 소리쳤다.

그리고리는 먼지에 뒤덮여 새하얗게 된 그의 모표(帽標)를 바라보고 주춤거리며 말에게로 걸어갔다. 힘에 겨운 짐을 진 사람처럼 그의 걸음걸이는 무겁게 질질 끌렸다. 혐오와 의혹이 그의 머리를 내리쳤다. 그는 톱니모양의 등자에 손을 얹었지만, 무거워진 다리는 좀처럼 들어올려지지 않았다.

6

타타르스키 마을과 그 근처 마을에서 소집된 예비역 카자흐들은 집을 떠난 이틀째에 에이야 마을에 묵었다. 마을 아래쪽의 카자흐들과 위쪽의 카자흐들은 다른 조가 되었다. 그래서 페트로 멜레호프, 아니쿠시카, 프리스토냐, 스테판 아스타호프, 이반 토밀린, 그리고 그 밖에 두세 명이 한 숙사에 묵게 되었다. 키가 크고 쪼글쪼글한 주인 할아버지는 러시아·터키전쟁에 참가한 일이 있다면서 그들의 얘기에 끼어들었다. 카자흐들은 부엌과 거실에 담요를 깔고 누워서 담배를 한 대씩 피우고 있었다.

"결국 자네들은 출정하는군?"

"예, 출정이에요, 할아버지."

"전쟁이라고 해도 노토전쟁 때와는 아주 다르겠지. 지금 총은 굉장하니까."

"결국 마찬가지야. 그리 다를 턱이 있나! 노토전쟁 때도 졸병들은 마구 끌려다녔던 것처럼 이번에도 마찬가질 거야."

토밀린이 누구에게랄 것도 없이 화를 내면서 투덜거렸다.

"이봐, 그건 억지소리야. 좀 다른 전쟁이 될 거야."

"맞아. 그럴 거야."

프리스토냐가 하품을 하며 귀찮다는 듯이 맞장구를 치고는 손톱으로 담배를 눌러 껐다.

"어쨌든 별수 있나? 싸워야지."

페트로 멜레호프가 하품을 하며 외투를 뒤집어썼다.

"이봐, 내 자네들에게 한 가지 들려줄 얘기가 있다네. 내 얘기를 잘 기억해 두게나."

할아버지가 말을 꺼냈다.

페트로는 외투 자락을 걷고 귀를 기울였다.

"이것만은 기억해 두라고. 만일 살아남고 싶다면, 생사를 알 수 없는 전장에서 무사히 돌아오고 싶다면 인간의 참된 길을 지켜야 할 걸세."

"그게 무슨 말이죠?"

맨 끝에 누워 있던 스테판 아스타호프가 물었다. 그는 못 믿겠다는 듯이 히죽 웃었다. 전쟁 얘기를 듣고 나서부터 그는 내내 히죽거리고 있었다. 전쟁이 그를 불렀을 때부터 그의 고통은 덜어졌다. 남의 곤혹과 고통이 그 자신의 고통에 위안이 되었던 것이다.

"그건 대충 이런 일이지. 전쟁에 나가면 남의 물건을 훔치지 마라, 이게 한 가지. 그리고 여자에게 손대지 마라. 그리고 나머지 한 가지로, 이런 기도를 알고 있어야 해."

카자흐들은 몸을 뒤척이면서 한꺼번에 와글와글 떠들어 댔다.

"자기 물건을 잃어버리지 않는 것도 힘든데 남의 물건이라니."

"여자에게 손대서는 안 된다는 것은 무슨 까닭이지? 강제로 요구한다면 그건 나쁘지. 하지만 서로 좋다면 상관없지 않나?"

"네가 그렇게 참을 수 있니?"

"그럼!"

"그 기도라는 것은 어떤 것이죠?"

할아버지는 눈을 번쩍이며 모두의 질문에 한꺼번에 대답했다.

"어떤 일이 있더라도 여자에게 손을 대서는 안 된다. 절대로 안 돼! 이걸 참지 못하면 죽거나 크게 다치지. 나중에 후회해 봤자 소용없어. 기도는 지금 가르쳐 주지. 나는 러시아·터키 전쟁 때 늘 외고 있었지. 항상 죽음의 신이 배낭처럼 내 어깨에 얹혀 있었지만, 이 기도 덕분에 무사히 살아남을 수 있었어."

그는 거실로 가서 성상대(聖像臺) 밑을 뒤지더니, 낡아서 갈색으로 변한 종이 조각을 가져왔다.

"자, 모두들 일어나서 베껴 두는 게 좋을 걸세. 내일은 틀림없이 첫닭이 울기 전에 출발하겠지?"

할아버지는 탁자 밑에서 주름진 종이를 손으로 펴서 올려놓고 물러났다.

맨 먼저 일어난 사람은 아니쿠시카였다. 창틈으로 들어오는 바람에 흔들려 램프 불의 그림자가 여자처럼 밋밋한 그의 얼굴에서 신경질적으로 떨고 있었다. 스테판만 빼놓고 모두들 의자에 앉아서 베꼈다. 맨 먼저 베낀 아니쿠시카는 수첩에서 찢어낸 종이 조각을 접어서 목에 건 십자가 끈의 위쪽에 묶었다. 스테판이 발을 구르면서 모두를 비웃었다.

"이의 집을 만들어 줄 셈인가? 끈만으로는 이가 불편할 테니까 종이로 집을 지어 주겠다는 거군. 과연!"

"자넨 못 믿겠으면 잠자코 있기나 하게."

할아버지가 그를 가로막고 준엄한 어조로 말했다.

"이봐, 남을 방해하지 말게. 남의 신앙을 비웃는 게 아니야. 그런 벌 받을 짓을 하다니, 자신이 부끄럽지 않나?"

스테판은 말없이 웃었다. 아니쿠시카가 그 자리의 어색함을 얼버무리려고 할아버지에게 물었다.

"이 기도 속에는 투창이니 화살이니 하는 말이 있는데, 이건 왜죠?"

"돌격의 기도는 우리 시대에 생긴 게 아니야. 나의 돌아가신 할아버지가 당신의 할아버지에게서 물려받은 거지. 아마 그보다 훨씬 전부터 있었겠지. 옛날에는 전쟁을 창이나 활을 가지고 했었으니까."

몇 개의 기도문 가운데 제각기 마음에 드는 것을 골라서 베꼈다.

　　탄환을 피하는 기도

　　주여, 베푸소서. 산 위에 하얀 돌이 말처럼 누워 있도다. 물이 돌을 뚫지 않듯이, 하느님의 종인 나와 나의 동포와 나의 말에 화살이 뚫지 않기를. 망치가 모루에 맞고 튀어나가듯이, 탄환이 나의 몸에 맞고 튀어나가기를. 맷돌이 빙글빙글 돌듯이, 화살이 나의 몸을 맞고 돌아 튀어나가기를. 해와 달은 언제나 세상을 비추고 있듯이 하느님의 종인 나를 해와 달에 의해서 지켜 주시기를. 산 저쪽에 성이 있으니 성문을 닫고 그 열쇠를 바닷속인 아르토르의 하얀 돌 밑에 던지시오. 그것은 요술쟁이에게도 마녀에게도 수사(修士)에게도 수녀에게도 보이지 않으리. 대해(大海)의 물 마르는 일 없고, 해변의 모래 없어지는 일 없소. 그처럼 하느님의 종인 나를 온전히 남겨 주시기를. 아버지와 아들과 성령의 이름으로 아멘.

　　전쟁터의 기도

　　바다가 있고, 바다 위에 아르토르의 하얀 돌이 있고, 그 돌 위에 3927개의 다리를 가진 돌의 사나이 있으리. 하느님의 종인 나와 내 동포를 돌의 옷으로 서 동쪽에서 서쪽까지, 땅에서 하늘까지 죄다 덮으셔서 날카로운 검으로부터, 강철의 창으로부터, 쏟아지는 투창으로부터, 단도와 도끼와 포탄으로부터, 납 탄환과 겨냥한 총구로부터, 매의 깃털과 거위 깃털과 두루미 깃털과 뜸부기 깃털과 까마귀 깃털로 장식한 모든 화살로부터, 터키군의 습격으로부터, 크리 미아군과 오스트리아군의 습격으로부터, 타타르와 리투아니아와 독일과 시 리아와 칼미크의 사나운 적으로부터 지켜 주소서. 성부(聖父)와 하늘의 여러 힘이시여, 하느님의 종인 나를 지켜 주소서. 아멘.

돌격의 기도

성스러운 성모와 우리 주 예수 그리스도여, 베푸소서. 돌격해야 하는 나와 내 동포를 구름으로 덮고 하늘의 성스러운 돌의 벽으로 가려 주소서. 테살로 니키의 성 드미트리여, 하느님의 종인 나와 내 친구를 곳곳의 모든 위험으로 부터 지켜 주소서. 사악한 사람들로 하여금 화살을 쏘지 못하게 하고, 투창 으로 찌르지 못하게 하소서. 창으로 치지 못하게 하고, 단도로 자르지 못하 게 하고, 늙은 자에게도 젊은 자에게도, 피부빛이 거무스름한 자에게도 까만 자에게도, 이단자에게도 요술쟁이에게도 마법사에게도 위험을 가하지 못하 게 하시기를. 이는 모두 지금 고아로서 심판을 받으려 하는 하느님의 종인 나 의 앞에 있나니. 바다 복판인 부얀의 섬에 무쇠 기둥 서 있으리. 그 기둥 꼭대 기에 무쇠 사나이가 무쇠 지팡이에 기대서 무쇠 검과 푸른 주석과 납과 또 모든 화살을 향해 명하리.

"가라, 무쇠여, 하느님의 종과 동포와 그들의 말을 피해서 나의 어머니인 땅 의 가슴으로. 화살 다발은 숲으로, 화살의 깃털은 나의 어머니인 새의 등으 로, 아교는 물고기의 배로 날아가거라."

하느님의 종인 나를 검과 탄환으로부터, 포탄과 총부리와 투창과 단도로부 터 지켜 주소서. 나의 몸은 갑주(甲冑)보다도 단단해지리. 주의 이름으로 아멘.

카자흐들은 베낀 기도문을 자신들이 입은 셔츠 속에 넣었다. 십자가끈에 묶 기도 하고, 어머니가 준 부적 주머니에 넣기도 했다. 고향의 흙 한 줌과 함께 싸두기도 했다. 하지만 이 기도문을 몸에 간직하고 있는 사람에게도 죽음은 용서 없이 덤벼들었다.

갈리치아와 동프러시아의 들에, 카르파티아 산맥에, 루마니아에 전쟁의 불길이 타오르고, 카자흐가 말발굽 자국을 남기고 간 곳에는 그 어디에나 시체가 여기저기에 나뒹굴고 썩어 갔다.

7

도네츠키 군관구, 즉 돈의 상류에 있는 옐란스카야, 뵤센스카야, 미그린스카야, 카잔스카야의 4개 마을에서 소집된 카자흐들은 언제나 제11, 제12카자흐 전열 연대와 아타만 근위 연대에 편입하기로 되어 있었다.

그런데 1914년에는 현역에 소집된 뵤센스카야 마을의 카자흐들 일부가 어떻게 된 일인지 거의 전원 우스티 메드베디차 군관구의 카자흐들로 편성되어, 예르마크 티모페예비치 연대라는 이름의 제3 돈 카자흐 연대에 편입되었다.

연대는 제3기병 사단의 여러 부대와 더불어 빌노에 주둔했다. 6월이 되자 각 중대는 읍을 떠나 방목장으로 갔다.

침침하게 흐리고 무더운 여름날이었다. 하늘에는 흐르는 구름이 모여들어서 태양을 가리고 있었다. 연대는 행군 대형으로 나아갔다. 군악대가 위풍당당하게 나아갔다. 장교들은 챙이 달린 모자를 쓰고, 가벼운 하복을 입고 무리를 이루어 말을 몰았다. 그들의 머리 위로 담배 연기가 푸르게 맴돌았다.

길 양쪽에서는 농부들과 예쁘게 차려입은 여자들이 풀을 베다가 제각기 이마에 손을 대고 카자흐들의 대열을 바라보았다.

말은 이미 땀이 잔뜩 배어서 가랑이 근처에 노란 거품이 괴어 있었다. 살랑살랑 불어오는 동남풍은 땀을 말리기는커녕 오히려 무더위를 더욱 부채질했다.

길을 반쯤 왔을 무렵, 어느 마을을 나선 지 얼마 되지 않아서 갈기가 잘린 망아지가 제5중대에 섞여 들어왔다. 그 망아지는 부근의 목장에서 뛰어나와, 카자흐들의 말이 쭉 늘어서서 걸어가는 것을 보고는 소리 높이 울부짖으며 갑자기 뛰어들어온 것이었다. 아직 어린 티를 벗지 못한, 털이 많은 꼬리가 한쪽으로 튀어나와 있었다. 모래먼지는 매끈한 조가비 같은 그 발굽에 차여서 잿빛 물거품처럼 피어올랐다가는 짓밟힌 푸른 풀 위로 내려앉았다. 망아지는 선두의 소대에까지 뛰어가서 넋이 빠진 듯 상사의 말 오금 근처에 코를 처박았다. 상사의 말은 뒷발을 들었지만 차지는 않았다. 귀엽다고 생각했던 모양이다.

"비켜, 비켜, 어서!"

상사가 채찍을 쳐들었다.

카자흐들은 이 붙임성 있는 망아지의 귀여운 모습을 보고 즐거워서 깔깔 웃어 댔다. 망아지는 망설임 없이 소대의 대열 속으로 들어왔다. 소대가 둘로 갈라지면서, 지금까지 바르게 늘어서 온 대형이 흐트러져 버렸다. 말들은 카자흐들이 외쳐도 머뭇거리면서 제자리걸음을 할 뿐이었다. 양쪽에서 말들에 둘러싸인 망아지는 게걸음으로 걸어가면서, 틈만 있으면 가까이 있는 말을 물고 늘어지려고 했다.

중대장이 말을 탄 채 달려왔다.

"무슨 일이야?"

갈기가 없는 철없는 망아지가 뚫고 들어온 자리에서는 말들이 비켜서서 콧김을 불고, 카자흐들은 웃어 대며 채찍으로 망아지를 때렸으며, 대열이 흐트러진 소대는 와글와글 소란이 일었다.

그러자 뒤에서 다른 소대가 점점 밀려왔다.

"어떻게 된 거야?"

중대장이 소리쳤다.

"망아지란 놈이."

"끼여 들어와서."

"도무지 나가려고 하질 않습니다!"

"채찍으로 때려! 뭘 우물쭈물하고 있나?"

카자흐들은 어색한 웃음을 띤 채, 날뛰는 말을 멈추게 하려고 고삐를 당겼다.

"어이, 상사! 어이, 중위! 이게 무슨 꼴인가? 자기 소대를 빨리 정돈시켜! 이래선 제대로 되는 게 없어!"

중대장은 옆으로 비켜섰다. 그런데 말이 발을 잘못 디뎌서 길 옆의 도랑에 뒷다리가 빠져 버렸다. 그는 말에 박차를 가해서, 도랑 건너의 명아주와 노란 카밀레가 무성한 둑으로 달려 올라갔다. 좀 떨어진 곳에 장교들이 떼 지어 멈춰 서 있었다. 중사가 고개를 기울여서 수통의 물을 마시고 있었는데, 그의 한쪽 손은 화려하게 장식한 안장머리에 놓여 있었다.

상사는 소대를 둘로 나눈 뒤 욕을 퍼부으며 망아지를 길 건너로 쫓아 버렸다. 소대는 다시 하나로 이어졌다. 상사가 힘주어 등자를 밟고는 속보로 망아지를 쫓아가는 모습을 150명의 눈이 지켜보았다. 망아지는 마른 말똥이 달라붙은 더러운 옆구리를 상사의 말에 붙이고 멈추어 서는가 하면 다시 꼬리를 흔들며 옆으로 홱 비켜서는 바람에 상사는 도저히 그 등을 때리지 못하고, 채찍은 언제나 빗자루 같은 꼬리털에 맞곤 했다. 꼬리는 채찍에 맞아 아래로 축 늘어졌다가는, 금방 다시 바람에 날려서 위로 올라갔다.

중대원 모두가 웃었고 장교들도 웃었다. 까다로운 중대장의 얼굴에도 일그러진 미소의 그림자가 살짝 비쳤다.

선두 소대의 세 번째 줄에 미치카 코르슈노프가 뵤센스카야의 카르긴 마을 출신인 미하일 이반코프와 우스티 호표르스카야에서 온 코지마 크루치코프와 셋이서 나란히 말을 타고 나아가고 있었다. 말상에다 어깨가 넓은 이반코프는 내내 잠자코 있었는데, 약간 곰보인 데다 고양이등인 카자흐면서 별명이 낙타인 크루치코프가 미치카에게 시비를 걸었다. 크루치코프는 '고참병'이었다. 즉 금년 1년만 복무하면 현역이 끝나는 것이다. 연대의 불문율에 의해서 고참병은 누구든지 젊은 카자흐들을 거칠게 다루고 교육시키며 사소한 일로도 즉각 허리띠 맛을 보여 줄 권리가 있었다. 더구나 벌을 받는 자가 1913년의 소집병이면 허리띠 13번, 1914년의 소집병이면 허리띠 14번식으로 정해져 있었다. 하사관이나 장교들은 그것을 장려하는 편이었는데, 그것은 단순히 직위만이 아니라 연령에서도 윗사람을 존경해야 한다는 관념을 카자흐들의 머릿속에 심어 줄 수 있다고 생각했기 때문이었다.

최근에 상등병으로 승진한 크루치코프는 처진 어깨를 참새처럼 움츠리고 등을 동그랗게 한 채 말에 앉아 있었다. 그는 뭉게뭉게 피어오르는 회색 구름에 눈을 깜박이면서, 오만한 중대장인 포포프 대위의 목소리를 흉내내어 미치카에게 물었다.

"어이, 이봐, 코르슈노프! 우리 중대장님의 이름이 뭔지 아나?"

미치카는 건방지다느니 거만하다느니 하면서 이미 몇 번이나 허리띠 세례를 받았었기 때문에 얼른 얼굴빛을 고치고 대답했다.

"포포프 대위입니다, 상병님."

"뭐라고?"

"포포프 대위입니다, 상병님."

"나는 그걸 물은 게 아냐. 병사들이 뭐라고 부르는지 그걸 말해 보라는 거야!"

이반코프는 미치카에게 살짝 눈짓을 하고는 언청이 입술에 미소를 지었다. 미치카는 주위를 둘러보았다. 그때 뒤에서 이쪽으로 다가오는 포포프 대위의 모습이 눈에 띄었다.

"그래, 뭐라고 하지? 말해 봐!"

크루치코프가 눈을 껌뻑거렸다.

"모두 포포프 대위라고 부르고 있습니다, 상병님."

"허리띠 14번이다! 말해 봐, 자식."

"모릅니다, 상병님."

"그래, 방목장에 도착하는 대로 실컷 맞아 봐라!"

크루치코프가 원래 목소리로 말했다.

"이 새끼! 물으면 제대로 대답해!"

"모릅니다."

"뭐라고? 개새끼, 별명이 뭔지 네가 모를 리 있어?"

미치카는 등 뒤로 다가오는 대위의 말발굽 소리를 들으며 잠자코 있었다.

"그래, 뭐지?"

크루치코프가 심술궂게 눈을 찡긋거렸다.

뒤에 따라오는 카자흐들이 소리를 죽여 킬킬거렸다. 어째서 웃고 있는지 몰라서 이것은 틀림없이 자신이 웃음거리가 된 것이라고 생각한 크루치코프는 얼굴이 시뻘게져서 소리쳤다.

"야, 코르슈노프, 잘 기억해 둬! 도착해서는 허리띠 50번이다!"

미치카는 어깨를 움츠리고 마음을 다지며 말했다.

"검은 해오라기입니다."

"그것 봐라, 잘 알고 있잖아."

"크루치코프!"

뒤에서 소리가 났다.

크루치코프는 안장 위에서 깜짝 놀라 화석처럼 굳어 버렸다.

"이봐, 이런 데서 무슨 쓸데없는 짓을 하며 있나?"

포포프 대위가 자기 말을 크루치코프의 말과 나란히 하고 말했다.

"젊은 사람에게 무얼 가르치고 있는 거지, 응?"

크루치코프는 연신 눈을 깜박거렸다. 볼이 확 달아올라서 포도주보다도 진한 붉은 빛을 띠었다. 뒤에서 모두들 와 웃었다.

"작년에 나에게 혼이 난 놈이 누구지? 이 손톱으로 낯짝을 쥐어뜯긴 놈 말이야."

대위는 크루치코프의 코끝에 길고 뾰족한 새끼손가락 손톱을 들이대고는 콧수염을 떨었다.

"두 번 다시 이런 짓을 했다간 용서하지 않아! 알았나?"

"옛, 알았습니다, 대위님."

대위는 천천히 뒤로 물러서서 말을 세우고 중대를 통과시켰다. 제4중대와 제5중대가 속보로 달려갔다.

"중대, 속보!"

크루치코프가 어깨띠를 고치면서, 뒤로 멀리 처진 대위를 돌아보았다. 그리고 창을 똑바로 세우고는 마구 머리를 흔들었다.

"검은 해오라기에게 걸린 건 실수였어! 새끼, 언제 왔지?"

너무 웃어서 온몸이 땀투성이가 된 이반코프가 말했다.

"놈은 아까부터 뒤를 따라오고 있었어. 모두 들었지. 무슨 얘기를 하는지 미리 알아차렸던 게 틀림없어."

"네가 눈짓이라도 해 줬어야지, 바보야."

"하지만 뭐, 그럴 필요가."

"그럴 필요라고? 이 새끼, 발가벗겨 놓고 허리띠로 14대다!"

중대별로 흩어져서 부근의 지주들 저택에 숙소를 잡았다. 낮에는 지주들을 위해 토끼풀이나 초원의 풀을 베고, 밤이 되면 각기 배정된 목장에 말을 다리만 묶어서 풀어 둔 채 자신들은 모닥불 언저리에 둘러앉아서 트럼프를 치거나 이야기를 하곤 했다.

제6중대는 폴란드의 대지주인 슈네이델의 일을 해 주었다. 장교들은 별채에 자리잡고 트럼프를 치거나 술을 마시거나 여럿이서 관리인의 딸을 놀려 주었다. 카자흐들은 저택에서 3킬로미터쯤 떨어진 곳에 있는 야영지에 묵고 있었다. 아침마다 관리인 나리가 경주용 마차를 타고 찾아왔다. 이 뚱뚱하고 대범한 폴란드 소귀족은 저린 다리를 주무르며 내려와서는, 언제나 정해진 것처럼 에나멜칠을 한 챙 달린 하얀 모자를 흔들면서 '카자흐'들에게 인사했다.

"함께 풀을 베어 보겠소, 대장?"

"조금이라도 일을 해서 살을 빼 봐요."

"낫질을 해 봐요. 중풍 따위는 어디론가 사라져 버릴 테니까."

하얀 셔츠를 입은 카자흐 대열 속에서 누군가가 소리쳤다. 관리인은 매우 냉정한 미소를 띠고, 예쁜 손수건으로 벗겨진 뒷머리를 닦았다. 그리고 상사와 함께 풀베기가 필요한 풀밭을 배정하고 다녔다.

점심때가 되자 주방차가 왔다. 카자흐들은 손을 씻고 수프를 받으러 갔다. 식사 동안은 모두 입을 다물고 있었지만, 휴식 시간이 되면 실컷 떠들었다.

"여기 풀은 형편없어. 우리네 들판의 풀에 비하면 풀이랄 수도 없을 정도야."

"빨리 자라는 풀은 전혀 보이지 않는데."

"돈 마을에선 벌써 풀베기가 끝났겠지."

"여기도 곧 끝나게 되지. 어젯밤이 초승달이었으니 이제 곧 비가 오겠지."

"폴란드놈들은 꽤 깍쟁이인데. 이만큼 일해 줬으면 한잔 내놓을 만도 한데."

"앗핫핫하……! 자식들, 술이라면 사족을 못 쓰니."

"어이, 모두들 부자가 되면 될수록 인색해진다는데, 그건 어째서지?"

"그런 건 황제님에게나 물어 봐."

"야, 누구 지주의 딸을 본 사람 있나?"

"어, 뭐야, 뭐라고?"

"그래, 정말 토실하고 예쁘던데!"

"양고기같이?"

"그래, 그래."

"그 날고기 맛을 한번 보고 싶은데."

"뭔가 하는 높은 분이 그 딸에게 청혼을 했다는 얘긴데, 그게 정말이야?"

"우리 평민에게는 손이 닿지 않겠지?"

"어이, 너희들, 요전에 얼핏 들었는데 글쎄, 황제의 사열이 있을 것 같대!"

"떠들어 봤자 별수 없어. 하라고 해 둬."

"어이, 그만둬, 타라스."

"자, 한 대만 줘, 응?"

"다른 지방놈들, 정말 손버릇이 나쁘더군, 새끼!"

"너희들, 글쎄 이것 좀 봐! 페드토카 자식, 담배를 피우는데 연기가 안 나잖아."

"재만 남았군."

"쳇, 눈을 어디에 달고 다니는 거야? 불이 안 보여?"

모두 엎드려서 담배를 피웠다. 그들의 드러난 등은 새빨갛게 보일 정도로 타 있었다. 한쪽에서 대여섯이 신병 하나를 놀리고 있었다.

"너, 어느 마을에서 왔나?"

"옐란스카야입니다."

"염소 마을 말인가?"

"그렇습니다."

"너희 마을에선 소금을 운반할 때 무엇으로 하지?"

그 가까이에서 코지마 크루치코프가 말옷을 깔고 누워서 심심풀이로 젖은 콧수염을 비비고 있었다.

"말입니다."

"그리고 또 무엇으로 운반하지?"

"소입니다."

"그럼 크리미아에서 잉어를 운반해 올 때는 무엇으로 운반하는지 알아? 그건 등에 혹이 있고 소처럼 생긴 동물인데, 엉겅퀴를 먹는 거 있지?…… 그거, 뭐라 고 하지?"

"낙타입니다."

"앗핫핫하……!"

크루치코프는 귀찮다는 듯이 일어나서, 낙타처럼 등을 구부리고 결후가 튀 어나온 거무스름한 보랏빛 목을 내민 채 함정에 빠진 신병을 향해 걸어가면서 허리띠를 끌렀다.

"임마, 거기 누워!"

그러나 땅거미가 지면 6월의 젖빛 어둠에 싸여 들판에서 모닥불을 둘러싸고 노래를 불렀다.

카자흐는 검은 준마에 올라타고
멀리 타국을 향해 길을 떠난다.
고향을 영원히 버리고…….

은줄을 떠는 듯한 테너가 사라지는 뒤를 이어 비로드와 같은 짙은 애수에 찬 베이스가 울려 퍼졌다.

두 번 다시 내 집에는 돌아가지 못하리.

테너가 거기에서 또다시 목청을 돋우어 가장 중요한 구절을 노래했다.

홀로 남은 젊은 아내는
아침에도, 또 저녁에도 북쪽 하늘을 바라보며
눈이 빠지도록 기다리네, 기다리네.
멀리 저 끝에서 그리운 님이,
그 카자흐가 돌아올 날을.

그러면 여럿이서 그 소리에 맞춰서 노래를 따라 불렀다. 그렇게 하면 그 노래는 폴란드의 탁주처럼 강하게 톡 쏘아서 사람을 완전히 취하게 했다.

하지만 휘몰아치는 눈보라의 산 저쪽
혹독한 추위가 계속되는 겨울날.
소나무와 전나무가 바람에 흔들리는 이국의 눈 속에
그 카자흐는 뼈를 묻는다.

노랫소리는 카자흐들의 있는 그대로의 이야기를 펼쳐 갔다. 그러자 테너가 눈이 완전히 녹은 4월의 하늘에서 지저귀는 종달새처럼 한층 더 높은 소리를 냈다.

　카자흐는 임종시에 청하나니
　나를 위해 커다란 무덤을 만들어…….

베이스가 거기에 답해 슬프게 노래했다.

　그 무덤에 고향의 개암나무 심고 아름다운 꽃 피워 달라고

저쪽 모닥불 언저리에서는 적은 수의 사람들이 다른 노래를 부르고 있었다.

　아, 아조프의 험한 파도를 넘어
　돈강을 저어오는 수척의 배.
　훌륭하다, 젊은 아타만의
　씩씩한 개선이다.

그곳에서 또 조금 떨어진 다른 하나의 모닥불 언저리에서는 중대에서 가장 입담이 좋은 사람이 연기 때문에 기침을 해 가면서 재미있게 옛날이야기를 하고 있었다. 모두 귀를 기울여 듣고 있었다. 다만 가끔 이야기의 주인공이 대러시아인과 악마들에 의해 꾸며진 함정에서 교묘하게 빠져나가는 대목에 이르렀을 때, 누군가가 모닥불 빛에 하얀 손을 번뜩이거나, 장화를 철썩 때리거나, 연기에 숨이 막힌 목소리로 소리를 지르는 것이었다.

"그래, 그거야! 해치워 버려!"

그리고 다시 이야기하는 사람의 말소리가 물 흐르듯 거침없이 이어졌다.

연대가 방목장에 온 지 1주일쯤 지나서, 포포프 대위가 중대의 편자공과 상사를 불렀다.

"말 상태가 어떤가?"

상사에게 물었다.

"이상 없습니다, 중대장님. 매우 좋습니다. 등에 살이 붙었습니다. 죄다 회복되었습니다."

대위는 콧수염을 비벼 화살처럼 뾰족하게 만들고—그 때문에 검은 해오라기라는 별명이 붙은 것이다—말했다.

"등자와 재갈을 잘 닦아 두라는 연대장님의 명령이다. 황제의 사열이 있을 모양이다. 그러니 모든 게 번쩍번쩍 빛나게 해 둬라. 안장도, 그 밖에 무엇이건 모두 말이다. 알았나? 즉 카자흐 모두가 아름답고 깨끗하고 당당하게 보이도록 해 두는 거다. 그런데 언제까지면 모두 갖추어질까?"

상사는 편자공의 얼굴로 눈을 돌렸다. 편자공도 상사를 흘끗 보았다. 그리고 둘이서 함께 대위의 얼굴을 보았다.

상사가 말했다.

"일요일까지는 어떻게 되리라고 생각합니다, 중대장님."

그는 담배 연기에 녹색으로 물든 자기의 콧수염을 조심스럽게 비볐다.

"문제 없겠지?"

대위가 눈살을 좁히며 다짐했다.

상사와 편자공은 그곳에서 물러나왔다.

그날부터 사열 받을 준비로 부산했다. 카르긴 마을 대장장이 아들인 미하일 이반코프는—자신도 대장장이 일을 배웠으므로—등자나 재갈에 주석을 입히는 일을 거들었다. 다른 사람들은 모두 평소보다 공을 들여서 말에 솔질을 하고, 굴레를 씻고, 숫돌로 마구의 쇠붙이를 닦아 윤을 냈다.

1주일이 지나자 연대는 새 동전처럼 번쩍였다. 말발굽에서 카자흐들의 얼굴에 이르기까지 모든 것이 번쩍번쩍 빛났다. 토요일에 연대장인 그레코프 대령이 연대를 사열하고, 장교를 비롯하여 카자흐들이 열심히 준비를 갖추고 용감한 군인상을 보여준 데 대하여 감사한다고 인사했다.

푸른 실꾸리를 푸는 것처럼 7월의 나날이 새고 저물어 갔다. 카자흐의 말들은 배불리 먹고 자꾸 살이 쪘지만, 카자흐들은 의혹으로 웅성거리기 시작했다. 황제의 사열이란 전혀 기척도 없었다. 여러 소문이 돌고, 이리저리 바쁘게 움직이며 준비에 몰두하던 중에 다시 1주일이 지났다. 그러다가 갑자기 아닌 밤중에 홍두깨식으로 빌노를 향해서 출발하라는 명령이 내려졌다.

그곳에 도착한 것은 저녁 무렵이었다. 그러자 곧바로 각 중대에 두 번째 명령이 떨어졌다. 카자흐의 휴대품을 담은 상자를 무기고에 넣어 두고, 언제든지 진군할 수 있도록 해 두라는 것이었다.

"장교님, 도대체 어떻게 된 것입니까?"

카자흐들은 근심스러운 표정으로 소대의 장교들에게서 까닭을 알아내려고 했다.

장교들은 그저 어깨를 으쓱할 뿐이었다. 그들 자신도 역시 진상이 궁금했던 것이었다.

"모르겠는데."

"대연습이 있는 게 아닙니까?"

"아직 잘 몰라."

장교들의 대답은 카자흐들을 기쁘게 했다.

7월 19일 저녁 무렵이었다. 연대장의 전령이 마구간 당번을 하고 있는 친구인 제6중대의 카자흐 무르이힌에게 살짝 귀띔을 했다.

"어이, 전쟁이다!"

"거짓말 마!"

"아냐, 정말이야. 하지만 너만 알고 잠자코 있어!"

이튿날 아침에 연대는 사단 편성으로 되었다. 병영의 창문 유리는 먼지가 잔뜩 끼어 둔한 빛을 발하고 있었다. 연대는 말을 정렬시키고 연대장이 오기를 기다렸다.

제6중대 앞에 포포프 대위가 꼬리를 묶은 말에 올라탔다. 왼손에 흰 장갑을 끼고 고삐를 잡았다. 말은 머리를 숙여 몸을 수레바퀴처럼 둥글게 구부리고는 근육이 불룩한 가슴에 코끝을 비벼 대고 있었다.

연대장이 병영의 한 모퉁이에서 나오더니, 대열 앞에 말을 세웠다. 부관이 손수건을 꺼내어 깨끗하게 손질한 새끼손가락 하나만을 뻗은 채 제법 멋을 내어 코에 댔지만, 코를 풀 틈은 없었다. 물을 끼얹은 듯이 조용한 주위의 공기를 찢으면서 연대장의 목소리가 울려 퍼졌다.

"카자흐 제군!"

그렇게 말해 그는 모두를 자기 쪽으로 집중시켰다. '야, 괜찮은데' 하고 모두 저마다 생각했다. 갑자기 웅성거림이 일었다. 미치카 코르슈노프는 자꾸 발을 바꾸어 딛는 자기 말을 발꿈치로 쳤다. 그의 옆에서 안장에 듬직하게 앉아 있는 이반코프는 언청이 입을 멍하니 벌려서 거무스름하고 들쭉날쭉한 이를 드러낸 채 연대장의 이야기를 귀담아듣고 있었다. 그 뒤에서 크루치코프가 등을 동그랗게 하고 눈을 깜박이며 있고, 거기에서 조금 앞쪽에 라핀이 말처럼 귀를 쫑긋 세우고 있었으며, 저쪽에는 칼자국이 난 슈체골코프의 목이 보였다.

"독일이 우리 나라에 선전포고를 해 왔다."

정연하게 늘어선 대열에서 웅성거림이 새어 나왔다. 마치 완전히 익은 검은 이삭의 보리밭 위를 바람의 물결이 살랑살랑 스치는 것처럼. 갑자기 드높은 바람의 울음소리가 귀를 때렸다. 동그랗게 열린 눈과 크게 벌린 입이 일제히 제1중대 쪽으로 돌려졌다. 그 왼쪽 대열에서 말이 운 것이다.

연대장의 이야기가 계속 이어졌다. 그는 틀에 박힌 문구를 늘어놓으며 카자흐에게 국민적인 긍지의 감정을 불러일으키려 했다. 하지만 이 몇천 명의 카자흐들 눈앞에 떠오른 것은 적의 비단 깃발이 살랑살랑 소리 내면서 발밑에 쓰러지는 모습이 아니라 자기들과 가까운 피로 이어진 사람들이 몸부림치고 울부짖는 생생한 모습이었다. 아내, 자녀, 애인, 아직 거두어들이지 않은 밭, 두고 온 고향 마을……

'……2시간 뒤에는 군용열차를 탄다.'

다만 이것만이 모두의 머릿속에 뚜렷하게 새겨졌다.

가까이 모여 있던 장교 부인들은 손수건을 얼굴에 대고 울고 있었다. 카자흐들은 4열 종대인 채로 각자의 숙소로 흩어져 갔다. 호프로프 중위는 금발의 폴란드인 아내를 거의 끌어안듯이 하고서 데리고 갔다. 그녀는 임신 중이었다.

연대는 노래를 부르며 정거장 쪽으로 갔다. 노랫소리가 군악대의 연주를 압도해 버렸으므로 군악대는 싱거워진 듯이 중간에 그쳐 버렸다. 장교 부인들은 역마차를 타고 갔다. 말발굽에서 거친 모래먼지가 피어올랐다. 선창을 하는 카자흐는 푸른 견장이 홱 틀어질 정도로 왼쪽 어깨를 치켜 올리고, 자기 슬픔도 남의 슬픔도 한꺼번에 웃음으로 날려 버리려는 듯 눈살이 찌푸려질 만큼 음탕한 카자흐 노래 구절을 외쳐 댔다.

얼굴이 고운 처녀는 방어를 한 마리 잡았네…….

중대원 모두가 새로 편자를 박은 말발굽 소리를 반주 삼아 정거장으로, 그리고 군용열차를 향해 가며 자기들의 슬픔을 노래에 실었다.

처녀는 방어를, 처녀는 방어를 잡았네.
얼굴 고운 처녀는 생선국을 끓였네.
처녀는 생선국을 끓였네.

중대 뒤쪽에서, 곤혹스러움으로 새빨개진 연대 부관이 선창하는 사람들에게로 달려왔다. 그러자 선창자 중의 하나가 얼른 뛰어나가서 고삐를 늦추고, 길가에 가득 모여들어 카자흐들을 전송하고 있는 여자들 쪽으로 뻔뻔스레 추파를 던졌다. 볕에 그을려 청동색이 된 그의 볼에서 검은 콧수염을 따라 씁쓰레한 향쑥의 진과 같은 땀이 줄줄 흘러내렸다.

얼굴 고운 처녀는 중매인에게 생선국을 나누어 주었네.
처녀는 중매인에게, 중매인에게 나누어 주었네.

선로 위에서 기관차가 하얀 증기를 내뿜으며, 경고하듯 시끄럽게 기적을 울렸다.
군용열차…… 군용열차…… 군용열차…… 무수한 군용열차!
군용도로에서, 또 철도에서 러시아 군대는 회색 외투를 걸친 일반인들을 서부 국경으로 실어 갔다.

8

토르조크라는 작은 도시에서 연대는 중대별로 갈라졌다.
제6중대는 사단 사령부의 명령으로 제3보병 전열 군단의 지휘 하에 넘어갔고, 도보 대형으로 펠리칼리예까지 가서 그곳에 초소를 설치했다.
국경은 아직 러시아의 국경수비대가 지키고 있었다. 보병 부대와 포병 부대가 그곳에 투입되었다. 7월 24일 저녁 무렵 제108 그레보프 연대의 제1대대와 포병대가 이곳에 닿았다. 근처의 알렉산드르프스키 농장에 소대 하사가 지휘하는 9명의 카자흐가 보초를 서고 있었다.

27일 전날 밤에 포포프 대위가 상사와 카자흐 병사 아스타호프를 불렀다.

아스타호프는 동이 트기 전에 소대로 돌아왔다. 마침 미치카 코르슈노프가 물 마시는 곳에서 막 말을 몰고 돌아오고 있었다.

"아스타호프인가?"

미치카가 말을 걸었다.

"응, 크루치코프하고 다른 사람들은 어디 있나?"

"저기 막사 안에."

몸집이 크고 얼굴이 새까만 카자흐인 아스타호프는 근시안을 깜박거리면서 막사로 들어갔다. 그을린 램프 밑에서 슈체골코프가 책상 앞에 앉아 밀랍 먹인 실로 찢어진 배낭을 꿰매고 있었다. 크루치코프는 손을 등으로 돌리고 페치카 옆에 서서, 수종으로 몸이 부어올라 자리에 누워 있는 이 집 주인인 폴란드인을 가리키면서 이반코프에게 눈짓을 했다. 두 사람은 금방 얼굴을 마주 보고 웃은 참이어서, 이반코프의 장밋빛 볼에는 아직 웃음기가 가시지 않았다.

"어이, 너희들, 내일은 새벽에 보초를 나가라는데."

"어디로?"

슈체골코프가 물었다. 그리고 뒤를 돌아다보다가 아직 실로 꼬지 않은 털뭉치를 바닥에 떨어뜨렸다.

"류보프라는 곳이라는군."

"누가 가나?"

미치카 코르슈노프가 들어와 문 옆에 쇠통을 놓고 물었다.

"나하고 슈체골코프, 크루치코프, 르바체프, 포포프, 그리고 이반코프야."

"파브루이치, 나는 어쩌고?"

"너는 남아 있는 거야, 미트리."

"흥, 멋대로군!"

크루치코프가 페치카 옆에서 일어나 뼈마디가 우두둑 소리를 낼 정도로 기지개를 켜면서 주인에게 물었다.

"류보프라는 곳은 도대체 얼마나 되죠?"

"4킬로미터."

"그럼 가깝군."

아스타호프가 말했다. 그리고 의자에 앉아 장화를 벗었다.

"그런데 이 각반은 어디에다 말려야 하지?"

동쪽 하늘이 밝아오자 모두 출발했다. 변두리의 우물가에서 처녀가 맨발로 물통에 물을 긷고 있었다. 크루치코프가 말을 세웠다.

"아가씨, 물 좀 줄래요?"

아가씨는 한 손으로 무명 스커트를 들어올리고 장밋빛 다리로 물웅덩이를 철벅거리며 건너와, 짙은 눈썹이 난 회색 눈에 미소를 띠면서 물통을 내밀었다. 크루치코프는 물을 벌컥벌컥 마셨다. 무거운 물통을 공중에 받친 그의 손이 긴장으로 덜덜 떨렸다. 바지의 붉은 옆줄 위에 물이 뚝뚝 떨어지고, 그것이 작은 물방울이 되어 아래로 흘렀다.

"고마워요, 잿빛 눈의 아가씨!"

"뭘요."

그녀는 웃으면서 물통을 받아들고는 자꾸 뒤돌아보면서 걸어갔다.

"어이, 어째서 웃지? 어때, 우리와 함께 가지 않겠니?"

크루치코프가 안장 위에서 뒤로 한 걸음 물러나면서 자리를 비워 주는 시늉을 했다.

"꾸물대지 마!"

아스타호프가 그 자리를 떠나면서 소리쳤다.

"반했나?"

르바체프가 놀리면서 곁눈질로 크루치코프를 노려보았다.

"저 아가씨는 마치 비둘기처럼 다리가 빨간데."

크루치코프가 말했다. 그러자 모두 명령이라도 내린 것처럼 일제히 그녀를 돌아보았다. 아가씨는 우물의 틀에 올라타듯이 해서 탱탱하게 둘로 나뉜 엉덩이를 높이 쳐들고는, 붉은색의 탄탄해 보이는 다리로 버티어 물을 길었다.

"저런 걸 마누라로 얻으면 좋겠군."

포포프가 한숨을 내쉬었다.

"채찍을 써서 당장에 너하고 결혼시켜 줄까?"

아스타호프가 권했다.

"채찍을 쓴다고?"

"흘레를 시켜 주겠다는 거야?"

"이 자식은 불알을 까야 돼!"

"모두 달려들어서 소를 거세시킬 때처럼 해 줄까?"

카자흐들은 왁자하게 웃으면서 달려갔다. 근처의 작은 언덕에 올라가니 저지대에서 저쪽 구릉에 걸쳐서 펼쳐진 류보프의 시가지가 보였다. 뒤쪽 언덕 너머에서 해가 솟아올랐다. 한쪽 전봇대에서 종달새 한 마리가 날아올랐다.

아스타호프는 최근에 하사 교육을 마쳤으므로 초소장에 임명되었다. 그는 국경 안 도시 변두리의 맨 끝쪽 집을 골라 그곳에 초소를 세우기로 했다. 수염을 깨끗하게 깎고 하얀 펠트 모자를 쓴 안짱다리의 폴란드인 주인이 카자흐들을 광으로 안내해서, 말을 매어 둘 곳을 가르쳐 주었다. 광 뒤와 듬성하게 세운 산울타리 저쪽에는 푸른 토끼풀이 가득 나 있었다. 바로 눈앞의 숲이 있는 곳까지 언덕은 높아져 가고, 그 앞에 길 때문에 나누어진 누런 보리밭이 물결쳤으며, 또 그쪽에는 다시 싱싱한 토끼풀 들판이 이어졌다. 차례로 쌍안경을 가지고 광 뒤의 도랑가에 나가서 보초를 섰다. 남은 사람들은 시원한 광 속에 누워서 지냈다. 광 안에서 물크러진 보리 냄새, 왕겨 냄새, 쥐똥 냄새, 눅눅한 흙의 시큼한 곰팡내가 뒤섞여 풍겼다.

이반코프는 어두운 구석 쟁기 옆에 자리를 펴고는 저녁때까지 계속 그곳에서 자고 있었다. 그는 들이치는 햇살이 그의 얼굴을 붉게 비칠 무렵에야 잠에서 깨어났다. 크루치코프가 그의 목을 꼬집어 당기면서 말했다.

"가만히 두니까 잠만 자고 있어. 이봐, 턱이 늘어져 버렸어! 이새끼, 얼른 일어나서 독일놈이 있나 보러 나가!"

"까불지 마, 코지마!"

"일어나라니까!"

"치워! 그만두란 말야! 이제 일어날 테니까."

그는 얼굴을 붉히고 볼을 불룩거리며 일어나 짧은 돼지목의 머리를 흔들면서 코를 벌름거렸다―눅눅한 땅바닥에 누워 있었으므로 몹시 추웠던 것이다―

그리고 탄띠를 고쳐 매고는 소총을 질질 끌고 문으로 걸어갔다. 슈체골코프와 교대해서 쌍안경을 들여다보며 오래도록 서북쪽의 숲을 지켜보았다.

누런 보리밭에 물결을 일으키며 바람이 불고 있었다. 파랗게 튀어나온 오리나무숲에 석양이 붉은 빛을 뿌리고 있었다. 시내 뒤쪽 강에서—그 강은 깨끗하게 푸른 반원형을 이루며 흐르고 있었다—목욕을 하는 아이들의 떠드는 소리가 들려왔다. 그리고 여자의 낮은 목소리가 들렸다.

"스타샤! 스타샤! 이리와."

슈체골코프가 뒤로 돌아서서 담배를 말고는 돌아가면서 말했다.

"석양이 붉군. 바람이 불겠는데."

"응, 바람이 불겠다."

이반코프가 맞장구쳤다.

밤이 되자 말의 안장을 내려 주었다. 시내는 불이 완전히 꺼지고 정적 속에 가라앉았다.

이튿날 아침에 크루치코프가 이반코프를 광에서 불러냈다.

"시내에 가 보자."

"무엇하러?"

"뭔가 맛있는 것을 구해서 한잔하는 거야."

"안 될걸."

이반코프가 의심스럽다는 표정으로 말했다.

"문제없어. 벌써 이 집 주인에게 물어 봤어. 저기 저 농장에 기와로 인 창고가 보이지?"

크루치코프가 길게 자란 검은 손톱을 들어 그쪽을 가리켰다.

"저기 유대인이 맥주를 갖고 있다는군. 안 갈래?"

두 사람이 길을 나서는데 아스타호프가 광문에서 얼굴을 내밀고 그들에게 물었다.

"어딜 가지?"

아스타호프보다 계급이 높은 크루치코프가 별거 아니라는 듯이 대답했다.

"금방 갔다 올 거야."

"어이, 돌아와!"

"시끄러워!"

머리칼이 텁수룩하게 눈꺼풀까지 흘러내린 늙은 유대인이 공손히 절을 하면서 카자흐들을 맞았다.

"맥주 있나?"

"아니, 이젠 떨어졌습니다, 카자흐님."

"돈은 낼 테니까 얼른 줘."

"오, 하느님, 어떻게 내가 그런…… 글쎄, 카자흐님! 이 정직한 유대인의 말을 믿어 주십시오. 맥주는 이제 없습니다요."

"거짓말 마라, 유대놈!"

"정말입니다, 카자흐 나리! 정말입니다."

"새끼, 거짓말을."

크루치코프가 화를 내면서 바지 주머니에 손을 넣어서 닳아빠진 지갑을 꺼냈다.

"얼른 가져와. 말을 안 들으면 그냥 안 둘 테니까!"

유대인은 손바닥에 놓인 은화를 꽉 쥐더니 말려 올라간 눈꺼풀을 내려뜨리고 현관으로 물러갔다. 그러더니 잠시 뒤에 보리껍질이 잔뜩 묻은 보드카 병을 들고 왔다.

"없다고 해 놓고, 이 새끼."

"나는 맥주가 없다고 했습니다."

"그래, 됐어. 뭐든 안주 좀 줘."

크루치코프가 기세 좋게 병마개를 뽑아서, 군데군데 이가 빠진 잔에 가득 따랐다.

두 사람은 거나하게 취해서 그곳을 나왔다. 크루치코프는 비틀거리면서 창문을 향해 주먹을 쳐들고 위협하는 시늉을 했다.

아스타호프는 광 속에서 따분하게 지냈다. 벽 저쪽에서는 말들이 음울한 소리를 내면서 마른풀을 씹고 있었다.

저녁때 포포프가 보고서를 가지고 본부로 돌아갔다. 그날 하루는 아무 일 없이 지나갔다.

해 질 녘, 마을 위로 칼자국 같은 노란 초승달이 떠올랐다.

가끔 뒷마당의 사과나무에서 익은 사과가 떨어지는 눅눅하고 둔한 소리가 들려왔다. 거의 한밤중이 되어서 이반코프는 시내의 거리 쪽에서 들려오는 말굽 소리를 들었다. 도랑 속에서 기어올라와서 둘러보았지만, 마치 붕대라도 감은 것처럼 구름이 드리워져 언저리가 온통 두꺼운 잿빛 어둠에 싸였으므로 아무것도 볼 수 없었다.

그는 광 입구에서 자고 있던 크루치코프를 흔들어 깨웠다.

"코지마, 기병이 왔다. 일어나!"

"어느 쪽에서?"

"시내 쪽이야."

두 사람은 밖으로 나갔다. 100미터쯤 떨어진 큰길에서 딸그락거리는 말굽소리가 들렸다.

"마당으로 나가 보자. 그쪽이 더 잘 들릴 거야."

안채 옆을 지나서 마당 쪽으로 뛰어가 울타리 밑에 몸을 숨겼다. 분명하지 않게 들리는 사람 소리, 등자가 부딪치는 소리, 안장이 삐걱거리는 소리가 점점 다가왔다. 그러면서 말 탄 사람들의 윤곽이 희미하게 떠올랐다. 그들은 4줄로 서서 오고 있었다.

"누구냐!"

"그쪽은 누구야!"

선두에 있던 사람이 높은 소리로 되물었다.

"누구야! 쏜다!"

크루치코프가 노리쇠[11]를 찰칵거렸다.

"워, 워!"

한 사람이 말을 세우고 울타리 옆으로 다가왔다.

"우리는 국경수비대인데, 그쪽은 보초인가?"

"보초다."

"몇 연대인가?"

"제3카자흐 연대다."

---

11) 탄알을 소총의 약실에 장전하고, 사격한 뒤에는 탄피를 빼낼 수 있게 만든 장치.

"트리신, 어느 부대 사람인가?"

어둠 속에서 들려오는 물음에 가까이 있던 병사 하나가 대답했다.

"장교님, 카자흐의 보초입니다."

또 한 사람이 울타리 옆으로 왔다.

"아, 수고하는군, 카자흐 제군!"

"옛, 잘하고 있습니다."

이반코프가 우물쭈물하면서 대답했다.

"언제부터 여기 와 있었나?"

"어제부터입니다."

나중에 온 사람이 성냥을 켜서 담뱃불을 붙였다. 그러자 국경수비대 제복을 입은 장교의 모습이 크루치코프의 눈에 들어왔다.

"우리들 국경수비대는 국경에서 철수하게 되었다."

장교는 궐련을 뻐끔대면서 덧붙였다.

"그러니까 이젠 자네들이 최전선임을 명심하게. 적은 아마 내일쯤이면 이 근처까지 오겠지."

"그럼 당신들은 이제 어디로 가는 겁니까?"

크루치코프가 방아쇠에 손가락을 건 채 물었다.

"우리들은 여기서 2킬로미터쯤 되는 곳에서 본대에 합류하기로 했다. 그럼 전진이다! 자네들도 수고하게!"

"잘 가시오."

바람이 달을 가린 구름을 불어제쳐 버렸다. 그러자 시가지 위에, 마당의 무성한 나무들 위에, 끝이 올라간 광의 지붕 위에, 언덕을 올라가는 수비대 병사들 위에 노란 고름 같은 생기 없는 달빛이 쏟아져 내렸다.

아침이 되자 르바체프가 보고서를 가지고 중대로 돌아갔다. 아스타호프는 주인과 교섭해서, 돈을 좀 주고 말먹이로 뒤뜰의 토끼풀을 베기로 했다. 동이 트기 전에 말에 안장을 얹어 놓았다. 적과 코끝을 마주하고 뒤로 남겨진다는 것이 카자흐들을 겁먹게 했다. 지금까지는 자기들 전방에 아직 수비대가 있다는 것을 알고 있었으므로 이런 불안감은 조금도 느껴지지 않았는데, 국경이 텅 비었다는 말을 듣고는 갑자기 그런 기분에 휩싸였다.

이 집의 풀밭은 광 뒤쪽에 있었다. 아스타호프는 이반코프와 슈체골코프에게 풀을 베라고 명령했다. 주인은 우엉잎 모양의 하얀 펠트[12] 모자를 쓰고 그들을 풀밭으로 안내했다. 슈체골코프가 풀을 베고, 이반코프가 축축하고 무거운 풀을 긁어모아서 작은 다발로 묶었다. 바로 그때 국경으로 통하는 가도를 쌍안경으로 감시하던 아스타호프가, 들판 서남쪽 방향에서 달려오는 아이를 발견했다. 아이는 털빛이 바랜 산토끼와 똑같은 모습으로 언덕을 뛰어내려와 아주 멀리서부터 소매를 흔들며 뭐라고 소리를 질러 댔다. 그는 가까이에 오자 숨을 헐떡거리면서 눈을 크게 뜨고는 큰 소리로 말했다.

"카자흐 아저씨, 독일군이 와요! 저쪽에서 독일군이 와요!"

아이는 긴 소매를 코끼리 코처럼 늘어뜨렸다. 아스타호프는 재빨리 쌍안경을 들여다보았다. 그러자 멀리 저쪽에 나타난 기병의 밀집부대가 둥근 렌즈에 잡혔다. 그는 쌍안경을 눈에 댄 채 소리쳤다.

"크루치코프!"

크루치코프가 기울어진 광문에서 뛰어나와 주위를 둘러보았다.

"빨리 가서 불러 와! 독일군이다! 독일의 정찰대가 왔다!"

크루치코프가 뛰어가는 발소리가 들렸다. 불그스름한 초원 저쪽으로 움직이고 있는 한 떼의 기마병들이 이제 쌍안경으로 뚜렷하게 보였다.

그는 독일병의 밤색 말과 푸르게 그을린 군복을 알아볼 수 있었다. 20명이 좀 넘는 그들은 줄이 흐트러진 채로 한 덩어리가 되어 달려왔다. 서북쪽에서 오리라고 생각했었는데, 서남쪽에서 나타났던 것이다. 그들은 가도를 가로질러서, 류보프의 시가지가 자리잡은 분지를 둘러싼 언덕을 비스듬하게 달려왔다.

이반코프는 바싹 마른 입술 사이로 이로 깨문 혀끝을 내밀고, 긴장한 나머지 콧김을 불면서 풀을 한 아름씩 다발로 묶고 있었다. 안짱다리의 폴란드인 주인은 얼굴을 찌푸린 채, 모자 챙 밑으로 풀을 베는 슈체골코프를 열심히 바라보고 있었다.

"이것도 낫이라고 할 수 있나?"

슈체골코프가 장난감처럼 작은 낫을 마구 휘두르면서 욕을 해댔다.

---

12) 양털 등 짐승의 털에 열과 압력과 수분을 가해서 만든 천.

"이런 걸로 베었소?"

"그렇지요."

납작하게 짓씹은 담뱃대의 물부리[13]를 혀로 핥으며 폴란드인이 대답했다. 그리고 손가락 하나를 허리띠에서 뽑아냈다.

"이런 낫으로는 여자의 그곳 털 정도밖에 베지 못해!"

"음!"

폴란드인이 끄덕였다.

이반코프는 픽 웃었다. 그는 무엇인가 말하려고 하다가, 밭 가운데를 달려오는 크루치코프를 보았다. 크루치코프가 군도를 쳐들고 갈아 놓은 밭의 흙덩어리에 걸려 주춤거리면서 달려오는 것이었다.

"멈춰!"

"또 무슨 일이 일어났나?"

슈체골코프가 낫을 땅바닥에 꽂고 물었다.

"독일군이다."

이반코프가 풀다발을 내던졌다. 주인은 벌써 탄환이 머리 위로 날아오기라도 하는 양 두 손이 땅에 닿을 정도로 몸을 숙인 채 집으로 달려갔다.

광으로 돌아온 그들은 숨을 헐떡이면서 말에 뛰어올랐다. 마침 그때 1개 중대의 러시아군이 펠리칼리에 쪽에서 시내로 들어오는 것이 보였다. 카자흐들은 그쪽으로 달려갔다. 아스타호프는 중대장에게, 지금 독일 정찰대가 언덕을 따라 이 도시를 우회하고 있다고 보고했다. 대위는 서리처럼 먼지가 덮인 장화의 발끝을 바라보면서 물었다.

"인원은?"

"20명이 좀 넘습니다."

"좋아, 너희들은 놈들을 차단하라. 우리는 여기서 사격할 테니."

그는 중대를 돌아보며 당장에 지시를 내렸다. 그러자 병사들은 서둘러 위치를 잡았다.

카자흐들이 언덕으로 달려 올라갔을 때에는 벌써 독일병들이 그들을 앞질러

---

13) 담뱃대에서 입에 무는 부분.

펠리칼리예로 통하는 가도를 가로질러 속보로 달려가고 있었다. 꼬리를 짧게 자른 연한 적색 말을 탄 장교가 선두에 있었다.

"추격! 놈들을 제2초소 쪽으로 몰아넣어라!"

아스타호프가 명령했다.

시내에서 그들과 한번 부딪쳤던 국경수비대의 기병 하나가 대열에서 뒤처졌다.

"무슨 일인가! 발이라도 삐었나!"

아스타호프가 돌아보며 소리쳤다.

수비병은 손을 내저었다. 그리고 보통 걸음으로 시내 쪽으로 내려갔다. 카자흐들은 전속력으로 쫓아갔다. 독일군 용기병들의 푸른 군복이 육안으로도 뚜렷이 보일 정도가 되었다. 그들은 시내에서 3킬로미터쯤 떨어진 농장의 제2초소 쪽으로 느린 속도로 달려가고 있었다. 그러면서 가끔 이쪽을 돌아다보았다. 양쪽의 거리가 많이 좁혀졌다.

"사격!"

아스타호프가 안장에서 뛰어내려와 쉰 소리로 외쳤다.

고삐를 손에 감고 선 채로 일제사격을 퍼부었다. 이반코프의 말이 꼿꼿하게 서 있다가, 타고 있는 주인을 떨어뜨렸다. 떨어지면서 이반코프는 독일병 하나가 말에서 떨어지는 것을 보았다. 처음에는 그 독일병의 몸이 옆으로 천천히 기울어져 갔는데, 갑자기 두 손을 내밀면서 거꾸로 떨어졌다. 독일병들은 멈추지도 않고, 등에 멘 자루에서 기병총을 꺼내지도 않은 채 빠른 속도로 도망쳐 뿔뿔이 흩어졌다. 바람이 그들의 창끝에 달린 비단 삼각기를 펄럭이게 했다. 아스타호프는 먼저 말에 올라타 부지런히 채찍질을 했다. 독일 정찰대는 급커브를 그리면서 왼쪽으로 꺾었다. 카자흐들은 그 뒤를 쫓아서, 아까 독일병 하나가 낙마했던 곳에서 70미터쯤 앞에까지 말을 달려갔다. 거기에서부터는 구릉지로 얕은 골짜기가 종횡으로 뻗어 있고, 여기저기에 험한 벼랑이 나타났다. 독일병이 골짜기 건너편 쪽으로 올라가기를 기다렸다가, 카자흐들은 말에서 내려 등 뒤에서 다시 총화(銃火)를 퍼부었다. 제2초소 앞쪽에서 또 한 사람이 쓰러졌다.

"떨어졌다!"

크루치코프가 등자에 발을 얹고 소리쳤다.

"보고 있어, 저쪽 광장에서 우리 군대가 뛰어나올 테니! 저기에 제3초소가 있어."

아스타호프는 담뱃진으로 노랗게 된 손가락으로 연발총에 새 탄환을 재면서 중얼거렸다.

독일병들은 보통 속보로 바꾸더니 농장 옆을 지나면서 그쪽을 바라보았다. 하지만 저택 안은 텅 비어 있고, 기와지붕 건물에 해만 쨍쨍 내리쬐고 있었다. 아스타호프는 말 위에서 한 발 쏘았다. 맨 뒤의 독일병이 잠깐 멈추려다가 총소리를 듣자 머리를 쳐들고는 말에 박차를 가했다.

나중에 안 일이지만, 그 제2초소에 있던 카자흐들은 농장에서 반 킬로미터쯤 떨어진 곳에 통신선이 끊어졌음을 알고는 그 밤 안으로 철수해 버린 것이었다.

"좋아, 제1초소 쪽으로 몰고 가자."

아스타호프가 모두들에게 말했다.

이때 비로소 이반코프는 아스타호프의 콧구멍이 막혀 버릴 만큼 묽은 점막이 콧구멍에 늘어진 것을 보았다.

"놈들은 어째서 저항하지 않지?"

그는 소총을 등에 메면서 시시하다는 표정으로 물었다.

"기다려 봐."

슈체골코프가 탄저병에 걸린 말처럼 헐떡이면서 무뚝뚝하게 말했다.

독일병은 이제 뒤도 돌아보지 않고 바로 앞에 있는 움푹한 곳으로 내려갔다. 그곳 건너편에는 경작지가 검게 펼쳐져 있고, 이쪽에는 흰독말풀이 무성했으며, 군데군데 떨기나무가 보였다. 아스타호프는 말을 세우고, 모자를 벗어서 손등으로 구슬 같은 땀을 닦았다. 그는 모두를 둘러보며 침을 탁 뱉고 말했다.

"이반코프, 저 움푹한 곳까지 가서 놈들이 어디로 가는지 보고 와."

등이 땀에 흠뻑 젖고 얼굴이 붉은 벽돌빛으로 된 이반코프는 바싹 마른 입술을 핥으면서 떠났다.

"한 대 피우지."

크루치코프가 채찍으로 말파리를 쫓으면서 작은 소리로 말했다.

이반코프는 등자를 버티고 낮은 땅을 내려다보면서 천천히 나아갔다. 처음에는 번쩍거리는 창날이 그의 눈에 비쳤는데, 잠시 뒤 말머리를 돌렸을 때 언덕 비탈을 달려 올라와 이쪽을 향해 오는 독일병들을 발견했다. 말머리를 돌리는 그 짧은 순간에 장교의 수염 없는 무뚝뚝한 얼굴과 당당한 승마 모습이 이반코프의 머릿속에 뚜렷하게 새겨졌다. 독일병들의 말굽 소리가 심장에 쾅쾅 울렸다. 이반코프는 오싹해지는 차가운 죽음의 길을 등에 뚜렷이 느꼈다. 그는 말머리를 돌려 전력을 다해 아군 쪽으로 달려갔다.

아스타호프는 담배쌈지를 넣을 틈이 없자 당황하여 그것을 주머니에 넣으려다 떨어뜨리고 말았다.

이반코프의 등 뒤에 나타난 독일병의 모습을 보고, 크루치코프가 맨 먼저 달려갔다. 독일병의 우익이 이반코프의 퇴로를 차단하고 있었다. 그들은 마치 화살과 같은 속도로 이반코프를 쫓았다. 이반코프는 말에 채찍질을 하면서 연신 뒤를 돌아보았다. 핏기가 사라진 얼굴이 심하게 떨리고, 눈알이 튀어나올 것처럼 느껴졌다. 아스타호프가 안장머리에 몸을 숙이고 앞장서서 달려갔다. 크루치코프와 슈체골코프가 갈색 모래먼지를 일으키면서 그 뒤를 따랐다.

'아, 이제 곧 잡힌다.'

이반코프는 그 생각으로 가득하여 이미 저항한다는 것은 생각하지도 못했다. 뚱뚱하고 커다란 몸을 공처럼 오그리고 말갈기에 얼굴을 찰싹 붙였다.

키가 큰 붉은 머리칼의 독일병이 그를 쫓아왔다. 창을 뻗어서 그의 등을 한 번 찔렀다. 창끝이 혁대를 꿰뚫고 몸에 비스듬하게 5푼[14]쯤 들어갔다.

"어이, 도와줘!"

이반코프는 정신없이 외치고 군도를 휙 뽑았다. 그는 옆구리 쪽을 찌르려는 두 번째 창을 뿌리쳐 피하고는, 등자에 우뚝 서서 왼쪽으로 비껴 나간 독일병의 등에 칼을 내리쳤다. 그는 포위되고 말았다. 건강한 독일병의 말이 그의 말 옆구리에 가슴을 부딪쳐 왔으므로 쓰러질 뻔했다. 그때 이반코프는 고통으로 무섭게 일그러진 적병의 얼굴을 바로 가까이에서 보았다.

아스타호프가 맨 먼저 달려왔다가 옆으로 밀려났다. 그는 군도를 휘두르며 안장 위에서 미꾸라지처럼 몸을 비틀었다. 모습이 완전히 변해서 시체처럼 핼쑥했다. 독일병의 세이버[15] 끝이 이반코프의 목을 살짝 스쳤다. 용기병 하나가

---

14) 길이의 단위. 1푼은 약 0.33cm.
15) 허리에 차는 날이 휜 기병용(騎兵用) 칼.

왼쪽에서 그에게 덤벼들었다. 치켜든 세이버가 눈부시게 번쩍였다. 이반코프는 군도로 막았다. 날과 날이 맞부딪쳐서 불꽃이 튀었다. 뒤쪽에서 창을 그의 어깨 띠에 걸고는 끈질기게 당겨서, 결국 그것을 어깨에서 벗겨 냈다. 높이 쳐든 말의 목 쪽에 주근깨투성이인 중년 독일병의 새빨갛게 충혈되고 땀에 젖은 얼굴이 보였다. 그는 세이버를 마구 휘둘러 이반코프의 가슴을 찌르려고 노리고 있었다. 하지만 세이버가 닿지 않자 독일병은 그것을 내던지고 안장에 묶어 둔 주머니를 찢고 기병총을 꺼내려고 했다—놀란 듯 갈색 눈을 깜박거리면서도 이반코프에게서 잠시도 눈을 떼지 않은 채. 그런데 그가 총을 꺼낼 틈도 없이 크루치코프가 말과 함께 달려와 창으로 그를 찔렀다. 그러자 독일병은 빛바랜 푸른 군복의 가슴을 쥐어뜯고 뒤로 비틀거리면서 알 수 없는 소리를 질렀다.

"마인 고트!"(신이시여!)

그 옆에서 용기병 칠팔 명이 크루치코프를 둘러쌌다. 적은 그를 사로잡을 생각이었던 모양이지만, 그는 말을 곧추세우고 온몸을 떨면서 군도를 휘둘렀다. 그러다가 군도를 떨어뜨리고 말았다. 그러자 옆에 있던 독일병의 창을 빼앗아서, 이번에는 마치 훈련 때처럼 종횡무진으로 찔러댔다.

재빨리 물러선 독일병들은 세이버로 그 창날을 베어 떨어뜨렸다. 토박한 점토질의 작은 삼각형 밭 옆에서 마치 바람에 날리는 나뭇잎처럼 쫓고 쫓기면서 뒤엉켜 싸웠다. 공포로 인해 야수가 된 아스타호프와 독일병들은 서로 등이건 팔이건 총이건…… 닥치는 대로 베고 내리쳤다. 죽음의 공포에 겁을 먹은 말들은 제멋대로 날뛰고 뒤얽혔다. 이반코프는 정신을 차린 뒤 자기에게 덤벼드는 얼굴이 길고 창백한 용기병의 머리를 몇 번이나 짜개 버리려고 했다. 하지만 군도는 철모의 딱딱한 강철에 맞아 그때마다 그냥 미끄러졌다.

아스타호프는 한쪽으로 혈로(血路)를 열고 피투성이가 되어 도망쳤다. 독일 장교가 그 뒤를 쫓았다. 아스타호프는 소총을 어깨에서 벗겨서 잘 겨냥하여 그를 쏘아 쓰러뜨렸다. 이것을 계기로 백병전은 끝났다. 장교까지 잃어버린 독일병들은 지리멸렬이 되어 퇴각해 갔다. 카자흐들은 쫓지도 않고, 뒤에서 사격을 퍼붓지도 않았다. 그들 역시 곧장 펠리칼리예 시내에 있는 본부로 돌아왔다. 독일병들은 말에서 떨어져 다친 전우를 데리고 국경 쪽으로 물러갔다.

반 킬로미터쯤 달려오는데 갑자기 이반코프가 비틀거리며 말했다.

"난 이제 안 되겠어…… 떨어질 것 같아!"

그는 말을 세웠다. 하지만 아스타호프가 재빨리 그의 말고삐를 잡았다.

"평보!"

크루치코프는 얼굴에 묻은 피를 손바닥으로 훔치고 가슴을 만져 보았다. 윗옷에 새빨간 피가 잔뜩 묻어 있었다. 제2초소가 있던 농장 근처에서 그들은 두 패로 갈라졌다.

"오른쪽으로 가자."

아스타호프는 저택 저쪽의 오리나무 숲속에 보이는, 동화에라도 나올 듯한 푸른 빛 늪을 가리키면서 말했다.

"아냐, 왼쪽으로!"

크루치코프가 주장했다.

그래서 두 패로 갈라진 것이었다. 아스타호프와 이반코프는 꽤 늦어서야 시내에 도착했다. 중대의 동료 카자흐들이 시외까지 마중 나와 있었다.

이반코프는 갑자기 고삐를 놓고는 말에서 뛰어내렸지만 비틀거리며 쓰러지고 말았다. 화석처럼 굳은 그의 손에서 간신히 군도를 빼냈다.

그로부터 1시간쯤 지나 중대원 거의 모두가 독일 장교가 죽어 있는 곳으로 갔다. 카자흐들은 구두와 군복과 무기를 빼앗고는 그 주위에 모여서, 이를 악문 채 벌써 누렇게 된 젊은 장교의 죽은 얼굴을 바라보았다. 우스티 호표르스카야 마을에서 온 카자흐인 타라소프는 죽은 사람이 찬 은시계를 재빨리 훔쳐서는 그 자리에서 소대 하사에게 팔아넘겼다. 지갑 속에는 약간의 돈과 편지와 희끄무레한 머리칼을 한 뭉치 넣은 봉투, 오만한 미소를 띤 소녀의 사진이 들어 있었다.

9

뒤에 이 일은 위대한 훈공으로 받들어졌다. 중대장의 총애를 받고 있던 크루치코프는 그의 보고로 성 게오르기우스 훈장을 받았다. 다른 동료들은 그늘에 묻혀 버렸다. 이 영웅은 사단사령부로 옮겨졌고, 페테르부르크나 모스크바에서 명사 부인이며 장군들이 그를 보러 와서 다시 3개의 십자훈장을 받고는 전쟁이 끝날 때까지 그곳에서 빈둥거리며 지냈다. 귀부인들은 경탄하면서 이 돈 카자흐에게 값비싼 궐련이며 과자를 대접했다. 그는 처음에는 같은 얘기를 몇 번이나 되풀이해서 그들에게 들려주었는데, 그러다가 장교 계급장을 단 사단사령부의 비열한 무리의 영향을 받아 이윽고 그것을 훌륭한 자랑거리로 삼게 되었다. 그는 자신의 '공명담'을 이리저리 각색해서 넉살 좋게 거짓말을 했다. 그런데도 귀부인들은 그 이야기에 감동의 눈물을 흘리고, 이 카자흐 영웅의 주근깨투성이인 강도 같은 얼굴을 황홀하게 바라보았다. 모두에게도 그러는 편이 차라리 재미있고 즐거웠던 것이다.

한번은 차르가 사령부를 방문한 적이 있었다. 크루치코프에게도 배알이 허락되었다. 졸린 듯한 얼굴의 붉은 머리칼의 황제는 마치 말을 보듯 크루치코프를 바라보고, 음산하고 부석한 눈꺼풀을 꿈틀거리면서 그의 어깨를 가볍게 두드렸다.

"카자흐의 용사군."

그러고는 시종을 돌아보며 말했다.

"어이, 광천수를 좀 주지 않겠나."

앞머리를 꼿꼿이 든 크루치코프의 얼굴은 신문이나 잡지에 끊임없이 실렸고, 크루치코프의 수중에는 담배가 떨어질 날이 없었다. 니즈니 노브고로드의 장사꾼들은 그에게 황금으로 만든 칼을 선사했다.

폰 렌넨칸프 장군은 아스타호프가 죽인 독일 장교에게서 벗겨온 군복을 커다란 합판에 핀으로 고정시켜서, 그것을 받쳐 든 부관과 크루치코프를 자동차에 동승시키고는 전장으로 막 나가는 군대의 대열 앞을 지나가며 불을 토하는 듯한 격려 연설을 했다.

그런데 실제로는 어떠했던가?—자신과 같은 인간인 적병들을 냉혹하게 쓰러뜨려 죽일 줄 모르는 자들이 죽음의 전쟁터에서 맞부딪치고, 서로가 동물적인 공포에 싸인 채 서로 베고, 무턱대고 서로 때려서 자신도 다치고 말도 쓰러지고, 그리고 누군가를 쏘아죽인 총소리에 놀라서 이리저리 도망치고, 정신적으로 일그러져 서로 흩어져 갔던 것이다.

그것이 위대한 훈공이라고 불려진 것이었다.

10

끝없이 길게 이어진 전선(戰線)은 아직 형성되어 있지 않았다. 때때로 국경 근처에서 기병(기마병)의 충돌과 작은 싸움이 일어날 뿐이었다. 선전 포고가 있은 뒤 얼마 동안 독일군 사령부에서는 더듬이를 늘어뜨리는 것처럼 강력한 기병 정찰대를 보낼 뿐이었다. 이들은 아군의 초소 부근에 출몰해서는 부대 배치며 인원을 탐색해 가는 것으로, 아군에서는 상당한 위협을 느꼈다. 칼레딘 장군이 거느린 제12기병 사단이 브르시로프의 제8군의 전선에 나아갔다. 좌익에서 제11기병 사단이 오스트리아 국경을 넘어갔다. 그 일부가 레시뉴프와 브로디를 공격해서 점령하고, 거기에 머물면서 오스트리아군에 대한 진지(陣地)를 구축했다. 그런데 헝가리 기병대가 측면에서 인근의 기병을 습격해 와 이쪽 진영을 완전히 혼란시켰는데, 아군은 그들을 별 어려움 없이 브로디까지 쫓아 버렸다.

그리고리 멜레호프는 레시뉴프시 근처의 전투 뒤에 찌르는 듯한 마음의 아픔에 시달렸다. 그는 두드러지게 여위고 몸무게가 줄어들었다. 행군중이나 쉬고 있을 때나 혹은 잠자고 있을 때에도 먼젓번에 철책 옆에서 베어 죽인 그 오스트리아 병사의 모습이 끊임없이 눈앞에 어른거렸다. 그는 기묘할 정도로 자주 그 최초의 백병전을 떠올리며 꿈까지 꾸었다. 그리고 꿈속에서 여러 가지 생각이 되살아나서 창자루를 잡고 있는 자기 오른손이 꿈틀꿈틀 떨리는 것을 뚜렷하게 느끼는 것이었다. 잠에서 깨어나면 그는 그 지겨운 꿈을 쫓아 버리려고 감은 눈꺼풀이 아플 정도로 손바닥으로 문질렀다.

익은 보리는 무수한 기병들에게 짓밟혔다. 갈리치아 온 지역에 우박이라도 내린 것처럼 뾰족한 편자 자국이 남았다. 병사들의 무거운 장화가 가도를 짓밟고, 포장도로를 쿵쿵 울리고, 8월의 진흙길을 짓이겼다.

전투가 벌어졌던 곳에서는 음울한 대지의 얼굴이 마치 천연두라도 걸린 것처럼 포탄으로 뚫어지고, 인간의 피를 빨아먹은 강철과 편자 조각이 땅속에서 붉게 녹슬어 갔다. 밤마다 지평선 저쪽 하늘에 새빨간 놀이 퍼져서 마을이나 시가지가 붉게 물들어 보였다. 나무 열매가 익고 오곡이 여물어 가는 8월이 되자 하늘은 찌푸린 잿빛 표정을 지을 때가 많고, 가끔 맑게 갠 날이 오면 찌는 것처럼 더웠다.

8월도 거의 끝나 갔다. 과수원의 나뭇잎은 누렇게 되고, 접목 자국에서는 죽음의 수액이 흘러나왔다. 그것은 멀리서 보면 마치 나무들이 상처를 입어 새빨간 피를 흘리고 있는 것 같았다.

그리고리는 중대의 동료들에게서 나타나는 여러 가지 변화를 흥미롭게 관찰했다. 최근 야전병원에서 돌아온 프로호르 즈이코프는 볼에 말편자에 차인 흉터가 나 있었는데, 아직도 입가에는 고통과 의혹의 그늘이 남아 있고 새끼양처럼 순한 눈을 전보다 더 자주 깜박거렸다. 예고르 샤르코프는 말끝마다 듣기 거북스런 욕설을 해대고는 전보다도 더 심하게 음탕한 얘기를 지껄이게 되었으며, 세상의 온갖 것을 저주했다. 그리고리와 같은 마을에서 온 예멜리얀 그로셰프는 착실하고 근면한 카자흐였는데 갑자기 피부가 숯처럼 새까맣게 되고 가끔 바보처럼 큰 소리로 웃게 되었으며 그 웃음은 아무래도 거짓 같고 음산했다. 모두의 얼굴에 변화가 나타났다. 모두들 각기 전쟁에 의해 뿌려진 씨를 자기 태내에 품고 그것을 길러갔다―최근에 시골에서 끌려와 곧바로 죽음의 공포 한복판에 내던져진 젊은 카자흐들은 누구든지 베어 넘겨져 시들고 모양이 변해 가는 풀줄기를 연상시켰다.

연대는 전선에서 철수했고, 3일간의 휴가가 주어졌다. 그 사이는 돈에서 온 증원군에 의해 보충되었다. 중대가 지주네 못으로 목욕하러 갈 준비를 서두르고 있을 때, 이 지주의 영지에서 3킬로미터쯤 떨어진 곳에 있는 정거장에서 기병 대부대가 왔다.

제3중대의 카자흐들이 둑으로 접어들었을 때 정거장을 나선 부대는 언덕을 달려 내려왔는데, 금방 그것이 카자흐 부대임을 알아볼 수 있었다. 프로호르 즈이코프는 몸을 굽힌 채 둑 위에서 훈련복을 벗어 버리고는 고개를 들고 한동안 바라보았다.

"어이, 돈 패거리야."

그리고리는 눈을 가늘게 뜨고 영지를 향해 천천히 오고 있는 기병의 종대를 바라보았다.

"보충 부대가 온 거야."

"우리를 보충하러 온 게 아닐까?"

"틀림없이 예비역을 소집해서 왔을 거야."

"어이, 저기 봐, 저건 스테판 아스타호프다! 저기 세 번째 줄에!"

그로셰프가 소리치며 짧게 웃었다.

"놈들도 소집당했구나."

"야, 저건 아니쿠시카다!"

"그리고리! 어이, 멜레호프! 저기 네 형이 있다. 보이나?"

"응, 보이고말고."

"얼마쯤 내놔. 임마, 내가 맨 먼저 발견해 주었잖아."

그리고리는 광대뼈 근처에 주름살을 지은 채, 페트로가 타고 있는 말을 가만히 처다보았다. '새 놈을 샀구나' 생각했다. 그러고는 오랫동안 만나지 못한 사이에 옛 모습이 완전히 사라지고 지금은 새까맣게 볕에 그을린 형의 얼굴로 시선을 옮겼다. 담황색 콧수염은 짧게 깎였고, 눈썹은 볕에 그을려서 은빛이었다. 그리고리는 모자를 벗고, 훈련 때처럼 손을 흔들며 형에게로 똑바로 걸어갔다. 그의 뒤로 거의 벌거벗은 카자흐들이 한꺼번에 둑을 달려 내려갔다. 줄기 속이 비어서 뚝뚝 부러지는 구릿대와 시들어 가는 우엉을 헤치면서.

보충 부대는 마당을 돌아서 연대가 머물고 있는 저택 안으로 들어갔다. 중년의 뚱뚱한 대위가 인솔해 왔다. 그 대위는 머리를 깨끗하게 깎고, 수염을 완전히 민 커다란 입을 한일자로 굳게 다물고 있었다.

'저 대장은 틀림없이 쉰 목소리에 성질은 비뚤어졌을 거다.'

그리고리는 이렇게 생각하면서 형에게 미소를 보냈다. 그리고리는 대위의 건장한 몸매와 칼미크산으로 보이는 그의 말을 흘끗 보았다.

"소대 종대, 줄줄이 우향 앞으로 갓!"

대위가 시원스러운 목소리로 호령했다.

"잘 왔어, 형!"

그리고리는 페트로에게 웃어 보이고 기쁨에 가슴을 두근거리며 소리쳤다.

"네가 있는 곳으로 와서 다행이구나. 그런데 너는 어떻게 지냈냐?"

"그럭저럭 무사해."

"잘 있었니?"

"응, 아직까지는."

"식구들이 안부 전하더구나."

"어때, 집은?"

"모두 잘 지낸다."

페트로는 털이 부풀부풀한 담적색 말의 엉덩이에 손을 대고 온몸을 뒤로 돌려서 그리고리의 미소를 띤 얼굴에 시선을 흘끗 보내고는 멀어져 갔다. 그 모습은 이내 다른 사람들의 먼지 묻은 등에 가려 뒤섞여 들어가 버렸다.

"어이, 잘 있었나, 멜레호프? 마을 사람들이 안부 묻더라."

"너도 왔구나!"

그리고리는 황금다발을 이룬 앞머리를 보자 미시카 코셰보이임을 알아차리고 웃었다.

"응, 왔어. 우리는 기장 낟알이나 줍고 돌아다니는 닭과 꼭 같아."

"그래, 열심히 쪼고 다녀라. 재빠르게 행동하지 않으면 반대로 네가 쪼이게 되니까."

"뭐, 문제없어."

셔츠 하나만 입은 예고르 쟈르코프가 둑 위에서 한쪽 다리를 들고 껑충껑충 뛰어내려왔다. 그는 몸을 옆으로 구부리고 두 손으로 바지를 쇠뿔처럼 벌린 뒤 비틀거리며 한쪽 발을 넣으려 애쓰고 있었다.

"야, 왔구나, 고향 친구들!"

"어이, 예고르 쟈르코프 아니냐?"

"우리 어머니는 어떻게 지내지?"

"잘 계셔."

"안부 전하라고 하시더군. 그런데 선물은 가져오지 않았어. 무거워서 말이야."

예고르는 평소에 없이 정색을 하고는 대답을 들었다. 그리고 다리가 떨려서 도무지 바지에 들어가지 않자, 엉덩이를 그대로 드러낸 채 당황한 모습을 숨기려는 듯이 풀밭에 앉았다.

하늘빛으로 칠한 담장 저쪽에 웃통을 드러낸 카자흐들이 서 있었다. 돈에서 보충으로 온 중대는 가도의 밤나무가 심어진 쪽을 지나서 저택 안으로 흘러들어갔다.

"고향 친구들, 잘 있었나?"

"뭐야, 너, 중개인 알렉산드르 아닌가?"

"안드레얀! 어이, 안드레얀! 이 코흘리개 자식, 나를 몰라?"

"어머니가 안부 전하시더라, 자식."

"그거 미안하게 됐군."

"그런데 보리스 벨로프는 어디 있지?"

"그 새끼가 몇 중대로 갔지?"

"분명히 4중대라고 했어."

"도대체 그건 어디 자식이야?"

"뵤센스카야의 자톤 마을 놈이야."

"도대체 그놈에게 무슨 볼일이 있나?"

옆에서 누군가가 물었다.

"꼭 만나야 해. 편지를 맡아 가지고 왔으니까."

"이봐, 그놈은 지난번 라이브로디 부근에서 싸우다 죽었어."

"정말이야?"

"그렇다니까! 내가 이 두 눈으로 똑똑히 봤어. 왼쪽 가슴에 탄환을 맞고 말이지."

"너희들 가운데 초르나야 레치카(검은 강) 쪽에서 온 사람은 없나?"

"없는데. 그럼 빨리 가 봐."

후미(後尾)가 저택 안으로 빨려 들어가자 중대는 마당 복판에 정렬했다. 둑은 다시 멱 감으러 돌아온 카자흐들로 꽉 메어졌다.

잠시 있으니까 이제 막 도착한 보충 부대의 무리가 찾아왔다. 그리고리는 형과 나란히 앉았다. 촉촉하고 부드러운 둑의 진흙은 지겹고 눅눅한 냄새를 풍겼다. 녹색 풀잎 끝에서는 물방울이 매달려 있었다. 그리고리는 셔츠의 이음새나 주름에 숨어들어 있는, 여위어서 쭈그러진 이를 잡으면서 얘기를 꺼냈다.

"페트로, 나는 말이야, 우울해서 못 견디겠어. 요즘은 마치 생죽음이라도 당하고 있는 듯한 기분이야! 마치 방앗간의 방아 밑에서 짓찧어진 뒤 사람들로부터 침이라도 뱉어지고 있는 것처럼 느껴져."

그의 쉰 목소리가 몹시 가련하게 울렸다. 이마에 비스듬하게 새겨진 굵은 주름이 어두운 그림자를 드리우고 있었다. 페트로는 그것을 본 순간 온몸에 찬물을 끼얹은 것처럼 오싹했다. 이것은 그리고리의 얼굴에서 처음 본 것으로, 그 때문에 모습이 변해서 다가갈 수 없는 서먹함을 느꼈다.

"어째서 그렇지?"

페트로가 물었다. 그리고 셔츠를 벗어서, 볕에 그을려 목선이 선명하게 드러난 새하얀 몸뚱이를 드러냈다.

"뭐, 그렇지 않아?"

그리고리는 빠른 어조로 말했다. 그 목소리에는 분노가 담겨 날카로웠다.

"사람을 죽이라고 해 놓고는 낙담하지 말라니! 이렇게 되면 인간보다는 차라리 이리가 더 낫지. 어느 쪽을 봐도 적의로 이글거리고 있어. 요즘은 만일 내가 사람을 문다면 그 사람은 틀림없이 미쳐 버릴 것이라는 생각이 들어서 못 견디겠어."

"넌, 어떠냐…… 죽였니?"

"응, 그런 처지가 되어 버렸어."

그리고리는 거의 고함치듯 말하고는 셔츠를 뭉쳐서 발밑에 집어던졌다. 그러고는 무엇인가 입으로 나오던 말이 목에 걸리기라도 한 것처럼 한참이나 손가락으로 목을 비비면서 옆을 바라보았다.

"그 얘기부터 들어 보자."

페트로는 명령조로 말했지만, 동생과 시선이 마주치는 것을 피하며 두려워하고 있었다.

"나는 양심에 가책을 받아 못 견디겠어. 실은 레시뉴프 근처의 싸움에서 한 놈을 창으로 찔러 죽였어. 미친 듯이 말이야…… 그렇게 하는 수밖에 없었지…… 그런데 나는 도대체 무엇 때문에 그 사람을 베어 죽인 걸까?"

"그래서?"

"결국 이유도 없이 한 인간을 죽인 거야. 그리고 그 새끼 때문에 지금도 시달리고 있어. 밤마다 꿈에 보여. 내가 나쁜 건가?"

"네가 아직 심한 고생을 안 해 봤기 때문이야. 얼마 안 있으면 예사롭게 될 거다."

"그런데 형은 보충 부대로 온 거야?"

"아니, 우린 27연대야. 왜?"

"그래? 나는 또 우리를 응원하러 온 줄 알았지."

"우리 부대는 어느 보병 사단에 배치될 모양이야. 우리는 지금 그걸 쫓아가는 셈이지. 정말 보충 부대도 함께 왔다. 너희들 쪽에 편입되는 건 그 젊은 무리일 거야."

"그렇구나. 그럼 먹이나 감자."

그리고리는 바지를 재빨리 벗어던지고 둑 위로 올라갔다. 고양이 등처럼 둥그스름하고 튼튼한 갈색 몸이 오랜만에 보는 페트로의 눈에는 조금 늙어 보였다. 그는 두 팔을 벌리고 머리부터 물로 뛰어들었다. 푸르게 괸 물결이 덮어 씌우듯이 그를 감쌌다가, 첨벙 소리를 내면서 흩어졌다. 그는 손바닥으로 물을 쓰다듬듯이 하면서 천천히 어깨를 움직여 못 가운데에서 떠들고 있는 카자흐들 쪽으로 헤엄쳐 갔다.

페트로는 한동안 그대로 앉아 있다가 늘 지니고 다니는 십자가와 언젠가 어머니가 준 부적이 든 주머니를 끌렀다. 그것을 한데 뭉쳐 셔츠 밑에 넣어 두고 조심스럽게 물에 들어갔다. 가슴을 적시고 어깨를 적시고, 그러고는 첨벙거리며 물속으로 들어가서 그리고리의 뒤를 쫓아 헤엄쳐 갔다. 무리에서 떨어져 나와 둘이서만 건너편 기슭에 떨기나무가 서 있는 곳까지 갔다. 이 운동은 뜨거워진 머리를 식히고 마음을 다소 가라앉혀 주었다. 그리고리는 양손을 번갈아 당겨 헤엄치면서, 아까의 흥분은 잊은 듯이 침착하게 얘기했다.

"이가 들끓어서 정말 신경질이 나. 나는 요즘 자주 집 생각이 나. 날개가 있으면 당장에라도 날아가고 싶어. 하루만이라도 좋으니까 가 보고 싶어. 어때, 집안 형편은?"

"지금 나탈리야가 와 있다."

"그래?"

"함께 살고 있지."

"아버지와 어머니는?"

"여전하시지. 그런데 나탈리야는 언제까지라도 너를 기다리겠다는 거야. 그 사람은 네가 돌아오리라고 믿고 있어."

그리고리는 코로 숨을 들이마셔서는 입에 들어온 물을 말없이 뱉어 냈다. 페트로는 얼굴을 돌려 동생의 눈을 들여다보려고 했다.

"너, 편지를 쓸 때는 그 사람에게도 안부라도 전해라. 그 사람은 너만 생각하면서 살고 있단 말이다."

"어째서 그 사람은…… 끊어져 버린 것을 다시 이어 맞추려는 걸까?"

"글쎄, 어떻게 말해야 할까…… 결국 말이다, 인간은 미래에 대한 희망이 없으면 살아갈 수 없는 법이지. 그 사람은 좋은 여자다. 똑똑하지. 다만 지나칠 정도로 얌전하다고나 할까? 좀더 활달했으면 좋겠지만, 그런 면은 전혀 없어."

"빨리 시집이나 가 버리지."

"무슨 소리냐?"

"그게 제일 좋은 방법이야."

"그야 너희들 두 사람의 문제니까 특별히 간섭할 건 없겠다만."

"그런데 두냐시카는 어떻게 지내고 있어?"

"응, 훌륭한 처녀가 됐지. 요 1년 사이에 많이 자라서 몰라볼 정도란다."

"호, 그래?"

그리고리는 몹시 즐거워하며 다시 물었다.

"그 혼인 때 우리는 보드카를 들이켤 형편도 못 될 것 같구나. 그 전에 한 방 맞고는 저승으로 가게 될지도 모르니."

"설마, 그럴 리가!"

두 사람은 모래밭으로 올라가 팔꿈치를 짚고 나란히 엎드려서, 뜨겁게 내리쬐는 햇볕에 등을 말렸다. 그 옆에서 미시카 코셰보이가 물 위로 몸을 반이나 내어놓듯이 하고 헤엄쳐 갔다.

"그리고리, 들어와!"

"잠깐만, 좀 쉬고 나서."

꺼끌꺼끌한 모래 속에 등을 묻으면서 그리고리가 물었다.

"아크시냐 얘기는 뭔가 듣지 못했어?"

"지난번에, 아마 선전포고를 하기 바로 전이었던가, 마을에서 만났어."

"마을에는 왜 갔을까?"

"제 남편 집에 짐을 가지러 왔다고 하더라."

그리고리는 헛기침을 했다. 그리고 손바닥으로 모래를 헤치고는 등을 묻었다.

"얘기는 나누지 않았어?"

"인사만 했지. 얼굴도 좋아 보이고 건강했어. 그곳 영감 집에서 지내면 생활은 걱정 없을 테니까 말이야."

"그래, 스테판은 어떻게 했는데?"

"짐을 넘겨주었지. 별다른 소동 없이 말이야. 그런데 그 자식, 조심해야겠어. 정말로 조심해야 돼. 사람들 얘기로는 스테판 자식이 술이 취하면, 너를 만나기만 하면 쏘아죽여 버리겠다고 떠들더라는 거야."

"그래?"

"그 자식, 절대로 원한을 잊지 않고 있을 거야."

"그건 알고 있어."

"나도 내 돈으로 말을 샀지."

페트로가 화제를 바꾸었다.

"소는 팔았어?"

"응, 그 얼룩소를 180루블에 팔았다. 그중에서 150루블을 주고 샀어. 네 말과는 비교도 안 돼. 투츠칸에서 사 왔지."

"보리는 어때?"

"되기는 잘 됐지. 하지만 거두어들일 틈이 없었어, 소집당했으니."

얘기가 집안일로 옮겨지자 긴장이 완전히 풀렸다. 그리고리는 부지런히 집안 소식을 물었다. 이때만은 옛날의 착실하고 솔직한 젊은이로 돌아간 것 같았다.

"자, 한 번 더 멱을 감고 나가자."

페트로가 젖은 배에서 모래를 떨어내고 덜덜 떨며 말했다. 그의 등과 양팔에 소름이 잔뜩 돋아 있었다. 모두 함께 못에서 돌아가는 도중에, 저택과 과수원 사이의 울타리 근처에서 스테판 아스타호프가 그들을 쫓아왔다. 그는 걸으면서 뿔로 만든 빗으로 앞머리를 빗어 붙이고는 그 위에 단정하게 모자를 쓰고, 그리고리와 어깨를 나란히 했다.

"어이, 잘 있었나!"

"어, 잘 있었나!"

그리고리는 잠시 멈추어 서서 조금 당황하고 어색한 눈길로 상대를 바라보았다.

"나를 잊지 않았나?"

"그럭저럭 기억하고 있지."

"그래? 나는 너를 잘 기억하고 있지!"

스테판은 조롱하는 듯한 웃음을 던지고는 멈추어 서지도 않고 그대로 지나쳤다. 그리고 앞서가는 하사 견장을 단 카자흐의 어깨를 껴안았다.

어두워진 뒤 사단사령부에서 전화가 와, 당장 전선으로 출동하라는 명령이 떨어졌다. 연대는 새로 온 카자흐들로 결원을 보충하여 불과 15분 만에 대열을 정비하고 노래를 부르면서 출발했다. 마자르 기병대에 의해서 격파된 전선의 틈을 메우기 위해서였다.

헤어질 때 페트로가 동생의 손에 네 쪽으로 접은 종이 조각을 쥐어 주었다.

"이건 뭐지?"

그리고리가 물었다.

"네게 주려고 써 온 기도문이다. 갖고 가거라."

"효과가 있을까?"

"웃지 마라, 그리고리."

"웃는 게 아니야."

"그럼 갔다 와라! 조심하고. 너무 신이 나서 남보다 먼저 뛰어다니거나 하진 마라. 저승의 사신(死神)은 성급한 놈을 노리고 있으니까. 조심해라!"

"문제없어. 기도문이 있는걸."

페트로는 그리고리를 향해 손을 흔들었다.

11시까지는 아무런 경계도 없이 나아갔다. 11시가 지났을 무렵에 상사가 각 중대를 다니며 되도록 조용히 할 것과 담배를 피워서는 안 된다는 명령을 전했다.

멀리 저쪽 숲 위로 불화살이 계속해서 보랏빛 연기의 꼬리를 끌며 높게 쏘아 올려졌다.

11

떡갈나무 같은 빛깔의 모로코가죽 표지로 된 작은 수첩. 네 귀퉁이가 닳아서 떨어져 가고 있었다. 주인이 오랫동안 주머니에 넣고 다닌 모양이었다. 날카롭고 비스듬한 필체로 글이 잔뜩 씌어 있었다.

……얼마 전부터 이런 식으로 종이를 대하고 싶은 기분이 자꾸 일어났다. 대

학생 '일기' 비슷한 것을 써 나갈까 한다. 우선 첫째로 그녀에 관한 일이다. 2월 며칠이었는지 잊었지만, 그녀와 같은 고향 사람인 공과 학생 보야르이시킨이 그녀를 나에게 소개해 주었다. 영화관 입구에서 그들과 마주쳤다. 보야르이시킨은 우리를 소개할 때 이렇게 말했다.

"이 사람은 뵤셴스카야 사람이야. 어이, 티모페이, 너도 많이 귀여워해 줘라. 리자는 그리 흔하지 않은 아가씨라구."

나는 뭔가 뜻도 모를 말을 지껄이면서 그녀의 땀이 밴 부드러운 손을 잡았던 일을 기억한다. 이렇게 해서 나와 엘리자베타 모호프와의 교제가 시작된 것이다. 나는 한눈에 그녀가 타락한 아가씨임을 알았다. 그런 여자는 눈이 필요 이상으로 얘기를 하는 법이다. 사실 그녀는 나에게 그다지 좋은 인상을 주지는 않았다. 첫째로 그 미지근하고 끈적끈적한 손이 그렇다. 나는 그토록 손에 땀이 나는 사람은 아직 만난 일이 없다. 둘째로는 그 눈이다. 호두빛 그늘이 진 눈은 참으로 예쁘기는 하지만, 그다지 유쾌하지는 않다.

나의 친구 바샤여! 나는 의식적으로 문체를 가다듬어서 사실적으로 쓰려고 한다. 왜냐하면 이 일기가 세미팔라틴스크에 있는 자네 손에 들어갔을 때 자네가 이 사건에 대해 올바른 생각을 가질 수 있도록 하기 위해서이다―나와 엘리자베타 모호프 사이에 벌어진 연애 사건이 종말을 고하면 이것을 자네에게 보내 주려고 생각하고 있다. 이 기록을 읽는 것은 아마 자네에게 적지 않은 즐거움을 줄 것이다―나는 일기체로 써 나가겠다. 어쨌든 그녀와 알게 되어, 우리 세 사람은 꽤나 감상적인 영화를 함께 보러 갔었다. 보야르이시킨은 묵묵히 있었다. 그는 어금니가 아파서 애를 먹고 있었던 것이다. 그런데 나는 또 나대로 좀처럼 능숙하게 대화를 이끌어 갈 수 없었다. 우리는 고향이 같다는 것, 즉 이웃 사이라는 것을 알았으므로 서로가 아직 기억에 남아 있는 들녘이며 아름다운 경치 따위를 조금 얘기하고 나자 얘깃거리가 다 떨어지고 말았다. 사실 나는 매우 편안한 기분으로 침묵하고 있었다. 그녀 역시 얘깃거리가 떨어지고 나서도 조금도 어색한 느낌이 들지 않는 것 같았다. 나는 그녀의 얘기로 그녀가 의과 2학년임을 알았다. 그리고 진한 차와 아스몰로프의 담배를 좋아한다는 것을 들었다. 그러나 이것만으로는 이 호두 같은 눈을 한 아가씨를 아는 데에는 아무런 도움이 되지 않는다는 것은 당연한 일이다. 헤어질 때 우리는 그녀를 전차

정류장까지 바래다주었다. 그녀는 꼭 놀러와 달라고 말했다. 나는 주소를 적어 두었다. 4월 28일에 방문할까 생각하고 있다.

4월 29일

오늘 그녀를 찾아갔다. 그녀는 차와 꿀과자를 대접해 주었다. 참으로 재미있는 아가씨였다. 입이 험하고, 머리가 상당히 좋다. 그리고 아르치바셰프[16]식 냄새가 좀 짙다. 떨어져 있으면 뚜렷하게 알 수 있다. 제법 늦어서야 돌아왔다. 끊임없이 담배를 피워 대며 그녀와는 전혀 인연이 없는 일을 이것저것 떠올렸다 ─특히 돈에 대해서. 나의 제복은 스스로도 짜증날 정도의 누더기이다. 하지만 '자금'이 없다. 뭐니 뭐니 해도 이것이 가장 난처한 문제이다.

5월 1일

오늘은 특기할 만한 사건이 일어났다. 소콜니키에서 지극히 평범하게 시간을 보내고 있는데 갑자기 일이 벌어졌다. 20명 정도의 경관과 카자흐들이 노동자의 노동절 행렬을 덮친 것이다. 주정꾼이 지팡이로 카자흐의 말을 세게 때렸다. 그러자 그 카자흐는 다짜고짜 채찍을 쳐들었다. 어째서인지 모르지만 채찍을 모두들 '나가이카'[17]라 부르고 있다. 엄연히 '채찍'이라는 이름이 있는데, 도대체 이것은 무슨 까닭일까? 어쨌든 나는 가까이 다가가 그 틈으로 끼어들었다. 사실은 다시없이 고상한 감정이 나를 충동질했던 것이다. 나는 뛰어가서 그 카자흐에게, 왜가리니 뭐니 하며 떠들고 욕해 주었다. 그러자 카자흐 녀석은 내게까지 채찍을 휘두르려 했다. 하지만 나는 침착하고 여유 있게, 나도 카멘스카야 마을 카자흐다, 그러니 서툰 짓을 했다간 악마라도 주저할 정도로 혼쭐을 내줄 테다, 하고 외쳤다. 그런데 그 카자흐는 몹시 사람이 좋은 젊은이고, 또 군대에서 그다지 닳아빠지지 않은 것 같았다. 그의 대답은, 자기는 우스티 호표르스카야 마을 사람으로, 이래 봬도 고향에 있을 때는 권투로 이름을 날렸었다고 했다. 우리는 화해를 하고 헤어졌다. 만일 그가 나에게 무슨 짓을 했더라면 틀림없이

---

16) 20세기 초 러시아 작가. 대표작은 《사닌》.
17) 카자흐의 전통 채찍. 노가이인이라고도 부르는 투르크족에게서 유래한 것이어서 '노가이카'라고 불리던 것이 변형되어 '나가이카'가 됨.

싸움이 벌어졌을 것이다. 그리고 아마 나의 신상에 좋지 않은 일이 일어났을 것이다. 내가 그렇게 주제넘게 나선 것은 사실은 엘리자베타가 함께 있었기 때문이었다. 나는 그녀 앞에서, 이런 식으로 우쭐해 보고 싶다는 어린애 같은 욕심이 일어났다. 자신의 눈앞에서 내 몸이 닭으로 변하여, 모자 속에 눈에 보이지 않는 볏이 무럭무럭 자라나는 듯이 느껴진…… 이렇게 되면 이미 끝장이다…….

5월 3일

술에 잔뜩 취한 기분이다. 어쨌든 빈털터리라는 것이 가장 곤란하다. 솔직히 말해서 바짓가랑이 밑이 이제는 도저히 손도 대지 못할 정도로 찢어져 버렸다. 마치 너무 익은 수박이 갈라진 것처럼 입을 벌리고 있다. 이럭저럭 꿰맬 수 있을 것이라는 희망은 간절하다. 이것을 꿰맬 수 있다면 깨진 수박도 조각을 맞출 수 있을 것이다. 볼로드카 스트레지네프가 찾아왔다. 내일은 강의에 출석하자.

5월 7일

아버지에게서 돈이 왔다. 편지에서 또 잔소리를 늘어놓았지만, 아버지에게 잘못했다는 생각은 털끝만큼도 일지 않는다. 자식은 이미 양심의 테가 완전히 느슨해져 버렸음을 아버지가 알아주었으면 한다. 제복을 샀다. 마부까지도 넥타이를 다시 쳐다보았다. 트베르스카야 거리의 이발소에서 이발을 했다. 거기서 나올 때에는 멋쟁이 샐러리맨으로 변신해 있었다. 사도바야 거리의 개선도로 모퉁이에서 순경이 웃었다. 지겨운 녀석이다. 하지만 내가 이런 모습을 하고 있다고 해서 그것이 그와 무슨 상관이 있는 것인가? 그러나 석 달 전에는 어떠했던가? 아니, 지난 일을 새삼스레 들추어 낼 것은 없으리라…… 전차를 타고 지나가던 엘리자베타와 우연히 마주쳤다. 그녀는 전차 창문 너머로 손수건을 흔들며 웃어 주었다. 어때요, 내 스타일이?

5월 8일

'사랑에는 늙은이나 젊은이나 거역하지 못한다.'
대포 구멍처럼 둥그렇게 벌린 타치아나—푸시킨의 《예브게니 오네긴》의 여주인공. 여기에서는 그것을 주제로 그린 그림을 말한다—의 남편의 입이 떠오른다. 나는 미술관에서 그의 입에 침을 뱉어 주고 싶어 견딜 수 없었다. 하지만 이 글귀가, 특히 마지막의 '거역하지 못한다'는 말이 머리에 떠오르자 턱이 꿈틀 꿈틀 떨리면서 하품이 나왔다. 분명히 이것은 신경질적인 하품이다.

사실은 내가 이 나이에 사랑에 빠졌다는 것이 문제이다. 지금 이 글을 쓰고 있으면서도 머리칼이 곤두서는 듯한 기분이 든다. 엘리자베타를 찾아갔다. 몹시 거만하고 우회적으로 이야기를 꺼냈다. 그런데 상대는 이쪽이 하는 말을 전혀 알아듣지 못하겠다는 표정으로 자꾸 대화의 주제를 다른 방향으로 돌리려 했다. 너무 서둘렀나? 에잇, 제기랄, 새로 맞춘 제복이 사태를 혼란스럽게 만든 것이리라! 생각을 조금 떠보았지만 반응이 없어, 차라리 정면으로 부딪쳐 볼까 하고 생각을 돌렸다. 나의 착실한 타산이라고나 할 것이 다른 모든 것을 극복하리라. 지금 털어놓지 않으면 두 달 뒤에는 이미 시기를 놓치게 된다. 이렇게 쓰고 있노라니, 나는 지금 현대의 뛰어난 사람의 모든 훌륭한 감정이 자신의 내부에서 얼마나 멋지게 결합되는가를 생각하면 절로 즐거워진다. 여기에는 화려하고 타오르는 듯한 정열과 견실한 이성의 목소리가 있다. 다른 훌륭한 점은 별도로 하더라도, 이것들의 덕은 넘쳐날 정도이다.

그런데 결국 나는 그녀에게 사랑을 고백할 기회를 잡지 못했다. 하숙집 주인의 방해를 받은 것이다. 내가 듣고 있으려니까 주인은 그녀를 복도로 불러내 돈을 꾸어 달라고 부탁하고 있었다. 그녀는 거절했다. 돈이 있었음에도. 나는 그것을 잘 알고 있었다. 그래서 나는 사실인 듯한 어조로 거절하는 그녀의 표정이며, 몹시도 정직한 눈길을 하고 있는 그녀의 호두빛 눈을 이리저리 상상해 보았다. 그러자 사랑을 고백하려는 따위의 기분은 어디론가 날아가 버렸다.

5월 13일

나는 완전히 사랑의 포로가 되었다. 이것은 이제 의심할 여지가 전혀 없다. 모든 징후가 뚜렷하다. 내일은 고백하자. 이제 앞으로 어떻게 될지 나 자신도 알 수 없다.

5월 14일

사태는 전혀 뜻밖의 방향으로 진전되었다. 미지근하고 기분 좋은 비가 내렸다. 우리는 모호바야 거리를 걷고 있었다. 인도(人道)의 포석(鋪石)에 바람이 비스듬히 들이쳐 불었다. 나는 계속 지껄였다. 하지만 그녀는 마치 근심에 잠긴 것처럼 머리를 숙인 채 말없이 걷고 있었다. 모자의 테에서 이마로 빗방울이 떨어지는 모습이 그녀를 몹시 예뻐 보이게 했다. 우리가 나눈 대화를 여기 적어 두자.

"엘리자베타 세르게예브나, 나는 당신에게 내 마음을 털어놓았습니다. 이번에는 당신 차례입니다."

"당신 마음이 진정인지 의심스럽군요."

나는 참으로 바보 같은 시늉으로 어깨를 움츠리고는, 맹세라도 하겠다며 열심히 설명했다. 그러자 그녀가 말했다.

"이봐요, 당신은 마치 투르게네프의 소설 주인공들이 말하는 듯한 말씀을 하시는군요. 좀더 솔직하게 해 보세요."

"이보다 더 솔직하게 말할 수는 없지 않습니까? 나는 당신을 사랑하고 있습니다."

"그래서 어떻다는 거죠?"

"이번에는 당신 차례입니다."

"결국 당신은 거기에 걸맞은 고백을 원하고 계시는 건가요?"

"나는 당신의 대답을 듣고 싶습니다."

"아시잖아요, 티모페이 이바노비치…… 내가 당신에게 뭐라고 말하겠어요? 나도 당신이 좋기는 해요. 당신은 키가 아주 큰 걸요."

"더 자랄 겁니다."

나는 장담했다.

"하지만 우리는 사귄 지 아직 얼마 되지 않아 서로의 기분도."

"어떻습니까, 둘이서 집을 마련해 살면서 서로가 좀더 잘 알아가면 어떻겠습니까?"

그녀는 복숭앗빛 손바닥으로, 젖은 볼을 문지르며 말했다.

"그럼 동거를 할까요? 얼마 동안 함께 살면 서로가 보다 잘 알게 되겠죠. 하지만 잠시만 기다려 줘요. 내가 먼젓번 사람과 완전히 헤어질 때까지."

"그 사람은 누구입니까?"

내가 물었다.

"당신은 모르는 사람. 비뇨기과 의사죠."

"그럼 당신은 언제쯤 자유롭게 됩니까?"

"금요일까지는 결말을 내려고 생각하지만."

"그 뒤로는 우리가 함께 살 수 있습니까? 한방에서?"

"예, 그래요. 그러는 게 편리하겠죠. 당신이 나에게로 옮겨 와요."

"어째서죠?"

"저, 내 방은 아주 편리하고 깨끗해요. 더욱이 주인아줌마도 몹시 친절하고."

나는 반대하지 않았다. 트베르스카야 거리의 모퉁이에서 헤어지면서 우리가 키스를 했더니 지나가던 부인이 몹시 놀란 표정을 지었다.

도대체 앞으로 어떤 일이 우리를 기다리고 있을까.

5월 22일

신혼 기분에 젖어 있다. 그런데 오늘 리자가 내게 속옷을 갈아입으라고 말해서 이 신혼 기분은 엉망이 되었다. 실로 내 속옷은 비참할 정도로 누더기가 되어 있다. 한데 돈, 돈이 문제다…… 지금은 내 돈을 쓰고 있다. 그러나 그것도 얼마 남지 않았다. 빨리 일거리를 구해야 한다.

5월 24일

오늘은 벼르던 끝에 속옷을 한 벌 사기로 했다. 그런데 리자가 뜻하지 않은 돈을 쓰게 했다. 그녀는 근사한 레스토랑에 가서 식사를 하고, 그러고는 비단 양말을 사겠다며 고집을 부렸다. 하는 수 없이 그대로 해 주었다. 덕분에 내 계획은 틀어졌다. 내 속옷 따위는 어디론가 날아가 버렸!

5월 27일

그녀는 나를 녹초로 만든다. 나는 육체적으로 초췌해져, 마치 잎이 떨어진 해바라기 줄기처럼 앙상해졌다. 이건 여자가 아니다. 이글이글 타고 있는 불이다!

6월 2일

우리는 오늘 9시에 잠에서 깼다. 발가락을 덜덜 떠는 나의 저주할 버릇이 다음과 같은 결과를 초래했다. 그녀는 이불을 들추고 오래도록 내 발을 살피다가 이렇게 말했다.

"당신 발은 인간의 발이라고 할 수 없어요. 이건 말발굽이야! 아니, 더 지독해요! 게다가 봐요, 발가락에 이렇게 털이 나고. 아이, 흉해!"

그녀는 끔찍하다는 듯이 어깨를 움츠리며, 이불을 뒤집어쓰고 벽 쪽으로 돌아누워 버렸다.

나는 어쩔 줄을 몰라서 다리를 오그리고는 그녀의 어깨에 손을 얹었다.

"리자, 무슨 엉뚱한 얘기야. 이제 와서 내 발모양을 바꿀 순 없는 거 아냐? 이건 주문해서 만들어 온 것도 아닌걸. 발가락에 난 털은, 뭐 털이란 아무 데나 나는 법이야. 너는 의과에 다니니까 자연 진화의 법칙 정도는 알고 있잖아?"

그녀는 얼굴만 이쪽으로 돌렸다. 호두빛 눈에 심술궂은 그늘이 끼어 있었다.

"오늘이라도 당장 땀 빼는 약을 사 와요. 당신 발에선 꼭 송장 같은 냄새가 나요!"

나도 흠을 들추느라고, 그녀의 손도 언제나 축축하게 땀에 젖어 있지 않느냐고 말해 주었다. 그녀는 입을 다물어 버렸다. 내 마음에는 구름의 그림자가 드리워졌…… 발이라든가 발가락의 털, 그런 게 문제가 아니다…….

6월 4일

오늘 우리는 모스크바강에서 보트를 탔다. 돈강 생각이 났다. 엘리자베타는 참으로 감당하기 힘든 여자이다. 내가 하는 일에 끊임없이 불평하고, 때로는 심한 욕까지 한다. 내 쪽에서도 같은 식으로 보복하면 그야말로 당장에 갈라서게 되리라. 하지만 나는 그렇게 하고 싶지는 않다. 이상하게도 나는 더욱더 그녀에게 빠져들어 간다. 요컨대 그녀는 제멋대로인 여자다. 내가 열심히 교육을 시켜봐도 그녀의 성격을 근본적으로 뜯어고칠 수 있을지 어떨지는 의심스러운 일이다. 여하튼 좀 경망스럽기는 하지만 귀여운 아가씨다. 게다가 그녀는 남의 입을 통해서밖에 들은 일이 없는 그러한 세계를 많이 경험한 것 같다. 돌아오는 길에 그녀는 나를 약국으로 끌고 들어가더니, 생글생글 웃으면서 가루약과 알 수 없는 뭔가를 샀다.

"이건 당신 땀 약이야."

나는 일부러 아주 공손하게 인사하고, 고맙다고 했다.

바보 같은 짓이지만 할 수 없지.

6월 7일

그녀의 지식은 아주 형편없었다. 그러나 그 밖의 점에서는 누구에게도 지지 않는다.

밤마다 자기 전에 나는 물로 발을 씻고 오드콜로뉴[18]를 바르고, 무엇인지 모를 가루를 뿌린다.

6월 16일

날이 갈수록 점점 나는 그녀에게 인내심을 잃어 간다. 어제는 히스테리를 일으켰다. 이런 여자와 함께 있다는 것은 참으로 고통스럽다.

6월 18일

공통점이라곤 찾아볼 수 없다. 서로가 전혀 다른 언어로 지껄이고 있는 것이다. 두 사람을 간신히 연결시키고 있는 것은 침대이다. 거세된 것과 같은 생활!

오늘 아침에 그녀가 빵을 사러 간다면서 내 주머니에서 돈을 꺼내다가 이 노트를 발견했다. 그녀는 곧바로 꺼냈다.

"이게 뭐죠?"

나는 온몸이 확 달아올랐다. 만일 이것을 한두 페이지라도 그녀가 읽는다면 어떻게 될까? 나는 스스로도 놀랄 만큼 자연스럽게 대답했다.

"계산노트야."

그녀는 그것을 그냥 원래 있던 주머니에 넣고 나갔다. 앞으로는 더욱 조심해야지. 이것은 바샤가 보기 전에는 아무도 읽지 않았으면 한다.

나의 친구 바샤여, 이것은 좋은 기분전환이 될 것일세.

---

18) 알코올에 향유를 섞어 만든 향수. 감귤향을 풍긴다.

6월 21일

엘리자베타에게 놀라지 않을 수 없다. 이제 21살인데, 도대체 언제 이렇게 타락한 것일까? 도대체 그녀의 가정은 어떨까? 누가 그녀의 성장을 지켜본 걸까? 나는 이런 문제들에 매우 흥미를 갖고 있다. 그녀는 자기 몸이 나무랄 데가 없다는 것을 자랑스러워 하고 있다. 자존심─그것뿐이다. 그밖에는 아무것도 없다. 두세 번 그녀와 진지하게 대화를 해 보려고 했지만…… 그녀를 뜯어고치기보다는 기독교인에게 신이 없다고 설득하는 편이 오히려 더 쉬울 것이다.

이 이상 함께 살아간다는 것은 생각할 수도 없다. 어리석은 짓이다. 그러나 나는 아직 헤어지기를 주저하고 있다. 솔직히 말하면 이러니저러니 해도 나는 역시 그녀가 좋다. 나의 마음속에 뿌리를 내리고 있는 것이다.

6월 24일

부딪쳐 보면 일은 아주 간단하다. 우리는 오늘 털어놓고 대화를 나누었다. 그녀는 내가 그녀를 육체적으로 만족시켜 주지 못한다고 했다. 아직 구체적으로 헤어진다는 것이 화제에 오르지는 않았다. 하지만 언젠가 가까운 장래에 그렇게 될 것이다.

6월 26일

그녀에겐 마을 종축장의 수말이라도 끌어다 주어야 할 것 같다! 수말이 아니고는 도저히!

6월 28일

나는 역시 그녀와 헤어지는 것이 괴롭다. 그녀는 나를 완전히 사로잡아 버린 것이다. 오늘은 참새 언덕에 갔었다. 엘리자베타는 호텔 방의 창가에 앉아 있었다. 햇볕이 처마 끝 차양을 통해서 그녀의 머리에 똑바로 비추었다. 금화 같은 빛을 띤 머리칼. 이것은 분명히 한 줄의 시가 되리라!

7월 4일

나는 일자리를 그만두었다. 그리고 엘리자베타에게서 버림받았다.

오늘은 스트레지네프와 둘이서 맥주를 마셨다. 그리고 어제는 보드카를 마셨다. 문화인답게 깨끗이 엘리자베타와 헤어졌다. 이제 아무런 미련도 남아 있지 않다. 어제 드미트로프가(街)에서 그녀가 승마화를 신은 젊은 사내와 걸어가는 것을 보았다. 내가 인사하니까 저쪽에서도 가볍게 머리를 끄덕였다. 이제 이것으로 이 노트도 드디어 마지막이다—쓸거리가 없어졌으니까.

7월 30일

전혀 뜻하지 않게 다시 펜을 들었다. 전쟁이다. 동물적인 흥분의 물결, 어느 인간을 보아도 모두 옴이 오른 개처럼 멀리 1킬로미터 앞에서부터 조국애를 마구 풍겨 온다. 동료들은 모두 안절부절못하고 있지만, 나만은 몹시 기쁘다. 나는 '실락원'의 슬픔에 시달리고 있었다. 어젯밤에는 몹시 에로틱한 엘리자베타의 꿈을 꾸었다. 그녀는 나의 마음에 진한 그림자를 남기고 갔다. 빨리 상쾌한 기분을 맞고 싶다.

8월 1일

떠들썩한 것이 싫어졌다. 지나간 일이 자꾸 떠올라서 우울하다. 어린애가 젖을 빠는 것처럼 손가락을 빨았다.

8월 3일

가까운 길! 전쟁에 나가자! 어리석을까? 몹시 어리석다. 부끄럽지는 않나? 아니, 이젠 지겹다. 하지만 나는 이제 자신의 몸을 둘 자리가 없지 않은가. 무엇이든 새로운 자극이 필요하다. 이런 권태감의 절정은 2년 전까지는 몰랐다. 나이 탓일까?

8월 7일

기차 속에서 쓰고 있다. 이제 막 보로네시를 출발했다. 내일은 카멘스카야 마을에 도착한다. 나는 굳게 결심했다. —'신과 황제와 조국'을 위해 전쟁에 나가기로.

8월 12일

나를 위해 성대한 송별회를 열어 주었다. 아타만이 얼큰하게 취한 듯이 불을 토하는 듯한 연설을 했다. 나중에 나는 그에게 살짝 말했다.

"당신도 바보군요, 안드레이 카르포비치!"

그는 놀라 얼굴이 새파래질 정도로 분개했다. 그리고 짜증스러운 목소리로 말했다.

"자네는 교육을 받았지만, 역시 거 뭐냐, 1905년에 우리가 혼내 준 그 패거리와 한패인가?"

나는 대답해 주었다. 애석하게도 '그 패거리와 한패'는 아니라고. 그러고는 그에게 사회민주노동당에 가입하라고 권했다. 아버지는 울며 옆으로 다가와 키스했다. 그는 코를 벌름거리고 있었다. 내가 몹시 좋아하는 불쌍한 아버지! 그러나 내 처지도 생각해 주세요. 난 농담으로 함께 가지 않겠느냐고 말해 보았다. 그러자 아버지는 놀라서 소리쳤다.

"무슨 소리냐, 얘야. 집안일은 어떻게 하고?"

내일 정거장으로 가기로 되어 있다.

8월 13일

여기저기에 아직 베지 않은 보리가 그대로 서 있다. 무덤 위로 살찐 다람쥐가 돌아다녔다. 코지마 크루치코프가 창에 꿰어 들고 가는, 석판화 속 독일 병사 그림과 놀라울 정도로 많이 닮았다. 지금까지 이럭저럭 무사하게 살아왔고, 수학이나 그 밖에 여러 가지 정밀과학을 공부해 왔지만, 이런 엉터리 '애국자'가 되리라곤 꿈에도 생각하지 않았다. 자, 이제 연대 쪽으로 가서 카자흐들과 지껄이다가 돌아오자.

8월 22일

어느 정거장에서 처음으로 한 무리의 포로를 보았다. 스포츠맨처럼 균형이 잡힌 탄탄한 체격의 오스트리아 장교가 호송병의 감시하에 정거장을 걷고 있었다. 플랫폼을 산책하고 있던 두 아가씨가 그에게 미소를 던졌다. 그러자 그는 걸어가면서 은근하게 눈짓하고는 손가락으로 키스를 보냈다.

포로 처지에도 깨끗하게 수염을 깎고, 멋을 내고, 빛이 나는 누런 장화를 신고 있었다. 나는 가만히 그를 지켜보았다. 젊은 미남자로 붙임성 있는 표정이었다. 그런 사람들을 만나면 도저히 칼을 휘두를 수 없을 것이다.

8월 24일

피난민, 피난민, 피난민…… 어디를 가도 온통 피난민과 군인으로 가득 차 있다.

처음으로 병원열차를 만났다. 도중의 정거장에서 한 차창으로 젊은 병사가 뛰어내렸다. 얼굴 전체에 붕대가 둘둘 감겨 있었다. 산탄에 당했다고 말했다. 눈을 못 쓰게 되었으므로 이제 두 번 다시 끌려가는 일은 없을 거라며 몹시 기뻐하고 있었다. 킬킬거리며 웃고 있는 것이다.

8월 27일

내 소속 연대가 이제야 결정되었다. 우리 연대장은 아주 훌륭한 노인으로, 돈 하류의 카자흐 출신이다. 여기에 오니 벌써 피비린내가 난다. 소문에 의하면 모레는 전선에 나가게 될 모양이다. 내가 있는 제3중대 제3소대는 콘스탄티노프스카야 마을의 카자흐뿐이다. 모두 별나게 무뚝뚝하다. 다만 꼭 한 사람, 노래를 잘하는 명랑한 녀석이 있다.

8월 28일

진군한다. 오늘은 유난히 저편에서 대포 소리가 심하게 난다. 소나기가 쏟아지며 멀리에서 천둥이 쿵쾅 울리는 것만 같다. 나는 비가 내리지나 않을까 해서 눈을 비벼 보았을 정도이다. 하지만 하늘은 마치 비단 장막을 쳐놓은 것처럼 맑게 개어 있다.

내 말은 어제부터 다리를 절룩거리고 있다. 군수품을 실은 차바퀴에 다리를 부딪쳐 다친 것이다. 모든 것이 새롭고 신기하다. 그래서 무엇부터 손대야 좋을지, 무엇을 써야 좋을지 나 자신도 잘 모르겠다.

8월 30일

어제는 일기를 적을 틈이 없었다. 이 글은 안장 위에서 쓰고 있다. 흔들려서 글씨가 엉망진창이다. 셋이서 말에 먹일 풀을 구하러 가는 길이다.

지금 다른 두 녀석이 풀을 묶고 있는데, 나는 엎드려 뒤늦게 어제 일을 '적고' 있다. 어제 톨로콘니코프 상사가 나를 포함해 6명을 정찰에 내보냈다.—그놈은 나를 '학생'이라고 부르며 경멸하고 있다. "어이, 학생, 말편자가 빠져 있다. 그것도 모르고 있었나?" 하는 식이다. 우리는 반은 불탄 시가지를 지나갔다. 덥다. 말도 사람도 온통 땀에 젖어 있다. 카자흐는 여름에도 모직 바지를 입어야 한다는 것은 곤혹스런 일이다. 시가지 뒤쪽 도랑에서 처음으로 시체를 보았다. 독일병이다. 무릎까지 도랑에 빠져 반듯하게 쓰러져 있다. 한 손은 등 밑에 들어가 있고, 다른 한 손은 총의 멜빵을 쥐고 있었다. 총은 그 근처에서 보이지 않았다. 참으로 무서운 인상이었다. 지금 그 광경을 생각해도 등골이 오싹해진다…… 그는 도랑가에 걸터앉았다가 잠깐 쉬려고 벌렁 눕기라도 한 것 같은 자세였다. 회색 군복과 철모. 꽃잎 같은 철모의 안가죽이 보였다. 꼭 담배쌈지 속의 담뱃가루가 흩어지지 않게 매어 놓은 것 같은 모양이다. 나는 이런 광경을 처음 보았으므로 머리가 멍해져서 그 얼굴조차 떠오르지 않는다. 다만 누런 이마와 유리알처럼 된 찌푸린 눈 주위를 커다란 개미가 대여섯 마리 기어다니는 것을 보았을 뿐이다. 카자흐들은 성호를 긋고 지나갔다. 나는 군복 왼쪽에 핏자국이 있음을 발견했다. 총탄이 오른쪽 옆구리부터 관통한 것이다. 왼쪽으로 돌아가서 탄환이 나간 자리를 보니 그곳에는 커다란 얼룩이 생겼고, 오른쪽보다 훨씬 많은 피가 땅에 흘러 있으며, 군복이 갈가리 찢어져 있었다.

나는 움츠리고 그 옆을 지나갔다. 참으로 뭐라 형언할 수 없을 정도로 지독하다…….

트룬다레이란 이름의 고참 하사가 우리의 가라앉은 기분을 북돋우려고 음탕한 얘기를 꺼냈지만, 얘기하는 당사자의 입술 또한 파르르 떨리고 있었다…….

시내에서 반 킬로미터쯤 나가니 공장의 벽이 불에 탄 채 서 있었다. 위쪽이 연기로 새까맣게 된 벽돌 벽이었다. 도로는 그 벽 바로 옆에 나 있었으므로, 우리는 그 길을 똑바로 가는 게 아무래도 언짢았다. 그래서 돌아가기로 했다. 샛길로 나왔을 때, 갑자기 공장의 불탄 자리에서 우리에게 사격을 가해 왔다. 창피한 일이지만 첫발의 총소리를 듣고 나는 안장에서 떨어질 뻔했다. 나는 안장 머리에 매달려 본능적으로 몸을 숙이고 고삐를 단단히 잡았다. 우리는 독일병이 죽어 있는 도랑 옆으로 해서 시내 쪽으로 곧장 내뺐다. 그러고는 다시 그곳으로 가 보기로 했다. 두 사람은 말을 지키도록 남고, 우리 4명은 걸어서 시가지 변두리의 그 도랑까지 갔다. 거기서부터는 도랑 안으로 들어가 허리를 굽혀 앞으로 나아갔다. 아주 멀리서부터 노란 장화를 신은 채 무릎이 꺾여 죽어 있는 독일병의 다리가 보였다. 나는 숨을 죽이고 그 옆을 지나갔다. 마치 자는 사람을 깨우지 않으려 조심하는 것처럼. 아이러니하게도 그의 몸에 깔린 풀은 싱싱한 푸르름을 보이고 있었다.

우리는 도랑 속에 몸을 숨겼다. 잠시 뒤에 공장의 탄 자리에서 독일 창기병(槍騎兵) 9명이 한꺼번에 뛰어나왔다. 복장으로 바로 알아보았다. 상관 혼자서만 조금 떨어져서 큰 소리로 뭐라고 외쳤다. 그러자 그 창기병들은 우리를 향해 달려왔다…….

녀석들이 나에게 풀을 묶는 일을 거들라고 소리치고 있다. 그만 가 보아야겠다.

8월 31일

나는 처음으로 사람을 쏘았을 때의 일을 모두 써 둘까 한다. 독일 창기병들이 우리를 향해 돌진해 왔을 때의 일이다—그들의 청회색 군복과 도마뱀 같은 색의 번쩍거리는 가죽 군모(軍帽)와 삼각형 깃발이 달려 흔들거리는 창 등이 지금도 눈에 선하다.

창기병들은 모두 흑갈색 말을 타고 있었다. 나는 아무런 생각 없이 도랑가로 눈을 돌렸다. 그러자 에메랄드빛의 작은 장수풍뎅이가 눈에 띄었다. 가만히 보고 있으려니까, 그놈은 점점 커져서 나중에는 마치 괴물처럼 되어 버린 듯한 기분이 들었다. 그놈은 거대한 괴물처럼 풀줄기를 헤치고 도랑가의 마르고 울퉁불퉁한 진흙을 짚고 있는 내 팔꿈치로 기어와, 때묻은 윗옷 사이로 기어 올라왔다. 그리고 총에서 멜빵 쪽으로 더듬어 갔다. 나는 그놈이 걸어가는 모습을 가만히 지켜보고 있는데, 갑자기 고참 하사 트룬다레이가 물어뜯는 듯한 소리로 고함을 질렀다.

"쏴라. 무얼 하고 있나?"

나는 단단히 팔꿈치를 세워, 왼쪽 눈을 감아서 거누었다. 심장이 점점 부풀어올라서, 그 에메랄드빛 장수풍뎅이처럼 무섭게 커져 버릴 것 같이 느껴졌다. 청회색 군복을 겨냥했다. 가늠쇠가 가늘게 떨리고 있었다. 옆에 있는 트룬다레이가 총을 쏘자 나도 방아쇠를 당겼다. 탄환 날아가는 소리가 들렸다. 나는 너무 아래를 겨냥한 모양이다. 탄환은 땅바닥으로 떨어지더니 먼지를 풀썩이며 튀어올랐다. 사람을 겨냥해서 쏜 것은 처음이었다. 그 뒤로는 겨냥도 하지 않고 마구 쏘았다. 나중에는 노리쇠를 당겨서 탄환이 떨어진 것도 모르고 방아쇠를 당겼을 정도다. 그때가 되어서야 겨우 독일병의 모습이 눈에 들어왔다. 그들은 돌진해 왔을 때와 마찬가지로 정연하게 퇴각해 갔다. 장교가 후미를 맡고 있었다. 9명이었다. 나는 그 장교가 탄 말의 흑갈색 엉덩이와 위로 평평하게 쇠를 박은 창기병의 모자를 보았다.

9월 2일

톨스토이의 《전쟁과 평화》 속에 맞선 두 군대 사이에 있는 일선(一線)—마치 삶과 죽음을 나누는 듯한, 눈에 보이지 않는 일선에 대해 쓴 장면이 있다. 니콜라이 로스토프가 소속한 기병대가 돌격해 갈 때 로스토프가 머릿속에서 이 일선을 규정짓는 것이다. 오늘은 그 소설의 대목이 유난히 또렷하게 머리에 떠올랐다. 왜냐하면 오늘 새벽녘 우리는 독일 용기병을 습격했기 때문이다. 아침 일찍부터 그들 부대는 교묘한 포병의 엄호 아래 아군 보병을 압박해 왔다. 나는 아군 병사들이—제241 및 제273 보병연대로 생각되는데—대열이 엉망이 되어 퇴각해 오는 것을 보았다. 그들은 포병의 엄호도 없이 2개 연대 보병만으로 돌격해 갔다가, 적의 포화를 맞고 3분의 1에 가까운 병력을 잃어버리는 실패를 맛보았으므로 사기가 뚝 떨어져 있었다. 우리 보병 부대는 독일 용기병의 추격을 받고 있었다. 그래서 예비대로 숲속에 대기하고 있던 우리 연대가 출동하게 되었다. 내가 기억하는 바로는 분명히 그랬다. 새벽 3시에 티시비치 마을을 떠났다. 새벽녘의 안개가 짙게 끼어 있었다. 송진 냄새와 귀리 냄새가 강하게 풍겨왔다. 숲 뒤에서 왼쪽으로 꺾어져 보리밭 안을 나아갔다. 말들은 콧김을 뿜고,

귀리 잎에 내린 이슬을 발굽으로 차서 떨어뜨리며 갔다.

외투를 입고 있어도 추웠다. 연대는 꽤 한참 동안 들판 가운데를 걸어갔다. 이럭저럭 1시간은 지났을 무렵 연대 본부로부터 장교가 말을 달려와 중대장에게 명령을 전달했다. 우리 중대장은 맥 빠진 어조로 호령했다. 연대는 숲 쪽으로 직각으로 꺾어들어 갔다. 우리는 소대 종대로 숲속의 좁은 길을 나아갔다. 왼쪽 어디에선가 전투가 벌어지고 있었다. 꽤 많은 수의 독일 포병대가 움직이는 것 같았다. 포성이 끊임없이 울렸다. 마치 머리 위에서 냄새가 강한 솔잎이 타고 있는 듯한 기분이 들었다. 해가 뜰 때까지 우리는 말없이 그 소리를 듣고 있었다. 해가 뜨자 '만세' 소리가 울려 퍼졌다. 하지만 기운 없이 외치는 '만세' 소리였다. 주위의 정적을 깨뜨리는 기분 나쁜 기관총 소리가 나기 시작했다. 순간, 아무런 연관도 없는 갖가지 생각이 머릿속을 누비며 돌아다녔다. 그때 단한 가지, 너무나 뚜렷하게 내 머리에 떠오른 것이 있었다. 그것은 줄이 흐트러져 사방으로 돌격해 가는, 아군 보병들의 갖가지 얼굴이었다.

누런 철모를 쓰고 무릎 밑까지만 오는 형편없는 장화를 신고 가을 땅바닥을 짓밟으며 가는, 헐렁한 회색옷을 입은 사람들의 모습이 보였다. 동시에 땀에 흠뻑 젖은 이 살아 있는 사람들을 시체로 바꾸는 독일군 기관총의 웃음소리가 뚜렷이 들렸다. 보병 3개 연대는 순식간에 소탕되어 총을 버리고 도망쳤다. 독일 용기병 1개 연대가 그들을 덮치듯이 추격했다. 우리는 그들의 측면에 550미터쯤 되는 곳에 있었다.

호령!

순식간에 대열을 정비했다. 한마디 차가운 호령이 들릴 뿐이었다.

"앞으로, 앞으로!"

재갈이 물린 양 잠시 멈칫하기는 했지만 이내 우리는 달려나갔다. 내 말은 귀를 찰싹 붙이고 있었다. 손으로는 도저히 세울 수 없을 만큼. 돌아보니 중대장과 두 사람의 장교가 뒤에 있었다. 그야말로 삶과 죽음을 나누는 일선이다! 그야말로 위대한 광기였다.

대열이 흐트러진 용기병들은 앞다투어 퇴각하기 시작했다. 바로 내 눈앞에서 체르네초프 중위가 독일 용기병을 베었다. 제6중대 카자흐 하나가 독일병에게 따라붙어서 미친 듯이 그 말의 엉덩이를 베어 댔다. 장검을 내리치자 말의 엉덩이 가죽이 걸레조각처럼 축 늘어졌다. 아니, 그 광경은 상상 이상이다! 뭐라 표현할 수도 없다! 진지로 돌아와서 체르네초프의 얼굴을 보았다. 침착하고 유쾌한 표정이었다. 사람을 죽이고는 금방 말에서 내려 카드놀이를 하고 있었다. 체르네초프 중위는 반드시 출세할 것이다. 똑똑한 사나이다.

9월 4일

오늘 우리는 휴가다. 제2군단 제4사단이 교대로 전선으로 간다. 우리는 코빌리노에 주둔하고 있다. 오늘 아침 제11기병 사단의 일부와 우랄 카자흐병 부대가 강행군으로 시내를 통과해 갔다. 서쪽에서 전투가 벌어지고 있다. 포성이 끊임없이 들려온다. 점심때가 지나 야전병원에 가 봤다. 내가 갔을 때 마침 부상병 운반차가 도착했다. 위생병들이 들것을 내리며 웃고 있었다. 곁으로 다가가 보았다. 키 크고 주근깨투성이인 병사가 위생병의 부축을 받아 신음하며 내려왔다. 그러면서도 얼굴엔 웃음을 짓고 있었다.

병사가 나를 불러서 말했다.

"어이, 카자흐! 나는 엉덩이에 포탄을 맞았지. 포탄 파편이 4개 박혔어."

그러자 위생병이 물었다.

"그럼, 너, 도망치다가 당한 거구나?"

"농담하지 마라. 누가 도망친단 말이냐. 나는 뒷걸음질로 전진하고 있었다구."

바라크(막사)의 병원에서 간호사가 나왔다. 그녀를 얼핏 보는 순간 현기증으로 쓰러질 것 같아 간신히 운반차에 몸을 기대었다. 이상하리만큼 엘리자베타를 닮았다. 눈도, 달걀형의 얼굴도, 코도, 머리칼도 똑같다. 목소리까지 비슷하다. 아니, 어쩌면 내 생각이었을 뿐인지도 모른다. 지금의 나는 아마 누구를 보더라도 그녀와 닮은 점을 발견할 것이다······.

9월 5일

하루 밤낮을 말을 매어 두고 먹이를 듬뿍 먹였다. 그리고 지금 다시 그곳으로 가는 중이다. 나는 이미 몸이 녹초가 되었다. 나팔수가 승마 나팔을 불고 있다. 지금 내가 기꺼이 쏘아 죽일 수 있는 인간이 있다면, 바로 저놈이다······.

그리고리 멜레호프는 중대장의 명령으로 연대본부와 연락을 취하기 위해 파견되었다. 최근에 전투가 벌어졌던 곳을 지나가다가, 그는 도로 옆에 죽어 있는 한 카자흐를 발견했다. 그 카자흐는 희끄무레한 머리칼로 덮인 머리를 말굽에 차여 도로의 자갈에 내동댕이쳐진 채로 있었다. 그리고리는 말에서 내려 코를 막고—그 시체는 악취를 심하게 풍기고 있었다—그의 몸을 뒤졌다. 그리고 바지 주머니에서 수첩과 연필과 지갑을 발견했다. 탄약 상자를 벗겨 낸 다음, 창백하고 퉁퉁 부어서 이미 알아볼 수도 없는 얼굴을 힐끗 보았다. 관자놀이와 미간에는 축축하게 물이 생겨서 비로드처럼 검게 번쩍이고, 깊은 생각에 잠긴 듯한 죽은 이의 이마에 비스듬하게 새겨진 주름 속에는 새까만 먼지가 끼어 있었다.

그리고리는 그 카자흐의 주머니에서 찾아 낸 바티스트[19]천의 손수건을 죽은 사람의 얼굴 위에 덮어 주었다. 그리고 몇 번이나 뒤돌아보면서 연대본부로 말을 몰았다. 수첩은 연대본부의 서기들에게 넘겨주었다. 그러자 그들은 모두 다투어 그것을 읽고, 타인의 짧은 일생과 그 흔한 정열을 비웃었다.

12

제1기병 사단은 레시뉴프를 점령한 뒤 전투를 벌이면서 스타니슬라프티크, 라지빌로보, 브로디를 거쳐 8월 15일에는 카멘카 스트루밀로보 부근에 진을 쳤다. 그 뒤로 대부대가 따르고, 작전상 중요한 지점에는 보병 부대가 집결하고, 그들을 연결하는 적당한 곳에 사령부와 수송대가 자리를 잡았다. 전선은 강렬한 일격을 내포한 채찍처럼 발트해로부터 쭉 뻗어 내려와 있었다. 사령부에서는 광범위한 공격 계획을 세웠다. 장군들이 지도 위에 이마를 맞대고 있었다. 전령들은 전투 명령을 전달하기 위해 바쁘게 뛰어다녔다. 수십만의 병사들이 죽음을 향해 나아가고 있었다.

적 기병의 주력이 이 도시를 향해 진격중이라는 보고를 정찰대가 가지고 왔다. 가도에 가까운, 어린 나무가 빽빽한 숲속에서 작은 싸움이 벌어졌다. 카자흐의 정찰대가 너무 깊이 들어가서 적의 정찰대와 충돌한 것이었다.

---

19) 희고 얇은 고급 삼베의 하나. 13세기에 프랑스인인 밥티스트가 만들었다..

그리고리 멜레호프는 형과 헤어진 뒤 매일 행군을 계속했다. 그는 그 병적인 우울에서 벗어나 빨리 이전의 평정한 기분을 되찾아야겠다고 다짐하며 마음속에서 그 바탕을 찾아내려 했지만 아무래도 찾아낼 수가 없었다. 가장 뒤에 온 보충 중대 가운데에서 예비병들이 연대에 합류했다. 그 중의 한 사람인 카잔스카야 마을의 카자흐 알렉세이 우류핀이 그리고리가 속한 소대에 들어왔다. 우류핀은 키가 크고 등이 약간 구부정하며 아래턱이 짧은데, 칼미크인답게 콧수염을 짧게 깎고 있었다. 그의 대담무쌍하고 유쾌한 눈은 나이에 어울리지 않게 언제나 웃음을 담고 있었다. 그는 머리가 훌렁 벗겨진 사내로, 다만 울퉁불퉁한 머리의 양쪽에 검은 머리칼이 듬성듬성 나 있을 뿐이었다. 오자마자 카자흐들은 그에게 '투바티'[20]라는 별명을 붙여 주었다. 브로디 부근에서 한바탕 싸운 뒤 연대에 일주일 간의 휴가가 내렸다. 그리고리는 투바티와 같은 천막에 있었다. 두 사람은 이런 대화를 했다.

"어이, 멜레호프, 자넨 어쩐지 안색이 좋지 않군."

"좋지 않다고?"

그리고리가 얼굴을 찌푸렸다.

"꼭 환자같이 얼굴빛이 안 좋아."

투바티가 말했다. 두 사람은 말의 다리를 묶어 놓고 먹이를 준 다음, 이끼가 낀 낡은 울타리에 기대앉아서 담배를 피웠다. 용기병들이 네 줄로 서서 시내를 통과해 갔다.

울타리 옆에는 아직 처리하지 못한 시체가 몇 구 뒹굴고 있었다. 오스트리아 군을 추격해서, 이 시가 변두리의 길에서 전투가 있었던 것이다. 포화에 불탄 유대교회 자리에서 아직도 불꽃이 조금씩 일어나면서 맵싸한 연기가 피어올랐다. 새빨갛게 물든 이 저녁녘의 한때, 시가지는 무서운 파괴로 죽음 같은 공허한 모습을 드러내고 있었다.

"나는 아무 데도 아프지 않은데."

그리고리는 투바티 쪽은 보지도 않고 침을 탁 뱉었다.

"거짓말 마! 알 수 있어."

---

20) 앞머리가 있는 녀석이란 뜻.

“무얼 안다는 거지?”

“넌 떨고 있지? 그렇지? 죽음을 두려워하고 있는 거지?”

“바보같이.”

그리고리는 경멸하듯이 말하고, 눈을 좁혀 손톱을 응시했다.

“어이, 넌 사람을 죽인 거지?”

투바티가 그리고리의 얼굴을 뚫어지게 바라보다가 불쑥 물었다.

“죽였지. 그게 어떻다는 거야?”

“그게 마음에 걸리는 거지?”

“마음에 걸린다고?”

그리고리는 쓴웃음을 지었다.

투바티가 군도를 홱 뽑았다.

“어때, 목을 댕강 잘라 줄까?”

“잘라서 어쩌겠다는 거야?”

“나는 눈 하나 깜짝하지 않고 사람을 죽인다는 걸 보여 주는 거지. 나에겐 동정심 따위는 없으니까 말이야!”

투바티의 눈은 웃고 있었지만, 그리고리는 그 어조나 콧구멍이 심하게 벌름거리는 것으로 보아 그가 진심으로 말하고 있음을 알았다.

“이상한 말 하지 마.”

그리고리는 투바티의 얼굴을 바라보며 말했다.

“너는 아직 담(膽)이 생기지 않았나 보군. 그런데 바클라노프 병사의 일격이라는 것을 알고 있나? 자, 보고 있어!”

투바티는 마당에 서 있는 늙은 자작나무 옆으로 뚜벅뚜벅 다가가 등을 구부려서 겨냥을 했다. 길고 탄탄하며 손목이 유별나게 굵은 그의 손이 꼼짝 않고 가만히 아래로 늘어져 있었다.

“잘 봐!”

그는 여유 있게 군도를 쳐들어 허리를 낮추면서 대뜸 무서운 힘으로 비스듬히 베어 내렸다. 뿌리에서 1미터 반쯤 되는 곳이 싹둑 잘려진 자작나무는 유리가 끼워지지 않은 창틀에 잔가지가 걸린 채 집의 벽을 쓸면서 쓰러졌다.

“봤지? 잘 기억해 둬. 바클라노프라는 아타만이 있었다는 얘기는 들어서 알고 있겠지? 그 사람의 칼은 날에 수은을 발라서 굉장히 무거웠지만, 대신에 말이건 무엇이건 두 동강으로 잘랐다는 거야. 이런 식으로 말이지!"

그리고리는 내려치기의 복잡한 요령을 오래도록 터득하지 못했다.

"너는 힘은 있지만 검술이 서툴러. 이런 식으로 해야 돼."

투바티가 시범을 보여 주었다. 그가 칼을 비스듬하게 휙 내려치면 겨냥한 것이 싹둑 잘라지는 것이었다.

"사람을 벨 때는 대담하게 하는 거야. 인간이란 밀가루 반죽처럼 연하지 않으니까."

투바티가 눈에 웃음을 띠면서 설명했다.

"걱정할 것 없어. 너도 카자흐겠지. 우물쭈물하지 않고 베어 버리는 것이 네 임무야. 전장에서 적을 베는 것은 신성한 임무지. 마치 뱀을 때려죽이는 것과 마찬가지로, 적을 하나 벨 때마다 하느님은 네 죄를 한 가지씩 용서해 주시는 거야. 하지만 쓸데없이 죽여서는 안 돼. 그러나 인간은 베어 버려도 상관없어. 인간이라는 것은 말이야…… 독버섯과 같아서 그저 세상을 더럽히기만 하는 존재니까 말이지."

그리고리가 반대하자 그는 얼굴을 일그러뜨린 채 입을 굳게 다물어 버렸다. 그리고리는, 별 까닭도 없이 말들이 모두 투바티를 두려워하는 것을 알고는 놀라웠다. 말을 매어 놓은 곳에 그가 가면 말은 일제히 귀를 치켜세우고서, 인간이 아니라 맹수가 다가오기라도 한 것처럼 모두 모여서 한 덩어리가 되는 것이었다. 스타니슬라프티크 부근에서 중대는 나무가 무성하고 수렁이 깊은 곳에 이르러 말에서 내려 걸어가게 되었다. 말 당번이 말들을 끌고 호위병의 호위를 받아 골짜기로 내려갔다. 투바티도 말 당번이었지만 단호하게 거절했다.

"야, 임마, 우류핀, 이 얼간이 새끼야! 왜 그렇게 우물쭈물하지? 무엇 때문에 말을 끌고 가지 않는 거야?"

소대 하사가 그에게로 달려왔다.

"말들이 나를 무서워해서 그래요. 정말이에요."

그는 언제나처럼 웃음을 머금고 말했다.

그는 절대로 말 당번을 맡지 않았다. 자기 말만은 소중하니 꼼꼼하게 잘 돌보았지만, 허리에 찰싹 붙어 말 곁으로 다가가면 옆에 있는 것만으로도 벌써 말 등이 물결치듯 떨리는 것을 그리고리는 보았다. 말은 불안을 느끼는 모양이었다.

"어이, 도대체 어떻게 된 일이지? 어째서 말들이 너를 그렇게 싫어하지?"

언젠가 그리고리가 물었다.

"낸들 알 수 있나?"

투바티는 어깨를 으쓱했다.

"나는 놈들을 가엾게 여기고 있는데 말이야."

"주정꾼이라면 냄새로 금방 알 수 있으니까 무서워하겠지만, 너는 별로 취해 있지도 않은데 이상하지."

"내가 정이 없는 인간이라는 것을 그놈들이 알고 있는 탓이겠지."

"그래, 넌 마음이 이리처럼 몰인정하니까. 아니, 그보다도 너에게는 마음 같은 것이 아예 없고 대신에 돌덩이가 가득 들어 있는지도 모르지."

"그럴지도 몰라."

투바티도 시인했다.

카멘카 스트루밀로보 근처에서 제3소대는 소대장의 인솔하에 정찰을 나갔다. 그 전날 밤에 체코의 탈출병이 사령부에 와서, 오스트리아군이 이동을 개시하여 고로샤로부터 스타빈츠키의 성을 따라 역습을 기도하고 있다는 정보를 제공했다. 그래서 적군이 이동해 올 도로를 24시간 감시하라는 명령이 내려졌다. 그러기 위해서 소대장은 소대 하사에게 카자흐 4명을 붙여서 숲가에 남겨두고, 자신은 나머지를 인솔하여 언덕 저쪽에 보이는 이주민 부락의 기와지붕 쪽으로 나아갔다.

숲가에 있는, 끝이 뾰족한 지붕 위로 녹슨 십자가가 달린 낡은 교회 옆에 그리고리 멜레호프와 하사, 젊은 카자흐들, 실란트예프와 투바티와 미시카 코셰보이가 남았다.

"모두 말에서 내렷!"

하사가 명령했다.

"어, 코셰보이, 말들을 저 소나무 뒤로 끌고 가! 응, 그렇지, 거기 맞아. 그쪽 잎이 무성한 나무 뒤에 말이다."

카자흐들은 가지가 부러지고 말라 버린 소나무 밑에 엎드려 담뱃불을 붙였다. 그곳에서 이삼십 걸음쯤 저쪽에, 거두어들이지 않고 내버려 두어서 알맹이가 떨어지기 시작한 호밀밭이 바람에 살랑이고 있었다. 바람에 날려서 낟알이 떨어진 이삭은 머리를 숙이고 슬픈 듯이 부스럭거리고 있었다. 카자흐들은 30분쯤 누워 있다가 심심해지자 소곤소곤 이야기를 나누었다. 시가지 오른쪽에서 갑자기 요란하게 대포 소리가 울렸다. 그리고리는 바깥쪽까지 기어가서 알이 가득 찬 것을 골라 꺾어, 그것을 잘 비벼서 지나치게 익어 단단한 알맹이를 씹었다.

"오스트리아군 같은데!"

하사가 나직한 목소리로 말했다.

"어디, 어디에 말입니까?"

실란트예가 몸을 움찔 떨었다.

"저기, 저 숲속에. 좀더 오른쪽이야."

멀리 보이는 어린 나무의 숲속에서 한 무리의 기병이 뛰쳐나왔다. 그들은 잠시 말을 세우고 반도처럼 나무가 튀어나와 있는 들판을 둘러보다가, 이윽고 이쪽을 향해서 다가왔다.

"멜레호프!"

하사가 불렀다.

그리고리는 소나무 옆으로 기어갔다.

"아주 가까이 오면 그때 일제사격을 퍼붓는 거다. 모두 총을 준비해 둬!"

하사가 흥분한 어조로 속삭였다.

한 무리의 기병은 몸을 굽혀서 평보로 전진해 왔다. 4명의 카자흐는 숨을 죽이고 소나무 밑에 엎드려 있었다.

"……그렇죠, 중사님!"

맑고 생기 있는 목소리가 바람에 실려서 들려왔다.

그리고리는 머리를 들었다. 매듭이 달린 깨끗한 군복 상의를 입은 헝가리 용기병 6명이 한 덩어리가 되어 말을 타고 다가왔다. 커다란 검은 말을 타고 맨 앞에 서 있는 자는 손에 기병총을 든 채 낮고 굵은 목소리로 웃고 있었다.

"쏴라!"

하사가 낮은 소리로 호령했다.

따따따닷! 총이 일제히 불을 뿜었다.

다다닷……다닷! 뒤쪽에서 메아리가 돌아왔다.

"어찌 된 거야?"

코셰보이가 소나무 밑에서 놀라 소리쳤다. 그리고 말들 쪽으로 달려갔다.

"워, 워엇, 제기랄!"

그는 정신이 번쩍 들 정도로 크게 소리쳤다.

보리밭 가운데를 용기병이 정신없이 달려갔다. 그중의 한 사람, 아까까지 검은 말을 타고 맨 앞에 서 있던 사람이 말 위에서 총을 쏘아 댔다. 조금 늦어져 맨 끝이 된 녀석은 말목에 달라붙어서 뒤돌아보며 왼손으로 모자를 누르고 있었다.

투바티가 맨 먼저 뛰어나가서, 호밀에 발이 걸려가며 소총을 들고 달려갔다. 180미터쯤 앞쪽에 탄환을 맞고 쓰러진 말이 다리를 치켜든 채 허우적거리고 있었다. 그 옆에 헝가리의 용기병 하나가 모자를 떨어뜨린 채 서서, 말에서 떨어질 때 다친 무릎을 문지르고 있었다. 그는 멀리서부터 벌써 큰 소리로 뭐라고 외치면서 두 팔을 들었다. 그리고 멀리 도망쳐 버린 동료들을 연신 돌아보았다.

이 모든 것이 한순간에 벌어졌다. 그래서 그리고리는 투바티가 포로를 데리고 소나무 밑으로 왔을 때에야 겨우 정신을 차렸다.

"끌러, 이새끼!"

그는 상대의 세이버를 잡더니 거칠게 확 당기면서 소리쳤다. 포로는 방심한 듯 싱긋 미소를 띠었다가, 불안한 모습을 보이기 시작했다. 그는 세이버의 끈을 끄르려고 했지만, 남이 보기에도 뚜렷이 알 수 있을 만큼 손이 몹시 떨려 도무지 끈을 끄를 수가 없었다. 그리고리가 친절하게 도와주었다. 그러자 젊고 키가 크며 볼이 불룩한, 깨끗하게 면도를 한 윗입술 끝 쪽에 작은 사마귀가 붙은 용기병은 고맙다는 듯 미소 지으면서 그에게 머리를 꾸벅 숙였다. 그는 무장해제를 당하고 오히려 기뻐하는 것 같았다. 주머니를 뒤져 가죽 담배쌈지를 꺼내 카자흐들을 둘러보고는, 담배를 피우라는 시늉을 해 보이면서 뭐라고 지껄여 댔다.

"담배를 주겠다는 거야."

하사는 싱긋 웃고, 얼른 자기 주머니를 뒤져서 종잇조각을 꺼냈다.

"이 적병을 위해서 한 대 피울까?"

실란트예프가 웃었다.

카자흐는 담배를 말아서 피워 물었다. 검은 파이프 담배는 매우 독했다.

"이놈의 총은 어디 있지?"

하사가 탐스럽게 담배를 빨면서 물었다.

"여기 있어."

투바티가 등 뒤에서 세로로 누빈 누런 멜빵을 보여 주었다.

"이놈을 중대로 데려가야 할 텐데. 사령부에서 무엇인가 물을 일이 있을지도 모르니까. 너희들 중에 누가 데리고 가겠나?"

하사가 누렇게 흐려진 눈으로 카자흐들을 둘러보고 기침을 하면서 물었다.

"내가 가겠습니다."

투바티가 자원했다.

"그럼 데리고 가."

포로는 그 얘기를 알아들은 듯 일그러진 웃음을 띠었다. 그러고는 열심히 마음을 집중시키려고 했으나 역시 안절부절못하면서 주머니를 뒤져서 납작해진 초콜릿을 꺼내어 카자흐들에게 주었다.

"루신[21]이야, 나……루신……오스트리아 아냐!"

그는 더듬더듬 말하고, 우스꽝스러운 몸짓을 하면서 카자흐들 한 사람 한 사람의 손에 달콤한 냄새가 나는 연한 초콜릿을 쥐어 주었다.

"이 밖에 무기가 더 있나?"

하사가 포로에게 물었다.

"글쎄, 그렇게 마구 지껄여선 하나도 알아듣지 못해. 권총 있나? 파앙, 파앙, 있나?"

하사는 권총 소리를 흉내내며 물었다.

포로는 고개를 세게 흔들었다.

"없어! 없어!"

그는 자진해서 자기 몸을 뒤져 보게 했다. 불룩한 볼이 떨리고 있었다.

---

21) 동 갈리치아로 이주한 우크라이나인.

승마 바지의 무릎이 찢어져서 피가 흘러내리고, 빨개진 다리에 찰과상이 보였다. 그는 그곳을 손수건으로 묶고, 얼굴을 찌푸리고 혀를 차면서 뭔가 혼잣말로 중얼거렸다. 그의 군모는 쓰러진 말 옆에 떨어져 있었다. 그는 외투와 군모와 수첩을 가지러 가게 해 달라고 부탁했다. 특히 그 수첩에는 가족사진이 들어 있기 때문이라고 했다. 하사는 그가 하는 말을 열심히 이해해 보려 했지만, 결국 알 수 없었다. 그래서 단념했다는 듯이 손을 흔들었다.

"데리고 가."

투바티는 코셰보이에게서 말의 고삐를 받아 말에 올라타고는, 총의 멜빵을 고치면서 손으로 갈 곳을 가리켰다.

"자, 가자, 어이! 이러고도 군인이라고? 웃기는군!"

그가 웃자 포로도 따라서 미소 지었다. 그리고 말과 나란히 걸으면서 아첨하듯 다정한 표정으로 투바티의 장화의 정강이를 손바닥으로 툭 치기도 했다. 그러자 투바티는 매정하게 그 손을 뿌리치고는 고삐를 당겨서 그를 앞서가게 했다.

"어이, 빨리 걸어, 개새끼! 엉뚱한 짓 하지 마!"

포로는 부끄러운 듯이 걸음을 재촉했다. 이제는 진지한 표정으로 가끔 뒤에 남은 카자흐들을 돌아보면서 걸어갔다. 그의 정수리의 희끄무레한 고수머리는 화난 듯이 곤두서 있었다. 그리고리의 머릿속에는 포로가 된 용기병이 군복의 앞섶을 헤뜨린 채 희끄무레한 고수머리를 곤두세우고, 침착한 걸음걸이로 걸어가는 모습이 새겨졌다.

"멜레호프, 너 가서 저 안장을 벗겨 와."

하사가 벌써 손가락까지 타들어 온 담배꽁초를 한 번 더 빨고 버리면서 명령했다.

그리고리는 쓰러져 있는 말의 안장을 벗기고는 무심결에 바로 옆에 떨어져 있는 모자를 집어 들었다.

모자 속에서 비누 냄새와 땀 냄새가 코를 찔렀다. 안장과 함께 그 용기병의 모자를 왼손에 소중하게 안고 왔다. 카자흐들은 소나무 밑에 웅크리고 앉아서 안장에 달린 주머니를 뒤지며, 처음으로 보는 이상한 모양의 안장을 신기한 듯이 바라보았다.

"녀석의 담배는 좋은 거였어. 좀더 얻어 뒀더라면 좋았을걸."

실란트예프가 안타까워했다.

"그래, 그건 분명히 좋은 담배였어."

"어쩐지 좀 달콤하더라. 꼭 버터라도 핥는 것 같았어."

하사가 그 맛을 떠올리며 한숨을 쉬고는 침을 꿀꺽 삼켰다.

잠시 뒤 솔숲에서 말이 불쑥 얼굴을 내밀더니 투바티가 돌아왔다.

"어찌 된 거야?"

하사가 놀라서 뛰어 일어났다.

"놓쳤나?"

투바티는 채찍을 흔들며 가까이 와 말에서 내리더니, 어깨를 펴고 기지개를 켰다.

"그 오스트리아 병사는 어디로 가 버렸지?"

하사가 다가가서 물어뜯을 듯이 물었다.

"포로는 어쨌냐고?"

투바티가 고함을 질렀다.

"놈이 뛰어가는 거야…… 도망치려고 말이야."

"놓쳤나?"

"숲을 벗어나는 곳에서 놈이 우왓 하고 소리를 질렀어…… 베어 버렸어."

"그런 어리석은 짓을!"

그리고리가 외쳤다.

"네가 아무 이유 없이 죽였지!"

"시끄러워! 네가 무슨 상관이야?"

투바티는 얼음처럼 차가운 눈으로 그리고리를 노려보았다.

"뭐라고?"

그리고리가 천천히 일어서서 벌벌 떨리는 손으로 몸을 더듬었다.

"쓸데없는 참견하지 마! 알았어, 어이? 나서지 말라고!"

투바티가 거칠게 되풀이했다. 그리고리는 멜빵을 잡고 소총을 벗겨 들고는 재빨리 어깨에 대고 겨냥했다. 손가락이 떨려서 도무지 방아쇠에 걸리지 않았다. 그의 검붉어진 얼굴이 기묘하게 일그러졌다.

"어이, 어이!"

하사가 그리고리에게로 달려가서 소리쳤다.

그 바람에 총이 발사되었다. 탄환이 솔잎을 떨어뜨리고 퓨웅! 하고 꼬리를 끌며 울었다.

"도대체 무슨 일이야!"

코셰보이가 놀라서 외쳤다.

실란트예프는 멍하니 입을 벌리고 앉아 있었다. 하사는 그리고리의 가슴을 밀치고 총을 빼앗았다. 투바티만이 태연한 얼굴로 있었다. 그는 다리를 쩍 벌리고 서서 왼손으로 허리띠를 쥐고 있었다.

"한 방 더 쏴라!"

"좋아, 죽여 버릴 테다!"

그리고리는 그에게로 성큼 다가갔다.

"무슨 짓이야, 너희들! 어쩌겠다는 거지? 군법 회의에 넘어가서 총살당하고 싶나? 총을 내려!"

하사가 소리치더니 그리고리를 밀어 내고 두 사람 사이에 들어가서 두 팔로 갈라놓았다.

"바보 자식, 너 따위에게 죽을 줄 알아?"

투바티는 뒤로 뺀 다리를 꿈틀거리면서 침착하게 웃고 있었다.

돌아오는 길은 벌써 어두웠다. 숲속 길에 죽어 있는 용기병의 시체는 그리고리의 눈에 맨 먼저 띄었다. 그는 다른 사람들과 떨어져서 먼저 그곳으로 달려가 말을 세우고는 가만히 바라보았다. 죽은 오스트리아 병사는 가득 돋은 이끼 위에 손을 내던지고 찰싹 엎드려서 얼굴을 이끼에 처박은 채 쓰러져 있었다. 풀 위에 뻗친 가을 나뭇잎처럼 누렇게 된 손이 희미하게 보였다. 등 뒤에서 가한 듯한 무서운 일격이 단칼에 오스트리아 병사의 어깨에서 허리까지 베어 그의 몸을 두동강냈던 것이다.

"얼마나 공포스러웠을까."

하사는 오스트리아 병사의 일그러진 얼굴과 뻣뻣하게 서 있는 희끄무레한 머리칼을 곁눈질하며 음산한 목소리로 중얼거렸다.

카자흐들은 중대가 진을 치고 있는 곳에 닿을 때까지 묵묵히 말을 몰고 갔다. 어둠은 더욱 짙어졌다. 바람이 서쪽 하늘에서 검은 새털구름을 몰고 왔다. 바람이 불어오는 쪽에 있는 늪과 습지에서 녹슨 듯한 습기와 부패물의 시큼한 냄새가 풍겼다. 푸른 해오라기가 울어 댔다. 때때로 들리는 마구 소리와 칼이 등자에 부딪쳐서 나는 소리와 떨어진 솔잎을 밟고 가는 말굽 소리가 졸음에 빠져들게 하는 정적을 깨뜨렸다. 숲의 오솔길 양쪽에 서 있는 소나무 줄기 위쪽에 햇빛의 검붉은 그림자가 번쩍였다. 투바티는 끊임없이 담배를 피웠다. 반짝반짝하는 불이 궐련을 끼고 있는 그의 굵은 손가락과 부어오른 듯한 검은 손톱을 비췄다.

검은 구름이 숲을 덮어서, 땅 위에 자욱하게 낀 퇴색하고 음울하기 짝이 없는 황혼의 빛이 더욱 짙고 깊어져 갔다.

13

시가지 점령 작전이 아침 일찍부터 시작되었다. 보병 부대는 양쪽 대열과 뒤쪽에 기병을 배치하여, 날이 밝자마자 숲 쪽으로부터 시내를 공격하기로 되어 있었다. 그런데 어디에서인가 차질이 생겼다. 보병 2개 연대가 시간에 맞추어 오지 않았던 것이다. 그래서 제211소총 연대에 왼쪽으로 돌라는 명령이 내려졌다. 또 하나의 연대는 다른 연대가 예정되어 있던 포위 행동을 하는 도중에 아군 포병으로부터 포격을 받았다. 진영은 지리멸렬되어 어떻게 해 볼 수도 없을 정도로 혼란에 빠져 작전 계획은 결과적으로 엉망이 되고 말았다.

그리고 공격은 아군의 궤멸로 끝나지는 않더라도, 실패로 끝날 기색이 역력했다. 보병 부대가 대신 들어서고, 그리고 지난밤에 누군가의 명령으로 나아가다가 늪지대에 빠져 버린 포와 탄약차를 포병대가 끌어내고 있는 사이에 제11사단은 공격을 시작했다. 숲과 늪이 많은 이 지방에서는 전선을 넓게 펴서 적을 공격할 수가 없었다. 곳에 따라서는 아군 기병 중대가 소대별로 갈라져서 돌격해 가야만 할 처지가 되었다. 제12연대와 제4중대와 제5중대는 예비 부대로 돌려졌지만, 그 밖의 중대는 이미 공격의 물결에 휩쓸려 들어가 있었다. 15분쯤 지나자 뒤에 남아 있던 사람들에게도 대지를 뒤흔드는 함성이 들려왔다.

우와아아……우아아아……우와아아…….

"아군이 돌격했구나."

"드디어 벌어졌군."

"기관총을 쏘아 대고 있는데."

"분명 아군도 많이 쓰러지고 있겠지."

"소리가 들리지 않는데?"

"쳐들어간 거겠지."

"우리도 곧 그 잘난 녀석들의 얼굴을 볼 수 있어."

카자흐들은 서로 얘기를 주고받았다.

중대는 숲속 빈터에 머물러 있었다. 꾸불꾸불한 소나무가 시선을 가로막았다. 바로 옆으로, 마치 달려가는 것처럼 보병 1개 중대가 지나갔다. 젊고 건장한 상사가 멈추어 서서 중대를 모두 통과시킨 뒤 호령했다.

"줄을 흐트러뜨리지 마라!"

보병 중대는 물통을 달그락거리며 발소리도 요란하게 울리면서, 오리나무 숲속으로 사라졌다.

삼림지대 근처에서 파도처럼 물결치며 점점 멀어지고 희미해져 가던 함성이 또다시 들려왔다.

"우아아아아……우아아아……아아."

그러더니 갑자기 실이 툭 끊어진 것처럼 함성이 그쳤다. 그리고 마음을 덮쳐 오는 듯한 무거운 정적이 깔렸다.

"지금 돌격해 간 거구나!"

"백병전이다…… 마구 베어 대는 거야!"

모두 긴장해서 귀를 기울였다. 정적이 무겁게 내려와 있었다. 오른쪽에서는 오스트리아 포병이 공격군을 계속 위협하고 있고, 때로 그 포성 사이를 누비듯이 기관총이 울렸다.

그리고리 멜레호프는 소대를 둘러보았다. 카자흐들은 신경이 날카로워지고, 말들은 마치 말파리에라도 쏘인 것처럼 안절부절못하고 있었다. 투바티는 모자를 안장머리에 걸어 놓고, 땀이 흐르는 대머리를 닦고 있었다. 미시카 코셰보이는 그리고리와 나란히 서서 싸구려 담배를 마구 피워대고 있었다. 마치 밤샘을 하고 난 뒤에 흔히 경험하는 것처럼 주위의 모든 것이 무서우리만큼 뚜렷하게, 그리고 몹시 생생하게 보였다.

중대는 3시간쯤 예비대로서 후방에 남아 있었다. 포격은 한때 그쳤으나, 이윽고 다시 새로운 힘으로 되살아났다. 그들의 머리 위 어느 쪽에서인가 비행기가 요란한 소리를 내며 두세 번 맴돌았다. 그것은 도저히 포탄이 닿지 못할 고공을 유유히 날다가, 더욱 고도를 높여서 동쪽으로 사라졌다. 비행기 밑으로 보이는 푸른 하늘에서 유산탄이 터져 젖빛 연기가 퍼졌다. 고사포[22]를 쏜 것이었다.

예비대가 전투에 참가하게 된 것은 점심 무렵이었다. 소중하게 간직했던 싸구려 담배도 이미 다 떨어져서 모두가 초조해져 있는데, 용기병의 전령이 달려왔다. 제4중대 중대장은 중대원을 모두 거느리고 숲의 오솔길로 해서 어디론가 출동해 갔다. 그리고리에게는 어쩐지 되돌아가는 듯이 느껴졌다. 20분쯤 밀림 속을 줄이 흐트러진 채 나아갔다. 전투의 소란스러움이 점점 가까이에서 들려왔다. 뒤쪽의 그다지 멀지 않은 곳에서 포병대가 급히 포탄을 쏘아 댔다. 포탄은 그들의 머리 위를 공기의 저항을 뚫고 퓨웅 우르르 소리를 내면서 날아갔다. 중대는 마을 안에서 길을 잃고 흩어져서, 평지로 나왔을 때는 대열이라는 것을 찾아볼 수 없었다. 그들의 전방 반 킬로미터쯤 떨어진 숲 옆에서 헝가리 용기병들이 러시아 포병대의 포병들에게 덤벼들고 있었다.

"중대 정렬!"

대열을 갖출 틈도 없었다.

"중대 칼 뽑아! 돌격, 앞으로!"

푸른, 마치 소나기와 같은 칼날의 번쩍임. 중대는 말을 재촉하여 전속력으로 달려갔다.

맨 끝쪽 포차(砲車) 주위에서 헝가리 용기병 대여섯 명이 웅성거리고 있었다. 그 중의 하나가 날뛰는 말들의 재갈을 끌어당기고 있었다. 그 밖의 사람들은 말에서 내려 대포를 끌어내리려고 바퀴에 달라붙어 버둥거렸다. 옆에서 꼬리를 짧게 자른 초콜릿빛 말을 탄 장교가 목이 쉬어라 소리쳤다. 그는 열심히 호령하고 있었다. 헝가리 병사들은 카자흐의 모습을 보자 대포를 버리고 도망쳤다.

'빨리 가라, 빨리 가라, 빨리 가라!'

그리고리는 말의 가락에 맞추어 머릿속으로 생각했다. 순간 그의 한쪽 발이

---

22) 항공기를 사격할 때 쓰는 포.

등자에서 벗어났다. 그는 불안정한 자세로 타고 있는 것을 깨닫고는 내심 아찔해져서 발로 등자를 더듬어 발끝을 쑤셔 넣어 미끄러질 뻔한 것을 간신히 바로 잡았다. 그리고 눈을 들자 6마리의 말이 끄는 포차가 눈에 들어오고, 그 선두 말 위에는 적의 칼에 맞아 셔츠에 피와 머릿골이 달라붙은 기병 전령이 두 손으로 말목에 매달려 있는 것이 보였다. 말발굽이, 쓰러져 있는 포수의 시체를 으지끈 하는 소리를 내면서 짓밟았다. 뒤집혀진 탄약 상자 옆에 또 두 사람이 죽어 있었다. 다시 또 한 사람이 받침대 위에 두 팔을 벌리고 반듯하게 쓰러져 있었다. 실란트예프가 그리고리를 앞질러서 앞서 나갔다. 그러자 꼬리를 짧게 자른 암말을 탄 헝가리 장교가 한 방 쏘았다. 실란트예프는 안장 위에서 휙 뛰어올랐다가, 두 팔로 먼 창공을 끌어안은 듯한 모양으로 허공으로 떨어졌다. 그리고리는 고삐를 힘껏 당겨서, 베기 좋도록 오른쪽으로 말을 돌리려고 했다.

장교는 그 모양을 보자 가까이에서 또다시 한 방 쏘았다. 그는 그리고리에게 권총의 탄환을 모두 쏘아 버리고서 군도 자루를 잡았다. 분명히 솜씨가 꽤 있는 놈인 듯, 그리고리의 격렬한 칼질을 세 번이나 어렵지 않게 피했다. 그리고리는 입술을 일그러뜨린 채 한 번 더 내리치려고 등자 위에 일어섰다—양쪽 말이 거의 나란히 달리고 있었으므로 그리고리는 그 헝가리 장교의 깨끗하게 면도한 탄탄한 볼과 군복 깃에 꿰매어 붙인 번호를 또렷하게 알아보았다. 그는 유도하는 칼질로 헝가리 장교의 눈을 어지럽힌 뒤, 갑자기 역습해서 자루까지 들어갈 정도로 어깨를 찌르고, 이어서 목 언저리에 일격을 가했다. 헝가리 장교는 군도와 고삐 잡은 손을 늘어뜨리면서 몸을 피하는가 싶더니, 갑자기 식초라도 마신 것처럼 힘없이 안장머리에 쓰러졌다. 어쩐지 이상하게 마음이 놓이는 듯한 기분이 들었기에 그리고리는 그의 머리를 내리쳤다. 그의 군도가 귀 위의 뼈에 똑바로 파고들었다.

등 뒤에서 머리에 무서운 일격을 받고 그리고리는 의식을 잃고 말았다. 입 안으로 흘러든 뜨겁고 짭짤한 피를 느끼며, 말에서 떨어지는 것을 느꼈다. 보리를 베어 낸 땅바닥이 빙글빙글 돌며 무서운 기세로 위에서 덮쳐 왔다.

그는 떨어지면서 몸을 심하게 부딪쳤으므로 순간 제정신이 돌아왔다. 눈을 뜨니 피가 줄줄 흘러들어왔다. 귓전에 말발굽 소리와 헉헉대는 말의 거친 숨소리가 들렸다. 마지막으로 눈을 떴을 때에는 커다랗게 부푼 말의 장밋빛 콧구멍

과 등자를 밟고 있는 누군가의 장화가 보였다. '이제 끝장이다.'

뱀이 기어서 사라져 가는 것처럼 사고가 점점 흐려졌다. 아우성 소리와 어두컴컴한 허공이 순간적으로 스쳐 지나갔다.

14

8월 초 예브게니 리스트니츠키 중위는 아타만 근위 연대로부터 카자흐 전열(戰列) 연대로 전속(轉屬)하기로 결심했다. 그는 상신서(上申書)를 제출했다. 그리고 3주일이 지나자 뜻대로 작전군 중의 한 연대로 전속 명령이 났다. 그는 전속 명령이 나자 페테르부르크를 출발하기 전에 아버지에게 편지를 써서 이번 결심을 알렸다.

아버님, 저는 아타만 연대에서 다른 곳으로 옮기기 위해 힘을 썼습니다. 오늘 저는 전속 명령을 받고, 곧 제2군단 막하로 달려갑니다. 아버님은 틀림없이 저의 이번 결심에 놀라시겠지요. 하지만 저는 지금 제가 처한 환경에 더는 머물러 있을 수 없습니다. 열병식이니 의장대니 경호니 하는 궁정의 모든 근무는 이제 신물이 날 만큼 싫어졌습니다. 이런 일은 모두 속이 메슥거릴 정도로 싫증이 납니다. 좀더 활기찬 일을 하고 싶습니다…… 좀더 솔직하게 말씀드리자면, 공을 세우는 일을 하고 싶습니다. 분명히 저의 내부에는 리스트니츠키 가문의 신성한 피가 흐르고 있습니다. 조국 전쟁 뒤로 러시아 전사(戰史)상에 화려한 이름을 남긴 수많은 조상들의 피가 흐르고 있습니다. 저는 전선으로 가겠습니다. 아무쪼록 축복을 내려 주십시오.

지난주, 저는 황제 폐하가 총사령부로 가시기 전에 황제 폐하를 뵈었습니다. 저는 그분을 하느님처럼 받들고 있습니다. 저는 궁성 안의 경호를 맡고 있었으니까요. 폐하는 로쟌코와 함께 걸어 나오셔서 제 옆을 지나갈 때 미소를 던지며 저에게 눈짓하시고는 영어로 이렇게 말씀하셨습니다.

"내 근위 부대입니다. 만일의 경우에 나는 빌헬름에게 이 마지막 카드를 내놓겠습니다." 저는 마치 순진한 여학생처럼 이분을 사모하고 있습니다. 제 나이 벌써 28세나 됩니다만, 이런 사실을 아버님에게 정직하게 털어놓는 것을 조금도 부끄럽게 생각하지 않습니다. 저는 폐하의 빛나는 이름 주위에 거미줄을 치는 듯한 궁정의 헛소문에 크게 마음이 상했습니다. 저는 그런 소문을 믿지 않고, 또 믿을 수도 없습니다. 최근에 저는 그로모프 대위가 제 앞에서 황후폐하에 대해 불경한 언사를 쓰는 것을 보고 하마터면 그를 쏘아죽일 뻔했습니다. 참으로 화나는 일입니다. 저는 그에게 말했습니다. 몸 안에 비천한 노예의 피가 흐르고 있는 인간만이 그런 부정한 헛소문에 귀 기울이는 것이라고. 이 사건은 5, 6명의 장교가 있는 데서 일어났습니다. 저는 분노의 발작으로 권총을 꺼내어 그 인간 같지 않은 인간에게 한 방 먹여 주려고 했습니다. 하지만 동료들이 저의 손에서 권총을 빼앗아 버렸습니다. 근위 연대에는, 특히 장교단에는 참된 애국심이라는 것이 없습니다. 입 밖에 꺼내기조차 두려운 일입니다만, 황제에 대한 사랑조차 없는 것입니다. 이래서는 귀족이라고 말할 수 없습니다. 천민입니다. 사실을 말하자면, 제가 연대를 결별한 참된 원인은 여기에 있습니다. 저는 제가 존경할 수 없는 사람들과 함께 있을 수 없습니다. 이것으로 대략 말씀은 드렸다고 생각합니다. 두서가 없습니다만, 용서해 주십시오. 서두르고 있기 때문입니다. 실은 지금부터 짐을 꾸리고 위수(衛戍) 사령관에게 다녀와야 합니다. 그럼, 안녕히 계십시오. 전선에 가서 보다 자세한 편지를 올리겠습니다.

아들 예브게니 올림

바르샤바행 열차는 밤 8시에 떠났다. 리스트니츠키는 역마차를 타고 정거장으로 갔다. 페테르부르크 거리는 푸른 불빛 속에 가로놓여 있었다. 정거장은 몹시 어수선하고 떠들썩했다. 대부분이 군인이었다. 포터가 리스트니츠키의 짐을 실어 와서, 얼마의 팁을 받고는 무사히 개선하시라고 인사했다. 리스트니츠키는 칼의 끈을 끄르고 외투를 벗은 뒤 가죽끈을 풀고는 좌석에 꽃무늬가 진 비단 방석을 깔았다. 아래쪽 창가에서는 고행자와 같은 모습의 여윈 목사가 테이블에 식기를 늘어놓고 식사를 하고 있었다. 그 목사는 실이 엉킨 것 같은 구레나룻에 묻은 빵 부스러기를 떨어내면서, 마주 앉은 소녀에게 빵을 권했다. 소녀는 모스크바 아이인 듯했으며 피부가 거무스름하고 교복을 입고 있었다.

"어때요, 하나 먹어 보지 않겠소?"

"감사합니다."

"사양할 거 없어요. 아가씨 같은 체질은 아주 많이 먹어야 해요."

"예, 고마워요."

"자, 이 크림빵을 하나 먹어 봐요. 아, 장교님, 당신도 하나, 어떻습니까?"

"나 말입니까?"

"예, 그렇습니다."

목사는 까다로워 보이는 눈으로 그를 바라보면서, 빈약한 콧수염이 듬성듬성 나 있는 얇은 입술만을 움직여 웃었다.

"고맙습니다만, 나는 먹고 싶지 않습니다."

"아니, 하나 입에 넣어 봐요. 괜찮아요. 당신은 전선으로 나가는 게 아닙니까?"

"맞아요."

"신의 가호가 있으시기를!"

리스트니츠키는 나른한 기분으로 꾸벅꾸벅 졸면서, 어쩐지 멀리서 들려오는 듯한 목사의 굵은 목소리를 듣고 있었다. 그러자 어느 틈엔지 그것은 목사가 호소하는 듯이 이야기하고 있는 게 아니라, 불충한 그로모프 대위가 얘기하고 있는 듯 느껴졌다.

"……가족이 있습니다만, 가족을 먹여살리기엔 수입이 형편없습니다. 그래서 나는 종군목사로 가는 겁니다. 러시아 국민은 신앙 없이는 지탱할 수 없으니까요. 아시겠지만, 신앙은 날로 강해져 갑니다. 물론 신앙에서 떨어져 나가는 사람도 있습니다만, 그것은 인텔리들뿐이고, 백성은 하느님에게 강하게 의지하고 있습니다. 그렇습니다…… 그런 까닭으로."

목사가 한숨 돌리고는 다시 입을 열었는데, 그 말은 이미 의식에는 들어오지 않았다. 리스트니츠키는 잠이 들었다. 마지막으로 분명하게 느낀 것은 천장에 칠한 페인트 냄새와 창밖의 고함 소리뿐이었다.

"수하물 담당자가 아니어서 나는 전혀 모릅니다!"

'수하물 담당자가 무엇을 받은 것일까?'

약간 의식이 들긴 했지만, 어느 틈엔지 다시 의식의 연결이 툭 끊어져 버렸다. 이틀 밤을 자지 못했으므로 그는 깊은 잠에 빠졌다. 잠이 깨었을 때에는 열차가 이미 페테르부르크에서 40킬로미터나 떨어져 있었다. 바퀴가 덜커덩덜커덩하고 율동적인 소리를 내고, 기관차의 흔들림에 따라서 객차가 기분 좋게 왔다

갔다 했다. 어딘가 가까운 찻간에서 낮은 목소리로 노래를 부르는 소리가 들렸다. 등불이 연보랏빛 그림자를 던졌다.

리스트니츠키 중위가 전속된 연대는 최근의 전투에서 큰 타격을 받고, 전투 지역에서 철수하여 서둘러 말과 인원을 보충하고 있었다.

연대 본부는 베레즈냐기라는 대단위 상업 지대에 있었다. 리스트니츠키는 이름을 알 수 없는 한 작은 정거장에 닿자 기차에서 내렸다. 그곳에 이동 야전병원도 하차했다. 리스트니츠키는 군의관에게 이 야전병원이 어디로 이동하는가를 묻고, 그것이 이 지방의 서남부 전선으로 옮겨져 지금부터 베레즈냐기로부터 이바노프카와 크루이쇼빈스코에의 전선을 따라 이동한다는 것을 알았다. 붉은 얼굴의 덩치 큰 군의관은 자기 상관들을 몹시 나쁘게 얘기하고, 사단의 막료들을 사정없이 깎아내렸다. 턱수염을 마구 비벼 대고 금테 코안경 속에서 심술궂은 눈을 번뜩이면서, 우연히 만난 이 장교에게 자신의 울적한 기분을 털어놓았다.

"나를 베레즈냐기까지 태워다 주시겠습니까?"

리스트니츠키가 그의 말 중간에 끼어들어 말했다.

"좋아요, 중위님. 이륜마차에 타요. 함께 갑시다."

군의관은 승낙했다. 그리고 다정하게 중위의 외투 단추를 만지작거리면서, 동정이라도 구하듯이 굵은 목소리를 낮추어 말했다.

"글쎄, 생각 좀 해 봐요, 중위님. 가축용 화물 열차에 처박혀서 200킬로미터나 덜컹덜컹 흔들리며 왔는데, 막상 이곳에 도착했을 때 아무것도 할 일이 없어서 빈둥거리고 있다고요. 그런데 지금까지 우리 병원이 있던 그쪽 전선에서는 이틀 동안 피투성이의 전투가 벌어져서 우리가 응급조치해야 할 부상병이 잔뜩 있는 거예요."

군의관은 심술궂은 웃음을 띤 채 본래의 버릇인지 피투성이의 '피'에 특히 힘을 주면서 '피투성이의 전투'라고 두 번이나 되풀이해서 말했다.

"도대체 그런 엉터리 같은 일은 어떻게 설명해야 되죠?"

중위는 인사로 물었다.

"'어떻게' 라고요?"

군의관은 코안경 위에서 눈썹을 치켜올리고는, 잔뜩 비꼬는 표정으로 지껄였다.

"결국 높은 사람들이 바보이고 엉터리이기 때문이지요! 송장들이 위에 앉아 있어서 모든 게 뒤엉켜 버린 겁니다. 질서 따위는 아예 없어요. 첫째로 상식이 없어요. 러일전쟁에 대해 쓴 베레사예프[23]의 《의사의 수기》[24]라는 것을 아십니까? 그거예요! 그것을 더 심하게 만든 듯한 일을 거듭하고 있는 거죠."

리스트니츠키는 그 자리에서 더 참고 있을 수가 없어서 운반차 쪽으로 걷기 시작했다. 군의관은 붉게 부풀어오른 뺨을 떨면서, 그의 등 뒤에서 화난 목소리로 떠들어 댔다.

"이 전쟁에서 질 거예요, 중위님. 일본에게 지고도 여전히 정신을 차리지 못한 거죠. 이러다가는 항복하고 말 거에요."

그리고 석유가 떨어져 무지개처럼 반짝이고 있는 물웅덩이를 뛰어넘어 헝클어진 머리를 마구 흔들면서 다른 방향으로 걸어갔다.

야전병원이 베레즈냐기에 닿은 것은 날이 어둑어둑해질 무렵이었다. 보리를 베어 낸 다음의 노란 그루터기 위에 바람이 불고 있었다. 서쪽 하늘에 검은 구름이 치솟아, 위쪽은 보랏빛으로 물들고 아래쪽은 기괴한 빛으로 흐려져 있었다. 그리고 거기에서부터 색조가 훨씬 달라져서, 어두컴컴한 색깔의 천을 쳐 놓은 듯한 하늘에 연보랏빛의 흐릿한 빛을 드러냈다. 흡사 간빙기에 강을 밀고 밀리며 흘러가는 얼음덩어리처럼 구름의 덩어리가 서로 밀고 당겼다. 그리고 그 구름의 갈라진 틈으로 석양의 귤빛 햇살이 줄기차게 쏟아졌다. 석양의 햇살은 부채꼴로 확 퍼지고, 굴절하고, 붉게 타오르고, 수직으로 내리꽂혔다. 그리고 틈새 아랫부분에는 뭐라 형언하기 어려울 만큼 선명한 스펙트럼이 이루어져 있었다.

길가 도랑 속에 총에 맞아 죽은 붉은 말이 쓰러져 있었다. 공중으로 뻗은 말의 뒷발에서 닳아빠진 편자가 번쩍거렸다. 리스트니츠키는 흔들리는 이륜마차 위에서 말의 시체를 보았다. 함께 타고 온 위생병이 섬뜩하게 부풀어오른 말의 배에 침을 뱉고는 말했다.

"보리를 너무 처먹은 거야…… 아니, 너무 먹은 겁니다."

---

23) 1867~1945. 러시아 소설가.
24) 한 사람의 의사가 쓴 수기 형식의 작품. 1901년 당시 러시아 소시민의 허위적인 생활을 폭로하고, 위선적이며 확신 없는 의사의 태도를 날카롭게 지적했다..

그는 중위를 힐끗 보고는 고쳐 말했다. 그리고 한 번 더 침을 뱉으려다가, 그것은 실례가 된다고 생각해서인지 그냥 침을 꿀꺽 삼키고는 옷소매로 입가를 닦았다.

"뱉어 버렸는데 치우려고도 하지 않습니다. 러시아인이란 그런 국민이죠. 독일인은 러시아인과는 전혀 다릅니다만."

"자네는 어떻게 해서 그런 것을 알고 있나?"

리스트니츠키는 별다른 뜻도 없이 심술궂은 질문을 던졌다. 거만하게 상대를 깔보는 듯한 빛을 띠고 있는 위생병의 태연스러운 얼굴까지도 몹시 밉살스럽게 느껴졌다. 그 얼굴은 잿빛 그늘에 싸여서, 보리를 베어 낸 뒤의 9월 들판처럼 음울했다. 중위가 페테르부르크에서 전선으로 오는 도중에 본 몇천 명이나 되는 농민 출신 병사들의 얼굴과 색다른 점은 조금도 찾아볼 수 없었다. 그들은 모두 어딘지 모르게 넋이 나간 것처럼 여겨졌고, 회색이나 청색이나 녹색 등 갖가지 색의 눈 속에는 멍청하고 둔한 빛이 담겨 있었다. 그것은 오랫동안 사람의 손에서 손으로 굴러다닌 헌 동전을 연상시켰다.

"나는 전쟁이 터지기 전 3년쯤 독일에 있었습니다."

위생병이 침착하게 대답했다. 그의 어조에도 중위가 얼굴에서 엿본 것과 같은 어딘가 사람을 무시하는 듯한 오만스러움이 담겨 있었다.

"나는 쾨니히스베르크의 담배 공장에서 일하고 있었지요."

위생병은 우울한 듯이 불쑥 내뱉었다. 그리고 가죽 고삐로 달리는 말의 등을 찰싹 쳤다.

"이제 됐다. 알았네!"

리스트니츠키는 또렷하게 말했다. 그리고 뒤를 돌아보면서, 이마의 털이 눈까지 늘어져 있고 드러난 잇몸이 비바람에 시달려 완전히 색이 변한 말을 한 번 더 쳐다보았다.

공중으로 치켜든 다리는 무릎의 관절 부분이 비틀어져 있고 편자가 박혀 발굽이 조금 갈라져 있었다. 하지만 편자의 끝은 속에서 비쳐 나오는 듯한 검푸른 빛을 내뿜고 있었다. 중위는 가늘게 깎아 낸 듯한 발목으로 미루어 보아, 아직 젊고 꽤 혈통이 좋은 말임을 확신했다.

이륜마차는 울퉁불퉁한 시골길을 덜컹거리면서 앞으로 나아갔다. 서쪽 하늘의 끝이 빛이 바래고, 바람이 구름을 흐트러뜨렸다. 죽은 말의 다리는 지붕이 날아간 교회 뒤로 검게 떠올랐다. 리스트니츠키는 한참이나 그것을 바라보았다. 그런데 갑자기 그 말 위에 한 줄기 광선이 둥글게 비쳐들었다. 붉은 털이 촘촘히 나 있는 다리가 꽃이라도 핀 것처럼 어둠 속에 희미하게 떠올라 어쩐지 오렌지빛으로 채색된 나뭇가지처럼 보였다.

베레즈냐기 마을 입구까지 왔을 때 야전병원은 부상병을 실은 운반차와 만났다.

선두의 짐수레 임자인 수염을 깎은 중년 소러시아인이 새끼로 엮은 고삐를 잡고 말 옆에서 걷고 있었다. 수레 위에는 붕대를 감은 카자흐가 모자도 쓰지 않고 팔꿈치를 짚고 누워 있었다. 그는 눈을 감고 축 늘어진 채 빵을 씹다가는 삼키지도 못하고 도로 토해 냈다. 그 옆에는 또 한 사람의 병사가 납작하게 엎드려 있었다. 바지 엉덩이가 갈가리 찢어지고, 흘러나온 피가 말라붙어서 뻣뻣하게 굳어 있었다. 그 병사는 얼굴도 들지 않고 음산한 목소리로 중얼거리고 있었다. 그 목소리 톤을 듣자 리스트니츠키는 무서워졌다. 마치 신앙심 깊은 사람이 기도하는 것 같았다. 두 번째 수레에는 병사 대여섯 명이 한 덩어리가 되어 타고 있었다. 그 중의 하나가 불타는 듯한 뜨거운 눈을 깜박거리며 흥분해서 지껄여 댔다.

"……뭐냐 하면, 저쪽 황제에게서 사신이 와서 휴전을 제의했다는 거야. 그는 정직한 사람이니까…… 거짓말은 하지 않을 거라고 난 믿어."

"그럴까?"

다른 하나가 오래된 나력(瘰癧)[25] 흉터가 있는 머리를 흔들며 의심스럽다는 듯이 말했다.

"아냐, 잠깐, 필립. 그 사신이 왔다는 건 정말인지도 몰라."

이쪽으로 등을 대고 앉아 있던 병사가 볼가 사투리로 말했다.

다섯 번째 마차에서는 카자흐들 군모의 붉은 테가 보였다. 3명의 카자흐가 수레 위에 앉아서 리스트니츠키 쪽을 물끄러미 바라보고 있었다. 얼룩으로 잔뜩 더러워진 그들의 볼 위에는 부대에 있을 때와 같은 근엄함은 전혀 보이지 않

---

25) 목이나 귀의 뒷부분이나 겨드랑이에 콩알만 한 멍울이 생기는 병.

왔다.

"여어, 안녕, 고향 친구들!"

중위가 말을 걸었다.

"안녕하시오!"

마부석에서 가장 가까이 앉아 있는, 깨끗한 은빛 수염과 굵은 눈썹의 카자흐가 귀찮다는 듯이 되받았다.

"몇 연대지?"

리스트니츠키가 카자흐의 푸른 견장 부대 마크를 보면서 물었다.

"12연대입니다."

"자네들 연대는 지금 어디 있나?"

"어디 있는지 모릅니다."

"그럼 자네들은 어디에서 부상당했나?"

"저 마을 옆입니다…… 아주 가깝습니다."

카자흐들은 뭐라고 소곤거리다가, 그 중의 하나가 천 조각으로 감은 다친 팔을 성한 팔로 받치고는 마차에서 뛰어내렸다.

"장교님, 잠깐만 기다려 주십쇼."

그는 관통상으로 열이 나고 있는 팔을 조심스럽게 안고 리스트니츠키에게 웃음을 보내면서, 신도 신지 않고 비틀거리는 발에 힘을 주어서 길을 건너왔다.

"혹시 뵤센스카야 마을 분이 아닙니까? 리스트니츠키님이 아닙니까?"

"응, 그렇다네."

"역시 그렇군요. 장교님, 당신은 담배를 피우지 않으십니까? 있으면 한 대 얻고 싶습니다. 우리는 담배가 피우고 싶어서 미칠 지경입니다."

그는 채색된 이륜마차에 매달리듯 하면서 걸어갔다. 리스트니츠키는 담배 상자를 꺼냈다.

"10대쯤 얻을 수 있겠습니까? 우리는 세 사람이어서."

카자흐가 몹시 탐나는 듯한 미소를 띠었다.

리스트니츠키는 상자에 든 궐련을 그의 커다란 적갈색 손바닥에 죄다 털어 주고는 물었다.

"연대에는 부상자가 많이 생겼나?"

"20명쯤 됩니다."

"전사자도 많겠지?"

"많이 당했습니다. 죄송합니다만, 불 좀 빌려 주십쇼. 고맙습니다."

카자흐는 멈추어 서서 담뱃불을 붙여 물었다. 그리고 뒤에서 소리쳤다.

"당신네 영지 근처인 타타르스키 마을에서 온 사람들도 오늘 3명이 당했습니다. 카자흐도 오늘은 체면이 엉망이었습니다."

그는 손을 흔들고는 서둘러 자기네 마차를 쫓아갔다. 허리띠를 매지 않은 그의 옷이 바람에 펄럭거렸다.

리스트니츠키 중위가 전속된 부대의 연대장은 베레즈냐기 마을의 목사집에 머물러 있었다. 중위는 자기를 위생병의 마차에 태워 준 군의관과 광장에서 헤어진 뒤 걸으면서 옷의 먼지를 털고는, 만나는 사람들에게 연대 본부의 소재지를 물으면서 갔다. 저쪽에서 수염이 불꽃처럼 새빨간 상사가 병사를 한 사람 호송해 왔다. 그는 가던 길을 멈추지 않고 중위에게 경례를 하고는, 그의 질문에 대답해서 한 채의 집을 가리켰다. 연대 본부가 있는 저택은 아주 조용했다. 최전선에서 떨어진 곳에 있는 본부는 모두 그랬다. 서기들이 커다란 책상에 나란히 앉아 있고, 꽤 나이 들어 보이는 대위가 전화기에 대고 보이지 않는 상대와 웃고 있었다. 이 널따란 방의 창가에서는 파리가 시끄럽게 윙윙거리고, 멀리에서는 전화벨이 모기가 우는 듯한 소리를 내고 있었다. 전령이 중위를 연대장 숙소로 데리고 갔다. 턱에 삼각형으로 흉터가 난, 키가 크고 어딘지 초조해 보이는 연대장이 언짢은 얼굴로 현관까지 그를 마중 나왔다.

"내가 연대장이다."

그는 물음에 대답해서 말했다. 중위가 그의 부대로 전속 명령을 받고 왔다는 말을 마치자, 말없이 손을 들어서 중위를 방으로 들어오라고 했다. 등 뒤의 문이 닫히자 그는 몹시 피로해서 못 견디겠다는 듯한 표정으로 머리를 쓸고는 부드럽고 단조로운 목소리로 말했다.

"자네에 대한 것은 어제 여단 사령부로부터 보고를 받았네. 우선 좀 앉게."

그는 리스트니츠키에게 지금까지 근무했던 연대와 수도의 상황, 도중의 형편 등을 캐물었다. 이 짧은 대화를 나누는 동안 그는 매우 짙은 피로의 빛을 띠고 있는 눈을 한 번도 상대에게 보이려 하지 않았다.

'틀림없이 전선에서 고생을 해 온 것이리라. 몹시 지친 모습이구나'

중위는 연대장의 잘생긴 이마를 동정심이 담긴 눈으로 바라보면서 생각했다. 그러나 연대장은 마치 그런 생각을 깨뜨려 버리려는 듯이 군도 자루로 이마를 긁으면서 말했다.

"저쪽으로 가서 장교들에게 인사하고 오게. 실은 내가 사흘이나 잠을 못 잤네. 이런 시골에서는 카드나 술 말고는 할 일이 전혀 없으니까."

리스트니츠키는 심한 경멸의 빛을 쓴웃음으로 얼버무리고 경례했다. 그는 이 회견을 불쾌한 기분으로 돌이켜보고, 연대장의 몹시 지친 듯한 모습과 턱에 있는 커다란 칼자국에 무의식적으로 느꼈던 존경심에 조소하고 말았다.

15

사단은 스티르강을 건너 로비시챠 부근에서 적의 뒤를 치라는 명령을 받았다.

리스트니츠키는 연대 장교들과 함께 며칠을 지내는 사이에 금방 전쟁 기분에 휩쓸려 들어가서, 지금까지 그의 마음에 깃들어 있던 안일함과 평화로움이 어디론가 사라져 버렸다.

사단은 이 무리한 도하(渡河) 작전을 멋지게 해 냈다. 적의 주력 부대를 왼쪽에서 공격하며 그 등 뒤로 나간 것이었다. 로비시챠 부근에서 오스트리아군은 마자르 기병대와 합류해 역습하려고 했지만, 카자흐 포병대가 거기에 유산탄을 퍼부었다. 그 일대에 전개해 있던 마자르 기병대는 측면에서 기관총의 세례를 받아 격퇴되었고, 게다가 카자흐 기병의 추격을 받자 뿔뿔이 흩어져 퇴각했다.

리스트니츠키는 연대에 끼어 추격해 갔다. 그들의 대대는 퇴각하는 적을 따라잡았다. 리스트니츠키가 인솔한 제3소대에는 전사자 1명과 부상자 4명이 생겼다. 중위는 겉으로는 아주 침착하게 로시쵸노프의 옆을 지나쳐 갔다. 그는 로시쵸노프의 목소리를 되도록 피했다. 크라스노쿠츠카야 마을에서 온 매부리코의 젊은 카자흐인 로시쵸노프는 사살된 자기 말 밑에 깔려 있었다. 그 자신도 팔에 상처를 입고 쓰러져, 옆을 지나가는 카자흐들에게 우는소리로 부탁했다.

"어이, 나 좀 도와줘! 제발 나를 꺼내 줘."

고통으로 자주 끊어지는 낮은 목소리가 희미하게 울려 퍼졌다. 하지만 옆을 지나가는 카자흐들의 안정을 잃은 마음에는 동정심이 일어나지 않았다. 아니, 가령 일어났다 하더라도 억지로 그것을 억누르고 그런 눈치를 털끝만큼도 나타내지 않았다. 소대는 전속력으로 달려왔기 때문에 숨을 헐떡거리는 말들이 한숨 돌리도록 하기 위해서 5분쯤 평보로 걸어갔다. 그들의 전방 반 킬로미터쯤에서 마자르 기병대가 여기저기 흩어져 도망쳐 갔다. 테를 두른 깨끗한 윗옷 사이에 섞여 적군 보병의 검푸른 군복이 드문드문 보였다. 언덕 꼭대기로 오스트리아 수송대가 기어갔다. 그 머리 위에서 유산탄이 젖빛 연기를 뿜으면서 사정없이 터졌다. 왼쪽에서 포병이 그 수송대에게 포격을 가하고 있는 것이었다. 시끄러운 포 소리가 들판에 가득 울려 퍼지고, 근처의 숲에서 굉장한 메아리가 되어 돌아왔다.

대대를 지휘하고 있던 군대 장로인 사프로노프가 "뛰어!" 하고 호령했다. 그러자 3개 중대는 재빨리 흩어져서 지축을 흔들며 날듯이 달려갔다. 기수들의 엉덩이 밑에서 말의 몸뚱이가 몹시 흔들렸다.

그날 밤은 한 작은 마을에서 머물렀다.

연대의 장교 12명이 작은 오두막 하나에 꽉 들어차서 잤다. 몹시 지친 데다가 허기가 졌기 때문에 눕자마자 바로 잠이 들었다. 한밤중에 식사가 도착했다. 츄보프 소위가 스튜 냄비를 들고 왔다. 기름진 냄새가 장교들의 잠을 깨웠다. 15분쯤 지나자 장교들은 잠이 덜 깬 눈으로 말없이 마구 퍼먹었다. 그것으로 전투로 지새운 이틀간의 기력이 어느 정도 회복되었다. 늦은 식사를 마치자 졸음이 달아났다. 배가 가득 차서 맥이 풀린 장교들은 외투나 짚을 깔고, 그 위에 누워서 제각기 담배를 붙여 물었다.

몸집이 작고 동그란 몸매를 한 칼미코프 대위는 이름만이 아니라 얼굴까지 몽고인종다웠는데, 열심히 손짓 발짓 해 가면서 지껄였다.

"이 전쟁은 아무래도 내겐 맞지가 않아. 나는 4세기쯤 늦게 태어난 거야. 어이, 그렇지, 페트르?"

그는 테르신체프 중위를 '표트르'라고 부르지 않고 '페트르'라고 부르면서 말을 걸었다.

"점을 봤더니 나는 이 전쟁이 끝날 때까지 목숨이 붙어 있지 않는다더군."

"미신은 그만 믿어요."

테르신체프가 외투 밑에서 낮은 목소리로 말했다.

"별로 믿는 것은 아니야. 그렇게 되는 것이 내 운명이지. 나에게는 격세 유전이 있어. 분명히 나는 이곳에선 인원 외야. 오늘도 포화 밑을 빠져나갈 때 나는 미쳐 버릴 것 같아서 벌벌 떨었어. 적의 모습이 보이지 않으면 견딜 수 없는 거야. 이 지겨운 기분, 이건 공포와 조금도 다름이 없어. 몇 킬로미터 앞에서부터 겨냥을 당했지. 그런데도 말을 타고 걷는다구. 마치 벌판에서 사냥꾼이 노리는 기러기와 같은 신세야."

"나는 쿠팔카에서 오스트리아의 유산포를 봤는데, 자네들 중에서 누구 본 사람 있나?"

아타만츄코프 대위가 영국식으로 깎은 붉은 콧수염에 붙은 통조림 고기 조각을 혀로 핥아내면서 물었다.

"굉장하더군! 조준 장치에서부터 어디 하나 흠잡을 데가 없더라고."

두 그릇째의 스튜를 깨끗하게 비운 츄보프 소위가 기분이 좋아서 소리쳤다.

"나도 그걸 보았지. 하지만 내 느낌은 얘기하고 싶지 않군. 우리는 대포에 대해서는 도무지 문외한이니까. 내 생각으로 대포는 대포 그 자체에 위력이 있는 거야."

"그러나 나는 원시적인 방법으로 전쟁을 하던 사람들이 부러워."

칼미코프는 이번에 리스트니츠키를 향해서 말했다.

"진짜 싸움이라는 것은 적의 가운데로 뚫고 들어가서 상대를 칼로 두 동강으로 베어 버리는 거야. 그런 거라면 얘기가 되지만, 그렇지 않고는 도무지 알 수가 없어."

"앞으로의 전쟁에서는 기병의 역할이란 제로가 될 걸."

"그래. 기병 따위는 없어져 버리겠지."

"그럴지도 몰라!"

"틀림없어. 의문의 여지가 전혀 없어."

"잠깐, 테르신체프, 인간을 기계로 바꿔 버릴 수야 있겠나? 그건 너무 극단적인 생각이야."

"나는 인간 얘기를 하고 있는 게 아니야. 말 얘기를 하는 거지. 오토바이나 자동차가 언젠가는 말을 대신하겠지."

"자동차 중대니 하는 게 생기는 셈인가?"

"바보 소리 마라!"

칼미코프가 화를 냈다.

"말은 아직도 군대에서 쓰이고 있어. 그건 외국인의 잠꼬대야! 200년이나 300년이 지나면 모르겠지만, 지금으로서는 뭐니 뭐니 해도 역시 기병이야."

"어이, 드미트리 돈스코이, 너는 적이 참호를 파서 진지를 구축하고 있을 때는 어떻게 하지? 응? 말해 봐!"

"마구 쳐들어가서 적의 등 뒤를 깊숙이 찌르지. 이게 기병이 할 일이야."

"농담하지 마라."

"그렇다면 한번 솜씨를 구경해 볼까?"

"이제 자도록 하지."

"어이, 논쟁은 그만둬. 다른 사람은 모두 자고 싶어하니까, 좀 조용히 하는 게 어때."

타오르던 논쟁의 불길이 꺼졌다. 누군가가 외투 밑에서 코를 골면서 거칠게 콧소리를 냈다. 리스트니츠키는 대화에 끼지 않고 혼자 떨어져서 누워, 몸 밑에 깐 호밀짚의 향긋한 냄새를 맡고 있었다. 칼미코프는 성호를 그은 뒤 그와 나란히 누웠다.

"어이, 중위, 자네도 지원병인 분츄크와 얘기해 보는 게 어떻겠나? 자네 소대에 있는데, 아주 재미있는 놈이야."

"어떤 점이 말인가?"

리스트니츠키는 돌아누워서 칼미코프에게 등을 대며 물었다.

"완전히 러시아인이 되어 버린 카자흐지. 모스크바에 있었지. 평범한 노동자지만, 여러 가지 면에서 상당히 어려운 사람이지. 그러나 기관총에 있어서는 굉장한 솜씨를 갖고 있어."

"그만 자세."

리스트니츠키가 말했다.

"그래, 자세."

칼미코프가 무엇인가 자신의 일을 생각하면서 동의했다. 한데 조금 있다가 발가락을 꿈틀꿈틀 움직거리면서 쑥스러운 듯이 얼굴을 찌푸렸다.

"이봐, 중위, 좀 참아 줘. 내 발에서 고약한 냄새가 나서 말이야…… 어쨌든 3주일이나 구두를 벗지 않아서 양말이 땀으로 썩어 버렸어. 정말 지독하지. 카자흐에게 아무 거라도 좋으니 한 켤레 얻어야겠어."

"제발 좀."

리스트니츠키가 잠결에 중얼거렸다.

리스트니츠키는 칼미코프의 얘기를 무심코 흘려버렸는데, 이튿날 우연한 기회에 지원병인 분츄크와 교섭을 갖게 되었다. 새벽녘에 그는 중대장으로부터, 정찰 나가서 가능하다면 왼쪽에서 공격을 계속하고 있는 보병 연대와 연락을 취하도록 하라는 명령을 받았다. 리스트니츠키는 새벽녘의 어둠 속에 카자흐들이 자고 있는 안뜰을 이리저리 돌아다니며 소대 하사를 찾아냈다.

"정찰을 나갈 테니까 카자흐를 5명 뽑아 주게. 그리고 당장 내 말을 준비하도록 일러 주고, 지금 당장."

5분쯤 지나자 오두막 입구에 땅땅한 카자흐 하나가 찾아왔다.

"소대장님."

그는 담배 상자에 궐련을 담고 있던 중위에게 말했다.

"하사는 아직 차례가 아니라며 저를 정찰에 내보내려고 하지 않는데, 소대장님의 주선으로 저를 내보내 주지 않겠습니까?"

"아첨하는 거야? 아니면 무슨 벌 받을 짓이라도 한 건가?"

중위는 잿빛 어둠 속에서 카자흐의 얼굴을 확인하려는 것처럼 똑바로 바라보면서 물었다.

"저는 아무 짓도 하지 않았습니다."

"그럼 따라와."

리스트니츠키는 허락하고 일어섰다.

"어이, 잠깐 기다려!"

그는 사라지는 카자흐를 뒤에서 불렀다.

"이리 좀 와!"

카자흐가 뒤돌아 다가왔다.

"하사에게 전할 말이 있는데."

"제 성은 분츄크입니다."

카자흐가 그의 말에 끼어들어 말했다.

"지원병이군?"

"그렇습니다."

"하사에게 전해주게."

리스트니츠키는 잠시 망설이다가 곧 고쳐 말했다.

"하사에게…… 아니, 됐어. 이제 가도 좋아. 내가 직접 말하지."

주위는 이제 꽤 밝아졌다. 정찰대는 마을을 벗어나 초소와 경계선을 돌파해서 지도를 따라 지정된 곳을 향해 나아갔다.

반 킬로미터쯤 말을 몰고 가다가 중위는 말의 걸음을 보통 걸음으로 바꾸었다.

"분츄크 지원병!"

"옛."

"좀 와 주게."

분츄크는 자신의 볼품없는 말을 중위의 순수한 돈산 말과 나란히 했다.

"자네는 어느 마을 출신인가?"

리스트니츠키가 지원병의 옆얼굴을 찬찬히 살펴보면서 물었다.

"노보체르카스카야입니다."

"어째서 지원병이 됐는지, 그 까닭을 얘기해 주지 않겠나?"

"예, 그러겠습니다."

분츄크는 희미한 미소를 띠고 말을 천천히 늘어뜨려서 대답했다. 그리고 푸른 기가 도는 강렬한 눈으로 중위를 바라보았다. 그의 깜박이지 않는 눈은 꺾이지 않는 대담성을 담고 있었다.

"실은 전술에 흥미가 있어서, 그것을 연구해 볼까 해서입니다."

"그러려면 사관학교로 갔어야 하지 않나?"

"예, 그렇습니다."

"그런데 왜 지원병이 되었지?"

"먼저 실제로 해보고 싶었기 때문입니다. 이론은 그다음입니다."

"전쟁 전까지 자네는 무얼 했었나?"

"노동입니다."

"어디서 일했지?"

"페테르부르크와 돈의 로스토프, 그리고 툴라의 병기창에서 근무했습니다. 저를 기관총 부대로 옮겨 주셨으면 합니다만."

"자네는 기관총에 대해서는 잘 알고 있나?"

"예, 쇼슈식, 베르티에식, 마드센식, 막심식, 호치키스식, 베르그만식, 비커스식, 루이스식, 슈바르츠로제식, 이 정도 알고 있습니다."

"허, 대단하군! 좋아, 내가 연대장에게 얘기해 주지."

"부탁드립니다."

중위는 분츄크의 작지만 탄탄한 몸을 다시 한번 훑어보았다. 그것은 돈 연안의 떡갈나무를 연상시켰다. 그의 눈에는 별다른 것도, 특별히 두드러진 것도 보이지 않았다. 모든 것이 특별히 눈에 띄지 않고 평범했다. 다만 탄탄하고 모가 난 턱과 상대의 시선을 압도하는 눈이 다른 사람들과 달랐다. 그는 이따금 입술을 일그러뜨려 웃었다. 하지만 웃을 때의 눈도 상냥하지 않았다. 여전히 어둡고 대담한 빛을 띠고 있었다. 게다가 그의 몸 전체에 차가운 긴장감이 서려 있었다. 분명히 돈 연안의 토박(土薄)한 잿빛 모래땅에 나는, 무쇠처럼 단단하고 꾸불꾸불한 떡갈나무 그대로였다.

그들은 얼마 동안 말없이 말을 몰고 나아갔다. 분츄크는 녹색으로 칠한 안장틀에 커다란 손을 얹고 있었다. 리스트니츠키가 궐련을 꺼내자 분츄크는 성냥으로 불을 붙여 주었는데, 손에서 송진과 같은 달착지근한 말의 땀 냄새가 풍겼다. 손등에 난 갈색 털은 말의 털빛처럼 진했다. 리스트니츠키는 저도 모르게 그것을 쓰다듬어 주고 싶은 충동을 느꼈다. 그는 떫은 연기를 깊이 들이마시면서 말했다.

"이 숲을 나서면 자네는 한 명을 데리고 저 밭길 왼쪽으로 가주게, 알겠나?"

"옛."

"만일 반 킬로미터쯤 가도 아군 보병이 보이지 않으면 돌아오도록."

"알겠습니다."

그들은 속보로 달렸다. 숲을 벗어나자 자작나무가 한 덩어리로 어울려 잔뜩 서 있었다. 저쪽에 있는 쭉 뻗은 누런빛을 띤 키 작은 소나무 숲이 몹시도 눈을 자극했다. 그곳을 지나간 오스트리아 수송대에게 짓밟힌 덤불과 딸기나무 숲이 여기저기 보였다. 멀리 오른쪽에서 대지를 뒤흔드는 포성이 울렸다. 하지만 이 자작나무 숲속은 조용했다. 대지는 풍부한 이슬을 빨아들이고, 풀은 장밋빛으로 빛나며, 모든 것이 가을의 다가옴과 죽음이 임박한 것을 느껴 임종시의 선명한 색으로 둘러싸여 있었다. 리스트니츠키는 자작나무 옆에 말을 세우고, 쌍안경을 꺼내어 숲 저쪽에 엎드려 있는 언덕을 바라보았다. 그의 세이버 자루에 벌 한 마리가 앉아서 쉬고 있었다.

"이놈은 바보군."

분츄크가 이 길 잃은 벌을 보고 동정하듯 속삭였다.

"뭐지?"

리스트니츠키가 쌍안경을 눈에서 떼었다.

분츄크는 벌을 눈으로 가리켰다. 그러자 리스트니츠키도 미소를 떠올렸다.

"이놈의 꿀은 쓰겠지. 자네는 어떻게 생각하나?"

분츄크는 그 말에 대한 대답을 하지 않았다. 저쪽의 솔숲에서 갑자기 정적을 깨고 기관총이 따다다닷 하고 콩 볶는 것 같은 요란한 소리를 내며, 퓨웅 하고 자작나무 사이를 누비고 날았다. 중위의 말갈기 위에 탄환을 맞은 잔가지가 떨어졌다.

그들은 정신없이 말에 채찍을 가해 마을 쪽으로 도망쳤다. 그 뒤에서 오스트리아의 기관총이 쉴 새 없이 탄환을 퍼부었다.

그 뒤로 리스트니츠키는 몇 번 지원병 분츄크와 만났다. 그리고 만날 때마다 그는 분츄크 눈빛에 번뜩이고 있는 강렬한 불굴의 의지에 놀랐다. 하지만 보기에는 단순하고 둔한 이 사내의 얼굴에 구름처럼 드리워진, 알아내기 어려운 장막 뒤에 숨겨진 비밀은 짐작할 수 없었다. 분츄크는 언제나 굳게 다문 입가에 미소를 띤 채, 조금은 애매한 투로 이야기했다. 마치 자기 혼자만이 알고 있는 진리를 둘러싸고 있는 꾸불꾸불한 오솔길을 따라가는 것 같았다. 그는 기관총 소대로 옮겨졌다. 10일쯤 지나서—연대에 1주일 휴가가 떨어졌을 때—리스트니츠키는 중대장에게 가는 도중에 분츄크를 만났다. 그는 왼쪽 손목을 장난치듯이 흔들면서 불탄 창고의 벽 옆을 걸어가고 있었다.

"어이, 지원병!"

분츄크는 얼굴을 돌리고 멈추어 서서 경례했다.

"어디 가나?"

리스트니츠키가 물었다.

"대장님께 갑니다."

"그럼 같은 방향인데?"

"예, 그런 것 같습니다."

두 사람은 엉망으로 파괴된 마을길을 말없이 걸어갔다. 포화를 면해 여기저기에 조금씩 남아 있는 오두막 마당에 사람이 많이 모여 있었다. 말을 탄 사람들이 지나갔다. 길 복판에서 취사차가 연기를 뿜고 있었다. 카자흐들이 기다랗게 늘어서서 차례를 기다리고 있었다. 어쩐지 눅눅하면서도 뭔가 썩은 냄새가 머리 위에서 떠돌고 있었다.

"어떤가, 그 뒤로 전술 연구는 하고 있나?"

약간 뒤처져서 걸어오는 분츄크를 곁눈질하며 리스트니츠키가 물었다.

"예…… 조금씩 하고 있습니다."

"자네는 전쟁이 끝나면 무얼 할 생각이지?"

리스트니츠키는 말처럼 짙은 검은 털이 가득 난 분츄크의 손을 바라보면서 불쑥 물었다.

"뿌린 씨를 누군가가 거두어들일 테니까, 나는 ……글쎄, 두고 봐야죠."

분츄크가 눈을 찡그렸다.

"그건 도대체 무슨 뜻인가?"

"중위님, '바람이 뿌리고 폭풍우가 거둔다'는 속담을 아시죠? 뭐, 그런 거죠."

그는 비꼬듯이 눈살을 좁혔다.

"이봐, 그런 비유를 하지 말고 좀더 분명하게 말하면 어떤가."

"분명한 얘기입니다. 그럼 중위님, 실례하겠습니다. 저는 왼쪽으로 가니까요."

분츄크는 털북숭이 손가락을 카자흐 모자의 챙에 대어 경례하고 왼쪽으로 꺾어졌다.

리스트니츠키는 어깨를 움츠리고 오래도록 그의 뒷모습을 지켜보았다.

'도대체 저 사람은 별난 척하는 것일까, 아니면 근본적으로 별난 사람인가, 대체 어느 쪽일까?'

그는 초조한 기분이 되어 중대장의 땅굴 움막으로 들어갔다.

16

예비역과 함께 후비역(後備役)도 소집되었다. 돈 연안의 마을 어느 곳이나 눈에 띄게 사람이 적어졌다. 마치 돈 지방의 모든 사람들이 풀베기나 들일에 나가 버리기라도 한 것처럼.

그 해에 국경지대에서는 전쟁으로 인한 화재가 나서 죽음이 일꾼들을 몰아 붙이고 있었다. 그래서 사자(死者)에게 "오, 여보! 당신은 도대체 어째서 나만 남겨 두고 가 버리셨죠?……" 하고 푸념하며 울부짖는 사람은, 이제 머리를 산발한 카자흐 아낙네들만이 아니었다.

사랑하는 남편이나 아들은 이리저리 머리를 부딪치고 쓰러져서 새빨간 피를 흘리고 있었다. 그리고 영원히 깨지 않고 눈을 감아 버린 사람들은 오스트리아나 폴란드나 프러시아 등에서 쏘아 댄 대포에 의해 썩어 갔다. ……그러나 아내와 어머니들의 탄식은 그들의 귀에까지 들리지 않았다.

카자흐의 꽃들은 고향 집을 뒤로 하고 국경에 가서, 죽음과 공포 속에서 시들어 갔다.

9월의 어느 맑은 날, 타타르스키 마을 위에는 거미줄처럼 반짝거리는 엷은 젖빛 솜구름이 떠 있었다. 생기 없는 태양은 과부처럼 쓸쓸한 미소를 띠고, 때 묻지 않은 처녀처럼 푸르디푸른 하늘은 가까이하기 어려울 정도로 거만하게 펼쳐져 있었다. 돈강 건너편 기슭에는 노란 그림물감을 칠한 듯한 숲이 슬픔에 잠겨 있었다. 포플러 잎이 생기 없이 시들고, 떡갈나무가 때때로 잎을 후두둑후두둑 떨어뜨렸다. 다만 오리나무만이 푸르고 기운찬 모습으로, 그 왕성한 생명력으로 까치의 날카로운 눈을 즐겁게 해 주고 있었다.

그날 판텔레이 프로코피예비치 멜레호프는 전선에서 온 편지를 받았다. 두냐시카가 우체국으로 그 편지를 가지러 갔다. 우체국장은 그것을 그녀에게 건넬 때, 허리를 낮게 숙이고 대머리를 쳐들고는 손을 비비면서 말했다.

"제발 용서해 다오. 실은 내가 그 편지를 뜯어 보았단다. 아버지께 그렇게 말해 주렴. 필스 시드로비치가 이러저러해서 뜯어 보았다고. 전선의 상황이 너무 궁금해서였다. 전선의 사정이 도대체 어떤지, 무얼 하고 있는지 말이다…… 용서해 다오. 아버지 판텔레이 프로코피예비치에게 그렇게 말해 다오."

평소와는 달리 그는 안절부절못하면서, 두냐시카를 바깥까지 배웅하러 나왔다. 자기 코에 잉크가 묻은 것도 모르는 채.

"제발, 그래, 얘야…… 나쁘게 여기지 말아다오. ……글쎄, 나는 저…… 걱정에 싸여서."

그는 두냐시카를 따라오듯이 하면서, 무엇인가 자꾸 중얼거리고 연신 머리를 숙였다. 그것을 보고 그녀는 무엇인가 좋지 않은 일이 생긴 것이라는 예감이 들었다.

가슴을 두근거리며 집으로 돌아왔는데, 막상 그 편지를 품 안에서 쉽게 꺼낼 수가 없었다.

"빨리 읽어라!"

판텔레이 프로코피예비치가 떨리는 턱수염을 당기면서 소리쳤다.

두냐시카는 봉투를 꺼내며 당황해서 말했다.

"국장님이 이 편지를 양해도 없이 읽어 보았대요. 그러면서 아버지가 화내지 않도록 잘 얘기해 달라고 그랬어요."

"빌어먹을 녀석! 그리고리에게서냐?"

노인은 두냐시카의 얼굴에 답답한 숨길을 뿜어 대면서 긴장한 표정으로 물었다.

"그리고리 편지냐? 아니면 페트로에게서냐?"

"그렇지 않아요, 아버지…… 아무래도 필적이 달라요."

"자, 읽어 봐라. 우물쭈물하지 말고."

일리니치나가 무릎걸음으로 천천히 의자 옆에 다가와서 말했다―그녀는 다리가 부어 제 발로 걸을 수 없었으므로 휠체어에 앉아 돌아다녔다. 나탈리야가 숨을 헐떡거리며 밖에서 뛰어들어와, 상처가 있는 목을 옆으로 기울인 채 가슴을 두 팔로 안듯이 한 자세로 페치카 옆에 섰다. 그녀의 입술에 미소가 아지랑이처럼 번졌다. 그녀는 그리고리로부터의 인사를 기대하고 있었다. 해바라기처럼 진심을 다해서 연모하고 있는 기분은 덮어 두고, 어떤 얘기 끝에 단 한 마디라도 좋으니까 자기에 대해서 써 줄 것을 진심으로 원하고 있는 것이었다.

"다리야는 어디 있지?"

노파가 중얼거렸다.

"시끄러워!"

판텔레이 프로코피예비치가 소리쳤다. 그는 초조해서 눈을 부릅뜨며 두냐시카에게 말했다.

"어서 읽어 봐!"

"삼가 아룁니다."

두냐시카가 읽기 시작하더니, 갑자기 의자에서 쓰러져 와들와들 떨면서 흥분된 목소리로 외쳤다.

"아버지! 아버지! 오…… 오, 어머니! 우리 그리샤가 ……저, 그리샤가…… 전사했어요!"

제라늄의 시든 잎 사이에서 날고 있던 줄무늬 등에가 이번에는 창문으로 날아서 윙윙거렸다. 마당에서 암탉 한 마리가 한가롭게 울고 있었다. 멀리서 아이들이 방울을 흔드는 듯한 소리로 웃어 대며 떠드는 것이 열어 놓은 창문으로 들려왔다.

나탈리야의 얼굴에 경련이 일어났다. 하지만 입가에는 조금 전까지 떠돌고 있던 미소가 아직 지워지지 않고 남아 있었다.

판텔레이 프로코피예비치는 머리가 마비되어 버린 느낌으로 의자에서 일어나, 방바닥에서 몸부림치고 있는 두냐시카를 멍청하게 바라보았다.

삼가 아룁니다. 귀하의 영식, 제12 돈 카자흐 연대의 카자흐 그리고리 판텔레예비치 멜레호프는 금년 8월 16일 밤에 카멘카 스트루밀로보시(市) 부근의 전투에서 전사했습니다. 영식의 용감한 죽음으로 이룬 공이, 사랑하는 아들을 잃은 귀하에게 조금이나마 위안이 되리라고 믿습니다. 유품은 형 페트로 멜레호프에게 인도하겠습니다. 말은 연대에 보관되어 있습니다.

제4중대장 카자흐 기병대위

폴코브니코프

군사우편

1914년 8월 18일

그리고리의 전사 통지를 받은 뒤부터 판텔레이 프로코피예비치는 갑자기 쇠약해졌다. 그는 하루하루 눈에 띄게 늙어갔다. 그것을 주위에서도 금방 알 수 있었다. 드디어 그에게도 어쩔 수 없는 괴로운 순간이 다가온 것 같았다. 기억은 흐릿해지고 판단은 흐트러졌다. 그는 등을 구부리고 주철 같은 검은 얼굴로 집 안을 돌아다녔다. 열에 들뜬 것 같은 눈빛이 그의 고민을 말해 주고 있었다.

중대장에게서 온 편지를 그는 직접 신주 밑에 넣어 두고, 하루에도 몇 번씩이나 문간에 나와서 두냐시카를 손짓해 불렀다.

"이리 와라!"

두냐시카가 가까이 다가가면 말하곤 했다.

"그리고리의 소식을 알려 온 편지를 갖고 와서 읽어다오."

그는 거실로 통하는 문을 살짝 엿보면서 일렀다. 그 문 저쪽에는 일리니치나가 깊은 슬픔에 잠겨서 틀어박혀 있었다.

"아무도 듣지 못하게 아주 작은 소리로 읽어라."

그는 몸을 구부리고 눈을 껌벅거리면서 문 쪽으로 눈짓을 했다.

"되도록 작게 읽어라. 어머니가 들었다가는…… 또 울 테니까."

두냐시카는 눈물을 삼키고 처음 한 구절을 읽었다. 그러면 언제나 마룻바닥에 앉아서 듣고 있는 판텔레이 프로코피예비치는 말굽만큼이나 커다란 검은 손을 올리고 말했다.

"이젠 됐다! 그 뒤는 안다…… 자, 갖고 가서 신주 밑에 넣어 둬…… 살며시 해야 된다. 어머니가 알면 또."

그러고 그는 분하다는 듯이 눈을 깜박거리고, 불에 그을린 나무껍질처럼 몸을 비틀었다.

그는 두드러지게 백발이 늘어나, 순식간에 머리가 희끗희끗해 보였다. 턱수염에도 흰 터럭이 몇 가닥 섞였다. 그는 울화통으로 먹보가 되어 버려 주책없이 많이 먹어 댔다.

추도 미사 뒤 9일째에 비사리온 신부와 친척들을 불러서, 전사한 그리고리의 제사를 지냈다. 판텔레이 프로코피예비치는 정신없이 퍼먹었다. 턱수염에 국수 가닥이 둥그렇게 말려 달라붙었다. 일리니치나는 며칠 동안 무서운 마음으로 그를 지켜보다가는, 이윽고 견디다 못하여 울음을 터뜨리고 말았다.

"이봐요, 당신, 도대체 어떻게 된 거예요?"

"응? 뭐가?"

노인은 국그릇에서 얼빠진 눈을 들어서 두리번거렸다. 일리니치나는 손을 내젓고 얼굴을 돌리면서 수놓은 손수건으로 자꾸 눈 주위를 문질렀다.

"아버님, 꼭 사흘은 굶은 사람같이 퍼먹네요!"

다리야가 심술궂게 눈을 번뜩이며 말했다.

"그래? 음, 과연, 그런가…… 그런가…… 그렇군…… 이젠 그만하지."

판텔레이 프로코피예비치는 어리둥절해하며 식탁에 앉아 있는 사람들을 공허한 눈으로 둘러보았다. 그리고 입술을 깨문 채 말을 멈추더니, 다시는 무엇을 물어도 대답하지 않고 얼굴만 찌푸리고 있었다.

"기운을 내요, 프로코피예비치. 당신까지 그렇게 맥이 빠져 있으면 어떻게 해요?"

비사리온 신부가 제사를 지낸 뒤 그를 격려했다.

"아드님의 죽음은 신성한 것이어서 하느님의 노여움을 사지 않아요. 당신 아들은 황제님과 나라를 위해 가시관을 쓴 것이오. 그런데 당신이 그렇게 슬퍼하면…… 벌을 받아요, 판텔레이 프로코피예비치. 벌을 받아요…… 하느님이 용서하지 않아요."

"그렇다면 신부님…… 그렇다면 나도 기운을 내겠어요. '용감한 전사를 했다'고 대장님 편지에도 씌어 있었으니까요."

신부의 손에 키스하고 나서 노인은 문기둥에 기대어 섰다. 그는 아들의 전사 통지를 받은 뒤 처음으로 심하게 몸을 떨면서 소리 내어 울기 시작했다. 그날 뒤로 그는 다시 기운을 찾았고, 충격을 딛고 일어섰다. 모두들 각기 체념하면서 마음의 상처를 씻어 갔다.

나탈리야는 두냐시카의 입으로 그리고리가 전사했다는 말을 듣자 밖으로 뛰어나갔다. '죽어 버리자! 이제 아무것도 생각할 게 없어! 당장 죽어 버리자!' 하는 생각이 불길처럼 타올라서 그녀를 재촉했다. 그녀는 만류하는 다리야의 팔에서 몸부림을 치다가, 마음이 가벼워진 듯 무엇인가 후련한 기분으로 의식을 잃어 갔다. 그때에는 지난날의 악몽이나 추억을 조금도 떠올리고 싶지 않았다. 그런 일은 먼 미래로 돌리고 싶었다. 1주일쯤 의식을 거의 잃은 상태로 지냈고, 그러고는 간신히 제정신을 차렸다. 하지만 지금까지와는 크게 달라져서 몹시 허약해지고 조용해졌다…… 눈에 보이지 않는 죽음의 신이 멜레호프네 집에 머물렸다. 그리고 살아 있는 사람들은 수레국화의 주검과 같은 냄새를 맡았다.

17

그리고리의 전사 통지를 받고 12일째에 페트로에게서 멜레호프네 집으로 한 꺼번에 편지가 2통이나 왔다. 두냐시카가 우체국에서 그것을 먼저 펴 보았다. 그리고 회오리바람에 날리는 풀잎처럼 집으로 달려와서는 울타리에 기대어 섰다. 그녀는 온 마을을 몹시도 놀라게 하고, 온 집안에 말로 표현하기 어려운 흥분을 불러일으켰다.

"그리고리가 살아 있어요! 오빠가 살아 있어요!"

그녀는 멀리서부터 울음 섞인 목소리로 외쳤다.

"페트로가 그렇게 알려 왔어요! 그리고리는 좀 다쳤을 뿐, 죽지는 않았다고! 살아 있어요. 살아 있어요!"

'사랑하는 부모님'

페트로는 8월 20일자 편지를 그렇게 시작했다.

우리 그리고리를 하마터면 하느님이 부르실 뻔 했습니다만, 다행히 구사일생으로 살아나 지금은 잘 지내고 있음을 알려 드립니다. 그리고 부모님께서도 무사히 지내시도록 하느님께 기도하고 있습니다. 그리고리의 연대는 카멘카 스트루밀로보 부근에서 전투하고 있었는데, 돌격 때 그리고리가 헝가리 용기병의 칼을 맞고 말에서 떨어지는 것을 그의 소대 카자흐들이 보았다는 것입니다. 그 뒤의 상세한 내용은 전혀 몰랐습니다. 제가 아무리 물어 보아도 그 카자흐들에게선 아무것도 알아낼 수 없었습니다. 나중에야 미시카 코세보이가 우리 연대로 연락을 하러 왔을 때, 미시카로부터 그리고리는 밤까지 쓰러져 있다가 밤중이 되어서야 정신이 들어 기어서 돌아왔다는 얘기를 해주었습니다. 그는 별을 보고 방향을 찾으면서 기어오다가, 도중에 부상해서 쓰러진 아군 장교를 만났던 것입니다. 부상한 그 장교는 용기병 연대의 중령인데, 배와 다리에 포탄을 맞았습니다. 그리고리는 그 장교를 끌어안고 6킬로미터 길을 끌고 왔습니다. 그 공으로 그는 성 게오르기우스 십자훈장을 받고 상등병으로 승진했습니다. 그간의 경과는 그렇습니다. 그리고리의 상처는 대단하지는 않습니다. 적의 세이버가 얼굴을 조금 스쳐서 살갗이 벗겨졌습니다. 다만 말에서 떨어질 때 머리를 부딪쳐서 기절했던 것뿐입니다. 그는 바로 부대로 돌아갔다고 미시카가 말했습니다. 두서 없는 글 용서해 주십시오. 또 말 위에서 쓰고 있어 몹시 떨려 난필입니다.

다음 편지에서 페트로는 '돈의 우리 집 마당에 열린 버찌 말린 것'을 보내 달라고 청했다. 그리고 좀더 자주 편지 보내는 것을 잊지 말아 달라고도 부탁했다. 또 그 편지에서 그는 그리고리를 나쁘게 말하면서, 그리고리 녀석은 카자흐로서는 말을 너무 돌보지 않는데 이것은 페트로 자기로서는 몹시 언짢다, 그 밤색 말이 실은 자기 말이기 때문이다, 라고 썼다. 그리고 아버지가 직접 그에게 그렇게 얘기를 좀 해 달라고 부탁했다.

　나는 카자흐들을 통해서 그에게, 만일 그 말을 자기 말처럼 소중히 여기지 않으면 다음에 만나서 코빼기를 때려 주겠다, 십자훈장을 받은 것 따위와는 상관없다, 라고 말해 주었습니다.

페트로는 이렇게 썼다. 그리고 여기저기 많은 사람들에게 전하는 인사가 이어져 있었다. 비에 젖어서 얼룩진 편지의 그 글귀를 보면 씁쓰레한 애수가 절실하게 가슴에 와 닿았다. 아마 상당히 고생하고 있는 모양이었다.

너무 기뻐서 제정신이 아니게 되어 버린 판텔레이 프로코피예비치는 가히 불쌍할 정도였다. 그는 그 두 통의 편지를 들고 온 마을을 돌아다니면서, 글을 읽을 줄 아는 사람만 만나면 읽어 보게 했다. 그러나 그것은 결코 그를 위해서 읽어 보라는 것이 아니었다. 노인은 다만 자신의 만년의 기쁨을 온 마을에 자랑하고 싶은 것이었다.

"이보게, 자네, 우리 그리고리가 어떻지? 응?"

읽는 사람이 더듬거리면서 페트로가 그리고리의 공을 이야기한 것, 즉 부상한 중령을 업고 6킬로미터 길을 돌아왔다고 하는 대목까지 읽어 가면, 그는 말굽처럼 커다란 손을 들고 말했다.

"십자훈장을 받은 사람은 이 마을에선 처음이야."

노인은 자랑을 한 뒤 얼른 그 편지를 빼앗아서 그것을 쭈글쭈글한 모자 속에 넣고는, 다시 다른 누군가 글을 읽을 줄 아는 사람을 찾으러 갔다.

세르게이 플라토노비치가 가게 창문으로 그의 모습을 보고, 급히 모자를 벗어던지고 뛰어나왔다.

"잠깐 들어왔다 가요, 프로코피예비치!"

그는 두툼하고 흰 손으로 노인의 손을 꽉 잡고 말했다.

"이거 반갑습니다. 정말 축하드립니다. ……어험…… 그런 아드님이라면 얼마든지 자랑해도 좋습니다만, 그런 걸 집에서는 제사까지 지내 버렸군요. 아드님의 대단한 공은 신문에서 읽었어요."

"신문에까지 났나?"

판텔레이 프로코피예비치는 온몸이 와들와들 떨렸다.

"실려 있었지요. 내가 틀림없이 읽었으니까요."

세르게이 플라토노비치는 선반에서 고급 터키담배를 3상자 꺼내고, 또 값비싼 과자를 저울에 달지도 않고 봉지에 넣어 한데 묶어서 판텔레이 프로코피예비치의 손에 건네주면서 말했다.

"그리고리 판텔레예비치에게 내가 안부 묻더라고 하면서 소포 보낼 때 이것을 함께 넣어 보내 주십쇼."

"이거 대단하군. 그리고리 녀석 자신에게도 얼마나 명예로운 일인가! 온 마을이 그 녀석 얘기로 꽃을 피웠어…… 나도 이제 오래 산 보람이 생긴 거야."

노인은 모호프네 가게 층계를 내려오며 중얼거렸다. 그는 코를 풀고, 볼로 흘러 떨어지는 눈물을 외투 소매로 닦으면서 생각했다.

'아무래도 늙은 모양이군. 이렇게 눈물이 흔해졌으니…… 아, 판텔레이, 판텔레이, 너도 꽤 고생했지! 옛날엔 부싯돌만큼 튼튼하고 거룻배에서 30관쯤 되는 자루도 끌고 왔었는데, 지금은 어떤가! 그리고리 덕분에 더 늙어 버렸구나.'

그는 과자가 든 봉지를 가슴에 안고 절룩거리면서 거리를 걸었다. 그의 생각은 마치 늪 위를 날아가고 있는 도요새처럼 어느 틈엔지 그리고리의 곁으로 날아가고 있었다. 그리고 페트로의 편지 글귀가 퍼뜩퍼뜩 머리에 떠올랐다. 마침 그때 저쪽에서 며느리의 아버지 코르슈노프가 왔다. 코르슈노프가 먼저 판텔레이 프로코피예비치에게 말을 걸었다.

"이보게, 잠깐 기다리게."

그들은 선전포고가 있은 날 뒤로 처음 만났다. 그리고리가 가출한 뒤 두 사람 사이에는 싸움까지는 가지 않았지만, 어쨌든 차갑고 긴장된 공기가 감돌았다. 미론 그리고리예비치는 나탈리야가 그리고리에게 고개를 숙여서 그의 동정을 구하고 있는 것에 화가 났다. 그것은 미론 그리고리예비치 자신까지 똑같이 짓밟힌 듯한 기분을 맛보게 하는 것이었다.

"돼먹지 않은 년!"

그는 집에서 이렇게 나탈리야를 욕했다.

"친정에 있으면 될걸 시댁으로 가 버리고. 그쪽이 더 마음이 편하다는 건가! 그 바보년 때문에 아비까지 창피를 당하고, 사람들에게 손가락질을 받잖아!"

미론 그리고리예비치는 사돈 옆으로 바싹 다가서서 주근깨투성이 손을 내밀었다.

"자네, 별일 없었나?"

"응, 덕분에."

"뭘 사러 왔던 모양이군."

판텔레이 프로코피예비치는 빈 오른손을 펴보이고는 부인하는 것처럼 고개를 저었다.

"여보게, 이건 우리 영웅에게 보내 달라는 선물이네. 세르게이 플라토노비치가 우리 아들의 공훈을 신문에서 읽고 몹시 감탄해서, 그 애에게 이 과자와 고급 담배를 준 걸세. 그리고 그 사람 말이 '내가 안부 묻더라고 하면서 이 선물을 보내 주시오. 그리고 앞으로도 또 훌륭한 공을 세워 주도록……' 이러는 거야. 그 사람은 당장에라도 눈물을 흘릴 것만 같았다네. 여보게, 정말일세."

판텔레이 프로코피예비치는 참을 수가 없어서 또다시 자랑을 늘어놓았다. 그리고 자신의 말이 어떤 인상을 주었는지를 확인하려고 사돈의 얼굴을 가만히 바라보았다.

사돈의 희끄무레한 속눈썹 밑의 눈이 번쩍였다. 그 때문에 그의 내리깐 눈에는 사람을 깔보는 듯한 미소가 떠오른 것처럼 보였다.

"그런가?"

코르슈노프는 그렇게 말하고, 거리를 가로질러 울타리 쪽으로 걸어갔다. 판텔레이 프로코피예비치는 종종걸음으로 그 뒤를 쫓아가서 분노가 솟아올라 떨리는 손가락으로 과자 봉지를 벌렸다.

"자, 이 과자를 하나 먹어 보게. 아주 달다네!"

그는 가시 돋친 어조로 사돈에게 권했다.

"글쎄, 하나 집게. 사위 대신 내가 대접하는 것이니…… 자네도 요즘은 걱정이 굉장히 많았으리라고 생각하지만, 우리 애는 덕분에 큰 공을 세웠네. 그렇지 않으면 도저히."

"내 일에는 신경 쓰지 말게. 내 일은 내가 알아서 할 테니까."

"글쎄, 하나 먹어 보게. 부탁이네."

판텔레이 프로코피예비치는 사돈 앞으로 가서 공손한 태도로 권했다. 그러고는 자신도 구부러진 손가락으로 과자를 하나 집어서 얇은 은박지 껍질을 벗겼다.

"나는 단것은 전혀 먹지 않는다네."

미론 그리고리예비치는 사돈의 손을 밀어 냈다.

"나는 못 먹는단 말일세. 게다가 남이 주는 걸 먹으면 이가 빠져 버린다네. 한데 여보게, 자네도 자식을 위해서 동냥하러 다니는 짓은 그만두게. 필요한 것이 있으면 나를 찾아오게. 그래도 나에게는 사위니까 말이야…… 그리고 또 나타시카도 신세를 지고 있고…… 자네가 어렵다면 무엇이라도 주겠네."

"미안하지만 우리 집안에는 남에게 동냥을 하러 다니는 사람은 아직 아무도 없었네. 너무 되는 대로 지껄이는 게 아니네. 여보게! 그야 자네에게는 뽐낼 만한 것이 얼마든지 있겠지! 많이 있겠지. 하지만 자네의 생활이 그렇게 편했다면 그 애가 우리에게로 도망쳐 왔겠나?"

"그만!"

미론 그리고리예비치가 소리쳤다. 그러고는 다시 말을 이었다.

"우리가 싸울 이유는 조금도 없네. 나는 언쟁을 하려는 게 아니야. 좀 진정하게, 여보게. 저리 가서 의논 좀 하세. 할 얘기가 있네."

"자네와 의논할 일 없네."

"아니야, 잠깐만. 있네. 자, 저쪽으로 가세."

미론 그리고리예비치는 사돈의 외투 소매를 잡고 골목으로 끌고 들어갔다. 마을을 지나 두 사람은 벌판 쪽으로 나갔다.

"무슨 얘긴가?"

판텔레이 프로코피예비치는 노여움을 간신히 가라앉히고 물었다.

그는 코르슈노프의 희끄무레한 주근깨투성이 얼굴을 곁눈질했다. 코르슈노프는 기다란 프록코트 자락을 걷어올리고 도랑의 둑에 앉아서, 네 귀퉁이에 술이 달린 낡은 담배쌈지를 꺼냈다.

"이봐, 프로코피예비치, 아무것도 묻지 않고 싸움닭 모양으로 내게 대뜸 덤벼들다니. 그런 것은 좋지 않아. 그렇잖아! 실은 말이네."

그는 지금까지와는 아주 달라진 침착하고 다소 거친 어조로 말했다.

"자네 아들이 앞으로도 계속 나탈리야를 농락할 것인지 어쩐지, 나는 그걸 알고 싶다네. 어찌 되겠나?"

"그런 일은 본인에게 물어보게."

"아니야, 나는 그 애에게는 아무것도 물을 까닭이 없네. 자네가 가장이니까 자네에게 묻는 걸세."

판텔레이 프로코피예비치는 은박지를 벗긴 과자를 손안에서 힘껏 쥐어 으깨었다. 찐득하게 녹은 초콜릿이 그의 손가락 사이로 흘러나왔다. 그는 그 손을 둑의 부드러운 갈색 진흙에 문질렀다. 그리고 담배를 피우려고 종이를 떼어 아까의 상자에서 터키담배를 한 줌 꺼냈다. 그리고 그 상자를 사돈에게로 내밀었다. 미론 그리고리예비치는 곧바로 그것을 받아서 담배를 말았다. 두 사람은 불을 붙여 물었다. 거품처럼 새하얗고 예쁜 모양의 구름이 하늘에 떠 있었다. 그 구름이 떠 있는 높은 곳을 향해서 지상으로부터 거미줄과 같은 가느다란 담배 연기가 피어올랐다.

해가 기울어 갔다. 평화롭고 무엇이라 말할 수 없이 감미로운 9월의 정적이 깔려 있었다. 하늘은 이미 여름의 강렬한 빛이 말끔히 가서, 점점 짙은 푸르름을 띠어 가고 있었다. 도랑가에 바람에 날려 온 듯한 새빨갛게 물든 사과나무의 낙엽이 흩어져 있었다. 파도처럼 기복을 이룬 산들 저쪽에 샛길이 몇 개 난 가도가 놓여 있었다. 그것이 사람들을 꿈처럼 아련한 에메랄드빛 지평선 저쪽으로, 미지의 세계로 손짓해 불렀다. 나날의 생활이 노동에 묶인 사람들은 불평을 늘어놓으며 들일을 하고, 타작에 있는 힘을 죄다 쥐어짜냈다. 인기척이 없는 쓸쓸한 가도는 지평선을 넘어서 어딘지도 모르게 뻗어나가 있었다. 그 위를 바람이 시치미를 떼고 모래먼지를 일으키면서 지나갔다.

"순한 담배군. 꼭 풀 같아."

미론 그리고리예비치가 담배연기를 짙게 뱉어 내면서 말했다.

"그래, 조금 순하군. 하지만 맛있는데."

판텔레이 프로코피예비치도 동의했다.

"그래서, 아까 하던 얘긴데, 어떻겠나?"

코르슈노프가 목소리를 낮추어서 물었다. 그리고 담뱃불을 비벼 껐다.

"그리고리 녀석, 그 일에 대해서는 아무 말도 해 오지 않았네. 그 애는 지금 부상당해 있거든."

"그 얘기는 나도 들었네만."

"앞으로 어떻게 될지 그건 나도 모르지. 어쩌면 정말로 전사할지도 몰라. 그렇게 되면 어떻게 하지?"

"설마 그런 일이야 일어나겠나?"

미론 그리고리예비치는 얼이 빠진 양 가련하게 눈을 껌벅거렸다.

"우리 아이는 지금 처녀도 아니고 색시도 아니고 그렇다고 과부도 아닐세. 이런 죄 많은 일이 있겠나. 이렇게 될 줄 알았더라면 나는 자네 집안에서 청혼하러 왔을 때 문지방도 넘지 못하게 했을 걸세. 그렇지 않나? 여보게, 누구든지 자기 자식은 귀여운 법이야…… 핏줄이 당기니 어쩔 수 없는 일이지."

"도대체 나더러 어떻게 하라는 말인가?"

판텔레이 프로코피예비치는 울화통이 터지려는 것을 꾹 참고 반박했다.

"좀더 분명하게 말해 보게. 뭔가? 내 자식이 가출한 것을 내가 좋아하고 있기라도 하다는 건가? 그래서 내가 득이라도 봤다는 얘긴가? 쓸데없는 얘기는 그만두게!"

"여보게, 편지를 한번 띄워 보게."

미론 그리고리예비치가 희미한 소리로 제의했다. 그 말에 장단을 맞추기라도 하듯이 그의 손에서 도랑으로 진흙이 흘러 떨어졌다.

"그리고 분명하게 본인의 생각을 물어 보게나."

"그런데 그 애의 정부에게서 아이까지 생겨 버렸단 말이야."

"이쪽에도 아이는 생길 수 있어!"

코르슈노프는 얼굴이 시뻘게져서 소리쳤다.

"살아 있는 인간을 그런 식으로 취급해도 되는 건가? 응? 자살을 시도했고, 지금은 불구자가 됐어…… 그런 걸 산 채로 무덤에 묻어 버릴 작정인가? 응? 그 애는, 그 애는."

미론 그리고리예비치는 한쪽 손으로 자기 가슴을 쥐어뜯고 또 한손으로는 옷자락을 당기면서 쉰 목소리를 냈다.

"그 녀석은 이리처럼 눈물도, 인정도 없는 놈인가?"

판텔레이 프로코피예비치는 콧방귀를 뀌면서 고개를 돌려 버렸다.

"……내 딸은 녀석 때문에 깡말라 버렸어. 그 애는 그렇게밖에는 살아갈 수가 없어. 자네 집안에서는 그 애를 하인처럼 부려먹고 있다지?"

"그 애는 우리 집에서 친자식보다도 더 귀여움을 받고 있다네! 쓸데없는 소리 하지 말게!"

판텔레이 프로코피예비치는 커다란 소리로 외치면서 일어섰다.

두 사람은 작별 인사도 하지 않고, 각기 다른 방향으로 걸어갔다.

18

삶의 강은 강바닥을 떠나면 여러 지류(支流)로 갈라지는 법이다. 그렇기 때문에 자신의 변덕스럽고 바로잡기 어려운 걸음을 어느 쪽으로 옮길지를 미리 알기는 어렵다. 오늘은 마치 얕은 여울에서 바닥의 모래가 보일 정도로 수량이 줄어 있더라도 내일은 다시 수량이 불어서 풍부하게 될 수도 있으니까.

어떻게 된 까닭인지는 모르나 갑자기 나탈리야의 마음속에 야고드노예로 가서 아크시냐를 만나야겠다는 결의가 다져졌다. 그래서 그리고리를 자기에게 돌려 달라고 그녀에게 부탁하려는 것이었다. 모든 것이 아크시냐의 생각에 달린 것이라고 생각했다. 그리고 아크시냐에게 가서 부탁만 하면 그리고리도, 또 지난날의 행복도 다시 돌아오리라고 생각했다. 그녀는 그런 일이 과연 실현될 것인지, 아크시냐가 그녀의 별스런 부탁을 어떻게 받아들일지, 하는 것은 미처 생각하지 않았다. 무의식적인 충동에 쫓겨서, 그녀는 이 갑작스러운 결의를 한시라도 빨리 실행으로 옮기려 했다.

월말에 멜레호프 집에서는 그리고리의 편지를 받았다. 그리고리는 양친에게 인사를 한 다음에 나탈리야 미로노브나에게도 안부를 전하는 매우 정중한 인사를 보내 왔다. 그 이유는 전혀 몰랐지만, 이 사실은 나탈리야의 마음을 더욱 강하게 흔들었다. 다음 달 첫째 일요일에 그녀는 야고드노예로 갈 결심을 했다.

"어디 가는 거죠, 나타샤?"

두냐시카는, 나탈리야가 거울 앞에 앉아서 뚫어지게 자기 얼굴을 바라보고 있는 모습을 보고 물었다.

"잠깐 집에 갔다 올게요."

나탈리야는 거짓말을 했다. 그리고 자신이 지금 큰 굴욕을 당하러, 커다란 양심의 시련을 받으러 가는 것이라는 사실을 비로소 깨닫고는 얼굴을 붉혔다.

"저기, 나탈리야, 자네도 한번쯤은 나와 함께 놀러 나가도 괜찮겠지?"

다리야가 화장을 하면서 유혹했다.

"언제, 오늘 밤에?"

"글쎄, 모르겠어요. 아니, 안 되겠어요."

"어휴, 자네는 꼭 수녀 같아! 남자들이 없는 동안만인데 말이야."

다리야는 눈짓을 하면서 말했다. 그리고 하늘하늘한 몸을 구부려 새로 만든 담청색 스커트의 수놓은 옷단을 거울에 비추어 보았다.

페트로가 출정한 뒤로 다리야는 아주 달라졌다. 남편 없이 홀로 지내는 티를 너무도 뚜렷하게 내고 있었다. 그녀의 눈에도 동작에도 걸음걸이에도 일종의 들뜬 기분이 엿보였다. 그녀는 일요일이 되면 여느 때보다 더욱 공들여서 화장을 하고, 유희장에서 놀다가 밤늦게야 돌아왔다. 그리고 눈동자가 흐려진 채 나탈리야에게 투덜투덜 불평을 늘어놓았다.

"정말 시시해! 상대가 될 만한 카자흐는 모두 소집되어 가 버렸고, 마을엔 아이들과 늙은이뿐이야."

"그게 형님과 무슨 상관이죠?"

"무슨 상관이냐고?"

다리야는 당황했다.

"놀러가서 달리 누구하고 바람을 피우자는 건 아니야. 적어도 제분소에라도 혼자서 갈 수 있으면 좋겠지만, 그것도 안 돼. 아버님이 옆에서 한시도 떠나지 않으니까 말이야."

그녀는 비꼬는 듯한 어조로 나탈리야에게 노골적으로 물었다.

"이봐, 자네는 어떻게 그렇게 오랫동안 남자 없이 지낼 수 있지?"

"그런 말 하는 거 아니에요. 안 듣겠어요!"

나탈리야의 얼굴이 새빨개졌다.

"그런 생각이 나지 않아?"

"그럼 형님은 그런 생각이 난다는 거예요?"

"그야 나지!"

다리야는 볼을 장밋빛으로 물들이고 반달처럼 생긴 눈썹을 떨면서 크게 소리 내어 웃었다.

"조금도 숨길 거 없어…… 나는 이번에는 누군가 늙은이를 낚아 볼까 해. 정말이야! 글쎄, 생각해 봐. 페트로가 떠나고 나서 벌써 두 달이나 됐는걸."

"어머, 다리야, 그러다가 형님은 언젠가는 혼쭐이 날 거예요."

"그만둬, 그런 시시한 소리는! 자네처럼 벌레도 죽이지 못하는 그런 얼굴을 하고 있는 사람이야 그렇지. 하지만 자네도 틀림없이 숨기고 있는 게 있을 거야."

"나는 숨길 게 전혀 없어요."

다리야는 우스워서 못 견디겠다는 듯 잘고 고르지 않은 이로 입술을 깨물면서 그녀를 곁눈질했다. 그리고 이야기를 시작했다.

"요전에 유희장에 갔더니 아타만의 아들인 티모시카 마니츠코프가 내 옆에 와서 앉더군. 그는 땀에 흠뻑 젖어 있었어. 내 손을 잡으려고 했지만 겁이 나서 좀처럼 손을 대지 못하고 있는 것을 알았지…… 그러다가 결국 내 겨드랑에 살짝 손을 넣었어. 그런데 그 손이 벌벌 떨고 있지 뭐야. 나는 꾹 참고 가만히 있었지만, 정말 화가 나서, 화가 나서…… 글쎄 젊은이 정도면 또 모르겠지만, 그 녀석은 아직 코흘리개인 어린애잖아! 나이도 이제 겨우 열여섯쯤인데, 그게 여자에게 손을 대다니, 너무나 건방져…… 내가 가만히 있었더니 내 손을 꼭 잡고는 귀에 대고 이러는 거야. '함께 곡식 창고로 가지 않을래?……' 그래서 나는 그 녀석을 혼내 줬지."

다리야는 재미있다는 듯이 큰 소리로 웃었다. 그녀의 얼굴에서 눈썹이 춤추고, 가늘게 뜬 두 눈에서 웃음의 불꽃이 튀었다.

"나는 그놈에게 고함을 쳤지. 갑자기 펄쩍 뛰면서, '무슨 짓이야! 이 자식! 아직 머리에 피도 안 마른 놈이! 별짓을 다 하네! 너, 어젯밤에 이부자리에 오줌을 싸지 않았니?' 하고 말이야. 나는 그 녀석을 꼼짝도 못하게 해 줬지."

다리야와 나탈리야는 허물없는 친구와 같은 사이가 되었다. 다리야가 애초에 동서에 대해서 품었던 적개심은 이제 깨끗이 씻겨져 나가고, 서로 전혀 닮은 곳도 없고 성격도 딴판인 두 여자가 마음을 맞추어서 사이좋게 지냈다.

나탈리야는 옷을 갈아입고 거실에서 나갔다. 다리야가 쫓아 나가 현관에서 붙잡았다.

"나타샤, 오늘 밤 문 좀 열어 줄래?"

"난 아마 친정에서 자고 올 것 같아요."

다리야는 무엇인가를 생각하면서 빗으로 콧등을 긁다가, 고개를 끄덕이면서 말했다.

"그럼 다녀와. 두냐시카에겐 부탁하고 싶지 않아서 그랬어. 뭐, 어쩔 수 없지."

나탈리야는 일리니치나에게 친정에 다녀오겠다고 말한 뒤 거리로 나갔다. 광장 쪽에서 시장에 갔다 오는 짐마차가 몇 대 지나갔고, 교회에서 사람들이 돌아오고 있었다. 나탈리야는 골목 두 개를 지나서 왼쪽으로 꺾었다. 그리고 서둘러서 언덕으로 올라갔다. 고갯마루에 올라서서 뒤를 돌아보니 햇볕을 듬뿍 받은 마을이 발밑에 누워 있어 하얗게 칠한 집들이 두드러져 보였다. 제분소의 비탈진 지붕에 햇빛이 비쳐 반짝반짝 반사되고 있고, 양철판이 새빨갛게 빛나고 있었다.

19

전쟁은 야고드노예에서도 사람들을 뽑아 갔다. 베냐민과 티혼이 떠나갔다. 그 뒤로는 지금까지보다 한층 더 비어 버려서, 조용하고 쓸쓸해졌다. 베냐민을 대신해서 아크시냐에게 노장군의 시중을 드는 일이 맡겨져, 루케시카가 주방 일과 닭 모이 주는 일을 전담하게 되었다. 사시카 할아버지의 어깨에도 마구간과 마당의 일이 지워졌다. 다만 마부만은 새로 고용해야 했다. 니키티치라는, 나이가 꽤 많고 매우 근엄한 카자흐였다.

주인영감은 올해에도 보리를 적게 심고, 말도 20필쯤 기병대의 마필 보충에 제공했다. 남아 있는 것은 승마용 말과 농사용 돈산의 말 3필뿐이었다. 주인은 사냥으로 나날을 보냈다. 니키티치를 데리고 기러기를 사냥하러 가거나, 때로는 사냥개를 데리고 근처를 설치고 다녔다.

　아크시냐는 그리고리로부터 무사히 건강하게 지내고 있다는 내용을 쓴 짤막한 편지를 어쩌다가 한 번씩 받을 뿐이었다. 그가 갑자기 담대해진 것인지, 아니면 편지 속에서 자신의 약함을 보이고 싶지 않기 때문인지, 어쨌든 어느 편지에서도 괴롭다든가 쓸쓸하다든가 하는 말을 한마디도 쓰지 않았다. 어느 편지나 모두 냉담했다. 마치 마지못해 쓴 듯한 것뿐이었다. 다만 최근에 온 편지에는 어떻게 된 일인지 이런 글귀가 씌어 있었다.

　"……계속 쉬지 못하고 전선에 나와 있소. 어쩐지 이제 전쟁이 지겨워진 것같이 느껴지오. 배낭 속에 죽음을 넣어서 짊어지고 다니는 것은 이제 지긋지긋하오."

　어느 편지에서나 그는 딸의 소식을 묻고, 그 애의 모습을 알려 달라고 부탁했다.

　"……우리 타뉴시카가 얼마나 자랐는지, 얼마나 귀여워졌는지 알고 싶구려. 며칠 전에 부쩍 자란 그 애가 빨간 옷을 입고 있는 꿈을 꾸었소."

　아크시냐는 겉으로는 이별의 괴로움을 강하게 견디고 있는 것처럼 보였다. 그녀는 그리고리에 대한 애정을 모두 딸에게 쏟았다. 특히 이 아이가 분명히 그리고리의 아이라는 확신을 얻고부터는 더욱 그랬다. 숨길 수 없는 증거가 차츰 나타났다. 거무스름한 담황색 머리칼이 빠지고 새로이 새까만 고수머리가 나왔다. 눈빛도 검게 변하고, 약간 찢어진 눈으로 되었다. 아이는 나날이 놀랄 만큼 아버지를 많이 닮아 갔다. 웃는 모양까지도 멜레호프가의, 그리고리의 그 동물적인 웃음을 연상시켰다. 이제 아크시냐는 이 아이의 아버지가 누구인가를 조금도 의심하지 않았다. 그러자 아이에 대한 애정이 더욱더 격렬하게 타올랐다. 이제는 전처럼 요람 옆으로 가서 잠든 딸의 얼굴을 들여다보다가는 어딘가 희미하게 스테판을 연상시킬 만한 것을, 그 밉살스러운 스테판의 얼굴 윤곽과 조금이라도 닮은 점을 발견하고는 놀라서 뒷걸음질치는 일도 없어졌다.

　세월이 흘렀다. 하루하루가 저물 때마다 아크시냐의 마음속에는 씁쓰레한 애수가 퍼져 갔다. 사랑하는 남자의 신변을 염려하는 불안한 기분이 날카로운 송곳처럼 꽂혀서 하루도 그녀의 머리에서 사라지는 일이 없었다. 밤중에도 그 생각은 그녀를 괴롭혔다. 그럴 때에는 마음속에 쌓여 있으나 의지력으로 한 때 억제하고 있던 것이 둑을 터뜨리고 넘쳐 나와서, 아크시냐는 밤새도록 소리를 죽여 흐느껴 울었다. 아이가 깨지 않게 하려고 스스로 자기 팔을 물어서 소리를 죽이고, 육체의 아픔으로 마음의 아픔을 억누르려고 했다. 흐르는 눈물을 기저귀에 쏟으면서, 어린애와 같은 단순한 기분이 되어 생각하는 것이었다.

'이 아이가 정말로 그리고리의 아이라면 내가 얼마나 그 사람을 생각하고 있는지를 그 사람이 느끼지 못할 리가 없는데.'

이렇게 밤을 새운 이튿날 아침에는 그녀는 마치 심하게 매를 맞은 듯한 기분으로 일어났다. 온몸의 마디마디가 쑤시고, 관자놀이를 작은 망치로 세게 얻어맞은 것 같았다. 그리고 전에는 소녀처럼 볼록하게 부풀어 있던 입가에 진한 슬픔의 그림자가 생겨나 있었다. 괴로운 밤들은 아크시냐를 몹시 늙게 했다.

어느 일요일, 그녀는 주인의 아침을 차려 주고는 현관 층계 위로 나갔다. 그때 문 앞으로 한 여자가 다가왔다. 하얀 플라토크 밑에서 몹시 낯익은 깊은 눈이 반짝였다. 여자는 문고리를 걸고서 마당으로 들어섰다. 나탈리야임을 알아차리자 아크시냐는 안색이 확 달라지면서 그쪽으로 천천히 걸음을 옮겼다. 두 사람은 마당 한가운데서 만났다. 나탈리야의 농부화에는 가도의 먼지가 두껍게 내려앉아 있었다. 그녀는 멈추어 서서, 험한 일로 거칠어진 손을 힘없이 늘어뜨린 채 헐떡거렸다. 불구가 된 목은 똑바로 세우려고 해도 서지 않았다. 그 때문에 그녀는 옆을 보고 있는 것처럼 보였다.

"당신에게 좀 볼일이 있어서, 아크시냐."

그녀는 바짝 마른 입술을 마른 혀로 핥으면서 말했다.

아크시냐는 급히 안채 쪽으로 눈길을 한번 던지고는 묵묵히 행랑채의 자기 방 쪽으로 걸었다. 나탈리야가 뒤를 따라갔다. 아크시냐의 옷이 스치는 소리가 그녀의 귀에 날카롭게 울렸다.

'너무 더운 탓에 귀가 울리는 걸 거야.'

복잡한 심경에서 그런 생각을 끌어냈다.

나탈리야가 들어가자 아크시냐는 문을 닫았다. 문을 닫고는 방 한가운데 우뚝 서서 흰 앞치마 밑에 두 손을 찔러 넣었다. 그녀의 행동은 꼭 연극을 하는 것 같았다.

"당신, 왜 왔지?"

마치 속삭이는 듯한 작은 소리로 그녀가 물었다.

"물을 좀."

나탈리야는 그렇게 부탁하고는 음울한, 그러나 비굴하지 않은 눈길로 방 안을 둘러보았다. 아크시냐가 기다리고 있으려니까 나탈리야가 괴로운 듯이 소리를 높여서 이야기를 시작했다.

"당신은 내 남편을 빼앗아 갔어요…… 그리고리를 돌려 줘요! 당신은 내 일생을 망쳐 버렸어…… 내가 얼마나."

"당신 남편이라고?"

아크시냐는 이를 악물었다. 나탈리야의 말은 낙수(落水)가 돌에 떨어지는 것처럼 상대의 마음에 아무런 반응도 일으키지 못했다.

"당신 남편이라고? 당신은 도대체 누구에게 뭘 부탁하는 거지? 왜 나를 찾아왔지? 지금에야 부탁하러 와 봤자 이미 늦었어! 늦었다고!"

아크시냐는 온몸을 흔들면서 나탈리야에게 바짝 다가서서 독살스럽게 웃었다. 그녀는 나탈리야의 얼굴을 찬찬히 뜯어보면서 비웃었다. 그의 정당한 아내이고 게다가 그에게 버림받은 여자가 지금 자기 앞에 슬픔에 젖어 고개를 숙이고 서 있는 것이다. 이 여자 때문에 아크시냐는 눈물샘이 마를 정도로 울었고, 그리고리와 헤어져서 자연석처럼 꺼끌꺼끌하고 피가 배어 나올 듯한 괴로움을 마음속에 간직해 온 것이었다. 아크시냐가 죽을 것 같은 슬픔에 몸부림치고 있을 때 이 여자는 그리고리를 애무하고, 그에게 버림받은 볼썽사나운 자신의 모습을 비웃었을 것임에 틀림없었다.

"당신은 나에게 그 사람을 버려 달라고 부탁하러 온 건가?"

아크시냐의 숨결이 거칠어졌다.

"지독하게 뻔뻔스러운 여자군! 당신이 먼저 나에게서 그리고리를 빼앗은 거야! 그 사람을 뺏은 것은 내가 아니라 당신이야. 당신은 그 사람이 나하고 깊은 사이임을 알았을 텐데 어째서 시집을 왔지? 나는 내 것을 되찾았을 뿐이야. 그 사람은 내 것이야! 나에게는 그 사람의 아이가 있어. 그런데 당신은."

그녀는 격렬한 증오로 부들부들 떨면서 나탈리야의 눈을 노려보고, 마구 손을 내저으면서 불 같은 말을 토해 냈다.

"내 그리고리를 누구에게 줘? 내 것이야! 내 것이라니까! 알았어? 내 것이야! 자, 얼른 나가 줘, 죄 많은 사람. 당신은 그 사람 여편네가 아니야. 당신은 아이의 아버지를 빼앗아 버릴 작정이야? 그래? 당신은 어째서 좀더 일찍 오지 않았지? 그래, 어째서 오지 않은 거지?"

나탈리야는 옆을 향한 채 천천히 의자로 다가가 앉아서는 머리를 푹 숙이고 두 손으로 받치고는 얼굴을 거기에 묻었다.

"당신은 자기 남편을 내팽개치고…… 그렇게 떠드는 게 아냐."

"내 남편은 그리고리밖에 없어요. 이 세상에 단 하나밖에 없어!"

아크시냐는 어디에도 쏟을 곳 없는 증오가 몸 안에 솟아오르는 것을 느끼자, 나탈리야의 플라토크 밑에 늘어진 새까만 머리칼을 가만히 노려보았다.

"그 사람은 당신 따위에게는 아무런 볼일도 없어! 두고 보라지. 그런 비틀어진 목을 하고선! 당신은 그 사람이 당신을 소중히 하리라고 생각해? 제대로 된 여자를 버리고 병신에게 갈 것 같아? 그리고리가 당신을 받아들인다는 건 말도 안 돼! 내가 할 말은 다했어! 빨리 돌아가."

아크시냐는 야수처럼 날뛰며 자기 둥지를 지켰다. 지금 그녀는 과거의 모든 일에 보복을 한 것이었다. 그녀는 나탈리야가 목은 조금 구부러졌지만, 역시 전과 다름없이 아름답다는 것을 알았다. 볼도 입도 싱싱해서, 세월의 흠에 조금도 상해 있지 않았다. 그런데 아크시냐는 나탈리야 때문인지 나이에 비해 벌써 눈 위에 거미줄 같은 잔주름이 잔뜩 생겼다.

"당신은 내가 진정으로 그 사람을 되찾을 수 있을 거라 기대하면서 왔으리라고 생각하는 모양이지?"

나탈리야는 고뇌에 찬 눈을 들어서 말했다.

"그럼 어째서 여기까지 찾아왔지?"

아크시냐가 숨도 쉬지 않고 물었다.

"너무 괴로워서, 어떻게 해 볼 수도 없어서."

두 사람의 이야기 소리에 잠이 깬 아크시냐의 딸이 침대에 일어나 앉아서 울기 시작했다. 어머니는 아이를 안고 창문 쪽으로 홱 돌아앉아 버렸다. 나탈리야는 온몸을 와들와들 떨면서 아이를 바라보았다. 바싹 말라 버린 경련이 그녀의 목을 옥죄었다. 아이의 얼굴에서 그리고리의 눈빛이 느껴졌다. 아이는 뭔가 이야기를 하듯 찬찬히 그녀를 바라보고 있었다.

그녀는 울면서 계단 쪽으로 비틀거리며 나갔다. 아크시냐는 배웅하러 나가지도 않았다. 잠시 뒤에 사시카 할아버지가 들어왔다.

"그 여자는 누구지?"

그는 형편을 대략 짐작한 듯이 물었다.

"고향 사람이에요."

나탈리야는 영지에서 3킬로미터쯤 와서 가시나무 덤불 옆에 털썩 주저앉았다. 이제 아무것도 생각지 않고, 막연한 슬픔에 몸을 내던졌다. 그녀의 눈앞에 자신을 가만히 쳐다보던 그 아이 얼굴이, 그리고리를 꼭 닮은 까다로워 보이는 검은 눈빛이 희미하게 떠올랐다.

20

그리고리에게는 그날 밤의 일이 눈에 어릴 정도로 뚜렷하게 생각났다. 그는 새벽이 가까워서야 정신을 차리고 손을 뻗치니 따끔따끔한 보리 그루터기가 손가락에 닿았다. 그리고 쑤셔 대는 상처의 아픔에 저도 모르게 신음 소리를 냈다. 간신히 한쪽 손을 들어 이마로 가져가서, 피가 말라붙어 딱딱해진 앞머리를 만졌다. 상처에 손이 닿자 마치 타오르는 숯불이라도 댄 것 같았다. 이를 부딪치면서 그 자리에 다시 쓰러졌다. 머리 위에서 나뭇잎이 바삭거리며 쓸쓸한 소리를 내고 있었다. 나뭇가지의 검은 윤곽이 어둡고 푸르스름한 하늘에 뚜렷하게 떠올라 있고, 그 사이로 별이 반짝였다. 그리고리는 눈을 크게 뜬 채 깜박이지도 않고 바라보았다. 그러자 그에게는 그것이 별이 아니고, 청황색을 띠는 처음 보는 과일이 나뭇가지에 잔뜩 달린 것으로 생각되었다.

자신의 몸에 닥친 일을 의식하자 견딜 수 없는 공포가 무섭게 다가옴을 느꼈다. 그는 이를 악물고는 기어가기 시작했…… 그러다가 아픔에 못 이겨 벌렁 나자빠졌…… 그는 이제 꽤 오래 기어온 듯한 생각이 들었으므로 억지로 몸을 일으켜서 뒤를 돌아보았다…… 그러자 정신을 잃고 쓰러져 있던 그 나무가 불과 50보쯤 뒤에 시커멓게 서 있었다. 그는 전사한 병사들의 딱딱해진 시체를 팔꿈치로 짚고 넘어갔다. 많은 출혈로 속이 메스꺼워져서 어린애처럼 울며, 의식을 잃지 않으려고 이슬에 젖은 아무 맛도 없는 풀잎을 씹었다. 내버려진 탄약 상자 옆에서 휘청거리면서 잠시 서 있다가 걷기 시작했다. 간신히 힘이 조금 붙고, 걸음걸이도 확실해졌다. 동쪽이 어딘지도 짐작이 되었다. 큰곰자리로 길을 더듬어 갔다.

숲가에까지 왔을 때, 낮은 경고의 소리가 그의 걸음을 멈추게 했다.

"가까이 오지 마라. 쏜다!"

권총 소리가 났다. 그리고리는 소리가 난 쪽으로 머리를 돌렸다. 소나무 밑에 누군가 웅크리고 있었다.

"누구냐, 너는?"

그리고리가 물었다. 그런 뒤 마치 남의 목소리라도 듣는 것처럼 자기 목소리에 가만히 귀를 기울였다.

"오, 러시아 병사인가? 이거 다행이군! 이리 좀 와 주게."

소나무 밑에 있던 남자가 땅바닥을 기어왔다. 그리고리도 가까이 다가갔다.

"허리를 좀 굽혀 주게."

"안 돼."

"왜?"

"쓰러지면 다시는 못 일어나. 난 머리를 다쳤어."

"어느 부댄가?"

"제12 돈 카자흐 연대."

"어깨를 좀 대 주게, 카자흐."

"그러다간 함께 쓰러집니다, 장교님." 그리고리는 그제야 외투에 붙은 장교 계급장을 알아보고 존댓말을 했다.

"그럼, 손만이라도 좋으니까 도와주게."

그리고리는 장교를 부축해서 일으켜 세웠다. 두 사람은 걷기 시작했다. 부상한 장교는 걸음을 옮길 때마다 더욱더 무겁게 그리고리의 손에 매달렸다. 그는 결국 그리고리의 윗옷 소매에 꽉 매달렸고, 가끔 이를 부딪치면서 말했다.

"나를 두고 가게, 카자흐. 워낙 나…… 배에…… 관통상을 입어서."

코안경 아래로 바라보고 있는 눈이 점점 빛을 잃어 갔다. 오랫동안 면도를 하지 않아 지저분해진 입을 벌리고 목을 골골거렸다. 그러더니 장교는 정신을 잃고 말았다. 그리고리는 이 무거운 짐을 두 번이나 내버렸다. 하지만 두 번 다 되돌아가서 다시 안아 일으켜서는, 마치 꿈을 꾸는 듯한 기분으로 비틀비틀 걸어갔다.

오전 11시쯤 그는 정찰대에 발견되어 야전병원으로 옮겨졌다.

하루를 쉬고 그리고리는 몰래 구급소에서 도망쳐 나왔다. 도중에 머리에서 붕대를 떼어 버리고는, 비로드처럼 새빨간 얼룩이 진 붕대를 휘두르면서 걸어갔다.

"어디서 왔나?"

중대장은 기가 막힌 표정이었다.

"방금 돌아왔습니다, 중대장님."

그리고리는 중대장 방에서 나오다가 소대 하사와 부딪쳤다.

"내 말은 어떻게 됐습니까? 내 밤색 말 말입니다."

"아, 그 녀석은 무사하지. 우리가 오스트리아군을 쫓아 버리고 그곳에서 붙잡아 왔어. 그건 그렇고, 너는 어떻게 된 거야? 우리는 네가 벌써 천국으로 가 버린 줄 알고 장례도 치렀는데."

"너무 이른 거 아닙니까?"

그리고리는 쓴웃음을 지었다.

명령서 발췌

제12 돈 카자흐 연대의 카자흐 멜레호프는 제9용기병 연대장 구스타프 그로즈베르크 중령의 생명을 구한 공로로 상등병에 임명하고, 제4급 성 게오르기우스 십자훈장을 수여함.

중대는 카멘카 스트루밀로보에서 2주일간 머물고, 밤중에 출발 준비를 서둘렀다. 그리고리는 자기 소대 카자흐들의 숙소를 찾아내어 말의 상태를 보러 갔다. 그런데 배낭에 넣어 둔 셔츠 2벌과 수건 1장이 보이지 않았다.

"내가 보는 앞에서 훔쳐 가 버렸어, 그리고리."

말을 손질하던 미시카 코셰보이가 쑥스러운 표정으로 말했다.

"보병자식들이 꾸역꾸역 몰려들어와서 말이야, 그 중 한 녀석이 훔쳐 갔다."

"할 수 없지. 괜찮아, 내버려 둬. 실은 나는 머리를 고쳐 맬까 했었는데…… 붕대가 젖어서 말이야."

"내 수건을 써."

두 사람이 이런 대화를 주고받고 있는 헛간에 투바티가 들어왔다. 그는 그리고리에게 손을 내밀었다. 마치 두 사람 사이에 아무런 일도 없었던 것처럼.

"여, 멜레호프, 살아 있었구나, 임마! 지독한 녀석이군!"

"반쯤 죽다 살았지."

"이마에 피가 묻어 있군. 닦아."

"응, 그래."

"어디 좀 보세. 심하게 당했나?"

투바티는 그리고리의 머리를 거칠게 끌어당기더니 코를 킁킁거렸다.

"왜 머리를 깎았지? 지독한 몰골이 돼 버렸군! 군의관에게 걸렸다가는 큰일이야. 내가 치료해 주지."

그는 상대의 대답은 듣지도 않고, 탄약함에서 상자를 하나 꺼내서는 탄환을 뽑아 버리고 거무죽죽한 손바닥에 까만 화약가루를 부었다.

"어이, 미하일, 거미줄을 떼어 줘."

코셰보이가 군도 끝으로 대들보에 걸린 거미줄 덩어리를 떼어 주었다. 투바티는 칼끝으로 흙을 한 덩어리 파내서, 그것을 거미줄과 화약과 함께 섞어서는 한참이나 뭉쳤다. 그런 뒤 그 반죽이 된 것을 그리고리의 피가 번진 머리의 상처에 붙이고는 미소 지었다.

"사흘쯤 지나면 말짱하게 나을 거야. 봐, 나는 이렇게 너를 돌봐 주는데 네놈은 어땠지? 나한테 총을 들이대기나 하고."

"돌봐 주는 건 고맙지만, 그때 나는 너를 쏘아죽여 버리고 싶었어. 그렇게 하면 내 마음의 죄가 조금은 가벼워질 테니까."

"너는 정말 어린애 같은 놈이야!"

"어린애 같건 어쨌건 큰 신세를 졌군. 그런데 내 머리는 어떻게 됐지?"

"깊이 4분의 1인치쯤의 상처야. 너에게 좋은 기념이 될 거다."

"응, 잊지는 않겠지."

"잊으려야 잊을 수 있나! 오스트리아 자식이 칼을 잘 갈지 않아서 무딘 칼로 너를 베어 버린 거지. 덕택에 평생 머리에 흉터가 남기는 했지만."

"그리고리, 너는 운이 좋았어. 비스듬하게 스쳤으니까 그나마 다행이지. 그렇지 않았으면 옛날에 벌써 낯선 타국 땅에 묻혀 버렸을 텐데."

코셰보이가 웃으며 말했다.

"모자는 어떻게 하지?"

그리고리는 찢어지고 피투성이가 된 모자를 손가락에 걸고 빙글빙글 돌리면서 우물쭈물했다.

"그런 건 버려. 개나 물어가겠지."

"어이, 식사가 도착했다. 모두 와!"

안채의 문에서 두세 명의 고함 소리가 들렸다. 카자흐들은 헛간에서 뛰어나갔다. 밤색 말이 눈을 크게 뜨고 그리고리의 뒷모습을 곁눈질로 바라보며 소리 높여 울었다.

"저놈, 네가 없으니까 몹시 쓸쓸하하더라, 그리고리."

코셰보이가 말을 턱으로 가리키며 말했다.

"내가 진땀깨나 뺐어. 자식, 먹이를 줘도 먹지 않고 저렇게 음산하게 울기만 해서."

"나도 거기서 기어올 때는 계속해서 저놈을 불렀었지."

그리고리는 뒤를 돌아보면서 낮고 희미한 목소리로 말했다.

"저놈은 나에게서 떠나지 않을 것이라고 생각했지. 저놈을 붙잡기는 힘이 좀 들어. 좀처럼 다른 사람의 말은 듣지 않는 놈이라서 말이야."

"응, 정말 그랬어. 우리도 밧줄을 던져서 간신히 붙잡았어."

"좋은 말이지. 형인 페트로의 말이야."

그리고리는 뒤를 돌아보고는 감격의 눈물을 흘렸다.

그들은 안채로 들어갔다. 현관 바닥에 밖에서 끌고 온 짚방석을 깔고 예고르 샤르코프가 잠자코 누워 있었다. 눈 뜨고는 볼 수 없는 집 안의 참상은 이 집 주인들이 얼마나 황급하게 피난을 갔는지를 역력히 말해 주고 있었다. 깨어진 식기 파편, 찢어진 종이, 꿀이 쏟아져서 끈적거리는 책, 모직 천 조각, 아이들 장난감, 먼지가 쌓인 낡은 구두—그런 것들이 온통 뒤죽박죽이 되어 어지럽게 흩어져 있었다.

예멜리얀 그로셰프와 프로호르 즈이코프가 자리를 대충 정리해서 앉아서는 식사하고 있었다. 그리고리의 모습을 보자 즈이코프는 소처럼 순한 눈이 휘둥그레졌다.

"그리고리 아냐? 어디서 왔지?"

"저승에서."

"빨리 스튜 좀 갖다 줘. 너는 왜 눈만 말똥거리고 있지?"

투바티가 소리쳤다.

"금방 갖고 오지. 취사차는 저쪽 골목에 있어."

프로호르가 빵 조각을 씹으면서 마당으로 달려나갔다.

그가 지금까지 앉아 있던 자리에 그리고리가 털썩 주저앉았다.

"나는 언제 음식을 먹었는지 잊어버렸어."

그는 어색하게 웃었다.

제3군단의 여러 부대가 시내를 지나갔다. 좁은 거리가 보병으로 꽉 메워졌고 무수한 수송차와 기병으로 붐비고 있었다. 네거리 근처는 매우 혼잡했다. 그 소음이 꽉 닫힌 문의 안쪽까지 들려왔다. 잠시 뒤 프로호르가 스튜를 담은 냄비와 메밀죽이 든 통을 가지고 왔다.

"죽은 어디다 담지?"

"여기 손잡이가 달린 냄비에 담아."

그로셰프가 창문에서 밤에 사용하는 변기를 떼어 냈다. 사실 그는 그것의 본래 용도를 몰랐던 것이다.

"네 냄비는 지독한 냄새가 나는군."

프로호르가 얼굴을 찌푸렸다.

"상관없어. 얼른 부어 줘. 잔소리는 나중에 하고."

프로호르는 그 변기에다 통을 기울였다. 맛있어 보이는 죽이 덩어리가 되어 떨어졌다. 녹색의 죽에 호박색 기름이 둥둥 떠다녔다. 그들은 떠들어 대면서 먹었다. 프로호르가 퇴색한 바지의 옆줄에 떨어진 기름덩어리를 쭉 빨아먹고는 얘기했다.

"이 집 옆에 야포(野砲) 대대가 머물러 쉬고 있어. 그런데 포병 하사 하나가 신문을 읽고 있었는데 말이지, 연합군이 독일을, 뭐라고 하더라? 그래, 엉망진창으로 쳐부숴 버렸다는 거야."

"어이, 멜레호프, 넌 한 발 늦어서 아깝게 돼 버렸다. 오늘 아침에 우리는 굉장한 칭찬을 받았지."

투바티가 죽을 잔뜩 넣은 입을 우물거리면서 말했다.

"누구에게?"

"사단장 폰 지비드 중장한테서. 오늘 아침에 우리를 사열하고는, 우리가 헝가리의 용기병을 쫓아 버려서 포병을 구해 냈다며 굉장히 칭찬하더군. 여하튼 대포를 한 문²⁶⁾도 빼앗기지 않았으니까 말이야. 사단장이 이러는 거야. '용감한 카자흐 제군! 황제와 조국은 영원히 제군들을 잊지 않을 것이다'"

"대단하군!"

거리 쪽에서 총성이 두세 발 혀를 차는 듯한 소리를 냈다. 곧 거기에 이어서 기관총이 콩 볶듯이 울렸다.

"밖으로 나가랏."

문 근처에서 누군가가 외쳤다. 카자흐들은 숟가락을 내던지고 마당으로 뛰어나갔다. 그들의 머리 위를 비행기 한 대가 저공비행을 하면서 빙빙 돌았다. 굉장한 폭음이 위협하듯이 울려 퍼졌다.

"담장 밑에 엎드려! 폭탄이 떨어질 거다. 옆에 포병이 있지 않나!"

투바티가 고함쳤다.

"예고르를 깨워 가지고 와! 자식, 부드러운 요 위에 누웠다가 저승으로 가버리겠다!"

"총을 이리 줘!"

투바티는 현관 층계에서 겨냥을 해 쏘았다. 어째서인지 병사들이 낮게 몸을 굽히면서 거리를 달려갔다. 이웃집 마당에서 말 울음소리와 날카로운 호령이 들려왔다. 그리고리는 탄환을 모두 써 버렸으므로 담 너머로 이웃 마당을 들여다보았다. 그곳에는 포병들이 대포를 헛간 처마 밑으로 끌어넣으려고 소란을 떨고 있었다. 그리고리는 푸른 하늘이 눈부셔서 눈을 가늘게 뜨고, 폭음(爆音)을 내면서 날아 내려오는 괴조(怪鳥)를 쳐다보았다. 그 순간 그곳에서 뭔가가 쑤

---

26) 기관총이나 포를 세는 단위.

욱 떨어졌다. 그것은 햇빛을 받아서 번쩍였다. 천지를 진동시키는 굉음이 오두 막을, 현관 층계에 따라 붙어 있던 카자흐들을 심하게 뒤흔들었다. 이웃 마당에서 말이 단말마의 비명을 울렸다. 코를 찌르는 유황 타는 냄새가 담을 넘어 퍼져 왔다.

"숨어!"

투바티가 현관 층계를 뛰어내려가면서 소리쳤다. 그리고리도 그 뒤를 따라 뛰어내려가서 울타리 밑에 엎드렸다. 비행기 날개의 알루미늄 부분이 반짝 빛 났다. 그리고 가볍게 꼬리를 흔들면서 빙빙 돌았다. 거리에서 그것을 겨냥하여 쏘아 댔다. 일제사격 소리가 울려 퍼졌다. 그다음에는 각기 제멋대로 쏘아 댔다. 그리고리가 총에 탄환을 재는 순간에 다시 폭탄이 떨어져서 처음보다 더 굉장한 소리로 터졌고, 그는 울타리에서 3, 4미터나 멀리 날아갔다. 커다란 흙덩이가 머리 위에서 우르르 쏟아져 내려 눈에 들어가고, 무서운 힘으로 그를 덮쳤다.

투바티가 그를 일으켜 주었다. 그리고리는 왼쪽 눈이 송곳으로 찌르는 것처럼 아파서 도저히 눈을 뜰 수가 없었다. 간신히 오른쪽 눈만 뜨고는 주위를 살펴보았다. 집이 반쯤 무너지고, 벽돌이 보기 흉하게 붉은 배를 드러내고 흩어졌으며, 그 위에 장밋빛 먼지가 피어오르고 있었다. 층계 밑에서 예고르 쟈르코프가 기어 나왔다. 금방이라도 비명이 터져 나올 듯한 표정이었다. 튀어나온 눈에서 뺨으로 피투성이가 된 눈물이 흐르고 있었다. 그는 목을 움츠리고 기면서, 송장처럼 거무죽죽해진 입술을 제대로 벌리지도 못한 채 비명을 울렸다.

"아아이이이이! 아아이이."

그는 넓적다리 위쪽이 찢겨져 걸레처럼 된 한쪽 다리를 질질 끌면서 왔다. 다른 한쪽 다리는 없었다. 그는 손으로 다리를 당기면서 천천히 기어왔다. 마치 어린아이와 같은 가냘픈 신음 소리가 그의 입에서 끊임없이 새어 나왔다. 그 신음 소리가 뚝 끊기자마자 그는 옆으로 쓰러져서, 말똥과 벽돌 조각이 가득 널린 질퍽하고 더러운 땅바닥에 얼굴을 묻었다. 누구 하나 그 옆으로 다가가는 사람이 없었다.

"저걸 운반해 가라!"

그리고리가 왼쪽 눈을 손으로 누른 채 소리쳤다.

마당 안으로 한 떼의 보병이 뛰어들어왔다. 전신(電信) 부대의 차가 문 옆에서 있었다.

"빨리 가라! 무슨 일인가?"

옆으로 달려 지나가던 장교가 그들을 꾸짖었다.

"이런 짐승 같은 놈들!"

길고 검은 프록코트를 입은 노인이 여자 둘을 데리고 어디에선가 피해 들어왔다. 군중이 쟈르코프의 주위를 둘러쌌다. 그들을 헤치고 앞으로 나간 그리고리는 쟈르코프가 아직 숨이 붙어 있음을 알아차렸다. 목에서 꾸르륵거리는 소리가 나고, 전신이 꿈틀꿈틀 떨리고 있었다. 이미 죽은 사람처럼 노랗게 된 이마에 굵은 땀방울이 스며 나오고 있었다.

"운반해 가라! 무얼 하고 있나…… 도대체 너희들은 인간인가, 아니면 악마인가?"

"뭘 지껄이고 있어?"

키 큰 보병 하나가 거칠게 되받았다.

"운반해 가라고 소리치지만, 어디로 운반해 가지? 봐라, 이놈은 이제 끝이야."

"두 다리가 모두 날아갔어!"

"피가 굉장하군!"

"위생병은 어디 있지?"

"이런 데에 위생병이 있을 리 있나."

"아직 숨을 쉬고 있다."

투바티가 뒤에서 그리고리의 어깨를 꾹 찔렀다. 그리고리가 돌아보았다.

"놈을 움직여서는 안 돼."

투바티가 속삭였다.

"이걸 좀 봐."

그는 그리고리의 윗옷 소매를 잡아 옆으로 끌고 가서 주위 사람들을 밀어 냈다. 그리고리는 힐끗 쳐다보더니 그대로 어깨를 움츠리고는 문 쪽으로 걸어갔다. 쟈르코프의 배 밑에 연분홍빛과 하늘빛을 한 창자가 비어져 나온 게 희미하게 눈에 띄었던 것이다. 그 뒤엉킨 창자의 끝은 모래와 말똥 속에 묻혀서 꿈틀꿈틀 떨리면서 순식간에 부풀어올랐다. 죽어 가고 있는 쟈르코프의 손이 늘어져서 무엇인가를 움직였다…….

"저놈의 얼굴을 가려 줘라."

누군가가 말했다.

쟈르코프는 갑자기 두 팔을 뻗치고, 뒤통수가 꾸부러진 어깨뼈 사이에 닿을 정도로 머리를 뒤로 젖히고는 인간의 소리랄 수 없을 정도로 잔뜩 쉰 목소리로 울부짖었다.

"어어이, 죽여 줘! 어어이! 너희들! 뭘 멍청하게 보고만 있어? 앗, 앗, 아, 아, 아! 어어이, 너희들! 빨리 죽여 줘."

21

객차는 기분 좋게 흔들리고, 바퀴 소리는 자장가처럼 졸음을 재촉하며, 천장의 등불은 노란 빛을 던지고 있었다. 기다랗게 몸을 펴고 신을 벗어서 발을 편하게 했다. 2주일이나 신을 벗지 못해서 퉁퉁 부은 발에 바람을 쏘이니 참으로 기분이 좋았다. 더구나 이제 자신에게는 아무런 의무도 지워져 있지 않고, 자신의 생명을 위협하는 위험도 없어져서 죽음은 저 멀리 떨어져 버렸다는 것을 느끼면 더욱 그렇다. 기차 바퀴의 갖가지 소리에 귀를 기울이고 있다는 것은 참으로 유쾌한 일이었다. 왜 그렇지 않겠는가! 바퀴가 1회전 할 때마다, 한숨 돌릴 때마다 전선에서 점점 멀어져 가는 것이니까. 그리고리는 의자에 누워, 맨발인 발가락을 까딱거리면서 가만히 귀를 기울였다. 오늘 아침에 갈아입은 새 셔츠의 기분 좋은 감촉이 온몸에 느껴졌다. 그는 지금까지 입고 있던 더러운 셔츠를 벗어 버리고는, 때묻지 않은 깨끗한 것으로 갈아입어서 지금까지와는 다른 세계로 들어가는 기분을 실컷 맛보고 있었다.

그러나 왼쪽 눈이 욱신욱신 아파 오면서 이 안정되고 편안한 기분은 다시 사라지고 말았다. 눈의 통증은 잠시 멎었다가는 갑자기 되돌아와서, 불로 지지는 것처럼 눈을 아프게 하여 감정도 없는 눈물이 붕대 밑에 스며들었다. 카멘카스트루밀로보의 병원에서 젊은 유대인 의사가 그리고리의 눈을 살펴보고는 종잇조각에 적어 넣었다.

"후방으로 보내야겠구나. 이 눈은 아무래도 상당히 애를 먹일 것 같은데."

"그럼 한쪽 눈을 영영 못 쓰게 됩니까?"

"아냐, 그런 건 아니야."

질문하는 어조로 보아 몹시 놀란 모양이라고 깨달은 의사가 상냥하게 말했다.

"어쨌든 치료할 필요가 있어. 아마 수술을 해야겠지. 자네를 아주 후방, 이를테면 페테르부르크나 모스크바로 보내도록 주선하겠네."

"부탁합니다."

"너무 걱정할 것 없어. 눈은 괜찮으니까."

의사는 그의 어깨를 툭툭 두드리고, 종잇조각을 들려서 그리고리를 복도로 내보냈다. 그런 뒤 소매를 걷어올리고는 다음 수술 준비를 시작했다.

그리고리는 한참을 고생한 끝에 겨우 병원열차에 탔다. 하루 낮 하루 밤을 누운 채로 편안한 기분을 만끽했다. 낡고 작은 기관차는 마지막 힘을 다해 많은 차량을 끌고 갔다. 밤이 되어서야 모스크바에 도착했다. 중환자는 들것으로 날랐다. 남의 도움을 받지 않고 걸을 수 있는 사람은 점호를 마치고 플랫폼으로 나갔다. 열차의 수행 군의관이 그리고리의 서류를 훑어보고는 간호사에게 그를 넘기면서 말했다.

"스네기료프 박사의 안과 병원이다. 코르파치니 거리야."

"짐은요?"

간호사가 물었다.

"카자흐에게 짐이랄 게 있나요? 이 자루하고 외투뿐이지."

"그럼 갑시다."

그녀는 하얀 모자 밑으로 흘러내린 머리칼을 집어넣고는 옷을 살랑거리면서 걸었다. 그리고리는 그 뒤를 따랐다. 그들은 역마차에 탔다. 밤의 정적에 빠져들어가고 있는 대도시의 웅성거림, 사방을 떠돌고 있는 푸른 전등 불빛, 전차 소리, 그것들은 그리고리를 강하게 압박했다. 그는 좌석에 기대앉아 밤이 깊은데도 사람이 많이 오가는 거리를 탐하듯이 바라보았다. 그리고 자기 옆에 나란히 앉은 여자의 육체에서 가슴 두근거리게 하는 따뜻함을 느끼고 어쩐지 묘한 생각이 들었다. 모스크바에서는 벌써 뚜렷하게 가을이 느껴졌다. 가로수 잎이 가로등 불빛을 받아서 생기 없이 누렇게 빛나고, 썰렁한 밤기운이 떠돌며 도로의 포석은 이슬에 젖은 채 반짝이고 있었다. 그리고 맑게 갠 하늘에는 별이 차갑게 빛나고 있었다. 큰길에서 인적이 없는 샛길로 꺾어 들어갔다. 도로의 포석을 밟는 말굽 소리가 딸가닥딸가닥 울려 퍼졌다. 수도사 같은 푸른 외투를 입은 마부가 높은 마부석 위에서 몸을 흔들며, 고삐 끝으로 여윈 말의 등을 찰싹찰싹 내리쳤다. 어딘가 시가 변두리에서 기차의 기적이 울렸다.

'돈 쪽으로 가는 차가 아닐까?'

그리고리는 생각했다. 그리고 허전한 생각이 치밀어올라서 머리를 숙였다.

"잠든 게 아니에요?"

간호사가 물었다.

"아니오."

"거의 다 왔어요."

"뭐라고 하셨소?"

마부가 돌아보았다.

"좀 빨리 가요."

철책의 쇠사슬 저쪽으로 연못물이 반짝 빛났다. 보트를 매어 놓은 작은 난간이 있는 다리를 지나갔다. 축축한 바람이 불어왔다.

'이곳에서는 물까지도 답답하게 쇠창살 속에 갇혀 있구나. 하지만 돈은.'

그리고리는 막연한 생각을 떠올렸다. 마차의 고무바퀴 밑에서 낙엽이 바삭바삭 소리를 냈다.

삼층집 옆에서 마차를 세웠다. 그리고리는 외투 단추를 채우고 뛰어내렸다.

"좀 도와줘요."

간호사가 몸을 굽혔다.

그리고리는 그녀의 작고 부드러운 손을 잡아 내려주었다.

"당신에게서 군인다운 땀 냄새가 나는군요."

모양을 낸 간호사가 살짝 웃었다. 그리고 입구로 가서 초인종을 눌렀다.

"당신도 그곳에 가보시죠. 그러면 당신에게서도 역시 뭔가 냄새가 나게 되죠."

그리고리는 노여움을 담아서 말했다.

문지기가 문을 열었다. 황금색 난간이 있는 화려한 층계를 걸어 이층으로 올라갔다. 간호사는 그곳에서 초인종을 한 번 더 눌렀다. 하얀 옷을 입은 부인이 두 사람을 방으로 안내했다. 그리고리는 둥글고 작은 탁자 앞에 앉았다. 간호사가 소리를 낮추어 하얀 옷의 부인에게 무엇이라 얘기했다. 상대방은 그것을 일

일이 적어 넣었다.

좁고 긴 복도 양쪽으로 늘어서 있는 방의 문에서 갖가지 색의 안경을 쓴 사람들이 얼굴을 내밀었다.

"외투를 벗어요."

하얀 옷의 부인이 말했다.

역시 하얀 옷을 입은 남자 조수가 그리고리의 손에서 옷을 받아들고는 그를 목욕탕으로 데리고 갔다.

"완전히 벗어요."

"어째서죠?"

"씻어야 합니다."

그리고리가 옷을 벗고 목욕탕의 구조며 창문의 젖빛 유리 등을 놀라서 바라보고 있는 사이에 조수는 욕조에 더운 물을 채워서 온도를 재고는 들어가라고 권했다.

"아무래도 이런 목욕탕에는 들어가기가 쑥스러워."

그리고리는 검은 털이 텁수룩하게 난 다리를 넣으면서 머뭇거렸다.

조수가 거들어서 완전히 몸을 씻어 준 뒤 팬츠와 셔츠와 슬리퍼와 띠가 달린 환자복을 건네주었다.

"내 옷은?"

그리고리가 놀라서 물었다.

"그것을 입고 와요. 당신 옷은 퇴원할 때 돌려줄 겁니다."

현관에 있는 커다란 벽거울 앞을 지날 때 그리고리는 자기 모습을 보고 놀랐다. 큰 키에 얼굴이 새까맣고, 광대뼈가 튀어나와 있고, 뺨이 불처럼 시뻘겋게 달아올라 있고, 환자복을 입고, 모자를 쓴 것처럼 검은 머리 위로 붕대를 감은 자신의 모습은 이전의 그리고리와는 전혀 다른 사람 같았다. 콧수염이 텁수룩하게 나 있었다.

'요즘은 나도 좀 젊어졌나?'

그리고리는 쓴웃음을 지었다.

"6호실. 오른쪽에서 세 번째 방입니다."

조수가 일러 주었다.

그리고리가 새하얗고 커다란 방으로 들어가자 환자복을 입고 푸른 안경을 쓴 신부가 일어섰다.

"새로 온 친구입니까? 이거 대단히 기쁘군요. 이제 심심하지 않겠어요. 나는 자라이스크 사람입니다만."

그는 그리고리에게 의자를 밀어 주면서 친절하게 말했다.

잠시 뒤 뚱뚱하게 살이 찌고 얼굴이 못생긴 간호사가 들어왔다.

"멜레호프, 이리 와요. 눈을 진찰하겠어요."

그녀는 굵고 낮은 목소리로 말했다. 그리고 옆으로 조금 비켜서서 그리고리를 복도로 내보냈다.

22

셰베리 지구 서남부 전선에서는, 군사령부가 기병이 총공격을 감행해 단숨에 적의 전선을 뚫어 기병 대부대를 적의 배후로 돌리고, 그곳에서 전선을 따라 전진시켜 곳곳에서 적의 연결로를 파괴하고 기습으로 적의 부대를 혼란시키려고 하는 일대 계획이 세워졌다. 사령부는 이 계획의 성공에 큰 기대를 걸고 있었다. 지금까지는 없었을 정도의 많은 기병이 지정된 지역에 집결했다. 리스트니츠키 중위가 배속된 카자흐 연대도 다른 기병 연대와 함께 이 방면으로 옮겨졌다. 총공격은 8월 28일에 행해질 예정이었는데, 비 때문에 29일로 연기되었다.

아침부터 광대한 지역에 걸쳐 기병 사단이 정렬해서 공격 명령이 떨어지기를 기다리고 있었다.

우익쪽 8킬로미터쯤 떨어진 곳에서 보병이 시위 공격을 해서 적의 포화(砲火)를 그쪽으로 유인하고 있었다. 기병 사단의 한 부대도 적을 교란시키기 위해 일부러 그쪽으로 이동해 갔다. 전방에는 아무 데도 적의 모습이 보이지 않았다. 리스트니츠키는 소속한 중대가 있는 곳으로부터 1킬로미터쯤 떨어진 곳에서 적이 버리고 간 새까만 참호 입구를 발견했다. 그 저쪽에는 호밀밭이 펼쳐졌고, 바람에 날려 잘려진 새벽안개가 푸르스름하게 떠돌고 있었다.

적의 사령부가 총공격 계획을 미리 알아차렸는지 29일 날이 새기 전에 적군은 참호를 버리고, 또 곳곳에서 적을 향해서 전진하는 아군의 보병을 괴롭히던 기관총 진지도 그대로 둔 채, 6킬로미터쯤 후방으로 퇴각해 버렸다는 것이다.

머리 위에 몰려 있는 구름 뒤쪽에서 태양이 떠오르고 있었다. 하지만 골짜기에는 아직 청황색 안개가 자욱하게 끼어 있었다. 공격 명령이 떨어지자 연대가 움직이기 시작했다. 몇천이나 되는 말발굽이 지축을 울리면서 우울한 함성을 울렸다. 리스트니츠키는 순종인 자기 말의 고삐를 힘껏 당겨서 너무 빨리 달리지 않도록 잡아끌었다. 1킬로미터 반 정도의 거리를 달렸다. 한 줄로 늘어서서 전진해 가는 기병대 앞에 물결치는 듯한 보리밭이 다가왔다. 댕댕이덩굴과 잡초가 사슬처럼 얽혀 있고, 웬만한 사람 허리 높이보다도 큰 보리가 쓰러져 말의 다리를 몹시 둔하게 했다. 앞길에는 가도 가도 보리 이삭만이 물결치고, 뒤돌아보면 말발굽에 차이고 짓밟힌 보리가 쓰러져 있었다. 4킬로미터쯤 가니 말들은 차츰 지치기 시작해 눈에 띄게 땀을 흘렸다. 적의 모습은 여전히 나타나지 않았다. 리스트니츠키는 중대장의 얼굴을 돌아보았다. 중대장의 얼굴에는 어두운 절망의 빛이 떠올라 있었다.

예상 밖의 험한 길을 6킬로미터나 달렸으므로 말들은 완전히 지쳐 버렸다. 기수를 태운 채 쓰러진 것도 몇 마리 있었다. 아주 튼튼해 보이는 것들조차 기력이 다해 비틀거렸다. 바로 그때 오스트리아군의 기관총이 공기를 가르고 미친 듯이 일제사격을 퍼부었다. 죽음의 총화가 맨 앞줄을 휩쓸고 지나갔다. 선두 무리는 겁을 먹고, 창기병들은 말머리를 돌리고, 카자흐 연대는 혼란에 빠졌다. 당황한 나머지 대열이 흐트러져 도망치기 시작했다. 그들 위로 기관총이 마치 분무기처럼 탄환의 비를 퍼부었고, 이어서 포탄을 퍼부었다. 사상 초유의 대규모 공격도 최고사령부의 말도 안 되는 요구 덕택에 완전히 실패로 끝났다. 사람과 말을 반수나 잃은 연대가 몇이나 되었다. 리스트니츠키의 연대에서도 병사 사상자가 약 400명, 그 가운데 장교 사상자도 16명이나 되었다.

리스트니츠키는 말을 잃고, 자신도 머리와 다리 두 군데를 다쳤다. 체보타료프 상사가 말에서 뛰어내려 리스트니츠키를 일으켜 자기 말에 태우고 도망쳐 돌아온 것이었다.

사단 참모총장인 골로바체프 참모 대령이 공격 광경을 5, 6장의 사진으로 찍어서, 뒤에 그것을 장교들에게 보여 주었다. 그러자 부상당한 체르비야코프 중위는 대뜸 대령의 머리를 주먹으로 갈겼다. 그리고 엉엉 울어 버렸다. 달려온 카자흐들은 골로바체프를 때려죽이고 그 시체를 한참동안 농락하다가 이윽고 그 것을 길가의 더러운 도랑 속에 처넣었다. 창피스럽기 짝이 없는 총공격은 결국 이것으로 막을 내린 셈이었다.

바르샤바의 병원에서 리스트니츠키는 아버지에게 상처가 나으면 휴가를 이용해 야고드노예로 돌아갈 생각임을 전했다. 노인은 편지를 받은 그날 종일 서재에 틀어박혀 있다가, 이튿날 심각한 표정으로 나왔다. 니키티치에게 발 빠른 말을 마차에 매도록 명하고, 아침 식사를 마치자 뵤센스카야읍으로 갔다. 아들에게 전신환으로 400루블을 보내 주고, 따로 짧은 편지도 부쳤다.

사랑하는 아들아, 네가 총화의 세례를 받았다는 것, 아비는 오직 기뻐할 따름이다. 궁정 근무의 무관을 사양하고 전쟁터로 간 일은 통쾌한 일이었다. 너는 순수하고 결코 바보가 아니므로 천연스런 얼굴로 아부 추종을 하지 않으리라. 그런 비열한 행위는 우리 가문의 누구도 알지 못하는 바다. 그렇기 때문에 너의 조부는 견책을 받고서 야고드노예로 은퇴하여, 황제의 부르심을 기대하지 않고 생애를 마쳤다. 아무쪼록 몸을 조심해서 하루라도 빨리 완쾌하기를 빈다. 너는 이 아비의 유일한 아들임을 잊지 마라. 숙모들도 안부 묻고 있다. 그들은 모두 무사히 지내고 있다. 나에 관해선 아무것도 쓸 것이 없다. 아비의 생활은 너도 이미 알고 있을 것이다. 전선에서의 바보짓엔 다만 어처구니가 없을 뿐이다. 머리가 있는 인간이 없더냐? 나는 신문보도는 한 줄도 믿지 않는다. 그것이 거짓으로 똘똘 뭉쳐 있다는 것은 과거의 예로 보아 잘 알고 있다. 이번 전쟁은 아군의 패배로 끝나지 않겠느냐? 네가 돌아올 날을 손꼽아 기다리고 있다.

리스트니츠키 노인은 자기 생활에 대해선 정말로 아무것도 쓸 일이 없었다. 전과 마찬가지로 단조로운 나날을 되풀이하고 있었던 것이다. 달라진 것이라면 다만 노동자의 임금을 올렸다는 것과, 술이 늘었다는 것뿐이었다. 전보다 술을 많이 마시게 되고, 화를 잘 내고 성격이 까다로워졌다. 한번은 엉뚱한 시각에 아크시냐를 불러다가 고함을 질러 댔다.

"너는 아무래도 일을 태만하게 하는 것 같아. 어제는 어째서 찬 음식을 내왔던 거냐? 어째서 커피잔을 깨끗하게 씻지 않았지? 두 번 다시 이런 일이 있었다가는 너를 그냥 두지 않겠다. 알겠나? 그렇게 어물쩍하게 하는 것은 나는 싫다!"

노인은 거세게 손을 저었다.

"알았나? 나는 참을 수가 없단 말이다!"

아크시냐는 입술을 꽉 깨물고 있다가 결국 울음을 터뜨렸다.

"니콜라이 알렉세예비치, 요즘 딸이 병중입니다. 얼마 동안 휴가를 주셨으면…… 아이 곁에서 한 걸음도 떠날 수가 없습니다."

"어떻게 된 거냐?"

"목이 붓고 막혀서."

"성홍열이 아닐까? 어째서 좀더 일찍 얘기하지 않았나, 바보야. 당장 달려가서 니키티치에게 마차를 준비해서 읍으로 달려가 의사를 데려오라고 해. 빨리 가!"

아크시냐는 재빨리 달려나왔다. 그 뒤에 대고 노인이 깨진 종소리 같은 목소리로 소리쳤다.

"바보 년! 형편없는 바보 년이야! 바보 년!"

이튿날 아침에 니키티치가 의사를 데리고 왔다. 열이 높아 이미 의식을 잃고 축 늘어진 딸을 진찰한 의사는 아크시냐의 물음에는 한마디도 대답하지 않고 안채의 주인에게로 갔다. 노인은 현관에서 그를 맞았는데 손도 내밀지 않았다.

"계집애의 상태는 어떤가?"

의사의 인사에 가볍게 답례하고는 당장 물었다.

"성홍열입니다, 각하."

"낫겠어? 희망은 있나?"

"글쎄, 어렵겠습니다. 안 될지도 모릅니다…… 너무 어려서."

"바보야!"

노인은 얼굴이 새빨개져서 소리쳤다.

"너는 도대체 뭘 배운 거냐? 고쳐 줘!"

놀란 의사의 코앞에서 문을 쾅 닫고 홀 안을 서성거렸다.

노크 소리가 나고 아크시냐가 들어왔다.

"의사선생님이 마차로 읍에까지 보내 달라고 합니다만."

노인은 거세게 몸을 홱 돌렸다.

"그 녀석에게 그렇게 말해. 머저리 녀석이라고! 그리고 계집애 병을 고쳐 주기 전에는 여기서 한 발짝도 밖으로 내보내지 않겠다고 말이야. 별채로 데려가 방을 하나 마련해 주고, 식사를 시키도록 해!"

노인은 뼈가 툭 튀어나온 주먹을 떨면서 고함쳤다.

"그 녀석이 원하는 대로 얼마든지 음식을 주도록 해. 하지만 그냥 돌려보내서는 안 돼!"

거기에서 말을 툭 끊고는 창고로 걸어가서 손가락으로 톡톡 두드렸다. 그러고는 어릴 때 유모에게 안겨서 찍은 확대한 아들의 사진 앞으로 다가갔다가 두 걸음쯤 뒤로 물러서서는, 마치 모르는 사람의 사진이라도 보는 것처럼 눈살을 좁히고 한참 바라보고 있었다.

딸이 병이 나서 누워 버린 첫날에 아크시냐는 '내 눈물이 당신에게 뿌려질 것이다……' 하던 나탈리야의 피를 토하는 듯한 말을 돌이키고, 이것은 그때 나탈리야를 조롱한 데 대한 벌이라는 생각이 들었다.

아이가 목숨을 잃지나 않을까 하고 겁에 질려 완전히 기가 꺾여, 그저 우물쭈물하고만 있을 뿐 아무 일도 손에 잡히지 않았다. '아이를 빼앗기는 게 아닐까?' 하는 생각이 한시도 쉬지 않고 그녀의 마음을 불안하게 했다. 아크시냐는 하느님의 힘을 믿지도 않고 또 되도록이면 믿고 싶지 않다고 생각하고 있었는데, 이런 일에 부딪히자 기도를 하면서 마지막 은혜를 내리셔서 아이의 목숨을 구해 달라고 간구했다.

'하느님, 용서해 주옵소서! 제발 아이를 저에게서 빼앗아 가지 말아 주옵소서! 하느님, 불쌍히 여겨 주소서! 은혜를 내려 주소서!'

병은 작은 생명을 침식해 갔다. 아이는 이제 축 늘어져 있었다. 부어오른 목 안에서 골골하는 괴로운 소리가 간간히 새어 나왔다. 의사는 별채에 머물러 있으면서 매일 너덧 번씩 살피러 왔다. 밤이 되면 그는 한참씩이나 행랑채 입구 층계 위에 서서 담배를 피우며 가을 하늘에 총총히 떠 있는 차가운 별들을 바라보았다.

아크시냐는 몇 날 밤이나 침대 옆에 웅크리고 앉아 밤을 새웠다. 골골거리는 목 안의 소리가 그녀의 마음을 쥐어뜯었다.

"엄마."

아이의 바싹 마른 입술이 희미하게 움직였다.

"오, 착하지, 착한 아이야!"

어머니는 목소리를 죽여 속삭였다.

"착하지? 죽어서는 안 돼, 응? 타뉴시카! 자, 눈을 떠서 엄마를 봐라. 기운을 내라! 검은 눈을 한 이렇게 착한 아이를 어째서 하느님은."

아이는 가끔 열로 부어오른 눈꺼풀을 힘겹게 뜨고 새빨갛게 충혈된 눈을 돌려서, 초점이 맞지 않는 어릿어릿한 눈길로 어머니를 바라보았다. 어머니는 열심히 그 눈길을 잡아 두려고 했다. 그렇지만 그 눈길은 안으로만 가라앉아 가는 것처럼 생각되었다. 슬픔을 가득 담은 평화로운 그 눈길이.

아이는 어머니 팔에 안겨서 죽어 갔다. 마지막으로 딸꾹질을 하고는 이미 흙빛이 된 작은 머리가 아크시냐의 팔에서 축 늘어져 흔들거렸다. 가늘게 열린 눈꺼풀 속에 이미 아무것도 보이지 않게 된 눈동자가 내다보고 있었다. 멜레호프의 집안에 전해 오는 무서우리만큼 까다로운 그 눈길이.

못가에 가지를 벌리고 있는 늙은 포플러 밑에 사시카 할아버지가 작은 묘혈을 파고, 아이의 관을 옮겨 와서 그곳에 넣고는 정성스레 흙을 덮었다. 그는 붉은 흙을 쌓아올린 그 무덤에서 아크시냐가 일어서기를 참을성 있게 오래 기다렸다. 하지만 결국 기다리다 지쳐서 손으로 코를 풀고는 마구간 쪽으로 돌아갔다. 마른풀 창고에서 오드콜로뉴 병과 약간 변질된 알코올이 든 병을 가지고 와서, 그것을 다른 병에 넣고 섞었다. 그리고 혼잣말을 중얼중얼하며 얼마 동안 그 색조를 바라보다가 소리 내어 말했다.

"명복이나 빌어 주자. 어린 아기에게 천국이 있으라. 때묻지 않은 영혼, 하늘로 오르리."

그는 단숨에 마시고는 멍해져서 머리를 흔들었다. 그러고는 으깬 토마토를 어적어적 씹고, 감격한 눈으로 병을 바라보면서 중얼거렸다.

"어이, 너는 나를 버리지 마라. 나도 너를 잊지 않을 테니까."

그렇게 말하며 눈물을 줄줄 흘렸다.

3주일쯤 지나자 예브게니 리스트니츠키로부터 휴가를 얻어서 귀향길에 올랐다는 전보가 도착했다. 삼두마차로 정거장까지 마중을 보냈다. 하인들은 모두 위아래로 바쁘게 움직였다. 칠면조와 거위를 잡았으며 사시카 할아버지가 양을 요리했다. 마치 큰 연회라도 여는 듯한 소동이 벌어졌다.

전날 밤에 바꿀 말을 카멘카 자유 마을까지 보내 두었다. 젊은 주인이 도착한 것은 밤이 되어서였다. 차가운 비가 부슬부슬 내리고 있었다. 가로등이 물웅덩이에 엷은 빛을 던지고 있었다. 말들이 방울을 짤랑거리며 현관 층계 밑에 걸음을 멈추었다. 포장을 친 마차 안에서 약간 상기된 할아버지의 손에 따뜻해 보이는 망토를 던져 주고, 그는 눈에 띄게 다리를 절룩거리면서 층계를 올라갔다. 홀 쪽에서 늙은 주인이 의자를 넘어뜨리면서 황급히 달려나왔다.

아크시냐는 식당에 저녁 준비를 끝내 놓고 주인들을 부르러 갔다. 열쇳구멍으로 들여다보니 노인이 아들에게 몸을 대고는 그 어깨에 키스하고 있는 모습이 보였다. 주름살이 잔뜩 진 늙은 그의 목이 가늘게 떨리고 있었다. 잠시 기다리다 아크시냐는 다시 한번 열쇳구멍으로 들여다보았다. 이번에는 예브게니가 군복 앞섶을 벌린 채 방바닥에 펴 놓은 커다란 지도 위로 몸을 굽히고 있었다.

노인은 파이프에서 자욱한 연기를 뿜어 내면서 손가락 끝으로 의자 받침대를 툭툭 두드리고 화난 것처럼 떠들어 댔다.

"알렉세예프가? 그럴 리 없어! 도저히 믿어지지 않아."

예브게니는 아버지를 납득시키려는 듯 낮은 소리로 한참 동안 뭔가 이야기하고, 가끔 손가락으로 지도를 가리켰다. 거기에 대답하는 노인의 낮은 목소리가 들려왔다.

"그렇다면 그것은 사령부에 잘못이 있지. 대국(大局)을 보지 못한 거야! 얘야! 예브게니, 러일전쟁 때도 그와 꼭 같은 일이 있었다. 하지만 이제 와서 그런 얘기를 해 봤자 소용없지. 이미 지나간 일이야."

아크시냐가 문을 두드렸다.

"뭔가? 준비가 됐나? 곧 가지."

노인은 매우 생기 있고 기쁜 얼굴로 나왔다. 눈까지 매우 생기 있게 반짝였다. 부자가 둘이서 어제 땅속에서 파내 온 포도주 한 병을 모두 마셨다. 푸른곰팡이가 핀 상표는 이미 완전히 퇴색해 버렸지만 1879년이라는 글씨는 아직 알아볼 수 있었다.

시중을 들면서 두 사람의 즐거워하는 모습을 보자, 아크시냐는 자신의 고독이 한층 더 심하게 몸에 스며들었다. 아무리 울어도 모자랄 허전함이 그녀의 마음을 쥐어뜯었다. 딸이 죽었을 당시에는 울려고 해도 울음이 나오지 않았다. 목이 메어지는 듯한 소리만 나오고, 눈물은 나오지 않았다. 그 때문에 바위와 같은 슬픔이 한층 더 그녀를 괴롭혔다. 그녀는 자주 잤다—잠을 잘 때만은 모든 것을 잊고 안식을 얻을 수 있었던 것이다. 한데 꿈속에서도 아이의 환상이 그녀를 따라다녔다. 그녀는 딸이 자기 옆에 자고 있는 듯한 기분이 들어서 벌떡 일어나 참대를 더듬어 보기도 했다. 그런가 하면 "엄마, 맘마 줘" 하는 속삭임이 희미하게 들려오기도 했다.

"귀여운 내 아기."

아크시냐는 차가운 입술을 움찔움찔 떨면서 중얼거렸다. 깨어 있을 때라도 가슴이 죄는 듯한 답답함이 느껴지면 그녀는 문득 자신이 아기의 무릎에 매달려 있는 듯한 착각이 일어났다. 그리고 아이의 곱슬곱슬한 머리를 쓰다듬어 주려고 손을 뻗고 있는 자신을 깨닫고는 깜짝 놀랐다.

예브게니는 돌아와서 3일째 되는 밤에 늦게까지 사시카 할아버지 방에 앉아서, 할아버지가 재미있게 들려주는 옛날의 자유로운 돈의 생활과 그 밖에 여러 가지 옛날이야기를 귀담아들었다. 그가 거기에서 나온 것은 9시경이었다. 마당에는 바람이 마구 불고, 발밑의 진창이 첨벙첨벙 소리를 냈다. 검은 구름 사이를 누비면서 노란 초승달이 떠 있었다. 예브게니는 달빛에 비춰 시계를 보고 행랑채 쪽으로 발길을 돌렸다. 그는 입구 층계 밑에서 담배를 붙여 물고는 잠시 서서 무엇인가 생각하다 마음을 다지고 층계를 올라갔다. 조심스럽게 문고리를 벗기자 문이 삐걱거리면서 열렸다. 그는 아크시냐의 방으로 들어가서 성냥불을 켰다.

"누구죠?"

아크시냐가 이불을 어깨로 끌어올리면서 물었다.

"나요."

"아, 그래요? 금방 옷을 갈아입겠어요."

"아냐, 괜찮아, 그대로 있어요. 그저 잠깐 들렀을 뿐이니까."

예브게니는 외투를 벗고 침대에 걸터앉았다.

"당신, 딸을 잃었다면서."

"예, 잃었어요."

아크시냐는 그대로 받아 대답했다.

"몹시 변했군. 그야 뭐, 아이를 잃는다는 것이 얼마나 괴로운 일인가는 나도 잘 알아. 그러나 내가 보기에 당신은 아직도 젊으니까 앞으로 얼마든지 아이가 생길 거요. 그렇게 상심만 하고 있어서는 안 돼! 마음을 단단히 먹고 안정을 찾아야지…… 아이가 죽었다고 해서 모든 것을 다 잃어버린 것은 아니오. 당신에게는 아직 앞으로의 생활이 있으니까."

예브게니는 아크시냐의 손을 잡고 다정하게 쓰다듬으면서 목소리를 낮추어서 얘기했다. 그는 어느새 그녀 쪽으로 얼굴을 바싹 대고 속삭이듯이 이야기하고 있었다. 그리고 아크시냐가 몸을 떨면서 소리를 죽이고 흐느껴 울다가 이윽고 통곡으로 변해 가는 것을 보자, 그녀의 눈물에 젖은 볼과 눈에 키스하기 시작했다…….

여자의 마음은 다정한 동정의 말을 들으면 금방 흔들린다. 절망에 빠져 있던 아크시냐는 저도 모르게 오랫동안 억눌렀던 정열을 격렬하게 불태워서 그에게 몸을 맡기고 말았다. 하지만 머리가 마비되는 듯한 격렬하고 낯뜨거운 쾌락의 물결이 물러가고 정신이 들자, 그녀는 날카로운 비명을 지르면서 창피한 것도 소문도 생각하지 않고 속옷만 입은 반나체 바람으로 입구 층계 쪽으로 뛰어나갔다. 예브게니는 그 뒤를 쫓아서 문을 열어젖힌 채 서둘러 뛰어나갔다. 그는 걸어가면서 외투 소매에 팔을 끼고 총총히 돌아갔다. 그리고 숨을 헐떡거리면서 안채의 테라스에 올라갔을 때에야 비로소 만족스럽고 유쾌한 웃음을 흘렸다. 근질근질한 듯한 즐거운 기분이 온몸에 감돌았다. 침대에 누워서도 그는 알맞게 살찐 부드러운 팔을 쓰다듬으면서 생각했다.

'제대로 된 인간의 눈으로 보면 이것은 몹시도 어리석은 불륜의 짓이다. 그리고리…… 나는 네 여자를 훔치고 말았다. 그러나 나는 전장에서 구사일생으로 살아났단 말이다. 탄환이 조금만 더 오른쪽으로 비켜 내 머리를 꿰뚫었어 봐라. 지금 이런 일이 일어날 수 있겠나! 나는 이미 썩어서 내 몸에는 구더기가 잔뜩 들끓고 있었을 것이다. 그러니 인간은 그저 살아있는 동안 다가오는 순간순간을 열정으로 불태울 수도 있는 법이다.'

그는 자신의 생각에 갑자기 오싹해졌다. 그렇지만 그것도 잠시, 곧 다시 그 총공격 때의 무서운 광경이, 그가 쓰러진 말을 버리고 일어서려고 하는데 적의 탄환이 파고들어서 그 자리에 털썩 나자빠졌을 때의 상황이 눈앞에 떠올랐다. 스르르 잠이 들면서 스스로를 위로했다.

'그래, 내일은 또 내일이다. 오늘 밤에는 잠을 자야지……'

이튿날 아침, 식당에서 그는 일부러 남아서 아크시냐와 둘만 있게 되자 어색한 미소를 떠올리며 그녀 옆으로 다가갔다. 그러자 그녀는 벽에 몸을 찰싹 붙이고 노여움이 담긴 목소리로 그를 나무랐다.

"가까이 오지 말아요. 끔찍해요!"

삶은 어떤 불문율로 사람들을 이끌어 간다. 그로부터 3일 뒤 밤에 예브게니는 다시 아크시냐의 방을 찾아갔다. 여자 쪽에서도 별로 거부하지 않았다.

23

스네기료프 박사의 안과 병원에는 작은 정원이 꾸며져 있다. 모스크바 변두리의 집에는 이렇게 살풍경하게 나무를 짧게 깎아 놓은 정원이 많이 있었다. 그러나 그것은 답답한 권태에 지친 눈을 조금이나마 편하게 해주기는커녕 오히려 자유로운 자연의 삼림을 한층 절실히 그리워하게 만들었다. 하지만 병원의 이 정원에도 가을은 그 모습을 드러냈다. 오솔길은 적동색 낙엽으로 덮이고, 꽃은 아침 서리에 시들며, 잔디는 촉촉한 청색으로 물들었다. 날씨가 좋으면 환자들은 모스크바 교회당에서 성스럽게 울려 퍼지는 종소리를 들으면서 오솔길을 산책했다. 비가 오는 날에는—그해에는 특히 비가 잦았다—이 병실 저 병실로 돌아다니거나, 혹은 침대에 누운 채 모두들 몹시 심심해져서 말도 하지 않았다.

병원의 환자는 대부분 군인이 아닌 일반 환자였다. 부상병들은 병실 하나에만 수용되어 있었다. 모두 5명이었다. 수염을 깨끗하게 깎고 푸른 눈을 한 키 큰 금발의 라트비아인인 얀 바레이키스, 블라디미르현 출신으로 28세의 미남자인 용기병 이반 브루블레프스키, 시베리아 저격병 연대의 코스이프, 남의 일에 끼어들기 좋아하는 누런 얼굴의 브루딘, 그리고 그리고리 멜레호프였다.

9월 말에 새로운 환자가 또 한 사람 들어왔다. 오후의 차 마시는 시간에 벨이 계속 울렸다. 그리고리가 복도를 힐끗 내다보니까 대기실에 세 사람이 들어왔다. 간호사와 체르케스복을 입은 남자가 한 남자를 부축하고 있었는데, 그 사람은 방금 정거장에서 온 것이 틀림없었다. 가슴에 갈색 핏자국이 있는 때문은 군복을 입고 있었으므로 이내 알아보았다. 그 남자는 그날 밤에 수술을 받았다. 얼마쯤 있다가 수술 준비가 끝난 다음에—수술실에서 도구를 씻는 소리들이 들려왔다—새로 온 환자를 수술실로 데려갔다. 이윽고 그곳에서 노랫소리가 나직하게 들려왔다. 산산이 부서진 안구를 들어내는 동안, 클로로포름으로 마취된 상태인 그 부상병은 노래를 부르거나 무엇인지 알아들을 수 없는 말을 지껄여 댔다. 수술이 끝나자 그는 부상병들이 있는 병실로 운반되어 왔다. 1주일이 지나서 클로로포름의 마취에서 깨어나자 그는 베르베르크 부근의 독일 전선에서 부상당했다는 것과, 자기는 체르니고프현 태생으로 이름은 가란쟈며, 기관총병이라는 것 등을 이야기했다. 4, 5일이 지나자 그는 그리고리와 가까워졌다. 두 사람의 침대가 나란히 있었으므로 밤 회진이 끝난 다음이면 목소리를 죽여서 늦도록 얘기를 나누었다.

"어이, 카자흐, 지금 어떤 상태냐?"

"안개가 끼어 있는 것 같아."

"호, 그래서 어떻게 하고 있나?"

"매일 주사를 맞지."

"얼마나 맞았지?"

"18대 맞았어."

"아프냐?"

"아니, 기분 좋아."

"너, 그걸 본래대로 해 달라고 말해 봐."

"뭐, 애꾸눈이 돼 버리는 것은 아니니까."

"그건 그렇지만."

성미가 급하고 까다로운 그리고리의 새 친구는 모든 것에 불만이었다. 정부와 전쟁을 욕하고, 자기 운명과 병원의 식사를 욕하고, 또 요리사와 의사를 욕했다. 그는 닥치는 대로 독설을 퍼부었다.

"무엇 때문에 우리는 전쟁을 하는 거지?"

"모두가 하니까 했을 뿐이지."

"좀더 가슴에 와닿을 만한 얘기를 해 봐. 가슴에 와닿을 만한 것을."

"그렇게 성가시게 굴지 마라."

"무슨 소리야? 넌 바보구나! 이 문제는 분명하게 해 두어야 해. 우리는 결국 부르주아를 위해 전쟁을 하는 거야. 알겠나? 그 부르주아란 무엇인가 하면, 과수원에 살고 있는 새란 말이야."

그는 그리고리가 잘 알 수 없는 것을 설명하면서, 말 속에 후추처럼 톡 쏘는 신랄한 욕설을 간간이 섞었다.

"그렇게 떠들지 마라! 네가 쓰는 우크라이나 말은 잘 알아들을 수가 없어."

그리고리는 상대의 말을 가로막았다.

"어쩔 수 없군. 자기도 우크라이나 사람인 주제에 어째서 알아듣지를 못한다는 거지?"

"좀 간단하게 말해 봐."

"나는 나오는 대로 지껄이는 게 아니야. 너는 황제를 위해서라느니 어쩌느니 하는데, 도대체 황제가 뭐야? 황제는 주정꾼이고 황후는 암탉이잖아? 나리들은 전쟁으로 돈을 실컷 벌지만 우린 뭐야, 그저 목을 죌 뿐이야. 그렇지 않아? 이를테면 공장장은 단물을 빨아먹지만, 병정은 이나 잡고 있어. 공장주는 여자를 안고 있지만 노동자는 벌거숭이야. 결국 그런 식이라고. 카자흐는 군대에 내보내지고 있어. 그러고는 나무 십자가가 하나 세워주는 게 고작이지."

그는 우크라이나 말로 말했으나 흥분하자 자꾸 러시아 말이 튀어나왔다. 그렇게 그는 욕설을 섞어 가며 알기 쉽게 설명해 주었다.

그는 하루하루 그리고리의 머릿속에 지금까지 모르고 있던 진실을 불어넣어 주었다. 전쟁이 일어난 진짜 원인을 설명해 주고, 러시아 정부의 태도에 비난과 조소를 아끼지 않았다. 그리고리는 거기에 반대하려고 했지만 가란쟈는 아주 간단한 질문으로 그의 말문을 막아 버렸다. 그러면 그리고리도 별수 없이 거기에 동의하게 되었다.

가장 무서운 것은 그가 마음속으로 가란쟈의 말이 옳다고 느끼고, 상대에게 반대하려고 해도 무력하다는 사실이었다. 반대할 점이 없고, 그것을 찾으려 해도 발견할 수가 없었다. 그리고리는 똑똑하고 화를 잘 내는 이 우크라이나인이 자기가 지금껏 품고 있던 황제며 조국이며 카자흐의 군대 복무에 대한 관념을 조금씩 무너뜨려 가는 것을 의식하자 어쩐지 무서워졌다.

가란쟈가 온 뒤 1개월쯤 되는 사이에 그의 의식에 박혀 있던 토대가 모조리 흔들리기 시작했다. 그런 토대들은 이미 썩어 가고 있었다. 가공(可恐)할 전쟁을 덧칠한 거짓이 그것을 침식하고 있었다. 단 한 번에 허물어져 버릴 일격을 받은 것이다. 그리하여 그리고리는 사상에 눈을 떴다. 그 사상은 그리고리의 천진난만하고 단순한 머리에 가득 들어차서 그를 곤혹스럽게 만들었다. 그는 몸부림치고 괴로워했다. 출구를 찾아야 했다. 그의 머리로는 도저히 해결될 것 같지 않은 문제의 해결을 궁리했다. 그리고 가란쟈의 해답 속에서 그것을 발견하고는 만족했다.

어느 날 밤늦게 그리고리는 침대에서 일어나 가란쟈를 깨워서는 그의 침대에 앉았다. 커튼을 내린 창문으로 푸른 기가 도는 9월의 달빛이 흘러들어왔다. 자다가 깬 가란쟈의 볼은 깊은 흙탕의 도랑처럼 거무스름했다. 눈동자에서 물기 띤 빛이 반짝였다. 그는 하품을 자꾸 하면서 추운 듯이 발을 이불 속에 넣었다.

"무슨 일이야. 잠이 오지 않아?"

"잠이 안 와. 잠을 놓쳤어. 어이, 한 번 더 자세하게 얘기해 봐. 전쟁에 의해서 얻는 것과 잃는 것이 있다는 것 말이야."

"뭐라고? 아아아!"

가란쟈는 하품을 했다.

"어이, 잠깐만."

그리고리는 분노에 몸을 떨면서 속삭였다.

"너는 우리가 부자들의 이익을 위해 전쟁터로 나간다고 했지? 그럼 대체 민중은 무얼 하고 있나? 민중은 그걸 모른다는 거냐? 그걸 일깨워 주는 사람이 없다는 거냐? 자꾸 나서서, '여러분, 여러분은 무엇 때문에 전쟁에 나가는 거요?' 하고 말해 주면 되지 않아?"

"나서서 어떻게 한다는 거지? 너는 무슨 바보 같은 소리를 하는 거냐? 네가 나서는 꼴을 한번 구경하고 싶구나. 우리 둘이 이렇게 갈대밭의 거위처럼 속닥거리고 있지만, 이걸 큰 소리로 말해 보렴. 당장 총살이야. 백성은 지금 완전히 눈이 멀어 있어. 그러나 전쟁이 백성의 눈을 뜨게 해 준 거야. 검은 구름 속에서 천둥이 치고 비가 오는 것처럼 말이야."

"그러니 어떻게 해야 한다는 거야? 말해 봐. 네 덕택에 나는 뭐가 뭔지 도무지 모르게 돼 버렸어."

"넌 어쩔 작정이지?"

"그걸 모른다는 거야."

그리고리는 솔직하게 털어놓았다.

"누군가가 나를 비탈에서 밀어 떨어뜨리면 나도 그놈을 떨어뜨리는 거지. 겁내지 말고 총부리를 뒤로 돌리는 거야."

가란쟈는 몸을 일으켜서 이를 바드득 갈며 두 팔을 넓게 벌렸다.

"이제 곧 커다란 폭풍우가 밀려와서 모든 것을 날려 버릴 거야!"

"그래, 네 말대로라면 그 뭐냐, 모든 것이 거꾸로 뒤집혀져야 한다는 거냐?"

"그렇지! 낡은 바지를 갈아입는 것처럼 정부를 바꿔 버리는 거야. 나리들의 양가죽 외투를 벗기고 코빼기에 주먹맛을 보여 주는 거야. 지금까지 백성들을 실컷 이용해 왔으니까."

"그럼 새 정부가 생기면 전쟁은 어떻게 되지? 역시 싸움을 벌이는 게 아닌가? 우리가 아니더라도 우리 자식이나 손자가 말이야. 도대체 어떻게 해서 그걸 아주 없애 버릴 수 있겠나!"

"그건 분명히 그래. 전쟁은 옛날부터 있었고, 온 세계 국가들이 지금처럼 어리석은 짓을 하면 언제까지 가도 전쟁은 그치지 않아. 하지만 만일 모든 국가에 노동자의 정부가 서면 전쟁은 없어지지. 그러지 않고는 안 돼. 지금의 정부 따위는 하루빨리 관 속에 처넣어 버리는 거다! 빨리 그렇게 해야 돼! 독일에도 프랑스에도, 모든 곳에 노동자와 농민의 정부가 선다. 그렇게 되면 우리가 싸울 일이 뭐 있겠나? 국가와 국가 사이의 싸움은 없어져 버리지. 온 세계가 하나가 되어 평화롭게 살게 되는 거야. 정말로!"

가란쟈는 한숨을 내쉬었다. 그리고 콧수염의 끝을 물고 하나만 남은 눈을 빛내며 꿈꾸는 듯한 미소를 지었다.

"그리고리, 나는 말이야, 내 피를 한 방울이라도 소중히 여겨 그때까지 살아 있고 싶어…… 그걸 생각하면 나는 가슴이 두근거린다구."

두 사람은 날이 샐 때까지 이야기를 나누었다. 잿빛 어둠이 엷어져 갈 무렵에 그리고리는 불안한 잠에 빠져들었다.

아침이 되어 그는 시끄러운 소음과 울음소리에 잠이 깼다. 이반 브루블레프스키가 침대에 얼굴을 묻고 코가 막혀 가면서 흐느껴 울고 있었다. 그 둘레에 간호사와 얀 바레이키스와 코스이프가 서 있었다.

"왜 울지?"

브루딘이 이불에서 머리를 내밀고 쉰 목소리로 물었다.

"눈을 부서뜨렸어. 컵에서 꺼내려다가 방바닥에 떨어뜨려 부서져 버렸어."

동정보다는 기분 좋다는 듯한 어조로 코스이프가 대답했다.

러시아에 귀화한 독일인인 어느 의안(義眼) 상인이 애국심에 들떠서 자기 상품을 병사들에게 무상으로 제공한 것이었다. 그래서 바로 전날 밤에 브루블레프스키도 적당한 것을 골라 의안을 박았다. 참으로 정교해서 진짜와 꼭 같은 푸른색이나 붉은색을 하고 있었다. 주의해서 보더라도 진짜 눈인지 의안인지 알아볼 수 없을 정도로 정교했다. 브루블레프스키는 너무 좋아서 어린애처럼 웃으며 말했다.

"나는 집에 돌아가면 말이야."

그는 블라디미르현 사투리로 말했다.

"어떤 처녀라도 속일 테다. 그런 뒤 결혼하고는 내 눈이 실은 유리알이라고 털어놓는 거야."

"그거야 속일 수 있지. 멋진 생각인데."

아까부터 '두냐와 두냐의 긴 저고리를 갉아먹은 진디'라는 노래를 부르고 있던 브루딘이 깔깔대며 웃었다.

그런데 뜻밖에 이런 불행이 일어난 것이다. 이 미남 젊은이는 애꾸눈으로 고향에 돌아가야 하는 것이다.

"다시 새것을 얻어 봐. 그렇게 울지만 말고."

그리고리가 위로했다. 브루블레프스키는 부어오른 얼굴을 들었다. 안구가 없어진 눈구멍이 휑하니 입을 벌리고 있었다.

"줄 턱이 있나. 눈 하나에 300루블이나 하는데, 또 줄 턱이 있나."

"그 눈은 정말 멋진 것이었어! 혈관까지 일일이 그려져 있었으니까."

코스이프가 안타까워했다.

차를 마시고 나서 브루블레프스키는 간호사와 함께 독일인 가게로 갔다. 독일인은 다시 하나를 골라 주었다.

"독일인을 나쁘게 말하지만, 독일인이 러시아인보다 더 좋더라!"

브루블레프스키는 너무 기뻐서 떠들어 댔다.

"러시아인 장사꾼이라면 묵은 생강이나 한 쪽 주는 게 고작일 텐데, 그 사람은 이 눈알을 두말도 않고 주었어."

9월도 지나갔다. 날짜가 느릿느릿하게 갔다. 오는 날도 가는 날도 죽음과 같은 권태에 묻혀 끝없이 길게 느껴졌다. 아침마다 9시에 차를 마셨다. 종잇장처럼 얇게 썬 프랑스 빵 두 쪽에 새끼손가락 끝만 한 버터 한 조각을 얹어서 줄 뿐이었다. 그래서 오후가 되면 모두 배가 고팠다. 오후에도 차를 마시는데, 환자들은 변화를 주기 위해 일부러 그것을 차게 해서 마시기도 했다. 환자의 면모도 바뀌어 갔다. '군용병실―환자들은 부상병들이 있는 병실을 그렇게 불렀다 ―'에서 먼저 시베리아 사람인 코스이프가 퇴원하고, 이어서 라트비아 사람인 바레이키스가 나갔다. 10월 말에 그리고리도 퇴원했다.

턱수염을 짧게 깎은 깨끗한 얼굴의 원장 스네기료프 박사가 여러 가지 시험을 해 보더니 그리고리의 시력은 충분히 회복되었다고 인정했다. 그리고리를 암실로 데리고 가서, 일정한 거리에 떨어져 있게 하여 커다란 문자와 숫자를 불로 비쳐서 보였다. 그는 그곳에서 퇴원하자 트베르스카야 거리의 병원으로 이동되었다. 지난번에 치료한 머리의 상처가 갑자기 벌어지면서 약간 곪았기 때문이었다. 그리고리는 가란쟈와 헤어지면서 물었다.

"또 만날 수 있겠나?"

"글쎄, 모르겠군."

"어쨌든 고맙네. 내 눈을 뜨게 해 줘서. 나는 이제 무엇이든 잘 알아볼 수 있네. 그리고…… 증오를 가득 품게 되었지."

"연대로 돌아가면 그 점을 카자흐들에게도 잘 알려 줘."

"좋지."

"만일 체르니고프현 쪽으로 오는 일이 있으면 고로호프카 마을로 와서 대장장이 안드레이 가란쟈를 찾아 봐. 환영하겠네. 그럼 잘 가게. 몸조리 잘하고!"

두 사람은 서로 껴안았다. 하나뿐인 기분 나쁜 눈을 번뜩이고 어두운 볼에 다정한 미소가 새겨져 있는 이 우크라이나 사람의 얼굴은 그로부터 오래도록 그리고리의 기억에서 맴돌았다.

그 병원에 그리고리는 열흘쯤 있었다. 막연한 결의가 마음에 일렁이기 시작했다. 가란쟈의 가르침이 쓰디쓴 독소처럼 그의 온몸을 돌아다녔다. 그는 같은 병실에 있는 사람들과는 별로 이야기하지 않았다. 그의 일거일동에 어딘가 초조하고 불안한 그림자가 따라다녔다.

'우울증'―원장이 그를 진찰하더니 그리고리의 러시아인답지 않은 얼굴을 힐끗 보면서 진단을 내렸다.

처음 4, 5일간 그리고리는 심한 열이 났다. 그는 윙윙 울리는 귀울림을 들으면서 얌전하게 누워 있었다.

그때 한 사건이 일어났다. 대공이 보로네시에서 돌아오는 길에 병원을 방문하게 되었던 것이다. 이 소식을 들은 병원 직원들은 아침부터 불이 난 곡식 창고의 쥐들처럼 황급하게 뛰어다녔다. 부상병들의 환자복을 갈아입히고 때아니게 침대 시트를 가는 등 수선을 떨어 부상병들은 어쩐지 불안한 기분이 들었다. 부원장은 대공이 와서 질문을 했을 때 대답하는 방법까지 가르치려고 했다. 그렇게 되자 부상병들까지 몹시 들떠서, 개중에는 그 답변을 미리 입 속으로 외어 보는 사람도 있었다.

점심때쯤 주차장에서 자동차의 경적이 울렸다. 대공이 많은 수행원을 거느리고 한껏 열어 놓은 병원 정면 입구로 들어왔다―부상병 가운데 우스갯소리를 잘하는 친구가 나중에 동료들에게 얘기했다. 대공 전하가 도착하니까 병원 지붕에 있는 적십자기가 바람 한 점 없는 맑은 날씨인데도 갑자기 심하게 펄럭거리고, 건너편 이발소 간판에 그려진 멋쟁이 머리를 한 남자가 허리를 깊이 굽혀서 절하는 시늉을 하더라고.

병실 순회가 시작되었다. 대공은 그 신분과 환경에 걸맞은 참으로 얼빠진 질문을 했다. 부상병들은 부원장이 가르친 대로 연습할 때보다도 더욱 크게 눈을 부릅뜨고 질문에 대답했다. '옛! 그렇습니다, 전하'라든가, '아닙니다, 그렇지 않습니다, 전하' 하고 원장이 대답에 일일이 설명을 덧붙였다. 그때 그는 마치 갈퀴에 걸린 뱀처럼 몸을 꼬고 있었는데, 보고 있노라니 불쌍하게 여겨질 정도였다. 대공은 차례차례로 부상병을 찾아보고, 한 사람 한 사람에게 작은 성상을 하사했다. 화려한 군복을 입은 사람들이 떼 지어 값비싼 향수 냄새를 뿌리며 그리고리 쪽으로 밀려왔다. 그는 자기 침대 옆에 서 있었다. 수염도 깎지 않고, 몹시 여위었으며, 눈이 충혈되어 부어 있었다. 뾰족한 다갈색의 볼 근육이 가늘게 떨며 그의 흥분을 억누르고 있었다.

'이놈들을 위해 우리는 고향에서 끌려나와 죽음으로 던져진 것이다! 저주받아 마땅한 놈들! 이놈들이다, 우리의 등을 끈질기게 파먹고 있는 자들! 이놈들을 위해서 우리는 남의 나라 보리밭을 짓밟고, 남의 나라 사람들을 죽인 것인가? 내가 보리밭에서 기어다니면서 아우성친 것도? 그렇게 무서운 꼴을 겪은 것도 모두 이놈들 때문인가? 집을 떠나게 하고, 병영에서 반죽음 시키고도.'

들끓는 듯한 사상 덩어리가 그의 머릿속에서 용솟음쳤다. 부글부글 끓는 분노에 입술이 떨렸다.

'모두 번쩍거리는 좋은 옷을 입고 있군. 하지만 너희들도 모두 말을 타고, 총을 메고, 이에 물리고, 썩은 빵을 먹고, 구더기가 끓는 버터를 핥고 있는 저 전선으로 가 봐야 해!'

그리고리는 잔뜩 멋을 낸 수행 장교들을 노려보더니 대공의 늘어진 볼로 어두운 눈길을 보냈다.

"돈 카자흐인데, 성 게오르기우스 훈장을 탔습니다."

원장이 몸을 굽혀 그를 가리켰다. 원장 자신이 십자훈장을 받은 것 같은 말투였다.

"어느 마을인가?"

대공이 준비한 성상을 손에 들고 물었다.

"뵤센스카야 마을입니다, 전하."

"어떻게 해서 십자훈장을 받았나?"

대공의 밝고 투명한 눈에는 만족스럽고 권태로운 그늘이 떠올라 있었다. 불그스름한 왼쪽 눈썹이 짐짓 치켜올라갔다. 그러자 그 얼굴은 표정이 훨씬 풍부해졌다. 그리고리는 순간 차가운 바람이 가슴속을 흐르는 것을 느꼈다. 전장에서 공격으로 들어갈 때의 기분이었다. 그의 입술은 저절로 일그러져서 덜덜 떨었다.

"저는 저…… 잠깐 소변이 보고 싶어서, 소변 말입니다, 전하…… 잠깐, 저, 소변이."

그리고리는 커다란 몸짓으로 침대 밑을 가리키면서 마치 머리라도 세게 맞은 듯이 비틀거렸다.

대공의 왼쪽 눈썹이 곤두서고, 성상을 든 손이 중간에 딱 멎었다. 대공은 무슨 소리인지 모르겠다는 듯이 불룩한 입술을 늘어뜨리고 자기 뒤에 머리를 숙이고 있는 백발의 장군을 돌아보며 불어로 두세 마디 뭐라고 했다. 수행한 사람들 사이에서 약간의 동요가 일어났다. 어깨띠를 두른 키 큰 장교가 새하얀 장갑을 낀 손으로 눈을 비볐다. 또 한 장교는 머리를 숙였다. 다음 장교는 수상하다는 눈길로 그다음 장교의 얼굴을 보았다. 백발의 장군이 공손하게 미소를 지으면서 대공에게 불어로 무엇인가 얘기했다. 그러자 대공은 그리고리의 손에 다정하게 성상을 건네주었다. 그리고 그의 어깨에 손을 얹고 다정한 말씀을 내렸다.

고귀한 손님들이 돌아간 뒤 그리고리는 침대에 몸을 던졌다. 베개에 얼굴을 묻고 어깨를 떨면서 얼마 동안 누워 있었다. 울고 있는 것인지 웃고 있는 것인지 알 수 없었다. 하지만 일어났을 때에는 눈이 상쾌했다. 그는 당장 원장에게 불려갔다.

"너는 괘씸하기 짝이 없는 놈이다!"

원장은 빛바랜 토끼털 같은 턱수염을 손가락으로 비비면서 잔소리를 늘어놓았다.

"너에게 괘씸한 놈이라는 말을 들을 짓을 한 기억은 없어, 개새끼!"

덜덜거리는 아래턱을 이제 스스로도 주체할 수 없게 된 그리고리는 원장 앞으로 다가서면서 말했다.

"전선에는 너 같은 인간은 하나도 없어."

그러고는 약간 침착해져서 잘라 말했다.

"나를 집으로 돌려보내 줘!"

원장은 뒷걸음질쳐서 책상에 앉더니 약간 부드러운 어조로 말했다.

"보내 주고말고. 어디든지 멋대로 가 버려!"

그리고리는 충혈된 눈에 미소를 띠고는 그 방을 나왔다. 고귀한 분 앞에서 괘씸하기 짝이 없는 행위를 했다고 해서 병원 당국은 그에게 사흘 동안 식사를 금했다. 같은 방의 동료와 탈장을 앓고 있는, 사람 좋은 식사 당번이 몰래 식사를 가져다 주었다.

24

11월 4일 밤에 그리고리 멜레호프는 뵤센스카야로 가는 최초의 카자흐 마을 니즈네 야블로노프스키에 도착했다. 야고드노예의 영지까지는 이제 4, 50킬로미터밖에 남지 않았다. 그리고리는 개들의 잠을 깨우며 띄엄띄엄 자리 잡고 있는 인가 옆을 지났다. 강가의 버드나무 밑에서 젊은이들이 어린애 같은 목소리로 노래를 부르고 있었다.

　　숲속에서 칼을 번쩍이며
　　수염 난 카자흐의 멋진 말로
　　젊은 장교가 앞장서서
　　부대를 거느리고 나아간다.

힘차고 맑은 목소리의 테너가 앞 구절을 소리쳐 불렀다.

　　무사여, 따르라! 두려워 말라!

처음에 노래하던 사람들이 다시 소리를 맞추어 뒤를 이었다.

　　요새를 공격하라, 뒤처지지 말라.
　　맨 먼저 쳐들어간 용사에게는
　　십자훈장의 상이 내린다.

그리고리에게는 아주 친숙한 오래된 카자흐의 노래였다. 몇 번이나 노래 부른 일이 있는 이 노래의 가사, 그것은 무엇이라고 표현할 수 없는 따뜻한 기분을 그의 가슴에 불어넣었다. 차가운 눈물이 스며 나오면서 가슴이 벅차올랐다. 그리고리는 카자흐의 집 굴뚝에서 피어오르는 말똥 때는 씁쓰레한 연기를 탐하듯이 들이마시면서 그 마을을 지나갔다.

　　요새 위에 우뚝 선 우리를 향해 적군이 쏘아 대는 탄환의 우박.

하지만 돈 카자흐의 솜씨를 보이는 좋은 기회라고
닥치는 대로 베어 넘기고 칼을 휘둘러 댄다.

'옛날에는 나도 노래를 잘했는데, 이제는 목소리도 쉬어 버렸고, 무엇보다 노래를 부를만한 태평한 기분이 사라지고 말았어. 이제 남의 여편네 집에 신세를 지러 가는 길이니까. 살 집도 없는, 마치 골짜기의 이리 같은 신세지.'

그리고리는 이렇게 생각했다. 똑같이 지쳐 버린 두 다리를 끌고, 묘하게 뒤얽혀 버린 자신의 생활을 씁쓰레하게 비웃으면서 걸어갔다. 마을을 벗어나서 완만한 언덕으로 올라가자 뒤를 돌아보았다. 마을 끝의 오두막집 창문으로 램프의 불빛이 노랗게 새어 나오고, 창가의 물레 뒤에는 나이 든 카자흐 여자가 앉아 있었다.

가도를 벗어난 그리고리는 서리가 내려 버석거리는 풀밭으로 나섰다. 치르 강가를 벗어나는 곳에 있는 마을에서 묵기로 했다. 내일 어둡기 전에 야고드노예에 도착하기 위해서였다. 그라쵸프 마을에 도착한 것은 한밤중이었다. 첫 번째 집에서 하룻밤 재워 달라고 해서 이튿날 아침에는 새벽녘의 연보랏빛 어둠이 채 가시기 전에 출발했다.

그는 밤중에야 야고드노예에 도착했다. 사람들이 알지 못하도록 울타리를 살짝 넘어 마구간 옆으로 갔다. 안에서 사시카 할아버지의 커다란 기침 소리가 들려왔다. 그리고리는 걸음을 멈추고 나직하게 외쳤다.

"사시카 할아버지, 주무세요?"

"잠깐만, 누구지? 귀에 익은 목소리 같은데…… 누구시오?"

사시카 노인은 외투를 걸치고 밖으로 나왔다.

"이거, 웬일이야, 그리고리 아닌가! 이 밤중에 어디서 오는 길인가? 이거 정말 반가운 손님인데!"

두 사람은 서로 껴안았다. 사시카 노인은 그리고리의 눈을 올려다보면서 말했다.

"자, 들어가서 한 대 피우고 가게."

"아니, 내일 하죠. 가 봐야겠어요."

"글쎄, 들어가자니까."

그리고리는 마지못해 노인에게 이끌려 들어갔다. 그는 침상에 앉아 사시카 노인의 기침이 그치기를 기다렸다.

"어때요, 할아버지, 잘 지내셨어요? 별일은 없었나요?"

"뭐, 그럭저럭 지냈어. 나는 꼭 화승총 같아서 어지간해서는 부서지지 않지."

"아크시냐는 어떻게 지내죠?"

"아크시냐 말인가? 아크시냐도, 그래, 잘 있지."

할아버지는 다시 괴로운 듯 기침을 했다. 그리고리는 노인이 당혹함을 숨기려고 일부러 기침을 하는 것임을 금방 알아차렸다.

"타뉴시카는 어디에 묻었죠?"

"마당에. 포플러 밑일세."

"그럼 다른 일은?"

"잠깐만, 그리샤. 자꾸만 기침이 나와서."

"얘기해 봐요. 무슨 일이 있었나요?"

"모두 잘 지내지. 나리는 여전히 술을 마시고…… 한심하기 짝이 없지. 무작정 마시니."

"아크시냐는 어때요?"

"아크시냐 말인가? 그 사람이 지금 시중을 들고 있지."

"그건 나도 알아요."

"자, 담배라도 피우지 않겠나? 한 대 피워. 아주 고급 담배야."

"싫어요. 그보다도 숨기고 있는 걸 들려주십시오. 그러지 않으면 난 가겠어요. 아무래도 나는."

그리고리가 피곤한 듯이 몸을 돌렸다. 그의 엉덩이 밑에서 침상이 삐걱거렸다.

"아무래도 할아버지가 품 안에 돌이라도 넣고 있는 것처럼 무엇인가 숨기는 것 같은 기분이 들어요. 털어놓아 봐요."

"음, 털어놓아 버릴까?"

"얘기해 봐요."

"그래, 얘기하지. 아무래도 모르는 척할 수가 없군. 이봐, 그리샤, 나도 잠자코 있는 게 괴로워."

"얘기해 보라니까요."

그리고리는 바위 같은 무게를 실어 노인의 어깨에 다정하게 손을 뻗으면서 부탁했다. 그리고 등을 구부리며 귀담아들을 자세를 취했다.

"너는 뱀을 기른 꼴이 됐어!"

사시카 노인은 마구 손을 내젓고는, 갑자기 높은 목소리로 외쳤다.

"죄 많은 것을 기른 거야! 그 여자는 예브게니하고 붙어먹었어! 당치도 않은 얘기지!"

끈적끈적한 침이 노인의 장밋빛 흉터에서 턱을 타고 흘러내렸다. 노인은 그것을 손바닥으로 닦아 내어 거친 무명 속옷에 문질렀다.

"그게 정말이에요?"

"응, 내가 이 눈으로 똑똑히 봤지. 밤마다 그 여자를 찾아가더군. 가 보렴, 자식이 오늘 밤에도 틀림없이 그 여자와 있을 거다."

"그래요. 됐어요."

그리고리는 손가락 마디를 딱 하고 꺾었다. 그리고 한동안 등을 구부리고 앉아서 굳어진 볼의 근육을 비벼 댔다. 그의 귓속에서 윙윙하는 소리가 울렸다.

"여자라는 것은 고양이와 같아. 누구라도 쓰다듬어 주면 금방 몸을 비벼 대는 법이지. 이봐, 여자에게 마음을 줘서는 안 돼. 정말이야!"

사시카 노인이 말했다.

그는 그리고리에게 담배를 말아서 주고, 불을 켜서 내밀었다.

"자, 한 대 피워."

그리고리는 그 담배를 두 번쯤 빨고는 곧바로 손가락으로 비벼 껐다. 그리고 말없이 밖으로 나갔다. 행랑채의 창문 밑에 서서 거칠게 숨을 몰아쉬었다. 두세 번 손을 들어서 창문을 노크하려고 했지만, 그 손은 부러진 것처럼 아래로 내려졌다. 처음에는 손가락을 구부려서 살며시 노크했다. 하지만 화를 참을 수 없게 되어 벽에 몸을 붙이고는 주먹을 꽉 쥐고 창틀을 거세게 두드렸다. 창틀 유리가 덜컹거리며 흔들리고, 그 틀 속에서 푸른 밤의 빛이 잔물결처럼 일었다.

공포로 휘둥그레진 아크시냐의 얼굴이 얼핏 보였다. 그녀는 문을 열고 소리를 질렀다. 그리고리는 대뜸 그 자리에서—방 입구에서—그녀를 껴안고 그 눈을 들여다보았다.

"당신, 한참 두드렸어요? 난 깊이 잠들어서…… 이 밤중에 당신이 돌아올 줄은 생각지도 못한걸요…… 여보!"

"추워서 못 견디겠어."

아크시냐는 그리고리의 몸이 몹시 떨리고, 그 손이 불처럼 화끈화끈 달아오른 것을 느꼈다. 그녀는 급히 램프를 켜고, 방 안을 분주히 다니면서 하얗고 요염한 어깨에 보송보송한 숄을 걸치고는 페치카에 불을 피웠다.

"이 밤중에 돌아오리라고는 꿈에도 생각 못했어요…… 그런데 그렇게 오래 편지도 보내 주지 않고…… 이젠 돌아오지 않나 하고 생각했어요…… 지난번에 보낸 편지 받았어요? 당신에게 뭐든 보내 줄까 했었는데, 생각을 고쳐먹었어요. 좀더 기다려서 당신 편지가 온 뒤…… 그렇게 생각했었는데."

그녀는 그리고리 얼굴을 힐끗힐끗 보았다. 그녀의 새빨간 입술에 미소가 내내 떠올라 있었다.

그리고리는 외투도 벗지 않고 의자에 앉아 있었다. 텁수룩하게 난 수염이 불빛에 벌겋게 달아오르고, 내리깐 눈 위에 방한두건이 검은 그림자를 드리우고 있었다. 그는 두건을 벗으려다가 갑자기 그 손을 멈추어 담배쌈지를 꺼내고는, 주머니에 손을 넣어서 종이를 찾았다. 그리고 한없는 고뇌를 담은 눈길로 아크시냐의 얼굴을 훑어보았다.

무엇인가 새롭고 다가가기 어려운 것이 그녀의 아름다운 용모 속에 나타나 있었다. 숱이 많아 굵게 묶은 머리와 눈만이 예전과 같았다. 하지만 불덩이처럼 남자의 마음을 타오르게 하는 그녀의 아름다움은 이미 그의 것이 아니었다. 이제 그녀가 젊은 주인의 정부(情婦)라는 것은 의심할 수 없는 사실이었다.

"당신은…… 하인 같지가 않군. 꼭 주부 같아."

그녀는 조심스럽게 그를 쳐다보면서 웃음을 지었다.

그리고리는 배낭을 끌고 밖으로 나갔다.

"어디 가는 거예요?"

"밖에서 담배를 피우고 올게."

"이제 달걀이 익었는데, 조금만 기다려요."

"곧 올게."

그리고리는 입구 층계 위에서, 깨끗하게 빨아 풀을 먹인 셔츠로 소중하게 싸둔 채색된 꽃무늬 플라토크를 배낭에서 꺼냈다. 그것은 지토미르에서 유대인 상인에게 2루블을 주고 산 것으로, 눈에라도 넣을 정도로 소중하게 간직하던 것이었다. 그는 행군 중에도 가끔 이것을 꺼내서 보는 위치에 따라 색이 달라지는 무지갯빛 무늬를 넋을 잃고 바라보며, 그가 집에 돌아가 이 꽃무늬 천을 아크시냐 앞에 펼쳐 보이면 그녀가 얼마나 기뻐할 것인가 하고 상상해 보곤 했었다. 하지만, 아, 이 비참한 선물이여! 돈 상류 지방에서 굴지의 재산가인 지주의 아들과 그리고리의 선물이 맞설 수 있는가. 그리고리는 끓어오르는 오열을 꾹 눌러 삼키고, 그 플라토크를 갈가리 찢어서 층계 밑에 쑤셔 박았다. 그리고 배낭을 바깥 벤치에 내던지고 방으로 돌아왔다.

"자, 앉아요, 그리샤, 내가 신을 벗겨 줄 테니."

아크시냐는 거친 일과 오랫동안 멀어져서 새하얗게 된 손으로 그리고리의 무거운 군화를 벗겨 주었다. 그리고 그의 무릎에 매달려서 한참을 흐느껴 울었다. 그리고리는 그녀가 실컷 울도록 내버려 두었다가 물었다.

"어째서 울지? 내가 돌아온 게 기쁘지 않은가?"

그는 곧 잠이 들었다.

아크시냐는 잠옷 바람으로 층계 위로 나갔다. 그리고 살을 에이는 듯한 차가운 바람을 맞으며 구슬픈 북풍의 신음 소리에 귀를 기울였다. 축축하게 젖은 기둥을 안고 그렇게 새벽녘까지 서 있었다.

이튿날 아침에 그리고리는 외투를 입고 안채로 갔다. 노주인은 짧은 모피 상의를 입고 누렇게 바랜 아스트라칸 모자를 쓰고 현관 층계 위에 서 있었다.

"호, 게오르기우스 훈장의 용사가 왔군. 이젠 완전히 어른스러워졌구나, 그리고리!"

그는 그리고리에게 거수경례를 하고, 손을 내밀었다.

"당분간 머물겠나?"

"2주일쯤 있겠습니다, 각하."

"딸을 잃어서 안됐어, 정말 가엾은 일이야."

그리고리는 잠자코 있었다. 예브게니가 장갑을 끼면서 층계 위로 나왔다.

"그리고리 아냐? 어떻게 된 거지? 어디서 왔나?"

그리고리의 눈에 그늘이 일었지만, 여전히 미소를 담은 채 말했다.

"모스크바에서 왔습니다. 휴가로."

"아, 그런가. 자네는 눈을 다쳤다지?"

"그렇습니다."

"얘기는 들었네. 아버지, 어떻습니까? 훌륭한 젊은이가 되지 않았습니까?"

예브게니는 그리고리에게 고개를 약간 끄덕여 보이고는 마구간 쪽을 돌아보았다.

"니키티치, 말을!"

착실한 니키티치는 말을 마차에 매고 난 뒤, 알 수 없다는 듯 그리고리를 곁눈질하면서 발 빠른 회색 말을 현관 층계 아래로 끌고 왔다.

경쾌한 사륜마차의 바퀴 밑에서 얇은 얼음이 바드득거리며 땅바닥으로 파고들었다.

"중위님, 옛정을 생각해서 제가 모시고 나가게 해주시겠습니까?"

그리고리가 아첨하는 웃음을 띠고 예브게니에게 말했다.

'불쌍하게도 아무것도 모르는군.'

예브게니는 만족스럽게 웃으면서 코안경 속에서 눈을 번뜩였다.

"좋지. 그럼 부탁할까? 자, 가자."

"뭐야, 너는. 돌아오자마자 금방 또 젊은 마누라를 내버려 두고 나가는 거냐? 마누라가 그립지도 않나?"

노주인이 인정스러운 미소를 떠올렸다.

그리고리는 소리를 내어 웃었다.

"마누라는 곰이 아니니까 숲속으로 도망가지는 않겠죠."

그는 마부석에 앉아서 채찍을 좌석 밑에 쑤셔 넣고는 고삐를 잡았다.

"그럼 한바탕 달리겠습니다, 예브게니 니콜라예비치!"

"달려 보게. 술값을 낼 테니."

"아니, 그러시지 않아도 좋습니다. 그렇지 않아도 나는 꽤나 고맙게 생각하고 있습니다…… 아크시냐를 먹여 주시고…… 여러 가지로 돌봐 주셔서."

그리고리의 말이 뚝 끊어졌다. 예브게니의 마음에 무엇인가 재미없는 의문이 얼핏 떠올랐다.

'알고 있는 게 아닐까? 아냐, 바보같이! 누구에게 들었나? 아냐, 그럴 리 없어.'

그는 좌석 등받이에 몸을 기대고는 담배에 불을 붙였다.

"일찍 돌아오너라!"

뒤에서 주인이 소리쳤다.

그리고리는 말의 입을 찢어 버리기라도 할 듯이 고삐를 세게 움켜쥐고는 전속력으로 달렸다. 15분쯤 되어 언덕을 하나 넘어 버렸다. 그리고리는 최초의 저지대에 오자 마부석에 뛰어내리더니 좌석 밑에서 채찍을 꺼냈다.

"뭐야?"

예브게니가 눈썹을 찌푸렸다.

"에잇, 매운맛을 보여 주는 거다!"

그리고리는 채찍을 휘둘러서 무서운 힘으로 예브게니의 얼굴을 후려쳤다. 그리고 채찍을 고쳐 잡더니 이번에는 정신 차릴 틈도 주지 않고 예브게니의 얼굴과 손을 마구 내리쳤다. 코안경이 깨져서 파편이 예브게니의 눈썹 위에 꽂혔다. 피가 눈 위로 흘러내렸다. 예브게니는 두 손으로 얼굴을 가렸지만 채찍은 더욱더 격렬하게 날뛰었다. 그는 온통 채찍 자국이 난 얼굴로 분노에 떨며 말에서 뛰어내려 저항하려고 했지만, 그리고리는 몸을 빼면서 그의 손목에 일격을 가해 오른손을 쓰지 못하게 했다.

"아크시냐의 원한이다! 내 원한이다, 아크시냐의 원한이다! 에잇, 하나 더, 아크시냐 거다! 내 거다!"

채찍이 퓨웅 소리를 내며 울었다. 그 소리가 울려 퍼지면서 예브게니의 몸에 채찍이 휘감겼다. 그리고리는 예브게니를 주먹으로 쳐서 울퉁불퉁한 길에 쓰러뜨리고는 땅바닥에 굴리고, 징 박은 군화로 마구 짓밟아댔다. 그리고 기운이 쭉 빠진 채로 마차에 올라 발 빠른 말을 몰아세워서 전속력으로 달렸다. 문 앞에 이르자 마차에서 뛰어내려서는 채찍을 움켜쥐고, 외투 자락에 발이 걸려 가면서 행랑채로 뛰어들어갔다.

아크시냐가 열린 문 쪽을 돌아보았다.

"짐승 같은 년! 암캐년!"

채찍이 휙 날아서 그녀의 얼굴에 파고들었다.

그리고리는 숨을 헐떡이면서 마당으로 뛰어나갔다. 사시카 노인이 말을 붙이는데 대답도 하지 않고 저택에서 나왔다. 1킬로미터 반쯤 갔을 때 아크시냐가 그를 쫓아왔다.

그녀는 숨을 헐떡거리면서 말없이 그리고리와 나란히 걸었다. 가끔 그의 몸에 손을 대 보기도 했다.

황폐한 들판 가운데에 있는 작은 교회 앞까지 오자, 그녀는 마치 다른 사람 같은 귀에 설은 목소리로 말했다.

"그리샤, 용서해 줘요!"

그리고리는 이를 드러내며 움츠리고 서서 외투 깃을 세웠다. 교회 앞에서 아크시냐는 그대로 뒤에 남았다. 그리고리는 한 번도 뒤돌아보지 않았고, 그에게 내민 아크시냐의 손을 쳐다보지도 않았다.

타타르스키 마을로 내려가는 언덕의 비탈길에서 그는 문득 아직도 채찍을 들고 있음을 알아차리고서 그것을 던져 버리고 이번에는 오솔길을 성큼성큼 걷기 시작했다. 집들의 창문에서 놀란 듯한 얼굴이 몇이나 내다보고 있었다. 길에서 만난 여자들은 그를 알아보고 공손히 인사했다.

자기 집 문 앞까지 오자 바싹 여위고 눈이 까만 예쁜 처녀가 달려와서 대뜸 그의 목에 매달려 그의 가슴에 얼굴을 마구 비벼 댔다. 그리고리는 두 손으로 그 처녀의 볼을 받쳐서 얼굴을 들게 하고서야 비로소 두냐시카임을 알았다.

판텔레이 프로코피예비치가 다리를 절룩거리면서 현관 층계를 뛰어내려왔다. 집 안에서 어머니가 울음을 터뜨렸다. 그리고리는 왼손으로 아버지를 끌어안았다. 오른손에는 두냐시카가 키스를 하고 있었다.

마음이 아플 정도로 그리웠던 층계의 삐걱거림.

그리고리는 층계를 올라갔다. 늙은 어머니가 처녀처럼 힘차게 달려와서는 그리고리의 외투를 눈물로 흠뻑 적셨다. 그리고 아들을 꼭 껴안고는 알아들을 수 없는, 말로는 잘 되지도 않는 것을 무엇인지 자꾸 중얼거렸다. 현관에는 얼굴이 새파래진 나탈리야가 쓰러지지 않으려고 문을 잡고 서 있었다. 그러나 그리고리가 방심한 듯한 눈길을 흘끗 던지자 그녀는 마치 전기라도 온 것처럼 괴로운 미소를 짓고는 털썩 쓰러지고 말았다…….

그날 밤 판텔레이 프로코피예비치는 일리니치나의 옆구리를 쿡쿡 찌르면서 속삭였다.

"살며시 보고 와. 함께 자고 있는지 어떤지."

"내가 잠자리를 잘 펴 주었는데."

"하지만 좀 보고 와!"

일리니치나는 문틈으로 침실을 들여다보고 돌아왔다.

"둘이 같이 자고 있어요."

"그래? 그거 참 다행이군! 그거 참 다행이야!"

노인은 팔꿈치를 짚고 윗몸을 일으켜 성호를 그었다.

제4부

1

1916년 10월 밤. 비바람이 몰아치는 울창한 숲속이다. 오리나무들이 빽빽이 들어찬 늪을 낀 참호. 앞쪽에는 철조망. 참호 속은 차가운 진흙. 감시병의 젖은 방패가 희미하게 빛나고 있다. 참호 속은 흐릿한 등불 빛, 땅딸막한 한 사관(士官)이 장교용 참호의 입구로 다가와 묵묵히 서 있었다. 젖은 손끝을 움직여서 성급하게 외투 단추를 풀고 옷깃의 물을 털고는 진흙 속에 밟혀 들어가 있는 짚단 위에서 급히 장화를 닦고, 그제야 문을 밀고는 몸을 구부리고 막사 안으로 들어갔다.

조그마한 석유램프에서 번져 나오는 누르스름한 빛줄기가 방금 들어온 사내의 얼굴을 환히 비췄다. 윗옷 앞을 풀어 헤친 사관이 나무 침대에서 일어나서는 백발 섞인 머리칼을 긁으며 하품을 했다.

"비가 오나?"

"오고 있습니다."

방금 들어온 사내는 이렇게 대답하고 외투를 벗어서는, 젖어서 엉망이 된 모자와 함께 못에 걸었다.

"여긴 따뜻하군요. 사람의 입김으로 데워졌을 테죠."

"조금 전에 불을 피웠다네. 재수 없게도 지하수가 스며 나오고 있어. 비가 제발 좀 그치면 좋겠는데, 이래서야 쫓겨날 판이야…… 그렇잖아? 어떻게 해야 하나, 분츄크?"

분츄크는 검은 솜털이 나 있는 손을 문지르며 난로 옆에 웅크리고 앉았다.

"판자를 댔더라면 좋았을 겁니다. 그렇게 했더라면 이 막사도 꽤 훌륭해졌을 것이고, 맨발로 지낼 수 있었을 겁니다. 그런데 리스트니츠키는?"

"자고 있네."

"한참 되었습니까?"

"순찰을 하고 돌아오더니 자더구먼."

"이젠 깨워도 괜찮을 시각입니까?"

"그냥 두게. 장기라도 두겠나?"

분츄크는 굵고 진한 눈썹에 맺힌 물기를 집게손가락으로 털고, 머리를 쳐들지도 않은 채 조용히 불렀다.

"예브게니 니콜라예비치!"

"잠들어 있네."

백발이 섞인 사관은 한숨을 내쉬었다.

"예브게니 니콜라예비치!"

"왜 그러나?"

리스트니츠키는 팔꿈치를 짚고 몸을 일으켰다.

"장기 한 판 두지 않으시렵니까?"

리스트니츠키는 발을 늘어뜨린 채, 퉁퉁하게 살찐 가슴을 부드러운 손바닥으로 쓰다듬었다.

한판 승부가 끝날 무렵, 제5중대 장교들—칼미코프 대위와 츄보프 중위가 왔다.

"새로운 소식이 있네."

문턱을 채 넘어서기도 전에 칼미코프가 소리쳤다.

"연대는 십중팔구 철수할 것이라네."

"어디에서 듣고 왔나?"

백발이 섞인 이등대위 메르쿨로프가 의심스럽다는 듯이 말했다.

"정말로 그럴까, 페챠 아저씨?"

"솔직하게 말하자면 믿어지지 않네."

"포병 대장이 전화로 알려 준 거야. 그 친구는 어디서 알아냈느냐고? 그야 대장은 바로 어제 사단 사령부에서 돌아왔지 않은가."

"가볍게 목욕을 하는 것도 나쁘지 않겠습니다."

츄보프는 웃으면서 목욕용 솔로 엉덩이께를 두들기는 시늉을 했다. 그러자 메르쿨로프가 웃음을 터뜨렸다.

"이 막사 안에 솥을 걸어 놓는 게 좋겠어. 물은 얼마든지 쓸 수 있을 테니까."

"정말이지 이곳의 습기는 대단하군."

널빤지를 댄 물이 흥건한 토방을 바라보면서 칼미코프가 투덜거렸다.

"늪이 바로 옆에 있기 때문이야."

"늪 옆에서 편하게 지내는 걸 하느님께 감사해야 할 판입니다."

분츄크가 끼어들었다.

"평지였더라면 적이 덮쳤을 겁니다. 그런데 저희들은 여기에 있는 1주일 동안 겨우 몇 발밖에는 쏘지 않았거든요."

"여기 살면서 썩느니 차라리 공격을 하고 전멸하는 편이 낫겠네."

"페챠 아저씨, 카자흐를 저지하고 있는 것은 공격을 해서 전멸시키기 위해서 가 아닙니다. 괜히 그런 말씀을 하시는 건 좋지 않습니다."

"그럼 자네 생각에는 무엇 때문인 것 같은가?"

"정부는 오래전부터의 방식에 따라서 여차하면 카자흐의 어깨에라도 기댈 작 정인 겁니다."

"어리석은 소리."

칼미코프는 손을 흔들었다.

"무엇이 어리석다는 겁니까?"

"어리석은 소리야."

"그만두는 게 좋겠습니다. 칼미코프! 진리는 결코 뒤집히는 게 아니니까요."

"무엇이 진리인가?"

"글쎄, 이건 뻔한 얘기 아닙니까? 왜 헛소리로 돌리십니까?"

"잘들 들으십시오, 장교 여러분!"

츄보프는 이렇게 소리를 지르더니 머리를 숙이며 분츄크를 손가락질했다.

"지금부터 분츄크 소위가 사회민주당의 강령을 널리 알릴 모양입니다."

"농담하지 마십시오."

분츄크는 츄보프의 눈길을 험악하게 제압하며 엷은 미소를 띠었다.

"하지만 그것도 좋습니다. 사람은 제각기 자기 나름의 사명을 갖고 있으니까 요. 그런데 제가 말하고 싶은 것은, 우리들이 이미 지난해 중간쯤부터 전쟁다운 전쟁을 하고 있지 않다는 것입니다. 진지전(陣地戰)이 시작되자 카자흐 부대는 즉시 조용한 장소로 흩어져 들어가서 때가 올 때까지 가만히 숨어 있습니다."

"그래서?"

장기 말들을 치우며 리스트니츠키가 물었다.

"다음에는 전선이 흔들리기 시작합니다—이것은 피할 수 없다고 생각됩니다. 군인들은 전쟁에 지쳐 가고 있습니다. 탈주병들의 수가 늘어나고 있는 것이 그 증거입니다. 그렇게 되면 반란을 억눌러 가라앉히기 위해 카자흐 부대가 투입될 겁니다. 정부는 카자흐 부대를 막대기 끝에 매단 돌멩이처럼 해 놓아 붙들고 있는 셈입니다. 정부는 여차하면 그 돌로 혁명의 골통을 두들겨 쪼개려는 속셈인 겁니다."

"이봐, 자네의 공상은 비약이 아닌가! 자네의 전제는 너무 모호해. 첫째로 사태의 움직임이란 것은 결코 미리 단정지을 수 있는 게 아니네. 도대체 장래의 동요 같은 것들을 자네가 어떻게 안단 말인가? 설령 연합군이 독일군을 쳐부숴서 전쟁이 빛나는 승리로 종결된다 치세. 그렇게 되면 자네는 카자흐에게 도대체 어떤 역할을 맡긴다는 건가?"

리스트니츠키가 반박했다.

분츄크는 슬며시 미소를 흘렸다.

"사태는 종국을 고하려 하지도 않습니다. 그런데 더욱이 빛나는 종결을 고하게 될까요?"

"전쟁이 너무 길게 끈단 말이야."

"아니죠. 아직도 멀었습니다."

분츄크는 잘라 말했다.

"그런데 자네는 언제 휴가를 마치고 돌아왔나?"

칼미코프가 물었다.

"그저께입니다."

분츄크는 입을 오므려서 혀끝으로 연기를 동그랗게 토해 내고 꽁초를 버렸다.

"어디에 갔었나?"

"페트로그라드[1]."

"허, 거기는 어떻던가? 제도(帝都)는 소란하지? 제기랄, 1주일만이라도 나도 좀 가 보고 싶구나."

"별 재미도 없습니다."

분츄크는 한 마디 한 마디에 힘을 주어 말했다.

"식량은 부족하고, 노동자들 사이에는 기근과 불만, 그리고 막연한 반항이 일고 있습니다."

"아무래도 이 전쟁에서 우리들은 제대로 빠져나가지 못할 거야. 여러분, 여러분의 생각은 어떻소?"

메르쿨로프는 질문을 하듯이 말하고 모두를 둘러보았다.

"러일전쟁은 1905년의 혁명을 낳았는데, 이번 전쟁도 틀림없이 새로운 혁명으로 끝날 겁니다. 단순한 혁명만이 아니라 내전이 일어날 겁니다."

리스트니츠키는 분츄크의 말에 귀를 기울이면서, 이 소위의 말허리를 꺾으려는 듯이 뭔가 애매한 동작을 취했다. 그런 다음 일어나서 무뚝뚝한 표정으로 막사 안을 걷기 시작했다. 그는 분노를 가슴속에 억누르고 말했다.

"내가 놀란 것은 우리 장교들 중에도 이런 자들이."

그는 등을 구부린 분츄크 쪽을 가리키며 이야기를 계속했다.

"……있다는 거야. 놀랐다는 것은 오늘날까지 그자들의 조국에 대한, 전쟁에 대한 태도라는 것이 내가 보기에는 확실치 않기 때문인데……그자들은 이 전쟁에서 우리 나라의 패배를 지지하고 있다는 것을 분명히 얘기했네. 자네가 말한 것을 나는 그렇게 받아들였네, 분츄크."

"저는…… 패배에 찬성합니다."

"그건 어떤 이유에서지? 내가 생각하기에는, 비록 정치상의 견해야 어떻든 간에 자기 조국에 대한 배신이라고 생각하네. 그런 말을 하는 것은…… 올바른 인간이라면 누구나 부끄러워해야 할 일이야!"

"생각나나? 볼셰비키의 국회 프락치가 반정부 선동을 일으킨 것 말이야. 그렇게 해서 패배를 독촉한 거라네."

---

1) 1914~1924년에 이르던 '상트페테르부르크'의 옛 이름.

메르쿨로프가 한 마디 했다.

"분츄크, 그러면 자네는 그들과 같은 견해를 가지고 있는 건가?"

리스트니츠키가 물었다.

"제가 패배에 찬성하고 있다면, 그것은 곧 그들과 의견이 같다는 말이 됩니다. 러시아 사회민주노동당원으로서 볼셰비키파에 속한 제가 자신의 당(黨) 프락치와 의견이 다르다는 것은 우스운 얘기 아닙니까? 하지만 그것보다 훨씬 이상한 것은 예브게니 니콜라예비치, 당신은 교양을 갖춘 분이면서도 정치적으로는 거의 장님이나 다름없다는 겁니다."

"나는 황실의 충성스러운 군인이거든. '사회주의자 동지 여러분'을 보면 솔직히 기분이 나쁘네."

'너는 어쨌든 멍텅구리다. 그리고 독선적이며 꽉 막힌 사관이다.'

분츄크는 이렇게 생각하면서 미소를 지었다.

"알라 말고는 신이 없다고 하는 녀석이."

"군인 사회는 특수한 곳이기 때문이지."

메르쿨로프가 변명하듯 한 마디 했다.

"우리들은 왠지 정치라는 것에서 떨어져 있었어. 잘못 생각했던 거지."

칼미코프 대위는 늘어진 수염을 꼬아 올리면서 몽고인 같은 정열적인 눈을 날카롭게 빛냈다. 츄보프는 침대에 누워 있었다. 그리고 얘기하는 사람들의 목소리를 들으면서 벽에 걸려 있는, 담배 연기로 조금 누렇게 바랜 메르쿨로프의 그림을 바라보았다. 그것은 막달라 마리아 같은 얼굴의 반나체 여자가 고통스러우면서도 죄 많은 미소를 담고 자기의 드러난 가슴을 들여다보고 있는 그림이었다. 그녀는 왼손의 두 손가락으로 갈색 젖꼭지를 잡아당기고, 새끼손가락을 조심스럽게 떼어 놓고 있었다. 움푹 꺼진 눈꺼풀 주위에는 그림자와 따뜻한 눈동자의 빛이 엿보이고, 약간 치켜 올려진 그녀의 한쪽 어깨는 미끄러져 떨어질 듯싶은 속옷을 받치고 있었다. 쇄골의 들어간 데에는 부드러운 빛의 음영이 담겨 있었다. 여자의 자태에는 자연스러운 아름다움과 진실이 넘쳐 있고, 칙칙한 색조가 뭐라 말할 수 없이 마음을 동요시켜, 츄보프는 자신도 모르게 미소를 지으며 그 걸작품을 바라보고 있었다. 그래서 이야기 소리가 그의 귀에 들려왔어도, 그의 의식에는 아직 들어오지 않았다.

"좋군!"

그는 그림에서 눈을 떼며 감탄의 소리를 냈는데, 하필이면 분츄크가 막 말을 맺는 참이었다.

"……차리즘은 붕괴될 겁니다. 그것은 이미 확실하다고 말해도 좋습니다!"

리스트니츠키는 담배를 말면서 짧은 웃음을 띠고 분츄크 쪽으로 눈길을 돌렸다.

"분츄크!"

칼미코프가 불렀다.

"리스트니츠키, 자네 좀 잠깐! 분츄크, 듣고 있나? 자네 말대로 이 전쟁이 내전이 된다고 가정하세…… 그다음에는 어떻게 되겠나? 과연 자네들이 군주제를 전복시킬 생각이라면 도대체 정치는 어떻게 되겠나, 정권은 어떤 정권이 되고?"

"프롤레타리아 계급이 정권을 주도합니다."

"그러면 역시 의회인가?"

"시시하군!"

분츄크는 미소를 지었다.

"그게 대체 뭐란 말인가?"

"십중팔구 노동자들의 독재겠지."

"하하, 그렇겠군! 그러면 지식층은, 농민은 어떤 역할을 하나?"

"농민은 우리들을 따라옵니다. 사려 분별이 있는 지식층의 일부도 그렇습니다. 그리고 그 나머지 사람들, 바로 그 나머지 사람들을 우리들은 이렇게 해 줄 겁니다!"

분츄크는 손에 들고 있던 서류를 둘둘 말아서는 그것을 탁 떨어뜨리고 입 속으로 우물거렸다.

"이렇게 해 줄 겁니다!"

"자네들은 굉장히 콧대가 세지겠군."

리스트니츠키가 비웃었다.

"콧대가 세질 것이 확실합니다."

분츄크가 말을 받았다.

"미리 짚이라도 깔지 않으면 위태롭겠군."

"그러면 어째서 자네는 스스로 전선으로 나와 사관까지 되었나? 어떻게 그것이 자네의 생각과 양립하는가? 우스운 얘기 아닌가! 전쟁에 반대하는 인간이……하하……자기네의 그 계급적 동지란 자들을 죽이는 데 반대하는 인간이, 일약 소위까지 되었다니!"

칼미코프는 장화를 손바닥으로 두들기며 배꼽을 잡고 웃어 댔다.

"자네는 자네의 기관총대(隊)로 독일의 노동자를 몇 천 명이나 죽였나?"

리스트니츠키가 물었다.

분츄크는 외투 옆주머니에서 큰 종이다발을 꺼내고는, 리스트니츠키에게 등을 돌린 채 한참 그것을 뒤졌다. 그리고 책상 쪽으로 다가가더니, 낡아서 누르스름해진 신문지의 주름을 손바닥으로 폈다.

"제가 독일의 노동자를 몇 천 명 쏘아 죽였는가 하는 것……그건 정확히는 알 수 없습니다. 지원한 것은 어차피 소집 받을 게 뻔하기 때문입니다. 하지만 저는 생각이 있습니다. 이 참호 속에서 제가 얻은 지식은 앞으로…… 장래에 꼭 필요할 겁니다. 여기에 이렇게 씌어져 있습니다."

그러더니 그는 레닌의 말을 읽었다.

—현대의 군대를 보자. 거기에는 조직이라는 하나의 훌륭한 전형이 있다. 이 조직이 훌륭하다는 이유는, 그것이 탄력성이 풍부한 동시에 수백만 명의 인간에게 통일된 의지를 부여할 수 있기 때문이다. 오늘 그들 수백만 명은 나라 안 곳곳에 흩어져서 자기 집에 있지만, 내일 동원 명령이 내려지면 그들은 정해진 장소로 모여들 것이다. 오늘 그들은 참호 속에서 꼼짝 않고 있지만, 내일은 다른 대형을 취하고 돌격할 것이다. 오늘 그들은 적의 총탄이나 포탄에 숨어 기적을 나타내지만, 내일은 폭로전(暴露戰)에서 기적을 나타낼 것이다. 오늘 그들의 최전선 부대는 지하에 지뢰를 설치하지만, 내일은 비행기의 지시를 받고 수십 킬로미터를 이동할 것이다. 통일된 의지에 의해서 움직이는 수백만의 인간이 하나의 목적을 위해서 그 결합과 행동의 형태를 바꾸고, 활동 장소나 방법을 바꾸고, 변화하는 상황이나 전투의 요구에 따라 용구나 병기를 바꿀 때, 그것을 조직이라 부른다. 부르주아에 대한 노동자 계급의 투쟁에 대해

서도 똑같이 말할 수 있다. 오늘은 혁명적 상황이 존재하지 않는다…….

"그 상황이란 게 뭔가?"
츄보프가 읽는 데 끼어들어 물었다.
분츄크는 잠을 자다 흔들려 깬 듯이 부르르 떨고, 질문의 의미를 이해하려고 엄지손가락의 관절로 거칠거칠한 이마를 문질렀다.
"'상황'이란 말의 의미를 묻고 있는 거야."
"알고 있습니다만, 아무래도 잘 설명할 수가 없군요."
분츄크는 밝고 꾸밈없는 어린애 같은 미소를 떠올렸다. 어두운 얼굴에 떠오른 그 미소는, 마치 가을날 빗속에 귀여운 잿빛 새끼토끼가 들판을 노닐며 뛰어 달아나는 것을 보는 것처럼 이상한 느낌을 주었다.
"상황이란 건, 사정이니 정황이니 하는 것들과 통합니다. 확실히 그렇지요?"
리스트니츠키는 애매하다는 듯 머리를 흔들었다.
"그다음을 계속 읽어 보게."

오늘은 혁명적 상황이 존재하지 않는다. 대중 사이의 동요, 그들의 적극성을 높이는 조건은 존재하지 않는다. 오늘은 당신에게 투표용지가 교부된다. 여러분이 그것을 받는 것이다. 그렇게 해서 감옥을 두려워하여 안락의자에 붙어 있는 자들을 의회로, 안락한 좌석으로 보내 주기 위해서가 아니라 그 투표용지로 적을 쓰러뜨리기 위해 조직되는 것을 알아야 한다. 내일은 당신한테서 투표용지가 회수되고, 당신에게 총과 훌륭한 장비가 갖추어진 속사포 따위가 주어질 것이다. 그때에는 그 죽음과 파괴의 도구를 받는 것이다. 전쟁을 두려워하여 우는소리를 늘어놓는 감상적인 겁쟁이들에게 귀를 기울여서는 안 된다. 이 세상에는 노동자 계급의 해방을 이룩하기 위해 쇠와 불로써 타도해야 할 자들이 아직도 많이 있다. 그리고 만일 대중 사이에 증오와 절망이 있고 혁명적 상황이 존재한다면, 그때에는 새로운 조직을 형성하고, 죽음과 파괴에 필요한 무기를 자국(自國)의 정부와 부르주아를 향해 사용할 수 있게 준비하라.

분츄크의 낭독이 끝나기 전, 막사의 문을 노크하고는 제5중대의 상사가 들어왔다.

"상관님."

그는 칼미코프를 향해서 말했다.

"연대 본부에서 전령이 도착했습니다."

칼미코프와 츄보프는 외투를 걸치고 나갔다. 메르쿨로프는 휘파람을 불며 그림을 그리려고 의자에 앉았다. 리스트니츠키는 수염을 비틀며 뭔가를 궁리하면서 여전히 막사 안을 서성였다. 얼마 뒤 분츄크도 작별 인사를 하고 나갔다. 그는 물에 젖어 엉망진창된 통로를, 왼손으로는 깃을 누르고 오른손으로 외투 자락을 여미면서 힘겹게 빠져나갔다. 바람이 좁은 통로에 불어닥쳐서 슉슉 소리를 내며 소용돌이쳤다. 어둠 속을 걸어가는 분츄크는 아무 까닭도 없이 웃고 싶은 기분이 들었다. 그는 다시 흠뻑 젖어, 썩은 오리나무 잎새를 외투에 묻히고 자기의 막사로 들어갔다. 기관총 대장은 잠들어 있었다. 수염이 난 거무스름한 얼굴에는 수면 부족으로 피로한 기색이 역력했다―사흘 밤을 내리 카드놀이로 지샜던 것이다. 분츄크는 전부터 지니고 있던 자기의 잡낭 속을 뒤져 입구 근처에서 서류다발을 태운 뒤, 바지 주머니에 통조림 2개와 권총 탄환을 몇 개 넣고 나갔다. 잠깐 열렸던 문틈으로 바람이 불어들어, 문턱가에서 불에 탄 서류의 잿빛 찌꺼기를 흩뜨리고 연기만 내고 있던 작은 램프 불을 꺼뜨렸다.

분츄크가 나간 뒤 리스트니츠키는 5분가량 아무 말 없이 서성이다가 테이블 옆으로 다가갔다. 메르쿨로프는 고개를 숙인 채 그림을 그리고 있었다. 심을 뾰족하게 깎은 연필이 연기 같은 그림자를 늘어뜨리고 있었다. 분츄크 얼굴이 여느 때처럼 희미한 억지웃음을 떠올리며 네모꼴 흰 종이 위에서 이편을 쳐다보고 있었다.

"억세게 생겼더군."

메르쿨로프는 그림 그리던 손을 멈추면서 리스트니츠키 쪽으로 눈을 돌려 말했다.

"그래, 그게 어떻단 말인가?"

"정체를 알 수 없는 사내야!"

질문의 뜻을 알아채고 메르쿨로프가 대답했다.

"묘한 젊은이야. 하지만 오늘은 자기의 생각을 털어놨기 때문에 그래도 꽤 분명해졌지. 전에는 녀석을 어떻게 생각해야 좋을지 전혀 짐작이 가지 않았어. 알고 있나? 녀석은 카자흐, 특히 기관총 대원들 사이에서 굉장히 인기가 있다고들 하더군. 모르고 있었나?"

"그렇군."

왠지 분명치 않은 어조로 리스트니츠키가 대답했다.

"기관총대 병사들은 깡그리 볼셰비키야. 녀석이 조직해 놓은 거지. 오늘 밤 녀석이 자기의 속을 다 드러내 보이는 데에는 나도 놀랐어. 왜일까? 몹시 적의가 담긴 말투더군! 그런 생각을 우리들 중 그 누구도 찬성하지 않을 거라는 걸 알고 있을 텐데 어째서 깊은 속을 드러내 보인 걸까? 별로 발끈하는 성질도 아닌데 말이야. 어쨌든 위험인물이야."

분츄크의 이상했던 행동에 대해 이것저것 생각해 보면서, 메르쿨로프는 그림 그리기를 그만두고 옷을 갈아입었다. 눅눅한 장화를 페치카의 움푹한 곳에 매달고 시계태엽을 돌린 뒤 담배를 한 모금 빨고나서 자리에 누웠다. 그리고 금방 잠이 들어 버렸다. 리스트니츠키는 15분쯤 전에 메르쿨로프가 앉아 있던 의자에 앉아서 그림이 그려진 종이 뒷면에 달필로 써내려 갔다.

각하!

지난번에 보고해 올린 저의 예상은 오늘 완전히 적중되었습니다. 분츄크 소위는 오늘 저희 연대의 장교들과 담화할 때—소관(小官) 이외에 제5중대의 칼미코프 대위, 츄보프 중위, 제3중대의 메르쿨로프 이등대위가 동석했습니다—그 목적은 소관으로서는 전혀 알 수가 없습니다만 그 자신의 정치적 신념에 의해, 또한 어쩌면 당의 지령에 의한 것으로 생각되는 임무를 분명히 수행했습니다. 그는 불법 문서를 적잖이 가지고 있는데, 예를 들면 제네바에서 발행되고 있는 것으로, 그 자신이 소속된 정당의 기관지 《공산당원》의 발췌문을 낭독했습니다. 분츄크 소위는 저희 연대 안에서 지하 활동을 꾀하고 있는 것이 분명합니다. 어쩌면 그 활동을 할 목적으로 저희 연대에 지원했는지도 모릅니다. 그의 선동의 직접적인 대상은 기관총 대원들로, 현재 그들은 해체되고 있습니다. 또한 그의 유해한 영향은 연대의 사기에 전적으로 영향을 미치고 있으며, 전투 임무 수행을 거부하는 사태도 야기되고 있습니다. 이에 대해서는 사건 발생 당시에 소관이 사단 사령부 참모부로 이미 보고한 바 있습니다.

분츄크 소위는 최근에 휴가를 마치고 귀대—페트로그라드에 가 있다가 왔음—했는데, 불법 문서를 많이 가지고 돌아온 듯 현재 대단히 고양된 상태에서 활동을 전개하는 것 같습니다.

이상을 요약해서 결론을 말씀드린다면,

① 분츄크 소위의 죄상은 명백함—그의 담화 때 동석했던 장교들이 소관의 보고를 확인해 줄 것입니다.

② 그의 혁명 활동을 저지하기 위해서 그를 체포해 군법회의에 회부할 필요가 있음.

③ 즉시 기관총대의 개편을 행하여 특히 위험한 인물은 제대시키고, 나머지는 후방으로 보내거나 각 연대에 분산 배치할 필요가 있음.

조국 및 제실(帝室)을 위해 봉사하려는 소관의 성의 있는 노력을 잊지 마시기 바랍니다.

이 통신의 사본 1통은 군법관부(軍法官部)로 보냅니다.

1916년 10월 20일. 제7경비구

대위 예브게니 리스트니츠키

이튿날 아침, 리스트니츠키는 전령에게 보고서를 주어 사단 사령부로 보내고, 아침 식사를 한 뒤 막사를 나섰다. 흉장(胸墻)[2] 너머에 있는 늪 위쪽에는 안개가 자옥했는데, 그 일부는 마치 가시철사의 가시에 걸린 것 같았다. 참호 바닥에는 반 베르쇼크[3] 가량 진흙이 쌓여 있었다. 총안(銃眼)에서 불그스름한 물이 뚝뚝 떨어지고 있었다. 카자흐들은 비에 젖고 진흙투성이가 된 외투를 입고, 총은 벽에 세워 놓은 채 반합에 차를 담아서 방패 위에 놓고 불을 때며 웅크리고 앉아 담배를 피우고 있었다.

"방패에다 불을 때서는 안 된다고 누구이 말했는데 어째서 또 그러는 거냐?"

---

2) 사격하는 병사나 대포를 적의 포화에서 숨기기 위해 참호 앞쪽에 흙으로 쌓은 둑.

3) 베르쇼크는 4.445센티미터.

리스트니츠키는 모닥불을 둘러싸고 웅크린 카자흐들 중 첫 번째 무리에게 호통을 쳤다.

2명 정도는 마지못해 일어섰으나, 다른 병사들은 외투 자락을 말고 담배를 피우면서 그대로 있었다. 주름잡힌 귓불에 은귀걸이를 매단, 거무스름하고 수염이 더부룩한 카자흐가 마른 나뭇가지 다발을 솥 밑에다 지피면서 말했다.

"방패를 태운다는 건 있을 수 없는 일입니다만, 불을 피울 방법이 없습니다. 보십시오, 이 진창을! 다섯 치가 넘습니다!"

"얼른 방패를 꺼내라고 말했단 말이다!"

"배를 곯아 가며 가만히 있으란 말씀입니까? 제발."

얼굴이 큰 곰보 카자흐가 성난 소리로 말하며 외면했다.

"못 알아듣겠나…… 방패를 꺼내라고 말했는데!"

리스트니츠키는 반합 밑에서 타고 있는 마른 나뭇가지들을 구둣발로 짓밟았다.

귀걸이를 단 수염투성이 카자흐는 난처하기도 하고 서운한 듯하기도 한 웃음을 띤 채 솥에서 끓던 물을 쏟으면서 중얼거렸다.

"이봐, 다들 차는 못 마시겠어."

카자흐들은 보초선을 따라 멀어져 가는 대위의 뒷모습을 말없이 바라보았다. 수염투성이 카자흐의 물기를 머금은 눈길에서 불같은 빛이 타올랐다.

"어리석게 구는군, 망할 자식!"

"아아함!"

총 멜빵을 어깨에 걸면서 한 병사가 깊은 한숨을 내쉬었다.

제4소대의 경비지대 근처에서 메르쿨로프가 리스트니츠키에게 급히 다가왔다. 그는 새 가죽 윗옷의 스치는 소리를 내면서 숨을 헐떡였다. 싸구려 담배냄새가 풍겨 왔다. 리스트니츠키를 옆으로 부르더니 단숨에 얼른 말했다.

"들었나? 분츄크란 놈, 어젯밤에 탈주했다네."

"분츄크가? 어떻게 했다고?"

"탈주했다네…… 알겠나? 이그나티치가, 글쎄 그 기관총 대장 말이야. 분츄크와 한 막사에 있는 그 친구가 말하는데, 녀석을 우리 막사에서 나간 뒤로는 보지 못했다는 거야. 말하자면 우리들에게서 나가서는 그대로 달아나고 만 거야……분명히.”

리스트니츠키는 한참 동안 안경을 닦으며 눈을 껌벅였다.

“자네는 어째 흥분하지 않나?”

메르쿨로프는 살피듯이 그를 쳐다보았다.

“내가? 자네야말로 제정신인가? 내가 왜 흥분한단 말인가? 그저 자네가 숨이 차올라 말하니까 잠시 당황했던 것뿐일세.”

2

이튿날 아침, 리스트니츠키의 막사에 상사가 들어와서 우물쭈물 망설이며 보고했다.

“오늘 아침에 카자흐들이 참호 속에서 이런 걸 주웠습니다. 곧 보고드려야 할 것 같기에……올라왔습니다. 이렇게 하지 않으면 뒤에 어떤 벌을 받게 될지도 몰라서.”

“뭔가?”

리스트니츠키가 침대에서 몸을 일으키며 물었다.

상사는 손바닥 안에서 꼬깃꼬깃 구겨진 종잇조각을 내주었다. 4절(四切) 갱지에 빽빽하게 타이프로 친 글자들이 똑똑하게 보였다.

리스트니츠키는 단숨에 읽어 내려갔다.

만국(萬國)의 프롤레타리아여, 단결하라.

병사 여러분!

저주받은 전쟁은 벌써 2년 동안이나 계속되고 있다. 여러분은 2년 동안에 여러분과는 전혀 무관한 이해(利害)를 위해 참호 속에서 고생하고 있다. 그 동안에 각국의 노동자와 농민들이 많은 피를 흘려야 했다. 수십만의 전사자와 불구자, 수십만의 부모 잃은 자, 남편 잃은 자—이것이 이 대전(大戰)의 총결산이다. 여러분은 왜 싸우고 있는가? 여러분은 누구의 이익을 지키고 있는가? 차르 정부는 수백만 병사들을 포화(砲火) 속에 몰아넣었다. 그것은 새 토지를 빼앗고, 그 토지의 주민을—마치 폴란드나 그 밖의 다른 민족이 노예가 되어 압박받고 있는 것처럼—압박하기 위해서다. 세계의 산업자본가들은 자기네 공장의 생산물이 잘 팔릴 가능성이 있는 시장을 분배하려 하지 않는다. 그러므로 무력에 의해서 분배가 행해지는 것이다. 그런데 여러분은 아무것도 모르고 그들의 이익을 지키기 위한 싸움에 죽음을 무릅쓰고 나아간다. 여러분 자신과 다름이 없는 노동자들을 죽이러 나가는 것이다.

형제의 피를 흘리는 일은 이제 멈추어라! 노동자 여러분, 잘 생각해 보라! 여러분의 적은 여러분과 마찬가지로 속고 있다. 적은 오스트리아나 독일 병사들이 아니다. 우리 나라의 차르와 우리 나라의 기업자, 지주들이다. 여러분의 총을 그들에게로 돌려야 한다. 독일이나 오스트리아 병사들과 손을 잡아야 한다. 여러분을 짐승 다루듯이 하여 그어 놓은 그 철조망 너머로 서로 손을 내밀지 않겠는가? 여러분은 노동으로 뭉친 형제다. 여러분의 손에서는 아직도 노동자의 피맺힌 물집이 사라지지 않았다. 여러분을 구분 지을 것은 하나도 없다. 전제정치를 타도하라! 제국주의 전쟁을 그만두라! 전세계 노동자들의 굳은 단결, 만세!

마지막 몇 줄은 숨이 머리꼭대기까지 차올라 읽었다.

'드디어 시작되었군!'

리스트니츠키는 미칠 것만 같은 증오로 떨면서, 덮쳐 오는 예감의 답답함에 압도되었다. 연대장에게 전화를 걸어서 사정을 보고했다.

"어떤 조치를 취해야겠습니까, 연대장님?"

보고를 마친 뒤 그가 물었다.

전화에서 모깃소리 같은 앵앵거리는 울림과 함께 장군의 말이 쩌렁쩌렁하게 들렸다.

"얼른 상사와 소대의 장교들과 함께 휴대물을 모두 검사하라. 장교도 제외시키지 말고 전원에게 실시하라. 오늘 사단 사령부 측에 언제 연대를 교체시키느냐고 물어보겠다. 재촉할 생각이다. 만일 검색시 뭔가 나오면 곧 보고하라."

"저는 이것이……기관총대 녀석의 소행이라고 생각합니다."

"그래? 그러면 당장 이그나티치 측에도 명령해서 부하 카자흐들의 검색을 행하도록! 자, 그만 끊겠다."

리스트니츠키는 자기의 막사로 소대의 장교들을 소집시켜 그들에게 연대장의 명령을 전했다.

"큰일이군!"

메르쿨로프가 분개해서 말했다.

"우리들이 서로 검색해야 하다니, 그런 어리석은 노릇이 어딨나?"

"그럼 먼저 당신부터 하시지요, 리스트니츠키!"

나이가 젊고 수염이 없는 라즈도르체프 중위가 말했다.

"제비를 뽑읍시다."

"알파벳 순서로 합시다."

"농담은 그만둬."

리스트니츠키가 준엄하게 가로막았다.

"물론 그 영감의 말이 지나치지. 우리 군대의 장교들은…… 카이사르의 아내[4]와도 같다. 단 한 사람, 분츄크 소위가 있는데 그놈은 도망쳐 버렸으니, 어서 카자흐들을 검색해 봐라. 그리고 상사를 불러오게."

상사가 왔다. 그는 나이 깨나 먹은 카자흐로, 성 게오르기우스 3급 훈장을 탄 사내였다. 그는 침 넘어가는 소리 하나 내지 않고 장교들을 돌아다보았다.

"중대에서 수상하다 싶은 녀석이 누구라고 생각되는가? 이 삐라를 뿌린 녀석으로 짐작되는 자라도 있는가?"

리스트니츠키가 상사에게 물었다.

"상관님, 그런 병사는 없습니다."

상사는 분명하게 대답했다.

"그런데도 삐라가 우리 중대의 경비지대 안에 떨어져 있었단 말이지? 그러면 누군가 다른 곳에서 참호 안으로 들어왔던 자가 있었나?"

"다른 데에서 온 사람도 없습니다. 다른 중대 사람은 없습니다."

"그러면 어쩔 수 없군. 이 잡듯 샅샅이 뒤져 보는 수밖에."

출구로 가면서 메르쿨로프가 손을 흔들었다.

검색이 시작되었다. 카자흐들의 얼굴에는 각양각색의 감정이 드러나 있었다. 의아한 듯 얼굴을 찌푸리기도 하고, 카자흐들의 초라한 휴대품을 바스락바스락

---

4) 카이사르는 고대 로마의 군인·정치가. 그의 아내가 혐의를 받았을 때, '카이사르의 아내는 혐의를 받고 있다'고 대답한 고사에서 유래한다.

소리를 내며 뒤지는 사관들을 놀란 얼굴로 쳐다보기도 하고, 킬킬거리며 웃기도 했다.

콧대가 센 듯한 정찰병들 중 하사가 물었다.

"찾고 계시는 걸 분명히 말씀해 주시는 게 어떻습니까? 뭔가를 도둑맞았다면 본 사람이 있을지도 모르니까요."

검색은 아무런 성과도 거두지 못했다. 제1소대 카자흐의 외투 주머니에서 구겨진 삐라 1장이 나왔을 뿐이었다.

"읽어 봤을 테지?"

메르쿨로프는 일부러 깜짝 놀란 시늉을 하고, 끄집어낸 삐라를 내던지며 물었다.

"담배를 말아 피우려고 주웠던 겁니다."

카자흐는 눈을 내리깐 채 웃는 얼굴로 말했다.

"어째서 웃나, 자네?"

안색을 바꾸고 카자흐 쪽으로 바싹 다가가서 위압적인 태도로 호통을 쳤다. 그의 코안경 속에서 짧은 황금빛 속눈썹이 신경질적으로 깜박거렸다.

카자흐는 갑자기 진지한 표정으로 바뀌어 미소를 거두었다.

"그렇지 않습니다, 상관님! 저는 글을 읽지도 쓰지도 못합니다. 띄엄띄엄 읽을 뿐입니다. 삐라를 주운 것은 담배를 말아 피울 종이가 없었기 때문입니다. 담배는 있는데 말아 피울 종이가 없었습니다. 그래서 주웠던 겁니다."

카자흐는 성난 것같이 목소리를 높여서 말했다. 그 어조에는 적의가 담겨 있었다.

리스트니츠키는 침을 뱉고 나갔다. 장교들도 그의 뒤를 따라 사라졌다.

이튿날 연대는 진지에서 철수해 10킬로미터 정도 후방으로 이동하게 되었다. 기관총대에서 2명이 걸려 야전 군법회의에 회부되었고, 그 나머지 중 일부는 예비 연대로 보내지고 일부는 제2카자흐 사단의 각 연대에 분산 배치되었다.

며칠 동안의 휴식으로 연대는 어느 정도 질서를 되찾았다. 카자흐들은 모두 몸을 씻고, 산뜻하게 입고, 정성 들여 수염을 깎았다. 참호 안에서는 그렇게 할 수 없었다. 그곳에서는 수염이 자라는 대로 내버려 두지 않기 위해 아주 손쉽고도 원시적인 방법을 쓰고 있었다. 성냥불로 털을 태워 나가다가 불이 거의 살

갖에 닿을 때쯤 미리 축여 놓았던 수건을 뺨에 대는 것이다. 그 방법을 '돼지식'이라 불렀다.

"어때요, 돼지식으로 한번 하겠소?"

소대 소속의 한 이발사가 손님에게 묻는 것이었다.

연대는 휴식 중이었다. 카자흐들은 겉으로는 산뜻해지고 유쾌해졌지만, 리스트니츠키를 비롯한 그 밖의 장교들은 그러한 유쾌한 모습이 11월의 맑게 갠 가을날처럼, 오늘은 있어도 내일은 없으리라는 것을 알고 있었다. 진지로 나갈 것이라고 입만 조금 벙긋하면 곧 표정들이 바뀌고, 움푹 들어간 눈꺼풀 위에 불만의 그림자가, 눈꺼풀에 괸 적의의 그림자가 스치는 것이었다. 죽음과 같은 피로와 심한 고달픔이 느껴졌다. 그리고 이 피로가 사기의 동요를 빚어냈다. 리스트니츠키는 이런 상태에서 어떤 목적으로 움직일 때 인간이 얼마나 무서워지는지를 잘 알고 있었다.

1915년에 그는 1개 중대가량의 병사들이 유례가 없을 정도의 손해를 입으면서, "다시 한번 공격하라"는 명령을 여러 번 받고 5차 공격에 나선 현장을 보았다. 중대의 나머지 병력은 제멋대로 배치 장소를 버리고 퇴각했다. 리스트니츠키는 1개 중대를 데리고 그들을 저지하라는 명령을 받았다. 그가 중대를 산개(散開)시키고 움직임을 제지하려고 하자, 그들은 이편을 향해 발포하기 시작했다. 중대에서 살아남은 자는 60명도 안 되었다. 그리고 그는 그들이 어떻게 광기의 절망적인 용기를 내어 카자흐들에게서 살아났는지, 세이버의 타력(打力) 아래 쓰러져 죽어 갔는지, 또 어차피 죽을 바에는 어디서 죽으나 마찬가지라고 마음을 먹고 곧장 파멸로 달려나갔는지를 가까이에서 보았다.

그때의 일이 머릿속에 무섭게 소용돌이치며 떠올랐으므로 리스트니츠키는 일종의 감개와 함께 또다시 새로이 카자흐들의 얼굴을 보고 이렇게 생각했다.

'이놈들도 얼마 안 가서 태도를 확 바꾸고 덤벼들지도 모른다. 그렇게 되어 봐라. 놈들을 제지할 수 있는 것은 죽음 이외에는 아무것도 없으리라.'

그리고 녹초가 된 듯한 적의를 품은 시선과 마주치자, 마음속으로 단정했다.

'당장 덤벼들 것이 틀림없다!'

카자흐들은 옛 시대와는 완전히 달라졌다. 부르는 노래도 전쟁에 의해서 생긴 새로운 노래로, 무척이나 애조를 띤 것이었다. 매일 밤 중대가 숙사로 쓰고 있는 휑뎅그렁한 공장 창고 옆을 지나갈 때, 리스트니츠키의 귀에 어쩐지 쓸쓸하고 뭐라 말할 수 없이 서글픈 노래가 자주 들렸다. 굵은 베이스 위로, 높은 톤에 꽤 드문 맑은 울림과 힘을 지닌 2부의 테너가 노래 부르고 있었다.

> 오, 그리운 고향이여,
> 다시는 돌아가지 못하리.
> 들리지도 보이지도 않는
> 그 아침놀 긴 동산의 휘파람새.
> 오, 그리운 어머님이여,
> 저로 인하여 울지 마세요.
> 죽어서 돌아가면, 당신도 안 계실 테죠.

리스트니츠키는 멈춰 서서 가만히 귀 기울였다. 그러자 그 꾸밈없는 노래의 슬픈 가락에 가슴이 미어지는 느낌이 들었다. 뭔가 팽팽히 당겨진 줄 같은 것이 방망이질하는 가슴속에 있어서, 그 줄을 2부의 음색이 켜 대며 애달프게 떨리게 하는 것이었다. 리스트니츠키는 창고에서 그리 떨어지지 않은 곳으로 가서 가을밤의 안개를 쳐다보았는데, 눈앞이 흐려지더니 눈꺼풀 뒤에 뜨거운 눈물이 괴는 것이었다.

> 말이 달려간다, 아름다운 들을.
> 마음은 알고 있다.
> 오, 마음으로 물어라, 젊은이에게.
> 다시 돌아오지 않느냐고.

베이스가 마지막 구절을 다 부르기도 전에, 2부가 그 뒤를 이었다. 그러자 소리 울림은 흰 가슴의 기러기가 날갯짓하는 소리와도 같이 떨면서 황망히 서로 어우러졌다.

> 납 총탄이 휘익 날아와서

내 가슴에 쑤셔 박힌다.
픽 쓰러지는 말목의 검은 갈기에
피가 배어든다……

숙영(宿營) 기간에 휴식을 취하면서 카자흐 옛 노래의 선동적인 씩씩한 구절을 리스트니츠키가 들었던 것은 단 한 번뿐이었다. 그는 여느 때처럼 해 질 녘에 산책을 하며 창고 옆을 지나가고 있었다. 그러자 어지간히 취한 듯한 목소리와 왁자지껄한 웃음소리가 들려왔다. 리스트니츠키는 네즈빈스크라는 작은 도시로 물자를 징발하러 갔던 식료품 담당 하사가, 그곳에서 밀주를 구해 와서 카자흐들에게 돌렸다는 것을 나중에 알았다. 밀주를 들이켜고 몹시 취한 카자흐들은 마구 떠들며 웃어 대고 있었다. 리스트니츠키는 산책에서 돌아오는 길에 멀리에서부터 힘찬 노래의 울림과 야성적이고 쏘아붙일 듯하면서도 톤이 아름다운 휘파람 소리를 들었다.

싸움터에 안 나와 본 자는
무서운 기분을 알지 못하네.
낮에는 흠뻑 젖고 밤에는 떨고,
밤새도록 잠든 적이 없네.

"휘이—이 이, 익! 휘이—이, 익! 휘이—이, 익!"
휘파람 소리는 떨리는 흐름이 되어 끊임없이 흘러가며 윙윙 소용돌이쳤다. 그리고 그것을 덮어씌우듯, 적어도 30명 남짓한 사람들의 목소리가 울려 퍼졌다.

넓은 들녘에 가득 차는 두려움과 근심.
내일도, 또 다른 내일도 끊이지 않네.

젊은 카자흐인 듯한 장난꾼 한 사람이 격렬하게 짧은 휘파람을 불며, 널빤지를 댄 마루 위에서 춤추고 있었다. 노랫소리에 묻히면서도 뒤꿈치로 쿵쿵 치는 소리가 똑똑히 울렸다.

흑해는 일렁이고
배에 불이 켜지네.
자, 불을 꺼 다오.
터키 여인의 숨통을 끊어라.
돈 카자흐에게 영광이 있으라!

리스트니츠키는 무심결에 빙그레 웃으며 소리에 보조를 맞추어 걸어갔다.
'보병 부대는 저렇게까지 향수에 빠져 있지 않을지도 모른다'고 생각했다. 그
러나 이성은 차갑게 반박했다.
'하지만 보병이라 해서 과연 다른 종류의 인간이랄 수 있을까? 확실히 카자
흐들은 참호 속에 억지로 틀어박혀 있는데 대해 한층 병적인 반응을 보이고 있
다. 근무 성질로 미루어 봐도 끊임없는 활동에 익숙해져 있는 체질인데 지난 2
년 동안 꼼짝도 않거나, 아니면 전과(戰果)가 오르지도 않는 공격을 시도하고는
한 군데에 눌어붙어 있었다. 군대는 전에 없이 약해져 있다. 강력한 원군이나
큰 성공이나 전진이 있어야 한다. 그렇게 되면 또다시 분발케 할 수도 있을 것이
다. 역사적으로도 매우 견실하고 훈련이 잘 된 부대에서 장기전의 경우에 사기
가 떨어진 예가 있다. 즈보로프[5]—그도 괴로움을 겪은 적이 있다. 하지만……카
자흐는 꾹 참고 견딜 것이다. 만약 진지를 버리고 도망치는 일이 생긴다 하더라
도 그건 최후의 일일 것이다. 카자흐는 고립된 작은 민족이지만, 전통적으로 용
감한 민족이므로 공장 출신이나 농민 따위의 오합지졸과는 다를 것이다.'
그의 생각을 뒤집어엎기라도 하듯이 창고 안에서 누군가 떨리는 목소리로
《칼리누시카》를 노래하기 시작했다. 거기에 맞추어 합창이 이어졌다. 그리고 리
스트니츠키는 그곳을 떠나면서 또다시 노래에 가득한 속절없는 슬픔을 맛보
았다.

---

5) 1729~1800, 유명한 지휘관.

젊은 사관님은 하느님께 기도한다.

젊은 카자흐는 귀환을 졸라댄다.

—어이, 젊은 사관님이여,

집에 보내 주오.

집에 보내 주오.

아버지 곁으로, 어머니 곁으로.

아버지 곁으로, 어머니 곁으로.

젊은 아내 곁으로.

전선을 빠져나간 사흘째 저녁, 분츄크는 전선 지대의 어느 큰 상업도시에 닿았다.

집집마다 등불들이 켜져 있었다. 몹시 추워서 물이 괸 곳에는 얇은 살얼음이 덮여 있고, 사람들의 발소리가 멀리에서도 간간이 들릴 정도였다. 분츄크는 사정을 살피려고 밝은 거리를 피해 사람이 없는 거리를 골라서 걸어갔다. 시내 입구에서 그는 하마터면 순찰병과 부닥칠 뻔했으므로, 이제는 이리같이 잔걸음으로 울타리에 몸을 기대면서 몹시 더러워진 외투 주머니에 오른손을 찌르고 걸어갔다. 낮에는 창고 안 왕겨 속에 파고들어가 누워 있었다.

그곳은 군단 기지여서 여러 부대가 주둔해 있고 척후와 마주칠 위험이 있었다. 그러므로 분츄크의 털이 덥수룩한 손은 외투 주머니 속에 넣어진 채로 단총(短銃)의 껄끄러운 자루를 따뜻하게 하고 있었다.

그 도시의 반대편 변두리에 들어서자, 사람이 다니지 않는 작은 길을 한 집 한 집 안을 엿보면서 초라하고 가난한 집들의 형세를 살피며 걸어갔다. 약 20분쯤 지난 뒤 모퉁이에 있는 한 초라한 집에 다가가 미늘창 틈으로 안을 엿보더니 웃음을 머금고 과감히 쪽문을 열고 들어갔다. 그의 노크를 듣고 꽤 나이가 들어 보이는 플라토크를 쓴 여자가 문을 열어 주었다.

"보리스 이바노비치가 하숙하는 곳이 여깁니까?"

분츄크가 물었다.

"맞아요. 들어오시지요."

분츄크는 그 여자 옆을 지나갔다. 뒤로 철컥! 하고 빗장을 지르는 차가운 소리가 들렸다. 작은 램프가 켜져 있고 천장이 낮은 방 안에는 나이 지긋한 군복 차림의 한 사내가 책상 앞에 앉아 있었다. 그는 눈을 찌푸리고 빤히 이쪽을 쳐다보더니, 곧 얼굴에 기쁨을 드러내고 일어나 분츄크 쪽으로 손을 내밀며 다가왔다.

"어디서 오는 길이오?"

"전선에서 오는 길입니다."

"그래요?"

"보시는 바와 같습니다."

분츄크는 미소를 지으며 손가락을 군복 입은 사내의 군용 허리띠에 대고는 우물거리며 말했다.

"방은 있습니까?"

"있지요, 있어요. 이쪽으로 오시오."

그는 꽤 작은 방으로 분츄크를 데리고 들어가서 등불을 켜지 않고 그를 의자에 앉히고는, 옆방의 문이 닫혔는가 확인하고 창의 커튼을 내린 뒤 물었다.

"당신, 아주 탈주해 왔소?"

"아주."

"그럼 저쪽은 어떻게 되오?"

"준비는 다 되어 있습니다."

"믿을 수 있는 사람들이오?"

"틀림없고말고요."

"어쨌든 옷이라도 좀 갈아입는 게 어떻소? 얘기는 나중에 합시다. 외투를 이리 주시오. 세수할 물을 곧 가져올 테니까."

분츄크가 녹이 슨 구리 대야의 물로 얼굴을 씻는 동안, 군복의 사내는 짧게 깎은 머리를 쓰다듬으면서 울적한 듯이 말했다.

"지금 놈들은 우리보다 훨씬 더 강하오. 우리가 할 일은 성숙하게 행동할 것, 각자의 영향을 넓혀갈 것, 즉 수수방관하지 말고 전쟁의 참된 원인을 알리기 위한 활동을 벌이는 것이오. 그렇게 하면 우리는 성장하오. 이것은 믿어도 좋소. 놈들에게서 떠난 자는 반드시 우리에게로 올 거요. 어른은 어린이에 비해서 확실히 강하오. 그러나 그 어른도 차차 나이를 먹으며 망령을 부리게 되오. 그러면 젊고 원기 있는 자가 그를 대신하게 되오. 또한 그런 경우에 우리에게 유리한 것은 단지 그의 노망만은 아니고, 나날이 심해져가는 전신마비 증세인 것이오."

분츄크는 세수를 끝내고 거친 수건으로 얼굴을 닦으며 말했다.

"저는 빠져나오기 전에 장교들에게 제 생각을 모두 털어놓았는데…… 우스꽝스러웠습니다…… 제가 도망친 뒤 기관총대 병사들은 틀림없이 시달렸을 겁니다. 군법회의에 회부되는 자가 두세 명쯤 있을지도 모릅니다. 그래도 분명한 증거가 없으니까 별 문제는 없겠지요? 저는 그들이 각 부대에 분산되면 좋을 것이라고 생각합니다. 그렇게 되면 이쪽의 생각대로 되는 겁니다. 기반을 닦는 거지요…… 그 친구들은 정말 훌륭합니다! 모두 견실한 자들입니다."

"나는 스테판에서 편지를 받았는데, 군대 일을 알고 있는 청년을 하나 보내달라는 부탁이었소. 가 보는 게 어떻소? 하지만 문제는 신분 증명이지요? 잘 될까, 어쩔까?"

"할 일은 무엇입니까?"

분츄크가 수건을 못에 걸면서 물었다.

"젊은이의 지도를 맡는 거요. 하지만 당신은 아직 그런 일들을 할 수 있을 만큼 어른은 아니지요?"

사내가 미소를 떠올렸다.

"그런 일은 하지 않겠습니다."

분츄크는 피했다.

"특히 지금의 제 사정으로는 안 됩니다. 저에게는 오히려 하찮은 일이 필요합니다. 별로 눈에 띄지 않는 일 말이죠."

두 사람은 동이 틀 때까지 이야기를 계속했다. 다음 날 분츄크는 옷을 바꾸어 입고, 남이 알아볼 수 없을 정도로 얼굴 모습도 바꾸고, 또한 제441 오르샤 연대의 병사로서 가슴을 다쳐 병역이 면제되었던 니콜라이 우프바토프라는 사람의 명의로 된 신분증명서를 지니고, 그 도시를 떠나기 위해 역에 나가 서 있었다.

3

블라디미르 보룐스크에서 베리스크 방면에 이르기까지 특별 군단—이 군단은 순서로 말하면 제13사단인 셈인데, 13이란 숫자를 불길하게 여겨 높은 장군들이 모두 꺼렸으므로 '특별' 군단이라는 이름이 붙여진 것이다—의 작전 지대에서는 9월 하순에 공격 준비가 시작되었다. 스비뉴하 마을과 가까운 지점에 공격 전개에 적합한 진지가 사령부에 의해 선정되자, 곧 포병의 사전 공격이 시작되었다.

전례 없이 엄청나게 많은 수효의 대포들이 지정된 장소에 집결되었다. 수십만 발의 각종 구경(口徑)의 포탄은 9일 동안에 걸쳐서, 독일군이 점령하고 있던 2개의 참호선에 걸친 일대를 날려 보냈다. 그 첫째 날, 격렬한 포격이 개시되자, 독일군은 감시병들만 남겨 놓고 제1선의 참호를 버렸다. 며칠 뒤에 그들은 제2선도 포기하고 제3선으로 물러섰다.

10일째에 토르케스탄 군단의 여러 부대, 즉 저격 부대가 진격을 시작했다. 프랑스식의 진격—곧 파상(波狀)공격이었다. 16개의 파도는 러시아군의 참호에 넘쳐흘렀다. 흔들리고, 드문드문해지고, 쓰러진 철조망이 제멋대로 엉켜 있는 곳에서는 갑자기 물결이 일면서 차례차례 회색 인파로 밀어닥쳤다. 한편 독일군 측은 잿빛 오리나무숲의 타 버린 그루터기 뒤에서, 모래언덕의 비탈 뒤에서, 쉴 새 없이 울리는 울림으로, 격렬한 발사음을 곁들인 불바다가 되어 폭발하고, 진동하고, 세차게 날리는 불을 토하고 있었다.

구우우우……구우우우우……구우! 가아, 구우우우—웅!

가끔 독립 포병 부대의 일제사격이 불을 뿜었는데, 그것은 다시 기어 돌아와 수십 킬로미터에 걸친 일대를 뒤흔들었다.

구우우우우……구우우우우……구우우우우우……두르르르르르 아아아……루루루루루아아……타타타!

독일군의 기관총은 미치기라도 한 것처럼 정신없이 퍼부어졌다.

지름이 1킬로미터 정도 되는 엉망이 된 모래땅 바닥에는 검은 연기의 기둥이 소용돌이쳐 솟았다. 그리고 공격 부대의 인파는 부서지고 끓어오르는 거품처럼 깔때기 모양의 바닥에서 불어 올려졌지만, 그래도 기어 나가기를 계속했다.

터지는 검은 연기는 번번이 땅바닥을 휩쓸었다. 휴우—웅 하는 유탄(榴彈)의 울림이 줄기차게 공격 부대에 내리쏟아졌다. 바닥을 기는 기관총의 불꽃이 점점 거세게 뿜어졌다. 철조망 옆으로 얼씬도 못하게 쏘아 왔다. 그리고 사실 얼씬도 할 수 없었다. 16파 중에서 마지막 3파만이 힘겹게 그곳까지 갔으나, 꼬인 철사 위에서 그을린 말뚝에 허공 높이 말아 붙인 뒤헝클어진 철조망 근처까지 가자, 마치 거기에 세차게 부딪쳐 부서진 것처럼 조그만 흐름이 되고 방울이 되어 뒤로 밀려나는 것이었……

9천여 명의 목숨이 그날 스비뉴하 마을 가까이에 있는 이 모래땅 위에 내던져졌다.

2시간 간격으로 공격은 새롭게 되풀이됐다. 공격에 나선 것은 토르케스탄 저격 군단의 제2, 제3사단 부대들이었다. 왼쪽 골짜기를 따라서 제53보병 사단의 여러 부대와 제307시베리아 저격 사단이 제1선 참호를 향해 집결하고, 또한 토르케스탄 부대의 오른쪽에는 제3척탄병 사단의 각 대대가 진격했다.

특별 군단의 제30집단 사령관 가브릴로프 중장은 군사령부에서 스비뉴하 지구로 2개 사단을 이동시키라는 명령을 받았다. 밤사이에 제80사단의 첸바르스키 제320연대, 부그리민스키 제319연대 및 체르노야르스키 제318연대는 진지에서 철수했다. 라트비시 저격 부대와 갓 도착한 국민병 부대가 그 연대들과 교체했다. 연대들은 밤중에 철수하게 되었지만, 그럼에도 불구하고 그들 중의 한 연대는 해 질 녘부터 시위를 위해 반대 방향으로 이동하고, 12킬로미터에 걸쳐 제1선을 따라 이동을 막 끝냈을 때, 또다시 반대 방향으로 돌아가라는 명령이 떨어졌다. 각 연대는 한 방향으로 제각기 다른 길로 움직였다. 제80사단의 진로 왼쪽으로 제71사단의 파블로그라드 제283연대와 벤그로프스키 제284연대가 가고 있었다. 그 부대들을 따라서, 우랄 카자흐 연대와 제44카자흐 전초 보병 부대가 뒤따라갔다.

체르노야르스키 제318연대는 이동하기 이전에 루드카 메리스코예의 장원(莊園)에서 멀지 않은 소카리라는 조그만 도시의 스토호드강이 바라보이는 곳에 주둔하고 있었다. 첫 번째 이동을 한 다음 날 아침, 연대는 숲속의 내버려진 막사에 자리 잡고, 그 뒤로 나흘 동안 프랑스식 공격 방법을 훈련받았다. 대대 대신에 반개 중대로 산개해 나가기도 하고, 척탄병은 철조망을 재빨리 절단하는 훈련을 받기도 하고, 또한 새삼스럽게 수류탄 던지는 방법을 익히기도 했다. 그리고 또다시 연대는 출발했다. 사흘 동안 숲을 지나고, 숲의 빈터를 지나고, 포차(砲車) 바퀴 자국이 난 거친 마을길을 지나갔다. 솜 같은 엷은 안개가 바람에 흔들려 날아올라서, 솔숲 꼭대기에 휘감기며 초지(草地) 위를 흐르고, 또한 썩은 고기를 노리는 솔개처럼 오리나무 숲속에 나란히 있는 2개의 암녹색 늪 언저리에서 감돌고 있었다. 눅눅한 안개가 자욱했다. 병사들은 흠뻑 젖어서 언짢은 기분으로 나아갔다. 사흘 뒤, 공격 지대에서 별로 멀지 않은 마을—큰 포레크 마을 및 작은 포레크 마을에 이르러 정지했다. 죽음의 길로 빠져들 준비를 하면서 하루 낮과 밤 동안 휴식을 취했다.

그때 제80사단 사령부와 함께 특별 카자흐 중대도 전투가 벌어질 이곳으로 이동해 오고 있었다. 이 중대에는 타타르스키 부락 출신으로 제3차 징집에 의해서 나오게 된 카자흐들이 끼어 있었다. 제2소대는 모두가 그 부락 출신들이었다. 팔 하나가 없는 알렉세이 샤밀리의 두 형제, 마르친과 프로호르, 모호프 증기 제분소 기관사였던 이반 알렉세예비치, 얼굴이 곰보인 아포니카 오제로프, 이전에 부락의 아타만이었던 마니츠코프, 샤밀리와 이웃 친구인 절름발이로 앞머리를 땋은 에프란치 카리닌, 키다리 카자흐 보르시쵸프, 자라목에 곰처럼 생긴 자하르 코롤료프, 중대에서 인기를 끌고 있는 낙천가 가브릴라 리호비도프—이 카자흐는 좀처럼 볼 수 없을 만큼 얼굴이 동물처럼 생긴 사람인데, 일흔이 된 늙은 어머니와 못생기고 억척스러운 아내에게 수모를 겪으면서도 묵묵히 잘 견디는 사내로 소문이 나 있었다. 그 밖의 많은 사람들이 제2소대와 그 중대의 다른 소대에 있었다. 카자흐들의 일부는 사단 사령부 소속 전령이었으나, 10월 2일 그들은 창기병과 교체하고, 중대는 사단장 키첸코 장군의 명령에 의해서 공격 진지로 보내졌다.

10월 3일 이른 아침에 중대는 작은 포레크 마을에 닿았다. 때마침 그곳에서는 체르노야르스키 제318연대의 제1대대가 출발하고 있었다. 병사들은 주민이 버리고 달아난, 거의 무너져 내리는 시골집에서 뛰쳐나와 큰길에 정렬하고 있었다. 거무스름한 얼굴의 젊은 견습 사관이 선두 소대의 옆을 어슬렁거리고 있었다. 그는 야전용 휴대품 주머니에서 초콜릿을 꺼내 은종이를 벗기며—그의 축축해져 있는 장밋빛 입술의 양끝은 초콜릿으로 얼룩져 있었다—대열 옆을 걸어다녔다. 끝자락에 진흙이 붙은 젖은 긴 외투가 두 다리 사이에서 양의 꼬리처럼 흔들렸다. 카자흐들은 큰길 왼쪽으로 지나갔다. 제2소대 대열의 오른쪽 끝으로 기관사인 이반 알렉세예비치가 가고 있었는데, 그는 웅덩이를 건너뛰는데 주의하며 신중히 발치를 내려다보고 걸었다. 그러다가 정렬해 있던 병사들 쪽에서 누군가가 부르자 고개를 돌리고 보병 부대의 대열을 훑어보았다.

"이반 알렉세예비치! 이봐!"

작은 몸집의 병사 하나가 소대 대열에서 빠져나와 잔달음질로 다가왔다. 그 병사는 뛰면서 총을 등허리에 메려 했으나, 가죽 멜빵이 벗겨져서 개머리판이 수통에 부딪쳐 달그락하고 둔한 소리를 냈다.

"모르겠나? 그새 잊어버렸군?"

광대뼈 언저리까지 고슴도치처럼 뻣뻣한 잿빛 털로 덮인 작은 몸집의 병사가 다가오는 것을 보고, 이반 알렉세예비치는 그제야 그가 발레트임을 알았다.

"야, 자네, 도대체 어디에 있었나, 꼬맹이?"

"여기야······이 부대야."

"몇 연대지?"

"체르노야르스키 제318이야. 생각지도 않았어, 정말······마을 사람을 만나게 되리라곤 꿈도 못 꿨어."

이반 알렉세예비치는 뼈가 앙상한 손바닥 안에 발레트의 조그맣고 지저분한 손을 꽉 쥐고 기쁜 듯이 미소 지었다. 발레트는 이반 알렉세예비치의 큰 걸음을 따라가려고 이따금 잔달음질로 뛰면서 그의 눈을 빤히 올려다보았다. 그러자 가늘게 뜬 심술궂어 보이는 그 눈길이 부드럽고 흐릿해졌다.

"우린 공격에 나설 거야."

"우리도 그럴 거야."

"그런데 자넨 어떻게 지내나, 이반 알렉세예비치?"

"흥, 말이 아니라네!"

"나도 그래. 14년부터 이때껏 참호를 나온 적이 없었으니까······집도 없고 가족도 없는데 도대체 누굴 위해서 이런 어리석은 짓을 하고 있는지······어미말이 가는 대로 새끼말도 잠자코 따라가야만 하는 건지."

"저 슈토크만 말이야, 그 사람을 기억하나? 글쎄, 그 사람, 요시프 다비도비치 말이야! 그 사람이 있었더라면 우리에게 뭐라고 설명해 줄 수 있을 텐데. 정말 훌륭한 사람이었어!"

"아무렴, 그 사람 같으면야 틀림없이 알아듣도록 설명해 줬을 거야!"

발레트는 기쁜 듯이 소리쳤다. 주먹을 쥐어 휘두르고 고슴도치 같은 얼굴을 일그러뜨리며 말했다.

"생각나고말고! 그 사람이라면 내 아버지보다도 더 뚜렷이 생각날 정도야. 아버지는 나에게 아무 소용이 없었지만…… 그런데 그 사람 소식을 못 들었나? 무슨 소문을 듣지 못했어?"

"시베리아에 있다더군."

이반 알렉세예비치는 깊은 한숨을 쉬었다.

"징역살이를 하게 된 모양이야."

"어째서?"

발레트는 덩치 큰 상대와 나란히 가려고 박새처럼 껑충껑충 뛰다시피 하며, 귀를 기울여 되물었다.

"감옥에 갇혔다는 거야. 벌써 죽었을지도 몰라."

발레트는 중대가 정렬해 있는 뒤쪽을 돌아보기도 하고, 이반 알렉세예비치의 뾰족한 턱이며 아랫입술 밑에 생긴 깊은 상처를 보기도 하며 잠시 말없이 걸었다.

"그럼 몸조심하게!"

발레트는 이반 알렉세예비치의 차가운 손바닥에서 손을 빼고 말했다.

"다시는 못 만날지도 모르겠군."

이반 알렉세예비치는 대열에서 뛰쳐나가며 떨리는 목소리로 외쳤다.

"이봐, 자네는 전에는 몹시 고집불통이었어…… 생각나나? 고집이 대단했었지…… 그렇지?"

발레트는 눈물이 어른거려 좀 늙어 보이는 얼굴을 돌리고 소리쳤다. 그리고 앞을 풀어헤친 외투 속에서, 찢어진 셔츠 깃에서 드러나 보이는 검은 늑골이 튀어나온 가슴께를 주먹으로 쳤다.

"그랬어! 고집이 대단했지. 하지만 지금은 전혀 그렇지 못해…… 구박이 이만저만이 아니라네!"

그는 좀더 뭐라고 외쳤다. 그러나 중대가 다음 큰길을 돌았기에 이반 알렉세예비치는 그의 모습을 더 볼 수 없었다.

"발레트였잖아?"

그의 뒤를 따라오고 있던 프로호르 샤밀리가 물었다.

"맞아."

이반 알렉세예비치는 입술을 떨면서 어깨 위에 멘 총을 가볍게 흔들고는 쓸쓸하게 대답했다.

마을 변두리쪽 길에서 중대는 부상병들과 조금씩 부딪쳤다. 처음에는 한 사람씩이었으나 얼마 뒤에는 몇 사람이 한 무리를 지어, 좀더 나아가자 덩어리로 떼를 지어 있는 사람들과 만났다. 중상자들을 가득 태운 여러 대의 짐마차가 꾸물꾸물 움직였다. 그것들을 끄는 말들은 심하게 여위어 있었다. 그들의 뾰족한 등허리는 쉴 새 없이 채찍질을 당해 가죽이 벗겨지고, 새빨간 얼룩이 생긴 장밋빛 뼈와 그 근처에 성기게 붙은 털이 나 있었다. 짐마차를 끌고 있는 말들은 숨을 헐떡이고, 거품투성이 콧등을 거의 진흙에 쑤셔 박다시피하며 짐마차를 끌고 있었다. 어떤 말은 이따금 멈춰 서서 늑골이 튀어나온 옆구리를 힘없이 불룩거리고, 까칠해진 큰 머리를 숙이곤 했다. 말은 채찍을 맞고서야 겨우 발을 옮겼으나, 처음에는 한쪽으로 비틀거리고, 다음에는 반대편으로 비틀거리며 간신히 앞으로 나아갔다. 상처가 가벼운 병사들이 사방에서 마차의 가로대에 붙다시피 해서 그 주위를 걸어갔다.

"어느 부대인가?"

선량해 보이는 한 병사를 붙들고 중대장이 물었다.

"토르케스탄 군단의 제3단입니다."

"오늘 부상당했나?"

병사는 대답하지 않고 얼굴을 돌렸다. 중대는 길을 벗어나서 반 킬로미터쯤 앞에 있는 숲을 향해서 나아갔다. 뒤에서는 막 마을을 벗어난 체르노야르스키 제318연대의 중대가 질질 끌다시피 하며 천천히 사라져 갔다. 비에 색깔이 바랜 음울한 하늘 저편에는 누르스름한 회색으로, 꼼짝도 하지 않는 점이 된 독일군의 기구(氣球)가 떠 있었다.

"이봐, 저것 좀 보게, 이상한 게 떠 있군!"

"엄청나게 큰 소시지 모양이군."

"빌어먹을! 저걸로 부대의 이동 상황을 알겠구먼."

"자네는 저런 높은 데까지 일부러 올라가 가만히 있을 줄로 생각했나?"

"야, 굉장히 높군!"

"저걸로 다가오나? 대포의 탄환도 거의 닿지 못하겠는걸."

숲속에서 체르노야르스키 부대의 제1중대가 카자흐 부대에 따라붙었다. 해 질 녘까지 솔숲 그늘에서 꼼짝 않고 한데 몰려 있었다. 깃 속에 빗방울이 흘러들어서 등허리가 저려 왔다. 불을 피우는 것이 금지되었다. 또한 빗속에서 불을 피우는 것도 어려웠다. 어둠이 다가올 때쯤 해서 참호로 옮겨 갔다. 겨우 사람의 키 정도밖에 안 되는 얕은 참호였는데, 물이 3인치가량이나 고여 있었다. 진흙 냄새, 썩은 낙엽 냄새, 연하고 가벼우며 부드러운 비 냄새가 풍겼다. 카자흐들은 외투 자락을 걷어올린 채 쪼그리고 앉아 담배를 피우며, 간간이 끊어지는 단조로운 이야기의 실타래를 풀고 있었다. 제2소대는 출발하기 전에 지급된 담배의 분배가 끝나자, 구부러진 모퉁이 쪽에서 소대의 한 하사를 에워싸고 모였다. 하사는 누가 버리고 간 철사 뭉치 위에 앉아서 지난주 월요일에 전사한 코푸이로프 장군에 대해 이야기하고 있었다. 그는 전쟁이 벌어지기 전에 그 장군의 여단에 근무했다는 것이었다. 그의 이야기가 미처 다 끝나기도 전에 소대 소속의 장교 한 사람이 와서, "총을 들엇!" 하고 소리쳤으므로 카자흐들은 후닥닥 일어나서 손끝이 타들도록 걸신들린 듯 담배를 다 피웠다. 중대는 참호를 나가서 또다시 어두운 솔숲 속으로 기어 올라갔다. 서로 농담을 주고받으며 원기를 돋우면서 나아갔다. 누구인지 휘파람을 부는 자도 있었다.

숲속의 별로 넓지 않은 빈터에서 시체들이 한 줄로 죽 뒹굴고 있는 모습을 발견했다. 그 시체들은 어깨와 어깨를 맞댄 채 갖가지 모습으로, 더러는 두 번 다시 보기 힘들 정도로 끔찍하게 되어 뒹굴고 있었다. 총을 들고 허리에 방독면을 차고 있는 감시병 1명이 그곳을 어슬렁거리고 있었다. 시체 주위의 젖은 흙은 발자국으로 꽉 들어차 있었다. 풀 위에는 수레바퀴 자국이 깊게 파여 있었다. 중대는 그 시체들로부터 몇 발짝 떨어진 곳을 지나갔다. 시체들은 코가 맹맹하도록 썩은 냄새를 풍기고 있었다. 중대장은 카자흐들을 세워 놓고는, 소대의 장교들을 데리고 병사들 옆으로 성큼성큼 다가가 뭔가 이야기를 했다. 그때 카자흐들은 대열을 떠나 시체들 쪽으로 다가가서 모자를 벗고, 모든 살아 있는 자가 죽은 자의 신비에 대해 품는 그 무서운 기분과, 동시에 동물적인 호기심으로 시체들의 모습을 물끄러미 쳐다보았다. 전사한 자는 모두 장교들이었다. 카자흐들이 세어 보니 47구였다. 대개는 청년 장교들인데, 모습으로 보아 20세에서 25세까지인 듯했다. 다만 오른쪽 끝에 뒹굴고 있는, 참모 대위 견장을 붙인 자만은 꽤 나이 들어 보였다. 단말마(斷末魔)의 부르짖음을 담고 있는 그의 크게 벌려진 입 위에는 새까만 수염이 축 늘어져 있고, 창백해진 얼굴의 굵은 눈썹은 꽤 사이를 두고 굳어 있었다. 두세 명은 진흙투성이의 가죽 윗옷을 입은 채로, 그 밖의 다른 사람들은 외투를 입고 있었다. 모자를 쓰고 있지 않은 자도 두셋 있었다. 카자흐들은, 죽어서도 아직 아름다움을 간직하고 있는 한 중위에게로 눈길을 돌려 쳐다보았다. 그는 반듯이 누워 있었는데, 왼손을 가슴에 꼭 붙이고 오른손은 옆에 뻗은 채 권총을 꽉 움켜쥐고 있었다. 권총을 잡아 빼내려고 했던지 누르스름하고 굵은 손목 쪽에 긁힌 손톱자국이 남아 있었는데, 방아쇠가 살 속에 단단히 파고들어가 있어 빠지지 않았음이 역력했다. 곱슬곱슬한 금발머리는 미끄러져 떨어질 것같이 군모를 썼고, 마치 볼을 비벼 대듯이 땅바닥에 숙였으며, 푸른빛이 도는 오렌지빛 입술은 이상스레 일그러뜨리고 있었다. 그 오른쪽 시체도 얼굴을 엎어 놓은 것 같은 상태로 뒹굴고 있었는데, 띠가 떨어진 외투가 등허리에 높이 걷혀 올라가 있었고, 카키색 바지를 입고 뒤꿈치가 비뚤어진 가죽 단화를 신은 뼈대가 튼튼한 다리를 드러내 놓고 있었다. 그 시체는 모자도 안 쓰고, 포탄에 의해 깨끗이 잘려 나가서 두개(頭蓋)의 꼭대기 부분도 보이지 않았다. 공동(空洞)이 된 두개골 주위에는 젖은 머리칼이 늘어뜨려져 있고, 안쪽에는 연분홍색 물이 비치고 있었다. 비가 고인 것이었다. 그 앞에는 가죽 윗옷의 앞자락을 풀어헤치고 찢어진 작업복 바지를 입은 시체가 놓여 있었다. 뚱뚱하고 키는 큰 편이 아니며, 얼굴이 짓이겨져 있었다. 드러난 가슴 위에 턱이 비스듬히 얹혔고, 앞머리가 난 데서부터 좁은 이마 쪽에 걸쳐 피부가 타서 짓물러 관(管)처럼 말려 올라가 엷은 갈색을 띠고 있었다. 턱과 이마 사이는 엉망으로 부서져 검붉은 색깔의 물컹물컹한 죽같이 되어 있었다. 그 앞에는 아무렇게나 뒤범벅이 된 토막 난 손발이며 외투 조각 따위가 흩어져 있었다. 이를테면 머리가 있어야 할 곳에 마구 꺾인 다리가 있었다. 거기에서 좀더 앞쪽으로 가자, 포동포동한 입술에 계란형 얼굴을 한 소년의 시체 하나가 가로

놓여 있었는데, 가슴에 기관총의 탄환을 맞은 듯 외투가 네 군데쯤 뚫려 있고, 그 뚫린 곳에서 타 버린 헝겊 조각이 비어져 나와 있었다.

"이 녀석은……이 녀석은 죽기 직전에 대체 누구의 이름을 불렀을까? 어머니일까?"

이반 알렉세예비치는 목이 메어 그렇게 말한 뒤 방향을 바꾸어 목표도 없이 총총 걸어갔다.

카자흐들은 성호를 긋고 뒤돌아보지도 않고 급히 그곳을 떠났다. 곧 그 빈터를 떠나서 앞으로 곧장 나아가게 되었는데, 그들은 눈에 보인 것들의 인상을 빨리 지우려고 오랫동안 말없이 걸어갔다. 빈 참호가 죽 늘어서 있는 곳에 다가가자 중대는 멈춰 섰다. 장교들은 체르노야르스키 연대 본부에서 달려온 전령과 함께 한 막사 안으로 들어갔다. 그때 비로소 곰보인 아포니까 오제로프가 이반 알렉세예비치의 손을 잡고 소곤거렸다.

"글쎄, 그 어린 친구 말이야…… 맨 끝에 누워 있던 그 소년 말이야…… 그 친구는 틀림없이 평생 여자의 입술 맛도 못 보았을 거야…… 그러고는 죽었으니 가엾지!"

"그 시체들은 대체 어디서 실어 온 걸까?"

자하르 코롤료프가 끼어들었다.

"공격하러 나갔던 자들이라는군. 시체들을 지키고 있던 병사가 그러더구먼."

잠시 침묵이 흐른 뒤 보르시쵸프가 대답했다.

카자흐들은 쉬어 자세로 서 있었다. 숲 위에 짙은 어둠이 내려앉았다. 바람이 구름을 쫓아내고 헤치면서 먼 밤하늘의 보랏빛을 띤 한 모퉁이를 잠시 드러내 보였다.

한편, 중대의 장교들이 모인 막사 안에서는 중대장이 전령을 돌려보내고 꾸러미를 편 뒤 촛불 빛에 그 내용을 낭독했다.

10월 3일 새벽, 독일군은 독가스를 사용하여 제256연대 3개 대대를 전멸시키고, 아군의 제1선 진지를 점거했다. 귀관(貴官)은 제2선 진지로 나아가 체르노야르스키 제318연대와 연락하고 그날 밤에 적을 제1선에서 격퇴하기 위해 제2선의 근거지를 점령해야 하며, 귀(貴)중대의 우익은 제2대대 2개 중대 및 제2 척탄 사단 파나고리이스키 연대의 1개 대대로부터 배치받을 것이다.

장교들은 상황 판단을 하고 담배를 한 대 피운 뒤 나왔다. 중대는 곧 출발했다.

카자흐들이 막사 부근에서 쉬는 동안, 체르노야르스키 부대의 제1대대는 그들을 앞질러서 스토호드강의 다리 옆 가까이 갔다. 척탄 부대 일부의 강력한 기관총 초병(哨兵)들이 다리를 지키고 있었다. 상사가 대대장에게 상황을 설명했다. 그리고 대대는 다리를 건너려고 나뉘어서 2개 중대는 오른쪽으로, 1개 중대는 왼쪽으로 가고, 마지막 중대는 대대장과 함께 예비로 남게 되었다. 중대는 흩어져서 나아갔다. 촉촉이 젖은 숲은 엉망이었다. 병사들은 조심스럽게 발로 바닥을 더듬듯 하며 걸어갔다. 가끔 누군가가 넘어져서는 낮은 소리로 욕을 해댔다. 맨 오른쪽 중대 끝에서 여섯 번째로 발레트가 걸어가고 있었다. "돌격 준비!" 명령이 내리자, 그는 방아쇠를 풀고 총을 앞으로 내민 뒤 대검의 끝으로 덤불과 소나무 줄기를 들쑤시며 나아갔다. 그의 옆으로 산병선을 따라 장교 2명이 지나갔다. 그들은 낮은 목소리로 이야기하고 있었다. 중대장의 원기 있고 여문 목소리가 호소했다.

"묵은 상처가 끝내 아가리를 벌리고 말았는걸. 제기랄, 저 그루터긴지 뭔지 때문에. 이봐, 알겠지, 이반 이바노비치? 어두워서 그루터기에 걸려 발을 부딪혔다구. 그래서 상처가 벌어지고 말았어. 나는 더 가지 못해. 돌아서는 수밖에 없어."

중대장의 목소리가 잠시 멈췄다가는 조금 뒤에 전보다 약하게 울려 왔다.

"이봐, 자네가 중대의 절반을 지휘해 줘. 나머지 절반은 보그다노프가 지휘할 거야. 난 이제 정말로 더 가지 못해. 돌아서는 수밖에 없어."

이에 베르코프 준위는 쉰 목소리로 외쳐 댔다.

"놀랍습니다! 전투가 있을 때마다 당신의 묵은 상처는 입을 벌리는군요."

"입 닥쳐, 준위!"

중대장은 목소리를 높였다.

"좋습니다! 돌아가십시오."

자기의 발소리, 남들의 발소리를 귀담아듣던 발레트는 황급한 소리를 들었다.

그것은 중대장이 돌아가는 소리였다. 그 뒤로 1분쯤 지나서 베르코프는 상사를 데리고 중대의 왼쪽으로 옮겨 가는 도중에 투덜거렸다.

"……비겁한 녀석들이야. 심보들이 돼먹지 않았어! 좀 위험하다 싶으면 녀석들은 병이 났느니, 묵은 상처가 도졌느니 한단 말이야. 자네는 새로 왔으니까 중대를 절반 지휘하게……저런 녀석들은 한심한 녀석들이야. 두고 보라지, 내가……아니, 병사들이."

갑자기 목소리가 끊어졌다. 그리고 발레트는 철벅철벅하는 자기의 발소리와 위잉하는 귀울림만을 들었다.

"어이, 형제!"

왼쪽에서 누군가가 갈라진 목소리로 불렀다.

"왜?"

"가고 있는 건가?"

"가고 있네."

발레트는 물이 고인 탄흔 속에 쓰러져 엉덩이를 처박으며 대답했다.

"어두운걸."

왼쪽에서 말했다. 서로의 모습을 보지 못하는 채로 1분쯤 더 나아갔다. 그런데 발레트의 귓가에서 먼저의 갈라진 목소리가 다시 소곤거렸다.

"나란히 서서 가세. 그러면 별로 두렵지 않을 거야."

땅에 고인 물 때문에 부푼 장화를 신은 발을 옮기며 다시 잠자코 있었다. 이지러지고 얼룩이 진 달이 구름 꼭대기에서 불쑥 고개를 내밀어 몇 초 동안 누르스름한 비늘같이 번뜩이다가 흐르는 구름의 이랑 사이로 기어들어가는 듯하더니, 다시 구름이 갠 곳에 얼굴을 내밀어 어렴풋이 밝은 빛을 내리비쳤다. 젖은 솔잎들은 인(燐)처럼 번쩍였다. 빛을 받으면 그 바늘 같은 잎사귀들은 한결 강하게 냄새를 풍기고, 젖은 땅바닥은 한결 심한 한기를 내뿜는 것처럼 여겨졌다. 발레트는 옆의 사내를 쳐다보았다. 그 사내도 발레트를 쳐다보더니 그 자리에 멈추어 서서 세게 얻어맞은 것처럼 머리를 곤두세우고 입을 열었다.

"보게나!"

그는 한숨을 쉬었다.

그에게서 세 걸음쯤 떨어진 소나무 옆에 넓게 두 다리를 벌리고 한 사내가

서 있었다.

"사, 람, 이, 야!"

발레트가 소리쳤다.

"누구냐?"

발레트와 나란히 가고 있던 병사가 갑자기 총을 잡고 소리쳤다.

"누구냐? 쏠 테다!"

소나무 그늘에 서 있던 사내는 잠자코 있었다. 그의 머리는 해바라기처럼 옆으로 삐딱하게 기울어져 있었다.

"자고 있는 것 같은데!"

발레트는 부르르 떨며 헛웃음을 치더니 용기를 내어 한 걸음 앞으로 나아갔다.

두 사람은 서 있는 사내 옆으로 다가갔다. 발레트는 상대의 모습을 살폈다. 그의 동료는 움직이지 않는 잿빛 모습을 개머리판으로 푹 찔러 보았다.

"야, 이 새끼! 자고 있나? 우군이냐?"

그는 지부럭거리듯이 말했다.

"이상한 녀석이군. 어떻게 된 거냐, 넌?"

그러다가 그의 목소리가 갑자기 뚝 그쳤다.

"죽었구나!"

한 걸음 물러서며 그가 소리쳤다.

발레트는 이를 덜덜 부딪치며 얼른 물러섰다. 그러자 1초 전에 그가 서 있던 곳으로, 나무가 쓰러지듯 소나무 아래에 서 있던 사내가 무너져 내렸다. 두 사람은 그 쓰러진 사내의 얼굴을 보고 비로소 알았다―독가스 공격을 받자 자기의 폐장(肺臟)에 엄습하는 죽음을 피하려고 마지막 은신처로 이 소나무 그늘까지 달아났던 이 사내는 제256연대 제3대대 병사들 중 한 사람이었음을. 그는 키가 크고 어깨가 넓은 청년으로 맥없이 머리를 내던지고 나뒹굴었다. 얼굴은 쓰러지는 통에 진흙이 튀었고, 눈은 독가스로 충혈되어 있었다. 악문 이 사이로는 부푼 혀가 검은 돌맹이같이 되어 비어져 나와 있었다.

"앞으로 가자구, 가자니까! 제멋대로 뒹굴게 놔둬."

동료는 발레트의 손을 끌며 외쳤다.

두 사람은 걸어가다 두 번째 시체에 부딪쳤다. 차츰 시체들과 부딪치는 것이 빈번해졌다. 몇몇 장소에서는 독가스에 죽은 시체들이 떼거리로 나뒹굴어 있었다. 어떤 자는 잔뜩 웅크려 땅에 얼어붙은 것처럼 보였다. 어떤 자는 마치 풀을 먹고 있는 것처럼 납작 엎드려 있었다. 또한 제2선 참호 입구에 있던 한 시체는 고통으로 손을 깨물어 입에 넣고, 몸을 고리 모양의 빵처럼 둥그렇게 말고 있었다.

발레트와 그의 동료 병사는 훨씬 더 앞으로 나아가 있던 산병선으로 달음질쳐 쫓아가, 그들을 훨씬 앞질러서 함께 나란히 걸어갔다. 두 사람은 어둠 속에 지그재그로 뚫린 캄캄한 참호 속으로 함께 뛰어든 뒤 이제는 각기 다른 방향으로 헤어지기로 했다.

"막사 안을 살펴볼 필요가 있네. 틀림없이 다른 희생자들이 있을 거야." 동료 병사가 발레트에게 말했다.

"자, 가 보자구."

"자네는 오른쪽으로 가게. 나는 왼쪽을 둘러볼 테니까. 다들 오기 전에 살펴봐야 해."

발레트는 성냥을 켜고, 열려 있던 첫 번째 막사의 문으로 한 발짝 들여놓았다가 마치 용수철로 튕겨진 것같이 얼른 그곳에서 뛰쳐나왔다. 막사 속에는 엇갈린 2구의 시체가 겹쳐져 나뒹굴고 있었던 것이다. 그는 성과가 없는 수색을 시작해서 3개 정도 막사를 둘러보고 4개째의 문을 발로 밀어서 열었다. 그리고 갑자기 귀에 선 금속성의 고함이 들리는 바람에 하마터면 나동그라질 뻔했다.

"누구냐?"

발레트는 마치 불덩어리를 뒤집어쓰기라도 한 것처럼 깜짝 놀라 물러섰다.

"오토인가? 왜 이렇게 늦었나?"

독일 병사는 막사 안에서 한 걸음 내디디고 어깨를 으쓱하더니, 몸에 걸친 외투를 여미면서 독일어로 물었다.

"이봐, 손을! 손을 들어! 항복해!"

발레트는 갈라진 목소리로 외치고, 돌진 명령이 내려진 것처럼 허리를 낮추었다.

놀라서 입이 닫힌 독일 병사는 손을 들며 주술에 걸려든 것 같은 눈길로, 자기에게 향해진 날카롭게 빛나는 총검의 끄트머리를 빤히 쳐다보며 몸을 뒤로 비스듬히 젖혔다. 어깨에서는 외투가 미끄러져 떨어지고, 회색을 띤 녹색 옷의 옆구리 아래로는 잔물결 같은 주름이 잡혔으며, 치켜올린 노동자 같은 마디 굵은 손은 부들부들 떨고, 손가락은 눈에 보이지 않는 건반을 두들기는 것같이 떨리고 있었다. 발레트는 자세를 꼿꼿이 하고, 키가 크고 건장한 독일 병사의 모습을, 그 옷의 금단추를, 옆으로 누빈 줄이 있는 짧은 장화를, 약간 비스듬히 쓴 차양 없는 모자를 쳐다보았다. 그러고는 갑자기 자세를 바꾸어 비틀거리더니, 기침하는 것도 목메어 우는 것도 아닌 이상한 소리를 내며 독일 병사 쪽으로 한 걸음 다가섰다.

"도망쳐!"

그는 공허하고 여린 목소리로 말했다.

"도망쳐, 독일 병사! 나는 자네에게 아무 원한도 없다고! 쏘지 않을 테니."

그는 참호의 벽에 총을 세우고, 손을 뻗쳐올리듯 해서 독일 병사의 오른손에 갖다 댔다. 차분한 그의 동작은 포로를 제압했다. 독일 병사는 상대방 목소리의 이상한 톤을 재빨리 알아채고는 손을 내렸다.

발레트는 20년의 노동으로 거칠어진 자기의 울툭불툭한 손을 내밀어 독일 병사의 차갑고 부자유스런 손가락을 꽉 쥐더니 손바닥을 들어올렸다. 오래된 못이 갈색 흔적을 남겨서 얼룩진 그 조그맣고 누르스름한 손바닥 위에, 이지러진 달의 그림자가 떨어졌다.

"나는 노동자야!"

발레트는 몹시 흥분하여 떨며 말했다.

"왜 자네를 죽이겠나? 빨리 도망치게!"

이렇게 말하며 그는 오른손으로 독일 병사의 어깨를 가볍게 찌르고 울창하고 어두운 숲을 가리켰다.

"자, 도망치게. 도망치지 않으면 우리 군대가 금방."

독일 병사는 발레트의 손을 빤히 쳐다보았다. 긴장으로 몸을 앞으로 내밀듯 하고 알아들을 수 없는 말 뒤에 숨겨진 의미를 헤아리며 바라보았다. 그렇게 몇 초쯤 지난 뒤, 그의 눈은 발레트의 눈과 마주쳤다. 그러더니 독일 병사의 눈빛은 갑자기 기쁨으로 반짝였다. 그는 한 걸음 뒤로 물러나서 몸을 크게 움직여

두 손을 앞으로 내밀고는 발레트의 손을 꽉 잡고 흔들었다. 그리고 감동의 미소로 떨며, 발레트의 눈을 빤히 들여다보았다.

"당신은 나를 도망치게 해 주는 건가? 오, 지금에야 나는 알아차렸다! 당신은 러시아의 노동자지? 나와 마찬가지로 사회민주당원인가? 그렇지, 자네? 오! 오! 정말로 꿈 같다…… 형제, 내가 어찌 잊겠는가? 지금 할 말이 생각나지 않네…… 당신은 이상한 젊은이다……나는."

알아듣기 힘든 귀에 선 말의 격렬한 흐름 속에서 발레트는 단 한 마디, '사회민주당원인가?' 하고 묻는 말만을 알아들었다.

"응, 그렇다네. 나는…… 사회민주당원이네. 어서 도망치게…… 잘 가게, 형제. 새 출발을 하게!"

느낌으로 서로 이해하고, 그들—키가 크고 잘생긴 바바리아인[6]과 키가 작은 러시아 병사가 서로 마주보았다. 숲 근처에서 다가오고 있는 산병(散兵)의 발소리가 철벅철벅 들려왔다. 바바리아인은 독일어로 소곤거렸다.

"요 다음 전쟁 때에는 틀림없이 한 참호 안에서 지내게 될 거야. 그렇잖나, 동지?"

이렇게 말하고는 커다란 회색 짐승같이 재빨리 밖으로 나갔다.

이쪽으로 다가오는 발소리가 울려 왔다. 선두에서는 체코의 정찰 부대가 자기네 사관의 인솔하에 전진해 왔다. 그들은 참호 속에서 기어 나간 한 병사를 하마터면 쏘아죽일 뻔했다. 그 병사는 그곳에 들어가서 뭔가 먹을 것을 찾고 있었던 것이다.

"우군이야! 알아보지 못하나? 조심하라구!"

자신에게 겨누어진 새까만 총부리를 보고, 그는 놀라서 고함을 질렀다.

"여기 있는 건 우군이야."

흑빵 조각을 어린애처럼 가슴에 대고 그는 다시 말했다.

한 하사가 발레트임을 알고 참호를 뛰어넘어 오더니, 그의 등을 개머리판으로 찔렀다.

"병신으로 만들어 줄까 보다, 이런 망할 자식! 코피가 터지게 해 줄까? 도대

---

6) 로마인이 독일사람들을 불렀던 명칭.

체 어딜 어슬렁거리고 있나?"

발레트는 맥이 빠져 흔들흔들 걷고 있었다. 맞아도 아픔도 느끼지 못했다. 흔들흔들 하며 비틀거리다가, 여느 때와는 다르게 말대꾸를 하여 하사를 놀라게 했다.

"앞서 전진하고 있었단 말이오. 그러니 그렇게 성내지 마시오."

"개 꼬리처럼 흔들거리잖아! 처졌다간 너무 앞서고…… 군무(軍務)를 알지 못하나? 초년병이 아니잖아?"

그러더니 잠시 입을 다물고 있다가 물었다.

"이봐, 담배 있나?"

"엉망이 되긴 했지만 있습니다."

"주게."

하사는 담배에 불을 붙이고는 소대 끝 쪽으로 갔다.

날이 밝아 올 무렵, 체코의 정찰 부대는 독일군의 한 감시 초소에 쳐들어갔다. 독일군은 일제사격으로 정적을 깨뜨렸다. 정확히 간격을 두고서 다시 두 번 일제사격을 퍼부어 왔다. 참호 상공으로 불꽃들이 올라가고, 사람들의 목소리로 들끓기 시작했다. 새빨간 불꽃들이 미처 공중에서 꺼지기도 전에 독일군 쪽에서 포격을 시작했다.

퓨—웅, 반격하는 그 최초의 포격을 뒤쫓듯 다시 두 번 퓨—웅, 퓨—웅!

카라, 카라, 카라, 카라, 카라—포격은 차차 기세를 더하여 울리고, 송곳으로 쑤시듯 공기를 꿰뚫고, 첫 번째 반 개 중대 병사들의 머리 위에서 작렬음이 울렸다. 그리고 한순간 잠잠하다가는, 꽤 먼 스토호드 강나루 근처에서 작렬음이 울리자 병사들은 가슴을 쓸어내렸다.

"바후! 바후!"

체코 정찰 부대의 80미터 정도 뒤에서 전진하고 있던 산병선은 최초의 일제 사격과 동시에 엎드렸다. 불꽃들이 진홍색으로 하늘을 확 태우자, 그 빛으로 발레트는 병사들이 덤불과 나무들 사이로 개미처럼 기어가는 모습을 보았다. 더러운 바닥 같은 것은 전혀 아랑곳하지도 않고, 엄폐물을 찾아서 땅 위에 엎드리는 것이었다. 병사들은 덤불이 보이면 그곳으로 부스럭부스럭 숨어 들어가고, 조그마한 흙벽이 있으면 그 뒤에 몸을 엎드렸으며, 구멍이 있으면 아무리 작은 구멍이라도 머리를 쑤셔 박았다. 게다가 울려 퍼지는 기관총화가 한여름의 소나기처럼 숲으로 격렬하게 내리쏟아지며 소리를 내기 시작하면, 더 이상 견딜 수 없게 되어 머리를 잔뜩 움츠리고 기어 물러났다. 마치 구더기처럼 땅에 찰싹 달라붙어서 팔다리도 굽히지 않고 움직여 진흙 위에 선을 그으며 뱀처럼 기어 돌아다녔다…… 어떤 병사는 후닥닥 일어나서 뛰어나갔다. 작렬하는 탄환은 나뭇잎들을 갈가리 찢고, 소나무를 깎아 내고, 뱀이 기는 듯한 소리로 땅바닥에 파고들면서 온 숲을 날아다니고, 날카로운 작렬음을 일으켰다.

제2선 진지로 되돌아온 때에는 첫번째 반개 중대의 인원이 17명에 불과했다. 거기서 그리 떨어져 있지 않은 곳에서 특별 중대 카자흐들이 재편성을 하고 있었다. 그들은 첫 번째 반개 중대의 오른쪽을 조심조심 전진해 갔다. 그리고 십중팔구는 감시병들을 먼저 해치우고 나서 독일군을 급습할 예정이었을 텐데, 체코 정찰 부대로부터 일제사격을 받자 독일군은 전선에서 동요를 일으켰다. 그리고는 무턱대고 포를 쏘아 카자흐 2명을 쓰러뜨리고 1명을 부상시켰다. 카자흐들은 부상자와 전사자들을 한쪽으로 옮기고 대열을 정돈할 것을 의논했다.

"동료를 묻어 주어야 한다."

"우리들이 아니면 누가 해 주겠는가?"

"이런 상황에서 살아남은 사람들에 대한 생각이 급하다. 죽은 사람들의 문제에 대해서는 신경 쓸 필요가 없지 않나?"

반 시간 뒤, 연대 본부로부터 명령을 받았다.

'준비 포격이 가해진 뒤에 대대는 특별 카자흐 중대와 협력해서 적을 공격하여 그들을 최전선 진지에서 몰아내야 한다.'

완만한 준비 포격이 12시경까지 계속되었다. 카자흐들과 병사들은 보초를 세워 놓고 참호 속에서 쉬고 있었다. 정오부터 공격에 나섰다. 왼쪽의 주력 근거지에서 대포 소리가 울리고, 거기서 다시 진격이 시작되었다.

맨 오른쪽은 자바이칼 카자흐 부대였다. 그 왼쪽이 체르노야르스키 연대와 특별 카자흐 중대, 그다음이 파나고리이스키 척탄병 연대, 그다음이 첸바르스키 연대, 부그리민스키 연대, 제208 보병 연대, 제211 보병 연대, 파블로그라드 연대, 벤그로프스키 연대, 제53 사단의 각 연대가 중앙부에서 공격을 전개하고, 왼쪽 전체를 제2 토르케스탄 저격 병단이 자리 잡고 있었다. 온 전선에 걸쳐 포성이 울리고 러시아군은 곳곳에서 공격하는 태세로 옮기고 있었다.

중대는 산병선을 성기게 형성하고 나아갔다. 중대의 왼쪽은 체르노야르스키 연대의 오른쪽과 이어져 있었다. 흉장 등허리가 겨우 보일 때, 독일군은 질풍같이 사격의 뚜껑을 열었다. 중대는 함성도 올리지 않고 달려나가서 엎드리고는 탄창들을 다 비우고 또다시 나아갔다. 그리고 드디어 진지에서 50보밖에 안 되는 곳까지 다가가 엎드려 머리를 숙인 채로 쏘아 댔다. 독일군은 진지 전체에 철조망을 둘러쳐 놓고 있었다. 아포니카 오제로프가 던진 2발의 수류탄은 철조망에서 튀어올라 폭발했다. 그는 몸을 조금 일으키고 제3탄을 던지려 했으나, 총탄이 그의 왼쪽 어깨 밑을 꿰뚫고 항문으로 빠져나갔다. 가까운 곳에 엎드려 있었던 이반 알렉세예비치는 아포니카가 발을 차츰 오므리며 조용해지는 것을 보았다. 팔이 하나 없는 알료시카의 형제 프로호르 샤밀리도 쓰러졌다. 세 번째로 나자빠진 것은 예전의 아타만이었던 마니츠코프였다. 그리고 얼마 뒤 앞머리를 땋은 에프란치 카리닌이 쓰러졌다.

30분 동안에 제2소대는 8명의 사상자를 냈다. 중대장인 대위와 소대 소속의 장교 2명이 전사했으므로, 중대는 지휘자 없이 포복해서 퇴각했다. 사정거리 바깥으로 나오자 카자흐들은 한데 모였다. 인원은 절반도 남지 않았다. 체르노야르스키 부대도 마찬가지로 퇴각했다. 제1부대의 피해는 훨씬 더 심각했는데, 그럼에도 불구하고 연대 본부에서는 "즉시 공격을 재개하여 무슨 일이 있어도 적을 최전선 진지에서 몰아내야 한다. 전선의 작전에 있어 최후의 성공은 발기(發起) 위치 회복에 성공하느냐 못 하느냐에 달려 있다"는 명령을 내렸다.

중대는 산병선을 성기게 전개하여 다시 나아갔다. 격렬한 독일군의 포화를 받아 진지에서 100보쯤 되는 곳에 모두 엎드렸다. 다시 부대의 간부들은 사라져 가고, 카자흐들은 가만히 엎드린 채 죽음의 공포에 떨며 머리를 쳐들지도 몸을 움직이지도 못했다.

해 질 무렵에 체르노야르스키의 제2 반개 중대는 오금을 못 추고 흩어져 달아나기 시작했다. "포위됐다!" 하는 고함이 카자흐들 있는 곳까지 들려왔다. 일어나다가 뒤로 자빠지고, 덤불을 짓밟아 뭉개고, 앞으로 쓰러지기도 하고, 무기를 내팽개치며 퇴각했다. 겨우 안전한 곳까지 달려왔을 때, 이반 알렉세예비치는 포탄에 맞아 꺾인 소나무 밑에 납작 엎드린 채 겨우 한숨을 돌렸다. 그때 가브릴라 리호비도프가 자기 쪽으로 다가오고 있는 모습이 보였다. 리호비도프는 몹시 취한 것같이 흐리멍덩한 눈을 내리깔고 걸어왔다. 한쪽 팔로는 허공에서 뭔가를 잡으려는 듯한 시늉을 하고, 다른 한쪽 팔로는 마치 얼굴에서 눈에 보이지 않는 거미줄이라도 걷어 내려고 하는 것 같은 시늉을 하고 있었다. 그는 총도 들지 않고, 모자도 쓰고 있지 않았다. 그의 눈 위로 땀에 젖은 머리칼이 늘어져 있었다. 그는 빈터를 빙그르르 돌아서 이반 알렉세예비치에게로 다가오더니, 사시(斜視)의 불안정한 시선을 땅바닥에 던지고 걸음을 멈추었다. 무릎께가 떨리고 몸이 흔들렸으므로, 이반 알렉세예비치의 눈에는 마치 리호비도프가 날아오르기 위해서 허리를 굽히고 있는 것처럼 보였다.

"이런……이것 좀 봐."

무슨 말인가를 꺼내려고 했으나, 리호비도프의 얼굴은 경련을 일으키며 일그러졌다.

"잠깐!"

그는 이렇게 외치고 몸을 웅크리더니, 손가락을 쫙 벌리고 놀란 듯 주위를 둘러보았다.

"들어봐! 지금 노래를 불러 볼게. 여왕님의 작은 새가 올빼미에게 날아가서 말하기를."

이봐요, 우리 올빼미님, 이봐요, 쿠프레야노브님.
만일에 당신보다 더 늙은이가 있다면, 그는 누구일까요?
나……천자(天子)님
솔개……소령
독수리……대위님
염주비둘기……우랄 카자흐
아니면 집비둘기……아타만 병사
들비둘기……전열병(戰列兵)
찌르레기……칼미크인
큰까마귀……집시 여인
까치……아가씨

회색 들오리……보병님

그리고 기러기……몰다비아 여인…….

"이봐!"

이반 알렉세예비치의 얼굴빛이 달라졌다.

"리호비도프, 자네 대체 어찌 된 일인가? 기분이 나쁜 건가? 응?"

"훼방 놓지 말게!"

리호비도프는 얼굴이 붉어지면서 까닭 없이 미소를 떠올리며 기분 나쁜 톤으로 계속했다.

그리고 기러기……몰다비아 여인

너새……멍텅구리

해오라기……지랄쟁이

떼까마귀……포병대

까마귀……털보

갈매기……호궁(胡弓) 연주자…….

이반 알렉세예비치는 벌떡 일어났다.

"자, 그만 가세. 우리 편이 있는 곳으로 가자구. 그러지 않으면 독일군에게 붙잡힌다네! 알겠어?"

그러나 리호비도프는 손을 뿌리치고 콜록거리며 입에서 침을 흘리면서 계속소리쳤다.

휘파람새……악사(樂師)님

제비……지휘자

검은가슴물떼새……거지

박새……세리(稅吏)

참새……감독…….

그리고 갑자기 높은 가락으로, 목소리가 갈라지면서 노래했다. 사실 그것은 노래가 아니었다. 차츰 높아져 가는, 이리 같은 으르렁대는 소리가 그의 입에서 거품처럼 뿜어 나오는 것이었다. 날카로운 엄니 같은 이빨에서 침이 진주처럼 빛을 내며 흘렀다. 이반 알렉세예비치는 조금 전에 변해 버린 전우의 사팔뜨기 눈을, 흠뻑 젖은 머리칼이 착 달라붙고 납 같은 귓불이 있는 머리를 겁먹은 표정으로 쳐다보았다. 리호비도프는 일종의 사나운 광기를 띠며 으르렁거리는 것이었다.

영광은 나팔같이 울려 퍼지고
우리는 도나우강을 건너서
터키의 술탄[7]을 쳐부수고
기독교도들을 해방시켰다.
우리는 메뚜기 떼처럼
산을 여럿 날아서 넘었다.
우리 돈 카자흐들은 모두가
총을 겨누어 쏘았다.
너희들의 칠면조를
닥치는 대로 모조리 잡아뜯는다.
너희들의 아들들, 딸들을
하나도 남김없이 사로잡는다…….

"마르친! 마르친, 잠깐 이리 와 보게!"
이반 알렉세예비치는 절룩거리며 걸어가는 마르친 샤밀리를 보고 소리쳤다.
마르친은 총을 지팡이 삼아 디디며 다가왔다.
"이 친구를 데리고 가려는데 좀 거들어 줘. 알겠지?"
이반 알렉세예비치는 미친 사람을 눈짓으로 가리켰다.
"제정신이 아냐. 머리에 피가 치솟나 봐."

---

7) 이슬람교 국가의 군주.

샤밀리는 속옷 소매를 찢어 내어 발의 상처를 고쳐 맸다. 그는 리호비도프에게는 얼굴도 돌리지 않고 한쪽에서 그의 겨드랑 밑을 껴안았다. 이반 알렉세예비치가 다른 한쪽을 껴안고 걸었다.

우리는 마치 메뚜기 떼처럼
산을 여럿 날아서…….

리호비도프는 이제는 한결 가라앉은 목소리로 노래했다. 샤밀리는 몹시 못마땅해하는 표정으로 당부했다.
"시끄럽게 굴지 마! 제발 그만 좀 해! 그만큼 했으면 됐으니까 그만 닥치란 말이야!"

너희들의 칠면조를
닥치는 대로 모조리 잡아뜯는다…….

미친 사람은 카자흐들의 손을 뿌리치고 계속 노래 불렀다. 그리고 이따금 관자놀이께를 손가락으로 누르며 이를 갈고, 늘어진 아래턱을 부르르 떨고, 광기의 뜨거운 입김에 젖은 머리를 비스듬히 흔들었다.

4

전투는 스토호드강에서 40킬로미터쯤 되는 하류 지점 일대에서 벌어졌다. 2주일 동안 포성이 은은히 울려 댔다. 밤이 되자, 황색 하늘 멀리 조명등 불빛이 가로질렀다. 그 빛은 무지개처럼 엷게 빛났으며, 전화의 번뜩임이나 타오르는 불길은 이편에서 지켜보는 자들로 하여금 뭐라 표현할 수 없는 불안감을 갖게 했다.
제12대 카자흐 연대가 주둔한 곳은 늪이 많은 황폐한 지대였다. 낮에는 때때로 낮은 참호를 달려가는 오스트리아 병사를 겨누고 쏘았으나, 밤에는 늪을 방패 삼아 잠을 자든가 카드놀이에 몰두했다. 단지 보초들만은 전투가 벌어지고 있는 40킬로미터 정도 하류의 스토자로프강 근처에서 오렌지빛으로 빛나는 기분 나쁜 불빛의 번쩍임을 지켜보고 있었다.

꽤 추운 어느 날 밤이었다. 멀리 있는 조명등 불빛이 유난히 밝게 빛나고 있을 때 그리고리 멜레호프는 막사를 나와서 연락호를 따라 참호 뒷편 숲속으로 들어갔다. 그는 널찍하고 좋은 향기가 풍기는 대지 위에 몸을 눕혔다. 막사 안은 담배 연기로 자욱하고, 후텁지근한 냄새가 가득 차 있으며, 8명가량의 카자흐들이 카드놀이를 하고 있는 작은 탁자 둘레에는 다갈색 연기가 탁자 덮개를 휘덮듯이 감돌았다. 구릉 꼭대기의 이 숲속은 새의 깃털 바람과도 같은 잔바람이 조용히 불고, 추위에 말라서 오므라든 풀은 몹시 서글픈 냄새를 풍기고 있었다. 포탄으로 보기 흉하게 마구 베어진 숲 위에는 짙은 어둠이 덮이고, 하늘에서는 작은곰자리가 내는 화톳불 같은 빛이 희미하게 흔들리고 있었다. 큰곰자리는 은하수 옆에 짐수레를 거꾸로 놓고 채를 약간 비스듬히 달아맨 것같이 걸려 있었다. 북쪽에는 북극성이 고르게 여린 빛을 내뿜고 있었다.

그리고리는 눈을 가늘게 뜨고 그것을 바라보았다. 그러자 밝지는 않지만 날카롭게 빛나는 얼어붙은 별빛 때문에, 속눈썹 언저리에 차가운 눈물이 고였다.

이 구릉 위에서 니즈네 야블로노프스키 부락으로부터 야고드노예의 아크시냐에게로 걸어갔던 그날 밤의 일이 갑자기 떠올랐다. 몸을 찢기는 것 같은 아픔으로 그녀가 생각났다. 머릿속에 남아 있는 것은, 시간이 지나면서 씻겨 나가 분명치 않으면서도 한없이 소중하고 또한 어색한 얼굴 윤곽이었다. 갑자기 가슴이 두근거렸다. 뺨에 검붉은 채찍 자국이 나고 아픔으로 일그러져 있던, 그가 마지막으로 본 그녀의 얼굴을 생각해 내려 했다. 그러나 머릿속엔 끝내 다른 얼굴이, 기분이 상해서 오기로 미소를 짓고 있던 얼굴이 떠올랐다. 지금 그녀는 머리를 이쪽으로 돌리고, 연꽃잎보다도 더 요염한 눈빛으로 빤히 쳐다보고 있었다. 죄 많고 탐욕스런 그 입술은 더없이 상냥하게 불 같은 말을 속삭였다. 그는 천천히 눈을 돌려서 옆을 향했다. 그러자 거무스름한 목덜미에 2개의 큰 다발을 이룬 돌돌 말린 머리칼이―전에 그는 그것을 좋아하여 키스를 하곤 했었다―보였다.

그리고리는 몸을 떨었다. 그는 한순간 눈이 어찔어찔해지며 아크시냐의 머리칼에서 풍겨나는 아련한 향기를 맡은 듯한 느낌이 들었다. 그는 몸을 구부리고 콧구멍을 벌름거려 보았다. 그러나……착각이었다! 그것은 정취를 돋우는 썩은 잎새의 냄새였다. 언뜻 모습이 보이는 듯하더니, 아크시냐의 얼굴 윤곽은 이내 희미하게 사라졌다. 그리고리는 눈을 감고 거친 땅바닥에 손바닥을 눌러 댔다. 그런 뒤 부러진 소나무 저편의 하늘 끝에서 북극성이 엷은 청록색의 고운 나비처럼 가만히 떨고 있는 것을 눈도 깜박이지 않고 오랫동안 바라보았다.

두서없는 추억의 조각은 아크시냐의 모습을 흐릿하게 만들었다. 그는 아크시냐와 헤어진 뒤 타타르스키 부락의 자기 집에서 보낸 몇 주일을 회상했다. 밤마다 이전의 냉정함을 보상받으려는 듯한 나탈리야의 격렬한 애무, 그리고 아양떨듯 하던 집안 사람들의 태도, 성 게오르기우스 훈장을 처음으로 받은 사람을 맞이하던 부락 사람들의 존경하는 모습. 그리고리는 어딜 가든, 아니 집안에서도 곁에서 보내 오는 감탄과 존경이 섞인 눈길을 느꼈다―사람들은 그가 전에 방자하고 쾌활한 젊은이였던 것을 믿을 수 없다는 시선으로 그를 쳐다보는 것이었다.

부락 사람들이 모인 자리에서 장로들은 그를 대등하게 대우하고, 그의 인사를 받으면 모자를 벗었다. 처녀나 아낙네들은 줄무늬 리본이 있는 십자훈장을 단, 늠름한 그의 외투 차림을 감격스러운 듯 바라보았다. 교회나 광장으로 동행해서 나갈 때, 판텔레이 프로코피예비치가 분명히 그를 자랑스레 뽐내는 것을 그리고리는 알아차렸다. 그리고 아첨과 존경과 감격의 복잡 미묘한 이 독소는 기란쟈가 그의 내부에 옮겨 넣어 준 진실의 씨앗을 차츰차츰 썩히고 의식의 내면에서부터 침식해 들어갔다. 그리고리는 전선에서 그런 인간으로 귀환했으나, 또다시 그곳에 돌아간 때에는 또다른 인간이 되어 있었다. 자신이 카자흐적인 것, 어머니의 젖과 함께 빨아들여서 평생을 두고 사랑해 왔던 것이 커다란 인류적인 진실을 제압한 것이었다.

"그리샤, 나는 훤히 알고 있었다."

한잔 마시고 기분이 좋아진 판텔레이 프로코피예비치는 작별의 말로서 이렇게 말을 꺼내고, 흑발이 섞인 은백색 머리칼을 쓰다듬었다.

"네가 훌륭한 카자흐가 되리란 걸 나는 오래전부터 알고 있었지. 첫돌 때였는데, 예부터의 카자흐 관습대로 너를 뜰에 데리고 나갔다. 당신도 생각날걸. 그렇지, 할멈? 말에 태우니까, 글쎄 네가 조그만 손으로 말갈기를 꽉 움켜쥐더구나! 그때 나는 네가 꼭 훌륭한 인물이 될 거라고 생각했지. 그랬더니 그 생각이 딱

들어맞았구나."

선량한 카자흐로서 그리고리는 전선으로 돌아왔다. 마음속으로는 전쟁의 무의미함과 타협할 수 없었지만, 그는 성실하게 카자흐로서의 영예를 지킨 것이었다…….

1915년 5월. 오리호프치크 마을 부근의, 밝은 녹색 천을 깔아 놓은 듯한 초원에 독일군 제13철(鐵)연대가 도보 대형으로 진격해왔다. 기관총이 매미 울음소리처럼 울렸다. 개울둑에 엎드린 러시아군 중대의 중기관총이 무겁게 울리고 있었다. 제12 카자흐 연대가 전투에 가담했다. 그리고리는 자기 중대 카자흐들과 함께 산개해서 뛰어갔다. 뒤돌아보니 한낮의 하늘에는 시뻘겋게 타오른 태양의 원반과, 또 하나의 똑같은 원반이 노란 명주 버들에 싸인 강 후미 쪽에 보였다. 맞은편 강가의 백양(白楊) 그늘에는 기병대가 숨어 있었다. 또한 앞쪽에는 독일군의 산병선에서 보이는 투구의 구리 독수리가 황색으로 번쩍였다. 사격에 의해 향쑥 냄새가 나는 푸르스름한 연기가 바람에 실려 날아올랐다.

그리고리는 묵묵히 쏘고 있었다. 신중하게 겨냥을 하고, 사격과 사격 사이에 소대장이 내리는 구령에 귀를 기울이고, 그의 군복 소매를 기어가는 무당벌레를 떨어내 버릴 여유조차 있었다. 계속해서 돌격이다…… 그리고리는 키 큰 독일군 중위를 개머리판 받침쇠로 때려눕히고, 3명의 독일 병사를 사로잡았다. 독일 병사들의 머리 위를 향해서 쏘자, 그들은 죽어라 하고 개울 쪽으로 뛰어 달아났다.

1915년 7월, 라바 루스카야 부근에서는 1개 소대의 카자흐가 오스트리아군에게 포위된 카자흐 포병 부대를 구출했다. 그 전투는 적의 배후를 찔러 경기관총을 마구 쏘고, 진격해 온 오스트리아 부대를 패주시켰던 것이다.

바야네츠 진격 때에는 백병전에서 살찐 오스트리아군 사관을 사로잡았다. 그 사관을 안장에 가로눕히고 안아 올려서 그 사관이 풍기는 역겨운 냄새와, 공포로 흠뻑 젖은 살찐 그 몸의 전율을 끊임없이 느끼며 말을 달렸다.

구릉의 컴컴한 빈터에서 공포로 떨고 있던 그리고리가 유독 또렷하게 기억해 낸 것은, 박정하기 짝이 없는 적수(敵手)—스테판 아스타호프와 부딪친 일이었다. 그것은 제12연대가 최전선에서 철수하여 동 프러시아로 이동할 때였다. 카자흐 부대의 말들은 평화스런 독일의 밭들을 발굽으로 짓밟고, 카자흐들은 독일의 민가를 불태워 버렸다. 그들이 지나간 길에는 검붉은 연기가 솟아오르고, 타서 무너진 벽의 폐허와 금간 붉은 기와지붕이 무너져 내렸다. 연대는 스토루이핀시 부근을 제27 돈 카자흐 연대와 함께 전진하고 있었다. 그리고리는 말라빠지고 깨끗이 면도한 스테판을, 그 밖에 한 부락 출신의 카자흐들을 힐끗 쳐다보았다. 연대는 전투에서 패했다. 독일군에게 포위당했던 것이다. 그리고 숨통을 조여 오는 적의 포위망을 돌파하려고 12개 중대가 차례차례로 돌격을 감행했을 때, 그리고리는 스테판이 총탄에 맞아 쓰러진 흑마에서 훌쩍 뛰어내려 이리같이 허둥대는 것을 보았다. 생각지도 않았던 기쁨의 결의에 타올라서 그리고리는 말을 세우고, 마지막 중대가 스테판을 밟아 뭉갤 뻔하며 그 곁을 지나갔을 때 그의 옆으로 말을 가까이 대고 소리쳤다.

"이봐, 등자에 달라붙어!"

스테판은 등자의 가죽을 한 손으로 꽉 움켜쥐고, 반 킬로미터쯤 그리고리의 말과 나란히 달렸다.

"빨리 뛰지 말게! 뛰지 말아 달라구! 제발 부탁이야!"

그는 숨을 헉헉 몰아쉬며 부탁했다.

그들은 돌파구를 무사히 빠져나갔다. 포위망을 뚫은 부대가 목표로 정하고 서둘러 달려간 숲을 겨우 2킬로미터를 앞에 두었을 때였다. 탄환 하나가 스테판의 다리에 박히면서 그는 등자에서 모자를 날리고, 앞머리칼이 얼굴을 덮었다. 그리고리는 머리칼을 쓸어 올리고 뒤를 돌아보았다. 스테판은 절룩절룩 덤불 쪽으로 다가가서 카자흐 모자를 그곳에 내던지고 주저앉더니, 황급히 붉은 측장(側章)이 달린 바지를 벗으려 했다. 구릉 뒤에서는 독일의 산병 몇 조가 다가오고 있었다. 그리고리는 스테판이 살고 싶어하는 기분인 것, 그래서 보통 병사로 보이기 위해 카자흐 바지를 벗고 있다는 것을 알아차렸다. 독일군은 카자흐들은 생포하지 않는다. 그리고리는 본능적으로 말을 돌려 덤불로 달려가서 훌쩍 뛰어내렸다.

"어서 타!"

그리고리는 그때 눈을 치켜뜨고 올려다보는 스테판의 시선을 도저히 잊을 수 없었다. 스테판을 부축해서 안장 위에 태우고 자신은 등자에 매달려서 땀에 흠뻑 젖은 말과 함께 달렸다.

퓨—웅! 총탄이 세차게 울리며 귀밑으로 날아가듯 퓨—웅 하더니, 그 울림이 사라졌다. 그리고리의 머리 위를, 스테판의 창백한 얼굴 위를, 그 양쪽을 퓨—웅, 퓨—웅 하고 소리 내며 귀청을 찢는 듯한, 살을 저미는 듯한 울림. 또한 뒤에서는 마치 잘 여문 꼬투리가 터져 벌어지는 듯한 사격 소리.

풋, 팟! 풋, 팟! 타, 타, 타, 타!

숲속으로 들어가자 스테판은 통증으로 얼굴이 일그러져 안장에서 내렸다. 그는 고삐를 내던지고 절룩거리며 옆으로 갔다. 왼쪽 장화에서 피가 흘러나왔다. 상처 입은 다리를 한 걸음 내디딜 때마다 터진 구두 밑창에서는 마치 타래에서 실이 풀리듯이 담홍색의 붉고 가느다란 핏줄기가 솟구쳤다. 스테판은 가지가 무성한 떡갈나무에 다가가서는 그리고리를 손짓으로 불렀다. 그리고리가 그에게 다가갔다.

"구두 속이 피로 꽉 찼어."

스테판이 말했다. 그리고리는 말없이 고개를 돌리고 있었다.

"그리고리…… 오늘 우리가 돌격해 갔을 때 말이야…… 이봐, 듣나, 그리고리?"

스테판은 움푹 팬 눈으로 그리고리의 표정을 살피면서 말했다.

"그때 나는 뒤에서 자네를 세 번쯤 겨누어 쐈었네…… 맞지는 않았지만."

두 사람의 눈이 마주쳤다. 스테판의 날카로운 눈길은 움푹 패인 눈자위 속에서 고통스럽게 빛나고 있었다. 스테판은 악문 입술을 조금 열고 말했다.

"자네는 나를 죽음에서 구해 주었네…… 고맙다는 인사를 하겠네…… 하지만 아크시냐 문제는 용서할 수 없어. 절대 용납되지 않거든……자네, 공연히 내게 공치사하진 말게, 그리고리."

"공치사하지 않겠어."

그리고리가 대꾸했다.

두 사람은 화해하지 않은 채 헤어졌다. 그 뒤 또다시……5월에 연대는 브르시로프 군단의 남은 부대와 함께 르츠크 부근의 전선을 돌파하고 적의 배후로 돌아 진격해서 타격을 주었으나, 아군도 역시 피해를 입었다. 리포프 부근에서 그리고리는 중대를 자기 혼자만의 생각대로 돌격시키고, 포수와 함께 오스트리아군의 유탄포대(榴彈砲隊)를 격파했다. 그 뒤 한 달쯤 지난 어느 날 밤, 정보입수를 위해 '포로'를 잡아야겠다는 생각으로 부그강을 헤엄쳐 건넜다. 초계(哨戒)

를 맡고 있던 보초를 쓰러뜨렸는데, 그 친구는 건장하고 튼튼한 독일 병사로, 끈덕진 반나체의 그리고리에게 한참 동안이나 주먹을 휘두르고 소리치며 저항했다.

그리고리는 그때의 일을 미소 지으며 회상했다.

바로 최근의 싸움터에서, 혹은 또 이전의 싸움터에서, 그런 일들을 얼마나 자주 겪었는가? 그리고리는 카자흐의 명예를 굳게 지켰다. 몸을 바쳐 용기를 떨칠 기회를 잡고, 위험에 뛰어들고, 광기 어린 행동을 해 왔다. 변장하고 오스트리아군의 배후에 가서 피도 보지 않고 초소를 점거한 적도 있었다. 그러나 결과적으로는 곡예를 부린 데에 지나지 않았다. 그래서 그는 전쟁 초기에 자기를 압박하고 있던 인간에 대한 아픔은 이제 돌이킬 수 없을 만큼 사라져 버렸음을 느꼈다. 마음은 메말라서, 마치 가뭄 때의 소금땅처럼 딱딱해졌다. 소금땅이 물을 빨아들이지 않듯이 그리고리의 마음은 연민에 끌리는 일이 없었다. 냉정한 마음으로 타인의 생명을, 또한 자신의 생명을 농락했다. 그래서 그는 용감한 자라는 이름을 얻고, 4개의 성 게오르기우스 십자훈장과 4개의 메달을 받았다. 이따금 벌어지는 열병식에서는, 수많은 싸움터에서 화약 연기에 나부끼던 연대기 앞에 세워지곤 했다. 그는 이젠 자신이 예전처럼 웃을 수 없다는 것을 알고 있었다. 눈은 움푹 들어가고, 광대뼈는 날카롭게 불거졌다. 어린애에게 키스할 때에도 그 맑은 눈을 정면으로 쳐다보기가 괴로웠다. 그리고리는 십자훈장과 진급을 위해 어떤 대가를 치렀는가를 알고 있었다.

그는 외투 자락을 옆구리 밑에 깔고, 왼팔의 팔꿈치를 짚고 언덕 위에 아무렇게나 누웠다. 기억은 지금까지의 체험을 빠짐없이 되살려 주었다. 그리고 빈곤한, 토막토막 난 전쟁의 추억 속에 가느다란 옥색 타래로 유년 시절의 꽤나 아득해진 일들을 짜 넣었다. 한순간 그리고리는 연정과 슬픔에 빠져, 그런 것들에 사모의 정을 주워 담다가는 또다시 아주 최근의 일로 옮겨 가는 것이었다.

오스트리아군의 참호 속에서 누군가가 그럴싸하게 만돌린을 켜고 있었다. 가냘픈 울림이 바람에 실려 그곳에서 흘러나와 스토호드강을 건너고, 여러 차례 인간의 피를 빨아들인 땅바닥 위를 가늘게 떨며 퍼졌다. 하늘에서는 별무리가 한층 더 반짝거리고, 어둠은 깊이를 더해 갔다. 늪 위에는 이미 심야의 안개가 너울너울 내리고 있었다. 그리고리는 담배 2개비를 연거푸 피우고는 거칠게 총의 멜빵을 매만지고 땅바닥에서 벌떡 몸을 일으키고는 참호 쪽으로 걸어갔다.

막사 안에서는 아직도 카드놀이를 계속하고 있었다. 그리고리는 침상에 아무렇게나 누워, 잠시 추억을 돌이켜 오래된 작은 길을 따라 걷고 싶은 기분이었는데 졸음이 머리를 멍하게 했다. 그는 누웠을 때의 어색한 자세 그대로 잠이 들었다.

그리고 남풍에 태워진 끝없는 스텝(steppe)[8]과 붉은 장밋빛 만년초 무더기와, 솜털이 난 보랏빛 사향초(麝香草) 사이에 남겨진 쇠를 박지 않은 말굽의 자취 따위를 꿈에서 보았다…… 스텝은 인기척이 없이 무서울 정도로 조용했다. 그리고리는 단단한 모래땅을 걷고 있었으나 자기의 발소리를 듣지 못했다. 그래서 기분이 몹시 언짢았다…… 눈을 뜨고 머리를 쳐들고는 부자연스럽게 자느라고 뺨께에 비스듬한 붉은 줄이 난 채, 뭔가 좋은 풀 냄새를 맡고 그것을 놓친 말처럼 한참 동안 입을 우물거렸다. 그 뒤에는 꿈도 꾸지 않고 깊은 잠을 잤다.

이튿날 아침에 일어났을 때, 그리고리는 뭐라 말할 수 없이 빨려들어가는 것 같은 울적한 기분이었다.

"오늘은 몹시 언짢은 표정이군. 도대체 웬일인가? 고향 꿈이라도 꾸었나?"

투바티가 그에게 물었다.

"응, 그랬네. 스텝 꿈을 꾸었지. 그래서 기분이 우울해…… 집에 돌아가고 싶네. 군무가 싫어졌어."

투바티는 의젓하게 웃고 있었다. 그는 줄곧 그리고리와 같은 막사 안에서 지내며, 그리고리에 대해서 맹수가 같은 맹수에 대해서 품는, 외포(畏怖)의 염(念)이라 할 만한 감정을 품고 있었다. 1914년 처음으로 말다툼을 한 뒤로 근래에 두 사람은 충돌한 적이 없었지만, 투바티의 감화는 그리고리의 기질이나 심리에 분명하게 그림자를 드리우고 있었다. 전쟁은 투바티의 사고방식을 강하게 변화시켰다. 그는 느리기는 하지만 차츰 전쟁을 부정하는 방향으로 기울어져서 매국적인 장군들이며 차르의 궁정에 서식하는 독일인들에 대해서 장황하게 늘어놓는 것이었다. 한번은 무슨 이야기를 하다 말고, 이런 말을 한 적이 있었다.

"황후가 독일의 피를 받은 여자이기 때문에 제대로 되어 가지 않는 거야. 만

---

8) 러시아와 아시아의 중간에 있는 온대 초원 지대. 건조할 때는 불모지가 되고 비가 오면 푸른 들이 된다.

일의 경우에는 우리들을 모조리 팔아넘길지도 모르네."

언젠가 그리고리는 가란쟈 설(說)의 본질을 그에게 말해 준 적이 있었는데, 투바티는 그것을 수긍할 수 없다는 태도를 취했다.

"노래는 그런대로 괜찮은데, 목소리가 좀 쉰 것 같은 사람이야."

그는 비웃는 듯한 웃음을 띠고, 엷은 잿빛 대머리를 두들기며 말했다.

"그건 미시카 코세보이가 산울타리 위에서 수탉이 시각을 알리는 것과 같다고 여기저기 떠들어 대고 있는 것과 같은 거야. 혁명이라는 것은 별 의미는 없어. 좀 엉터리 같은 거지. 알겠나. 우리들 카자흐에게 중요한 것은 타인의 권력이 아니라 자신들의 권력이야. 니콜라이 니콜라예비치[9]같이 말이야. 우리에게는 강력한 차르가 필요해. 또한 우리는 농민들과 함께 걸어가는 게 아니야. 거위와 돼지는 친구가 되지 못하는 거나 마찬가지야. 농민이란 토지를 얻을 일만 생각하고, 또한 노동자들은 임금을 올려 받을 것만 바라고 있거든. 그러니 우리에게 도대체 무엇이 주어지겠나? 우리는 토지를 가지고 있거든! 그 밖에 무엇이 또 필요하단 말인가? 열고 보면 텅 빈 자루겠지. 어쨌든 저런 차르는 안 돼. 분명히 말하는 게 좋겠지. 아버지 쪽은 그래도 강력했었는데, 이번 차르는 분명 얼뜨기 짓을 해가지고 1905년 때처럼 혁명이 일어나 모든 게 와르르 무너지게 될 거야. 그렇게 되어 보게, 그 불똥이 우리에게 떨어질 테니. 묵은 원한이 확 타올라서 우리의 토지를 농민들에게 분배해 주는 일이 일어나게 될지도 모른다구. 어쨌든 귀를 잘 세우고 살펴야 해."

"자네 생각은 언제나 삐딱해."

그리고리는 얼굴을 찌푸리고 말했다.

"바보 같은 소리. 자네는 아직 젊어서 세상을 잘 몰라. 좀더 세상을 살아 보면 누구 말이 맞는지 알게 될 거야."

이야기는 대충 그 정도로 끝났다. 그리고리는 잠자코 있었고, 투바티는 다른 이야기를 좀더 했다.

그런데 그날 그리고리는 좀 불쾌한 일에 말려들었다. 점심때였는데, 여느 때와 마찬가지로 야전 취사차가 와서 언덕 건너편에 멈췄다. 카자흐들은 연락호

---

9) 1856~1929, 제1차 세계대전 초기의 러시아 총사령관.

(連絡壕)를 따라 제멋대로 그곳에 달려갔다. 제3소대에서는 미시카 코세보이가 식품을 받으러 나갔다. 그는 바닥 쪽이 그을린 반합을 긴 막대기 끝에 걸고 미처 막사 안으로 들어서기도 전에 소리쳤다.

"이봐, 동지들, 그럴 수가 있단 말인가? 글쎄, 우리는 짐승이란 말인가?"

"무슨 일이야?"

투바티가 물었다.

"썩은 고기를 우리들에게 먹이려 한다네!"

코세보이는 분개해서 소리쳤다.

그는 야생 홉(hop)으로 엮은 것 같은 금빛 앞머리칼을 뒤로 흔들어 넘기고 반합을 침대 위에 놓더니, 곁눈질로 투바티를 쳐다보며 계속 말했다.

"냄새 좀 맡아 봐, 이 스튜, 무슨 냄새가 나는지."

투바티는 자기의 반합 위에 몸을 굽히다시피하고 코를 들이대고는 얼굴을 찌푸렸다. 그를 따라 무의식적으로 코세보이도 코를 벌름거리고 그을린 얼굴을 찌푸렸다.

"고약하군."

코세보이가 딱 잘라 말했다.

그는 참을 수 없다는 듯이 반합을 밀어 내고 그리고리 쪽을 힐끗 쳐다보았다. 그리고리가 침상에서 벌떡 일어섰다. 그 바람에 늘어져 있던 콧물이 국물 위에 떨어지자 몸을 얼른 움츠리고는 발을 움직여 앞에 놓인 반합을 뒤집어엎었다.

"어째서 그런 짓을 하나?"

투바티가 똑똑하지 않은 어조로 말했다.

"자넨 이걸 못 보았나? 보게. 장님은 아닐 텐데, 대체 이게 뭔가?"

그리고리는 발치에 엎질러진 지저분한 국물을 가리키며 말했다.

"야! 이것은 구더기야! 놀랍구먼…… 멍청해서 알아보지 못했는걸! 이런 것을 먹으라고 주었단 말이야? 이봐, 이건 스튜가 아니라 소면 죽(素麵粥)이야…… 내장 대신에 구더기가 들어 있다니."

하나, 둘, 셋, 넷…… 하고, 코세보이가 중얼중얼 헤아렸다.

모두들 잠시 잠자코 있었다. 그리고리가 침을 탁 뱉었다. 코세보이가 칼을 뽑아들고 외쳤다.

"당장 이 스튜란 놈을 체포해서 중대장에게 끌고 가는 게 어때?"

"그래, 그거 괜찮은데!"

투바티가 찬성했다.

그는 급히 총과 칼을 뽑고 말했다.

"국은 우리가 끌고 갈게. 그리고리, 자네는 우리 뒤를 따라오게. 그리고 중대장에게 사정을 보고해 주게."

투바티와 미시카 코셰보이가 국이 들어 있는 반합을 총끝에 걸고 갔다. 칼은 칼집에서 뺀 채로 들었다. 그리고리는 막사에서 나가 그들을 따라갔다. 카자흐들이 막사에서 나와 줄줄이 잿빛 물결을 이루며 참호의 꼬불꼬불한 길을 걸어갔다.

"무슨 일이야?"

"웬 소동이야."

"휴전인지도 모르겠군."

"그런 일이 있을라구…… 자네는 딱딱한 빵보다도 휴전을 더 원한다는 말인가!"

"구더기가 든 국을 사로잡았다네!"

장교용 막사 근처까지 가서 투바티와 코셰보이는 걸음을 멈췄다. 그리고리가 몸을 굽히고 왼손에 모자를 들고는 '여우들의 소굴' 안으로 한 걸음 들어섰다.

"밀지 말게!"

투바티는 그를 떠민 카자흐를 돌아다보며 못마땅한 듯 외쳤다.

중대장은 외투 단추를 채우며 바깥으로 나왔다. 그리고 맨 뒤에 선 그리고리 쪽을 무슨 일 때문인가 하고 걱정스러운 눈길로 쳐다보았다.

"대체 무슨 일인가?"

중대장은 카자흐들의 얼굴을 보며 말했다.

그리고리는 앞으로 나서서, 모두의 목소리가 잠잠해졌을 때 대답했다.

"붙잡아서 연행해 왔습니다."

"누굴 붙잡았다는 건가?"

"이겁니다."

그리고리는 투바티의 발치에 놓인, 스튜가 든 반합을 가리켰다.

"이걸 붙잡았다는 겁니다…… 자, 잠깐 냄새를 맡아 보십시오. 카자흐들이 어떤 음식을 배급받고 있는지."

그의 눈썹은 부등변 삼각형같이 삐뚤어지고 부르르 떨리다가 다시 곧아졌다. 중대장은 그리고리의 얼굴 표정을 빤히 쳐다보더니 얼굴을 찌푸리고 반합을 바라보았다.

"썩은 고기를 먹이려 했습니다."

미시카 코셰보이가 짜증 섞인 목소리로 외쳤다.

"취사 담당 하사를 데려와!"

"망할 자식!"

"처먹고 살이나 찌더니, 한심한 놈이야!"

"그런 놈한테는 소 오줌보로 스튜를 끓여 줘야 해."

"거기에다 구더기까지 넣어 줘야지."

옆에 있던 자들이 덧붙였다.

중대장은 잠시 옆을 보며 와자지껄하는 소리가 그치기를 기다렸다가 험악해진 표정으로 말했다.

"조용히 해! 좀 잠자코 있어! 좋아, 알았다. 취사 담당은 오늘 곧 교체시킨다. 취사 담당이 저지른 짓을 조사하기 위해 사문(查問)위원회를 연다. 만일에 좋지 않은 고기를."

"군법회의에 회부합시다!"

뒤에서 누가 외쳤다.

중대장의 목소리는 새로운 분노의 물결에 의해 지워졌다.

취사 담당 하사는 도중에 교체되었다. 카자흐들이 스튜를 중대장에게 가져간 지 몇 분 뒤, 제12연대 본부에서 명령이 내려져 진지에서 철수하여 명령서에 첨부된 진로를 따라 루마니아로 이동하게 되었다. 카자흐 부대는 밤중에 시베리아 저격 부대와 교체되었다. 루인비치라는 조그만 도시에서 연대는 마필(馬匹)을 징발하고 이튿날 아침 강행군으로 루마니아를 향해 출발했다.

패배에 패배를 거듭하던 루마니아군을 엄호하기 위해 대(大) 연합 부대가 이동되는 것이었다. 그런 사실은 행군 첫째 날에 행군 예정서에 씌어져 있던 야영 예정지 마을에 해 지기 전에 먼저 떠났던 숙영 담당 병사들이 헛걸음을 하고 돌아온 사실에서 알 수 있었다. 마을은 루마니아 국경으로 이동하고 있던 보병과 포병으로 넘쳐흐를 지경이었다. 연대는 숙소를 얻기 위해서 다시 8킬로미터 앞까지 걸어야 했다.

행군은 17일 동안 계속되었다. 말들은 제대로 먹지 못해 눈에 띄게 여위었다. 전쟁으로 황폐해진 최전선 지대에는 먹을 것이 없었다. 주민은 러시아 국내로 도망쳐 들어갔거나 삼림 지대로 몸을 숨겼다. 활짝 열린 초가집들은 음울하게 칠이 다 벗겨진 벽을 검게 드러내 보이고 있었다. 카자흐들은 이따금 인기척이 없는 거리에서 어두운 표정으로 멍하니 서 있는 주민과 마주쳤으나, 그들은 무장한 병사를 보고는 허둥지둥 모습을 감추었다. 또 행군에 녹초가 되어 버린 카자흐들은 자기네가, 또한 말들이 견디지 못하면 모든 것에 대해 화를 내면서 무작정 초가집 지붕을 뜯어내곤 했다. 파괴를 모면한 몇몇 마을에서는 공공연하게 식량을 훔쳤다. 상관이 아무리 호통쳐도 제멋대로 날뛰며 약탈하는 그들을 막을 수는 없었다.

루마니아령(領)까지 얼마 멀지 않은 한 조그마한 마을에서 투바티는 창고에서 한 되가량의 밀을 훔치려고 했다. 주인이 그 현장을 덮치자, 투바티는 온순하고 비칠비칠하는 그 베사라비아인을 사살하고 말에게 밀을 가져다 주었다. 소대 소속 사관이 말이 매여 있던 곳으로 왔다가 그를 보았다. 투바티는 말에게 사료 자루를 매달아 주고 이쪽저쪽으로 서성이며 떨리는 손길로 말의 여원 옆구리를 만져 주며 사람을 대하듯 말의 눈을 들여다보았다.

"이봐, 우류핀! 별수 없는 놈이군. 밀을 돌려주고 와! 그런 짓을 하면 총살이야!"

투바티는 흐려진 곁눈질로 힐끗 사관을 보더니 모자를 발치에 내던지고는 연대에 들어온 뒤 처음으로 큰 소리로 말했다.

"재판할 테면 하시오! 총살이든 뭐든 하시오! 이 자리에서 죽여도 좋지만 밀은 못 내놓겠소…… 말이 굶주리다 못해 다 죽게 되었잖소? 밀은 내놓지 못하오! 한 알갱이도 못 내놓겠소!"

그는 걸신들린 양 먹고 있는 말의 머리를 만지기도 하고, 갈기털을 쥐기도 하고, 또 자기의 모자를 쥐기도 했다……

사관은 잠시 잠자코 있다가, 앙상한 말의 등뼈에 시선을 보내고 끄덕였다.

"하지만 열을 내고 있는 말에게 그렇게 해 줘도 괜찮겠나?"

그의 목소리에는 당혹스러움이 역력했다.

"이젠 열이 내리고 있는걸요."

투바티는 거의 소곤대듯이 대답하고 자루에서 흘러내린 밀알을 모아 다시 자루 속에 넣어 주었다.

11월 초순에 연대는 이미 진지에 닿아 있었다. 트란실바니아 산맥 위로 바람이 휘몰아치고, 서리 맞은 솔숲은 짙은 냄새를 풍겼다. 그리고 첫눈이 내려 쌓인 산에서 이따금 짐승의 발자국이 눈에 띄었다. 이리, 고라니, 산양 등은 전쟁에 겁을 먹어 황폐한 자연을 버리고 국내의 오지 깊숙이 도망쳐 들어갔다.

11월 7일, 연대는 '320' 고지를 강습(强襲)했다. 그 전날 밤까지 오스트리아 병사들이 참호에 들어앉아 있었는데, 강습이 강행되는 날 아침 프랑스 전선에서 이동해 온 삭소니아 병사들이 그들과 교체되었다. 카자흐들은 돌멩이투성이인 데다 눈이 얇게 쌓인 비탈을 도보 대형으로 나아갔다. 발밑에서는 얼어붙은 돌멩이들이 미끄러져 떨어지고, 가는 눈보라가 뽀얗게 일었다. 그리고리는 투바티와 나란히 나아가고 있었는데, 전에 없이 수줍어하는 미소를 지으며 말했다.

"나는 오늘은 왠지 주눅이 들어서 안 되겠네…… 마치 처음으로 공격에 나설 때의 기분인걸."

"아니, 웬일인가?"

투바티가 의아해했다.

그는 자기 손에 쓸려 무지러진 총의 가죽끈을 팔에 걸고 진격하며, 수염 끝에 생긴 고드름을 훌쩍훌쩍 마시고 있었다.

카자흐들은 물결처럼 산개해 사격을 하지 않고 나아갔다. 적의 참호가 있는 능선은 울림이 그친 채 그 위용을 드러내고 있었다. 맞은편 단애 뒤 독일군 쪽에서는 바람을 쐬어 얼굴이 붉어진, 코 껍질이 벗겨진 삭소니아군 중위가 몸을 젖히고 위엄 있게 병사들에게 독일어로 외쳤다.

"여러분! 우리는 이미 여러 번 청색 외투들을 쳐부수었다! 우리에게 걸리면 얼마나 혼나게 되는가를 이번에도 똑똑히 보여 주어야 한다! 잠자코 기다려야 한다! 잠시 동안 쏘지 말고 있어야 한다!"

카자흐의 각 중대는 돌격을 개시했다. 발밑에서 무른 돌멩이가 부서져 데구루루 굴렀다. 그리고리는 적갈색 털의 방한용 두건을 접으면서 신경질적으로 웃고 있었다. 오래 깎지 않아 검은 수염이 덥수룩이 자라난 뺨도 늘어진 코도 연둣빛 액체를 끼얹은 것처럼 되고, 서리가 앉은 속눈썹 뒤에서는 무연탄 조각처럼 움푹 들어간 두 눈동자가 빛나고 있었다. 그는 여느 때의 침착성을 잃고 있었다. 갑자기 되돌아온 원망스러운 공포감을 마음속으로 누르고, 흰 눈이 덮인 참호의 능선 쪽으로 눈살을 어설프게 좁혔다. 그는 투바티에게 말을 걸었다.

"쏘지를 않는군. 좀더 가까이 다가서게 하겠다는 거겠지. 하지만 나는 두려움이나 창피함이나 평판 따위는 아무렇지도 않아…… 지금 방향을 돌려 돌아가는 게 어떨까?"

"자네, 오늘 웬일이야?"

투바티가 애가 끓어 말했다.

"카드놀이와 마찬가지야. 자신이 없으면 깨끗이 당하고 마는 거라고. 그리고리, 자네 안색이 좋지 않아…… 기분이 언짢은가? 자네, 오늘 당할지도 모르겠군. 조심해! 알겠어?"

한순간 참호 위에 짧은 외투를 입고 끝이 뾰족한 철모를 쓴 독일 병사가 벌떡 일어났다가 도로 엎드렸다.

그리고리의 왼쪽에는 에란스카야 마을 출신으로 아름다운 금발의 카자흐가 있었는데, 걸어가면서 오른손 장갑을 벗는 듯 하더니 도로 꼈다. 그는 무릎께를 괴로운 듯이 구부리고 성급하게 나아가고 있었는데, 일부러 크게 기침을 하면서 그 동작을 자꾸 되풀이했다.

'마치 밤길을 혼자 걸어가고 있는 것 같군…… 일부러 기침을 해서 마음을 다지고 있는 거야.'

그리고리는 그 카자흐에 대해 문득 그렇게 생각했다. 그 카자흐의 저쪽에는 하사 막사예프의 주근깨투성이인 한쪽 뺨이 보였다. 다시 그의 저쪽에서는 예멜리얀 그로세프가 총을 겨드랑이에 낀 채 나아가고 있었는데, 그 총끝에 꽂은 칼날 끝이 삐딱하게 구부러져 있었다. 그리고리는 예멜리얀이 며칠 전 행군 중에 루마니아인의 집에서 헛간 자물쇠를 그 칼로 비틀어 따고 옥수수 한 자루를 훔쳐 냈던 일을 떠올렸다. 미시카 코셰보이가 막사예프와 거의 어깨를 나란히 하다시피하며 나아가고 있었다. 그는 줄담배를 피며, 이따금 손가락으로 코를 풀고는 그 손가락을 외투의 왼쪽 자락에다 문질렀다.

"물을 마시고 싶어."

막사예프가 말했다.

"예멜리얀, 나는 구두가 너무 죄어서 견딜 수가 없어. 도저히 못 걷겠어."

미시카 코셰보이가 비명을 질렀다. 그러자 그로셰프가 성난 것처럼 그들의 말을 가로막고 말했다.

"지금 구두가 어떠니 저떠니 하는 말을 할 땐가? 이봐, 정신 차려! 당장 독일군들이 기관총을 갈겨 댈 거야."

맨 처음 일제사격 때 탄환에 팔을 다친 그리고리는 어이쿠! 하는 고함을 올리고 푹 쓰러졌다. 그는 상처 입은 한쪽 팔을 묶으려고 붕대가 든 자루 쪽으로 손을 뻗쳤으나, 소매 속의 팔꿈치에서 줄줄 흘러나오는 뜨거운 피를 느끼고 맥이 빠져 버렸다. 그는 엎드려서 머리를 돌 뒤에 감추고, 바싹 마른 혀끝으로 부드러운 눈밭을 핥았다. 흐슬부슬한 가루눈을 떨리는 입으로 걸신들린 것같이 거푸 핥고, 생전 처음으로 공포에 부들부들 떨며, 메마르고 날카로운 총탄의 울림과 모든 것을 휩싸고 있는 사격 소리에 가만히 귀를 기울였다. 머리를 조금 들어 보니, 그의 중대의 카자흐들은 미끄러지기도 하고 뒹굴기도 하고 뒤를 돌아다보기도 하면서 그저 무턱대고 위쪽을 향해 쏘아 대며 기슭 쪽으로 뛰어내려갔다. 뭐라 말할 수 없는, 그리고 어찌 할 도리 없는 공포가 그로 하여금 몸을 일으켜 연대가 진격을 개시했던 솔숲을 향해 달려가게 했다. 그리고리는, 부상한 소대 소속의 사관을 질질 끌다시피 하며 뛰어가고 있는 예멜리얀 그로셰프를 앞질렀다. 그로셰프는 급한 비탈을 따라 그 사관을 질질 끌며 뛰고 있었는데, 중위는 몹시 취한 것같이 몸을 가누지 못하고 이따금 그로셰프의 어깨에 기대어 검붉은 핏덩이를 토해 내고 있었다. 중대는 모두들 용암처럼 숲 쪽으로 와르르 쏟아져 내려갔다. 잿빛 비탈에 잿빛 전사자들이 남겨졌다. 뒤에 처진 부상병들은 다투어 기어 내려가고 있었는데, 기관총이 그들 뒤를 쫓아서 또다시 갈겨 댔다.

우, 우, 우, 카, 카, 카, 카! 잇따라 쏘아 대는 사격이 부상자들의 물결을 산산조각냈다.

그리고리는 미시카 코세보이에게 팔을 끌려 숲속으로 들어갔다. 총탄이 숲가의 비탈로 되어 있는 빈터에서 되튀고 있었다. 독일군의 좌익 쪽에서 기관총이 끊임없이 울려 왔다. 연약한 얼음의 표면을, 힘껏 던져진 자갈이 데구루루 미끄러져 가는 소리와 똑같은 것으로 생각되었다.

　우, 우, 우, 우, 카, 카, 카, 카, 카!

　"젠장, 막 퍼붓는군!"

　즐겁기라도 한 것처럼 투바티가 소리쳤다. 검붉은 소나무 줄기에 기대어 참호 위를 뛰어다니는 독일 병사를 향해 이따금 마음 내키지 않는 듯이 쏘고 있었다.

　"멍청한 놈들이야. 후려갈겨야 해! 후려갈겨야 해!"

　코세보이가 그리고리의 팔을 놓고 숨을 헐떡거리며 외쳤다.

　"짐승 같은 놈들! 아니, 그 이하지! 정말로 골통이 꽉 막힌 놈들이야!"

　"대체 그게 무슨 소리야?"

　투바티가 눈을 가늘게 뜨고 물었다.

　"똑똑한 놈이라면 저절로 알 거야. 그런데 멍청한 놈들에게는…… 어떻게 해 줄까? 정말이지 약도 없단 말이야."

　"자넨 선서를 잊지 않았지? 선서하지 않았다고는 말 못하지?"

　투바티는 물고 늘어지듯 말했다.

　코세보이는 그 말에 대꾸하지 않고 몸을 웅크리더니 떨리는 손으로 땅바닥에서 눈을 한 움큼 집어 삼키고, 부들부들 떨면서 기침을 해댔다.

<h2 style="text-align:center">5</h2>

　타타르스키 부락에서 보면 옆쪽에 해당되는, 잿빛 구름이 잔물결처럼 흐르는 하늘 위쪽에 가을날의 태양이 떠 있었다. 그 근처 상공에서는 고요한 바람이 가볍게 구름을 밀어서 서쪽으로 흘려보내고 있을 뿐이었지만, 부락 위나 어두운 녹색을 띤 돈의 수면이나 가지들이 앙상한 숲 위쪽으로 오면 바람은 힘찬 흐름이 되어 소용돌이치며 버드나무며 백양의 꼭대기를 구부러뜨리고, 돈을 물결 일게 하고, 단풍이 든 나뭇잎을 마을의 한길을 따라 휘몰아대는 것이었다. 프리스토냐네 집의 타작마당에서는 단단히 묶어 두지 않은 보릿짚 더미가 날아가고, 바람은 그 꼭대기에 덤벼들듯 파고들어 가느다란 장대를 쓰러뜨리는가

싶더니, 갑자기 한 아름 정도의 금빛으로 빛나는 짚단을 가볍게 들어올리듯이 마당 위쪽으로 옮겨 갔다가 한길 위쪽에서 냅다 휘둘러 아무것도 없는 길에 흩뿌리다가, 거센 털같이 된 그 짚들을 스테판 아스타호프네 집의 지붕에 내던졌다. 프리스토냐의 아내는 플라토크도 쓰지 않고 가축우리가 있는 마당 쪽으로 뛰어나가 스커트의 앞을 무릎께에서 누르고는, 바람이 타작마당 위로 휘몰아쳤다가 다시 오두막 쪽으로 사라지는 모습을 바라보았다.

전쟁 3년째는 부락의 경계를 뚜렷하게 변화시켰다. 남자의 일손이 없어진 집에서는 활짝 열어 둔 헛간이며 낡은 가축우리가 허술해져서 지저분해진 흔적을 건물들에 남겨 놓아 황폐해 보였다. 프리스토냐의 아내는 아홉 살이 되는 아들과 함께 일했다. 아니쿠시카의 아내는 밭일을 전혀 하지 않고, 자기는 출정한 병사의 아내라고 하여 화장만 했다. 연지를 바르기도 하고, 하얗게 분칠을 하며, 장정이 없어 열너댓 살 소년들까지 끌어들였다. 그 당시 끈적끈적하게 타르가 마구 칠해져서—정부를 가진 여자의 집에 타르를 칠하는 것은 예부터의 러시아의 풍습임—지금도 불그스름한 흔적이 남아 있는 판자 울타리가 그런 사실을 분명하게 말해 주었다. 스테판 아스타호프의 집은 비어 있었다. 창에는 출정하기 전에 주인이 판자를 붙여 놓았는데, 지붕은 군데군데 무너져 내리고, 큰 우엉이 뿌리를 뻗고 있고, 문의 자물쇠는 녹슬고, 활짝 열려 있는 뜰의 문 안에는 온통 흰독말풀과 명아주가 무성하여, 주인 잃은 가축이 더위나 날씨가 험악해질 때 피난처를 찾아서 이따금 어슬렁어슬렁 들어오는 형편이었다. 이반 토밀린의 집에서는 오두막의 벽이 길을 향해 기울어졌으며, 땅바닥에 박힌 버팀목이 그것을 떠받치고 있었다. 그가 조준해서 짓부순 독일과 러시아의 여러 집들 대신에 하늘이 이 사나운 포병에게 복수를 한 듯했다.

부락의 큰길, 작은 길 할 것 없이 모두가 마찬가지 형편이었다. 오직 아래쪽 끝에 있는 판텔레이 프로코피예비치의 집만은 울 안이 정연한 모습을 간직한 채 모든 것이 제대로 갖춰져 있었다. 아니, 말처럼 모든 것이 다 그런 것은 아니었다. 움 지붕의 양철 풍향계는 낡아서 거의 다 떨어지고, 움은 기울어져 있었다. 보는 눈이 있는 사람이라면 누구나 거기서 좀 모자라는 것을 발견할 수 있었다. 노인의 손이 모든 것에 죄다 미치지는 못했던 것이다. 파종 면적도 여실히 줄어들어 있었다. 다른 것은 새삼 말할 나위도 없지만, 다만 멜레호프네 가족의 사람 숫자는 줄어들지 않았다. 싸움터에 나가 있는 페트로와 그리고리로 인해 생긴 구멍을 메우듯 지난해 초 가을에 나탈리야가 쌍둥이를 낳은 것이었다. 그녀는 사내애와 계집애를 한꺼번에 낳아서 시부모를 기쁘게 해 주었다. 나탈리야는 임신 기간을 참으로 애처롭게 견디었다. 이따금 다리가 몹시 부어올라 걷지도 못할 정도였지만, 그런 다리를 질질 끌고 얼굴을 찌푸린 채 이리저리 움직이며 심한 아픔을 견뎌냈다. 거무스름하고 여윈, 그리고 상냥한 얼굴에 결코 고통의 그림자를 내비치지 않았다. 특별히 다리가 당기는 듯 할 때에는 관자놀이께에 땀방울들이 흥건히 솟아 나왔다. 그것을 알아챈 사람은 오직 일리니치나 뿐으로, 그녀는 머리를 흔들며 나무랐다.

"딱한 사람이군. 누워 있으면 좋잖아? 무리하면 안 돼."

9월의 어느 맑게 갠 날이었다. 나탈리야는 산기가 돌기 시작한 것을 느끼자 한길로 나가려 했다.

"아니, 어딜 가려는 거냐?"

시어머니가 물었다.

"잠시 목장에, 소를 보려고요."

나탈리야는 부락의 변두리까지 가자, 주위를 살피더니 신음 소리를 내면서 아랫배를 손으로 안다시피 하고는 야생의 인목(燐木)이 무성한 덤불을 헤치고 들어가서 누웠다. 그녀가 골목을 더듬어 집으로 돌아온 것은 이미 어둑어둑해진 때였다. 거친 천으로 만든 앞치마에 쌍둥이를 싸서 안고 돌아왔던 것이다.

"저런, 정말 어쩔 수 없는 애로군. 어떻게 된 일이냐? 어딜 갔었던 거냐?"

일리니치나는 어이없는 얼굴로 물었다.

"남부끄러워서 나갔었어요…… 아버님께 보이고 싶지 않아서…… 그래도 이제 아주 말짱해요, 어머니. 아기들도 다 씻어 주었고요…… 자, 안아 보세요."

나탈리야는 창백한 얼굴로 변명했다.

두냐시카는 산파를 부르러 달려갔다. 다리야는 체를 펴면서 분주히 일하고 있었다. 일리니치나는 웃다 울다 하면서 목소리를 높여 말했다.

"다시카, 그런 체 따위는 치워라! 고양이새끼도 아닌데 체에 얹으려 한단 말이냐? 이런, 쌍둥이로구나! 빨리 저 애에게 자리를 펴 줘라!"

판텔레이 프로코피예비치는 뜰에 있다가 며느리가 쌍둥이를 낳았다는 말을 듣고 처음에는 어깨를 움츠렸으나, 다음에는 몹시 기뻐서 수염을 털고 기쁨의 눈물을 주르르 흘리며, 달려온 산파에게 까닭도 없이 화풀이를 했다.

"이 거짓말쟁이 할망구!"

그는 노파 코끝에다 손톱이 길게 자란 손가락을 마구 휘둘렀다.

"당신 말은 틀렸단 말이야! 멜레호프가의 혈통은 그렇게 금방 끊어지지 않는다구! 며느리는 한번에 카자흐와 계집애를 낳았어. 대단한 며느리야! 고맙지, 고마워! 그 대가로 그 애한테 어떻게 해 줘야 하지?"

그 해에는 수확이 많았다. 암소가 쌍둥이를 낳더니, 미하일의 날(10월 1일) 직전에는 양이 새끼를 두 마리씩 낳았다. 그리고 산양도…….

판텔레이 프로코피예비치는 그런 일들이 잇따라 일어난 데 대해 놀라기도 하면서 다음과 같이 해석했다.

'금년은 그럭저럭 괜찮은 해야. 풍년이다! 고루고루 죄다 쌍둥이가 생겨서 새끼들이 우글우글 늘어났단 말이야…… 좋다, 좋아!'

나탈리야는 어린애들이 만 한 살이 될 때까지 자기 젖을 먹였다. 9월에 젖을 떼었는데, 늦가을이 되어서도 몸이 좋지 않았다. 얼굴이 여위고 잇몸은 젖빛으로 빛났으며, 여위어 더욱 크게 보이는 눈은 따뜻하고 희미한 빛으로 반짝이고 있었다. 온 생명을 아이들에게 다 쏟아 넣고 자기의 차림새 같은 건 아예 신경 쓰지 않았으며, 집안일이 없을 때에는 모든 시간을 아이들을 위해 바쳤다. 목욕물을 끓이고, 빨래도 하고, 뜨개질도 하고, 바느질도 했다. 때때로 침대에 걸터앉아서 한쪽 다리를 늘어뜨리고는, 요람의 어린애들을 안아 올려 헐렁한 속옷에서 팽팽한 멜론 같은 크고 허연 유방을 드러내 놓고 한꺼번에 두 아이에게 젖을 빨렸다.

"네가 아주 빨려서 다 없어질라. 너무 많이 빨리는구나!"

일리니치나는 통통하고 잘록한 손자들의 조그마한 발을 가볍게 두들기며 말했다.

"빨리는 게 좋소! 젖을 아낄 거 없단 말이오! 버터를 먹일 수는 없잖소?"

판텔레이 프로코피예비치는 손자들을 소홀히 하는 것은 허락하지 않았다.

이런 몇 해 동안의 생활은 마치 돈의 홍수가 줄어들 듯 쭉쭉 이울어 갔다. 울적한 세월은 괴로움 속에 지나가고, 하루하루가 끊임없는 요설(饒舌)과, 일과, 조그마한 기쁨 속에, 그리고 싸움터에 나가 있는 자에 대한 끝없이 큰 염려 속에 지나갔다. 페트로와 그리고리는 싸움터에서 어쩌다 한 번씩 지저분한 소인들이 꽉꽉 찍힌 편지를 보내 왔다. 그리고리가 보내 온 최근의 편지는 여러 사람의 손을 거쳐 왔다. 편지의 절반은 짙은 보랏빛 잉크로 꼼꼼하게 지워져 있었다. 또한 종이 여백에는 의미를 알 수 없는 표지가 연필로 그려져 있었다. 페트로는 그리고리보다는 자주 편지를 보내 왔는데, 다리야에게 보내 온 편지에는, 그녀에게 부정한 짓을 그만두라고 당부하기도 하고 성내기도 했다. 아내의 행실이 나쁘다는 소문이 그의 귀에도 들어간 모양이었다. 그리고리는 편지와 함께 집으로 봉급과 '십자훈장'의 사금(賜金)을 보내오고, 휴가 때에는 반드시 돌아오겠다고 쓰긴 했으나 어쩐 일인지 돌아오지 않았다. 이들 형제는 각각 다른 방향으로 가고 있었다. 전쟁은 그리고리를 궁지로 몰아넣어 얼굴에서 핏기를 빼앗고 누르스름한 빛으로 만들어 놓았다. 전쟁이 끝나기만을 가만히 기다리고 있을 수 없는 기분이었다. 하지만 페트로는 아무 장애도 없이 상승 가도를 달렸다. 1916년 가을, 상사로 진급하고 중대장의 마음에 들어서 십자훈장을 2개나 받았으며 사관학교에 들어가기 위해 아주 열심히 근무한다고 편지에 써 보내기도 했다. 여름휴가를 얻어 귀향하는 아니쿠시카 편에 독일 병사의 철모와 외투 한 벌, 거기에 자기의 사진을 곁들여 집으로 보내 왔다. 회색의 조그마한 종잇조각에서, 그의 얼굴이 득의양양하게 이쪽을 바라보고 있었다. 흰수염이 듬성한 콧수염이 위로 솟구치고, 매부리코 밑에는 눈에 익은 미소를 띤 단단한 입술이 벌어져 있었다. 생활 자체가 페트로로 하여금 웃음 짓게 하고 있었던 것이다. 하지만 전쟁이 그로 하여금 기뻐하게 한 것은, 그것이 예사롭지 않은 전망을 제시했기 때문이었다. 그처럼 어린 시절부터 소 엉덩이만 쫓아다닌 보통의 카자흐가 사관 신분이나 그 밖의 감미로운 생활을 꿈꾼다는 것이 전에는 어디 있을 법이나 했던 일인가? 그런데 어쩌다 전쟁이 일어나고, 그 전쟁이라는 큰 재앙의 한가운데에서 뚜렷이 미래의 자유스러운 생활이 보이기 시작했던 것이다…… 단지 한쪽 끝에서는 페트로의 생활이 보기 딱한 균열을 보이고 있었다. 스테판 아스타호프가 이번 가을에 휴가를 얻어 귀향했다가 연대로 돌아오더니, 중대의 여러 병사들 앞에서 페트로의 마누라와 재미를 보고 왔다고 자랑스레 떠들어 댔다. 페트로는 동료들의 이야기를 듣고도 그게 정말이라고는 믿지 않고, 어두운 얼굴에 미소를 띠며 말했다.

"스쵸푸카의 말은 터무니없어! 그리고리에 대해 앙심을 품고 나에게 시비를 거는 거야."

그러던 어느 날 우연인지 고의인지, 스테판은 참호의 막사에서 나가면서 수놓은 손수건을 떨어뜨렸다. 페트로는 그의 뒤를 따라 걸어가고 있다가 괜찮은 솜씨로 레이스까지 달아서 짠 그 손수건을 주워 올려서 보고 그것이 자기 아내가 만든 것임을 알았다. 페트로와 스테판 사이의 증오는 풀리기 어려운 매듭이 되어 단단히 꼬여 버렸다. 그러나 우연이란 놈은 페트로를 수호하고, 죽음은 스테판을 수호했다. 하마터면 그는 페트로에 의해서 두개(頭蓋)에 표지를 찍혀 도비나 강기슭에 쓰러져 있게 될 뻔했다. 그러나 곧 결말이 지어졌다. 즉 스테판은 독일군의 감시병을 잡으러 나갔다가 돌아오지 않았던 것이다. 그와 함께 나갔던 카자흐들의 이야기에 의하면, 그들이 철조망을 끊는 소리를 들었는지 독일군 감시병이 수류탄을 던졌다. 카자흐들이 겨우 스테판의 옆에까지 다가가 그 자리에서 감시병을 주먹으로 후려갈겨서 쓰러뜨렸으나, 교체 병사가 총을 쏘아서 스테판은 그 자리에 털썩 쓰러졌다. 카자흐들은 교체 병사를 찔러죽이고, 스테판의 주먹을 맞고 쓰러져 정신을 잃은 감시병을 질질 끌고 왔다. 스테판도 도움을 청하며 함께 옮겨져 오고 싶어했으나, 심한 중상을 입어 어쩔 수 없이 두고 왔다는 것이었다. 중상을 입은 스테판은, "어이, 동지들, 버리지 마! 어이, 친구들! 나는 어쩐단 말인가!" 이렇게 호소했으나, 그때 철조망 근처로 기관총 사격이 가해졌으므로 카자흐들은 뿔뿔이 흩어져 도망쳐 온 것이었다. "부락 친구들! 어이, 동지들!" 스테판은 뒤에서 소리쳤지만 카자흐들은 자기들 목숨이 급급해서 남을 돌아볼 계제가 아니었다. 페트로는 스테판에 대한 이야기를 들은 뒤 짓무른 상처에 들다람쥐 기름을 바른 것같이 기분이 가벼워졌으나, 그래도 역시 '휴가를 얻어 돌아가면 다시카를 피멍이 들도록 혼내 줘야지! 나는 스테판과 달라. 용서하지 못해……' 이렇게 결심하고 그녀를 때려죽일 생각까지 했다가 곧 그 생각을 지워 없앴다.

'그년을 죽여 버리면 그년 때문에 내 일생은 망칠 것이다. 감옥에 들어가면 여태까지 고생한 것이 소용없게 되고 모든 게 끝장이지.'

그래서 그저 실컷 두들겨 패기로만 마음먹었다. 하지만 그 대신에 죽을 때까지 다시는 딴 사내를 쫓아다닐 엄두를 못 내도록 단단히 혼내 주기로 결심했다.

'눈알을 확 뽑아 놔야지. 그렇게 하면 누구도 그녀를 보고 탐내지 않을 테니까.'

페트로는 도비나의 험한 기슭에서 별로 떨어져 있지 않은 참호 속에서 몸이 언 채 그런 생각에 잠기는 것이었다.

가을은 나무와 풀들을 비벼 부드럽게 하고, 아침의 냉기가 그런 것들의 색깔을 바래게 했다. 대지는 차갑고 가을 밤은 차츰차츰 길어지며 더욱 어두워져 갔다. 참호 속에서 카자흐들은 명령을 듣지 않고 적을 겨냥하여 쏘기도 하고, 따뜻한 옷을 손에 넣으려고 상사들과 다투기도 했다. 식사도 부족했다. 게다가 카자흐들의 머리에서는 이 정나미 떨어지는 폴란드 땅에서 아득히 먼 고향 돈의 일들이 떠나지 않았다.

한편 다리야 멜레호프는 이번 가을 동안에, 이제까지 남편 없이 사내에 굶주린 생활을 벌충하고 있었다. 포크로프제(祭)의 첫날(10월 1일), 판텔레이 프로코피예비치는 여느 때와 같이 다른 식구들보다 일찍 일어나 가축우리 쪽으로 나갔다가 깜짝 놀랐다. 무엇 때문인지 문의 경첩이 떼어져 한길 한가운데로 떨어져서 길을 가로막다시피 하며 뒹굴고 있었다. 그것은 정말 남부끄러운 일이었다. 노인은 얼른 그것을 제자리에 옮겨 놓고 아침 식사가 끝나자마자 다리야를 취사장으로 불렀다. 무슨 이야기를 했는지 그것은 알 수 없으나, 두냐시카는 다리야가 플라토크를 어깨에 늘어뜨리고 정신없이 울며 취사장에서 뛰쳐나오는 것을 보았다. 두냐시카 옆으로 지나갈 때 그녀는 어깨를 움츠렸으나, 울어서 퉁퉁 부은 그녀의 야무진 얼굴에서는 검은 활모양의 눈썹이 험상궂게 떨리고 있었다.

"두고 봐! 꼭 정신 들게 해 줄 테야!"

그녀는 부어오른 입으로 토해 내듯이 내뱉었다.

그녀의 코프타[10]는 등허리께가 찢어지고 새하얀 살에서는 자주빛 새로운 반점이 보였다. 다리야는 고개를 숙인 채 층계를 뛰어올라가 현관에 숨었는데, 곧 취사장에서 판텔레이 프로코피예비치가 마치 악마처럼 성난 얼굴로 절룩거리

---

10) 모직으로 짠 상의.

면서 나왔다. 그는 걸으면서 새 가죽 고삐를 네 번 접어 들었다.

두냐시카는 아버지의 갈라진 목소리를 들었다.

"……암캐 같은 년, 아직도 매를 덜 맞았나? 갈보 같은 년!"

그 뒤 집안의 질서는 회복되었다. 2, 3일 동안 다리야는 물보다 조용하고 풀보다 낮은 걸음걸이로, 밤에는 누구보다도 일찍 잠자리에 들고 나탈리야의 동정 어린 시선에 차가운 미소를 지어 대답하며, "뭐, 아무렇지도 않아. 두고 보라구"라고 말하듯이 어깨와 눈썹을 움츠려 보였다. 하지만 4일째에는 다리야와 판텔레이 프로코피예비치 이외에는 아무도 알지 못한 일이 일어났다. 다리야는 그 뒤로 의기양양하게 웃었으나, 노인은 꼬박 1주일 동안이나 마치 호되게 얻어맞은 고양이처럼 불안정한 표정으로 지냈다. 그는 그 일을 노파에게도 말하지 않았다. 또한 고백 성사 때에도 비사리온 신부에게 그 일과, 그 일로 얻어진 자신의 죄 많은 생각에 대해서도 털어놓지 않았다.

그것은 바로 이런 사건이었다. 포크로프제 뒤에 판텔레이 프로코피예비치는 다리야가 마음을 고쳐먹었을 것으로 믿고 일리니치나에게 말했다.

"당신 말이야, 다시카를 측은하게 생각해선 안 되오. 일을 더 많이 시켜야 하오. 일에 쫓기다 보면 바람기도 가라앉을 거요. 그렇지 않으면 그 애는 손을 댈 수 없는 암캐 같아져요…… 그 애 머릿속엔 노는 것과 나다니는 것뿐이란 말이오."

그래서 그는 다리야에게 타작마당을 깨끗이 치우게 하고, 뒤꼍의 묵은 땔감을 정리해 놓게 하고, 함께 곡식 창고를 청소하고 있었다. 해 질 녘이 되자 낟알 고르는 틀을 헛간에서 곡식 창고로 옮겨 놓을 것이 생각나서 며느리를 불렀다.

"다리야!"

"왜요, 아버님."

곡식 창고 안에서 그녀가 대답했다.

"잠깐 오너라. 낟알 고르는 틀을 옮겨야겠다."

다리야는 플라토크를 고쳐 쓰고 코프타 소매에 묻은 겨를 털면서 곡식 창고 입구에서 나와서는, 타작마당 문을 지나 헛간으로 왔다. 판텔레이 프로코피예비치는 솜을 둔 평상복을 입고 너덜너덜해진 바지를 입고 있었는데, 그녀 앞으로 절룩거리며 걸어갔다. 가축 두는 마당은 텅 비어 있었다. 두냐시카는 어머니와 함께 월자[11]를 드리고 있었고, 나탈리야는 밀가루를 반죽하고 있었다. 부락의 맞은편에서는 저녁놀이 밝게 타오르고, 저녁 종소리가 울려 퍼지고 있었다. 맑은 하늘의 높은 곳에서는 새빨간 구름이 꼼짝 않고 떠 있었다. 돈강 건너편 기슭에는 엷은 갈색으로 바랜 포플러의 앙상한 가지에 떼까마귀가 그을린 검정 솜뭉치 모양으로 앉아 있었다. 해 질 녘의 쥐 죽은 듯한 정적 속에서 하나하나의 소리가 또렷이 날카롭게 들려왔다. 가축우리가 있는 마당 쪽에서는 훈훈한 비료와 마른풀의 숨 막힐 듯한 냄새가 풍겨 왔다. 판텔레이 프로코피예비치는 억지 기침을 하며 다리야와 함께 곡식 창고 안으로 들어가, 칠이 벗겨져 불그스름한 낟알 고르는 틀을 들어다 구석 쪽에 놓고는, 왕겨더미가 무너져 내린 것을 갈퀴로 긁어모으고 나오려 했다.

"아버님!"

낮게 속삭이는 듯한 목소리로 다리야가 불러 세웠다. 그는 낟알 고르는 틀 뒤로 돌아서서 별로 이상한 기미도 느끼지 않고 물었다.

"왜 그러냐?"

다리야는 코프타 앞을 풀어헤치고 그를 향해 서 있었다. 그녀는 두 손을 잠시 머리에 올려 머리칼을 쓰다듬었다. 곡식 창고의 틈으로 피처럼 붉은 한 줄기 저녁 햇살이 그녀의 몸에 비쳐들고 있었다.

"여길 말이에요, 아버님, 좀…… 잠깐 와 보세요"

그녀는 옆으로 몸을 틀며 시아버지의 어깨 뒤로 보이는 활짝 열린 문 쪽으로 흘끗 훔쳐보듯 눈길을 보냈다. 노인은 그녀에게 바싹 다가갔다. 다리야는 갑자기 두 팔을 뻗치는 듯 하더니 시아버지의 목을 끌어안아 양 손의 손가락들을 깍지끼고는 자기 몸으로 홱 끌어당겨 뒤로 물러나며 소곤거렸다.

"여기예요, 아버님…… 여기예요…… 가만히."

"어쩌란 말이냐?"

판텔레이 프로코피예비치는 놀라서 물었다.

그는 머리를 흔들며 다리야의 팔에서 머리를 빼려 했으나, 그녀는 더욱더 강하게 그의 머리를 자기의 얼굴로 끌어당겨 그의 수염에 뜨거운 입김을 불어 대

---

11) 여자의 머리숱이 많아 보이도록 덧넣었던 딴 머리.

며 소곤거렸다.

"놔라, 어서!"

노인은 홱 밀치고 나오려다가 며느리의 팽팽한 배에 착 들러붙었다. 그녀는 그를 꽉 붙잡은 채 뒤로 벌렁 넘어지며, 그를 자기 몸 위로 끌어내렸다.

"망할 년! 미쳤느냐? 놔라!"

"싫으시단 말씀이에요?"

다리야는 숨을 헐떡거리면서 묻고는, 팔을 푼 뒤 시아버지의 가슴을 콕 찔렀다.

"싫으시단 말씀예요? 아니면 제대로 하실 수 없는 거예요? 그러면 저를 나무라지 마세요! 자!"

몸을 벌떡 일으킨 그녀는 얼른 스커트를 매만지더니 등허리에 붙은 왕겨를 털고, 멍하니 서 있는 판텔레이 프로코피예비치를 향해 대놓고 퍼부었다.

"어째서 저번에 저를 때리셨어요? 저에 관해 어머님에게 말씀하실 건가요? 당신은 젊은 시절에 그렇지 않으셨다던데요? 저의 남편은요—그이는 이미 1년째 오지 않고 있다구요! 그렇다고 수캐하고 할 수는 없잖아요? 썩 기분 좋은데요, 절름발이! 자, 이제는 됐어요!"

다리야는 음란한 몸짓을 하며 미간을 실룩거리더니 문 쪽으로 나갔다. 문 근처에서 그녀는 다시 한번 조심스럽게 자기의 몸을 훑어보고 코프타와 플라토크에서 왕겨를 떨어내더니, 이제는 시아버지 쪽을 돌아다보지도 않고 말했다.

"저는 이렇게 살 수는 없어요…… 사내가 필요하단 말예요. 그러니 당신이 싫다고 하시면 저 스스로 찾을 거예요. 당신은 불평하지 마세요!"

그녀는 빠른 걸음으로 타작마당의 입구께까지 가더니 뒤도 돌아보지 않고 사라졌다.

판텔레이 프로코피예비치는 낟알 고르는 틀 곁에 서서 수염을 꿈틀거리며 의아한 듯이, 그리고 쑥스러운 듯이 곡식 창고 안과 바대[12]를 댄 장화 끝을 쳐다보고 있었다.

'그 애가 말한 게 맞지 않은가? 그 애와 죄를 짓는 편이 차라리 낫지 않았을

---

12) 쉽게 해지거나 찢어질 곳에 안으로 덧대는 헝겊.

까?'

그는 갑작스러운 일에 놀라 어찌할 바를 모르고 있다가 문득 그런 생각을 떠올렸다.

6

11월이 되자 추위는 살을 에듯이 심해졌다. 때 이른 눈이 이따금 내렸다. 돈강은 타타르스키 마을의 위쪽 끝에 닿은 물굽이 언저리에서 얼어붙기 시작했다. 푸른 기가 도는, 깨지기 쉬운 얼음 위로 가끔 사람들이 건너편으로 건너갔다. 하류 쪽에서는 기슭의 물가만 우툴두툴한 얼음에 덮이고, 중류에서는 초록빛 물결이 새하얀 고수머리처럼 되어 엉킨 채 흔들렸다. 검은 벼랑에 잇닿아 구멍으로 되어 있는 22~23미터 깊이의 웅덩이에서는 이미 오래전부터 메기들이 겨울잠을 자고 있었다. 그 앞에는 끈적끈적한 비늘의 잉어들이 있었다. 그리고 돈 수면엔 잡어(雜魚)들만 돌아다녔다. 연못이 된 곳에는 큰 가시고기들이 새끼 잉어들을 뒤쫓아 물을 찰싹거리며 튀어오르고 있었다. 용철갑상어들은 자갈 위에 엎드려 있었다. 어부들은 추위가 좀더 심해지기를 고대하고 있었다. 얼음이 얼면 곧 밑바닥을 훑어서 용철갑상어 따위를 잡을 생각이었던 것이다.

11월이 되자 멜레호프가에 그리고리의 편지가 도착했다. 루마니아의 크빈스카에서 보낸 것인데, 첫 전투에서 왼팔의 뼈가 총탄에 으스러지는 부상을 당해 곧 그 근처의 카멘스카야 마을로 요양하러 가게 된다고 썼다. 이 편지에 이어서 또 하나의 불행이 멜레호프 일가를 찾아들었다. 1년 반쯤 전에 판텔레이 프로코피예비치는 돈에 쪼들리다 못해 세르게이 플라토노비치 모호프에게 문서를 써주고, 은화로 100루블 정도를 빌려 썼다. 그런데 금년 여름에 노인은 점포에 불려 갔다. 차차 아테핀이 금테 코안경을 코에 걸치고 안경 너머로 멜레호프의 수염을 보면서 말했다.

"판텔레이 프로코피예비치, 어떻게 할 거요? 청산을 할 거요, 어쩔 거요?"

판텔레이 프로코피예비치는 상품이 눈에 띄게 줄어든 진열장과, 오래되어서 윤기가 나는 계산대를 둘러보고 망설이다가 말했다.

"조금만 더 기다려 주십시오, 예멜리얀 콘스탄티노비치, 어떻게든 마련해서…… 갚겠습니다."

일단 그렇게 이야기를 끝냈다. 하지만 노인으로서는 돈을 마련할 수가 없었다. 수확은 신통치 않고, 빈둥빈둥 노는 가축도 팔 수는 없었다. 그런데 뜻밖에도 집행관이 와서 채무자를 불러내고는 단도직입으로 담판을 벌였다.

"빨리 100루블을 지불하시오."

집행관이 머문 여관의 방 안에 있는 책상 위에 한 장의 종이가 펼쳐져 있었는데, 그 내용엔 옴짝달싹할 수 없었다.

집행장

1916년 10월 27일, 황제 폐하의 명에 의해 나, 도네츠 지방 제7구 조정(調停) 판사는 시민 세르게이 모호프의 카자흐병 하사 판텔레이 멜레호프에 대한 차용 증서에 의한 100루블 청구에 관한 민사 재판 사건을 심리(審理)하고, 민사 소송법 제81조, 제100조, 제122조, 제133조, 제145조에 의한 결석(缺席) 재판에 의해 다음과 같이 판결한다.

피고 카자흐병 하사 판텔레이 프로코피예비치 멜레호프로부터 원고 시민 세르게이 플라토노비치 모호프를 위해 1915년 6월 21일자 차용 증서에 의한 100루블을 징수할 것. 또한 재판 비용으로 3루블을 징수할 것.

판결은 최후적인 것은 아닌 만큼 결석 재판으로 선언한다. 이 판결은 민사 소송법 제156조 제3항에 의거해서 즉시 집행되어야 한다. 도네츠 지방 제7구 조정판사는 황제 폐하의 명에 의해 모든 직무 및 관리에 대해 이 사건에 관해서는 이 결정을 정확히 집행할 것을 명하고, 또한 현지 경찰 및 군사 당국에 대해서는 이 판결의 집행을 담당할 집행관에 대한 법정 원조를 지체 없이 행할 것을 명한다.

판텔레이 프로코피예비치는 집행관의 통고(通告)를 듣고 나서, 오늘 중으로 돈을 마련해 줄 것을 약속하고 일단 집으로 돌아가겠다고 말했다. 여관에서 나온 그는 사돈영감 코르슈노프의 집으로 찾아가는 길에 광장 근처에서 팔 하나가 없는 알료시카 샤밀리를 만났다.

"불편한 다리로 어딜 가십니까?"

샤밀리가 먼저 인사했다.

"잠깐 나왔네."

"멀리 가십니까?"

"아니, 사돈집에 잠깐 가 볼까 하네. 볼일이 좀 생겨서."

"아! 그 댁에는 기쁜 일이 생겼다더군요. 아직 듣지 못하셨어요? 미론 그리고 리예비치의 아들이 전선에서 돌아왔답니다. 그 댁의 미치카가 돌아왔다는 겁니다."

"그게 정말인가?"

"글쎄, 그렇답니다."

샤밀리는 뺨과 눈을 빛내면서 말하고, 담배쌈지를 꺼내며 판텔레이 프로코피예비치에게로 좀더 바싹 다가섰다.

"한 대 주십시오, 아저씨! 종이는 제가 드릴 테니까, 담배를 한 대 주십시오."

판텔레이 프로코피예비치는 담배를 피우면서 그냥 갈 것인가 그만둘 것인가 망설이다가 결국은 가 보기로 작정하고, 외팔이와 작별한 뒤에 절룩거리며 걸어 갔다.

"미치카도 십자훈장을 받은 모양입니다! 당신네 아드님들에게 지지 않겠다는 거겠지요. 하지만 요즘은 이 마을에서도 십자훈장을 탄 자들이 수풀 위의 참새 만큼이나 많아졌습니다!"

샤밀리가 쫓아오면서 외쳐 대듯 말했다.

판텔레이 프로코피예비치는 마을의 변두리까지 가자, 코르슈노프네 집의 창을 올려다보고 쪽문으로 다가갔다. 사돈영감이 직접 나와서 그를 맞아들였다. 코르슈노프 노인의 주근깨투성이 얼굴은 기쁨에 넘쳐 있었고, 여느 때보다 산뜻한 차림새였으며, 얼굴의 곰보 자국도 두드러지지 않아 보였다.

"우리 집에 기쁜 일이 생겼다는 소식을 듣지 못했나?"

사돈이 손을 잡으면서 물었다.

"길에서 알료시카 샤밀리를 만나 얘기를 들었네. 하지만 영감, 나는 좀 다른 볼일이 있어서 찾아온 걸세."

"글쎄, 용건은 나중에 듣기로 하고 우선 집 안으로 들어가서 병점(病占)을 보지. 사실은 지금 축하하느라고 한잔 마시는 참이네…… 할망구가 말이지, 이런 경사가 있을 때 마시게 한다고 맛좋은 걸 한 병 간직해 뒀었거든."

"아니, 말하지 않아도 말이지."

판텔레이 프로코피예비치는 매부리코를 움찔거리며 미소 지었다.

"나는 멀리서 벌써 냄새를 맡고 왔네!"

미론 그리고리예비치는 힘차게 문을 열고 사돈을 앞세웠다. 사돈은 문턱을 넘어서자 테이블에 앉아 있는 미치카에게 곧 시선을 보냈다.

"병정이 돌아왔구료!"

그리샤카 할아버지는 당장 울 것 같은 목소리로 말하고, 일어선 미치카의 등 뒤로 다가갔다.

"자, 어서 인사를 드려라!"

판텔레이 프로코피예비치는 미치카의 손을 쥔 채 한 걸음 뒤로 물러서더니, 놀란 표정으로 그를 쳐다보았다.

"왜 그렇게 쳐다보십니까, 영감님?"

미치카는 빙긋이 웃으며 갈라진 목소리로 말했다.

"정말이지, 지금 보니 놀랍구먼. 그리샤가 출정할 때에 자네를 함께 전송했었는데…… 그때는 아직 어린애였었는데 이젠 아주 당당한 카자흐야. 훌륭한 아타만 병사로군!"

루키니치나는 울어서 퉁퉁 부은 눈을 미치카에게서 떼지 않으며, 잔을 보지도 않고 보드카를 부어서 잔 밖으로 넘쳐흐르게 했다.

"이봐, 이봐, 왜 그렇게 멍청한 짓을 하나? 아까운 걸 흘렸잖아!"

미론 그리고리예비치가 그녀에게 주의를 주었다.

"자, 축하하네. 그리고 미트리 미로노비치, 돌아와서 정말 잘 되었네."

판텔레이 프로코피예비치는 푸른 기가 도는 눈동자를 굴리고 속눈썹을 떨며, 단숨에 술을 들이마셨다. 그는 입과 수염을 손바닥으로 슬쩍 문지르고 잔바닥에 힐끗 시선을 보내고는, 뒤로 눕다시피 하며 입을 크게 벌려 나머지 술을 흘려 넣었다. 그리고 그제야 비로소 숨을 내쉬고 소금에 절인 오이를 오독오독 씹으면서 한참 동안 눈을 반짝반짝 빛냈다. 안사돈은 겨우 두 잔째 술을 따랐는데, 왠지 그는 이상하리만큼 취해 버렸다. 미치카는 미소를 지으면서 그의 모습을 쳐다보고 있었다. 미치카의 고양이 같은 눈은 사초(莎草) 잎맥처럼 가늘어졌다가는 다시 넓게 벌어지기도 하며 거무스름해져 있었다. 지난 2, 3년 사이에 그는 몰라볼 정도로 달라져 있었다. 아주 건장해지고 검은 수염을 기른 이 카자흐에선 3년 전 입영 시에 전송하던 때의 그 여위고 홀쭉하던 미치카의 모습은 전혀 찾아볼 수 없었다. 그는 눈에 띄게 성장하여 어깨가 넓어지고 뼈대도 굵어졌다. 그리고 퉁퉁하게 살이 쪄서, 어림짐작으로도 5푸드[13]는 넘을 성싶었다. 목소리도 굵어지고, 얼굴은 제 나이보다 더 들어 보였다. 단지 눈만은 전과 같이 불안정하고 침착하지 못한 빛을 띠었다. 그의 어머니는 주름 잡힌 윤기 없는 손으로 아들의 짧게 깎은 뻣뻣한 머리칼과 희고 좁은 이마를 이따금 어루만지고, 울다 웃다 하는 얼굴로 아들의 눈을 빤히 들여다보고 있었다.

"훈장을 탔다지?"

판텔레이 프로코피예비치가 취한 웃음을 흘리면서 물었다.

"지금 카자흐치고 훈장을 타지 않은 사람이 어디 있나요?"

미치카는 쌀쌀맞게 대꾸했다.

"크루치코프 같은 친구는 사령부 소속으로 무조건 굽실거려서 십자훈장을 3개나 탔걸요."

"영감, 이 녀석은 전혀 거리끼는 것이 없네."

그리샤카 노인이 재빨리 말했다.

"글쎄, 나를 닮았는지, 조부를 닮았는지, 남에게 머리 숙이는 짓은 못하는 성미야."

"아니, 훈장은 그렇게 탈 수 있는 게 아니잖아."

판텔레이 프로코피예비치가 말했다. 그때 미론 그리고리예비치가 그를 거실로 데리고 가서 궤짝 위에 앉히고 물었다.

"나탈리야와 손자들은 어떤가? 다들 건강한가? 허허, 그것 참 다행이네. 그런데 영감, 당신은 무슨 볼일이 있어서 왔다고 했는데, 무슨 일인가? 말해 보게. 아니면 한잔 더 마시고……좀더 취한 뒤에 말할 텐가?"

"사실은 돈을 좀 빌려 달라고 왔네. 부탁이네! 좀 빌려 주게. 돈 때문에 곤란한 일이 생겨서."

---

13) 러시아에서 사용하는 무게 단위. 1푸드는 약 16.38kg.

판텔레이 프로코피예비치는 취한 김에 몹시 겸손한 어조로 부탁했다. 사돈은 그의 말을 가로막았다.

"얼마인데?"

"100장쯤."

"지폐는 어떤 거지? 지폐에도 여러 가지가 있으니."

"루블 지폐로 백쯤."

"좋네."

미론 그리고리예비치는 손궤 속을 뒤져서 보퉁이를 꺼내어 풀고, 불그스름한 지폐 10매를 세어 뽑아 냈다.

"고맙네…… 덕분에 살아나게 됐네!"

"별말을 다 하는군. 피차 마찬가지네!"

미치카는 닷새 동안 집에 있었다. 밤에는 아니쿠시카의 아내에게 찾아가 30대 여자의 간절한 욕망을 충족시켜 주었다. 말하자면 그녀 자신에 대해서 무슨 짓이든 하라는 식의 단순한 이 여자에게 연민을 베풀어 준 것이었다. 그리고 낮에는 친척들을 찾아가기도 하고, 손님으로 초대되어 가기도 했다. 가벼운 카키색 군복을 입고 군모를 삐딱하게 쓰고는 추위에 강한 것을 자랑하듯 마을의 한길을 성큼성큼 걸어다녔다. 어느 날, 거의 해 질 녘에 멜레호프의 집에도 얼굴을 내밀어, 따뜻하게 불을 지핀 집 안으로 한기(寒氣)와 언제까지나 잊히지 않을 강렬한 병사의 냄새를 불어넣었다. 잠시 앉아서 전쟁에 대한 것과 마을의 소문 따위를 이야기한 뒤, 다리야를 향해 푸른 갈대잎 같은 눈을 가늘게 좁히더니 곧 돌아갈 준비를 서둘렀다. 병사에게서 눈을 떼지 않고 있던 다리야는, 미치카가 방을 나가자 촛불처럼 몸을 흔들고는 입술을 깨물고 플라토크를 썼다. 그러자 일리니치나가 물었다.

"다시카, 너 어딜 나가려는 거냐?"

"잠깐…… 변소에요."

"그렇다면 같이 가자꾸나."

판텔레이 프로코피예비치는 숙였던 얼굴을 쳐들고는 아무 말도 못 들은 척하고 앉아 있었다. 다리야는 그의 옆을 지나서 문 쪽으로 걸어갔다. 그녀의 내리깐 눈꺼풀 속에서 도깨비불 같은 것이 타오르고 있었다. 그녀의 뒤를 쫓아서 시어머니가 한숨을 내쉬며 비척비척 따라갔다. 미치카는 에헴, 에헴 하고 헛기침을 하며 쪽문 근처에서 장화 소리를 내고, 손바닥으로 가리며 담배를 피워 댔다. 그는 빗장 소리를 듣고 현관 층계 쪽으로 걸어가려 했다.

"아니, 미트리 자넨가? 왜 남의 집 뜰에서 어정대나?"

일리니치나는 밉살스럽게도 그를 향해 말했다.

"여보게, 쪽문을 꽉 좀 닫아 주게. 그렇게 하지 않으면 바람이 불어서 밤중에 덜컹거릴 거야…… 정말로 웬 바람인지."

"별로 어정대지 않았습니다…… 닫고 가고말고요."

미치카는 분한 듯 그렇게 내뱉더니, 헛기침을 한번 한 뒤 한길로 나가서 곧 아니쿠시카의 집 쪽으로 걸어갔다.

미치카는 작은 새같이 아무 생각 없이 그날그날을 보내고 있었다. 오늘 하루를 행복하게 보내면 내일은 또 어떻게 될 테지 하는 식으로 태평하게 지냈다. 그리고 두려움을 모르는 마음이 그의 피를 휘몰아 대는데도 불구하고 별로 충성하려 하는 욕망도 품지 않았다. 그 대신에 미치카의 군대 수첩은 다소 슬픔을 간직하고 있었다. 수첩 주인은 러시아에 귀화한 폴란드 여자를 겁탈한 혐의와 약탈한 혐의로 재판을 두 번 받았다. 그리고 전쟁이 계속된 3년 동안에 손가락으로 꼽을 수 없을 정도로 많은 처벌과 징계 처분을 받았다. 한번은 군법 회의에서 총살형을 선고받을 뻔했는데, 어떻게 용케도 그 재액을 모면했다. 그리고 연대에서의 성적은 꼴찌였지만, 그 쾌활하고 고시랑거리지 않는 기질과 음란한 노래—그는 이런 종류의 노래로는 남에게 뒤지지 않았다—와 사교성과 시원스런 성격 덕에 카자흐들의 사랑을 받고, 또한 사관들에게서는 대담함 때문에 귀여움을 받았다.

그는 미소를 머금고 이리같이 가벼운 걸음걸이로 땅을 딛는 버릇이 있었는데, 그런 야수적인 면이 그에게는 많이 엿보였다—한 걸음 한 걸음 비틀거리는 듯한 걸음걸이, 눈동자뿐인 것 같은 푸른 눈으로 이마 너머로 빤히 쳐다보는 것, 머리를 돌리는 모습 따위가 그랬다. 미치카는 한번 삔 적이 있는 목을 결코 돌리지 않았다. 뒤를 돌아볼 때에는 언제나 온몸으로 돌아다보는 것같이 했다. 탄탄한 골격에 꽉 죄어진 근육을 지닌 그 몸의 동작은 경쾌하고 군더더기가 없었다. 건강과 힘의 떫은 냄새—마치 쟁기로 갈아 놓은 저 골짜기의 검은 흙과도 같은 냄새를 풍기고 있었다. 미치카에게 있어서 인생은 단순한 한 줄기 길이고, 경작지의 이랑처럼 뻗어 있는 것이었다. 그리고 그는 그 이랑을 따라 앞뒤 생각 없이 되는대로 나아가고 있었다. 그의 사상 또한 원시인처럼 단순하기 짝이 없었다. 굶으면 동료에게서 훔쳐도 좋고, 또한 훔쳐도 꺼릴 것이 없다는 신조였고, 굶었을 때에는 실제로 훔치기도 했다. 구두가 망가지면 가장 손쉬운 해결 방법은 독일군 포로에게서 벗겨 내는 것으로, 들킬 경우에는 벌을 받았지만 미치카는 그 벌 또한 달게 받았다. 정찰하러 나가면 포로가 된 초죽음 상태의 독일군 감시병을 질질 끌고 돌아오게 마련인데, 그런 위험한 작업에도 서슴없이 나갔다. 1915년에 적에게 붙들려서 포로가 되어 몹시 얻어맞고 단검에 찔려 부상당한 적도 있었지만, 그날 밤 손톱이 뿌리까지 다 벗겨지도록 창고 지붕을 억지로 벗겨 내고는 선물로 치중(輜重)의 마구(馬具)까지 들고 도망쳐 돌아왔다. 그런 식으로 대개의 일들이 미치카에게는 잘 풀려 나갔다.

엿새째에 미론 그리고리예비치는 밀레로보까지 함께 따라가 아들이 기차에 타는 것을 보고, 녹색 객차가 잇따라 헐떡이며 차차 멀어져 가는 모습을 지켜보았다. 그런 뒤 채찍으로 플랫폼에 달라붙은 쇳녹을 푹푹 쑤시고, 움푹 패어 생기를 잃은 눈을 한참 동안 쳐들지 않고 있었다. 루키니치나는 아들을 생각하며 하염없이 울고, 그리샤카 노인은 한숨을 내쉬었다. 방에 들어가서 신음하며 손으로 코를 풀고는 지저분한 외투 자락에 문질렀다. 아니쿠시카의 미망인도 미치카의 우람하고 애무에 타오르던 몸을 생각하며, 그 병사가 선물로 주고 간 임질에 시달리며 울었다.

바람이 말갈기를 엮듯이, 세월은 그날그날을 엮어 나갔다. 성탄제(聖誕祭)가 임박한 때 갑자기 진눈깨비가 내렸다. 비가 하루 낮과 밤사이에 내려 돈 주위의 산에서 물이 개울을 이루어 흐르고, 눈이 녹은 곳 언저리에는 지난해의 풀과 이끼 돋은 백악암이 파랗게 보였다. 돈의 양쪽 기슭은 허옇게 거품이 일고, 얼음은 새파랗게 부풀어 올랐다. 헐벗은 검은 흙은 이루 말할 수 없이 달콤한 냄새를 풍겼다. 게트만스키 가도에는 지난해에 생긴 수레바퀴 자국에 괸 물이 거품을 일으켰다. 마을 변두리의 점토질 단애는 다시 무너져서 붉은 상처를 보이고 있었다. 남풍이 치르강 쪽에서 썩은 풀의 고약한 냄새를 실어 왔다. 한낮에는 지평선 근처에 마치 봄이 온 것처럼 푸른빛을 띤 부드러운 햇살이 어른어른 비쳤다. 집집마다 바자울[14] 곁에 버려진 잿더미에는 조그마한 웅덩이가 생겨나 있었다. 타작마당에는 짚 더미 옆의 땅바닥이 질척질척하게 녹고, 썩은 짚의 들척지근한 냄새가 그곳을 지나가는 사람의 코를 찔렀다. 낮 동안은 고드름이 달린 초가지붕에서 타르 냄새를 풍기는 물방울들이 물받이를 타고 똑똑 떨어지고, 까치가 바자울 위에 와서 요란스럽게 울었다. 그리고 미론 그리고리예비치네 집의 가축우리가 있는 마당에 매여서 겨울철을 보내고 있는 마을 공유의 종우(種牛)는 때아닌 봄기운을 느껴 메-메- 울었다. 소는 바자울에 뿔을 걸어 부수고, 벌레에 먹힌 떡갈나무 줄기에 몸을 비비고, 비단 같은 가슴털을 마구 흩뜨리고, 녹은 물이 스며든 무른 눈을 발길로 차서 헤쳤다.

성탄제 2일째에 돈의 얼음이 갈라졌다. 우르르 힘찬 소리를 낸 유빙(流氷)은 강물의 한가운데쯤을 흘러갔다. 얼음덩어리는 강기슭으로 기어올라 갔다. 돈강의 건너편에서는 포플러들이 남풍에 흔들려 마치 그 자리에서 움직이지도 않고 내달리고 있는 것같이 보였다. 슈우, 우, 우- 하고 그곳에서 쉰 듯한, 지워지는 듯한 소리가 흘러나왔다.

하지만 밤이 되면 산울림이 일고, 까마귀들이 광장에서 소란을 피우고, 멜레호프 집 옆을 프리스토냐네 집 돼지가 한 움큼 가량의 짚을 입에 물고 달려서 지나갔다. 판텔레이 프로코피예비치는 '계절이 시샘을 하여 때를 어기고 온 봄을 쫓아내고 있으니, 내일은 틀림없이 추위가 대단할 것이다' 생각했다. 밤사이에 바람은 동풍으로 바뀌었다. 가벼운 추위는 진눈깨비로 생겼던 웅덩이에 얇은 얼음을 얼렸다. 새벽녘이 되자 모스크바 바람이 불어닥쳐서 추위가 혹심해졌다. 다시 겨울이 들어섰다. 다만 돈의 중류에서는 부서진 얼음덩어리가 크고 흰 나뭇잎같이 되어 흐르고, 또한 구릉 위에서는 녹았던 지면이 한기로 부옇게 보였다.

성탄제가 다 지나자마자 판텔레이 프로코피예비치는 마을의 집회 때에 서기에게서 카멘스카야 마을에서 그리고리와 만났다는 것, 그리고 그로부터 집에 돌아가면 식구들에게 안부를 전해 달라는 부탁을 받았다는 이야기를 들었다.

---

14) 갈대, 싸리, 수수깡, 대 등으로 엮어서 만든 울타리.

7

조그맣고 거무스름한 손, 손등에 여린 솜털이 덮인 팔로 세르게이 플라토노비치 모호프는 생활의 모든 면을 샅샅이 살피고 있었다. 생활은 때로 그를 희롱하기도 하고, 때로는 투신자살하는 자의 목에 매달아 놓은 돌멩이처럼 축 늘어지기도 했다. 세르게이 플라토노비치는 살면서 많은 것을 보아 왔으며 갖가지 재난도 당했다. 훨씬 전, 아직 곡물 중개를 하던 시절의 일인데, 카자흐들에게서 아주 헐값으로 곡물을 사재기하고, 뒤에 4천 푸드나 되는 불에 탄 밀을 마을의 변두리로 싣고 가 두르노이 절벽에서 내던져 버리는 궁지에 몰린 적도 있었다. 1905년의 일도 잊지 않았다──어느 가을밤, 누군가가 그를 엽총으로 쏘았다. 모호프는 부자가 되기도 하고 빈털터리가 되기도 했으나, 마침내는 6만 루블 가량의 돈을 볼가 캄스키 은행에 저금하게 되었다. 그러나 멀리 있는 것도 냄새를 잘 맡는 코라서 심한 동요기(動搖期)가 바짝 다가오고 있는 것을 알아채고 있었다. 세르게이 플라토노비치는 암흑의 날이 다가오기를 기다리고 있었으나, 그의 생각은 적중하지 못했다.

1917년 1월이었다. 결핵으로 언제 죽을지 모르던 초등학교 교사 발란다가 그에게 독설을 퍼붓고 갔다.

"혁명이 바로 눈앞에까지 다가와 있는데 어리석게도 감상적인 병으로 죽어야 한다니, 이게 무슨 꼴이오? 유감스럽소, 세르게이 플라토노비치. 당신의 자본이 다 털리고, 당신이 따뜻한 보금자리에서 쫓겨나는 것을 보지 못하는 것이 한스럽소."

"어째서 유감이란 말인가?"

"어째서냐구요? 어쨌든 그렇소. 모든 게 재가 되는 꼴을 보는 것은 기분 좋거든요."

"그러면 자네는 오늘 죽을 걸세. 하지만 나도 내일은 죽을 걸세."

세르게이 플라토노비치는 증오를 숨기고 말했다.

1월에는 이미 여러 마을에 라스푸친[15]과 궁정에 관한 수도(首都)의 소문이 나돌았다. 그리하여 3월 초에는 전제(專制)의 전복[16]에 관한 보고가 마치 너새

---

15) 2월 혁명 전후에 러시아 군정의 실권을 잡고 있던 성직자.
16) 1917년 2월 27일에 일어난 러시아 제2부르주아 혁명.

에게 그물을 씌우듯 세르게이 플라토노비치에게 덮쳐 왔다. 카자흐들은 혁명에 관한 보도를 듣고 은근한 불안과 기대를 품었다. 그날 닫힌 모호프의 가게 앞에는 해 질 녘까지 노인들과, 고령자라고는 할 수 없는 카자흐들이 모여 있었다. 마을의 아타만 키류시카 솔다토프[17]는 크고 붉은 수염에 약간 사팔뜨기인 카자흐였는데, 몹시 풀이 꺾여서 가게 옆에서 왁자지껄 떠들어 대는 이야기에도 끼지 못하고 이따금 종잡을 수 없는 고함을 지르면서 사팔뜨기 눈으로 카자흐들을 쳐다보았다.

"정말 엉망이 되고 말았어! 놀라운 일이야! 앞으로 어떻게 살아간단 말인가?"

세르게이 플라토노비치는 가게 앞에 모여 있는 군중을 창문으로 보고는 그리로 나가서 노인들과 이야기해 보기로 결심했다. 그는 너구리 외투를 입고 갈색 지팡이에 의지해서 바깥 층계 위로 나갔다. 가게 쪽에서는 사람들의 소리가 왁자지껄하게 들려왔다.

"자, 플라토노비치, 당신은 학식이 있으니 우리처럼 아무것도 모르는 사람들에게 도대체 지금 어떻게 되어 가고 있는지, 앞으로 어떻게 되어 나갈 것인지를 말씀해 주시지요."

마트베이 카슐린이 깜짝 놀란 듯이 웃음 띤 얼굴로, 얼어붙은 코 옆에 주름을 잡으며 말했다.

세르게이 플라토노비치가 인사를 하자, 노인들은 예의 바르게 모자를 벗고 그들의 한가운데로 길을 내주었다.

"차르 폐하를 받들어 모시지 않고 살아가게 될 겁니다."

세르게이 플라토노비치는 약간 우물거리며 말했다.

노인들은 일제히 외쳐 댔다.

"차르를 받들지 않고 어떻게 해 나간단 말이오?"

"부친의 시대도 조부의 시대도 줄곧 폐하를 떠받들고 살아왔는데, 앞으로는 폐하가 필요하지 않게 된단 말이오?"

"그러면 도대체 어떤 정부가 세워지게 되오?"

"플라토노비치, 너무 놀라게 하지 말고 탁 털어놓고 얘기해 주시오. 뭘 두려워

---

17) 전사한 마니츠코프 후임자.

하시오?"

"아마 그 자신도 모를걸."

아브데이치 브레프가 뺨의 보조개를 한층 깊게 하며 빙긋이 웃었다.

세르게이 플라토노비치는 자신의 낡은 고무장화를 멍하니 보고 있다가, 괴로운 듯이 한마디 토해 냈다.

"국회가 정치를 맡게 될 겁니다. 공화국이 생기게 될 겁니다."

"한심하게 돌아가는군. 세상에 이럴 수가 있나?"

"선제(先帝) 알렉산드르 2세 폐하의 시대에는 우리들 전부가 어떤 식으로 일했느냐 하면."

아브데이치가 말을 꺼냈으나, 성질이 괄괄한 보가티료프 노인이 불끈 성을 내고 말을 가로막았다.

"다 아오! 지금은 그런 게 문제가 아니오!"

"그러면 카자흐도 이젠 끝장나는 건가요?"

"지금 우물쭈물하다가 독일군이 그 틈을 타서 상트페테르부르크[18]까지 밀고 들어올걸."

"평등이라면, 농민들이 우리들과 어깨를 나란히 하게 되는 겁니다."

세르게이 플라토노비치는 억지웃음을 지으며 노인들의 당혹한 표정을 빙 둘러보다가 마음이 언짢아졌다. 여느 때의 습관대로 그는 밤색 수염을 두 갈래로 가르고, 누구에게랄 것도 없이 무턱대고 화를 내며 말했다.

"여러분, 확실히 러시아는 엉망이 되었습니다. 여러분을 농민과 동등하게 취급하고, 여러분의 특권을 빼앗고, 게다가 옛날의 괴로움까지 생각나게 할 것입니다. 어려운 시대가 온 겁니다…… 어떤 인간이 권력을 잡느냐 하는 데 달려 있기도 하지만, 까딱하다가는 막다른 데까지 가게 될 겁니다."

"살면서 앞일을 지켜봅시다!"

보가티료프가 머리를 흔들고 솜뭉치를 붙여 놓은 것 같은 눈썹 속에서 세르게이 플라토노비치를 의심하는 듯한 눈길로 힐끗 쳐다보며 말했다.

---

18) 1703년에 러시아의 수도로 지정된 도시로 1914년에 페트로그라드로 개칭되어 1924년까지 그렇게 불렸다. 여기서는 소설의 시대적 배경상으로는 페트로그라드로 불려야 맞지만, 노인들 간의 대화라 익숙한 이름을 쓴 것이 아닌가 싶다.

"플라토노비치, 당신은 당신의 길을 가시오. 우리는 정권이 바뀌면 지금보다 편해질지도 모르니."

"어째서 편해진단 말입니까?"

플라토노비치가 독살스럽게 물었다.

"새로 생길 정부는 틀림없이 전쟁을 매듭지을 겁니다……그렇잖습니까? 어떻게 생각하십니까?"

세르게이 플라토노비치는 손을 흔들었다. 그리고 휘청거리는 걸음걸이로 자기 집의 옥색으로 칠해진 화려한 현관 입구 쪽으로 걸어갔다. 그는 돈이며, 제분소며, 차츰 악화되어 가는 장사 따위에 대해 두서없이 떠올리면서 걸어갔다. 그러다가 문득 엘리자베타가 지금 모스크바에 있다는 것, 그러나 블라디미르는 곧 노보체르카스크에서 돌아오리란 것을 생각해 냈다. 하지만 아이들에 대한 불안으로 뻐근해지는 아픔도, 잇따라 솟아 나오는 두서없는 생각들을 물리치지는 못했다. 그렇게 현관 층계까지 갔을 때, 그는 그날 하루 사이에 갑자기 생활이 암담해지고, 그 자신도 가슴 아픈 생각들로 마음이 시들고 만 것처럼 느껴졌다. 시큼한 푸른 녹이 입속에 침을 괴게 했다. 가게 앞에 있는 노인들을 돌아다보고, 조각이 새겨진 계단의 난간 너머로 침을 뱉고는 테라스를 거쳐 거의 뛰어들다시피 집 안으로 들어갔다. 안나 이바노브나는 식탁에서 남편을 맞이했다. 그녀는 여느 때처럼 차가운 시선으로 남편의 얼굴을 힐끗 쳐다보며 물었다.

"차 마시기 전에 뭘 좀 드시겠어요?"

"필요 없소. 먹는 게 다 뭐요!"

세르게이 플라토노비치는 불쾌하게 거절했다.

외투를 벗을 때에도 그는 입속에 푸른 녹의 맛을, 그리고 머릿속에는 어둡고 막연한 공허를 느끼고 있었다.

"리자에게서 편지가 왔어요."

부종으로 퉁퉁 부은 안나 이바노브나는 얼른 종종걸음으로 뛰어—그녀는 결혼하던 날부터 큰살림에 억눌려서 언제나 그렇게 걸어다녔다—침실에 가서, 봉투가 찢긴 편지를 가져왔다.

'천박하고 어리석은 딸년이야.'

세르게이 플라토노비치는 투박한 봉투에서 뿜어져 나오는 향수 냄새에 코를 찡그리며, 딸에 대해 언짢아했다. 노인은 대충 편지를 보더니, 까닭도 없이 '기분'이라는 말에 신경이 쓰여 한참 동안 분명치 않은 그 말의 의미를 찾느라고 생각에 잠겼다. 편지의 말미에서 엘리자베타는 돈을 보내 달라고 했다. 세르게이 플라토노비치는 여전히 가슴 아프게 하는 공허를 머릿속에 느끼며 마지막 줄까지 다 읽었다. 갑자기 그는 울고 싶은 기분이 들었다. 곤두박질하다시피 한 생활은 그 순간 그에게 자신의 공허한 마음을 열어 보인 것이었다.

'그 애는 내게 남이나 마찬가지야'

그는 딸에 대해 이렇게 생각했다.

'나도 그 애에게는 남이다. 육친의 정을 그 애가 느끼는 것은 돈이 필요할 때뿐이지…… 못된 계집애다, 정부(情夫)를 가지고 있다니…… 어릴 적에는 잿빛 머리칼의 귀여운 애였는데…… 아, 아! 모든 게 왜 이렇게 달라지는 걸까! 노망 부릴 나이도 아닌데 머리가 흐리멍덩해져 버렸어. 미래에는 행복한 생활이 기다리고 있을 것이라고 믿어 왔는데, 이제 와 보니 들판에 서 있는 조그마한 예배당같이 고독하다…… 더러운 손으로 돈 깨나 벌었지. 청렴결백해서는 돈이 모이지 않기 때문이었어! 속임수도 쓰고, 구두쇠 짓도 해왔다. 그런데 이젠 혁명이 닥친 것이다. 내일은 고용했던 자들에게 내쫓기게 될지도 모른다…… 모든 게 참혹하게 되었다! 또한 아이들은 어떻게 될까? 블라디미르란 녀석은 멍텅구리이고…… 그러니 끙끙 앓아봤자 무슨 소용이 있나? 이젠 달리 도리가 없지.'

그 생각의 끝에 오래전에 제분소에서 일어났던 일이 떠올랐다. 짐꾼인 카자흐가 거칠게 곡물을 빻은 데 대해서 화를 내고는 삯을 내지 않겠다고 외쳤다. 세르게이 플라토노비치는 그때 기관실에 있다가 떠들썩한 소리를 듣고 나가서 시비 경위를 듣고는 계량 담당자와 제분공더러 다 빻은 밀가루를 내주지 말라고 지시했다. 몸집이 작고 초라한 카자흐는 자루 끝을 움켜쥐고 자기 쪽으로 끌어당겼다. 그러자 살이 찌고 튼튼한 제분공 자바르도 자기 쪽으로 끌었다. 그때 카자흐가 제분공을 들이받자, 이번에는 제분공이 카자흐의 관자놀이를 향해서 커다란 주먹을 냅다 날렸다. 카자흐는 털썩 쓰러졌다가 비틀비틀 일어섰는데, 그의 왼쪽 관자놀이에서 피가 끈적끈적하게 뿜어져 나왔다. 그는 세르게이 플라토노비치 쪽으로 성큼성큼 다가와서 신음하듯 중얼거렸다.

"가루는 주시오! 먹고 살아야겠수다!"

그러고는 어깨를 후들후들 떨며 나갔다.

세르게이 플라토노비치는 이렇다 할 뚜렷한 맥락도 없이 이 사건과 그 결말을 생각해 냈다. 그 뒤 카자흐의 아내가 와서 가루를 달라고 애걸했다. 그녀는 거짓 눈물까지 흘리며 짐꾼들의 동정을 얻으려고 큰 소리로 외쳤다.

"이런 억울한 일이 어디 있어요, 예, 여러분? 도대체 그럴 권리가 어디 있단 말예요? 어서 가루를 주세요!"

"돌아가요, 아주머니. 그만하면 됐으니까 어서 돌아가요. 돌아가지 않으면 머리채를 잡고 끌어낼 테요!"

자바르는 비웃었다. 그런데 그 카자흐와 거의 마찬가지로 힘도 없고 몸집도 작은 계량 담당자 발레트가 자바르에게 덤벼들었다가 역시 심하게 얻어맞았다. 일이 시끄러워지자 자바르를 해고시킨다고 엄포를 놓아 일을 수습하기는 했는데, 그 경위를 가만히 보고 있으려니 재미없기도 하고 또한 그대로 참을 수 없는 느낌이 들었다. 이상의 일은 플라토노비치가 편지를 읽고 나서 그것을 말아 넣고 있던 잠깐 사이 머릿속에 떠오른 것이었다.

그날 하루는 여러 번 긁힌 상처같이 기분 나쁜 아픔을 새겼다. 세르게이 플라토노비치는 그날 밤 좀처럼 잠을 이루지 못하고 두서없는 생각과 이상한 기분에 휘감겨서 밤이 깊도록 몸을 뒤척였다. 한밤중이 지나서야 겨우 잠이 들었다. 그리고 이튿날 아침 예브게니 리스트니츠키가 전선에서 야고드노예의 아버지 곁으로 돌아왔다는 이야기를 듣자, 사태를 분명히 밝히고 언짢은 앙금 같은 예감을 마음속에서 털어 내기 위해 그곳에 가보기로 작정했다. 예멜리얀이 담뱃대를 뻑뻑 빨면서 도회풍의 썰매에 튼튼한 소러시아산(産) 말을 매고 야고드노예로 세르게이 플라토노비치를 태워 갔다.

마을 위에서는 오렌지빛 살구처럼 태양이 무르익고, 그 아래의 꽤 높은 곳으로는 구름이 연기처럼 흩어지고 있었다. 혹심한 추위 속의 대기는 물기 많은 과일 냄새로 가득 차 있었다. 말굽 밑에서 길바닥의 얇은 얼음이 으드득으드득 소리를 내고, 말의 코에서 나오는 김은 바람이 되어 뒤로 날리고, 갈기털엔 서리꽃이 피었다. 세르게이 플라토노비치는 질주와 한기로 긴장이 풀려서 꾸벅꾸벅 졸면서 양탄자를 씌운 썰매의 등받이에 기대어 흔들리고 있었다. 마을 광장에는 가죽 외투를 입은 카자흐들이 거뭇거뭇하게 모여 있는데, 여자들은 갈색 수달 가죽으로 테를 두른 모피 외투를 입고, 양들이 줄지어 있는 것같이 죽 늘어앉아 있었다.

군중 한가운데에서는 초등학교 교사 발란다가 장식용 붉은 리본을 단 양가죽 반코트를 입고, 핏기 잃은 입에 손수건을 대고 타는 듯한 눈을 빛내면서 이야기하고 있었다.

"……어떻습니까, 여러분, 저주받아 마땅한 전제(專制)는 마침내 종말을 고했습니다! 이제 여러분의 아드님들은 노동자를 채찍으로 진압하기 위해서 내보내지지 않을 것입니다. 흡혈귀 같은 차르에 대한 여러분의 수치스러운 역할은 막을 내린 것입니다. 헌법을 제정할 의회가 새롭고 자유로운 러시아의 주인이 될 것입니다. 그것은 지금까지와는 다른, 밝은 생활을 보장하리라 생각합니다!"

뒤에서 그녀와 한집에 사는 여자가 반코트의 주름을 움켜쥐고 당기면서 낮은 목소리로 간절히 당부했다.

"이봐요, 미챠, 이젠 그만해요! 몸에 해로워요. 더 하면 안 돼요…… 또다시 각혈을 한다구요…… 미챠!"

카자흐들은 당혹한 표정으로 얼굴을 숙이고 있기도 하고, 묵묵히 한숨을 내쉬기도 하고, 소리 죽여 웃기도 하면서 발란다의 이야기를 듣고 있었다. 하지만 그녀는 연설을 끝까지 마칠 수가 없었다. 맨 앞줄에서 갑자기 동정하는 소리가 났던 것이다.

"생활이 밝아지게 되리라는 것은 잘 알겠습니다. 하지만 당신은 딱하게도 그때까지 버티지 못하실 것 같습니다. 이젠 댁으로 돌아가시지요. 바깥은 날씨도 추우니."

발란다는 끝까지 말을 잇지 못하고 풀이 죽어 군중에게서 떠나갔다.

세르게이 플라토노비치가 야고드노예에 닿은 것은 정오 무렵이었다. 예멜리얀은 재갈을 쥐고 말을 마구간 옆에 있는 구유 쪽으로 끌고 갔다. 그리고 주인이 썰매에서 내려 가죽 반코트 자락을 걷고 손수건을 꺼내는 사이에 마구를 벗기고 말에게 말옷을 입혀 주었다. 현관 입구 근처에서 키가 크고 갈색 얼룩점이 있는 흰 보르조이종(種) 사냥개가 세르게이 플라토노비치를 맞이했다. 개는 낯선 사람을 보고는 길고 억세게 보이는 다리를 벌려 기지개를 켜면서 이쪽을 향해 몸을 일으켰다. 이어서 현관 옆에 꺼멓게 뭉쳐 누워 있던 다른 개들도 똑같이 께느른한 동작을 취하며 일어섰다.

'빌어먹을, 정말 질색이야!'

세르게이 플라토노비치는 층계를 뒷걸음질쳐 올라가며 겁먹은 표정으로 바라보았다.

건조하고 밝은 현관 안에는 개 냄새와 초 냄새가 숨 막히도록 가득 차 있었다. 트렁크가 놓여 있는 위쪽, 사슴뿔로 만든 커다란 모자걸이에는 양가죽의 사관 모자와 은(銀) 술이 달린 털가죽 모자와 두꺼운 천으로 지은 소매 없는 겉옷이 걸려 있었다. 세르게이 플라토노비치가 그런 것들에 시선을 던졌을 때, 한순간 그에게는 털이 텁수룩하고 시커먼 사내가 트렁크 위에 서서 어깨를 움츠리고 있는 모습같이 느껴졌다. 옆방에서 살이 찌고 눈동자가 검은 여자가 나왔다. 그녀는 외투를 벗고 있는 세르게이 플라토노비치를 빤히 쳐다보며, 거무스름한 얼굴에 진지한 표정을 띠고 물었다.

"니콜라이 알렉세예비치 어른이신가요? 그러시다면 알려드리지요."

그녀는 노크도 하지 않고 홀(hall)로 들어가서 문을 꼭 닫았다. 세르게이 플라토노비치는 살찌고 눈이 검은 그 아름다운 여자가 아크시냐 아스타호프임을 그제야 알아차렸다. 그녀 쪽에서도 금방 알아보고 연분홍색 입술을 꼭 다물더니 어색하게 몸을 펴고, 옷 사이로 드러난 팔꿈치를 눈에 보일락 말락하게 움직이면서 걸어갔다. 1분 뒤에 그녀의 뒤를 따라 늙은 리스트니츠키가 나왔다. 그는 붙임성 있는 웃음을 띠고 의젓하게 말했다.

"아아니! 이런, 이런! 어쩐 일이시오? 자, 어서 들어오오."

손짓으로 손님을 홀로 안내하면서 옆으로 비켰다.

세르게이 플라토노비치는 전부터 신분이 높은 사람에게 언제나 그러듯이 아주 정중한 인사를 한 뒤 홀로 들어갔다. 예브게니 리스트니츠키가 코안경 아래의 눈을 찡그린 채, 그를 맞이하러 나왔다.

"그렇잖아도 막 이야기하던 참입니다, 세르게이 플라토노비치! 그래, 별일은 없었습니까? 몹시 안되어 보이는군요."

"어떻게 지내셨습니까, 예브게니 니콜라예비치! 이래 봬도 저는 당신보다 더 오래 살 겁니다. 어떠십니까, 당신은? 건강은 괜찮으신가요?"

예브게니는 금니를 드러내고 웃으면서 손님을 팔걸이의자에 앉혔다. 두 사람은 조그만 탁자를 앞에 놓고 앉아서 의미 없는 말을 주고받으며, 서로 상대방의 얼굴에서 과거와 달라진 점을 찾고 있었다. 주인이 차를 준비하도록 이르고 들어왔다. 그가 입에 문 구부러진 큰 파이프에서 연기가 나오고 있었다. 그는 옆으로 다가와 걸음을 멈추고는, 거친 큰 손을 탁자 위에 얹고서 물었다.

"당신네 마을 형편은 어떻지요? 좀 들려 주시오…… 무슨 좋은 소식은 없소?"

세르게이 플라토노비치는 곱게 면도질이 되고 주름이 잡힌 장군의 턱과 목덜미를 올려다보며 한숨을 내쉬었다.

"말씀드리고말고요!"

"어째서 이렇게 됐느냐 하면 말이지."

장군은 목의 결후를 꿈틀 움직이고 담배 연기를 삼켰다.

"나는 전쟁 초기부터 벌써 이렇게 될 것으로 생각했소. 왜냐하면…… 왕조란 것은 이렇게 될 운명을 안고 있거든. 지금 생각나는 것은 저 메레시콥스키[19]요…… 생각나지, 예브게니? 저 《표트르와 알렉세이》 말이야. 그 책 속에서 고문당한 황태자 알렉세이가 부친 폐하에게 말한 게 있지. '저의 피는 틀림없이 당신의 자손 위에 떨어질 겁니다……'라고."

"저희 마을에서는 전혀 확실한 것을 파악할 수 없습니다."

세르게이 플라토노비치는 흥분한 빛을 띠며 말을 꺼냈다. 그는 팔걸이의자 위에서 약간 몸을 내밀어 담배에 불을 붙이고 말을 계속했다.

"신문은 벌써 1주일째 오지 않고, 소문은 미덥지 못하고, 정말 어떻게 해야 좋을지 갈피를 잡을 수 없습니다. 예브게니 니콜라예비치가 휴가를 나왔다는 말을 듣고 한번 댁으로 찾아와 대체 어떻게 되었는지, 앞으로 어찌하면 좋은지, 그런 것들을 여쭤 봐야겠다는 생각으로 굳이 이렇게 찾아와 뵙게 된 겁니다."

아들 예브게니는 깔끔하게 면도한 흰 얼굴에서 이젠 미소를 지우고 이야기했다.

"두려운 일입니다…… 병사들은 말 그대로 깡그리 풀어져 있고, 사기는 떨어지고 말았습니다. 몹시 지친 겁니다. 정말이지 금년에 들어와서는 병사라는 말

---

19) 1865~1941. 러시아 작가. 상징주의적 경향이 있었고, 〈반(反) 그리스도〉 3부작이 특히 유명하다.

을 생각나게 하는 견실한 병사는 한 명도 찾아볼 수 없었습니다. 병사들은 던적스럽고 야만적인 범죄자와 도당(徒黨)으로 변했습니다. 정말이지 아버님 같은 분들은 그야말로 상상도 하실 수 없을 겁니다. 우리 군대가 도대체 어느 정도로 풀어져 있는지 도저히 납득하지 못하실 겁니다. 진지를 내버리고, 제멋대로 도망치고, 약탈하고, 주민을 죽이고, 사관을 죽이고, 전사자나 부상자의 휴대품을 훔치고…… 전투 명령을 이행하지 않는 것 등등…… 그런 모든 짓거리를 식은 죽 먹기처럼 쉽게 저지르고 있습니다."

"물고기는 머리부터 썩기 시작한다고 하더라만."

늙은 리스트니츠키는 담배 연기와 함께 한마디를 토해 냈다.

"저 같으면 그렇게 말하지 않습니다."

예브게니는 눈살을 찌푸렸다. 힘줄이 많은 눈꺼풀이 꿈틀거렸다.

"저는 그렇게 말하고 싶지 않습니다…… 군대는 볼셰비키들에 의해 엉망이 되어 밑에서부터 썩어 가고 있습니다. 카자흐 부대에서도, 특히 보병 부대에 접근해 있던 부대는 사기가 형편없습니다. 극심한 피로와 향수병에 시달리고 있습니다. 거기에 볼셰비키들이 끼어들어서."

"놈들은 도대체 무슨 짓을 저지르려는 거요?"

세르게이 플라토노비치가 참다못해 물었다.

"하하하!"

예브게니는 가볍게 웃더니 말을 이었다.

"놈들이 바라고 있는 것은…… 콜레라균보다 훨씬 더 무서운 겁니다! 어째서냐 하면, 그것은 인간에게 쉽사리 감염되기 때문입니다. 그리고 수많은 병사들 속에 침투해 들어가기 때문입니다. 제가 말하는 것은 사상에 대한 것입니다. 그것은 이제 어떤 사상과 사조(思潮)로도 막지 못합니다. 볼셰비키들 사이에는 확실히 재능이 있는 자들도 있습니다. 그런 인간을 저도 몇 명 만난 적이 있습니다. 또한 단순하게 맹신하고 있는 자들도 있습니다. 하지만 대부분은 던적스럽고 부도덕한 녀석들입니다. 그런 녀석들의 마음을 끌고 있는 것은 볼셰비키 학설의 본질 같은 것이 아닙니다. 단지 약탈할 수도 있고, 전선을 등질 수도 있다는 점에 그들은 끌리고 있는 겁니다. 그들은 첫째로 권력을 자기네 손에 쥐고, 즉 그들이 말하는 '제국주의' 전쟁을 어떤 조건으로든, 설사 '단독 강화'와 같은 형태라도 좋으니 어쨌든 끝내겠다는 겁니다. 토지를 농민에게 주고 공장을 노동자들이 관리하게 해 준다는 겁니다. 물론 그것은 꿈 같은 이야기므로 우습게 생각됩니다만, 그런 유치한 수작으로도 병사들을 흐트러뜨리는 목적을 달성하고 있는 겁니다."

예브게니는 참을 수 없는 증오를 드러내며 이를 악물고 이야기했다. 그는 상아 파이프를 그의 손바닥 안에서 빙빙 돌리고 있었다. 세르게이 플라토노비치는 마치 뛰어오르려는 것 같은 자세로 몸을 앞으로 내민 채 귀담아들었다. 늙은 리스트니츠키는 새까맣고 부풀부풀한 외투를 사각거리고, 푸른 기가 서린 흰 수염 끝을 씹으며 홀 안을 어슬렁거리고 있었다.

예브게니는 아직 전환(轉換)이 오기 전에 카자흐들이 복수할 것을 겁내어 연대에서 도망쳐 나와야 했던 사정을 이야기하고, 자신이 보고 온 페트로그라드에서 일어난 사건에 대해 이야기했다.

이야기가 잠시 끊겼다. 늙은 리스트니츠키는 세르게이 플라토노비치의 콧등을 물끄러미 쳐다보면서 물었다.

"어떻소, 지난해 가을에 당신이 보았던 회색 놈 말이오, 저 보야리냐의 새끼를 한 마리 사 가겠소?"

"지금은 그럴 때가 아닙니다. 니콜라이 알렉세예비치!"

모호프는 얼굴을 찡그리고 맥 빠진 듯이 손을 저었다.

바로 그때쯤 예멜리얀은 행랑채에서 더워진 몸으로 차를 마시고 있었다. 그는 붉은 손수건으로 홍당무 같은 뺨의 땀을 훔치고, 마을에 대한 것이며 근래의 소문에 대해 이야기하고 있었다. 아크시냐는 모직 플라토크 아래 싸인 채 침대 옆에 서서, 조각이 되어 있는 기둥에 몸을 기대고 있었다.

"틀림없이 저희 집은 이제 부서지고 말겠지요?"

그녀가 물었다.

"아니, 왜 부서집니까? 든든히 서 있는데요! 안 부서집니다."

예멜리얀은 답답하다는 듯이 말을 길게 끌면서 대답했다.

"이웃의 멜레호프댁은 어떻게들 지내시죠?"

"다들 잘 지냅니다."

"페트로가 휴가로 돌아오지 않았던가요?"

"오지 않았던 것 같습니다."

"그리고리는? 그리샤는요?"

"그리고리는 성탄제가 끝날 무렵에 돌아왔었지요. 그의 아내가 얼마 전에 쌍둥이를 낳았고요…… 그런데 그리고리 말이죠…… 부상을 당해서 돌아온 것 같더군요."

"어머나, 부상을 당했어요?"

"예, 팔을 다쳤습니다. 꼭 싸움을 한 암캐같이 상처투성이더군요. 십자훈장도 꽤 받았지만, 상처도 상당하답니다."

"그래, 어때요? 그이는, 그리고리는?"

정신이 나간 듯이 부들부들 떨며 물은 아크시냐는 갈라진 음성을 바로잡으려는 듯 기침을 했다.

"뭐, 여전합니다…… 매부리코에 거무스름하지요. 역시 터키인의 피를 이어받았기 때문에 어쩔 수가 없습니다."

"그런 걸 물은 게 아녜요. 늙었지요?"

"그야 뻔한 일이지요. 좀 늙었습니다. 게다가 그의 아내가 쌍둥이를 낳았으니 그만큼 나이를 먹은 셈이니까요."

"여긴 춥군요."

어깨를 가볍게 떨고 있던 아크시냐는 그렇게 말하고 자리를 떴다. 예멜리얀은 여덟 잔째의 차를 따르면서 아크시냐가 사라지는 모습을 지켜보다가, 장님이 발을 옮기듯 느릿느릿 끊어 말했다.

"돼먹지 않은 계집년이군. 뭐 저런 게 다 있나! 바로 얼마 전까지도 시골사람 신을 신고 마을을 이리저리 뛰어다니고 있었는데 말이야, 그게 이젠 '예는'이라고 하지 않고 '여긴'이라 하는군…… 말투까지 아주 건방져졌군. 저런 건 딱 질색이야. 때려죽이고 싶을 정도지…… 뱀 껍질 같은 년이야! 냉큼 꺼져라…… '여긴 춥군요'라니…… 머슴이나 다름없는 년! 제기랄."

몹시 분개한 그는 여덟 잔째의 차를 다 마시지도 않고 일어서서 성호를 긋고 주위를 둘러보더니, 깨끗이 닦인 바닥을 일부러 구둣발로 더럽히면서 나갔다.

돌아갈 때 그는 주인과 마찬가지로 몹시 기분 나쁜 표정이었다. 아크시냐 때문에 끓어오른 증오를 말에게 쏟으려고 채찍으로 말의 치부(恥部)를 일부러 겨누어 갈기며, '얼간이놈'이니 '절름발이'니 하고 심하게 욕설을 지껄였다. 여느 때와 달리 예멜리얀은 마을에 들어설 때까지 주인에게 한 마디도 말을 걸지 않았다. 세르게이·플라토노비치 또한 놀라울 정도로 묵묵히 있었다.

8

남서부 전선의 예비대였던 한 보병 사단의 제1여단에 제27돈 카자흐 연대를 합친 부대는 2월의 전환 직전에 시작된 폭동을 진압할 목적으로 전선에서 철수하여 제도(帝都) 가까이 이동하게 되었다. 여단은 후방으로 보내져 새로운 겨울 옷을 지급받고, 하루 낮과 밤 동안 근사한 음식도 배불리 얻어먹고, 그 이튿날에는 열차에 실려서 출발했다. 그러나 사태는 민스크로 이동하는 이 부대를 앞질러 일어났다. 출발하던 날 벌써 황제가 대본영(大本營)에서 퇴위령(退位令)에 서명했다는 소문이 끈덕지게 나돌았다.

여단은 중도에 다시 뒤로 돌아서게 되었다. 라즈곤역에서 제27연대는 하차 명령을 받았다. 선로는 열차들로 가득 차 있었다. 플랫폼에서는 외투에 붉은 리본을 달고, 모양은 러시아형이긴 하나 영국제인 정교한 신형 소총을 휴대한 병사들이 어슬렁거리고 있었다. 병사들은 대개 몹시 들떠 있었고, 중대별로 정렬하고 있는 카자흐 부대 쪽을 불안한 듯이 쳐다보고 있었다.

흐린 날씨가 이미 저물어 가고 있었다. 정거장 건물에서는 물방울이 뚝뚝 떨어지고, 석유가 흐른 도로의 웅덩이는 양가죽처럼 부드러운 회색 하늘을 비추었다. 입환(入換) 작업을 하고 있는 기관차의 기적이 귀가 따갑도록 울렸다. 연대는 창고 뒤에서 승마 대형을 취하고 여단장을 맞았다. 며느리발톱[20] 언저리까지 젖은 말들의 다리에 김이 무럭무럭 서렸다. 까마귀 떼가 두려워하는 기색도 없이 대열 뒤로 내려와서 불그스름한 사과빛 말똥을 쪼아 먹고 있었다.

조그마한 검정말에 올라앉은 여단장은 연대장을 뒤따르게 하고 카자흐 부대가 있는 곳으로 와서는, 장갑을 끼지 않은 손으로 고삐를 잡아당기고 부대를 휘둘러 본 뒤 자신 없는 낮은 어조로 말하기 시작했다.

"카자흐 병사 여러분! 오늘까지 지배해 오시던 니콜라이 2세 폐하는 인민의

---

20) 짐승의 뒷발에 달린 발톱.

뜻에 의해서…… 음…… 퇴위하시게 되었다. 정권은 국회의 임시 위원회에 회부되었다. 군은……물론 여러분도 포함되어 있거니와, 군은 냉정하게…… 음…… 이 소식을 받아들여야 한다. 카자흐 부대의 임무는 자신의 조국을 외국…… 음…… 즉 외적의 간섭에서 수호한다는 데 있다. 따라서 우리는 지금 벌어지고 있는 소동에는 관여할 필요가 없다. 새로운 정부를 조직하는 방법을 일반 시민이 선택하게 될 것이다. 우리들은 국외에 있어야 한다! 군에 있어 전쟁과 정치는 양립할 수 없는 것이다…… 이러한…… 음…… 모든 뿌리가 흔들리고 있는 시대에 우리들은…… 음."

이미 나이 많고 무능한 장군인 여단장은 연설에 익숙하지 않아 비교하는 말을 찾다가 말이 막혔다. 그의 기름진 얼굴에서는 침묵한 채 눈썹이 꿈틀거렸다. 부대원들은 참을성 있게 다음 이야기를 기다렸다.

"……음, 강철같이 정신을 차리고 있어야 한다. 카자흐 병사들인 여러분의 의무는 각자의 상관에게 복종하는 것이다. 우리들은 종전과 같이 용감하게 적과 싸울 것인데."

그는 이렇게 말하고 약간 비스듬히 뒤로 몸을 젖히더니 다음과 같이 이야기를 끝맺었다.

"저쪽의 일, 즉 앞으로 국가가 나아갈 길은 국회가 결정할 것이다. 전쟁이 끝나면 우리들은 국내의 생활로 돌아갈 테지만, 지금 우리들은…… 음…… 그렇게 할 수 없다. 우리들은 군을 양도할 수는 없는 것이다…… 군대에 정치를 끌어들여서는 안 된다."

며칠 뒤 이 정거장에서 임시정부에 대한 선서가 행해졌다. 동향인들 다수로 조(組)를 짜서, 정거장을 꽉 매우고 있던 병사들과는 별개의 행동을 취해 집회에 달려갔다. 집회가 끝나자, 그들이 들은 연설을 잠시 심의했다. 생각해 보니잘 알 수 없는 말이 있다고 입을 모아 평결(評決)했다. 모든 병사들 사이에서는, 자유란 것은 곧 전쟁을 그만두는 것이라는 확신이 생겨난 것 같았다. 러시아는 최후까지 전쟁을 계속해야 한다고 말하던 장교들도 이제 확고히 뿌리를 내리고 만 이 확신과 싸우기는 어려웠다.

전환 뒤에 군의 상층부를 덮친 혼란은 하층급까지 반영되었다. 이동 도중에 내동댕이쳐진 여단에 대해서 사단 본부는 아주 잊어버린 것 같았다. 여단은 열차에서 내려 머물면서 여드레분 식량을 죄다 먹어치웠다. 병사들은 떼를 지어 부근의 여러 마을로 달려갔다. 시장에 가면 술 따위도 팔고 있어서 이 무렵에는 잔뜩 취한 사병들이나 사관의 모습이 별로 이상하게 느껴지지 않았다.

이동으로 평소의 복무 규율로부터 해방된 카자흐들은 난방 장치가 된 차 안에서 몹시 지친 상태로, 돈으로 돌아가게 될 날을 손꼽아 기다렸다—제2차로 징집된 병사들은 돌아가게 될 것이라는 소문이 끈덕지게 나돌고 있었다. 이젠 말을 돌보는 일도 제대로 하지 않았다. 다음 날도 그다음 날도 시장으로 달려가서 진지에서 모은 것들 중에 쓸 만한 것, 즉 독일군의 담요니 칼이니 외투니 담배니 하는 것들을 팔아먹었다…….

다시 전선으로 돌아가라는 명령에 대해서는 이제 공공연히 불평했으며, 제2중대는 출발을 거부하려고 했다. 그러나 연대장이 무장해제를 하겠다고 위협하여 소요를 가라앉히고 수습했다. 그리고 군용 열차는 전선을 향해 떠났다.

"이봐, 동지, 도대체 이런 어처구니없는 일도 있나? 자유는…… 자유는 좋지. 그러나 다시 전쟁을 하게 되니…… 이를테면 또 피를 흘릴 거 아닌가?"

"구제도의 되풀이지!"

"그럼, 왜 차르를 내몰았지?"

"차르의 시대와 조금도 다를 게 없지 않은가?"

"말하자면 바지의 앞뒤를 바꿔서 돌려 입었을 뿐이야."

"맞아, 그 말대로다!"

"도대체 언제까지 계속될 건가?"

"4년이 넘도록 총을 손에서 놓지 않았는걸!"

차 안에서는 이런 대화가 오갈 뿐이었다.

어느 분기역(分岐驛)에서 카자흐들은 서로 약속이나 한 듯이 열차에서 뛰쳐나가 연대장의 회유도 위협도 아랑곳하지 않고 집회를 열었다. 카자흐들의 회색 외투 물결 속에서 사령관과, 이미 늙어서 쇠약한 역장이 카자흐들더러 열차 안으로 들어가 선로에서 비켜 달라고 당부했지만 소용이 없었다. 카자흐들은 제3중대 소속 하사의 연설에 열심히 귀를 기울였다. 하사 다음으로는 작은 몸집에 호리호리한 만쥬로프라는 카자흐가 이야기했다. 창백하고 증오로 일그러진 그의 입에서 증오에 찬 말들이 던져졌다.

"병사 여러분! 할 수 없습니다! 우리들은 또다시 미궁에 빠졌습니다. 놈들은 우리들을 속이고 있는 겁니다! 혁명이 일어나서 모든 인민에게 자유가 주어졌다면 곧 전쟁을 그만두어야 합니다. 왜냐하면 인민도 우리도 전쟁을 원하지 않기 때문입니다! 내 말이 틀리지 않는다고 생각되는데, 어떻습니까?"

"옳소!"

"그 말이 맞소!"

"모두들 진저리가 나 있소!"

"바지를 돌려서 입다니…… 얘기가 다르지 않소? 도대체 무엇을 위한 전쟁이요?"

"이젠 지긋지긋하오!"

"집으로 돌아가게 해 주시오!"

"기관차를 떼어 놓자! 페도트, 가자!"

"병사 여러분! 잠깐 기다리십시오! 여러분! 별수 없습니다, 잠깐 기다려 주시면…… 여러분!"

만쥬로프는 제각기 외쳐 대는 노호(怒號)를 억제하려고 목이 쉬도록 소리쳤다.

"잠깐 기다려 주십시오! 기관차를 떼어 놓는 일은 하지 마십시오! 기관차는 별 문제가 아닙니다. 속고 있는 것이 중요한 문제입니다…… 당장 연대장에게 가서 증거를 보여 달라고 하지 않으렵니까? 정말로 우리들을 전선으로 보내라는 명령을 내렸는지, 아니면 연대장이 제멋대로 하고 있는지 말입니다."

몹시 흥분해서 자제력을 잃은 연대장이 입술을 떨며 사단 사령부에서 온 연대의 전선 송환에 대한 전보를 읽은 뒤에야 병사들은 마지못해 열차에 올라탔다.

똑같은 난방 열차 안에 제27연대에 근무하는 타타르스키 마을 출신 6명이 함께 타고 있었다. 페트로 멜레호프와 미시카 코셰보이의 백부 니콜라이 코셰보이, 아니쿠시카와 페도트 보드프스코프, 그리고 검고 곱슬곱슬한 턱수염과 밝은 밤색 눈을 한 집시 같은 느낌을 주는 메르쿨로프와 막심 그리야즈노프였다. 그리야즈노프는 코르슈노프 일가와 이웃에 살던 불량배로 익살맞은 카자흐인데, 전쟁 전에는 마을에서도 손댈 수가 없는 말 도둑이라고 해서 좋지 않은 평판을 받고 있던 사내였다.

"메르쿨로프는 말을 꾀어내 가는 데 딱 알맞은 얼굴이고 집시와는 딴판이야. 그래도…… 녀석에게 말을 도둑맞지는 않을 테니까. 그런데 이보게, 막심! 자넨 말이야, 말 꼬리를 보았다 하면 확 달아오르더군!"

카자흐들은 언제나 그렇게 말하여 그리야즈노프를 놀려 댔다. 막심은 얼굴을 붉히고, 아마(亞麻)꽃같이 푸른 눈을 껌벅이며 고약하게 받아넘겼다.

"메르쿨로프의 어머니가 집시하고 같이 잤지. 그 모습을 내 어머니가 보고서 질투를 했나 봐. 그래서 내가 그런 나쁜 짓을…… 아냐, 그런 얘기 그만두세!"

난방차 틈으로 바람이 새어 들어오고 있었다. 말들은 말옷을 입고 실내에 만들어진 여물통 근처에 서 있었다. 실내의 한가운데쯤에 얼어붙은 흙을 수북이 쌓아 놓았는데, 거기서는 축축한 나무가 계속 연기를 뿜어 내고 있어 코를 콱 쑤시는 연기가 문틈 쪽으로 흐르고 있었다. 카자흐들은 안장에 앉아서 불을 에워싸고 땀과 습기로 구린내가 나는 양말을 말리고 있었다. 페도트 보드프스코프는 맨발을 불에 쬐고 있었다. 확실히 칼미크인다운 만족해하는 미소가 얼굴에 흐르고 있었다. 그리야즈노프는 밀랍 먹인 실로 터진 구두 밑창을 엉성하게 꿰매더니, 연기에 코가 막힌 목소리로 누구를 향해서인지 알 수 없게 이야기를 했다.

"……꽤 어릴 적의 일인데, 겨울에 페치카 위로 올라가 있으면, 할머니가—그때 100살을 넘으셨던 것 같아!—내 머리의 이를 잡아 주면서 말씀하셨어. '애, 막심시카! 옛날엔 지금하고는 사람 사는 방식이 달랐단다. 법을 지키고 착실하게 살았었지. 그러니 다른 데서 쳐들어오는 일도 없었다. 하지만 네가 어른이 될 때쯤엔 이 지상이 철사로 칭칭 감기고, 푸른 하늘에는 쇠로 만든 주둥이를 가진 새가 날아다니고, 나쁜 병이 유행하고, 기근이 들어서 형제가 서로 등지고 자식이 부모를 등지게 될 거다…… 그래서 사람들은 불탄 자리의 풀같이 되고 말 거야' 했었는데, 어떤가?"

막심은 잠시 말을 끊었다가 이었다.

"정말 그렇게 되고 말았어. 전신(電信)이 발명되었는데, 그게 바로 철사인 셈이야! 다음에 쇠로 만든 주둥이의 새란 건 비행기야. 우리 동료들이 그것 때문에 꽤 많이 쓰러졌지! 다음으로 곧 기근이 닥쳐올 거야. 내 고향에서는 지난 이삼

년 동안 파종을 절반밖에 못했어. 마을에 남아 있는 사람들이라곤 늙은이와 애들뿐이거든. 게다가 목화는 흉년이래. '기근'이 들 게 틀림없어."

"형제가 서로 등진다는 건 맞지 않잖아?"

불을 일으키면서 페트로 멜레호프가 물었다.

"두고 보게, 그렇게 될 테니!"

"정부를 세우지 못하고 싸움만 하고 있는걸."

페도트 보드프스코프가 거들었다.

"악당들을 정벌해야 하는데 말이야."

"그 전에 먼저 독일을 쳐부수게."

코셰보이가 웃으며 말했다.

"어째서 또 전쟁을 할 작정인지."

아니쿠시카는 일부러 겁내는 시늉을 하고 매끈한 여자 같은 얼굴을 찡그리고 소리쳤다.

"어처구니가 없어, 도대체 언제까지 '전쟁을 하라'고 할 건가?"

"자네 같은 사람에게는 털이 텁수룩하게 자랄 때까지야."

코셰보이가 놀렸다.

불을 둘러싸고 있던 자들이 웃음을 터뜨렸다. 페트로는 연기에 숨이 막혀 쿨럭쿨럭 기침을 하면서 눈물이 괸 눈으로 아니쿠시카를 보고, 그의 옆구리를 손가락으로 찔렀다.

"털이란 놈 말이야, 어처구니없는 놈이야."

아니쿠시카가 수줍어하는 얼굴로 중얼거렸다.

"털이란 놈이 필요도 없는 곳에까지 생긴단 말이야…… 이봐, 코셰보이, 왜 발을 동동 구르지?"

"그만큼 했으면 됐어! 그만하게!"

갑자기 그리야즈노프가 소리쳤다.

"우린 여기서 혼 좀 날 거야. 이가 들끓어서 죽을 거야. 그리고 집에서도 굉장치도 않을 테지. 그렇잖아? 목이 잘려도 피가 나오지 않을 정도일 거야."

"자넨 왜 그렇게 흥분해 있나?"

밀 빛깔의 수염을 씹으면서 페트로가 이상하다는 듯이 물었다.

"그 기분, 알 만해."

그리야즈노프 대신 메르쿨로프가 대꾸하고 곱슬곱슬한 수염 속에 미소를 완전히 숨겼다.

"알고말고. 이를테면 카자흐 우울증에 걸린 거야…… 몹시 서글퍼진 거지…… 예를 들자면 언젠가 소몰이꾼이 소 떼를 몰고 목장으로 가려는데, 달님이 새벽 이슬을 마시는 동안은 소들도 태연히 풀을 먹더란 말이야. 그런데 해님이 떡갈 나무 꼭대기로 솟아오를 때쯤 되자, 등에란 놈들이 왱왱 날아와서 소들의 등허 리를 콕콕 찌르기 시작했지. 그렇게 되자."

메르쿨로프는 카자흐들을 죽 둘러보고 페트로에게 눈길을 보내며 이야기를 계속했다.

"그렇게 되자 소들에게 우울증이 생기기 시작했네. 자네도 기억하지 못할 리 없어! 지식층 출신은 아니니까! 자네에게도 소 엉덩이를 쫓아다닌 기억은 있을 거야! 그런데 대개의 경우 송아지 한 마리가 꼬리로 등허리를 탁탁 치고 음메에 하고 울기 시작하네. 그러면 어떻게 되지? 그 놈을 따라 소 떼 전체가 '음메에음 메에' 하고 울기 시작하네. 소몰이꾼이 달려가서 '야, 이놈들아, 이놈들아!' 하고 야단쳐 봤자 걷잡을 수 없지! 소 떼는 마치 눈사태같이 되어 갑자기 움직이네. 네즈빈스카야 부근의 싸움에서 독일군에게 쓴 전법이 바로 그거지. 이미 그 형 세를 걷잡으려 해도 걷잡을 수 없게 된단 말이야!"

"어째서 자넨 그런 말을 하는 건가?"

메르쿨로프는 곧바로 대답하지 않았다. 검고 윤기나는 턱수염의 곱슬곱슬 한 털을 손가락에 감고 힘껏 당기더니 진지한 표정으로 웃음기를 싹 거두고 말 했다.

"우린 벌써 햇수로 쳐서 3년째 전쟁을 하고 있어. 그렇잖아? 참호 속에 처박 힌 지 3년이 됐단 말이야. 도대체 무엇 때문인가? 누구에게도 납득이 안 가잖 아? 그다음에 또 한 가지 말해 둘 것이 있네. 바로 최근에 그리야즈노프인지, 멜레호프인지, 어쨌든 그게 누구이든 상관없지만 전선이 싫어져서 꺼져 버리겠 다고 하더군. 그렇게 되면 그 뒤를 이어 연대가, 나중에는 연대에 이어 전군(全 軍)이 다 흩어지고 말 거야. 틀림없어."

"무슨 소리인가?"

"진지한 얘기야! 내 말이 맞아. 정확히 알고 있거든. 요즘은 모두가 머리카락 한 올로 버티고 있는 거야. 한마디—'어서 달아나라!'만 해 보라지. 죄다 도망칠 테니까. 마치 다 낡은 외투를 내팽개치는 것 같을걸. 3년째가 되니, 우리들에게는 해님이 떡갈나무 꼭대기까지 올라온 거나 다름없다고."

"좀 부드럽게 말하게."

보도프스코프가 주의를 주었다.

"그렇잖으면 페트로가……그는 상사니까."

"나는 동료를 팔아먹는 짓을 저지른 기억은 없다네!"

페트로가 벌컥 화를 내며 말했다.

"농담이네. 그렇게 화내지 말게."

입장이 난처해진 보드프스코프는 맨발의 옹이투성이 발가락으로 홱 돌아서더니 여물 선반 쪽으로 걸어갔다.

한쪽 구석에 놓인 여물 상자 옆에는 다른 마을 출신 카자흐들이 쑤군쑤군 이야기하고 있었다. 그들 중 두 사람—파제예프와 카르긴은 카르긴스키 마을 출신이고, 나머지 8명은 제각기 다른 마을 출신이었다.

잠시 뒤에는 모두들 노래를 부르기 시작했다. 치르의 카자흐 아리모프가 선창했다. 그가 무도곡을 노래하려 하자, 누군가가 그의 등허리를 꾹 찌르고 코맹맹이 소리로 만류했다.

"다른 걸로 하게나!"

"그런 데 있지 말고 불 옆으로 와!"

코셰보이가 소리치며 화롯불에 나뭇조각을 던졌다. 정거장의 부서진 울타리 조각이었다. 불을 쬐면서 모두들 쾌활하게 소리 높여 불렀다.

군마(群馬)는 운다, 사원 옆에서.
어머니는 손자를 안아 올리고
젊은 아내와 눈물에 잠긴다.
사원 안에서 카자흐가
무장을 하고 나오자,
아내는 말을 끌어오고

조카는 창을 들어 준다…….

옆 찻간에서는 2부 합창으로 소리를 질러 대며 카자흐 춤을 추고 있었다. 널빤지가 깔린 바닥에 군화 뒤꿈치를 쳐 대며 누군가의 탁한 목소리가 귀에 거슬리게 울렸다.

이런 고생이 있을 수 있나?
차르가 씌운 멍에의 괴로움이여.
카자흐의 목이 죄어들어
숨도 쉴 수 없네, 숨도 쉴 수 없네.
푸가쵸프가 돈을 향해 부르짖을 때
메아리가 하류에서 끓어오른다.
오, 아타만이여, 카자흐여.

2부의 노랫소리는 1부의 노랫소리에 겹쳐지고, 몹시 날카롭고도 빠른 톤으로 전개되었다.

차르에게 충의를 다하라.
마누라 따위는 생각하지 마라.
연인을 찾을 생각도 마라.
차르에게……눈을 흘겨 주리.
자, 피워라! 자, 태워라!
우후후! 우후 우후 핫핫핫!
하, 히, 호, 후, 핫핫하!

카자흐들은 노래를 그치고, 옆 찻간에서 열기를 더해 가는 소동에 가만히 귀를 기울이고 서로 얼굴을 마주보면서 똑같은 생각으로 미소 지었다. 페트로는 참다못해 소리 내어 웃었다.
"그야말로 악마 들린 것 같은 소동이군!"

메르쿨로프의 불꽃이 오르는 듯한 갈색 눈에서 즐거워하는 빛이 또다시 타 올랐다. 그는 몸을 일으키고 박자를 맞춰 장화 끝을 가늘게 떨더니, 이번에는 갑자기 몸을 낮추고 가볍게 뛰면서 도는, 웅크린 채로 추는 춤을 추기 시작했다. 모두가 차례대로 춤추며 움직여서 몸을 따뜻하게 했다. 옆 찻간의 2부 합창 소리는 조금 전부터 들리지 않고, 이제는 크고 갈라진 목소리로 뭐라고들 욕지거리를 해댔다. 하지만 이편에서는 여전히 소란하게 춤을 추어 말들을 불안하게 하고 있었다. 그러나 아니쿠시카가 완전히 도취해서 꽤 재치 있는 자세를 보여 주다가 그만 불 속으로 엉덩방아를 찧는 바람에 겨우 추던 춤을 멈추었다. 모두들 와아 웃어 대며 아니쿠시카를 거들어 일으키고, 양초 토막의 불빛을 들이대어 새카맣게 탄 바지의 엉덩이 부분과 외투의 그슬린 끝을 한참 동안 쳐다보았다.

"바지를 벗는 게 어때?"

메르쿨로프가 동정하듯 권했다.

"뭐라고? 집시 녀석, 정신이 나갔어? 벗으면 대체 뭘 입으란 말인데?"

메르쿨로프가 안장 앞에 매인 자루 속을 부스럭부스럭 뒤지더니 곧 부인용 무명 속옷을 꺼냈다. 모두들 또다시 불을 피웠다. 메르쿨로프는 속옷의 어깨 부분을 쥐고는, 신음하는 듯한 웃음소리를 내며 말했다.

"보라고! 우후후후! 정거장 울타리에 걸려 있던 것을 슬쩍한 거라네…… 각반 대용품으로 써먹을까 하고 소중히 간직하고 있었지. 우후, 후, 후! 찢을 거 없고…… 자, 입어 보게!"

욕지거리를 해대는 아니쿠시카를 여럿이 달래고 어르며 억지로 그 속옷을 입혔다. 그 소동을 듣고 옆 찻간의 문틈으로 호기심에 찬 한 얼굴이 들여다보더니, 캄캄한 어둠 속에서 소곤거렸다.

"무슨 일이야?"

"제기랄!"

"뭘 봤길래 그 야단이야?"

"희한한 걸 봤다네, 제기랄!"

다음 정거장에서는 옆 찻간에서 아코디언 연주자를 끌고 왔다. 양쪽 찻간에서 카자흐들이 줄줄이 몰려와 찻간이 넘칠 지경이 되었다. 아니쿠시카는 한가운데로 나왔다. 건장하고 덩치 큰 여자가 입었던 것 같은 그 여자 속옷은 그에게도 너무 길어 다리에 휘감겼다. 하지만 환성과 웃음에 싸여서 그는 아주 지칠 때까지 춤을 추었다.

하지만 피로 얼룩진 백(白)러시아의 하늘에서 별들은 슬픈 듯 눈물짓고 있었다. 새카만 밤하늘은 입을 크게 벌리고 연기가 낀 것처럼 희뿌옇게 흐르고 있었다. 흠뻑 젖은 흙과 3월의 씁쓰레한 눈 냄새가 밴 대지 위를 바람이 쓸어 가고 있었다…….

9

다음 날 연대는 벌써 전선에서 그리 떨어지지 않은 곳까지 닿아 있었다. 한 분기역에서 군용 열차가 멈춰 섰다. 상사들이 "하차!" 하고 명령을 전하고 다녔다. 카자흐들은 황급히 널빤지 깔린 플랫폼에 말들을 끌어내 안장을 얹기도 하고, 두고 내린 물건을 가지러 차 안으로 허둥지둥 다시 들어가기도 하고, 축축한 선로의 모래땅 위로 흩어진 여물을 내던지기도 하는 등 분주히 움직였다.

연대장의 전령이 페트로 멜레호프를 부르러 왔다.

"정거장으로 가게, 연대장이 부르시네."

페트로는 외투 위의 가죽끈을 고쳐 매고 플랫폼을 향해 천천히 걸어갔다.

"아니케이, 내 말 좀 부탁하네."

그는 말을 살피고 있던 아니쿠시카에게 부탁했다. 아니케이는 말없이 그의 뒷모습을 쳐다보았다. 여느 때처럼 어두운 그의 얼굴에는 요즘의 울적함과 뒤엉켜서 근심의 빛이 떠올랐다. 페트로는 적황색 용수철이 튀어나온 자기의 장화를 내려다보며 연대장이 자기에게 대체 무슨 용건이 있는 걸까, 하는 생각을 하면서 걸어갔다. 플랫폼 끝의 음수대 옆에 모인 얼마 안 되는 사람 무리가 그의 주의를 끌었다. 그는 먼 곳에서부터 그쪽 사람들의 이야기 소리에 귀를 기울이면서 다가갔다. 20명쯤의 병사들이 키가 크고 머리칼이 붉은 한 카자흐를 에워싸고 있었다. 그 카자흐는 풀이 죽어 어색하게 물통을 등지고 서 있었다. 페트로는 붉은 머리칼을 가진 카자흐 아타만 병사의 낯설지 않은 수염투성이 얼굴과 청색 하사 견장에 '52'라 매겨진 숫자를 보고, 그 사내를 언제 어디서 본 적이 있다고 확신했다.

"어째서 그런 거짓말을 했나? 또렷이 하사 표지가 달려 있잖아."

주근깨가 난 영악해 보이는 지원병이 붉은 머리칼의 하사를 마구 몰아치고 있었다.

"무슨 일인가?"

페트로는 자기에게 등을 돌리고 서 있는 보충병의 어깨를 두드리며 물었다. 보충병은 돌아다보고 귀찮다는 투로 대답했다.

"탈주병이 잡힌 겁니다…… 아무래도 당신네 마을 쪽 카자흐 같습니다."

페트로는 기억을 되살려서 그 아타만 병사의 굵고 붉은 수염과 붉은 눈썹을 어디서 보았던가 하고 떠올리려고 애썼다. 지원병의 번거로운 질문에는 대꾸하지 않고, 그 아타만 병사는 구리 찻잔으로 물을 여러 번 마시고는 흑빵을 씹고 있었다. 그의 퉁방울눈이 껌벅껌벅 움직이고 있었다. 빵을 씹어 삼킬 때, 그는 눈썹을 꿈틀거리며 아래를 내려다보기도 하고 옆을 돌아보기도 했다. 그를 호송해 온 나이 깨나 든 땅딸막한 병사가 소총의 칼 근처를 손에 대고 그 옆에 서 있었다. 탈주병인 아타만 병사는 물을 죄다 마시더니, 조금도 거리낌 없이, 물끄러미 쳐다보고 있는 병사들의 얼굴로 못마땅한 시선을 던졌다. 그러다가 어린애같이 단순한 그의 푸른색 눈에서 갑자기 분노의 빛이 일었다. 그는 재빨리 입 속의 것을 삼키더니, 입 끝을 핥고 몹시 지친 목소리로 외쳤다.

"네놈들, 무슨 구경거리냐? 천천히 먹지도 못하겠군, 젠장! 네놈들은 사람을 처음 봤냐?"

병사들이 와 웃음을 터뜨렸다. 흔히 있을 수 있는 일이었다. 페트로는 그 탈주병의 목소리를 듣자마자, 그 아타만 병사가 에란스카야 마을 루베진스키 마을 출신이고, 이름은 포민이며, 전쟁이 일어나기 전에 에란스카야 마을 대목장에 아버지와 함께 갔다가 그 사내에게서 세 살짜리 소를 샀던 일을 기억해냈다.

"포민! 야코프!"

그는 아타만 병사 쪽으로 헤치고 들어가면서 불렀다. 아타만 병사는 어색하고 맥이 풀린 동작으로 물통에 찻잔을 디밀고 당혹스런 얼굴로 페트로를 향해 우물거리며 말했다.

"생각나지 않는데, 친구."

"자네, 루베진 출신이지?"

"그렇다네, 자네도 에란스카야인가?"

"나는 뵤센스카야이지만 자네를 기억하고 있네. 5년 전 일인데, 아버지와 함께 자네에게서 소를 산 적이 있지."

포민은 역시 맥이 풀린 듯이, 어린애 같은 미소를 띤 채 기억을 더듬느라 깨나 궁리를 했다.

"아무래도…… 잘 생각나지 않는군."

그는 서운한 듯이 말했다.

"52에 있었나?"

"52야."

"탈주했나? 왜 그런 어리석은 짓을 했지?"

그러자 포민은 모자를 벗고 그 속에서 쭈글쭈글해진 담배쌈지를 꺼냈다. 그러고는 모자를 겨드랑이 밑에 끼고 담배 말 종이를 한 장 찢어 낸 뒤, 비로소 페트로 쪽으로 물기를 머금어 번쩍이는 날카로운 눈을 돌렸다.

"어쩔 수 없었네, 친구."

그는 어물어물하더니 페트로를 야무지게 쏘아보았다. 페트로는 헛기침을 하고 노란 콧수염 끝을 입에 물었다.

"자, 이제 얘기를 끝내게. 그러지 않으면 내가 혼나게 될 거야."

땅딸막한 호송병은 총을 들어 올리고 한숨을 내쉬었다.

"자, 가자구!"

포민은 황망히 잡낭 속에 찻잔을 집어넣고, 페트로에게 작별 인사를 하고는 곰 같은 걸음걸이로 경비실을 향해 걸어갔다.

정거장의 1등 대합실 식당이던 방에서는 연대장과 중대장 둘이 탁자를 에워싸고 골몰해 있었다.

"멜레호프인가? 잠깐 기다리게."

연대장은 지치고 흥분한 눈을 깜박이며 말했다. 페트로는 자기의 중대가 직접 사단의 지휘를 받게 되었다는 말을 전해 듣고, 또한 카자흐들에 대해서 잘 살피고 있다가 그들의 기분에 조금이라도 변화가 보이면 곧 중대장에게 보고해야 한다는 명령을 받았다. 그는 눈도 깜박이지 않고 연대장의 눈을 쳐다보며 귀담아듣고 있었으나, 머릿속에는 포민의 물기 머금은 시선과, "어쩔 수 없었네, 친구……"라고 말하던 낮은 목소리가 파고들어 아무리 떨쳐 버리려 해도 소용없었다.

그는 스팀을 넣은 따뜻한 대합실에서 나와 자기의 중대 쪽으로 걸어갔다. 그 대합실에는 연대의 제2중대가 숙영하고 있었다. 페트로는 자기 난방차로 돌아가는 길에 치중 부대의 카자흐들과 중대 소속의 편자 기술자를 찾았다. 편자 기술자가 눈에 띄자, 페트로의 머리에서는 포민의 일도, 그의 말도 사라지고—그 순간 그는 이미 일에 대한 걱정으로 꽉 차 있었다—말에 편자를 박아 달라고 부탁하려고 걸음을 빨리했다. 그때 객차의 한 모퉁이에서 웬 부인이 뛰쳐나왔다. 그녀는 화려하고 하얀 깃털 숄을 어깨에 두르고 있었는데, 폴란드나 백(白)러시아 지방 여자들과는 어딘가 다른 차림새였다. 이상하게도 전에 본 기억이 있는 듯한 동작이 주의를 강하게 끌어서 페트로는 그녀를 빤히 쳐다보았다. 그녀는 갑자기 그에게로 시선을 돌리고는 호리호리한 여자답지 않은 상반신을 흔들며 곧장 이쪽을 향해서 걸어왔다. 그리고 아직 얼굴을 잘 알아볼 수 없지만, 그 나긋나긋하고 가벼운 걸음걸이로 미루어, 페트로는 그녀가 자기의 아내임을 알아챘다. 기분 좋게 뻐근한 느낌이 가슴속에 흘렀다. 너무도 뜻밖이므로 기쁨이 한층 더 컸다. 자기를 뒤에서 보고 있는 치중 부대 사람들에게 자기가 몹시 기뻐한다는 것을 드러내 보이고 싶지 않아 일부러 보폭을 좁히고 저편으로 걸어갔다. 그리고 침착하게 아내를 안고 세 번이나 입맞춤을 했다. 무슨 말을 하고 싶었지만 마음속에서 치밀어 올라온 감격이 입술을 부들부들 떨리게 하고, 혀를 움직일 기운조차 사라지게 만들었다.

"뜻밖인걸."

드디어 그는 딸꾹질을 하듯이 말했다.

"당신! 너무너무 변했어요!"

다리야는 놀란 것처럼 손뼉을 쳤다.

"마치 딴사람 같아졌어요…… 어떻게 지내시는지 궁금해서 찾아왔어요…… 식구들은 만나기 힘들 거라며 좀처럼 허락해 주지 않았어요. 그렇지만 어떻게든 갈 테다, 내 남편을 만나고 올 테다 하고 마음먹고 온 거예요."

그녀는 몸을 바싹 당겨 붙이고, 물기 머금은 눈으로 남편의 눈을 바라보며 말했다. 열차 옆에는 카자흐들이 모여 있었다. 그들은 두 사람 쪽으로 눈길을 고정시키고 시끄럽게 헛기침들을 하며 서로 눈을 끔벅끔벅해 보이면서 흥분했다.

"페트로 녀석, 근사하군."

"내 마누라는 와 주지 않으니, 틀림없이 달아난 게야."

"네가 없어도 잘 지내고 있을걸."

"멜레호프 녀석, 부하들에게 하룻밤 마누라를 빌려 주지 않으려나? 우리가 가엾지 않나? 흥흥!"

"이봐, 모두들 가자고! 눈에 해롭네. 저 여자가 녀석에게 아양 떠는 것을 보면 머리에 피가 끓는다!"

그 순간 페트로는 아내를 다시 만나게 되면 단단히 혼내 주겠다고 생각했던 것도 까맣게 잊어버리고, 남의 눈도 꺼리지 않고 아내를 위로해 주며 담배에 그슬린 손가락으로 그녀가 모양 내어 그린 눈썹을 어루만지기도 하면서 기뻐했다. 다리야도 마찬가지로, 바로 이틀 전 하리코프로부터 동행하여 이 연대에 온 기병대 위생병과 찻간에서 재미를 봤던 것도 잊어버리고 있었다. 그 위생병은 더부룩한 검은 콧수염을 가지고 있었는데, 그 모든 것은 이미 이틀 전 일에 불과한 것으로 이제 그녀는 진심으로 기쁨의 눈물을 머금고 남편을 꼭 껴안고서, 거짓 없이 밝은 그의 눈을 촉촉한 눈길로 바라보고 있었다.

10

휴가를 마치고 귀대하자, 예브게니 리스트니츠키 대위는 제14 돈 카자흐 연대에 전속(轉屬)명령을 받았다. 그는 전에 근무하던 부대, 그리고 2월의 전환 전에 허둥지둥 도망쳐 나왔던 자기의 연대에는 얼굴도 내밀지 않고 곧장 사단 사령부로 갔다. 돈 카자흐 귀족인 젊은 사단 참모장은 간단히 그의 전속을 처리해 주었다.

"대위, 나는 잘 알고 있네."

자기의 방에서 마주 서자, 그는 리스트니츠키에게 말했다.

"자네는 원대(原隊)로 복귀하면 근무하기가 괴로울 거야. 카자흐들은 자네에게 반감을 품고 있어. 녀석들은 언짢은 기분으로 대할 거거든. 제14연대로 가는 편이 현명한 일이네. 그 연대에는 훌륭한 장교들도 많이 있고, 카자흐들도 견실하고 소박하네. 대부분이 우스티 메드베디차 지방 출신들이라네. 자네에게는 틀림없이 좋을 것이야. 그런데 자네는 니콜라이 알렉세예비치 리스트니츠키의 아드님 아닌가?"

장군은 이렇게 묻고, 그렇다는 대답을 듣고는 다시 계속해서 말했다.

"나는 귀관과 같은 장교를 존경하네. 지금은 장교들 중에서도 많은 사람들이 양다리를 걸치고 있네. 배신이거나, 그렇지 않으면 양쪽의 신(神)에게 봉사하는 것쯤 식은 죽 먹기라네."

참모장은 몹시 불쾌한 표정으로 말했다.

리스트니츠키는 전속 명령을 기꺼이 받아들였다. 그날 안으로 그는 제14연대가 주둔하고 있는 도빈스크를 향해 출발해서, 1주일 뒤에는 연대장 브이카도로프 대령에게 착임(着任) 인사를 마쳤다. 그리고 사단 참모장의 말이 틀림없다는 것을 알고 진심으로 기뻐했다. 장교들은 대개 제정파(帝政派)였다. 카자흐들의 3분의 1은 옛 신앙에 집착해 있는 우스티 호표르스카야, 카므일젠스카야, 그라즈노프스카야 같은 시골 출신들로서 불온한 기색이라곤 전혀 없고, 임시 정부에 대해서도 마지못해 충성을 서약한 데 지나지 않았다. 주위에서 들끓어오르고 있는 사태에 대한 것도 확실하게 이해하지 못했고, 또한 이해할 생각도 없는 사람들뿐이었다. 연대나 중대의 병사위원회에 나오는 카자흐들도 뭐든 하라는 대로 잘 이행하고 있었다. ……리스트니츠키는 새로운 환경을 반기며 안도의 숨을 내쉬었다.

그는 장교들 중에서 아타만 연대에서 함께 지냈던 동료 둘을 우연히 만났는데, 그들은 다른 장교들로부터 얼마쯤 소외되어 있는 것 같았다. 그들 이외의 사람들은 하나로 뭉쳐져 생각이 같았는데 대체로 제정 복고에 대해 이야기했다.

연대는 한 손아귀 안에 꽉 쥐어진 것처럼 꼼짝도 하지 않는 채 휴식을 취하면서 약 2개월 동안 도빈스크에 주둔했다. 그때까지 각 중대는 각각 보병 사단에 분속되어, 리가에서부터 도빈스크에 이르기까지의 전선을 돌아다녔으나, 4월이 되자 누군가 경계의 손을 뻗쳐서 각 중대는 다시 집결되어 1개 연대로 되었다. 카자흐들은 사관들의 엄중한 감시 밑에 교련을 받기도 하고, 말을 먹이기도 하며, 외부의 영향을 멀리하고 달팽이 같은 생활을 계속해 왔다.

그들 중에는 연대의 진짜 사명에 대해 어렴풋이 눈치챈 자도 있었지만, 사관들은 이제 숨기려고도 하지 않고 이 연대는 머지않아 어느 신뢰할 수 있는 지도자의 등장으로 다시 한번 역사의 수레바퀴를 돌리는 역할을 맡게 될 것이라는 말을 했다.

근처의 전선은 흔들리고 있었다. 군대는 죽음의 열병에 걸려 숨을 헐떡이고 군수물자와 식량이 부족했다. 군대는 여기저기로 손을 뻗치며, 오직 '평화'라는 환상의 한 마디에 매달리려 했다. 군대가 공화국의 임시 수상 케렌스키를 환영하던 때의 분위기는 다양했지만, 그의 히스테릭한 절규에 자극받고 행동을 일으킨 6월 공세[21]는 완전히 실패로 돌아가고 말았다. 군대 내부에서는, 깊은 바닥에서 줄기차게 솟는 샘물처럼, 무르익은 분노가 솟아올라 들끓고 있었다.

그러나 도빈스크에서 카자흐들은 평화롭고도 조용하게 그날그날을 보내고 있었다. 말의 뱃속은 귀리와 깻묵으로 가득 채워지고, 카자흐들의 머릿속에는 전선에서 겪은 고생에 대한 기억이 희미해져 갔다. 사관들은 또박또박 장교들의 집회에 출석해서 맛좋은 식사를 하고, 입에 침이 마르도록 러시아의 운명을 논의했다…….

7월 초까지는 그런 상태가 계속되었다. 그러나 3일에는 "즉시 전진하라"는 명령이 내려졌다. 연대는 정렬을 하여 페트로그라드를 향해 출발했다. 7월 6일에는 카자흐 부대의 말들이 벽돌로 포장된 수도의 큰길을 덜거덕덜거덕 발굽 소리를 울리며 나아갔다.

연대는 네프스키 거리에 흩어져서 쉬게 되었다. 리스트니츠키의 중대에게는 비어 있던 한 상가(商街)가 할당되었다. 사람들은 카자흐 부대를 무척 안타깝게, 가슴을 두근거리며 기다리고 있었다. 그런 사실은 수도 당국자가 여러 가지로 마음을 써서 카자흐 부대의 숙소를 미리 준비해 놓고 있었던 것으로도 여실히 드러났다. 새로 칠해진 변기에서는 회반죽이 빛나고, 깨끗이 씻긴 바닥은 번쩍번쩍했으며, 소나무로 만든 새 침대는 송진 냄새를 풍기고 있었다. 밝고 산뜻한 반(半) 지하층은 쾌적할 정도였다. 리스트니츠키는 숙소를 자세히 검사하며 다

---

21) 연합국의 요구에 의해서 시도되었던 남서부 전선 러시아군의 공세.

니다가, 새하얗고 눈부신 벽으로 다가가 보더니 이 이상 편리할 수는 없겠다고 생각했다.

예비 검사로 완전히 기분이 좋아진 그는 카자흐 부대를 맞아들이는 역할을 맡았다. 그는 몸집이 작고 멋진 차림새를 한 시 당국의 대표자와 함께 뜰로 나갔다. 뜰에 있는 깊은 우물에 햇살이 곧게 내리쬐고 있었다. 높은 건물의 창에서는 주민들이 몸을 내밀어, 뜰을 메운 카자흐들을 내려다보고 있었다. 중대가 말을 마구간에 넣고 있는 참이었다. 여유가 생긴 카자흐들은 벽 옆의 서늘한 그늘에 서 있기도 하고, 웅크리고 앉기도 했다.

"어이, 자네들은 어째서 숙소로 들어가지 않나?"

리스트니츠키는 옆에 있는 병사에게 물었다.

"곧 들어갈 겁니다, 대위님."

"아직 볼일이 좀 남아 있기 때문이지요."

"말을 들여보내고 나서…… 들어가겠습니다."

리스트니츠키는 마구간으로 쓰기로 한 창고를 둘러본 뒤 안내자에 대해서 조금 전에 품었던 가벼운 증오감을 다시 한번 돌이키려는 듯 준엄하게 말했다.

"돌아가거든 곧 의논해서 조치를 취해 주십시오. 아무래도 입구를 한 개 더 만들어 주어야겠습니다. 말이 120필이나 있으니 적어도 입구가 3개는 필요합니다! 그래도 만일의 경우 말들을 끌어내는데 30분은 걸릴 테니…… 어처구니없는 얘기입니다! 이런 것쯤은 진작 알아서 해 두었어야 하잖습니까? 얼른 연대장에게도 보고해야겠습니다."

리스트니츠키는 오늘 안으로 1개도 아니고 2개의 입구를 반드시 만들도록 하겠다는 즉답을 듣고서 대표자에게 작별 인사를 하고 그의 수고를 가볍게 치하했다. 그러고는 당번병을 지명하라는 지시를 하고, 중대의 장교들에게 할당된 2층의 임시 숙소 쪽으로 갔다. 걸어가면서 옷의 단추를 풀고 이마의 땀을 닦으며, 어두운 계단을 거쳐 자기 방으로 올라갔다. 습기를 머금은 서늘한 공기가 상쾌했다. 방에는 이등대위 아타르시치코프가 혼자 있었다.

"다른 친구들은 대체 어디로 간 거야?"

침대에 누워서 먼지투성이가 된 장화를 신은 발을 무겁게 내던지며 리스트니츠키가 물었다.

"거리에 나갔어. 페트로그라드 시내 구경을 하러 가겠지."

"자네는 왜 가지 않았나?"

"난 됐어. 녀석들, 옷을 입나 보다 했더니 어느새 싹 나가 버렸더군. 난 지금 여기서 이틀 전에 일어난 사건 기사를 읽고 있는 중인데 제법 재미있는걸!"

리스트니츠키는 땀이 밴 셔츠가 등허리에 서늘하게 와 닿는 감촉을 느끼면서 잠자코 누워 있었다. 일어나서 얼굴을 씻는 것도 성가시게 느껴졌다. 행군 중에 쌓인 피로가 몰려들었기 때문이었다. 겨우 일어나서 당번병을 불러 속옷을 갈아입고, 얼굴을 씻고 양치질을 한 뒤에 햇볕에 타서 거무스름해진 목덜미를 부드러운 수건으로 닦았다.

"세수를 하는 게 어때, 바냐!"

그는 아타르시치코프에게 권유했다.

"시원하네. 그런데 신문에 무슨 기사가 났다고?"

"그래, 씻어 볼까? 기분이 좋을 거야…… 신문 말인가? 볼셰비키의 진출에 관한 게 실려 있는데 말이야, 정부의 대책…… 자, 읽어 보게!"

세수를 하고 개운한 기분이 된 리스트니츠키가 신문을 집어 들려고 했을 때, 연대장에게서 오라는 전갈이 왔다. 어쩔 도리 없이 일어나서, 행군 중에 주름이 잔뜩 진 새 하복을 입고 칼을 차고 한길로 나갔다. 한길 건너편으로 건너가서 중대 숙소 건물을 돌아다보았다. 바깥에서 보니 여느 집들과 다른 점이 조금도 없었다. 연기 색깔의 구멍 많은 돌로 치장한 5층 건물로, 똑같아 보이는 여러 집들과 나란히 서 있었다. 리스트니츠키는 담배를 피우면서 천천히 보도를 걸어갔다. 맥고모자, 중산모자,[22] 테 없는 모자를 쓴 사내들, 멋진 깃과 장식이 달린 부인용 모자를 쓴 여자들이 우글거렸다. 그 인파 속에서 녹색 군모가 이따금 힐끗힐끗 스쳤다가는, 다시 갖가지 색깔이 섞인 물결에 휩쓸려 보이지 않게 되었다.

해안 쪽에서 상쾌한 미풍이 파도처럼 불어와 높고 큰 건물에 부딪쳐서는, 여리고 살랑살랑하는 흐름으로 흩어져 갔다. 보랏빛 그림자가 어린 흐린 하늘에서는 소나기구름이 남쪽을 향해 떠 가고 있었다. 그 유백색의 구름 가운데 쪽

---

22) 꼭대기가 높고 둥근 서양 모자.

은 톱니처럼 들쭉날쭉하고 선명하게 도드라져 있었다. 거리에는 한차례 비가 내리기 전의 무더운 공기로 메워져 있었다. 달아오른 아스팔트 냄새, 벤젠 냄새, 근처의 바다 냄새, 부인들의 향수에서 풍기는 도발적인 냄새, 그리고 인구가 많은 도시 고유의 갖가지 냄새가 풍겨 왔다.

리스트니츠키는 담배를 피우며 천천히 보도 오른쪽으로 걸어갔다. 이따금 스쳐 지나가는 사람들의 인사를 보내는 것 같은 시선과 부딪쳤다. 처음에는 자기의 주름투성이 하복과 지저분한 모자에 신경이 쓰였으나, 나중에는 전선에 있던 자들이 차림새 따위에 마음쓸 수 있었느냐, 하물며 오늘 열차에서 내린 지 얼마 안 되지 않았는가 하는 생각을 떠올리며 느긋한 마음을 먹었다.

길거리에는 상가나 카페의 입구에 친 텐트의 황색 그림자가 드리워져 있었다. 바람이 불어와서 달아오른 범포(帆布·돛천)를 펄럭이게 하면 길거리에 드리워져 있던 그 그림자가 떨며, 이야기를 나누고 있는 사람들의 발치에서 떨어져 나갔다. 점심때가 조금 지난 듯한데 길거리는 사람들로 몹시 붐볐다. 전쟁 중이라 도회 기분을 잊고 있던 리스트니츠키는 웃음소리며 자동차 소리며 신문팔이의 외침으로 가득 찬 소음이 반갑게 느껴졌다. 또한 말쑥한 몸치장을 하고 잔뜩 배를 불린 사람들의 무리에 자못 친근감을 느끼며 이렇게 생각했다.

'저들은 지금 만족감과 기쁨, 행복을 느끼고 있을 것이다. 그렇다, 저들 모두가 그럴 것이다. 상인도, 브로커(주식중개인)도, 갖가지 계급의 관리들도, 지주들도, 그리고 귀족 여러분도! 하지만 사흘 전에 저들은 어떠했을까? 이 큰길을, 이곳저곳의 거리를 노동자와 병사들이 용암처럼 흘러갔을 때 저들은 어떠한 표정으로 바라보고 있었는가? 솔직히 말해서 나는 저들을 보고 기쁘게 여기는 동시에 또 다른 감회가 떠오른다. 도대체 저들이 무사히 지내고 있는 것을 어떻게 받아들여야 좋을지 도무지 짐작이 가지 않는다.'

그는 자기의 분열된 감정을 분석하고 그 원인을 찾아 내려고 하다가, 그냥 쉽게 결론지었다. 즉 전쟁과 전선에서의 체험이 배부르고 만족해하는 사람들에게서 그를 떼어 놓은 탓이다, 그래서 바로 그런 생각을 하게 되기도 하고 그런 기분이 느껴지기도 한 것이라고.

'몹시 취한 것 같은 얼굴의 이 청년도.'

그는 살이 통통하게 찌고 뺨이 붉으며 수염이 없는 사내를 바라보며 문득 생각했다.

'도대체 왜 전선에 나가지 않는 걸까? 틀림없이 공장 주인이나 장사를 하는 지주 같은 자의 아들일 텐데, 비겁하게도 병역을 기피했군. 녀석들에게는 조국의 운명 같은 거야 어찌 되든 상관없겠지. 그러면서도 국방 사업에 관련된 활동을 하고 있다는 소릴 해대며 살이 피둥피둥 쪄가지고는 여자들을 감쪽같이 속이고 있을 거야.'

'그러면 결국 너는 어느 편인가?' 그는 자기 자신에게 묻고는 빙긋 웃었다.

'그렇다. 물론 이들의 편이다! 이들 속에 나 자신이 있고, 또한 나는 이들의 일부분이다…… 나의 계급 속에 있는 장점도 단점도 모두 나는 어느 만큼씩 지니고 있다. 어쩌면 내 낯가죽은 저 술 취한 뚱보 녀석의 것보다 조금 얇을 것이다. 그래서 나는 만사에 병적으로 반응하고, 전쟁에 대해 진지하고, 〈국방 사업에 관련된 활동〉 같은 걸 하고 있는 체하지 않는 것이다. 그러므로 지난겨울 모기료프에서 황제 전용 자동차를 타고 대본영에서 나오던 폐제(廢帝)를 뵙고, 그 슬픔 어린 입과 무릎 위에 힘없이 놓인 가엾은 손을 보았을 때, 나는 눈 위에 쓰러져 어린애처럼 소리 내어 울었던 것이다…… 나는 맹세코 혁명을 용납하지 않고, 또한 용납할 수도 없다! 이 생명은 옛것을 위해서 바친 것이다. 결코 동요하는 일도 없이 어떠한 행동도 취하지 않고, 있는 그대로 군인답게 바친 것이다. 하지만 여기에 있는 많은 사람들도 과연 나와 같은 기분일까?'

그는 얼굴빛이 창백해지면서 북받쳐오르는 깊은 감동과 함께 저 2월의 색채로 가득 찬 사건을, 모기료프의 현지사(縣知事) 관사를, 추위에 죄어든 철책(鐵柵)을, 그리고 철책 저편의 회색 망사를 덮은 눈이 저무는 해의 붉은 빛에 물들어 번쩍번쩍 빛나는 모습을 떠올렸다. 드네프르 강둑 너머로 비스듬히 보이는 하늘은 감청색과 주황색과 녹슨 도금빛으로 물들고, 지평선 위의 그림자는 어느 것이나 다 붙잡기 어렵게 희미했다. 정면의 현관에는 대본영의 막료와 군인, 문관들 몇몇이 서 있었다…… 조용히 나오는 한 대의 뚜껑 덮인 자동차, 유리를 통해서 보이는 것은 아마도 쿠션에 등을 기댄 차르일 것이다. 연보라 그늘을 지닌 여윈 얼굴, 창백한 이마에는 근위 카자흐 제모(制帽)인 털가죽 모자의 비스듬한 검은 반원.

리스트니츠키는, 놀라서 그를 돌아다보는 사람들의 곁을 거의 달려가다시피 총총히 걸어갔다. 그의 눈에는 경례에 답하는 황제의 한 손이 검은 털가죽 모자 테에서 내려지는 것이 보이고, 귀에는 멀어져 가는 자동차의 소리 없는 움직임과 최후의 황제를 말없이 전송하는 군중의 굴욕적인 침묵이 울리고 있었다…….

연대 본부가 자리잡고 있는 집의 층계를 천천히 올라갔다. 그의 뺨은 아직 떨리고 있고, 울어서 부은 눈은 시뻘게져 있었다. 2층의 층계참에서 그는 안경을 닦으며 연거푸 담배를 두 대 피우고는, 계단을 두 개씩 뛰어 3층으로 달려 올라갔다.

연대장은 페트로그라드의 지도를 펴고 리스트니츠키의 중대가 경비해야 할 관청이 있는 지역을 가리키며, 관청을 하나하나 들어서 언제 어떻게 수비병을 배치시키거나 교체시켜야 하는가를 상세히 설명하고 마지막으로 말했다.

"겨울궁의 케렌스키에게."

"케렌스키는 싫습니다!"

리스트니츠키는 얼굴이 창백해지며 크게 소리 내어 말했다.

"예브게니 니콜라예비치, 침착해야 하네."

"연대장님, 제발!"

"하지만 자네."

"부탁입니다!"

"자네는 신경질적이군."

"곧 푸치로프(푸치로프 기계 제작 공장)를 수비하러 갈까요?"

리스트니츠키는 헐떡이며 물었다.

연대장은 웃으며 어깨를 으쓱하고는 대답했다.

"그러면 얼른 가 주게! 반드시 소대의 사관 하나를 데리고 가게."

리스트니츠키는 과거의 추억이며 연대장과 나눈 대화에 풀이 꺾여 공허한 기분으로 본부를 나섰다. 숙소 바로 가까이까지 왔을 때 역시 페트로그라드에 주둔한 돈 제4연대의 카자흐 수비 부대를 보았다. 사관의 밤색 말 재갈 근처에는 시들어서 목을 늘어뜨린 꽃 몇 송이가 꽂혀 있었다. 수염이 흰 사관의 얼굴에는 미소가 떠올라 있었다.

"조국의 구제자 만세!"

꽤 나이 들어 보이는 사내가 흥분하여 길거리로 나서서 모자를 흔들며 소리쳤다.

사관은 붙임성 있게 모자의 차양에 손을 가져다 붙였다. 기병 척후는 약간 빠르게 지나쳐 갔다. 리스트니츠키는 카자흐들에게 인사한 사관의 흥분으로 달아오른 얼굴과 단정히 맨 화사한 넥타이를 바라보고는, 얼굴을 찌푸리고 고개를 숙이다시피 한 채 자기 숙소를 향해 황망히 걸어갔다.

11

제14연대 장교단(將校團)은 코르니로프 장군의 남서부 전선 총사령관 취임을 비상한 공감을 가지고 맞이했다. 무쇠 같은 성격을 가진 인물로, 임시 정부가 몰아넣은 막다른 골목에서 반드시 조국을 구해 낼 수 있는 인물이라 하여 사람들은 사랑과 존경을 품고 이야기했다.

그 임명을 특별히 열정적으로 환영한 것은 리스트니츠키였다. 그는 중대의 젊은 사관들이며 그와 친근한 카자흐들을 통해서, 카자흐들이 이번 일에 대해 어떤 반응을 보이는가를 알려고 애썼다. 그러나 결과는 그의 마음에 차지 않았다. 카자흐들은 잠자코 있거나 신통치 않은 대답을 했다.

"우리들에게야 상관없는걸요."

"어떤 인물인지 모르겠군요."

"평화를 위해서 발벗고 나서준다면…… 그야 물론."

"그의 지위가 높아진다 해서 우리가 편해질 리는 없죠!"

며칠 지나자 민간인이며 군인들과 폭넓게 교제하고 있던 장교들 사이에, 코르니로프는 틀림없이 임시 정부를 누르고 전선에서의 사형(死刑) 부활과 군의 운명과 전쟁의 종결을 좌우할 여러 결정적 방책의 시행을 요구할 것이라는 소문이 널리 퍼졌다. 케렌스키는 코르니로프를 두려워하고 있기 때문에, 반드시 최전선 총사령관으로 말을 훨씬 더 잘 들을 장군을 앉히려 애쓸 것이라는 이야기도 나돌았다. 군인 사이에서는 유명한 장군들의 이름이 여럿 들먹여지기도 했다.

7월 19일, 코르니로프를 최고사령관으로 임명하는 것에 관한 정부 발표는 모든 사람들을 놀라게 했다. 장교단 중앙 위원회 사람들과 폭넓게 교제하고 있던 아타르시치코프 이등대위가 헐레벌떡 오더니 확실한 소식통의 정보라 하면서, 코르니로프가 임시 정부에 보고하기 위해 준비한 각서 속에 다음과 같은 중대한 방침의 필요성을 주장하고 있다는 이야기를 전했다. 즉 전국적으로 후방에 있는 군대 및 주민에 대한 혁명 군사재판 회의의 재판권을 움직여서 중대 범죄, 특히 군사상의 범죄에 대해 사형을 적용할 것, 군부 당국자의 권능을 부활할 것, 병사 위원회의 활동 범위를 축소하고 법률에 대한 위원회의 책임을 분명히 정할 것 등이었다.

그날 저녁 리스트니츠키는 자기 중대 및 다른 중대의 사관들과 함께 이야기하면서, 누구를 지정하느냐는 문제에 대해 날카롭고 솔직하게 털어놓았다.

"장교 여러분!"

그는 흥분을 누르고 말했다.

"우리들은 사이좋은 일가처럼 지내 오고 있습니다. 그러나 아직도 많은 중요한 문제가 미해결인 채로 남아 있다고 생각합니다. 그래서 최고사령부와 정부의 괴리가 확실시되고 있는 지금 우리들은 누구 편인가, 누구를 지지해야 하는가 하는 문제를 단도직입적으로 제기할 필요가 있다고 생각합니다. 동료로서 탁 털어놓고 얘기해 보지 않겠습니까?"

아타르시치코프 이등대위가 먼저 대답했다.

"나는 코르니로프 장군을 위해서라면 나의 피도 타인의 피도 흘릴 각오가 되어 있습니다! 장군은 훌륭하고 정직한 분입니다. 러시아를 굳건히 일으켜 세울 수 있는 사람은 그분뿐입니다. 그가 군대에서 해 온 일들을 보십시오! 지휘관들이 다소나마 편해진 것은 그의 덕분이 아닙니까? 전에는 병사 위원회가 쭉쭉 뻗어나고, 제멋대로 적군과 내통하여 전투를 중지하기도 하고 탈주하기도 했습니다. 그러나 이젠 아무 문제도 없지 않습니까? 제대로 된 사람이면 누구나 코르니로프를 지지할 것입니다!"

다리가 가늘고 가슴과 어깨가 유난히 넓은 아타르시치코프는 흥분해서 말했다. 제기되고 있는 생생한 문제는 확실히 그를 흥분시키는 듯했다. 말을 끝내자 그는 테이블에 빙 둘러앉아 있는 장교들을 쳐다보고, 재촉하듯 파이프로 담배 상자를 툭툭 두들겼다. 그의 아래 눈꺼풀에는 부풀어오른 갈색 콩알같은 점이 붙어 있었다. 그것은 위쪽 눈꺼풀이 눈알을 완전히 덮지 못하게 방해하고 있었다. 때문에 얼핏 보기에 아타르시치코프는 그 눈이 언제나 대범하게 뭔가 기대하는 것처럼 웃고 있는 듯한 느낌을 갖게 했다.

"만일 볼셰비키와 케렌스키와 코르니로프 중에서 어느 한쪽을 택하라면 우리들은 두말할 나위 없이 코르니로프를 택할 겁니다."

"코르니로프가 원하는 것이 무엇인지 우리들로서는 판단하기 곤란합니다. 다만 러시아에 질서를 회복시키는 것뿐인지, 아니면 달리 뭔가."

"그런 건 이 문제에 대한 대답이 아닙니다!"

"아니죠, 대답입니다!"

"대답치고는 어리석은 대답입니다."

"당신은 뭘 두려워하는 거요, 중위?"

"두려워하기는커녕 오히려 그걸 바라고 있을 정도입니다."

"그러면 도대체 어쩌겠단 말인가?"

"여러분!"

굵고 거친 목소리로 도르고프가 입을 열었다. 얼마 전까지 상사였으나 전공(戰功)에 의해 소위로 임관된 사내였다.

"여러분은 도대체 왜 다투는 겁니까? 이렇게 말하는 게 어떻습니까? 즉, 어린애가 어머니 옷자락에 매달리듯이 우리들 카자흐는 코르니로프 장군에게 매달려야 한다고요. 이건 분명한 사실입니다! 그에게서 떨어지면…… 쓰러져 버릴 뿐입니다! 러시아는 그분을 얻으면 안심입니다. 그가 가는 쪽으로 우리들도 따라간다―이건 분명한 겁니다."

"분명 그렇습니다."

아타르시치코프는 감격해서 도르고프의 어깨를 두들기며 웃음을 가득 띠고, 리스트니츠키를 쳐다보았다. 리스트니츠키는 미소를 지으면서 흥분한 기색으로, 바지의 무릎께에 있는 주름을 펴고 있었다.

"그러면 말이죠, 장교 여러분, 아타만 여러분!"

아타르시치코프가 목소리를 높여 외쳤다.

"우리들 모두는 코르니로프에게 찬성하는 셈입니다."

"그렇습니다, 물론이죠!"

"도르고프가 어려운 문제를 단번에 해결해 주었습니다."

"장교단은 전부가 그의 편입니다!"

"우리들은 예외를 바라지 않습니다."

"친애하는 라블 게오르기예비치, 카자흐의 영웅 만세!"

사관들은 웃어 대며 찻잔을 부딪치고 차를 마셨다. 조금 전의 긴장감이 사라지자 최근의 사건들에 대한 이야기로 화제를 돌렸다.

"우리들은 확고히 총사령관 편으로 기울어져 있지만 카자흐들은 흔들리고 있는 것 같습니다."

도르고프가 분명치 않은 어조로 말했다.

"흔들리고 있다'니, 어떤 상태지요?"

리스트니츠키가 물었다.

"흔들리고 있는데, 손을 쓸 수 없습니다…… 녀석들은 그저 고향의 마누라에게 돌아가고 싶어할 뿐이거든요…… 힘겨운 생활을 더는 참을 수 없게 된 거지요."

"우리가 할 일은 카자흐들을 우리 편으로 끌어들이는 겁니다!"

체르노크토프 중위가 주먹으로 테이블을 쾅 치고 말했다.

"끌어들여야만 합니다! 사관 견장을 폼으로 달고 있는 건 아니니까요."

"운명을 같이할 사람이 누구인가 하는 것을 카자흐들에게 끈기 있게 설명해 주어야 합니다."

리스트니츠키는 찻잔을 숟가락으로 두들겨 사관들의 주의를 끌며 확고한 어조로 말했다.

"여러분, 우리가 먼저 해야 할 일은 아타르시치코프가 말한 것에 따르는 것이라고 생각합니다. 즉 카자흐들에게 실제의 사태를 잘 설명해 주어야 한다는 겁니다. 카자흐들을 병사 위원회의 영향으로부터 끌어내는 것이 필요합니다. 그리고 이런 경우에, 적어도 2월의 전환(轉換) 이래로 우리들 대다수가 경험했던 것과 같은 정도의 정신적 변화를 그들에게 일깨워 주는 것이 필요하리라고 여겨집니다. 전에, 즉 16년에 나는 전투 중 뒤에서 쏘는 총탄에 맞을 우려가 있을 경우에도 카자흐를 후려갈길 수 있었습니다. 그런데 2월 뒤로는 정반대가 되어, 어쩌다 내가 한심한 녀석을 한 대 후려갈기기라도 했다가는 바로 그 자리에서 당하고 말 겁니다. 지금은 완전히 사태가 달라져 버렸습니다. 우리들은 반드시."

그 한 마디에 리스트니츠키는 힘을 주어 말했다.

"우리들은 반드시 카자흐들과 협력해야 합니다! 여기에 모든 것이 달려 있습니다. 여러분은 지금 제1연대나 제4연대에서 어떤 사태가 일어나고 있는지 아십니까?"

"악몽과 다름없어!"

"그야말로 악몽이지요!"

리스트니츠키는 말을 이었다.

"장교들은 이전부터 카자흐들과 분리되고, 그 결과로 깡그리 볼셰비키의 영향을 받아서 그 90퍼센트까지 볼셰비키가 되어 가고 있습니다…… 그런데 앞으로도 이런 사태는 피하려 해도 피할 수 없다는 것은 이미 자명한 일이 아닙니까? 7월의 3일과 5일[23]은 천하태평인 자들에 대한 준엄한 경고에 지나지 않습니다…… 어쩌면 우리들은 코르니로프를 내세우고 혁명적 민주정체의 군대와 한차례 싸움을 해야 할지도 모릅니다. 혹은 볼셰비키가 세력을 기르고 그 영향을 넓히면서 다시 한번 혁명을 일으킬지도 모릅니다. 그들은 지금 단숨에 힘을 모으고 있습니다. 그런데 우리 쪽에선……사기가 완전히 꺾여 있습니다…… 과연 이래도 괜찮을까요? 다가올 동란에 즈음해서 도움이 될 것은 신뢰할 수 있는 카자흐입니다."

"우리들은 카자흐 없이는 어찌할 도리가 없는 게 뻔하거든요."

도르고프가 한숨을 쉬었다.

"리스트니츠키의 말대로입니다."

"확실히 그렇다고 생각합니다."

"러시아는 지금 발등에 불이 떨어져 있는 겁니다."

"그런 정도는 누구나 훤히 압니다. 다만 뭔가를 하려고 해도 할 수가 없을 따름입니다. 그 씨앗을 뿌리고 있는 것이 '지령 제1호'[24]와 《참호 프라우다》[25]입니다."

---

23) 1917년 페트로그라드에서 노동자, 병사, 선원 등이 일으킨 임시 정부 반대의 무장 대중 데모.
24) 1917년 3월 1일 페트로그라드 소비에트 집행위원회가 내린 지령인데, 구 차르의 사령을 누르기 위해 군대 안에 선거제도를 실시할 것을 지령했다.
25) 러시아 사회민주노동당의 군대 조직국 기관지.

"그런데 그것이 밟아 뭉개져 완전히 없어지지는 않고 자꾸만 새로 싹터 나오는 것을 우리들은 팔짱만 낀 채 가만히 보고 있는 겁니다!"

아타르시치코프가 소리쳤다.

"그게 아닙니다, 가만히 보고 있는 건 아닙니다. 단지 힘이 모자라는 거지요."

"당치 않은 소리요, 소위! 우리들이 게을리하고 있을 뿐인 거요!"

"그런 건 아닙니다."

"그러면 증거를 보여 주시오!"

"자, 좀 조용히 합시다!"

"《프라우다》는 완전히 당했는데…… 케렌스키도 머리가 좋은 편은 아니고."

"어찌 된 일입니까? 마치 장바닥처럼 시끄럽지 않습니까? 이래서야 되겠습니까?"

한 사람이 호통을 치자, 그 사이 높아져 있던 떠들썩한 소리가 조금씩 가라앉았다. 리스트니츠키의 말을 매우 흥미 있는 듯이 잠자코 듣던 중대장이 여러 사람들의 주의를 촉구하는 말을 했다.

"리스트니츠키 대위에게 결론을 짓게 하는 것이 어떻습니까?"

"찬성입니다."

리스트니츠키는 무릎 위를 주먹으로 문지르며 입을 열었다.

"나는 그런 경우, 즉 내전이 일어날 경우에는 충실한 카자흐가 필요하게 될 거라고 생각합니다. 그러므로 볼셰비키의 영향을 받고 있는 병사 위원회에서 카자흐를 이쪽으로 끌어들여야 합니다. 이것이야말로 지금 절대로 필요한 일입니다! 새로운 동요가 일어나 보십시오, 제1연대 및 제4연대의 카자흐들은 자기네 부대의 사관들을 쏘아죽일 것이 뻔합니다."

"분명히 그렇습니다!"

"거침없이 그렇게 할 겁니다!"

"아예 지금 말해 두겠는데…… 그들이 맛본 쓰디쓴 경험에서 우리는 충분히 배워야 한다고 생각합니다. 제1연대 및 제4연대의 카자흐들은—지금의 그들을 카자흐라고 말할 수 있는지 의문입니다만—이대로 내버려 두면 그 절반을 잡아 죽이거나, 그렇잖으면 전부 잡아 죽여야 할 것이 틀림없습니다…… 잡초는 밭에서 빨리 제거해야 합니다! 훗날 대가를 치러야 하는 실수를 저지르지 않도록 카자흐들을 구해 주어야 합니다!"

리스트니츠키에 이어 그가 말하는 것을 주의 깊게 듣고 있던 중대장이 발언했다. 그는 나이가 꽤 많은 고참 장교로서 이 연대에 9년째 근무하고 있고 이번 전쟁에서는 네 번 부상당했는데, 그는 전의 근무가 괴로웠던 데 대해 이야기했다. 카자흐 부대의 장교는 햇볕을 보지 못하면서 학대받고, 승진이 더디고, 대개의 사관에게는 군대 고참의 지위가 전사한 뒤에나 주어졌다. 그의 말에 따르면, 전제(專制) 전복의 시기에 있어 카자흐 부대 상층부의 타성은 이즈음의 사정에 의해서 설명될 수 있었다. 그럼에도 불구하고 그는 코르니로프를 전면적으로 지지할 필요가 있다는 것, 카자흐 부대 동맹 평의회와 장교단 중앙위원회를 통해 그와 긴밀하게 제휴할 필요가 있다는 것을 말하면서 이야기를 끝맺었다.

"코르니로프로 하여금 독재자가 되게 해야 합니다. 카자흐 부대를 구할 길은 이것뿐입니다. 그를 우두머리로 떠받들 때, 우리에게 십중팔구 차르의 시대보다 좀더 나은 생활이 다가올 수 있을 겁니다."

시간은 그럭저럭 자정을 지났다. 길거리에는 밤이 머리칼을 풀어뜨린 것 같은 구름에 덮여 깊어 가고 있었다. 창 너머로 해군성(海軍省) 탑의 주철같이 검은 꼭대기와 누르스름하게 번지는 등불빛이 반짝이는 게 보였다.

장교들은 새벽녘까지 이야기를 계속했다. 일주일에 세 번 정치 문제에 대해 카자흐들과 좌담회를 갖기로 정해 한가한 시간을 메우고, 나쁜 영향을 주는 정치적 분위기에서 카자흐를 벗어나게 하기 위해 매일 소대별로 체조와 독서를 실시하기로 했다. 흩어지기에 앞서 '정교(正敎)의 고요한 돈은 물결이 일렁여 소란하네'를 노래하고, 열 잔째 사모바르를 다 비우고 찻잔을 부딪치며 건배했다. 그리고 헤어지게 되었을 때, 아타르시치코프는 도르고프에게 귀엣말을 한 뒤 이렇게 말을 꺼냈다.

"그러면 지금부터 마무리로서 여러분에게 옛 카자흐 민요를 들려 드릴까 하니 조용히 하십시오. 그쪽의 창문 좀 열어 주시겠습니까? 방 안의 공기가 몹시 탁한 것 같습니다."

도르고프의 거칠고 쉰 베이스와 아타르시치코프의 부드럽고 경쾌한 테너에 의한 2부 합창은 처음에는 톤이 맞지 않아 어지럽고 각기 자기 빠르기로 노

래했으나, 끝부분에 이르자 힘차게 잘 어울려서 듣기 좋고 고운 톤으로 어우러
졌다.

> 우리들의 돈, 고요한 돈, 우리들의 아버지는 너무도 위대해서
> 이슬람교도에게는 머리를 숙이지 않고,
> 모스크바에 가서는 살길을 찾으려 하지도 않았네.
> 또한 터키에서는 언제나 날카로운 칼로 뒷머리를 얻어맞았네.
> 다음 해도 그다음 해도
> 돈의 스텝, 우리들의 어머니는
> 순결한 성모와 정교의 신앙과
> 또한 물결이 일렁여 소란한 자유로운 돈을 지키기 위해서
> 끝까지 적과 싸우라고 외쳤네…….

아타르시치코프는 무릎 위에서 두 손을 맞잡고 높은 톤으로 노래했다. 도르
고프는 바싹 따르는 베이스를 떼어 놓고 톤을 바꾸어 가면서 끝까지 부를 때까
지 한 번도 틀리지 않았다. 얼핏 듣기에는 별것 없는 담담한 노래였으나, 리스트
니츠키는 거의 끝날 때쯤 그의 눈에서 눈물이 차갑게 빛나며 넘쳐흐르는 것을
알아차렸다.

다른 중대의 사관들은 돌아가고 다른 이들도 잠자리에 든 뒤, 아타르시치코
프는 리스트니츠키의 침대에 걸터앉아 빛바랜 청색 바지의 줄을 가슴받이께까
지 끌어올리면서 낮은 목소리로 말했다.

"이봐, 예브게니, 자네는 알 테지? 나는 돈을 아주 사랑하고 있네. 저 오래된,
여러 세기에 걸쳐서 형성된 카자흐의 생활양식이 무척 좋거든. 부하 카자흐도,
카자흐 여자도 모두 좋단 말이야! 스텝의 향쑥 냄새를 맡으면 나는 울고 싶어진
다네…… 그다음에는 해바라기꽃이 피고, 돈강 기슭에서 비에 젖은 포도 냄새
가 강하게 풍겨 오는데, 그런 것도 견딜 수 없이 좋다네…… 자네도 알 거야……
그런데 지금 생각한 것이지만, 우리들이 그 카자흐들을 잡아매어 놓고 있는 게
아닐까? 꽤 심하게 고생시키는 게 아닐까?"

"대체 무슨 말인가?"

리스트니츠키가 버럭 성을 내며 물었다.

아타르시치코프의 새하얀 깃에서 그의 거무스름한 목덜미가 자못 순진하고 청년다운 느낌으로 사람의 마음을 찌르듯이 드러나 보였다. 갈색 눈에는 푸른 눈꺼풀 가장자리가 무겁게 드리워져 보이고, 반쯤 감겨진 눈빛이 흐릿하게 보였다.

"나는 카자흐들에게 과연 그런 것이 필요할까 하는 생각이 드네만."

"그러면 어떻게 하는 게 좋단 말인가?"

"그걸 알 수 없네…… 하지만 어째서 그들은 우리들로부터 떨어져 나가는 걸까? 혁명은 마치 우리들을 각각 양과 염소로 나눈 것[26] 같네. 우리들의 이해(利害)가 각각 달라지고 만 것 같네."

"그러면 자네 말이야."

리스트니츠키는 조심스럽게 말하기 시작했다.

"거기에 바로 사태를 받아들이는 방법의 차이란 것이 뚜렷하게 드러나 있는 걸세. 우리는 뭐니 뭐니 해도 교양이 있네. 그래서 이런저런 사실을 비판적으로 볼 수 있는 거야. 그런데 카자흐들은 소박하고 단순하니까 그렇게 되질 않네. 거기에 파고든 볼셰비키들이 그들의 머리에 전쟁을 그만두어야 한다, 아니, 전쟁을 내란으로 바꿔 나가야 한다 하는 생각을 부채질하는 거야. 즉 그 녀석들이 카자흐들을 부추겨서 우리들에게 덤벼들게 하고 있는 걸세. 그런데 카자흐들을 이제 지칠 대로 지쳐서 점점 더 야수처럼 되고 있네. 따라서 우리들이 가진 것과 같은 조국에 대한 의무나 책임 따위의 확고한 정신적 자각을 못하는 거야. 거기서 알맞은 근거가 발견될 것은 뻔한 일이지. 도대체 카자흐들에게 있어 조국이란 무엇이겠는가? 그들은 막연히 돈의 군관구(軍管區)는 전쟁과 동떨어져 있기 때문에 독일군은 쳐들어오지 않는다고 생각하는 거야. 모든 불행은 거기서 시작되는 거지. 그러므로 전쟁이 내란으로 바뀔 경우에 어떤 불행한 사태에 빠져들 것인가 하는 것을 그들에게 제대로 말해 줄 필요가 있는 거야."

리스트니츠키는 자기의 말이 목표에 이르지 못하여, 아타르시치코프가 지금 그의 앞에서 스스로 마음의 문을 굳게 닫아 버릴 것이라고 마음속으로 염려하

---

26) 성경에 나오는 말로 최후의 심판에 즈음하여 바른 사람(양)과 죄인(염소)으로 나눈다는 뜻.

면서 이야기를 계속했다.

과연 그랬다. 아타르시치코프는 뭔가 몇 마디 중얼거린 뒤 입을 다물고는 그 대로 한참 동안 멍하니 앉아 있었다. 리스트니츠키는 입을 다문 동료가 지금 어떤 생각의 어둠 속을 헤매고 있는지 알아내려고 했으나 알 수가 없었다.

'차라리 그가 끝까지 말하게 놔둘걸.'

그는 문득 이렇게 생각하고 유감스러움을 느꼈다.

아타르시치코프는 "쉬게나" 이렇게 한마디 하고는 그대로 나갔다. 그는 한순간 마음속을 다 털어놓고 진지하게 이야기하고 싶은 충동을 느껴 숨겨져 있는 신비한 장막을 조금 들어올려 보았던 것인데, 이로써 또다시 그 장막을 내리고 만 것이었다.

남의 감추어진 마음을 알 수 없는 것은 리스트니츠키를 몹시 초조하게 했다. 그는 담배에 불을 붙이고 잠시 누운 채, 잿빛 솜 같은 느낌을 주는 엷은 어둠을 물끄러미 바라보았다. 그리고 갑자기 아크시냐를, 또한 철저히 그녀에 의해서 메워졌던 휴가의 나날을 떠올렸다. 그러자 부드러운 기분이 되어, 전에 만났던 많은 여자들에 대해 그저 생각나는 대로 떠올리면서 잠이 들었다.

12

리스트니츠키의 중대에 부카노프스카야 마을에서 온 이반 라그틴이라는 카자흐가 있었다. 처음 선거 때 그는 연대 군사혁명 위원회 위원으로 선발되었으나, 그가 페트로그라드의 노동자·병사 대표 소비에트(평의회)의 군사 위원회에 출석한 것, 자기 소대의 카자흐들을 모아서 가끔 회합을 가져 그들에게 좋지 않은 영향을 주는 것으로 보아 반드시 소비에트와 연락을 취하고 있음이 틀림없다는 보고가 들어왔다. 이 중대에서는 보초 서는 것과 경비에 나가는 것을 거부하는 사건이 두 번쯤 일어났다. 소대 소속 사관은 이런 사건들을 카자흐들에 대한 라그틴의 행동 탓이라고 생각했다.

리스트니츠키는 직접 라그틴과 만나서 그의 생각을 떠볼 필요가 있다고 생각했다. 그러나 내밀한 이야기를 하려고 그를 불러오는 것은 얼빠진 짓이기도 하고, 부주의한 짓이라고 여겨 기회가 오기를 기다리기로 했다. 그 기회는 곧 와 주었다. 7월 말 어느 날 밤, 제3소대는 명령에 의해서 푸치로프 공장으로 통하는 거리의 경비를 맡게 되었다.

"내가 카자흐들을 데리고 가겠다."

리스트니츠키는 소대 소속의 사관을 가로막았다.

"내 검정말에 마구를 얹으라고 지시해 주게."

리스트니츠키는 '만일의 경우에 대비해서' 말을 2필 가지고 있었다. 종졸(從卒)의 시중을 받아 옷을 갈아입은 그는 뜰로 내려갔다. 소대는 이미 말을 타고 기다리고 있었다. 안개가 자욱이 끼고 군데군데 등불이 켜져 있는 어둠 속을 뚫고 여러 거리를 지나갔다. 리스트니츠키는 일부러 말을 늦추고 뒤쪽에서 라그틴을 불렀다. 라그틴은 그의 볼품없는 말을 돌이켜 세워 다가와서는, 곁에서 대기하는 자세를 취하고 대위를 쳐다보았다.

"자네 측 위원회에는 별다른 일이 없나?"

리스트니츠키가 물었다.

"별로 없습니다."

"라그틴, 자네는 어느 마을 출신이지?"

"부카노프스카야 마을입니다."

"부락은?"

"미챠킨입니다."

두 사람의 말은 이제 재갈을 나란히 하여 나아가고 있었다. 리스트니츠키는 가로등 불빛을 받은 카자흐의 수염투성이 얼굴을 옆에서 쳐다보았다. 라그틴의 군모 그늘에서는 단정하게 뒤로 빗어넘긴 머리칼이 보였으나, 포동포동하게 살찐 뺨에는 텁수룩하게 수염이 나 있었다. 빈틈이 없는 듯한 활 모양의 눈썹에 덮인 영리해 보이는 눈이 깊숙한 곳에서 빛나고 있었다.

'겉보기에는 정직하고, 마치 수도자 같은 느낌을 주는군. 그러나 마음속으로 무엇을 생각하고 있는지 알 수가 없잖아? 틀림없이 나를 미워하고 있을 것이다. 낡은 제도나 '하사의 채찍'과 관련이 있는 모든 것을 미워하듯이 나를 미워하고 있을 게 틀림없다.'

리스트니츠키는 이렇게 생각했다. 그리고 왠지 라그틴의 과거에 대해서 알고 싶은 충동을 느꼈다.

"가족이 있나?"

"있습니다. 아내와 아이 둘이 있습니다."

"생활 형편은 어떤가?"

"어떤 생활이라 해야 할까요?"

라그틴은 비웃는 것 같기도 하고 분하게 여기는 것 같기도 한 어조로 말했다.

"그날그날 살아가는 형편입니다. 소를 먹이고, 그것에 의지하면서 평생을 괴롭게 일하면서 사는 그런 처지입니다…… 모래땅이기 때문입니다."

잠시 생각에 잠겨 있다가 무뚝뚝하게 덧붙였다.

리스트니츠키는 전에 세브랴코보역에 나가려고 부카노프스카야 마을을 지나간 적이 있었다. 큰길에서 떨어져 있던 그 쓸쓸한 마을을 그는 지금 또렷하게 기억해 냈다. 남쪽을 향해서 평탄하게 탁 트인 초원이 있고, 호표르강이 띠처럼 꾸불꾸불 구부러지며 흐르고 있는 마을이었다. 그때 그는 겨우 12킬로미터쯤 떨어진 에란스카야 마을과 경계를 이루는 고개에서 하류 지대를 덮은 환영(幻影) 같은 초록빛 과수원과 새하얗게 달라붙은 뼈 같은 높은 종루를 바라보았었다.

"형편없는 모래땅이기 때문입니다."

라그틴은 한숨을 내쉬었다.

"집으로 돌아가고 싶을 테지?"

"그렇고말고요, 대위님! 빨리 돌아가고 싶은 생각으로 간절합니다! 전쟁 때문에 꽤 고생을 했거든요."

"하지만 어떻게 될지 알 수 없는걸."

"돌아가게 될 겁니다."

"전쟁은 아직 끝나지 않았잖아?"

"뭐, 곧 끝날 겁니다. 집으로 돌아갈 날도 얼마 안 남았습니다."

라그틴은 고집스럽게 주장했다.

"아직은 양편이 싸워야 할지 모르네. 자네는 어떻게 생각하나?"

라그틴은 안장에서 눈을 들지 않고 잠시 잠자코 있다가 물었다.

"누굴 상대로 싸우는 겁니까?"

"상대는 얼마든지 있네…… 볼셰비키와도 싸울 거야."

라그틴은 잠시 또 말없이 있었다. 떨거덕떨거덕 하는 말발굽 소리를 들으면서 꾸벅꾸벅 졸고 있는 것 같이 보였다. 3분쯤 그렇게 나아갔다. 그다음에 라그틴은 씹어 내뱉듯이 끊어서 말했다.

"우리들은 그들과 갈라져서 싸울 이유가 조금도 없습니다."

"토지는 어떤가?"

"토지는 모두 충분합니다."

"자네는 볼셰비키들이 무슨 짓을 벌이려는지 알고 있나?"

"웬만큼 들어서 알고 있습니다."

"그러면 만일 볼셰비키들이 우리들의 토지를 빼앗는다든가 카자흐들을 노예로 만들려 하든가 해서 우리들에게 덤빈다면 자네는 어떻게 할 작정인가? 그래도 자네는 독일과 싸워서 러시아를 지키겠나?"

"독일군과 싸우는 것과는 이유가 다릅니다."

"그럼 볼셰비키는 어떻다는 건가?"

"대위님, 저."

라그틴은 각오한 듯이 눈을 들고 리스트니츠키의 시선을 끈질기게 쫓으면서 말했다.

"볼셰비키는 우리에게서 토지를 빼앗아 가는 짓 따윈 하지 않을 겁니다…… 우리가 가지고 있는 것은 딱 한 사람분의 토지거든요. 그들에게는 우리의 토지 같은 건 문제가 아닙니다…… 그러나 당신의 아버님은 1만 제샤쩨나 이상의 토지를 가지고 계십니다."

"1만이 아니라 4천이네."

"어느 쪽이든 마찬가지입니다. 4천 제샤쩨나를 적은 토지라 할 수 있습니까? 이게 대체 무슨 제도입니까? 러시아 전체를 생각해 보면 당신 아버님 같은 사람들이 수두룩할 겁니다. 생각해 보십시오, 대위님. 누구나 먹을 입을 가지고 있고, 당신이 먹고 싶어하는 것과 마찬가지로 다른 사람들도 모두들 먹고 싶어합니다. 어떤 집시의 이야기입니다만, 말을 먹이지 않아도 괜찮도록 길들여 보았답니다. 사료를 주지 않아도 괜찮도록 했다는 거지요. 그런데 말은 가엾게도, 그렇게 완전히 길들여지긴 했는데 10일째에는 뻗어 버리고 말더라는 이야기가 있습니다…… 차르 시대에는 제도가 잘못되어 있었습니다. 가난뱅이는 정말이지 말이 아니었습니다…… 당신 아버님은 손쉽게 4천 제샤쩨나를 나눠 받았습니다. 그렇다고 남달리 먹는 입이 두 개 있을 리 없고, 우리들과 같은 평민과 마찬가지로 입은 하나뿐입니다. 이거야말로 두말할 나위 없이 인민을 무시한 겁니다! 볼셰비키들이……그들의 생각이 잘못은 아니라고 생각합니다. 그런데 당신은…… 그들을 상대로 싸울 거라고 말씀하십니다."

리스트니츠키는 가벼운 흥분을 느끼면서 그가 말하는 것을 듣고 있었다. 끝부분에 가까워짐에 따라 그는 이제 어떤 훌륭한 논증을 들어 봤자 소용없음을 깨달았다. 어렵지도 않은 아주 단순한 논거로 이 카자흐가 그를 벽에다 밀어붙인 것을 느꼈다. 그리고 마음속에서도 자기 쪽이 잘못 생각하고 있다는 느낌이 일어났기 때문에 리스트니츠키는 분별력을 잃고 언짢은 기분에 사로잡혔다.

"자네도 볼셰비키인가?"

"이름이야 뭐든 상관없습니다."

라그틴은 비웃는 어조를 담고 길게 끌듯 대답했다.

"문제는 이름이 아니라 진실에 있는 겁니다. 인민에게는 진실이 필요하거든요. 그런데 모두들 달려들어서 거기에 흙을 덮어 묻으려는 겁니다. 그래서 모두들 진실 같은 건 이미 죽어 버렸다고 말하고 있습니다."

"자네는 그런 말을 대표자 회의의 볼셰비키들에게서 들었을 거야…… 자네가 녀석들과 사귀고 있는 이유를 알겠네."

"아닙니다, 대위님. 우리들같이 견디어 온 자들에게 생활이 저절로 가르쳐 준 겁니다. 볼셰비키들은 다만 불을 붙여 주었을 따름이지요."

"그렇게 둘러서 말하지 말게! 잡담을 하고 있는 게 아니네!"

리스트니츠키는 잔뜩 성난 투로 말했다.

"자, 정확히 대답해 보게. 내 아버님의 토지 말이야. 아니, 대개의 지주들이 가지고 있는 토지에 대해 자네가 말했는데, 그건 사유 재산 아닌가? 바꾸어 말해서 자네는 셔츠를 두 벌 가지고 있고 내게는 한 벌도 없다면, 내가 자네에게서 빼앗는 것이 당연하다는 말인가?"

쳐다보지는 않았지만 리스트니츠키는 라그틴의 목소리로 미루어 그가 미소 짓고 있음을 알 수 있었다.

"저 같으면 남는 셔츠를 남에게 줄 겁니다. 전선에서는 남긴커녕 한 벌밖에 없던 것도 남에게 주었습니다. 알몸에 외투를 입었지요. 그런데 토지이고 보면 아무도 내던지려고 하지 않지요."

"그러면 자네는 토지가 충분하지 못하단 말인가? 자네도 충분하지 못하단 말이야?"

리스트니츠키가 목소리를 높였다.

라그틴은 흥분으로 하얗게 질려 외치듯이 대답했다.

"당신은 제가 저 자신만 생각하느라고 마음이 괴로운 줄로 생각하십니까? 폴란드에 당신도 가셨을 테지만, 그곳 사람들의 생활이 어땠습니까?…… 보지 않으셨습니까? 또 우리들 주위의 농민은 어떤 생활을 하고 있습니까? 저는 그걸 알고 있습니다! 그러니 속이 부글부글 끓어오릅니다! 제가 그런 사람들을 가엾게 생각지 않는다고 여기십니까? 저는 폴란드 사람들을 생각하고 그 한심한 토지를 생각하면 마음이 아파서 견딜 수가 없습니다."

리스트니츠키는 뭐라고든 한 마디 신랄하게 내뱉고 싶었다. 이때 푸치로프 공장의 커다란 잿빛 건물 쪽에서 "붙잡아라!" 하는 날카로운 외침이 들려왔다. 말발굽 소리가 덜거덕덜거덕 울리고, 탕 하는 사격 소리가 귀를 멍멍하게 했다. 리스트니츠키는 채찍을 휘둘러서 말을 급히 몰았다.

그와 라그틴은 네거리에 떼지어 있던 소대가 있는 장소로 동시에 달려갔다. 카자흐들은 칼을 부딪쳐 쨀그랑 소리를 내며 말에서 내리고 있었다. 그들 한가운데에 방금 잡힌 한 사내가 발버둥치고 있었다.

"뭐야? 무슨 일이야?"

리스트니츠키는 떼거리 속으로 말을 탄 채 들어가면서 크게 외쳤다.

"이 망할 자식이 돌멩이를."

"내던지고 달아났습니다."

"갈겨 줘, 아르쟈노프!"

"이, 이 새끼야! 너 왜 서툰 짓을 했냐?"

소대 소속의 하사 아르쟈노프가 안장에서 몸을 내밀고는, 띠가 달린 검은 셔츠를 입은 몸집 작은 사내의 목덜미를 움켜쥐고 있었고, 말에서 내려선 3명의 카자흐들이 그 사내의 팔을 비틀어 올리고 있었다.

"네놈 정체가 뭐냐?"

참다못한 리스트니츠키가 소리 질렀다.

붙들린 사내가 머리를 쳐들었다. 꾀죄죄한 담갈색 얼굴에서는 일그러진 입이 굳게 다물어져 있었다.

"넌 누구냐?"

리스트니츠키는 되풀이해서 물었다.

"돌을 던졌나, 바보 자식! 야! 왜 잠자코 있느냐? 아르쟈노프."

아르쟈노프는 말에서 훌쩍 뛰어내리며, 붙들린 사내의 목덜미에서 손을 빼고는 있는 힘을 다해 사내의 얼굴을 후려갈겼다.

"실컷 갈겨 줘라!"

말을 돌리며 리스트니츠키가 명했다.

말에서 3, 4명의 카자흐들이 꽁꽁 묶인 사내를 밀어 쓰러뜨리더니 채찍을 내리쳤다. 라그틴이 말에서 내려 리스트니츠키에게 다가왔다.

"대위님, 어쩌시려는 겁니까? 대위님!"

그는 손을 떨며 대위의 무릎께를 꽉 움켜쥐고 소리쳤다.

"안 됩니다. 저런 짓은! 인간이잖습니까? 어쩌시려는 겁니까?"

리스트니츠키는 말고삐를 쥔 채 잠자코 있을 뿐 대꾸하지 않았다. 라그틴은 카자흐들 쪽으로 뛰어가, 매질을 멈추게 하려고 아르쟈노프에게 달려들어 껴안았다. 칼에 다리가 꼬여 비틀거리며 그를 떼어 내려고 했다. 아르쟈노프는 저항하면서 투덜거렸다.

"자넨 걱정 마! 걱정 말란 말이야! 이놈이 돌멩이를 던졌단 말이야. 그런데도 참고 있으란 거야? 놔……놓으라니까!"

한 카자흐는 몸을 굽혀 소총을 내리더니 개머리판으로 쓰러져 있는 사내 몸을 마구 후려갈겼다. 곧 짐승 소리 같은 야성적인 외침이 나직이 흘러나왔다.

조금 있자 그 소리가 그치더니 이번에는 목메어 흐느끼는 미약한 목소리로, 아픔 때문에 토막토막 끊어진 말을 타격 뒤의 신음 사이사이에 외쳤다.

"개새끼들! 반(反) ……혁명! 죽여라! 옥! 으, 으, 으, 으!"

퍽! 퍽! 퍽!─외치는 소리 사이사이에 후려패는 소리가 울렸다.

라그틴은 리스트니츠키 옆으로 뛰어가서 그의 무릎에 달라붙어서는, 안장의 말다래를 손톱으로 긁으며 한숨을 쉬고 말했다.

"중지시키십시오!"

"어서 비켜!"

"대위님! 리스트니츠키…… 아십니까? 당신 책임입니다!"

"자네에게는 침을 뱉어 주고 싶어!"

리스트니츠키는 투덜거리듯 말하고 라그틴 쪽으로 말머리를 홱 돌렸다.

"형제들이여, 모두 들어라!"

라그틴은 곁에 서 있던 카자흐들에게 다가가 소리쳤다.

"나는 연대 혁명위원회 위원으로서 너희들에게 명령한다. 그 사내를 죽여선 안 된다! 분명히 책임을…… 책임을 져라! 옛날과는 세상이 다르다!"

앞이 캄캄해질 정도의 증오심이 리스트니츠키를 감쌌다. 그는 이성을 잃고 채찍으로 먼저 말의 두 귀 사이를, 다음에는 라그틴을 후려쳤다. 기름 냄새가 풍기는 검은 권총의 총신을 그의 얼굴 쪽으로 내밀고 새된 목소리로 말했다.

"닥쳐! 배반자! 볼셰비키! 쏴죽일 테다!"

억제할 수 없는 분노를 간신히 누르고 리스트니츠키는 권총의 방아쇠에서 손가락을 떼었다. 그러고는 말머리를 홱 당겨 올리고 달려갔다.

그로부터 몇 분 뒤, 카자흐 셋이 그를 뒤쫓아 움직였다. 아르쟈노프와 라그틴의 말 사이에 낀 사내는 몸에 찰싹 달라붙은 젖은 셔츠를 입고 있었는데, 발도 움직일 수 없는 상태로 질질 끌려갔다. 카자흐들에게 팔을 잡힌 채, 조용히 흔들리며 양쪽 발끝으로 자갈길에 선을 그으며 나아갔다. 잡아 끌어올려진 양쪽 어깨 사이에서 피투성이로 엉망이 된 머리가, 쑥 내밀어진 아래턱을 하얗게 보이며 뒤로 젖혀져 건들건들 흔들리고 있었다. 조금 떨어져서 또 하나의 카자흐가 가고 있었다. 가로등이 켜져 있는 작은 길모퉁이께까지 가다가 그 카자흐는 한 마차꾼을 발견했다. 그는 등자를 딛고 일어나서 장화를 채찍으로 철썩 쳤다. 그러자 마차꾼은, 거리 한가운데 멈춰 서 있던 아르쟈노프와 라그틴 쪽으로 황급히 마차를 움직였다.

이튿날 아침, 리스트니츠키는 지난밤에 자기가 돌이킬 수 없는 큰 과오를 저질렀다는 것을 의식하며 잠을 깼다. 그는 카자흐들에게 돌을 던졌던 사내를 때리게 한 장면과, 그 뒤 라그틴과 그 사이에 일어난 일을 돌이키며 입술을 깨물었다. 그는 얼굴을 찌푸리고 우울한 얼굴로 헛기침을 했다. 그리고 옷을 입으면서 생각했다. 연대의 병사 위원회와의 관계가 불편해지지 않도록 라그틴에 대해서는 당분간 손대지 말고 내버려 두어야 한다, 그 자리에 있었던 카자흐들의 머리에서 어제 라그틴과의 일들이 죄다 잊혀져 없어지기를 기다렸다가 기회를 봐 쫓아 버리는 게 좋겠다고 생각했다.

'이래야만 카자흐와 친근해진단 말인가.'

리스트니츠키는 몹시 불쾌한 기분으로 자조했다. 그리고 그 뒤로 며칠 동안은 그 사건의 불쾌함에서 헤어나지 못했다.

8월 초에 이르러 어느 맑게 갠 날, 리스트니츠키는 아타르시치코프와 함께 거리에 나갔다. 두 사람에게는 지난번 장교 집회의 날에 가졌던 대화 뒤로 그때의 서먹한 기분을 풀 기회가 단 한 번도 없었다. 아타르시치코프는 자기 내부에 단단히 틀어박혀 아무 말없이 묵묵히 생각에 잠겨 있었다. 그의 마음을 열게 하려고 리스트니츠키는 거듭 시도해 보았으나, 그는 대개의 사람들이 가지고 있는, 타인의 눈에서 자기의 참된 모습을 감추어버리는 어찌할 수 없는 장막을 꼭 내리고 마는 것이다. 리스트니츠키는 사람과 사귀어 보면 누구나 겉모습과 함께 또 하나의 다른, 때로는 도무지 파악할 수 없는 어떤 것을 간직하고 있다는 느낌이 언제나 들곤 했다. 그는 어떤 인간이든지 그의 겉껍질을 벗기고 나면 거기에 참되고 적나라한, 그리고 전혀 거짓 없는 본심이 나타날 것이라고 굳게 믿었다. 그 때문에 그는 모든 사람들이 가지고 있는, 거칠기도 하고 준엄하기도 하고 대담하기도 하고 몰염치하기도 하고 온순하기도 하고 쾌활하기도 한 표면의 그늘에 숨겨져 있는 것을 알려고 하는 병적인 기분에 휩싸여 있었다. 지금의 아타르시치코프에 대해서 생각해 보고 그가 깨달은 것은 단 한 가지, 이 사내가 현재 처한 모순의 배출구를 간절히 찾고 있다는 것, 그리고 카자흐적인 것과 볼셰비키적인 것을 관련지으려 하고 있다는 것뿐이었다. 그리고 이런 전제가 그로 하여금 아타르시치코프에게 접근하려는 시도를 그만두게 하고, 또한 그에 대해 무관심한 태도를 취하게 한 것이었다.

두 사람은 네프스키 거리를 의미 없는 말을 이따금 하며 걸었다.

"어디 좀 들러 뭣 좀 먹고 갈까?"

리스트니츠키가 레스토랑을 눈짓으로 가리키며 말했다.

"그렇게 하지."

아타르시치코프도 동의했다. 두 사람은 레스토랑에 들어가 좌석을 둘러보고는 약간 난처한 표정을 지으며 멈춰 섰다. 만원이었다. 아타르시치코프는 나가려 했다. 그러나 그때 창가 테이블에서 두 사람의 모습을 쳐다보고 있던, 훌륭한 옷차림의 여자 손님 두 명과 동행한 살찐 체격의 신사가 실크햇을 손에 들고 성큼성큼 다가왔다.

"실례합니다! 저희들 좌석으로 가시지요! 저희들은 이제 나가려 합니다!"

그는 댓진으로 꺼멓게 된 성긴 이를 드러내고 웃으며 한쪽 손으로 불러들였다.

"사관님들께 도움을 드릴 수 있어 기쁩니다. 당신들은 우리들의 자랑거리니까요."

테이블에 자리 잡고 있던 부인들이 일어섰다. 날씬하고 검은 옷을 입은 부인은 머리칼을 매만지고 있었다. 좀 젊은 한 여인은 양산을 들고 기다리고 있었다.

사관들은 자기들에게 기분 좋게 자리를 내준 신사에게 고맙다고 인사하고, 창가 쪽으로 걸어갔다. 희미한 빛이 커튼을 꿰뚫고, 테이블보에 노란 바늘을 콕콕 찌르듯 내리비쳤다. 요리 냄새가 테이블에 놓인 생화의 아련한 향기를 지워 없애고 있었다.

리스트니츠키는 보토비냐[27]를 주문했다. 수프가 나오기를 기다리는 동안 꽃병에서 뽑아 낸, 노란빛이 도는 붉은 노젠하렌꽃을 무심히 만지작거렸다. 아타르시치코프는 손수건으로 땀에 젖은 이마를 닦았다. 지친 듯이 내리뜬 그의 눈은 이웃 테이블의 다리 근처에 떨어져 흔들리고 있는 햇살의 그림자를 쫓고 있었다.

그들이 자쿠스카(전채)를 다 먹기도 전에 사관 둘이 큰 소리로 이야기를 하며 레스토랑에 들어왔다. 먼저 들어온 사관이 비어 있는 테이블을 찾다가 볕에 그을린 얼굴을 리스트니츠키 쪽으로 돌렸다. 사시(斜視)인 검은 눈 속에 기쁨의 빛이 확 비쳤다.

"리스트니츠키! 자네로구먼?"

그 사관은 성큼성큼 그쪽으로 다가오며 주위 사람들을 거리끼지 않는 자신만만한 목소리로 불렀다. 새카만 콧수염 속에서 이가 하얗게 반짝이는 것이 보

---

27) 야채, 생선, 크바스를 넣어서 만든 차가운 수프.

였다. 리스트니츠키는 칼미코프 대위임을 알아차렸다. 그 뒤를 따라 츄보프가 다가왔다. 그들은 굳은 악수를 나누었다. 리스트니츠키는 과거의 동료들에게 아타르시치코프를 인사시키고 나서 물었다.

"여기엔 어떻게 왔나?"

칼미코프는 수염을 비틀고 머리를 뒤로 젖혀 언저리를 곁눈질로 보며 말했다.

"명령을 받고 왔지. 나중에 천천히 얘기하세. 자네 쪽 얘기를 먼저 들려주게. 14연대는 어떤가?"

모두 함께 레스토랑에서 나왔다. 칼미코프와 리스트니츠키는 뒤에 처져서 걸었다. 30분쯤 지나 시내의 떠들썩한 거리를 벗어나자, 흘낏흘낏 주위에 눈길을 돌리며 목소리를 낮추어 이야기했다.

"우리 제3군단은 지금 루마니아 전선의 예비군이 되어 있네."

칼미코프는 힘을 주어 이야기했다.

"열흘 전 일인데, 연대장으로부터 중대를 인계하고 츄보프 중위와 함께 사단 사령부의 지시를 받으러 오라는 명령을 받았지. 근사한 얘기더군. 얼른 인계를 마치고 사단 사령부로 갔네. 작전과의 M대령, 자네도 알고 있을 거야. 그가 비밀 얘기라며, 나더러 곧 크리모프 장군에게 가라고 하더군. 그래서 츄보프와 함께 군단으로 갔네. 크리모프는 곧 만나 주었는데, 그에게 불려간 사관이 어떤 사관인지 그는 이미 잘 알고서 대뜸 이런 말을 꺼내더군. '지금 정부 안에는 조국을 의식적으로 파멸시키려는 무리가 있으므로 정부 수뇌부를 교체시킬 필요가 있다. 어쩌면 임시 정부 대신에 오히려 군부 독재가 필요할지도 모른다'고 하더군. 그리고 코르니로프를 그 유력한 후보자로 들고, 나더러는 장교단 중앙위원회의 지시를 받으러 페트로그라드에 가 달라고 말하더란 말이야. 지금 여기에는 신뢰할 만한 장교들이 수백 명 모여 있네. 자네는 우리들의 역할이 뭔지 알고 있나? 장교단 중앙위원회는 우리 카자흐 부대 동맹평의회와 연락을 취하며 움직이고 있네. 연락역(連絡驛)이나 각 사단에는 각각 돌격대대가 조직되어 있네. 그런 것들이 모두 가까운 장래에 대단히 쓸모가 있을 거라네."

"도대체 어떻게 될까? 자네 생각은 어떤가?"

"뭐라구? 여기서도 상황을 알지 못하나? 틀림없이 곧 정변이 일어나리라고 생각하네. 그리고 코르니로프가 정권을 잡게 될 걸세. 그에겐 군이라는 배경이 있기 때문이네. 우린 이렇게 생각하고 있지. 서로 팽팽하게 맞설 2개의 힘, 그것은 코르니로프와 볼셰비키네. 이 2개의 맷돌 가운데에서 으스러질 수밖에 없네. 아마 당분간은 알리사[28]의 침상에서 꿈을 꾸게 하겠지. 하지만 그는 삼일천하(三日天下)일 뿐이야."

칼미코프는 잠시 생각에 잠긴 듯이 칼자루 끝에 달린 끈을 만지작거리다가 말했다.

"우리는 사실 장기의 말에 불과해, 말은 사람의 손이 자기를 어디에 놓아 줄지 모르는 거야…… 예를 들면 나 같은 건 본부에서 무얼 하고 있는지 짐작조차 안 가네. 다만 내가 알고 있는 것은 군 상층부 사이에, 즉 코르니로프, 루콤스키, 로마노프시키, 크리모프, 데니킨, 칼레딘, 에르델리, 그 밖의 많은 사람들 사이에 묵계(默契)와 뭔가 이야기가 진전되고 있는 듯하다는 것뿐이네."

"하지만 군 전체가 코르슈노프를 지지하게 될까?"

리스트니츠키는 차츰 걸음을 빨리하면서 물었다.

"물론 병사들은 움직이지 않을 거야. 하지만 우리들이 끌고 가는 거지."

"케렌스키가 좌익에게 눌려서 총사령관을 경질시키려고 한다는 소문을 자네는 듣지 못했나?"

"당치도 않네! 그는 내일이라도 끌어내려질 형편인걸. 장교단의 중앙위원회에서는 거기에 대해 자기네 견해를 어느 정도 확실히 그에게 통고했을 거야."

"그에게는 어제 카자흐 부대 동맹평의회에서도 대표자들이 찾아갔을 거야."

리스트니츠키가 미소를 떠올리면서 말했다.

"그들은, 코르니로프를 경질하려는 생각을 카자흐 병단은 결코 용납할 수 없다고 분명히 말했다더군. 자네도 알고 있을 테지만, 이에 대해서 그는 '그것은 사실무근이다. 임시 정부는 그런 짓을 할 생각을 갖고 있지 않다'고 대답한 모양이네. 여론을 진정시키는 동시에 갈보처럼 노동자·병사 대표 소비에트의 집행위원회에도 추파를 던지는 식이지."

칼미코프는 걸으면서 야전 장교용 군대 수첩을 꺼내어 소리 내어 읽었다.

---

28) 알렉산드라 표도로브나, 니콜라이 2세의 황후.

"정치가회의는 러시아 군대의 최고 지도자인 귀하를 환영한다. 회의 및 러시아에 있어서 귀하의 권위를 손상시키려고 하는 일체의 시도를 범죄적인 것으로 간주한다. 그리고 이 말은 장교, 성 게오르기우스 훈장 패용자(佩用者) 및 카자흐의 여론과 합치하는 것임을 증명한다. 시련이 닥친 위험한 시기에 즈음하여, 러시아의 모든 사상자(思想者)는 기대와 신뢰로써 귀하를 지켜볼 것이다. 강력한 군대의 창설과 러시아의 구제에 있어서의 귀하의 위업에 대해 신의 가호가 있기를 빈다! 로쟌코[29]" 이걸로 분명하잖나? 코르니로프를 경질한다는 건 터무니없네…… 그런데 자네는 어제 그가 도착할 때의 광경을 보았나?"

"나는 어젯밤에야 챠르스코에세로[30]에서 돌아왔는걸."

칼미코프는 가지런한 이와 건강해 보이는 장밋빛 잇몸을 보이며 빙긋 웃었다. 그 가느다란 눈이 눈가에 거미줄 같은 잔주름을 가득 잡으며 찌푸려졌다.

"아주 대단했었네! 호위로 테킨 부대[31]의 기병 1개 중대가 따르고, 자동차에는 기관총을 달고 함께 겨울궁으로 갔었다네. 확실한 경고였지…… 하하하! 그 더부룩한 털가죽 모자를 쓴 자들의 얼굴을 자네도 보았더라면 좋았을 걸세. 암, 확실히 볼만했고말고! 풍기는 인상이 독특하더란 말이야!"

두 사관은 모스코프스코 나르프스키 지구를 돌아다닌 뒤 헤어졌다.

"제니아, 서로 연락이 끊이지 않도록 하세."

헤어지기에 앞서 칼미코프가 말했다.

"격렬한 시대야. 땅바닥에 단단히 발을 붙이고 있지 않으면 쓰러지고 말걸세!"

멀어져 가는 리스트니츠키의 뒤에서 반쯤 돌아서다시피 하고 그가 소리쳤다.

"앗참, 자네에게 할 얘기를 잊고 있었어. 메르쿨로프를 기억하고 있겠지? 그 환쟁이 말이야."

"그가 왜?"

"지난 5월에 죽었어."

"정말인가?"

---

29) 1859~1924. 대지주로서 제3, 제4 국회의장을 역임하고 케렌스키 정부 시대에는 반혁명 세력의 유력한 조직자였다. 10월 혁명 뒤 백위군에 가담했다가 뒤에 국외로 도피했다.

30) 레닌그라드 교회의 도시.

31) 투르케스탄 출신들로 구성된 근위병.

"정말 뜻밖의 일로 죽었지. 그렇게 어처구니없게 죽는 사람도 드물 거야. 척후가 가지고 있던 수류탄이 터졌다네. 가지고 있던 병사 자신은 팔꿈치를 다쳤을 뿐인데, 메르쿨로프는 내장 일부와 으깨진 차이스 안경만 남았다네. 3년간 잘지냈었는데."

칼미코프는 다시 뭐라고 소리쳤으나, 불어온 바람이 회색 먼지를 일으키는 바람에 끝까지 분명하게 들리지 않았다. 리스트니츠키는 손을 흔들었다. 그리고 몇 번이나 뒤를 돌아다보면서 걸어갔다.

13

8월 6일, 최고 총사령부 참모장 루콤스키 장군은 총사령부 병참부장 로마노프스키 장군을 통해서 제3군단 및 토우제무나야(토민사단)를 네베리, 노보소코리니키, 베리키에루키 지구에 집결시키라는 지시를 받았다.

"왜 그런 곳에 집결시키라는 걸까? 이 부대들은 루마니아 전선의 예비부대 아닌가?"

그 뜻을 납득할 수 없는 루콤스키는 그렇게 물었다.

"잘 모르겠습니다, 알렉산드르 세르게예비치. 단지 최고사령관의 말씀을 전해 드릴 따름입니다."

"언제 그 명령을 받았나?"

"어젯밤입니다. 밤 11시에 최고사령관의 호출을 받았습니다. 오늘 아침에 이것을 당신께 전해 드리라고 하셨습니다."

로마노프스키는 발끝을 들고 창 쪽으로 다가갔다. 그리고 루콤스키의 방 안에서 벽의 절반을 가리고 있는 중부유럽 작전 지도 앞에 멈춰 선 뒤, 그에게 등을 돌리고 지도를 들여다보며 말했다.

"직접 가서 말씀해 보시는 게 어떻겠습니까? 지금 방에 계시니까요."

루콤스키는 탁상의 서류를 집어 들고 의자를 뒤로 뺀 다음, 살찐 그 나이의 모든 군인들에게서 흔히 볼 수 있는 확고한 걸음걸이로 걸어 나왔다. 문 앞에서 로마노프스키를 먼저 내보내고, 자기의 생각을 매듭짓는 듯한 표정으로 말했다.

"옳거니, 알았다."

코르니로프의 방에서는 루콤스키에겐 낯선, 키가 크고 다리가 무척이나 긴 대령이 막 나오고 있었다. 그는 예의 바르게 옆으로 물러나 길을 양보하고, 심하게 절룩거리며 부상한 어깨를 우스꽝스러울 정도로 치켜 올린 채 반대편 복도를 걸어갔다.

코르니로프는 두 팔을 비스듬히 짚어 탁자에 기대고 약간 고개를 숙이고는, 앞에 서 있는 나이 든 사관에게 말하고 있었다.

"……예상했어야 했습니다. 알겠습니까? 푸스코프에 닿거든 곧 알려 주시죠. 이제 가도 좋습니다."

사관이 문을 닫고 나가기를 기다렸다가, 코르니로프는 생기 있고 탄력 있는 동작으로 팔걸이의자에 앉으며 루콤스키에게도 의자를 권한 뒤 물었다.

"제3군단의 이동에 관한 나의 명령은 로마노프스키에게서 받았는가?"

"받았습니다. 사실은 그 일로 왔습니다. 군단의 집결 장소로서 왜 그런 곳들이 선정되었습니까?"

루콤스키는 코르니로프의 거무스름한 얼굴을 물끄러미 쳐다보았다. 그것은 영락없이 아시아인 같은 무표정한 얼굴이었다. 뺨에는 코 옆에서부터 늘어진 엷은 수염이 덮여 있었다. 쌀쌀하게 다문 입 가장자리에는 흔히 보이는 구부러진 주름이 져 있었다. 어린이처럼 친근감을 갖게 하면서도 이마에 드리워져 있는 머리칼이 잔혹하고 준엄한 얼굴 표정을 그대로 드러내고 있었다.

팔꿈치를 괴고 거친 손바닥으로 턱을 받친 코르니로프는 밝게 빛나는 몽고인 같은 눈을 가늘게 뜨고 한 손으로 루콤스키의 무릎을 만지면서 대답했다.

"내가 기병 부대를 집결시키려는 것은 특별히 북부 전선에 배치하려 하는 게 아니네. 만약의 경우에 북부 전선, 혹은 서부 전선으로 부대를 쉽게 이동시킬 수 있는 곳에 집결시켜 두고 싶기 때문이지. 내 생각으론 그 장소가 그 요구를 가장 충족시켜 줄 것으로 생각하는데, 자네 생각은 어떤가?"

루콤스키는 애매하게 어깨를 움츠렸다.

"서부 전선에 대해 걱정하실 이유는 조금도 없다고 생각합니다. 오히려 기병 부대는 푸스코프 지구에 집결시키는 것이 좋겠다고 생각합니다."

"푸스코프라고?"

몸을 앞으로 굽히고 코르니로프가 되물었다. 그리고 핏기가 가신 엷은 입술을 조금 벌리고 얼굴을 찡그리면서 그렇지 않다는 듯이 머리를 흔들었다.

"아냐, 푸스코프 지구는 안 돼."

루콤스키는 까라진 것 같은 노인티가 여실히 드러나는 손놀림으로 의자의 팔걸이에 손을 얹으며 조심스럽게 말했다.

"라블 게오르기예비치, 필요하다면 곧 명령을 내리겠습니다. 하지만 당신이 왠지 터놓고 말씀하시지 않는 듯한 느낌을 받고 있는데…… 당신이 택하신 지역은 기병 부대를 페트로그라드나 모스크바로 옮길 필요가 있는 경우에는 집결지로서 매우 알맞은 장소라고 생각합니다. 그러나 그렇게 부대를 배치해 놓으면 이동시킬 경우에 북부 전선에 대해서는 안전을 기할 수 없다고 생각합니다. 만일 제 말이 틀림없고 또 당신이 실제로 뭔가 터놓고 말씀하지 않으시는 것이 있다면, 저를 전선으로 나가게 해 주시든가 아니면 당신의 생각을 터놓고 저에게 말씀해 주시든가 어느 한쪽을 택해 주십시오. 참모장이란 지휘관의 완전한 신뢰가 있을 때 비로소 그 자리에 머물러 있을 수 있다고 생각합니다."

코르니로프는 머리를 숙이고 긴장해서 듣고 있었으나 그 단순해 보이는 다감한 눈은, 냉정한 것처럼 보이는 루콤스키의 얼굴이 흥분으로 흐릿하게 붉어져 있는 것을 알아보지 못했다. 그는 잠시 생각에 잠겨 있다가 대답했다.

"자네 말대로야. 어떤 생각이 있긴 하지만, 그것에 대해서는 아직 자네에게 말하지 않겠네…… 어쨌든 기병 부대의 이동 명령만은 내려 주기 바라네. 그리고 제3군단장 크리모프 장군을 곧 불러 주게. 페트로그라드에서 돌아와서 그때 자네와 상세히 의논하고 싶네. 알렉산드르 세르게예비치, 자네에게는 하나도 숨기지 않겠네. 이것만은 믿어 주기 바라네."

코르니로프는 마지막 한 마디를 힘주어 말하고는 누가 노크하고 있는 문 쪽을 돌아다보고 말했다.

"들어오게."

총사령부 경리부원 폰 비진이, 작은 키에 얼굴이 창백한 장군을 데리고 들어왔다. 루콤스키는 일어서서 막 나가려 할 때, 폰 비진의 물음에 코르니로프가 격렬한 어조로 대답하는 것을 들었다.

"지금은 밀레르 장군 사건을 조사하고 있을 틈이 없단 말이야. 어째서? 그래, 난 나갈 거야."

루콤스키는 코르니로프에게서 돌아온 뒤, 한참 동안 창가를 바라보며 서 있었다. 그는 백발이 섞인 쐐기모양의 구레나룻을 쓰다듬으며, 정원에서 바람이 밤나무 잎새들을 흔들고, 햇살을 받아 반짝이는 풀들이 일렁거리는 모습을 가만히 생각에 잠겨 바라보았다.

1시간쯤 지나 제3기병 군단 사령부는 최고 총사령부 참모장으로부터 이동 준비 명령을 받았다. 같은 날, 군 사령관 크리모프 장군도 지급 전보로 최고 총사령부에 즉시 출두하라는 명령을 받았다. 크리모프 장군은 전에 제11군 사령관에 임명되었을 때, 코르니로프가 반대하여 사임한 적이 있는 사내였다.

8월 9일, 코르니로프는 테킨 부대 기병 중대의 호위를 받으며 특별 열차로 페트로그라드를 향해 출발했다.

이튿날 최고 총사령부에서는 최고 총사령관의 경질 및 체포에 관한 소문이 돌았다.

11일 아침에 코르니로프는 모기료프로 돌아왔다. 그는 돌아오자마자 루콤스키를 자기 방으로 불렀다. 그러고는 전보와 정황보고를 잠시 읽더니, 새하얀 소맷부리와 건강미를 드러내는 올리브 빛깔의 갑갑한 목 언저리를 매만지고 깃으로 손을 가져다 댔다. 이 성급한 동작은 그가 여느 때와 달리 흥분해 있음을 말해 주고 있었다.

"자, 얼른 지난번에 중단했던 얘기를 계속해서 해 보세."

그는 낮은 목소리로 말했다.

"우선 왜 내가 제3군단을 페트로그라드로 이동시키려는 생각을 갖게 되었는가, 또한 왜 그것을 자네에게 털어놓지 않았는가에 대해 얘기하지. 알고 있다시피 나는 8월 3일 페트로그라드의 내각 회의에 참석했네. 그때 케렌스키와 사빈코프[32]가 나에게 경고를 했네. 즉 내각 회의에 나와도 특별히 중대하다고 생각되는 국방 문제에 대해서는 언급하지 않기를 바라며, 그 이유는 그자들의 말에 의하면 각료들 가운데에 신뢰할 수 없는 자들이 있기 때문이라는군. 그래서 나는 군 사령관으로서 내각 회의에서 보고를 하긴 했으나, 작전 계획에 대해서는 말할 수가 없었네. 왜냐하면 말한 것이 며칠 뒤엔 독일군 지휘부에 곧바로 누설

---

32) 1875~1925. 사회혁명당 지도자의 한 사람으로 2월 혁명 뒤에 케렌스키 내각의 장관이었으나, 10월 뒤엔 반혁명의 선두에 섰다.

될지도 모르기 때문일세! 그런 형편인데 도대체 정부라고 할 수 있겠나? 그런 형편인 걸 보고 그 정부가 나라를 구할 수 있을 것으로 믿을 수 있겠나?"

코르니로프는 빠른 걸음걸이로 문으로 다가가서 자물쇠를 채웠다. 그리고 돌아와서는 탁자 앞을 왔다 갔다 하며 말했다.

"그런 흐리멍덩한 자들이 나라의 운명을 쥐고 있다는 것은 참으로 견딜 수 없는 얘기일세. 무의지, 무성격, 무능, 우유부단, 때로는 단순한 비열함—이런 것들이 이를테면 그 '정부'의 행동을 지배하고 있는 셈일세. 체르노프[33]와 그 밖의 사람들이 호의적인 협력을 아끼지 않는다 하더라도, 볼셰비키는 틀림없이 케렌스키를 몰아내게 될 걸세…… 알렉산드르 세르게예비치, 이것이 지금 러시아가 처한 상태라네. 그래서 나는 자네도 이미 생각하고 있을 원리에 따라 조국을 새로운 동란에서 지키고 싶다는 생각을 하고 있네. 제3군단을 이동시킨 이유는 이번 8월 말까지 그 부대를 페트로그라드에 끌어다 놓고, 만일 볼셰비키가 진출해 올 경우 매국노들을 해치우겠다는 생각에서일세. 직접적인 작전 지시는 크리모프 장군에게 맡길 작정이네. 만일의 경우에 그 사람 같으면 노동자·병사 대표 소비에트의 활동을 가차 없이 분쇄할 것이라고 확신하네. 임시정부 쪽은…… 좀더 그 형편을 지켜볼 생각일세…… 나는 러시아를 구하는 것 외에 아무것도 바라지 않네. ……어떻게든지, 어떤 대가를 치르더라도 구해 내야 하네!"

코르니로프는 갑자기 왔다 갔다 하기를 멈추고 루콤스키 앞에 서서 날카롭게 물었다.

"이런 수단을 취해야만 국가와 군대의 장래를 확보할 수 있다는 나의 생각에 대해 동의하겠나? 최후까지 나와 함께 행동해 주겠나?"

루콤스키는 코르니로프의 거칠고 뜨거운 손을 단단히 쥐면서 몸을 일으켰다.

"당신의 의견에 전적으로 동감입니다! 최후까지 따르겠습니다. 깊이 생각하고 실행해야 합니다. 저에게 맡기십시오, 라블 게오르기예비치."

"계획은 내가 세우고 있네. 세부적인 것은 레베데프 대령과 로젠코 대위가 연

---

33) 사회혁명당 지도자의 한 사람. 1918년 외국으로 망명. 1921년 크론시타트의 반란 때 주모자의 한 사람이었다.

구하고 있지. 알렉산드로 세르게예비치, 자네는 일거리를 잔뜩 안고 있기 때문이네. 자, 내게 맡겨 두게. 필요에 따라서 적절히 조절하는 게 좋을 걸세."

최고 총사령부는 그 뒤 얼마 동안 눈이 핑핑 돌 정도로 분주했다. 거의 매일 모기료프의 지사(知事)관사를 왕래하면서, 전선에 있는 여러 부대로부터 먼지투성이 군복 차림에 볕에 얼굴이 그을린 꺼칠한 사관들이 왔다. 장교 위원회며 카자흐 평의회의 꽤 말쑥한 대표자들도 왔다. 돈 지방에서는 카자흐 출신으로 최초의 돈 군관구 아타만 대리가 된 칼레딘의 사자(使者)들이 왔다. 3월에 전복된 구 러시아를 다시 일으켜 세우려는 코르니로프를 진심으로 원조하겠다는 자들이 밀려오는 것이었다. 하지만 그들 중에는 벌써 대유혈(大流血)의 냄새를 맡고, 누구의 튼튼한 손이 국가의 혈로(血路)를 열어 줄 것인가를 점치고, 단물을 빨고 싶어하는 기분으로 모기료프에 달려오는 자들도 있었다. 도브린스키, 사보이코, 아라진의 이름은 최고 총사령부 안에서는 최고 총사령관과 밀접한 관계에 있는 인물로 꼽혔다. 최고 총사령부나 돈 군관구 사령부에서는 코르니로프가 너무 남을 신용하여 사기꾼들한테 이용당하고 있다는 말들을 뒤에서 수군거리고 있었다. 하지만 그와 동시에 사관들 사이에는 코르니로프야말로 러시아 부흥의 기치라는 견해가 지배적이었다. 그리고 그 깃발 아래로 곳곳에서 복벽(復辟)을 간절히 원하는 자들이 모여들었다.

8월 13일, 코르니로프는 국회에 출석하기 위해 모스크바를 향해 출발했다.

옅게 구름이 깔린 따뜻한 날이었다. 하늘은 알루미늄을 부어 놓은 것처럼 잿빛이었다. 중천에는 보랏빛 테두리를 댄 펠트 같은 구름이 떠 있었다. 그 구름에서 들판으로, 소리 내며 레일 위를 달리는 열차로, 첫서리의 깃털이 달린 숲으로, 멀리 보이는 수채화처럼 고운 자작나무숲으로, 이별의 꽃을 피우고 있는 가을을 맞이한 대지 위로 무지개의 채광(採光)같이 단비가 비스듬히 내렸다.

열차는 공간을 가르고 달려갔다. 열차의 뒤로 갈색 치맛자락을 끌며 연기가 길게 뻗쳤다. 한 객차의 활짝 열린 창에 기대어 연녹색 군복에 성 게오르기우스 훈장을 단 작은 몸집의 장군이 앉아 있었다. 그는 석탄처럼 검은 사시(斜視)의 눈을 가늘게 뜨고 창으로 머리를 내놓고 있었다. 빗방울이 그의 볕에 그을린 얼굴과 눌어붙은 검은 수염을 사정없이 적셨다. 바람이 부딪혀서 이마에 늘어뜨린 머리칼을 뒤로 넘기고 있었다.

14

코르니로프가 모스크바에 오기 하루 전, 리스트니츠키 대위도 카자흐 부대 동맹평의회의 중요한 사명을 띠고 그곳으로 왔다. 모스크바에 있는 카자흐 연대 본부로 가서 서류를 전달하고, 그 자리에서 이튿날 코르니로프가 오리라는 것을 알게 되었다.

이튿날 정오, 리스트니츠키는 알렉산드로프스키 정거장으로 나갔다. 대합실과 식당은 사람들로 꽉 차 있었다. 대개는 군인이었다. 플랫폼에는 알렉산드로프스키 사관학교의 특별 경비대가, 육교 옆에는 모스크바 부인 결사대원들이 정렬해 있었다. 오후 3시경 열차가 들어왔다. 사람들의 목소리가 일제히 멎었다. 악대의 연주와 사람들이 발을 동동 구르는 소리. 일렁이기 시작한 인파는 리스트니츠키를 덮쳐 쭉 밀어 가다가 플랫폼으로 내던지고 말았다. 밀치락달치락하는 소동에서 간신히 벗어난 그는 총사령관의 객차 앞에 의장병들이 두 줄로 정렬해 있는 것을 보았다. 옻칠을 해서 빛나고 있는 객차의 몸통에 그들의 진홍색 복장이 비쳐 아른거렸다. 몇 명의 군인을 거느리고 내려온 코르니로프는 특별 경비대와 성 게오르기우스 훈장 패용자 동맹, 육·해군 장교단, 카자흐 부대 동맹평의회 등의 대표자들을 열병(閱兵)하기 시작했다.

최고 총사령관에게 인사를 한 자들 중에서 리스트니츠키가 알아볼 수 있었던 자는 돈 카자흐의 아타만 칼레딘과 자이온치코프스키이고, 그 밖의 다른 사람들은 그의 주위에 있던 사관들이 일일이 이름을 불러 대고 있었다.

"키스랴코프, 교통차관이야."
"시장 루드네프인데."
"토르베츠코이 공작, 총사령부의 외교부장이지."
"국회의원 무신 푸시킨."
"프랑스 육군 무관 카이요 대령."
"고리친 공작."
"만시레프 공작."
경의를 표하는 소리가 비굴한 톤으로 울렸다.
리스트니츠키는, 플랫폼을 따라 빽빽하게 늘어선 화려한 옷차림의 귀부인들이 코르니로프에게 꽃다발을 흩뿌리는 광경을 보았다. 장미꽃 한 송이가 코르니로프가 입고 있는 옷의 참모 견장의 끈에 걸려서 매달렸다. 코르니로프는 약간 당혹한 것 같기도 하고 망설이는 것 같기도 한 동작으로 그것을 떨어뜨렸다. 턱수염을 기른 우랄 카자흐의 노장(老將)이 12개 카자흐 부대를 대표해서 환영사를 더듬더듬 낭송하기 시작했다. 리스트니츠키는 그것을 끝까지 다 들을 수 없었다. 벽 쪽으로 밀려나면서 하마터면 대검의 끈이 끊어질 뻔했기 때문이었다. 국회의원 로지체프의 인사가 끝나자, 코르니로프는 사람들에게 가득 에워싸인 채 다시 움직였다. 사관들은 손을 이어 잡고 경계선을 폈으나 금방 떠밀려 흩어지고, 수십 개의 손이 코르니로프에게로 뻗쳤다. 뚱뚱한 귀부인이 머리칼이 흐트러진 채 연녹색 군복의 소맷자락에 입술이 닿을 듯이 그의 옆에 바싹 붙어 걸어갔다. 정면의 입구 가까이 가자, 끓어오르는 격렬한 환호와 함께 코르니로프를 헹가래하여 옮겨 갔다. 리스트니츠키는 어느 신사의 어깨를 밀어젖히고, 눈앞에 어른거리던 코르니로프의 에나멜 장화에 간신히 닿을 수 있었다. 그는 뜻한 대로 다리를 움켜쥐고 자기의 어깨 위에 얹었다. 메고 있는 다리의 무게는 문제가 아니었다. 그러나 흥분으로 숨을 헐떡이며 몸의 균형과 발의 움직임을 조정하는 데에만 정신을 빼앗긴 채, 군중에게 시달리면서 환성과 악대의 나팔 소리에 귀가 멍멍함을 느끼며 나아갔다. 출구 근처에서는 인파에 시달려, 띠 밑으로 비어져 나온 셔츠 자락을 황급히 여미었다. 층계를 내려서……광장으로. 앞쪽에는 군중과 군대의 녹색 물결과 말을 탄 채 정렬해 있는 카자흐 중대. 그는 눈물로 앞이 어른거려 눈을 껌벅거리면서 군모의 차양에 손을 대고 있었는데, 떨리는 입술을 진정시키려 해도 도저히 되지 않았다. 사진기가 찰칵찰칵 소리를 내고, 군중이 들끓고, 사관후보생들이 분열(分列) 행진으로 나아갔다. 그리고 그 행진을 앞에 내보내면서 정결하게 몸을 가다듬 작은 몸집의 몽고인 비슷한 얼굴을 한 장군이 서 있었다. 그런 모습을 그는 어렴풋하게 새겨 넣었다.

다음 날 리스트니츠키는 페트로그라드를 향해 출발했다. 그는 위쪽 침대에 자리 잡고는 외투를 깔고 담배를 피우면서 코르니로프에 대해 생각했다.

'생명의 위험을 무릅쓰고 포로 신세이기를 거부했다는 것은, 그렇게 하는 것만이 조국에 필요했기 때문이었음이 틀림없다. 아, 그 얼굴! 돌에 새겨진 것 같은 비범한 모습…… 성격도 비범할 것이다. 그는 틀림없이 무엇이든 알고 있을 것이다. 만약의 사태에는…… 우리들을 이끌어 줄 것이다. 그의 정체가 내게 파악되지 않는 것이 이상하다…… 군주제주의자일까? 입헌주의자? 모두가 그와 같이 자신만만하면 얼마나 좋을까.'

거의 같은 시각, 모스크바 대극장 복도에서는 국회 모스크바 회의의 휴식 시간에 두 장군—여윈 몽고인 같은 얼굴의 장군과 뚱뚱하고 반백의 머리를 짧게 깎아 야무지게 빗어넘기고 살쩍에는 벗겨진 데가 있고 귓불은 찰싹 달라붙은 장군—이 사람들로부터 떨어져 좁은 모자이크 바닥을 따라 가볍게 걸으면서 작은 소리로 이야기를 주고받고 있었다.

"선언 중의 그 조항은 군대 내에서 위원회의 폐지를 예상하는 것이겠지?"

"그렇습니다."

"단결이 절대로 필요하네. 내가 지적한 수단을 취하지 않는 한 희망은 없을 거야. 지금의 군대는 전투 능력을 완전히 상실하고 말았네. 이런 군대는 승리를 거두지 못할 뿐만 아니라, 조금 밀리면 금방 무너져 버린다네. 각 부대들이 볼셰비키의 선전에 물들어 있어. 한편, 후방은 어떠한가? 보게나, 노동자들이 자신들을 묶을 수단을 찾으려 하는 모든 시도에 대해 어떤 반응을 나타내고 있는가를. 파업과 데모야. 회의에 참석하는 데 터벅터벅 걸어와야 한다니…… 치욕이 아닌가? 후방을 군대화할 것, 준엄한 징벌 수단을 쓸 것, 그리고 볼셰비키들을, 그 소모증(消耗症) 환자들을 모조리 없앨 것, 이런 것이 우리의 당면한 과업이라고 생각하네. 알렉세이 막시모비치, 앞으로 자네의 지지를 기대해도 좋겠나?"

"저는 당신 말씀대로 움직일 겁니다."

"그렇게 생각하고 있었네. 정말 고맙네. 보게나, 정부는 단호하고 분명한 행동을 취해야 할 시기에 어정쩡한 태도에다 듣기 좋은 소리로만 어물어물 넘기고 있네. 최근의 예에서처럼 '인민의 권력을 침해하려는 자들의 기도에 대해서는 이를 쇠와 피로써 탄압할 것이다' 어쩌구 하면서 말이야. 우리는 보통 먼저 실행하고 나중에 말하는데, 녀석들은 그 반대란 말일세. 그러다 보면 자기네의 어정쩡한 정책의 결과를 거두어들여야 할 때가 올 거야. 하지만 나는 그런 잡스러운 놀이패 속에 끼어들고 싶지 않네. 나는 지금까지도 공공연한 투쟁의 국외(局外)에 서 있었고, 또한 지금도 국외에 서 있네. 수다를 떠는 건 내 성질에 맞지 않네."

작은 키의 장군은 멈춰 서더니 상대를 마주 보며 그의 어두운 카키색 프렌치복[34]의 금단추에 손을 대고 흥분하여 약간 더듬는 투로 말했다.

"재갈을 벗겨 놓더니, 이번에는 자기들의 혁명적 민주주의에 겁을 집어먹어 전선에서 수도로 강력한 군대를 이동시켜 달라하면서, 한편으로는 또 그 민주주의를 어렵게 여겨 어떤 현실적인 수단을 행하기를 두려워하고 있네. 이랬다저랬다…… 우리가 완전히 결속해서 일어서기라도 하면 그 강력한 정신적 압력으로 정부가 양보하게 만들 수 있을 걸세. 그게 잘 되지 않으면 그때는 끝장이네. 나는 전선을 내팽개쳐 둘 생각은 없네만…… 독일군이 녀석들의 눈을 뜨게 하는 것도 나쁘지는 않을 거야!"

"저는 두토프[35]와도 이야기해 보았습니다. 라블 게오르기예비치, 카자흐 병단은 전면적으로 당신을 지지할 겁니다. 우리들은 오직 앞으로의 공동 행동 문제에 대해 미리 협의하는 일만 남았습니다."

"회의가 끝나면 내 숙소로 모두 와 주게. 돈 쪽의 상태는 어떠한가?"

살찐 장군은 매끈하게 깎은 네모난 턱을 가슴에 누르듯이 하고 음울하게 치켜 올라간 눈으로 앞쪽을 쳐다보고 있었다. 그가 대답할 때 그 굵은 수염 밑에서 입술 가장자리가 꿈틀 떨렸다.

"저는 카자흐를 이전처럼 신뢰하지 않습니다…… 현재는 우선 분위기의 판단이 곤란합니다. 타협이 필요합니다. 즉 카자흐가 아닌 자들을 억누르기 위해서 어느 정도 카자흐에게 관대하게 대할 필요가 있습니다. 이런 점에서 두세 가지 수단을 구상해 보았는데, 그것이 잘 될지 어떨지 의문입니다. 카자흐들과 그렇지 않은 자들 사이에 충돌이 일어나지 않을까 걱정하고 있습니다…… 토지…… 지금은 그 어느 쪽 사상도 이 문제를 놓고 움직이고 있습니다."

"자네로서는 내부적인 돌발 사건에서 몸을 보호하기 위해서도 신뢰할 수 있는 카자흐 부대를 가까이 대기시켜 둘 필요가 있네. 사령부에 돌아가면 곧바로 루콤스키와 의논해서, 전선에서 몇 개 연대를 돈으로 이동시킬 준비를 반드시

---

34) 제1차 대전 초기 영국의 총사령관 프렌치의 이름을 딴 군복. 바깥쪽에 큰 포켓이 4개 있는 짧은 상의.
35) 1864~1922. 카자흐 두목. 10월 혁명이 일어났을 때 백위군에 가담, 카자흐를 지휘했음.

해 놓겠네."

"부탁드립니다."

"자, 오늘이라도 앞으로의 우리들의 공동 행동의 문제를 협의하세. 나는 이번의 기도(企圖)가 잘 되어 나갈 것을 진심으로 믿네만, 만일의 경우라는 것도 있는 것일세, 장군! 만일 예상과 달리 실패할 경우에는 돈에서 내가 숨어 지낼 만한 곳을 찾을 수 있겠나?"

"숨어 지내실 만한 곳은 없고, 보호해 드릴 겁니다. 예부터 카자흐는 손님을 정중히 대한다고들 말하지 않습니까?"

칼레딘은 비로소 이마 너머로 보내던 음울한 눈길을 누그러뜨리고 얼굴에 웃음을 지었다.

그로부터 1시간 뒤, 돈 카자흐의 아타만 칼레딘은 잔뜩 기대에 찬 청중 앞에서 12개 카자흐 부대의 역사적인 선언을 내걸고 연단에 섰다.

돈으로, 쿠반으로, 테레크로, 우랄로, 또한 우스리로…… 카자흐가 사는 토지는 어느 한 곳 빠짐없이 마을에서 마을로, 잿빛 거미줄같이 대음모의 그물이 둘러쳐졌다.

15

6월의 전란으로 폐허가 된 작은 도시, 거기서 1킬로미터쯤 떨어진 숲 옆에 지그재그 모양의 참호가 구불구불 뻗어 있었다. 그 참호의 끝에 카자흐 특별 중대가 자리 잡고 있었다.

뒤쪽은 자작나무가 빽빽하게 들어찬 숲이고, 그 맞은편에 늪 하나가 불그죽죽한 녹물을 띠고 있었다. 아마도 전쟁이 일어나기 전에 파헤친 듯했다. 야생 엉겅퀴에 빨간 열매가 조롱조롱 달려 있었다. 오른쪽에 보이는 곳처럼 튀어나온 숲 앞에 포탄으로 엉망이 된 포장도로가 한 줄기 길게 뻗어 있었는데 그곳은 아직 사람의 왕래가 거의 없는 길 같았다. 숲 가장자리에는 탄환이 스쳐 간 잡초가 무성하게 자랐으며 불에 탄 나무가 활처럼 휘어져 서 있었다. 참호의 주름이 멀리 보이는 들녘으로 이어져 있었다. 파헤쳐진 자국이 군데군데 널린 뒤편 늪, 부서진 포장도로는 생명의 냄새, 버림받은 노동의 냄새를 풍기고 있었지만 숲가에선 대지가 사람들의 눈에 비참하게 보였다.

그날, 원래 모호프 증기 제분소의 기관사였던 이반 알렉세예비치는 부대가 주둔해 있는 인근의 작은 도시에 나갔다가 저녁때에야 돌아왔다. 그는 자신이 소속되어 있는 부대의 엄폐호 쪽으로 걸어가다, 자하르 코롤료프와 마주쳤다. 자하르는 대검을 든 팔을 유난스레 휘두르면서 거의 뛰다시피 다가왔다. 이반 알렉세예비치가 비켜서려 하자 자하르는 그의 작업복 단추를 움켜쥐고, 노르스름한 빛을 띠는 흰자위를 뒤룩거리며 속삭였다.

"이봐, 들었나? 우측에 있는 보병놈들이 나가려고 한다구! 전선을 내팽개칠 작정인 것 같아."

마치 시커먼 쇠를 구워 낸 것처럼 딱딱한 자하르의 수염이 기묘하게 흔들렸다. 굶주린 두 눈동자가 슬픔에 겨워 파고들 듯이 지켜보았다.

"내팽개칠 작정이라니, 대체 무슨 뜻이야?"

"어쨌든 나가는 건 확실해. 자세한 내용은 모르지만."

"혹시 교체하게 됐는지 아나? 좌우간 소대장에게 가서 물어 보자고."

자하르는 발길을 돌려 물기로 질척거리는 땅바닥을 지나 소대장의 막사를 향해 걸어갔다.

한 시간 뒤에 중대는 보병과 교체하고, 작은 도시를 향해 진군해 갔다.

이튿날 아침에는 마구간 당직에게서 말을 인수해 강행군하여 후방으로 이동했다.

가랑비가 내렸다. 자작나무가 고개를 숙인 채 몸통을 굽히고 있었다. 도로가 숲 가까이 이르자 말들이 코를 벌름거리면서 기쁜 듯이 서둘러 걸었다. 빗물에 젖은 개미자리의 하얀 꽃잎이 새하얗게 빛났다. 바람은 기수들의 머리 위로 큰 물방울을 떨어뜨리게 하여 모자와 외투에 산탄이 꿰뚫은 것처럼 검은 반점을 만들어 놓았다. 담배 연기가 소대의 열 위에 감돌았다.

"갑작스레 끌어내다가 대체 어디로 데려가는 걸까?"

"참호생활은 이제 지긋지긋하잖아?"

"그런데 대체 어디로 끌고 가는 거지?"

"재편성일지도 모르지."

"그렇지도 않은 것 같아."

"모두들 한 모금 빨지 않겠어? 한 모금 빠는 동안이라도 고생을 잊을지 아나?"

"고생은 끝없이 따라올 텐데, 뭘."

"대위님, 노래 불러도 됩니까?"

"괜찮겠지? 아르히프! 해 봐!"

앞에 있는 누군가가 목청을 가다듬고 노래를 부르기 시작했다.

근무를 마친 카자흐는 이제야 자기 집으로 돌아간다네.
양쪽 어깨엔 견장을 붙이고
가슴엔 십자가를 늘어뜨리고.

어설픈 소리로 우울하게 합창을 하다가 곧 입을 다물어 버렸다. 이반 알렉세예비치와 나란히 가고 있던 자하르 코롤료프가 마구의 등자를 밟고 일어서서 조롱하듯 소리쳤다.

"야, 그것도 노래라고 해? 대체 무슨 놈의 노래 솜씨가 그 모양이야? 교회에서 연보(捐補)를 거둘 때 '나자로'[36]를 부르는 소리하고 조금도 다를 바가 없군. 노래라는 건 말이야."

"그렇담 네가 한 곡조 뽑지 그래!"

"어림없는 소리 작작 해."

"자랑은 늘어지게 해 놓고 꽁무니는 잘도 빼는군."

코롤료프는 이가 득실거리는 시커먼 수염을 비틀고 잠시 눈을 감는 듯 싶더니 고삐를 세게 흔들고 나서 노래를 불렀다.

자, 기뻐하라.
용감한 돈강의 사나이여, 카자흐여……

중대는 그의 노랫소리에 마치 잠에서 깨어난 듯이 합창을 시작했다.

---

36) 거지가 부르는 노래.

이 몸의 명예와 영광을——

그리고 노랫소리는 비에 젖은 숲 위로, 숲속에 난 오솔길 위로 퍼져 갔다.

어찌하여 적은 사격을 해 오는가.
모두에게 본보기를 보여 주리라!
아무리 쏘아 대도 군율을 어기지 않고, 명령만 따를 뿐이다.
다만 대장의 명령에 복종하며
진군, 진군, 찌르고 찔러 돌격, 돌격, 사격만이 있을 뿐!

'죽음의 묘지'에서 벗어난 기쁨을 맛보면서 줄기차게 노래를 계속 부르며 나아갔다. 저녁때는 기차를 타게 됐다. 열차는 푸스코프를 향해 출발했다. 그리고 세 번째로 갈아타고서야 비로소 중대는 제3기병 군단인 다른 부대와 함께 소요 진압을 위해 페트로그라드를 향하고 있음을 알게 되었다. 이 이야기를 들은 순간 모두가 그만 입을 다물어 버렸다. 붉은 빛깔의 객차 내부에는 한동안 수면 상태와 같은 고요가 흘렀다.

"기어이 이 지경이 되었군그래!"

꺽다리 보르시쵸프가 모두의 속마음을 대변했다.

이반 알렉세예비치는 연달아 2월부터 중대의 위원회 의장을 맡고 있었는데, 다음 정거장에 도착하자 즉시 중대장에게로 뛰어갔다.

"대위님, 카자흐들이 몹시 걱정하고 있습니다."

대위는 이반 알렉세예비치의 움푹 패인 턱을 한동안 지켜보다가 미소를 지으면서 말했다.

"나 역시 걱정하고 있다네."

"어디로 데려간답니까?"

"페트로그라드야."

"소요 진압 때문인가요?"

"그럼 소요에 가담하기 위해서인 줄 아나?"

"우린 어느 쪽도 싫습니다."

"우리가 하는 말을 들어 주지 않으니 어쩌겠나."

"카자흐들이."

"뭐가 '카자흐들이'야?"

중대장은 노기를 띤 말투로 가로막았다.

"나도 카자흐들이 무슨 생각을 하고 있는가쯤은 알고 있어. 이번 역할이 내겐 뭐 유쾌하리라고 생각하나? 자, 이걸 들고 가서 중대원들에게 읽어줘. 다음 정거장에선 내가 직접 카자흐들에게 가서 타이를 테니까."

중대장은 전보를 건네주며 얼굴을 찌푸렸다. 그러고는 더욱 시큰둥해진 얼굴로 통조림 고기 조각을 씹었다.

이반 알렉세예비치는 자신의 찻간으로 돌아왔다. 손에는 불쏘시개처럼 말린 전보를 들고 있었다.

"다른 찻간에 있는 카자흐들을 불러오게나."

열차는 이미 움직이고 있었지만 찻간 안으로 카자흐들이 우르르 몰려들었다. 30명가량이 한 덩어리가 되었다.

"대장이 전보를 받았다며 건네주었다네."

"뭐라고 적혀 있나? 어서 읽어 보슈."

"빨리 읽어 보라니까! 틀리게 읽지 마슈."

"잠자코 있어 봐!"

갑자기 조용해진 객실 안에서 알렉세예비치는 최고사령관 코르니로프의 격문(檄文)을 소리 내어 읽었다. 그러고 나서 군데군데 고쳐 찍혀진 전보용지는 땀에 젖어 있는 손에서 손으로 건네졌다.

군 최고사령관인 본관(本官) 코르니로프는 온 국민에게 선언하는 바이다. 군인으로서의 의무, 자유 러시아 시민으로서의 자기 희생, 그리고 무한한 애국심에 의지하여 본관은 우리 조국의 위급 존망이 달린 중대한 이때에 임시정부의 명령에 복종하기보다는 육해군 통솔자의 위치에 있을 것을 결심했다. 이 결의는 전선에 종군하고 있는 모든 사령관들의 지지를 받는 터이므로 본관은 러시아의 모든 국민에 대해 선언하는 바이다. 본관은 최고사령관직에서 해임 당하느니 차라리 죽음을 택할 것이다. 러시아의 참된 사나이라면 누구나 자신의 목숨을 조국에 바칠 것을 의무로 알고 있다. 승리에 도취한 적의 진격으로 인하여 도시 두 곳이 무방비 상태에 놓이게 된 것은 참으로 가공할 노릇이며 통탄을 금치 못할 일이다. 임시 정부는 국가의 존립이라는 중대한 문제를 망각하고, 거기에 국민들에게 반혁명이라는 환상의 공포를 심어 주고 있다. 더구나 정부 스스로의 정치적 무능력과 권력의 빈약함과 결단력 없는 행동의 틈을 타서 그와 같은 공포심을 부채질하고 있는 것이다. 러시아의 피를 받은, 그리고 만인의 눈앞에서 국민을 향한 끝없는 봉사로 생애를 바쳐 온 본관은 국민의 위대한 장래와 수호를 위해 과감히 일어설 수밖에 없다. 현재 나라의 장래를 손아귀에 움켜쥐고 있는 무리들은 무력하고 의지박약한 자들이다. 자만에 빠져 있는 적은, 매수와 배신을 일삼으며 제멋대로 날뛰고 있고, 러시아 국민의 존재마저 파멸로 이끌어 가고 있는 판국이다. 잠에서 깨어라, 러시아 국민이여, 우리의 조국이 빠져들어 가고 있는 끝없이 깊은 심연을 보라!

러시아에 있어 그 어떤 유혈의 참사, 즉 내란에 즈음하여 모든 모욕과 멸시에도 개의치 않고 본관은 국민의 목전에서 임시 정부를 향해 선언하는 바이다. 우리의 본영(本營)으로 와서 투항하라. 그런 뒤에 제군의 자유와 안전은 맹세코 본관이 보장하겠다. 그리고 본관과 협력하여 국방조직을 완비하라. 그것이 곧 자유를 수호하는 길이 될 것이며 러시아 국민의 위대한 앞날을 여는 길잡이가 될 것이다.

코르니로프 장군

다음 역에서 열차는 멈추었다. 발차를 기다리는 동안 객차 곁에 모여든 카자흐들은 코르니로프의 전보와 중대장이 방금 낭독한 케렌스키의 전보에 대해 이런저런 의견을 나눴다. 케렌스키의 전보는 코르니로프를 배신자며 반혁명자라고 선언한 것이었다. 카자흐들은 뭐가 뭔지 모르는 표정으로 말을 나누고 있었다. 중대장과 소대소속 사관들도 마찬가지였다.

"이거 골치 아파 살겠나."

마르친 샤밀리가 투덜거렸다.

"어느 장단에 춤을 춰야 할지 모르겠군!"

"제멋대로 쌈질을 해 놓고선 엉뚱한 군인들만 괴롭히고 있잖아."

"장관은 똥돼지에다 미친 놈이라구."

"하나같이 제가 잘났다고 으스대는 꼴이라니."

"높은 분들이 싸움을 벌이면 카자흐들의 머리통이 흔들린단 말이 옳아."

"온통 뒤죽박죽이군……영 곤란하게 됐어!"

한 무리의 카자흐들이 이반 알렉세예비치에게로 와서 요구했다.

"중대장에게 어쩌면 좋겠느냐고 물어 봐야지요."

그들은 함께 중대장에게로 몰려갔다. 사람들은 각자의 찻간에 모여서 무슨 의논을 하고 있었다. 이반 알렉세예비치는 찻간 안으로 들어가 말했다.

"중대장님, 카자흐들이 어떻게 되느냐고 묻는데요."

"곧 가겠네."

중대는 맨 끝 찻간 옆에 모여 기다렸다. 대장이 카자흐들 틈을 비집고 들어와 한쪽 손을 치켜들었다.

"우리는 케렌스키를 따르지 않는다. 최고사령관과 직속상관의 명령에 복종하기로 했다. 알았나? 따라서 우리는 상관의 명령에 절대복종하여 페트로그라드로 가야만 한다. 적어도 도노역까지만 가면 제1 돈 사단장에게서 상황을 듣게 될 것이다. 그렇게 되면 모든 것이 확실하게 밝혀질 것이다. 나는 카자흐 제군에게 동요하지 말 것을 부탁한다. 우리는 지금 비상사태에 처해 있기 때문이다."

중대장은 그 뒤로도 장황하게 군인의 의무와 조국과 혁명에 대해 늘어놓으면서 카자흐들을 달랬는데, 정작 중요한 질문의 대답은 회피했다. 그는 목적을 이룬 것이었다. 그러는 동안 열차에 기관차가 연결되었다. 카자흐들은 중대의 사관 둘이서 무기로 역장을 위협하여 서둘러 발차를 시킨 사실을 모르고 있었다.

열차는 종일토록 도노역을 향해 내달렸다. 밤이 되자 다시 정차하고, 우스리 부대와 다게스탄 연대를 태운 열차를 먼저 통과시켰다. 카자흐들의 열차는 대피선으로 옮겨졌다. 그 옆으로 다게스탄 연대를 실은 열차가 지나갔다. 멀어져 가는 말소리, 주루나[37] 소리, 귀에 익숙하지 않은 멜로디가 들려왔다.

---

37) 코카서스 방면의 민족악기—피리.

중대를 실은 열차가 발차한 것은 한밤중이 지나서였다. 마력(馬力)이 없어진 기관차는 한참이나 물탱크 옆에 멈춰 선 채 기관에 불을 때고 있는 듯 불꽃을 땅바닥으로 튕겨 내고 있었다. 기관사는 담배를 피우면서 이따금 창밖으로 얼굴을 내밀었다. 기관차와 이웃한 객실의 한 카자흐가 고함을 쳤다.

"야, 가브릴라, 빨리 못 떠나겠어? 안 그러면 쏠 테다!"

기관사는 담배 연기로 원을 그리면서 잠자코 있다가 헛기침을 하고 말했다.

"그렇게 아무나 쏠 수는 없을걸."

그러고는 창 안으로 목을 움츠렸다.

5, 6분쯤 지난 뒤에야 기관차는 차량을 세게 잡아당겼다. 완충기가 덜커덩하고 울리자 그 충격으로 균형을 잃은 말이 덜컹덜컹 발굽 소리를 마구 냈다. 열차는 창문이 드문드문 불빛을 밝히고 있는 탱크 옆을, 철길 맞은편의 시꺼먼 자작나무숲가를 천천히 지나갔다. 카자흐들은 말에게 사료를 주고는 곧바로 잠자리에 들었다. 다만 두세 사람만 일어나 반쯤 문이 열린 승강구에서 담배를 피우거나, 밤하늘을 쳐다보면서 가족들 생각에 빠져들었다.

이반 알렉세예비치는 코롤료프와 나란히 누워 문틈으로 비쳐 보이는 별을 쳐다보고 있었다. 오늘 하루 동안에 일어난 일을 하나하나 떠올리며, 그는 중대가 이대로 페트로그라드를 향해 가고 있는 것을 어떻게든 막아야 한다고 생각을 굳혔다. 그리고 조용히 누운 채 어떻게 카자흐들에게 자기의 속내를 알릴 것인가를 골똘히 생각하고 있었다.

그는 코르니로프의 부름을 받기 전부터 이미 카자흐는 코르니로프와 같은 길을 가서는 안 된다는 것을 뚜렷이 의식하고 있었다. 동시에 그는 케렌스키도 옹호해서는 안 된다는 생각이었다. 따라서 여러 가지로 궁리한 끝에 결정을 내렸다.

'중대를 페트로그라드에 보내서는 안 된다. 그리고 만약 어느 편과 충돌할 수밖에 없는 경우, 그것은 아마도 코르니로프가 될 것이다. 그러나 그것도 케렌스키를 옹호하기 위해서가 아니고 그 뒤에 오는 정부를 위해 싸우는 것이다. 케렌스키가 쓰러진 뒤에야말로 참으로 바람직한 우리들의 정부가 서는 것이다.'

그는 그것을 굳게 믿었다. 금년 여름에 그는 중대장과의 사이에 일어난 시비에 대해 의견을 듣고자 중대에서 파견되어 페트로그라드의 집행위원회 군사부에 간 적이 있다. 거기서 집행위원회의 상황을 눈앞에 보면서 두세 명의 볼셰비키 동지들과도 대화를 나눈 끝에 생각을 굳혔던 것이다.

'이 뼈대에 우리 노동자들의 살이 붙을 것이다—그렇게 하면 정부가 이루어진다. 이반이여, 죽기를 무릅쓰고 여기서 매달려라. 어린아이가 어미 젖가슴에 매달리듯이 힘껏 달라붙는 것이다.'

그날 밤 말옷 위에 누웠을 때 더더욱 격렬한 애정으로 되살아난 것은 자기에게 지도를 해 주고 자기의 험난한 진로를 찾게 해 준, 바로 그 사람에 대한 일이었다. 내일 카자흐들에게 설득해야 할 것을 생각하고 슈토크만이 카자흐에 대해 하던 말을 떠올렸다. 그는 그 말을 머릿속에 깊이 새길 것처럼 무수히 되풀이했다.

'카자흐족이란 그 본질에 있어서 보수적이네. 자네가 볼셰비키 사상의 정당성을 카자흐에게 설명할 경우에 이 점을 잊지 말게. 조심해야 하네. 여러 가지 일을 깊이 생각한 뒤에 행동해야 하네. 언제나 그때의 사정에 가장 알맞게 해야 한다는 걸 명심하게. 처음에는 마치 자네와 미샤 코셰보이가 나에 대해 품고 있던 것과 똑같은 편견을 자네도 상대에게서 받게 될 것일세. 그러나 거기에 굴복당하지 않아야 하네. 끝까지 끈질기게 시도하는 거야. 그렇게 하면 최후의 승리는 자네 것이 될 걸세.'

이반 알렉세예비치는 카자흐에게 코르니로프 편에 서서는 안 된다고 말하면 틀림없이 두세 명의 반발자가 나올 것을 예측하고 있었다. 그런데 이튿날 아침, 전선의 철수를 요구해야 하며 페트로그라드에 가서 우리 편과 싸울 수 없음을 은연중에 비쳤더니, 카자흐들은 모두 찬성하며 페트로그라드행을 거부하는 결의를 하기에 이르렀다. 자하르 코롤료프와 체르니셰프스카야 마을 출신의 카자흐 토밀린이 이반 알렉세예비치의 심복으로 연락 담당이 되었다. 그들은 온종일 객실에서 객실로 건너다니면서 카자흐들과 대화를 나누었다. 저녁 무렵에 한 대피역에서 열차가 속도를 늦췄을 때, 이반 알렉세예비치가 있던 객실로 제3소대 하사 프세니치코프가 뛰어들었다.

"이번에 정차하면 즉시 하차하도록!"

그는 이반 알렉세예비치를 향해 고함을 질렀다.

"카자흐들이 뭘 바라고 있는지도 모르는 주제에 당신이 위원회 의장이랄 수 있소? 우리 쪽에선 이미 소동이 일어날 기세란 말이오! 더 이상 타고 갈 수 없소! 장교들은 우리들의 목에 밧줄을 매려고 한단 말이오. 게다가 당신은 아직도 확실한 언질을 주지 않고 있잖소. 이 지경이 되고 싶어서 당신을 뽑은 줄 아슈? 당신, 뭐가 좋다고 싱글거리는 거요."

"그 말이 나오리라 기다리고 있었지."

이반 알렉세예비치는 웃는 얼굴로 말했다. 기차가 멈춰 서자, 그는 맨 먼저 객실 밖으로 뛰어내렸다. 그리고 토밀린을 데리고 역장에게 다가갔다.

"열차를 발차시키지 마십쇼. 우린 여기서 하차하기로 돼 있으니까."

"그건 왜지요?"

역장은 난처한 표정으로 물었다.

"난 명령을 받고 있어서…… 증명서를."

"말이 많군."

토밀린이 거칠게 억눌렀다.

그들은 정거장 위원회를 찾았다. 뚱뚱하고, 붉은 수염을 기른 전신계 의장을 붙잡고 내용을 설명하자, 몇 분 뒤 전신계는 자진해서 열차를 대피선으로 끌어들였다.

서둘러 판자를 걸쳐 놓자 카자흐들은 차량에서 말들을 하차시키기 시작했다. 이반 알렉세예비치는 기관차 곁에 긴 다리로 힘있게 버티고 선 채 미소를 띤 가무잡잡한 얼굴에서 땀을 닦아 내고 있었다. 중대장이 새파랗게 질려서 그에게로 다가왔다.

"대체 어쩌자고 이러는 거야? 당신도 알고 있을 줄 알았는데."

"알고말고요!"

이반 알렉세예비치는 그의 말을 가로막았다.

"대위, 그렇게 떠들 거 없잖아."

콧구멍을 벌렁거리며 정색을 하고 딱 부러지게 말했다.

"더 이상 떠들 것 없어! 이번엔 자네들 차례야. 알았나!"

"코르니로프 최고사령관께서."

대위는 벌겋게 달아올라 더듬거리며 말했다. 이반 알렉세예비치는 모래 속에 깊숙이 파묻힌 자신의 낡은 장화를 내려다보더니 이것으로 짐을 벗었다는 듯이 손을 흔들며 말했다.

"너희들은 고맙다고 생각하겠지만, 우리에겐 그딴 놈은 아무래도 상관없어."

대위는 황급히 발길을 돌려 자신의 객실로 되돌아갔다.

한 시간 뒤에 중대는 한 사람의 사관도 없이, 그러나 완전한 전투태세를 갖추고 남서 방향을 향해 정거장을 출발했다. 선두 소대에는 중대의 지휘를 맡은 이반 알렉세예비치와 그의 부관 격인 큰 키에 귀가 처진 투릴린이 기관병과 나란히 진군하고 있었다.

전 중대장에게서 빼앗은 지도에 의지하면서 중대는 간신히 고레로에 마을까지 갔다. 거기에서 전선으로 되돌아갈 것, 만약 저지당할 경우에는 전투를 벌일 것까지 결정을 보았다.

카자흐들은 말을 비끄러매고 보초를 세우고는 제각기 잠자리에 들었다. 불은 피우지 않았다. 대다수의 카자흐들에게서 사기가 꺾인 모습이 역력했다. 여느 때처럼 이야기나 농담을 주고받지 않은 채, 서로 자신의 생각을 감추며 누워 있었다.

'만약 모두가 생각을 고쳐먹고 자수하는 불상사가 생기면 어떻게 하나?'

외투를 머리끝까지 끌어당기고 누웠을 때 이반 알렉세예비치는 문득 불안한 느낌이 스쳤다. 그의 마음속을 엿보기나 한 것처럼 투릴린이 옆으로 다가왔다.

"잠들었소?"

"아냐, 아직."

투릴린은 그의 발치께에 주저앉아 담뱃불을 붙이면서 낮은 소리로 말했다.

"카자흐들은 고민하고 있어요…… 성급하게 결정을 내리긴 했지만 뒤가 몹시 켕기는 모양이오. 골머리 아프게 생겼는걸. 당신 생각은 어떻소?"

"곧 알게 될 걸세."

이반 알렉세예비치는 태연하게 대꾸했다.

"자네도 뭔가 켕기는 모양인데, 아닌가?"

투릴린은 뒤통수를 긁적거리며 씁쓸하게 웃음을 지었다.

"실은 좀 그렇소…… 처음엔 대수롭지 않게 생각했는데, 지금은 겁이 나네."

"형벌이 두려워서 겁을 집어먹은 거군."

"이반, 상대가 워낙 세지 않소."

두 사람은 한동안 잠자코 있었다. 마을의 등불은 이미 꺼져 있었다. 온통 물에 젖어 늪처럼 된 버드나무숲 근처에서 야생거위가 시끄럽게 울어 댔다.

"몹시도 울어 대는군."

투릴린은 생각에 잠긴 듯 말하고 이내 입을 다물어 버렸다.

부드럽게 달래주듯 밤의 정적이 초원 위에 가득 내려앉아 있었다. 풀은 이슬에 젖어 있었다. 미풍은 카자흐의 야영지에 습기 찬 들녘과 썩은 습지 식물과 늪의 토양과 밤이슬에 젖은 풀 등이 뒤섞인 냄새를 풍겨 주고 있었다. 때때로 매여 있는 말의 발굽 소리와 거친 콧소리가 들리고, 말이 벌렁 나자빠지는 기척과 함께 울음소리가 들렸다. 그러나 그 뒤에는 잠을 재촉하는 고요가 다시 찾아오고 저 먼 곳에서 울고 있는 목쉰 야생거위 수컷의 소리와 그것에 대꾸하는 암컷의 울음소리, 어둠에 묻혀 모습이 보이지 않는 새의 날갯짓 소리가 들렸다. 그리고 밤의 정적, 안개 낀 초원의 습기, 서쪽 하늘 자락으로 뭉게뭉게 퍼지면서 이어지는 보라색 구름이 펼쳐지고 고대 푸스코프 땅 위쪽 하늘에는 쉴 새 없이 경고를 하듯 은하가 명멸하면서 폭넓은 길을 선명하게 비추고 있었다.

이른 새벽, 중대는 행군을 개시하여 고레로에 마을을 지나갔다. 목장으로 소를 몰고 가던 농사꾼 아낙네와 어린이들이 한참 동안 그들의 뒷모습을 지켜보고 있었다. 해돋이에 붉게 타는 언덕 위로 올라간 투릴린은 뒤를 돌아보며 이반 알렉세예비치의 등자를 발로 툭툭 건드렸다.

"뒤를 돌아봐요. 말을 타고 쫓아오는 자들이 보여요."

세 명의 기수가 장밋빛 모래먼지의 꼬리를 끌며 마을을 가로질러 재빠르게 달려오고 있었다.

"중대 섯!"

이반 알렉세예비치가 호령했다.

카자흐들은 날렵한 동작으로 사각으로 정렬했다. 기수들은 반 킬로미터 가량 다가와서 보통 속도로 줄였다. 그 가운데 한 사람인 카자흐 장교가 손수건을 꺼내어 머리 위로 시선을 못박았다. 카키색 복장을 한 사관이 선두를 달리고 있었고, 체르케스 복장을 한 두 사람이 약간 뒤처져 달려오고 있었다.

"무슨 일이오?"

이반 알렉세예비치가 그쪽으로 말을 몰면서 물었다.

"의논할 게 있소."

사관은 모자 차양에다 한쪽 손을 올리며 대답했다.

"중대 지휘자는 누구요?"

"나요."

"난 제1 돈 카자흐 사단으로부터 명령을 받고 온 사람이오. 그리고 이쪽은 토우제무나야(土民師團)의 대표들이오."

사관은 두 사람의 산지민(山地民)을 눈짓으로 가리키고 고삐를 힘주어 당기면서 한쪽 손으로는 땀에 젖은 말의 목덜미를 쓰다듬었다.

"의논을 드려도 괜찮다면 중대를 하마(下馬)시켜 주시오. 사단장 그레코프 소장의 말씀을 전하려 하오."

카자흐들은 모두 말에서 내렸다. 대표들은 카자흐들의 무리 속으로 재빠르게 들어와 한가운데서 멈춰 섰다. 중대는 복판에다 작은 원을 남겨 두고 약간씩 뒤로 물러났다.

카자흐 장교가 먼저 입을 열었다.

"카자흐병 제군! 우리가 여기 온 것은 제군이 다시 한번 생각을 고쳐 주기를 바라는 마음과, 제군의 행동이 뒤에 여러 불상사를 초래하는 일이 없도록 해 주기 위해서요. 그 일로 의논하러 온 것이오. 사단사령부는 어제 제군이 불순분자의 사주를 받아 멋대로 열차를 버리고 도주한 것을 알고 오늘 우리를 제군에게로 급파하여 즉각 도노역으로 되돌아오라는 명령을 전달케 했소. 토우제무나야(토민사단)부대와 기마대가 페트로그라드를 점령했다는 전보가 오늘 들어왔소. 우리의 전위 부대는 수도에 입성하여 정부의 모든 기관, 은행, 전신국, 전화국 및 각각 중요 지점을 점거했소. 임시 정부는 도망쳤고, 전복된 것으로 추정되오. 제군, 생각을 돌이키시오! 제군은 파멸을 향해 전진하고 있소. 만약 제군이 사단장의 명령에 따르지 않을 경우엔 제군에 대하여 무력 병력이 급파될 것이오. 제군의 소행은 배신자로서 전투명령 불복종으로 다스려질 것이오. 제군의 절대복종에 의해서만 형제의 피를 흘리는 비극을 사전에 방지할 수 있소."

대표자들이 달려왔을 때, 이반 알렉세예비치는 카자흐들의 기분을 짐작컨대 교섭을 물리치다가는 오히려 역효과를 초래하게 될 것이 틀림없다고 생각했다.

그래서 그는 중대에게 말에서 내릴 것을 명령하고, 자신은 투릴린에게 눈짓을 한 다음 대표자들 곁으로 다가간 것이었다. 사관이 말을 하고 있는 동안, 카자흐들이 머리를 숙이고 근심에 싸인 얼굴로 가만히 귀를 기울이는 모습들을 눈여겨보았다. 그중에는 수군대는 자도 더러 있었다. 자하르 코롤표프는 일그러진 웃음을 띠고 있었는데, 시커먼 턱수염이 주철처럼 딱딱하게 셔츠 위로 늘어져 있었다. 보르시쵸프는 채찍을 만지작거리면서 곁눈질을 하고 있었고, 프세니치코프는 입을 멍하니 벌린 채 사관의 눈동자를 뚫어지게 바라보고 있었다. 마르친 샤밀리는 때묻은 손바닥으로 볼을 쓸면서 눈을 껌벅거리고 있었고, 투릴린은 숨을 헐떡이고 있었으며, 주근깨투성이인 오브니조프는 모자를 삐뚤게 쓰고서 목에 밧줄이 걸린 암소처럼 앞머리를 흔들어 대고 있었다. 제2중대 전체가 마치 기도하듯이 고개를 숙이고 그 자리에 굳어버린 듯이 입을 다물고 있었다. 모두가 뜨겁고 가쁜 숨소리를 내고 있었다. 당혹한 표정이 잔물결처럼 얼굴에서 얼굴로 흐르고 있었다…….

이반 알렉세예비치는 카자흐들의 마음속에 변화가 일고 있음을 간파했다. 얼마 안 가서 말주변이 능한 사관은 중대 전원을 완전히 자신의 생각으로 끌어들이는 데에 성공할 터였다. 사관의 변설(辯舌)이 불러일으킨 생각을 때려부수고, 비록 입 밖으로 내지는 않았을망정 카자흐들의 머릿속에서 형태를 이루기 시작한 결의를 흔들어 놓을 필요가 느껴졌다. 이반 알렉세예비치는 한쪽 손을 높이 치켜들고 흰빛이 감도는 눈초리로 군중을 돌아보았다.

"제군! 잠깐!"

그렇게 말하고는 사관에게로 몸을 돌렸다.

"전보는 갖고 있겠지요?"

"무슨 전보 말이오?"

사관은 놀란 듯 되물었다.

"페트로그라드를 점령했다는 전보 말이오."

"전보요? 갖고 있지 않아요. 전보를 어디다 쓰려고 그러오?"

"알 만해! 갖고 있지 않다고요?"

그 순간 중대원들은 막혔던 숨을 몰아쉬었다.

대다수의 사람들이 머리를 쳐들고 이반 알렉세예비치를 향해 의미심장한 눈길을 보냈다. 그는 쉰 목소리를 약간 높여 자신에 넘친 태도로 비웃는 듯한 말투를 쓰면서 자기 쪽으로 주의를 모았다.

"갖고 있지 않단 말이지요? 그런데 어떻게 당신의 말을 믿겠소? 사기를 칠 작정이오?"

"사기였군!"

모든 중대원이 그 말을 받아들인 것처럼 또 한 번 숨을 몰아쉬었다.

"전보는 내 앞으로 온 게 아니니까요, 제군!"

사관은 설득조로 말하면서 두 손을 가슴에 얹었다.

그러나 이미 그의 말은 사람들의 귀에 들어오지 않았다. 이반 알렉세예비치는 중대의 동감과 신뢰가 다시금 자기에게로 돌아온 것을 깨닫고 딱 부러지게 말했다.

"함락했다 해도 우리는 당신들과 행동을 같이 할 수 없소! 우리는 동포끼리 싸우고 싶지 않소. 동족을 적으로 삼고 싸우지 않겠다는 거요! 서로 물고 뜯으라는 거요? 그런 짓은 싫소! 이 세상에서 싸움질을 없애야 해요! 군부에 의해 권력이 세워진다는 것은 싫단 말이오. 이유는 그것뿐이오!"

카자흐들은 와자지껄 떠들어 댔다. 고함 소리가 사방에서 터져 나왔다.

"옳소!"

"찍소리도 못 하지 않나!"

"맞아!"

"저자들을 쫓아 버려! 끄집어내!"

"중매쟁이가 찾아왔지만 일이 잘 안 풀리는군."

"페트로부르그에도 카자흐가 3연대 있는데, 싸우려 들지 않는다는 소문이야."

"여보슈, 이반! 망설이지 말아요! 아무거나 집어다가 저 작자들을 쓸어버려요. 냉큼 쫓아내 버리지 않고 뭘 하슈!"

이반 알렉세예비치는 대표자들 쪽을 힐끗 쳐다보았다. 카자흐 사관은 입을 꾹 다문 채 묵묵히 있었다. 그 뒤에 어깨를 비벼 댈 것 같은 자세로 산지민들이 서 있었다. 날씬하고 젊은 잉구시족 사관은 화려한 체르케스 복장을 하고 팔짱을 끼고 있었는데 모피모자 밑으로 사팔눈이 번뜩였다. 다른 한 사람은 나이가 지긋해 보였는데, 한쪽 다리를 맥없이 뒤로 뻗은 자세로 검(劍)의 머리 쪽에 손을 얹고 있었다. 그는 사람을 멸시하는 것 같은 눈초리로 카자흐들을 훑어보고 있었다. 이반 알렉세예비치는 교섭을 중단시키려고 했지만 카자흐의 사관에게 선수를 빼앗기고 말았다. 잉구시족의 사관과 뭐라고 소곤거린 뒤 그는 큰 소리로 외쳤다.

"돈 카자흐 제군! 토우제무나야의 대표에게 한마디 발언을 허락해 주시오."

잉구시족은 동의를 기다리지 않고 뒷굽이 없는 장화를 내디디면서 가운데로 나오더니 장식끈을 신경질적으로 잡아당겼다.

"카자흐 형제들! 대체 이 소동이 웬일입니까? 조용한 분위기 속에서 대화를 해야 합니다. 제군은 코르니로프 장군을 원하지 않는단 말이오? 싸우겠다는 거요? 좋소! 그렇다면 우리도 싸우겠소. 겁나지 않소! 조금도 겁나지 않는다구요! 이봐요, 이봐! 떠들 건 없잖소?"

처음엔 냉정한 태도로 나왔지만 끝에 가서는 흥분하여 말투가 거칠어지더니 심한 사투리가 모국어와 뒤섞여 나왔다.

"제군은 저기 있는 카자흐에게 꼬임을 당한 거요. 저놈은 볼셰비키요. 제군은 저 사내에게 끌려다니고 있소! 그렇소! 그걸 내가 모를 줄 아시오? 저 사내를 묶어라! 저 사내를 무장해제 시켜라!"

그는 거친 몸짓으로 이반 알렉세예비치를 가리켰다. 험악한 표정을 짓고 마구 몸을 흔들며 비좁은 공간을 사납게 맴돌았다. 그와 한패인 붉은 머리의 오세틴족은 냉정함을 잃지 않은 채 서 있었다. 카자흐의 사관은 닳아서 끊어진 검의 장식끈을 만지작거리고 있었다. 또다시 당혹스런 표정이 그들 사이에 파문을 일으켰다. 이반 알렉세예비치는 잉구시족의 사관에게서 잠시도 눈길을 돌리지 않았다. 그는 사관의 야수 같은 흰 치열에, 왼쪽 이마에 흐르는 땀줄기에 시선을 못박은 채 한마디로 교섭을 중단시키고 나서 곧바로 카자흐들을 데리고 갈 수 있는 기회를 놓쳐 버린 것을 분하게 여겼다. 하지만 투릴린이 그 자리에 뛰어들어 이반 알렉세예비치를 곤란한 상황에서 구출해 냈다. 그는 셔츠의 목 단추를 잡아뜯고 마구 손을 휘저으면서 침이 튀도록 소리소리 지르며 날뛰었다.

"이 구더기만도 못한 놈들! 짐승 같은 놈들! 머저리들! 저자들에게 벌써 넘어간 거냐! 사관들은 자기들 편으로 우릴 끌어들이려고 수작을 부리는 거다! 뭘 꾸물대는 거야? 쳐부숴야지. 왜들 잠자코 듣기만 하고 있지? 놈들의 목을 쳐서 피투성이로 만들어야 한다. 꾸물대다간 포위를 당하고 말아! 기관총에 죽고 싶어? 기관총을 맞고도 집회를 가질 수 있겠어? 놈들의 군대가 올 때까지 우리를 이 자리에다 묶어 두려는 속셈이라고…… 다들 알았나? 알았냐고!"

"……승마!"

그 틈을 타서 이반 알렉세예비치가 우레 같은 소리로 고함을 질렀다.

그의 외침은 수류탄처럼 군중 위에 작렬했다. 카자흐들은 말을 향해 뛰어갔다. 일단 흩어졌던 중대는 곧바로 소대가 종대로 정렬했다.

"잠깐! 제군!"

카자흐의 사관은 어쩔 줄 몰라 했다.

이반 알렉세예비치는 어깨의 기총(騎銃)을 내리고 손가락을 방아쇠에다 대고, 앞발을 높이 쳐든 말의 입에 재갈을 물리면서 외쳤다.

"교섭은 끝났다! 다시 입을 열었다간 이 말의 혓바닥으로 너희에게 말을 시키겠다."

그러면서 그는 소총을 흔들어 보였다. 소대는 줄지어 도로로 나갔다. 카자흐들은 대표들이 말을 타고 서로 의논하는 모습을 뒤돌아보았다. 잉구시족은 눈살을 찌푸리며 뭐라 지껄이고 있었다. 손을 여러 번 치켜들기도 했다. 그의 체르케스 복장에 달린 순백의 비단 장식이 눈처럼 새하얗게 반사되었다.

이반 알렉세예비치가 맨 마지막으로 뒤돌아보았을 때, 이 눈부시도록 새하얀 비단천에 눈길이 멎었다. 그 순간 웬일인지 북풍을 맞은 돈 수면의 초록빛 말갈기 모양의 물결, 그리고 물고기를 잡는 갈매기의 흰 날개가 떠올랐다.

16

코르니로프는 8월 29일에 크리모프에게서 받은 전보를 읽고 무력 혁명이 실패로 돌아갔다는 사실을 분명히 알게 되었다.

오후 2시에는 크리모프의 연락 장교가 총사령부에 당도했다. 코르니로프는 그 장교와 오랫동안 이야기를 나누고 나서 로마노프스키를 불러내어 신경질적으로 서류를 구기면서 말했다.

"모든 게 끝장났어! 완전히 실패야…… 크리모프는 적시에 군대를 페트로그라드로 집결시킬 수 없게 됐어. 시기를 놓치고 만 거야. 게다가 이번 경우와 같은 지체는 파멸이나 다름없어! 어렵지 않게 실현시킬 수 있다고 여겼던 일이 이 토록 많은 장애에 부딪혔으니……결과는 예상 밖이었어…… 이걸 좀 보게. 부대 의 수송 상황을!"

그는 군단과 토우제무나야(토민사단)의 수송 근황을 나타낸 지도를 로마노프 스키에게 펼쳐 보였다. 수면 부족으로 야위기는 했으나 그의 정열적인 얼굴에 지그재그로 경련이 스치고 지나갔다.

"철도 종업원들이 방해를 놓고 있어. 만약 우리 쪽이 성공했다면 내가 놈들 의 10분의 1을 교수대에 매달라고 명령할 것을 그놈들은 생각조차 못했던 거야. 크리모프의 보고를 읽어 보게."

로마노프스키는 부어오른 데다가 개기름이 흐르는 자신의 얼굴을 손바닥으 로 훔치면서 읽었다. 코르니로프는 급히 휘갈겨 써 내려갔다.

노보체르카스크군(軍) 아타만 알렉세이 막시모비치 칼레딘님께
임시 정부로 보내 온 귀관의 전보 내용은 잘 알겠습니다. 배신자 및 변절자 들과의 무의미한 투쟁에 지친 광영의 카자흐 병단은 조국 파멸을 차마 눈 뜨 고 볼 수 없어 용감히 무기를 쥐고, 이 병단의 노고와 피로써 이룬 국가의 생 명과 자유를 수호하게 되었습니다. 우리의 연락이 잠시 순조롭지 않겠지만 항 상 본관과의 연락 아래 행동하기 바랍니다─애국심과 카자흐의 명예를 늘 잃지 마시기를.
658, 29, 8, 17

장군 코르니로프

"이 내용을 곧 전보로 치도록."
그는 서명을 마치자 로마노프스키에게 부탁했다.
"바그라티온 공작에게 다시 한번 전보를 쳐서 진군을 계속하게 할까요?"
"그렇게 하게."
로마노프스키는 잠시 잠자코 있다가 가라앉은 목소리로 말했다.
"라블 게오르기예비치, 아직 그리 비관할 건 없다고 생각합니다. 장군께서는 사태의 추이를 지나치게 비관적으로 보고 계십니다."

코르니로프는 자신의 머리 위로 훨훨 날고 있는 연보랏빛 작은 나비를 붙잡으려고 손을 뻗쳤다. 그의 손이 힘있게 움켜쥐어질 때 얼굴에는 가볍게 긴장한 표정이 떠올랐다. 나비는 날카롭게 갈라진 공기의 충격으로 일단 아래로 내려갔지만 다시 날개의 힘으로 떠올라, 열려 있는 창문을 향해 날아가려 했다. 그러나 코르니로프는 기어이 그것을 움켜잡았다. 그리고 안도의 한숨을 돌리고는 의자 등받이에 몸을 기대었다.

로마노프스키는 자기 의견에 대한 대답을 기다렸다. 코르니로프는 생각에 잠긴 듯한 어두운 얼굴에 미소를 띠고 말문을 열었다.

"오늘 아침 꿈을 꿨네. 내가—어떤 저격사단의 여단장인가 뭔가가 되어서 카르파트 산맥 속을 행군하고 있었네. 막료와 함께 농장에 갔는데 어떤 단정한 소(小)러시아인이 맞아 주더군. 그 사내가 우유를 갖고 와서 펠트 모자를 벗고는 유창한 독일어로 '장군, 어서 드십시오! 이 우유는 몸에 좋습니다!' 했지. 그래서 내가 마셨더니 그 소러시아인이 무척 친근한 태도로 내 어깨를 툭툭 쳤어. 그런데도 난 전혀 이상하게 여겨지지 않았어. 그러고 나서는 산악 지대를 행군해 갔지. 하지만 그곳은 이미 카르파트 산맥이 아니었어. 어딘지는 잘 모르지만 아프가니스탄 근처의 꾸불꾸불한 샛길이었어. 그런데 그 길이란 게 돌멩이투성이인 자갈밭이었거든. 햇빛을 가득 받은 아름다운 남방의 풍경이 갑자기 보이지 않겠나."

문틈으로 스며든 미풍이 탁자 위의 서류를 팔락거리게 했다. 먼 곳을 바라보고 있는 코르니로프의 흐릿한 눈동자는 도니에플 건너편의 청동색 잡초가 무성한 절벽 근처를 지켜보고 있었다.

로마노프스키는 그의 눈길을 쫓으면서 그 자신도 한숨을 몰아쉬었다. 유리를 끼워 놓은 것 같은 도니에플강의 수면은 눈부시게 반짝거리고, 초가을의 부드러운 햇볕으로 뒤덮인 몰다비아의 들녘이 아득하게 보였다.

17

페트로그라드를 향해 전송되기로 했던 제3기병군과 토우제무나야는 매우 광대한 범위에 걸친 8군데 역—레베리, 베젠베르크, 나르바, 얌브르크, 가치나, 소므리노, 비리치아, 튜두보, 구도프, 노브고로드, 도노, 푸스코프, 르가에 집결되었다. 기타 중간에 있는 역과 대피역도 수송이 제대로 진행되지 않았으므로 기다리다 지친 수송열차로 득실거렸다. 연대마다 상부에서 사기를 진작하라는 지시가 내려오지 않아, 저마다 고립된 각 중대는 서로 연락이 두절되기 십상이었다. 혼란을 더욱 부채질한 것은 행군중인 군단에 토민사단이 합쳐서 1군이 형성된 일이었다. 즉 분산되었던 여러 부대를 어느 정도 이동시키기도 하고 집결시키기도 하면서 열차의 편성을 변경시켜야 했던 것이다. 이 모든 일이 온통 혼란을 일으키고 때로는 터무니없는, 즉 계통이 서지 않은 명령을 내리게 되어 그렇지 않아도 짜증스러운 기분을 더욱 격화시키는 결과를 빚어냈다.

도중에 노동자와 철도 종업원들의 저항에 부딪치는 등 갖가지 장애를 뛰어넘으며 코르니로프군의 각 수송열차는 조용히 페트로그라드를 향하여 가다가 분기점에서 일단 지체되었다가는 다시 갈라져 출발하곤 했다.

붉게 칠해진 가축우리 같은 객실 안에서, 안장을 내린 굶주린 말들 옆에서 마찬가지로 굶주린 돈의, 우스리의, 오렌부르크의, 네르친스크의, 아무르의 카자흐들과 잉구시, 체르케스, 카바르다, 오세틴, 다게스탄의 병사들이 뒤섞여 있었다. 열차는 발차를 기다리며 몇 시간씩이나 역에 머물러 있었다. 기병들은 왁자지껄 떠들면서 객실 밖으로 뛰어내려 메뚜기처럼 구내에 넘쳐흘렀고 선로에도 널려 있다가는 앞서 통과한 열차가 남기고 간 식사를 닥치는 대로 주워다 퍼먹었다. 그리고 남의 눈을 피해 민가로 가서 도둑질을 하거나 식량 창고를 약탈했다.

카자흐들의 노랗고 빨간 휘장, 화려한 용기병 복장, 산악 부대의 체르케스 복장…… 색채의 혜택을 받지 못한 북방의 자연은 일찍이 이와 같은 다양한 색채 배합을 본 일이 없었다.

8월 29일, 가가린 공작의 지휘 아래 있는 토우제무나야의 제3여단은 파프로스크 근처에서 적을 만났다. 사단의 선두로 진군하고 있던 잉구시와 체르케스 두 연대는 진작에 탐색한 바 있는 진로까지 오자 열차에서 내려 도보 대형으로 차르스코에 셀로를 향해 출발했다. 잉구시병의 정찰 부대는 소므리노역까지 나아갔다. 연대는 느린 속도로 공격을 전개하여 적의 기병 대대를 압도해 나가면서, 아직 이 역까지 도착하지 않은 사단의 다른 부대를 기다렸다.

토민사단장 바그라티온 공작은 역 가까이에 있는 별장 지대에 이르러 다른 부대의 집결을 대기하며, 행군 대형으로 비리츠아까지 진군하는 위험을 감행하지 않았다.

28일, 그는 북부사령관으로부터 다음과 같은 전보를 받았다.

제3군단사령관 및 제1 돈 우스리 및 카프카즈 토민군 각 사단장에게 아래와 같은 최고사령관의 명령을 전달한다. 만약 그 어떤 예기치 못한 사정으로 인하여 철도수송이 곤란하게 된 경우에 최고사령관은 각 사단장에 대해 차후의 진로를 행군 대형으로 진군할 것을 명령한다.

1917년 8월 27일
로마노프스키

오전 9시경, 바그라티온은 코르니로프에게 전보를 쳐서 오늘 아침 6시 40분 페트로그라드 군관구사령부 참모장 바그라츠니 대령을 통하여, 군용열차는 모두 본래의 장소로 되돌아가야 한다는 케렌스키의 명령을 받았다는 것, 사단을 수송중인 열차는 철도측이 임시 정부의 명령에 의해 타블레트를 건네주지 않으므로 분기점 가치카역에서 오레데쥬역에 이르는 선로상에 정거시키고 있다는 것을 알렸다. 그러나 그가 받은 코르니로프의 지시는 다음과 같았다.

공작 바그라티온에게
철도로 진군을 계속하라. 만약 철도수송이 불가능해진 경우에는 르가까지 행군하고 거기에서 크리모프 장군의 지휘를 받도록.

그럼에도 불구하고 바그라티온은 행군하여 진군할 결심을 내리지 못하고 군단의 막료에게 승차명령을 내리고 말았다.

예브게니 리스트니츠키가 전에 근무했던 연대는 제1 돈 카자흐 사단에 편입된 다른 연대와 함께 페트로그라드를 향해 레베리, 베젠베르크, 나르바의 선로로 수송되고 있었다. 28일 오후 5시 연대의 2개 중대를 실은 열차는 나르바에 와 닿았다. 수송지휘관은 나르바와 얌부르크 간의 선로가 파괴되어 철도대대 일부가 임시열차로 현장에 파견되었으나 야간에는 도저히 출발할 수 없다는 것과 만약 제대로 복구된다 하더라도 열차가 출발하려면 이튿날 아침이라야 가능하다는 사실을 알게 되었다. 수송지휘관은 울며 겨자 먹기로 받아들여야 했다. 그는 혀를 차면서 자신의 객실로 들어와 그 사실을 상관들에게 전한 다음 차를 마시려고 앉았다.

잔뜩 찌푸린 날씨는 밤이 되자 곧 비를 몰고 올 것 같았다. 만(灣) 쪽에서 습기를 머금은 바람이 불어왔다. 선로 위와 객실 안에서 카자흐들은 수군수군 이야기를 나누고 있었으며, 기관차 기적 소리에 놀란 말들은 나무 바닥을 쳐 말굽 소리를 냈다. 맨 끝 차량에서 젊은 카자흐의 노랫소리가 어둠 속에서 누구에겐가 호소하듯이 들려왔다.

잘 있거라, 도시여, 작은 마을이여.
잘 있거라, 내 고향 마을이여!
아가씨도 안녕, 부디 안녕히.
빨간 꽃이여, 잘 있거라!
저녁놀부터 아침놀까지
사랑스런 네 팔에 안겨 지낸 적도 있었지.
이제는 간 곳 없고, 기나긴 날
총만 메고 서 있게 되었네……

잿빛 창고 그늘에서 한 사내가 나타났다. 잠깐 멈춰 서서 노랫소리에 귀를 기울이며, 노란 등불을 반사하며 반짝이는 선로를 보고 있다가 힘찬 발걸음으로 열차 가까이 다가왔다. 침목(枕木)을 밟는 그의 발소리는 둔하게 울렸으나 굳은 모래땅 바닥을 밟고부터는 아무 소리도 나지 않았다. 그가 맨 끝 차량을 소리 없이 지나치려 하는데 승강구에 서 있던 카자흐가 노래를 그치고 그를 불러 세웠다.

"누구야?"
"누굴 부르는 거야?"
사나이는 귀찮은 듯이 대답하고 그냥 지나갔다.
"이 밤에 어딜 쏘다니는 거야? 한 대 갈겨 줄까 보다! 시찰을 다닐 셈이야?"

사나이는 그 말에는 대꾸하지 않고 열차의 중간쯤까지 가더니 찻간 문틈으로 머리를 들이밀며 물었다.

"몇 중대야?"

"죄수 중대다."

어둠 속에서 아하하 하고 웃는 소리가 들렸다.

"장난 말고, 몇 중대지?"

"제2중대다."

"4중대는 어디냐?"

"앞에서 여섯 번째 차량이다."

기관차에서 여섯 번째 차량 옆에 카자흐 셋이 담배를 피우고 있었다. 한 사람은 쭈그려 앉아 있고 다른 두 사람은 곁에 서 있었다. 그들은 자기들 쪽으로 다가오는 사나이를 바라보았다.

"어때? 별일 없나?"

"덕분에."

한 카자흐가 대꾸하며, 다가온 사나이의 얼굴을 들여다보았다.

"니키타 두긴은 잘 있는지 모르겠군? 어디 있는지 아나?"

"바로 나야."

쭈그려 앉아 있던 남자가 대답하면서 일어나더니 발뒤꿈치로 담배꽁초를 짓이겼다.

"대체 누구야? 어디서 왔나?"

그는 외투차림에 구겨진 군모를 쓴 낯선 사나이에게로 수염투성이 얼굴을 들이밀다가 놀라서 소리쳤다.

"일리야 아냐! 분츄크 아니냐고? 세상에. 대체 어디서 오는 길인가?"

거친 손으로 분츄크의 털북숭이 손을 꽉 움켜쥐고는 그에게 몸을 기대듯이 하고 낮은 소리로 말했다.

"여기 있는 사람들은 모두 친구니까 괜찮아. 어디서 왔지? 빨리 말해 줘. 어서!"

분츄크는 다른 카자흐들과 악수를 나누며, 쇳덩어리처럼 무겁고 녹슨 소리로 대꾸했다.

"피테르(페트로그라드)에서 왔다네. 가까스로 자네들을 찾아냈지. 얘기할 게 있어. 의논해야 할 게 있다네. 어쨌든 별 탈 없이 살아 있으니 반갑군."

그는 미소를 띠고 있었다. 네모진 잿빛 얼굴에는 흰 이가 반짝이고 두 눈은 따스하고 부드러우며 밝게 빛나고 있었다.

"의논할 게 있다고?"

수염 난 사나이가 물었다.

"자네, 사관이라고 우리 친구들을 함부로 대하진 않겠지? 그래, 그렇다면 고맙군. 일류샤, 감사하단 인사를 하겠네. 왜냐하면 우린 부드러운 말씨를 들어 본 적이 없었거든. 애당초 말일세."

그의 목소리에는 악의 없는 선량한 웃음이 담겨 있었다.

분츄크는 그 말을 새겨들으며 역시 부드러운 농담으로 대꾸했다.

"여보게들, 웬만큼 하게. 자넨 언제나 장난기가 넘쳐서 탈이야! 수염은 배꼽까지 닿아 가지구선!"

"수염이라면 언제든지 깎아 버릴 수 있어! 그건 그렇고 피테르 쪽은 어떻던가? 폭동이 시작된 거 아닌가?"

"우선 객실로 들어가세."

나중에 말하겠다는 투로 분츄크가 말했다.

그들은 객실로 들어갔다. 두긴은 누워 있는 어떤 사람을 발로 차면서 낮은 소리로 말했다.

"이봐, 일어나! 귀한 손님이 오셨네. 빨리 일어나, 서둘러야 한다고!"

카자흐들은 저마다 한숨을 내쉬면서 일어났다. 어둠 속에서 누군가의 손이 안장에 앉은 분츄크의 얼굴을 조심스럽게 더듬더니 굵고 낮은 목소리로 물었다.

"분츄크인가?"

"그래, 자넨 치카마소프지?"

"맞아, 오랜만이군!"

"잘 있었는가."

"내가 나가서 3소대 녀석들을 불러오겠네. 괜찮겠지?"

"좋아, 다녀오게."

제3소대는 두 사람만 말 당번으로 남게 하고 나머지 모두가 들어왔다. 카자흐들은 분츄크 곁으로 다가와 까슬까슬한 손을 내밀며 램프불에 비친 그의 표정 없는 얼굴을 보면서 분츄크라고 부르는가 하면 일리야 미트리치라고 부르기도 하고 또 일류샤라고도 불렀는데, 그 모든 음성에는 친구를 맞는 따뜻한 마음씨가 깃들어 있었다.

객실 안은 답답했다. 벽에 불빛이 반사하여 반짝반짝 춤을 추었다. 어렴풋한 형태의 그림자가 흔들리며 터무니없이 크게 비쳤다. 등불은 번들거리고 초롱불 같은 빛으로 흐릿했다.

분츄크를 등불 옆으로 앉혔다. 앞자리의 사내들은 쭈그려 앉고, 뒷자리의 사내들은 선 채로 둥근 원을 만들었다. 목소리 높은 두간이 먼저 헛기침을 했다.

"일리야 미트리치, 자네 편지는 얼마 전에 받아서 모두 함께 봤네. 하지만 자네 입으로 직접 듣고 싶군. 지금부터 어찌하는 게 좋은가를 말해 줬으면 하네. 아마 우리를 피테르로 데려갈 것 같은데, 자네 생각은 어떤가?"

"말하자면 이렇다네. 미트리치."

문 쪽에 서 있던 귀에 귀걸이를 한 카자흐가 입을 열었다. 그 사람은 언젠가 참호의 방패 위에 차를 끓이려 했다가 리스트니츠키에게 호되게 혼난 적이 있는 카자흐였다.

"여기는 여러 부류의 선전원들이 와서 페트로그라드에 가면 안 된다느니, 동족끼리 싸운들 무슨 소용이냐느니, 뭐 이런 식이라네. 우리야 잠자코 듣고 있을 뿐이었지만 말일세."

"어느 놈의 말도 믿을 수가 있어야지. 그들은 우리 동료가 아니니까. 그러니 우리에게 무슨 짓을 하게 할지 어찌 알겠나? 안 그런가? 놈들의 정체를 알 수 없거든. 만약 시키는 대로 하지 않았다간 코르니로프가 체르케스병을 파견할지도 모를 일이야. 그렇게 되면 유혈사태가 벌어질 게 아닌가. 그런데 자넨 우리와 한패고 카자흐 출신이야. 그러니 자네 말이라면 우린 안심하고 들을 수 있다네. 자넨 피테르에서 우리에게 편지를 보내기도 했고 신문도 보내 주어 모두 고맙게 여기고 있네…… 솔직한 얘기로 여기선 종이가 부족해서, 신문을 받으면 그걸로."

"이봐, 무슨 쓸데없는 소릴 하는 거야. 이 머저리 같은 새끼."

한 사람이 당황해 그의 말을 가로막았다.

"자기가 글을 모르니까 남들도 모르는 줄 아나? 일리야 미트리치! 우린 신문을 받아들면 꼭대기부터 끝까지 몇 번씩이나 읽는다구."

"잘난 척 그만해. 제기랄!"

"'담배말이'에 썼다는 얘기 아니었나!"

"멍텅구리엔 약이 없는 법이지!"

"이봐, 자네! 난 나쁜 뜻으로 한 말은 아니었다구."

귀걸이를 단 사내가 변명했다.

"물론 신문을 읽고 나서."

"네놈이 읽었다고?"

"난 글을 배울 기회가 없었을 뿐이야…… 그러니까 내가 말하고 싶은 건 대강대강 훑어보고 나서 담배말이로."

분츄크는 살짝 웃음을 띠고 안장 위에 앉아 카자흐들의 얼굴을 바라보고 있었다. 앉은 채로 이야기하다가 거북한지 램프를 등 뒤로 하고 일어나 천천히 신중하게, 그러나 자신은 별로 없는 것 같이 이야기를 시작했다.

"여러분은 페트로그라드에 가 봐야 별 소용이 없소. 폭동 같은 건 일어나지 않았소. 그렇다면 왜 여러분을 그리로 데려가려고 하는지 그 까닭을 알고 있습니까? 그것은 임시 정부를 쓰러뜨리기 위함일 뿐이오…… 바로 그겁니다! 그렇다면 여러분을 그리로 데려가려는 자는 누구냐? 그건 바로 차르의 장군 코르니로프요. 놈이 무엇 때문에 케렌스키를 쫓아낼 필요를 느끼느냐 하는 것은 자신이 그 자리에 앉기 위해서요. 알겠습니까, 여러분? 멍에를 여러분에게서 벗겨 주긴 하겠지요. 그러나 그가 대신해서 또 다른 멍에를 지워 줄 텐데, 그렇다면 그것은 쇠멍에가 아니고 무엇이겠소! 두 개의 재난 중에 한 개를 선택해야만 할 경우엔 조금이라도 작은 쪽을 고르는 게 현명할 것이오. 그렇잖소? 하지만 그 문제는 여러분 스스로 잘 생각해서 할 일이오. 차르 시대에 여러분은 부당한 희생을 겪어야 했었소. 전쟁을 일으켜 놓고 여러분에게 그 불길 속에 들어 있는 좁쌀을 줍게 했던 것이오. 케렌스키의 시대가 되었지만 아직도 희생을 요구받고 있습니다. 그러나 앞시대보다는 훨씬 가벼워졌다고 할 수 있겠지요. 즉 케렌스키는 좀 낫다 이 말이오. 그러나 케렌스키가 쓰러지고 정권이 볼셰비키의 손으로 들어간다고 합시다. 그러면 보다 더 나아질 것이오. 볼셰비키는 전쟁을 원하지 않습니다. 그들이 정권을 쥐면 곧바로 평화가 실현될 것이오. 나는 케렌스키를 옹호하지 않소. 놈들의 하는 짓들이 신통치 않습니다."

분츄크는 빙그레 웃으며 옷소매로 이마의 땀을 훔치고는 계속해서 말했다.

"내가 이처럼 여러분에게 설명하는 것은 노동자의 피를 보고 싶지 않기 때문이오. 임시 정부를 얼마 동안은 지켜 주고 싶기 때문입니다. 왜 지켜 주지 않으면 안 되는가? 그 이유는 이렇습니다. 만약 코르니로프놈이 나온다면 러시아는 노동자가 흘린 피를 무릎까지 적시고는 날뛸 것이오. 놈이 정권을 잡는 날에는 그것을 빼앗아 노동자 대중의 손으로 옮겨 놓기가 보다 어려워진다 그 말입니다."

"잠깐, 일리야 미트리치."

분츄크처럼 뚱뚱하고 몸집이 작은 카자흐가 뒤쪽에서 나와 말했다. 그는 헛기침을 하고서 싱싱한 나뭇잎같이 물기 오른 눈으로 분츄크를 바라보며 물었다.

"자넨 아까 멍에 이야기를 했는데…… 만약 볼셰비키가 정권을 잡으면 우리에게 어떤 멍에를 지워 줄 것인지 말해 줄 순 없겠나?"

"그럼, 자넨 자네 자신에게 멍에를 씌우겠다는 건가?"

"내가 나 자신에게? 그건 대체 무슨 뜻인가?"

"그건 이렇지. 볼셰비키의 세상이 된다면 그 정권이 누구에게 간다고 생각하나? 가령 선거를 하게 되는 경우엔 자네에게도 간다 이 말이네. 그래, 거기 있는 아저씨에게도 가게 될지 모르지. 선거에 의한 정권, 그것이 소비에트(평의회)니까."

"하지만 맨 윗자리에 누가 앉긴 앉을 게 아닌가?"

"그것도 선거에 의해서야. 자네가 선출되면 자네가 앉게 되는 걸세."

"정말인가? 공연히 헛소리하는 건 아니겠지, 미트리치?"

카자흐들은 웃음을 터뜨리더니 갑자기 왁자지껄 떠들기 시작했다. 입구에 서 있던 보초까지 잠시 제자리에서 옮겨 와 무리 속에 끼여 있었다.

"그럼, 토지에 대해 그들은 어떤 생각을 갖고 있나?"

"우리 손에서 빼앗지 않는단 말인가?"

"전쟁을 원하지 않는다고……? 한패로 만들기 위한 사탕발림이 아닐까? 우리에게는 숨기지 말고 솔직하게 얘기해 주게나."

"우린 아무것도 모르니까 말일세."

"남의 말 곧이곧대로 믿어선 안 돼. 거짓말이 섞여 있을 수도 있으니까."

"어제 수병 녀석이 와서는 케렌스키가 불쌍하다는 둥 넋두리를 늘어놓던데. 모두가 그 녀석의 머리끄덩이를 잡아 끌고 객실 밖으로 내던졌는데 '너희들은 반혁명분자다!' 떠들어 대더군…… 묘한 녀석이야."

"그놈의 말이 무슨 뜻인지 도통 알 수가 있어야지."

분츄크는 카자흐들의 기색을 살피면서 잠시 조용해지기를 기다렸다. 자신이 뜻한 바가 제대로 먹혀들어갈지 어떨지에 대해서 애초에 느꼈던 불안은 이제 사라지고 없었다. 그리고 그는 카자흐의 기분을 파악하고는 이렇게 되면 열차를 나르바에 묶어 둘 수 있다는 것을 확신할 수 있었다. 하루 전 페트로그라드의 당 지구위원회에 가서, 페트로그라드에 파송될 예정으로 있는 제1 돈 카자흐 사단의 각 부대 안에 직접 들어가 활동하고 싶으니 선전원으로 임명해 달라는 요청을 했을 때는 웬만큼 자신이 있었다. 그러나 나르바에 이르고 보니 그의 자신감은 흔들렸다. 그는 카자흐들과 이야기할 땐 좀 더 다른 말이 필요하다는 것을 느끼고, 통할 수 있는 적절한 말을 찾아내지 못해 불안했다. 왜냐하면 9개월 전부터 노동자들 속으로 되돌아가 그들과 친숙해졌고, 이야기를 하는 동안 서툰 말씨나마 잘 알아들어 주는 데에 익숙해졌기 때문이었다. 그러던 것이 지금은 고향 친구들을 상대로 하고 있었으므로 사정이 달라졌다. 이미 절반가량은 잊어버린 흑토대(黑土帶) 지방의 언어가 필요했던 것이다. 그냥 불을 지피는 정도가 아니라 깡그리 태워 버리려면 몇 세기에 걸쳐 쌓이고 쌓인 반항의 공포를 뿌리째 뽑고, 편견을 억누르고, 자기의 말이 옳다는 생각을 불러일으키고, 자기가 시키는 대로 따르게 하려면 도마뱀 같은 민첩함과 그 어떠한 설득력이 필요했던 것이다. 애초에 이야기를 시작했을 때, 그는 자신이 말하고 있는 것에 대해 허전함과 허식과 미진한 구석을 느꼈고, 왠지 모르게 자신의 메마른 말을 가슴속으로 되듣고 있는 듯이 느껴졌으며, 결론의 부정확함에 불안을 깨달았다. 그래서 머리를 저으면서 뭔가 중량감 있는 언어를 찾아내어 그것으로 단칼에 자르듯이 말해 주고 싶었는데…… 오히려 그의 입술에서는 무게 없는 언어가 비누거품처럼 부글부글 끓어오를 뿐, 머리는 텅 빈 껍질만 남게 되고 걷잡을 수 없는 갖가지 생각들로 뒤엉켜 있음이 몹시 안타깝게 느껴졌다. 그는 땀투성이가 되어 그 자리에 못 박힌 듯 서 있었다. 이야기를 하고 있는 동안에도 머릿속에는 끊임없이 이런 생각이 따라다녔다.

'나는 큰일을 맡고 있는 몸이다. 그런데 난 내 손으로 그것을 더럽히고 있다. 정돈되지 않은 말…… 대체 어쩌면 좋을까? 다른 사람이라면 천 배는 더 설명을 잘 할 텐데…… 빌어먹을, 나라는 인간은 왜 이다지도 무능한가!'

멍에에 대한 말을 물은 카자흐가, 축 늘어진 상태에 있던 그를 구출해 준 셈이었다. 그다음에 이어진 이야기는 분츄크에게 용기를 주고 다시 일어설 기회를 주었다. 그리고 그 뒤로는 스스로도 이상하리만큼 평소와는 다른 힘이 솟아오름을 느꼈다. 분명하고 날카로운 언어가 잇따라 떠오르는 것을 깨닫고 나서부터 그는 자신의 말에 열중하기 시작했다. 또한 치솟아 오르는 흥분을 겉으로는 냉정하게 숨기고, 비꼬는 말투의 질문을 당당하게 맞받아쳤다. 마치 손댈 수 없는 미친 말을 길들인 능숙한 기수처럼 이야기를 이끌어 갔던 것이다.

"그렇다면 말해 보게. 대체 헌법제정회의의 어느 점이 나쁘다는 건가?"

"자네들이 떠받드는 레닌은 독일군의 첩자란 말이 있던데, 아닌가? 그가 어디서 왔지? 설마 버드나무에서 태어나진 않았을 테지?"

"미트리치, 자네가 여기 온 건 자네 스스로의 의사였나, 아니면 시키는 사람이 있어서 온 건가?"

"군용지는 누구에게서 받게 되나?"

"무슨 이유로 차르 시대의 우리 생활이 나빴다는 거지?"

"우리에겐 카자흐 대표자회의라는 게 있어. 이는 인민의 권력이야. 그런데 무엇 때문에 소비에트가 있어야 하나?"

카자흐들은 이처럼 질문을 퍼부어 댔다.

그들은 밤중에야 흩어져 갔다. 이튿날 아침 양 중대에서 집회를 갖기로 결의했다. 분츄크는 그대로 객실에 머물러 있기로 했다. 치카마소프는 그에게 함께 자자고 권했다. 그는 성호를 긋고 잠자리에 들면서 말했다.

"이봐, 일리야 미트리치, 푹 쉬게나. 다만 미안한 건 여기엔 이가 많아서 탈이라는 거지. 이에 물리더라도 화내진 말게! 암소만 한 이들이 득실거리지만."

그는 잠시 있다가 다시 물었다.

"일리야 미트리치, 레닌은 어디 사람인가? 그러니까 어디서 태어나 어디서 자란 사람이지?"

"레닌 말인가? 러시아인이라네."

"뭐라고?"

"분명해. 러시아인이야."

"이봐, 자넨 무슨 말을 하는 겐가? 자네도 그에 대해서는 그다지 아는 바가 없는 것 같군."

치카마소프는 자기가 더 잘 알고 있다는 듯이 말했다.

"그의 혈통이 뭔지 아나? 우리와 같은 핏줄이야. 사리스크의 군관구 베리코 쿠지니스카야 부락 태생의 돈 카자흐라네. 알았나? 포병으로 복무한 적도 있다더군. 생김새도 하류 지방 카자흐와 빼닮았지. 광대뼈가 불거져 나오고 눈매도 꼭 닮았다고 하던걸."

"어디서 들었나?"

"카자흐들이 하는 말을 들었지."

"아냐, 치카마소프! 그 사람은 러시아인이라네. 신비르크스현(縣) 태생이라구."

"믿을 수 없어. 도저히 믿어지지 않아! 이것 봐, 자네, 부가치[38]는 카자흐에서 나왔지 않나? 스테판 라진[39]은 어떤가? 예르마크 티모페예비치[40]는 어땠나? 모두가 그렇잖아! 차르에게 맞서서 대항하도록 한 건 모두가 카자흐 출신이었어. 그런데 자넨 신비르스크현이라고 했지? 미트리치, 그따위 얘긴 집어치워. 구역질이 난다구."

분츄크가 웃으면서 물었다.

"그 사람이 카자흐 출신이라고 다들 그러던가?"

"틀림없어. 카자흐 출신이야. 단지 이 시점에서 그걸 내세우고 싶지 않은 게 분명한 거지. 나는 생김새를 보면 금방 알 수 있어."

---

38) 부가쵸프. 18세기 러시아의 농민 폭동 지도자.
39) 17세기 농민지도자. 1617년 처형되었음.
40) 16세기 러시아 식민정책의 앞잡이가 되었던 시베리아 원정자. 원정 전 돈 카자흐의 두목으로 카자흐를 인솔하여 볼가, 도란 유역을 휩쓸고 다녔음.

치카마소프는 담배에 불을 당겼다. 그러고는 분츄크의 얼굴에다 싸구려 담배의 연기를 내뿜으며 생각에 잠긴 듯한 헛기침을 했다.

"그런데 나도 놀랐지만, 나뿐만 아니라 모두 그 일로 싸움이 벌어질 만큼 서로가 옳다고 떠들어 댔다네. 만약 그 블라디미르 일리치가 우리하고 같은 카자흐에다 포병이었다면 그 대단한 학문을 어디서 익혔을까? 소문으로는 전쟁 초에 독일군의 포로가 되어 독일에서 공부했으며, 그다음부터 노동자들에게 반항하게 하고 학자들을 곤란하게 만들어서 놈들이 혼쭐이 나서는 '당장 네 나라로 돌아가라. 우리 나라에선 그따위 짓은 용서 못해!' 하고 러시아로 추방해 버렸다는 얘기던데. 그래, 노동자를 선동하는 바람에 겁을 집어먹은 거야. 정말 톱니 같은 사내 아닌가 말일세."

치카마소프는 조금은 자랑스러운 듯 말하고 어둠 속에서 혼자 낄낄 웃어 댔다.

"미트리치, 자넨 만난 적 없나? 없어? 그거 안됐군. 머리통이 상당히 크다던데."

기침을 하고 콧구멍으로 연기를 내뿜으며 한 대를 다 피우고 나서 다시 말을 이었다.

"계집들이 그런 사람을 무더기로 낳아 주면 좋겠어. 정말이지 톱니 같은 사람이야! 틀림없이 차르 한 사람만 때려부수진 않을 텐데…… 이봐, 미트리치. 이제 반대는 그만하게나. 일리치는 카자흐가 분명해…… 굳이 아니라고 우길 건 없잖아! 신비르스크현에서 그 정도의 인물이 나올 리 없다고."

분츄크는 입을 다문 채 미소를 띠고, 눈도 감지 않은 채 한동안 꼼짝도 안했다. 좀처럼 잠이 오지 않았다. 금방 들었던 대로 사방에서 이가 물어 대고 셔츠 안을 스멀스멀 기어다녔다. 함께 누워 있는 치카마소프 역시 온몸을 긁고 있었다. 겨우 잠이 들었을 때 누구인지는 모르지만 소란스럽게 코를 고는 바람에 잠이 사라져 버렸다. 게다가 싸움을 하는지 말들이 발굽 소리를 내기도 하고 성이 나서 히힝 하는 울음소리를 내기도 했다.

"시끄러, 빌어먹을."

두긴은 일어나 졸음 섞인 목소리로 외치더니, 뭔가 묵직한 물건을 가까이에 있는 말을 향해 내던졌다. 분츄크는 이에 물려 몇 번이나 몸을 뒤척이다 완전히 잠을 깨 버린 것에 울화가 치밀었으나, 마음을 가라앉히고 내일 있을 집회에 대한 생각을 하기 시작했다. 사관들이 반대한 결과가 어떻게 결말이 나올지 생각해 보고는 쓴웃음을 지었다.

'카자흐들이 전원 반항을 하게 되면 도망칠 게 틀림없어. 하지만 놈들의 일이니 알 게 뭐야! 만일의 경우에 대비해서 경비대의 위원회와 철저하게 얘기해 봐야지.' 그리고 어찌 된 셈인지 문득 전쟁 중의 일, 즉 1915년 10월의 공격이 떠올랐다. 그것이 계기가 되어 기억은 마치 낯익은 길바닥에 나오게 된 것을 기뻐하듯 집요하고 심술궂게 추억의 단편들을 속삭이기 시작했다. 러시아 병사와 독일병 전사자들의 얼굴과 그 흉측한 몰골, 각기 다른 언어와 언젠가 본 적이 있어 마음 깊은 곳에서 희미하게 느껴지는 포격의 반향(反響), 친숙해진 기관총 소리, 탄띠가 미끄러져 내리는 소리, 화려한 멜로디, 지난날 사랑했던 여자의 싱그럽고 아름다운 입술 윤곽, 그리고 그 밖에 조각조각 떠오르는 전쟁의 단편, 전사자와 전우의 묘가 있는 언덕……

분츄크는 마침내 견디지 못해 일어나 앉았지만 또다시 깊은 생각에 빠져들었다.

'이따위 기억들을 죽을 때까지 지니고 있어야 한다는 말인가. 아니야. 나뿐만이 아니지. 살아남은 자는 모두 마찬가지겠지. 불구가 된 몸으로 살아남은 것이 저주스럽다! 빌어먹을! 망할! 죽는다 해도 네놈들은 자신의 죄를 씻지 못할 거다.'

그러고는 또 12살 소녀 루샤에 대한 기억을 되살렸다. 전에 츠라에서 함께 일한 적이 있는 동료로, 전쟁 때문에 죽은 페트로그라드 금속공의 딸이었다. 저녁 나절 가로수길을 걷고 있는데 까칠하게 야윈 그 소녀가 벤치 끝에 다리를 꼬고 앉아 담배를 피우고 있었다. 핏기 없는 피부와 지친 눈매, 그리고 연지를 바른 조숙해 보이는 도톰한 입술에 슬픔이 배어 있었다.

"저를 모르세요, 아저씨?"

그녀는 거리의 여자처럼 웃으며 말을 걸더니 갑자기 벌떡 일어나며 울음을 터뜨렸다. 그러고는 몸을 비틀며 분츄크의 품에 머리를 파묻었다.

그는 마음속에 치솟아 오른 독가스와 같은 격렬한 증오로 숨이 막힐 지경이었다. 새파랗게 질려 이를 갈며 신음했다. 그러고는 털 많은 가슴을 문지르면서 입술을 떨었다. 증오는 가슴속에서 쇳덩어리처럼 달아오르며 흔들어 대서 숨쉬는 것조차 방해하고 심장을 쑤셔 대는 것 같은 아픔을 느끼게 했다.

그는 아침까지 잠을 이루지 못했다. 동이 트자 여느 때처럼 찌뿌듯한, 게다가 누렇게 찌든 얼굴로 철도종업원위원회에 나가 거기서 카자흐들의 열차를 나르 바에서 발차시키지 못하게끔 교섭한 뒤 한 시간쯤 지나 그곳을 나와 이번에는 경비대위원회 위원들을 찾으러 나섰다.

8시에는 다시 열차로 되돌아왔다. 조금은 따스해진 아침 공기를 온몸으로 느끼면서 자기의 목적이 얼마쯤은 성취됐다는 사실과, 창고의 녹슨 지붕 너머로 떠올라 있는 태양과, 어디선가 들려오는 여자의 음악적인 목소리에 희미한 기쁨을 느끼며 걸음을 옮겼다. 새벽녘에 잠깐 동안 세찬 소나기가 쏟아졌다. 선로의 모래땅은 씻은 듯이 깨끗해졌고 줄줄이 작은 흐름의 흔적을 그어 놓고 있었다. 엷게 비 냄새가 풍겼다. 억센 빗줄기를 맞은 땅바닥에는 겨우 마른 물방울 자국이 곰보 자국처럼 남아 있었다.

외투를 입고 장화를 신은 사관이 열차의 모퉁이를 돌아 분츄크 쪽으로 걸어왔다. 분츄크는 그가 칼미코프 대위임을 알아보고 걸음을 늦추었다. 두 사람은 서로 얼굴을 마주 보았다. 칼미코프는 멈춰 서서 사팔뜨기의 검은 눈동자를 싸늘하게 빛냈다.

"분츄크 소위가 아닌가? 자네 석방됐나? 악수는 하지 않겠네. 그쯤 알게."

그는 굳게 입술을 악물고 두 손을 외투 주머니에 집어넣었다.

"악수 따윈 바라지 않소…… 당신은 갈 길이 급한 모양이니까."

분츄크도 비꼬는 투로 대꾸했다.

"여기서 재주껏 잠복하고 있었군그래? 아니면 페트로그라드에서 온 건가? 케렌스키의 명령을 받고 온 건 아니겠지?"

"심문할 셈이오?"

"전에 탈주한 동료의 운명에 대한 호기심에서지."

분츄크는 비웃음을 감추고 어깨를 으쓱했다.

"안심해요. 케렌스키 때문에 여기 온 건 아니니까."

"어쨌든 자네들이 절박한 위험에 처해 있으면서도 단결하는 걸 보면 감탄을 금치 못하네. 그런데 대체 여기서 뭘 하고 있나? 견장을 떼 버린 군복 외투를 다 입고 말이야."

칼미코프는 콧구멍을 벌름거리며 싸늘하면서도 동정하는 듯한 눈초리로 분츄크의 모습을 지켜보았다.

"정치파견원인가? 맞지?"

그러고는 대꾸를 기다리지 않고 뒤로 돌아 뚜벅뚜벅 걸어갔다.

찻간 옆에서 두긴이 분츄크를 기다리고 있었다.

"어떻게 된 거야? 집회는 벌써 시작됐는데."

"아니, 어떻게 시작했다는 건가?"

"어떻게라니. 우리 중대의 칼미코프 대위가 오늘 아침 피테르에서 기관차를 타고 왔어. 그놈은 한동안 우리 부대를 떠나 있었거든. 어쨌든 그놈이 들이닥치자마자 카자흐들을 소집한 걸세. 바로 지금 말이야. 무슨 연설을 하려는 모양이야."

분츄크는 칼미코프가 대체 언제부터 페트로그라드에 가 있었는가를 물었다. 두긴의 말에 의하면 약 한 달 전에 부대에서 떠났다는 것이다.

'척탄(擲彈) 연구라는 명목으로 코르니로프로부터 피테르로 오라는 명령을 받은 저 혁명의 교살자들 가운데 한 사람이었다는 말이지? 코르니로프가 신뢰할 만한 인물이라는 말이렷다. 좋아, 이제 알았어!'

두긴과 함께 집회 장소로 가면서 그런 생각을 떠올리고 있었다. 창고 뒤에는 작업복과 잿빛이 섞인 초록색 외투의 울타리가 이루어져 있었다. 사관들에게 에워싸여 한가운데에 나무통을 거꾸로 엎어 놓고 칼미코프가 그 위에 서서 한마디 한마디 힘 있게 외쳐 대고 있었다.

"……최후의 승리로 이끌어 가고 있습니다. 우리는 신뢰받고 있는 겁니다. 따라서 우리 또한 이 신뢰에 어긋나지 않도록 해야 할 것입니다. 그럼 지금부터 카자흐 여러분에게 보낸 코르니로프 장군의 전보를 읽겠습니다."

그는 프렌치 복장의 옆 호주머니에서 쪽지 하나를 사뭇 급한 듯이 꺼내고는 수송지휘관에게 뭐라고 귀엣말을 했다.

분츄크와 두긴은 다가가서 카자흐들 속으로 파고들었다.

칼미코프는 목청을 높여 낭독했다.

카자흐 여러분, 친애하는 카자흐 여러분, 러시아 제국의 판도는 여러분 선조들 뼈로써 넓혀지고 확장된 게 아니었습니까? 제군의 힘찬 용맹과 위엄과 희생과 영웅적 행위에 의하여 대러시아는 강해지지 않았습니까? 조용한 돈강의, 아름다운 쿠반의, 파도 거친 테레크의 자유분방한 아들인 여러분! 우랄, 오렌부르크, 아스트라한, 세미레첸스크, 시베리아의 스텝과 여러 산들, 아득한 자바이칼, 아무르, 우스리의 하늘 높이 나는 독수리인 제군! 제군은 항상 제군의 명예와 영광을 지켜 왔습니다. 그리고 러시아 국토는 제군 조부들의 위업으로 충만되어 있습니다. 바야흐로 제군은 조국의 구원에 참여해야 할 시기에 처해 있습니다. 본관은 임시 정부의 우유부단함을 힐책합니다. 독일군을 시켜 국내에서의 방약무인(傍若無人)한 행동을 선동하고 있음을 힐책합니다. 그것을 증명하건대, 약 백만 발의 탄약을 폭발시켰고, 1만 2천 정의 기관총을 못 쓰게 만든 카잔의 폭발 사건을 들 수 있습니다. 그뿐 아니라 본관은 정부의 어떤 각료를 직접 매국 행위를 한 것으로 판단하고 그 책임을 물음과 동시에 그 증거를 분명히 하는 바입니다. 본관이 8월 3일 겨울궁에서 개최된 임시정부 내각 회의에 출석했을 때, 장관 케렌스키와 사빈코프는 본관에게 각료 중에 의심스러운 자가 섞여 있으므로 모든 것을 털어놓고 얘기하는 것을 삼가라고 말했습니다. 이러한 정부는 신뢰할 수 없습니다. 그리고 이와 같은 무리와 함께 불행한 러시아를 구출해 낼 수 없다는 것도 분명합니다……
따라서 어제 임시 정부가 적의 술책에 빠져 본관의 최고사령관 사직을 요구해 왔을 때 본관은 카자흐로서의 양심과 명예를 걸고 물리쳤으며, 조국에 대한 불명예와 배신을 하기보다는 끝까지 그들에게 대항하다 죽는 쪽을 선택할 수밖에 없습니다. 카자흐 제군, 국토 러시아의 기사인 제군이여! 제군은 본관이 그것을 필요로 할 경우 본관과 함께 조국 구출에 임할 것을 약속했습니다. 때는 왔습니다. 조국은 죽음 직전에 처해 있습니다! 본관은 임시 정부의 명령을 물리치고 자유로운 러시아를 구하기 위하여 이 정부에 반항하려는 것입니다. 카자흐 제군! 비길 데 없이 강건한 카자흐 병단의 명예와 영광을 지키십시오. 지금은 그것만이 조국을 구하고 혁명에 의해 빼앗긴 자유를 구할 수 있는 길입니다.

본관의 명령을 실행해 줄 것을 당부하는 바이오. 본관과 함께 일어서시오!

칼미코프는 잠시 입을 다물고 쪽지를 접은 뒤 목청을 돋우어 말했다.

"볼셰비키와 케렌스키의 앞잡이들이 우리 부대들의 철도 이동을 방해하고 있지만, 이와 같이 최고사령관의 명령이 내려왔습니다. 만약에 철도 이동이 불가능하게 된 경우에는 행군 대형을 취하여 페트로그라드로 진군하라는 명령입니다. 따라서 즉각 출발하려고 합니다. 즉시 기차에서 내릴 준비를 하시오!"

분츄크는 세차게 팔꿈치를 휘저으면서 군중을 헤치고 한복판으로 튀어나왔다. 사관들이 있는 쪽으로는 가지 않고 집회에 알맞은 우렁찬 목소리로 외쳐댔다.

"카자흐의 동지들! 나는 페트로그라드의 노동자와 병사들로부터 임무를 받아 여기에 파견되어 왔소이다. 여러분은 지금 동족끼리의 싸움을 벌이기 위해, 혁명을 때려부수기 위해 끌려가려 하고 있소. 만약 제군이 인민에게 칼을 겨누기를 원한다면 가도 좋소! 그러나 페트로그라드의 노동자들과 병사들은 피를 피로 씻는 어리석은 짓을 하지 않을 것을 바라고 있소. 그들은 제군에 대해서 형제로서의 열렬한 찬사를 보내고 있소. 그렇게 함으로써 제군이 적이 되지 않고 동맹자가 되는 것을 바라기 때문이오."

그는 더 이상 말을 계속해 나갈 수가 없었다. 걷잡을 수 없이 소란스러워졌기 때문이었다. 노성(怒聲)의 폭풍우는 마침내 칼미코프를 나무통 위에서 끌어내렸다. 그는 분츄크 쪽으로 발걸음을 옮겨 갔으나 몇 발짝 사이를 두고 멈춰 서서는 몸을 홱 돌렸다.

"다들 잘 들으시오! 분츄크 소위는 재작년 전선에서 탈영한 자요. 그 사실은 당신들도 잘 알고 있을 것이오. 이 비겁한 배반자가 하는 말 따위에 귀를 기울이는 이유가 대체 어디에 있소?"

순간, 고참 장교인 제6중대장 스킨이 굵은 목소리로 칼미코프의 목소리를 눌러 버렸다.

"체포하라, 그놈을. 그 비겁자를! 우리가 피를 흘리는 동안 그놈은 후방에서 살아남았다! 그놈을! 포박하라!"

"잠깐 기다려! 포박이라니."

"얘길 들어 보자, 얘기를!"

"남의 말을 가로막아선 안 된다. 말을 들어 봐야 할 게 아닌가!"

"붙들어 매라!"

"탈영병에게 무슨 놈의 볼일인가!"

"얘길 계속해라, 분츄크!"

"미트리치! 철저하게 따져라!"

"추궁해라! 추궁해!"

"시끄럽다. 입 다물어, 머저리야."

"놈들을 찍소리 못하게 해라, 분츄크! 놈들에게 반박을 해 주라구! 반박을!"

연대의 혁명위원회 구성원인 키가 크고 모자를 쓰지 않은 까까머리의 카자흐가 나무통 위로 뛰어올랐다. 그의 가느다란 목 위에 멜론같이 군데군데 불거져 나온 민머리가 뱀처럼 꿈틀거렸다. 그는 혁명을 배반한 코르니로프 장군의 명령 따위에는 복종할 필요가 없다고 침을 튀기며 설명하면서 카자흐들에게 호소했고, 동족을 상대로 하는 전쟁의 참상에 대해 이야기하고 나서 분츄크를 쳐다보며 말했다.

"동지, 우리가 사관들처럼 자네를 경멸하고 있다고 생각하지 말게. 우린 자네를 환영하네. 아니, 국민의 대표자로서의 자네를 존경하고 있네. 또한 사관으로 있을 때 자네가 카자흐들을 괴롭히지도 않았고 마치 형제처럼 대해 준 데 대해 존경을 표하네. 우린 자네에게서 폭언 같은 건 들어 본 적 없었어. 그러나 우리가 배우지 못했다고 해서 상대방의 태도를 알아볼 수 없다고 생각하지 말게. 다정한 말씨는 짐승도 알아들으니까. 하물며 인간인데 모를 리가 있나. 우린 자네에게 뜨거운 감사를 품고 있네. 그리고 우린 결코 피테르의 병사나 노동자들에게 칼을 겨누는 따위의 짓은 하지 않을 것이라고 그들에게 전해 주기 바라네."

마치 쇠북을 울린 것 같은 소동이 일었다. 격려의 아우성 소리가 절정에 이르렀다가 차츰 가라앉아 다시 조용해졌다.

칼미코프는 다시 나무통 위로 뛰어올랐다. 그러고는 창백한 얼굴로 흰 머리의 돈강의 영광과 명예에 대해, 카자흐 병단의 역사적 사명에 대해, 사관과 카자흐들이 더불어 흘릴 피에 대해 외쳐 댔다.

칼미코프에 이어 금발의 뚱뚱한 카자흐의 말이 시작되었다. 분츄크에게 반대한 그의 악의에 찬 연설은 곧 저지당하고 말았다. 강제로 손이 붙잡혀 아래로 끌어내려졌다. 다음엔 치카마소프가 나무통 위로 올라갔다. 그는 장작을 패는 것처럼 두 손을 마구 휘저으며 왕왕거리는 목소리로 악을 썼다.

"못 가겠다! 누가 하차할 줄 아냐! 전보에는 카자흐가 코르니로프를 돕겠다는 약속을 한 것처럼 적혀 있지만, 이것 봐, 우리에게 못할 짓을 한 자가 대체 누구야? 우린 약속 따위 한 적 없어! 약속을 한 건 카자흐 병단의 장교단 놈들의 짓이다! 그레코프놈이 꼬리를 흔들었군. 그놈더러 가라고 해!"

서로 번갈아 가면서 연설했다. 분츄크는 머리를 숙이고 서 있었다. 그의 얼굴은 흥분으로 흙빛으로 변해 있고 목과 관자놀이의 혈관이 부풀어올라 맥박치고 있었다. 폭풍우를 동반한 것 같은 공기가 더욱더 세어졌다. 자칫 잘못하여 이성을 잃은 행동이라도 발생하게 되면 이와 같은 긴장 상태는 피를 봐야만 끝날 것 같았다.

정거장 쪽에서 경비대 병사들이 떼를 지어 몰려오자 사관들은 집회에서 물러났다.

30분이 지나자 두긴이 숨이 머리끝까지 차올라 분츄크에게로 뛰어왔다.

"미트리치, 어떻게 하면 좋지? 칼미코프 녀석, 딴 생각을 하는 것 같아. 지금 기관총을 열차에서 내리고 있는데, 기마전령을 어딘가로 보낼 눈치야."

"그래, 어디 가 볼까? 카자흐 20명을 집합시켜. 서두르게!"

수송 지휘관의 차량 옆에서 칼미코프와 장교 셋이 말에 기관총을 얹고 있었다. 분츄크는 앞장서 다가가 카자흐들을 한번 뒤돌아보고는 외투 주머니에 한쪽 손을 집어넣어 반짝이는 장교용 새 권총을 꺼내 들었다.

"칼미코프, 체포하겠다! 손 들어……!"

칼미코프는 재빨리 말에서 내려 권총집을 움켜쥐었다. 그러나 미처 권총을 뽑아 들 틈이 없었다. 그의 머리 위로 총알이 스쳐 갔다. 발사 소리에 뒤이어 공허한 듯한, 그러나 무시무시한 목소리로 분츄크가 외쳤다.

"손 들엇!"

그는 권총의 방아쇠를 반쯤 당겼다. 칼미코프는 눈을 가느다랗게 뜨고 지켜보다가 느릿느릿 두 손을 치켜들었다. 손가락이 부들부들 떨리고 있었다.

"칼을 빼앗아야겠지요?"

젊은 기관총 소위가 정중한 말씨로 물었다.

"그래."

카자흐들은 말에서 기관총을 내려 객실로 운반했다.

"이자들에게 보초를 세우도록."

분츄크는 두긴을 향해 말했다.

"치카마소프는 다른 놈들을 포박해서 이리로 끌고 오게. 알았나, 치카마소프? 그리고 칼미코프는 나하고 자네와 둘이서 경비대의 혁명위원회로 끌고 가기로 하세. 칼미코프 대위, 앞장서!"

"빌어먹을, 제대로 해치웠군."

한 장교가 차량 안으로 뛰어들면서 멀어져 가는 분츄크와 두긴과 치카마소프를 지켜보며 감탄한 듯 말했다.

"제군, 창피하지 않은가? 안 그래, 제군! 우리가 한 방법은 애들 장난에 지나지 않았어! 저 비겁자의 빈틈을 노려 보기 좋게 한방 먹일 생각은 아무도 하지 않았잖아! 놈이 칼미코프를 겨누고 있는 순간을 틈타서 한방 날렸다면 그걸로 일은 끝날 게 아니냐구!"

고참장교 스킨은 분개한 얼굴로 장교들을 흘겨보며 떨리는 손끝을 움직여 간신히 상자에서 담배 한 개비를 뽑아들었다.

"겨우 1소대뿐이잖아…… 쏴죽일 수도 있었는데."

젊은 기관총 소위가 애석하다는 듯 말했다.

장교들은 잠자코 담배를 피우면서 때때로 서로의 얼굴을 마주 보았다. 사건이 너무도 빠른 속도로 끝나 버렸기 때문에 그들은 어리둥절해 있었다.

칼미코프는 수염 끝을 씹으면서 말없이 걷고만 있었다. 왼쪽 광대뼈는 얻어맞았는지 빨갛게 부풀어 있었다. 지나가던 주민들이 놀란 듯 눈을 치켜뜨고 걸음을 멈추어 수군수군 귀엣말로 속삭였다.

나르바시 뒤에는 저녁놀을 맞고 있는 침침한 하늘이 희뿌연 빛을 내뿜고 있었다. 길바닥에는 금화를 뿌린 것처럼 자작나무 낙엽이 널려 있었다. 8월은 거의 끝나 가고 있었다. 교회의 초록빛 지붕 위를 떼까마귀가 날아갔다. 정거장 뒤의 저녁 안개가 끼어 있는 들판 일대는 썰렁한 공기가 깔려 있었다. 이미 밤이 내려앉아 있었지만 나르바에서 푸스코프, 르가 일대에 걸친 하늘에는 희미한 납빛 조각구름이 하늘 위에 놓인 길 없는 길을 만난 듯 느릿느릿 움직였다. 밤은 눈에 보이지 않는 경계를 지나 천천히 황혼을 짙게 하고 있었다.

정거장 옆에서 칼미코프는 몸을 돌이켜 분츄크의 얼굴을 향해 침을 뱉었다.

"비겁자!"

분츄크는 날아오는 침을 피해 눈썹을 잔뜩 치켜올렸다. 그리고 호주머니 속으로 집어넣으려고 했던 오른손을 왼손으로 한참 동안 억눌렀다.

"앞으로 갓!"

그는 가까스로 그 말을 내뱉었다.

칼미코프는 욕설을 퍼붓고, 전선에서의 감당하기 어려운 향수(鄕愁)와 절망과 고통에서 비롯된 입에 담을 수조차 없는 상소리를 씨부렁거리면서 걸어갔다.

"매국노! 배신자! 두고 봐, 머지않아 보복을 당할 테니!"

그는 여러 차례 걸음을 멈추고는 분츄크에게 덤빌 듯이 외쳤다.

"아무래도 상관없으니 어서 가기나 해!"

분츄크는 그럴 때마다 달래듯이 말했다.

그러자 칼미코프는 주먹을 쥐고 지친 말처럼 흐느적거리며 걸어갔다. 물탱크 근처에 이르자 칼미코프는 이를 부드득 갈며 외쳤다.

"네놈들이 당원이라고 할 수 있냐구! 사회의 추악한 쓰레기 집단에 불과하지 않냐 말이야! 네놈들의 지도자는 누구냐? 독일의 참모본부인가? 볼셰비키라고…… 하하하, 병신 새끼들 같으니라구! 네놈들의 당은 매수되지 않았냐…… 이 더러운 놈들! 나라를 팔아먹은 놈들! 한꺼번에 깡그리 죽여 없애는 건데…… 오! 틀림없이 그럴 날이 곧 올 거다! 네놈들의 레닌은 독일에게 돈 받고 러시아를 판 자식 아니냐? 그 돈을 움켜쥐고 자취를 감췄잖아…… 죄수가 아니냐구!"

"이봐, 이봐, 그 벽을 마주 보고 똑바로 서!"

분츄크가 길게 말끝을 끌어 더듬거리며 말했다.

두긴이 재빨리 가로막았다.

"일리야 미트리치, 잠깐! 어쩔 셈이야? 관둬!"

분츄크는 이성을 잃은 험악한 얼굴로 칼미코프에게 덤벼들어 그의 관자놀이를 힘껏 내리쳤다. 칼미코프의 머리에서 튀어오른 모자를 발로 짓이기고는 기와로 된 급수장의 어두운 담벼락 옆으로 끌고 갔다.

"똑바로 서!"

"이게 무슨 짓이야? 이놈아, 관두지 못해? 구타는 말라구!"

칼미코프는 버둥거리며 신음 소리를 내질렀다.

담벼락에 등을 기대고 똑바로 선 그는 그제야 제정신이 들었다.

"죽일 테냐?"

분츄크가 호주머니 안에서 재빨리 권총을 꺼내 들었다. 칼미코프는 한 걸음 앞으로 나와 재빠르게 외투 단추를 풀었다.

"쏠 테면 쏴라! 자, 어서! 러시아 사관이 어떻게 죽어 가는가를 똑똑히 봐 둬! 나는 죽음 앞에서도!"

그 순간 총알이 정통으로 입을 맞췄다. 탄환의 반향이 탱크 뒤에 있는 높다란 사닥다리를 기어오르듯이 울려 왔다. 칼미코프는 두 걸음째에서 무릎을 꿇고 왼손으로 머리를 받치듯 하면서 쓰러졌다. 활처럼 몸이 휘어져 피에 젖은 이를 가슴에 묻고 입맛을 쩝쩝 다셨다. 팽팽하게 뻗은 등이 축축한 모래땅에 닿으려는 순간, 분츄크는 또 한 발을 발사했다. 칼미코프는 쓰러지면서 단 한 번 쉰 목소리를 짧게 내뿜었다.

최초의 네거리까지 왔을 때 두긴이 분츄크에게로 뛰어왔다.

"미트리치…… 어찌 된 일이냐, 미트리치? 뭣 때문에 놈을?"

분츄크는 두긴의 어깨에 손을 얹고는, 강렬한 눈초리로 바라보면서 묘하게 가라앉은 음성으로 말했다.

"놈들이 우리를 죽이든가 아니면 우리가 놈들을 죽이든가 두 가지 중 하나야! 중간은 없어! 포로는 없다고. 피에 대해서는 피로써 보복할 뿐이야. 어느 쪽이 살아남느냐에 달려 있어! 뿌리째 없애기 위한 싸움이야…… 알겠어? 칼미코프 같은 놈들은 죽여 없애야 해. 구더기처럼 짓밟아 죽여야 한다고. 저따위 놈들에게 동정을 베푸는 자들도 쏴죽여야 해! 알았어? 뭐가 불쌍하다는 거야? 정신 차리라고! 증오뿐이야! 만약 칼미코프가 권력을 잡는다면 담배를 피우면서 우리를 쏴죽일 거야. 이제 보니 자넨 소심하군그래!"

두긴은 한참 동안 온몸을 부들부들 떨었다. 빛바랜 장화를 신은 커다란 발이 몇 차례나 뒤틀려 걸음을 헛디뎠다.

인적이 드문 강 밑바닥 같은 느낌이 드는 도로를 말없이 걸으면서 분츄크는 가끔 뒤를 돌아보았다. 머리 위에는 검은 구름이 동쪽을 향해 어둠 속을 낮게 흘러가고 있었다. 8월 밤하늘의 작은 구름 사이에서는 어제 내린 비에 씻긴 조각달이 죽은 자의 푸른 사팔눈 모양을 하고 뚫어지게 이쪽을 내려다보고 있었다.

가까운 네거리에 한 병사와 어깨로 흘러내린 흰 플라토크를 쓴 여자가 몸을 기대고 서 있었다. 병사는 여자를 끌어당기면서 뭐라고 소곤거렸다. 그러자 여자는 남자의 가슴에 손을 얹고 머리를 치켜들며 흐느끼듯 중얼거렸다.

"믿어지지 않아요! 도저히 믿어지지 않아요."

그리고 흥분한 목소리로 소리 높여 웃어 댔다.

18

8월 31일 케렌스키에게 불려간 크리모프 장군은 페트로그라드에서 자살했다.

크리모프군 부대의 대표자와 지휘관들은 귀순 의사를 밝히고 겨울궁으로 몰려갔다. 조금 전까지 임시 정부에 대항했던 자들이 이제는 케렌스키 앞에 엎드려 충성을 맹세한 것이다.

정신적으로 큰 타격을 받은 크리모프군은 여전히 죽음의 고통에 허덕이고 있었다. 각 부대는 여전히 페트로그라드를 향하고 있었으나, 이 이동은 이제 무의미한 것이었다. 궁지에 몰린 코르니로프의 음모로 불꽃처럼 불타오른 반동의 불길은 가라앉고, 공화국의 임시 수상은 크리모프가 죽기 하루 전에 알렉세예프 장군을 최고총사령관으로 임명했다. 최근에 그는 불룩하던 뺨의 살이 쭉 빠지고 각반을 감은 장딴지가 옥죄어지기는 했지만, 이미 정부의 정례회의 석상에서 "정국은 완전히 안정되었다"고 큰 소리로 말하고 있었다. 무슨 일에나 세밀한 알렉세예프는 자기가 놓인 처지의 꺼림칙한 이중성을 이해하고 처음엔 결연(決然)히 거절했지만, 마침내 코르니로프와 그 밖의 반정부적 반란 조직에 직접 가담한 자들의 운명을 생각하여 취임을 수락하기에 이르렀던 것이다.

31일, 그는 최고사령부에 직접 전화를 걸어, 자신의 취임 수락과 부임에 대한 코르니로프의 태도를 확인하려고 했다. 전화는 통화 중에 끊어져서 밤늦게에야 걸렸다.

같은 날 코르니로프는 막료와 그 밖의 측근들을 모아 회의를 열었다. 그들이 제출한, 임시 정부와 이대로 투쟁을 계속해도 승산이 있을까 하는 문제에 대해 대부분의 참석자들이 투쟁을 계속해야 한다고 의견을 말했다.

"알렉산드르 세르게예비치, 자네 의견을 듣고 싶은데."

코르니로프는 회의가 열리는 동안 줄곧 침묵을 지키고 있는 루콤스키에게 물었다.

루콤스키는 간략하나 굳은 말투로 내전을 계속하는 데 반대했다.

"손을 들겠다는 건가?"

코르니로프가 날카롭게 물었다.

루콤스키는 어깨를 으쓱했다.

"귀추는 저절로 명백해진다고 생각합니다."

회의는 30분쯤 더 계속되었다. 코르니로프는 입을 굳게 다물고 있었다. 간신히 자제하는 듯했다. 얼마 뒤 회의는 끝났지만 한 시간쯤 지나 루콤스키를 자기 방으로 불렀다.

"자네 말이 맞네, 알렉산드르 세르게예비치!"

손가락 마디를 꺾어 소리를 내고 마치 재를 뿌린 듯한 희뿌연 눈으로 허공을 망연히 보면서 지친 듯이 말했다.

"이 이상 저항을 계속한다는 건 어리석은 일이고 또 죄악이야."

한참 탁자 위를 손가락으로 톡톡 치면서 뭔가에 귀를 기울였다. 아마 공허한 자기 생각에 귀를 기울이고 있었을 것이다. 잠시 잠자코 있다가 물었다.

"미하일 바실리예비치는 언제 부임하나?"

"내일입니다."

9월 1일, 알렉세예프가 취임했다. 그날 저녁 임시 정부의 명령을 받은 그는 코르니로프와 루콤스키와 로마노프스키를 체포했다. 체포된 그들을 메트로폴 여관에 감금하기로 했으나, 그곳으로 압송하기 20분 전 알렉세예프는 코르니로 프의 사무실에서 마주 앉아 이야기를 주고받았다. 그러나 큰 충격을 받아 사무실을 나올 땐 거의 자신을 억제할 힘을 잃었다. 로마노프스키가 코르니로프의 사무실에 들어가려 했을 때, 코르니로프 부인이 막아섰다.

"용서해 주시겠지요? 라블 게오르기예비치는 아무하고도 만나지 않겠답니다."

로마노프스키는 그녀의 당혹한 얼굴을 흘끗 쳐다보고는 얼굴이 빨개져서 물러갔다.

다음 날, 베르지체보에서 남서부전선 총사령관 데니킨 장군, 그의 참모장 마르코프 장군, 반노프스키 장군 및 특별군 사령관 에르델리 장군이 잇따라 체포되었다.

코르니로프의 운동은 역사의 수레바퀴에 짓눌려 브이호프 여자중학교에서 덧없는 최후를 마쳤다. 그러나 최후를 마치면서 새로운 음모를 탄생시켰다. 과연 앞으로의 내전과 광범위한 전선에 펼쳐진 반혁명적 공세의 싹은 또 어디서 돋아날 것인가?

19

10월 하순 어느 이른 아침, 리스트니츠키 대위는 연대장으로부터 중대를 인솔하여 걸어서 궁정 광장으로 가라는 명령을 받았다.

상사에게 명령을 전하고 리스트니츠키는 서둘러 옷을 갈아입었다. 장교들은 하품을 하고 투덜거리면서 일어났다.

"왜 그러지?"

"볼셰비키를 때려부수는 거지!"

"이봐, 내 탄띠를 가진 놈 없어?"

"어디로 보내려는 거야?"

"이봐, 안 들리나? 벌써 사격을 하는 거 아냐?"

"자네가 헛소리를 들은 걸 거야!"

사관들은 광장으로 나갔다. 중대는 소대 편성으로 정렬했다. 리스트니츠키는 빠른 걸음으로 중대를 광장에서 인도해 갔다. 네프스키 거리는 인적이 드물었다. 이따금 총소리가 두세 발 들려왔다. 궁정 광장에는 장갑차 한 대가 있고, 사관후보생들이 순찰을 돌고 있었다. 모든 거리가 텅 빈 정적에 잠겨 있었다. 겨울 궁 문 곁에서 한 무리의 사관후보생과 제4중대 카자흐 장교들이 카자흐들을 맞이했다. 그 가운데 있던 한 중대장이 리스트니츠키를 불러 물었다.

"중대 전원을 인솔해 온 건가?"

"그렇소, 그게 어쨌다는 거요?"

"2중대, 5중대, 6중대는 오지 않았소. 오기를 거부한 모양이오. 하지만 기관총
대는 와 있소. 카자흐들은 어떻소?"

리스트니츠키는 가볍게 손을 흔들었다.

"틀렸어! 그럼, 1중대와 4중대는?"

그는 한숨을 쉬고 나서 말했다.

"어쩌면 오지 않을지도 모르지. 오늘 볼셰비키의 진격에 대비하고 있음을 자
네는 알고 있나? 무슨 일이 벌어질지 모를 일이야! 이제 싸움터에서 벗어나 빨
리 돈으로 돌아갔으면 좋겠어."

리스트니츠키는 궁정 광장으로 중대를 들여보냈다. 카자흐들은 연병장처럼
넓은 광장 안을 이리저리 걸어다녔다. 장교들은 그곳에서 떨어진 별관에 모여
담배를 피우면서 이야기를 하고 있었다.

한 시간가량 지나 사관후보생 연대와 여군 대대가 입장했다. 후보생들은 궁
전의 정면 현관에 배치되어 그리로 기관총을 들고 왔다. 여군 돌격대 대원들은
광장 안에 무리 지어 서 있었다. 어슬렁거리던 카자흐들은 그 곁으로 가서 음란
한 농담을 지껄였다. 하사 아르쟈노프가 짧은 외투를 입은 키 작은 여군의 어
깨를 치면서 말했다.

"이봐, 아줌마, 애나 만들지 이게 뭐요? 사내 흉내나 내고."

"여보슈, 당신이나 만들지 그래요!"

무뚝뚝한 여군이 굵은 목소리로 윽박질렀다.

"누님들도 우리와 한패요?"

구교도이며 호색한인 츄코브노프가 여군들 곁으로 가서 이죽거렸다.

"설득시켜 봐. 바람둥이야!"

"안짱다리 군인님들!"

"집 안에 틀어박히지 않고 일부러 수고한다잖아!"

"구식 연발총 같은 치들이야. 무용지물들인데, 뭘!"

"앞에서 보면 군인 같지만 뒤에서 보라고. 중대가린지 아닌지 분간이 안 간단

말이야…… 퉤퉤, 침을 뱉고 싶을 정도라고!"

"여보슈, 여군 돌격대원들! 엉덩이를 치켜들라구, 그러지 않으면 개머리판으로 두들겨팰 테다!"

카자흐들은 큰 소리로 웃어 대며 재미있어 했다. 그러나 낮이 되자 이 들뜬 기분은 사라져 버렸다. 여군 대원들은 소대로 나누어 광장에서 굵은 통나무를 운반해 문이 있는 일대에 방벽을 쌓았다. 대원들의 지휘를 맡은 여군은 뚱뚱하고 마치 남자 같은 여자였는데, 몸에 잘 어울리는 게오르기우스 훈장을 달고 있었다. 광장 쪽에서는 장갑차가 자주 오가기 시작했다. 후보생들은 어디에선가 탄약상자와 기관총 탄띠를 가져다 궁정 안으로 운반했다.

"모두들 힘내라!"

"마침내 시작이라, 그 말인가?"

"그럼 뭘 하는 줄 알았어? 여군님들을 설득하려고 여기에 온 줄 아나?"

라그틴을 에워싸고 같은 부락 사람과 그밖에 부카노프스카야 마을, 스라시쵸프스카야 마을 사람들이 모여 뭔가 의논을 하면서 계속 장소를 옮겨 다녔다. 장교들은 어디론가 자취를 감추었다. 광장 안에는 카자흐들과 여군 이외에 아무도 보이지 않았다. 문 옆에선 기관총 몇 자루와 기관총병들로부터 버림을 받은 방패가 희멀겋게 빛났다.

저녁 나절 눈발이 드문드문 날리기 시작했다. 카자흐들은 술렁거리기 시작했다.

"이게 무슨 짓들이야. 끌어내다가 식량도 주지 않고 버려두다니!"

"리스트니츠키를 찾아와!"

"어디서 찾아! 놈은 궁정 안에 있을 걸세. 하지만 사관후보생들이 가로막고 있으니 들어갈 수가 있어야지."

"누구든 취사차에 가 봐. 먹을 걸 가져와야 하잖아."

두 사람의 카자흐를 취사차로 보냈다.

"총은 갖고 가지 마. 안 그러면 빼앗길 테니."

라그틴이 일렀다.

두 시간가량 취사차가 오기를 기다렸다. 그러나 취사차는커녕 심부름을 간 두 사람도 돌아오지 않았다. 결국 출발한 취사차가 세모노프 연대의 병사들로부터 쫓겨났음을 알게 되었다. 해 질 무렵 문 옆에 모여 있던 여군 돌격대원들이 갑자기 일렬로 흩어지더니 방벽으로 쌓은 통나무 위에 몸을 엎드려 광장 맞은편에 대고 사격을 시작했다. 카자흐들은 사격에는 가담하지 않은 채 담배를 피우면서 초조해했다. 라그틴은 중대를 담 옆으로 모아 놓고 조심스럽게 궁전의 창을 쳐다보며 말했다.

"제군! 우리는 여기 있어야 소용이 없소. 철수합시다. 그렇지 않으면 무슨 일을 당할지 모르오. 궁전이 포격당할 경우를 생각해 보슈. 그때엔 어떻게 하겠소. 사관들은 흔적도 없지 않소?…… 여기서 개죽음을 당하면 어떡하오? 즉시 철수하면 어떻겠소? 여기서 담벼락이나 만지고 있을 때가 아니란 말이오! 임시 정부…… 그따위 것이 우리에게 무슨 소용이오! 그렇지 않소, 여러분?"

"여기서 나가면 적위군[41] 놈들이 기관총으로 쏴 댈 거야."

"대갈통이 날아가고 말걸!"

"그렇지도 않을 거야!"

"알 게 뭐야!"

"난 싫어. 최후까지 여기서 버티겠어."

"우리 신세는 송아지와 같다구. 먹고 자고 그걸로 그만이야."

"멋대로 해. 우리 소대는 철수하겠다!"

"우리도 갈 테다!"

"볼셰비키한테 사람을 보내서 우리를 공격하지 말라고 부탁하면 어떻겠나? 그 대신 우리도 공격하지 않는다는 걸 알려야지."

제1중대와 제4중대의 카자흐들이 몰려와 잠시 함께 의논했다. 각 중대에서 한 명씩 세 사람의 카자흐가 문을 나섰다. 한 시간쯤 지나자 3명의 수병(水兵)을 데리고 돌아왔다. 수병들은 문 옆에 쌓인 방벽을 훌쩍 뛰어넘어 시치미를 뚝 뗀 얼굴로 걸어왔다. 그들은 카자흐들 옆으로 와서는 인사를 했다. 그중 검은 수염에 모자를 비뚜름히 쓴 한 젊은 미남자가 수병 제복의 가슴을 풀어헤치고 카자흐 무리 속으로 들어왔다.

"카자흐 동지 여러분! 우리는 혁명 발틱 함대를 대표해 온 사람이오. 제군에

---

41) 러시아 혁명 기간인 1918년 1월에 차르 정권을 뒤엎고 볼셰비키의 지도 아래 노동자들로 구성된 군대.

게 겨울궁[42]에서의 철수를 권하려고 왔습니다. 제군은 제군에게 아무런 관계도 없는 부르주아 정부를 지켜 줄 필요가 전혀 없소. 그런 일은 부르주아 새끼들의 후보생들한테 맡기면 되오. 우리는 어느 누구도 임시 정부를 지키기 위해 일어서면 안 됩니다. 제군의 형제인 제1연대 및 제4연대 카자흐 제군도 우리와 함께 행동하기로 했습니다. 우리와 한 무리가 되고 싶어하는 사람은 왼쪽으로 모이시오."

"잠깐 기다리시오, 형제!"

제1연대 하사가 위세 있게 앞으로 나왔다.

"우리는 기꺼이 가겠지만…… 적위군 병사들이 내버려 두지 않을 텐데요."

"동지 제군! 우리는 페트로그라드 전시혁명위원회의 이름을 걸고 제군의 안전을 보장할 것이오. 아무도 제군에게 손을 대는 자가 없을 테니 걱정 마시오."

뚱뚱하고 곰보 자국이 있는 다른 수병 하나가 검은 수염의 수병과 나란히 서 있었다. 그는 고개를 돌려 카자흐들을 둘러보고는 답답하다는 듯이 가슴을 두들겼다.

"우리가 안내를 맡아 제군을 데려갈 테니 조금도 걱정 마시오. 우린 제군의 적이 아니오. 페트로그라드의 프롤레타리아는 제군의 적이 아닙니다. 적은 저쪽에 있어요."

그는 엄지손가락으로 궁전 쪽을 가리키면서 가지런한 이를 드러내며 증오에 찬 냉소를 지었다.

카자흐들은 결심을 하지 못한 채 우물우물했다. 여군 돌격대원들이 다가와 카자흐들의 기색을 보더니 다시 문 쪽으로 되돌아갔다.

"이봐, 누님들! 우리하고 함께 안 가겠소?"

수염을 기른 카자흐가 외쳤다.

그러나 아무 대답도 들려오지 않았다.

"각자 총 들고 정렬!"

라그틴이 힘차게 구령하자 카자흐들은 일제히 총을 들고 정렬했다.

"기관총을 가져갑니까?"

---

42) 1754~1762년에 세워진 차르 궁전. 2월 혁명 뒤 케렌스키가 진을 치고 있었지만 1917년 10월 25일~26일 혁명군이 점령했다.

기관총병이 검은 수염의 수병에게 물었다.

"가져가게. 후보생놈들한테 물려줄 필요가 없으니까."

카자흐들이 철수하려는데 중대의 사관들이 모두 앞으로 나왔다. 그들은 한 덩어리가 되어 수병을 뚫어지게 바라보았다. 중대는 열을 지어 행진을 시작했다. 기관총병들이 선두에 서서 기관총을 운반했다. 차량이 때때로 삐걱거리며 젖은 자갈에 부딪혀 덜컹덜컹 소리를 냈다. 수병 제복을 입은 수병이 제1중대 소속 소대와 나란히 나아갔다. 페드셰프스카야 마을 출신의 키가 크고 금발인 카자흐가 그의 옷소매를 붙잡고 사죄하는 듯한 말투로 이야기했다.

"이봐, 우리가 인민과 싸우고 싶어할 줄 아나? 우리 자신도 모르게 여기까지 끌려온 걸세. 알았으면 올 리 있나?"

그러고는 앞머리를 마구 흔들어 댔다.

"믿어줘. 알고 온 게 아니라구! 정말이야!"

제4중대가 가장 뒤였다. 여군 대대가 밀집해 있던 문 쪽에서 사소한 실랑이가 벌어졌다. 완강한 몸집의 카자흐가 쌓인 방벽 위에 올라서서 손가락으로 삿대질해대며 여러 표정을 지으면서 설득했다.

"당신들, 잘 들으시오! 우린 지금 여기서 철수하기로 했소. 당신들은 아녀자의 얕은 속셈으로 남으려 하고 있소. 정 그렇다면 하는 수 없지만 어리석은 짓일랑은 집어치우고 헤어집시다. 만약 뒤에서 쏜다면 우리는 되돌아와서 모조리 가루로 만들어 버릴 테요. 알아들은 줄 믿겠소. 그럼 잠시 동안 안녕히."

그는 방벽 위에서 훌쩍 뛰어내려 자신의 소대로 뛰어왔다. 그러고는 가끔 뒤를 돌아보았다. 카자흐들은 거의 광장 한가운데까지 다다랐다. 문득 뒤를 돌아본 한 사람이 흥분한 소리로 외쳤다.

"저것 봐! 어떤 사관이 쫓아오고 있잖아!"

모두가 걸어가면서 뒤를 돌아보았다. 키가 큰 한 사관이 한 손으로 장검을 잡은 채 광장을 가로질러 뛰어오고 있었다. 그가 한 손을 흔들었다.

"아타르시치코프야. 제3중대 소속이지."

"어떤 놈이지?"

"꺽다리에다 눈 가장자리에 사마귀가 있지."

"우리하고 함께 철수하려나."

"훌륭한 젊은이야."

아타르시치코프는 중대를 쫓아 뛰어왔다. 멀리에서도 그의 얼굴이 미소로 떨리고 있음을 알 수 있었다. 카자흐들은 손을 흔들며 웃었다.

"이등대위님. 힘내요, 힘내!"

"빨리, 빨리!"

그때 궁전 문 쪽에서 탕! 하고 한 발의 메마른 사격 소리가 들려왔다. 아타르시치코프는 두 손을 쳐든 채 뒤로 쿵 넘어졌다. 그는 양쪽 다리를 힘없이 쳐들며 일어서려고 애를 썼다. 중대는 호령을 받기라도 한 듯 일제히 뒤를 돌아보았다. 뒤로 돌려진 기관총 바퀴 위에 찍힌 번호. 탄띠가 미끄러지는 소리. 그러나 궁전 옆 통나무 방패 언저리엔 이미 한 사람도 남아 있지 않았다. 1분 전에 무리 지어 있던 사관과 여군 대원들이 사격으로 말끔히 씻겨 버렸다. 중대는 다시 서둘러 정렬한 다음 걸음을 재촉했다. 제일 뒤의 소대 두 사람이 아타르시치코프가 쓰러진 곳에서 돌아왔다. 한 사람이 중대 전원에게 들으라는 듯 목청을 높여 소리쳤다.

"왼쪽 어깨 밑을 맞았어요. 조심들 하시오!"

보조를 맞추는 발소리가 드높게 울렸다.

수병이 호령했다.

"우로 돌아…… 진군!"

중대는 오른쪽으로 돌아섰다. 조용히 웅크리고 앉은 궁전이 물끄러미 그 모습을 지켜보고 있었다.

20

따스한 가을 날씨가 이어졌다. 이따금 비가 내렸다. 브이호프의 하늘에 때때로 핏기 잃은 태양이 얼굴을 내밀었다. 10월에 들어서자 야생의 철새는 떠나가기 시작했다. 밤마다 식어 버린 검은 대지 위로 학의 울음소리가 마음을 뒤흔들어 놓을 듯이 구슬프게 울려 왔다. 마을에 머물던 철새들도 눈앞에 다가온 추위와 날카로운 북풍을 피해 갈 길을 서둘렀다.

코르니로프 사건에 연루되어 체포된, 브이호프에 감금된 자들은 벌써 한 달 전부터 재판을 애타게 기다리고 있었다. 그들의 감금 생활은 그동안에 그런데로 자리가 잡혀 있었다. 아침마다 식사를 마친 뒤에는 우편물을 골라 내고, 방문해 오는 가족과 친지들을 만났다. 점심 식사 뒤 '안정의' 시간을 마치면 각자 뭐든 일을 하고 밤에는 대개 코르니로프 방에 모여 이야기하면서 시간을 보냈다.

여자중학교가 구치소로 되었지만, 생활은 어쨌든 여러 가지 면에서 편리했다. 외부 경비는 게오르기예프스키 대대 병사들이 맡고 내부 경비는 테킨병[43]이 담당하고 있었다. 그러나 이 경비는 설령 어느 정도 감금자들의 자유를 구속했다 할지라도 매우 중요한 점이 빠져 있었다. 즉 감금자들이 달아나고 싶으면 언제든지 쉽사리 도주할 수 있었던 것이다. 브이호프 구치소에 구금된 전 기간 내내 그들은 아무 장애 없이 외부와 연락을 취하고 부르주아 여론에 호소하여, 사건의 심리와 재판을 재촉하여 반란의 증거를 인멸하고 사관계급의 속셈을 알아내어 때가 오면 도망칠 준비를 하고 있었다.

코르니로프는 자신의 주위에 심복 테킨병을 배치해 둬야 할 필요성으로 칼레딘에게 연락했고, 칼레딘은 그의 요망(要望)을 받아들여 톨케스탄에서 굶주림에 허덕이고 있는 테킨병의 가족을 위해 특급화물차로 상당한 식량을 발송했다. 코르니로프 사건에 연루된 장교들의 가족을 구제하기 위해 코르니로프는 모스크바와 페트로그라드의 대은행가들에게 무척 과격한 편지를 보냈다. 그들은 자신들에게 불리한 일이 폭로될 것을 두려워하여 수만 루블을 송금했다. 코르니로프는 11월까지 칼레딘과 편지 왕래를 멈추지 않았다. 10월 중순에 칼레딘 앞으로 보낸 긴 편지에는, 돈 지방의 정세와 자신이 그리로 망명하는 경우 카자흐들이 어떤 태도를 취할 것인가를 묻고 있었다. 칼레딘은 이에 대해 걱정 말라는 답장을 보냈다.

10월의 변화는 브이호프 구치소 수감자들의 발을 채 갔다. 그 이튿날엔 긴급함을 알리는 사자(使者)가 여기저기로 뛰어다녔다. 그리고 1주일 뒤엔 칼레딘이 최고사령관 두호닌 장군에게 보낸 편지에서 수감자들의 운명을 우려하는 불안한 냄새를 풍기고 있었다. 그 편지는 코르니로프와 그 외 수감자의 보석을 강력히 요청했다. 그와 똑같은 요청이 카자흐 병단평의회와 육해군장교단 중앙위원

---

43) 톨크맨족의 병사로 이루어진 부대.

회에서도 최고사령부로 보내졌다. 두호닌은 머뭇거렸다.

11월 1일, 코르니로프는 두호닌 앞으로 편지를 보냈다. 두호닌이 이 편지의 여백에 담은 의견은 이미 그 당시 최고사령부가 무력화되었고, 사실상 군대를 통솔할 힘을 깡그리 잃어버려 피폐 속에서 마지막 날을 기다리고 있었음을 뚜렷이 보여 주었다.

친애하는 니콜라이 니콜라예비치 각하.

운명은 현재 각하를 매우 중대한 입장에 올려놓고 있습니다. 즉 나라를 위험 속으로 빠뜨리는 사태의 움직임, 그것은 주로 전 사령부의 우유부단함과 무책임으로 인해 야기된 것이나 이 사태의 움직임을 좌우하는 것은 각하에게 달렸다고 사료되는 바입니다. 각하는 지금 진퇴의 결의를 다져야 할 입장에 놓여 있습니다. 그렇지 않으면 국가의 멸망에 대한 책임과 군부 괴멸의 치욕이 각하에게 돌아가 각하는 막다른 골목에 들어서게 되십니다.

제가 접수한 불완전하고 단편적인 정보에 의하건대, 사태는 참으로 중대한 시점에 와 있으나 그렇다고 해서 아직 절망적인 상태라고는 말할 수 없습니다. 그러나 각하께서 최고사령부를 볼셰비키의 손에 맡긴다든가 아니면 자진해서 정부를 승인하든가, 그 어느 하나에 이른다면 그것이야말로 절망적 사태라고 할 수 있겠지요. 각하의 지휘하에 있는 대다수가 선전에 넘어가서, 게오르기예프스키 대대와 무력한 테킨병 연대로는 도저히 불충분한 것입니다.

다음은 앞으로 사태의 움직임을 예상하여 각하의 최고사령부를 확보하고, 앞으로 닥쳐오게 될 혼란을 예방하기 위한 투쟁조직에 적합한 여러 가지 수단을 단호히 취할 필요가 있다고 사료되는 것들입니다.

그 수단으로써 제가 고려한 것은 다음과 같습니다.

1. 체코 연대 중 1개 연대와 폴란드 창기병연대를 서둘러 모기료프로 이동시킬 것.

〈두호닌의 기입의견〉 최고사령부는 이들을 반드시 유력하다고는 생각하지 않는다. 이들 부대는 볼셰비키와 타협한 최초의 부대이다.

2. 전선이 폴란드 군단에 있는 카자흐 포병대대를 증가하고, 그것으로써 오르샤, 스몰렌스크, 쥬로빈 및 고메리를 점령할 것.

〈기입의견〉 오르샤 및 스몰렌스크 점령에는 제2쿠반 사단과 아스트라한, 카자흐 여단을 집결함. 구치인들의 안전보장을 위해 제1폴란드 사단 중 1개연대를 브이호프로부터 철수시킨다는 것은 바람직하지 못함. 제1사단 각 부대의 간부는 무력하고 실력이 없음. 군단은 러시아 내정에는 간섭하지 않는다는 태도를 분명하게 취하고 있음.

3. 체코슬로바키아 군단의 모든 부대와 코르니로프 연대를 페트로그라드 및 모스크바로 이동시킨다는 구실 아래 오르샤, 모기료프, 쥬로빈선으로 집결하여 이를 최강의 카자흐 사단 1, 2부대로써 증강시킬 것.

〈기입의견〉 카자흐 부대는 볼셰비키와 교전하지 않는다는 확실한 태도를 취하고 있음.

4. 이 지방의 영국 및 벨기에 장갑차 부대를 사관들에게 조종케 하여 학교로 집결시킬 것.

5. 모기료프 및 그 일대의 수비를 강화한다는 구실 아래 그곳에 총, 탄약, 기관총, 자동소총 및 수류탄을 모아서 여기에 집결하기로 된 장교 및 지원병에게 배분함.

〈기입의견〉 군기 문란의 위험이 있음.

6. 돈, 테레크, 쿠반 각 부대 및 폴란드, 체코슬로바키아 각 부대의 지휘관 등과 긴밀한 연락과 협력을 확보할 것. 카자흐들은 국내의 질서 회복에 전적으로 찬성하고 있고, 또한 폴란드 및 체코와 러시아 등의 질서 회복 문제는 그들 자신의 존망의 문제임.

날이 갈수록 불안한 정보는 늘어났다. 브이호프의 우려는 더욱더 심각해질 뿐이었다. 모기료프와 브이호프 사이를, 두호닌에게 수감자들의 석방을 요구하러 가는 코르니로프측 사람들의 자동차가 빈번히 오갔다. 카자흐 평의회는 비밀리에 위협수단을 취하기에 이르렀다.

두호닌은 절박한 사태의 중압감에 짓눌려 이제 와서는 다만 최고사령관직의 무거운 책임감만 느낄 뿐 확실한 태도는 취하지 않고 있었다. 11월 8일, 그는 수감자들을 돈으로 송환하라는 명령을 내렸으나 즉시 그것을 취소했다.

이튿날 아침, 구치소인 브이호프 여자중학교 현관 앞으로 자동차 한 대가 무서운 속도로 미끄러져 들어와 섰다. 자동차 밖으로 나이 지긋한 사관의 모습이 드러났다. 그는 경비장교에게 참모본부 소속 대령 쿠손스키라고 적힌 신분증을 제시했다.

"최고사령부에서 온 사람이오. 구류된 코르니로프 장군에게 전할 말이 있어 방문했는데 경비사령관은 어디 있소?"

경비사령관인 테킨병대 중령 엘가르토는 내방객을 즉시 코르니로프에게로 안내했다. 쿠손스키는 인사를 마치자 흥분한 기색을 띠고 강한 어조로 보고했다.

"4시간 뒤에는 쿠릴렌코가 모기료프로 올 겁니다. 최고사령부는 한 번도 싸우지 않은 채 그에게 인도하게 되었습니다. 두호닌 장군께서 수감자 전원을 브이호프에게 즉각 철수시켜야 할 것이라고 각하께 전달하라고 하셨습니다."

코르니로프는 모기료프의 동태를 쿠손스키에게 잠시 물은 다음 엘가르토를 불렀다. 그는 왼손으로 괴로운 듯이 책상 끝을 누르고 말했다.

"즉시 장군들을 석방하도록. 그리고 테킨병은 오늘 밤 12시에 출발할 수 있도록 준비해 주게. 본관은 연대와 함께 가겠네."

종일토록 연대의 대장간에서는 풀무 소리가 났고 벌겋게 핀 숯불이 빨간 불꽃을 흐트러뜨렸다. 망치 소리와 더불어 쇠판 옆에 선 말의 울음소리가 울려댔다. 테킨병들은 일제히 마구를 정비하고 총기 손질을 하는 등 준비를 갖추었다.

장군들은 정오 무렵에 각기 구금이 풀려 그곳을 떠났다.

바스락 소리 하나 들리지 않는 한밤중에 작은 마을이 등불을 끄고 잠 속에 빠져 있을 때, 브이호프 여자중학교 교정으로부터 세 사람씩 열을 지은 기병부대가 길을 떠났다. 그들의 새까만 실루엣이 칠흑 같은 하늘을 배경으로 흔들거렸다. 그들은 털을 곤두세운 검은 새처럼 큼직한 털모자를 눌러쓰고 있었다. 그리고 안장 위에 추운 듯이 웅크리고 앉아 검은 얼굴을 방한두건으로 감싸고 있었다. 연대 중간쯤 되는 줄에 연대장 큐게리겐 대령과 나란히 가는 키가 큰 코르니로프는 야윈 말을 타고 있었다. 그는 브이호프 마을의 거리를 헤매듯이 부는 싸늘한 바람에 얼굴을 찌푸린 채 가늘게 뜬 눈으로 밤하늘을 쳐다보았다.

새로 박은 말발굽 소리가 마을 도로 위에서 또각또각 울렸으나 이내 차츰차츰 멀어져 들리지 않게 되었다.

21

연대는 2주일에 걸쳐 퇴각을 계속했다. 가끔 교전을 하면서 후퇴하기도 했다. 러시아군과 루마니아군은 포장되지 않은 길을 긴 열을 지어 나아갔다. 후퇴하는 이 부대를 오스트리아군과 독일군 연합부대가 그 측면에서 깊숙이 포위하여 철륜(鐵輪)을 좁히고 있었다.

저녁 무렵에 제2연대와 그 이웃에 있던 루마니아 여단은 포위당할 위험이 있음을 확실히 알아차렸다. 적은 일몰과 함께 루마니아군을 호비네스카 마을에서 격퇴시키고, 이미 고르시 고개에 접한 480고지까지 진출했다.

밤이 되자 제12연대는 산포사단(山砲師團) 중 1개 중대를 보강시켜 고르시 계곡 하류 진지를 점거하라는 명령을 받았다. 연대는 전초(前哨)를 세우고 전투준비를 갖추었다.

그날 밤, 미시카 코셰보이는 같은 부락 출신의 좀 모자라 보이는 알렉세이 베슈나크와 함께 정찰을 나갔다. 강가 보리밭의 반쯤 부서진 우물 옆에서 혹한으로 싸늘해진 공기를 마시며 잠복해 있었다. 구름이 가득 깔린 하늘에 뒤늦게 길을 떠난 들기러기 떼가 가끔 조심스런 울음소리를 내면서 날아갔다. 코셰보이는 담배를 피울 수 없음을 불만스레 여기면서 낮은 소리로 말문을 열었다.

"알렉세이, 인생이란 불가사의한 거야…… 인간이란 마치 장님처럼 손으로 더듬으면서 걸어가다가 만나고 헤어지고 때로는 서로 싸우고 짓밟는 거야. 이렇게 죽음 가까이에서 생활하다 보면 이처럼 부질없는 짓을 해서 대체 어쩌자는 건지 회의가 생긴단 말이야. 내 생각으로는 인간처럼 무서운 것은 이 세상에 없는 거 같아. 아무리 버둥거려야 밑바닥까지는 알 수 없으니까……이렇게 지금 자네하고 함께 있지만 자네가 무슨 생각을 하는지 난 알 수 없거든. 자네가 지금까지 어떻게 살아왔는지 전혀 짐작이 안 가. 자네 역시 마찬가지야. 나에 대하여 전혀 알지 못하지 않는가…… 지금 내가 자네를 때려죽이려 하고 있는데도 자넨 조금도 의심하지 않은 채 건빵을 주니 말일세…… 사람이란 자신의 일조차 모르는 수가 태반이라고. 난 올여름에 입원을 했었는데, 거기서 옆 침대에 모스크바 출신의 한 병사가 있었어. 이 녀석이 어찌나 호기심이 많던지, 카자흐는 어떤 생활을 하느냐고 미주알고주알 캐묻는 걸세. 놈들은 카자흐란 채찍만 갖고 사는 줄 알고 있어. 카자흐는 야만족으로 심장 대신 유리병이라도 들어 있는 줄 알고 있어. 우리도 똑같은 인간이 아닌가 말이야. 여자가 반하기도 하고, 아가씨를 귀여워할 줄도 알고, 남이 잘 되는 걸 보면 배아프기도 하고…… 알료샤, 자넨 어떤가? 난 말이야, 살고 싶어 미치겠어. 이 세상에 예쁜 여자들이 얼마나 많은가를 생각하면 가슴이 옥죄는 것 같다구! 어째서 그것들을 내 수중에 넣을 수가 없는 거지? 이걸 생각하면 억울해서 악을 쓰고 싶어져! 난 여자를 무척 좋아하거든. 한 여자 한 여자를 끔찍이 귀여워해 줄 자신이 있다구…… 예쁜 여자는 모조리 손에 넣고 싶어…… 그렇지만 세상일은 그게 아니지. 죽을 때까지 오직 한 여자만 차지하고 살게 돼 있으니…… 쓸데없는 얘기라고 생각하나? 하긴 전쟁할 생각을 해야지?"

"얻어터지고 싶나, 이 호색한!"

베슈나크는 화도 내지 않으면서 욕설을 퍼부었다. 코셰보이는 말없이 하늘을 쳐다보았다. 미소를 띤 채 뭔가 골똘히 생각에 잠긴 듯 싸늘한 땅바닥을 두 손으로 부드럽게 쓰다듬고 있었다.

한 시간 뒤에는 교대하기로 되었으나, 그는 독일병의 손에 붙잡히고 말았다. 베슈나크는 겨우 한 발을 쏘았을 뿐 털썩 주저앉아 이를 부드득 갈며 엎어지더니 그 이상 움직이지 않았다. 독일병의 총검은 그의 복부를 찔러 신장을 꿰뚫고 허리뼈까지 이르렀다. 코셰보이는 뚱뚱한 독일병의 등에 업혀 반 킬로미터쯤 실려 갔다. 문득 정신이 들었을 때 입 안에 피가 흥건해져 있음을 느끼고 깊이 숨을 들이마셨다. 그런 다음 용케 독일병의 등을 밀치고 뛰어내렸다. 총격이 뒤따랐으나 밤나무 숲 덕택으로 그는 달아나는 데에 성공했다.

퇴각은 정지되었으므로 러시아·루마니아군 대대는 무사히 포위망을 벗어났다. 그 뒤 제12연대는 진지에서 철수해 수 킬로미터 후방으로 이동했다. 연대에는 다음과 같은 명령이 내려졌다—저지 근무에 있어 각 통로에 초소를 설치하고, 탈주병의 후방 도주를 감시하고, 탈주자를 발견할 경우 무기를 사용해도 좋으니까 저지할 것이며, 사로잡을 경우에는 이를 사단사령부로 압송하라는 내용이었다.

미시카 코셰보이는 최초의 1대에 참여했다. 카자흐 세 사람과 그는 이른 아침에 마을을 나와, 하사의 명령에 따라 도로에서 그다지 떨어지지 않은 옥수수밭 안에다 진을 쳤다. 도로는 나무가 듬성듬성한 숲을 돌아 얼마간 높낮이가 있고 네모나게 구분된 경지 속까지 뚫려 있었다. 카자흐들은 교대로 감시했다. 정오가 지난 뒤에 10여 명의 병사가 그들 쪽으로 오는 것이 눈에 띄었다. 그 병사들은 작은 언덕에 있는 마을 곁을 지나가려 하는 것처럼 보였다. 소림(疏林)까지 와서 멈추더니 담배를 피우면서 뭔가 의논하는 듯했으나, 얼마 뒤 갑자기 방향을 바꾸어 직각으로 좌회전을 했다.

"어떻게 하지?"

빽빽이 들어찬 옥수수밭 속에서 몸을 일으킨 코셰보이가 나머지 사람들에게 물었다.

"공포를 한 발 쏴."

"야, 정지!"

그들로부터 100미터쯤 떨어진 지점에 있던 병사들은 고함 소리를 듣고 잠시 머뭇거리더니 다시 걸어가기 시작했다.

"정지!"

카자흐 하나가 공포를 또 한 발 쏘았다.

카자흐들은 총을 메고, 천천히 걸어가는 병사들을 뒤쫓아갔다.

"왜 멈추지 않았지? 어느 부대 소속이야? 어디로 가는 중이지? 수첩을 보자"

초소장 하사 코르이체프는 뛰어가 소리를 질렀다.

병사들은 멈춰 섰다. 세 사람은 천천히 총을 내렸다. 뒤쪽에 있던 한 사내는 쭈그리고 앉아 찢어진 장화 밑바닥을 전깃줄로 얽어매고 있었다. 모두가 땟국이 흐르고 너덜너덜한 옷을 걸치고 있었다. 외투 자락에는 불그죽죽한 풀잎이 붙어 있었다. 지난밤에 숲속 풀 더미 위에서 잠을 잔 모양이었다. 두 사람은 여름 모자를 쓰고 있었다. 나머지 병사들은 더러운 잿빛 털모자를 쓰고 있었으나, 접혀진 곳의 쇠고리가 벗겨졌고 끈은 닳아 너덜거렸다. 맨 마지막 사람은 키가 크고 노인처럼 등이 구부러지고 늘어진 양볼이 경련을 일으키고 있었는데, 노기에 찬 콧소리로 고함을 질렀다.

"어쩌자는 건가? 우리가 네놈들을 어떻게 한다고 이러는 건가?"

"군대수첩을 보이라구!"

하사는 위엄을 갖추고 그를 가로막았다.

금방 구워 낸 벽돌처럼 붉은 얼굴에 눈이 파란 병사는 병 모양의 수류탄을 허리띠 언저리에서 빼냈다. 그러고는 그것을 하사의 코끝에 흔들어 대면서 동료들을 돌아보고 야로슬라블[44] 사투리의 빠른 말씨로 악을 썼다.

"이봐, 이게 수첩이다! 잘 보라구! 이것만 있으면 어디를 가든 뽐낼 수 있어! 조심해서 받아야 해. 그렇지 않다간 눈 깜짝할 사이에 가루가 될 테니. 알았어? 알았냐 말이야! 알았지?"

"이봐, 농담은 그만 해!"

하사가 그의 가슴팍을 슬쩍 밀치며 얼굴을 찌푸렸다.

"협박하지 마. 그러지 않아도 겁을 먹고 있어. 너희들은 가야 해. 함께 사령부로 가자. 우린 너희들을 사령부로 연행하라는 명령을 받았어."

병사들은 얼굴을 마주 보고 총을 내렸다. 그중에 검은 수염의 안색이 좋지 않은 갱부 출신 같은 병사가 코셰보이로부터 다른 카자흐들에게로 시선을 돌리면서 가라앉은 목소리로 말했다.

"그렇담 하는 수 없군. 이걸로 네놈들을 죽여 없앨 테다. 자, 썩 비켜 서지 못하겠어? 던진다!"

푸른 눈의 병사는 수류탄을 머리 위로 흔들어 댔다. 몸집이 작은 병사가 나서서 녹슨 검 끝으로 하사의 외투를 낚아챘다. 갱부 출신인 듯한 병사가 욕을 해대면서 미시카 코셰보이를 향하여 총을 거꾸로 치켜들었다. 방아쇠를 건 미시카의 손가락이 떨리며 팔꿈치에서 옆구리에 걸친 총대가 흔들흔들 춤을 추었다. 카자흐 병사 하나는 체구가 작은 병사의 외투 깃을 움켜쥐고 한쪽 손으로 힘껏 잡아채고 걸어갔으나 뒤에서 사격을 당할까 봐 불안한 얼굴로 뒤를 돌아보았다.

옥수수밭에서 메마른 잎이 사각사각 소리를 냈다. 높낮이가 심한 평원 맞은편에는 산의 윤곽이 푸르스름하게 보였다. 마을 옆 목장에선 붉은 털의 소들이 어슬렁거렸다. 바람은 숲 너머에서 싸늘한 먼지를 일으켰다. 몽롱한 10월의 한낮은 나른하면서도 음산했다. 엷은 태양빛을 받는 풍경은 고요 그 자체로 숨을

---

44) 러시아 연방, 볼가 강 상류에 있는 도시.

토하고 있었다. 그러나 도로에서 조금 떨어진 곳에선 사람들이 의미 없는 증오를 내뿜으며 서로를 짓밟고 가을 씨앗이 뿌려져 비를 머금은 비옥한 땅바닥을 피로 더럽히려는 것이었다.

흥분은 얼마간 가라앉은 듯했다. 한바탕 소란이 지나자 병사들과 카자흐들은 다소 차분하게 이야기하기 시작했다.

"우린 진지를 거둔 지 사흘이 지났어! 전쟁도 하지 않고 노닥거린 것과는 사정이 다르단 말이야! 그런데 너흰 달아나려 하고 있어. 창피하지 않나? 동료를 버리고 도망치려 하다니! 그러면 대체 누가 전선을 지키겠나! 어떻게도 할 수 없는 놈들이군! 우리 동료들은 옆구리를 다치고도 정찰을 나갔다구. 그런데도 전쟁을 모르는 네놈들이 우리한테 욕을 하고 있어. 우리가 당한 일을 한 번이라도 당해 봐야 알지."

코셰보이는 악에 받쳐서 소리쳤다.

"어물거릴 거 없어!"

카자흐 하나가 그의 말을 가로막았다.

"사령부로 가자. 그 이상 무슨 말이 필요하겠어!"

"이놈들, 썩 물러서지 못하겠어! 안 그러면 정말 던질 거야."

갱부 출신인 듯한 사내가 말했다.

하사는 마구 삿대질을 했다.

"야! 도망쳐 봐야 헛수고야. 우릴 죽여 없앤다 해도 달아나진 못해. 저쪽 마을에도 우리 중대가 감시하고 있거든."

키가 크고 등이 굽은 병사는 협박도 하고 달래기도 했으나 마침내 머리를 숙이고 간청하기에 이르렀다. 그는 더러운 자루 안에서 지푸라기로 싼 병을 꺼내어 아첨하는 눈초리를 코셰보이에게 돌리면서 소곤거렸다.

"너희들, 돈이 필요하면 주겠어…… 그리고 이건…… 독일제 보드카야…… 아직도 있다구…… 부탁이야. 못 본 척해 다오. 너희들도 알잖아…… 모든 게 뒤죽박죽이 아니냐구. 견딜 수 없어서 빠져나온 거야…… 대체 언제까지 계속될지. 제발 부탁이야. 우리를 지나가게 내버려 둘 수 없겠어?"

그는 장화 속에서 담배 상자와 꼬깃꼬깃 구겨진 두 장의 케렌스키 지폐를 재빨리 꺼내어 코셰보이의 손에다 집요하게 밀어붙였다.

"받아 두게, 받아 둬! 정말…… 걱정 말게! 우린 어떻게 되겠지! 돈은 필요 없어…… 어떻게 될 걸세…… 상관 말고 받아 둬! 남은 게 더 있을 거야……".

코셰보이는 쑥스러운 듯 그의 곁에서 물러서서 고개를 흔들었다. 그리고 얼굴을 붉히며 눈물을 글썽였다.

"베슈나크의 일을 생각하니 화가 나는군…… 뭣 때문에 내가 그런 말을 했는지 모르겠어…… 나 자신은 전쟁을 반대하면서 남한테는 시키고 있으니 그런 권리가 나한테 있느냐구? 정말이지 말도 안 돼! 나라는 인간은 어떻게 돼먹은 걸까!"

그는 하사 옆으로 다가가더니 눈길은 주지 않은 채 말했다.

"못 본 척해 주자! 코르이체프 자네 생각은 어때? 못 본 척해 주는 게 어떻겠어?"

하사도 역시 눈의 초점을 잡지 못하고 뭔가 부끄러운 행동을 저지른 듯이 빠른 말로 지껄였다.

"그냥 보내 주지 뭐…… 뒤에 놈들이 어떻게 될지 그것까지 상관할 건 없어. 우리도 마찬가지야. 앞으로 이 녀석들처럼 이렇게 될지 어떻게 알아? 별수 없잖아!"

그런 다음 병사들 쪽으로 돌아서서 버럭 고함을 질렀다.

"머저리 같은 놈들아! 우리의 친절도 모르고 돈으로 낚으려 하다니! 우리가 그렇게 궁한 줄 아나?"

그러면서 얼굴을 붉히며 말했다.

"이봐, 돈지갑을 도로 집어넣어! 그렇지 않으면 사령부로 끌고 갈 테다!"

카자흐들은 옆으로 비켜섰다. 코셰보이가 황량한 마을 도로로 눈길을 돌려 바라보다가, 멀어져 가는 병사들을 향해 소리쳤다.

"잠깐 기다려! 자네들 이 툭 터진 들판을 걸어가려고 하나? 거기 있는 숲속에 숨어 있다가 밤에 떠나는 게 어때? 안 그러면 다른 감시병한테 붙잡히고 말걸!"

병사들은 주위를 한번 둘러보고 나서 잠시 머뭇거리다가 이리 떼처럼 잿빛 줄을 지어 움푹 파인 숲속으로 어슬렁어슬렁 내려갔다.

11월이 되자 페트로그라드의 일대 전환에 대한 갖가지 소문이 카자흐들의 귀에까지 들려왔다. 사령부의 전령들은 평소에도 누구보다 빠른 정보를 입수했는데, 그들의 말에 의하면 임시 정부는 미국으로 망명했으나 케렌스키는 수병들에게 붙잡혀 머리를 깎이고 물감 칠을 당한 채로 마치 거리의 여자처럼 이틀 동안이나 페트로그라드의 번화가를 끌려다녔다는 것이었다.

그 뒤 임시 정부가 전복되어 볼셰비키 손에 정권이 들어갔다는 공포(空包)가 들어오자 카자흐들은 조심스럽게 입을 다물었다. 대다수의 사람은 전쟁이 끝나기를 기대하며 기뻐했다. 그러나 제3기병사단이 케렌스키와 함께 페트로그라드를 향해 진출하고, 칼레딘은 카자흐 연대를 돈으로 철수시키는 데에 성공했다. 그러나 이들을 남쪽에서 지원하고 있다는 막연한 소문이 떠돌아 그들을 걱정하게 만들었다.

전선은 무너졌다. 10월에 병사들이 저마다 비조직적인 무리로 흩어져 전선을 빠져나가자, 11월 하순에는 이미 중대는 중대대로 대대는 대대대로 진지를 버리고 달아났다. 그 가운데는 아무것도 가진 것 없이 도망친 자도 있었으나, 대다수의 병사들은 부대의 재산을 빼돌리고 창고를 파괴하는가 하면 사관들을 사살하고 도주 중에 약탈행위를 하는 등 천방지축으로 날뛰면서 격렬한 분류(奔流)가 되어 고향을 향해 도망쳤던 것이다.

이와 같은 정세에서 12연대는 힘닿는 한 탈주병을 막으려 애썼지만 무의미한 짓이었다. 연대는 부서를 버리고 달아난 보병 부대의 구멍을 메우기 위해 다시 진지로 되돌아갔으나 그 노력도 헛수고였다. 12월에 들어서 진지를 철수하고 일단 가장 가까운 곳에 있는 정거장까지 행군했다. 거기서 연대의 전 재산, 기관총, 탄약, 말들을 운반하고 내전이 한창인 러시아를 향하여 출발했다.

제12연대를 실은 열차는 우크라이나를 지나 돈을 향하여 달렸다. 즈나멘 근처에서 연대는 볼셰비키들로부터 무장해제를 당할 뻔했다. 30분가량 교섭이 계속되었다. 코셰보이와 카자흐 다섯은 중대의 혁명위원회를 대표하여 무기를 휴대한 채 통과시켜 주도록 간청했다.

"대체 어떤 이유로 무기를 휴대하겠다는 거야?"

정거장위원회 대표들이 물었다.

"나라에 돌아가 부르주아놈들과 장군놈들을 쏴죽일 테요! 칼레딘의 꼬리를 잘라 버릴 작정이오!"

일동을 대표하여 코세보이가 대꾸했다.

"무기는 우리 것이오. 부대 것이오. 내줄 수 없소!"

카자흐들은 흥분했다.

열차에 통과 허가가 내려졌다. 크레멘츄크에서 다시 한번 무장해제를 당할 뻔한 위기가 있었다. 카자흐 기관총대가 각 차량의 승강구에 기관총을 장치해 정류장 쪽으로 총구를 겨누고, 중대 하나가 흩어져 선로 맞은편에 잠복하여 간신히 통과 동의를 얻을 수 있었다. 예카테리노슬라프 부근에선 적위군 1대와 부딪쳐 교전했으나 순조롭지 못하여 연대 일부분이 무장해제가 되었고 기관총, 탄약 100상자, 야전용 전신기, 그 밖에 전선 뭉치를 대여섯 개나 빼앗겼다. 장교들을 포박하라는 제의에 대해서 카자흐들은 딱 잘라 거절했다. 전 행정(行程)을 통하여 목숨을 잃은 사관은 단 한 명에 그쳤다. 그 사람은 연대부관인 체르코프스키로서 카자흐들의 손에 사형을 당했는데, 형 집행은 투바티와 적위군 수병 한 명이 맡아 했다.

12월 27일 저녁 무렵, 시네리코보역에서 카자흐들은 부관을 객실 밖으로 끌어내렸다.

"카자흐들을 팔아먹은 자가 분명히 이놈인가?"

모젤총과 일본제 소총으로 무장한 뻐드렁니 수병이 재미있다는 얼굴로 물었다.

"우리가 잘못 알고 있다고? 절대로 잘못 안 게 아냐. 분명히 이놈이라니까."

숨을 헐떡이면서 투바티가 말했다.

이등대위인 젊은 부관은 체념한 듯이 좌우를 둘러보고 나서 땀에 젖은 주먹을 들어 머리를 쓰다듬었다. 이어 총대로 얻어맞고 단번에 얼굴색이 변했으나 아픔도 느끼지 못하는 것 같았다. 투바티와 수병은 차량에서 약간 떨어진 곳으로 그를 끌고 가서 말했다.

"이런 놈이 있어서 소란을 피우게 돼…… 우, 우, 움직이지 마, 이 개새끼, 움직였다간 얻어터질 줄 알아!"

투바티는 낮은 소리로 말하고는 모자를 벗은 다음 성호를 그었다.

"부관님, 똑바로 서 있게!"

"준비는 마쳤나?"

수병은 모젤총을 만지작거리면서 흰 이를 드러내 보이며 투바티에게 물었다.
"다 됐어!"

투바티는 다시 한번 성호를 그었다. 그리고 한쪽 발을 뒤로 디딘 수병이 모젤
총을 들어올리고 눈을 가늘게 감으면서 초점을 맞추는 것을 흘낏 곁눈질해 보
더니, 험상궂은 미소를 띠면서 방아쇠를 당겼다.

차프리노 부근에서 연대는 우연히 한패의 무정부주의자와 우크라이나인들
과의 충돌에 휘말려 카자흐 셋이 전사했다. 그리고 한 저격사단을 실은 열차로
해서 막힌 선로를 가까스로 개통시킬 수 있었다.

3주일을 지난 뒤 연대의 선두부대는 밀레로보에서 하차하고 나머지는 루강
스크에서 한동안 대기해야 했다.

그 밖의 병사들은 이미 정거장에서 저마다 집으로 돌아갔고, 연대 구성원의
절반가량이 카르긴 부락에 닿았다. 이튿날 장에서 전리품, 즉 전선에서 오스트
리아군에게서 빼앗은 말은 팔아 버리고 연대가 갖고 있던 돈과 옷을 나누어 가
졌다.

코셰보이, 그 밖에 타타르스키 부락 출신의 카자흐들은 저녁 무렵에 출발하
여 귀갓길에 올랐다. 그들은 계속 산길을 타고 갔다. 아래쪽을 바라보니 하얗게
얼음이 언 치르강의 구부러진 지점에, 돈의 상류에서 가장 경치가 좋다고 소문
난 카르긴 부락이 내려다보였다. 증기제분소의 굴뚝은 뭉게뭉게 연기를 내뿜고
광장에는 사람들이 흩어져 거뭇거뭇하게 보였다. 저녁예배 종이 울려 왔다. 카
르긴 언덕 너머에는 크리모프스카야 부락의 버드나무 가로수 꼭대기가 희미하
게 보였다. 그 너머에는 쑥빛으로 파란 지평선이 눈에 쌓인 채, 하늘을 뒤덮은
놀에 물들어 반짝반짝 빛났다.

18명의 병사는 서리꽃을 단 사과나무가 서 있는 고분 옆을 지나 선명한 발
굽 소리와 안장이 삐걱대는 소리를 들으면서 동북 방향을 향하여 진군했다. 산
꼭대기 너머에는 혹한의 밤이 스며들고 있었다. 카자흐들은 두건을 뒤집어쓰고
때때로 말을 빠르게 달렸다. 말은 발굽 소리를 크게 울렸다. 발밑의 길은 흐르
듯이 남으로 이어져 갔다. 길 양쪽은 최근에 내린 눈으로 이루어진 설수(雪水)
가 달빛을 받아 반짝반짝 흰 빛을 내뿜고 있었다.

카자흐들은 침묵하며 말을 몰았다. 길은 남으로 흘러갔다. 동쪽 계곡의 숲이

빙빙 도는 것같이 보였다. 길에는 산토끼의 발자국이 끄나풀처럼 흩어져 있었다. 스텝 위에는 카자흐의 장식 띠처럼 하얗고 아름다운 은하가 하늘 가득 누워 있었다.

맹은빈

동양외국어학원 러시아어과 수학. 동국대 영문학부를 졸업. 1955년 영남일보에 시 《그림자》로 등단했다. 안톤 체호프 《벚꽃동산》, 사뮈엘 베케트 《고도를 기다리며》 옮겨 연출. 지은책 시집 《인간이 아픔을 알 때》 《꿈의 시》가 있으며, 옮긴책에 토마스 하디 《테스》, 서머셋 몸 《세계문학 100선집》, 솔제니친 《이반 데니소비치의 하루》가 있다.

세계문학전집043
Михаи́л Алекса́ндрович Шо́лохов
ТИХИЙ ДОН
고요한 돈강 I
미하일 알렉산드로비치 숄로호프/맹은빈 옮김
동서문화창업60주년특별출판
1판 1쇄 발행/1987. 7. 1
2판 1쇄 발행/2007. 8. 10
3판 1쇄 발행/2016. 9. 9
3판 2쇄 발행/2023. 5. 1
발행인 고윤주
발행처 동서문화사
창업 1956. 12. 12. 등록 16-3799
서울 중구 마른내로 144(쌍림동)
☎ 546-0331~2 Fax. 545-0331
www.dongsuhbook.com
✳

사업자등록번호 211-87-75330
ISBN 978-89-497-1502-5 04800
ISBN 978-89-497-1459-2 (세트)